Knaur.

Knaur.

Über die Autorin:
Barbara Bickmore ist eine ehemalige Universitätsprofessorin. Sie ist Mutter von drei Kindern und Autorin zahlreicher erfolgreicher Frauenromane. Sie lebt in Eugene, Oregon.

Barbara Bickmore

Jenseits aller Versprechen
Wer den Himmel berührt

Zwei Romane in einem Band

Jenseits aller Versprechen:
Aus dem Amerikanischen von
Karin Dufner

Wer den Himmel berührt:
Aus dem Amerikanischen von
Uschi Gnade

Knaur Taschenbuch Verlag

Jenseits aller Versprechen:
Die amerikanische Originalausgabe erschien unter dem Titel
»Beyond the Promise« bei Kensington Publishing Corp., New York.

Wer den Himmel berührt:
Die amerikanische Originalausgabe erschien unter dem Titel
»The Back of Beyond« bei Kensington Books, New York.

Besuchen Sie uns im Internet:
www.knaur.de

Sonderausgabe für GALERIA Kaufhof GmbH
Mai 2009
Jenseits aller Versprechen:
Vollständige Taschenbuchausgabe Januar 2000
Droemersche Verlagsanstalt Th. Knaur Nachf. GmbH & Co. KG, München

Wer den Himmel berührt:
Vollständige Taschenbuchausgabe Januar 2000
Droemersche Verlagsanstalt Th. Knaur Nachf. GmbH & Co. KG, München

Umschlaggestaltung: ZERO Werbeagentur, München
Umschlagabbildung: FinePic®, München
Satz: Pinkuin Satz und Datentechnik, Berlin / Alinea GmbH, München
Druck und Bindung: C. H. Beck, Nördlingen
Printed in Germany
ISBN 978-3-426-50598-4

2 4 5 3 1

Gewidmet meinen Freundinnen und Freunden,
die für mein Leben eine unbeschreibliche Bereicherung
bedeuten:

Nancy und Willard Bollenbach, Patricia Rowe
und Barbara Daviss

und dem Andenken meiner geliebten Jugendfreundin

Gladys Hollwedel

EINS

Die Geschworenen berieten sich nun schon seit elf Stunden und dreiundvierzig Minuten.

»Aber selbst das könnte man als Plus betrachten. Eigentlich stand der Ausgang des Prozesses von Anfang an fest. Wenigstens haben Sie die Jury ins Grübeln gebracht.«

Cat, die angespannt wartend an ihrem Schreibtisch saß, empfand diese Anmerkung als nicht sehr beruhigend. »Bin ich etwa die einzige, die ihn für unschuldig hält?«

Harry Morton, der Chef der Kanzlei, lächelte. »Sicher nicht. Bestimmt ist ein Geschworener dabei, der auf stur schaltet.«

Niemand bei Morton, Cavett, Benjamin & Sawyer war begeistert gewesen, als ihnen der Fall zugeteilt worden war. Er brachte kein Geld ein, doch hin und wieder war eben jede Kanzlei an der Reihe, kostenlos eine Pflichtverteidigung zu übernehmen. Was tat man nicht alles für die Demokratie!

Aber Cat hatte sich förmlich darum gerissen, Bert Tandy, einen vorbestraften Kleindealer, zu verteidigen. Es war ihr erster Prozeß, eine Gelegenheit, auf die sie schon anderthalb Jahre lang wartete, seit sie nach Ab-

schluß ihres Jurastudiums bei Morton und Cavett angefangen hatte.
Da sie zu den besten zehn Prozent ihres Jahrgangs gehörte, hatten alle großen, angesehenen Kanzleien in Boston ihr eine Stelle angeboten. Doch sie hatte sich für eine kleinere Firma entschieden, die einen ausgezeichneten Ruf genoß und offen zugab, daß sie zuwenig weibliche Anwälte beschäftigte. Außerdem war ihr Harry Morton, der Chef der Kanzlei, auf Anhieb sympathisch gewesen. Er war alt genug, um ihr Großvater zu sein, und hatte sie unter seine Fittiche genommen.
Niemand hatte damit gerechnet, daß dieser Fall in der Öffentlichkeit auf derartiges Interesse stoßen würde. Zum Teil lag das sicher daran, daß der Angeklagte von einer äußerst attraktiven Berufsanfängerin vertreten wurde.
Allerdings hatte der Fall Tandy auch einige abstoßende Details zu bieten, weshalb sich die Medien gierig darauf gestürzt und die Sache aufgebauscht hatten. Fast jeden Morgen konnte Cat ihr Konterfei im *Boston Globe* bewundern. Selbst *Time* und *Newsweek* hatten Berichte über sie gebracht und geschrieben, sie verfüge über ein natürliches Talent, sich positiv in Szene zu setzen.
Sämtliche Indizien wiesen auf Bert Tandys Schuld hin. Cat fragte sich, ob sie als Geschworene seiner Aussage geglaubt hätte. Obwohl sie ihm einen Anzug gekauft und ihn dazu gebracht hatte, täglich Hemd und Krawatte zu wechseln, machte er einen ungepflegten Eindruck. Allerdings hatte er ein unwiderstehliches Lächeln, das seine Wirkung auf die fünf weiblichen Mit-

glieder der Jury vielleicht nicht verfehlen würde. Mit seinen blauen Augen hatte er Cat angesehen und gesagt: »Ich bin unschuldig, Miss Browning. Ehrenwort.«
Aber das spielte keine Rolle. Cat mußte ihn verteidigen, ganz gleich, ob sie an seine Unschuld glaubte. Sie war jedoch zu dem Schluß gekommen, daß er zwar ein kleiner Dealer, aber kein Mörder war. Das grauenhafte Verbrechen, das ihm zur Last gelegt wurde, war ihm einfach nicht zuzutrauen. Außerdem war Cat klargeworden, daß ihr Mandant nicht gerade eine geistige Leuchte und zudem ein miserabler Lügner war. Jedesmal erzählte er seine Geschichte ein bißchen anders, was sie für ein gutes Zeichen hielt. Denn ein Mensch, der absichtlich die Unwahrheit sagte, achtete normalerweise darauf, sich nicht in Widersprüche zu verwickeln.
In den letzten sechs Monaten hatte Cat ihr gesamtes Privatleben auf Eis gelegt. Nun war der Prozeß, der nur viereinhalb Tage gedauert hatte, vorbei. Obwohl Harry Morton sich alle Mühe gab, sie aufzumuntern, damit sie sich den Schuldspruch, den alle erwarteten, nicht so zu Herzen nahm, war sie bedrückt.
Das Telefon läutete, und Harry griff nach dem Hörer. Schweigend lauschte er und nickte. »Die Geschworenen haben ihre Beratung beendet«, sagte er zu Cat, nachdem er aufgelegt hatte. »Soll ich Sie in den Gerichtssaal begleiten?«
»Sie würden mir eine große Freude machen.«
»Gut. Kopf hoch. Lassen Sie sich nichts anmerken, wenn das Urteil verkündet wird. Ihr Mandant rechnet

sich ohnehin keine großen Chancen aus. Er wird nicht sehr überrascht sein.«
Hatte er so wenig Vertrauen zu ihr?

Das klimatisierte Taxi war wegen der sommerlichen Schwüle eine wahre Wohltat. Als Cat die Stufen des Gerichtsgebäudes hinaufeilte, wurde sie von Reportern bestürmt. Harry gelang es zwar, ihnen einen Weg durch die Menschenmenge zu bahnen, doch die Hartnäckigsten verfolgten sie bis in den zweiten Stock. Harry hielt Cat die Tür des Gerichtssaals auf.

Bert Tandy saß mit versteinerter Miene am Tisch der Verteidigung. Seine Aufmerksamkeit galt nicht Cat, sondern den Geschworenen, die seinem Blick auswichen, als sie hereinkamen.
Wie Cat gehört hatte, war dies ein eindeutiges Zeichen dafür, daß sie ihn schuldig sprechen würden und deshalb ein schlechtes Gewissen hatten. Ihr blieb fast das Herz stehen.
Auf Anweisung des Richters erhob sich der Sprecher der Geschworenen und reichte dem Gerichtsdiener ein Blatt Papier. Dieser gab es zusammengefaltet an den Richter weiter, der es schweigend las und dem Gerichtsdiener zurückgab. Dann wandte sich der Richter an den Sprecher der Geschworenen, der immer noch aufrecht dastand. »Sind Sie zu einem Urteil gelangt?«
Die Stimmung im Raum war zum Zerreißen gespannt.
»Nicht schuldig, Euer Ehren«, erklärte der Sprecher mit einem Blick auf Bert.

Cat schloß erleichtert die Augen und spürte Harrys Hand auf ihrer Schulter. Als sie sie wieder öffnete, bemerkte sie, daß Bert übers ganze Gesicht strahlte.
Im Saal erhob sich Getuschel. Der Richter schlug mit dem Hammer auf den Tisch und bat um Ruhe.
»Was passiert jetzt?« fragte Bert.
»Sie werden zurück ins Gefängnis gebracht und dort offiziell aus der Haft entlassen. O Bert, ich freue mich so für Sie!«
»Kein Vergleich damit, wie ich mich fühle. Danke, Miss Browning. Sie waren große Klasse.«
Cat war froh, daß die Gerechtigkeit den Sieg davongetragen hatte. Außerdem waren die kleinen Delikte, die nichts mit dem Mord zu tun hatten, beim Urteil nicht zum Tragen gekommen.
»Jetzt müssen Sie Ihr Leben in Ordnung bringen«, meinte sie zu Bert, während sie ihre Papiere in ihrem Aktenkoffer verstaute. »Wenn Sie einen Job brauchen, helfe ich Ihnen gern weiter.«
»Das ist aber nett von Ihnen, Miss Browning.«
Als die Zuschauer den Gerichtssaal verließen, wurde Cat schon von Harry erwartet. »Was für eine Überraschung! Sie können wirklich stolz auf sich sein. Schade, daß ich Ihr Plädoyer verpaßt habe. Anscheinend hat es die Geschworenen sehr beeindruckt.«
Cat lächelte. Schließlich hatte sie bei diesem Prozeß alles gegeben.
»Darf ich Sie auf einen Drink einladen?« fragte Harry.
Cat fand, daß sie sich diesen Drink ehrlich verdient hatte.

Auf dem Heimweg kaufte sie eine Flasche Champagner. Sie wohnte in einem Backsteinhaus in der Newbury Street und war mit ihrer Nachbarin Annie Nicholas, die Tapetenmuster entwarf, gut befreundet. Die beiden aßen mindestens drei- oder viermal in der Woche zusammen, meistens in einem der kleinen ausländischen Restaurants in der Newbury Street. Hin und wieder kochten sie auch zu Hause. Cat amüsierte sich über Annies Faible für Hausmannskost, das sie an ihre Mutter erinnerte. Sie selbst war eher eine Anhängerin der Nouvelle cuisine und besaß ein ganzes Regal voller einschlägiger Kochbücher.
Doch als Cat heute bei ihrer Freundin anklopfte, machte niemand auf.
Also ging sie in ihre Wohnung, suchte einen Stift und ein Post-it-Etikett, schrieb »Komm rüber, es gibt was zu feiern« darauf und heftete es an Annies Tür.
Dann zog sie die Schuhe aus und tanzte, die Champagnerflasche vor die Brust gedrückt, durch ihr Wohnzimmer. Noch nie im Leben hatte sie sich so wunderbar gefühlt – und so erschöpft.
Sie stellte sich unter die Dusche und war gerade beim Abtrocknen, als es an der Tür klingelte. Cat wickelte sich ein Handtuch um und öffnete.
»Feiern?« fragte Annie grinsend. »Heißt das, du hast gewonnen?«
»In der Tat. Der Champagner steht im Kühlschrank. Ich dachte, wir gehen so richtig groß essen. Zum Inder an der Ecke.«
Das Restaurant war so teuer, daß sie es sich für beson-

dere Gelegenheiten vorbehielten. An Geburtstagen zum Beispiel, wenn Annie Gehaltserhöhung bekommen hatte – oder nach einem Film mit Dennis Quaid.

»Du hast dir einen Urlaub verdient«, sagte Annie und biß in ein knuspriges, scharf gewürztes Naan. »In zehn Tagen fahre ich zur Hochzeit meines Bruders nach Hause. Komm doch mit. Du warst noch nie in Oregon. Es gibt nichts Schöneres als Oregon im Sommer.«

»Das ist mir zu anstrengend. Ich muß dringend ausspannen. Ich dachte, ich fliege auf die Bahamas oder nach Aruba.«

»In Cougar ist so wenig los, daß dir gar nichts anderes übrigbleibt, als dich zu erholen. Meine Mutter ist eine großartige Köchin, und der Anblick der Berge ist Balsam für die Seele.«

»Warum bist du weggezogen, wenn es da so toll ist?«

»Keine Jobs. Wenigstens nicht für Künstler. Dort kann man nur Landwirtschaft betreiben oder einen kleinen Laden aufmachen. Einen wirklich kleinen, denn der ganze Landkreis hat nur knapp siebzehntausend Einwohner.«

Cat stellte sich Männer in Latzhosen, Frauen in Polyesterkleidern und eine blitzsaubere kleine Stadt vor, in der der Kirchturm alle Häuser überragte. Die Leute saßen in Schaukeln auf der Veranda und nickten den Passanten zu. Sie fragte sich, ob es in so einem Nest überhaupt Straßenbeleuchtung gab.

»Findest du es dort langweilig?«

»Könnte man sagen. Ich fahre immer wieder hin, um mal Abstand zu gewinnen, aber wohnen könnte ich dort nicht mehr.«

»Wie heißt die Ortschaft noch mal?«

»Cougar«, antwortete Annie. »Sie liegt im Cougar Valley. Die nächste größere Stadt ist Baker mit etwa neuntausend Einwohnern. Cougar hat nur neunzehnhundert. Eine richtige amerikanische Kleinstadt, Cat. Du würdest mal aus dem Alltag rauskommen und könntest auf der Veranda sitzen und an Mamas Rosen schnuppern.«

»Weißt du, daß ich noch nie einen hohen Berg gesehen habe? Nur die Catskills und die Berkshires ...«

»Ameisenhaufen«, meinte Annie. »Die Berge hier verdienen diese Bezeichnung nicht.«

»Ich werd's mir überlegen.«

Als Cat am nächsten Tag ins Büro kam, gratulierten ihr alle Kollegen zu ihrem Erfolg.

Sie gab sich Mühe, sich ihren Stolz nicht anmerken zu lassen.

Am Morgen hatte der *Globe* einen Artikel über sie gebracht und sie als »junge Verteidigerin mit Ausstrahlung« bezeichnet.

Wenn das kein Lob war.

Harry Morton hatte ihr ein Dutzend rote Rosen auf den Schreibtisch gestellt.

»Jetzt arbeite ich also für eine Prominente«, sagte Lee Ann Taylor, ihre Sekretärin. »Möchten Sie einen Kaffee?«

»Statt Champagner?«
Die beiden Frauen lächelten sich zu.
Dann wies Lee Ann auf eine Liste von Telefonnummern. »Eine Reporterin war besonders hartnäckig. Sie will einen großen Artikel über Sie in der Sonntagszeitung bringen. Heute ist Redaktionsschluß. Ich schlage vor, daß Sie sie zuerst anrufen.«
»Gut. Könnten Sie mich bitte verbinden?« Cat nahm hinter ihrem Schreibtisch Platz.
Den restlichen Vormittag verbrachte sie am Telefon. Dann ging sie mit der Frau von der Zeitung zum Mittagessen und wurde fast zwei Stunden lang interviewt. Die Reporterin erfuhr, daß Cat in Philadelphia geboren war und den Ehrgeiz hatte, irgendwann Staranwältin zu werden. Doch ihr größter Traum bestand darin, einmal in den Kongreß einzuziehen.
»Repräsentantenhaus oder Senat?«
»Wahrscheinlich fange ich besser im Repräsentantenhaus an und arbeite mich dann hoch.«
»Und was ist mit Ehe und Kindern?«
»Natürlich. Ich will alles beide.«
»Viel Glück«, sagte die Reporterin, klappte ihr Notizbuch zu und steckte den Bleistift weg. »Und ich habe so eine Ahnung, daß Sie zu den Frauen gehören, die das auch schaffen.«
Cat fühlte sich sehr geschmeichelt.

Im Flugzeug nach Portland erzählte Annie Cat ein wenig von ihrer Heimatstadt. Ihre Eltern wohnten in einer Seitenstraße in einem kleinen Haus. Ihr Vater war der Besitzer des Eisenwarenladens in der einzigen Einkaufsstraße.

»Mama hat gesagt, daß Mister McCullough uns mit dem Flugzeug abholen kommt. Mit dem Bus dauert die Fahrt nämlich sieben Stunden, mit dem Auto fünfeinhalb. Du wirst von ihm hingerissen sein.«

»Mein Gott, schau dir diese Berge an!« rief Cat begeistert aus.

»Das da links ist der Mount Hood.«

»Und dahinter kommen noch mehr Berge.«

»Das sind die Cascades.«

Der Landeanflug auf Portland hatte schon begonnen.

»Du wirst McCullough sofort erkennen«, fuhr Annie fort. »Er sieht ein bißchen aus wie John Wayne, obwohl er rote Haare und einen buschigen Schnauzbart hat. Außerdem ist er ein wahrer Kleiderschrank und wirkt wie einem Western entsprungen.«

Dank dieser Beschreibung erkannte Cat Red McCullough wirklich auf den ersten Blick. Er überragte die Umstehenden um einen Kopf, wozu auch die hochhakkigen Cowboystiefel ihren Teil beitrugen. Außerdem war er der einzige Mann mit Stetson auf dem Flughafen von Portland.

Er umarmte Annie und musterte Cat anerkennend. Seine Koteletten wiesen zwar bereits einige graue Strähnen auf, doch seine blauen Augen funkelten wie die eines jungen Mannes. Cat schätzte ihn auf Mitte bis Ende Vierzig.

Er hatte eine rauhe Stimme und ein wettergegerbtes Gesicht.

Nachdem sie ihr Gepäck geholt hatten, hielt Red ein Taxi an, das sie zu einem kleinen Flugzeug brachte. An der Seite stand in blauen Buchstaben Name MISS JENNY.
»Miss Jenny ist seine Mutter«, erklärte Annie. »Ich setze mich nach hinten, damit Mister McCullough dir die Aussicht zeigen kann.«
Als Red die Maschine zur Startbahn rollen ließ, umklammerte Cat ängstlich die Armlehnen ihres Sitzes. Noch nie war sie in einem so kleinen Flugzeug geflogen. Doch sie waren in der Luft, bevor sie richtig Zeit hatte, es zu bemerken. Red grinste sie an. »Sie brauchen sich nicht zu fürchten.«
Gebannt starrte Cat aus dem Fenster, wo sich der Vulkan Mount St. Helens und der Mount Rainier erhoben. Unter ihnen schlängelte sich der Columbia River dahin.
»Mama hat geschrieben, daß Torie zurückkommt, um an der Schule zu unterrichten«, sagte Annie.
Reds Augen leuchteten auf. »Sie ist schon wieder da. Nach Mistress Petersons Tod im Mai hat Torie sofort Bill O'Rourke angerufen.«
»Als ich noch in der High-School war, unterrichtete Bill die Jungen in Sport«, meinte Annie.
»Und seit vier oder fünf Jahren ist er der Rektor«, ergänzte Red.
»Soweit ich mich erinnere, war Torie Cheerleaderin bei seiner Footballmannschaft«, meinte Annie kopfschüttelnd.
»Vielleicht hat das ja den Ausschlag gegeben. Er hat ihr die Stelle gleich am Telefon zugesichert.«

»Da freut sie sich bestimmt riesig.«
»Und Joseph auch.« Red grinste. »Natürlich wollte Sarah Torie überreden, sich einen Job in einer größeren Stadt zu suchen, aber sie hat sich geweigert.«
»Werden sie und Joseph heiraten?«
»Hoffentlich. Doch da gibt es noch einige Probleme.«
»Sein Vater und Mistress McCullough?«
»Du hast es erfaßt.«
Red begann mit dem Landeanflug. »Da unten ist Big Piney. Der Flugplatz liegt etwa anderthalb Kilometer hinter dem großen Haus. Sehen Sie den Hangar da unten im Tal?«
Cat erkannte ein braunes, einstöckiges, ungewöhnlich großes Haus. Sie flogen darüber hinweg zum Flugplatz, wo Red die Maschine sanft aufsetzte.
Auch wenn es sich hier um die finsterste amerikanische Provinz handelte, hatte Cat noch nie so eine traumhafte Landschaft gesehen.
»Ich stelle das Flugzeug in den Hangar«, sagte Red zu Annie. »Dann hole ich den Jeep und fahre euch in die Stadt.«
Annie drehte sich mit ausgebreiteten Armen um die eigene Achse. »Früher wollte ich nichts wie weg«, meinte sie. »Aber zu Hause ist es doch immer wieder am schönsten. Schau mal, da ist Scott.«
Als Cat sich umdrehte, bemerkte sie einen jungen Mann, der auf dem Rücken eines riesigen weißen Pferdes mit braungescheckten Hinterflanken saß. Wegen des Strohhuts konnte man das Gesicht des Mannes nicht erkennen. Doch er wirkte auf Cat, als sei er gera-

dewegs aus den Bergen gekommen, um gegen die Indianer zu kämpfen, sein Land zu verteidigen und dann weiter gen Westen zu reiten.
Er näherte sich. »Schön, daß du da bist«, sagte er zu Annie. Dann betrachtete er Cat. Seine Augen funkelten, und als er lächelte, hoben sich seine Zähne leuchtend weiß von seinem gebräunten Gesicht ab.
»Ich fahre sie in die Stadt, Dad«, meinte er, ohne den Blick von Cat abzuwenden. Sie spürte, wie ihr die Knie weich wurden.

ZWEI

Annies Eltern wohnten in einem weißen Haus in einer Seitenstraße. Wie Cat es sich vorgestellt hatte, konnte man von der Veranda aus die Passanten begrüßen.

»Die McCulloughs sind wirklich eine interessante Familie«, meinte Annie, nachdem sie ausgepackt hatten, auf der Veranda saßen und Limonade tranken. »Und Miss Jenny ist eine Nummer für sich. Wenn man so reich ist, braucht man sich nicht mehr um Konventionen zu kümmern. Alle lieben sie. Ganz im Gegenteil zu Mistress McCullough.«

»Mistress?«

»Reds Frau. Sie und Torie sind wahrscheinlich die attraktivsten Frauen im ganzen Tal. Sie könnten zum Film gehen. Scott und Torie sehen aus wie ihre Mutter, obwohl sie sich bis auf die schwarzen Haare und Augen sonst nicht sehr ähnlich sind. Allerdings ist Mistress McCullough recht komisch und nicht sehr beliebt. Sie trägt die Nase ziemlich hoch und lebt zurückgezogen. Ganz im Gegenteil zu Red, der sich bei allen gesellschaftlichen Ereignissen blicken läßt. Er und Bollie, das ist der Leiter der Bankfiliale, und Ken Amberson regieren quasi diese Stadt. Ohne die drei

müßten die Kinder hier immer noch mit dem Schulbus nach Baker fahren, und den Menschen würde es viel schlechter gehen. In diesem Landkreis gibt es zwar eine Menge Sozialhilfeempfänger, doch weniger als anderswo, weil Red, Bollie und Ken Arbeitsplätze schaffen. Sie hängen das nicht an die große Glocke, aber jeder weiß es.«
»Ist die Ranch der McCulloughs sehr groß?«
Lächelnd stellte Annie ihr Limonadenglas auf die Armlehne ihres Stuhls. »Hier bei uns mißt man das Land nicht in Hektar, sondern in Abschnitten. Die McCulloughs besitzen etwa fünfundfünfzig oder sechzig Abschnitte und außerdem noch Grundstücke anderswo.«
»Wie groß ist so ein Abschnitt?«
»Hundertsechzigtausend Hektar.«
Cat rechnete. »Das sind ja neun bis zehn Millionen Hektar!«
»Mindestens. Ihnen gehört ein Großteil des Tals. Ich sehe zu, daß wir bei ihnen eingeladen werden, damit du es dir selbst anschauen kannst. Die Familie ist zwar schon seit Generationen wohlhabend, aber meine Eltern haben mir erzählt, daß Red das Vermögen noch vermehrt hat. Die McCulloughs haben hier in der Gegend eine Menge zu sagen, doch sie mißbrauchen ihre Macht nicht. Wenn wir hier einen Beliebtheitswettbewerb veranstalten würden, kämen Red und der Sheriff wahrscheinlich in die Endausscheidung.«
»Der Sheriff? Seit wann sind Polizisten denn beliebt?«
»An der Ostküste vielleicht nicht. Mit Jason Kilpatrick ist es etwas anders. Er ist ein hilfsbereiter Mensch und

ein absoluter Glücksfall für unsere Stadt. Als er anfing, war ich gerade auf dem College. Leider hat auch er eine merkwürdige Frau. Kalt wie ein Iglu. Ich glaube, die geht zum Lachen in den Keller. Jason hingegen ist bei allen Bewohnern des Tals ein gerngesehener Gast. Außerdem ist Verbrechen bei uns ein Fremdwort, und das liegt nicht daran, daß die Leute Angst vor Jason haben. Sie wollen ihn eben nicht enttäuschen.«

Cat war der Ansicht, daß Annie ziemlich naiv daherredete.

»Findest du es nicht komisch, daß zwei so nette Männer mit solchen Zicken verheiratet sind? Und zwei gefühlvolle, lebendige und sympathische Frauen wie wir sind immer noch solo! Die Welt ist eben ungerecht.«

»Ich habe sowieso keine Zeit für Männer«, murmelte Cat. »In den letzten Monaten habe ich nur noch für den Prozeß gelebt.«

»Und an deinem Tonfall erkenne ich, daß du vorhast, diesem Zustand durch einen Flirt mit Scott McCullough abzuhelfen.«

»Attraktiv ist er schon …«

»Das kannst du laut sagen.«

»Bist du mal mit ihm gegangen?«

»Ich bin zwei Jahre älter als er, und in einer Stadt wie dieser spielt das eine Rolle. Doch die Mädchen in seiner Klasse und auch die jüngeren waren verrückt nach ihm. Und nach dem zu urteilen, was man so hört, sind die meisten von ihnen auch zum Ziel gekommen.«

»Oh.«

»Also sei gewarnt.«
»Man muß ja nicht gleich heiraten, bevor man mit jemandem ins Bett steigt.«
»Da bin ich ganz deiner Ansicht. Aber es besteht die Gefahr, daß du dich verliebst, wenn du dich mit Scott einläßt.«
»Das werde ich hoffentlich selbst rauskriegen. Ich habe Lust auf ein bißchen Entspannung und Romantik.«
Und wie erwartet, ergab sich bald eine Gelegenheit.

Cat fand Annies Familie auf Anhieb sympathisch. Unter der Aufsicht von Annies Mutter, die Polyesterhosen und eine Hemdbluse trug, deckten sie den großen Picknicktisch im Garten, wo Rittersporn und Flieder blühten. Der Garten war von einem Lattenzaun umgeben, von dem die weiße Farbe abblätterte. Eine mindestens zehn Meter hohe Weide spendete Schatten. Sie liehen sich Stühle aus der Stadthalle aus, und Kevin, der Bräutigam, half beim Aufstellen. Er war ein magerer junger Mann mit leuchtend blauen Augen und hatte gerade seinen Abschluß an der University of Oregon gemacht. Nun arbeitete er bei einer Behörde in Salem. Da er noch bis August Urlaub hatte, wollte er mit seiner Braut zehn Tage lang am Steens Mountain und in den Strawberry Mountains zelten.
Zelten auf der Hochzeitsreise? Cat stellte sich für ihre Flitterwochen eher ein Luxushotel vor, wo es Swimmingpools und Tennisplätze gab, wo man Drinks an den Liegestuhl serviert bekam und wo beim Dinner romantische Musik erklang. Oder vielleicht Hawaii:

eine sanfte Meeresbrise, die Luft duftete nach tropischen Blumen, und in der Ferne schluchzte herzzerreißend eine Gitarre.
Die Braut und ihre Familie trafen in einem zerbeulten Pick-up und einem ziemlich neuen Taurus ein. Die junge Frau hatte eine Menge jüngerer Geschwister. Alle umarmten einander und nahmen Cat freundlich in ihrer Mitte auf. Offenbar kannten sie sich schon seit ihrer Kindheit. Cat überlegte, wie es wohl war, ein ganzes Leben an ein und demselben Ort zu verbringen.
Ein riesiges Roastbeef und ein ganzer Schinken wurden aufgetragen. Dazu Schüsseln mit Kartoffelsalat und Krautsalat, Obstsalat mit Götterspeise, saure Gurken, Oliven, Senf, Mayonnaise und in dicke Scheiben geschnittenes, hausgemachtes Brot. Als Kind hatte Cat zum letztenmal einen so reich gedeckten Tisch gesehen. Sie wußte gar nicht, daß es immer noch Leute gab, die sich solche Mühe mit dem Essen machten.
Eisgekühlte Limonade für die Frauen und Kinder und Bier für die Männer standen bereit. Braut und Bräutigam himmelten einander an. Cat fragte sich, ob sie wohl schon einmal miteinander geschlafen hatten. Es war eine andere Welt, in der Werte herrschten, die an der Ostküste vermutlich als altmodisch gelten würden.
Und plötzlich überlief sie eine Gänsehaut.
Scott McCullough bog um die Hausecke. Er war ganz in Weiß gekleidet und trug einen gewaltigen Cowboyhut auf dem Lockenkopf. Nach seinen breiten Schultern und der schmalen Taille hätten sich auch in Los

Angeles die Mädchen auf der Straße umgedreht. Er lächelte übers ganze Gesicht. Cat blieb das Herz stehen. Scott küßte die beiden Mütter auf die Wange, schüttelte den Männern die Hand, zauste den kleinen Brüdern das Haar und umarmte die sechzehnjährige Schwester der Braut. Als er Cat entdeckte, sah er sie aus schwarzen Augen an.

Sie stand wie angewurzelt da.

Offenbar hatte niemand bemerkt, welche Spannung zwischen ihnen knisterte. »Das Buffet ist eröffnet!« rief Annies Vater laut.

Alle strömten einigermaßen gesittet auf den langen Tisch zu. Annie nahm Cat an der Hand und zog sie mit sich. Am liebsten hätte Cat sich nach Scott umgeblickt, aber sie beherrschte sich.

»Paß auf«, warnte Annie.

»Warum? Stimmt etwas nicht?« Doch sie wußte genau, was ihre Freundin meinte.

»Nimm dir einen Teller, aber laß noch Platz für den Nachtisch. Mamas Schwarzwälder Kirschtorte ist die beste auf der ganzen Welt.«

Cat und Annie machten es sich mit ihren Tellern im Schatten der Weide bequem. Unter den Gästen herrschte ausgelassene Stimmung.

Cat beobachtete, wie ungezwungen die Anwesenden miteinander umgingen. Sie war sich nicht sicher, ob sie soviel Vertrautheit nicht als einengend empfinden würde. War es nicht langweilig, ständig mit denselben Leuten zu verkehren und sie Tag für Tag zu sehen?

Doch eigentlich lief es in Boston auch nicht viel anders:

immer dieselben Kollegen und Mandanten. Außer mit Annie hatte sie seit ihrem Uniabschluß keine Freundschaften geschlossen. Und wenn sie mit einem Mann ausging, war es für gewöhnlich ein Anwalt, den sie auf einer Party kennengelernt hatte.
Sie hatte geglaubt, über diese Provinzler erhaben zu sein, bei denen die Zeit stehengeblieben schien. Allmählich jedoch erwachte ihr Interesse. Die Leute besaßen eine Offenheit und Unbefangenheit, die Cat gefiel.
Die untergehende Sonne verbreitete ein goldenes Licht.
»Um diese Jahreszeit wird es erst nach halb zehn dunkel«, meinte Scott McCullough, rückte sich einen Stuhl heran und setzte sich Cat und Annie gegenüber.
»Wie in Boston«, entgegnete Cat, bemüht, sich ihre Gefühle nicht anmerken zu lassen.
»Sie haben das wichtigste Picknick des Jahres verpaßt«, fuhr er fort. »Das am Unabhängigkeitstag.«
Cat lächelte ihm zu. Als sie einander ansahen, konnte sie den Blick nicht mehr von ihm abwenden.
»Wo habt ihr euch kennengelernt?« fragte er.
»Cat ist meine Nachbarin«, erklärte Annie. »Wir sind uns zum erstenmal begegnet, als sie eingezogen ist. Das ganze Treppenhaus war mit ihren Kartons zugestapelt, daß ich nicht mehr vorbeikonnte. Sie hat mir so leid getan, daß ich sie zum Abendessen eingeladen habe, und seitdem sind wir befreundet.«
»Was machen Sie denn beruflich?« erkundigte er sich, während er eine Scheibe Schinken mit Senf bestrich.
»Ich bin Anwältin.«

Seine Gabel blieb in der Luft stehen, und er starrte sie entgeistert an. »Eine Frau als Anwalt?« meinte er schließlich, nachdem er einen Bissen gegessen hatte.
»Das hört sich an, als hätten Sie etwas dagegen.«
»Nein, das war reine Bewunderung. Bei uns kriegen wir nicht oft eine Frau zu Gesicht, die Anwalt ist.«
»Mit Ausnahme von Portland und Eugene herrscht hier finsteres Spießertum«, meinte Annie. »Die Gleichberechtigung der Frau ist kein Thema, legale Abtreibungen gelten als Teufelswerk, und Henry Kissinger ist den Leuten suspekt, weil er einen ausländischen Akzent hat. Und wer keinen einheimischen Urgroßvater vorweisen kann, hat bestimmt Dreck am Stekken.«
»Moment mal«, protestierte Scott. »Daß ich hier lebe, macht mich noch lange nicht zu einem Spießer. Ich bin zwar gegen die Verschwendung von Steuergeldern, betrachte mich aber als Liberalen, ganz wie der Rest meiner Familie. Mein Vater wählt sogar die Demokraten. Schließlich ist Oregon ein progressiver Staat.«
»Ach wirklich?« erwiderte Annie in herausforderndem Ton. »Das liegt aber nur an den größeren Städten. Ihr wohnt hier viel zu nah an Idaho und seinen Neonazis.«
Die drei schwiegen betreten. Schließlich beruhigte Scott sich wieder. »Verteidigen Sie Verbrecher?« wollte er von Cat wissen. Ihr gefiel der Klang seiner Stimme, der seine Frage viel persönlicher wirken ließ, als sie eigentlich war.
»Ich verteidige Unschuldige.«

»Schon gut«, sagte er wegwerfend. »Damit sie freikommen und wieder einen Mord begehen können. Das gehört zu den Dingen, die heutzutage schieflaufen. Zu viele Verbrechen und zu milde Strafen.«

»Ich glaube, die meisten Amerikaner wären Ihrer Ansicht. Jedenfalls habe ich keine Lust, mich mit Ihnen darüber zu streiten.«

»Können Sie reiten?« wechselte Scott das Thema.

Cat schüttelte den Kopf. Sie war nur einmal, mit zwölf, während eines Urlaubs mit ihrer Familie, geritten, hatte sich krampfhaft an die Zügel geklammert und Todesängste ausgestanden.

»Was meinst du, Annie? Wollt ihr beide nach Big Piney kommen, damit wir zusammen in die Berge reiten können?«

»Das wäre bestimmt interessant für Cat. Danke, gern.«

»Wenn ihr am Montagnachmittag kommt, könnt ihr zum Essen bleiben.«

»Das wäre wirklich nett«, murmelte Annie. Dann sagte sie zu Cat: »Du wirst feststellen, daß dich jeder, den du kennenlernst, zum Essen einlädt. Gastfreundschaft wird hier in Cougar großgeschrieben.«

»Bist du fertig, Scott?« unterbrach der Bräutigam das Gespräch. »Wir machen jetzt die Stellprobe in der Kirche.«

»Klar.« Als Scott aufstand, bemerkte Cat, daß er die meisten anderen Gäste überragte. Seine Stiefel waren so blank poliert, daß Cat sich beinahe darin spiegeln konnte. Wie sein Vater trug er ein Halstuch anstelle einer Krawatte und sah aus wie ein Westernheld.

Annie bemerkte, daß Cat Scott nachblickte, als dieser den Rasen überquerte und um die Hausecke verschwand.
»Ein interessanter Mann«, meinte sie.
»Sein Vater auch«, antwortete Cat.
»Sei bloß vorsichtig. Scott ist ein Herzensbrecher. Seit er siebzehn ist, versuchen die Mädchen hier, ihn zum Traualtar zu schleppen.«
»Ich muß ihn doch nicht gleich heiraten«, sagte Cat.

DREI

Nach Big Piney waren es etwa dreißig Kilometer. Von der schmalen Landstraße zweigte eine unbefestigte Straße ab, die sich bis zu den Bergen schlängelte. Cougar Valley war von gelben Senffeldern und üppigen Wiesen geprägt. So weit das Auge reichte, weideten braune und schwarze Rinder.

Scott hatte Cat und Annie mit dem Auto abgeholt. Zu Cats Überraschung fuhr er einen riesigen schwarzen Cadillac mit roten Lederpolstern.

Schneebedeckte Berggipfel ragten in den strahlend blauen Himmel.

»Dort, wo Weiden stehen, ist ein Bach«, erklärte Scott. »Zum Glück haben wir keine Probleme mit dem Wasser. Oben auf den Bergen liegt immer Schnee, und hinter diesen Hügeln gibt es einige Seen. Im Winter kann man hier ausgezeichnet Skilaufen, und um diese Jahreszeit gehen wir zum Angeln und veranstalten Picknicks, im Herbst finden die Jagden statt.«

»Was wird denn hier gejagt?« fragte Cat.

»Berglöwen, Elche, Bären und Hirsche.«

Cat konnte sich nicht vorstellen, ein Tier zu töten.

»Gehört all das Ihnen?« erkundigte sie sich und wies aus dem Autofenster.

»Das meiste schon, bis zu den Häusern dort hinten. Dieser Berg und das Land jenseits davon ebenfalls. Unser Grundbesitz reicht fast bis zu den Wallowas.«
Cat drehte sich um und blickte zu den schneebedeckten Bergen im Osten hinüber. »Ich habe noch nie so eine wunderschöne Landschaft gesehen.«
Scott nickte. »Sie ist einzigartig. Wir hier draußen können nicht begreifen, warum jemand freiwillig in einer Stadt lebt. Ich würde mich an der Ostküste fühlen wie im Knast.«
Im Knast? Für Cat waren Städte gleichbedeutend mit Kultur und Abwechslung, ohne die man einfach nicht existieren konnte. In Cougar gab es weder ein Kino noch eine Bibliothek, und die Zeitung erschien nur einmal wöchentlich. Man mußte sich mit einer Bankfiliale, einem Supermarkt und dem Eisenwarenladen begnügen. Rocky's Café in der Main Street war die einzige Kneipe, und vor kurzem hatte eine Eisdiele der Kette Dairy Queen eröffnet. Am südlichen Ende der Stadt stand eine BP-Tankstelle, am nördlichen eine von Texaco. Außerdem verfügte Cougar noch über das Shumway's Hospital Inn – ein Motel mit elf Zimmern – und über einen Laden für Westernkleidung. Für größere Einkäufe mußte man nach Baker, La Grande oder sogar nach Pendleton fahren, das fast fünfzehntausend Einwohner hatte. Cougar hatte auch eine Landwirtschaftliche Genossenschaft, wo Farmer und Rancher Viehfutter erstehen, ihre Wolle verkaufen und im Frühjahr Küken bestellen konnten. Wer nur wenige Milchkühe besaß, lieferte die Milch in riesigen Alu-

kannen an die Molkerei Darigold. Bei Ranchern mit größeren Herden wurden die Behälter mit dem Lastwagen abgeholt.

Vlahov's Apotheke und Drogerie schenkte Limonade aus und handelte außerdem mit T-Shirts, Andenken und Taschenbüchern.

In Cougar gab es auch einen Arzt und einen Tierarzt, die einander zuweilen beratend zur Seite standen. Ihre Hausbesuche führten sie bis zu vierzig Kilometer in die Umgebung. Die beiden Mediziner waren mit Mobiltelefonen ausgerüstet und kehrten oft erst nach Einbruch der Dunkelheit von ihren Fahrten zurück.

Ein Japaner, dessen Großeltern in die Vereinigten Staaten eingewandert waren, züchtete winzige Rosen und Bonsais, mit denen er das ganze Land belieferte.

Cat versuchte sich vorzustellen, wie es hier wohl im Winter war, der viele Monate dauerte. Ganz sicher würde sie sich eher eingesperrt fühlen als in der Stadt.

»Wenn ich sechs Stunden in einer Stadt verbringen muß, bekomme ich Klaustrophobie«, sagte Scott. »Nichts Grünes, nur Häuserschluchten. Keine Vögel, keine Aussicht. Ich weiß nicht, wie Sie das aushalten.«

»Wenn ich hier bin, frage ich mich, ob ich verrückt geworden bin, weil ich freiwillig in der Stadt wohne. Aber was soll ich hier anfangen?« entgegnete Annie.

»Heiraten«, lautete Scotts knappe Antwort.

»Klar, was anderes bleibt einem in diesem Nest auch nicht übrig.«

»Und was hast du gegen die Ehe einzuwenden?«

»Eigentlich nichts. Grundsätzlich möchte ich schon einmal heiraten, aber nur, wenn ich meine Freiheit nicht aufgeben muß.«

»Deine Aufgabe wäre es, dich um deine Kinder und den Haushalt zu kümmern.«

»Ach du meine Güte!« riefen Annie und Cat im Chor.

»Die Luft ist hier so sauber«, meinte Cat, um das Thema zu wechseln.

»Das liegt daran, daß die nächste Fabrik mehr als fünfhundert Kilometer entfernt ist. Wenn Sie etwas wirklich Gutes riechen wollen, müssen Sie mal in eine Scheune gehen – das frischgemähte Heu …«

»Ja, ja«, ergänzte Annie. »Und gleich daneben der Misthaufen …«

Scott, der nicht sicher war, ob sie ihn auf den Arm nehmen wollte, warf einen Blick in den Rückspiegel. Doch um Annies Lippen spielte ein wehmütiges Lächeln.

Und dann kam am Ende der Straße das Haus in Sicht.

»O mein Gott.« Cat schnappte nach Luft. »Das ist ja ein wahrer Palast.«

»Sechsundzwanzig Zimmer, wenn man die Bäder nicht mitzählt«, erwiderte Scott grinsend.

Das einstöckige Haus verfügte über eine Veranda. Die Stufen waren zum Schutz gegen das rauhe Klima mit dunkelbrauner Beize imprägniert.

Jeder der hohen Räume war mit einem offenen Kamin ausgestattet. Von den vorderen Zimmern aus konnte man jenseits des Cougar Valley die Wallowa Mountains sehen, die hinteren blickten auf die felsigen Elkhorns.

»Ein phantastisches Haus«, sagte Cat.

»In Wyoming, Montana und Texas gibt es noch viel größere Anwesen«, erklärte Scott. »Aber ich denke nicht, daß es irgendwo so schön ist wie hier.«
Cat glaubte ihm das aufs Wort.
»Zuerst begrüßen wir Mutter, und dann gehen wir zu den Ställen. Die Pferde sind schon gesattelt. Wir reiten in die Berge, von dort aus hat man eine wundervolle Aussicht über das ganze Tal.«
Kopfschüttelnd blickte Annie sich um. »Obwohl ich meine Eltern abgöttisch liebe, könnte ich nie wieder in dieser Gegend leben. Wenn man als Frau etwas erreichen oder sich weiterbilden will, geht man hier vor die Hunde. Je idyllischer die Landschaft, desto spießiger und engstirniger die Leute. Außerdem gibt es keine Arbeit.«
»Das stimmt nicht«, widersprach Scott.
»Dann beweis mir das Gegenteil.«
»Nun, ich bin nicht so weit herumgekommen wie du …«
In diesem Moment trat die schönste Frau, die Cat je gesehen hatte, aus dem Haus und blieb auf der Schwelle stehen. Sie trug ein fliederfarbenes Chiffonkleid, das beim Gehen um ihre Beine wehte. Das schmale, weiße Band, das sie sich ins dichte, kohlschwarze Haar geflochten hatte, betonte ihre exotische Schönheit noch. Cat schätzte sie auf Ende Vierzig, obwohl sie die Figur einer Zwanzigjährigen hatte. Ihre wohlgeformten Beine wurden durch die hochhackigen Lackschuhe vorteilhaft zur Geltung gebracht.
Cat hatte wegen des bevorstehenden Reitausflugs

Hose und Turnschuhe angezogen. Doch selbst in einem Abendkleid hätte sie den Vergleich mit dieser Frau gescheut, die ihre Gäste mit einem hauchzarten Händedruck begrüßte.

Mrs. McCullough ließ zu, daß Annie sie umarmte. »Ach, wie ich dich beneide«, sagte sie. »Bestimmt ist das Leben in Boston sehr aufregend. Warum hast du uns nicht besucht, als du über Weihnachten bei deinen Eltern warst?« Es klang wie ein Tadel. Dann wandte sich die Frau an Cat. »Ich freue mich, Sie kennenzulernen. Offenbar habe ich es Ihnen zu verdanken, daß ich Annie wieder einmal zu Gesicht bekomme.«

»Wir reiten aus, Mutter«, meinte Scott. »In ein paar Stunden sind wir wieder zurück.«

»Miss Jenny kommt heute abend.«

Miss Jenny – der Name, der auf der kleinen Cessna stand.

»Meine Großmutter wohnt oben in der Jagdhütte«, erklärte Scott.

»Sie kommt gern zu Besuch, wenn wir Gäste haben«, ergänzte Sarah McCullough mit einem Lächeln.

Obwohl Cat sich der Natur niemals näher gefühlt und noch nie eine so urwüchsige Landschaft gesehen hatte, konnte sie nur an ihr schmerzendes Hinterteil denken. Nach dem zweistündigen Ausritt bereitete es ihr Mühe, sich zu setzen. Doch da sie sich keine Schwäche anmerken lassen wollte, biß sie die Zähne zusammen und lächelte, als eine ältere Dame – Cat schätzte sie auf Ende Sechzig – ins Zimmer gestürmt kam. Die Frau trug eine schwarze Hose, eine rosafarbene Baumwollbluse und bis auf einen Diamantring und eine Rolex keinen Schmuck. Außerdem hatte sie dieselben Cowboystiefel an wie ihr Sohn und ihr Enkel, denn sie war den ganzen Weg geritten.

»Heute nacht haben wir Vollmond«, sagte sie. »Also können Boo Boo und ich uns nicht verirren. Es gibt nichts Schöneres als einen Ausritt bei Mondlicht.«

Cat war da ganz anderer Ansicht. Sie hatte sich geschworen, nie wieder auf ein Pferd zu steigen.

Das Wohnzimmer war so riesig wie die Empfangshalle eines Hotels. Die Holzbalken hatten den Durchmesser von Baumstämmen. Doch am meisten war Cat von dem schimmernden Parkettboden beeindruckt, der mit handgewebten indianischen Teppichen bedeckt war. Der in Weinrot, Dunkelblau und Dunkelgrün gestaltete Raum war geschmackvoll und elegant eingerichtet.

»Hier sieht es noch genauso aus wie damals, als ich Neunzehnhundertvierundvierzig eingezogen bin«, meinte Miss Jenny lächelnd zu Cat.

»Allerdings habe ich die Möbel neu aufpolstern lassen«, erklärte Sarah McCullough. »In denselben Farben. Aber mir waren die Roßhaarpolster deiner Schwiegermutter einfach zu stachelig und unbequem.«

Miss Jenny lächelte. »Ich fand es auch nie sehr gemütlich. Doch das Schlafzimmer habe ich neu eingerichtet.«

Offenbar war es die heilige Pflicht der Schwiegertöchter, den ursprünglichen Stil des Hauses zu bewahren.

»Das Haus steht unter Denkmalschutz«, sagte Annie und nahm das Glas Whiskey und Quellwasser entgegen, das Scott ihr reichte.
»Könnte ich ein Glas Wein haben?« fragte Cat.
»Aber selbstverständlich.«
Inzwischen war Red nach Hause gekommen. Als er den Raum betrat, wandten sich ihm alle Blicke zu. Offenbar hatte er sich gerade umgezogen, denn seine dunkelbraune Baumwollhose hatte messerscharfe Bügelfalten. Dazu trug er eine reich bestickte Weste.
Cat fand ihn faszinierend. Gestern bei der Hochzeitsfeier hatte er zweimal mit ihr getanzt, und sie hatte überrascht festgestellt, daß er sich trotz seines kräftigen Wuchses sehr anmutig bewegte. Wahrscheinlich würde Scott, wenn er älter war, einmal aussehen wie er. Sie fragte sich, ob Red auch schon in seiner Jugend ein derart imposanter Mann gewesen war.
»Das Übliche, Dad?«
Red nickte allen Anwesenden zu, küßte seine Mutter und ging dann zu Scott hinüber. »Ja, danke.«
Scott füllte ein Glas bis an den Rand mit Eiswürfeln und schenkte seinem Vater einen Scotch mit Soda ein. Er selbst trank seinen Whiskey pur.
»Sie müssen mich unbedingt einmal besuchen«, meinte Miss Jenny zu Cat. »Von meinem Haus aus kann man das ganze Tal und die Wallowas sehen.«
»Das Haus, in dem sie jetzt wohnt, war früher unsere Jagdhütte«, sagte Scott und nahm neben Cat Platz. »Damals konnte man sie nur mit dem Pferd erreichen. Inzwischen führt eine unbefestigte Straße hinauf, und

Miss Jenny hat einen Pick-up, obwohl sie immer noch gern reitet.«

»Das soll nicht heißen, daß ich etwas gegen moderne Technik habe«, fügte Miss Jenny eilig hinzu. »Mir sind Pferde eben einfach lieber. Ich liebe es, gemächlich durch den Wald zu reiten, den Vögeln zuzuhören und die Wachteln, Kaninchen, Eichhörnchen und Hirsche zu beobachten.«

»Sind Sie hier aufgewachsen?« Cat fand Miss Jenny sehr sympathisch. Die Frau hatte nichts Gekünsteltes an sich. Sie fragte sich, wie sie wohl mit ihrer Schwiegertochter auskam. Oberflächlich betrachtet schien das Verhältnis harmonisch zu sein, doch die beiden waren sehr verschieden.

»Nein, in St. Louis«, erwiderte Miss Jenny. »Eines Sommers habe ich meine Tante und meinen Onkel besucht, die nach La Grande gezogen waren. Bei einem Fest zur Erdbeerernte habe ich seinen Vater in der Methodistenkirche kennengelernt.« Sie warf einen Blick auf Red. »Wenn Sie meinen Sohn schon beeindruckend finden, hätten Sie erst Jock sehen sollen.« Sie lächelte Red liebevoll zu. »Aber er ist ihm unglaublich ähnlich. Es war Liebe auf den ersten Blick. Damals, Neunzehnhundertvierundvierzig, waren wir mitten im Krieg. Jock war auf Fronturlaub, kam gerade aus Europa und sollte in den Fernen Osten versetzt werden. Wir heirateten zwei Wochen später, noch vor seiner Abreise. Ich wußte sofort, daß er der Richtige war, und daran hat sich in den zweiundvierzig Jahren unserer Ehe nichts geändert. Ich habe meine Entscheidung nie bereut.«

Wie konnte man nach zwei Wochen wissen, daß man mit einem Menschen sein ganzes Leben verbringen wollte? fragte sich Cat.

»Nach unserer Hochzeit haben wir uns ein ganzes Jahr lang nicht gesehen«, fuhr Miss Jenny fort. »Aber als er aus dem Krieg zurückkam, waren meine Gefühle für ihn noch dieselben.«

»Und neun Monate später wurde ich geboren«, ergänzte Red grinsend.

»Hat es lange gedauert, bis Sie sich an das Leben hier gewöhnt hatten?« wollte Cat wissen. »Es ist so anders hier als in St. Louis.«

Miss Jenny nickte. »Ich dachte, ich würde das mit dem Reiten nie hinkriegen. Und der lockere Umgangston der Leute machte mir anfangs auch Schwierigkeiten. Doch ich wollte so gern dazugehören und Jocks Leben teilen, daß ich alles Neue als Bereicherung empfand. Und jetzt könnte ich nie mehr hier wegziehen.« Sie wies mit dem Kopf auf ihren Sohn. »Eigentlich ist er nach seinem Vater benannt. Aber seit seiner Geburt nennen ihn alle nur Red.«

Cat konnte sich Red gut als kleinen, rothaarigen Jungen vorstellen.

»Und Sie sind wohl nach dem Land Ihrer Vorfahren benannt«, meinte Cat zu Scott.

»Kluges Mädchen«, sagte Miss Jenny.

»Der Name McCullough ist doch ein eindeutiger Hinweis.«

»Der erste McCullough – er hieß Ian – kam achtzehnhunderteinundfünfzig in die Vereinigten Staaten und schlug sich zur Westküste durch, um im Willamette Valley Gold zu suchen. Doch es waren schon zu viele vor ihm dort gewesen. Also ließ er sich hier in Cougar Valley nieder, kaufte ein paar Rinder und gründete die Ranch Big Piney. Er war schon vierzig, als er endlich heiratete. Da es in dieser Gegend kaum Frauen gab, wollte er sich eine in San Francisco suchen. Unterwegs übernachtete er in Wolf Creek und lernte dort eine Witwe kennen, die mit der Postkutsche von Kalifornien nach Portland reiste. Er überredete sie, mit nach Big Piney zu kommen, und heiratete sie einen Monat später.«

»Überstürzte Hochzeiten scheinen bei Ihnen in der Familie zu liegen«, stellte Cat fest.

»Wir waren die Ausnahme.« Red sah seine Frau an. »Wir kannten uns schon seit vier Jahren. Begegnet sind wir uns bei einem Studentenball an der University of Oregon, und wir heirateten vier Jahre später, nach unserem Abschluß.«

Sarah McCullough blickte schweigend aus dem Fenster.

»Wo ist Torie?« fragte Miss Jenny.

Sarah zuckte die Achseln, ohne ihre Schwiegermutter anzusehen. »Wahrscheinlich ist Victoria wieder mit diesem Indianer zusammen.«

Eine magere, hochgewachsene, schlaksige Frau, die Jeans und ein Herrenhemd trug, kam herein. »Das Essen ist fertig«, verkündete sie.

Bei Tisch wurde die Frage erörtert, ob der Kongreß recht gehabt hatte, die von Clinton vorgeschlagene Gesundheitsreform abzulehnen. Man debattierte, ob die Nachrichtensendungen von CNN wirklich die besten seien und ob es in diesem Jahr zwei oder drei Heuernten geben würde. Die ganze Zeit konnte Scott McCullough die Augen nicht von Cat abwenden.

Ihr war das so unangenehm, daß sie alles tat, um ihn nicht ansehen zu müssen. Doch es gelang ihr nicht, sich seinem Blick zu entziehen. Anscheinend hatte er Erfahrung mit Frauen und brauchte sich keine große Mühe zu geben, sie für sich zu gewinnen. Den ganzen Nachmittag lang hatte sie ihn beobachtet, wie er aufrecht auf seinem Pferd saß. Seine weiche Stimme, seine breiten Schultern und seine pechschwarzen Augen faszinierten sie. Wie es wohl sein mochte, ihn zu küssen?

»Darf ich mir Cat morgen abend ausborgen?« fragte er Annie auf der Heimfahrt.

»Ich glaube, wir haben nichts vor«, antwortete diese. »Mama ist von der Hochzeit noch ganz erschöpft.«

»Was ist?« meinte er zu Cat. »Gehen wir beide zusammen essen?«

Annie nickte, als Cat sie fragend ansah.

Cat war sicher, daß Scott McCullough sie morgen abend küssen würde.

VIER

Wahrscheinlich gibt es im Osten von Oregon kein Restaurant, das mit den Lokalen, wo Sie normalerweise essen, mithalten könnte. Und deshalb gehe ich mit Ihnen in einen Laden, wie Sie ihn sicher noch nie gesehen haben.«

Das Chuck Waggon war ein großes Restaurant am Stadtrand von Pendleton und verfügte über den längsten Tresen in der Gegend. Die Kellnerinnen trugen Miniröcke, Satinblusen, hochhackige Stiefel und Halstücher. Ein Geiger spielte Country-music.

»Am Wochenende tritt hier ein Quartett auf«, sagte Scott. »Und ich warne Sie: Bestellen Sie Ihr Steak bloß nicht durchgebraten.«

Den ganzen Weg nach Pendleton hatte er sie ausgefragt. Cat hatte das Gefühl, noch nie so viel über sich verraten zu haben – zumindest nicht im Laufe eines einzigen Gesprächs. Sie hatte ihm erzählt, daß sie mit elf Jahren ihre Mutter verloren hatte, die von einem Betrunkenen überfahren worden war. Achtzehn Monate später hatte ihr Vater wieder geheiratet. Cat hatte drei Halbgeschwister, die vierzehn, fünfzehn und sechzehn Jahre jünger waren als sie selbst. Ihre Stiefmutter war etwa in ihrem Alter. Die Familie wohnte in Philadelphia, und Cat besuchte sie eigentlich nur zu Weihnachten, was sie eher als Pflichtübung betrachtete. Vielleicht würde sie dieses Jahr lieber nach Barbados oder Aruba fliegen.

Sie erzählte Scott, daß sie gern ins Theater, ins Kino und in Symphoniekonzerte ging. Mit Opern konnte sie hingegen überhaupt nichts anfangen. Am liebsten mochte sie die Musik der Sechziger: John Denver, Peter, Paul and Mary und Mama Cass. Moderne Rockmusik empfand sie eher als Lärmbelästigung.

Cat gestand, daß sie abends nicht einschlafen konnte, ohne vorher ein paar Seiten in einem Buch zu lesen. Seit Beginn des Prozesses litt sie an Schlafstörungen.

Scott hatte zwei Jahre lang die University of Oregon besucht, allerdings mehr Zeit bei Partys und auf dem Sportplatz verbracht als in Seminaren. Nach einer Weile hatte er beschlossen, daß man keinen Uniabschluß brauchte, um eine Ranch zu leiten. Er kannte sich in der Landwirtschaft besser aus als seine Professoren, deren Wissen nur aus Büchern stammte. Sein Vater hatte gewollt, daß er Betriebswirtschaft studierte, doch schließlich war die Ranch schon seit mehr als einem Jahrhundert ohne einen Finanzfachmann ausgekommen. Außerdem hatte Scott das Leben im Freien vermißt.

»Inzwischen treiben wir das Vieh zwar mit Hubschraubern und Motorrädern zusammen, weshalb einige behaupten, daß die Romantik verlorengegangen ist. Doch ich bin da anderer Ansicht. Ich finde nichts schöner, als zusammen mit den Männern unter den Sternen zu schlafen, sich nachts am Lagerfeuer Geschichten zu erzählen und dem Blöken der Rinder und den Rufen der Nachttiere zu lauschen. Ich liebe es, auf unserer Veranda zu stehen und die Weiden zu betrachten. Hereford- und Angusrinder, so weit das Auge reicht. Ich werde ganz sentimental dabei.«

Noch nie hatte Cat erlebt, daß ein Mann so offen über seine Gefühle sprach. Ergriffenheit beim Anblick von Rinderherden?

Scott bestellte Whiskey für sich selbst und Rotwein für sie, ohne zu fragen, was sie trinken wollte. Dann saßen sie mit ihren Gläsern da und warteten auf ihr Roastbeef.

»Waren Sie schon mal beim Square dance?«

Cat schüttelte den Kopf.

»Freitag abend gibt es einen im Grange. Keine Angst, es ist nicht schwer. Donnerstags findet auch eine Volkstanzveranstaltung statt, allerdings in La Grande. Ich tanze sehr gern.«

»Hoffentlich müssen Sie sich mit mir nicht schämen. Ich habe schon jahrelang nicht mehr getanzt.«

Er grinste. »Dagegen müssen wir etwas unternehmen. Außerdem lasse ich mich nicht so leicht aus der Ruhe bringen.« Die ganze Zeit über sah er ihre Lippen an. Cat wußte, daß er sie begehrte, ein angenehmes Gefühl, wobei angenehm noch untertrieben war. Jahrelang war sie sich nicht mehr so weiblich vorgekommen. Seit Ewigkeiten war sie nicht mehr mit einem so gutaussehenden Mann ausgegangen, der überhaupt nichts mit der Juristerei zu tun hatte.

Sie war fest entschlossen, Urlaub zu machen und auszuspannen. Kein Streß, keine Hektik, keine Pläne und keine Termine.
»Ich fühle mich wie in einer anderen Welt«, sagte sie und blickte sich um. »Ist das hier tatsächlich Amerika?«
»Aber sicher, das wirkliche Amerika. Wo Sie herkommen, ist alles nur Show. Hier ist das Leben erst lebenswert.«
Als Cat ihr Glas geleert hatte, servierte die Kellnerin den Tacosalat.
»Eines steht jedenfalls fest, Sie sind ganz anders als die anderen Männer, die ich kenne.«
Er nickte. »Das habe ich mir gedacht. Doch mir geht es genauso. Ich bin noch nie einer Anwältin begegnet, die eine ganze Latte akademischer Titel hinter ihrem Namen hat. Und ich habe immer geglaubt, daß ich damit Probleme haben würde.«
»Und haben Sie welche?«
Er grinste. »Es ist genau das Gegenteil passiert. Und meine Großmutter ist auch ganz begeistert von Ihnen und hofft, daß Sie sie einmal besuchen. Sie möchte, daß ich Sie morgen zum Tee mitbringe. Haben Sie Zeit?«
Cat freute sich über die Einladung, denn ihr hatte die alte Dame sehr gefallen. »Selbstverständlich.«
Als der Geiger eine Pause einlegte, spielte die Musikbox Lieder aus den vierziger und fünfziger Jahren.
»Tanzen wir?« schlug Scott vor.
Cat sah sich um. An Wochenenden drängten sich auf dieser kleinen Tanzfläche sicher die Menschen, jetzt aber war sie völlig leer. »Niemand tanzt.«

»Das macht doch nichts.« Scott schob seinen Stuhl zurück, stand auf und bot ihr den Arm. »Es ist mir gleich, was andere Leute tun oder nicht tun.«

Cat ließ sich von ihm auf die Tanzfläche führen. Scott zog sie an sich und legte den Arm um sie. Sie reichte ihm kaum bis an die Schulter. Er bewegte sich so lässig und anmutig, als wäre die Tanzfläche nach der Ranch sein zweites Zuhause. »Sie tanzen wunderbar«, murmelte sie.

»Ich brauchte nur einen Vorwand, um Sie zu umarmen. Außerdem haben Sie unglaublich verführerische Lippen«, flüsterte er ihr ins Ohr.

Cat fragte sich, warum ihr auf einmal der Atem stockte. Es war doch nur ein harmloser Flirt.

»Und lassen Sie sich leicht verführen?« entgegnete sie zu ihrer eigenen Überraschung. Normalerweise hatte sie Schwierigkeiten mit dieser Art von Geplänkel.

Er lachte fröhlich auf, so daß die anderen Gäste sich nach ihnen umdrehten. »Ich mag schlagfertige Frauen.«

Als das Lied zu Ende war, kehrten sie an ihren Tisch zurück.

»Es hört sich zwar komisch an, aber der New Yorker Käsekuchen hier ist köstlich. Vorausgesetzt, man mag Kirschen.«

»Ich liebe Kirschen.«

Der Kaffee wurde serviert. Scott trank ihn schwarz, Cat mit Milch.

»Hängen Sie sehr an der Ostküste?« fragte er.

Cat zuckte die Achseln. »Ich habe nie woanders gewohnt.«

»Hier gefällt es Ihnen sicher.« Scott widmete sich seinem Käsekuchen.
»Der Kuchen ist ein Gedicht«, sagte Cat, obwohl sie ihn, verglichen mit dem in New York, ziemlich enttäuschend fand.
Sie erhoben sich abermals, um zu tanzen.
»Wann sind Sie das letztemal geküßt worden?« flüsterte er ihr ins Ohr.
»Das geht Sie überhaupt nichts an«, entgegnete sie, ohne ihn anzusehen.
»Falsch. In Zukunft geht mich alles etwas an, was mit Ihnen zusammenhängt. Ich will soviel wie möglich über Sie wissen.«
»Wie ich gehört habe, sagen Sie das zu allen Mädchen.«
Scott lachte auf und zog sie fester an sich. »Bestimmt haben Sie das von Annie. Achten Sie nicht auf diesen Klatsch. Es geht nur um uns beide. Einverstanden?«
»Okay«, murmelte sie.
»Aber ich muß Sie warnen. Bevor ich Sie heute abend nach Hause lasse, werde ich Sie küssen, daß Sie es nie wieder vergessen.«
»Ist das eine Drohung oder ein Versprechen?«
Er blieb stehen und nahm ihre Hand. Nachdem er die Rechnung bezahlt und fünf Dollar Trinkgeld zurückgelassen hatte, setzte er seinen weißen Stetson auf und zog Cat zur Tür. Draußen legte er seinen Hut auf das Dach des Cadillac, lehnte sie gegen den Wagen, nahm sie in die Arme und hob sie hoch. Dann preßte er seine Lippen auf ihre, daß ihr die Knie weich wurden.
Er schmeckte nach Kaffee, als er sie so zärtlich und lei-

denschaftlich küßte, wie sie noch nie geküßt worden war.

»Offenbar hast du an der Ostküste nicht nur Jura studiert«, bemerkte er und stellte sie wieder auf die Füße.

Sie stiegen ins Auto und verließen den Parkplatz. Schweigend fuhren sie einige Kilometer, bis Cat das Fenster auf ihrer Seite herunterkurbelte, um die Sterne besser betrachten zu können.

»Ich habe noch nie so viele gesehen«, sagte sie mehr zu sich selbst.

Als sie etwa fünfzehn Kilometer hinter sich gebracht hatten, nahm Scott ihre Hand.

»Wenn es einen erwischt, dann aber richtig«, meinte er. »Es ist wie ein Schlag mit einem Zementsack.«

Zuerst war sie nicht sicher, worauf er anspielte, doch dann begriff sie, daß er von ihnen beiden sprach. Sie fragte sich, wie oft er diese Worte schon ausgesprochen hatte. Sie wollte seine Hand schon ärgerlich wegschieben, überlegte es sich aber anders. *Stell dich nicht so an,* sagte sie sich. *Amüsier dich. In zehn Tagen fährst du sowieso wieder nach Hause.*

»Behaupte bloß nicht, daß du dich zum erstenmal ...« Sie beendete den Satz nicht. Wenn er Spielchen spielen wollte, bitte sehr.

Er lächelte. »Ich war erst einmal richtig verliebt, und zwar in der zehnten Klasse. Sie war in der elften und hat mich keines Blickes gewürdigt.«

»Wahrscheinlich war sie die einzige, die dich hat abblitzen lassen.«

Er umfaßte ihre Hand fester. »Ich glaube, du hast nicht die leiseste Ahnung, was du in mir anrichtest.«
»Eine wunderschöne Nacht«, sagte sie. Die Berge hoben sich dunkel vom mit Sternen übersäten Nachthimmel ab.
»Morgen nachmittag um vier fahren wir zu Miss Jenny.«
Das war keine Frage, sondern eine Feststellung.
»Ich hole dich um halb vier ab«, fuhr er fort, legte den Arm um sie und zog sie an sich. »Falls du vorhaben solltest, mich auch nur einen einzigen Tag nicht zu sehen, vergiß es. Am besten warnst du Annie gleich vor.«
»In Boston sind wir sowieso fast dauernd zusammen. Bestimmt hat sie Besseres zu tun, als die ganze Zeit mit mir zu verbringen.«
»Übermorgen zeige ich dir Big Piney. Du kannst dir aussuchen, ob wir den Hubschrauber oder den Jeep nehmen. Und wenn sich das Wetter bis Donnerstag hält, gehen wir schwimmen.«
»Und was ist mit deiner Arbeit?«
»Die erledige ich, bevor du morgens aufstehst.«
Zufrieden lehnte Cat sich zurück.
Sie freute sich schon auf seinen Gutenachtkuß.
Dieser Urlaub schien interessanter zu werden, als erwartet. Und so sollte ein Urlaub eigentlich auch sein. Ruhe, eine andere Umgebung, ein kleiner Flirt und neue Bekanntschaften. Schließlich träumte jede Frau davon, in den Ferien einen attraktiven Mann kennenzulernen und ein bißchen Romantik zu erleben. Also hatte sie es gut getroffen.

»Bringst du mir auch den Square dance bei?« fragte sie.
»Auch? Das klingt aber vielversprechend.«
Dann nahm er sie in die Arme und küßte sie. Wahrscheinlich würde sie diesen Kuß lange nicht mehr vergessen.

FÜNF

Cat überlegte, was sie tun sollten, wenn ihnen ein Auto entgegenkam. Die ungeteerte Straße zu Miss Jennys Haus war nämlich viel zu schmal zum Ausweichen. Sie fuhren eine Weile den Berg hinauf, bis Scott sagte: »Hier ist es.«

Miss Jennys großes Blockhaus stand zwischen den Bäumen. Die breite Veranda ragte über den Berghang hinaus. Oft saß sie dort in ihrem Schaukelstuhl und beobachtete mit dem Fernglas Hirsche und Vögel.

»Manchmal ist sie wochenlang eingeschneit«, sagte Scott. »Aber sie freut sich, weil sie dann endlich einmal ihre Ruhe hat.«

Er parkte vor dem Haus. Cat sprang aus dem Wagen, bevor er ihr beim Aussteigen helfen konnte. Miss Jenny trat vor die Tür und wischte sich die mehlbestäubten Hände an ihrer langen Musselinschürze ab. »Ich dachte schon, ihr hättet mich vergessen.« Sie hielt Scott die Wange hin. Er küßte und umarmte seine Großmutter.

Auch Cat küßte sie auf die Wange.

»Kommt rein, die Brötchen sind gleich fertig.«

»Dann sind wir satt, wenn es Abendessen gibt«, protestierte Scott.

»Den Tag, an dem du mal satt bist, möchte ich erst noch erleben«, lächelte seine Großmutter.
Aus der Küche duftete es köstlich. Cat betrachtete das Wohnzimmer, an dessen weißgekalkten Wänden indianische Teppiche hingen. Weitere Teppiche bedeckten den schimmernden Dielenboden. Vor dem Kamin standen eine drei Meter lange, geblümte Couch und bequeme Polstersessel. Das Zimmer war zwar nicht sehr hell, aber einladend und gemütlich.
Cat folgte den Stimmen bis in die moderne Küche, die mit einer Mikrowelle und einem Einbauherd ausgestattet war. In der Mitte befand sich ein ovaler Eichentisch mit hochlehnigen Stühlen. Scott saß da und trank Kaffee, während Miss Jenny die Brötchen auf einen großen Porzellanteller legte.
»Scott, könntest du dir mal meinen Generator ansehen?« fragte sie. »Gestern abend hat das Licht ständig geflackert.«
Er grinste. »Du willst mich nur loswerden, damit du mit Cat unter vier Augen sprechen kannst.«
Miss Jenny nickte. »Ein kluger Junge.«
»Da waren meine Lehrer aber anderer Ansicht«, meinte Scott und bestrich ein Brötchen mit Butter und Himbeermarmelade. »Hmmm, schmeckt das gut.«
»Wahrscheinlich deshalb, weil du immer aus dem Fenster geschaut und geträumt hast. Du warst unaufmerksam. An deiner Intelligenz kann es nicht liegen.«
»Die Brötchen sind wirklich köstlich«, stellte Cat fest. »Backen Sie gern?«
»Ich habe es nur selten versucht. Ich bin immer so be-

schäftigt, daß die hausfraulichen Tugenden irgendwie an mir vorübergegangen sind.«
»Ich glaube, ich sollte mir jetzt besser den Generator ansehen«, sagte Scott und stand auf.
»Ich beneide Sie.« Miss Jenny trank einen Schluck Kaffee. »In meiner Jugend kam es nicht in Frage, daß Frauen Rechtsanwältinnen wurden. Macht es Ihnen Spaß?«
»Sehr«, antwortete Cat. »Diese Brötchen sind ein Gedicht. Scott hat recht: Beim Abendessen werde ich keinen Bissen mehr hinunterbringen.« Sie sah aus dem Fenster. »Kann man sich an so eine Aussicht gewöhnen?«
»Ich finde immer wieder, daß es ein Wunder ist. Ein Jahr nach dem Tod meines Mannes bin ich hier heraufgezogen. Ich dachte, es sei an der Zeit, Sarah das Haus zu übergeben. Vielleicht war das ein Irrtum.«
»Haben Sie alle gemeinsam dort gewohnt?« Cat konnte es sich nicht vorstellen, mit ihren Schwiegereltern unter einem Dach zu leben.
Miss Jenny nickte. »Als Red Sarah heiratete, erschien uns das als die beste Lösung. Jock und ich bewohnten den Südflügel, Red, Sarah und die Kinder den Nordflügel. Doch hier oben fühle ich mich Jock näher, als wenn ich den ganzen Tag lang von Menschen umgeben wäre. Jeden Abend spreche ich mit ihm.«
»Sind Sie nicht einsam?«
»Nach Jocks Tod bin ich vor Einsamkeit fast verrückt geworden. Ich habe ihn so vermißt. Aber wahrscheinlich wollen Sie wissen, ob es mir etwas ausmacht, allein zu leben. Das stört mich nicht. Ich habe immer etwas

zu tun, selbst wenn ich nur die Spechte in den Bäumen beobachte. Nein, als junge Frau in St. Louis war ich viel einsamer als hier auf Big Piney.«

Schweigend tranken sie ihren Kaffee. »Schade, daß Sie nur so wenige Tage hier sind«, sagte Miss Jenny schließlich. »Sonst hätten wir zusammen in die Berge reiten können.«

Cat lachte. »Ich glaube, ein Ausritt genügt mir völlig. Seit Sonntag tut mir jeder Knochen im Leibe weh.«

»Haben Sie Geduld. Das wird schon wieder.«

»Zehn Tage genügen bestimmt nicht, um sich daran zu gewöhnen.«

»Sie dürfen es nur nicht übertreiben. Reiten Sie am ersten Tag nur eine Stunde und steigern Sie es langsam. Warum sind Sie eigentlich Anwältin geworden?«

»Ich wollte eine gute Position haben und viel Geld verdienen. Etwas bewirken. Der Welt zeigen, daß Frauen genauso fähig sind wie Männer.«

»Hm. Das Problem ist nur, daß Männer so schwer von Begriff sind. Sie haben so wenig Selbstbewußtsein, daß sie wahrscheinlich zusammenbrechen würden, wenn sie ahnten, wozu wir in der Lage sind.«

Cat lachte. Sie blickte zum in die Wand eingelassenen Schreibtisch hinüber. »Das sieht nach viel Arbeit aus. Was sind denn das für Akten?«

»Ich führe seit fast fünfzig Jahren die Bücher von Big Piney.«

»Warum benutzen Sie keinen Computer?«

»Ach, du meine Güte! Ich bin viel zu alt, um etwas so Kompliziertes zu lernen.«

»Unsinn. Sie würden sich eine Menge Mühe sparen.«
»Kann sein. Aber ich kenne niemanden, der es mir beibringen würde. Ich habe einfach Angst vor den Dingern.«
Cat hakte nicht weiter nach. Schließlich ging es sie nichts an.
»Mir gibt es etwas zu tun, und ich komme mir nicht völlig überflüssig vor. Wahrscheinlich haben Sie ja auch aus einem ähnlichen Grund Jura studiert.« Miss Jenny schwieg einen Moment lang. »Hoffentlich lassen Sie sich von Sarah nicht abschrecken«, fuhr sie dann fort.
»Warum? Letztens beim Abendessen war sie doch sehr nett zu mir.«
»Gut. Bei ihr weiß man nämlich nie.«
Was meint sie bloß damit? dachte Cat.
»Torie haben Sie zwar noch nicht kennengelernt, aber Sie werden sie sicher mögen«, fuhr Miss Jenny fort.
»Bestimmt.«
Miss Jenny stand auf. »Sehen wir mal nach, wie es meinem Generator geht.«
Scott hob den Kopf, als die beiden Frauen in die Garage kamen. »Ich brauche ein Ersatzteil, Miss Jenny. Wenn es dir nichts ausmacht, bis morgen zu warten, bringe ich es am Vormittag vorbei.«
»Heute kommt sowieso nichts Interessantes im Fernsehen. Und falls das Licht ausgeht, zünde ich mir zum Stricken eben eine Kerze an.«
»Haben Sie hier oben keine Angst?« wollte Cat wissen.

Miss Jenny lachte auf. »Fürchten muß man sich nur in der Stadt, wo es so viele Leute gibt. Hier nicht.«
»Torie wollte zum Essen kommen. Ich möchte, daß Cat sie kennenlernt«, sagte Scott.
»Schön, daß sie nach vier Jahren wieder zurück ist«, meinte Miss Jenny.
»Offenbar hat sie es ohne Claypool nicht ausgehalten.«
»Claypool?« fragte Cat.
»Joseph Claypool«, antwortete Miss Jenny. »Die Claypools sind eine angesehene Familie in der Gegend. Der Vater züchtet Appaloosa-Pferde und hat Kunden in der ganzen Welt, sogar in Australien. Joseph ist ein netter junger Mann.«
»Wir müssen los«, sagte Scott zu Cat. »Es gibt gleich Essen.«
Miss Jenny umarmte Cat. »Ich habe mich gefreut, daß Sie mich besucht haben. Ich glaube, wir werden uns noch öfter sehen.«
Arm in Arm schlenderten Scott und Cat zum Auto. Er ließ den Motor an und winkte Miss Jenny noch einmal zu. »Du hast sie schwer beeindruckt«, meinte er.
Cat konnte sich den Grund nicht vorstellen. »Ich mag sie auch. Sie ist eine starke Frau und eine richtige Individualistin.«
»Hier bei uns gibt es einige davon«, antwortete er, während er geschickt einer Wachtelhenne auswich, die mit ihren Küken die Straße überquerte. »Die Senatorin Maurine Neuberger zum Beispiel. Wir hatten sogar einmal eine Gouverneurin.«
Sie betrachtete seine Hände auf dem Lenkrad. Sie wirk-

ten kräftig und dennoch anmutig – wie der ganze Mensch.

Die junge Frau, die ihren Bruder auf der Veranda erwartete, sah aus wie das Ebenbild von Sarah McCullough. Schwarzes Haar fiel ihr bis auf die Schultern, und wie ihre Mutter und Scott hatte sie pechschwarze Augen. Offenbar verbrachte sie viel Zeit in der Sonne, denn ihre Haut war goldbraun und ließ ihre Zähne noch weißer aussehen. Ihr Gesicht war ungeschminkt. Wie fast alle hier in der Gegend trug sie Cowboystiefel und dazu ausgeblichene Jeans und ein gelbkariertes Baumwollhemd. Torie war unbeschreiblich schön und sogar noch ein Stück größer als ihre Mutter. Noch nie war Cat sich mit ihren einsachtundsechzig so klein vorgekommen.

Victoria McCullough reichte Cat die Hand. »Von Ihnen habe ich ja schon tolle Sachen gehört.«

»Wenn man nur ein paar Tage hier ist, ist es leicht, sich von seiner Schokoladenseite zu zeigen.«

»Kommen Sie rein. Es ist Zeit für einen Drink. Ich liebe Mineralwasser mit Zitronensaft. Was möchten Sie?«

»Torie ist unsere Abstinenzlerin«, erklärte Scott, als sie ins Haus gingen. Die Tür war so breit, daß sie zu dritt hindurchpaßten.

Sarah saß schon an ihrem Lieblingsplatz vor dem riesigen gemauerten Kamin.

Als Scott auf die Hausbar zusteuerte, hielt sie ihm ihr Glas hin. »Ich könnte auch noch einen gebrauchen«, sagte sie.

Cat bemerkte, daß Bruder und Schwester einen Blick wechselten, und fragte sich, ob das etwas zu bedeuten hatte.

»Wenn du noch eine Weile bleibst, müssen wir einen Rotweinkeller anlegen«, sagte Scott zu Cat. »Wir haben normalerweise nur eine Flasche da, und die reicht eine Ewigkeit. Bei uns wird nicht viel Wein getrunken.«

»Eine Cola wäre auch in Ordnung«, meinte Cat.

»Sie sind mir schon sympathisch«, stellte Torie fest.

»Du brauchst es nicht gleich zu übertreiben.« Als Scott Cat ein Glas Sauvignon reichte, berührten sich ihre Hände.

Cat gefiel es, daß die Familie sich jeden Abend vor dem Essen zu einem Drink versammelte und fröhlich miteinander plauderte. Offenbar hielten diese Menschen zusammen, liebten sich und kamen gut miteinander aus. Seit dem Tod ihrer Mutter, während der Zeit im Internat und auch später, allein in ihrer eigenen Wohnung, hatte sie sich nach einem solchen Familienleben gesehnt.

Torie erzählte, sie sei gerade dabei, ihre Wohnung einzurichten, Möbel zu kaufen und zum erstenmal alles nach ihrem Geschmack zu gestalten. Obwohl sie die Ferien sehr genossen hatte, freute sie sich darauf, ihre neue Stelle anzutreten. Die meisten ihrer Kollegen kannte sie bereits, da sie vor vielen Jahren dieselbe Schule besucht hatte und von ihnen unterrichtet worden war.

»Ich habe gehört, Sie kommen am Freitag mit zum Tanzen«, sagte sie. »Dann lernen Sie Joseph kennen. Wir gehen nämlich auch hin.«

Thelma, die Köchin, verkündete, daß das Essen fertig war.
Als alle an dem großen Tisch im Eßzimmer saßen, versuchte Mrs. McCullough, Konversation zu treiben. »Mit was für Fällen beschäftigen Sie sich hauptsächlich, Catherine?« erkundigte sie sich.
»Meistens sind es nur Recherchen, denn ich bin noch ganz unten in der Firmenhierarchie. Bis jetzt habe ich erst einen Mandanten vor Gericht verteidigt.«
»So wie Perry Mason?« meinte Torie und beugte sich vor. »Klären Sie Verbrechen im Gerichtssaal auf? Hängt das Leben des Verdächtigen von Ihren Fähigkeiten ab? Was tun Sie, wenn Ihr Mandant zum Tode oder zu lebenslänglich verurteilt wird?«
»Finden Sie nicht, daß Sie ebenfalls eine Menge Verantwortung tragen?« gab Cat zurück. »Schließlich unterrichten Sie Kinder. Die Zukunft dieser Welt liegt in Ihren Händen. Meiner Ansicht nach ist Verantwortung zu tragen einer der Gründe, überhaupt zu arbeiten. Nein, ich habe noch nie ein Verbrechen im Gerichtssaal aufgeklärt. Ich weiß nicht, wie ich mich fühlen würde, wenn jemand, den ich für unschuldig halte, zum Tode verurteilt wird. Daran darf ich nicht einmal denken.«
»Aber Sie haben sich doch mit dieser Frage auseinandersetzen müssen, als Sie beschlossen haben, Anwältin zu werden«, wandte Red ein.
»Nein«, antwortete Cat. »Ich würde einfach immer wieder Berufung einlegen und mir solche Zweifel nicht gestatten.«

»Und was ist, wenn du mal einen Prozeß verlierst?« fragte Scott.

Cat schloß die Augen. »Dann hoffe ich, daß der Verdächtige wirklich schuldig ist.«

»Sind Sie eine gute Anwältin?« wollte Torie wissen.

»Eine sehr gute.« Cat grinste.

Alle lachten.

Red tranchierte das Lamm und reichte die Teller herum.

Scott, der neben Cat saß, drückte sein Bein an ihres und lächelte ihr zu. Als sie die Berührung spürte, war ihr Gehirn mit einemmal wie leergefegt. Und während sie das Tischgespräch über sich hinwegplätschern ließ, stellte sie sich vor, nackt mit Scott in einem Heuhaufen zu liegen.

Scott nahm sich den Donnerstagnachmittag frei und holte sie um halb vier ab. »Pack deine Badesachen ein. Es ist furchtbar heiß heute.«

Sie schwammen in einem eiskalten Bergsee. Danach lag sie auf dem Rücken und blickte zu den schneebedeckten Bergen hinauf, während er ihre Brüste liebkoste.

SECHS

»Sag mir, daß es die größte Dummheit meines Lebens war, mich in Scott McCullough zu verlieben.«

Annie blickte grinsend über ihre Kaffeetasse hinweg. Sie saßen in der Küche am Frühstückstisch.

»Gut, ich bin im Urlaub. Ich bin ganz erholt. Ich befinde mich mitten in einer traumhaften Landschaft und bin mit Menschen zusammen, die nicht den ganzen Tag Terminen hinterherhecheln und andere Gesprächsthemen haben als ihre Arbeit. Ich habe einen attraktiven Mann kennengelernt, der mich küßt, der mit mir tanzen geht und der mich seiner Familie vorgestellt hat. Und ich bin beeindruckt von dem vielen Land, den Flugzeugen und den Autos, die sie besitzen, und von einer Art zu leben, die ich noch nicht kannte ...«

»Du müßtest dich mal reden hören.«

»Also ist es nicht weiter verwunderlich, daß ich schwach geworden bin.«

Annie zuckte die Achseln. »Ich habe es schon am ersten Tag geahnt, als er uns nach Hause gefahren hat. Aber du brauchst dich nächste Woche ja nicht mit ihm zu treffen, Cat.«

»Und nicht mit ihm tanzen zu gehen?« schrie Cat erschrocken auf.

»Amüsier dich. Es ist nichts weiter als ein Urlaubsflirt, den du rasch wieder vergessen wirst, wenn wir in Boston sind. Du wirst dich in deine Arbeit stürzen und überhaupt keine Zeit haben, an ihn zu denken. Und außerdem bleiben dir noch die romantischen Erinnerungen an wunderschöne Ferien.«

»Ich will nicht hierherziehen!«

Annie lachte auf. »Jetzt mach mal langsam. Du kennst ihn noch nicht einmal eine Woche. Und ich habe dich gewarnt. Scott ist ein Schwerenöter, der reihenweise Herzen bricht. Bestimmt will er dich verführen, und wenn du Spaß daran hast, nur zu. Mehr ist nicht dabei.«

»Schon gut, in zwei Wochen kann man nicht viel kaputtmachen. Und falls ich mich verliebt haben sollte, werde ich angesichts dieser kurzen Zeit gewiß rasch darüber hinwegkommen.«

»Wenn du glaubst, daß es was Ernstes ist, nimm am besten das nächste Flugzeug nach Hause.«

»Nein, dazu gefällt es mir hier zu gut. Hoffentlich hältst du mich nicht für undankbar, weil du mich so selten zu Gesicht bekommst.«

»Und ich hatte mir schon Sorgen gemacht, du könntest dich langweilen. Keine Angst, es stört mich nicht. Aber paß auf dich auf.«

Nach ihrem ersten Square dance war Cat ausgelassen und erschöpft. Noch nie hatte sie soviel gelacht.

Da Scott sich gerade mit einigen Männern unterhielt, stand sie allein neben der Bowleschüssel. »Offenbar

haben Sie Spaß bei uns auf dem Lande«, sagte eine Männerstimme neben ihr.
Als sie sich umdrehte, erblickte sie einen vierschrötigen Mann mit markanten Zügen, an dessen dunkelgrünem Westernhemd ein Sheriffstern steckte. Natürlich trug auch er Jeans und die obligatorischen Cowboystiefel.
»Stimmt. Ich finde es wundervoll. Sind Sie dienstlich hier?«
»Ich trage den Stern immer, denn ich bin vierundzwanzig Stunden am Tag und dreihundertfünfundsechzig Tage im Jahr im Dienst.«
»Machen Sie denn nie Urlaub?«
»Klar. Ich fahre mit meinem Sohn zum Angeln. Wenn man hier wohnt, braucht man nicht zu verreisen.«
»Mit wem habe ich eigentlich das Vergnügen?
»Mein Name ist Jason Kilpatrick.« Er reichte ihr die Hand. »Wer Sie sind, weiß ich. Die ganze Stadt redet über Annies Freundin von der Ostküste.«
»Mir gefällt es sehr gut in Cougar. Wahrscheinlich haben Sie nicht viel Arbeit. Es ist so friedlich hier.«
»Was Verbrechen angeht, haben Sie recht. Es passiert kaum etwas, weil jeder jeden kennt. Deshalb fühle ich mich auch so wohl. Eine gute Stadt, um Kinder großzuziehen.«
»Wie viele Kinder haben Sie denn?« Sie fand, daß Jason Kilpatrick ein gutaussehender Mann war. Nur ein wenig größer als sie, kräftig gebaut, breitschultrig, schmale Taille. Sie schätzte ihn auf Anfang Dreißig.
»Nur einen Sohn. Er ist sieben. Und er findet es hier viel schöner als in Seattle.«

»Wie lange wohnen Sie schon in Cougar?«
»Gut vier Jahre. In Seattle war ich Polizist. Irgendwann hatte ich es satt, denn ich hatte ständig nur mit Dreck und Elend zu tun. Und dann habe ich Cougar Valley entdeckt.« Er stieß einen wohligen Seufzer aus.
Cat lachte auf. »Wird es Ihnen denn nie langweilig? Hier gibt es doch kaum etwas zu tun.«
»Langweilen Sie sich etwa?«
Cat schüttelte den Kopf. Allerdings lag das wahrscheinlich an ihrem Urlaubsflirt. Außerdem hatte sie sich heute morgen von Miss Jenny zu einem Ausritt überreden lassen. Die frische Luft und die Aussicht allein genügten, um auch den apathischsten Menschen wachzurütteln. In den letzten Tagen hatte Cat unglaublich freundliche Menschen kennengelernt, war in eiskalten Bergseen geschwommen und hatte wilde Tiere beobachtet, die sie noch nie zuvor in freier Natur gesehen hatte.
Da kam Scott herbeigeschlendert und legte Cat den Arm um die Schulter. »Hallo, Jason.«
Der Sheriff schüttelte Scott die Hand. »Die McCulloughs haben uns unter ihre Fittiche genommen, als wir in diese Stadt zogen. Die nettesten Menschen auf der Welt.«
»Dahinter bin ich auch schon gekommen.« Das Herz klopfte ihr bis zum Halse.
»Wo ist denn deine Frau?« fragte Scott.
»Sie hat wieder mal Migräne.«
»Bei der Hochzeit am Samstag hast du dich auch nicht blicken lassen.«

»Bei der Trauung in der Kirche war ich dabei, aber ich konnte leider nicht zum Fest kommen.«

Scott hakte nicht weiter nach. »Der Geiger fängt wieder an. Bist du bereit, Cat?«

Sie nickte. »Ich glaube, ich versuche es noch einmal. Tanzen Sie mit, Sheriff!«

»Mit Vergnügen.« Er trat mit Scott und Cat auf die Tanzfläche. »Was ist, Miranda?« rief er einem hübschen jungen Mädchen zu.

Sie lächelte. »Gern, Sheriff. Ich habe nur auf Sie gewartet.«

Kurz vor elf erschien Red McCullough in der Tür. Er schlängelte sich zur Tanzfläche durch und begrüßte unterwegs einige Bekannte.

Cat wußte, daß er sie beobachtete. »Jetzt bin ich dran«, sagte er zu seinem Sohn, als der nächste Tanz begann.

»Klar, Dad.« Doch statt eine andere Frau aufzufordern, stellte Scott sich an den Rand der Tanzfläche, um zuzuschauen.

»Tanzt Ihre Frau nicht gern?« fragte Cat.

»Sarah ist schon zu Bett gegangen», antwortete er. »Ich habe ein bißchen ferngesehen und fand dann, daß die Nacht zu schön ist, um zu Hause zu bleiben. Also habe ich beschlossen, mit einem hübschen Mädchen zu tanzen.«

Cat strahlte ihn an. Er gefiel ihr. Und wenn er tanzen wollte, obwohl seine Frau sich an einem Freitagabend früh ins Bett legte, sollte es nicht an ihr scheitern.

»Schön, daß Sie hier sind«, sagte sie.

Er lächelte – er hatte dasselbe Lächeln wie sein Sohn.

»Ich freue mich, daß Sie sich freuen.« Sie wirbelten über die Tanzfläche.
Er tanzte noch drei Tänze mit anderen Frauen und verabschiedete sich dann. Um Mitternacht stimmte der Geiger das letzte Lied an.

Als sie ins Auto stiegen, um zu Annie zu fahren, sagte Scott: »Ich will dich noch nicht nach Hause bringen.« Er hielt ihre Hand.
»Das Mondlicht ist wundervoll.«
»Es liegt nicht am Mondlicht, sondern an dir.« Er hielt am Straßenrand, weit weg von der nächsten Straßenlaterne, und stellte den Motor ab.
»Ich bin ja noch eine Woche hier.«
»Das meine ich nicht, und du weißt es ganz genau.« Er nahm sie in die Arme. »Verdammte Schalensitze. Eignen sich einfach nicht zum Knutschen.« Als er seine Lippen auf ihre preßte, seufzte sie auf.
»Weißt du, wie lange wir uns schon kennen?« fragte er.
»Natürlich.«
»Eine Woche und zweiunddreißig Stunden.«
Sie lachte. »Und elf Minuten?«
»Ich habe noch nie so viel für eine Frau empfunden. Die ganze Zeit denke ich nur noch an dich, und ich träume sogar von dir. Und morgens beim Aufwachen bist du wieder da. Ich kann mich nicht mehr auf meine Arbeit konzentrieren.« Er küßte sie wieder.
»Du stehst eben auf ältere Frauen.« Sie hatten festgestellt, daß er elf Monate jünger war als sie.
»Meinst du, das ist der Grund?«

»Klar.« Sie küßte seinen Hals, und er drückte sie fest an sich.
»Ich will nicht, daß du wieder wegfährst.«
»Ich bin doch noch eine Weile da. Diese Ferien sind wirklich etwas Besonderes. Nur deinetwegen.«
»Komm Weihnachten zurück.«
»Auch wenn du meinem Selbstbewußtsein noch so guttust – ich habe meinen Jahresurlaub schon aufgebraucht.«
»Dann kündige.«
»Sonst noch Wünsche?« Offenbar ahnte er nicht, wie mühevoll es gewesen war, diesen guten Posten zu ergattern.
»Wie soll ich dich richtig kennenlernen, wenn du nicht wiederkommst?«
Sie seufzte auf. Es war so schön, wie er den Arm um sie legte. »Du könntest mich in Boston besuchen. Oder mir E-Mails schicken.«
»Mist, ich habe keine Ahnung von Computern.«
»Du könntest es lernen. Oder ruf mich einfach an.«
»Das ist billiger, als einen Computer zu kaufen oder nach Boston zu fliegen. Aber ich warne dich. Ich glaube nicht, daß ich nach Boston komme.«
»Das habe ich ja auch nicht erwartet. Also küß mich noch einmal. In Boston kenne ich niemanden, der so küßt.«

Und dann geschah es. Cat hatte nicht damit gerechnet. Sie saßen kurz nach zwölf Uhr mittags im hellen Sonnenlicht an einem Bergbach. In zwei Tagen wollten Annie und sie abreisen. Scott hatte sich den Nachmittag freigenommen, einen letzten Ausritt vorgeschlagen und Thelma gebeten, einen Picknickkorb zusammenzupacken.

»Von der Bergluft kriege ich solchen Appetit. Wenn ich länger hierbleiben würde, würde ich wahrscheinlich schrecklich zunehmen«, sagte Cat.

Er strich mit den Fingern über ihre Brust. »Dann hör auf zu essen. Du siehst nämlich wunderbar aus. Weißt du, was passiert ist?« fügte er hinzu.

Sie schüttelte den Kopf.

»Ich habe mich in dich verliebt.«

Ein Vogel sang in den Bäumen, und ein Wölkchen schwebte über den Himmel.

Cat legte sich auf den Rücken, verschränkte die Hände hinter dem Kopf und sah Scott an. Sie war sicher, daß er das nicht zum erstenmal sagte. »Ich habe mit dir die schönsten Wochen meines Lebens verbracht. Seit Monaten oder vielleicht sogar Jahren habe ich nicht mehr soviel gelacht und soviel erlebt.«

Er legte sich neben sie. Seine Hand glitt in ihren Ausschnitt und berührte ihre Brust. Als er sich über sie beugte und sie küßte, schmeckte sie noch den Meerrettich, der auf seinem Sandwich gewesen war. Während er sie leidenschaftlich küßte, knöpfte er ihr die Bluse auf.

»Warum wird mir nur immer so heiß, wenn du mich anfaßt?« murmelte sie.

Er lachte.

»Ich werde diese zwei Wochen nie vergessen«, sagte sie, als er ihren Bauch streichelte.

Dann küßte er sie wieder, und sie begann sein Hemd zu öffnen. Sie wollte seine Haut an ihrer spüren, seine Zunge auf ihrer Brust, sie begehrte ihn so sehr.
Sie schlüpfte aus ihrer Bluse. Sein Kopf glitt an ihr herunter. Und als sie zu den hohen Baumwipfeln emporblickte, wußte sie, daß sie nie einem Menschen begegnet war wie Scott McCullough. Noch nie war sie so geküßt worden und hatte eine solche Leidenschaft empfunden. Und dann hörte sie auf zu denken.
Eine Stunde später lagen sie aneinandergeschmiegt und nackt unter einem Baum. Nur das Plätschern des Bächleins durchbrach die Stille.
»Du weißt, was einer Frau gefällt«, sagte sie.
»Das war mehr als nur Spaß«, entgegnete er. »Es war das Allergrößte.«
»Es wird ganz schön frustrierend werden, am Montag wieder im Büro zu sitzen.«
»Dann bleib doch. Bestimmt kann ich dir Dinge zeigen, die du noch nie zuvor erlebt hast.«
»Klingt verführerisch. Können wir das nicht in den nächsten anderthalb Tagen tun?«
Er lachte. »Wenn du erst mal auftaust, gibt es bei dir wohl kein Halten mehr.«
»Keine Ahnung. Das ist alles so neu für mich.«
»Wir könnten nach Portland fahren, uns ein Hotelzimmer nehmen und die ganze Zeit im Bett verbringen.«
»Klingt prima.«
Er setzte sich auf und starrte sie fassungslos an.
»Meinst du das ernst?«

Sie lächelte ihn an. »Ich weiß nicht. Was würde deine Familie sagen? Und Annie?«

»Sag ihr, sie soll sich mit uns am Flughafen treffen. Hast du wirklich Lust? Wir könnten noch vor Dunkelwerden in Portland sein und im Red Lion direkt am Columbia River übernachten.«

Erst der Hunger trieb sie nach vierundzwanzig Stunden aus ihrem Zimmer im Hotel Red Lion.

»Warum ist uns das nicht schon früher eingefallen?« fragte sie. »Wenn ich gewußt hätte, wie schön es ist, wäre ich bereits letzte Woche weichgeworden.«

»Weichgeworden?«

»Ich wollte warten, bis du mich ebenso begehrst wie ich dich.«

»Das hättest du schon vor ein paar Tagen haben können. Ich wollte nur nicht, daß du mich für leichtfertig hältst.«

»Das ist egal. Ich fand es jedenfalls noch nie so schön.«

»Mir ging es genauso.«

Auf dem Rückflug nach Boston war sich Cat ihres Körpers bewußt wie noch nie zuvor. Sie fühlte sich von einer unbändigen Kraft durchpulst.

Erst beim Umsteigen in Chicago wurde ihr klar, daß sie Scott McCullough wohl lange nicht wiedersehen würde – falls sie ihn überhaupt je wiedersah.

Dennoch war ihr nicht zum Weinen zumute.

Scott McCullough, dachte sie lächelnd. *Mrs. Scott McCullough. Catherine McCullough.*

»Warum runzelst du die Stirn?« fragte Annie.
»Ich könnte nie in Cougar leben.«
»Du würdest vor lauter Langweile elend zugrunde gehen.«
Allerdings hatte sich Cat noch nie zuvor so lebendig gefühlt.

SIEBEN

Hier scheint zwar die Sonne«, sagte Scott, als er am Sonntag um zehn Uhr abends im fünftausend Kilometer entfernten Boston anrief. »Aber mein Leben kommt mir düster und leer vor.«

»Bei uns ist es furchtbar schwül. Ich fühle mich niedergeschlagen und vermisse Cougar entsetzlich. Und die Berge, die reine Luft und …«

»… mich hoffentlich auch.«

»Dich auch.« Und wie sie ihn vermißte! Seine Küsse und seine zärtlichen Liebkosungen …

»Ich war heute nachmittag bei Miss Jenny. Wir haben lange über dich gesprochen.«

»Die letzten zwei Wochen waren die schönsten meines Lebens«, meinte Cat.

Obwohl sie sich nach den Telefonaten mit ihm warm und geborgen fühlte, mußte sie immer wieder daran denken, daß sie ihn vielleicht nie wiedersehen würde. Doch sie nahm sich fest vor, sich davon nicht bedrükken zu lassen. Schließlich hatte sie ihm eine wunderschöne Zeit zu verdanken. Bei der bloßen Erinnerung an die im Red Lion verbrachten dreißig Stunden prikkelte ihr der ganze Körper.

Als sie am nächsten Morgen in der Kanzlei eintraf,

wurden zwei Dutzend gelber Rosen für sie abgegeben. »Damit Du den ganzen Tag an mich denkst«, hatte Scott auf die beiliegende Karte geschrieben. Keine Unterschrift.

Am Dienstag traf eine süß duftende Gardenie mit schimmernd grünen Blättern ein. Cat fragte sich, ob die Floristin oder Scott selbst die Blumen aussuchte. Dienstag abend rief er wieder an.

Am Mittwoch jedoch erhielt Cat weder Blumen noch einen Anruf. Am Donnerstag und am Freitag auch nicht. Und als sie am Freitagabend von der Arbeit nach Hause kam, saß Scott auf der Vortreppe ihres Backsteinhauses. Neben ihm stand eine große Reisetasche aus weichem Leder, und er strahlte übers ganze Gesicht.

Beim Anblick ihrer verdatterten Miene brach er in Gelächter aus. Er sprang auf, nahm sie in die Arme, wirbelte sie herum und küßte sie zur Belustigung der vorbeigehenden Passanten.

Immer noch überrascht, drückte sie ihn an sich.

Dann stellte er sie auf die Treppe und nahm seine Tasche. »Ich habe es ohne dich einfach nicht ausgehalten«, sagte er.

Oben in ihrer Wohnung sah er sich erstaunt um. »Wieviel Miete zahlst du hier?« fragte er und küßte sie wieder, ohne eine Antwort abzuwarten.

Cat trat einen Schritt zurück, um ihn zu betrachten. »Ich fasse es nicht.«

»Ich habe dir doch gesagt, daß ich noch nie so für eine Frau empfunden habe.«

Dann blickte er sich wieder im Zimmer um: eine Bettcouch mit Kunstlederbezug, ein alter Schreibtisch, auf dem sich Papiere türmten, ein kleiner Fernseher auf einem Tischchen in der Ecke. Vor der winzigen Kochnische stand der Eßtisch, der kaum vier Personen Platz bot – aber das war bis jetzt auch nie nötig gewesen.

»Gemütlich kann man das ja nicht gerade nennen.«

Cat fand, daß sie vor anderthalb Jahren unglaubliches Glück gehabt hatte, diese Wohnung in der Newbury Street zu ergattern.

»Wohnt Annie auch so?« erkundigte er sich.

»Ihre Wohnung geht nach hinten raus und ist ein bißchen größer. Sie hat zwei Zimmer.«

»Ach du meine Güte«, meinte er mitleidig. »Ich bin am Verhungern. Der Fraß im Flugzeug hat geschmeckt wie Pappe, und jetzt knurrt mir schon wieder der Magen.«

»Ich fasse es immer noch nicht, daß du wirklich da bist.«

Er trat ans Fenster und blickte zu den Passanten hinunter, die an diesem Sommerabend durch die Straße bummelten.

»Es gibt hier eine Menge Restaurants«, fuhr sie fort. »Ein paar Italiener, einen Griechen, meinen Lieblingsinder ...«

»Inder?« fragte er argwöhnisch.

Sie nickte.

»Und da gehst du am liebsten hin? Okay, dann essen wir heute dort. Wenn ich schon einmal in der Großstadt bin, muß ich auch mal was Neues ausprobieren.«

»Aber zuerst möchte ich mich ein bißchen frischmachen.«
»Tu dir keinen Zwang an.«
Es klopfte an der Tür. »Kannst du bitte aufmachen?« sagte Cat, die schon auf dem Weg ins Bad war.
Es war Annie, und bei Scotts Anblick blieb ihr der Mund offenstehen. »Scott McCullough!«
»Hallo.« Er bat sie herein.
»Du bist wohl immer für eine Überraschung gut! Wann bist du denn angekommen?«
»Vor etwa einer Stunde.«
»Wie ich annehme, hat Cat keine Zeit, mit mir essen zu gehen.«
»Warum nicht? Komm doch mit«, meinte Cat, die ihre Waschungen inzwischen beendet hatte. »Wir gehen zum Inder. Ich glaube, Scott hat noch nie indisch gegessen.«
Annie sah Scott an. »Lieber nicht. Bestimmt wollt ihr unter euch sein.«
Cat wiederholte ihre Einladung nicht.
»Wie lange bleibst du?« wollte Annie von Scott wissen.
»Bis ich meine Mission beendet habe.« Er zuckte die Achseln.
Die beiden Frauen wechselten einen Blick, aber keine von ihnen fragte ihn, was er im Schilde führte.
Das Restaurant befand sich im Keller eines Backsteingebäudes in der Newbury Street.
»Ich glaube, es ist besser, wenn du bestellst. Ich wüßte nicht, was ich nehmen soll«, sagte er, nachdem er die Speisekarte studiert hatte.

»Die Lammgerichte hier sind ein Gedicht.«
»Einverstanden.«
Cat bestellte Gerichte, die nicht zu scharf gewürzt waren, da sie Scotts Geschmack nicht kannte, und dazu einen kalifornischen Vouvray.
»Anscheinend muß ich mir das Weintrinken angewöhnen«, meinte Scott. »In Cougar gibt es so etwas nicht.« Er sah sich anerkennend um. »Eleganter Schuppen.«
»Tu nicht so, als wärst du ein Hinterwäldler«, entgegnete Cat lächelnd. Sie war ja so glücklich.
»Stimmt. Ich war sogar schon auf Hawaii, in San Francisco und England.«
»In England auch?«
»Und in Florida.«
Sie lachte. »Und jetzt bist du hier.«
»Ich bin gekommen, um dich zu bitten, deinen Beruf aufzugeben, aus Boston wegzuziehen und mich zu heiraten«, sagte er, nachdem der Kellner den Wein eingeschenkt hatte.
Cat stellte ihr Glas so heftig auf den Tisch, daß sie befürchtete, es würde zerbrechen.
»Was?«
Scott glitt von seinem Stuhl und kniete vor Cat nieder. Die anderen Gäste musterten sie belustigt.
»Ich möchte dich bitten, meine Frau zu werden.« Er verharrte in seiner Stellung.
Cat sah sich um. Wie konnte man so einem Mann widerstehen?
»Ich weiß nicht, was ich dazu sagen soll.«
»Verdammt, es ist das erstemal, daß ich einer Frau

einen Antrag mache. Wie lange soll ich noch hier auf dem Boden knien?« Das Ganze schien ihm nicht im mindesten peinlich zu sein. Er nahm ihre Hand. »Mein Liebling, sicher ist dir schon aufgefallen, daß ich mich bis über beide Ohren in dich verliebt habe. Ich bin quer über den ganzen Kontinent geflogen, weil ich ohne dich nicht leben kann. Ich will mein Leben mit dir teilen, Kinder mit dir haben …«
Die anderen Gäste applaudierten stürmisch.
Cat errötete verlegen. »Scott, setz dich wieder hin. So schnell kann ich dir nicht antworten. Wir müssen darüber reden.«
»Liebst du mich?«
»Ich glaube schon.«
»Sie glaubt schon.« Scott wandte sich an die Anwesenden. »Sie glaubt schon.«
»Du bist der aufregendste Mann, dem ich je begegnet bin«, gab sie zu. Die Situation war ihr so unangenehm, daß sie am liebsten im Erdboden versunken wäre. Gleichzeitig konnte sie ein Lachen kaum unterdrücken.
»Gut.« Er nahm wieder Platz und drehte sich noch einmal zu den anderen Gästen um. »Ich halte Sie auf dem laufenden.«
Dann schenkte er sich noch ein Glas Wein ein.
»Du mußt ihn langsam trinken und nicht wie Bier hinunterschütten«, sagte Cat.
»Wenn ich immer täte, was ich müßte, würdest du mich nicht so aufregend finden«, erwiderte Scott.
»Ich kann doch nicht einfach meinen Beruf aufgeben. Wozu habe ich jahrelang studiert?«

Scott sah sie durchdringend an.
»Ich kann nicht nach Oregon ziehen.«
»Ich dachte, du fändest es dort so schön wie nirgendwo sonst auf der Welt.«
Cat nickte.
»Und die Leute waren dir auch sehr sympathisch.«
Cat lachte auf. »Ich kenne dich doch kaum. Vor drei Wochen wußte ich nicht einmal, daß es dich gibt.«
»Du hast den Rest deines Lebens Zeit, mich kennenzulernen.«
»Du bist vollkommen übergeschnappt.«
»Und das ist einzig und allein deine Schuld. Du machst es einem wirklich schwer. Dabei habe ich geglaubt, du würdest dich freuen, weil du für mich dasselbe empfindest wie ich für dich.«
»Nun, wir könnten uns ja verloben und …«
»Verloben? Eigentlich wollte ich nächste Woche heiraten. Oder schon an diesem Wochenende, obwohl es meinen Eltern und Miss Jenny gewiß lieber wäre, wenn die Trauung auf Big Piney stattfindet.«
»Hast du schon mit ihnen darüber gesprochen?«
Er nickte. »Miss Jenny hat mir geraten, dich zu holen, wenn ich dich wirklich liebe.«
Doch was sollte Cat in Oregon anfangen? Andererseits war die Vorstellung, Nacht für Nacht in Scotts Armen zu liegen, sehr verlockend.
»Hört sich an wie ein Angebot, das ich einfach nicht ablehnen darf«, sagte sie leise.
»Stimmt genau.«
Cat betrachtete ihn. Als ihre Blicke sich trafen, lächel-

te er sie an, und es lag so viel Liebe in seinen Augen, daß sie dahinschmolz.
»Ach, Scott.« Sie beugte sich vor. »Ich bin verrückt nach dir, aber wir kennen uns kaum. Du hast mich noch nie mit Lockenwicklern erlebt oder wenn ich schlechte Laune habe. Wir wissen nichts voneinander.«
»Was gibt es da zu wissen? Bei keiner anderen Frau hatte ich auch nur eine Minute lang das Bedürfnis, am nächsten Morgen neben ihr aufzuwachen.«
»Das ist doch Wahnsinn!«
»Wirklich?« Ihre Zweifel schienen ihn nicht weiter anzufechten. »Wenn du deinem Vater zuliebe in Philadelphia heiraten möchtest, bin ich einverstanden. Allerdings warten Mutter und Miss Jenny nur auf ihr Stichwort, um mit den Vorbereitungen für eine Traumhochzeit anzufangen. Miss Jenny sagt, jetzt ist die be ste Jahreszeit dafür.«
»Ich kenne niemanden mehr in Philadelphia. Mir liegt nichts an dieser Stadt.« Was redete sie da?
»Nun, damit wäre dieser Punkt geklärt. Nachdem wir uns heute nacht leidenschaftlich geliebt haben, packst du deine Sachen – wenn ich mich in dem Loch, wo du wohnst, so umschaue, hast du offenbar nicht viel, was sich zu packen lohnt. Du brauchst nur deine Kleider mitzunehmen. Möchtest du mit dem Auto fahren oder es hier verkaufen?«
Cat stockte der Atem. Sie legte die Gabel weg und schenkte sich Wein ein. Erst als sie ihr Glas mit einem großen Schluck geleert hatte, fand sie die Sprache wieder.

Er grinste. »Ich dachte, man darf Wein nicht so hinunterkippen.«
»Schließlich passiert es nicht alle Tage, daß mir jemand so den Kopf verdreht.«
»Habe ich das geschafft?« Er beugte sich vor und küßte sie auf die Nasenspitze. »Das freut mich. Also abgemacht. Die Hochzeit findet auf Big Piney statt.«
Cat zitterte am ganzen Leibe. Bald würde sie in seinen Armen liegen. »Ja«, hauchte sie. »Und das Auto verkaufe ich.« Ihren vollen Teller hatte sie völlig vergessen.
Scott stand auf. »Sie hat ›ja‹ gesagt!« verkündete er mit lauter Stimme.
Die Gäste klatschten Beifall.

Die Hochzeit sollte am zweiten Samstag im August – eine Woche nach Cats Ankunft in Cougar – stattfinden. Scott war vorausgeflogen, während Cat ihren Umzug regelte. Sie kündigte ihren Job, gab ein ganzes Monatsgehalt für ein Hochzeitskleid aus, das sie in einer Frauenzeitschrift gesehen hatte, und verkaufte ihr Auto und ihre Möbel.
Da Annie ihren Jahresurlaub aufgebraucht hatte und deshalb nicht zur Hochzeit kommen konnte, rief Cat Torie an und bat sie, als Brautjungfer zu fungieren. Als sie ihren Vater zur Hochzeit einladen wollte, erreichte sie nur den Anrufbeantworter: Die Familie war für drei Wochen nach Maine gereist.
Cat verstaute ihre Sachen in Kartons und stellte fest, daß wirklich nur ihre Kleider und Bücher das Mitneh-

men lohnten. Sie fragte sich, warum sie sich überhaupt die Mühe machte, ihre juristischen Fachbücher einzupacken. Allerdings hatte sie so hart für ihren Abschluß gearbeitet, und man konnte nie wissen, ob sie die Bücher vielleicht doch einmal brauchen würde. Bis dahin konnte sie sie ja in der Scheune lagern. In Big Piney gab es schließlich Platz genug.

In den zehn Tagen, die sie voneinander getrennt waren, rief Scott sie täglich an.

»Wo möchtest du die Flitterwochen verbringen?«

»Irgendwo, wo es ein großes Bett gibt.«

Er lachte. »Eine Frau nach meinem Herzen.«

»Du glaubst doch nicht im Ernst, daß ich es auf dein Herz abgesehen habe.«

»Du bringst mich um den Verstand. Warst du eigentlich schon mal in den Tetons?«

»Ich möchte an einen Ort fahren, den wir beide nicht kennen.«

Sie beschlossen, eine Woche im Glacier National Park zu verbringen, obwohl Cat ein Luxushotel in den Tropen oder einer interessanten Metropole lieber gewesen wäre als ein Urlaub in der freien Natur. Dann aber fand sie, daß es wohl das beste war, sich so rasch wie möglich an das neue Leben zu gewöhnen, für das sie sich entschieden hatte. Außerdem versprach Scott, eine große Luftmatratze anzuschaffen, damit sie nicht auf dem Boden schlafen mußte.

In den Flitterwochen auf dem Boden schlafen?

Scott wollte mit ihr Kanu fahren und bergsteigen, um die traumhafte Aussicht zu genießen.

»Woher weißt du, daß die Aussicht traumhaft ist, wenn du noch nie dort warst?«
»Im Westen ist es überall schön.«
Bergsteigen? Und das ihr, die sogar zum Einkaufen mit dem Auto fuhr!
»Was hältst du von Tahiti?« schlug sie vor. »Da waren wir beide noch nicht.«
»In Montana gefällt es dir bestimmt«, sagte er.

ACHT

Miss Jenny bestand darauf, daß Cat während der Hochzeitsvorbereitungen bei ihr in der Jagdhütte wohnte. Die ganze Stadt war zur Feier eingeladen. Die Trauung selbst sollte im Wohnzimmer des Haupthauses stattfinden. Da Red eine Ankündigung in die Lokalzeitung gesetzt hatte, wurden Hunderte von Gästen erwartet. Man würde ein ganzes Schwein am offenen Feuer braten. Ein Partyservice aus Boise war für die restlichen Speisen zuständig, und Miss Jean Featherly, die schon seit siebenundzwanzig Jahren für jedes Brautpaar in Cougar Valley die Hochzeitstorte buk, war auch diesmal wieder mit dieser Aufgabe betraut worden.

»Wahrscheinlich hast du dir für deine Hochzeit keine Grillparty vorgestellt«, meinte Sarah zu Cat.

Doch Cat war mit allem einverstanden. Sie wußte, wie sehr sich die ganze Familie darüber freute, daß Scott zu Hause heiratete, weil so alle Freunde und Verwandten dabeisein konnten.

»Die Trauung selbst findet im kleinen Kreis statt«, sagte Sarah. »Hast du eigentlich schon Chazz Whitley, unseren Arzt, und seine Frau Dodie kennengelernt?«

Obwohl sie Cat das Du angeboten hatte, blieb ihr Verhältnis förmlich. »Dann kommen noch der Sheriff, seine Frau und sein Sohn und Bankdirektor Bollinger mit Frau Nan. Wir sind schon seit dem College befreundet.« Sarah blickte von ihrem Notizblock auf. »Ich habe auch hier geheiratet. Miss Jenny und Jock haben meine Eltern dazu überredet. Ich weiß nicht, warum Mama sich breitschlagen ließ. Sie hat es sich nie verziehen. Einige unserer Freunde waren zwar so nett, zur Hochzeit zu kommen, und wir hatten genug Platz, um sie unterzubringen, aber es war dennoch ein ziemlicher Aufwand. Wahrscheinlich war Mama nach den Hochzeiten meiner drei älteren Schwestern froh darüber, daß ihr die Kosten und die viele Arbeit erspart blieben, die so eine Feier mit sich bringt. Meine Schwestern sind angereist, doch ihre Männer glänzten durch Abwesenheit. Sie sagten, es sei zu weit, und sie könnten keinen Urlaub nehmen. Findest du das nicht seltsam?«

»Mein Vater kommt auch nicht«, meinte Cat. Er wußte nicht einmal, daß sie heiratete.

»Nun denn.« Sarah blickte in die Ferne. Dann schüttelte sie den Kopf. »Ach, du meine Güte!« rief sie aus. »Jetzt hätten wir fast die Blumen vergessen. Was für einen Brautstrauß möchtest du denn?«

»Gelbe Rosen vielleicht. Das sind die ersten Blumen, die Scott mir geschenkt hat.« War das wirklich erst zweieinhalb Wochen her?

»Aber nein. Orchideen sind doch viel eleganter«, widersprach Sarah. »Du könntest danach eine Blüte abtrennen und an dein Reisekleid stecken.«

Cat lachte. »Laut Scott brauche ich kein Reisekleid,

sondern nur Jeans und ein T-Shirt. Und ein Sweatshirt, falls es abends kühl wird.« Sie nahm sich vor, sich in David's Westernstore eine Ausstattung für ihre Flitterwochen zu besorgen.

Torie, Sarah und Miss Jenny waren schon vor Cats Ankunft nach Portland geflogen, um sich Kleider für die Hochzeit zu kaufen. Sarahs Kleid bestand aus fliederfarbenem Chiffon und war so schlicht und gleichzeitig elegant, daß sie der Braut vermutlich die Schau stehlen würde.

Cat hatte mit Torie telefonisch beratschlagt, was diese als Brautjungfer anziehen sollte, und ihrer zukünftigen Schwägerin die Wahl überlassen. Alles geschah so schnell, daß ihr kaum Zeit blieb, sich an den Vorbereitungen für ihre eigene Hochzeit zu beteiligen. Torie hatte ein leuchtend türkisfarbenes Kleid erstanden, das besser auf das Titelblatt von *Vogue* als auf den Rasen der Big Piney Ranch in Cougar paßte. Allmählich hegte Cat den Verdacht, daß alle Blicke nicht auf ihr, sondern auf Scotts Schwester und Mutter ruhen würden. Sie schmunzelte. In ein paar Tagen würde sie zur Familie gehören.

Miss Jenny hatte Cat anvertraut, daß es wegen der Einladung für die Claypools wahrscheinlich zu einer Auseinandersetzung kommen würde. Torie und ihre Mutter waren beide Starrköpfe und würden streiten, bis eine von ihnen erschöpft war und nachgab. Red würde sicher zu Torie halten.

Scott beendete den Streit: »Es ist meine Hochzeit, und Joseph ist mein bester Freund und mein Trauzeuge.

Also müssen seine Eltern selbstverständlich auch dabeisein.«
Seine Mutter machte auf dem Absatz kehrt und stürmte aus dem Zimmer.
Sarah McCullough verabscheute Indianer.
»Verdammte Heiden«, pflegte sie zu sagen.
Ihre Einstellung war einfach lächerlich, denn Samuel Claypool und seine Geschwister waren in Cougar aufgewachsen und zur Schule gegangen.
»Sie sind genauso Amerikaner wie du und ich«, meinte Miss Jenny, als sie bei einer Tasse duftenden Kaffees und Zimtkrapfen mit Cat in der Küche saß.
»Eigentlich noch mehr als wir, denn unsere Vorfahren haben ihnen das Land gestohlen«, bemerkte Cat.
Miss Jenny musterte Cat prüfend. »Ich wußte auf Anhieb, daß wir beide uns verstehen würden.«
»Hat Scott eigentlich jemals daran gedacht, daß ich seinen Heiratsantrag ablehnen könnte?«
Miss Jenny schüttelte den Kopf. »Das Wort Niederlage kommt in seinem Vokabular nicht vor. Dazu ist er viel zu sehr von sich selbst eingenommen. Von seinem Vater hat er das mit Sicherheit nicht. Red gesteht sich seine Zweifel und Fehler ein – ganz im Gegenteil zu Scott. Allerdings hatte er bis jetzt immer recht. Als er vor fünf Jahren das College abbrach, hatten sein Vater und er einen heftigen Krach. Red findet Bildung nämlich sehr wichtig, Scott nicht. Eigentlich ist er nicht auf den Kopf gefallen, aber mit Büchern hat er nichts im Sinn.«
»Ach, Miss Jenny.« Cat trank einen Schluck Kaffee. »Ich weiß so wenig über Scott.«

Miss Jenny tätschelte Cat lächelnd den Arm. »Mir ging es genauso, als ich seinen Großvater geheiratet habe. Doch unsere Ehe wurde dadurch sehr aufregend, weil wir ständig etwas Neues aneinander entdeckten. Wir haben uns nie gelangweilt, und unsere Leidenschaft kannte keine Grenzen.«

»Warum ist Red eigentlich ein Einzelkind geblieben?« wollte Cat wissen. Traurig blickte die alte Frau hinaus zu den gewaltigen Bäumen, die in den Himmel ragten. »Wegen der Leidenschaft, meinst du? Nachdem Red auf der Welt war, hatte ich fünf Fehlgeburten. Schließlich hat der Arzt mir verboten, es weiter zu versuchen. Ich hatte eine Totaloperation, über die ich jahrelang nicht hinweggekommen bin. Doch inzwischen habe ich mich damit abgefunden. Außerdem glaube ich nicht, daß Kinder ein Paar enger zusammenwachsen lassen. Sieh dir nur Red und Sarah an. Dauernd streiten sie wegen ihrer Kinder, besonders wegen Torie. Sie ist Reds Liebling, und ich bin sicher, daß Sarah ihre Tochter insgeheim ablehnt. Ob das Eifersucht ist? Vermutlich geschieht so etwas öfter, als man denkt. Red wäre froh, wenn Torie Joseph Claypool heiraten würde, aber Sarah sagt, nur über ihre Leiche. Und Samuel, Josephs Vater, ist auch dieser Ansicht. Er behauptet, Joseph müsse eine Indianerin heiraten, damit sich sein Blut nicht vermischt. Sonst könne er nicht Schamane werden.«

»Schamane?«

»Joseph verfügt über bemerkenswerte Fähigkeiten.«

»Ist ein Schamane so etwas wie ein Medizinmann?«

»Du siehst zu viele Filme.«
»Dann erkläre es mir.«
Miss Jenny beugte sich vor. »Schamanen können höhere Bewußtseinsstufen erreichen. Samuel Claypool, Josephs Vater, ist einer der besten von ihnen.«
»Was ist eine höhere Bewußtseinsstufe?« fragte Cat verblüfft.
»Ein Schamane kann sich selbst in Trance versetzen. Seine Seele verläßt seinen Körper und tritt in eine andere Welt ein. So kann er Menschen heilen, indem er ihnen ihre Lebenskraft zurückgibt.«
Ungläubig starrte Cat Miss Jenny an.
»Wenn ein Schamane zum Beispiel das Totemtier eines Menschen zurückholen will, muß er wissen, wie er das schafft, ohne den Betreffenden zu gefährden.«
»Totemtier?«
»Es ist so ähnlich wie ein Wachtraum, der sich anfühlt, als wäre er Wirklichkeit, und den er nicht beeinflussen kann. Er erhält Zutritt zu neuen Welten, die in Wahrheit Jahrtausende alt sind. Diese Wachträume geben ihm die Antworten auf die Frage nach dem Sinn von Leben und Tod.«
Miss Jenny hielt inne und lachte auf. »Ich sehe, du verstehst kein Wort. Dazu mußt du erst dein Herz und deinen Verstand öffnen.«
Glaubte Miss Jenny allen Ernstes an diese Dinge?
»Schamanen wollen nur das Gute. Einzelheiten brauchst du jetzt nicht zu wissen, nur, daß es das Schamanentum ist, das zwischen Toric und Joseph steht. Wenn sich das Blut eines Schamanen mischt, verliert er seine Gabe, und

deshalb ist Samuel gegen diese Ehe, obwohl er Torie gern hat. Er kennt sie seit ihrer Kindheit, aber er beharrt darauf, daß Josephs Kinder reinblütige Indianer sein müssen.«
Cat kam da nicht ganz mit. »Joseph kann keine Kranken heilen, wenn seine Kinder keine reinen Indianer sind?«
Miss Jenny zuckte die Achseln. »Oder so ähnlich. Vielleicht ist der Grund auch, daß seine Kinder die Gabe, die in der Familie von Generation zu Generation vererbt wird, nicht weitertragen könnten.«
»Wirken diese Fähigkeiten auch bei Nicht-Indianern?«
»Aber natürlich. Samuel hat mich schon oft geheilt.«
»Du hast die Claypools wohl gern.«
»Ich mag Joseph sehr und würde mich freuen, wenn er mein Enkel würde. Doch ich habe Verständnis dafür, daß er sich seinem Stamm verpflichtet fühlt.«
»Könnten Torie und Joseph all diese Tabus nicht in den Wind schlagen und einfach heiraten?«
»Der alte Widerstreit zwischen Pflicht und Neigung. Und man kann sich dem nur schwer entziehen. So geht es nun schon, seit Torie sieben ist. Joseph war mit Scott in einer Klasse, also muß er damals zehn gewesen sein. Samuel hat es zunächst nicht gemerkt. Erst als die beiden in der High-School waren, ist Samuel klargeworden, daß er es mit einem jungen Burschen und einem Mädchen zu tun hatte, nicht mit zwei Spielkameraden. Seitdem versucht er die beiden auseinanderzubringen. Sarah dagegen ist voller kleinbürgerlicher Vorurteile und lehnt jeden ab, der keine weiße Haut hat.«
»Und dabei sieht sie mit ihrem dunklen Haar und den

mandelförmigen Augen selbst fast aus wie eine Indianerin.«
Miss Jenny nickte. »Die Kinder auch. Aber sie ist weiß, und das ist das Entscheidende für sie. Als sie Reds Frau wurde, trug sie ihr Haar lang und in der Mitte gescheitelt wie alle Mädchen in den Sechzigern. Bis auf die weiße Haut ähnelte sie wirklich einer Indianerin. Damals war sie auch noch nicht so engstirnig. Wahrscheinlich war sie noch nie einem richtigen Indianer begegnet. Inzwischen sind die meisten Indianer ja seßhaft geworden, und viele Leute sind stolz darauf, indianische Vorfahren zu haben. Aber nicht Sarah.«
Cat fragte sich, wie Sarah und Miss Jenny wohl miteinander auskamen.
In diesem Moment bog ein Auto in die Auffahrt ein. Eine Tür wurde zugeschlagen, und Red rief: »Ich bin hier, um die Braut zu entführen!«
Er stapfte die Stufen der Veranda herauf. »Das riecht aber köstlich. Ist noch etwas übrig?«
»Setz dich. Möchtest du auch einen Kaffee?«
Cat spürte deutlich, wie sehr sich Miss Jenny über den Besuch ihres Sohnes freute.
»Ich muß runter ins Dorf und dachte, Cat hätte vielleicht Lust, die ganze Bande in Rocky's Café kennenzulernen. Deshalb muß ich leider auf den Kaffee verzichten, obwohl ich deinen immer am liebsten trinke. Heute ist Donnerstag, und donnerstags bin ich immer mit Jason zum Frühstück verabredet. Aber einen Krapfen genehmige ich mir trotzdem.« Er sah Cat an. »Kommst du mit?«

»Klar. Ich hole nur noch meine Handtasche. Ich muß mir Jeans und Stiefel kaufen.«
»Laß es anschreiben«, sagte er, nahm ihre Hand und zog sie hinaus zum Auto.
Während er den Motor anließ, lächelte sie ihm zu. »Das ist aber nett von dir.«
Er grinste. »In zwei Tagen gehörst du sowieso zur Familie, und außerdem unternehme ich gern etwas mit dir.«
»Kannst du mich bei Davis absetzen?«
»Aber natürlich. Ich lege meine Erledigungen immer auf den Donnerstag und treffe mich danach mit Jason. Freundschaften muß man pflegen.«

Die Bank war das einzige zweistöckige Gebäude in der Main Street. Obwohl die Sonne schien, brannte die Neonreklame vor Rocky's Café. Vor dem Lokal waren Pick-ups geparkt. Die meisten davon mit einem Gewehr auf der Hutablage und einem Kuhfänger an der Motorhaube.
»Warum tragen alle Männer hier hochhackige Stiefel?« fragte Cat.
»Damit sie nicht aus den Steigbügeln rutschen.«
»Ich muß noch so viel lernen«, seufzte Cat.
Lächelnd tätschelte Red ihr den Arm. »Lektion Nummer eins«, sagte er. »An der Ostküste nehmen Männer im Restaurant den Hut ab. Hier nicht.«
Und wirklich trugen die meisten Männer einen Stetson. Cat fühlte sich wie in einem Western und konnte sich ein Schmunzeln kaum verkneifen. Sie war so glücklich,

daß sie am liebsten Purzelbäume geschlagen hätte. Ihr ganzes bisheriges Leben hatte sie in Boston zurückgelassen. Bis auf die englische Sprache war ihr hier alles fremd.

Das Café war bis auf den letzten Platz besetzt und verqualmt. Die Wände waren mit dunklem Holz getäfelt, und an der Decke hingen zu Lampen umfunktionierte Wagenräder.

»Meine zukünftige Schwiegertochter«, verkündete Red beim Hereinkommen. »Cat.«

Red führte Cat zu einem Tisch, wo der Sheriff in voller Uniform saß. Er trug den Stern auf der Brusttasche und hatte den breitkrempigen Hut aus der Stirn geschoben. Neben seiner Kaffeetasse lag eine Sonnenbrille. Er stand zwar nicht auf, lächelte Cat aber freundlich zu, so daß sie sich sofort willkommen fühlte. Er war kein sonderlich attraktiver Mann, verfügte jedoch über eine enorme Ausstrahlung. Cat gefielen seine klaren, grauen Augen.

Seinen Nachnamen hatte sie vergessen.

»Also werden Sie jetzt eine McCullough«, stellte Jason fest, nachdem Cat Platz genommen hatte.

»Cat ist Anwältin«, sagte Red. »Kannst du dir das vorstellen?«

»Schließlich haben wir bald das Jahr zweitausend«, meinte Jason. »Die Frauen sind jetzt emanzipiert.«

Eine magere Frau mit blondiertem Haar und einem spitzen Kinn trat an ihren Tisch und begrüßte sie freundlich. »Hallo, Red. Bestimmt möchten Sie einen Kaffee.« Sie musterte Cat. »Und Sie sind die Glückliche, die sich Scott McCullough geangelt hat. Das wird einigen Mädchen hier das Herz brechen.«

»Ich empfehle dir die Blaubeerpfannkuchen«, sagte Red. Doch da Cat schon vier von Miss Jennys Brötchen verschlungen hatte, war sie nicht mehr hungrig und bestellte nur einen Kaffee.

Red entschied sich für Schinken, Rösti, Rührei und Toast.

»Die McCulloughs sind die wichtigsten Leute hier in der Stadt, falls Sie noch nicht dahintergekommen sind«, meinte Jason zu Cat und fügte dann hinzu: »Es werden eine Menge Leute zur Hochzeit erwartet.«

Cat stellte fest, daß ihr Jasons ruhige Art gefiel. Sein blondes Haar war länger als bei Polizisten üblich, und ohne seine Uniform hätte man ihn für einen Bauarbeiter halten können. Er machte einen verläßlichen Eindruck.

»Mit was für Verbrechen haben Sie denn hier zu tun?« fragte sie ihn.

Die beiden Männer wechselten grinsend einen Blick.

»Letztens haben ein paar Jugendliche den Leuten brennende Knallfrösche in die Briefkästen geworfen. Jeden Samstagabend kommt Hank Snowdon betrunken ins Gefängnis und verlangt, daß ich ihn einsperre. Einige Leute fahren zu schnell. Nachbarn geraten in Streit. Hin und wieder wird eine Kuh gestohlen. Und einmal hatten wir sogar einen Mord.«

Offenbar war Jason Cats erstaunte Miene aufgefallen, denn er fügte hinzu: »Mir kommt es nicht auf die große berufliche Herausforderung an. Und Cougar Valley ist das beste Umfeld für meinen Sohn. Ich fühle mich hier wohl und kenne fast alle Leute in dieser Gegend. Die meisten sind mir sehr sympathisch.«

»Mit Betonung auf *die meisten«*, stellte Red fest.

»Hier sucht man keine Aufregung, sondern Lebensqualität«, fuhr Jason fort. »Menschen, die einander noch wichtig nehmen, und Schulen, in denen Kinder nicht nur Nummern sind. Wenn Sie atemberaubend malerische Sonnenaufgänge mögen, sind Sie bei uns genau richtig.«

Bis jetzt hatte Cat noch keinen Sonnenaufgang mitbekommen, denn um diese Jahreszeit ging die Sonne schon vor sechs Uhr morgens auf.

»Sie klingen, als wären Sie vom Fremdenverkehrsamt«, meinte sie. Hoffentlich würde es ihr in Cougar Valley ebenso gut gefallen wie dem Sheriff.

Nach dem Frühstück schlenderten Cat und Red zum Westernstore, wo Cat zwei Jeans, einige Baumwollhemden und ihr erstes Paar Cowboystiefel erstand. Red warf ihr einen Strohhut zu. »Das ist so einer, wie ich ihn trage«, sagte er. »Nur leichter und ausgezeichnet für den Sommer geeignet.«

Cat setzte den Hut in einem kecken Winkel auf und betrachtete sich im Spiegel. »Wie in der Marlboro-Werbung«, meinte sie.

»Nur, daß du eine Frau bist. Apropos: Jetzt ist wohl der richtige Zeitpunkt, dir mein Hochzeitsgeschenk zu überreichen.« Red zog eine kleine Schachtel aus der Tasche.

»Ich liebe Geschenke«, jubelte Cat. Als sie die Schatulle öffnete, erblickte sie darin eine Rolex aus Silber und

Gold. »Ach, du meine Güte!« Ihre teuerste Armbanduhr hatte hundert Dollar gekostet. Sie fiel Red um den Hals und küßte ihn auf die Wange. »Sie ist wunderschön!« Sie nahm ihre alte Uhr ab, steckte sie ein und streifte sich die Rolex übers Handgelenk. Dann streckte sie den Arm aus, um ihr Geschenk zu bewundern.
Erfreut sah Red ihr zu. »Natürlich ist sie von Sarah und mir.«
»Weiß Scott davon?«
Red schüttelte den Kopf. »Nein. Übrigens ist er heute nach Portland geflogen. Ich soll dir ausrichten, daß er am Nachmittag zurück ist.«
»Nach Portland?« *Und er hat mir nichts davon erzählt!*
Red lächelte.

Als Scott nach Hause kam, grinste er über beide Backen. Doch er rückte mit seiner Überraschung erst heraus, als sich die ganze Familie zum Abendessen versammelt hatte. »Ich weiß, wie sehr Cat sich eine Verlobung gewünscht hat, und deshalb habe ich mir gedacht, daß sie wenigstens zwei Tage lang etwas davon haben soll.«
Mit diesen Worten reichte er ihr eine Schmuckschatulle aus grauem Samt.
Cat öffnete sie und schnappte beim Anblick des Diamanten nach Luft. »O mein Gott!« rief sie.
Alle brachen in Gelächter aus.
»Warte, bis du den Trauring siehst.« Offenbar war Scott mit ihrer Reaktion zufrieden.
Miss Jenny klatschte in die Hände. Sarah hatte Tränen in den Augen.

NEUN

Am Tag vor der Trauung war es Cat endlich gelungen, ihren Vater zu erreichen. Er war gerade aus dem Urlaub zurückgekehrt, und es schien ihm nichts auszumachen, daß er sie bei ihrer Hochzeit nicht zum Altar führen würde. Eigentlich redete er mehr über seine Ferien in Bar Harbor, über die Fische, die seine Kinder gefangen hatten, und über seinen Sonnenbrand. Dann fragte er sie, ob sie mit acht Garnituren Silberbesteck als Hochzeitsgeschenk einverstanden sei.
Bedrückt legte Cat auf. Doch dann sagte sie sich, daß sie nun eine neue Familie hatte, der sie sich viel näher fühlte als ihrer alten in Philadelphia.

Der Diamantring war so groß, daß Cat sich wunderte, warum ihr nicht die Hand abfiel. Zwei Tage lang betrachtete sie ihn ständig und beobachtete, wie sich das Sonnenlicht darin spiegelte. Sie hatte den Eindruck, daß Sarah den Ring zu protzig fand, wenngleich sich ihre Schwiegermutter jeglichen Kommentars enthielt. Doch Cat gefiel er sehr. »Ich fühle mich so wohl, daß ich schnurren könnte«, meinte sie, als sie den Ring wieder cinmal im Spiegel musterte.
Miss Jenny, die gerade ihre Handschuhe anzog, lächel-

te und nahm dann ihre Hand. »Falls du es noch nicht gemerkt haben solltest: Ich bin sehr froh, daß du bald eine McCullough sein wirst.«
»Catherine McCullough.« Seit zwei Wochen sagte Cat sich schon ihren zukünftigen Namen vor. »Es hört sich immer noch unwirklich an. Vor einem Monat wußte ich nicht einmal, daß Cougar existiert. Und jetzt werde ich hier leben.«
In diesem Augenblick schoß ihr ein Gedanke durch den Kopf: Du meine Güte, wo würden sie eigentlich wohnen? Darüber hatten sie noch gar nicht gesprochen. In der Stadt? In einem der vielen Häuser auf der Ranch?
Miss Jenny warf einen letzten Blick in den Spiegel und eilte hinaus zum Jeep.
Cat konnte sich ein Lachen nicht verkneifen. Sie würde im Brautkleid mit einem Jeep zu ihrer eigenen Hochzeit fahren. Doch in diesem Moment hörte sie, daß sich ein Wagen näherte. Sie ahnte, daß es Red mit seinem Cadillac war. Er würde nicht zulassen, daß sie in einem Jeep vorfuhr.
Plötzlich überkam sie Angst. Was tat sie da eigentlich? Sie ließ sich auf eine Welt ein, die ihr völlig fremd war. Auf ein Leben im Reichtum in diesem abgelegenen Winkel, wo die Menschen völlig anders waren als alle, denen sie bislang begegnet war.
»Du siehst einfach bezaubernd aus«, sagte Red. Als sie sich zu ihm umdrehte, reichte er ihr einen riesigen Strauß weißer und lavendelfarbener Orchideen. »Die sind von Sarah.«
Eines wußte Cat genau: Sie war froh, diesen Mann zum

Schwiegervater zu bekommen. Sie küßte ihn auf die Wange, und er legte den Arm um sie. »Bist du bereit?«

»Wenn nicht jetzt, dann nie.«

»Also los. Die Kapelle stimmt schon die Instrumente, und wir wollen es hinter uns bringen, bevor die Horden über uns hereinstürmen. Chazz und Dodie sind bereits da, und Jason und Sandy auch.«

Cat folgte ihm zur Tür. Miss Jenny wartete im Cadillac.

Cat und Torie zogen sich in Reds Arbeitszimmer zurück, bis die Kapelle den Hochzeitsmarsch anstimmte. Miss Jenny kam herein und winkte sie zu sich.

Das Wohnzimmer war mit weißen, violetten und gelben Blumen geschmückt. Offenbar hatte der Florist in Baker sämtliche Vorräte Oregons aufgekauft.

Außer Dr. Whitley und seiner Frau Dodie, die ein Faible für das Arrangieren von Blumen hatte, waren noch die Kilpatricks und David und Nan Bollinger gekommen. Bollie, ein alter Jugendfreund von Red, war abgesehen von Scott der eleganteste Mann im Raum. Er trug einen dreiteiligen dunkelblauen Nadelstreifenanzug und eine marineblaue Krawatte und sah aus, wie man sich einen Banker vorstellte. An seiner blassen Haut und dem Bäuchlein war zu erkennen, daß er einen Schreibtischberuf ausübte. Allerdings hätte man aus seinem konservativen Äußeren nie geschlossen, was für ein witziger, schlagfertiger Mann er war. Außerdem redete er gern. Wer mit der First Cascade Bank Geschäfte machte, durfte es nicht eilig haben.

Als Cat seiner Frau Nan vorgestellt wurde, fiel ihr zuerst das Wort »Stil« ein. Nan war stets elegant gekleidet und verbrachte den Großteil des Tages mit ihren Pferden, die ihre Leidenschaft waren und die bei Wettbewerben schon viele Preise gewonnen hatten.
Die einzige Frau, die Cat noch nicht kannte, saß neben einem blonden Jungen, offenbar Jason Kilpatricks Sohn. Die Frau wirkte verschüchtert, als würde sie beim ersten scharfen Wort sofort in Tränen ausbrechen. Ihr glattes, blondes Haar war kurzgeschnitten, und sie hatte eine weiße Blume hinter dem Ohr. Abseits von den anderen kauerte sie auf einem Sofa an der Wand. Der kleine Junge, er hieß Cody, riß erstaunt die grauen Augen auf, als Cat in ihrem prachtvollen Brautkleid ins Zimmer trat. Vor ihr ging Torie, die so gemessen ausschritt, als befänden sie sich in einer vollbesetzten Kirche.
Red, Sarah und Miss Jenny standen auf, als Cat an ihnen vorbeikam.
Aber Cats Aufmerksamkeit galt nur Scott, Joseph und dem Geistlichen, die sie erwarteten. Sarah hatte auf einem Baptistenpfarrer bestanden, während Red die Trauung von seinem alten Freund, Richter Dan Oken aus Baker, vornehmen lassen wollte.
»Mein Sohn wird von einem Geistlichen getraut«, hatte Sarah verkündet, und damit war das Thema erledigt. Scott sah hinreißend aus. Cat fand, daß es so schöne Männer sonst eigentlich nur im Film gab. Sein Gesicht war sonnengebräunt, seine schwarzen Augen funkelten, und seine weißen Zähne blitzten, als er ihr zulä-

chelte. Er verschlang sie förmlich mit Blicken, als hätte er sich ein Leben lang nach ihr gesehnt.
Da Cat bei Miss Jenny gewohnt hatte, hatten sie sich seit Boston nicht mehr geliebt. Außerdem hatte Scott gearbeitet wie ein Besessener, um sich für die Flitterwochen zehn Tage freinehmen zu können. Cat war zwar der Ansicht, daß er als Sohn des Chefs wahrscheinlich monatelang Urlaub machen konnte, doch er hatte ihr erklärt, daß es auf einer Ranch im Sommer viel zu tun gab.
Joseph, der einen Kopf kleiner als sein Freund Scott war, lächelte Cat zu. Sie wußte sogleich, daß sie in ihm einen Freund finden würde.
Torie trat zur Seite, und Cat nahm ihren Platz neben Scott ein. Er faßte sie beim Arm und wandte sich dem Geistlichen zu.
Cat, die sich nicht auf die Worte des Pfarrers konzentrieren konnte, hoffte inständig, daß er nicht doch noch das Wort »gehorchen« in seine Ansprache eingeschmuggelt hatte. Am vergangenen Abend bei der Stellprobe hatte er nämlich damit angefangen.
»Ich weigere mich, einen Mann zu heiraten, der von mir Gehorsam verlangt«, hatte Cat protestiert. »Ich möchte, daß dieses Wort gestrichen wird.«
Der Geistliche sah sie verstört an.
»Es ist doch nur eine Floskel«, sagte Scott.
»Das ist mir egal«, beharrte Cat. »Streichen Sie das Wort.«
Hoffentlich hatte er sich an die Anweisung gehalten, denn im Augenblick konnte Cat nur daran denken, daß

sie jetzt ein anderer Mensch wurde. Mrs. Scott McCullough. Catherine McCullough. Cat McCullough. Und das würde sie für den Rest ihres Lebens bleiben.
Scott stupste sie an. Als sie den Kopf hob, wurde ihr klar, daß er eine Antwort erwartete. »Ich will«, sagte sie und hoffte, daß es die richtige Stelle war.
Joseph reichte Scott den Ring. Als Cat laut nach Luft schnappte, lachte einer der Gäste auf. Es war ein mit Diamanten und Saphiren besetzter Goldreif. Wahrscheinlich hatte er mehr als eines von Cats Jahresgehältern verschlungen.
Strahlend steckte Scott ihr den Ring an den Finger.
»Hiermit erkläre ich Sie zu Mann und Frau«, verkündete der Geistliche. »Sie dürfen die Braut jetzt küssen.«
Red klopfte seinem Sohn auf den Rücken.
Torie fiel Cat um den Hals. »Ich habe mir schon immer eine Schwester gewünscht.«
Sarah war verschwunden.
»Die Gäste kommen«, rief Miss Jenny und eilte ebenfalls hinaus.
»Ich möchte, daß du Mistress McCullough kennenlernst«, sagte Jason zu seinem Sohn.
»Du brauchst mich nicht ›Mistress‹ zu nennen«, meinte Cat. »Ich heiße Cat.«
»Können Sie Baseball spielen?« wollte der kleine Junge wissen.
»Nein, aber ich würde es gern lernen«, antwortete sie, um ihm eine Freude zu machen. »Bringst du es mir bei?«
»Mein Vater ist der beste Spieler, den es gibt«, meinte

Cody. »Aber Mister McCullough ist auch nicht schlecht«, fügte er mit einem raschen Blick auf Scott hinzu.

Scott grinste.

»Außerdem kann mein Vater auch am besten angeln«, ergänzte Cody selbstbewußt.

»Ich hoffe, daß wir Freunde werden«, meinte Cat und ließ sich von Scott zu den neu angekommenen Gästen hinüberführen.

Um halb sechs war Cat allen fünfhundert Gästen vorgestellt worden, die sich auf dem Rasen von Big Piney versammelt hatten.

»Cat McCullough«, hörte sie Jasons Stimme hinter sich. »Darf ich Sie mit meiner Frau Sandra bekannt machen?«

Cat, die immer noch zusammenzuckte, wenn jemand sie mit ihrem neuen Namen ansprach, drehte sich um. »Ich finde, Sie haben einen sehr netten Mann«, sagte sie zu Sandra.

Die Frau schüttelte den Kopf. »Komisch, nicht? Das finden nämlich alle.«

Was für eine seltsame Antwort, dachte Cat. Jason wirkte völlig unbeteiligt. Seine Frau und er hätten Fremde sein können.

Sandra starrte über Cats Schulter hinweg ins Leere und schwieg. Offenbar war es nicht leicht, mit Jasons Frau ein Gespräch anzuknüpfen.

Endlich sah sie Cat wieder an. »Hoffentlich werden Sie hier glücklich«, meinte sie.

Scott nahm Cat beim Arm und schob sie zu Bollie und

seiner Frau hinüber. Nan war genauso elegant gekleidet wie Torie und Sarah.
»Die ganze Stadt hat uns schon zum Essen eingeladen«, erzählte Scott. »Ich habe gesagt, sie müssen sich gedulden, bis wir zurück sind.« Er lachte. »Bei den ganzen Einladungen werden wir einen Terminkalender brauchen.«
»Und außerdem einen Möbelwagen für die Hochzeitsgeschenke«, erwiderte Cat und betrachtete die bunt eingewickelten Päckchen, die sich auf sieben Tischen türmten. Sie würden keine Zeit haben, sie zu öffnen, da die Abreise für den heutigen Abend geplant war. Scott hatte vor, zuerst bis Pendleton zu fahren und den Sonntag im Bett zu verbringen, bevor es weiter nach Montana ging. Cat wollte unbedingt klären, wo sie wohnen würden und wohin dieser Berg von Hochzeitsgeschenken geschafft werden sollte. Doch dazu hatten sie in den letzten Tagen keine Gelegenheit gehabt. Deshalb war sie nicht nur überrascht, sondern richtiggehend erschrokken, als Sarah sie beiseite nahm. »Wenn ihr zurück seid, sind eure Zimmer fertig«, sagte sie. »Ich dachte, die drei am Ende des Flurs eignen sich am besten, weil sie eine Verbindungstür haben. Ihr wärt ungestört, denn wir haben nur noch selten Gäste.«
Cat fehlten die Worte. Scott konnte doch nicht allen Ernstes von ihr verlangen, daß sie mit seinen Eltern zusammenlebte! Gewiß war genug Geld vorhanden, um ein eigenes Haus zu kaufen. Der Gegenwert des Verlobungsrings allein würde schon genügen. Überall auf der Ranch standen hübsche kleine Häuschen herum. Thel-

ma, die Köchin, und Tom, ihr Mann, der Hufschmied war, wohnten in einem von ihnen. Glenn Morris, der Vorarbeiter, lebte mit seiner Frau und seinen drei Kindern in einem anderen. Es waren mindestens ein Dutzend, die man vom Haupthaus aus nicht sehen konnte. Warum war es nicht möglich, in eines dieser Häuschen zu ziehen? Oder ein neues zu bauen? Oder sogar eines in der Stadt zu kaufen? Cat hätte gern Nachbarn gehabt, und sie war ganz und gar nicht damit einverstanden, mit Scotts Eltern unter einem Dach zu wohnen.
»Komm, das Essen ist fertig«, sagte Scott. Cat betrachtete die riesige Tafel, die aussah wie das Buffet in einer Werbebroschüre für Luxuskreuzfahrten. Obst war zu kunstvollen Pyramiden aufgetürmt, und gewaltige Platten quollen von hauchdünn geschnittenen Bratenscheiben über. Zu ihrer Erleichterung stellte Cat fest, daß es weder Kartoffelsalat noch Götterspeise gab. Das hier war kein gewöhnliches ländliches Picknick. Keine Kosten waren gescheut worden, um diese Feier zum Ereignis des Jahres, wenn nicht des Jahrzehnts zu machen. Die Mitarbeiter des Partyservice trugen hohe Kochmützen, gestärkte weiße Schürzen und rote Halstücher. Mitten auf dem Tisch stand eine mindestens einen Meter fünfzig hohe, kunstvoll geschmückte Hochzeitstorte. »Miss Featherly kennt meine Schwäche für Schokolade«, sagte Scott. »Ich gehe jede Wette ein, daß das eine Schokoladentorte ist.«
»Hochzeitstorten bestehen normalerweise aus weißer Creme«, entgegnete Cat zweifelnd.
»Du wirst schon sehen.« Er schob sie zum Tisch. »Be-

dien dich. Fünfhundert Leute warten nur darauf, daß du das Buffet eröffnest.«
Obwohl Cat seit elf Stunden nichts gegessen hatte, war sie im Gegensatz zu Scott, der sich den Teller vollhäufte, nicht hungrig. Sie war viel zu aufgeregt.
»Deine Eltern verstehen etwas vom Feiern.« Cat blickte sich um und bemerkte, daß Sarah allein auf der Veranda stand. Ein Glas in der Hand, sah sie zu, wie die Gäste ihren Rasen zertrampelten. »Komm, wir leisten deiner Mutter Gesellschaft.«
Scott griff nach einer zweiten Gabel. »Sie kann bei mir mitessen.«
»Du solltest dich in diesem Kleid nicht auf die Stufen setzen«, tadelte Sarah. Doch Cat ließ sich trotzdem nieder und balancierte ihren Teller auf den Knien.
Sarah nahm auf einem Stuhl Platz. Scott reichte ihr eine Gabel.
»Es ist eine wunderschöne Hochzeit«, sagte Cat zu ihrer Schwiegermutter. »Ich möchte mich bei euch bedanken.«
Sarah trank einen Schluck. »Du bist jetzt eine McCullough.« Sie nahm ein Stück Schweinebraten von Scotts Teller, steckte es aber nicht in den Mund. »Und das wird man dich für den Rest deines Lebens nicht mehr vergessen lassen.«
Erstaunt sah Cat Sarah an. Was meinte sie bloß damit? Als sie sich umblickte, stellte sie fest, daß Torie sich mit Joseph unterhielt. Sie mochte Torie und freute sich darauf, den Mann, den sie liebte, besser kennenzulernen. Ob sie wohl eine Chance hatten, zusammen

glücklich zu werden? Das Leben war einfach ungerecht. Sie und Scott kannten sich erst seit fünf Wochen und waren schon verheiratet. Torie und Joseph waren seit ihrer Kindheit Freunde und durften nicht Mann und Frau werden. An Tories Stelle hätte sie einfach die Einwände der Eltern in den Wind geschlagen und wäre, wenn nötig, weggezogen.

Als Scott und sie mit dem Essen fertig waren, begann die Kapelle zu spielen. Scott ergriff ihre Hand. »Komm, der erste Tanz gehört uns.« Die Veranda war zur Tanzfläche umfunktioniert worden.

Cat schmiegte sich in Scotts Arme. »Ich wußte gar nicht, daß man solche Musik heutzutage noch spielt. Sie stammt aus der Zeit unserer Eltern.«

Er drückte sie an sich und küßte sie auf den Scheitel. »Und wie fühlst du dich so als Mistress McCullough?«

»Bis jetzt ganz gut. Offen gestanden bin ich ziemlich beeindruckt. Deine Mutter hat sich selbst übertroffen. Sie ist sehr nett zu mir.«

»Mutter? Dieses Wort würde ich bei ihr nicht benutzen. Aber ich glaube, sie mag dich. Normalerweise war sie immer gegen meine Freundinnen, aber dich hat sie mit keinem Wort kritisiert. Ich denke, es hat ihr Spaß gemacht, Dad und Miss Jenny bei den Vorbereitungen zu helfen. Sie hat sich wirklich zusammengerissen.«

Zusammengerissen? Cat fragte nicht nach. Inzwischen hatten sich weitere Paare auf der Tanzfläche eingefunden. Offenbar amüsierten sich alle großartig.

Cat tanzte mit unzähligen Männern, deren Namen sie sofort wieder vergaß, und außerdem mit ihrem Schwie-

gervater und mit Jason. Leider hatte sie kaum Gelegenheit, sich mit Joseph Claypool zu unterhalten.
»Ich finde ihn sympathisch«, sagte sie später zu Scott.
»Alle mögen Joseph – bis auf Mutter.«
Als Cat die Hochzeitstorte anschnitt, stellte sie fest, daß Scott recht gehabt hatte. Eine Hochzeitstorte mit Schokoladenfüllung war ihr bis jetzt noch nie untergekommen.
Um zehn Uhr klopfte Scott ihr auf die Schulter. »Tut mir leid, alter Junge«, sagte er zu ihrem Tanzpartner. »Wir müssen los.«
Als Cat den Brautstrauß warf, sorgte sie dafür, daß Torie ihn auch sicher auffing. Miss Jenny hatte zuvor eine lilafarbene Orchidee herausgezogen. »Ich presse sie für dich als Andenken«, flüsterte sie Cat zu.

Cat brachte es nicht über sich, das Brautkleid mit Jeans zu vertauschen. Sie zog einen legeren grünen Hosenanzug, eine weiße Seidenbluse und Sandalen mit dünnen Riemchen an.
Eigentlich war sie davon ausgegangen, daß sie den Cadillac nehmen würden, doch Scotts Pick-up war schon mit Luftschlangen und Blechdosen dekoriert worden.
Im Auto lehnte Cat sich zurück und atmete zum erstenmal an diesem Tag tief durch.
»Müde?« fragte Scott und nahm ihre Hand.
»Vollkommen erledigt«, gab sie zu. »Du nicht?«
»Eher geil. Es ist fast drei Wochen her.«
»Ich weiß.« Sie schloß die Augen. Sie wollte nur noch schlafen.

»Ruh dich ein bißchen aus«, schlug er vor. »In etwa anderthalb Stunden sind wir in Pendleton. Dann mußt du wieder wach sein.«
Sie waren noch keine fünfzehn Kilometer weit gekommen, als Cat schon tief und fest schlief. Sie wachte erst auf, als Scott die Wagentür öffnete und sie vom Auto ins Motelzimmer trug. Sie schmiegte sich an ihn.
»Los, aufwachen«, sagte er.
»Die Hochzeitssuite?«
Er nickte, stellte sie auf die Füße und küßte sie auf die Nase. »Ich hole das Gepäck.«
Cat war noch nicht richtig wach, als Scott aus den Kleidern schlüpfte und die Überdecke vom Bett riß. »Mein Gott, du kannst dir gar nicht vorstellen, wieviel Willenskraft es mich gekostet hat, dich wochenlang nicht anzurühren. Komm her.«
Sie zog sich aus, ließ die Kleider auf dem Boden liegen und trat auf ihn zu. Er warf sie aufs Bett und küßte sie so leidenschaftlich, daß ihr ganzer Körper zu prickeln begann.
»Noch nie hat mich jemand so berührt wie du.«
»Das ist auch gut so«, entgegnete er. Seine Hand glitt ihren Bauch entlang bis zu ihren Schenkeln.
»Du gehörst mir«, verkündete er danach strahlend. »Mistress Scott McCullough.«
Seltsam. Sie fühlte sich zwar als Catherine McCullough und Cat McCullough, aber nicht als Mrs. Scott. Doch so würde man sie von nun an nennen.
Zärtlich sah er sie an. »Eines darfst du nie vergessen ... Ich habe nie jemanden so geliebt wie dich.«

ZEHN

Voller Angst klammerte Cat sich an Scott, der warnend den Finger an die Lippen hob. Wie erstarrt spähten sie durch die Zeltklappe und beobachteten den riesigen Braunbären, der sich an ihren Lebensmittelvorräten zu schaffen machte.
Später erschien dieser Zwischenfall Cat wie ein aufregendes Abenteuer.
Sie fing den ersten Fisch ihres Lebens, den Scott am offenen Feuer briet. Dazu gab es in Alufolie gegarte Kartoffeln.
Sie wanderten steile Bergpfade hinauf, wobei Cat vor Seitenstechen und Atemnot immer wieder stehenbleiben mußte. Doch der Ausblick, der sich ihnen auf dem Gipfel bot, entschädigte sie für all die Mühe: Berge, so weit das Auge reichte.
Sie unternahmen einen zweitägigen Ausflug in ein Gebiet, das man nur zu Fuß erreichen konnte, und trafen auf Elche, Hirsche, Steinböcke und sogar auf einen Puma.
Außerdem sah Cat drei der mehr als fünfzig Gletscher, die die Seen und Flüsse speisten. Und sie stellte fest, daß man sich auch auf einer Luftmatratze sehr gut lieben konnte.

Das Leben in der freien Natur war für Cat eine völlig neue Erfahrung. Mit dem Kanu paddelten sie über den Mary's Lake, und Scott achtete darauf, daß sie sich nicht zu weit vom Ufer entfernten. Stundenlang saßen sie am Rande eines kleinen Bergsees und beobachteten die Enten. Scott erklärte ihr die verschiedenen Arten und war erstaunt, daß sie sie nicht auseinanderhalten konnte.

Er brachte ihr bei, wie man ein Lagerfeuer entfachte. Nachdem sie sich geliebt hatten, lagen sie auf dem Rükken und blickten zu den Sternen hinauf.

»Ich fühle mich eins mit der Welt«, sagte Cat. »Können wir nicht für immer hierbleiben? Bestimmt hat kein Mensch so schöne Flitterwochen wie wir.«

Lachend ergriff er ihre Hand.

»Gut, daß wir nicht in die Tropen oder in eine Großstadt gefahren sind, wie ich es eigentlich vorhatte.«

»Das finde ich auch«, meinte er.

Am letzten Abend sprach Cat die Frage an, wo sie in Zukunft wohnen würden.

Scott röstete Marshmallows über dem Feuer.

»Wohin sollen all die Hochzeitsgeschenke gebracht werden?« wollte sie wissen.

»Wir haben sie noch nicht einmal aufgemacht.«

»Ich werde wochenlang mit den Dankesbriefen beschäftigt sein.«

Als Scott nicht antwortete, fuhr sie fort. »Sehen wir uns ein paar Häuser an, wenn wir wieder zurück sind?«

»Warum? Wir werden bei meinen Eltern wohnen«, entgegnete er, als würde sich das von selbst verstehen.

»Aber ich will ein eigenes Zuhause.«
»Du wirst dich dort rasch eingewöhnen, Liebling. Das verspreche ich dir.«
»Ich möchte meine eigenen Möbel, meine eigene Küche ...«
»Wozu brauchst du eine Küche? Wir haben doch Thelma und Roseann. Du mußt weder Betten machen oder bügeln noch sonst irgendwelche Hausarbeiten verrichten, über die sich Frauen sonst immer beschweren.«
Diese Vorstellung war verführerisch. Dennoch wollte Cat auf ein eigenes Haus nicht verzichten.
»Sprich mit Mutter und Miss Jenny darüber«, fuhr Scott fort. »Du wirst sehr beschäftigt sein. Es wird dir schon nicht langweilig werden, denn du mußt eine Menge lernen.«
Gekränkt richtete sie sich auf.
Beschwichtigend tätschelte er ihr die Hand. »Ich meinte nur, daß du nicht reiten kannst und dich auf einer Ranch nicht auskennst. Freust du dich nicht über die Gelegenheit, neue Erfahrungen zu machen?«
So hatte Cat sich das noch gar nicht überlegt.
»Mutter läßt die Zimmer am Ende des Flurs herrichten. Die Zimmer meiner Eltern liegen auf der anderen Seite. Niemand wird uns stören.« Er lachte auf. »Und hören kann uns auch keiner.«
Cat schlenderte hinüber zum Bach und sah zu, wie das Wasser über die Steine plätscherte. Warum hatten sie dieses Gespräch nicht schon früher geführt? Sie wollte sich nicht schon auf der Hochzeitsreise streiten. »Ich

probiere es einen Monat lang aus«, sagte sie laut. Sie wußte nicht, ob Scott sie gehört hatte.

Als der Monat vorbei war, hätte sie nichts mehr zum Auszug bewegen können.

Scott war schon auf den Beinen, wenn sie aufwachte. Sie lag im Bett und blickte durch das Fenster hinaus aufs Tal, wo die gewaltigen Rinderherden grasten. In der Ferne ragten die zerklüfteten, schneebedeckten Gipfel der Wallowas in den Himmel. Sie nahm sich vor, einmal hinzufahren und sie sich aus der Nähe anzusehen.

Um acht saß sie angezogen am Frühstückstisch. Die Männer waren schon längst bei der Arbeit. Thelma servierte jeden Tag ein anderes Frühstück. Pfannkuchen mit hausgemachtem Blaubeersirup, Waffeln mit Erdbeer- oder Himbeermarmelade. Rührei und Brötchen, Frühstücksflocken mit heißer Milch und Zimtbrötchen. Muffins und Omeletts, Apfelpfannkuchen. So ein Frühstück war Cat nicht gewöhnt.

Am Samstag nachmittag und am Sonntag, wenn Thelma freihatte, hinterließ sie einen mit vorgekochten Mahlzeiten gefüllten Kühlschrank. Samstag abends kam Miss Jenny zu Besuch und blieb über Nacht. Cat freute sich auf die Wochenenden, denn sie liebte die Gespräche mit Scotts Großmutter. Sonntags kam Torie meistens zum Frühstück und erzählte Anekdoten aus der Schule.

Sarah hatte die drei Zimmer am Ende des südlichen Flurs in eine elegante Wohnung für das junge Paar verwandelt. Das Schlafzimmer war so groß, daß das riesige Himmelbett darin ganz verloren wirkte. Das zweite Zimmer hatte Sarah mit einem moosgrünen Sofa, zwei beigen Polstersesseln, einem kleinen Schreibtisch und einer Tiffanylampe gemütlich eingerichtet. In der Ecke stand ein Fernseher. Der hellgrüne Teppichboden paßte ausgezeichnet zu den Möbeln. Vom Fenster blickte man auf einen niedrigen Pferdestall, und die Berge schienen zum Greifen nah.

Vom Schlafzimmer ging das Bad ab, das über zwei Waschbecken verfügte. Die Einrichtung war überaus stilvoll, und obwohl Cat ein in Rostrot, Beige und Dunkelblau gehaltenes Badezimmer zuerst ein wenig seltsam erschien, fand sie bald Gefallen daran.

Das dritte Zimmer, das nicht mit den anderen verbunden war, war mit einem kunstvoll gedrechselten antiken Schreibtisch, einem Sessel mit handbestickten Überzügen und einem großen Bücherregal ausgestattet. Es wirkte zwar noch ein wenig kahl, dafür aber sehr elegant.

Cat wußte, daß es ihr selbst nie gelungen wäre, ihr Heim so geschmackvoll einzurichten. Doch das war nicht der einzige Grund, warum sie sich hier so wohl fühlte. Es lag eher daran, daß sie zum erstenmal seit zwölf Jahren wieder eine Familie hatte. Jeder Tag brachte neue Erfahrungen, und sie konnte sich von Thelmas Kochkunst verwöhnen lassen. Donnerstags, wenn sie mit Red und Jason in Rocky's Café frühstückte, lernte sie interessante Menschen kennen, und hin und wieder besuchten sie ein Rodeo in La Grande oder in Pendleton. Als Teenager hatte Torie sich selbst an diesen Turnieren beteiligt. Einmal lud sie Cat und Scott ein, mit ihr und Joseph zu einem Rodeo nach Enterprise zu fahren, das mitten in den Wallowa Mountains lag. Auf der Fahrt durch die kleinen Dörfer und Täler bewunderte Cat ausgiebig die malerische Landschaft.

Cat mochte Joseph sehr gern. Er hatte seinen Abschluß an der Cornell-Universität gemacht und seine Studienjahre sehr genossen, obwohl er in dieser Zeit von Torie getrennt gewesen war. Die beiden hatten die Phase als Experiment genommen: Wenn sie es schaffen, sich in jemand anderen zu verlieben, würden sie sich Samuels und Sarahs Wünschen beugen. Doch keiner von ihnen hatte einen neuen Partner gefunden, der ihre Beziehung hätte in Gefahr bringen können.

»Ich bin nicht sicher, ob er ein Schamane ist«, sagte Torie. »Manchmal ist er komisch, nicht so wie andere Männer. Aber gerade das mag ich an ihm. Sein Vater ist überzeugt davon, daß Joseph die übersinnlichen Kräfte seines Großvaters und Urgroßvaters geerbt hat.«

Cat hoffte, daß die beiden nach all den Jahren wenigstens miteinander schliefen. Sie begriff nicht, warum sie sich so von Mr. Claypool herumkommandieren ließen. Allerdings machten sie keinen unglücklichen Eindruck.

»Wenn wir uns anschauen, wissen wir genau, was der andere denkt oder sagen will«, meinte Torie.

Scott und Joseph waren zusammen aufgewachsen.

Joseph hatte einen älteren Bruder, der Captain bei der Army war, und eine jüngere Schwester, die mit ihrem Ehemann in Wyoming lebte.
Im herkömmlichen Sinn war Joseph kein charmanter Mann. Er wirkte zurückhaltend, wortkarg und lächelte nur selten. Dennoch strahlte er Wärme aus und schien an seinem Gegenüber aufrichtig interessiert zu sein. Er hatte etwas an sich, das Cat nicht beim Namen nennen konnte. Trotz seiner Ernsthaftigkeit wurde er ausgesprochen lebhaft, wenn es um seinen Beruf ging, denn er arbeitete gern mit den Kindern, denen er Reiten und Baseballspielen beibrachte.
»Er hätte Profi werden können«, meinte Scott.
»Warum hast du es nicht getan?« fragte Cat.
»Baseball ist nur ein Spiel. Ich wollte etwas wirklich Bedeutsames tun, das anderen Menschen nützt. Baseball hätte ausschließlich mir selbst etwas gebracht.«
»Ist das denn so schlimm?«
»Ich fühle mich nur wohl, wenn ich etwas tue, das …«
»… wichtiger ist als er selbst«, beendete Torie den Satz.
»So hätte ich es nicht ausgedrückt.«
»Ich weiß.« Torie lächelte ihm zu. Cat spürte, wie sehr die beiden einander liebten und achteten. Torie und Joseph schienen eins zu sein.
Joseph kannte die Geschichte dieser Gegend sehr gut und erzählte sie Cat auf der Fahrt. Trotz seiner ruhigen Art verstand er es, seinen Bericht spannend zu gestalten. Das Land hatte dem Stamm der Nez Perce gehört, von dem Joseph abstammte.
»Es ist eine tragische Geschichte«, sagte Torie.

Cat wollte gern mehr hören, denn sie wußte praktisch nichts über die Nez Perce.
Joseph ließ sich nicht lange bitten.
»Die Indianer in diesem Tal nahmen die Weißen, die gegen Mitte des letzten Jahrhunderts hier auftauchten, zuerst freundlich auf. Achtzehnhundertfünfundfünfzig schlug die Regierung in Washington den Nez Perce ein Abkommen vor, das diese zunächst ablehnten. Die Vorstellung, man könne Land besitzen, war ihnen völlig fremd. Das Land gehörte allen Menschen. Doch inzwischen waren die weißen Siedler immer mehr geworden, und sie erhoben Anspruch darauf. Die Regierung der Vereinigten Staaten versprach den Nez Perce ein großes Reservat in diesem Teil von Oregon, das bis nach Idaho reichen sollte. Die Indianer waren einverstanden. Doch während des Bürgerkriegs in den sechziger Jahren des letzten Jahrhunderts wurde hier Gold gefunden, und zwar innerhalb des Reservats. Die Regierung brach den Vertrag. Da man es auf das Gold abgesehen hatte, wollte man die Nez Perce nach Idaho zurückdrängen. Häuptling Joseph …«
»Hieß er wirklich Joseph?« wunderte sich Cat.
»Nein, in seiner Sprache war sein Name ›Rollender Donner, der vom Wasser her über das Land zieht‹. Aber die weißen Siedler nannten ihn Joseph. Achtzehnhundertsiebenundsiebzig griffen einige aufständische junge Krieger die Weißen an und töteten einige von ihnen. Häuptling Joseph, der ein ausgezeichneter Stratege war, besiegte in dem darauffolgenden Krieg die U.S. Army in vielen Schlachten. Dennoch machte er sich

keine großen Hoffnungen, denn die Regierung entsandte immer weitere Truppen. Deshalb unternahm er einen heldenhaften Ausbruchsversuch, um sein Volk fünfzehnhundert Kilometer weit nach Kanada in die Freiheit zu führen. Doch fünfzig Kilometer vor der Grenze wurde er von der Army eingeholt und angegriffen. Nach fünftägigen Kämpfen sah sich Joseph gezwungen, sich zu ergeben. Die meisten seiner Krieger waren tot und verwundet, sein Stamm litt Hunger. Mit den Worten ›Ich werde nie wieder kämpfen‹ legte er die Waffen nieder. Die Army zwang die Nez Perce, viele tausend Kilometer bis nach Oklahoma zu marschieren. Am Schluß waren nur noch ein paar hundert von ihnen übrig. Sechs Jahre mußten sie in einem fremden Gebiet verbringen, bis sie – wieder zu Fuß – nach Idaho zurückkehren durften. Häuptling Joseph sah das Walloway Valley nie wieder. Er starb zwanzig Jahre später – Neunzehnhundertvier – in einem Reservat im Bundesstaat Washington.«

Cat seufzte. »Die amerikanische Geschichte ist von Unmenschlichkeit geprägt.«

»Das trifft auf die ganze Weltgeschichte zu«, warf Torie ein.

»Amerika hält sich für die Wiege der Humanität und versucht ständig, anderen Ländern zu helfen«, sagte Cat. »Aber in Wirklichkeit haben wir schreckliche Verbrechen an anderen Völkern begangen. Die Sklaverei und die Ausrottung der Indianer sind bestimmt so schlimm wie der Holocaust.«

Die anderen schwiegen. Sie durchquerten die Kleinstadt Enterprise und erreichten schließlich das Dorf Joseph am Fuße der Berge, die Cat sonst immer nur von ihrem Schlafzimmerfenster aus betrachtete.

Sie aßen in einem Restaurant, dessen Terrasse auf die Main Street hinausging.

»Kann man sich an so einer malerischen Landschaft je sattsehen?« fragte Cat.

»Niemals!« erwiderten die drei anderen im Chor.

Cat war – vielleicht zum erstenmal im Leben – wirklich glücklich.

ELF

Cat gewann immer mehr Freude am Reiten und fühlte sich auf Chloes Rücken zunehmend wohler. Am meisten genoß sie die gemeinsamen Ausritte mit Miss Jenny, die sie über gewundene Waldwege führten. Auch die donnerstäglichen Frühstücke mit Red und Jason in Rocky's Café bereiteten ihr viel Vergnügen. Sie war gern mit anderen Menschen zusammen, was wohl daran lag, daß sie in der Großstadt aufgewachsen war, und sie empfand ihren Schwiegervater als angenehmen Gesprächspartner.

Deshalb sagte sie stets begeistert zu, wenn Red sie am Mittwochabend fragte, ob sie am nächsten Tag mit ihm nach Cougar fahren wollte. Der Herbst kam. Die Blätter färbten sich zuerst golden, dann blaßgelb und fielen schließlich von den Bäumen – ganz anders als die leuchtend rote Farbenpracht der Herbstwälder an der Ostküste, die Cat gewöhnt war. Doch ansonsten fand sie, daß der Westen, landschaftlich betrachtet, viel mehr zu bieten hatte.

»Ich glaube, ich bin an der falschen Küste geboren«, meinte sie eines Tages auf der Fahrt in die Stadt zu Red.

»Jetzt bist du hier. Nur das zählt.«

»Ich kann es noch gar nicht fassen, was für ein Glück ich gehabt habe.«
Red grinste. »Ich dachte immer, *wir* wären die Glückspilze. Du hast frischen Wind in unsere Familie gebracht.«
»Hat Scott dir eigentlich erzählt, daß ich zuerst dagegen war, auf Big Piney zu wohnen? Ich wollte mein eigenes Zuhause.«
Red wandte den Blick von der Straße ab und musterte sie nachdenklich. »Und jetzt?«
Sie tätschelte seinen Arm. »Jetzt bin ich so glücklich, daß es mir manchmal angst macht.«
»Also hast du uns noch nicht satt?« fragte er scherzhaft.
»Ach Red, ich habe euch furchtbar gern. Ich weiß nicht, womit ich eine so wunderbare Familie verdient habe. Aber ich habe ein schlechtes Gewissen, weil ich so faul bin und den ganzen Tag lang nur tue, was mir gefällt.«
»Offenbar langweilst du dich wirklich nicht.«
Jason war noch nicht da, aber Ida hatte ihnen ihren Stammtisch freigehalten.
»Laß uns bestellen. Wir brauchen nicht auf ihn zu warten.« Normalerweile frühstückte Red schon bei Morgengrauen, und da er donnerstags zu Hause nur einen Kaffee trank, knurrte ihm der Magen. »Ich glaube, heute nehme ich Blaubeerpfannkuchen.«
Cat, die vor ihrer Ehe meistens auf das Frühstück verzichtet hatte, hatte ihre Gewohnheiten – dank Thelmas Kochkünsten – inzwischen geändert. »Ich auch.«

In diesem Augenblick kam Jason herein und schlängelte sich zwischen den Tischen hindurch, ohne die anderen Gäste zu begrüßen.

»Ärger?« fragte Red.

Bedrückt ließ Jason sich auf einen Stuhl sinken, schob sich den Hut aus der Stirn und nickte Ida zu, als diese ihm Kaffee einschenkte. »Sandy ist weg«, sagte er.

Red starrte ihn entgeistert an. »Was soll das heißen?«

»Sie hat Cody und mich verlassen.«

Cat fehlten die Worte.

Nachdenklich rührte Red in seiner Tasse. »Für immer?«

»Das behauptet sie wenigstens.«

»Und wie geht es dir damit?«

»Es ist komisch.« Jason verzog das Gesicht. »Ich empfinde überhaupt nichts.«

»Wie kann eine Mutter ihr Kind im Stich lassen?« wollte Cat wissen.

Jason hob den Kopf und sah sie zum erstenmal an. »Sie hat sich hier nie wohl gefühlt.«

Cat fragte sich, ob Jason seiner Frau je angeboten hatte, aus Cougar wegzuziehen, um die Ehe zu retten. Aber bestimmt steckte noch mehr dahinter. Schließlich folgten Millionen von Frauen ihrem Mann, wenn dieser aus beruflichen Gründen den Wohnort wechseln mußte. Sie stellten sich um und machten das Beste daraus, auch wenn es ihnen manchmal schwerfiel. Ob Sandy wohl die nötige Bereitschaft dazu aufgebracht hatte? Cat hatte sie als blasse, verhuschte Außenseiterin empfunden, als sie sie auf ihrer Hochzeit kennengelernt hatte – doch andererseits hatten sie kaum ein Wort miteinander gewechselt. Vielleicht war sie ja wirklich nur unglücklich gewesen.

»Wo ist sie jetzt?« erkundigte sich Red, nachdem Jason überbackenen Toast bestellt hatte.

Jason zuckte die Achseln. »In Seattle. Aber sie wollte nach Kalifornien, vielleicht nach San Francisco.«

Red und Cat schwiegen. Cat wunderte sich, wie es Jason gelang, so ruhig zu bleiben.

»Wie kommt Cody damit zurecht?« fragte sie schließlich.

Der Anflug eines Lächelns huschte über Jasons Gesicht. »So einigermaßen. ›Dann müssen wir Männer den Laden eben allein schmeißen, Dad‹, hat er gesagt. Ich habe keine Ahnung, wo er solche Sprüche herhat.«

»Und wie willst du das anstellen?« hakte Red nach.

Jason senkte den Kopf und fing an, auf seinem Teller herumzustochern. *Offenbar nimmt es ihn mehr mit, als er uns zeigt,* dachte Cat.

»Wenigstens kann ich kochen. Das war bis jetzt sowieso meistens mein Job«, antwortete Jason schließlich.

»Wenn du Hilfe brauchst oder jemanden, mit dem du reden kannst, sag mir Bescheid«, meinte Red.

»Danke.« Jason sah aus, als hätte er am liebsten Reds Hand ergriffen. »Außer Chazz und Dodie habe ich es bis jetzt nur euch erzählt. Gestern beim Mittagessen hat sie es mir eröffnet, und um drei ist sie gegangen. Als Cody von der Schule kam, war sie schon fort. Sie hat sich nicht einmal von ihm verabschiedet.«

»O mein Gott«, stieß Cat unwillkürlich hervor.
»Und?«
»Irgendwie fühle ich mich sogar erleichtert. Heute morgen beim Aufwachen habe ich mich zum erstenmal seit Jahren nicht gleich streiten müssen.« Jason tunkte den Ahornsirup auf seinem Teller mit einem Stück Toast auf.
Ida kam an den Tisch, um Kaffee nachzuschenken. »Sie sehen ja zum Fürchten aus, Sheriff.«
»Danke, Ida.«
»Wo drückt denn der Schuh?«
»Sandy hat mich verlassen.«
»Oh, wie entsetzlich, Jason.« Sie tätschelte ihm die Schulter. »Aber hier wird sie niemand vermissen. Sie war nicht gut genug für Sie.«
Auf dem Rückweg zur Theke drehte Ida sich noch einmal um. »Wußten Sie, daß Katie Thompson jetzt nach Freds Tod vorhat, zu ihrer Tochter nach Portland zu ziehen? Eigentlich hat sie gar keine Lust dazu, aber das Geld reicht hinten und vorn nicht. Vielleicht wäre sie interessiert daran, Ihnen den Haushalt zu führen. Wenn Sie ihr anbieten, im Haus zu wohnen, würde sie bestimmt nicht viel verlangen. Sie könnten ja das Zimmer über der Garage für sie herrichten.«
Jason konnte sich ein Lachen nicht verkneifen. »Siehst du«, meinte er zu Cat. »So etwas würde in Seattle nie passieren. Hier kümmern sich alle um einen.« Er lächelte Ida zu. »Ich habe noch keine Ahnung, wie es weitergehen soll, und brauche noch ein bißchen Zeit. Aber ich finde die Idee großartig.«

»Sie ist eine ausgezeichnete Köchin«, fuhr Ida fort. »Natürlich weiß ich nicht, ob sie einverstanden ist, aber der Vorschlag ist doch gut.« Ida reckte ihr spitzes Kinn in einer Weise, die keinen Widerspruch duldete. »Sie renovieren das Zimmer und besorgen eine Satellitenschüssel. Es wird ihr bestimmt gefallen, und abends wären Sie ungestört. Sie und Cody könnten das Haus auf den Kopf stellen, ohne daß sie etwas hört, und wenn Sie mal ein Bier trinken gehen wollen, hätten Sie eine Babysitterin.«

»So etwas muß einem erst mal einfallen, Jason«, lachte Red.

Jason kratzte sich am Kinn. »Das nötige Geld hätte ich wahrscheinlich. Sandy hat gesagt, daß sie auf Unterhalt verzichtet. Sie will alles hinter sich lassen.«

Auch ihren eigenen Sohn, dachte Cat. Sie blickte aus dem Fenster.

In diesem Moment hielt ein Pick-up vor dem Café. Ein junger Mann in Arbeitskleidung und mit einem Strohhut auf dem Kopf sprang heraus und hielt ein braunweißes Fellknäuel hoch. Cat konnte nicht hören, was er sagte.

»Schaut mal«, meinte sie.

»Das ist Jeb Smart«, erklärte Jason. »Seine Colliehündin hat Junge bekommen, und jetzt möchte er sie verkaufen, um sich etwas dazuzuverdienen.«

»Seht euch nur den süßen Hund an!« Cat hielt es nicht mehr auf ihrem Platz aus. Sie schob ihren Stuhl zurück und stand auf. »Bin gleich zurück.«

In einem Karton auf der Ladefläche des Pick-ups wim-

melten sieben Welpen durcheinander. »Hallo«, sagte Jeb Smart, während Cat die kleinen Hunde bewunderte. »Sie sind doch Scotts Frau. Ich war auf Ihrer Hochzeit, aber wahrscheinlich erinnern Sie sich nicht mehr an mich.«
Cat konnte den Blick nicht von den Welpen abwenden. »Darf ich einen hochnehmen?«
»Aber klar.« Der Farmer kaute auf einem Grashalm.
Das kleine Fellknäuel schmiegte sich an sie. Aber am besten gefiel Cat der Aufmüpfigste des Wurfs, der versuchte, aus dem Karton zu klettern, und dabei wie wild mit dem Schwanz wedelte. Als sie nach ihm griff, hörte sie Reds Stimme neben sich: »Du solltest deinen verzückten Gesichtsausdruck sehen. Wenn eine Frau mich einmal so anschauen würde ...«
Der Welpe knabberte an Cats Finger und bemühte sich, auf ihre Schulter zu krabbeln.
»Red, sieh mal!«
»Wieviel kostet er, Reb?« erkundigte sich Red mit einem Blick auf den Welpen.
»Kaufst du ihn wirklich, Red? Ich laufe nur schnell hinein und frage Jason, ob er einverstanden ist.«
»Ich dachte, du wolltest ihn selbst behalten«, sagte Red, während er fünfundzwanzig Dollar aus der Tasche zog.
Cat fiel Red um den Hals und küßte ihn auf die Wange.
»Ach, du bist einfach wundervoll!« rief sie und lief zurück ins Café.
»Red, an Ihrer Stelle würde ich gleich alle nehmen«, meinte Reb.
Red lachte. »Einen kaufe ich noch. Bestimmt hat sie

Freude daran. Sie soll sich einen aussuchen, wenn sie wiederkommt.«

Cat erschien mit Jason im Schlepptau.

»Dann hätte Cody einen Spielgefährten«, sagte sie und hielt Jason den Welpen hin.

»Sandy wollte keinen Hund im Haus, nur Katzen.«

»Red schenkt ihn dir. Aber wenn du lieber keinen Hund möchtest, weil er zuviel Arbeit macht …«

»Ich finde es großartig. Nicht nur für Cody. Mir ist es sehr schwergefallen, jahrelang auf einen Hund zu verzichten.« Jason streichelte den Welpen. »Danke, Cat.«

Red zwinkerte Jeb zu und wies auf die anderen kleinen Hunde. »Welcher würde dir gefallen?« fragte er Cat.

Erstaunt sah Cat ihn an. »Für mich?«

»Ja.«

Strahlend musterte sie die Welpen und entschied sich für einen, der schwanzwedelnd auf sie zuwackelte.

Die kleine Hündin lag zusammengerollt auf Cats Schoß, als sie zur landwirtschaftlichen Genossenschaft fuhren, um Hundefutter, ein schwarzes Halsband und eine Leine zu erstehen.

»Ihr Fell hat die Farbe von Brandy«, stellte Red fest.

»Dann nennen wir sie so: Brandy.«

Auf dem Rückweg durch die Stadt bat Cat Red, einen Moment anzuhalten. Sie ließ Brandy in seiner Obhut und stürmte in das Büro des Sheriffs. Jason, der gerade telefonierte, beendete rasch das Gespräch und sah sie fragend an.

»Jason, ich habe ein furchtbar schlechtes Gewissen«, begann Cat. »Du hast etwas Schreckliches erlebt und brauchst Trost, und ich laufe einfach davon. Aber wenn du jemanden zum Reden brauchst oder möchtest, daß ich auf Cody aufpasse ...«

»Das ist aber wirklich nett von dir, Cat. Doch im Augenblick geht es mir gar nicht so schlecht. Ich habe es immer noch nicht richtig begriffen. Die Trauer kommt wahrscheinlich erst später ...«

Sie berührte ihn am Arm. »Warum kommst du mit Cody nicht morgen abend zum Essen auf die Ranch?«

Es war das erstemal, daß sie jemanden einlud, und sie wußte nicht, ob sie das Recht dazu hatte. Aber die Familie würde schon nichts dagegenhaben, Jason in dieser schweren Zeit ein wenig unter die Arme zu greifen. Obwohl Jason sich bemühte, tapfer zu sein, sprach seine bedrückte Miene Bände.

»Bring deinen Hund mit, dann können die beiden zusammen spielen.«

Der Sheriff lächelte sie an. »Cody wird begeistert sein.« Der Welpe schlief in einer Schachtel neben Jasons Schreibtisch. »Wir kommen natürlich gern.«

»Essen gibt es um ...«

»Ich weiß. Ich war schon oft genug dort: halb sieben, Drinks um Viertel vor sechs.«

»Ach, du meine Güte. Gegen diesen starren Zeitablauf muß ich etwas unternehmen. Wird denn wirklich immer um dieselbe Zeit gegessen?«

»Jeden Abend.«

»Daran muß sich etwas ändern. Ich weigere mich, ein Leben nach der Stoppuhr zu führen.«

»Viel Glück.«

Als Cat sich zum Gehen umdrehte, meinte Jason: »Scott ist wirklich ein Glückspilz.«

Sie lächelte ihm zu. »Danke, Jason.«

Als sie Red von der Einladung erzählte, tätschelte er ihr die Schulter. »Catherine McCullough, ich kann dir gar nicht sagen, wie froh ich bin, daß du zu unserer Familie gehörst. Nicht im Traum hätte ich daran gedacht, daß mein Sohn einmal eine so wunderbare Frau finden würde. Aber ich wußte ja auch nicht, daß es Frauen wie dich überhaupt gibt.«

»Red nur weiter«, meinte sie lachend. Sie war unbeschreiblich glücklich.

Nach einem Blick auf den Hund erklärte Sarah, daß sie ihn im Haus nicht sehen wolle.

Cat, die ihr ganzes bisheriges Leben in der Stadt verbracht hatte, traute ihren Ohren nicht. Sie hatte sich schon ausgemalt, daß der Welpe am Fußende ihres Bettes schlafen sollte. Aber das kam nicht in Frage.

Also richteten sie und Red für Brandy ein Lager im Pferdestall her.

»Als die Kinder noch klein waren, hatten wir einige Hunde«, sagte Red. »Ohne Hund fehlt mir etwas im Leben, doch als Scott und Torie auf dem College waren, hat Sarah mich überredet, keinen neuen mehr anzuschaffen.«

»Warum hatte Sarah etwas dagegen, wenn die Hunde sowieso nicht ins Haus durften?«

»Torie hat sie immer wieder hereingeschmuggelt. Sarah mag eben keine Tiere.«

»Dann sollte sie nicht auf dem Land leben.«
Red musterte Cat nachdenklich. Aber ihr Blick galt nur dem Welpen, der gierig sein Futter hinunterschlang.
»Wir haben die Futternäpfe vergessen«, stellte Cat fest.
»Das nächstemal.«
»Wenn du mir erlaubst, eines der Autos zu benützen, kann ich morgen in die Stadt fahren und welche besorgen.«
»Natürlich. Übrigens brauchst du dazu nicht meine Erlaubnis. Du bist eine McCullough und kannst kommen und gehen, wie du willst. Die Autoschlüssel stecken.«
Scott fuhr mit dem Pick-up zur Arbeit, und Cat hatte sich bis jetzt nicht getraut, den Cadillac oder den Lincoln zu benützen. Obwohl offenbar niemand etwas dagegen hatte, erschien es ihr doch seltsam, allein mit einem so riesigen Auto Besorgungen zu machen.

Als sie Scott ihren neuen Hund vorführte und sich beklagte, daß sie ihn im Stall schlafen lassen mußte, grinste er. »Das kriegen wir schon hin. Mutter bekommt gar nicht mit, was wir in unseren Zimmern treiben. Zerbrich dir nicht den Kopf darüber, ich richte ihm ein Bettchen her. Nach dem Abendessen holen wir ihn herein. Mutter geht sowieso früh schlafen.«
Cat fiel ihm um den Hals.

»Weißt du, daß es die weiseste Entscheidung meines Lebens war, dich zu heiraten«, sagte sie abends beim Ausziehen.
»Na klar.« Er schmunzelte.

In den sieben Wochen, die ihre Ehe nun schon dauerte, hatten sie sich jede Nacht und manchmal auch tagsüber geliebt. Am Wochenende fuhren sie meistens an einen der vielen Bergseen und suchten sich ein abgeschiedenes Plätzchen im Wald oder in einem Feld. Manchmal taten sie es sogar im Stall, wo die Gefahr, entdeckt zu werden, die Aufregung noch steigerte. Er kannte jede Pore ihres Körpers. Und es erregte Cat, ihm beim Ausziehen zuzusehen.

»Es liegt nicht nur an dir, daß ich so glücklich bin«, sagte sie, während sie aus ihrer Bluse schlüpfte und sie in den Schrank hängte. Scott ließ seine Sachen meistens auf dem Boden liegen. Jemand würde sie schon aufsammeln, waschen und bügeln, so daß sie wie durch Zauberhand wieder sauber in seinem Schrank landeten. »Deine Familie ist auch meine geworden.«

»Komm her«, meinte er, legte sich aufs Bett und streckte den Arm nach ihr aus.

»Ich fühle mich immer noch wie in den Flitterwochen.«

»Ich möchte ein Kind von dir«, sagte er und küßte ihre Brüste.

»Eine gute Idee. Am liebsten hätte ich gleich ein Dutzend. Und da ich schon sechsundzwanzig bin, sollten wir besser gleich damit anfangen.«

ZWÖLF

Der Winter nahte, und es wurde allmählich ungemütlich, sich im Freien aufzuhalten. Scott, der meistens am Nachmittag von der Arbeit nach Hause kam, war mit ihr ausgeritten, als es noch wärmer gewesen war. Hin und wieder waren sie auch nach Baker gefahren oder hatten Wanderungen unternommen. Die körperliche Anstrengung hatte Cat anfangs sehr zu schaffen gemacht, doch bis Oktober hatte sich ihre Kondition so verbessert, daß sie mühelos mit Scott mithalten konnte.

Vormittags besuchte sie häufig Miss Jenny und lernte von ihr das Brotbacken. Und eines Tages schlug sie ihr wieder einmal vor, sich einen Computer anzuschaffen.

»In meinem Alter ist mir das zu kompliziert«, widersprach Miss Jenny.

»Unsinn. Du bist eine der klügsten Frauen, die ich je kennengelernt habe.«

»Ich wüßte nicht einmal, was ich kaufen oder wo ich anfangen soll.«

Cat verzog das Gesicht. »Ach, Miss Jenny. Dazu hast du doch mich. Ich bin mir zwar nicht sicher, ob ich mich zur Lehrerin eigne, aber es würde mir großen Spaß machen.«

Vielleicht wollten Miss Jenny und Red ja auch nicht,

daß sie Einblick in die Finanzen erhielt. Schließlich war sie noch neu in der Familie.

»Mit einem Computer könnte man die Ranch viel besser organisieren. Es gibt spezielle Software für Farmer und Rancher ...«

Miss Jenny sah sie an.

»Und du könntest mir dabei helfen?«

»Klar. Ich bin nun mal süchtig nach diesen Höllenmaschinen, und ich vermisse hier einen Computer.«

Miss Jenny überlegte. »Wir müßten nach Portland fahren, um ihn zu besorgen.«

Cat schüttelte den Kopf. »Meine Lieblingsmarke bekommt man nur über den Versandhandel, und ich weiß schon genau, was wir bestellen sollten: einen Viersechsundachtziger mit CD-ROM-Laufwerk und ...«

Miss Jenny unterbrach Cat mit einer Handbewegung. »Ich verstehe nur Bahnhof.«

»Zugegeben, am Anfang ist das alles ziemlich verwirrend, aber du wirst dich bald fragen, wie du jemals ohne Computer ausgekommen bist.«

»Und du glaubst wirklich, in meinem Alter ...«

»Das ist nur eine faule Ausrede.« Cat schenkte sich einen Kaffee ein. »Du bist doch noch nicht senil.«

Miss Jenny grinste. »Das habe ich auch nicht angenommen.«

»Soll ich mit Red darüber reden?«

Miss Jenny zuckte die Achseln. Aber das Funkeln in ihren Augen verriet, daß sie sich auf die neue Herausforderung freute. »Wenn du wirklich meinst ...«

»Gut, dann erledige ich das heute abend.«

Als Red, Sarah, Cat und Scott am Abend mit ihren Cocktails vor dem Kaminfeuer saßen, sagte Cat: »Ich war heute bei Miss Jenny. Wir haben uns über Computer unterhalten.«
Scott lachte, aber Red wirkte interessiert.
»Und?« fragte er.
»Es verschlingt so viel Zeit, die Bücher per Hand zu führen. Ich könnte ihr zeigen, wie es schneller und mit einem geringeren Fehlerrisiko funktioniert. Ich glaube, sie hätte Freude daran. Außerdem gibt es auch Programme für Rancher.«
»Was für welche?« fragte Scott.
»Das weiß ich nicht genau. Vielleicht sollte ich mich an der Universität erkundigen. An der Landwirtschaftlichen Fakultät in Corvallis könnte man mir bestimmt Auskunft geben.«
Als die Männer zögerten, fügte Cat hinzu: »Wenn es euch lieber ist, daß ich mich nicht mit den Finanzen beschäftige, brauche ich ja keine Einzelheiten zu erfahren. Ich könnte Miss Jenny beibringen, wie man mit dem Computer umgeht, ohne die genauen Zahlen zu kennen.«
Sarah ging zur Hausbar hinüber und schenkte sich einen Whiskey pur ein. »Ich habe mich in siebenundzwanzig Jahren nicht mit den Finanzen befaßt.«
»Weil es dich nicht interessiert hat«, entgegnete ihr Mann, ohne sie anzusehen.
»Geldangelegenheiten sind Männersache«, meinte Sarah. »Das hat mein Vater immer gesagt, als ich in Mathematik nicht richtig mitkam.«

»Ich war auch nie gut in Mathe«, warf Cat ein. »Wenn ich etwas ausrechnen will, brauche ich einen Taschenrechner. Aber mit Computern hat das nichts zu tun. Man muß sich eben in die Materie einarbeiten.«
Scott lachte auf. »An was für eine Frau bin ich da bloß geraten!«
»Wenn deine Großmutter es schafft, das zu lernen, kriegst du es sicher auch hin«, sagte Cat.
»Wozu? Schließlich haben wir dann zwei Spezialistinnen in der Familie.«
Thelma kam herein und verkündete, daß das Abendessen auf dem Tisch stand.

Cat konnte nicht schlafen. Sie wälzte sich im Bett herum und verfluchte sich, weil sie nach dem Abendessen einen Kaffee getrunken hatte. Vielleicht würde ein Glas heiße Milch oder Kakao ja Abhilfe schaffen. Sie schlüpfte aus dem Bett und sah aus dem Fenster. Draußen fielen Schneeflocken vom Himmel.
Nachdem sie einen Morgenmantel übergeworfen hatte, schlich sie durch den Flur die Treppe hinunter.
In der Küche brannte Licht. Red saß, eine Tasse in der Hand, am Tisch.
»Warum bist du um diese Uhrzeit noch auf?«
»Auf dem Herd steht heißer Apfelwein«, entgegnete er anstelle einer Antwort.
Sie schenkte sich eine Tasse ein und setzte sich ihm gegenüber. »Es schneit«, sagte sie. »Ich brauche dringend Winterstiefel.«
»Wieviel Uhr ist es?«

»Halb zwei. Ich weiß nicht, warum ich nicht schlafen kann.«
»Vollmond«, meinte Red. »Ich merke das immer.«
»Ist das dein Ernst?«
Er nickte. »Morgen besorgen wir die Stiefel. Das heißt, wenn die Straßen nicht zu vereist sind.«
Cat fiel ein, daß sie im Moment wahrscheinlich nicht allzu hübsch aussah. »Es ist eine Gemeinheit«, beklagte sie sich. »Wenn Männer mitten in der Nacht aufwachen, sehen sie nie so zerzaust aus.«
»Ich bin nicht aufgewacht. Ich war noch gar nicht im Bett.«
»Oh?«
Er stand auf, stellte seine Tasse weg und sagte: »Ich gehe jetzt nach oben. Vergiß nicht, das Licht auszumachen.« Er tätschelte ihr die Schulter.
Cat blieb sitzen und fragte sich, warum er wohl an Schlaflosigkeit litt. Als sie später auf Zehenspitzen in ihr Zimmer schlich und sich ins Bett legte, rührte Scott sich nicht. Noch eine Weile lag Cat wach und überlegte, ob Sarah sich je über ihren Mann Gedanken machte.
Sarah beschäftigte sich ab und zu mit Porzellanmalerei. Um den Haushalt kümmerte sie sich überhaupt nicht. Die Putzfrau wurde von Thelma beaufsichtigt. Thelma hatte schon vor Reds Hochzeit über die Küche auf Big Piney geherrscht und wußte, was der Familie schmeckte. Mit ihrem alten Pick-up erledigte sie die Einkäufe und sorgte dafür, daß die Speisekammer und die beiden gewaltigen Gefriertruhen stets gut gefüllt waren. Cat kam gut mit ihr zurecht.

Offenbar hatte Sarah ein Talent, sich vor Pflichten des Alltags zu drücken, obwohl sie stets beschäftigt schien. Erst am späten Nachmittag, wenn sie sich mit einem Buch und einem Drink am Kamin niederließ, hatte sie Zeit zu einem Gespräch.

Allerdings freute sie sich darauf, wie jedes Jahr nach Portland zu fahren, um mit Cat und Miss Jenny die Weinachtseinkäufe zu erledigen. Cat fand es schade, daß der Ausflug nicht am Wochenende stattfand. Sie hätte sich sehr gefreut, wenn Torie auch mit von der Partie gewesen wäre. Zu Sarahs Erleichterung und Miss Jennys Freude hatte Cat sich erboten, das Chauffieren zu übernehmen.

Miss Jenny hatte Zimmer im Benson, Portlands ältestem Luxushotel, reserviert. Drei Tage verbrachten sie in der Stadt, besuchten Restaurants und gingen jeden Abend ins Kino, was Sarah besonderen Spaß zu machen schien. Cat wurde klar, daß sie selbst es ebenfalls vermißt hatte, hin und wieder einen Film zu sehen. Sie beschloß, Scott öfter zu solchen Unternehmungen zu überreden.

Cat kaufte viel mehr, als sie geplant hatte, denn sie fand es aufregend, Geschenke für ihre neue Familie zu erstehen.

Am Dienstag abend kehrten sie noch vor Einbruch der Dämmerung nach Big Piney zurück. Im Kofferraum und auf der Rückbank türmten sich Kartons und Tüten. Cat freute sich schon darauf, die Geschenke einzupacken. Ob Scott Zeit gehabt hatte, etwas für sie zu kaufen? Nach einiger Überlegung hatte sie beschlossen, ihm eine Kamera zu schenken. Sie wußte nicht, ob er bereits eine besaß, hatte aber noch nie eine bei ihm gesehen. Was schenkte man bloß einem Mann, der schon alles hatte?

Am Freitag fuhr Cat mit dem Cadillac in die Stadt, um Besorgungen zu machen. Außerdem wollte sie Torie besuchen, denn sie fand, daß sie einander zu selten sahen.

Torie umarmte ihre Schwägerin erfreut. »Wirklich schade, daß wir so wenig Kontakt haben, aber ich bin einfach immer beschäftigt. Wir sollten am Samstag abend öfter etwas zusammen unternehmen.«

Torie bot Cat eine Cola an. »Ein heißer Kaffee wäre bei diesem Wetter wahrscheinlich besser. Eine Hundekälte. Hoffentlich hört es bald auf zu schneien.«

Sie plauderten, bis es draußen dämmerte. Als Cat sich verabschieden wollte, hörte sie den Schlüssel im Schloß. Joseph Claypool kam herein. Wieder einmal mußte Cat feststellen, daß Joseph mit seinen hohen Wangenknochen und dem sinnlich geschwungenen Mund ein sehr gutaussehender Mann war.

Außerdem hatte er offenbar einen Wohnungsschlüssel. Mit ausgestreckten Armen kam er auf sie zu. »Schön, dich zu sehen. Willst du etwa schon weg?«

»Ich muß noch ein paar Dinge erledigen. Es wird gleich dunkel.«

Auf dem Nachhauseweg bemerkte sie, daß in Jasons Büro noch Licht brannte, und hielt an.

»Ich wollte nur mal hallo sagen«, meinte sie an der Tür. Er bat sie herein. »Ich fühle mich miserabel und weiß nicht, warum. Was hältst du von einem Kaffee?«
»Laß mich nur rasch zu Hause anrufen, damit sie wissen, daß ich später komme. Es ist gleich Cocktailstunde.«
Er wählte die Nummer und hielt ihr den Hörer hin.
Cat teilte Red mit, daß sie in anderthalb Stunden zu Hause sein würde.
»Danke, Cat«, meinte Jason, nachdem sie aufgelegt hatte.
Sie gingen in Rocky's Café, das sich jetzt, zur Abendessenszeit, allmählich füllte. Allerdings war das Lokal am Morgen immer viel besser besucht.
Cat kannte die Kellnerin von der Spätschicht nicht.
Jason bestellte zwei Tassen Kaffee. »Ich glaube, es liegt daran, daß es nun früher dunkel wird«, sagte er dann. »Es schlägt mir aufs Gemüt.«
»Möchtest du über sie reden?«
Er zog die Augenbrauen hoch. »Über Sandy?«
»Es hat keinen Sinn, daß du es weiter in dich hineinfrißt. Warum erzählst du mir nicht von deiner Ehe, Jason?«
»Das ist eine lange Geschichte. Und du hast deiner Familie versprochen, daß du gleich zu Hause bist.«
»Dann verabreden wir uns eben zu einem Gespräch. Ich wette, eine Hobbypsychologin wie mich findest du nirgends. Außerdem bin ich eine gute Zuhörerin. Ich kenne dich zwar nicht gut, aber ich glaube, daß du dich zu sehr verschließt. Daß du so niedergeschlagen bist,

liegt sicher nicht nur an den kürzeren Tagen, sondern an deiner Einsamkeit.«

»Cat, während meiner Ehe war ich noch viel einsamer …«

»Ja, das hast du mir schon mal gesagt. Also, verabreden wir uns zu einem Gespräch unter vier Augen.«

Jason lehnte sich zurück und musterte Cat. »Du meinst es wohl wirklich ernst.«

Sie schwieg.

»Morgen muß ich nach Ukiah«, sagte Jason nach einer Weile. »Wenn du mitkommst, lade ich dich zum Mittagessen ein.«

Die Familie hatte mit dem Essen warten müssen. Doch Thelma nahm es ihr nicht übel.

Während Cat sich an Thelmas Hackbraten mit Senfsauce gütlich tat, erzählte sie, daß sie am nächsten Tag mit Jason nach Ukiah fahren würde. Sie bemerkte nicht, daß Red und Scott schmunzelnd einen Blick wechselten.

DREIZEHN

Jason machte Anstalten, sich eine Zigarre anzuzünden.

»Tut mir leid, Jason, aber du mußt dich entscheiden: der Glimmstengel oder ich«, sagte Cat.

»Woran liegt es bloß, daß ich noch nie eine Frau kennengelernt habe, die Zigarrenrauch mag?« klagte Jason. Als Cat nicht antwortete, steckte Jason die Zigarre wieder weg.

Er hatte sich für eine Nebenstrecke entschieden, die kürzer war als der Weg über die Hauptstraße. Am bleigrauen Himmel ballten sich dunkle Wolken.

»Bestimmt schneit es heute noch. Aber schließlich haben wir Dezember«, meinte er.

»Ich bin eigentlich mitgekommen, um dir zuzuhören«, ergriff Cat nach einer Weile das Wort.

Jason nickte. »Ich weiß nicht, wo ich beginnen soll.«

»Warum nicht ganz am Anfang? Als ihr euch kennengelernt habt.«

»Okay. Es war ein paar Jahre nach meinem Collegeabschluß. Eigentlich hätte ich ja am liebsten Jura studiert, aber das Geld reichte nicht. Außerdem war ich mir nicht sicher, ob ich noch drei Jahre lang die Schulbank drücken wollte. Also bin ich zur Polizei gegangen. Ich stamme aus Anacortes, das ist eine Kleinstadt, ein paar Stunden von Seattle entfernt. Doch da ich die University of Washington besucht hatte, kannte ich mich in der Stadt ziemlich gut aus. Sandy habe ich auf einer Party kennengelernt. Einer meiner Arbeitskollegen hatte mir von ihr erzählt. Sie war eine Freundin seiner Schwester. Damals war sie sehr hübsch, ein wenig unnahbar zwar, doch mich hat ihre geheimnisvolle Art gereizt. Ich war noch jung und ahnte nicht, zu welchen Schwierigkeiten das einmal führen würde. Wir hatten dieselben Interessen, gingen bergsteigen und fuhren am Wochenende mit der Fähre nach San Juan. Sie hat mir das Langlaufen beigebracht und ich ihr das Kajakfahren. Ich fand, daß wir so viel gemeinsam hatten. Mir fiel gar nicht auf, daß wir nie miteinander redeten. Ich meine, über wirkliche Themen, nicht nur über Sport, gesunde Ernährung und unsere Pläne fürs Wochenende. Ich glaubte, eine Frau gefunden zu haben, mit der ich durch dick und dünn gehen könnte.«

»Warst du in sie verliebt?«

»Das dachte ich wenigstens. Hoffentlich ist es dir nicht peinlich, wenn ich das sage, aber unsere Beziehung war nicht sehr körperlich. Wenn ich sie in die Arme nahm, war es, als wäre sie nicht anwesend. Wenn ich sie küßte, hatte ich das Gefühl, daß sie noch nie zuvor geküßt worden war, so unerfahren war sie. Zärtlichkeiten schienen ihr unangenehm zu sein. Das hätte ich schon damals merken müssen. Doch statt dessen habe ich sie gefragt, ob sie meine Frau werden will. Warum, weiß ich nicht. Vielleicht wollte ich einfach eine Familie gründen, und schließlich hatten wir ja jedes Wochenende zusammen verbracht. Sie zögerte. Und als sie endlich ja sagte, meinte sie: ›Meine Mutter findet, daß du der beste Mann bist, den ich jemals finden kann. Mein Vater mag dich auch. Also gut, ich heirate dich.‹«

»Und sie hat nie gesagt, daß sie dich liebt?«

»Nie.« Er schwieg eine Weile und starrte ins Leere. »Aber meine Mutter hat mich gewarnt«, fuhr er fort. »Ich würde mehr geben, als ich zurückbekomme. Damals habe ich sie nicht verstanden. Inzwischen jedoch ist mir klar, daß ich mich immer nur Sandys Wünschen gebeugt habe. Ich hielt es für Liebe und wollte sie beschützen und sie aufheitern, wenn sie wieder einmal in Trübsinn versank. Du wirst es wahrscheinlich nicht glauben, aber wir hatten noch nicht miteinander geschlafen, als ich ihr den Heiratsantrag machte. Nach unserer Verlobung war sie einverstanden. Sie war noch nie mit einem Mann im Bett gewesen. Ich hielt ihre Verklemmtheit für Schüchternheit und hoffte, daß sie lockerer werden würde, wenn ich zärtlich zu ihr war. Aber weit gefehlt. Eine Woche vor unserer Hochzeit wurde sie schwanger. Sie genoß die Schwangerschaft sehr. Alles drehte sich nur noch um das neue Leben, das in ihr heranwuchs. Auch ich war glücklich. Ich freute mich, daß meine Frau mich mit dem Essen erwartete, wenn ich von der Arbeit nach Hause kam. Und bald würden wir ein Baby haben. Allerdings muß ich zugeben, daß ich anfing, mich zu langweilen, denn Sandy wollte über nichts anderes reden als über dieses Kind. Sie weigerte sich, Bücher und Zeitungen zu lesen, und wenn ich mit einem Thema anfing, das mich interessierte, schwieg sie. Sie wirkte völlig abwesend. Nach Codys Geburt entwickelte Sandy den Ehrgeiz, die beste Mutter der Welt zu werden. Unsere Ehe schien ihr jedoch ziemlich gleichgültig zu sein. Wenn ich zärtlich werden wollte, ließ sie es über sich ergehen oder wies mich zurück. Ich hielt mich für einen miserablen Liebhaber, und die Situation schlug mir allmählich aufs Gemüt. Aber ich sagte mir, daß sich die Lage wieder normalisieren würde, wenn Cody erst einmal älter war. Aber das war ein Irrtum. Bei schönem Wetter machten wir Wanderungen und nahmen Cody im Tragesack mit. Mit dem Kajakfahren und Langlaufen war es allerdings vorbei, weil Sandy Cody keinen Moment aus den Augen lassen wollte.«

»Warst du eifersüchtig auf ihn?«

Jason schüttelte den Kopf. »Keine Minute. Ich fand, daß Sandy eine großartige Mutter war. Doch ich sehnte mich nach körperlicher und geistiger Nähe. Rückblickend betrachtet ist mir klar, daß ich sie von ihr niemals bekommen habe. Du kennst ja das alte Sprichwort, daß Liebe blind macht. Jedenfalls war ich enttäuscht und hatte das Gefühl, daß in unserer Ehe etwas fehlte, obwohl ich mir dessen damals nicht bewußt war. Und eines Tages bekam ich in der Arbeit Halsschmerzen und fühlte mich so elend, daß ich schon um drei Uhr Feierabend machte.«

Er hielt inne, und als er fortfuhr, klang seine Stimme gepreßt. »Zuerst glaubte ich, niemand sei zu Hause, aber als ich die Treppe hinaufging, hörte ich Gemurmel aus dem Schlafzimmer. Ich öffnete die Tür und fand Sandy im Bett mit einer nackten Person, die vor Lust stöhnte. Die beiden bemerkten mich nicht. Und im nächsten Moment erkannte ich, daß diese andere Person eine Frau war.«

Cat fehlten die Worte. »O mein Gott«, stieß sie schließlich hervor. »Das muß dich schwer getroffen haben.«

Er seufzte tief auf. »Inzwischen bin ich darüber hinweg. Aber damals war ich am Boden zerstört. Sandy gestand mir, daß sie nie einen Mann so lieben würde wie mich, sich jedoch zu Frauen hingezogen fühlte. Da sie Angst hatte, ihren Eltern zu beichten, daß sie lesbisch war, flehte sie mich an, sie nicht zu verlassen. Ich bat sie, mit mir zu einer Eheberatung zu gehen. Sie war einverstanden. Wir waren ein paarmal dort, und du kannst dir vorstellen, wie mies ich mich fühlte, als ich erfuhr, daß sie sich vor meinen Berührungen ekelte.« Er lachte bitter auf. »Soviel zu meiner Anziehungskraft als Mann.«

»O Jason. Es lag doch nicht an dir, sondern daran, daß du keine Frau bist.«

»Verstandesmäßig ist mir das klar, aber ich war trotzdem erledigt. Ich fing an, zuviel zu trinken. Anstatt nach der Arbeit nach Hause zu kommen, ging ich mit ein paar Freunden in eine Kneipe. In dieser Zeit fing sie auch an, das Interesse an Cody zu verlieren. Der arme Junge. Es dauerte eine Weile, bis ich es bemerkte, und es war ein ziemlicher Schock für mich. Ich hörte auf zu trinken. Und dann erfuhr ich von der Stelle hier.

Ich dachte mir, das könnte vielleicht ein Neuanfang werden. Und was Cody betraf, schien es mir ohnehin besser, wenn er in einer Kleinstadt aufwuchs, wo jeder jeden kennt. Also vereinbarte ich einen Termin zu einem Vorstellungsgespräch, und zehn Tage später hatte ich den Job in der Tasche. Sandy sagte ich, daß ich mit Cody umziehen würde. Ich würde mich freuen, wenn sie mitkäme. Sie brauchte eine Woche, um sich zu entscheiden, und besprach sich in dieser Zeit täglich mit ihrer Psychologin. Natürlich durften ihre Eltern nichts davon wissen.«

»Es muß eine schwere Zeit für euch gewesen sein.«

»Sobald wir hier waren, ging in Cody eine Veränderung vor. Damals war er drei, die Nachbarn links von uns hatten einen vierjährigen Sohn, und rechts wohnte eine Familie mit zweieinhalbjährigen Zwillingen. Es war Sommer, und er verbrachte den ganzen Tag draußen mit seinen Freunden. Mir gefiel Cougar auf Anhieb. Es war, als wäre ich endlich nach Hause gekommen, und ich möchte den Rest meines Lebens hier verbringen. Sandy hat sich redliche Mühe gegeben, sich einzuleben. Wir wurden von den Nachbarn zum Essen eingeladen, und sie versuchte, sich mit ihnen anzufreunden. Aber sie schaffte es einfach nicht. Ich glaube, sie wußte, daß die Leute in einer Kleinstadt wie dieser sie ablehnen würden, wenn sie die Wahrheit über sie erfuhren. Auf Anregung der Psychologin hatten wir wieder angefangen, miteinander ins Bett zu gehen. Doch als mir klar wurde, wie sehr sie sich dazu zwingen mußte, gab ich es auf. Wenn wir zu einer Veranstaltung wollten, bekam sie jedesmal im letzten Moment Kopfschmerzen oder Magenkrämpfe. Vielleicht hat sie nicht einmal simuliert. Und als ich sie darauf ansprach, antwortete sie: ›Hier bin ich nur die Frau des Sheriffs.‹ Ich erklärte ihr, daß es nur von ihr abhing, ob sie als eigenständige Person wahrgenommen würde, aber sie hatte keine Lust, sich mit ›Hinterwäldlern‹, wie sie es nannte, abzugeben. Cody besuchte zwar die Nachbarskinder, durfte seine Freunde jedoch nie nach Hause einladen. Und Sandy wollte mit ihren Müttern nichts zu tun haben.«

»Hört sich an, als wäre es fast eine Erleichterung, daß sie weg ist.«

Jason zuckte die Achseln. »Inzwischen empfinde ich es beinahe auch so, obwohl ich damals nicht im Traum an Trennung dachte. Mein Job machte mir Freude, ich kam mit allen Leuten gut zurecht ... und meine Beziehung zu Cody war enger als die der meisten Väter zu ihren Söhnen, weil ich Sandys Aufgaben mit übernahm. Sie igelte sich immer mehr ein und kam nur noch aus ihrem Schneckenhaus, wenn wir im Urlaub ihre Eltern besuchten. Zum Wandern gingen wir nicht mehr. Sie magerte ab, und ich war völlig ratlos. Ich habe mich sogar an ihre Psychologin gewandt, erhielt aber keine Auskunft. Am Tag, bevor Sandy mich verließ, ertappte ich sie wieder im Bett mit einer Frau. Ich kannte sie nicht, sie war sicher nicht von hier und wahrscheinlich auch nicht aus Baker. Ich glaube, Sandy wollte erwischt werden, sonst hätte sie sie nicht mit nach Hause gebracht. Bevor ich auch nur ein Wort sagen konnte, schrie sie mich an, als ob ich der Schuldige wäre. Sie hasse diese gottverdammte Stadt und fühle sich hier völlig eingeengt. Sie warf mir vor, ich raube ihr die Lebensfreude. Wegen Cody habe sie keine Freiheit mehr. Dann brüllte sie, sie könne es nicht ertragen, wenn ich sie berühre, und das, obwohl wir seit über einem Jahr nicht mehr miteinander geschlafen hatten. Deshalb machte ich ihr so ruhig wie möglich den Vorschlag, sich von mir zu trennen. Es sei an der Zeit, daß sie ihren Eltern die Wahrheit sagte und ihr eigenes Leben führte. Sie starrte mich einfach nur an. ›Ich kann nichts dagegen tun‹, schluchzte sie. Mir war das klar, doch die Ehe mit ihr war für mich die Hölle gewesen. Ich brauchte mehr, als sie mir geben konnte. Und weil ich meine Wünsche nicht unterdrücken konnte, wurde ich immer wieder enttäuscht. Dieser Zustand zehrte an meinen Kräften. Jetzt, da ich allein bin, erwarte ich mir auch nichts mehr und bin deshalb meistens einigermaßen zufrieden. Natürlich weiß ich, daß mir etwas fehlt. Ich sehne mich nach einer glücklichen Ehe, Zärtlichkeit und einem Menschen, mit dem ich mein Leben teilen kann. Aber Cody und ich sind nun ausgeglichener als in all den Jahren, in denen Sandy bei uns war.«

In Ukiah hielt Jason vor einem einstöckigen Gebäude, das einen frischen Anstrich bitter nötig hatte. »Ich bin in etwa anderthalb Stunden zurück«, sagte er. »Da drüben ist ein Restaurant, falls du eine Cola trinken möchtest. Wenn ich fertig bin, lade ich dich zum Mittagessen ein.«

Cat war ein wenig flau im Magen. Sie ging ins Restaurant, das jetzt um elf Uhr völlig ausgestorben war, und bestellte eine Cola.

Der arme Jason ... Er war ein so warmherziger Mensch und hatte niemals Liebe und Zuneigung erfahren dürfen. Doch ein Außenstehender hätte ihm das niemals angemerkt. Kein Wunder, daß er gestern so niedergeschlagen gewirkt hatte. Er hatte keinen Menschen, mit dem er lachen, sein Leben teilen und Zärtlichkeiten austauschen konnte.

Aber sie wußte, daß sie ihm nicht raten konnte. Sie konnte nur anbieten, ihm zuzuhören.

Abends erzählte Cat ihrem Mann Jasons Geschichte.

»Warum fahren wir am Samstag nicht nach Pendleton, gehen essen und danach ins Kino? Wir könnten Jason fragen, ob er mitkommt. Er ist so einsam«, schlug sie dann vor.

Scott, der immer Lust hatte, etwas zu unternehmen, nickte. »Gute Idee, Liebling. Hast du eine Ahnung, was für ein Film läuft?«

Cat schüttelte den Kopf. »Irgendwas Interessantes kommt schon.«

Während Scott und Sarah, letztere wie immer mit einem Drink in der Hand, vor dem Fernseher saßen, ging Cat in Reds Arbeitszimmer. Er hatte es sich mit einem Buch vor dem Kamin gemütlich gemacht.

»Kann ich reinkommen?« fragte Cat. »Ich möchte nämlich gern etwas mit dir besprechen.«

Er sah sie an und zog die Augenbrauen hoch.

»Wir haben doch letzte Woche darüber geredet, ob Miss Jenny die Buchhaltung am Computer erledigen soll. Ich würde ihr gern einen zu Weihnachten schenken. Was hältst du davon?«
Er lachte auf. »Findest du das nicht etwas übertrieben?«
»Ich habe Geld«, sagte sie. »Schließlich war ich jahrelang berufstätig.«
»Ich habe mir überlegt, ob ich auch lernen sollte, wie man mit einem Computer umgeht. Allerdings habe ich keine Ahnung, was man dazu braucht.«
Cat war froh, daß er ihr nicht widersprach. »Ich weiß schon, was ich kaufen möchte. Ich wollte Dodie bitten, ob wir ihn an ihre Adresse liefern lassen können, damit es eine Überraschung wird. Und natürlich kann ich euch beiden beibringen, wie er funktioniert. Ich glaube, daß man im Elektronikzeitalter mit einem Computer eine Menge Zeit spart und besser an Informationen herankommt. Hast du eigentlich Aktien? Nicht, daß mich das etwas angeht.«
»Selbstverständlich habe ich welche.«
»Wir könnten die täglichen Börsenberichte abrufen. Wir könnten ...«
»Du brauchst mich nicht zu überreden. Ich finde den Vorschlag großartig. Warum schenken wir Miss Jenny den Computer nicht gemeinsam? Mir ist nämlich noch kein Weihnachtsgeschenk für sie eingefallen.«
»Red, hast du Lust, morgen mit uns ins Kino zu gehen? Du und Sarah?«
Er strahlte sie an. »Gern. Darf ich auch mit, wenn sie lieber zu Hause bleibt?«

»Ich habe mir schon gedacht, daß sie nicht mitwill. Jason ist auch dabei. Ich kann mir nichts Schöneres vorstellen, als einen Abend mit drei Männern wie dir, Scott und Jason zu verbringen.«
»Ich weiß nicht, wie wir je ohne dich ausgekommen sind.«
»Wie schön, daß du das sagst.«
Sie beugte sich über ihn und küßte seinen Scheitel. Er drückte ihre Hand.
Sandy und Sarah mußten übergeschnappt sein, zwei Männern wie Jason und Red die kalte Schulter zu zeigen.
Sie jedenfalls liebte ihren Mann Scott von ganzem Herzen und war überglücklich, mit ihm verheiratet zu sein.

VIERZEHN

Dieses Weihnachtsfest sollte für Cat unvergeßlich bleiben.

Cody und Jason waren eingeladen und würden über Nacht bleiben. Scott und Red hatten eine zwei Meter hohe Tanne gefällt und prächtig als Weihnachtsbaum geschmückt.

Miss Jenny hatte Plätzchen und Lebkuchenmänner gebacken. Und als Cody nicht zu Bett gehen wollte, bot sie ihm an, einen Teller für den Nikolaus herzurichten und ihn vor den Kamin zu stellen.

Sie sangen Weihnachtslieder, die Torie auf dem Klavier begleitete. Zum Eierpunsch gab es belegte Brötchen, die Miss Jenny am Morgen vorbereitet hatte. Die Familie hatte sich vor dem flackernden Kaminfeuer versammelt, und es herrschte eine harmonische und entspannte Stimmung.

»Unser erstes gemeinsames Weihnachten«, murmelte Scott, als sie später zusammen im Bett lagen.

»Mir hat es noch nie soviel Spaß gemacht, Geschenke zu kaufen«, antwortete sie. Sie wußte, daß sie zuviel Geld ausgegeben hatte, aber sie wollte diesen wunderbaren Menschen, die sie in ihre Mitte aufgenommen hatten, eine Freude machen. Zum erstenmal seit dem

Tod ihrer Mutter vor fünfzehn Jahren hatte sie das Gefühl, dazuzugehören.

Am nächsten Morgen saß die Familie wieder vor dem Kaminfeuer, trank Orangensaft und packte die Geschenke aus. Der Himmel war bleigrau, und es sah aus, als würde es jeden Augenblick zu schneien anfangen. Verglichen mit der düsteren Stimmung draußen wirkte das Wohnzimmer noch wärmer und gemütlicher. Cat war überglücklich. Sie bedankte sich bei Sarah für die pelzgefütterten Handschuhe und bei Miss Jenny für den selbstgestrickten Pullover. »Noch nie hat sich jemand solche Mühe gegeben, um mir etwas zu schenken«, sagte sie und küßte ihre Großmutter. Denn so sah sie sie inzwischen: nicht nur als Scotts Großmutter, sondern auch als ihre eigene.

Später am Vormittag hielt Scott die Kamera hoch, die er von Cat zu Weihnachten bekommen hatte. »Ich muß draußen etwas fotografieren. Komm mit, Cat. Du sollst auch aufs Bild.«

Die anderen folgten ihnen durch die riesige Vorhalle auf die Veranda. Dort stand am Fuße der Treppe ein gelbes Schneemobil mit einer roten Schleife daran. Cat fragte sich, wie er es unbemerkt dorthinein geschafft hatte.

»Und?« meinte Scott grinsend.

Sie sah ihn an. »Für mich?«

Er nickte. »Komm, damit ich dich fotografieren kann.«

»Das ist ja wundervoll!« rief sie aus. Sie wußte, daß er ebenfalls eines besaß, das in der Scheune stand. Wenn der Schnee tiefer lag, konnten sie zusammen in die Berge fahren. »Gelb.«

»Wie die ersten Blumen, die ich dir geschenkt habe.« Sie eilte die Stufen hinunter und auf das Gefährt zu. Nachdem sie hineingeklettert war, lächelte sie in die Kamera. Die restliche Familie hatte sich um Scott geschart und freute sich über ihre Begeisterung.

»Darf ich mitfahren?« fragte Cody.

»Klar, als allererster.« Sie zog ihn auf ihren Schoß. Schließlich war das letzte Geschenk ausgepackt. Einwickelpapiere und Schleifen waren im ganzen Wohnzimmer verstreut.

»Hoppla, jetzt habe ich doch glatt die Geschenke für Torie und Cat vergessen«, meinte Red plötzlich. »Wo habe ich sie bloß gelassen?« Er grinste. »Verdammt, und eingewickelt sind sie auch nicht. Bestimmt sind sie in der Scheune. Zieht eure Mäntel an, damit wir nachsehen können.«

»Ach, Daddy«, lachte Torie. »Du hast sie doch gar nicht vergessen. Du willst uns nur auf den Arm nehmen.« Als sie vor die Tür traten, fielen die ersten Schneeflocken.

»Weiße Weihnachten!«

»So ein schönes Weihnachtsfest habe ich seit meiner Kindheit nicht mehr erlebt«, sagte Jason.

»Ich auch nicht.« Cat lächelte ihm zu.

Red eilte voraus, öffnete die Scheunentür und verschwand im Gebäude. Als sie ihm folgten, schlug ihnen der Geruch frischen Heus entgegen.

»Da stehen eure Namen drauf: Catherine und Victoria!« rief Red aus der Dunkelheit.

Fragend sah Cat Torie an, aber diese zuckte nur die

Achseln. Am Ende der Scheune, wo im Winter die Traktoren geparkt wurden, stand ein funkelnder roter Mercury Mystique. Daran lehnte eine riesige Weihnachtskarte mit einem Tannenbaum, auf der in großen Buchstaben »Catherine« stand.

Daneben befand sich ein dunkelblauer Ford Explorer, die Aufschrift der Karte lautete »Victoria«.

»Ach Daddy, genau so einen habe ich mir immer gewünscht!« jubelte Torie. Sie fiel ihrem Vater um den Hals und rannte dann los, um das Scheunentor aufzuschieben.

Cat stiegen die Tränen in die Augen, und sie schnappte nach Luft. »Danke«, stieß sie überwältigt hervor und legte den Arm um Red. »Ich weiß nicht, womit ich dich verdiene.«

»Komisch«, antwortete er. »Ich dachte immer, es wäre umgekehrt.«

Cat drehte sich zu den anderen um. »Ihr seid die Familie, die ich nie hatte. Ich kann gar nicht sagen, wie sehr ich euch liebe.«

»Jetzt brauchst du nicht mehr zu fragen oder zu warten, bis ein Auto frei ist. Der Schlüssel steckt, falls du vor dem Essen noch spazierenfahren möchtest.«

»Natürlich.«

»Ich will auch als erster im Auto mitfahren«, verkündete Cody.

Um halb fünf war Sarah völlig betrunken. Doch niemand verlor ein Wort darüber. Während des Essens fing sie an, Studentenlieder und Balladen von Frank

Sinatra zu schmettern, und später schleuderte sie ein Glas gegen den Kamin. Schweigend sammelte Red die Scherben auf.
Als er ihr anbot, sie zu Bett zu bringen, fauchte sie ihn an: »Du hältst dich wohl für den Allergrößten!« Aber dann ließ sie sich doch von ihm die Treppe hinaufführen. Nachdem er sie zugedeckt hatte, stand er am Fenster und betrachtete die fallenden Schneeflocken. Als sie eingeschlafen war, kehrte er ins Wohnzimmer zurück, wo Torie und Scott sich stritten.
Scott hatte Cat zu erklären versucht, warum Umweltschützer und Viehzüchter nicht gut miteinander auskamen. »Diese Ökofritzen sind vollkommen weltfremd und würden einen Dollar nicht erkennen, wenn sie über ihn stolpern. Denen ist es doch egal, ob Menschen ihre Arbeit verlieren und verhungern, solange ihrer kostbaren getüpfelten Eule nichts zustößt.«
»Meiner Ansicht nach haben beide Seiten recht«, meinte Red. »Wir besitzen so viel Land, daß unsere Schafe und Rinder im Sommer nicht auf öffentlichem Grund grasen müssen. Aber bei vielen Ranchern ist das anders. Deshalb haben sie seit Gründung der Vereinigten Staaten das Recht, diese Weiden zu nutzen. Allerdings gab es damals noch nicht so viele Menschen und Tiere und keine gefährdeten Arten.«
»Mein Gott, Dad!« rief Scott aus.
»Wir dürfen die Augen nicht davor verschließen«, rief Torie. »Wenn man das Vieh wie seit Hunderten von Jahren unkontrolliert grasen läßt, wird das ökologische Gleichgewicht zerstört.«

Scott schlug sich mit der Faust auf die Handfläche. »Du meine Güte, ihr beide klingt ja wie …«

Red unterbrach ihn. »Ich bin kein Umweltschützer, Scott. Ich sage lediglich, daß sie in einigen Punkten recht haben. Natürlich gehen sie zu weit. Doch du mußt zugeben, daß die Ressourcen der Erde nicht unbegrenzt sind.«

»Torie und Joseph haben dich wohl einer Gehirnwäsche unterzogen«, seufzte Scott. »In unserer Lebenszeit werden uns die Ölreserven schon nicht ausgehen, und Wälder gibt es auch genug.«

»O Scott.« Torie schüttelte den Kopf. »Du willst einfach nicht wahrhaben, daß sich die Welt verändert. Und deshalb ignorierst du auch, daß die Erde durch die Überbevölkerung …«

»Schau dich doch um. Siehst du hier etwa irgendwo Leute?«

Jason und Torie wechselten einen wissenden Blick. Red hatte es sich in einem Sessel gemütlich gemacht und hörte zu.

Torie stand auf. »Es ist schon dunkel. Ich fahre nach Hause.«

Cat nahm an, daß sie wenigstens einen Teil des Weihnachtsfestes mit Joseph verbringen wollte.

»Du könntest auch hier übernachten«, schlug Red vor.

»Ich habe meine eigene Wohnung, Dad.« Sie küßte seinen Scheitel. »Ich bin jetzt erwachsen. Du kannst froh sein, daß ich hier in der Nähe wohne.«

Er nahm ihre Hand und lächelte sie an. »Ich bin froh, daß ich dich als Tochter habe.«

»Ich nehme den Explorer. Vielleicht kann jemand mein altes Auto in die Stadt fahren. Wahrscheinlich verkaufe ich es, Daddy. Ich brauche keine zwei Wagen.«
»Möchtest du es denn nicht behalten?«
»Zwei Autos sind absolut überflüssig.« Torie lachte.
Jason stand auf und streckte sich. Cody war in Reds Arbeitszimmer vor dem Fernseher eingeschlafen. »Wir brechen besser auch auf«, sagte Jason zu Red. »Es war sehr schön.«
Nachdem Jason auch Scott die Hand geschüttelt und sich für die Einladung bedankt hatte, weckte er seinen Sohn und zog ihm den Mantel an. Schneeflocken fielen auf sie herab, als sie zum Auto gingen.
»Ein schöner Anblick«, meinte Jason. »Zwar scheußlich zum Autofahren, aber hübsch anzusehen. Wenn es schneit, wirkt alles so gedämpft und friedlich.«
Cat stellte fest, daß er den Schal trug, den sie ihm geschenkt hatte.
»Du tust dieser Familie gut, Cat.«
»Findest du? Und dabei haben sie sich für meine Weihnachtsgeschenke so in Unkosten gestürzt.«
»Trinkt Sarah immer soviel?«
»In diesem Zustand habe ich sie noch nie erlebt. Doch es stimmt. Sie trinkt eine ganze Menge.«
Als Jason fort war, kehrte Cat ins Wohnzimmer zurück. »Ich schneide mir ein paar Scheiben von dem Truthahn ab und nehme ihn mit nach Hause«, sagte Miss Jenny.
»Es schneit, Ma«, meinte Red. »Du kannst hier übernachten.«

»So schlimm ist es nicht. Außerdem hat mein Auto Allradantrieb.«
»Aber du rufst sofort an, wenn du zu Hause bist.«
Miss Jenny lachte. »Ist dieser Rollentausch nicht wunderbar?« fragte sie Cat. »Früher war ich diejenige, die sich Sorgen machte, wenn er nachts unterwegs war.«
Um acht machte Cat einen Teller mit Truthahnsandwiches und der übriggebliebenen Kürbispastete zurecht und brachte ihn in Reds Arbeitszimmer, wo Scott mit seinem Vater vor dem Kamin saß.
»Ich bin so glücklich, daß ich manchmal glaube, zu träumen«, seufzte Cat. »Ich kann dir gar nicht sagen, wie schön es ist, eine McCullough zu sein.«
Scott grinste. »Das wissen wir schon seit Jahren. Ich bin genauso glücklich wie du, Cat. Mir war bis jetzt gar nicht klar, was mir gefehlt hat.«
»Mir geht es genauso«, meinte Red.
»Ab und zu habe ich Angst«, fuhr Cat fort. »Ich fürchte, daß etwas geschehen könnte, das dieses Glück zerstört.«
»Sei nicht albern«, widersprach ihr Mann, legte den Arm um sie und zog sie an sich.

FÜNFZEHN

Du meine Güte, ich werde langsam alt«, jammerte Miss Jenny. »So was Dummes, auf der Treppe auszurutschen!«

Zunächst hatte sie sich geweigert, bis zu ihrer Genesung im Haupthaus zu wohnen. Doch Red hatte sie überzeugt, daß es so weniger Umstände machte. Ansonsten hätte jemand mehrmals täglich zu ihr hinauffahren müssen, um ihr das Essen zu bringen und sie zu versorgen. Also hatte sich die alte Dame zähneknirschend in ihr Schicksal gefügt.

»Und wie soll ich jetzt die Gehaltszettel ausstellen und die Bücher führen?« fragte sie.

»Ich helfe dir«, antwortete Cat. »Natürlich nur, wenn es euch nicht stört, daß ich über die Finanzen Bescheid weiß ...«

»Da du jetzt zur Familie gehörst, gehen sie dich auch etwas an«, erwiderte Red. »Danke für das Angebot.«

Cat tätschelte Miss Jennys Knie. »Du erklärst mir, was ich tun muß, schaust zu und lernst dabei etwas über Computer.«

Miss Jenny musterte sie zweifelnd.

»Ich hätte keine Lust, mich mit so etwas zu beschäftigen«, meinte Sarah.

Red warf seiner Frau einen Blick zu, den seine Schwiegertochter nicht zu deuten wußte.
»Wir könnten den Computer ja oben aufstellen«, sagte Cat.
»Nein«, widersprach Red. »Wir stellen ihn in mein Arbeitszimmer, damit Mutter keine Treppen steigen muß.«
»Mein Gott«, schimpfte Miss Jenny. »Schließlich habe ich mir den Arm gebrochen, nicht das Bein.«
»Doch die Unterlagen befinden sich alle in meinem Arbeitszimmer …«
Wieder mußte Miss Jenny nachgeben.
Mit der Buchführung und dem Computerunterricht vergingen die Tage rasch, obwohl man wegen des unfreundlichen Wetters kaum das Haus verlassen konnte. Es machte Cat Spaß, mit Miss Jenny zu arbeiten, denn sie hatte sie sehr gern. Außerdem erwies sich die alte Dame als gelehrige Schülerin, die sich dem Computer zwar mit großem Respekt, aber auch mit der nötigen Neugier näherte. »Ich kann es kaum erwarten, daß dieser dämliche Gips runterkommt, damit ich selbst etwas eintippen kann«, brummte sie.
Cat war erstaunt, als sie feststellte, wie groß das Vermögen der McCulloughs tatsächlich war.
»Um die Investitionen habe ich mich gekümmert«, sagte Miss Jenny. »Die Männer haben die Muskelarbeit gemacht, und ich habe das Geld in Aktien angelegt und es so vermehrt.«
»Ich bin beeindruckt.«
»Das solltest du auch sein. Unser Vermögen ist heute fast siebenmal größer als vor zwanzig Jahren.«

Bewundernd sah Cat die alte Dame an. Miss Jenny lächelte verschwörerisch. »Und endlich habe ich eine Bundesgenossin gefunden, die auch etwas davon versteht.«

Cat fragte sich, ob Scott wußte, um welche Beträge es eigentlich ging. Er wirkte immer so sorglos und schien sich nicht für Geld zu interessieren.

Im Februar, kurz nachdem Miss Jenny mit ihrem Computer wieder in die Jagdhütte übergesiedelt war, glaubte Cat, daß sie ein Kind erwartete. Morgens war ihr oft schwindelig, und beim Anblick von Thelmas köstlichen Frühstückskreationen wurde ihr übel, wenngleich das Unwohlsein stets bald wieder verflog. Also vereinbarte sie einen Termin mit Chazz.

»Herzlichen Glückwunsch«, erklärte er nach der Untersuchung.

Seiner Berechnung nach würde das Baby Anfang Oktober zur Welt kommen. Cat konnte es kaum erwarten, Scott die frohe Botschaft zu überbringen. Als sie nach Hause zurückkehrte, saß er gerade mit Red im Arbeitszimmer.

»Ich fahre morgen nach John Day«, sagte er, als sie eintrat. »Auf einer Ranch in den Strawberry Mountains gibt es einen Bullen, den ich mir mal anschauen soll. Kommst du mit?«

»Gern.«

Glücklich betrachtete sie ihn. Er war der Vater ihres Kindes, und gemeinsam würden sie eine neue Generation McCulloughs begründen. Ihrer Liebe würde ein menschliches Wesen entspringen. Sie fragte sich, wie groß das Baby wohl war und ob es überhaupt schon wie ein Mensch aussah. Sie wußte fast nichts über das Kinderkriegen.

Merkte man es ihr bereits an?

»Morgen soll es schönes Wetter geben«, meinte Scott.

Cat entschuldigte sich und ging nach oben. Als er ihr nicht folgte, setzte sie sich aufs Bett, um auf ihn zu warten, während sich draußen die Dunkelheit über das schneebedeckte Land senkte.

Endlich kam Scott herein und knipste das Licht an. »Warum hockst du hier im Finstern herum?«

»Ich habe nachgedacht.«

»Worüber?« Er ging ins Bad und wusch sich die Hände.

»Ich habe mir überlegt, was für ein Gesicht du machen wirst, wenn du erfährst, daß wir ein Baby bekommen.«

Sie wurde nicht enttäuscht. Überrascht riß er die Augen auf und eilte auf sie zu. »Bist du sicher? Wirklich?«

»Chazz hat es mir heute nachmittag bestätigt.«

Scott drückte sie an sich. »O Cat«, flüsterte er. »Du liebe, wunderschöne Mutter meines Sohnes.«

Cat schloß die Augen. Gab es ein größeres Glücksgefühl, als in Scotts Armen zu liegen und sich auf ihr gemeinsames Kind zu freuen?

»Erzählen wir es meinen Eltern.«

Als sie Hand in Hand herunterkamen, saßen Red und Sarah vor dem Kaminfeuer. Scott schenkte Cat ein Glas Rotwein und sich einen Whiskey Soda ein. Dann legte er ihr den Arm um die Schulter und verkündete: »Ihr werdet Großeltern!«

Red strahlte übers ganze Gesicht und schüttelte seinem Sohn die Hand. Dann umarmte er ihn fest und küßte Cat auf die Wange. »Gratuliere«, flüsterte er.
Sarah wirkte überrascht. »Dank sei Gott dem Herrn«, sagte sie, nachdem sie Cat ebenfalls umarmt hatte. »Ein neuer McCullough.«
Dann nahm sie ihren Sohn am Arm. »Ich bin ja so froh. Ich bin ja so glücklich«, wiederholte sie ständig, obwohl ihre Miene ihre Worte Lügen strafte. Cat hatte ihre Schwiegermutter noch nie wirklich fröhlich erlebt. Sarah akzeptierte sie zwar als Schwiegertochter, doch ihr Verhältnis war nicht sonderlich herzlich. Wieder einmal fragte Cat sich, warum Red sie geheiratet hatte.
Thelma hingegen war ehrlich erfreut.
»Am besten fährst du nach dem Essen zu Ma und erzählst es ihr persönlich«, sagte Red.

Am nächsten Morgen auf dem Weg nach John Day bat Cat Scott, am nächsten Supermarkt anzuhalten, um Cracker zu kaufen. »Mir geht es gleich wieder besser. Aber im Moment fühle ich mich ein bißchen usselig.«
»Usselig?« Er grinste.
»Genau.«
Als sie mit den Crackern und einem Sechserpack Cola zurückkam, nahm Scott ihre Hand.
»Ach, ist diese Landschaft schön«, seufzte sie, als sie auf der Route nach Westen fuhren.
Grinsend griff er wieder nach ihrer Hand. »Wie wollen wir ihn nennen?«

»Oder sie.«
Scott mußte zugeben, daß das im Bereich des Möglichen lag.
»Es ist ganz egal, was wir heute entscheiden. In den nächsten acht Monaten ändern wir unsere Meinung sowieso wieder.«
»Das macht doch nichts. Ich habe einfach Lust, darüber zu reden.«
»Scott junior?«
»Das würde ich keinem Kind zumuten – das mit dem Junior meine ich. Was hältst du von Christopher?«
»Chris McCullogh. Klingt nicht schlecht«, meinte Cat.
»Oder Matthew.«
»Matt McCullough. Soviel Phantasie hätte ich dir gar nicht zugetraut.«
»Ich nehm's als Kompliment. Soll ich weitermachen?«
Cat hatte die erste Coladose geleert und fühlte sich schon viel besser.
»Bei Mädchennamen bin ich nicht so gut«, meinte Scott. »Keine Ahnung, warum, denn ich habe Frauen wirklich gern. Gegen eine Tochter hätte ich nichts einzuwenden.«
»Ein Glück. Es ist nämlich zu spät, etwas daran zu ändern. Möchtest du, daß ich eine Geschlechtsbestimmung machen lasse?«
»Willst du es denn wissen?«
Cat überlegte. »Eigentlich nicht.«
»Ich auch nicht. Überlassen wir es dem Schicksal und üben wir uns in Geduld. Das gehört dazu.«

Zu ihrer Überraschung stellte Cat fest, daß ihr die Tränen in die Augen stiegen.
»Was ist los, Liebling?«
»Nichts. Ich bin einfach so glücklich.«
Scott hielt am Straßenrand und nahm sie in die Arme.
»Jetzt ist mir gar nicht mehr usselig«, sagte sie, nachdem er sie geküßt hatte.

In John Day gab es nicht viele Restaurants, doch ein kleines Lokal in der Main Street servierte Hamburger vom Holzkohlengrill mit selbstgemachten Brötchen. Über ihre Teller hinweg warfen sie einander verliebte Blicke zu.
Um halb zwei erreichten sie die Ranch der Clintons. Cat war froh, daß sie ihre dicken Stiefel angezogen hatte, obwohl es nicht schneite. Denn da der alte Clinton sie nicht ins Haus bat, mußten sie den ganzen Nachmittag draußen in der Kälte verbringen.
Als sie aufbrachen, war es schon nach drei, und Cat war völlig durchgefroren. »Gehen wir einen Kaffee trinken«, schlug sie zähneklappernd vor. »Besonders gastfreundlich war er ja nicht.«
»Seine Frau ist kurz vor Weihnachten gestorben. Wahrscheinlich hat er keine Freude mehr am Leben und schert sich deshalb nicht um gesellschaftliche Umgangsformen.«
Während Scott tankte und Kaffee holte, begann es wieder zu schneien.
»Wenn wir die Abkürzung nehmen, schaffen wir es noch zum Abendessen«, sagte er. »Bis sechs oder spä-

testens halb sieben müßten wir trotz des Schnees dort sein. Wir brauchen nicht durch Baker zu fahren. Die Straße endet gleich hinter Big Piney.«

»Weck mich auf, wenn wir da sind.« Cat versuchte vergeblich, es sich in dem Sitz des Pick-up bequem zu machen. Was für ein Pech, daß sie keine Decke mitgenommen hatte.

Laut dem Wetterbericht im Radio hatte ein Wetterwechsel stattgefunden. Eine Kaltfront näherte sich von Nordwesten und würde in den Bergen zu ergiebigen Schneefällen führen. Für Portland und Willamette Valley war Regen vorhergesagt.

»Schnee kann uns nichts anhaben«, meinte Scott. »Schließlich haben wir Allradantrieb. Doch bei Regen würde es hier so rutschig, daß uns das auch nicht weiterhilft.«

»Laß mich ein bißchen schlafen.« Cat zog die Stiefel aus und rollte sich in ihrem Sitz zusammen. »Warum sind wir nur nicht mit dem Cadillac gefahren?«

Scott strich mit dem Finger über ihre Fußsohle.

»Wenn du das noch mal tust, fange ich an zu schnurren«, murmelte sie genüßlich.

Als sie eine Stunde später wieder die Augen öffnete, fiel der Schnee in dicken Flocken. Scott hatte die Scheinwerfer angeschaltet. Sie kamen nur noch im Schneckentempo voran.

Sie schreckte hoch. »Ach du meine Güte.«

»Ich habe eine Dummheit begangen«, sagte Scott. »Ich habe eine Abkürzung genommen, durch die wir uns

etwa dreißig Kilometer sparen. Aber ich habe nicht damit gerechnet, daß hier so viel Schnee liegt. Und jetzt kann ich nirgendwo wenden.«
Obwohl die Dämmerung erst in einer Stunde hereinbrechen würde, konnte man wegen der hohen Bäume und des Schneetreibens kaum die Hand vor Augen sehen.
»Hinten auf der Ladefläche habe ich eine Schneeschaufel«, fuhr er fort. »Paß auf, daß der Motor nicht ausgeht.« Er stieg aus und suchte auf der schneebedeckten Ladefläche nach der Schaufel. »Ich glaube, wir sollten umkehren«, rief er.
Während Scott die Straße freischaufelte, zog Cat ihre Stiefel an. Es schneite immer heftiger, so daß Scott Mühe hatte, ein Stück Weg freizulegen, das ausreichte, um den Wagen zu wenden.
»Ich habe meine Handschuhe vergessen«, meinte er, als er wieder im Auto saß. Er sah sich nach etwas zum Abtrocknen um, fand nichts und rieb die Hände aneinander, um sie zu wärmen. »Wie konnte ich nur so blöd sein, bei diesem Wetter eine Abkürzung zu nehmen?«
»Du bist ja ganz durchgefroren.« Cat drehte die Heizung höher.
Scott wendete den Wagen und fuhr langsam weiter. Vorgebeugt spähte er angestrengt durch die Windschutzscheibe. Es wurde rasch dunkel, so daß man die Straße nicht mehr erkennen konnte.
»Es hat keinen Zweck«, sagte er schließlich. »Wir müssen hier stehenbleiben, sonst landen wir noch in einem

Abgrund oder bleiben im Schnee stecken.« Er sah seine Frau an. »Liebling, ich glaube, wir müssen die Nacht hier verbringen.«
»Du bist ja bei mir.« Cat hatte keine Angst. »Außerdem haben wir noch ein paar Cracker und einige Coladosen.«
»Warst du bei den Pfadfindern?« murmelte er und stellte den Motor ab. »Hoffentlich kommt kein Auto und stößt mit uns zusammen. Morgen wird man sicher Schneepflüge einsetzen.«
»Wir können uns die ganze Nacht lang lieben«, meinte Cat und schmiegte sich an ihn.
Er legte den Arm um sie. »Mit dir macht es richtig Spaß, eingeschneit zu werden.«
»So erleben wir drei wenigstens mal ein Abenteuer.«
Er lachte und küßte sie. »Weißt du, daß ich mindestens zweiundzwanzigmal am Tag daran denke, mit dir zu schlafen?«
»Öfter nicht?«
Scott lachte.
»Da es erst halb sechs ist, haben wir mindestens vierzehn Stunden Zeit, ins Guinness-Buch der Rekorde zu kommen.« Sie öffnete seinen Gürtel. »Wie viele Positionen sind in einem Auto möglich?«
»Du hast die erotischsten Finger des Universums.«
»Woher willst du das wissen? Aber laß deine Kleider an. Wenn die ganze Nacht die Heizung läuft, geht uns das Benzin aus.«
»Das ist mir egal. Dann laufen wir eben zu Fuß. Ich ziehe mich jetzt aus, dann küßt du mich von Kopf bis

Fuß, und ich kann so laute Lustschreie ausstoßen, wie ich will, weil uns hier niemand hört.«
»Vielleicht gibt es in der Nähe ein Haus.«
»Gut, dann lassen wir uns morgen früh zum Kaffee einladen.«

Gegen elf Uhr schliefen sie aneinandergeschmiegt ein. Um fünf wachte Scott auf und streckte sich vorsichtig, um Cat nicht zu wecken. Als er das Fenster einen Spalt weit herunterkurbelte, war es draußen totenstill. Er konnte es kaum erwarten, daß es endlich hell wurde.

Da er dringend zur Toilette mußte, versuchte er so leise wie möglich die Autotür zu öffnen.

Aber sie bewegte sich nicht. Also richtete er sich auf und drückte fester. Nichts. Als er das Fenster weiter herunterkurbelte, spürte er zu seinem Entsetzen, daß ihm der Schnee ins Gesicht wehte. Seine Hand ertastete einen hohen Schneewall, der die Tür blockierte.

Wenigstens hatte es aufgehört zu schneien.

Was sollte er tun?

Er hatte nicht die geringste Hoffnung, daß ein Schneepflug hier vorbeikommen würde. Nebenstrecken wie diese waren im Winter gesperrt und vermutlich auf keiner Karte verzeichnet. Er verfluchte seinen eigenen Leichtsinn. Er hätte es besser wissen müssen, doch als er von der Route abgebogen war, hatte es noch nicht so heftig geschneit. Außerdem hatte der Wetterbericht nur ein paar Zentimeter Schnee vorausgesagt – abgesehen von den Bergstraßen.

Und Cat war schwanger. Er hätte sich ohrfeigen können.
Obwohl er wußte, daß an Einschlafen nicht zu denken war, schloß er die Augen. Angst hatte er eigentlich nicht, aber er war ratlos. Wenn es hell wurde, würde er zu Fuß losziehen und einen Weg finden müssen, um seine Frau und sein ungeborenes Kind zu retten. Er legte den Arm um Cat und drückte sie an sich.
Und das alles war einzig und allein seine Schuld.
Scott, der diese Straße schon oft gefahren war, wußte genau, daß es hier keine Häuser gab. Nur endlose Wälder. Das nächste Haus lag etwa fünfzig Kilometer entfernt.
Doch Cat durfte nichts von seinen Befürchtungen erfahren. Er durfte sich nichts anmerken lassen.
Verdammt!

SECHZEHN

Ich will mitkommen«, sagte Cat.

»Auf keinen Fall. Es wird ziemlich beschwerlich werden. Ich werde ein paar Stunden brauchen, denn bis zum nächsten Haus sind es etwa dreißig Kilometer.«

»Soll das heißen, daß ich den ganzen Tag hier warten muß?«

So hatte er es eigentlich nicht ausdrücken wollen. »Es könnte bis morgen dauern, einen Abschleppwagen herzuschicken.«

»Ich will aber nicht einen ganzen Tag lang allein hierbleiben.« *Ohne Essen, ohne Wasser und ohne einen anderen Menschen,* fügte sie bei sich hinzu.

»Das weiß ich, Liebling, aber uns bleibt nichts anderes übrig. Ich würde dir einen solchen Marsch nie zumuten, auch wenn du nicht schwanger wärst. Mit dir würde ich langsamer vorankommen. Wenn ich dich tragen muß, schaffen wir es nie.« Er küßte sie zärtlich. »Du mußt tapfer sein und Geduld haben. Ich vertraue dir, mein Liebling.«

Cat mußte die Tränen unterdrücken.

»Ich bin so schnell wie möglich zurück. Wenn du Durst hast, nimm etwas Schnee.« Er war aus dem Fenster geklettert und hatte Cats Tür freigeräumt, damit sie wenigstens ihre Blase erleichtern konnte. »Falls es wieder zu schneien anfängt, steig jede halbe Stunde aus und schaufle die Türen frei. Wenn das ganze Auto zugeschneit ist, finde ich dich nämlich nicht mehr.« Er lachte. Cat fand diese Bemerkung nicht besonders witzig.

»Hör zu«, sagte er und umfaßte ihr Kinn. »Ich liebe dich mehr als mein Leben. Und unser ungeborenes Kind liebe ich auch. Ich werde dich retten.«

»Ich weiß. Ich möchte aber nicht allein hierbleiben.«

»Nächste Woche oder vielleicht schon morgen werden wir uns an dieses Abenteuer erinnern, und dann wirst du stolz auf dich sein. Jetzt muß ich los, das Tageslicht ausnützen. In zehn Stunden wird es dunkel.«

»Der Schnee ist höher als deine Stiefel ...«

»Es ist nicht das erstemal, daß ich nasse Füße kriege. Hab Geduld. Mir ist klar, wie schwer es ist, hier untätig herumzusitzen.«

Sie umarmte ihn fest und hätte ihn am liebsten nicht mehr losgelassen.

»Gut.« Er küßte sie. »Ich gehe. Wenn ich Glück habe, sehen wir uns noch heute abend wieder. Oder morgen. Auf keinen Fall später. Es hängt davon ab, wie lange es dauert, durch diesen Schnee zu stapfen. Unter normalen Umständen wäre es bis heute abend zu schaffen, aber ich kann nichts versprechen.«

Sie wagte nicht zu fragen, was geschehen würde, wenn es dunkel wurde, bevor er sein Ziel erreicht hatte. Sie gestattete sich nicht einmal, daran zu denken.

»Bis morgen also«, sagte sie und versuchte, sich ihre Angst nicht anmerken zu lassen. »Mach dir keine Sor-

gen um mich. Ich werde die ganze Zeit an dich denken und darauf warten, daß mein Ritter mich rettet.«
Scott lächelte, doch sie sah, daß er sich dazu zwingen mußte. Er warf ihr eine Kußhand zu. »Bis bald.«
Sie stieg aus dem Wagen und stellte sich in die kleine Lichtung, die er freigeschaufelt hatte. Die Schaufel hatte er ins Führerhaus gelegt. Nach etwa dreißig Metern drehte er sich noch einmal um. »Wir nennen ihn Matt.«
»Okay«, rief sie zurück. »Matt McCullough.«
»Ich komme wieder.« Dann stapfte er weiter durch den fast einen Meter hohen Schnee.
Sie ahnte, daß er heute kein Haus mehr erreichen würde. Doch ihr war klar, daß er genau wußte, was in diesem Fall zu tun war. Schließlich hatte er ihr oft genug erzählt, wie er als Junge mit seinen Freunden im Winter draußen campiert hatte. Sie hatten sich aus Ästen Hütten gebaut. Er würde durchkommen.
Und was würde aus ihr werden?
Sie würde sich nicht unterkriegen lassen. Schließlich verließ er sich auf sie, und sie durfte ihn nicht enttäuschen.
Es war totenstill und eiskalt.
Er hatte ihr zwar die Autoschlüssel zurückgelassen, sie aber gebeten, den Motor nur im äußersten Notfall einzuschalten. Zum Glück trug sie Winterstiefel und einen Daunenparka. Als sie wieder ins Auto stieg, fragte sie sich, wie sie die Wartezeit herumbringen sollte.

Thelma hatte mit dem Abendessen bis sieben gewartet. Um neun begann Red sich allmählich Sorgen zu

machen. Die beiden hätten schon vor Stunden zurücksein müssen. Wenn sie beschlossen hätten, in John Day zu übernachten, hätte Scott sicher angerufen. So gut kannte er seinen Sohn. Schließlich rief Red Dan Clinton an, der sagte, Scott und Cat seien um halb vier aufgebrochen. Die Heimfahrt konnte doch keine sechs Stunden dauern. Höchstens zweieinhalb bis drei, wenn man die Pausen einrechnete.
Red blickte aus dem Fenster. Seit dem Abendessen waren etwa dreißig Zentimeter Schnee gefallen. Die Route 7 war zwar nicht sehr stark befahren, doch es hätte sicher jemand bemerkt, wenn sie eine Panne gehabt hätten …
Vielleicht auch nicht. Möglicherweise lag der Schnee in den Bergen höher, so daß man die Straße gesperrt hatte. Es konnte durchaus sein, daß sie irgendwo eingeschneit waren. Es gab also keinen Grund zur Sorge. Sicher waren sie in einem Motel, und das Telefon funktionierte nicht mehr. Scott konnte gut auf sich selbst aufpassen.
»Wo sind denn die Kinder?« fragte Sarah mit vom Alkohol glasigen Augen.
Red zuckte die Achseln. Sie hatten dieses Thema bereits erörtert, als sie überlegt hatten, ob sie noch länger mit dem Abendessen warten sollten. Miss Jenny hatte angerufen und fröhlich verkündet, daß sie wieder einmal eingeschneit war.
»Ich gehe zu Bett«, sagte Sarah. Sie hatte die letzten anderthalb Stunden, das Stickzeug auf dem Schoß, friedlich in ihrem Sessel geschlafen.

Red blickte ihr nach, als sie das Zimmer verließ. Was war aus dem temperamentvollen Mädchen geworden, das er einmal geheiratet hatte? Was war geschehen? Wann hatte sie sich so verändert? Er konnte sich nicht erinnern.

Er löschte das Licht und saß im dämmrigen Zimmer, das nur vom Schein des Kaminfeuers erleuchtet wurde. Eigentlich war er kein Mensch, der zum Grübeln neigte, doch vielleicht war heute der richtige Zeitpunkt dazu.

Wann war Sarah eine verbitterte Frau geworden? Wann hatte sie zu trinken begonnen? Vermutlich hatte er es anfangs gar nicht bemerkt.

Es war etwa um die Zeit von Tories Geburt geschehen, wenngleich es ihm damals noch nicht aufgefallen war. Vielleicht hatte sie ihm nie verziehen, daß er sie nicht auf die Reise nach Australien mitgenommen hatte. Sein Vater und er waren damals hingeflogen, um preisgekröntes Zuchtvieh zu kaufen. Sarah hatte gebettelt und gefleht, doch sein Vater war dagegen gewesen. Inzwischen wußte Red, daß er mit seiner Schwiegertochter nie einverstanden gewesen war. Er fand, daß sie zu zart für das Leben auf einer Ranch war, und hatte Red vor der Verlobung gewarnt: »Das ist nicht die richtige Frau für dich, mein Sohn.« Er war der Ansicht gewesen, daß Sarah die Expedition in den australischen Busch nie durchstehen würde. Sie hatten geplant, mehrere Ranches zu besuchen, und sein Vater hatte keine Frau dabeihaben wollen, die sich in die Preisverhandlungen einmischte und sie daran hinderte, das Leben in der

Wildnis zu genießen. »Unsere Frauen können zu Hause bleiben. Schließlich sind wir nur drei Monate weg.«
Red hatte Sarah vorgeschlagen, ihre Eltern in Kalifornien zu besuchen. Sie war zwar zuerst einverstanden gewesen, dann aber doch nicht gefahren.
Hatte er sie nach der Rückkehr aus Australien verändert vorgefunden? Während seiner Abwesenheit hatte sie festgestellt, daß sie schwanger war. Damals gab es noch keinen Arzt in Cougar, und der Hausarzt in Baker hatte Red daran erinnert, daß Sarah nach Scotts Geburt eine Wochenbettdepression durchgemacht hatte. Obwohl die Geburt selbst komplikationslos verlaufen war, hatten beide Schwangerschaften Sarah offenbar sehr zu schaffen gemacht. Ob das körperliche oder psychische Gründe hatte, ließ sich schwer sagen.
Red kam es vor, als säße Sarah nun schon seit Jahren in ihrem Schaukelstuhl, starre ins Leere und sei nur noch körperlich anwesend. Miss Jenny verlor zwar kein Wort darüber, aber manchmal ertappte Red sie dabei, wie sie ihre Schwiegertochter kopfschüttelnd musterte. Sie hatte Scott versorgt, während Sarah mit Torie schwanger war. Nach der Geburt hatte sich Sarah nur noch um ihren Sohn gekümmert und ihre kleine Tochter mit Nichtachtung gestraft. Sie weigerte sich, das Kind zu stillen, würdigte es keines Blickes, spielte vormittags mit Scott, las ihm Geschichten vor und verbrachte den Nachmittag im Bett. Wahrscheinlich hatte Sarah damals zu trinken angefangen. Zuerst war es nur ein Cocktail vor dem Essen gewesen, weshalb es Red monatelang – oder vielleicht auch Jahre? – nicht aufgefallen war.

Miss Jenny hatte ihn nur einmal auf seine Ehe angesprochen, und zwar nach dem Tod seines Vaters, als die Kinder noch klein waren. Sie hatte verkündet, daß sie in die Jagdhütte ziehen werde.
Red hatte protestiert. Schließlich hatte er sein ganzes Leben mit Miss Jenny auf Big Piney verbracht und konnte sich das Haus ohne sie nicht vorstellen.
Sie musterte ihn lange nachdenklich und ging dann in die Küche, um Kaffee zu machen. Als dieser fertig war, rief sie ihren Sohn und setzte sich ihm gegenüber an den großen Eichentisch. »Auch wenn es in der Familie noch nie eine Scheidung gegeben hat, ist daran nichts Schlimmes«, sagte sie. »Du brauchst keine Ehe aufrechtzuerhalten, in der du nur gibst und nichts zurückbekommst.«
Es war das erstemal in all den Jahren, daß offen über dieses Thema gesprochen wurde.
»Ich habe Scott und Torie.«
Miss Jenny nickte.
»Aber das genügt nicht.«
»Eine Scheidung könnte psychische Folgen für sie haben.
»Und deshalb willst du dich opfern?«
»Findest du, daß ich das tue?«
Miss Jenny schenkte sich noch eine Tasse Kaffee ein. »Du gibst mehr als die meisten Männer, die ich kenne. Du hast Freude daran und erwartest keine Gegenleistung. Aber ich habe den Eindruck, daß du nichts bekommst. Sicher bist du schrecklich einsam.«
Am liebsten hätte er ihr geantwortet, daß er sich

manchmal sehr einsam fühlte. So einsam, daß er es kaum noch ertragen konnte. Doch er schwieg.

»Nun«, meinte sie schließlich, »ich würde dir keinen Vorwurf machen, wenn du nach Pendleton fährst und dir eine Frau für eine Nacht suchst.«

»Aber, Mutter!«

Miss Jenny unterbrach ihn mit einer Handbewegung. »Ich sage doch nur, daß auch du Bedürfnisse hast und daß du deshalb kein schlechtes Gewissen zu haben brauchst. Meinen Segen hast du. Einen besseren Sohn als dich kann sich eine Mutter nicht wünschen, und es bricht mir das Herz, daß du unglücklich bist.«

»Ich bin nicht unglücklich. Ich habe die Kinder, die Ranch und dich, und du bedeutest mir sehr viel.« Er nahm Miss Jennys Hand. »Wahrscheinlich habe ich es von dir geerbt, daß ich gern gebe. Denn seit ich dich kenne, hast du deine Wünsche immer zurückgestellt.«

Miss Jenny nickte. »Kann sein. Aber ich habe dafür auch etwas erhalten, das die Sache wert war. Noch nie habe ich jemanden so geliebt wie dich und deinen Vater, und ihr beide habt mich für alle Opfer entschädigt.«

»Ich weiß.«

»Aber …« Miss Jenny stand auf und brachte ihre Tasse zum Spülbecken, »… das genügt nicht. Die Liebe einer Mutter ist nie genug …«

Doch was hätte er tun sollen?

Seit diesem Gespräch waren viele Jahre vergangen, und er hatte nie etwas unternommen.

Natürlich hatte er den Alkohol aus dem Haus ver-

bannt, doch Sarah hatte sich welchen in der Stadt besorgt. Er hatte sogar mit dem Mann im Getränkemarkt gesprochen und ihn gebeten, Sarah nichts mehr zu verkaufen. Allerdings hatte sie bald eine neue Bezugsquelle gefunden, vielleicht in Baker, La Grande oder Haines. Immer wieder entdeckte er leere Flaschen in Papierkörben oder in den Schränken von Zimmern, die kaum benutzt wurden.
Sarah besuchte nur selten Veranstaltungen, außer wenn Scotts Mannschaft ein Spiel hatte. Bei Tories Rodeos ließ sie sich nie blicken, so daß Red stets allein hingehen mußte. Obwohl »allein« nicht das richtige Wort war, denn er hatte Freunde in der ganzen Stadt.
Red saß in seinem Sessel. Er würde nicht schlafen können, bevor er nicht wußte, wie es Scott und Cat ergangen war. Er beneidete seinen Sohn um seine wundervolle Frau. Cat hatte frischen Wind in die Familie gebracht. Ihre Begeisterungsfähigkeit und Offenheit waren ansteckend. Wahrscheinlich ahnte sie nicht einmal, wie gut sie ihnen allen tat. Er hoffte nur, daß sie sich nach der Geburt nicht verändern würde. Doch schließlich verwandelten sich die meisten Frauen, die Kinder hatten, dadurch nicht gleich in Nervenbündel. Vielleicht lag es ja am Alkohol, nicht an der Schwangerschaft. Was war zuerst dagewesen, die Henne oder das Ei? Hatte Sarah zuerst getrunken, oder war sie durch die Wochenbettdepression zur Alkoholikerin geworden? Natürlich gab sie es nicht zu und weigerte sich, mit irgend jemandem darüber zu sprechen. Weder mit ihm noch mit Chazz oder mit Torie, die es einige

Male versucht hatte. Red hatte es aufgegeben. Er wußte nicht einmal, ob sie nüchtern genug war, um ihm geistig zu folgen. Tagsüber machte sie einen ziemlich normalen Eindruck, auch wenn sie sich meistens in ihr Zimmer zurückzog. Erst gegen Abend fing sie an zu lallen, bekam glasige Augen und wirkte abwesend. Sie redeten eigentlich nur noch über Banalitäten.
Allerdings war sie bei Scotts Hochzeit zur Hochform aufgelaufen. Red hatte ihr soviel Durchhaltevermögen nie zugetraut. Außerdem behandelte sie ihre Schwiegertochter besser als ihre eigene Tochter. Doch obwohl ihr Cat anscheinend sympathisch war, entwickelte sich kein freundschaftliches Verhältnis zwischen ihnen.
Seit Cat in Scotts Leben getreten war, hatte Red wieder einen Grund, sich auf etwas zu freuen. Beim Abendessen fanden anregende Gespräche statt, und es wurde gelacht. Unter ihrem Dach wohnte eine energiegeladene Frau, die offen auf ihre Mitmenschen zuging, mit ihm und Scott ausritt und Miss Jenny die Freundin war, die sie so lange vermißt hatte. Als er daran dachte, wie sie ihm zum Dank für sein Weihnachtsgeschenk um den Hals gefallen war, mußte er schmunzeln. Wenn Sarah sich für seine Geschenke so begeistert hätte, hätte er ihr die Welt zu Füßen gelegt. Warum zeigte sie niemals Interesse an seiner Arbeit? Warum tat sie so, als wäre ihr seine Gegenwart nur lästig? Warum brachte sie ihm keine Liebe entgegen und zuckte angewidert zusammen, wenn er sie berührte?
Wenn sie ihn nur einmal in den letzten zweiundzwanzig

Jahren so angesehen hätte, wie Cat und Scott einander ansahen ... sein ganzes Leben wäre anders verlaufen. Eigentlich hatte er geglaubt, sich mit seinem Schicksal abgefunden zu haben. Schließlich hatte er allen Grund, dankbar zu sein. Er hatte die Ranch, die ihn täglich geistig und körperlich forderte. Und seine Kinder. Er hatte es sich verkniffen, die Zukunft für sie zu planen. Sie sollten selbst entscheiden, was für ein Leben sie führen wollten. Scott hatte beschlossen, auf der Ranch zu arbeiten, und war ihm inzwischen eine große Hilfe, so daß er ihm seine jugendlichen Kapriolen längst verziehen hatte. Auch er selbst hatte als junger Mann öfter einmal über die Stränge geschlagen – schließlich war seine Generation die erste gewesen, die mit Drogen und freier Liebe konfrontiert wurde. Er war froh, daß er sich schon damals die Hörner abgestoßen hatte, obwohl er für einen jungen Mann in den sechziger Jahren ziemlich konservativ gewesen war: Sogar die Beatles und Elvis hatte er anfangs zu ausgeflippt gefunden. Scott und Torie waren als Schulkinder ziemlich wild gewesen, doch das hatte sich mit zunehmendem Alter gelegt. Sie waren der Lohn dafür, daß er es in seiner Ehe ausgehalten hatte. Er liebte sie von ganzem Herzen. Schon seit er das erstemal ihre Windeln gewechselt hatte, war ihm bewußt, daß man sich keine besseren Kinder wünschen konnte. Er hatte sich mehr um sie gekümmert als Sarah. Torie war sein Liebling, und er schämte sich dessen nicht. Sie war ihm in vieler Hinsicht so ähnlich – eigensinnig und willensstark. Außerdem liebte sie das Leben und die Natur.

Da ihm in seiner Ehe die Möglichkeit verwehrt geblieben war, seine Gefühle auszuleben, hatte er sie in sein Land und seine Familie gesteckt. Aber er wußte, daß die Flamme der Leidenschaft weiter in ihm loderte.
Seit wann hatten Sarah und er nicht mehr in einem Zimmer geschlafen? Er übernachtete entweder nebenan oder auf dem Sofa im Arbeitszimmer. Doch sie sprachen beide nicht darüber. Wichtige Dinge wurden totgeschwiegen.
Ihre Freude darüber, daß sie bald Großmutter werden würde, hatte ihn überrascht. An diesem Abend hatte sie drei Gläser Scotch getrunken, sie machte aus ihrem Alkoholkonsum kein Geheimnis mehr. Auf dem Weg ins Eßzimmer hatte sie sogar noch Cats Weinglas geleert. Der Gedanke, Alkohol wegzukippen, war ihr offenbar unerträglich.
Wo mochten sie bloß sein – sein Sohn, seine Schwiegertochter und sein ungeborener Enkel? Seit Torie vor vier Jahren ihren High-School-Abschluß gemacht hatte und ausgezogen war, war er nicht mehr aus Sorge um seine Kinder wachgeblieben. Lag seine Schlaflosigkeit daran, daß er Großvater werden würde? Hatte er mehr Angst, als er sich eingestehen wollte?
Er wußte, daß ihnen nichts geschehen konnte. Auf Scott war Verlaß. Red hatte absolutes Vertrauen zu seinem Sohn.
Aber warum, zum Teufel, konnte er trotzdem nicht schlafen?

SIEBZEHN

Etwa einmal stündlich, wenn Cat die Kälte nicht mehr ertragen konnte, ließ sie den Motor an, bis sich das Führerhaus wieder einigermaßen erwärmt hatte. Zitternd rieb sie sich die klammen Finger. Hin und wieder stieg sie aus, lief auf der Stelle und stampfte mit den Füßen.

Inzwischen begriff sie, daß die Langeweile der schlimmste Feind des Gefangenen ist. Sosehr sie auch versuchte, sich abzulenken, ihre Gedanken kehrten doch immer wieder zu ihrer mißlichen Lage zurück.

Am Nachmittag begann es wieder zu schneien. Diesmal kam auch ein Wind auf, der die Schneeflocken so heftig vor sich herpeitschte, daß sie nicht die Hand vor den Augen sehen konnte. Es war zwecklos, das Auto freizuschaufeln. Im Wageninneren war es stockfinster, und als sie den Scheibenwischer einschalten wollte, rührte sich dieser nicht von der Stelle.

Allmählich knurrte ihr der Magen, und sie fragte sich, ob es ihrem Baby schaden würde, wenn sie nicht bald etwas zu essen bekam. Würde es verhungern? Wenigstens mußte sie keinen Durst leiden, weil sie das Fenster öffnen und sich mit Schnee versorgen konnte. Ein Glück, daß der Wagen keine automati-

schen Fenster hatte. Dennoch fühlte sie sich schwindelig.
Sie schlief wieder ein.

Red lief in Jasons Büro auf und ab.
Er hatte Schneeketten auf seinen Jeep montiert und war in die Stadt gefahren. Jason hatte bereits die Staatspolizei, die Straßenpolizei und sämtliche anderen Behörden per Funk alarmiert. Die Route 7 durch den Wallowa-Whitman-Staatsforst war gesperrt und wegen des heftigen Schneefalls auch für Räumfahrzeuge unpassierbar. Stromversorgung und Telefonnetz waren zusammengebrochen.
Red wünschte, der Wind würde sich endlich legen, damit er den Helikopter benutzen konnte. Mit dem Auto hatte er eine Stunde in die Stadt gebraucht.
»Es wird ihnen schon nichts passiert sein«, versuchte Jason ihn zu beruhigen. »Scott geht keine Risiken ein. Er kennt diese Gegend wie seine Westentasche.«
Red wußte das. Ganz sicher hatte Scott keine der verschneiten Seitenstraßen genommen, sondern saß immer noch auf der Route 7 fest. Oder er wartete in einem Motel in John Day. Sobald es aufhörte zu schneien, würden Schneepflüge die Route 7 freiräumen.
»Komm«, sagte Jason und legte Red den Arm um die Schulter. »Ich lade dich auf einen Kaffee ein.«
Die beiden gingen durch das Schneetreiben in Rocky's Café, das heute ungewöhnlich gut besucht war.
Myrna, die Kellnerin von der Nachmittagsschicht, brachte ihnen Kaffee.

»Cat ist schwanger«, sagte Red zu Jason.
Jason zog die Augenbrauen hoch. »Jetzt verstehe ich, warum du dich so verrückt machst. Also wirst du jetzt Großvater. Was sagt man denn in so einem Fall? Herzlichen Glückwunsch?«
Red grinste. »Zu einem Großvater?«
»Keine Ahnung. Hört sich irgendwie komisch an. Eigentlich hast du ja nichts damit zu tun.«
»Immerhin bin ich Scotts Vater.«
»Stimmt.« Jason sah aus dem Fenster. Er hatte gehört, daß der Schneesturm in höheren Lagen viel heftiger wütete, aber das wollte er Red lieber verschweigen. Er hatte seinen Freund noch nie so besorgt erlebt. »Und wann findet das große Ereignis statt?« fragte er stattdessen, um ihn abzulenken.
»Irgendwann im Oktober.«
»Macht Chazz die Entbindung?«
»Wahrscheinlich schon. Weißt du was? Ich gehe zu Torie und erzähle ihr die Neuigkeit. Die Schule ist ja heute vermutlich geschlossen.«
Jason nickte. »Die Schulbusse fahren nicht.«
»Hätte ich mir denken können. Heute kommt man nur mit dem Schlitten voran.«
»Wenn es so weiter schneit, kommst du sicher kaum zur Ranch zurück. Du kannst gern in unserem Gästezimmer übernachten.«
»Ich muß nach Hause. Vielleicht ruft Scott an.« Und Sarah würde nicht allein zurechtkommen. Wenn man sie sich selbst überließ, saß sie nur im dunklen Wohnzimmer und trank bis zur Bewußtlosigkeit. Möglicher-

weise war das der Grund, warum er sich nicht von ihr getrennt hatte. Auch wenn sie ihn nicht mehr liebte, brauchte sie ihn, da sie ohne fremde Hilfe den Alltag nicht mehr bewältigen konnte. Das war Red schon seit Jahren klar. Und außer ihm gab es niemanden, der sich um sie kümmerte.

Er seufzte auf.

»Hör zu, Red«, meinte Jason. »Sobald wir etwas Neues erfahren, sagen wir dir Bescheid. Also besuche Torie, und dann fährst du nach Hause.«

Red leerte seine Tasse und stand auf. »Wenn du mich erreichen willst, versuch es erst bei Torie.«

»Klar.« Jason blieb am Tisch sitzen.

Torie trank in der Küche Pfefferminztee, als ihr Vater an die Tür klopfte.

»Daddy«, rief sie und fiel ihm um den Hals. »Was für eine Überraschung!«

Er schlüpfte aus seinem mit Schneeflocken bedeckten Mantel und hängte ihn über eine Stuhllehne.

»Kaffee oder Tee?«

Er schüttelte den Kopf. »Ich muß gleich wieder los. Ich wollte dir nur sagen, daß Scott und Cat im Schneesturm festsitzen. Wir wissen nicht, wo.«

Torie beunruhigte das nicht weiter. »Bestimmt sind sie irgendwo auf einer Farm oder in einem Motel. Mach dir keine Sorgen, Daddy.«

»Und Cat ist schwanger.«

Tories Augen leuchteten auf. »Das ist ja wundervoll! Wie ich sie beneide!«

Ihr Vater musterte sie. »Du weißt, daß ich nichts dagegen hätte, wenn du Joseph heiratest.«
Bedrückt ließ sie sich am Küchentisch nieder. »Das ist mir klar, Daddy. Und um Mutters Einwände und engstirnigen Vorurteile würden wir uns auch nicht kümmern. Aber wir dürfen uns nicht über Mister Claypools Wünsche hinwegsetzen.«
Red schüttelte den Kopf. »Ich kenne Samuels Einstellung, aber sie paßt nicht mehr in diese Zeit. Kein Mensch in Amerika ist mehr reinrassig. Und wenn Joseph kein Schamane sein kann, na und? Woher wollt ihr wissen, ob eure Kinder ...«
»Darum geht es ja gerade. Unsere Kinder. Für Joseph würde es keinen Unterschied machen, doch die Kinder ...«
»Eure Kinder werden ganz normale Menschen werden. Und wenn sie Krankheiten heilen wollen, sollen sie eben Medizin studieren.«
Torie lächelte. »Schön, wenn es so einfach wäre.«
»Werde schwanger«, sagte ihr Vater.
»Aber Daddy!« lachte Torie.
»Dann hätte Samuel nichts mehr zu sagen. Ihr hättet ihn vor vollendete Tatsachen gestellt.«
»Ich würde es tun, wenn ich Joseph dazu überreden könnte.«
»Ich will mich ja nicht in euer Privatleben einmischen, aber ich hoffe, daß ihr wenigstens miteinander schlaft.«
Torie tätschelte Red die Hand. »Für einen Vater machst du ziemlich gewagte Vorschläge.«
»Das Problem in unserer Familie ist, daß niemand über

seine Gefühle spricht. Und ich finde, dagegen müssen wir etwas unternehmen. Für mich ist das Wichtigste, daß du glücklich wirst.«
Torie musterte ihn nachdenklich. »Ja, Daddy, Joseph und ich schlafen schon seit der High-School miteinander.«
Red stieß einen Pfiff aus. »Davon habe ich nichts geahnt. Und was ist, wenn du schwanger wirst?«
»Joseph paßt auf, daß nichts passiert. Zuerst will er mit sich selbst ins reine kommen. Du weißt schon, der Konflikt zwischen Pflicht und Neigung. Immer derselbe alte Kram.«
»Er ist ein sehr netter junger Mann. Aber ist er wirklich bereit, das eigene Glück für die Pflicht zu opfern?«
Torie schwieg.
»Vielleicht mußt du dich nach einem anderen Partner umsehen.«
»Ich könnte mich nie in einen anderen Mann verlieben, Daddy.«
Red nickte. Er beneidete seine Tochter um die Fähigkeit, so vorbehaltlos zu lieben. »Ich habe dich sehr gern, mein Kind, und ich bin stolz auf dich.«
»Ich auch auf dich, Daddy.« Sie küßte ihn auf die Wange. »Welch ein Glück, daß ich dich zum Vater habe! Was ist denn heute eigentlich mit dir los, Daddy?« fügte sie hinzu. »So gesprächig bist du doch sonst nicht.«
»Keine Ahnung. Aber ich habe mir vorgenommen, von nun an immer offen mit euch zu reden. Es ist Zeit, daß wir aufhören, uns etwas vorzumachen.«
»Meinst du damit Mutters Alkoholsucht?«

»Zum Beispiel.«
»Wie hältst du das bloß aus?«
Red wußte nicht, was er darauf antworten sollte.
Als er seinen immer noch feuchten Mantel vom Stuhl nahm, kam Joseph herein. Die beiden Männer begrüßten einander mit Handschlag.
»Sauwetter!« sagte Joseph und schüttelte sich die Schneeflocken aus dem Haar.
»Daddy macht sich Sorgen, weil Scott und Cat irgendwo unterwegs sind.«
Joseph musterte Red. »Wie lange sind sie schon weg?«
»Gestern gegen halb vier sind sie von einer Ranch unweit von John Day losgefahren. Seitdem haben wir nichts mehr von ihnen gehört.«
»Bestimmt warten sie in John Day, bis der Schneesturm vorbei ist«, meinte Joseph und hängte seine nasse Jakke weg.
»Ich glaube auch.« Red zog den Mantel an. »Ich gebe euch Bescheid, sobald ich etwas erfahre.«
Als er die Treppe hinunterging, schlug ihm eisige Kälte entgegen. Es hatte wieder zu schneien angefangen, so daß er die Autoscheinwerfer einschalten mußte. Trotzdem konnte er die entgegenkommenden Wagen kaum erkennen. Die Straße war fast nicht mehr zu sehen, der Jeep kroch im Schneckentempo voran.

Sarah war außer sich vor Sorge. Thelma hatte das Abendessen vorbereitet, so daß sie es nur noch in der Mikrowelle aufzuwärmen brauchten. Dann war sie losgefahren, um vor Dunkelwerden zu Hause zu sein.

In dieser Nacht schlief Red auf dem Sofa im Arbeitszimmer. Immer wieder wachte er auf und blickte durchs Fenster hinaus in die Nacht. So stark hatte es schon seit Jahren nicht mehr geschneit.
Paß auf dich auf, sagte er in Gedanken zu seinem Sohn. *Hoffentlich bist du in einem Motel in John Day und sitzt nicht in einem Auto fest, das bald so mit Schnee bedeckt sein wird, daß wir dich erst im Frühjahr wiederfinden.* Es war kein Trost, daß das Frühjahr in einem Monat beginnen würde.

Noch nie hatte Cat solche Angst gehabt.
Gut, Scott hatte ihr gesagt, daß er es wahrscheinlich nicht bis heute abend schaffen würde. Selbst wenn er das nächstgelegene Haus schon erreicht hatte, war die Straße bei diesem Schneetreiben und bei völliger Dunkelheit unpassierbar. Inzwischen ließ sich die Autotür nicht mehr öffnen. Und ihr war so übel, daß sie sich am liebsten übergeben hätte. Wenigstens konnte sie noch das Fenster herunterkurbeln, falls der Brechreiz zu stark werden sollte. Aber was sollte sie tun, wenn sie zur Toilette mußte? Wahrscheinlich war der Grund für ihre Übelkeit mittlerweile die Angst, nicht ihre Schwangerschaft. Würde ihr ungeborenes Kind durch dieses Abenteuer Schaden nehmen? Bestand Gefahr, daß es in ihrem Leib verhungerte oder an Flüssigkeitsmangel starb?
Lieber Gott, hilf mir!
Sie war völlig durchgefroren. Da der Tank noch fast voll war, schaltete sie kurz die Heizung ein, bis sie sich

ein wenig aufgewärmt hatte. Ihr Mund fühlte sich trokken an. Wie lange konnte sie durchhalten, ohne etwas zu essen? Wahrscheinlich einige Tage lang, solange sie nur Wasser hatte, und Schnee war ja in Hülle und Fülle vorhanden.

Wie war es Scott ergangen? Brauchte er Hilfe? Hatte er ein Haus erreicht oder sich einen Unterstand aus tiefhängenden Zweigen gebaut? Sie wußte, daß er wohlauf war. Da war sie ganz sicher. Morgen würde er wiederkommen und einen Weg finden, den Pick-up aus der Schneewehe zu ziehen. Und dann waren sie und das Baby gerettet.

Das Baby. Sie würde sich noch ein paar Namen überlegen, obwohl ihr Scotts Vorschlag gut gefiel. Matt McCullough klang stark und männlich. Und was war, wenn es ein Mädchen wurde? Welche Namen kamen da in Frage?

Debra? Lisa? Patricia? Candace? Janice? Sie verwarf sie alle. Sie paßten einfach nicht zu McCullough.

Cat kurbelte das Fenster ein Stückchen herunter. Draußen war alles ruhig. Es hatte sogar aufgehört zu schneien. Schweigen umfing sie. Noch nie hatte sie eine solche Stille erlebt.

Sie schlang sich die Arme um den Leib und schloß die Augen.

Bitte komm zurück, Scott. Bitte, Liebling, komm zurück.

Am Morgen war der Himmel leuchtend blau. Es war zwar noch immer eiskalt, aber der Schneesturm hatte sich gelegt. Red rief bei der Staatspolizei an, um sich den Wetterbericht geben zu lassen. Außerdem teilte er den Beamten mit, er werde sich mit dem Hubschrauber selbst auf die Suche nach seinem Sohn und seiner Schwiegertochter machen. Doch man antwortete ihm, daß das Auto wahrscheinlich unter Schnee begraben und deshalb schwer zu finden sein würde.

Red trank eine Tasse Kaffee. Er brachte keinen Bissen hinunter. Thelma war nicht erschienen. Wahrscheinlich war die Straße blockiert. Red konnte sich nicht erinnern, wann so etwas zum letztenmal geschehen war. Da Jason noch nicht im Büro war, rief er ihn zu Hause an und erzählte ihm von seinem Plan.

»Laß mich mitkommen, Red. Wenn du sie wirklich findest, wirst du Hilfe brauchen. Du kannst nicht gleichzeitig den Hubschrauber steuern und sie retten.«

»Gut, dann treffen wir uns auf dem Sportplatz. Ich bin in etwa zwanzig Minuten da.«

»Lieber in vierzig. Die Straßen in der Stadt sind noch nicht geräumt. Bring eine Thermosflasche Kaffee mit.«

Immer noch im Morgenmantel und mit zerzaustem Haar kam Sarah die Treppe herunter. »Hast du etwas von ihnen gehört?« fragte sie. Sie war leichenblaß. Offenbar hatte auch sie schlecht geschlafen.

»Ich werde mit dem Hubschrauber über die Route Sieben in Richtung John Day fliegen. Die Polizei sagt, daß die Telefone wieder funktionieren.«

»In John Day gibt es nur wenige Motels. Du könntest sie durchtelefonieren und fragen, ob Scott dort ist.«

Red sah sie überrascht an. Alle Achtung, auf diesen Gedanken war er selbst nicht gekommen.

Zwölf Minuten später wußte er, daß kein Gast namens McCullough in einem Motel in John Day registriert war.
»Vielleicht sind wir den ganzen Tag unterwegs. Gegen Mittag werde ich versuchen, irgendwo zu landen und dich anzurufen.«
Sarah packte ihn am Arm. »Laß nicht zu, daß unserem Sohn etwas geschieht, Red.«
Red fragte sich, ob klug war, sie allein zu lassen, doch ihm blieb nichts anderes übrig. Im Augenblick gab es andere Prioritäten.
Er füllte eine Thermosflasche mit Kaffee, packte Taschenlampen und Decken zusammen und zog seine Jacke an. Dann ging er hinaus zum Schneemobil, um zu dem Hangar fahren, wo der Hubschrauber stand.
Es war immer noch eiskalt und totenstill.

ACHTZEHN

Auch am Nachmittag war die Route 7 noch nicht geräumt.

Red flog niedrig zwischen den Bäumen hindurch und hielt nach liegengebliebenen Autos Ausschau. Nichts zu sehen. Danach setzte er seinen Weg nach Prairie City fort, einem Städtchen mit tausend Einwohnern, das diesen Namen eigentlich nicht verdiente. Von dort aus rief er die Staatspolizei und das Revier in John Day an – ebenfalls ohne Ergebnis.

Er tankte den Hubschrauber auf und flog die Strecke zurück, so tief es eben noch ging.

Fahrspuren waren keine zu erkennen. Die Schneepflüge hatten schon die Hälfte der Straße freigelegt. Von Baker nach Prairie City waren es etwa fünfzehn Kilometer. Da die Straße zwischen den beiden Ortschaften durch den Staatsforst verlief, gab es dort nur wenige Häuser. Red konnte kein Lebenszeichen ausmachen, nicht einmal die Hufabdrücke von Hirschen.

»Das Schlimmste ist, daß ich mich so hilflos fühle«, sagte er zu Jason. »Ich weiß nicht, was ich sonst noch tun soll. Dabei versuche ich mir einzureden, daß Scott da draußen im Schnee campiert wie damals als kleiner Junge. Er kennt sich in dieser Gegend aus.«

Jason spähte aus dem Fenster. Sie waren schon den ganzen Tag unterwegs.
Red setzte Jason auf dem Sportplatz ab. Als er weiterflog, überlegte er, wo er noch weitersuchen sollte, bevor er sich auf den Heimweg machte.

Cat begriff einfach nicht, warum Scott immer noch nicht zurück war. Den ganzen Tag lang hatte sie gewartet. Vielleicht war die Straße ja inzwischen überhaupt nicht mehr passierbar. Die Schneepflüge wurden wahrscheinlich in der Stadt gebraucht, und es war aussichtslos, die Straße mit Schaufeln freizuräumen. Sicher machte Scott sich ebensolche Sorgen wie sie.
Sie hatte Hunger, und ihr Mund fühlte sich trocken an, obwohl sie immer wieder ein Bröckchen Schnee lutschte. Wenigstens war sie hier vor Räubern und Vergewaltigern sicher. Nachdem sie eine Nacht und einen Tag im Autositz verbracht hatte, war ihr ganzer Körper völlig verspannt. Und sie fror so sehr wie noch nie in ihrem Leben. Wenn sie es nur geschafft hätte, die Tür zu öffnen, um draußen ein wenig auf und ab zu springen und sich aufzuwärmen. Der Tank war zwar noch halbvoll, aber sie ging sparsam mit der Heizung um. Was war, wenn Scott erst in zwei oder drei Tagen wiederkam?
Sie versuchte an etwas anderes zu denken. Michelle. Shelley McCullough. Der Name gefiel ihr recht gut, aber Scott würde ihn bestimmt nicht mögen. Michelle klang zu französisch für Cougar Valley, Oregon.
Cat fragte sich, ob ihr Vater je an sie dachte. Er rief

einmal im Monat an, doch sie hatten sich nicht viel zu sagen. Jedesmal erkundigte er sich, ob sie glücklich war und ob es in Oregon Indianer gab. Sie beantwortete beide Fragen mit »ja«, und dann herrschte meistens Schweigen. Wie würde er reagieren, wenn er erfuhr, daß er Großvater wurde? Und dabei war sein eigener Sohn erst elf Jahre alt. Cat konnte sich nicht einmal an den Namen ihrer jüngsten Stiefschwester erinnern.

Sie dachte an Essen und hätte alles für einen Schinkensandwich gegeben. Oder für Miss Jennys selbstgebackenes Roggenbrot mit Mayonnaise und Senf. Dillgurken, Thelmas Krautsalat, Kartoffelchips. Ein Glas Cabernet Sauvignon. Weintrauben, eine Scheibe Melone – obwohl diese Obstsorten hier um diese Jahreszeit nicht aufzutreiben waren. Bei der bloßen Vorstellung lief ihr das Wasser im Munde zusammen.

Cat kurbelte das Fenster herunter und nahm sich eine Handvoll Schnee. Sie durfte nicht zulassen, daß das Kind wegen Flüssigkeitsmangels oder Unterernährung behindert zur Welt kam. Nun hatte sie seit zwei, nein, seit zweieinhalb Tagen nichts mehr gegessen. Würde das Baby sterben? Woher sollte sie wissen, ob es überhaupt noch lebte? Konnte Chazz das in diesem Stadium der Schwangerschaft schon durch Abhören feststellen?

Sie nahm sich vor, Stricken zu lernen. Den Sommer würde sie damit verbringen, kleine Strümpfe und Pullover zu stricken und vielleicht eine Decke für die Wiege zu häkeln. Sie fragte sich, ob die McCulloughs noch eine alte Wiege in der Scheune stehen hatten, die sie

neu lackieren konnte. Hoffentlich hatte Scott nichts dagegen, wenn das Baby in den ersten Monaten bei ihnen im Zimmer schlief.
Cat wußte nicht einmal, wie man ein Baby hielt. Würde sie als Mutter viele Fehler machen? Würde es ihr gelingen, geduldig und verständnisvoll zu sein? Würde sie ihr Kind überfordern oder zuwenig von ihm verlangen?
Als sie durch die hohen Baumwipfel zum dämmrigen Himmel hinaufblickte, kam ihr der Gedanke, daß es in sechs Wochen um diese Zeit schon hell sein würde. Die Uhren würden auf Sommerzeit umgestellt, ein Ereignis, auf das sie sich immer schon das ganze Jahr freute. Sie liebte die langen, warmen Sommerabende, wenn es erst kurz vor zehn Uhr dunkel wurde.
Im letzten Sommer hatte sie die Glühwürmchen vermißt, doch diese Insekten waren hier anscheinend unbekannt. Keine Glühwürmchen, die die Kinder in Marmeladengläsern mit durchlöcherten Deckeln einfingen, um ihr Blinken zu beobachten.

»Daddy hat angerufen«, verkündete Torie, die gerade Zwiebeln schälte. »Keine Spur von ihnen.«
Joseph umarmte sie von hinten. »Du bist die phantastischste Frau auf der Welt.« Er küßte ihren Nacken. Torie überrieselte eine Gänsehaut.
»Wenn du dich nicht benimmst, fällt das Abendessen flach«, witzelte sie.
Er umfaßte ihre Brüste. »Ist das ein Versprechen oder eine Drohung?«

Torie legte die Zwiebel weg und lehnte sich an ihn. »Wie oft haben wir wohl schon miteinander geschlafen?«

»Hm.« Joseph küßte ihren Scheitel. »Ein paar tausendmal werden es sicher gewesen sein.«

»Und woran liegt es, daß ich es immer noch so aufregend finde? Du kommst zur Tür herein, und nach all den Jahren würde ich am liebsten gleich die Kleider vom Leibe reißen.«

»Soll ich dir dabei helfen?« Er fing an, ihren Pullover aufzuknöpfen.

»Joseph Claypool, kein Mann kann einer Frau so den Kopf verdrehen wie du.«

»Woher willst du das wissen? Du hast es ja nie mit einem anderen versucht.«

»Weil im Vergleich mit dir sowieso keiner eine Chance hätte.«

Er drehte sie herum, umfaßte ihr Gesicht und sah ihr in die Augen.

»Du bist mein Leben«, flüsterte er.

»Und du meins.« Sie küßte ihn.

Das Abendessen mußte bis zehn Uhr warten.

Da die Straßen weiterhin gesperrt waren, würde die Schule morgen ausfallen. Es hatte zwar seit zwei Tagen nicht mehr geschneit, doch die Schulbusse verkehrten noch immer nicht.

»Was hältst du davon, wenn ich über Nacht bleibe?« fragte Joseph.

»Nichts dagegen«, meinte Torie und blies die Kerzen aus, die auf dem Tisch standen.

Sie wachte auf, weil Joseph unvermittelt aus dem Bett

sprang und nackt mitten im Zimmer stehenblieb. »Ich muß deinen Vater anrufen.«
»Meinen Vater?«
Er nickte und griff zum Telefon.
»Es ist dunkel«, widersprach Torie. »Sicher schläft er noch.«
»Bestimmt hat er heute nacht kein Auge zugetan«, antwortete Joseph. »Hallo, Mister McCullough, hier ist Joseph. Ich fahre sofort zu Ihnen und werde beim Morgengrauen dasein. Kennen Sie die Abzweigung von der Route Sieben zwischen Granite und Sumpter? Es ist nur ein Forstweg, der auch im Sommer kaum benutzt wird, und zur Zeit nur mit dem Hubschrauber erreichbar.«
Torie setzte sich auf. Weder sie noch ihr Vater fragten Joseph, wie er auf diesen Gedanken gekommen war.
Joseph nickte, als Red antwortete, legte auf und nahm sein Hemd vom Stuhl. »Kannst du mir schnell einen Kaffee machen? Meinetwegen auch Instant. Ich will in fünf Minuten los.«
Rasch schlüpfte Torie in einen Pullover und eilte in die Küche. Sie bestrich ein paar Brotscheiben mit Erdnußbutter und stellte einen Topf Wasser in die Mikrowelle. Dann lief sie zurück ins Schlafzimmer, zerrte einige Pullover und Handtücher aus den Schubladen und steckte alles, zusammen mit einer halbvollen Flasche Scotch, in eine Tasche. Nachdem sie den Kaffee aufgebrüht, in eine Thermosflasche gefüllt und ebenfalls verstaut hatte, reichte sie Joseph das Bündel. Er beugte sich über sie, um sie zu küssen, doch sie wußte, daß er in Gedanken anderswo war.

»Ich würde ja gern mitkommen, aber der Hubschrauber hat nur drei Plätze«, sagte sie.

»Wenn wir sie finden, muß dein Vater mich vielleicht zurücklassen und später abholen. Mach dir keine Sorgen.«

Dann war er fort.

Torie kehrte in die Küche zurück, mahlte Kaffeebohnen, setzte den Kaffee auf und zog sich an.

Wäre es denn so schlimm gewesen, wenn ihr Sohn oder ihre Tochter nicht zu derartigen Vorahnungen fähig sein würde? überlegte sie. Hing Scotts und Cats Leben von Josephs Zweitem Gesicht ab? Sie wußte, daß er die beiden finden würde. Doch was sollte aus ihr werden, wenn sie Joseph nicht heiraten und keine Kinder mit ihm haben konnte? Allerdings war sie bereit, auf Kinder zu verzichten, um ihn nicht zu verlieren – alles wollte sie opfern und aufgeben, nur um seine Frau zu werden.

Cats Körper war völlig steif, denn die Schalensitze machten ein Ausstrecken unmöglich. Sie spielte mit dem Gedanken, aus dem Fenster zu steigen, auch wenn draußen fast anderthalb Meter Schnee lagen. Aber sie befürchtete, daß sie es nicht schaffen würde, wieder zurück ins Auto zu klettern.

Ihr Herz fing an zu klopfen, als sie den Hubschrauber hörte. So weit sie konnte, lehnte sie sich aus dem Fenster, winkte und spähte angestrengt in den Himmel. Es war Red.

Der Helikopter folgte der Straße. Cat winkte weiter

und hoffte, daß Red das Auto bemerken würde. Konnte er im Schnee landen, ohne einzusinken?
Als der Hubschrauber näher kam, erkannte sie Joseph. Offenbar hatte er sie gesehen. Cat war unglaublich erleichtert.
Der Hubschrauber landete, doch Red ließ den Motor laufen. Joseph sprang hinaus und begann sich einen Weg freizuschaufeln, denn es war unmöglich, durch den tiefen Schnee zu stapfen. Obwohl Red ihn mit einer weiteren Schaufel unterstützte, brauchten die beiden mehr als eine Viertelstunde, bis sie bei Cat waren. Weinend fiel Cat Joseph in die Arme.
»Wo ist Scott?« fragte Red nach einem Blick ins Führerhaus.
»Ich dachte, er wäre längst bei euch.«
Die Männer wechselten einen Blick. Dann legte Red den Arm um Cat.
»Vor zwei Tagen ist er losgezogen, um Hilfe zu holen. Er ist den Weg zurückgegangen, den wir gekommen sind«, fuhr Cat fort.
»Bei diesem Schnee ist das unmöglich«, sagte Red mit belegter Stimme. Er sah Cat an. »Alles in Ordnung?«
»Jetzt schon.«
Red küßte sie auf den Scheitel. »Bevor wir starten, müssen wir den Schnee unter dem Hubschrauber wegschaufeln«, sagte er zu Joseph. »Den Pick-up holen wir nach der Schneeschmelze ab.«
Der Schnee reichte Cat bis zur Taille. »Wo kann Scott bloß stecken?« fragte sie. Keiner der Männer antwortete.

Die Erdnußbutterbrote und der Kaffee schmeckten einfach köstlich. Cat zog drei von Tories Pullovern an, um sich ein wenig aufzuwärmen, denn sie war völlig durchgefroren. Als Red ihr den Scotch aufnötigte, gehorchte sie, obwohl sie den Geschmack abscheulich fand.

Red warf einen Blick auf Joseph. »Am besten folgen wir der Straße bis zur Route Sieben. Vielleicht entdekken wir etwas.«

Cat wußte, daß Scott in Sicherheit war.

Da es in den letzten Tagen fast ständig geschneit hatte, waren keine Fußspuren zu sehen. Joseph spähte angestrengt auf die Straße hinab, die zwischen den hohen Tannen verlief.

Die Route 7 war zwar inzwischen wieder halbwegs befahrbar. Sie landeten in Sumpter, um sich mit der Polizei zu beraten. Man rief sämtliche Bewohner der Häuser entlang der Straße an, in denen Scott vielleicht Unterschlupf gefunden haben mochte. Doch die Leute erklärten, die Straße sei schon seit Tagen unpassierbar. Möglicherweise hielt Scott sich noch in der Nähe des Forstwegs auf, in einer Höhle oder einem selbstgebauten Unterstand.

Der Beamte in Sumpter notierte sich Reds Telefonnummer und versprach, sich sofort zu melden, sobald sich etwas Neues ergab. Wenn die Straße wieder passierbar war, würde man mit der Suche beginnen.

Aber Red war damit nicht zufrieden. Er verkündete, er werde noch einmal zurückfliegen und selbst nachsehen.

Von Scott keine Spur. Sie durchkämmten die Gegend rings um den Pick-up und machten sich dann auf den Weg in Richtung Big Piney. Offenbar hatte Joseph keine Vorahnung, was Scotts Aufenthalt betraf. Als Red ihn fragend ansah, zuckte er nur die Achseln.

»Was hältst du davon, deinen Vater anzurufen?« schlug Red vor.

»Mein Vater hätte sich bei mir gemeldet, wenn er eine Vermutung hätte«, meinte Joseph. »Aber ich rufe ihn trotzdem an. Vielleicht fahre ich am besten zu ihm. Doch zuerst muß ich mich bei Torie melden, damit sie sich keine Sorgen macht.« Der Schnee auf den Straßen im Umkreis der Ranch lag nur wenige Zentimeter hoch.

Red legte Cat den Arm um die Schulter und führte sie zum Haus. Als sie leise ins Wohnzimmer traten, schlief Sarah vor dem Kamin, neben sich ein leeres Glas.

NEUNZEHN

Alle konnten nur an Scott denken. Cat schlief zwar vor lauter Erschöpfung tagsüber immer wieder ein, lag aber nachts wach. Jedesmal, wenn sie im Morgenmantel herunterkam, war Red schon auf den Beinen. Es war, als warte er ständig darauf, daß das Telefon läutete oder die Tür aufging.

Das Leben schien stillzustehen. Zwei Tage vergingen, dann drei, schließlich war eine Woche vorbei.

Sarah aß keinen Bissen und trank schon vor dem Frühstück. Mittags war sie meistens nicht mehr ansprechbar. Sie lallte, Red hätte seinen Sohn niemals nach John Day schicken dürfen, und warf ihm vor, daß er untätig im Haus herumsaß.

Dabei machte sich Red täglich auf die Suche nach Scott, bis er nicht mehr wußte, wo er sonst noch nachforschen sollte.

Unterstützt von Jason, Joseph und den anderen Männern der Stadt durchkämmte er tagelang die ganze Gegend.

»Gott bestraft mich für meine Sünden«, jammerte Sarah unter Tränen.

»Das glaubst du doch nicht im Ernst, Sarah«, widersprach Cat. »Wenn es einen Gott gibt, ist er sicherlich

nicht rachsüchtig.« Außerdem konnte sie sich nicht vorstellen, welche Sünden Sarah begangen haben wollte. »Er ist ein Gott der Liebe.«
»Erspar mir dein kluges Gerede!« kreischte Sarah. »Er hat mir mein Kind genommen, um mich zu bestrafen.«
»Wofür?« fragte Cat.
Doch Sarah machte nur eine wegwerfende Handbewegung und griff wieder nach ihrem Drink. Es war elf Uhr vormittags.
Red ging schon längst nicht mehr auf Sarahs Bemerkungen ein, und Cat beschloß, es in Zukunft genauso zu halten.
Miss Jenny hatte erklärt, sie werde so lange im Haupthaus wohnen, bis Scott gefunden war. Aber auch ihre Anwesenheit konnte Cat nicht trösten.
Nach zehn Tagen erschien Jason auf Big Piney. Es war Anfang März, einer der seltenen Wintertage, an denen der Frühling schon in der Luft liegt. Miss Jenny öffnete die Tür.
»Guten Morgen, Miss Jenny.« Jason zog den Hut. »Ist Red da?«
Sie wies mit dem Kopf auf Reds Arbeitszimmer.
Als Jason die große Vorhalle durchquerte, kam Cat gerade die Treppe hinunter. Er nahm ihre Hände und schüttelte den Kopf. »Keine Neuigkeiten.«
Cat nickte nur, denn sie hatte nicht mehr die Kraft, zu weinen. Sie war leichenblaß und abgemagert und verbrachte ihre Tage nur noch damit, sich zu erbrechen oder in ihr Kissen zu schluchzen. Die panische Angst

der ersten Zeit war einem dumpfen Schmerz gewichen, der ihr die Brust zusammenschnürte.

Jason klopfte an die Tür von Reds Arbeitszimmer und trat ein. Red stand am Fenster. Er starrte auf den blendendweißen Schnee hinaus.

»Ich wollte mal sehen, wie es dir geht«, meinte Jason.

Red war die Erschöpfung deutlich anzumerken. »Ziemlich schlecht. Wenn wir nur wüßten, was geschehen ist. Diese Ungewißheit ...«

»Ich könnte einen Kaffee vertragen«, sagte Jason, um ihn abzulenken. »Und ein Sandwich ...« Wahrscheinlich hatten die Bewohner dieses Hauses seit Scotts Verschwinden fast nichts mehr zu sich genommen.

»Er ist mein einziger Sohn, Jason«, fuhr Red wie in Trance fort. »Ich liebe meinen Jungen, und er ist der einzige, der unseren Namen weitertragen kann. Er ist ein Teil von mir ... und ich weiß nicht, wo er sein könnte. Lebt er, oder ist er schon tot? Liegt er irgendwo mit einem gebrochenen Bein und wartet darauf, daß wir ihn retten?«

»Red, wir haben überall gesucht. Die Forstverwaltung, die Staatspolizei, die Polizei aus Sumpter und Granite, die Pfadfinder, Helfer aus Bend und Portland, wir beide ...«

Red unterbrach ihn mit einer Handbewegung. »Schon gut.«

»Am besten bitte ich Thelma, uns etwas zu essen herzurichten«, meinte Jason, als Red sich nicht von der Stelle rührte.

Als er in die Küche kam, stellte er fest, daß Thelma

ebenso bedrückt war wie die Familie. »Könnten Sie uns Kaffee und ein paar Brote machen, Thelma?« fragte Jason.

»Es wird sowieso keiner was essen.«

»Ich schon. Und die anderen müssen auch etwas in den Magen kriegen, damit sie nicht zusammenbrechen.«

Thelma mahlte Kaffee mit Haselnußaroma, stellte die Kaffeemaschine an und öffnete zögernd den Kühlschrank. »Was für Brote möchten Sie denn?«

»Das überlasse ich Ihnen. Aber belegen Sie sie gut.«

Thelma nahm Brot und Mayonnaise aus dem Kühlschrank.

»Sarah wird nichts essen.«

»Machen Sie trotzdem welche für sie. Und dazu Kartoffelchips und saure Gurken.«

Als er ins Arbeitszimmer zurückkehrte, blickte Red auf. »Er ist tot, Jason, ich weiß es.«

Jason wußte es auch.

»Ich wünschte, das verdammte Warten hätte ein Ende. Ich brauche Gewißheit.«

»Thelma bereitet ein paar Brote vor. Ich würde dir vorschlagen, Sarah beim Mittagessen keinen Alkohol zu geben.«

»Was spielt das für eine Rolle? Es ist wenigstens ein Weg, sich zu betäuben.«

»Und warum betäubt sie sich schon seit so vielen Jahren?«

Aber Red war nicht in der Stimmung, über Sarahs Alkoholkonsum zu sprechen.

Drei Tage später fuhr Joseph um halb elf Uhr vormittags bei den McCulloughs vor. Miss Jenny, die ihn schon vom Fenster aus gesehen hatte, öffnete die Tür. Joseph nahm den Hut ab und sah sie an.

»Ich bringe schlechte Nachrichten, Miss Jenny.«

Sie schnappte nach Luft und schloß die Augen.

»Wo sind Mister McCullough und Cat?«

Miss Jenny antwortete nicht.

»Mister McCullough!« rief Joseph.

Als Miss Jenny in Richtung Flur wies, steuerte Joseph auf Reds Büro zu. Red war im Badezimmer und rasierte sich zum erstenmal seit drei Tagen. Joseph blieb an der Tür stehen.

»Komm rein«, sagte Red, doch Joseph rührte sich nicht von der Stelle. »Sie haben ihn gefunden«, meinte Red leise, als er, das Gesicht noch halb eingeschäumt und den Rasierer in der Hand, aus dem Bad trat.

Joseph nickte. »Tut mir leid, Sir. Heute morgen. Der Schnee ist ein wenig geschmolzen. Man hat seine Leiche am Straßenrand entdeckt, etwa fünfzehn Kilometer vom Pick-up entfernt.«

»O mein Gott.« Red sank auf einen Stuhl. »Bist du sicher? Ist es auch bestimmt Scott?«

»Die Leiche ist zwar in einem schrecklichen Zustand, aber es besteht kein Zweifel.«

Red stockte der Atem.

»Tut mir leid, Sir. Sie wissen ja, daß er mein bester Freund war.«

Red nickte. »Ja, Joseph. Ich kann mir vorstellen, wie du dich fühlst.« Er fragte sich, wie Eltern den Tod eines

Kindes überstanden. Es war wider die Natur, daß ein Kind vor seinen Eltern starb, das Schlimmste, was überhaupt geschehen konnte. Ein Leben ohne Scott war für ihn undenkbar. Er malte sich aus, wie es sein würde, ohne seinen Sohn am Frühstückstisch zu sitzen, ohne ihn die Ranch zu leiten …

Cats Stimme riß ihn aus seinen Grübeleien. Miss Jenny berichtete ihr, daß Joseph gekommen war, schaffte es aber offenbar nicht, ihr die Hiobsbotschaft zu überbringen. Als Red ihre raschen Schritte auf dem blankpolierten Boden hörte, straffte er die Schultern. »Ich sage es ihr, Joseph.«

Da Joseph zur Seite getreten war, sah Cat nur Red, als sie ins Zimmer stürmte. Beim Anblick seiner Miene war ihr klar, was geschehen war.

Mit einem schrillen Schrei warf sie sich ihrem Schwiegervater in die Arme. »Sag, daß es nicht wahr ist!« schluchzte sie.

Red zog sie an sich.

Funken tanzten vor Cats Augen, und sie bekam keine Luft mehr. Es war, als wäre ihr Herz stehengeblieben. Red umarmte sie fest.

Hinter sich hörte sie Sarahs Stimme. »Was ist passiert?«

Joseph streckte die Hand nach ihr aus.

»Faß mich nicht an, du Heide!« Sie starrte Red und Cat an und sank dann zu Boden. »Lieber Gott im Himmel, es darf nicht sein!« Doch Reds verstörter Blick ließ keinen Raum für Zweifel. Sarah trommelte mit den Fäusten auf den Boden, bis Joseph sie vorsichtig hochzog. »Warum ist es nicht Torie?« fauchte sie ihn an.

Red fuhr hoch. »Sarah!« rief er.

Sarah weinte nicht. Sie stürzte aus dem Zimmer, und kurz darauf vernahmen sie das Splittern von Glas.

Joseph und Red eilten ihr nach. Cat mußte sich an einem Stuhl festhalten, denn der Raum drehte sich um sie. Ihr war so schwindelig, daß sie keinen Fuß vor den anderen setzen konnte.

Sarah hatte Scotts alten Baseballschläger aus dem Schirmständer genommen und zertrümmerte damit die Fenster, die zur vorderen Veranda zeigten.

Als Joseph ihr den Baseballschläger entriß, prügelte sie mit Fäusten auf ihn ein.

Red versuchte, sie zu beruhigen. Doch sie machte sich los, rannte die Stufen hinunter und stürmte durch den Schnee zur Auffahrt.

»Ruf Chazz an«, rief Red seiner Mutter zu, die reglos im Wohnzimmer stand. »Er soll ein Beruhigungsmittel mitbringen.«

»Ich hole sie zurück.« Joseph wollte zum Auto laufen.

»Ich erledige das«, widersprach Red. Joseph reichte ihm seinen Autoschlüssel. Sie durften keine Zeit verlieren.

»Warte. Ich komme mit.« Cat eilte auf die Veranda. »Vielleicht brauchst du mich.« Sie sprang in den Wagen, während Red schon den Motor aufheulen ließ.

Sie hatten Sarah rasch eingeholt. Aber als die Verfolger bemerkte, wich sie von der Straße ab und rannte ein Stück weit in ein vom schmelzenden Schnee aufgeweichtes Feld hinein. Knöcheltief stand sie im Morast und ruderte hilflos mit den Armen.

Cat stürzte auf ihre Schwiegermutter zu, bevor das Auto noch richtig stand. Als sie die Arme ausstreckte, fiel Sarah ihr wild schluchzend um den Hals und klammerte sich an sie, als wollte sie nie wieder loslassen. Als Red die beiden eng umschlugen auf sich zukommen sah, blieb er am Wagen stehen. Er stützte die Hand aufs Dach, betrachtete die weinenden Frauen und wäre am liebsten auch in Tränen ausgebrochen.
Eine unendliche Leere machte sich in ihm breit. Bis zu seinem Lebensende würde er um Scott trauern, und er wußte, daß es Jahre dauern würde, bis der Schmerz wenigstens ein bißchen nachließ. Er hatte einen Sohn verloren.
Sarah auch.
Und Cat war nun Witwe.
Es würde nie wieder sein wie zuvor.
Nie wieder.

ZWANZIG

Selbst zur Beerdigung weigerte sich Sarah, ihr Zimmer zu verlassen. Die Trauerfeier fand in der Schulaula statt, da keine Kirche groß genug für die vielen Gäste war. Offenbar waren alle Bewohner des Tals gekommen. Norah Eddlington, die Redakteurin der Lokalzeitung, schrieb den schönsten Nachruf, den Cat je gelesen hatte.

Cat fühlte sich wie eine Schlafwandlerin und klammerte sich an Torie und Miss Jenny. Scott wurde im Familiengrab unter einer riesigen Eiche beigesetzt. Das kleine, von einem weißen Zaun eingefaßte Fleckchen Erde, wo die Gebeine von drei Generationen McCulloughs ruhten, lag hoch oben auf dem Berg.

In der ersten Zeit ritt Cat jeden Tag mit Red dorthin, um das Grab zu besuchen.

Der Frühling kam und verging. Die Tage schleppten sich dahin.

Im Sommer spürte Cat, wie sich das Kind in ihr bewegte. Ein Teil von Scott würde weiterleben. Sie hatte ihn nicht ganz verloren: Daß sie sein Baby in sich trug, war ihr einziger Trost. Den Gedanken, daß er sie nie mehr in die Arme nehmen, küssen oder mit seinen verrückten Einfällen zum Lachen bringen würde, war ihr

unerträglich. Er würde kein Weihnachtsfest mit seinem Kind erleben. Oft wachte sie nachts weinend auf. Es war, als wäre etwas in ihr ebenfalls gestorben.
Sarah kam nur noch zum Abendessen herunter.
Da Red die Ranch nun allein leiten mußte, arbeitete er mehr als je zuvor.
Er bezog das Zimmer hinten am Flur, das früher Torie bewohnt hatte. Thelma brachte Sarah das Frühstück und das Mittagessen hinauf, aber diese rührte kaum etwas an. Chazz schlug vor, einen Psychiater aufzusuchen, doch als Red mit Sarah darüber sprechen wollte, stieß er auf taube Ohren. Sie schien ihn gar nicht wahrzunehmen. Erst im Sommer erwachte sie ein wenig aus ihrer Trance.
»Wenigstens trinkt sie jetzt nicht mehr soviel«, sagte Red. »Vielleicht hat sie es sich ja abgewöhnt.«
Doch weit gefehlt.
Außerdem wurde Cats Schwangerschaft bei Sarah zur fixen Idee. Ständig wollte sie Cats Bauch befühlen, um sich zu vergewissern, ob sich das Baby auch bewegte. Cat sollte ihr versprechen, es auf den Namen Scott zu taufen, wenn es ein Junge wurde.
Cat schüttelte den Kopf. »Scott wollte ihn Matthew nennen.«
Sarah fing an, Söckchen, Jacken, Pullover, Mützen und Handschuhe zu stricken und Decken zu häkeln, als ginge es um ihr Leben.
Torie kam häufig zu Besuch, obwohl sich ihre Mutter weigerte, sie zu sehen. Sarah benahm sich, als sei Torie schuld am Tod ihres Bruders.

Torie trauerte sehr um Scott. Abends spielte sie Schach mit ihrem Vater und schaute hin und wieder bei Miss Jenny vorbei.

Obwohl es Scotts Kind war, stellte Cat fest, daß sie sich nicht mehr auf die Geburt freute. Sie wußte, daß sie nie wieder glücklich werden würde.

»Jason hat angerufen«, verkündete Red eines Mittwochabends im Juli. »Er findet, daß es Zeit ist, wieder mit unserem Donnerstag-Frühstück anzufangen. Kommst du morgen mit in Rocky's Café?«

»Damit möchte er uns wahrscheinlich sagen, daß das Leben weitergehen muß.«

»Ob wir wollen oder nicht.« Lächelnd tätschelte Red Cats Schulter.

»Es ist schrecklich heiß«, stöhnte Cat und wischte sich den Schweiß von der Stirn. »Aber wenigstens nicht so schwül wie an der Ostküste. Schade, daß es hier in der Nähe keinen Badesee gibt. Würdest du es unpassend finden, wenn ich in meinem Zustand in Shorts durch die Stadt laufe?«

»Was mich betrifft, kannst du tun und lassen, was du willst. Mir ist das überhaupt nicht peinlich, auch wenn dein Bauch noch so dick ist.«

Die anderen Gäste im Café begrüßten sie freundlich. Niemand verlor ein Wort darüber, daß sie sich monatelang nicht hatten blicken lassen.

Jason hatte Neuigkeiten für sie. »Sandy möchte zurückkommen.«

Red und Cat wechselten einen erstaunten Blick.

Ida kam an den Tisch. »Wir haben neue Muffinsorten auf der Karte, Red. Karotte, Orange und Kokosnuß.«
»Klingt prima«, antwortete er mit einem Zwinkern. »Passen die zu Omelett?«
»Die passen zu allem.« Sie klopfte ihm auf die Schulter.
»Und wie geht es dir damit?« fragte Cat Jason, als Ida fort war. Zum erstenmal seit Scotts Tod interessierte sie sich wieder für die Gefühle eines anderen Menschen.
»Ich weiß nicht«, meinte er.
»Vermißt Cody sie?« erkundigte sich Red.
»Keine Ahnung. Ich finde, daß wir ziemlich gut klarkommen, obwohl ich sie natürlich nicht ersetzen kann. In der Schule hat er auch keine Probleme. Er hat neue Freundschaften geschlossen und scheint nicht mehr unter der Trennung zu leiden.«
»Und wie fühlst du dich?« hakte Cat nach.
Jason überlegte. »Im Augenblick recht gut.«
»Möchtest du, daß sie zurückkommt?« wollte Red wissen.
Cat hatte ihm erzählt, was sich in Jasons Ehe abgespielt hatte. Red konnte sich nicht vorstellen, mit einer Frau zusammenzuleben, die lieber mit anderen Frauen schlief.
Jason schüttelte den Kopf. »Ich wünschte, ich könnte diese Frage beantworten. Eigentlich ist es mir nicht recht, aber irgendwie bin ich es meinem Sohn schuldig. Man darf eine Ehe doch nicht so rasch aufgeben. Sie hat versprochen, zum Psychologen zu gehen.«
»Gibt es hier überhaupt einen?« meinte Red.

»Ich habe gehört, in Pendleton soll ein sehr guter sein.«
»Denkt sie, daß sie ihr Lesbischsein wegtherapieren kann?«
Jason blickte sich um. Hoffentlich hatte keiner der anderen Gäste Cats Frage gehört. »Keine Ahnung. Funktioniert das?«
»Einige Menschen betrachten Homosexualität als Krankheit, die man heilen kann, wenn man nur wirklich will«, sagte Cat mit gedämpfter Stimme, damit niemand etwas mitbekam. »Aber ich bin da anderer Ansicht.«
»Was verstehst du schon davon?« entgegnete Jason vorwurfsvoll.
»Jason, dazu braucht man nur ein paar Bücher zu lesen, fernzusehen, ins Kino zu gehen und Psychologiekurse im College zu belegen. Hier in Cougar redet man nicht über solche Themen, aber in der Großstadt gehen die Menschen offener damit um. Vielleicht tut sich Sandy keinen Gefallen, wenn sie versucht, sich dem Leben in der Kleinstadt anzupassen, wo alles noch so abläuft wie in dem Drehbuch einer Familienserie.«
Jason starrte sie mit weit aufgerissenen Augen an.
»Warum will sie eigentlich zurückkommen?« hakte Cat nach.
»Sie vermißt Cody.« Jason goß Sahne in seinen Kaffee. »Außerdem hat sie offenbar finanzielle Probleme, auch wenn sie das nicht zugibt.«
»Möchtest du allen Ernstes mit einer Frau zusammenleben, die nur bei dir bleiben will, damit sie nicht ihr eigenes Geld verdienen muß?« fragte Cat.

»Liebe ist nicht der einzige Grund für eine Ehe«, erwiderte Red.

Jason und Cat sahen ihn an.

»Die Leute heiraten eben aus den unterschiedlichsten Gründen«, stellte Jason fest.

»Bist du einsam?« wollte Cat wissen.

Jason schüttelte den Kopf. »Als Sandy noch hier war, habe ich mich viel einsamer gefühlt. Wahrscheinlich hat man in einer Beziehung bestimmte Erwartungen und ist enttäuscht, wenn sie nicht erfüllt werden. Jetzt bin ich glücklich. Jeden Morgen beim Aufwachen. Es macht mir nichts aus, für Cody Vater und Mutter in einem zu sein. So fühle ich mich ihm viel näher. Niemand meckert mehr herum, wenn er barfuß durchs Haus läuft oder wenn ich mir im Fernsehen schlechte Filme ansehe. Kein Mensch sieht mich mit Leichenbittermiene an, weil er sich nach etwas sehnt, das ich nicht geben kann.«

Warum war Scott gestorben und nicht Sandy? Warum hatte eine glückliche Ehe in einer Tragödie enden müssen? Es war so ungerecht. Cat erschrak, als sie sich bei diesem Gedanken ertappte.

»Sie will mich überreden, nach Seattle, Portland oder San Francisco zu ziehen. Hier kommt sie sich vor wie ein Fisch auf dem Trockenen.«

»Und was hast du davon?« Cat fragte sich, ob er inzwischen mit anderen Frauen schlief.

Jason zuckte die Achseln. »Ich habe mir überlegt, daß ich es dem Jungen zuliebe noch einmal versuchen sollte. Als er gehört hat, daß seine Mutter zurückkommt, hat er übers ganze Gesicht gestrahlt. Mittlerweile ruft sie ihn jeden Sonntag an. Das hat sie am Anfang nicht getan. Vielleicht brauchte sie ein bißchen Abstand von uns, doch seit Ostern meldet sie sich wöchentlich. Cody hat sie Anfang Juli zwei Wochen in Seattle besucht und sehr viel Spaß gehabt.«

Auf dem Rückweg zur Ranch sprachen Red und Cat über Jasons Problem. Dieses Thema lenkte sie ein wenig von ihrer Trauer ab.

»Er hat eine Frau verdient, die ihn liebt«, sagte Red. »Und der Junge braucht eine gute Mutter. Ich wünschte, er könnte hier in der Gegend eine Frau finden, die ihn wirklich zu schätzen weiß.«

Drei Tage später rief Jason an und fragte, ob Cat mit ihm nach Ontario fahren wollte, wo er einen beruflichen Termin hatte. Er versprach ihr eine Einladung zum Abendessen und eine Heimfahrt bei Vollmond.

»Ich glaube, er braucht jemanden zum Reden«, meinte Cat.

Doch Jason hatte inzwischen ganz andere Pläne.

EINUNDZWANZIG

»Warum kommen eigentlich nicht mehr Touristen nach Oregon?« fragte Cat auf der Fahrt zur Staatsgrenze von Idaho.
»Ich finde, daß das ein großes Glück ist. Weit und breit gibt es keine großen Städte, und es ist nicht einfach, diese Gegend zu bereisen. Außerdem wird nicht viel Werbung für Oregon als Reiseziel gemacht. Was wußtest du darüber, bevor du hergezogen bist?«
»Nur, daß es hier viel regnet und daß es Berge gibt.«
Jason trommelte mit den Fingern aufs Lenkrad. »Nicht einmal die Leute, die in Willamette Valley wohnen, haben eine Vorstellung davon, wie schön es hier ist. Auf ihren Wochenendausflügen kommen sie höchstens bis zu den Cascades und nach Bend. Sie zelten an der Küste, gehen angeln und machen ein bißchen Urlaub. Der restliche Staat ist für sie Wüste.«
Durch das offene Wagenfenster wehte warme Luft herein. »Weißt du, Jason, daß ich heute zum erstenmal in der Lage bin, etwas anzusehen und schön zu finden, seit …«
Jason tätschelte ihr die Hand. »Ich freue mich, daß du mitgekommen bist.«
»Ich mich auch.«

Ontario war etwa halb so groß wie Baker und fünfmal so groß wie Cougar. Allerdings suchte man den viktorianischen Charme von Baker hier vergebens.

»Du kannst ja eine Cola trinken, während ich bei Gericht bin.«

»Ich gehe ein bißchen spazieren und schaue mir die Stadt an.«

Jason lachte. »Viel zu sehen gibt es hier nicht.«

Sie blickte ihm nach, als er die Stufen zum Gerichtsgebäude hinaufeilte. Er war ihr ein wunderbarer Freund geworden. Wenn er in Uniform war, merkte man ihm gar nicht an, was für ein warmherziger, humorvoller Mensch er sein konnte. Und er war absolut aufrichtig. Man konnte sich auf ihn verlassen, und er war in guten und in schlechten Zeiten immer für einen da.

Sie war froh, daß er sie zu diesem Ausflug mitgenommen hatte. Es war ihr gar nicht klargewesen, wie dringend sie ein wenig Abwechslung nötig hatte. Sie ahnte, daß er mit ihr über Sandy sprechen wollte, aber er fiel nicht mit der Tür ins Haus.

Cat schlenderte die Main Street entlang, wo sie ein kleines Kaufhaus entdeckte. Die Babyabteilung zog sie magisch an, und sie erstand zwei weiche Flanelldecken und ein Dutzend Stoffwindeln – die ersten Einkäufe für ihr Kind. Es war schön, sich auf etwas freuen zu können, obwohl sie an der Kasse fast in Tränen ausgebrochen wäre. Denn ihr war wieder eingefallen, daß Scott sein Kind niemals sehen würde.

Sie hinterließ eine Nachricht hinter dem Scheibenwischer von Jasons Auto, ging in eine Eisdiele und gönnte sich einen Eisbecher mit Erdnußcreme. Seit Monaten hatte ihr nichts mehr so gut geschmeckt. Dann saß sie da, blickte aus dem Fenster und beobachtete die wenigen Passanten. Sie nickten einander zu und winkten, wenn ein Bekannter im Auto vorbeifuhr. Cat fragte sich, ob die Menschen in Kleinstädten an der Ostküste auch so freundlich waren. Wahrscheinlich schon. Wenn man in einer Kleinstadt lebte, wo jeder jeden kannte, brauchte man keine Angst vor seinen Nachbarn zu haben.

Eine halbe Stunde später erschien Jason, setzte sich ihr gegenüber und bestellte eine Limonade. »Alles erledigt«, verkündete er.

»Heißt das, daß du jetzt nicht mehr im Dienst bist?«

»Warum? Hast du was Bestimmtes vor?«

»Ich war noch nie in Boise. Wie weit ist das denn?«

»Etwa achtzig Kilometer.« Jason sah auf die Uhr. »Wirst du zu Hause erwartet?«

Er schüttelte den Kopf. »Ich kann anrufen und Katie bitten, Cody ins Bett zu bringen. Möchtest du in Boise zu Abend essen?«

»Hundertsechzig Kilometer mehr oder weniger spielen doch keine Rolle. Es ist so schön, wieder einmal unterwegs zu sein. Mir wäre es am liebsten, wenn dieser Tag gar nicht enden würde.«

Er betrachtete sie mit einem Blick, den sie nicht zu deuten wußte. »Einverstanden. Ich rufe Cody vom Autotelefon an. Bist du fertig? Dann also los.« Er nahm ihre Hand.

Um fünf kamen sie in Boise an, zu früh zum Essen.

»Ich möchte zu gern wieder mal in einen Buchladen, Jason«, meinte Cat. »Hast du was dagegen? Ich habe keine Ahnung, was für Neuerscheinungen auf dem Markt sind.«
Er traute seinen Augen nicht, als sie zweiundzwanzig Bücher kaufte, einen überarbeiteten Dr. Spock und die neuesten Bestseller.
»Das sind ja fast nur Krimis. Du bist aber eine komische Frau.«
»Und du bist ein Chauvi. Soll das etwa bedeuten, daß du alles für unweiblich hältst, was nichts mit Romantik oder Haushalt zu tun hat? Hoffentlich nicht. Oder hast du etwas gegen Krimis?«
Sie strahlte ihn an, als sie die Tüten zum Auto trugen.
»Seit Monaten habe ich mich schon nicht mehr so wohl gefühlt.«
»Darüber sprechen wir beim Abendessen.«
»Gut. Und wo essen wir? Ich bin am Verhungern. Schließlich muß ich für zwei essen.«
Nachdem sie die Tüten im Auto verstaut hatten, nahm Jason Cat beim Arm. »In dieser Straße gibt es ein Restaurant. Ich war schon öfter dort. Die Steaks sind ein Gedicht.«
Obwohl es noch nicht sechs Uhr war, waren bereits einige Plätze besetzt.
Der Kellner führte sie zu einem Tisch im hinteren Teil des Lokals, auf dem ein frischer Blumenstrauß stand. Die Beleuchtung war gedämpft.
»Woran liegt es bloß, daß die Bedienungen in billigen Fast-food-Lokalen immer weiblich sind, während in

der gehobenen Gastronomie fast nur Männer arbeiten?« meinte Cat zu Jason.
Jason zog die Augenbrauen hoch. »Hoffentlich erwartest du nicht, daß ich dir diese Frage beantworte.«
»Ich möchte Schweinekoteletts«, sagte Cat nach einem Blick auf die Speisekarte. »Ich habe Schwangerschaftsgelüste auf zwei riesige, gut durchgebratene, dicke, saftige Schweinekoteletts mit Apfelmus.«
»Pommes oder Ofenkartoffel?«
»Ofenkartoffel. Und am liebsten hätte ich drei Gläser Wein, aber da ich schwanger bin, werde ich mich wohl mit einem zufriedengeben müssen. Glaubst du, daß sie hier Merlot haben?«
»Fragen wir mal.«
Cat seufzte begeistert auf, als der Kellner ihr ein Glas französischen Merlot servierte. Jason lächelte ihr zu.
Das Glas in der Hand, lehnte Cat sich zurück. »In den letzten Monaten dachte ich, daß ich nie mehr wieder in der Lage sein würde, etwas zu genießen. Aber zum Glück habe ich mich geirrt. Du hast dir genau den richtigen Zeitpunkt ausgesucht. Bis jetzt war ich viel zu sehr mit meiner Trauer beschäftigt.«
Er stützte die Ellbogen auf den Tisch und beugte sich zu ihr hinüber. »Ich würde dir gern etwas sagen, auch wenn es noch ein wenig früh dafür ist.«
»Nur raus mit der Sprache, Jason. Aber ich muß dich warnen. Ich bin keine besonders objektive Ratgeberin. Nach dem, was du mir erzählt hast, finde ich es besser, wenn Sandy nicht zurückkommt. Cody scheint die Trennung gut zu verkraften. Dein Sohn ist

ein völlig normaler, unproblematischer, netter Junge. Ich kann nur hoffen, daß mein Kind einmal auch so wird.«

Jason trank einen großen Schluck. »Damit wären wir schon fast beim Thema, obwohl ich weniger über Sandy als über Cody reden wollte … Du … Mir ist klar, daß ich mit der Tür ins Haus falle, Cat, aber ich kann es dir nicht länger verschweigen. Ich liebe dich seit unserer ersten Begegnung.«

Cat hätte fast ihr Glas fallen lassen.

»Ich weiß, daß du noch nicht bereit bist. Du hast deine Trauer noch nicht überwunden«, fügte er hinzu.

Sie starrte ihn fassungslos an.

»Sandy und ich verstehen uns schon seit Jahren nicht mehr«, fuhr er fort. »Und dann habe ich dich kennengelernt. Ich habe mich so nach dir gesehnt, daß ich es kaum ertragen konnte. Und als wir Freunde wurden, sind meine Gefühle für dich nur noch stärker geworden. Versteh mich nicht falsch. Ich habe Scott nicht den Tod gewünscht, und ich trauere sehr um ihn. Ich hatte mich damit abgefunden, daß wir lediglich Freunde sein können. Allein das Wissen, daß ich dich immer wiedersehen und in deiner Nähe sein kann …«

Cat nahm seine Hand. »Aber, Jason.«

»Ich will nicht, daß Sandy zurückkommt. Du bist die einzige Frau, die ich liebe. Ich will dich heiraten und deinem Kind ein Vater sein. Cody hätte dich sicher gern als Mutter, denn er mag dich sehr. Dein Herz ist zwar noch nicht bereit, Cat, doch das Leben muß weitergehen.«

Cat traute ihren Ohren nicht. Ihr Mund fühlte sich trocken an. Jason hielt immer noch ihre Hand.
»O Jason, wie lieb von dir. Ich hatte ja keine Ahnung. Doch zur Zeit kann ich noch nichts für einen Mann empfinden. Heute ist der erste Tag, an dem ich es überhaupt geschafft habe, mich für etwas zu interessieren. Ich kann mich nicht so schnell auf eine neue Beziehung einlassen, und ich glaubte beinahe schon, daß ich gar keine Gefühle mehr habe. In den letzten Monaten bin ich herumgelaufen wie eine Schlafwandlerin. Erst seit gestern spüre ich allmählich wieder, wie schön es ist, am Leben zu sein, und ich werde aufhören, mich in meiner Trauer zu vergraben. Aber ich bin noch nicht bereit, Verantwortung für einen anderen Menschen zu übernehmen, und ich hoffe, daß ich im Oktober die Kraft haben werde, meinem Kind eine gute Mutter zu sein. Es ist einfach zu früh.«
»Ich weiß. Ich möchte nur, daß du es nicht vergißt. Mir ist klar, daß du mich nicht sofort heiraten kannst, Cat. Überleg es dir und denk immer daran, daß ich dich liebe.«
Sie wußte nicht, was sie darauf antworten sollte.
»Ich bin für dich da, wenn das Baby auf der Welt ist, und ich verspreche, ihm ein guter Vater zu sein. Es könnte den Namen McCullough weitertragen. Wenn du möchtest, würde ich es auch adoptieren. Nichts auf der Welt würde mich glücklicher machen, als dich zur Frau zu haben, Cat.«
»Bitte setz mich nicht unter Druck, Jason. Im Augenblick kann ich an eine neue Ehe nicht einmal denken.

Gib mir Zeit. Ich fühle mich wirklich sehr geschmeichelt. Du bist einer der nettesten Männer, die ich kenne, ich habe dich sehr gern …«

»Das wäre ja schon einmal ein Anfang.«

»Im Moment geht es mir nur um das Baby. Hoffentlich gelingt es mir, ihm alles zu geben, was es braucht. Ich wäre in dieser Situation nicht in der Lage, dir eine Ehefrau und Cody eine Mutter zu sein.«

»Schön, daß du ›in dieser Situation‹ gesagt hast. Aber eins verspreche ich dir: Von nun an wirst du mich aus deinem Leben nicht mehr wegdenken können.«

»Du warst mir schon immer sehr wichtig.«

»Mit deinem Alltag hatte ich sehr wenig zu tun. Ab jetzt wirst du es nicht mehr schaffen, mir aus dem Weg zu gehen.«

»Als ob ich dir jemals hätte aus dem Weg gehen wollen, Jason. Hattest du nicht vor, mit mir über Sandy zu sprechen?«

»Nicht mehr. Inzwischen bin ich sicher, daß ich mich von ihr trennen will. Ich möchte mit dir zusammenleben.«

»Würdest du bei ihr bleiben, wenn es mich nicht gäbe?«

»Nein.« Er schüttelte den Kopf. »Ich habe Cody gefragt, ob er Sehnsucht nach ihr hat, und er antwortete: ›Uns geht es doch so sehr gut, Dad.‹ Ich finde, er ist für seine acht Jahre sehr vernünftig. Und seit Sandy weg ist, können wir uns viel ungezwungener bewegen. Ich glaube, wenn ich ihr sage, daß es aus ist, wird sie nach San Francisco ziehen. Dort will sie schon seit Jahren hin. Seattle ist zwar ziemlich liberal, aber in

Kalifornien wird sie sich wohler fühlen. Du weißt ja, daß sie Krankenschwester ist.«
»Nein, wußte ich nicht.« Cat stellte fest, daß Jason grüne Pünktchen in den Augen hatte.
»Aber sie haßt ihren Beruf. Trotzdem könnte sie eine Stelle in einem Krankenhaus oder als Privatpflegerin bekommen. Als Krankenschwester kann man praktisch nicht arbeitslos werden.«
»Und schließlich muß der Großteil der Menschheit sein Geld mit Jobs verdienen, die keinen Spaß machen.«
»Richtig«, stimmte Jason zu. »Ich weiß, daß ich großes Glück gehabt habe. Ich liebe meinen Beruf.«
»Ich glaube, bei dir ist es eher Berufung als Beruf.«
»Warst du eigentlich gern Anwältin?« fragte Jason.
»Mit Leib und Seele. Es ist ein Beruf, in dem Kreativität, Intelligenz und die Fähigkeit, Probleme zu lösen, gefragt sind.«
»Bestimmt warst du sehr gut.«
Cat lächelte. »Ich denke schon. Jeden Tag habe ich mich in mein Kostüm geworfen und Männern Konkurrenz gemacht. Ich glaube, das wollte ich schon immer. Als junges Mädchen habe ich nie davon geträumt, zu heiraten, obwohl ich mich natürlich für Jungens interessiert habe. Ich wollte etwas bewirken und aktiv an dieser Gesellschaft teilhaben. Ich überlegte, ob ich Auslandskorrespondentin werden sollte, in Argentinien oder irgendwo in Europa ...«
»Argentinien?« fragte Jason mit erstickter Stimme.
»Keine Ahnung, wie ich ausgerechnet auf Argentinien gekommen bin. Dann spielte ich mit dem Gedanken,

Medizin zu studieren, Chirurgin zu werden und eine Menge Geld zu verdienen ...«

»Und anderen Menschen das Leben zu retten.«

»Natürlich auch, aber hauptsächlich hatte ich den Ehrgeiz, Bereiche zu erobern, zu denen Frauen bis jetzt kaum Zugang hatten. Und jetzt dreht sich bei mir alles nur noch darum, daß ich Mutter werde.«

»Wahrscheinlich war das bei allen Frauen seit Anbeginn der Menschheitsgeschichte so.«

»Du meinst, Frauen geben ihre Träume auf, um Mutter zu werden?«

»Und Ehefrauen. In meiner Schulzeit waren die Mädchen immer viel klüger und kreativer als die Jungen. Doch nach dem Abschluß haben die meisten von ihnen alles hingeschmissen, um zu heiraten.«

»Klingt irgendwie nach Sackgasse. Nun, Jason, vermutlich ist es – Feminismus hin oder her – immer noch das, was der Großteil der Männer will. Eine Frau, die zu Hause auf sie wartet, putzt, kocht, die Kinder versorgt und ihren Herrn und Meister vergöttert.«

Jason grinste. »Ich hätte nichts dagegen einzuwenden.« Als er Cats abweisende Miene bemerkte, tätschelte er ihr die Hand. »Aber ich bin mir bewußt, wie tödlich langweilig das wäre. Ich will dich nicht einschränken, Cat.«

»Mit dir, Cody und dem neuen Baby hätte ich keine Zeit mehr für andere Dinge.«

»Winston Churchill hat schließlich auch die halbe Nacht auf Sitzungen verbracht, eine Unmenge von Büchern geschrieben und dazu noch impressionistisch gemalt.«

Cat lehnte sich zurück und musterte Jason nachdenklich.
Schmunzelnd fügte er hinzu: »Und nach dem Essen hat er immer ein Nickerchen gehalten.«
»Ohne seine Frau, die sich um die Kinder kümmerte, seine Hemden bügelte und ihm das Essen auf den Tisch stellte, hätte er das nie geschafft.«
»Zum Glück bin ich ein ziemlich guter Koch. Meine Hemden bügele ich selbst, und den Rest erledigt Katie Thompson gegen Bezahlung.«
»Du mußt mich mal zum Abendessen einladen.«
»Diesen Vorschlag kann ich nicht ablehnen.«
»Hoffentlich nicht.«
»Was hältst du von Samstag?«
»Gern.«
»Soll ich Toric und Joseph auch einladen?«
»Das wäre nett.«
»Magst du Lasagne?«
»Aber klar.«
Nach dem Essen verlangte Jason die Rechnung. Auf dem Rückweg zum Auto sagte Cat: »Ich mag dich auch, Jason.«
»Das weiß ich. Aber es genügt mir nicht.«
»Gib mir Zeit.«
»Soviel du willst. Doch einen Gutenachtkuß darfst du mir nicht abschlagen.«
Cat wußte nicht, was sie davon halten sollte.

Es wurde schon dunkel, als sie kurz nach halb zehn auf Big Piney eintrafen.

»Soll ich dich am Samstag abholen?«
»Nein, ich fahre selbst. Schließlich bin ich nur schwanger, nicht behindert.« Sie öffnete die Wagentür.
Jason nahm sie beim Arm. »Ohne Gutenachtkuß kommst du hier nicht raus.«
Er zog sie an sich und küßte sie zärtlich auf den Mund. Cat seufzte auf.
»Das war schön, Jason.«
»Stimmt.« Er wollte sie gar nicht mehr loslassen.
»Bitte überstürze nichts.«
»Ich werde mir Mühe geben.«
Das Haus war dunkel, aber in Reds Arbeitszimmer brannte noch Licht. Doch Cat ging sofort hinauf in ihr Zimmer. Nach diesem ereignisreichen Tag wollte sie allein sein.
Sie hatte ein schlechtes Gewissen, weil sie einen anderen Mann geküßt und es genossen hatte. Es war, als hätte sie Scott betrogen, denn schließlich war er erst seit fünf Monaten tot. Dennoch fühlte sie sich auf einmal wieder lebendig, und das lag nicht nur an dem Kind, das in ihr wuchs.
Cat fragte sich, ob Scott wohl damit einverstanden gewesen wäre. Was würde er davon halten, daß sie einfach ihr Leben weiterführte? Auch wenn sie ihn nie vergessen würde, war sie doch erst siebenundzwanzig Jahre alt und hatte noch viele Jahrzehnte vor sich. Und heute war ihr klargeworden, daß sie sich nicht aufgeben durfte.
Ein Lächeln auf den Lippen, schlüpfte sie ins Bett und versuchte, ihre Schuldgefühle zu verscheuchen.

ZWEIUNDZWANZIG

Als Cat am 10. Oktober erwachte, fühlte sie sich so energiegeladen wie schon lange nicht mehr. Inzwischen war das Gehen für sie ein wenig beschwerlich, aber das störte sie nicht weiter. Allein der Gedanke, daß sie ein Kind zur Welt bringen würde, war wie ein Wunder für sie. Daß etwas von Scott zurückblieb, gab ihrem Leben einen Sinn.

Zu ihrer Überraschung hatte sie wieder gelernt, sich zu freuen. Mittlerweile aßen sie, Torie und Joseph jeden Samstagabend bei Jason. Und sie merkte den beiden an, daß sie ihr Verhältnis mit dem Sheriff billigten. Auch Red sah es offenbar gern, daß sie mit Jason ausging, obwohl er nie ein Wort über Cats Privatleben verlor – ganz im Gegensatz zu Sarah. Sie sprach über nichts anderes mehr als über Scotts Baby. Vermutlich ahnte sie nicht einmal, daß Jason sich in Cat verliebt hatte, denn es überstieg vermutlich ihre Vorstellungskraft, daß ein Mann sich für eine hochschwangere Frau interessieren konnte. Seit Juli hatte Jason das Thema Ehe nicht mehr angeschnitten, machte aus seiner Zuneigung jedoch keinen Hehl. Cat war froh, daß er sie nicht unter Druck setzte, und sie war gern mit ihm zusammen.

»Ich verschmachte«, sagte sie beim Frühstück zu Red.
»Heute bin ich in der Gegend von Spring Creek unterwegs«, meinte er. »Ich nehme das Mobiltelefon mit, damit du mich anrufen kannst, wenn du mich brauchst. Aber vielleicht sollte ich doch nicht so weit fahren. Es könnte ja sein, daß du heute dein Baby kriegst.«
»Wie kommst du denn darauf, daß es heute passiert?« Cat ließ sich auf einen Stuhl fallen.
»Weil du so strahlst. Du siehst wunderschön aus.«
Cat errötete und lachte verlegen auf. »Schönheit hat wohl wirklich etwas mit dem Auge des Betrachters zu tun. Du mußt mich sehr gern haben, wenn du mich in diesem Zustand noch schön findest.«
»Aber es ist so.« Red schenkte sich Kaffee mit Sahne ein.
»Liebe macht blind«, scherzte Cat. »Wenn ich mich so mit Torie und Sarah vergleiche ...«
»Das darfst du nie tun!« rief Red mit blitzenden Augen. Die Kaffeetasse in der Hand, stand er auf. »Ich bleibe heute doch zu Hause. Du findest mich entweder in meinem Arbeitszimmer oder in der Scheune. Außerdem muß ich einen Helfer für Glenn, den Vorarbeiter, einstellen und ein wenig herumtelefonieren.«
Cat war überrascht von Reds barschem Ton.
»Entschuldige, daß ich dich so angeschnauzt habe«, meinte er auf dem Weg zur Tür und ging hinaus, ohne ihre Anwort abzuwarten.
Das Telefon läutete. Es war Chazz, der sich nach Cats Befinden erkundigen wollte. Er sagte, er würde heute

bei den Murchisons sein. Sie könne ihn aber jederzeit über Mobiltelefon erreichen. In den letzten Tagen hatte er sich regelmäßig bei Cat gemeldet, und er versprach auch diesmal, gegen Mittag noch einmal anzurufen.
»Ich fühle mich großartig«, meinte Cat.
»Hm.« Sie konnte sich das Lächeln des Arztes vorstellen. »Dann kommt das Kind wahrscheinlich heute.«
»Das hat Red auch gesagt.«
»Ich rufe wieder an. Wenn Sie etwas Ungewöhnliches bemerken, geben Sie mir Bescheid.«
Abermals läutete das Telefon.
»Bist du das, Cat?« Es war Miss Jenny. »Hoffentlich bin ich noch nicht zu spät dran.«
»Wo steckst du denn?« Cat war froh, Miss Jennys Stimme zu hören.
»Ich bin gerade in Portland angekommen.«
Miss Jenny hatte sechs Wochen Urlaub in England und Frankreich gemacht, die erste Auslandsreise ihres Lebens.
»Das Kind ist doch nicht etwa schon da?«
»Nein, ich fühle mich wie ein Ballon und kann nur noch watscheln. Aber du solltest dich beeilen. Hattest du eine gute Reise?«
»Ich muß dir eine Menge erzählen. Ist Red da?«
»Moment mal.« Cat rief Red an den Apparat. Schön, daß Miss Jenny noch rechtzeitig zur Geburt zurückgekommen war.

Cat ging nach oben, nahm ein gemütliches Bad und kleidete sich an. Dann schlenderte sie wieder hinunter und betrachtete von der Veranda aus die markanten Umrisse der Berge vor dem kobaltblauen Himmel. Das Laub knisterte unter ihren Füßen, als sie über den Rasen spazierte.

Cat machte sich auf den Weg zum fast einen Kilometer entfernten Briefkasten, obwohl sie wußte, daß der Postbote um diese Uhrzeit noch nicht dagewesen sein konnte. Dann ging sie auf der Straße zurück zum Haus.

Am liebsten wäre sie gerannt, denn sie fühlte sich unglaublich stark. Das Baby bewegte sich in ihr. Bald würde es das Licht der Welt erblicken.

Am liebsten hätte sie Purzelbäume geschlagen. Vielleicht würde sie heute Mutter werden, und es konnte zwanzig Jahre dauern, bis sie wieder einen Morgen für sich hatte.

Red trat aus dem Haus und beobachtete sie, wie sie in Gedanken versunken auf dem Rasen stand. Das Herz pochte ihm bis zum Halse.

Drei Stunden später kam sie lächelnd in sein Büro und klopfte dreimal an die offene Tür. »Du hattest recht«, sagte sie. »Meine Fruchtblase ist geplatzt, und ich habe regelmäßige Wehen.«

»Ich rufe Chazz an.«

Doch niemand hob ab. Wahrscheinlich hatte der Arzt das Telefon im Auto liegengelassen und machte einen Hausbesuch.

»Er wollte zu den Murchisons«, meinte Cat.

Red suchte im Telefonbuch nach der Nummer. Mrs. Murchison erklärte, Chazz sei bereits fort.

»Wir können ja schon mal ins Krankenhaus fahren«, sagte Red.

»Die Wehen kommen erst alle zehn Minuten. Ist das nicht ein bißchen früh?«

»Lieber zu früh als zu spät.« Red stand auf. »Mußt du noch packen?«

»Die Tasche steht seit zwei Wochen bereit.« Cat krümmte sich vor Schmerzen. Als Red auf sie zueilte, richtete sie sich wieder auf. »Uff, das hat weh getan.«

»Also los«, befahl Red. »Ich hole das Auto und dein Gepäck. Wenn du etwas vergessen hast, kann ich es dir später mitbringen.«

Cat nickte. »Möchtest du Sarah nicht Bescheid geben?«

Sarah hatte sich an diesem Morgen noch nicht gezeigt. Thelma hatte ihr ein Tablett mit Tee und Toast vor die Schlafzimmertür gestellt, aber Sarah hatte nichts angerührt.

Anstelle einer Antwort stürmte Red hinauf und war kurz darauf mit Cats Reisetasche zurück. »Warte auf der Veranda. Ich fahre mit dem Auto vors Haus.«

Während Cat wartete, schoß ihr wieder ein Schmerz durch den Leib. Sie sank auf die oberste Treppenstufe und schlang zitternd die Arme um die Knie. Mist. Niemand hatte ihr gesagt, daß es so weh tat. Vielleicht hätte sie es auch nicht geglaubt. Doch wenn der Schmerz nachließ, war er rasch wieder vergessen.

Als der Cadillac um die Kurve bog, stieg Cat mit ihrer Reisetasche langsam die Stufen hinab.

»Ich bin froh, daß du da bist«, meinte sie, als sie im Auto saß.

Er griff nach ihrer Hand. »Ich auch.«

»Autsch!« rief sie aus und zog die Beine an. »Die Wehen werden immer stärker.«

»Dann nehme ich eine Abkürzung.«

Sie hatten noch keine fünf Kilometer hinter sich gebracht, als sich ein spitzer Stein in den linken Hinterreifen bohrte. Der Wagen geriet ins Schlingern.

»Verdammt!« Red hielt an und ging nachsehen.

»Du mußt aussteigen, damit ich den Reifen wechseln kann. Warum muß das ausgerechnet jetzt passieren?«

Cat kletterte aus dem Wagen. Die Nachmittagssonne schien warm, als sie dastand und ihm bei der Arbeit zusah. Wieder durchfuhr sie eine Wehe, so daß sie sich mitten auf die Straße setzen mußte. Red hob besorgt den Kopf. »Wie geht es dir?«

Cat konnte ihm diese Frage nicht beantworten. Sie hatte ein schmerzhaftes Druckgefühl im Rücken, das einfach nicht nachlassen wollte. Es tat so weh, daß ihr die Stimme versagte. Red hatte inzwischen das Auto aufgebockt und löste die Schrauben.

»Red! Das Baby kommt!«

»Das glaubst du nur. So schnell geht das nicht. Bei Sarah haben die Wehen fünf Stunden gedauert. Ich bin gleich fertig.«

Cat saß auf der Straße, wiegte sich hin und her, um die Schmerzen zu lindern, und versuchte, sich die Atemtechnik ins Gedächtnis zu rufen, die sie im Vorbereitungskurs gelernt hatte.

Endlich hatte Red den platten Reifen entfernt. Er holte den Ersatzreifen aus dem Kofferraum und arbeitete, so schnell er konnte. Als Cat wieder aufschrie, wollte er zum Mobiltelefon greifen.

Es war nicht da. Plötzlich fiel ihm ein, daß er es am vergangenen Nachmittag mit in die Scheune genommen hatte. Wahrscheinlich lag es noch dort auf einem Heuballen. Verflucht!

Als er sich wieder an dem Reifen zu schaffen machte, hörte er Cat stöhnen. »O Red, das Baby kommt!«

Das konnte doch nicht wahr sein! Sie hatte noch nicht einmal seit anderthalb Stunden Wehen. Normalerweise dauerte eine Geburt doch viel länger. Sicher bildete sie es sich nur ein. Schließlich war es ihr erstes Kind.

Er verstaute das Werkzeug im Kofferraum. »So, mein Schatz, jetzt können wir weiterfahren.« Er ging zu ihr hinüber, um ihr aufzuhelfen.

»Ich kann nicht«, wimmerte sie.

Als er sie hochziehen wollte, sackte sie zusammen. »Red, ich kann nicht. Das Baby kommt!«

Er öffnete die Wagentür und legte sie auf den Rücksitz. Die Fahrt ins Krankenhaus würde mindestens eine halbe Stunde dauern.

»Beeil dich«, keuchte Cat. Sie war sicher, daß der Kopf bereits austrat. Red ließ den Motor an.

Cat tastete zwischen ihren Beinen. »Red, ich spüre etwas«, flüsterte sie.

Red stellte den Motor wieder ab. »Cat, soll ich mal nachschauen?«

»Ach, du meine Güte«, stöhnte sie und nickte dann. »Es muß sein, Red. Es sieht ganz so aus, als müßtest du bei der Geburt deines Enkels helfen.«

Er zog ihr das Höschen herunter und stieß einen Pfiff aus. »Eindeutig der Kopf. Cat, du hast recht. Das Baby kommt.«

Red überlegte fieberhaft. Die Nabelschnur konnte er mit dem Taschenmesser durchtrennen. Solange es sich nicht um eine Steißlage handelte, würde er es schaffen. Schließlich hatte er schon unzählige Kälber und Ferkel ans Licht der Welt geholt. Doch diesmal klopfte ihm das Herz bis zum Hals.

Der Schmerz war so stark, daß Cat schwarz vor Augen wurde. Sie hörte ihre eigenen Schreie. *O mein Gott*, dachte sie, *laß das Baby gesund sein. Lieber Gott, mach, daß Scotts Baby nichts zustößt und daß ich das hier überlebe. Mach, daß diese Schmerzen endlich aufhören.*

»Du kannst schreien, soviel du willst«, sagte Red. »Und vergiß nicht zu pressen.«

Er war bei der Geburt seiner beiden Kinder dabeigewesen und hatte im Kreißsaal alles miterlebt. Aber vom unbeteiligten Beobachter zum Geburtshelfer war es ein großer Schritt. Er versuchte sich zu erinnern, wie es damals abgelaufen war. »Pressen!« meinte er wieder. »Halt dich an mir fest, Cat.«

Schweiß rann ihr übers Gesicht, als sie aus Leibeskräften preßte. Sanft zog Red seinen schreienden Enkel heraus und wickelte ihn in seine Wildlederjacke.

»Es ist ein Junge«, sagte er zu Cat. »Und offenbar kerngesund.« Stimmte das wirklich? Er legte das Kind auf

den Boden vor den Rücksitz. »Ruh dich aus, mein Schatz.«
»Halt ihn hoch, damit ich ihn ansehen kann. Mein Baby.«
Sie fand es unbeschreiblich häßlich.
»Er ist wunderschön«, meinte Red und bettete ihn wieder auf den Boden.
Erschöpft schloß Cat die Augen. Wieder wurde sie von Schmerzen ergriffen. Red streckte den Arm aus. »Halt dich fest, Cat.«
Inzwischen war seine Angst verflogen. Er wußte genau, was zu tun war.
»Okay«, hörte Cat die Stimme ihres Schwiegervaters. »Es geht los. Pressen.«
»Zwillinge?« fragte sie mit schwacher Stimme.
»Nein, nur die Nachgeburt.«
Woher war er so gut informiert?
Red wischte sich die blutigen Hände an der Hose ab und überlegte, ob er sofort ins Krankenhaus oder erst nach Hause fahren sollte, um sich zu säubern. Cat und das Baby schienen alles gut überstanden zu haben. Das Kind stieß leise gurgelnde Geräusche aus. Vielleicht mußten sie ja gar nicht ins Krankenhaus. Er beschloß, umzukehren, Chazz anzurufen und ihm die Entscheidung zu überlassen. Red war stolz auf sich. Er hatte bei der Geburt seines Enkels geholfen, und anscheinend hatte er seine Sache gut gemacht.
Cat richtete sich auf und nahm ihren Sohn in die Arme, um ihn zu betrachten. Dann schloß sie die Augen und atmete tief durch. Ihr Gesicht und ihr Haar waren feucht vom Schweiß, ihre Kleider über und über mit

Blut verschmiert. Aber Red fand, daß sie noch nie so schön gewesen war.

Am besten fuhr er jetzt sofort nach Hause, um Chazz anzurufen.

Er beugte sich über Cat und küßte sie auf die Stirn.

»Ich liebe dich, Red«, sagte sie.

»Ich dich auch«, antwortete er. Die beiden Menschen auf dem Rücksitz seines Autos bedeuteten ihm mehr als alles auf der Welt.

DREIUNDZWANZIG

Chazz erklärte, daß kein Grund bestand, Mutter und Kind ins Krankenhaus einzuweisen, da sie zu Hause gute Pflege bekamen. Red hatte sich bei der Entbindung wacker geschlagen.

Cat verstand nicht, warum sie so erschöpft war. Es gelang ihr kaum, sich vom Bett ins Badezimmer zu schleppen. Während Thelma treppauf, treppab lief und Red das Baby badete, lag sie nur da und schlief. Sarah war trotz ihrer Begeisterung über Scotts Nachwuchs keine Hilfe.

Miss Jenny siedelte ins Haupthaus über und nahm die Dinge in die Hand. Auf ihrer Europareise hatte sie sich äußerlich sehr verändert, so daß Cat und Red sie anfangs kaum wiedererkannten. Sie war in Paris beim Friseur gewesen und trug nun statt Jeans maßgeschneiderte Hosen, in denen sie aussah wie aus einem Hollywood-Western. Außerdem hatte sie sich Ohrlöcher stechen lassen. Jedesmal, wenn sie den Kopf schüttelte, blitzten baumelnde Ohrringe auf.

Und sie schminkte sich die Augen.

»Komisch«, meinte sie zu Cat. »Früher dachte ich immer, es gäbe kein schöneres Land auf der Welt als Amerika. Die Leute, die anderswo leben müssen, haben mir

richtiggehend leid getan. Aber inzwischen weiß ich, daß ich mich geirrt habe.«
Miss Jenny hatte drei Wochen in England und zweieinhalb in Frankreich verbracht und konnte nicht sagen, wo es ihr besser gefallen hatte. Natürlich war Frankreich, was das Essen betraf, bei weitem vorzuziehen, wohingegen Großbritannien den Vorteil besaß, daß die Leute dort englisch sprachen.
Inzwischen fand auch Cat ihr Baby wunderschön. In den letzten vier Tagen hatten sich seine Gesichtszüge geglättet, und außerdem hatte es rotes Haar, was Red und Miss Jenny besonders begeisterte.
»Heute komme ich zum Abendessen hinunter«, verkündete Cat. »Ich bin lange genug im Bett gelegen und habe mich bedienen lassen.«
»Torie hat versprochen, mich übers Wochenende abzulösen. Verdirb ihr die Freude nicht. Sie möchte unbedingt mithelfen.«
Als Torie am Dienstag von Matts Geburt erfahren hatte, war sie sofort nach dem Unterricht nach Big Piney geeilt – beladen mit Geschenken für ihren kleinen Neffen. Darunter befand sich auch ein Kinderfahrrad, das Matt sicher noch lange nicht brauchen würde.
Miss Jenny hatte aus England winzige Pullover, Schneeanzüge und weiche Kaschmirdecken mitgebracht.
Red, der mächtig stolz auf seine Leistung als Geburtshelfer war, schaute mehrmals täglich bei Cat vorbei, um ihr vorzulesen. Seit dem Tod seines Sohnes fühlte er sich zum erstenmal wirklich glücklich.

Jason hatte Cat am Tag nach der Geburt einen Besuch abgestattet. Er brachte Cody mit, der das winzige Menschlein in der Wiege mit weit aufgerissenen Augen musterte.
»Glaubst du, er hätte gern einen kleinen Hund, um mit ihm zu spielen?« fragte er.
»Noch nicht«, meinte Cat.
Jason überreichte ihr einen riesigen Blumenstrauß, der in keine der vorhandenen Vasen paßte, so daß Miss Jenny gezwungen war, ihn aufzuteilen.
Sarah bedankte sich bei Jason, als ob die Blumen für sie gewesen wären. Sie saß in Cats Zimmer im Schaukelstuhl, sang Matthew etwas vor und ließ ihn nicht aus den Augen, wenngleich man nie sicher sein konnte, ob sie in Gedanken nicht anderswo war.
Chazz hatte Sarah vorgeschlagen, sich an die Anonymen Alkoholiker zu wenden, doch sie hatte ihn nur entgeistert angestarrt. »Wie kommen Sie denn auf diese Idee?« rief sie entrüstet aus. »Ein oder zwei Drinks vor dem Essen sind doch kein Verbrechen!« Allerdings trank sie seit Scotts Tod schon vor dem Frühstück – oder sie ließ das Frühstück ganz ausfallen. Wenn Thelma nicht ihre Kleider in Ordnung gehalten hätte, wäre sie wohl völlig verwahrlost. Am liebsten hätte Cat sie das Baby überhaupt nicht hochnehmen lassen. Allerdings tat Sarah es nur, wenn sie neben der Wiege im Schaukelstuhl saß. Dann schaukelte sie hin und her und sang ihrem Enkel etwas vor.
In den letzten anderthalb Jahren war mit Sarah eine Veränderung vorgegangen. Sie kleidete sich nicht

mehr elegant und vergaß häufig, sich zu schminken. Ihr Mund wirkte schlaff, und sie blickte meistens ins Leere.

Irgendwann konnte auch Red die Augen nicht mehr davor verschließen. »Wir können sie nicht zwingen, aufzuhören«, sagte er. »Sie muß es selbst wollen.«

Aber Sarah weigerte sich zuzugeben, daß sie ein Problem hatte.

Miss Jenny und Red ließen nicht zu, daß Cat sich mit dem Haushalt beschäftigte, als sie wieder kräftiger wurde. Sie brauchte sich nur um das Baby zu kümmern. Doch ihre Beteiligung an der Hausarbeit hatte sich bis jetzt ohnehin auf das Bettenmachen beschränkt, und sie vermutete, daß Sarah und Red nicht einmal das taten. Mit Miss Jenny, die in der Jagdhütte keine Hausangestellte beschäftigte, war es natürlich eine andere Sache. Nur im Frühjahr ließ sie eine Reinemachefrau kommen, um ihr beim Frühjahrsputz zu helfen.

In der ersten Woche nach Matts Geburt stattete Jason der jungen Mutter dreimal einen Besuch ab. Cat freute sich über seine Aufmerksamkeit. Inzwischen sah sie ihn mit anderen Augen.

Und dann erschien Sandy wieder in der Stadt, obwohl Jason ihr ausdrücklich mitgeteilt hatte, daß er nicht mehr mit ihr zusammenleben wollte. Sie fing Cody nach der Schule ab und bewirtete ihn und seine Freunde mit Keksen und Milch. Aber der Riß war nicht mehr zu kitten. »Ich mag sie«, sagte Cody zu seinem Vater.

»Aber meine Freunde gehen nicht gern zu ihr. Wir unternehmen lieber etwas anderes.«
»Kannst du ihr das nicht erklären?« fragte Jason.
Als der Junge den Kopf schüttelte, führte Jason ein ernstes Gespräch mit Sandy. Cody brauche mehr Freiraum. Er könne ja zweimal in der Woche bei ihr übernachten, aber sie dürfe ihn nicht so einengen.
»Das Kind wird immer der Mutter zugesprochen«, entgegnete Sandy. »Vielleicht sollte ich die Scheidung einreichen und das alleinige Sorgerecht beantragen.«
Jason musterte sie nachdenklich. »Offenbar willst du deine Probleme auf dem Rücken deines Sohnes austragen.«
»Davon verstehst du nichts.«
»Sandy, du hast keine Chance. Wenn du ihn als Schachfigur in einem Scheidungsprozeß mißbrauchen willst, wirst du die Verliererin sein. Weißt du, wie viele Menschen hier in der Stadt aussagen werden, daß ich ein guter Vater bin? Und dieselben Leute werden keinen Hehl daraus machen, was sie von Müttern halten, die ihre Kinder im Stich lassen. Aber was die Scheidung angeht, hast du recht. Schließlich leben wir schon seit einem Jahr getrennt.«
»Jason, können wir es nicht noch einmal miteinander versuchen?«
»Und wenn ich mit dir schlafen will, wirst du dir wünschen, ich wäre eine Frau.« Er schüttelte den Kopf. »Nein, du hast schon lange vor unserer Trennung alle Gefühle zerstört, die ich je für dich empfunden habe.«

»Das sagst du nur, weil diese McCullough dir den Kopf verdreht hat«, schleuderte sie ihm ins Gesicht.
»Mit uns beiden hat das nichts zu tun. Niemand kann mir einen Vorwurf daraus machen, daß ich mich in eine andere Frau verliebt habe, nachdem du mich verlassen hast. Meine Gefühle gehen dich nichts mehr an. Du hast sie lange genug mit Füßen getreten.«
»Ohne meinen Sohn ziehe ich nicht hier weg.«
»Ich verlange gar nicht, daß du wegziehst. Doch du darfst nicht von Cody erwarten, daß er jeden Tag nach der Schule zu dir kommt. Er will das nicht. Er braucht Zeit, um mit seinen Freunden zu spielen.«
»Weißt du, was dein Problem ist? Du hältst dich für den Allergrößten. Du glaubst, daß du auf alles eine Antwort weißt ...«
Jason unterbrach sie mit einer Handbewegung. »Das ist nicht wahr.«
»Dir fehlt jeglicher Ehrgeiz. Du willst den Rest deines Lebens in diesem Drecksnest verbringen und verhinderst dadurch, daß aus deinem Sohn etwas wird. Deinetwegen habe ich auf Freundschaften und auf eine Karriere verzichtet.«
»Das ist nicht der Grund, warum du in unserer Ehe unzufrieden warst. Du machst dir immer noch etwas vor. Du brauchst Hilfe, Sandy, und zwar mehr, als du hier in Cougar bekommen kannst.«
Sandy sank auf die Couch und brach in Tränen aus. Jason reichte ihr ein Papiertaschentuch. Er hatte Mitleid mit ihr.
»Eine Therapie kann ich mir nicht leisten«, schluchzte

sie. »Ich habe schon immer gewußt, daß ich anders bin, aber ich komme weder in der einen noch in der anderen Welt zurecht, weil ich die Schuldgefühle einfach nicht loswerde.«
»Du brauchst dich doch nicht schuldig zu fühlen«, sagte Jason, setzte sich neben sie und nahm ihre Hand. »Die Gesellschaft hat dir diese Schuldgefühle eingeimpft, und du hast das mit dir machen lassen, weil du mit dir selbst nicht im reinen bist. Sandy, du mußt dich annehmen, wie du bist, sonst wirst du nie glücklich werden.«
»Aber ich liebe Cody.«
»Das ist auch gut so. Ich habe nie begriffen, wie du einfach fortgehen konntest, ohne dich von ihm zu verabschieden.«
»Ach, verdammt, Jason«, meinte sie und tupfte sich die Augen ab. »Jetzt machst du wieder auf verständnisvoll. Warum wirst du nicht wütend, schlägst mich oder wirfst mit Geschirr? Warst du denn nicht zornig und gekränkt, als ich dir sagte, daß ich dich nicht liebe?«
Er überlegte. »Ich glaube, ich hatte schon vor vielen Jahren aufgehört, dich zu lieben, und meine Wut und Verzweiflung in mich hineingefressen.«
»Und jetzt?« stieß sie hervor.
»Jetzt habe ich wieder Freude am Leben.«
»Und wo befriedigst du deine sexuellen Bedürfnisse?«
»Nirgendwo. Genau wie während unserer Ehe. Außerdem geht dich das nichts mehr an, Sandy. Ich will nicht, daß du dich weiter in mein Leben einmischst.«
Wieder brach sie in Tränen aus. »Ich will geliebt werden. Was soll ich bloß tun?«

»Hast du mich je gefragt, wie es mir dabei ging?«
»Ich will keine Affären für eine Nacht«, jammerte sie. »Ich möchte keine fremde Frau in einer Bar aufreißen. Das genügt mir nicht.«
»Mit diesem Wunsch bist du nicht allein«, murmelte er und stand auf.
»Können Cody, du und ich nicht Weihnachten zusammen feiern, wenn ich bleibe?«
»Nein, wir haben schon andere Pläne. Wir sind wie letztes Jahr bei den McCulloughs eingeladen.«
»Mist.«
»Tut mir leid, Sandy, aber es ist vorbei. Such dir einen Job und zieh in eine Stadt, in der du dich zu Hause fühlst. Wenn man anders ist, hat man es in einer Kleinstadt nicht leicht. Ich verstehe das. Ich werde dich in der Übergangszeit unterstützen, soweit mein Gehalt es zuläßt, Sandy. Doch ich weigere mich, Unterhalt zu bezahlen, da ich diese Situation nicht verschuldet habe. Du weißt genau, daß ich kein Großverdiener bin.«
Sie wandte ihm den Rücken zu und starrte die Wand an. »O Jason, es tut mir so leid.«
»Das weiß ich. Aber du darfst es nicht auf Codys Rükken austragen. Einen Sorgerechtsprozeß würdest du hier in Cougar sowieso nicht gewinnen.«
»Du hast recht«, schluchzte sie.
»Wenn du noch diese Woche fortgehst, gebe ich dir tausend Dollar. Mehr kann ich im Moment nicht entbehren.«
Sie ließ die Schultern hängen. »Du kannst es wohl nicht erwarten, mich loszuwerden.«

»Wir werden in Verbindung bleiben, denn schließlich haben wir Cody. Ich bin nicht dein Feind, Sandy.«
»Mir ist klar, daß du nur Mitleid mit mir hast.«
Jason schwieg. »Die Bank ist schon geschlossen«, meinte er nach einer Weile. »Ich erledige das mit dem Geld gleich morgen früh.«
Als sie ihn ansah, malte sich Trauer auf ihrem Gesicht. »Ich will nicht wieder als Krankenschwester arbeiten. Ich hasse diesen Job.«
»Dann ist es besser, wenn du dich von Patienten fernhältst, Sandy. Ich kann dir nicht raten, welchen Beruf du ergreifen sollst. Seit Menschengedenken fragen sich die Leute, wie sie ihren Lebensunterhalt verdienen sollen. Und die meisten müssen Tätigkeiten ausüben, die ihnen keinen Spaß machen. Doch sie tun es trotzdem, um ein Dach über dem Kopf und etwas zu essen zu haben. Du mußt selbst eine Lösung finden. Schau dich doch mal auf dem Arbeitsmarkt um.«
»Ich kriege aber keinen Job.«
»Das kann ich mir nicht vorstellen. Du bist erst dreißig und Krankenschwester, und die werden nicht nur in Krankenhäusern gebraucht. Du mußt dich eben informieren. Ich kann nicht dein Leben für dich regeln.«
»Ich verabscheue dich, Jason.«
»Das ist mir schon immer klargewesen, Sandy. Und ich stelle mir seit vielen Jahren die Frage, woran das liegt. Wenigstens verstehe ich jetzt den Grund.«
»Es geht nicht nur ums Sexuelle«, zischte sie zornig. »Du bist so verständnisvoll, so vollkommen, so gut. Mit dir zusammenzuleben war die Hölle, auch wenn

du nicht versucht hast, mich anzufassen. Kein Mensch kann deinen Ansprüchen gerecht werden. Du kannst kochen, ich nicht. Du bügelst deine Hemden selbst. Du verlierst nie die Geduld. Und dazu bist du auch noch handwerklich geschickt und kannst vom verstopften Klo bis zum Vergaser deines Autos alles reparieren. Du kotzt mich an, Jason.«

Aber warum hatte sie dann wieder mit ihm zusammenleben wollen? fragte er sich. »Morgen früh bringe ich dir die tausend Dollar«, sagte er. »Am besten fängst du schon an zu packen.« Er ging zur Tür. »Außerdem werde ich die Scheidung einreichen. Schick mir deine neue Adresse.«

»Du bist eiskalt!« schrie sie ihm nach. »Grausam und eiskalt!«

Jason war unglaublich erleichtert, ein Gefühl, das er schon lange nicht mehr gehabt hatte.

Nun konnte er Cat als freier Mann gegenübertreten.

VIERUNDZWANZIG

In den ersten drei Monaten brachte Cat es nicht über sich, Matt auch nur einen Moment aus den Augen zu lassen. Doch als sie eines Morgens im Januar erwachte, fühlte sie auf einmal eine seltsame Unruhe. Seit der Geburt hatte sie abgesehen von Miss Jenny niemanden besucht und sogar die Weihnachtseinkäufe per Katalog erledigt.

Red hatte mit ihr ein Gespräch über die Finanzen geführt.

»Da du Miss Jenny mit den Büchern geholfen hast, weißt du, wie wohlhabend wir sind. Ich möchte, daß du Geld zu deiner eigenen Verfügung hast. Damit du nicht immer fragen mußt, wenn du dir etwas kaufen möchtest, werde ich ein Konto für dich eröffnen und jeden Monat tausend Dollar einzahlen. Falls du mehr brauchst, laß es auf meinen Namen anschreiben. Du kannst soviel ausgeben, wie du willst, Cat.«

»Aber das geht doch nicht«, widersprach Cat.

»Wenn Scott noch am Leben wäre, würdest du es selbstverständlich finden. Du gehörst zur Familie, Cat. Du bist eine McCullough und die Mutter meines einzigen Enkels.«

»Du bist sehr großzügig.«

Er lächelte. »Zum Glück kann ich mir das leisten. Aber wenn ich wirklich großzügig wäre, würde ich dir einen Porsche kaufen, oder einen Pelzmantel …«

Cat lachte. »Was soll ich denn damit? Trotzdem danke.«

»Außerdem denke ich, daß du mehr unter die Leute gehen solltest. Unternimm etwas. Und werde bloß nicht wie Sarah.« Zum erstenmal hörte sie ihn so etwas sagen. »Sie geht nie aus, hat überhaupt keine Freunde und ist vorzeitig alt geworden. Mach nicht denselben Fehler, Cat. Du solltest donnerstags wieder zum Frühstück mitkommen. Die anderen fragen schon nach dir.«

»Ich kann Matt nicht allein lassen.«

»Doch. Ziemlich bald wirst du dich wie im Gefängnis fühlen, wenn du immer zu Hause bleibst. Komm morgen mit in die Stadt. Das Leben geht weiter. Auch ich werde Scott immer vermissen, aber du darfst dich nicht so an Matt klammern. Wir werden Thelma fragen, ob ihre Nichte Lucy ein paarmal in der Woche auf ihn aufpassen kann. Bestimmt kann sie das Geld gut gebrauchen, denn ihr Mann ist ein Faulpelz, der sich vor jeder Arbeit drückt. Dann könntest du öfter etwas unternehmen und hättest ein bißchen mehr Zeit für dich.«

»Zeit für mich? Aber ich habe gar nicht das Gefühl …«

Er nickte. »Ich weiß, ich weiß.«

Cat umarmte ihren Stiefvater. »Du weißt so viel. Ich kann nicht begreifen, warum Sarah trinkt, obwohl sie mit dir verheiratet ist. Du bist der liebste Mensch auf der ganzen Welt.«

Als sie ihn auf die Wange küssen wollte, wandte er ihr das Gesicht zu, und ihre Lippen berührten sich flüchtig. Erschrocken fuhr sie zurück. So hatte sie es nicht gemeint. Dann aber tätschelte er ihr die Hand. Alles war in Ordnung. Nichts konnte ihr geschehen, solange Red auf sie achtgab.

»Ich würde gern morgen mit zum Frühstücken kommen. Ach, jetzt muß ich mir zum erstenmal seit Weihnachten überlegen, was ich anziehen soll.«

»Du siehst immer gut aus, ganz gleich, was du anhast.«

»Es macht mich nervös, wenn ich nicht in Matts Nähe bin«, sagte Cat am nächsten Morgen auf der Fahrt in die Stadt.

»Am Anfang ist das ganz normal. In einem Monat wirst du dich daran gewöhnt haben. Wenn du abends ausgehen möchtest, passe ich auf ihn auf. Was hältst du davon?« Anscheinend wollte er ihr damit zeigen, daß er ihre Freundschaft mit Jason billigte. »Du könntest auch wieder mit dem Skilaufen anfangen.«

Beim bloßen Gedanken an Schnee bekam Cat eine Gänsehaut. Sie haßte Schnee, denn er hatte ihr ihren Mann genommen. Nicht einmal den Anblick der schneebedeckten Berggipfel konnte sie mehr ertragen, und sie hatte ihr Schneemobil in der Scheune unter einem Heuhaufen versteckt. Wenn es draußen schneite, zog sie die Vorhänge zu. Doch sie konnte den Schnee trotzdem hören, die gedämpften Geräusche, das unendliche Schweigen.

»Am liebsten würde ich Jason, Torie und Joseph zum Essen einladen«, meinte sie. »Aber Sarah kann Joseph ja leider nicht ausstehen.«

»Cat«, erwiderte Red und tätschelte ihr den Arm, »über zwanzig Jahre lang habe ich Sarah jeden Wunsch von den Augen abgelesen. Ich habe immer nachgegeben, weil ich sie nicht verärgern wollte. Wenn sie betrunken war, bin ich auf Zehenspitzen durchs Haus geschlichen, um sie nicht zu wecken. Ich habe es satt. Seit ich dich kenne, habe ich den Mut, mich zu wehren. Ich darf nicht zulassen, daß eine Alkoholikerin das ganze Haus tyrannisiert. Auch ich habe ein Recht auf mein eigenes Leben, und ich habe viel zu lange nur verzichtet.«

Auch wenn seine Stimme ganz ruhig klang, sprach er in Gegenwart seiner Schwiegertochter Dinge aus, die er sich bis jetzt nicht einzugestehen gewagt hatte. »Ich kann nicht länger nach der Pfeife einer Frau tanzen, die nicht einmal weiß, was um sie herum geschieht. Das muß sich ändern. Ich hätte Lust auf eine kleine Dinnerparty. Wollen wir Chazz und Dodie auch einladen?«

»Lieber ein andermal.«

»Und wenn Sarah betrunken einschläft, hat sie eben Pech gehabt«, erklärte er trotzig. Jahrelang hatte er schon keine Gäste mehr eingeladen, aus Angst, daß Sarah sich danebenbenehmen könnte. Und seit dem Tod ihres Sohnes hatte sich ihr Zustand noch verschlimmert.

Als sie Rocky's Café betraten, sprang Jason so hastig auf, daß er dabei seinen Stuhl umwarf. »Was für eine schöne Überraschung!« begrüßte er Cat.
Red bemerkte das Leuchten in den Augen seines Freundes sehr wohl.
Cat setzte sich, und Ida schenkte ihr Kaffee ein. »Na, wie fühlt man sich so als Mutter?« fragte sie.
»Wunderbar. Doch ich freue mich sehr, euch alle wiederzusehen. Ich hätte gern das mexikanische Frühstück, aber nicht zu scharf bitte.«
»Wird gemacht.«
»Ich bin froh, daß du dich wieder in der Stadt blicken läßt«, meinte Jason.
»Red hat einen guten Einfluß auf mich.« Cat lächelte ihrem Schwiegervater zu. »Er meinte, ich müßte wieder unter die Leute.«
Jason musterte Red. »Das Leben ist viel schöner, wenn Cat dabei ist«, sagte er.
»Da muß ich dir recht geben.« Red hob seine Tasse.
»Wenn ihr beide so weitermacht, werde ich noch größenwahnsinnig.«
In diesem Augenblick betrat Norah Eddlington das Café. Cat dachte, daß sie mit ein wenig Make-up eine sehr attraktive Frau gewesen wäre. Ihr Haar war graumeliert, und unter den dichten, dunklen Wimpern blitzten blaue Augen hervor. Obwohl sie inzwischen ein wenig mollig wurde, tat das ihrem Aussehen keinen Abbruch. Cat fragte sich, wie Norah es wohl schaffte, immer so guter Dinge zu sein, denn ihr Mann war seit sechzehn Jahren an den

Rollstuhl gefesselt. Doch sie behandelte Stan nicht wie einen Behinderten. Norah verbrachte ihre Tage damit, den Klatsch des ganzen Tals zu sammeln, den ihr Mann dann an seinem Computer zu Artikeln verarbeitete.

»Hallo«, sagte Norah und setzte sich zu ihnen an den Tisch. »Störe ich?«

»Was gibt es denn Neues?« wollte Jason wissen.

»Simon Oliphant geht in den Ruhestand.«

»Ich werde ihn nicht vermissen.«

»Wer ist das?« erkundigte sich Cat.

»Du kennst ihn sicher. Er ist der Anwalt hier.« Jason bestrich ein Brötchen mit Erdbeermarmelade.

»Oh? Dann war er wohl auch auf der Hochzeit.«

»Alle waren auf Ihrer Hochzeit«, sagte Norah. »Simon ist schon seit über dreißig Jahren hier. Wahrscheinlich war er noch nie sehr fähig, doch nach dem Tod seiner Frau vor elf oder zwölf Jahren ist er endgültig übergeschnappt. Er versieht auch das Amt des Friedensrichters und traut die Paare, die nicht kirchlich heiraten wollen. Außerdem treibt er Bußgelder ein, kümmert sich um Grundbucheintragungen und Hypotheken und setzt Testamente auf. Ich glaube, er hat auch die Scheidung der Clarkes geregelt.« Hier im Landkreis gab es nicht viele Scheidungen.

»Wir brauchen einen neuen Anwalt«, meinte Red. »Natürlich kann man auch nach Baker fahren, aber es ist praktischer, einen in der Stadt zu haben.«

»Ganz richtig«, stimmte Norah zu.

Auch Jason war dieser Ansicht. »Für mich ist es wichtig, daß ich mich jederzeit an einen Juristen wenden kann.«

»Überlegen wir, was sich da machen läßt«, meinte Red. Er wußte ebenso gut wie Jason und die ganze Stadt, daß die wichtigen Entscheidungen in Cougar meistens am Donnerstag vormittag an einem Tisch in Rocky's Café getroffen wurden.

FÜNFUNDZWANZIG

Du warst noch nie hier?« Red und Cat saßen sich in dem dämmrigen Restaurant gegenüber. »Wir müssen öfter ausgehen. Ich empfehle dir die Hamburger vom Holzkohlengrill. Einfach ein Gedicht.«

Sie lächelte. »Ein schöner Tag. Ich glaube, ich nehme die Hamburger. Und ich hätte Lust auf Rotwein. Schließlich kann ich mich heute nachmittag hinlegen, falls ich davon müde werden sollte.«

Die Kellnerin nahm ihre Bestellung entgegen.

Cat beugte sich vor und stützte die Ellbogen auf den Tisch. »Was würdest du sagen, wenn ich Simon Oliphants Kanzlei übernehme?«

Red starrte sie verblüfft an. »Soll das heißen …«

»Ich könnte die Anwältin von Cougar werden. Damals war ich sehr gut.«

Red musterte sie. »Die Prüfung der Anwaltskammer von Oregon würdest du sicher bestehen.«

»Da habe ich keine Sorge. Ich weiß, daß es mir eigentlich genügen sollte, Mutter zu sein. Aber ich bin nun mal keine amerikanische Durchschnittshausfrau. Ich habe einfach zu wenig zu tun und denke darüber nach, seit Norah uns erzählt hat, daß Mister Oliphant seine Kanzlei schließt. Sosehr ich meinen Sohn auch liebe, die Mutterschaft füllt mich zuwenig aus. Und wenn es mir langweilig wird, könnte ich auf die Idee kommen, von hier wegzuziehen.« Sie lächelte ihn an. »Das möchtest du doch nicht, oder?«

»Bei der bloßen Vorstellung wird mir ganz schlecht.«

»Hör zu.« Geistesabwesend strich sie über seine Hand und sah ihm in die Augen. »Ich will auch nicht weg von hier. Aber ich bin erst siebenundzwanzig. Ich kann nicht den Rest meines Lebens damit verbringen, Windeln zu wechseln und zu warten, bis mein Sohn älter wird. Ich brauche eine geistige Herausforderung.«

»Gut«, meinte er, nachdem die Kellnerin Rotwein für Cat und Kaffee für ihn gebracht hatte. »Wenn du in Cougar etwas zu tun hast, steigen die Chancen, daß du hierbleibst. Und auch wenn du gar nicht fort möchtest, mußt du eine Aufgabe haben, die dich geistig in Anspruch nimmt.« Er grinste. »Natürlich ist die Tätigkeit eines Anwalts in Cougar lange nicht so aufregend wie in Boston. Aber die Stadt und die Schule haben einen Anwalt bitter nötig.«

»Ich könnte halbtags arbeiten und die restliche Zeit mit Matt verbringen.«

Red musterte sie.

»Wenn du dich dafür entscheidest, solltest du nicht Simons Büro über der Bank nehmen«, sagte er. »Die Räumlichkeiten sind viel zu eng und völlig heruntergekommen. Du würdest zwei Monate allein zum Ausmisten brauchen. Du kannst ihm ja seine Bücher abkaufen, aber es ist besser, wenn wir uns nach einem neuen Büro umsehen.«

»Wir?« Sie lächelte ihn an.
Die Hamburger wurden serviert. Cat goß Roquefortdressing über ihren Salat. Sie war aufgeregt. Zum erstenmal seit Scotts Tod nahm sie ihren Körper wieder wahr. Und sie wurde sich auch bewußt, daß ihr gegenüber der interessanteste, rücksichtsvollste Mann saß, dem sie je begegnet war.
»Ich hätte nie gedacht, daß ich mal meine eigene Kanzlei haben werde«, meinte sie nachdenklich.
»Hier kriegst du keine wichtigen Fälle, mit denen du berühmt wirst«, sagte Red zwischen zwei Bissen. »Die Hamburger hier sind sogar noch besser als die von Thelma.«
»Einfach köstlich.« Cat wischte sich den Ketchup vom Mund.
»Ich werde dafür sorgen, daß du dich in Cougar zu Hause fühlst, nicht nur auf der Ranch, sondern auch in der Stadt.«
»Ich könnte die Kanzlei ja nur vier oder fünf Stunden am Tag öffnen.«
»Ich wette, daß die Arbeit nicht einmal dazu reichen wird.«
»Dann muß ich mich erkundigen, wann die nächste Prüfung vor der Anwaltskammer stattfindet, und mir Lehrbücher besorgen.« Sie lehnte sich zurück und musterte ihren Schwiegervater. »Aber ich möchte nicht, daß du diese Unternehmung finanzierst.«
Er zog die Augenbrauen hoch.
»Ich will es allein schaffen. Ich könnte zehntausend Dollar investieren. Den Rest müßte ich mir von dir

oder von der Bank leihen. Aber ich möchte nur einen Kredit von dir. Ich will dich nicht ausnützen, Red.«
Sie konnte seinen Blick nicht deuten. »Ich verstehe dich. Doch von mir kriegst du einen besseren Zinssatz als von Bollie. Bitte, laß mich dir helfen.«
»Was werden Sarah und Miss Jenny dazu sagen? Bestimmt sind sie dagegen.«
Red seufzte. »Miss Jenny stellen wir einfach vor vollendete Tatsachen. Und Sarah bekommt sowieso nicht mit, was um sie herum geschieht. Sie denkt nur noch an ihren verstorbenen Sohn. Sonst interessiert sie nichts mehr.«
Cat schwieg. Erst als sie im Auto saßen, meinte sie: »Ich weiß, daß ich mich nicht einmischen sollte. Aber wie hast du das alles nur jahrelang ertragen?«
Red schwieg eine Weile. »Es passierte so schleichend, daß ich es zuerst nicht bemerkt habe. Und dann waren da die Kinder und Miss Jenny ...«
»Hast du jemals an Scheidung gedacht?«
»Damals schon. Doch inzwischen habe ich mich daran gewöhnt.«
»Bist du glücklich?«
»Glücklich?« Red blickte stur geradeaus.
Wortlos setzten sie die Heimfahrt fort.
»Möchtest du heute noch mit Oliphant sprechen?« fragte er schließlich.
Cat schüttelte den Kopf. »Für heute habe ich genug.«
Als sie vor dem Haus hielten, beugte Cat sich hinüber und küßte ihn auf die Wange. »Es ist so schön, daß ich mit dir über alles reden kann. Obwohl ich Scott verlo-

ren habe, empfinde ich es als ein großes Glück, dich zu kennen.«
Dann eilte sie die Stufen hinauf, um nach ihrem Sohn zu sehen.

Red fuhr den Wagen in die Scheune und ertappte sich dabei, daß er zu pfeifen angefangen hatte. Ob er glücklich oder nur aufgeregt war, wußte er nicht.

SECHSUNDZWANZIG

Jason wußte von einem Büro, das sich ausgezeichnet für Cat eignete und gleich neben seinem lag. Er deutete mit dem Finger aus dem Fenster von Rocky's Café. »Gleich da drüben ist es.«

Da es draußen schneite, war Cats Haar tropfnaß, und sie mußte sich mit dem Ärmel das Wasser aus den Augen wischen. Sie hatte Jason in seinem Büro besucht, um ihre Idee mit ihm zu besprechen. Weil es kurz nach der Mittagszeit war, saßen kaum Gäste im Café.

»Mein Gott, wenn ich gewußt hätte, daß es so schneit, hätte ich eine Mütze aufgesetzt«, schimpfte sie. Jason fand, daß sie so lebendig wirkte wie schon lange nicht mehr.

Jason trank Kaffee, Cat eine Cola mit Kirschgeschmack. Für Jason war es eine wunderbare Vorstellung, Cat nun täglich in der Stadt zu sehen. Allerdings wußte er nicht, was Cougar von einer Anwältin halten würde. Aber er behielt seine Zweifel für sich.

Wie Red war er der Ansicht, daß Cat das Büro über der Bank nicht nehmen sollte, in dem Simon Oliphant mehr als zwanzig Jahre lang gehaust hatte. Die Bank besaß auch das Gebäude gegenüber und würde ihr die Räumlichkeiten sicher gern vermieten. »Komm«, sagte

Jason. »Gehen wir uns bei Bollie den Schlüssel holen, damit du es besichtigen kannst.«
Bollie nickte zwar, doch Cat spürte deutlich, daß er ihr nicht zutraute, Oliphants Kanzlei weiterzuführen. »Lassen Sie sich Zeit«, meinte er und reichte Jason den Schlüssel.
Das Gebäude, ein ehemaliges Ladengeschäft, wirkte ziemlich schäbig und war unmöbliert.
»Die Wände würde ich weiß streichen«, verkündete Cat, nachdem sie alles in Augenschein genommen hatte. Im Augenblick waren sie nämlich noch senfgelb. Wenigstens lag kein Gerümpel herum. »Vorn könnte ich ein Wartezimmer einrichten. Und das große Zimmer dahinter wird mein Büro. Es gibt hier sogar offene Kamine.«
»Im Winter brauchst du nicht zu frieren, und sie erwecken einen gemütlichen Eindruck«, meinte Jason.
»Auf dem Holzboden würde sich ein bunter Fleckerlteppich gut machen.«
»Ich helfe dir, ihn abzuschleifen. Ich bin der geborene Handwerker«, erklärte er.
Der Laden verfügte auch über eine Kammer, wo man den Fotokopierer und Büromaterial unterbringen konnte. Die Toilette war klein und recht heruntergekommen. »Die müßte man dringend modernisieren«, stellte Cat fest.
»Kein Problem.«
Das neue Büro würde zwar nie so elegant und prächtig werden wie die großen Kanzleien in der Stadt, aber die Vorstellung, es gemütlich einzurichten, erfüllte Cat mit Freude.

Sie würde renovieren und gleichzeitig für die Prüfung lernen. Schon immer hatte sie sich die Zeit gewünscht, Räumlichkeiten nach ihrem Geschmack einzurichten. Und da sie die Kanzlei ohnehin erst in einigen Monaten würde eröffnen können, konnte sie in aller Ruhe darüber nachdenken, wie sie aussehen sollte.

Ihre eigene Kanzlei. Das hätte sich Cat nie träumen lassen. Sie war immer davon ausgegangen, daß sie in einer angesehenen, großen Firma Karriere machen und viel Geld verdienen würde.

Sie nahm sich vor, für das Wartezimmer ein Sofa, bequeme Sessel und einen Couchtisch anzuschaffen, damit die Mandanten sich wie zu Hause fühlten. Außerdem würden bunte Farbtupfer dazu beitragen, daß die weißen Wände nicht wirkten wie in einem Krankenhaus.

Cat bezweifelte, daß sie viel zu tun haben würde. Die Kanzlei würde von zehn bis zwei geöffnet sein. Oliphant war freudig überrascht gewesen, als sie ihm ein Angebot für seine Kanzlei machte. Er übergab ihr einfach den Schlüssel und stellte ihr alle seine Bücher und seine Mandantenkartei zur Verfügung. Ordnung in seine Büroräume zu bringen erschien Cat als unlösbare Aufgabe. Man mußte sich vorsichtig zwischen Papierstapeln und angehäuftem Krimskrams hindurchtasten, und sie fragte sich, wie er in diesem Chaos jemals etwas gefunden hatte.

»Ich habe nicht einmal gefragt, wie hoch die Miete ist«, sagte sie zu Jason.

»Spielt das eine Rolle?«

»Eigentlich nicht.«
»Bist du dir wirklich sicher, daß du die Prüfung schaffst?«
»Ein bißchen mehr Zutrauen könntest du schon zu mir haben. Aber ich glaube, es wird nicht so schlimm. Wahrscheinlich gibt es in Oregon ein paar Sonderregelungen wie in jedem Bundesstaat. Ich muß mich eben wieder einarbeiten. Wenn ich es schaffe, jeden Tag ein paar Stunden zu büffeln, sehe ich kein Problem.«
Sie kehrte in das Zimmer zurück, das sie sich als Büro ausgesucht hatte. »Ich möchte nicht, daß es zu nüchtern wirkt. Doch zu verspielt darf es auch nicht sein. Es soll gemütlich und nicht unpersönlich aussehen. Und ein Vermögen darf es auch nicht kosten.«
»Red kann es sich doch leisten.«
Ärgerlich funkelte sie ihn an. »Red hat nichts damit zu tun. Er unterstützt mich zwar moralisch, aber nicht finanziell. Diese Kanzlei gehört mir, nicht den McCulloughs.« Und dabei war sie eine McCullough. »Ich muß mir einen Fotokopierer und ein Fax kaufen. Außerdem hätte ich gern einen riesigen Schreibtisch. Und ich brauche eine Menge Regale, um Mister Oliphants Bücher unterzubringen.«
Jason berührte sie am Arm. »Ich freue mich, daß du dich dafür entschieden hast. Ich glaube, ich habe es gehofft, als ich erfuhr, daß Simon die Kanzlei aufgibt.«
»Wirklich?«
»Cat.« Er legte den Arm um sie und küßte sie. Selbst mit nassem, strähnigem Haar sah sie bezaubernd aus.
»Kommst du morgen abend zum Essen? Cody sagt, er

vermißt dich.« Als sie nicht antwortete, fügte er hinzu: »Und ich auch. Du kannst ja Matt mitbringen.«
Seit der Geburt war sie abends nicht mehr aus dem Haus gegangen.
»Klingt prima. Und jetzt frage ich Bollie, wieviel er für den Laden will.«
»Nimm ihn, egal, was es kostet.«
»Das habe ich auch vor«, sagte sie, schlüpfte an ihm vorbei und trat in den kalten, grauen Nachmittag hinaus.

»Ich finde es großartig, daß du in der Stadt eine Kanzlei aufmachst«, meinte Miss Jenny. »Wenn du mich fragst, gibt es hier in der Gegend viel zuwenig Geschäftsfrauen. Die nette Damenmodeboutique in Baker ist, soweit ich weiß, das einzige Unternehmen, das von einer Frau geführt wird. Du wirst es ihnen zeigen.«
Cat lächelte. »Ich glaube kaum, daß ich mit Grundbucheintragungen und Testamenten berühmt werde, aber so bin ich wenigstens beschäftigt.«
»Solange du nur bei uns bleibst. Seit Scotts Tod bist du der einzige Lichtblick im Leben meines Sohnes.«
»Das läßt er sich gar nicht anmerken.«
»Stimmt. So war er schon immer. Er frißt alles in sich hinein. Außer mir, dir und Torie hat er niemanden, mit dem er reden kann.«
»Denkst du, er liebt Sarah immer noch?«
Miss Jenny schüttelte den Kopf. »Wahrscheinlich ist das schon seit mehr als zwanzig Jahren vorbei. Sie hat sich verändert. Als er sie damals mitbrachte, hatte sie

gerade das College abgeschlossen. Sie war ein Energiebündel und hatte großen Spaß am Reiten, Jagen, Wandern und Skifahren. Wir hatten sie alle gern. Und dann, während ihrer zweiten Schwangerschaft, ist etwas mit ihr geschehen. Ich weiß nicht, ob es die Hormone waren. Sie benahm sich schon vor Tories Geburt, als hätte sie eine Wochenbettdepression. Seitdem habe ich sie nicht mehr lächeln gesehen. Für sie gibt es nur noch den Alkohol und Gott, obwohl sie eine ziemlich seltsame Vorstellung vom Glauben hat. Jahrelang hat Red ihren Alkohol weggeschüttet, aber vergebens. Sie versteckt die Flaschen und leugnet, ein Alkoholproblem zu haben. Sie behauptet, sie würde sich nur wie wir vor dem Essen ein oder zwei Drinks genehmigen. Selbst damit haben wir eine Weile aufgehört, doch auch das half nichts. Und wenn wir etwas tranken, wartete sie, bis alle hinausgegangen waren, um die Reste aus den Gläsern zu vertilgen. Torie hat sie von Anfang an mit Nichtachtung gestraft. Ich habe sie mit Thelmas Hilfe großgezogen. Und natürlich mit Hilfe von Red. Er war der beste Vater, den man sich wünschen kann. Jock hätte nur über seine Leiche eine Windel gewechselt, aber Red fiel dabei kein Zacken aus der Krone. Er badete und fütterte die Kinder und versorgte sie, wann immer er zu Hause war. Er hat ihnen auch das Reiten beigebracht. Als Torie in die Schule kam, lernte sie die Claypools kennen und verbrachte bald den ganzen Tag bei ihnen. Mister Claypool hat ihr gezeigt, wie man ohne Sattel reitet, und seitdem war sie nicht mehr zu halten. Sie kannte keine

Angst und hat ein Rodeo nach dem anderen gewonnen.«
»Warum hat sie es aufgegeben?«
»Vermutlich hatte sie diese Phase abgeschlossen. Jetzt rettet sie die Jugend. Ich habe sie zwar noch nie im Unterricht erlebt, aber ich weiß, daß sie zu der seltenen Sorte von Lehrern gehört, die bei ihren Schülern etwas bewirken. Ich finde, sie sollte sich sterilisieren lassen. Dann könnte Samuel nichts mehr dagegen sagen, wenn sie und Joseph heiraten. Mit diesem Getue um Josephs Kinder wäre endlich Schluß. Oder er läßt sich sterilisieren.«
»Aber Miss Jenny!«
»Merkst du denn nicht, wie die beiden leiden? Bestimmt schlafen sie zusammen, und sie werden beide nicht jünger. Torie ist schon dreiundzwanzig. Sie sollten entweder heiraten oder sich endgültig trennen.«
»So leicht ist es nicht. Das hast du selbst gesagt.«
»Die wichtigen Dinge im Leben sind nie leicht. Das ist eben meine Meinung, obwohl es immer einfacher ist, anderen Leuten gute Ratschläge zu geben, als selbst etwas zu verändern.«
Cat trank einen Schluck Kaffee und blickte aus dem Fenster. An den Ästen der Bäume zeigten sich die ersten grüngoldenen Knospen. Endlich Frühling.
»Eigentlich wollte ich dich fragen, ob du mit mir einkaufen gehst. Red hat mir angeboten, mich nach Portland zu fliegen, damit ich Büromöbel besorgen kann. Ich habe gehofft, du berätst mich.«
Miss Jennys Augen leuchteten auf. »Sehr gern!«

»Was hältst du von morgen oder Donnerstag?«
»Nimmst du Matt mit?«
Cat nickte. »Ja. Red hat versprochen, sich um ihn zu kümmern, während wir beide die Stadt unsicher machen.«
»Da ist er in guten Händen.« Miss Jenny nickte nachdenklich. »Und du auch.«
»Daran habe ich nie auch nur eine Minute gezweifelt.«
Nach dem Abendessen saß Cat mit ihrem Schwiegervater auf der Veranda. Die Gipfel der Wallowas ragten in den dämmrigen Himmel, an dem sich die ersten Sterne zeigten. Nur das Knirschen von Cats Schaukelstuhl und das Quaken der Frösche am Bach durchbrachen die Stille. Obwohl Cat sich mit einer Zeitschrift Kühlung zufächelte, rann ihr der Schweiß in Strömen herunter.
»Du meine Güte, ist das heiß!«
»Als die Kinder noch klein waren, sind wir oft im Bach geschwommen; natürlich nicht nachts.«
»Ein Königreich für einen Swimmingpool. Da drüben würde er gut hinpassen.« Sie wies auf den Rasen vor dem Haus.
»Schau dir die Sterne an«, fügte sie nach einer Weile hinzu.
»Soll ich dir einen vom Himmel holen?«
»Ich dachte, ich könnte nie mehr glücklich sein, doch das hat sich geändert. Ich trauere zwar immer noch, aber ich sehe wieder einen Sinn im Leben.«
Red nickte. »Machst du dir Sorgen wegen der Prüfung vor der Anwaltskammer?« fragte er nach einer Weile.

»Eigentlich nicht. Ich bin sicher, daß ich sie geschafft habe. Bestimmt bekomme ich bald Bescheid.«
»Hast du Lust, dieses Wochenende zum Fischen zu gehen? Wir könnten zelten und Matt mitnehmen. Oben in den Bergen gibt es ein paar hübsche Bäche.«
»Eine gute Idee.«
»Die Vorbereitungen überlaß nur mir.« Red klang aufgeregt. »Ich bitte Thelma, etwas Eßbares zusammenzupacken. Einen Angelschein besorge ich dir auch. Du brauchst dich nur um Matt zu kümmern.«
Cat hatte Matt inzwischen abgestillt. Nun konnte er an den Mahlzeiten teilnehmen und war der Liebling der ganzen Familie.

Am Samstag morgen brachen sie auf. Sie wollten am Sonntag abend zurücksein.
Red nahm den Weg durch das Grande Ronde Valley in die Berge und bog schließlich in eine unbefestigte Straße ein. Auf den Berggipfeln lag noch Schnee.
»Ich fühle mich, als wären wir ganz allein auf der Welt«, sagte Cat.
»Schön, wenn das wirklich so wäre.«
Als Cat ihn ansah, blickte er starr geradeaus. Matt schlief in seinem Kindersitz.
»Ich weiß nicht, wie ich das letzte Jahr ohne dich durchgehalten hätte«, meinte sie schließlich.
»Mir geht es genauso.«
»Hast du nie Lust, einfach wegzufahren?«
»Das machen wir doch gerade.«
»Nein, ich meine weiter weg. Wenigstens für eine Weile.«

Er schüttelte den Kopf. »Nie.«
»Du arbeitest sehr hart.« Jetzt, im Frühjahr, verließ Red vor Morgengrauen das Haus und kehrte erst zum Abendessen zurück. Einzige Ausnahme war der Donnerstag.
Seit Cat mit dem Einrichten ihrer Kanzlei beschäftigt war, fuhr sie täglich in die Stadt. Wenn Jason Zeit hatte, traf sie sich um zehn mit ihm zum Kaffee. Thelmas Nichte Lucy Carpenter war als Kindermädchen für Matt eingestellt worden. Lucy war ein sehr stilles Mädchen. Mädchen? Sie mußte Anfang Dreißig sein, also zwei Jahre älter als Cat. Sie fuhr einen verbeulten Pick-up, ihr sechsjähriger Sohn nahm den Bus zur Schule.
»Lucys Mann war schon immer ein Mistkerl«, erzählte Red. »Bestimmt hat sie es nicht leicht mit ihm. Thelma hat Lucy und ihren Bruder großgezogen. Jetzt arbeitet er als Geschäftsführer im Ace-Baumarkt in Baker und ist ein tüchtiger junger Mann. Lucy ist ebenfalls sehr zuverlässig, doch wenn Matt älter wird, sollten wir uns umgehend nach einer Nachfolgerin für sie umsehen. Sie ist so verschüchtert, daß das einen schlechten Einfluß auf ihn haben könnte.«
Red hielt am Ufer eines kleinen Wildbachs, der munter über die Felsen plätscherte. »Von hier aus müssen wir zu Fuß weitergehen.«
»Mir gefällt es hier.«
»Wart's ab. Es kommt noch viel besser.«
Red half ihr beim Umschnallen von Matts Tragerucksack. Dann schulterte er das Gepäck und die Angelaus-

rüstung und richtete sich mühsam auf. »Ich werde langsam alt«, keuchte er.
»Einundfünfzig ist doch noch kein Alter«, beruhigte ihn Cat.
Sie folgte ihm einen steilen Bergpfad hinauf. Nach einer Dreiviertelstunde klopfte ihr das Herz bis zum Halse, und sie hatte heftiges Seitenstechen, so daß sie immer wieder stehenbleiben mußte.
»Junge, Junge, ich habe überhaupt keine Kondition mehr.«
Als sie den Gipfel der Anhöhe erreichten, bot sich ihnen ein atemberaubender Anblick. Inmitten einer Lichtung lag ein kleiner See, der im Sonnenlicht glitzerte. Der Himmel war nahezu wolkenlos.
Red sah Cat an. »Hier schlagen wir unser Zelt auf. Aber angeln werden wir im Bach.« Er half Cat, den Tragerucksack abzunehmen.
»Endlich«, japste sie. »Der Kleine ist ganz schön schwer.«
»Wenn wir öfter so etwas unternehmen, bist du bald wieder in Form.«
Matt fing an zu quengeln. Die Schönheit der Landschaft schien ihn nicht sonderlich zu beeindrucken.
»Während du ihn fütterst, baue ich das Zelt auf.«
Das Zelt stand, noch bevor Matt seine Mahlzeit beendet hatte. Red breitete das Picknick aus, das Thelma ihnen eingepackt hatte.
»Um diese Tageszeit beißen die Fische nicht an. Wir können bis dahin ein wenig spazierengehen. Am besten angelt man abends und am frühen Morgen.«

Cat war nur einmal im Leben beim Angeln gewesen, und zwar mit Scott. Nun saß sie neben Red am Bachufer. Der kleine Matt lag auf seiner Decke und beobachtete jubelnd die raschelnden Blätter.
»So mußt du die Angelrute halten.« Red machte es ihr vor.
Cat versuchte es.
»Nein, nicht so.« Er zeigte ihr noch einmal, wie man die Leine ins Wasser warf. »Mit ein bißchen Technik ist es ganz einfach.«
Aber Cat stellte sich immer noch ungeschickt an.
Red trat hinter sie und führte ihr die Hände.
Cat erschrak, als ihr klar wurde, wie deutlich sie sich seiner körperlichen Nähe bewußt war.
Fast zwei Jahre lang war sie ihm um den Hals gefallen und hatte ihn auf die Wange geküßt. Er hatte ihr bei der Geburt ihres Kindes geholfen und gesehen, wie sie es stillte. Unzählige vertraute Momente hatten sie miteinander geteilt. An seiner Brust hatte sie um Scott getrauert. Doch als er nun hinter ihr stand und die Arme um sie legte, bemerkte sie seinen Atem in ihrem Haar. Noch nie hatte sie in seiner Gegenwart so empfunden. Er redete immer weiter, erklärte ihr, wie sie die Leine werfen mußte und wie es sich anfühlte, wenn ein Fisch daran hing. Aber sie verstand kaum ein Wort. Sie spürte seinen Herzschlag. Und obwohl er für sie in erster Linie Geborgenheit ausstrahlte, nahm sie ihn immer mehr als Mann war.
»Du kapierst es einfach nicht«, sagte er.
Unvermittelt trat er zurück und ließ sie los. Als sie ihn

ansah, erkannte sie an seinem Blick, daß es ihm nicht anders ging als ihr.

»Versuch es weiter«, meinte er und griff nach seiner eigenen Angelrute.

Das Herz klopfte ihr bis zum Halse. Er schlenderte ein wenig weiter den Bach hinauf und warf seine Leine ins Wasser.

Cat bemühte sich, ihre Gedanken zu ordnen. Sie mußte diesen Augenblick vergessen, der so rasch wieder verflogen war.

Sie fing drei Fische, Red nur zwei. »Anfängerglück«, neckte er sie.

Aber etwas hatte sich verändert.

Und sie war ziemlich sicher, daß Red es auch wußte.

SIEBENUNDZWANZIG

Red briet die Fische am Lagerfeuer. Nach dem Essen spülte Cat das Geschirr, und dann saßen sie in der Dunkelheit beieinander und starrten in die Flammen. Als Matt einschlief, trug Red ihn ins Zelt. Er hatte für Cat eine Luftmatratze aufgeblasen.

»Ich glaube, ich schlafe draußen«, sagte er.

Obwohl Cat noch nicht müde war, stand sie auf und streckte sich. »Es war ein langer Tag. Ich lege mich besser hin.«

»Hast du Angst?«

»Wovor?« lachte sie. »Glaubst du, ich fürchte mich vor wilden Tieren, nur weil ich in der Stadt aufgewachsen bin? Keine Sorge, ich bin ganz ruhig.«

»Ich lasse das Feuer noch eine Weile brennen.« Er entrollte seinen Schlafsack und breitete ihn aus. »Bevor ich einschlafe, sehe ich mir noch ein wenig die Sterne an.«

»Es war ein wunderschöner Tag.« Cat ging zum Zelt. Sie legte sich voll bekleidet auf ihre Luftmatratze, verschränkte die Arme vor der Brust und blickte in die Dunkelheit.

Ob sie es sich nur einbildete? Vielleicht hatte Red überhaupt keine Veränderung wahrgenommen. Was sie in

diesem Moment empfunden hatte, war möglicherweise nichts weiter als ein Hirngespinst.
Schließlich war er ihr Schwiegervater und außerdem verheiratet. Verheiratete Männer hatten zwar Affären, aber so etwas paßte nicht zu Red. Warum war er sofort zurückgewichen, als es zwischen ihnen geknistert hatte? Gut, er war verheiratet, doch seine Ehe war nicht glücklich – und das schon seit über zwanzig Jahren. Nun lag sie da, nur von ihm getrennt durch eine dünne Zeltwand. Sie wußte, daß sie sich nach ihm sehnte, nach dem Körper ihres Schwiegervaters. Sie wollte seine Arme um sich spüren, seine Hände auf ihren Brüsten, seine Lippen an ihren.
Sie stöhnte leise auf. Doch schon im nächsten Moment schämte sie sich. Das war doch praktisch Inzest. Oder? Würde er ihre Phantasien abstoßend finden? Oder dachte er dasselbe, während er zu den Sternen emporblickte?

Am Morgen wurde sie von Kaffeeduft und dem Geruch gebratenen Specks geweckt. Sie schreckte aus einem Traum hoch, an den sie sich nicht mehr erinnern konnte. Cat wußte nur noch, daß er sehr schmerzlich gewesen war.
Matt stieß ein Gurgeln aus. Sie nahm ihren Sohn und kroch mit ihm aus dem Zelt.
»Guten Morgen!« rief Red. »Das Frühstück ist gleich fertig.« Er streckte die Arme nach seinem Enkel aus.
Sie richtete sich auf. »Ich muß mir erst die Zähne putzen, damit ich mich wieder als Mensch fühle.«

»Ich habe eine Wasserflasche mitgebracht. Laß dir Zeit für deine Morgentoilette. Ich kümmere mich um den Kleinen.«

Als Cat aus dem Wald zurückkam, sagte Red: »Wenn du jetzt essen möchtest, schlage ich die Eier auf.«

»Ich wußte gar nicht, daß du kochen kannst.«

»Daß wir seit zwei Jahren unter einem Dach leben, heißt noch lange nicht, daß du alles über mich weißt.«

Matt spielte mit einem Speckstreifen und drehte ihn zwischen den Fingern.

»Das riecht ja köstlich«, meinte Cat.

»Wahrscheinlich hast du noch nie ein so gutes Frühstück gegessen. Die Haare kannst du dir ja später kämmen.« Er schnitt Löcher in die Mitte der in der Pfanne brutzelnden Brotscheiben und ließ das Ei hineingleiten.

»Hoffentlich reichen dir zwei Eier. Mehr gibt es nicht.«

Cat ließ sich im Schneidersitz nieder und goß Kaffee in die Tasse, die Red ihr hinhielt. »Wenn ich das getrunken habe, brauche ich mich nicht mehr zu kämmen. Die Haare stehen dann nämlich von selbst«, witzelte sie.

Red schüttelte lächelnd den Kopf. »Falls das klappt, melde ich das Gebräu als Patent an.«

»Wieviel Uhr ist es?«

»Was spielt das für eine Rolle? Die Sonne ist aufgegangen, und die Fische beißen. Vielleicht schaffen wir es, noch welche zu fangen und nach Hause mitzunehmen. Thelma kennt Rezepte, daß einem das Wasser im Munde zusammenläuft.«

»Dazu genügt es schon, wenn ich dir beim Kochen zuschaue.«

Geschickt legte Red die Brotscheiben mit den Eiern auf einen Blechteller, garnierte das Ganze mit vier Speckstreifen und reichte es Cat. Nachdem er sich selbst bedient hatte, setzte er sich auf einen umgestürzten Baumstamm. »Ist das Leben nicht schön?«

»Warum gehst du eigentlich nicht auf die Jagd, wenn du so gern draußen in der Natur bist?« fragte Cat.

Red kaute und schluckte. »Als junger Bursche habe ich gejagt«, sagte er schließlich. »Doch dann war plötzlich ein neues Wort in aller Munde: Ökologie. Wir fingen an, über die Umwelt und das natürliche Gleichgewicht nachzudenken. Und ich hatte es nicht nötig, auf Tiere zu schießen, um mich zu ernähren.«

»Also tötest du keine Tiere mehr?«

»Das stimmt nicht ganz. Schließlich züchte ich Schafe und Rinder. Aber inzwischen macht mir die Jagd keine Freude mehr. Ich bin noch ein paarmal mitgegangen, weil ich Spaß daran hatte, etwas mit anderen Männern zu unternehmen. Doch seit ich beschlossen hatte, nicht mehr zu jagen, hat es mir nichts mehr gebracht.«

An diesem Morgen erwischte Cat keinen einzigen Fisch, während Red fünf fing. Cat mußte schmunzeln, als sie bemerkte, wie sehr ihn das befriedigte. Typisch Mann eben.

Als sie um halb fünf nach Hause kamen, war Sarah völlig aufgelöst. »Jason versucht schon den ganzen Tag, euch zu erreichen. Ich habe mir schreckliche Sorgen gemacht. Wo wart ihr denn? Thelma ist auch nicht erschienen.«

»Es ist doch Sonntag. Außerdem habe ich dir gesagt, daß wir zum Angeln gehen.«

»Wirklich?« Sarah wirkte verwirrt.

Red und Cat war klar, daß sie es in ihrem Zustand wahrscheinlich vergessen hatte.

»Ich habe kein Frühstück bekommen. Ich verhungere«, jammerte Sarah weiter.

»Wenn du einen Moment wartest, mache ich dir etwas zurecht«, bot Cat an.

»Das ist aber nett von dir. Und ruf Jason zurück.«

Cat ging zuerst zum Telefon.

»Cody und ich wollen nach La Grande ins Kino. Möchtest du mitkommen? Wir könnten vorher eine Pizza essen gehen.«

Cat war müde. »Verschieben wir es auf ein andermal, Jason. Wir sind gerade vom Camping in den Wallowas zurück. Ich bin total erledigt.«

»Okay.« Sie hörte ihm die Enttäuschung deutlich an. »Wann?«

»Auf Kino habe ich eigentlich keine große Lust. Aber vielleicht können wir irgendwann diese Woche zusammen zu Abend essen. Sag Cody, es tut mir leid. Wir treffen uns am …«

»Was hältst du von Dienstag?«

»Einverstanden.«

»Soll ich Torie und Joseph auch einladen?«

»Wie du willst.« Cat überlegte fieberhaft, was sie für Sarah kochen sollte, die den ganzen Tag noch nichts gegessen hatte.

»Gut, dann nur wir beide.«

Nachdem Cat das Telefonat beendet hatte, ging sie in die Küche. Thelma hatte ein Brathuhn vorbereitet, das Sarah sich mühelos hätte aufwärmen können. Außerdem standen Kartoffelsalat und grüner Salat bereit, bei letzterem fehlte lediglich das Dressing. Auch der Bohnenauflauf war fertig und mußte nur noch ins Backrohr geschoben werden. Aber Sarah war offenbar nicht in der Lage, sich selbst zu versorgen. Allmählich verlor Cat die Geduld mit ihrer Schwiegermutter, die so beharrlich die Hilflose spielte.

»War es was Wichtiges?« Red steckte den Kopf in die Küche.

»Nein, er wollte mich nur ins Kino einladen.«

»Hast du Lust, mitzugehen? Ich kann ja auf Matt aufpassen.«

Cat schüttelte den Kopf. »Ich bin hundemüde.« Sie stellte das Essen auf ein Tablett und brachte es Sarah.

»Ach, es ist ja schon nach fünf«, verkündete diese. »Zeit für einen Drink.« Sie schenkte sich einen Scotch ein.

Cat und Red wechselten einen Blick.

»Möchtest du Eis?« fragte Cat.

»Das wäre sehr lieb von dir, mein Kind.«

Cat kehrte in die Küche zurück, um Eiswürfel zu holen.

»Ich bin vor Sorge fast verrückt geworden«, klagte Sarah, als Cat wieder hereinkam.

»Du hättest Ma anrufen können«, meinte Red.

»Ich glaube, das habe ich sogar. Aber es ist niemand rangegangen. Oder war das gestern? Wie lange wart ihr denn weg?«

»Nur einen Tag.« Red schenkte sich einen Drink ein. Cat genehmigte sich ein Glas Cabernet Sauvignon.
»Das sieht aber köstlich aus«, sagte Red mit einem Blick auf Sarahs Tablett.
»Was wollte Jason?« erkundigte sich Sarah.
»Mit mir ins Kino«, entgegnete Cat.
Sarah machte ein entsetztes Gesicht. »Hoffentlich hast du abgesagt«, meinte sie entrüstet. »Was bildet dieser Mensch sich eigentlich ein?«
Red warf Cat einen Blick zu und wandte sich dann an seine Frau: »Sarah, Scott ist seit anderthalb Jahren tot.«
Sarah brach in Tränen aus. »Das brauchst du nicht extra zu betonen. Hört Gott denn niemals auf, uns für unsere Sünden zu bestrafen?«
Kopfschüttelnd erhob sich Red und ging hinaus auf die Veranda.
Cat badete Matt, zog ihm seinen Pyjama an und fütterte ihn. Während Sarah sich einen Fernsehkrimi anschaute, trat sie zu Red auf die Veranda hinaus.
Red blickte über das Tal hinaus. »Laß dir von Sarah keine Vorschriften machen«, meinte er zu Cat. »Es wird langsam Zeit, daß du wieder einmal mit einem Mann ausgehst. Und du wirst in der ganzen Gegend keinen Besseren finden als Jason.«
»Ich weiß«, entgegnete sie und fügte zu ihrer Überraschung hinzu: »Er hat mir gesagt, daß er mich liebt.«
Red nickte. Dann lief er die Stufen hinunter und verschwand um die Ecke.
Cat wartete noch eine halbe Stunde, doch Red ließ sich nicht wieder blicken.

Also kehrte sie in die Küche zurück, breitete rotweiß karierte Platzdeckchen auf dem Eichentisch aus und stellte die Salatschüsseln darauf. Dann erhitzte sie den Bohnenauflauf in der Mikrowelle und entdeckte auch das Ingwerbrot, das Thelma am Vortag gebacken hatte. Als sie ins Wohnzimmer kam, bemerkte sie, daß Sarah ihr Essen nicht angerührt hatte. »Komm und iß mit uns in der Küche«, sagte sie.

Sarahs Augen waren glasig. »In der Küche?« wiederholte sie.

»Genau.« Sie half ihrer Schwiegermutter beim Aufstehen. Diese folgte ihr, ohne ihr Glas mitzunehmen. Cat stellte fest, daß sie sich heute anscheinend noch nicht gekämmt hatte. *Offenbar hat sie seit Scotts Tod nicht mehr in den Spiegel gesehen,* dachte sie. Sie mußte etwas dagegen unternehmen, daß Sarah sich so gehenließ. Vielleicht sollte sie ihr bei der Morgentoilette helfen und dafür sorgen, daß sie nicht den ganzen Tag im Bademantel herumlief. Wie konnte eine attraktive Frau sich so vernachlässigen?

Red erschien nicht zum Essen. Als Cat ihn suchen ging, konnte sie ihn nirgends finden.

Er war immer noch nicht zurück, als sie sich schlafen legte. Matt schlummerte in seiner Wiege neben ihrem Bett.

Die Arme hinter dem Kopf verschränkt, lag sie da und überlegte. Sie wußte genau, warum Red sich nicht blikken ließ.

ACHTUNDZWANZIG

Am Montag morgen nach dem Frühstück – Red hatte bereits gegessen und war schon aufgebrochen – wartete Cat auf Lucy und fuhr dann in die Stadt. Zuerst sah sie in ihrem Büro vorbei. Was sollte sie bloß tun, wenn sie die Prüfung der Anwaltskammer wider alle Erwartung nicht bestanden hatte?

Zwar war das recht unwahrscheinlich, aber man konnte ja nie wissen ...

Da es fast zehn Uhr war, ging sie in Rocky's Café. Sie hoffte, Jason dort zu treffen, doch er war nicht da.

Auf dem Rückweg zum Büro stattete sie Bollie einen Besuch in der Bank ab. Wie immer stand die Tür seines Büros offen. In Hemdsärmeln thronte er hinter seinem ehrfurchtgebietenden, mit Papieren übersäten Schreibtisch. Als er Cat bemerkte, bat er sie mit einer Handbewegung herein, ohne den Telefonhörer vom Ohr zu nehmen. Während er sein Gespräch fortsetzte, wies er auf die Kaffeekanne.

Cat schüttelte den Kopf. Bei dieser Hitze hatte sie keine Lust auf Kaffee.

»Was für ein Lichtblick in meiner armseligen Hütte«, meinte er, nachdem er sein Telefonat beendet hatte. »Ich habe Sie ja schon seit Wochen nicht mehr gesehen.

Wissen Sie inzwischen, ob Sie Cougars neue Anwältin werden können?«
»Wahrscheinlich werde ich in den nächsten Tagen Bescheid bekommen.«
»Hoffentlich machen Sie sich keine Sorgen.« Er zog eine Zigarre hervor und knipste die Enden ab.
»Ein bißchen aufgeregt bin ich schon. Außerdem habe ich bereits eine Mandantin.«
Bollie zog die Augenbrauen hoch.
»Thelma«, erklärte Cat. »Sie möchte, daß ich ihr Testament aufsetze. Ich habe ihr angeboten, das zu Hause zu erledigen, aber sie will unbedingt als meine erste Mandantin in die Geschichte eingehen.«
Bollie nickte und zündete seine Zigarre an. Cat fand, daß er sehr freundliche, braune Augen hatte. »Ich glaube, Sie sind kein typischer Banker«, sagte sie.
»Wer ist schon typisch? So etwas gibt es nur in Statistiken. Oder sind Sie etwa ein typischer Anwalt?«
»Weil ich eine Frau bin?«
»Nicht nur das. Mit Simon Oliphant haben Sie jedenfalls überhaupt nichts gemeinsam.«
»Ist das ein Vorteil?«
Bollie schmunzelte. »Das wird sich noch herausstellen.«

Als Cat Jasons Auto vor seinem Büro entdeckte, ging sie hinein.
»Ich habe deinen Wagen gesehen«, meinte Jason. »Schön, daß du mich besuchst. Hast du schon gegessen?«

Cat blickte auf die Uhr: kurz vor eins. »Nein.«
»Ich lade dich ein.«
»Das Angebot nehme ich gern an. Ich wollte sowieso mit dir reden.«
Jasons Augen funkelten. »Da bin ich aber neugierig.«
»Wart's ab.«
»Du machst es aber spannend. Wann habe ich dir zum letztenmal gesagt, daß du einfach zum Anbeißen aussiehst?«
»Paß auf«, neckte sie ihn. »Sonst nehme ich dich noch beim Wort.«
Verdutzt starrte er sie an. »Klingt vielversprechend.«
Cat mußte schmunzeln. Es war lange her, daß sie mit einem Mann geflirtet hatte.
Sie setzten ihr Geplänkel beim Mittagessen fort, und Cat ließ sogar zu, daß ihre Knie sich unter dem Tisch berührten.
Jason strahlte übers ganze Gesicht, und seine Augen blitzten fröhlich.
Cat sagte sich, daß sie nicht für den Rest ihrer Tage die trauernde Witwe spielen durfte. Scott war tot. Im Herbst würde sie ihren achtundzwanzigsten Geburtstag feiern. Ihr Leben – und auch die Zeit, in der sie Kinder bekommen konnte – war noch nicht vorbei.
Außerdem war Jason einer der sympathischsten Männer, die sie je kennengelernt hatte. Er sah gut aus und war humorvoll, hilfsbereit und sensibel. Es machte ihm schwer zu schaffen, wenn er jemandem eine schlechte Nachricht überbringen mußte. Letzten Monat war Jake Clement mit dem Wagen gegen einen Telefonmast

geprallt und sofort tot gewesen. Jason war hinaus zu Clements Farm gefahren und hatte seiner Frau gesagt, daß sie nun mit ihren Kindern allein war.

Am besten gefiel ihm, daß es in Cougar keine Kriminalität im eigentlichen Sinne gab. Selbstverständlich lebten auch hier viele Menschen, die kaum ihren Lebensunterhalt verdienen konnten – alleinerziehende Mütter, die Sozialhilfe bezogen, und junge Männer, die von staatlicher Unterstützung abhängig waren, denn Arbeitsplätze waren hier auf dem Land rar gesät.

Im Frühling und im Herbst trainierte Jason die Schüler-Baseballmannschaft. Cody fieberte seinem neunten Geburtstag entgegen, denn dann würde er auch mit dabeisein dürfen. Die Mannschaft am Ort war von Scott und Jason gegründet worden, und nun war Joseph als Hilfstrainer eingesprungen.

Cat seufzte. Sie wußte, daß sie nicht offen mit Jason war. Denn während sie unter dem Tisch sein Bein berührte, war ihr klar, daß sie sich damit nur von den Gedanken an Red ablenken wollte.

Seit einigen Wochen sehnte sie sich immer mehr nach den Küssen und den liebevollen Blicken eines Mannes. Noch vor drei Monaten hätte sie nie geglaubt, daß sie sich noch einmal für einen anderen Mann interessieren würde, doch nun wünschte sie sich Zärtlichkeit. Sie hoffte, daß Jason morgen abend beim Essen den ersten Schritt machen würde.

Sie hatte versprochen, etwas zum Nachtisch mitzubringen. Seit Ewigkeiten hatte sie schon keinen Kuchen mehr gebacken. Cat nahm sich vor, Thelma zu bitten, ihr die Küche zu überlassen. Sie wollte einen Walnußkuchen nach dem Rezept ihrer Mutter backen, der immer ein großer Erfolg gewesen war. Jason würde beeindruckt sein. Am besten war es, wenn sie gleich einen zweiten für die Familie buk – um Red ebenfalls zu beeindrucken?

»So darf das nicht weitergehen«, sagte sie sich auf dem Heimweg. Als das Haus in Sicht kam, sah sie Red mit ihrem Sohn auf der Veranda stehen. Ihr Herz fing an zu klopfen.

Es ist nur wegen Matt, redete sie sich ein. Schließlich war sie viereinhalb Stunden von ihrem Sohn getrennt gewesen.

Red hatte sie seit gestern abend um sieben nicht zu Gesicht bekommen.

Sie stieg aus dem Wagen. Red hielt ihr den kleinen Jungen hin, der seiner Mutter sofort die Arme entgegenstreckte.

»Du bist aber früh zurück«, meinte sie zu Red.

»Ich mußte etwas erledigen. Ich bin nach Baker gefahren und habe unterwegs dein Auto in der Stadt gesehen. Hattest du einen erfolgreichen Tag?« Er benahm sich, als wäre nichts gewesen.

Cat konnte wieder ruhig durchatmen.

Sie bildete sich das alles nur ein. Doch wie sollte sie sich das Knistern erklären, das sie durchzuckte, als er ihr ihren Sohn reichte und ihre Hände sich berührten?

NEUNUNDZWANZIG

»Mannomann, ein Kuchen!« jubelte Cody.
»Backen ist nicht gerade meine Stärke«, gab Jason zu.
»Dafür kann sich dein Huhn in Tomatensauce sehen lassen.«
»Das Rezept ist einfacher, als man denkt.«
»Du wolltest wohl Eindruck bei mir schinden?«
Jason grinste. »Ich habe mit Katie vereinbart, daß ich koche, wenn sie morgen den Abwasch macht.«
»Ich finde es spitze.« Cody hatte seinen Teller leergegessen. »Spielst du mit mir Backgammon?«
Cat wechselte einen Blick mit Jason, der sich gerade ein zweites Stück Walnußkuchen nahm. »Und du hast das gebacken, um mich zu beeindrucken, richtig?« meinte er.
»Ach, weißt du ...«
»Das ist dir geglückt, obwohl du dir dazu nicht diese Mühe hättest machen müssen.«
»Wenn du so weiterredest, werde ich noch größenwahnsinnig.«
»Was bedeutet größenwahnsinnig?« wollte Cody wissen.
»Sie wollte nur sagen, daß sie sich wohl bei uns fühlt.«

Er tätschelte Cats Hand. »Stimmt's?«
Cat nickte.
Sie hatte Jason gern. Wirklich sehr gern. Und Cody auch. Außerdem gefiel es ihr, daß Jason sie anziehend fand, und sie genoß seine Gegenwart. Außerdem war es schön gewesen, ihn zu küssen.
Nach einer Stunde – Cody hatte drei Partien gewonnen, Cat nur eine – sagte Jason: »Jetzt ist es aber genug für heute.«
»Ich bin aus der Übung«, meinte Cat zu Cody. »Ich habe schon seit Jahren nicht mehr Backgammon gespielt. Beim nächstenmal bin ich bestimmt besser.«
Es war erst halb acht.
»Möchtest du dir das Video anschauen, das ich heute ausgeliehen habe?« fragte Jason seinen Sohn.
»Klar. Du auch?« wandte sich Cody an Cat.
»Lieber nicht. Danke.«
»Sieh es dir in deinem Zimmer an, damit Cat und ich uns unterhalten können«, schlug Jason vor.
Cody verschwand mit der Kassette.
»Hoffentlich wird Matt auch einmal ein so netter Junge wie dein Sohn.«
Jason nickte. Er wußte, daß er Glück gehabt hatte.
»Vermißt er seine Mutter?«
»Er redet nicht darüber. Inzwischen lebt sie in San Francisco und will, daß er sie im August besucht, wenn sie Urlaub hat. Aber mir ist es nicht so ganz recht, ihn allein in ein Flugzeug zu setzen. Wenn ich ihn nach Portland fahre, müßte er wenigstens nicht umsteigen. Doch er freut sich schon sehr auf den Flug.«

Sie gingen hinaus auf die Veranda des kleinen Hauses und setzten sich auf Plastikstühle, die bequemer waren, als sie aussahen.
Es dämmerte. Erst in einer Stunde würde es völlig dunkel sein.
Sie nickten Don Christiansen zu, der im Vorbeigehen die Baseballkappe zog.
»Morgen weiß die ganze Stadt, daß du mit mir auf der Veranda gesessen hast.«
»Haben die Leute denn keine interessanteren Gesprächsthemen?«
»Kommt drauf an, ob sie sich schon die Mäuler über Luann Michaels zerreißen.«
»Was ist denn mit ihr los?«
»Sie hat kürzlich ein Baby gekriegt.«
»Nie von ihr gehört.«
»Sie ist Cissy Sorensons Tochter.«
»Cissy ist doch noch viel zu jung, um Großmutter zu werden.«
»Cissy ist zweiunddreißig, ihre Tochter fünfzehn.«
Cat zog die Augenbrauen hoch.
»Niemand hatte eine Ahnung, daß Luann überhaupt schwanger war. Und dann hat sich herausgestellt, daß Cissys Mann der Vater ist. Nun wollen Cissy und ihr Mann das Kind adoptieren und als Luanns Schwester aufziehen.«
»Ach du meine Güte.«
Sie schwiegen eine Weile. Aus der Ferne klangen Hundegebell und das Johlen spielender Kinder zu ihnen herüber. Cat genoß die friedliche Stimmung.

»Bist du bereit?« fragte Jason schließlich.
»Wofür?«
»Für eine neue Beziehung.«
Cat lächelte ihn an. »Damit meinst du wohl eine Beziehung mit dir.«
»Wahrscheinlich wartest du darauf, daß ich den ersten Schritt mache.«
»Und?« Sie wußte, daß sie mit ihm spielte.
»Inzwischen denke ich Tag und Nacht an dich. Wenn ich im Auto unterwegs bin, wenn ich in einer Besprechung sitze und wenn ich versuche, einen Streit zu schlichten. Ständig bemühe ich mich, dich nicht vor mir zu sehen. Und wenn wir uns treffen, muß ich mich beherrschen, um dich nicht zu berühren. Selbst wenn ich abends ins Bett gehe, bist du bei mir. Ist dir denn noch nicht aufgefallen, daß ich dir am liebsten die Kleider vom Leibe reißen würde?«
»Ich habe mich schon gefragt, was dieser Gesichtsausdruck zu bedeuten hat.«
Er lachte.
»Offenbar bist du ein äußerst beherrschter Mensch.«
»Damit ist es jetzt vorbei, Cat.« Er stand auf, zog sie an sich und preßte seine Lippen auf ihre.
»Was werden die Nachbarn dazu sagen?« murmelte sie.
»Daß es allmählich Zeit wird.«
Seine Lippen fühlten sich unbeschreiblich warm an. Er umfaßte sie fester.
»Gehen wir hinein«, schlug er vor. »Wir brauchen keine Zuschauer.«
Als er Cody auffordern wollte, den Fernseher abzu-

schalten, stellte er fest, daß der Junge schon eingeschlafen war. Leise schloß Jason die Kinderzimmertür.

»Wir sind allein«, sagte er zu Cat.

»Der Kuß war wunderschön«, meinte sie.

Wieder küßte er sie, und sie schlang die Arme um seinen Hals. Als er ihre Brust umfaßte, stöhnte sie leise auf.

»Es ist lange her«, flüsterte sie.

»Bei mir auch«, hauchte er ihr ins Ohr.

Er hob sie hoch und trug sie den Flur entlang ins Schlafzimmer. Sie fing an, sich die Bluse aufzuknöpfen.

»Laß mich das machen«, sagte er.

Er knipste die Nachttischlampe an. »Sandy konnte es nicht ausstehen, wenn Licht brannte.«

»Dabei ist es doch am schönsten, wenn man etwas sieht.« Cat öffnete sein Hemd.

»Weißt du, wie lange ich mich schon danach sehne, dich nackt zu betrachten?« murmelte er.

Er streifte ihr die Hose ab und zog sich ebenfalls aus. Dann standen sie nackt voreinander.

Wieder hob er sie hoch und legte sie aufs Bett, um sie zu betrachten. »Du bist so schön, wie ich es mir vorgestellt habe.«

Er legte sich zu ihr und schmiegte sich an sie. »Ich bin so verliebt in dich.« Er küßte sie.

»Du bist ja kaum noch zu bändigen«, sagte er später.

»Und dabei habe ich mich noch zurückgehalten.« Cat grinste. »Ich wollte Cody nicht wecken.«

»Wow!«
»Das kannst du laut sagen. Wow!«
»Glaubst du, die Leute in der Stadt ahnen, daß wir zusammen im Bett waren?«
»Wahrscheinlich schon. Schließlich sind sie nicht von gestern. Noch nie im Leben habe ich mich so gut gefühlt.«
Cat sah auf die Uhr. »Ich muß nach Hause. Es ist schon elf.«
»Bitte bleib. Geh nicht weg.«
Sie lachte. »Wir können es jederzeit wiederholen.«
»Heirate mich, Cat.«
»Hör zu, Jason. Daß wir miteinander geschlafen haben, heißt nicht, daß ich bereit für eine feste Beziehung bin. Mach nicht alles kaputt, indem du mich unter Druck setzt. Ich möchte nichts überstürzen, okay?«
Sie stand auf, um ihre Kleidung vom Boden aufzuheben.
»Lassen wir es ein wenig lockerer angehen. Ich habe heute zum erstenmal seit einer Ewigkeit wieder mit einem Mann geschlafen, und es hat mir großen Spaß gemacht. Wir können es wieder tun, aber bitte dräng mich nicht, Jason. Das heute war alles neu für mich. Ich fand es wirklich sehr schön. Sandy muß an Geschmacksverirrung leiden. Oder vielleicht interessiert sie sich einfach nicht für Männer. Denn für mich war es einfach wunderbar.«
»Das liegt nur an dir. Du ahnst ja gar nicht, was diese Nacht für mich bedeutet.«
Sie schlüpfte in ihren Büstenhalter und in ihre grüne

Seidenbluse, die enganliegende, die sie angezogen hatte, um Jason zu gefallen. Sie hatte gewußt, daß es heute nacht geschehen würde, und die nötigen Vorsichtsmaßnahmen getroffen. Cat beschloß, sich von Chazz die Pille verschreiben zu lassen. Würde er schockiert sein? Vielleicht war es doch besser, nach Baker in die Klinik zu fahren, damit nicht gleich die ganze Stadt davon erfuhr.

DREISSIG

Willst du heute in die Stadt?« fragte Red am nächsten Morgen beim Frühstück.

»Seit ich dort einen Briefkasten habe und auf Nachricht von der Anwaltskammer warte, fahre ich jeden Tag hin.«

»Ich passe auf Matt auf«, meinte Thelma, die in der Tür stand. »Lucy fühlt sich nicht wohl.«

»Oh?« Cat blickte auf. »Macht es Ihnen wirklich nicht zuviel Mühe? Ich kann ihn ja mit ins Büro nehmen.«

»Er stört mich nicht«, sagte Thelma.

Matt grapschte sich eine Handvoll Frühstücksflocken und warf sie nach Cat. »Na großartig«, stöhnte sie. »Ich hätte mich besser erst nach dem Frühstück anziehen sollen.«

»Ich kümmere mich wirklich gern um ihn«, wiederholte Thelma. »Heute habe ich nicht viel zu tun.« Das hieß, daß sie weder einen Kuchen backen noch Kompott einkochen wollte. »Außerdem kommt Roseann zum Saubermachen.«

»Ich bin zum Mittagessen zu Hause«, meinte Red. Das kam bei ihm selten vor.

»Einverstanden. Ich ziehe ihn rasch an.«

Cat wußte, daß sie verwöhnt wurde. Keine Hausarbeit.

Allzeit bereite Babysitter. Aber auch kein Ehemann, was nicht bedeutete, daß sie jeden x-beliebigen genommen hätte. Sosehr sie die letzte Nacht auch genossen hatte, sie mußte Jason unmißverständlich klarmachen, daß sie ihre Freiheit brauchte. Sie war im Begriff, eine Kanzlei zu eröffnen. Die Vorstellung einer sexuellen Beziehung ohne Verpflichtungen sagte ihr sehr zu, obwohl ihr klar war, daß dieser Zustand nicht von Dauer sein konnte. Sex führte früher oder später immer zu Verpflichtungen. Wenigstens in den meisten Fällen.

Sie nahm sich vor, nach dem Mittagessen zu Chazz zu gehen, um sich die Pille verschreiben zu lassen. Er würde es bestimmt niemandem weitererzählen. Vermutlich würde er erraten, daß es Jason war. Und wahrscheinlich würde er sich für sie beide freuen.

Sie fühlte sich großartig. Offenbar hatte Sex tatsächlich eine anregende Wirkung. Warum also konnte sie Red nicht in die Augen sehen? Und das, obwohl sie sicher war, daß er ihre Verbindung mit Jason billigen würde – eine Meinung, die vermutlich die ganze Stadt teilte.

Eigentlich hatte sie damit gerechnet, daß Jason sie in ihrem Büro besuchen würde, aber er ließ sich nicht blicken. Nur ein Maler war schon da und brachte an einem der Fenster goldene Buchstaben an.

CATHERINE MCCULLOUGH
RECHTSANWÄLTIN

»Ach du meine Güte!« rief sie aus und trat zurück, um die Schrift zu bewundern. »Wer hat Ihnen den Auftrag erteilt?«

Doch der junge Mann zuckte nur die Achseln und pinselte weiter.
Als Jason um zehn noch nicht erschienen war, ging Cat in Rocky's Café. Aber auch dort war er nicht. Sie unterhielt sich mit einigen Stammgästen und mit Ida, trank einen Kaffee und warf dann einen Blick in das Büro des Sheriffs: kein Jason.
Erst kurz vor zwölf kam er, den Sheriffhut aus der Stirn geschoben, in ihr Büro und ließ sich erschöpft in einen Stuhl sinken.
Cat war froh, ihn zu sehen. »Du siehst müde aus«, sagte sie.
»Ich war den ganzen Vormittag in der alten Mühlenstraße. Ein totes Baby. Sieht nach eingeschlagenem Schädel aus.«
»Um Himmels willen!«
»Eine Tragödie. So etwas ist noch nie in dieser Gegend passiert. Nicht in Cougar Valley.«
»Wie alt war das Kind?«
»Ein Neugeborenes, vermutlich erst vor einem Tag auf die Welt gekommen. Wie kann ein Mensch so etwas tun?« fragte er fassungslos.
Doch Cat wußte eine Erklärung. »Vielleicht hat sich die Frau wegen ihrer Schwangerschaft geschämt. Vielleicht war sie nicht bereit, die Verantwortung zu übernehmen, und hätte abtreiben lassen sollen, bevor es zu spät war.«
Jason starrte sie an. »Du solltest in die Politik gehen.«
»Ich habe Mitleid mit der Mutter, die das getan hat.«
»Woher weißt du, daß es die Mutter war?«

»Wer sonst?«
»Keine Ahnung. Aber da der Mord in meinem Zuständigkeitsbereich stattgefunden hat, muß ich den Fall aufklären.«
Cat sah ihn eindringlich an. »Ich denke, du solltest dir dabei keine so große Mühe geben, Jason.«
Er stand auf und ging zu Tür. »Man könnte meinen, daß es mir den Appetit verschlagen hätte, aber ich hatte noch nicht einmal Zeit zum Frühstücken. Kommst du mit?«
Sie nickte. Gemeinsam gingen sie in Rocky's Café. Da es Mittagszeit war, war nur noch ein Tisch neben der Küchentür frei, wo man sich wegen des Geschirrklapperns kaum unterhalten konnte.
»Eigentlich hatte ich vor, einen Blumenstrauß für dich zu pflücken, damit du weißt, was gestern nacht für mich bedeutet«, sagte er.
Cat lächelte. »Mir hat es auch gut gefallen.«
»Gefallen ist wohl ein wenig untertrieben.«
»Ich freue mich schon auf das nächste Mal.«
»Mein Büro? Dein Büro? Bei mir zu Hause? Im Auto? Im Wald? Du kannst es dir aussuchen.«
Ida servierte die Roastbeef-Sandwiches mit hausgemachten Dillgurken.
Lachend bestrich Cat ihr Brot mit Senf und Meerrettich und wechselte rasch das Thema.
Nach dem Mittagessen büffelte sie ein paar Stunden lang das Steuerrecht von Oregon. Wer hätte gedacht, daß eine Anwältin aus Boston einmal mit derartigen Dingen enden würde?

Enden? Sie sah sich in ihrem Büro um. Sie fing doch gerade erst an.

Als sie um halb drei Uhr nach Hause kam, entdeckte sie Baufahrzeuge auf dem Rasen. Ein Bagger hob ein großes Loch aus.

Noch ehe sie nah genug war, um die Aufschrift auf dem staubigen, blauen Laster zu lesen, wußte sie, worum es sich handelte.

Ein Swimmingpool! Ihr Herzenswunsch ging in Erfüllung.

Red stand da und sah den Arbeitern beim Graben zu. Bei Cats Anblick strahlte er übers ganze Gesicht. »Warum bin ich nicht schon früher auf diese Idee gekommen?«

»Das nächste Mal sollte ich vorsichtiger sein, wenn ich dich um etwas bitte.«

»Der Pool ist nicht nur für dich«, entgegnete er ein wenig zu rasch. »Matt kann darin Schwimmen lernen, und mir macht es bestimmt auch Spaß. Mir ist es einfach zu mühsam, jedesmal zum Badesee zu fahren. Ich war schon seit Jahren nicht mehr dort.«

»Schon gut«, meinte sie und küßte ihn auf die Wange wie in alten Zeiten. Er legte den Arm um sie und lächelte, als er ihre erfreute Miene bemerkte.

»Ich wette, *du* hast den Mann beauftragt, mein Fenster zu beschriften«, meinte sie.

Er schüttelte den Kopf. »Welchen Mann? Welches Fenster?«

Cat sollte nie herausfinden, wer den Auftrag erteilt hatte.

Als sie am nächsten Morgen zum Postamt ging, erhielt sie die offizielle Bestätigung, daß sie nun berechtigt war, ihren Beruf im Staat Oregon auszuüben. Sofort rief sie Thelma an und bat sie, noch heute in die Stadt zu kommen, wenn sie ihre erste Mandantin werden wollte.
»Wenn Sie um die Mittagszeit hier sind, lade ich Sie zum Essen in Rocky's Café ein«, sagte sie der Köchin.
»Vielen Dank«, erwiderte Thelma. »Aber eines möchte ich klarstellen. Ich bezahle Sie dafür, daß Sie mein Testament aufsetzen.«
»Aber natürlich«, antwortete Cat und beschloß, Thelma zwanzig Dollar zu berechnen.

Am nächsten Morgen fuhr ein Transporter vom Blumenladen in Baker vor und lieferte eine Reihe von Sträußen ab. Einen von der Bank, die ihr viel Erfolg wünschte, einen von Vlahov's Apotheke, einen von Jason und Cody, einen von Chazz und Dodie (sie hatte vergessen, sich von Chazz die Pille verschreiben zu lassen, und nahm sich vor, das noch heute zu erledigen), einen von Davis' Bekleidungsgeschäft und einen von der Landwirtschaftlichen Genossenschaft. Offenbar war es hier Sitte, neue Unternehmen in der Stadt willkommen zu heißen.
Außerdem war noch eine rote Rose mit einer Karte dabei, auf der stand:
Für Cat, die mich so glücklich macht, wie ich noch nie zuvor war, und auf die ich sehr stolz bin. Red.
Als sie Chazz den Grund ihres Besuchs mitteilte, lächelte der Arzt.

»Das freut mich.«
»Mich auch.«
Während er das Rezept ausstellte, sagte sie: »Ich wäre beinahe nicht zu Ihnen gekommen.«
»Weil Ihr Sexualleben mich nichts angeht?«
»Genau.«
»Kann sein, aber Ihr seelisches Wohlbefinden geht mich durchaus etwas an. Außerdem ist Ihr Geheimnis bei mir sicher.«
»Was denken Sie? Wird man mich in der Stadt als Anwältin akzeptieren?«
Chazz überlegte. »Ich weiß nicht. Die Leute werden sich mit Kleinigkeiten an Sie wenden. Mit Testamenten zum Beispiel ...«
»Etwas anderes habe ich auch nicht erwartet.«
»Außerdem werden Sie die Interessen der Stadt und der Schule vertreten. Vielleicht wird es ein Weilchen dauern, aber die Leute werden sich an Sie gewöhnen. Wenn Sie Ärztin wären, sähe die Sache ein wenig anders aus. Die meisten würden lieber nach Baker oder nach La Grande fahren, als sich von einer Frau untersuchen zu lassen. Das gilt auch für die Frauen.«
Cat schüttelte den Kopf. »Leben wir hier noch im Mittelalter?«
»Ha!« schnaubte Chazz. »Sie brauchen sich bloß anzuschauen, wie Hillary Clinton durch den Kakao gezogen wurde, nur weil sie eine gebildete, unabhängige Frau ist. Eleanor Roosevelt war die letzte First Lady von ihrem Format, und damals hat man sich über ihr Aussehen lustig gemacht, obwohl sie eine herausragen-

de Persönlichkeit war. Die Menschen in Kleinstädten haben etwas gegen Veränderungen und werden mißtrauisch, wenn sie die Sitten ihrer Großväter aufgeben sollen. Deshalb wollen die jungen Leute so schnell wie möglich weg von hier. Wenn Sie sich entschlossen hätten, eine Kanzlei zu eröffnen, als Scott noch lebte, hätten Sie keinen einzigen Mandanten bekommen. Man wäre der Ansicht gewesen, daß Sie als Frau und Mutter ins Haus gehören, und damit basta.«

»Warum fühle ich mich dann hier so wohl? Ich vermisse Boston oder die Ostküste nicht einmal.«

Der Arzt schüttelte nachdenklich den Kopf. »Wahrscheinlich werden Sie sich als Anwältin hier zu Tode langweilen. Nichts als Kleinkram.«

»Aber ist das nicht einer der Gründe, warum es uns hier so gut gefällt? Keine Kriminalität!«

Chazz nickte. »Am besten fahren Sie mit Ihrem Rezept in die Apotheke nach Baker, wenn Sie nicht wollen, daß die ganze Stadt über Sie tratscht.«

Cat steckte das Papier ein. »Gute Idee.«

»Wir veranstalten am Sonntag um drei eine Grillparty. Möchten Sie mit Matt kommen?«

»Gern.«

»Red und Sarah sind auch eingeladen – falls Sarah Lust hat.«

»Ich glaube nicht, Chazz. Sie ist die meiste Zeit sturzbetrunken. Aber ich frage sie trotzdem.«

»Dann bringen Sie wenigstens Red mit. Wir sehen ihn viel zu selten.«

EINUNDDREISSIG

Am Samstag waren Red und Cat bei Bankdirektor Bollinger zum Essen eingeladen gewesen, und Red hatte den Abend sehr genossen. Hoffentlich hat Cat sich auch amüsiert, überlegte er, denn die Bollingers hätten ihre Eltern sein können. Doch sie hatte sich anscheinend gut amüsiert und angeregt mit Nan Bollinger geplaudert.

Nan war zwar in Pendleton aufgewachsen, strahlte jedoch großstädtische Weltläufigkeit aus. Und dabei flog sie nur einmal im Jahr nach New York, um sich mit ihrem Mann die neuesten Broadway-Shows anzusehen. Ihren Kleidern merkte man nicht an, daß sie sie per Katalog bestellte, denn sie war schlank und wirkte unbeschreiblich elegant. Das blonde Haar fiel ihr in weichen Wellen bis auf die Schultern. Cat vermutete, daß sie sogar morgens beim Aufwachen gut aussah.

Außerdem schienen sie und Bollie eine glückliche Ehe zu führen. Bollie, Nan und Red kannten sich schon seit ihrer Jugend. Bollie und Nan waren sich bei einem Footballspiel ihrer Schulmannschaft begegnet.

Während ihrer Ehe war Nan immer aktiv geblieben. Sie hatte sich im Elternbeirat der Schule und als Gruppenleiterin bei den Pfadfindern engagiert und sogar einen

Autoreparaturkurs an der Volkshochschule belegt. Nun konnte sie fast jedes Modell auseinandernehmen. Sie begleitete ihren Mann zu Kongressen, und Red und Cat waren sicher, daß sie die anderen Bankiers dort um den Finger wickelte. In den siebenundzwanzig Jahren ihrer Ehe hatten sie und Bollie außerdem regelmäßig Urlaubsreisen unternommen.

»Du paßt sehr gut nach Cougar«, stellte Red auf der Heimfahrt fest.
»Das möchte ich auch.« Cat sah aus dem Fenster und betrachtete die Sterne.
»In dieser Woche wird der Swimmingpool voraussichtlich fertig«, sagte Red nach einer Weile. »Möchtest du eine Einweihungsparty geben?«
»Wird es nicht allmählich zuviel? Heute bei den Bollingers, morgen bei den Whitleys. Hast du übrigens gestern Lucy gesehen?« fügte sie hinzu.
»Nein. Warum?«
»Ihr Gesicht war ganz geschwollen.«
Red pfiff durch die Zähne. »Wieder mal ihr Mann.«
»Warum läßt sie sich das gefallen?«
Er schüttelte den Kopf. »Keine Ahnung.«
Sie hatten die Ranch erreicht. »Es war ein wunderschöner Abend, Cat«, sagte Red. »Endlich habe ich jemanden, mit dem ich etwas unternehmen kann. Bis jetzt war ich immer nur allein.«
Er griff nach ihrer Hand und sah ihr in die Augen.
»Mir hat es auch Spaß gemacht«, erwiderte Cat. Sie sprang aus dem Auto und rannte die Stufen hinauf.

Nachdem sie sich vergewissert hatte, daß Matt schlief, ging sie in ihr Zimmer.
»Ich muß verrückt sein«, schalt sie sich. »Vollkommen übergeschnappt.«

Zur allgemeinen Überraschung nahm Sarah Chazz' Einladung an. Miss Jenny war auch mit von der Partie, und so fuhren sie am folgenden Nachmittag zu fünft in die Stadt.
»Was für ein wunderschöner Tag!« rief Sarah aus.
Sarah hatte den ganzen Tag noch nichts getrunken, und Chazz hatte Cat versprochen, daß es auf der Grillparty keinen Alkohol geben würde.
Außerdem hatte Chazz seiner Frau vorgeschlagen, Torie und Joseph Sarah zuliebe besser nicht einzuladen.
»Unsinn«, widersprach Dodie. »Sarah muß sich daran gewöhnen. Schließlich sind die beiden schon seit Jahren ein Paar. Sie sollten einfach heiraten und sich anderswo einen Job suchen. Wen interessiert es, ob ihre Kinder Schamanen werden können?«
»Es geht uns nichts an ...«
»Dich vielleicht nicht, aber mich. Torie und Joseph sind zwei so nette junge Leute und sollen endlich glücklich werden.«
»Vielleicht sind sie es ja.«
»Zwei, die sich lieben, sollen heiraten und Kinder kriegen.«
»Geh nicht immer von dir aus. Es gibt auch Leute, die keine Kinder wollen.«
»Joseph und Torie wären wunderbare Eltern.«

Chazz verschwieg seiner Frau, daß Torie schon seit Jahren die Pille nahm.

»Ab Herbst habe ich wahrscheinlich eine Stelle an einer Schule in Kalifornien«, verkündete Torie einige Tage später vor dem Abendessen.

Cat, die gerade den Tisch deckte, hätte fast einen Teller fallen gelassen.

»Joseph und ich stecken in einer Sackgasse, und wir haben uns überlegt, ob wir es mal mit einer vorübergehenden Trennung versuchen sollten. Ich habe mich in verschiedenen Kleinstädten rings um San Francisco beworben, und eine Schule hat meine Bewerbungsunterlagen angefordert. Ich soll mich nächste Woche in Walnut Creek vorstellen.«

»O Torie!«

Torie tätschelte ihrer Schwägerin den Arm. »Bitte, reg dicht nicht auf. Mir genügt es, daß Daddy vermutlich einen Anfall kriegen wird. Er meint nämlich, daß Joseph und ich einfach heiraten sollten. Hoffentlich hat er Verständnis dafür, daß wir das unverantwortlich finden.«

Cat nickte. »Er wünscht sich nur, daß ihr glücklich werdet.«

»Wenn du nicht hier wärst, würde ich es nicht über mich bringen, wegzugehen.«

»Es ist nicht deine Aufgabe, deinen Vater glücklich zu machen.«

»Das weiß ich sehr gut. Schließlich habe ich es jahrelang bei Mutter versucht. Ich glaubte, ich wäre schuld an ihrem Zustand. Erst nach der High-School wurde mir klar, daß sie ein Alkoholproblem hat. Und dabei hatte ich mir jahrelang Vorwürfe gemacht.«

»O Torie.«

»Manchmal dachte ich, sie wäre eifersüchtig, weil ich mich mit Daddy so gut verstehe. Wir standen uns immer sehr nah. Er hat mir das Angeln und das Reiten und auch das Lesen beigebracht, bevor ich in die Schule kam. Immer hatte er für Scott und mich Zeit. Wir konnten uns mit allen Problemen an ihn wenden. Er hat mir auch gesagt, daß es in Ordnung ist, wenn ich mit Joseph ins Bett gehe.« Torie kicherte. »Obwohl sein Okay ein wenig spät kam«, fügte sie hinzu.

»Wie wollt ihr ohne einander auskommen?«

»Joseph und ich? Wir haben darüber gesprochen und sind zu dem Schluß gelangt, daß wir es versuchen müssen. So kann es jedenfalls nicht weitergehen.«

»Vielleicht wird Joseph durch die Trennung erkennen, daß du wichtiger bist als sein Stamm.«

»Wer weiß?« Torie zuckte die Achseln, sie wirkte erstaunlich gelassen. »Jetzt muß ich es Daddy erzählen. Kommst du bitte mit?«

Cat umarmte ihre Schwägerin. »Wenn es dir hilft.«

»Seit du bei uns bist, ist unser Leben viel einfacher geworden. Was würden wir nur ohne dich anfangen?«

»Jetzt übertreib mal nicht. Ich finde, daß *ich* Grund zur Dankbarkeit habe.«

»Also beruht es auf Gegenseitigkeit«, stellte Torie fest. »Jedenfalls gibst du Daddy, mir und manchmal auch Mutter sehr viel Kraft. Du hast es uns erleichtert, Scotts Tod zu verwinden. Deinetwegen kann Daddy wieder lachen. Du spielst mit ihm Schach …«

»Obwohl ich wahrscheinlich kein ernstzunehmender Gegner für ihn bin.«

»Du wolltest einen Swimmingpool, und Daddy hat Freude daran, dir diesen Wunsch zu erfüllen.«

»Das nächstemal werde ich ganz beiläufig einen Hermelinmantel erwähnen.«

Torie lachte. »Den würdest du sicher auch noch kriegen. Durch dich lebt Daddy richtig auf.«

»Ich liebe deinen Vater«, sagte Cat.

»Er ist ein wunderbarer Mensch.« Torie nickte.

Aber Cat hörte gar nicht richtig hin, denn ihre Worte hallten in ihren Ohren wider.

»Apropos Liebe«, fuhr Torie fort. »Ich glaube, Jason hat es auch ganz schön erwischt. Auf der Grillparty bei den Whitleys hat er dich ständig angestarrt.«

»Ich habe Jason sehr gern.«

»Mehr nicht?«

Cat schüttelte den Kopf. »Ich weiß nicht. Ich bin einfach noch nicht bereit für eine neue Beziehung, so nett Jason auch sein mag.«

»Stimmt, doch es ist schwer, in die Fußstapfen eines McCullough zu treten.«

»Richtig, das schafft nur ein anderer McCullough.« Was sagte sie da? Cat hätte sich ohrfeigen können.

Torie musterte sie erstaunt, ging aber nicht weiter darauf ein. Sie nahm zwei Vorlegeplatten und brachte sie hinaus ins Eßzimmer.

Cat mußte sich am Küchentisch festhalten. Es dauerte eine Weile, bis der Raum um sie herum aufhörte, sich zu drehen.

ZWEIUNDDREISSIG

Lucy kann nicht mehr bei uns arbeiten«, sagte Thelma an einem Samstagmorgen zu Cat.

»Hat es was mit ihrem Mann zu tun?«

Thelma wandte den Blick ab.

»Hat er ihr verboten, weiter zu uns zu kommen?«

Thelma nickte. »Er findet, daß wir ihr Flausen in den Kopf setzen.«

Doch Cat genügte diese Erklärung nicht. »Hat er sie wieder geschlagen?« fragte sie.

Tränen stiegen Thelma in die Augen. »Er hat ihr den Arm gebrochen und ihr verboten, zum Arzt zu gehen. Ich weiß nicht, was passiert wäre, wenn ich nicht zufällig vorbeigeschaut hätte. Ich habe Doc Whitley angerufen und sie ins Krankenhaus bringen lassen. Sie haben den Arm eingegipst, und dann habe ich sie mit zu mir genommen. Doch anschließend ist Pete aufgetaucht, hat sich vor ihr auf die Knie geworfen und sie angefleht, ihr zu verzeihen. Er hat ihr hoch und heilig versprochen, so etwas nie wieder zu tun. Also ist sie mit ihm gegangen.«

»Das ist ja entsetzlich, Thelma! Können wir ihr irgendwie helfen?«

Thelma zuckte die Achseln. »Wie soll man jemandem helfen, der sich nicht helfen lassen will?«

»Was ist mit ihrem Kind?« Lucy hatte einen siebenjährigen Sohn, den ihre Mutter beaufsichtigte, wenn sie bei den McCulloughs arbeitete.

»Sie wissen ja, daß der Junge nicht von Pete ist.«

Cat nickte. Bei Lucys und Petes Hochzeit war das Kind anderthalb Jahre alt gewesen.

»Besteht Gefahr für ihn?«

»Er hat zwar eine Todesangst vor seinem Stiefvater, doch der hat ihn bis jetzt noch nicht angerührt.«

»Kennen Sie jemanden, den wir als Ersatz für Lucy einstellen können?«

»Zufällig ja. Myrna Lee mußte kündigen, weil sie schwanger geworden ist. Doch sie wird froh sein, wenn sie sich bis zur Geburt etwas dazuverdienen kann, denn sie und ihr Mann haben nicht viel Geld. Sie könnte ihr Kind später zur Arbeit mitbringen.«

»Wer ist sie?«

»Eine Kusine zweiten Grades von meinem Mann.«

Cat sparte sich die Mühe, Thelmas komplizierte Verwandtschaftsverhältnisse zu entschlüsseln.

»Wenn sie in der Stadt wohnt, könnte ich sie ja besuchen, um sie kennenzulernen.«

»Sie lebt acht Kilometer nördlich von hier. Aber sie hat einen Pick-up und ist mobil. Ihr Baby kommt erst in vier Monaten, aber der Ladenbesitzer wollte sie mit ihrem dicken Bauch nicht mehr beschäftigen.«

»Damit würde kein Unternehmer in Boston oder New York durchkommen.«

»Aber wir sind hier in Cougar Valley«, entgegnete Thelma. »Wenn Sie mit ihr reden wollen, können wir ja gleich zu ihr fahren. Oder ich bitte sie, zu uns zu kommen.«

»Rufen Sie sie an und fragen Sie sie, ob sie mit einem Besuch einverstanden ist«, meinte Cat.

»Myrna liebt Babys«, sagte Thelma. »Schon als Kind hatte sie Hunderte von Puppen und hat sich immer gewünscht, Mutter zu werden.«

»Klingt vielversprechend. Übrigens bin ich zum Abendessen nicht zu Hause.«

»Der Sheriff?« Thelma grinste.

»Hm«, brummte Cat. »Wir wollen Bridge spielen. Das habe ich seit dem College nicht mehr gemacht.«

Und miteinander schlafen, fügte sie im Geiste hinzu. *Wir werden uns so leidenschaftlich lieben, daß ich nicht mehr ständig an Red denken muß. Jason und ich werden uns dabei näherkommen, und ich werde nicht vergessen, daß Red nicht nur mein Schwiegervater, sondern auch ein verheirateter Mann und über zwanzig Jahre älter ist als ich.*

Cat schlüpfte in eine hellgrüne Hose und eine dunkelgrüne Bluse und steckte sich die baumelnden Goldohrringe an, die Scott ihr geschenkt hatte. In letzter Zeit hatte sie ein Faible für Birkenstocksandalen entwickelt und schlüpfte in ein jadegrünes Modell.

Red klopfte an die Schlafzimmertür. »Du kannst Matt hierlassen«, sagte er. »Ich füttere ihn und bringe ihn ins Bett. Du mußt auch hin und wieder einen Abend für dich haben. Viel Spaß.«

»Macht es dir wirklich nichts aus?«

Er lächelte. »Natürlich nicht. Ich habe am Samstagabend sowieso nichts Besseres zu tun. Außerdem bin ich gern mit Matt zusammen, auch wenn er noch nicht sprechen kann.«

»Ich dachte, du wärst zu müde. Schließlich hast du den ganzen Tag gearbeitet und bist seit dem Frühstück unterwegs.«

»Wir haben Sommer.« Er trank einen Schluck aus der Kaffeetasse in seiner Hand. »Ich weiß nicht, warum mir der Sommer soviel lieber ist als der Winter, obwohl es in dieser Jahreszeit die meiste Arbeit gibt.«

»Wahrscheinlich liegt das an der Wärme und daran, daß du deine Arbeit gern hast.« Cat musterte ihn. Sie fragte sich, ob er wußte, was für ein attraktiver Mann er war.

»Warum lädst du Jason und Cody nicht für morgen zu uns ein? Wir könnten einen Brunch am Pool veranstalten. Schließlich müssen wir das teure Ding richtig ausnützen.«

»Einverstanden, ich backe Brötchen.«

»Mit Himbeermarmelade. Thelma hat gerade ein paar Gläser eingeweckt.«

»Dieses Angebot können sie einfach nicht ablehnen.«

»Also um halb elf.«

Cat zögerte. »Du hast wirklich nichts dagegen, daß ich mich mit ihm treffe?«

»Ich habe kein Recht, dir Vorschriften zu machen.«

»Schließlich gehöre ich zur Familie.«

Als Red schwieg, fragte sie: »Oder etwa nicht?«

Er betrachtete sie lange. »Ja, du gehörst zur Familie«, antwortete er schließlich. »Und wenn ich einen Mann für dich aussuchen sollte, könnte ich keinen besseren

finden als Jason. Niemand verdient mehr als er, daß du ihn glücklich machst.«
Sie fragte sich, ob er befürchtete, sie könne Jason heiraten und mit Matt zu ihm in die Stadt ziehen. Möglicherweise hatte er auch Angst, daß sie Cougar verlassen und wieder an die Ostküste zurückkehren würde. Dachte er ebensoviel an sie wie sie an ihn, oder bildete sie sich das alles nur ein?

Red stand auf der Veranda und blickte ihr nach, als sie, eine Staubwolke aufwirbelnd, davonfuhr. Er sah zu, wie das Auto immer kleiner wurde und schließlich in der Ferne verschwand.
Den ganzen Tag hatte er auf den Heuwiesen gearbeitet. Es war die zweite Heuernte des Jahres, und er hatte alle drei Wiesen nach dem Frühstück in Augenschein genommen. Diese Alltagspflichten überließ er meistens Glenn, seinem Vorarbeiter, doch hin und wieder sah er selbst nach dem Rechten. Es war, wie meistens im August, ein strahlender Sommertag mit fast dreißig Grad. Die großen Erntemaschinen liefen bereits, als er aus seinem Pick-up stieg.
An der dritten Wiese hatte er die Ärmel hochgekrempelt und sich an die Arbeit gemacht. Den restlichen Tag verbrachte er mit seinen Männern, die ihre Verpflegung mit ihm teilten. Er hatte gearbeitet, bis sein Rücken schmerzte und ihm der Schweiß von der Stirn in die Augen tropfte. Er hatte gehofft, nicht mehr an Cat denken zu müssen, wenn er sich bis zur Erschöpfung abrackerte.

Er mußte sie sich aus dem Kopf schlagen. Aber auch die Arbeit hatte nicht geholfen.
Gab es überhaupt ein Gegenmittel?

»Ich habe dir doch gesagt, daß ich seit dem College nicht mehr gespielt habe.«
»Es war nicht dein Fehler. Erstens ist es sowieso kein Fehler, wenn man verliert, und zweitens war ich geistesabwesend.«
»Warum? Stimmt etwas nicht?«
»Ganz im Gegenteil.« Auf der Fahrt zu Jasons Haus hielt er ihre Hand. »Ich habe nur daran gedacht, wie du nackt in meinem Bett liegst. Es hat mich äußerste Selbstbeherrschung gekostet, mich nicht sofort auf dich zu stürzen. Den ganzen Abend lang will ich dich schon küssen.«
Cat drückte seine Hand an die Lippen. »Ich habe mich auch darauf gefreut, mit dir zu schlafen.«
»Ich kann mich auf nichts anderes mehr konzentrieren. Heute war ich bei den Millers, um ihnen zu sagen, daß sie das Schaf, das ihr Hund gerissen hat, ersetzen müssen. Als Mistress Miller die Tür öffnete, habe ich nur dein Gesicht gesehen. Dann war ich im Rocky's, um einen Kaffee zu trinken, und statt Ida hast plötzlich du vor mir gestanden. Jede Frau, der ich begegne, erinnert mich an dich. Und auch wenn ich allein bin, bist du immer bei mir.«
Sie leckte seine Handfläche.
»Wenn du nicht aufhörst, kommen wir noch von der Straße ab«, sagte Jason.

Sie nahm seine Hand und legte sie auf ihre Brust. Unvermittelt hielt er den Wagen an, drückte sie an sich und küßte sie.
»Ein Glück, daß dein Auto keine Schalensitze hat«, murmelte sie.
»Wenn du nicht aufpaßt, reiße ich dir hier auf der Stelle die Kleider vom Leibe.«
»Alles nur leere Versprechungen.«
Lachend nahm er den Fuß von der Bremse und fuhr weiter. Das Licht auf der Veranda brannte.
Katie Thompson sah CNN. »Sonst läuft nichts Interessantes«, meinte sie. »Und diese Sendung wird schon zum drittenmal wiederholt.« Sie streckte sich und rieb sich die Augen. Nachdem sie sich verabschiedet hatte, ging sie in ihr Zimmer über der Garage.
Jason knipste die Lichter aus und nahm Cats Hand. »Komm mit«, sagte er. »Ich habe mit dir noch etwas vor.«
Cat folgte ihm. »Normalerweise sind es doch die Frauen, die finstere Pläne schmieden.«
»Weißt du, wie sehr es mich erregt, wenn eine Frau mich anziehend findet?«
»Anziehend ist noch untertrieben.«
Er küßte sie, hob sie hoch und trug sie ins Schlafzimmer. Dort ließ er sich auf der Bettkante nieder, drückte sie an sich und begann ihre Bluse aufzuknöpfen.
»Vielleicht bin ich ja doch Nymphomanin«, flüsterte sie. »Ich finde es wunderschön.« Als seine Lippen ihre Brust berührten, erbebte sie am ganzen Leibe. Er liebkoste ihre Schenkel.

»Hilf mir beim Ausziehen«, sagte sie. »Aber schnell.«
»Dann steh auf.« Er küßte ihren Bauch.
Nachdem er sich entkleidet hatte, legte er sich aufs Bett und zog sie zu sich herunter.
In der nächsten Stunde mußte sie nicht an Red denken. Erst auf der Heimfahrt fiel er ihr wieder ein.
Sie blickte zum nachtschwarzen Himmel empor. Nach dieser Liebesnacht fühlte sie sich glücklich und entspannt.
»Heirate mich«, hatte Jason gegen zwei Uhr gesagt. Doch sie hatte rasch das Thema gewechselt.
Sie hoffte, daß Red schon schlief, denn sie wollte ihm heute nacht nicht mehr begegnen. Nicht, nachdem sie mit Jason geschlafen hatte. Sie wollte ins Bett gehen, nackt im Mondlicht liegen und an Jason Kilpatrick denken, daran, wie er sie erregte. Mit aller Macht versuchte sie sich einzureden, daß sich die Liebe schon noch entwickeln würde. Schließlich war ein erfülltes Sexualleben wichtig für eine Ehe. Sie und Jason würden ein schönes Paar abgeben, und die ganze Stadt würde sich über die Hochzeit freuen. Da war Cat sich ganz sicher.
Allerdings kam ihr Jason nur selten in den Sinn, wenn sie nicht mit ihm zusammen war.
Das Mondlicht spielte in den Blättern des großen Baumes vor dem Fenster und glitt über ihren Körper. Cat seufzte auf, als sie sich auf dem Bett rekelte. Sie sehnte sich danach, Reds Körper neben sich zu spüren, und auch, wenn sie die Augen schloß, sah sie sein Gesicht deutlich vor sich.

DREIUNDDREISSIG

»Torie fehlt mir«, stellte Cat beim Abendessen fest.

»Mir auch.«

Red war zu Hause, ein seltenes Ereignis in den letzten Wochen. Jeden Tag war er schon vor Morgengrauen mit seinen Männern ausgeritten, um das Vieh zusammenzutreiben. Jetzt, im September, mußten die Rinder, die verkauft werden sollten, von den Tieren getrennt werden, die man zu Zuchtzwecken oder zum Mästen behalten wollte. Früher hatte Scott als Vorarbeiter die Aufsicht über den Viehtrieb geführt, doch nun hatte Red diese Aufgabe wieder übernommen. Obwohl Glenn sein vollstes Vertrauen genoß, hatte er Freude an der harten Arbeit und der Gesellschaft seiner Männer.

Deshalb hatten Cat und Sarah fast die ganze Woche lang allein zu Abend gegessen.

»Bestimmt wird sie sich in Kalifornien großartig amüsieren«, meinte Sarah. »In San Francisco gibt es ein großes kulturelles Angebot, Ballett, Oper, Symphoniekonzerte, Theater ...« Ihre Stimme erstarb.

Cat und Red wechselten einen Blick. Wußte Sarah überhaupt, warum Torie fortgegangen war?

»Mir würde das großen Spaß machen«, fuhr Sarah fort.

»Doch statt dessen sitze ich hier in der Einöde fest, wo Kultur ein Fremdwort ist. Nicht einmal ein Kino haben wir.«

»Ich hatte heute fünf Mandanten«, wechselte Cat das Thema. Das war seit Eröffnung ihrer Kanzlei der absolute Rekord.

»Bald wirst du soviel verdienen, daß du nicht mehr weißt, wohin mit dem Geld«, meinte Red. Sein Gesicht war gebräunt und wettergegerbt. Cat beugte sich über den Tisch, um ihn anzusehen. Inzwischen trug er seine Brille ständig.

Red hatte ihren Blick bemerkt. »Mittlerweile brauche ich das Ding. Schließlich werde ich in drei Wochen fünfzig.«

»Soll das ein Wink mit dem Zaunpfahl sein?« witzelte Cat. »Keine Angst, dein Geschenk habe ich schon besorgt.«

Er grinste. »Und was für Fälle hast du an Land gezogen?«

»Ein Mandant möchte sein Testament machen. Außerdem war ein Mann aus Billings, Montana, da, der das Haus der Trevelayans kaufen will. Ich soll die Grundbucheintragung und den ganzen Papierkram regeln. Das heißt, daß ich morgen nach Baker aufs Gericht muß.«

»Ist das nicht schrecklich langweilig?« fragte Sarah.

»Aufregend würde ich es nicht gerade nennen, aber es macht mir Freude. Vielleicht ist das nicht die Karriere, die ich mir erträumt habe ...«

»Was hast du dir denn erträumt?« wollte Red wissen.

»Oh.« Cat zuckte die Achseln. »Ich wollte nach Washington in den Kongreß, denn ich fand schon immer, daß es dort viel zuwenig Frauen gibt.«

»In den Senat oder ins Repräsentantenhaus?«

»Ich hatte hohe Ziele: in den Senat. Aber nachdem ich mir die Senatoren ein wenig näher angesehen hatte, fand ich, daß ich mit solchen Leuten lieber nichts zu tun haben möchte. Wahrscheinlich bin ich hier im guten, alten Cougar Valley besser aufgehoben.«

»Du könntest frischen Wind in den Laden bringen.«

»Ich glaube nicht, daß ich das schaffen würde. Die meisten Männer, die sich um politische Ämter bewerben, sind am Anfang ihrer Laufbahn noch ziemlich idealistisch. Sie wollen etwas bewirken, das System verändern und die Korruption bekämpfen. Doch nach ein paar Jahren kommt es ihnen eher darauf an, ihren Posten zu behalten, und bald werden sie bestechlich. Wenn sie sich nicht mit Geld kaufen lassen, dann mit der Garantie, daß sie bis ans Ende ihrer Tage in Washington bleiben und Macht ausüben können.«

»Schade, daß du so eine Einstellung hast«, meinte Red. »Findest du wirklich, daß der amerikanische Traum gescheitert ist?«

»Auf jeden Fall. Drogen. Kriminalität in den Großstädten. Ich möchte nicht für viel Geld Bürgermeisterin sein.«

»Zum Glück gibt es noch Leute, die anders denken.«

»Allerdings zweifle ich an ihren Motiven.«

»Cat, du bist eine Zynikerin.«

»Ich möchte nur sagen, daß mir die reine Luft hier draußen besser gefällt ...«

»Einer unserer Senatoren aus Oregon hatte auch keine weiße Weste.«

»Ich weiß. Ich fand ihn prima, bis seine Frauengeschichten herauskamen.«

»Vielleicht hat es auch sein Gutes, daß du so illusionslos bist. Es wäre ein Jammer, wenn du nach Washington gehen würdest. Senatoren kehren nämlich in den seltensten Fällen in ihren Heimatstaat zurück.«

»Anscheinend halten sie nichts vom Landleben.«

Red und Cat lachten.

»Außerdem werde ich vermutlich einen Scheidungsfall übernehmen«, fuhr Cat fort.

»In Cougar?«

»Ich sagte ›vielleicht‹. Natürlich darf ich dir nicht verraten, um wen es sich handelt. Das Ehepaar hat mich um ein Gespräch gebeten, um zu vermitteln. Ich habe ihnen zwar erklärt, daß ich keine Spezialistin für Scheidungsrecht bin, aber sie brauchen jemanden, der ihnen zuhört. Um sechs Uhr am Dienstag habe ich einen Termin mit ihnen. Könntest du auf Matt aufpassen?«

»Gern. Wir sind mit dem Aussondern und Brennen fast fertig. Ich brauche nicht die ganze Zeit dabei zu sein.«

»Dann habe ich noch eine Frau, die ihren Nachbarn verklagen will. Der Nachbarshund hat nämlich ihren Hund angegriffen, und als sie sich dazwischengeworfen hat, ist sie ziemlich übel zugerichtet worden. Ich habe mich umgehört. Der Hund gilt als aggressiv und hat schon einige andere Hunde getötet, allerdings noch nie einen Menschen gebissen. Jetzt verlangt die Verletzte Schmerzensgeld und eine Entschädigung für die ausgestandenen Ängste.«

»Ich muß schon sagen, deine Kanzlei läßt sich prima an. Anscheinend bist du sehr erfolgreich.«

»Ich könnte mich und Matt von meinem Einkommen noch nicht ernähren.«

»Darüber brauchst du dir keine Gedanken zu machen.«

Cat schüttelte den Kopf. »Du bist sehr großzügig. Aber ich will meinen Lebensunterhalt selbst verdienen. Schließlich kann ich nicht für immer von dir abhängig sein.«

»Natürlich kannst du«, sagte er leise.

»Torie sollte heiraten und Kinder bekommen, damit du einen Enkel hast, der die Ranch weiterführt, falls Matt keine Lust dazu hat.«

Sarah fuhr hoch. »Ich will keine Enkel mehr.«

Keiner ging darauf ein.

Red sah Cat an und schüttelte fast unmerklich den Kopf.

Cat entschuldigte sich und spazierte hinüber zur Scheune. Die Tage wurden schon kürzer. In ein paar Wochen würde es um diese Uhrzeit bereits dunkel sein. Am noch blauen Himmel funkelte der erste Stern. Die schmale Mondsichel ging im Osten über den Bergen auf.

In der Scheune roch es nach Heu und nach Pferden. Cat schlenderte weiter. Die Pferde waren noch draußen auf den Weiden und würden die Nächte erst hier verbringen, wenn es kälter wurde.

Als sie sich zum Gehen anschickte, erblickte sie Red auf der Schwelle.
»Alles in Ordnung?«
Cat nickte. Das Herz klopfte ihr bis zum Halse.
»Jason hat angerufen. Er sagt, es ist sehr wichtig.«
Red schaltete das Licht aus und begleitete sie zum Haus. »Ein Notfall«, fuhr er fort.
»Ist etwas mit Cody?«
Red schüttelte den Kopf. »Das hätte er mir sicher erzählt. Er meinte, es sei dienstlich.«
»Dienstlich?«
Red zuckte die Achseln. »Du sollst ihn im Büro anrufen.«
Cat griff zum Küchentelefon.
»Cat, es geht um einen Mordfall«, sagte Jason.
»Einen Mordfall?«
»Dein Kindermädchen Lucy hat ihren Mann erstochen. Zwölf Stiche. Zuerst hat sie ihm die Halsschlagader durchtrennt und ihm dann das Messer in die Brust gebohrt. So ein Blutbad habe ich noch nie gesehen.«
»Um Himmels willen!«
»Anscheinend weiß sie gar nicht, was passiert ist. Sie wiederholt nur ständig, daß sie dich sehen will. Ich versuche sie wenigstens über Nacht hierzubehalten, damit sie nicht ins Kreisgefängnis muß. Sie fragt dauernd nach dir und Thelma.«
»Ich komme sofort.«
»Ein Mord?« fragte Red.
Cat erklärte ihm rasch die Zusammenhänge und lief

dann nach oben, um ihre Autoschlüssel zu holen und nach Matt zu sehen.

»Ich rufe Thelma an«, sagte Red.

»Gut«, meinte Cat, die die Treppe heruntergerannt kam. Sie eilte zum Auto, ließ den Motor an und fuhr davon. Mord. Der zweite, seit sie hier lebte – obwohl sie vermutete, daß es sich bei Lucy eher um Notwehr handelte. Cat war sicher, daß sie die ständigen Mißhandlungen nicht länger ertragen hatte.

Neunzehn Minuten später – eine Rekordzeit – traf sie im Büro des Sheriffs ein.

Lucy saß auf einem Stuhl gegenüber von Jasons Schreibtisch. Ihr Haar war zerzaust, und ihre Miene wirkte verwirrt. Ausdruckslos starrte sie ins Leere. Als Cat hereinkam, blickte sie kaum auf.

»Du bleibst bei ihr. Ich bin am Tatort mit Chazz verabredet«, sagte Jason. »Wir müssen uns um die Leiche kümmern.«

»Er kann nicht tot sein«, sagte Lucy mit schleppender Stimme. »Ich habe ihn geliebt.«

Cat fragte sich, wie man jemanden lieben konnte, den man fürchtete und dem es Vergnügen bereitete, einem weh zu tun. Wie konnte sich unter solchen Bedingungen Liebe entwickeln?

Sie kniete neben Lucy nieder und legte die Arme um die benommene Frau. Ihr eines Auge schwoll bereits zu und verfärbte sich grünlich.

Ich brauche einen Fotografen, sagte Cat zu sich. Der Ärmel von Lucys Bluse war abgerissen, ihre Schuhe und ihr Rock waren blutverschmiert. Auch ihre Lippen waren geschwollen, und von der Oberlippe aus verlief eine klaffende Wunde bis hinauf zur Wange.

Cat griff zum Telefon. »Ruf sofort Norah an«, bat sie Red. »Wenn sie keine Zeit hat, komm bitte selbst her und bring eine Kamera mit.«

Ohne Fragen zu stellen, legte Red auf. Cat wußte, daß in kürzester Zeit jemand hiersein würde, um Lucys Zustand für die Geschworenen zu dokumentieren.

Denn sie war sicher, daß Lucy eine Gerichtsverhandlung bevorstand.

VIERUNDDREISSIG

Lucy kauerte zusammengekrümmt da, hatte die Knie hochgezogen und umschlang sie mit den Armen.

Cat war froh, daß Jason gegangen war. Die junge Frau war im Augenblick völlig durcheinander und nicht ansprechbar.

Aus der einzigen Arrestzelle holte Cat eine dunkelblaue Wolldecke, in die sie Lucy hüllte. Sie war ziemlich ratlos.

In diesem Moment kam Thelma herein.

»Sie hat ihn umgebracht«, erklärte Cat. »Erstochen.«

Thelma schlug die Hand vor den Mund. Dann sah sie Cat an. »Wird man sie festnehmen?«

»Ich fürchte schon.«

Thelma ließ sich auf die Holzbank sinken, die entlang der Wand verlief, und seufzte tief. »Ich habe nicht viel Geld, Cat, aber ich gebe Ihnen alles, was ich besitze. Bitte, verteidigen Sie sie?«

Cat wandte sich zu Thelma um.

»Bitte«, flehte die Köchin. »Bitte. Sie hat es nie leichtgehabt. Seit mehr als sechs Jahren ist sie schon mit ihm verheiratet, und er hat sie sehr schlecht behandelt.«

»Fragen wir sie zuerst, was sie will«, meinte Cat.

»Ich weiß, was sie will«, entgegnete Thelma. »Wahrscheinlich haßt sie sich selbst so sehr, daß sie sich umbringen möchte.«

»Hoffentlich war es Notwehr«, murmelte Cat.

Thelma fuhr hoch. »Was denn sonst? Sie glauben doch nicht etwa, daß sie es geplant hat!«

»Warten wir erst mal ab …«

»Nein.« Thelma kramte in ihrer Handtasche und zog einen zerknitterten Zehn-Dollar-Schein heraus. »Das hier ist eine Anzahlung. Nehmen Sie das Geld. Dann müssen Sie sie verteidigen.«

Cat musterte Thelma und nahm dann den Schein entgegen. »Einverstanden. Ihre Nichte hat eine Anwältin.«

Frauen, die ihre Männer umbringen, kommen ins Gefängnis. Für viele Jahre, vielleicht sogar lebenslänglich, selbst wenn sie getötet haben, um ihre Kinder zu schützen, schoß es Cat durch den Kopf.

Red und Norah kamen herein. Norah trug eine Kamera über der Schulter.

»Ich möchte Fotos von diesen Verletzungen«, sagte Cat.

Red kniete vor der völlig abwesenden Lucy nieder, während Norah einige Fotos machte.

»Sie hat ihren Mann erstochen«, erklärte Cat. Norah erschauerte.

»Diese zierliche Person«, wunderte sich Red.

»Sie braucht saubere Sachen«, stellte Thelma fest. »Soll ich ihr welche holen gehen?«

»Gute Idee.« Wieder betrachtete Cat die blutbeschmierte junge Frau.

Als Thelma fort war, hielt Cat den Zehn-Dollar-Schein hoch. »Ein Mordfall.«
Red nickte. »Und das ausgerechnet in Cougar Valley. Glaubst du, sie muß vor Gericht?«
»Ich hoffe nicht, aber wahrscheinlich schon. Frauen, die ihre Männer umbringen, stoßen nur selten auf Verständnis. Weißt du, daß über siebzig Prozent aller Frauen, die wegen Mordes im Gefängnis sitzen, ihre prügelnden Ehemänner getötet haben?«
»Soll das heißen, daß Lucys Chancen schlecht stehen?« fragte Norah.
Cat schüttelte den Kopf. »Ich bin mir nicht sicher. Ich weiß nur, daß Frauen, die ihre Männer töten, meistens hart bestraft werden, selbst wenn es sich um Notwehr handelt und sie schon seit Jahren geschlagen werden. Männer, die ihre Frauen wegen angeblicher Untreue oder einer bevorstehenden Trennung umbringen, kommen häufig mit einer geringeren Strafe davon.«
Red lächelte gezwungen. »Paß auf, sonst werde ich noch zum Feministen.«
»Ich hoffe für dich, daß du schon einer bist, auch wenn du es selbst nicht weißt«, meinte Norah. »Für gewöhnlich töten Männer aus Wut und Frauen, um sich selbst oder ihre Kinder zu schützen.«
»Du urteilst aber hart über meine Geschlechtsgenossen.«
»Wir reden hier nicht über Männer im allgemeinen«, wandte Cat ein. Sie tätschelte Red die Schulter. »Und vor allem nicht über dich. Da ich Männer liebe, erkläre ich mir die Sache biologisch. Das Testosteron. Darum

gehen Männer zu Boxkämpfen, auf die Jagd und vielleicht sogar in den Krieg. Es liegt in ihrer Natur.«

Jason kam herein. Er hatte den Hut in den Nacken geschoben. Seine Miene wirkte besorgt.

»Jason, hat Lucy Sie je angerufen, weil sie sich von Pete bedroht fühlte?« fragte Norah.

»Einmal. Ein paarmal wurde ich auch von den Nachbarn verständigt. Ich war in den letzten Jahren mindestens zwölfmal bei Lucy und ihrem Mann. Und bestimmt kam es noch häufiger zu gewalttätigen Übergriffen, ohne daß ich geholt wurde.«

»Und was haben Sie unternommen?«

»Mir waren die Hände gebunden. Entweder erstattete Lucy gar nicht erst Anzeige, oder sie zog sie am nächsten Tag zurück.«

Cat warf ihm einen bittenden Blick zu. »Dürfen Thelma oder ich Lucy mit nach Hause nehmen?«

Jason warf seinen Hut auf den Schreibtisch und sah Red und Norah hilfesuchend an. »Ich fürchte nein, Cat.«

»Ach, komm schon, Jason. Oder glaubst du, daß sie fliehen könnte?«

»Tut mir leid.«

»Ich übernehme die Verantwortung«, sagte Red. »Schau dir doch an, in welchem Zustand sie ist. Sie braucht jemanden zum Reden, wenn sie wieder zu sich kommt.«

»Und ich will dabeisein«, sagte Jason.

»Nein«, widersprach Cat. »Als ihre Anwältin werde ich ihr raten, kein Wort zu sagen.«

»Du bist ihre Anwältin?« fragte Jason. »Seit wann?«

»Seit einer Viertelstunde. Thelma hat eine Anzahlung geleistet. Sie ist losgefahren, um Lucy saubere Kleider zu besorgen.«

»Verdammt!« Jason griff nach seinem Hut. »Ich will nicht, daß jemand das Haus betritt. Nichts darf angerührt werden.« Er stürmte hinaus, und Cat hörte, wie der Motor seines Wagens ansprang.

Fünf Minuten später kehrten Thelma und Jason gemeinsam zurück. Sie waren sich unterwegs begegnet. Thelmas Augen waren gerötet. »Der Anblick war so entsetzlich, daß ich mich übergeben mußte«, keuchte sie. »Überall Blut.« Sie hatte frische Kleider für Lucy mitgebracht und betrachtete ihre schlafende Nichte. »Helfen Sie mir, ihr eine saubere Bluse anzuziehen, Cat. Wenn sie zu sich kommt, soll sie nicht als erstes sein Blut sehen.«

Lucy ließ das Umkleiden über sich ergehen, als hätte man ihr ein Betäubungsmittel verabreicht.

»Jason, ich mache dir einen Vorschlag«, sagte Red. »Wenn du sie unbedingt in Haft nehmen willst, komm doch mit nach Big Piney. Wir geben dir das Zimmer neben ihrem, damit du sichergehen kannst, daß sie sich nicht aus dem Staub macht.«

»Das ist nicht nötig, Red. Ich will nur dabeisein, wenn sie zu reden anfängt.«

»Nein«, entgegnete Cat. »Wenn ich der Ansicht bin, daß sie mit dir sprechen sollte, gebe ich dir Bescheid. Du darfst sie nur in meiner Anwesenheit befragen.«

Jason preßte die Lippen zusammen. »Du bist ganz schön hart, wenn du die Anwaltin spielst, Cat.«

»Da kannst du Gift drauf nehmen.« Sie stemmte die Hände in die Hüften.
Die beiden starrten einander an.
Red hob Lucy vom Stuhl. »Ich nehme sie mit nach Hause, Jason. Du kannst morgen früh jederzeit vorbeikommen.«
»Solange sie in diesem Zustand ist, bringt das nichts«, widersprach Cat. »Ich rufe dich an, wenn sie vernehmungsfähig ist.«
Jason warf ihr einen zweifelnden Blick zu. »Okay«, meinte er dann zu Red.
Red war schon mit Lucy zur Tür gegangen, ohne Jasons Erlaubnis abzuwarten. Cat eilte ihm nach.
»Am besten legst du sie auf den Rücksitz von meinem Auto. Das ist bequemer als dein Pick-up.« Sie öffnete die Wagentür.
»Ich gehe nach Hause«, sagte Norah. »Morgen früh melde ich mich bei euch.«
In Kolonne fuhren sie los. Reds Pick-up an der Spitze, gefolgt von Cat, den Schluß bildete Thelma in ihrem grauen Honda Civic.
Zu Hause angekommen, brachte Red Lucy sofort nach oben in eines der Gästezimmer.
Unterdessen rief Thelma von der Küche aus ihren Mann an. »Ich übernachte hier«, sagte sie und erklärte ihm rasch, was vorgefallen war. Dann überlegte sie, ob sie bei ihrer Nichte im Zimmer oder nebenan schlafen sollte. Reds Einverständnis setzte sie voraus. »Ich glaube, ich bleibe doch bei ihr«, meinte sie schließlich. »Wenn sie morgen früh aufwacht, weiß sie sicher nicht, wo sie ist.«

»Dann nehmen wir das Zimmer mit den zwei Betten.« Wieder hob Red Lucy hoch und trug sie den Gang entlang zu einem Raum, der neben Cats Wohnung lag. Thelma musterte Red. »Sie sehen aus, als könnten Sie einen heißen Kakao vertragen«, meinte sie.
»Klingt gut.« Red legte Lucy aufs Bett. Thelma deckte sie zu.
»Ich mache den Kakao, damit Thelma sich um Lucy kümmern kann«, schlug Cat vor.
Thelma zwang sich zu einem Lächeln. Aber sie widersprach nicht.
»Ich helfe dir.« Red folgte Cat in die Küche.
Doch statt sich an der Zubereitung des Kakaos zu beteiligen, nahm er an dem großen Eichentisch Platz, während Cat Milch und Kakaopulver in Tassen füllte und in die Mikrowelle stellte. Dann legte sie ein Marshmallow in jede Tasse und erhitzte das Ganze noch einmal dreißig Sekunden.
»Ich bringe Thelma ihre Tasse«, sagte Red und stand auf. »Bin gleich wieder da. Fang nicht ohne mich an.«
»Allmählich traue ich mich nicht mehr, überhaupt etwas ohne dich anzufangen«, meinte sie, als er zurück war.
»Ich denke, ich fahre morgen früh mit Norah zum Haus und mache Fotos.«
Cat nickte. »Aber Jason sollte besser dabeisein. Er soll zuerst zu uns kommen. Vielleicht ist Lucy bis dahin wieder ansprechbar, doch garantieren kann ich es nicht.«
Red lehnte sich zurück. »Eine schlimme Sache.«

Cat seufzte. »Ich glaube, uns steht noch einiges bevor.«
»Was soll das heißen?«
»Es wird schwierig werden, Geschworene zu finden, die Verständnis mit einer Gattenmörderin haben. Auch wenn es sich um Notwehr handelt.«
»Oregon ist nicht so rückständig, wie du glaubst. Neunzehnhundertachtundsiebzig hat eine gewisse Greta Soundso ihren Mann wegen Vergewaltigung angezeigt. Es war der erste derartige Fall in den Vereinigten Staaten.«
»Und?«
»Sie hat den Prozeß verloren und ist sogar zu ihm zurückgekehrt. Doch es war wenigstens ein Anfang.«
Cat runzelte die Stirn. »Von dieser Sache habe ich schon mal gehört, obwohl sie sich lange vor meinem Jurastudium zugetragen hat. Es war ein Präzedenzfall, richtig?«
»So gut kenne ich mich nicht mit der Juristerei aus«, meinte Red. »Aber der Fall beweist, daß Oregon ziemlich fortschrittlich ist. Immerhin waren wir einer der ersten Staaten, in denen eine Frau zum Senator und zum Gouverneur gewählt worden ist.«
»Und dennoch bekommt ein Senator, der die Abtreibung mit dem Holocaust vergleicht, immer wieder die meisten Stimmen.«
»Woher weißt du denn das?«
»Damals, als der Abtreibungsparagraph verschärft werden sollte, habe ich an Senator Hatfield geschrieben. Er hat mir mit einem langen Brief geantwortet, in dem es wörtlich hieß, er lehne die Entscheidungsfreiheit der

Frau ab und setze die Abtreibung mit dem Holocaust gleich.«

Red brauchte eine Weile, um das zu verdauen. »Ich habe ihn auch gewählt. Ich hatte keine Ahnung. Er wirkte immer sehr integer. Ich bin ihm ein paarmal begegnet, und er hat einen guten Eindruck auf mich gemacht.«

»Weil du keine Frau bist«, wandte Cat ein.

»Ich wollte eigentlich nur sagen, daß Geschworene in Oregon vermutlich liberaler sind als in anderen Bundesstaaten.«

»In Eugene oder in Portland vielleicht, aber nicht in Cougar Valley oder Grants Pass.«

»Du wirst überrascht sein, Cat. Wir sind keine Hinterwäldler.«

»O doch, Red. Du hast dein ganzes Leben hier verbracht und ahnst gar nicht, wie anders es in der Großstadt zugeht. Dort ist es zwar nicht so schön wie in Cougar, aber die Menschen sind sensibler für gesellschaftliche Mißstände.«

Red preßte die Lippen zusammen. »Hoffentlich irrst du dich, Cat. Das würde ich mir wünschen.«

Sie beugte sich vor. »Du weißt ja gar nicht, was Rassismus bedeutet. In Cougar gibt es nicht einmal Afroamerikaner.«

Er zog die Augenbrauen hoch. »Cat, ich glaube, wir reden aneinander vorbei. Ich möchte dir doch nur Mut machen und dir sagen, daß du trotz deiner Statistiken in Cougar Valley die Chance auf einen fairen Prozeß hast.«

Sie stand auf. Jetzt hatte sie sich zum erstenmal mit Red gestritten. Obwohl sie nun schon seit zwei Jahren hier lebte, klang sie noch wie eine Städterin – und er wie ein hinterwäldlerischer Farmer.

Als sie ihre Tasse zum Spülbecken bringen wollte, packte er sie am Handgelenk. »Cat, wir stehen auf derselben Seite.«

Sie beugte sich über ihn, um ihn auf den Scheitel zu küssen. Sein Griff um ihr Handgelenk wurde fester. Kurz fragte sie sich, ob er sie küssen würde, aber er tat es nicht. Er ließ sie los und blieb am Tisch sitzen, als sie hinauf in ihr Zimmer ging.

FÜNFUNDDREISSIG

Als Lucy aufwachte, krümmte sie sich wie unter Schmerzen. »O Gott, ich werde ihn nie wiedersehen.« Sie brach in Tränen aus.

Jason traf ein, und sie setzten sich in die Küche. Lucy, die ins Leere starrte und ab und zu nach Thelmas Hand griff, erzählte mit stockender Stimme, was geschehen war.

»Ich habe alles getan, um ihn zufriedenzustellen. Als wir heirateten, liebte ich ihn so sehr. Er war der attraktivste Mann, den ich je kennengelernt habe.«

Cat verzog das Gesicht. Sie erinnerte sich an den gedrungenen Mann mit dem vorspringenden Kinn, dem sie einmal flüchtig begegnet war.

»Mir wurden die Knie weich, wenn ich ihn ansah«, fuhr Lucy fort.

Jason und Cat wechselten einen Blick.

»Als er gestern abend nach Hause kam, wußte ich genau, was die Stunde geschlagen hatte. Nach sechs Jahren erkannte ich alle seine Launen schon beim kleinsten Anzeichen. Auf dem Heimweg war er in einer Kneipe gewesen und hatte ein paar Bier getrunken. Also hätte ich eigentlich gewarnt sein müssen, obwohl er manchmal auch sehr friedlich sein konnte. Doch in der letzten Zeit konnte ich ihm nichts mehr recht machen. Natürlich habe ich mein Bestes versucht, da ich ja wußte, was mir sonst blühte.« Sie sah Red und Cat an. »Zum Beispiel, als ich bei Ihnen gekündigt habe. Er fand, ich würde hochnäsig werden, wenn ich soviel mit reichen Leuten zusammen bin. Ich würde mir Dinge wünschen, die wir uns nicht leisten können, und mich ständig bei ihm darüber beklagen. Doch das stimmte gar nicht. Ich wollte gar nicht reich sein. Wozu brauche ich ein Haus mit so vielen Zimmern? Nur einmal habe ich gesagt, daß ich gern eine Mikrowelle hätte, und dann war die Hölle los. Nachdem er mich ein paarmal geschlagen hatte, habe ich gekündigt – auch das half nichts. In all den Jahren bin ich nie dahintergekommen, was ihn so in Wut brachte.«

»Jason, ich denke, das hier fällt unter das Anwaltsgeheimnis«, meinte Cat. »Du mußt draußen warten.«

Er zögerte.

»Ich erkläre dir nachher alles, was du wissen mußt«, fügte sie hinzu.

Jason nahm seinen Hut und ging hinaus. Cat schloß die Tür hinter ihm und setzte sich Lucy gegenüber. »Ich weiß, wie schwer es Ihnen fällt, aber Sie müssen mir alles erzählen, was gestern passiert ist. Alles, woran Sie sich noch erinnern. Über die Mißhandlungen sprechen wir später, aber zuerst muß ich alles über den gestrigen Abend erfahren.«

Lucy seufzte gepreßt auf. »Ich wußte, daß ich es tun würde.«

Diese Antwort gefiel Cat gar nicht.

Lucy wies auf ihr verletztes Gesicht. »Das hier ist nicht gestern passiert, sondern vorgestern. Da wußte ich, daß ich ihn töten würde.«

Cat legte Lucy die Hand auf den Arm. »Erzählen Sie.«

»Als ich vorgestern schlafen ging, war er nicht zu Hause. Mitten in der Nacht wachte ich auf, weil ich etwas Kaltes am Hals spürte. Pete kauerte auf mir und hielt mir ein Messer an die Kehle. ›Ich habe dich träumen gehört‹, flüsterte er so leise, daß ich ihn kaum verstehen konnte. ›Du hast davon geträumt, dich von mir zu trennen.‹ Dann zog er mir das Messer über die Kehle. Ich hatte solche Angst, daß ich ins Bett gemacht habe. In diesem Moment wurde mir klar, daß er mich umbringen würde, wenn ich ihm nicht zuvorkam. Vielleicht wußte ich es schon, als er Ricky aus Boise nach Hause holte. Ich sah einfach keinen Ausweg mehr. Ein Leben hinter Gittern erschien mir weniger schlimm als die Hölle mit Pete, auch wenn man im Gefängnis vergewaltigt wird, wie die Leute sagen. Natürlich war er nicht jeden Tag so. Ab und zu fuhr er mit Ricky und mir nach Pendleton zu McDonald's und ins Kino. Er lachte, war nett und meinte, wir wären doch eine tolle Familie. Aber wenn er mit mir schlafen wollte, war er nie zärtlich und liebevoll. Manchmal konnte er nicht. Und einmal, o Gott« – sie brach in Tränen aus –, »nahm er einen Maiskolben und vergewaltigte mich damit. Dabei redete er ganz zärtlich auf mich ein. Er machte immer weiter, bis ich kam. Ich habe mich so geschämt, ich wäre am liebsten gestorben. Und wenn er solche Sachen machte, prügelte er mich danach immer wiedelweich. Mit der Zeit wurde es so schlimm, daß er nur noch konnte, wenn er mir wehtat. Ab und zu verlangte er, daß ich mich auf den Bauch lege, und machte es von hinten, bis ich blutete. Ich weiß nicht, wie es in der Hölle ist, doch schlimmer als in meiner Ehe kann es dort nicht sein. Vorgestern nacht hat er mich zwar nicht getötet, aber mir stundenlang das Messer an den Hals gehalten. Mir war klar, daß ich ihn umbringen mußte. Und gestern morgen wußte ich, daß heute der Tag ist. Als ich sah, wie er mit seinem Auto im Zickzack die Straße entlangfuhr, habe ich Ricky durch die Hintertür zu den Nachbarn geschickt. Pete hatte getrunken, lallte aber noch nicht. Ich wußte, was mir blühte, als er zur Tür hereinkam. Sicher haben die Nachbarn mitgekriegt, was sich bei uns tat, schließlich habe ich oft genug um Hilfe geschrien. Aber sie haben nie nachgefragt, nur einmal vor vielen Jahren. Damals hat Pete sie angeblafft, sie sollten sich nicht einmischen. Ich habe mich nach einer Waffe umgesehen und ein paar Colaflaschen im Kühlschrank entdeckt. Eine habe ich, so schnell ich konnte, ausgekippt und den Flaschenhals am Spülbecken abgebrochen. Ich wollte die Falsche in der Hand behalten oder in Reichweite abstellen. Und wenn Pete mich anrührte oder mich schlug, wollte ich mit dem gezackten Ende zustoßen. Er kam rein, und ich begann, das Abendessen zu machen, als wäre nichts passiert. Er holte sich ein Bier und stellte sich dann neben mich, während ich Kartoffeln schälte.

›Bekomme ich heute keinen Kuß?‹ fragte er.

›Nein‹, antwortete ich und schälte weiter meine Kartoffeln. Die abgebrochene Colaflasche hat er gar nicht bemerkt.
Er packte mich an den Haaren – ich wundere mich, daß ich überhaupt noch ein Haar auf dem Kopf habe –, drehte mir den Kopf herum, daß er mir fast das Genick brach, und küßte mich ganz fest auf die Lippen. Dann marschierte er ins Wohnzimmer und stellte den Fernseher auf volle Lautstärke. Ich kochte das Abendessen, aber ich wußte, daß es noch nicht ausgestanden war. Es war die schreckliche Ruhe, bevor er total durchdrehte. Ich überlegte, ob ich einfach durch die Hintertür fliehen sollte, doch dann beschloß ich, mich endlich zu wehren. Es war unerträglich geworden.«
»Hatten Sie Angst um Ihr Leben?« fragte Cat.
»Nein. Gestern nicht, obwohl ich schon öfter gefürchtet habe, daß er mich umbringt. Ich wartete nur darauf, daß er den ersten Schritt machte. Ich wollte es. Verstehen Sie, was ich meine? Er mußte anfangen. Ich konnte ja schlecht ins Wohnzimmer spazieren und ihn mit der Flasche erstechen. Er mußte zuerst zuschlagen.«
Cats Atem ging schneller. Sie schloß die Augen. Es war entsetzlich, so etwas mit anzuhören.
»Nach zehn Minuten rief er: ›Ist das Essen endlich fertig?‹ Selbstverständlich war es das nicht. Die Kartoffeln waren noch nicht gar, mit den Hot dogs hatte ich noch gar nicht angefangen. Ich schwieg. Vielleicht wollte ich ihn provozieren. Ein paar Minuten später stand er in der Tür. ›Verdammt, antworte, wenn ich mit dir rede.‹
Ich sagte immer noch nichts, blickte auf die Colafla-

sche und machte mich bereit, danach zu greifen. Doch noch ehe ich reagieren konnte, schlug er mir mit dem Handrücken ins Gesicht. Ich fiel gegen die Anrichte. Die Flasche war hinter mir. Er hatte eine brennende Zigarette in der Hand, und ich konnte mir denken, was er vorhatte. Schließlich hatte er so was schon öfter gemacht.

›Wenn ich dir was befehle, springst du. Kapiert?‹ Sein Gesicht war ganz dicht an meinem, und die glühende Zigarettenspitze kam immer näher und näher. Ich tastete hinter mich und kriegte die Flasche zu fassen. ›Das war einmal zuviel, Pete. Einmal zuviel‹, sagte ich. Und dann stieß ich ihm die abgebrochene Flasche in den Hals.«

Lucy erzählte das alles so ruhig, als wäre sie nur eine unbeteiligte Zeugin gewesen. Ihre Stimme klang monoton, und sie starrte ins Leere.

»Er riß die Augen auf, ließ die Zigarette fallen und sackte gegen mich. In diesem Moment fiel mein Blick auf die Messer im Messerblock. Ich griff nach einem und stach immer wieder auf ihn ein, bis er von oben bis unten mit Blut bedeckt war. Ich konnte einfach nicht mehr aufhören. Er lag blutend auf dem Boden. Als ich an mir herunterschaute, bemerkte ich, daß ich auch voller Blut war. Und dann bin ich ganz automatisch zum Telefon gegangen und habe den Sheriff angerufen. Er war so schnell da, als wäre er geflogen. Wissen Sie was? Ich habe Pete wirklich geliebt, und ich werde ihn noch lange vermissen. Ich habe keine Ahnung, wie ich jetzt finanziell klarkommen soll, aber ich bereue

meine Tat nicht, auch wenn ich deshalb ins Gefängnis muß.«
Cat seufzte auf. Wie sie befürchtet hatte, konnte sie sich nicht auf Notwehr berufen. Sie überlegte fieberhaft. »Wahrscheinlich müssen Sie wirklich ein oder zwei Nächte im Gefängnis verbringen«, sagte sie zu Lucy. »Doch wir werden Sie da wieder rausholen.«
Würde ihr das tatsächlich gelingen?

Cat berichtete Jason, daß Lucy völlig verzweifelt gewesen sei. Sie habe ständig Angst um ihr Leben und um das ihres Sohnes gehabt. Mehr verriet sie ihm nicht.
»Jason, sonst darf ich dir nichts sagen.«
»Dir ist sicher klar, daß ich nicht die geringste Lust habe, sie einzusperren.«
»Ja, Jason. Aber deine Gefühle und das Gesetz sind eben zweierlei. Du wirst sie festnehmen müssen.«
»Richtig, Cat. Das weißt du ganz genau.«
»Ich werde die Kaution stellen«, schlug Red vor. »Oder glaubst du etwa, daß Lucy fliehen will?«
»Natürlich nicht. Allerdings ist der Richter da sicherlich anderer Ansicht. Wenn es um Mord geht, wird die Kaution meistens ziemlich hoch angesetzt.«
Red verließ das Zimmer und kam mit seinem Scheckheft zurück.
»Ich kann nicht sagen, wie hoch«, fuhr Jason fort. »Diese Entscheidung liegt nicht bei mir, sondern beim Richter.« Bittend sah er Cat an. »Ich habe keine andere Wahl.«
»Schon gut, Jason. Aber kannst du sie nicht bei dir auf

dem Revier einsperren, bis ich das mit der Kaution geregelt habe?«
Er nickte beklommen.
»Tut mir leid«, meinte Cat zu Lucy. »Sie dürfen jetzt kein Wort mehr sagen. Weder zu Jason noch zu sonst jemandem. Nicht über die Tat und auch nicht über Ihre Ehe. Ich hole Sie aus dem Gefängnis …«
»Was wird aus Ricky?«
»Ich kümmere mich um ihn«, warf Thelma ein. »Alles wird gut, Liebes. Cat läßt nicht zu, daß dir etwas passiert.«
»Mit wem muß ich wegen der Kaution sprechen, Jason?« fragte Cat.
»Ich vereinbare einen Termin für dich. Und ich werde ein gutes Wort für Lucy einlegen, Cat.« Jason tat alles, um ihr zu beweisen, daß er auf ihrer Seite stand.
»Ich komme mit«, sagte Red.
»Mir wäre es lieber, wenn du auf Matt aufpaßt«, widersprach Cat. »Thelma muß zu Lucys Mutter und …«
Red nickte. »Geht in Ordnung. Ich gebe dir einen Blankoscheck mit.«
»Ich erkundige mich zuerst, wieviel es ist.«
»Die Summe spielt keine Rolle.«
»Du kriegst das Geld zurück.«
»Ich weiß.«
In diesem Moment rauschte Sarah ins Zimmer. Beim Anblick der Versammlung machte sie ein überraschtes Gesicht. Sie war noch immer im Morgenmantel.
»Ach, du meine Güte!« rief sie aus. »Was ist denn hier los?«

»Wir haben ein kleines Problem«, erwiderte Red.
Lächelnd reichte Sarah Jason die Hand. »Ist das Frühstück schon fertig?« wollte sie dann von Thelma wissen.
»Nein.« Thelma schüttelte den Kopf. »Heute müssen Sie sich selbst versorgen.«
Entgeistert sah Sarah sie an. »Um Himmels willen! Anscheinend ist etwas Schreckliches passiert.«
Lucy schwieg. Ihre Augen waren blutunterlaufen. Thelma legte den Arm um sie. »Darf ich sie in die Stadt bringen?« fragte sie Jason. »Sie können uns nachfahren.«
Jason nickte.
»Zwei Morde in zwei Jahren«, murmelte er.
Fassungslos blickte Sarah sich im Raum um. »Könnte mir bitte jemand erklären, worum es hier geht?«
Red tätschelte ihr die Schulter. »Später.«
»Ich komme zu Ihnen, sobald ich die Kaution vereinbart habe«, meinte Cat zu Lucy.
»Kaution?« wiederholte Sarah.
Während Thelma, gefolgt von Jason, Lucy zur Tür führte, sagte Red: »Lucy hat ihren Mann umgebracht.«
Sarah schlug die Hand vor den Mund.
»Wenn ich nur begriffen hätte, was er von mir erwartet!« jammerte Lucy.
»Wie stehen ihre Chancen«, erkundigte sich Red bei Cat.
»Hängt von den Geschworenen ab. Wenn eine Frau ihren Mann betrügt und der sie deshalb umbringt, wird er in neun von zehn Fällen freigesprochen. Mißhan-

delt ein Mann hingegen seine Frau, bis sie schließlich die Beherrschung verliert, kriegt sie in neun Komma fünf von zehn Fällen lebenslänglich oder zumindest eine lange Freiheitsstrafe.«

»O Red.« Mit schreckgeweiteten Augen sank Sarah in einen Sessel. »Sorge dafür, daß sie einen guten Anwalt bekommt.«

»Sie hat schon einen«, entgegnete Red und ging in sein Büro.

»So schnell? Wer ist es denn? Kennen wir jemanden, der sie in einem Mordprozeß verteidigen könnte?«

»Ich werde es tun«, erwiderte Cat.

»Du? Ach du meine Güte.« Sarah streckte die Hand nach Cat aus. »Damit wollte ich nicht sagen, daß du keine gute Anwältin bist, mein Kind. Nimm es mir nicht übel. Aber ein Mordprozeß ...«

»Ich habe einmal jemanden freigekriegt, der wegen vorsätzlichen Mordes angeklagt war«, meinte Cat. Sie wollte sich ihre Zweifel nicht anmerken lassen.

Dann ging Cat nach oben, um sich umzukleiden. Wenn sie beim Richter einen vertrauenswürdigen Eindruck erwecken wollte, mußte sie seriös wirken.

Sie entschied sich für ein hellgraues Kostüm und eine Hemdbluse aus weißer Seide, streng geschnitten, aber dennoch feminin. Der Rock war so eng geworden, daß sie den Taillenknopf nicht schließen konnte. Sie brauchte dringend neue Sachen. Außer ein paar Jeans hatte sie sich – abgesehen von Umstandskleidung – seit Ewigkeiten nichts mehr zum Anziehen gekauft. Selbst im Büro trug sie nur Hosen. Wenn sie im Gerichtssaal

eine gute Figur machen wollte, mußte sie dringend ein paar Kostüme anschaffen.
Als Cat die Treppe herunterkam, musterte Red sie anerkennend.
»Du hattest wohl vergessen, daß ich eine Frau bin?« neckte sie ihn.
»Ich glaube, das kann man nicht vergessen.« Er lächelte sie an. »Hast du Angst?«
»Ein bißchen aufgeregt bin ich schon. Anscheinend sind wir Anwälte ziemlich von uns selbst eingenommen. Das Leben eines Menschen liegt in meiner Hand, und ich denke nur an meine neue Aufgabe. Ich bin ein gefühlloses Ungeheuer.«
»Wahrscheinlich liegt es daran, daß du ihr helfen willst.«
Am liebsten hätte sie ihn auf die Wange geküßt. Und dann fiel ihr auf, daß sie es in letzter Zeit vermied, ihm nahe zu kommen.

»Man könnte glauben, wir hätten es mit einer Serienmörderin zu tun, die eine Gefahr für die Öffentlichkeit ist. Der Richter hat sich wegen der Kaution ganz schön angestellt«, sagte Cat am Abend beim Essen.
»Als Frau ist sie eben nicht Herrin ihrer Gefühle«, meinte Sarah.
Cat blieb der Mund offen stehen, und Red zuckte sichtlich zusammen. Ärgerlich starrte er das Lammkotelett auf seinem Teller an.
Schweigend verzehrten sie ihre Mahlzeit, bis Red schließlich fragte: »Wann ist die Verhandlung?«

»Der Richter hat den Termin noch nicht angesetzt. Wahrscheinlich in drei oder vier Monaten.«

»Warum so spät?« Thelma streckte den Kopf aus der Küche herein.

»Es dauert, die Verteidigung vorzubereiten«, erklärte Cat. »Und die Staatsanwaltschaft braucht auch ihre Zeit.«

»Ich hätte gedacht, daß sie den Fall rasch vom Tisch haben wollen«, meinte Red.

»Da das Gericht in diesem Landkreis nicht gerade mit Strafsachen überlastet ist, könnte es schneller gehen«, erwiderte Cat. »Allerdings habe ich noch einiges zu erledigen. Vielleicht muß ich nach Eugene oder nach Portland in die Juristische Bibliothek, um ein paar Dinge nachzuschlagen. Kannst du dich um Matt kümmern? Bis Weihnachten bin ich sicher fertig.«

»Kein Problem«, meinte Red.

»Lucy hat erzählt, daß Pete sie schon seit Jahren mißhandelt«, fuhr Cat fort.

»Warum bleiben Frauen bei Männern, die sie schlagen?« Red verstand die Welt nicht mehr.

»Darauf weiß offenbar niemand eine Antwort.« Cat schüttelte den Kopf. »Vielleicht haben sie Angst, es nicht allein zu schaffen, da ihnen ihre Peiniger auch noch den letzten Rest Selbstvertrauen ausgetrieben haben. Und wenn eine Frau sich doch durchringt, einen Schlußstrich zu ziehen, spürt der Mann sie meistens auf, fleht sie an, zurückzukommen, verspricht, sie nie wieder zu schlagen, und schwört ihr ewige Liebe. Oder er droht ihr, sie selbst oder ihre Kinder umzubringen, wenn sie ihn verläßt. Selbst geschiedene Frauen werden häufig von ihren Ex-Ehemännern oder Ex-Freunden verfolgt. Noch jahrelang nach der Trennung reagieren solche Männer mit Gewalt, wenn ihre frühere Frau unabhängig wird oder eine neue Beziehung beginnt. Wahrscheinlich kehren die meisten Frauen zurück, weil sie Angst vor den Folgen haben.«

Red legte die Gabel weg. »Und ist immer Alkohol im Spiel?«

»Häufig. Und ob du es glaubst oder nicht: In acht von zehn Fällen wird die betroffene Frau in ihrer neuen Beziehung wieder geschlagen.«

»Und warum verhalten Männer sich so? Aggression? Arbeitslosigkeit? Minderwertigkeitskomplexe?«

Cat zuckte die Achseln. »Ich habe nicht die leiseste Ahnung, Red. Warum gibt es Männer, die ihre Kinder sexuell mißbrauchen oder Frauen vergewaltigen? Es übersteigt meine Vorstellungskraft.«

»Immer sind es die Männer«, ließ sich Sarah vernehmen. »Das Leben ist ungerecht. Männer benutzen ihre Macht, um uns kleinzuhalten.«

Cat sah Red an, der fassungslos den Kopf schüttelte.

»Du weißt genau, daß das nicht für alle Männer gilt«, widersprach Cat. »Schau dir doch die Männer an, die wir kennen. Keine Frau in unserem Bekanntenkreis wird mißhandelt.«

»Vielleicht nicht körperlich«, sagte Sarah. »Aber psychisch.«

Nach über zwei Jahren auf Big Piney war Cat sicher,

daß damit nicht Red gemeint sein konnte. Er war der sanfteste und rücksichtsvollste Mann, dem sie je begegnet war. Oft hatte sie sich gefragt, wie er es schaffte, bei einer Frau wie Sarah nicht die Beherrschung zu verlieren, denn sie war den Großteil des Tages betrunken und bekam nicht mit, was um sie herum geschah.

Als Sarah sich noch ein Glas Wein einschenkte, landete ein Teil davon auf dem weißen Leinentischtuch.

Dann stand sie auf, breitete die Arme aus und erhob ihr Glas. »Ich wünsche euch eine gute Nacht.« Mit diesen Worten rauschte sie majestätisch aus dem Zimmer.

Red schob seinen Stuhl zurück. »Trinken wir den Kaffee in meinem Arbeitszimmer. Ich habe zum erstenmal in diesem Jahr den Kamin angemacht.«

Cat faltete ihre Serviette zusammen. »Ich komme gleich nach.«

Sie ging in die Küche zu Thelma, bat sie, Kaffee zu kochen, und erkundigte sich nach Lucy.

»Ihr Geld reicht nicht, um die Miete zu bezahlen. Also haben wir sie bei uns aufgenommen.«

»Ihr Haus ist doch auch nicht sehr groß.«

»Es war Toms Vorschlag.«

»Wir haben soviel Platz hier. Sie könnte in einem unserer Gästezimmer wohnen und ab und zu babysitten.«

Thelma schüttelte nachdrücklich den Kopf. »Damit kann sie wieder anfangen, wenn Myrna ihr Kind bekommt. Im Augenblick finde ich es besser, wenn sie ihre Angehörigen um sich hat. Wir sitzen abends zusammen, plaudern, und sie erlebt, daß es auch nette

Männer gibt. Allerdings ist sie ab und zu immer noch ein bißchen durcheinander.«

»Wir trinken den Kaffee im Arbeitszimmer«, sagte Cat.

»Sie sind das Beste, was dieser Familie passieren konnte«, meinte Thelma, als Cat sich zum Gehen anschickte.

»Das Kompliment kann ich nur zurückgeben.«

»Eins muß ich Ihnen noch erklären, falls Sie Zweifel haben sollten.«

»Was?«

»Mister Red hat sich Miss Sarah gegenüber immer wie ein vollendeter Gentleman benommen. Ich bin länger hier im Haus als sie. Nie hat er ein unfreundliches Wort zu ihr gesagt oder die Hand gegen sie erhoben ...«

»Ich weiß«, versicherte ihr Cat.

»Das wollte ich nur klarstellen. Ich habe keine Ahnung, welcher Teufel sie reitet, aber sie macht Mister Red das Leben zur Hölle. Er trägt es mit Fassung. Sie hat einen Mann wie ihn nicht verdient. Auch seine Mutter hat allen Grund, stolz auf ihn zu sein, und seinen Kindern war er immer ein guter Vater ...«

»Das brauchen Sie nicht zu betonen, Thelma.«

»Sie sollten nur nicht glauben, daß es bei dieser Familie irgendwelche Leichen im Keller gibt. Nun, was Miss Sarah betrifft, bin ich mir da nicht sicher, aber auf Mister Red und Miss Jenny lasse ich nichts kommen, die beiden sind die wertvollsten Menschen, die ich kenne. Und Mister Red hat seit Miss Jennys Umzug in die Jagdhütte so wenig Unterstützung.«

»Er hat mich.«

»Sie sind jung und werden irgendwann weggehen und Jason oder einen anderen Mann heiraten.«
»Vielleicht begegnet Red einmal der Richtigen.«
Thelma kniff die Augen zusammen. »Er würde sich nie scheiden lassen, denn er betrachtet es als seine Pflicht, für Miss Sarah zu sorgen, da bin ich ganz sicher. Er ist sich bewußt, daß sie krank ist und draußen in der Welt nicht allein überleben könnte.«

Als Cat in Reds Arbeitszimmer trat, legte dieser gerade neue Scheite ins Kaminfeuer.
»Wunderbar warm«, sagte sie und rieb die Hände aneinander. »Obwohl es einen leider daran erinnert, daß der Winter vor der Tür steht.«
»Ich mag den Wechsel der Jahreszeiten«, meinte Red. Er trug ein schwarz-rot kariertes Wollhemd und sah aus, als sei er einer Bergsteigerzeitschrift entsprungen. Thelma stellte ein Tablett mit zwei Kaffeetassen auf den Schreibtisch.
»Ich schalte noch die Geschirrspülmaschine an und fahre dann nach Hause«, verkündete sie.
Cat und Red nickten. Red griff nach seiner Tasse.
Cat starrte durch die Glastüren hinaus in die Dunkelheit.
»Laß deinen Kaffee nicht kalt werden«, murmelte Red.
Sie wußte, daß er sie beobachtete.
»Red« – sie hatte beschlossen, den Stier bei den Hörnern zu packen –, »findest du nicht, daß Sarah zum Psychiater gehen sollte?«
Red schwieg eine Weile.

»Cat, dieser Gedanke ist mir schon vor Jahren gekommen«, sagte er schließlich. »Aber solange sie selbst nicht wahrhaben will, daß mit ihr etwas im argen liegt, wird sie nichts unternehmen. Sie bestreitet, daß sie eine Alkoholikerin ist. Wir haben schon so oft über dieses Thema gesprochen.«

»Du kannst es dir leisten, einen guten Therapeuten kommen zu lassen, der sich Sarah einmal ansieht, ohne daß sie merkt, mit wem sie es zu tun hat.«

»Du würdest diesen Vorschlag nicht machen, wenn du glauben würdest, daß ich sie seelisch mißhandelt habe. Und das habe ich auch nicht. Du kennst mich so gut wie sonst kaum jemand. Mehr als zwanzig Jahre lang versuche ich nun schon, ihr das Leben zu erleichtern, und ...« Er seufzte.

Als Cat sich umdrehte, stand er dicht hinter ihr. Ohne nachzudenken, schlang sie die Arme um ihn und schmiegte den Kopf an seine Brust. Nach einer Weile erwiderte er die Umarmung und drückte sie fest an sich.

Sie schloß die Augen. Eigentlich hatte sie ihn nur trösten wollen, doch nun wurde sie von ihren Gefühlen überwältigt. Tränen traten ihr in die Augen. »O Red«, sagte sie leise.

»O Cat. Meine liebe, gute Cat.« Sie spürte das Klopfen seines Herzens. »Du hast mich so glücklich gemacht, daß ich es nicht in Worte fassen kann.«

Sie löste sich aus seiner Umarmung, trat zurück und sah ihm ins Gesicht. Den Ausdruck in seinen Augen konnte sie nicht deuten.

SECHSUNDDREISSIG

Meiner Ansicht nach haben die Männer die Ehe erfunden, und zwar aus einer ganzen Reihe von Gründen«, verkündete Miss Jenny.

»Ich dachte immer, das wären die Frauen gewesen«, wunderte sich Cat.

»Unsinn.« Grinsend stellte Miss Jenny das Geschirr in die Spüle. »Die meisten Männer würden völlig vereinsamen, wenn ihre Frauen nicht den Bekanntenkreis pflegen würden. Die meisten Männer können weder Hemden bügeln noch kochen. Die meisten Männer wollen, daß man ihnen ständig zuhört und sie bedient. Und die meisten Männer kommen sich gern wichtig vor.«

»Letzteres gilt doch wohl für alle Menschen.«

»Die meisten Männer brauchen jemanden, der ihnen sagt, was sie tun sollen«, fuhr Miss Jenny fort, ohne auf Cats Einwand einzugehen. »Ohne eine Frau fangen sie an, sich zu verzetteln. Im Gegensatz zu uns fehlt ihnen eine innere Struktur. Nach der Rente wissen sie häufig nichts mit sich anzufangen. Wir hingegen sind an die vielen Kleinigkeiten des Alltags gewöhnt. Wir stricken, lesen, machen Gartenarbeit, backen Kuchen und finden immer etwas zu tun, das uns körperlich und geistig aktiv hält. Ohne ihren Beruf sind Männer völlig verloren, während mir nie langweilig ist. Ich kann tun und lassen, was ich will, die Vögel und die Hirsche beobachten, nach Portland zum Einkaufen fahren oder nach New York fliegen, um ins Theater zu gehen. Wenn ich keine Lust zum Kochen habe, gibt es eben Cracker mit Erdnußbutter und eine Suppe.«

Sie setzte sich Cat gegenüber an den Küchentisch und schenkte noch einmal Kaffee ein. »Versteh mich nicht falsch. Ich mag Männer, aber ich bin zu alt, um mich noch einmal mit einem einzulassen und mein Leben nach ihm zu planen. Ich bleibe lieber allein, weil ich dann keine Verantwortung übernehmen muß. Wenn ich in deinem Alter wäre, würde ich allerdings anders denken. Ich hätte gern weitere Kinder.« Sie trank einen Schluck Kaffee. »Und was ist mit dir?«

»Das habe ich dir doch schon erzählt. Ich habe zwei Fälle, die beide vor Gericht kommen. Jedenfalls der von Lucy. Wahrscheinlich Ende Februar.«

»Du redest nicht von dir, sondern nur von deinem Job. Was ist mit dir und Jason?«

Cat holte Luft. »Ich weiß nicht.«

»Was weißt du nicht?«

Cat hatte sich Mühe gegeben, nicht an ihr Verhältnis zu Jason zu denken und einfach abzuwarten. »Ich mag ihn, Miss Jenny. Ich mag ihn wirklich sehr. Wir verstehen uns gut und haben auch im Bett viel Spaß.«

»Klingt ziemlich lauwarm.«

Cat zuckte die Achseln. »Ich glaube, genau das ist der

springende Punkt. Ich habe versucht, dahinterzukommen, warum ich mich für einen netten, wunderbaren Mann wie Jason nicht mehr begeistern kann. Vielleicht liegt es daran, daß niemand dem Vergleich mit Scott standhält.«

»Scott ist seit fast zwei Jahren tot.«

Ratlos schüttelte Cat den Kopf. »Wir verabreden uns einen Abend in der Woche. Hin und wieder lädt er mich zu sich zum Abendessen ein. Cody und er würden mich am liebsten noch öfter sehen. Im Sommer war ich bei Codys sämtlichen Baseballspielen. Ich bin gern mit Jason zusammen, und wir sind gute Freunde. Jeden Tag gehe ich mit ihm in Rocky's Café. Und mindestens einmal täglich schaut er bei mir im Büro vorbei. Aber irgendwas fehlt.«

»Das Knistern. Du bist einfach nicht in ihn verliebt.« Miss Jenny stützte die Ellbogen auf den Tisch. »Erzähl mir von Red und Sarah.«

»Miss Jenny, ich finde, es wird immer schlimmer mit ihr. Ich wäre froh, wenn sie zu einem Therapeuten ginge.«

»Am Anfang, als sie noch auf dem College war, und auch zu Beginn ihrer Ehe dachten wir alle, daß ihr das Leben auf einer Ranch Freude macht und daß sie sich in Cougar wohl fühlt so wie du. Wir waren der Meinung, daß sie für Red genau die Richtige ist. Sie lernte reiten, ging auf die Jagd und war der Mittelpunkt auf jeder Party. Sie gab Gesellschaften auf der Ranch, einmal sogar ein Kostümfest zu Halloween. So etwas hatte Cougar Valley noch nie erlebt. Sie verbreitete gute Laune, und Red war unbeschreiblich glücklich. Und dann veränderte sie sich. Red und ich haben schon oft darüber gesprochen, aber wir wissen einfach nicht, was geschehen ist. Nach Scotts Geburt hatte sie eine leichte Wochenbettdepression, doch das dauerte nur etwa sechs Wochen. Als sie mit Torie schwanger war, benahm sie sich immer merkwürdiger. Je näher der Geburtstermin rückte, desto schlimmer wurde ihr Verhalten. Sie streifte zu Fuß durch die Wälder, und wenn sie zurückkam, war ihr Haar zerzaust und in ihren Augen lag ein unsteter Blick. Aber sie war Scott noch immer eine gute Mutter und vergötterte ihn. Nur wenn sie ihre Spaziergänge unternahm, ließ sie ihn allein, und das auch bloß, wenn er schlief. Ich habe Red gefragt, ob sie vielleicht ein eigenes Haus haben wollten. Wir hätten ja jederzeit eines bauen können. Ich neige eben dazu, die Schuld bei mir selbst zu suchen. Also überlegte ich, ob sie vielleicht lieber allein mit Red wohnen wollte. Doch er glaubte das nicht. Als ich Sarah darauf ansprach, umklammerte sie meine Hand und sah aus, als würde sie gleich in Tränen ausbrechen. Sie flehte mich an, sie nicht wegzuschicken. Torie kam auf die Welt, und Sarah hat das Kind von Anfang an abgelehnt, sie weigerte sich, es zu stillen, blieb tagelang im Bett, starrte ins Leere und würdigte ihr Baby keines Blickes. Red hat Torie gefüttert, gebadet und gewickelt. In ihrem ersten Lebensjahr war er für sie Vater und Mutter zugleich. Sarah hatte sich völlig verändert. Ich habe Red zwar nie danach gefragt, doch ich bezweifle, daß sie danach je wieder im gleichen Bett geschlafen haben. Wie du sicher weißt, ist mein Sohn ein Genußmensch. Mich

würde interessieren, wie er dieses Mönchsleben aushält.«
Die Schokoladenkekse waren fertig, und Miss Jenny holte sie aus dem Ofen. »Am besten sind sie, wenn die Schokolade noch weich ist.«
Cat schloß die Augen. »Meine Mutter hat früher auch Schokoladenkekse gebacken. So gute habe ich später nie wieder bekommen.«
»Hast du noch Kontakt zu deinem Vater?« wollte Miss Jenny wissen.
»Ja. Er ruft mich einmal im Monat an. Aber eigentlich interessiert er sich nur noch für seine zweite Familie. Um mich hat er sich sowieso nie viel gekümmert. Jetzt hat seine Frau das vierte Kind bekommen, es ist sogar jünger als Matt.«
»Und dir tut das weh, richtig?«
Cat zog die Augenbrauen hoch. »Ich belächle es als seinen zweiten Frühling. Er ist dreiundfünfzig. Ist das nicht ein bißchen spät für ein Baby?«
»Warum?« Miss Jenny musterte Cat. »Ich glaube, du bist nur eifersüchtig, weil du dich vernachlässigt fühlst.«
»Ist das ein Wunder? Er hat mich ins Internat geschickt, und ich durfte ihn nur manchmal in den Ferien sehen. Aber meistens hat er mich in ein Ferienlager gesteckt, während seine Frau ein Kind nach dem andern gekriegt hat.«
»Und sie ist so jung, daß sie deine Schwester sein könnte, nicht deine Stiefmutter?«
Cat nickte und spürte zu ihrer Überraschung, daß ihr Tränen in die Augen stiegen.

Miss Jenny streichelte ihren Arm. »Nach all den Jahren noch?«
Cat durchwühlte ihre Taschen nach einem Taschentuch und wischte sich die Augen. »Vielleicht fand ich, daß er in diesem Alter kein Recht mehr auf Glück hat.«
Miss Jenny legte zwei Kekse auf einen Teller und stellte ihn vor Cat hin. »Du bist also der Ansicht, daß man in diesem Alter keinen Neuanfang mehr versuchen sollte?«
»Spielst du damit auf Red an?« Cat war einen Moment verdattert.
Miss Jenny knabberte an ihrem Keks. »Ich muß sagen, diese Kekse sind einfach ein Gedicht, auch wenn ich weiß, daß Eigenlob stinkt. Ja, ich meine Red. Ich will, daß er glücklich wird, ganz unabhängig vom Alter.«
»Ach, Miss Jenny.«
Und dann brach sie in Tränen aus.

SIEBENUNDDREISSIG

Zum Geburtstag hatte Cat von Red eine trächtige Appaloosa-Stute bekommen. Sie war begeistert, denn Matt würde so ein eigenes Fohlen haben. Als die Tage im Dezember kürzer wurden, sah man Felicia schon deutlich an, daß sie bald Mutter werden würde.

»Im März ist das Fohlen sicher schon da«, meinte Red. Es war Samstagnachmittag, und sie waren draußen in der Scheune. Matt, der einen Schneeanzug trug, tobte herum und steckte lachend den Kopf in die Pferdeboxen.

»Weißt du, was ich mir zu Weihnachten wünsche?« fragte Cat.

Red sah sie an. »Raus mit der Sprache.«

»Ein Gewächshaus.«

»Ein Gewächshaus?«

»Genau. Wir hätten das ganze Jahr über frisches Gemüse, und ich könnte Saatgut ansetzen. Außerdem würde ich den Bereich südlich des Hauses gern einzäunen, Rosen pflanzen und einen Garten mit Immergrün anlegen.«

»Das wünschst du dir?«

»Oder hast du etwas dagegen? So wäre ich wenigstens beschäftigt …«

»Als ob du nicht schon genug zu tun hättest.«

»Ich muß mit den Händen arbeiten, um mich von diesem Prozeß abzulenken. Er fängt Ende Februar an. Außerdem mußt du gerade reden. Du kannst auch keinen Moment stillsitzen. Wir beide können die Untätigkeit eben nicht ertragen.«

Red lachte auf.

»Seit ich zwölf bin, hatte ich kein richtiges Zuhause mehr. Erst hier habe ich wieder eines gefunden. Ich möchte einen richtig altmodischen Garten mit winterharten Pflanzen und Kräuterbeete im Gewächshaus und ...«

»Wie ich dich kenne, hast du sicher schon Kataloge bestellt.«

»Nun ...« Sie lächelte. »Bestellt schon, aber sie sind noch nicht alle gekommen.«

»Bring sie nach dem Essen in mein Arbeitszimmer. Dann können wir sie uns zusammen ansehen, und du erklärst mir, wie du es haben willst.«

Sie umarmte ihn. »Ich wußte, daß dir die Idee gefallen würde.«

»Cat, mir gefallen alle deine Ideen.«

»Das liegt nur daran, daß du mich liebhast.«

Red, der gerade eine Gabel Heu in eine Pferdebox warf, erstarrte.

Von der anderen Seite der Scheune drang Matts Johlen zu ihnen hinüber.

Cat kam näher. »Oder nicht? Schließlich mache ich dich glücklich.«

Er zögerte und hatte ihr immer noch den Rücken zugewandt. »Ja, das ist richtig.«

Cat drehte sich um, nahm ihren Sohn hoch und hüpfte ausgelassen auf die Tür zu.
Matt schlang kichernd die Arme um ihren Hals. Cat küßte seine geröteten, kalten Wangen. »Komm, wir machen heißen Apfelwein«, sagte sie. »Opa hätte bestimmt auch gern welchen.«
Doch Red ließ sich erst zum Abendessen wieder blikken. Inzwischen war es schon seit zwei Stunden dunkel. Cat hatte Matt gefüttert, gebadet und in seinen Pyjama gesteckt. Nun spielte er vor dem Kamin im Wohnzimmer. Kurz darauf war auch Sarah hereingerauscht.
»Noch keine Drinks?« waren ihre ersten Worte.
Cat schüttelte den Kopf. »Wir hatten gerade Apfelwein.«
Sarah holte aus der Küche einen Krug Eis, gab vier Würfel in ein hohes Glas und füllte es mit Whiskey.
Cat erschauderte. Der Anblick allein genügte, um einem das Trinken auszutreiben. Doch als Red eine Viertelstunde später hereinkam, ließ sie sich von ihm ein Glas Rotwein einschenken.
»Die Luft riecht nach Schnee«, sagte er.
Sarah lallte bereits. »Ich hasse die Dunkelheit und die Kälte.«
»Torie hat geschrieben«, erzählte Red. »Sie kommt Weihnachten nicht nach Hause.«
»Weihnachten? Ist das schon so bald?«
»Ich habe Joseph gestern in der Stadt getroffen«, berichtete Cat. »Er sagt, er fährt über die Ferien zu ihr. Er nimmt die Woche zwischen Weihnachten und Neujahr frei.«

»Ich dachte, sie hätten sich getrennt«, meinte Sarah.
»Wer redet denn von Trennung? Sie wollten nur ein wenig Abstand gewinnen«, entgegnete Red.
Cat stand auf. »Ich bringe Matt ins Bett, und dann gibt es Essen.«
Sie hatte Thelma gesagt, daß sie das Abendessen für Samstag nicht mehr vorzubereiten brauchte. Schließlich hatte Thelma mit Lucy und deren Sohn alle Hände voll zu tun. Außerdem war es an der Zeit, daß die Familie McCullough lernte, wenigstens anderthalb Tage in der Woche ohne Haushaltshilfe zurechtzukommen.
Cat hatte das übriggebliebene Brathuhn von gestern zu Kroketten verarbeitet, dazu wollte sie neue Kartoffeln, frische Brötchen und einen gemischten Salat servieren. Zu den Kroketten hatte sie eine Senfsauce gemacht. Hoffentlich würde es Red schmecken.
Sie hatte Freude daran, am Wochenende in der Küche zu wirtschaften. Ihre wöchentliche Verabredung zum Abendessen mit Jason hatte sie deshalb auf den Freitag verlegt. In der vergangenen Woche hatte sie ihn und Cody zum Essen eingeladen. Danach hatten sie Karten gespielt, während Red sich in sein Arbeitszimmer zurückzog. Sarah war nach oben gegangen und wie meistens vor dem Fernseher eingeschlafen. Häufig lief der Apparat noch, wenn Thelma am Morgen zur Arbeit kam.

Cat gab sich redliche Mühe, daß das Tischgespräch nicht erlahmte. »Gestern war eine sehr sympathische

Frau bei mir im Büro. Sie ist etwa Mitte Dreißig und ausgesprochen elegant. Ihr Kostüm paßte eher nach New York als nach Cougar, und ihre Handtasche war ein Traum. Sie hatte zwei halbwüchsige Jungen dabei, dreizehn und elf, wie sie mir erzählte. Ihr dritter Sohn ist sechzehn. Sie hat Mister Joslins Haus gekauft.«

»Dafür habe ich mich auch interessiert«, meinte Red. »Aber er hat zuviel dafür verlangt.«

»Die Frau heißt April Martin, ist das nicht ein hübscher Name? Sie ist seit einem Jahr geschieden und hat beschlossen, aus New Jersey wegzuziehen. Ihre Söhne wollten unbedingt in den Westen auf eine Ranch, weil sie gern reiten und jagen. Mich hat sie beauftragt, den Papierkram und die Grundbucheintragung zu erledigen. Ich denke, sie wird frischen Wind in die Stadt bringen. Sie wollte wissen, was man in Cougar unternehmen kann, und als ich sage, daß es hier nicht einmal ein Kino gibt, antwortete sie: ›So habe ich es nicht gemeint. Schließlich ziehen wir um, weil wir das Stadtleben satt haben. Ich würde gern einem Volkstanzverein oder irgendeinem Club beitreten, Leute kennenlernen und dazugehören. Und kann ich irgendwo einen Kurs besuchen, in dem ich etwas über die Landwirtschaft lerne?‹«

Red lachte auf.

»Ich mußte mich schwer beherrschen«, fuhr Cat fort. »Sie war so begeistert und aufgeregt. Einfach furchtbar nett. Mir hat sie sehr gut gefallen, vielleicht nehme ich sie nächste Woche mit zu Dodie zum Kaffeetrinken. Im Moment wohnen sie in einem Motel in

Baker. Sie hofft, bis Weihnachten einziehen zu können.«
»In zwei Wochen?«
»Ich habe mir gedacht, daß ich mit ihr zu Mister Joslin fahre. Vielleicht zieht er ja aus, bevor die Papiere fertig sind.«
»Pete Joslin?« Red schüttelte den Kopf. »Ich weiß zwar, wozu zwei entschlossene Frauen in der Lage sind, aber es wird bestimmt nicht leicht.«
»Hättest du was dagegen ... sie kennt nämlich niemanden hier ... wenn ich sie zu Weihnachten einlade? Jason und Cody sind sowieso dabei wie jedes Jahr. Und Chazz und Dodie auch.«
Red lehnte sich zurück. »Kein Problem, Cat. Die Senfsauce ist übrigens köstlich.«
Cat klatschte in die Hände. »Ach, es wird sicher wunderschön! Ein Weihnachtsfest mit einer großen Familie war schon immer mein Traum.«
Sie stand auf, um den Tisch abzuräumen. »Was ist mit Thelma, ihrem Mann und Lucy mit ihrem Sohn? Wenigstens zum Essen?« meinte sie.
Red stand auf und begann, die Teller zusammenzustapeln. »So viele Gäste haben wir schon seit über zwanzig Jahren nicht im Haus gehabt.«
»Dazu ist ein großes Haus doch da.«
Gemeinsam stellten sie das Geschirr in die Spülmaschine und kehrten ins Wohnzimmer zurück.
»Möchtest du dir die Kataloge lieber hier oder in meinem Arbeitszimmer ansehen? Beide Kaminfeuer brennen.«

»Bei dir ist es gemütlicher.« Cat nahm sich vor, irgendwann das Wohnzimmer umzugestalten, denn sie fand die augenblickliche Möblierung im Winter zu düster und deprimierend. Sie bevorzugte helle, zarte Farben wie Pastellblau, Malve und Beige, Blumenmuster und Blätterranken.

»Ich muß noch mal raus in die Scheune. Also in einer halben Stunde in meinem Arbeitszimmer.«

Cat ging hinauf in ihr Zimmer, um die Kataloge zu holen. Als sie wieder herunterkam, stellte sie fest, daß Red im Wohnzimmer alle Lampen außer einer ausgeknipst hatte. Bis auf den Lichtschimmer aus seinem Arbeitszimmer war es dunkel im Haus.

Sie trat vor die Tür, um die Sterne zu betrachten, und fand sich plötzlich vor der Scheune wieder.

Da nur eine Glühbirne einen dämmrigen Schein verbreitete, konnte sie Red zuerst nicht sehen. Sie trat ein. Die Pferde verzehrten geräuschvoll ihre abendliche Mahlzeit, und der angenehme Duft des Heus stieg Cat in die Nase.

Red machte sich im hinteren Teil der Scheune an einer Maschine zu schaffen. Seine Hände waren mit Öl verschmiert. Als sie näher kam, hob er den Kopf. Cat lehnte sich an einen Pfeiler, betrachtete seine gebeugten, breiten Schultern und sah ihm bei der Reparaturarbeit zu.

»Ich habe Ma von deiner Idee mit dem Gewächshaus erzählt. Sie ist Feuer und Flamme. Ich soll dir nur ausrichten, du möchtest Löwenmäulchen bestellen, damit sie den ganzen Winter etwas Grünes hat«, meinte Red.

Wortlos kam sie näher.
Obwohl sie noch ein knapper Meter voneinander trennte, konnte sie spüren, welche Wärme er ausstrahlte. Der Zitrusduft seines Rasierwassers mischte sich mit dem Geruch von Heu und Motoröl. Seine riesigen Hände wirkten anmutig wie die eines Chirurgen. Nachdem er die Zange gesäubert hatte, sagte er: »Das reicht für heute.«
Er wandte sich zum Gehen um, doch plötzlich blieb sein Blick an Cat hängen, die ihn unverwandt anstarrte.
Cat stellte fest, daß sie kaum noch Luft bekam. Das Herz klopfte ihr bis zum Halse.
»Cat?« fragte er.
Sie stand da wie angewurzelt, war unfähig, sich zu rühren.
Er musterte sie eindringlich, als sei er nicht sicher, wie er ihre Miene deuten sollte.
Dann trat er einen Schritt näher, bis sie einander berührten. Ein Geräusch entrang sich ihrer Kehle, sie wußte nicht, ob es ein Stöhnen oder ein Aufschrei war. Plötzlich schlang er die Arme um sie, zog sie an sich und bog ihr den Kopf in den Nacken, um ihr in die Augen zu sehen. Seine Lippen preßten sich auf ihre. Sie küßten sich leidenschaftlich, und er liebkoste ihre Wangen, ihre Augen und ihren Hals mit den Lippen.
»O Gott, Cat«, murmelte er. »Catherine.« Wieder küßte er sie. Sie schmiegte sich so eng an ihn, daß sie kaum noch Luft bekam.
Auf einmal riß sie sich los und rannte durch den leise

fallenden Schnee davon. Auf der Treppe nahm sie zwei Stufen auf einmal, stürzte in ihr Zimmer und schloß die Tür hinter sich. Keuchend lehnte sie sich gegen das Holz.

»O Gott«, flüsterte sie atemlos. »Was haben wir getan?«

ACHTUNDDREISSIG

Cat setzte sich in den Sessel am Fenster und betrachtete die rieselnden Schneeflocken. Zitternd schlang sie die Arme um den Leib und schloß die Augen. Red war ihr Schwiegervater. Red war verheiratet. Red war alt genug, um ihr Vater sein zu können. Red war … Sie schluchzte auf. Red hatte ein Feuer in ihr entfacht. Eine Leidenschaft, die nur darauf gewartet hatte, entfesselt zu werden. Cat hatte gehofft, die Sehnsucht vertreiben zu können, indem sie mit Jason ins Bett ging. Doch das hatte nichts genützt.

Red war ein Ehrenmann. Nie und nimmer würde er sich von körperlichen Begierden beherrschen lassen. Und sie wußte, daß er ihr nie weh tun würde. Er hatte ihr geholfen, ihren Sohn, seinen Enkel, zur Welt zu bringen. Er war gut zu ihr gewesen und tat alles, um sie glücklich zu machen, damit sie auf Big Piney blieb. Nie hätte er sich gedankenlos verhalten und aus einer Laune des Augenblicks heraus gehandelt.

Cat stand auf, öffnete die Tür und spähte in den leeren Flur hinaus. Dann ging sie zu Matts Zimmer und lauschte, auf der Schwelle stehend, seinem regelmäßigen Atmen.

Sie wollte mit Red sprechen und ihm sagen, daß sie vergessen mußten, was geschehen war. Außerdem mußte sie mit Matt hier ausziehen.

So tun, als wäre nichts geschehen?

Wie gerne hätte sie ihm gestanden, daß sie ihn liebte.

Mit einem Seufzer ging sie weiter. War er überhaupt schon aus der Scheune zurück?

Sie hörte das Kaminfeuer in seinem Arbeitszimmer knistern. Er kehrte ihr den Rücken zu und legte Scheite nach. Die züngelnden Flammen warfen tanzende Schatten an die Wand.

»Red?«

Er fuhr so hastig herum, daß er fast das Gleichgewicht verloren hätte, schaffte es aber dennoch, anmutig aufzustehen. Cat merkte ihm an, daß er nicht wußte, was er sagen und wie er sich verhalten sollte, was bei ihm sicher selten vorkam. Ein Holzscheit in der Hand, stand er da und sah sie fragend an.

»Möchtest du etwas trinken?«

Ohne auf seine Antwort zu warten, ging Cat in die Küche, gab Apfelwein und eine Zimtstange in einen Topf und stellte ihn auf den Herd. Dann starrte sie blicklos in die Flüssigkeit, bis diese zu kochen begann.

Cat goß das würzige Getränk in zwei Tassen und kehrte ins Arbeitszimmer zurück. Er stand noch vor dem Kamin und blickte unverwandt in die Flammen. Sie stellte seine Tasse auf den Couchtisch und ließ sich in einem Ledersessel gegenüber dem Sofa nieder.

Ihr Gehirn war wie leergefegt. Er hatte ihr noch immer den Rücken zugekehrt. »Es tut mir leid«, meinte er.

Sie schnappte nach Luft und blickte ihn an. Nachdem

er auf dem Sofa Platz genommen hatte, griff er nach seiner Tasse.

»Ich will nichts tun, was dich traurig macht. Und ich möchte dich nicht verlieren.«

»Vielleicht sollten Matt und ich besser fortgehen«, sagte sie leise.

»Um Himmels willen. Das würde ich nie zulassen. Cat, ich habe die Beherrschung verloren. Mein ganzes Leben lang habe ich mich noch nie unehrenhaft verhalten. Ich weiß nicht, was über mich gekommen ist. Wenn ich könnte, würde ich es ungeschehen machen, Cat. Ich möchte nicht, daß etwas zwischen uns steht.«

»O Red.« Cat seufzte auf. »Möglicherweise liegt es nur daran, daß du und Sarah …«

»Sarah und ich führen schon seit über zwanzig Jahren keine Ehe mehr. Aber ich bin ein normaler Mann und habe Bedürfnisse. Deshalb sind Norah und ich …«

»Norah?« Cat starrte ihn entgeistert an. »Norah Eddlington?«

Er nickte. »Ich schäme mich dafür nicht, Cat. Norah und ich kennen uns seit unserer Kindheit. Und als Stan vor über sechzehn Jahren den Unfall hatte … Norah liebt ihn immer noch, aber auch sie wollte kein Klosterleben führen.«

»Norah Eddlington?«

»Bist du jetzt schockiert?«

Cat schüttelte den Kopf. »Nein, ich finde es wunderbar.«

Sie zwang sich zu einem Lächeln. »Für euch beide. Und ich habe mir schon Sorgen gemacht, daß du …«

»Doch wir lieben uns nicht, Cat. Nur gute Freunde, die einander achten und brauchen. Auf diese Weise werden unsere Ehen für uns erträglich.«
»Weiß Stan davon?«
»Ich glaube, er ahnt es. Vielleicht hat sie es ihm auch erzählt. Anscheinend hat er nichts dagegen einzuwenden, da seine Ehe nicht darunter leidet.«
Als sie nichts darauf erwiderte, fuhr Red fort: »Also liegt es nicht daran, daß ich in all den Jahren zur Keuschheit verdammt war, Cat. Das ist nicht der Grund.«
Cat umfaßte ihre Tasse mit beiden Händen. Sie zitterte am ganzen Leib und brachte es nicht über sich, ihn anzusehen. Dann stand sie auf, ging zum Fenster und blickte in die Dunkelheit hinaus. Winzige weiße Flocken schwebten vom Himmel.
»Offenbar müssen wir einiges zwischen uns klären«, meinte Red leise.
»Können wir nicht so tun, als wäre nichts gewesen?«
Er trat hinter sie. Obwohl er sie nicht berührte, spürte sie seine Wärme. Ihre Nackenhaare sträubten sich.
Sie starrten einander an. Schließlich drehte Cat sich um, verließ das Zimmer und stieg die Treppe hinauf, Sie legte sich ins Bett, ohne sich auszuziehen. Noch stundenlang starrte sie in die Dunkelheit.

Als Cat am nächsten Morgen Brötchenteig nach Miss Jennys Rezept anrührte und Red Rühreier mit Zwiebeln und rotem Paprika machte, war Sarah noch nicht heruntergekommen.

Red und Cat wechselten kaum ein Wort miteinander, und auch der Vorfall des gestrigen Abends wurde mit keiner Silbe erwähnt.

»Heute muß ich alle anrufen, die wir zu Weihnachten einladen wollen«, sagte Cat schließlich. Ihre Augen waren vom Schlafmangel gerötet. »Ich habe eine Menge zu tun ...«

Cat hatte die Sonntagvormittage zu Hause immer genossen. Sie füllte Gläser mit Orangensaft und stellte sie auf die gelb-blau gemusterten Platzdeckchen, die sie auf dem Eichentisch ausgebreitet hatte.

Matt saß auf seinem Schaukelpferd.

Die Brötchen waren fertig. Cat nahm das goldgelbe Gebäck aus dem Ofen und setzte sich. Red brachte die Teller mit dem Rührei.

Als Cat ihn ansah, stellte sie fest, daß er anscheinend auch nicht viel geschlafen hatte. Er biß in ein Brötchen.

»Sie sind so gut wie die von Miss Jenny«, stellte er fest.

In diesem Moment erschien Sarah in der Tür. Sie hatte sich zwar gekämmt, war aber ungeschminkt. »Warum eßt ihr in der Küche?« fragte sie.

Cat erhob sich, um für ihre Schwiegermutter ein Gedeck aufzulegen, und reichte Sarah ein Glas Saft.

»Seit wann essen wir in der Küche wie das Personal?« wiederholte Sarah, nachdem sie Platz genommen hatte.

»Cat und ich sitzen gern am Sonntagmorgen hier«, antwortete Red. »Übrigens halten wir das schon seit fast einem Jahr so, Sarah.«

»Oh.« Sarah sah sich um und entdeckte die Brötchen. »War Miss Jenny hier?«

»Nein«, antwortete Cat. »Ich habe sie nach ihrem Rezept gebacken. Möchtest du eins versuchen?«
Sarah schüttelte den Kopf. »Nein. Seit wann kannst du denn kochen? Offenbar gibt es nichts, was du nicht kannst«, fügte sie hinzu, ohne Cats Antwort abzuwarten.
Cat wußte nicht, ob Sarah verärgert war oder ihr ein Kompliment machen wollte.
»Ich tue mein Bestes.«
Red schenkte Sarah eine Tasse heißen Kaffee ein. Dabei trafen sich sein und Cats Blick.
»Es schneit«, sprach Sarah weiter. »Der Schnee hat Scott umgebracht.«
»Ich hole nachher Matts Schlitten aus der Scheune und gehe mit ihm Schlitten fahren«, sagte Cat, obwohl auch sie ihren Widerwillen gegen Schnee noch nicht überwunden hatte.
»Warum ziehen wir nicht nach Florida oder nach Tahiti?« meinte Sarah zu Red. »Dort gibt es keinen Schnee, der mich ständig daran erinnert.« Sie trank einen Schluck Kaffee und bestrich ein Brötchen mit Marmelade.
Schweigend verzehrten die drei ihr Frühstück, während Matt von seinem Schaukelpferd kletterte und nach oben rannte.
»Ich hasse den Winter«, fuhr Sarah fort. »Ich fühle mich wie im Gefängnis, und den Rest meines Lebens werde ich hier eingesperrt sein.«
»Du kannst doch tun und lassen, was du willst, kommen und gehen … Du bist nicht eingesperrt«, wandte Cat ein.

»Was weißt du schon?«
Red nahm seine Winterjacke vom Haken an der Küchentür. »Ich gehe in die Scheune«, verkündete er.
Nachdem er fort war, teilte Sarah Cat mit, daß sie in diesem Jahr keine Lust auf Weihnachten hatte.
»Aber wir haben ein großes Fest geplant«, erwiderte Cat. »Ich habe vor, Jason, Cody, Chazz und Dodie einzuladen. Und dann noch eine Frau, die neu in der Stadt ist. Sie hat drei Kinder. Außerdem Thelma, Tom, Lucy ...«
»O Cat, so viele Menschen halte ich nicht aus.«
»Das schaffst du schon, Sarah. Thelma und ich kümmern uns um den Truthahn und backen Kuchen und und ...«
»... alle werden sehen, wie tüchtig du im Gegensatz zu mir bist. O Cat.« Sie fing an zu weinen. »Ich bringe einfach nichts zustande.«
Cat stellte fest, daß Sarahs Tränen sie nicht rührten. Sie erhob sich und begann, den Tisch abzuräumen. »Soll ich für dich ein Geschenk besorgen, das du Torie schicken kannst?«
Sarah schüttelte den Kopf und blickte hinaus auf die Berge. »Ist dir noch nicht aufgefallen, daß ich dieses Haus nicht länger ertrage? Was hält dich eigentlich hier? An deiner Stelle würde ich mich aus dem Staub machen, solange du noch kannst.«
»Ich bin glücklich.« Cat räumte das Geschirr in die Spülmaschine. »Matt und ich gehören hierher.«
»Glücklich! Wann bin ich das letztemal glücklich gewesen? Ich weiß es noch ganz genau, und das ist der

Preis, den Gott von mir dafür fordert. Ich habe ihm meine Seele verkauft.«

Die Tasse in der Hand, verließ sie den Raum. Cat stand am Spülbecken und betrachtete die Föhren auf den Berghängen.

Dann rief sie Matt und zog ihm Schneeanzug und Stiefel an. Nachdem sie sich ebenfalls warm eingemummt hatte, ging sie in die Scheune, um Matts Schlitten zu holen.

Zu ihrer Erleichterung und Enttäuschung war Red nirgendwo zu sehen. Während sie den Schlitten vom Haken nahm, tanzte Matt aufgeregt um sie herum.

»Nur immer mit der Ruhe, junger Mann.« Sie lächelte ihn an. »Kannst du dich überhaupt noch an deine letzte Schlittenfahrt erinnern?« Sobald sie den Schlitten abgestellt hatte, kletterte der kleine Junge darauf und sah sie erwartungsvoll an. Cat küßte ihn auf die gerötete Wange. »Weißt du, wie sehr ich dich liebe?« fragte sie, griff nach der Schnur und fing an zu ziehen. Matt fuchtelte lachend mit den Armen.

»Was hältst du davon, wenn wir zuerst zum Briefkasten gehen?« sagte sie. Der knapp einen Kilometer lange Spaziergang würde ihr guttun und sie von ihren Grübeleien ablenken.

Cat bemerkte nicht, daß Red in der Scheunentür stand und sie beobachtete. Er sah ihr schon seit einer Weile zu. Die Kehle war ihm wie zugeschnürt. Diese beiden Menschen und Torie waren ihm das Wichtigste auf der Welt. Hatte er Cat wegen seines unbesonnenen Verhaltens von gestern für immer verloren? So lange schon unterdrückte er sein Bedürfnis, sie zu küssen, und er hatte einfach nicht mehr an sich halten können, als sie so dicht vor ihm stand. Ihr Blick, ihr Geruch, ihre Nähe …

Und sie hatte es offenbar genossen, die Arme um ihn geschlungen und seinen Kuß leidenschaftlich erwidert. Doch der Augenblick war rasch verflogen. Fand sie ihn abstoßend? Er kam nicht dahinter, was in ihr vorging, und dabei hatte er geglaubt, sie so gut zu kennen. Und heute morgen hatte sie ihm die kalte Schulter gezeigt. Hatte er sie gekränkt, sie, die Frau, die er von ganzem Herzen liebte? Hatte er ihre Freundschaft zerstört? Warum hatte er sich nicht damit zufriedengeben können, alles beim alten zu lassen? Bis jetzt waren sie unbefangen und vertraut miteinander umgegangen. Und nun würde wegen seiner Unbesonnenheit nichts mehr so sein wie zuvor.

Er hatte in seinem Leben nur selten spontan gehandelt und – soweit er wußte – niemandem geschadet. Nur dieses eine Mal hatte er zugelassen, daß sein Herz die Oberhand über den Verstand gewann, und damit vielleicht die einzige Beziehung beendet, die ihm etwas bedeutete und ihn glücklich machte.

Er bedauerte, daß er nicht gläubig war und Trost im Gebet finden konnte.

Als Cat ihn entdeckte, winkte sie ihm zu. Matt sprang vom Schlitten. Er rannte seinem Großvater entgegen. Red bückte sich und warf eine Handvoll Schnee in Matts Richtung. Die weißen Flocken schwebten auf den kleinen Jungen herab.

Kichernd streckte Matt die Hände aus und versuchte sie aufzufangen.
»Soll ich auf ihn aufpassen, damit du in Ruhe telefonieren kannst?« fragte Red. Er sah Cat in die Augen. Um nichts in der Welt würde er sich seine Unsicherheit anmerken lassen.
Sie erwiderte seinen Blick. »Red, was geschehen ist, ist geschehen. Wir können es nicht mehr rückgängig machen.«
Was sollte das nun wieder heißen?
Sie reichte ihm die Schlittenschnur. »Kümmerst du dich bitte um den Schlitten? Ich lade die Gäste zum Weihnachtsessen ein.«
Als er ihr nachrief, drehte sie sich nicht um, sondern ging einfach weiter.
Wir können es nicht mehr rückgängig machen. Was hatte sie bloß damit gemeint?

NEUNUNDDREISSIG

Obwohl Cat das ganze Wochenende lang schlecht geschlafen und sich nachts mit Schuldgefühlen gequält hatte, stand sie am Montag vor Morgengrauen auf. Zu ihrer Enttäuschung hatte Red schon gefrühstückt und war bereits fort.

Thelma stellte einen Bratapfel mit braunem Zucker vor sie hin und setzte sich mit ihrer Kaffeetasse an den Tisch.

»Wie viele sind wir beim Weihnachtsessen?« fragte sie.

Cat hatte ihr erklärt, daß sie das Essen mit ihr gemeinsam zubereiten wollte. Thelma sollte sich an diesem Abend als Gast und Familienmitglied fühlen, anstatt die anderen zu bedienen. Doch Thelma betrachtete die Küche trotzdem als ihr Reich.

Cat zählte an den Fingern ab. »Wir drei, Sie drei, die Whitleys, Jason und Cody, Miss Jenny und die vier Martins.«

»Wer ist denn das?«

»Mistress Martin ist neu in der Stadt. Sie hat das Haus von Mister Joslin gekauft. Sie hat drei halbwüchsige Söhne und kennt niemanden hier.«

»Die Wohltäterin der Menschheit«, war da eine Stimme von der Tür zu vernehmen.

»Miss Jenny, was machst du denn so früh hier?« Cat küßte die alte Dame auf die Wange.
»Ich dachte, so kriege ich noch was von Thelmas Frühstück ab.«
»Setzen Sie sich. Ich mache Ihnen etwas zurecht. Es gibt Bratäpfel und Bananenbrot.«
»Eine seltsame Kombination, aber mir schmeckt es bei Ihnen immer ausgezeichnet.« Miss Jenny hatte sich über dreißig Jahre lang von Thelma bekochen lassen.
»Du hast dich ja so fein gemacht«, stellte Cat fest.
»Ich wollte in Boise Weihnachtseinkäufe erledigen. Da du dieses Jahr nicht genug Zeit hast, mit mir nach Portland zu fahren, muß ich mich eben selbst darum kümmern. Ich dachte, ich lasse mir Zeit und übernachte dort.«
»Ich bestellte diesmal fast alles per Katalog.«
»Am schwierigsten ist es, ein passendes Geschenk für einen Mann zu finden. Was schenkt man einem Mann, der alles hat?«
»Red kriegt von mir eine Cappuccinomaschine.«
Miss Jenny lachte, während Thelma ihr Orangensaft und Kaffee servierte. »Ich weiß noch, wie Jock mir einmal einen Rasenmähertraktor zum Geburtstag geschenkt hat, weil er das Mähen satt hatte. Das war, bevor wir so viele Hausangestellte hatten.«
Cat lächelte. »Du hast recht, eine Cappuccinomaschine ist etwas, das mir auch gefallen würde. Jeden Sonntagmorgen sehne ich mich nach einem Cappuccino.«
»Ich finde deine Idee mit dem Gewächshaus großartig.

Wie findest du nur die Zeit, so viele Dinge gleichzeitig zu tun?«

»Wenn man etwas wirklich will, hat man auch die Zeit dafür«, entgegnete Cat. »Es würde mir solchen Spaß machen, das ganze Jahr über frische Blumen und Gemüse zu haben. Und wenn ich aus der Kanzlei komme, ist Gartenarbeit ein guter Ausgleich.«

»Hat Red dir erzählt, daß ich eine Schwäche für Löwenmäulchen habe?«

Cat nickte. »Natürlich pflanze ich welche für dich an. Übrigens wüßte ich etwas, das du mir schenken kannst: so viele Bücher über Pflanzenaufzucht im Gewächshaus wie möglich.«

»Ich glaube nicht, daß die Auswahl in Boise so groß ist.« Miss Jenny runzelte die Stirn. »Vielleicht können sie welche für mich bestellen.«

Cat berichtete Miss Jenny von ihren Weihnachtsplänen.

»Ich backe die Kuchen«, schlug Miss Jenny vor.

»Damit habe ich auch fest gerechnet.«

Cat war gerade in ihre Kanzlei gekommen und hatte den Mantel noch nicht ausgezogen, als Jason erschien. Er küßte sie auf die Wange. »Von dir sieht und hört man ja gar nichts mehr.«

»Ach Jason, ich habe so viel zu tun.«

»Zu viel zu tun für einen Kuß?«

Sie lächelte ihn an und streifte seinen Mund leicht mit den Lippen. »Ich habe das Gefühl, daß ich nur noch der Zeit hinterherhetze.«

»Wegen Lucys Prozeß?«
»Richtig. Ich bin Tag und Nacht damit beschäftigt.«
Wenigstens würde es bald so sein.
»Zu beschäftigt, um am Samstag mit mir in La Grande ins Kino zu gehen?«
»Jason, mir schwirrt der Kopf. Die Weihnachtsvorbereitungen, der Prozeß. Verschieben wir es auf ein andermal.«
»Hab ich was falsch gemacht?«
Sie zwang sich zu einem beschwichtigenden Lächeln.
»Wenn es dir paßt, kannst du mich heute zum Mittagessen einladen.«
»Gern, falls nichts Unvorhergesehenes dazwischenkommt. Aber das passiert Gott sei Dank nur selten. Weißt du, was das Schlimmste an meinem Job ist? Den Leuten schlechte Nachrichten zu überbringen. Zum Glück war das in letzter Zeit nicht nötig.«
»Treffen wir uns um halb eins in Rocky's Café?«
»Für heute werde ich mich damit zufriedengeben. Aber nicht mehr lange, liebe Cat.«
Nachdem er fort war, rief Cat April Martin in ihrem Motel an. Gestern hatte sie sie nicht erreichen können. April hob nach dem ersten Läuten ab.
»Ich wollte Sie und Ihre Söhne zum Weihnachtsessen auf die Ranch einladen«, sagte Cat.
»Wie nett von Ihnen. Ich hätte mir nie träumen lassen, daß wir unser erstes Weihnachtsfest hier bei jemandem zu Hause verbringen. Mit unserem Einzug wird es ja vermutlich nicht rechtzeitig klappen.«
»Wahrscheinlich nicht. Könnten Sie heute zu Mister

Joslin kommen? Ich erkundige mich, ob er Zeit für uns hat.«
»Aber natürlich.«
»Gut. Ich rufe Sie gleich zurück.«
Während Cat Mr. Joslins Nummer wählte, fragte sie sich, ob Aprils Kinder wegen des Umzugs wohl viel Unterricht versäumen würden.
Mr. Joslin war mit einem Treffen einverstanden.
Knapp eine Stunde später fuhr April in ihrem dunkelgrünen Dodge vor.
»Wo sind Ihre Kinder?« fragte Cat.
»Davey fährt sie jeden Tag nach Cougar zur Schule«, erklärte April. Sie war zwar keine schöne Frau, hatte aber eine enorme Ausstrahlung. Ihr schulterlanges glattes Haar verriet einen ausgezeichneten Friseur. In Cougar würde sie sicher Schwierigkeiten haben, einen Ersatz zu finden.
»Sie finden die Schule altmodisch.«
»Altmodisch?« Cat verstand, was sie damit meinte.
»Aber Donny ist schon in die Basketballmannschaft aufgenommen worden. Darrell hat ein Mädchen kennengelernt, und am besten gefällt mir, daß es hier keine Drogen gibt ...«
»Darauf würde ich nicht wetten.«
»Oh.« Erschrocken sah April Cat an. »Verflixt! Davon bin ich selbstverständlich ausgegangen. Wissen Sie, was ich ihnen zu Weihnachten schenken werde? Vielleicht kann ich sie durch Bestechung dazu bringen, die Finger davon zu lassen.«
»Was haben Sie vor?«

»Alle drei dürfen sich ein Pferd aussuchen.«
»Das Reiten gehört zu den ersten Dingen, die ich hier gelernt habe. Allerdings habe ich kaum noch Zeit dazu.«
»Sie reiten? Ich sollte mir auch ein Pferd kaufen. Dann können Sie es mir im Frühling beibringen.«
»Ich glaube nicht, daß ich eine gute Lehrerin wäre.«
Sie fuhren durch gefrorene Stoppelfelder. Eiszapfen glitzerten an den verdorrten Strohhalmen.
»Wenigstens ist es nicht feucht hier. In New Jersey dringt einem die Kälte in sämtliche Knochen.«
Mr. Joslins Haus stand hinter einer Gruppe von Weiden, die um diese Jahreszeit kahl waren.
»Ich habe es gründlich satt, im Motel zu wohnen«, meinte April.
»Das Haus muß dringend gestrichen werden«, sagte Cat.
»Wozu habe ich drei kräftige Söhne«, scherzte April.
»Wie wird Ihr Exmann das erste Weihnachtsfest ohne die Kinder verkraften?«
»Ach, wahrscheinlich verbringt er es auf Barbados mit seiner Sekretärin. Oder mit seiner Anwältin. Oder mit seiner Steuerberaterin.«
»Ich verstehe.«
Sie hielten vor dem zweistöckigen viktorianischen Haus. »Der Erbauer muß ziemlich vermögend gewesen sein. In einem Jahr werden Sie es nicht wiedererkennen.«
»Die Scheune ist in ausgezeichnetem Zustand.«
»Sehr gut. Ich lasse Boxen für unsere Pferde einbauen. Für alle vier«, fügte sie lachend hinzu.

Mr. Joslin öffnete, bevor sie angeklopft hatten. »Der Kaffee ist schon fertig«, sagte er. Er trug einen altmodischen Arbeitsoverall.

Er führte sie durch den Flur in die Küche. Links davon lag das Wohnzimmer, wo sich die Umzugskartons türmten. »Wie Sie sehen, bin ich schon am Packen. Am ersten Januar ziehe ich aus.«

Cat und April wechselte einen Blick.

»Eigentlich wollten wir mit Ihnen darüber sprechen, ob Sie vielleicht schon vor Weihnachten ausziehen könnten«, meinte Cat, als sie am Küchentisch saßen.

»Unmöglich.« Der alte Mann schüttelte den Kopf und schenkte Kaffee in weiße Porzellantassen ein. »Über Weihnachten fahre ich zu meiner Tochter nach Montana. Ich schaffe es nicht, vorher alles einzupacken.«

»Meine Jungs und ich könnten Ihnen helfen«, schlug April vor.

»Mistress Martin, was wollen Sie ohne Mann überhaupt mit einer Ranch?«

»Ich werde sie führen«, antwortete sie.

»Sie müssen ziemlich viel Geld haben, wenn Sie es so zum Fenster rauswerfen können.«

»Ich habe nicht vor, mein Geld zum Fenster rauszuwerfen«, entgegnete sie. »Aber wenn wir noch vor Weihnachten einziehen können, bekommen Sie zweitausend Dollar extra.«

Seufzend betrachtete er sie und wandte sich dann an Cat: »Können Sie die Papiere bis dahin fertigmachen?«

»Klar, nächste Woche sind sie da. Oder auch schon am Freitag, wenn Sie wollen.«

Als er einen Schluck Kaffee trank, hing sein Schnurrbart in die Tasse. »Zweitausend also?« brummte er.
»Und unsere Hilfe, falls Sie möchten.«
»Wenn ich am Dreiundzwanzigsten ausziehe, haben Sie ja gar keine Möbel.«
»Die Spedition hat mir zugesagt, daß meine rechtzeitig hier sind.« April lächelte.
»Wie könnte man einer Frau wie Ihnen etwas abschlagen? Okay. Schicken Sie Ihre Jungs zu mir.«
»Was halten Sie von morgen nach der Schule? Sie können in der nächsten Woche jeden Tag zu Ihnen kommen.«
Er nickte. »Meine Tochter wird ihren Ohren nicht trauen. Sie sagt, ich würde es nie schaffen, mein ganzes Zeug auszusortieren. In vierzig Jahren hat sich eine Menge angesammelt.«
»Möchten Sie die Sachen verkaufen? Sicher kann April das für Sie übernehmen«, schlug Cat vor.
April warf Cat einen ärgerlichen Blick zu.
»Nein, nein. Was ich nicht mit nach Montana nehmen kann, verschenke ich. Vor allem, wenn ich jetzt noch zweitausend Dollar extra kriege. Das Werkzeug aus der Scheune können Sie auch haben.« Darauf hatten sie sich zwar schon geeinigt, aber das hatte er offenbar vergessen.
Nachdem sie ihren Kaffee ausgetrunken hatten, stand Cat auf. »Ich danke Ihnen im Namen der Familie Martin«, sagte Cat.
April reichte ihm die Hand. »Ich freue mich darauf, hier zu wohnen, nur schade, daß ich so keine Gelegenheit habe, Sie besser kennenzulernen.«

Mr. Joslin errötete.
»Junge, Junge, Sie haben ihm aber ganz schön Honig um den Mund geschmiert«, lachte Cat, als sie wieder im Auto saßen.
April schmunzelte nur.
»Haben Sie Lust, mit mir zu Mittag zu essen?« fragte Cat. »Ich bin um halb eins mit dem Sheriff in Rocky's Café verabredet. Sie sollten ihn unbedingt kennenlernen.«
»Den Sheriff?«
»Jason Kilpatrick, der beliebteste Mann der Stadt. Ihre Kinder mögen ihn sicher auch. Er ist im Westen aufgewachsen.«
»Gern«, antwortete April. »Ich müßte nur vorher von Ihrem Büro aus die Telefongesellschaft und die Stadtwerke wegen der neuen Anschlüsse anrufen.«
»Mit Vergnügen.«

Jason benahm sich April gegenüber zwar höflich, schien aber nicht sonderlich von ihr beeindruckt. Als die beiden Frauen nach dem Mittagessen wieder in Cats Kanzlei saßen, meinte April: »Ein toller Typ. Verheiratet?«
»Geschieden. Er wohnt mit seinem neunjährigen Sohn ein paar Straßen weiter.«
»Ich habe mir zwar geschworen, in Zukunft die Finger von Männern zu lassen, aber er ist wirklich attraktiv.«
»Er ist auch zum Weihnachtsfest eingeladen.«
»Haben Sie was mit ihm?«

»Wir sind gute Freunde. Eigentlich ist er mein bester Freund, seit ich hierhergezogen bin.«
»Gute Freunde? Soso.«
Cat mußte sich abwenden, damit April ihr Schmunzeln nicht bemerkte.

VIERZIG

Nachdem sich April um zwei verabschiedet hatte, schickte sich auch Cat zum Gehen an. Sie hatte sich zum Ziel gesetzt, die Kanzlei um halb drei zu schließen, und nahm nach eins keine Termine mehr an. In einer Stadt mit neunzehnhundert Einwohnern gab es sowieso nicht viel zu tun. Allerdings hatten sich in letzter Zeit einige Leute erkundigt, ob sie sich auch mit Steuerrecht auskannte. Das war leider nicht der Fall, doch Cat hatte vor, sich nach Lucys Prozeß in die Materie einzuarbeiten.

Ein Gefühl der Beklommenheit überkam sie. Bis jetzt hatte sie sich immer darauf gefreut, wieder zu Hause auf Big Piney zu sein. Red war entweder schon da oder kehrte zwischen fünf und halb sechs von der Arbeit zurück. Dann nahmen sie einen Drink vor dem Kamin und tauschten die Neuigkeiten des Tages aus. Nach dem Abendessen sahen sie fern oder plauderten in seinem Arbeitszimmer. Sie waren Freunde, leisteten einander Gesellschaft und hatten sich gern.

Seltsam, wie Sex eine Freundschaft zerstören konnte. Ein einziger Kuß veränderte alles. Plötzlich wurde man sich bewußt, daß man ein Mann und eine Frau war. Ein Kuß, und alles war anders. Die Unbefangenheit von früher war einer gespannten Atmosphäre gewichen. Und dabei hatte die Freundschaft mit Red ihr so viel bedeutet.

Ihr Schwiegervater!

Auf dem Heimweg wurde Cat klar, daß sie und Red seit dem Kuß kein persönliches Gespräch mehr geführt hatten. Sie fragte sich, was in ihm vorging. Vielleicht konnten sie und Red einfach so weiterleben wie bisher. Diese Verlegenheit war sicher nur eine Phase, die wieder vorbeigehen würde. Es war doch nur ein kurzer Moment gewesen, weiter nichts. Konnte nicht alles wieder so werden wie zuvor?

Cat hatte Angst. Sie wollte alles vermeiden, was die Freundschaft weiter gefährden würde. Sollte sie ausziehen? Aber vor dem Prozeß hatte sie überhaupt keine Zeit, daran auch nur zu denken. Weihnachten stand vor der Tür, sie erwarteten Gäste, und sie mußte sich auf den Prozeß konzentrieren. Sie durfte nicht zulassen, daß persönliche Probleme ihren Blick trübten. Lucys Leben lag in ihrer Hand, und nichts anderes zählte.

Es war eine Gratwanderung. Big Piney würde eines Tages Matt und Tories zukünftigen Kindern gehören. Doch im Moment hatte es den Anschein, als ob ihre Schwägerin kinderlos bleiben würde.

Cat wollte ein Teil der Familie sein und mit Red unter einem Dach leben – nur daß es ihr inzwischen peinlich war, ihm in die Augen zu sehen.

Sie sehnte sich danach, daß Red sie wieder küßte, nach

seinen Berührungen, seinen Zärtlichkeiten, seinen Händen, die ihren nackten Körper liebkosten …

»Mist!« rief sie aus. Fast hätte sie die Abzweigung zur Ranch verpaßt.

Als sie ins Haus kam, stieg ihr ein köstlicher Duft in die Nase, der sie magisch anzog.

»Was riecht denn da so gut?«

»Ich backe Weihnachtsplätzchen«, antwortete Thelma. Ihre Hände und ihre Schürze waren mehlbestäubt. »Bei all den Gästen brauchen wir wahrscheinlich eine Tonne davon.«

»Vor allem, wenn drei halbwüchsige Jungs dabei sind«, meinte Cat. »Kriege ich was auf die Finger, wenn ich eines stibitze?«

Thelma grinste. Es blieb nicht bei dem einen Plätzchen: am Ende hatte Cat drei verdrückt.

»Sie kochen einfach ausgezeichnet. Das ist ein Grund, warum ich so gern hier wohne.«

»Reden Sie weiter.« Thelma lachte zufrieden.

»Ich weiß nicht, was wir ohne Sie anfangen sollten.«

»Hoffentlich ergibt sich dieses Problem noch lange nicht.«

Cat schätzte, daß Thelma ein paar Jahre älter als Red war. Schon vor Reds und Sarahs Hochzeit hatte sie über die Küche von Big Piney geherrscht und war öfter hier als in ihrem drei Kilometer entfernten kleinen Haus. Sie und Tom hatten drei erwachsene Kinder, eines war in der Army, das zweite lebte in Florida, das dritte in La Grande.

Cat beschloß, Mr. Claypool anzurufen und sich zu erkundigen, wo April Pferde für ihre Söhne bekommen konnte. Möglicherweise konnte sie ihn ja überreden, den Jungen am Samstagvormittag Reitunterricht zu erteilen. Niemand in der Gegend kannte sich besser mit Pferden aus als er.

Als sie an die Claypools dachte, fiel ihr ein, daß sie Joseph seit Tories Abreise kaum noch gesehen hatte. Sie nahm sich vor, sich mit ihm zum Mittagessen zu verabreden, denn in der Stadt begegnete sie ihm nur selten. Das mochte daran liegen, daß er sein Büro in Baker hatte, aber früher hatte das doch auch keine Rolle gespielt.

Cat ging nach oben. Sie grübelte über Lucys Prozeß nach. Die Ergebnisse ihrer Recherchen waren nicht sehr ermutigend gewesen. Sie war nur auf drei Fälle gestoßen, in denen eine Frau, die ihren prügelnden Ehemann getötet hatte, nicht zu einer langen Gefängnisstrafe verurteilt worden war. Vor nicht allzu langer Zeit hatten die Gerichte einem Mann, der seine untreue Ehefrau ermordete, meistens Verständnis entgegengebracht. Ein Mann, der seine Frau schlug, verstieß nach damaligen Recht nicht einmal gegen das Gesetz, denn er hatte absolute Macht über sie. Er durfte auf die Erfüllung der ehelichen Pflichten bestehen und seiner Frau sogar verbieten, das Haus zu verlassen.

Eine Frau, die ihren Mann betrog, wurde hingegen aus der Gesellschaft ausgestoßen und an den Pranger gestellt. Bei einem Mann war eine Affäre nur ein Kavaliersdelikt. Und auch heute noch rüttelte eine Frau, die

ihren Herrn und Meister umbrachte, an den Grundfesten des Patriarchats.
Hatte Lucy überhaupt eine Chance?

Zum Abendessen gab es Schinken mit Pfirsichglasur, Süßkartoffeln und Thelmas berühmten Krautsalat.
»Jeder hier in der Stadt geht zu einem Steuerberater in Baker oder La Grande«, sagte Cat.
Reds Gabel blieb in der Luft stehen. »Stimmt. Ich wette, du brütest schon wieder etwas aus.«
»Nun, ich kenne mich mit dem Steuerrecht nicht so gut aus und schaffe es gerade, meine eigene Steuererklärung auszufüllen. Aber es muß doch eine Frau in der Stadt geben, die vor ihrer Ehe Buchhalterin war. In letzter Zeit waren drei Leute bei mir, die Fragen zu ihrer Steuererklärung hatten. Ich habe mir gedacht, ich könnte das nach Lucys Prozeß einmal in Angriff nehmen. Es kann nicht schaden, wenn ich für diese Dinge eine Buchhalterin auf Teilzeitbasis einstelle. War Lois nicht früher Buchhalterin?«
»Meinst du die Frau von Ed, dem Apotheker?«
»Genau.«
»Ich glaube schon. Sie führt auch seine Bücher.«
Sarah blickte zwischen Red und Cat hin und her, als verfolge sie ein Tennisspiel.
»Ich habe mich gefragt, ob sie das nicht ausbauen möchte«, fuhr Cat fort. »Ich könnte einen zweiten Computer anschaffen. Wenn ihre Kinder in der Schule sind, hätte sie Zeit. Es wäre nur ein Zusatzgeschäft, von dem sie nicht leben könnte, aber es reicht für einen

Urlaub und ein bißchen Luxus. Die Bürokosten würde ich übernehmen und …«

»Warum macht sie nicht ihr eigenes Büro auf, anstatt sich von dir bezahlen zu lassen?« ließ sich Sarah plötzlich vernehmen.

»Das weiß ich nicht«, antwortete Cat. »Ich habe mich auch schon gewundert, warum noch niemand auf diese Idee gekommen ist.«

Zum erstenmal seit Tagen sah Red Cat in die Augen. Sarah stürzte ihren Wein hinunter. »Cat, du bist zwar meine Schwiegertochter, aber ich rate dir, so schnell wie möglich von hier zu verschwinden. Laß dich nicht tiefer hineinziehen. Darin ist er Spezialist …« Sie wies mit dem Kopf auf Red. »So machen es die Männer in Cougar Valley. Sie binden dich an sich, bis es für dich kein Entrinnen mehr gibt. Geh weg, bevor du dich verlierst.«

»O Sarah.« Cat bemühte sich, sich ihre Gereiztheit nicht anmerken zu lassen. »Ich habe keine Angst, mich zu verlieren. Ich glaube eher, daß ich in Cougar Valley besser zu mir selbst finde als in einer Großstadt.« Doch ihre Antwort galt eher Red als Sarah.

»Was ich am liebsten an dir mag«, meinte Red, als ob Sarah nicht vorhanden wäre, »ist dein Selbstbewußtsein. Du zweifelst nie an dir.«

»Ich schaffe alles, wozu ich mich entschlossen habe«, entgegnete Cat. »Und wenn es schiefgeht, habe ich wenigstens etwas dabei gelernt.«

»So ein Quatsch.« Sarah stand auf. »Ihr beide redet nur übers Geschäft. Entweder über die Ranch, über Lucy oder darüber, ein neues Büro aufzumachen. Du hättest sie heiraten sollen!« zischte sie Red zu, als sie an ihm vorbeirauschte. »Ich gehe nach oben.«

Red und Cat wechselten einen Blick.

»Möchtest du Kaffee?« fragte Cat schließlich.

Er nickte. »Ich zünde den Kamin im Arbeitszimmer an.«

Am liebsten hätte sie ihm gestanden, welches Feuer er in ihr entfacht hatte.

Als Cat in die Küche kam, stellte sie fest, daß Thelma einen Apfelkuchen gebacken hatte. Sie gab Kaffeebohnen mit Vanillearoma in die Kaffeemühle, und während die Kaffeemaschine lief, wärmte sie den Kuchen in der Mikrowelle auf.

Dann trug Cat die Teller in Reds Arbeitszimmer.

»Ich hab dir etwas Gutes mitgebracht«, sagte sie. »Ich gehe nur noch den Kaffee holen.«

Red hatte in seinem Lieblingssessel Platz genommen. Im Kamin flackerte das Feuer. Cat saß ihm gegenüber auf dem Sofa.

Schweigend verzehrten sie den Kuchen. Cat lauschte dem Knistern der Flammen.

»In einer Woche ist Weihnachten«, meinte sie, obwohl diese Feststellung eigentlich überflüssig war.

Er leckte sich die Finger ab und stellte den Teller weg. Dann trat er ans Fenster und blickte in die Dunkelheit hinaus.

Cat wartete ab.

Schließlich drehte er sich um, doch er sah sie nicht an. »Gib mir Bescheid, wenn du Hilfe bei deiner Steuerkanzlei brauchst«, sagte er.

»Später vielleicht.« Sie war enttäuscht, daß er offenbar nur über dieses Thema reden wollte. »Zur Zeit muß ich mich voll und ganz auf den Prozeß konzentrieren und kann keine Ablenkung brauchen.«
»Ich verstehe.«
Sosehr sie auch wünschte, daß er sie ansehen würde – er tat es nicht. Statt dessen nahm er seine Kaffeetasse und fragte: »Kommt heute etwas im Fernsehen, das dich interessiert?«
Sie seufzte auf. Er benahm sich wie ein Fremder. Zum erstenmal seit zweieinhalb Jahren fühlte sie sich in seiner Anwesenheit nicht geborgen. »Nein«, antwortete sie. »Ich glaube, ich gehe nach oben und packe Weihnachtsgeschenke ein.«
»Gute Nacht«, meinte er, noch ehe sie aufgestanden war.
Verdammt!

EINUNDVIERZIG

Zwei Tage vor Weihnachten fuhr Cat mit April Martin zu den Claypools. Sie hatte mit Mr. Claypool telefonisch eine Verabredung getroffen.

»Ich bin noch nie einem echten Indianer begegnet«, sagte April.

Cat lachte. »Mister Claypool ist zwar ein interessanter Mann, aber leider nicht sehr gesprächig. Seine Pferdezucht ist weltberühmt, und er hat Kunden in Texas und Virginia. Außerdem gilt er hier in der Gegend als Schamane.«

»Das hat doch irgendwas mit New Age zu tun, oder?«

»New Age bezieht sich in vieler Hinsicht auf alte Traditionen. Mister Claypool besitzt übersinnliche Kräfte, und sein Sohn Joseph hat seine Fähigkeiten geerbt. Er ist in der Lage, einen Menschen von Dämonen zu befreien, die ihn krank machen oder ihm seelisches Leid verursachen.«

»Ach du meine Güte. Der Mann könnte schon längst Millionär sein.«

Cat schüttelte den Kopf. »Er tut es nicht des Geldes wegen, und es funktioniert nur, wenn man wirklich daran glaubt. Außerdem redet er nicht gern darüber. Jedenfalls sind diese übersinnlichen Kräfte der Grund, warum sein Sohn und meine Schwägerin nicht heiraten können.« Cat erläuterte April Tories und Josephs Problem. Sie war noch kaum fertig, als schon das kleine Ranchhaus am Fuß der Berge in Sicht kam.

Auf verschiedenen Koppeln weideten einige Pferde. Samuel führte ein Fohlen an der Longe und ließ es im Kreis herumtraben.

Cat bremste vor dem Gatter. Eine Weile saßen sie da und sahen Samuel bei der Arbeit zu.

»Für Einsteiger sind seine Pferde ziemlich teuer«, meinte Cat zu April. »Aber ich dachte, er könnte Ihnen vielleicht ein paar Tips geben, wo Sie für Ihre Jungs geeignete Tiere finden.«

»Wieviel verlangt er für ein Pferd?«

»Ab zehntausend Dollar aufwärts.«

»Ach du meine Güte. Ich glaube, das kann ich mir nicht leisten. Ich dachte immer, Pferde kosten so zwischen fünfhundert und sechshundert Dollar.«

»Er kann Ihnen sicher sagen, wo Sie welche zu diesem Preis kriegen«, antwortete Cat. »Kommen Sie.«

Samuel unterbrach seine Arbeit und ging ihnen entgegen. Cat stellte ihm ihre neue Freundin vor.

»Ich habe Joseph seit Ewigkeiten nicht gesehen«, meinte sie.

»Normalerweise besucht er uns am Sonntag zum Abendessen«, erwiderte Samuel. Bewundernd betrachtete Cat sein wettergegerbtes Gesicht mit den hohen Wangenknochen und den unergründlichen schwarzen Augen, denen man nie anmerkte, was er gerade dachte. Samuel Claypool lächelte nur selten, doch man fühlte sich in seiner Gegenwart geborgen. Cat konnte sich gut vorstellen, warum seine Patienten ihm vertrauten. Allerdings hätte sie ihn noch sympathischer gefunden, wenn er Tories Glück nicht im Wege gestanden hätte. Andererseits waren Torie und Joseph selbst schuld daran, wenn sie nach seiner Pfeife tanzten. An Tories Stelle hätte sie schon vor langer Zeit aufbegehrt und Joseph geheiratet.

»Ich hätte nichts dagegen, drei jungen Burschen das Reiten beizubringen«, sagte Samuel.

»Macht Ihnen das nicht zuviel Umstände?« fragte April.

»Im Winter gibt es nicht viel zu tun. Ich könnte am Samstagvormittag zu Ihnen kommen. Natürlich könnten wir uns auch hier treffen, wenn Sie einen Pferdetransporter haben. Ich kenne verschiedene Züchter, bei denen Sie geeignete Pferde finden. Die Jungs sollen sich ihr Tier sorgfältig aussuchen und nicht gleich das erstbeste nehmen.«

»Ich würde ihnen die Pferde gern zu Weihnachten schenken«, meinte April.

Samuel nickte. »Cat hat erzählt, Sie haben das Haus von Mister Joslin gekauft.«

»Morgen ziehen wir ein.« Der Lastwagen der Spedition war schon eingetroffen. Die Fahrer wohnten auf Aprils Kosten im Motel, bis das Haus frei wurde.

»Wenn Sie möchten, hole ich die Jungs einen Tag nach Weihnachten ab und gehe mit ihnen die Pferde aussuchen«, schlug Samuel vor.

April sah Cat an. »Ich werde wahrscheinlich vollkommen erledigt sein, aber die drei sind ja nicht totzukriegen. Danke, Mister Claypool. Das wäre wirklich sehr nett von Ihnen.« Mr. Claypool kratzte sich am Ohr. »Irgendwann später können Sie für mich ein freundliches, sanftmütiges Pferd besorgen, aber im Augenblick habe ich keine Zeit, mich darum zu kümmern«, fuhr April fort »Eins schwöre ich Ihnen: Ich ziehe nie wieder um!«

Samuel nickte. »Dann also um halb elf«, sagte er.

»Was hat dieser Mann nur an sich?« meinte April, als sie wieder im Auto saßen. »Ich würde ihm jederzeit meine Kinder und sogar mein Leben anvertrauen. Es ist so eine gewisse Ausstrahlung.«

»Sie sind nicht die erste, der es so geht.«

»Es ist mir fast unheimlich, und ich kann es mir nicht erklären. Wenn die Jungs hören, daß ein echter Indianer sie zum Pferdekaufen begleitet, werden sie ganz aus dem Häuschen sein.« April grinste. »Und ich finde es so schön, den dreien eine Freude zu machen.«

»Ich bin überrascht, daß Mister Claypool sich erboten hat, ihnen das Reiten beizubringen. Aber er kann gut mit jungen Menschen umgehen. Sie werden ihn vergöttern. Und er wird genau wissen, welches Pferd das richtige für jeden von ihnen ist.«

»Er sieht aus wie aus einem John-Wayne-Film.«

»Und er wird hier in der Gegend hoch geachtet.«

»Ich habe unwahrscheinliches Glück gehabt. Erst Mister Joslins Haus, und dann lerne ich auch noch Sie kennen, Cat.«

»Ich finde Sie auch sehr sympathisch.«

Cat wußte schon genau, was sie April zu Weihnachten schenken wollte: Jason.

Red und Glenn, der Vorarbeiter, hatten schon den drei Meter hohen Christbaum im Wohnzimmer aufgebaut und mit unsichtbaren Drähten an Wand und Decke befestigt. Red hatte sechs Wochen in den Wäldern nach dem richtigen Baum gesucht.

Cat hatte den ganzen Tag damit verbracht, die Weihnachtsgeschenke einzupacken, die sie per Katalog bestellt hatte. Am schwersten war ihr die Entscheidung gefallen, was sie Jason schenken sollte – es durfte kein bescheideneres Geschenk als in den vergangenen Jahren und auch nicht zu persönlich sein. Seit mehr als drei Wochen war sie nicht mehr mit ihm allein gewesen. Er rief sie zwar jeden Abend an, und sie telefonierten eine halbe Stunde miteinander, aber Cat hatte es geschafft, ihm aus dem Weg zu gehen, ohne ihn zu kränken.

Als Sarah die Treppe heruntergerauscht kam, traute Cat ihren Augen nicht. So elegant hatte sie ihre Schwiegermutter seit Scotts Tod nicht mehr gesehen. Sie trug eine weinrote Gabardinehose und eine enganliegende graue Seidenbluse, die gut zur Geltung brachte, daß sie mit Fünfzig noch eine ausgezeichnete Figur hatte. Auch ihr schwarzes Haar, dem die grauen Strähnen das gewisse Etwas gaben, war formvollendet frisiert. Cat fand Sarah so wunderschön wie bei ihrer ersten Begegnung.

Wenn sie nur nicht wieder zu trinken anfängt und dum-

mes Zeug redet, dachte Cat. Doch inzwischen nahm sie sich an Red und Miss Jenny ein Beispiel und ließ sich von Sarahs manchmal peinlichem Verhalten nicht mehr aus der Ruhe bringen.

Zum Glück verlief das Weihnachtsfest ohne Zwischenfälle. Cat mußte zugeben, daß es ihr Spaß machte, die Gastgeberin in diesem Haus zu spielen, das inzwischen ihr Heim geworden war. Sie war damit beschäftigt, alle zu bewirten, und lief ständig zwischen Wohnzimmer und Küche hin und her, so daß sie die Spannung zwischen sich und Red fast vergaß.

Red überreichte ihr einen kleinen Karton. Die rote Schleife darum war fast sechsmal so groß wie die Schachtel selbst, die Samentütchen enthielt. Doch Cat konnte nur daran denken, ob sie überhaupt noch hier sein würde, wenn die Saat aufging. »Man hat mir zugesagt, daß das Gewächshaus morgen geliefert wird«, meinte Red. »Neujahr kannst du es schon benutzen.«

Als er seine Cappuccinomaschine auspackte, galt seine Aufmerksamkeit mehr der beiliegenden Karte als dem Geschenk selbst. Er blickte Cat quer über den Raum hinweg an und nickte. Auf der Karte stand: »Ich wünsche mir noch viele gemeinsame Frühstücke am Sonntagmorgen.«

Dennoch gingen sie sich den ganzen Tag lang aus dem Weg. Sie machten einen Bogen umeinander und achteten darauf, einander nicht zu berühren, nicht nebeneinander zu sitzen und sich nicht gemeinsam an einem Gespräch zu beteiligen. Cat fragte sich, ob sich Red dessen genauso bewußt war wie sie.

Die drei Martin-Söhne hatten tadellose Manieren und schienen sich nicht zu langweilen. Red zeigte ihnen die Schneemobile in der Scheune und versprach ihnen, damit eine gemeinsame Ausfahrt in die Berge zu unternehmen. Cat lächelte. Wahrscheinlich fühlten sich die Jungen wie im Wilden Westen. April hatte ihr gesagt, sie könnten es kaum erwarten, Mr. Claypool kennenzulernen, und freuten sich schon riesig auf die Pferde.

»Sie werden Heu brauchen«, meinte Red, der das Gespräch mit angehört hatte. »Und Ihre Scheune muß ausgeräumt werden. Wenn Sie möchten, schicke ich Ihnen nächste Woche ein paar meiner Arbeiter vorbei. Da im Winter nicht viel zu tun ist, würden sie sich bestimmt gern etwas dazuverdienen. Außerdem gebe ich Ihnen etwas von meinem Heu ab. Ich will mich zwar nicht selbst loben, aber unser Heu ist das beste hier in der Gegend.«

»Vielen Dank. Ich würde Ihnen gern ein wenig Heu abkaufen.«

Ihre Söhne halfen Cody, sein Baukastenset zusammenzusetzen.

»Nette Jungs«, sagte Red.

April strahlte. »Ich weiß.«

Cat hatte sie am Tisch neben Jason plaziert. Sie freute sich, daß ihre Söhne und Cody trotz des Altersunterschieds zusammen spielten. April trug ihr Haar heute offen, und der hellblaue Pullover paßte großartig zu ihren Augen. Er war zwar ziemlich weit, konnte aber ihre weibliche Figur nicht verbergen. April war molliger als

Cat, hatte eine rauchige Stimme und einen eindringlichen Blick. Cat hoffte, daß Jason ihre Reize bemerken würde.

Später, nachdem alle zu Bett gegangen waren, räumte Cat das Geschirr in die Spülmaschine. Auf der Anrichte standen weitere Stapel bereit.
Dann öffnete sie die Küchentür und trat auf die hintere Veranda hinaus. Mondlicht beschien den gefrorenen Boden. Cat blickte zum Himmel hinauf und schlang die Arme um den Leib, um sich zu wärmen. Während sie den Mond betrachtete, der noch nicht voll war und durch die kahlen Äste der Bäume schimmerte, erschauerte sie. Ob das an der Schönheit des Augenblicks oder an der Kälte lag, wußte sie nicht.
»Bist du das, Cat?« Red tauchte aus der Dunkelheit auf. Er klopfte sich den Schnee von den Stiefeln. »Du wirst dich noch erkälten.«
Er bückte sich, um die Stiefel auszuziehen.
»Mein Vater hat angerufen«, sagte sie. »Er wünscht mir frohe Weihnachten.«
»Das freut mich.«
»Er und seine Familie wollen im nächsten Juli an der Westküste Camping machen. Er hat gefragt, ob sie ein paar Tage bei uns wohnen können.« Sie lachte auf. »Er hat keine Ahnung, wie viele Gästezimmer wir haben. Sein Vorschlag war, draußen auf dem Rasen zu zelten.«
Red zögerte. »Möchtest du das gern?«
»Ich weiß nicht so recht. Ich würde ihm gern dieses Haus zeigen. Außerdem haben wir uns seit über drei

Jahren nicht mehr gesehen, sein kleinster Sohn ist jünger als Matt.«
»Wie alt ist dein Vater?«
»Dreiundfünfzig.«
»Nur drei Jahre älter als ich.«
Er kam die Stufen herauf, blickte kurz auf sie hinunter und ging dann in die Küche. Cats Herz klopfte so laut, daß sie sich fragte, ob er es wohl gehört hatte.
Vielleicht würde sie nächsten Sommer ja gar nicht mehr hier sein, um ihrem Vater Big Piney zu zeigen. Matt und sie würden in einem kleinen Haus in der Stadt wohnen oder Cougar längst verlassen haben.
Cat nahm sich fest vor, nicht an die Komplikationen zu denken, die dieser eine Kuß hervorgerufen hatte. Das mußte bis nach dem Prozeß warten. Und eines mußte sie zugeben: Seit jener Nacht verlor sie viel leichter die Geduld mit Sarah, auch wenn sie es sich nicht anmerken ließ.
Fröstelnd kehrte Cat in die Küche zurück.
Sie liebte Red, obwohl sie es sich nicht einzugestehen wagte. Und sie wußte nicht, was sie tun sollte, um die Kluft zwischen ihnen zu überbrücken.

ZWEIUNDVIERZIG

Da Cat und Red nur selten allein waren, gelang es ihnen, den Schein zu wahren. Nur sie beide wußten, daß ihre Freundschaft nicht mehr so war wie früher.

Obwohl Cat es kaum erwarten konnte, bis Red um halb sechs von der Arbeit zurückkehrte und sie sich im Wohnzimmer zu einem Drink versammelten, fürchtete sie sich gleichzeitig davor. Wenn sie die Treppe herunterkam, hatte sie Herzklopfen und hoffte, daß er schon dasein würde. Allerdings waren das wunderschöne Gefühl, zur Familie zu gehören, die Geborgenheit und die Nähe, die sie so genossen hatte, nicht mehr vorhanden. Cat fühlte sich, als spielte sie nur eine Rolle in einem Theaterstück. Sie wußte, daß es nicht so weitergehen konnte. Aber sie hielt sich vor Augen, daß ein Umzug vor dem Prozeß ausgeschlossen war. Vielleicht im Frühling.

Sie fing an, auf die Schilder mit der Aufschrift »Zu verkaufen« zu achten, die vor einigen kleinen Häusern in der Stadt standen. Dann wieder überlegte sie, ob es nicht klüger war, die Gegend ganz und gar zu verlassen, um der Versuchung zu entfliehen.

Sie hatte keine Ahnung, was Red empfand. Früher hatte sie ihm jeden Gedanken vom Gesicht ablesen können.

Jeden Abend beim Essen erkundigte sich Red, ob die Prozeßvorbereitungen Fortschritte machten. Sie merkte ihm an, daß er sich aufrichtig dafür interessierte und wissen wollte, womit sie den Tag verbrachte. Außerdem hatten sie so ein unverfängliches Gesprächsthema.

Cat wußte genau, warum sie nicht mehr über ihr Verhältnis zu Red nachdenken wollte. Es gab keine Lösung. Es blieb ihr nur ein einziger Ausweg, gegen den sich jedoch alles in ihr sträubte. Denn sie wollte nicht auf dieses Leben und auf diese Familie verzichten. Und am schlimmsten war, daß sie mit niemandem über ihr Dilemma sprechen durfte, am allerwenigsten mit Red.

»Ich werde auf geistige Unzurechnungsfähigkeit plädieren müssen«, erklärte Cat.

»Lucy ist doch nicht geisteskrank«, entgegnete Red.

»Ich werde darlegen, daß sie wegen seiner Gewalttätigkeit vorübergehend nicht bei Verstand war. Notwehr wird man mir nicht abnehmen, weil sie am Tag der Tat keine Angst um ihr Leben hatte, obwohl sie schon öfter befürchtet hat, daß er sie umbringt. Du weißt ja, daß seine Gewaltausbrüche keine Rechtfertigung für einen Mord darstellen – zumindest nicht nach dem Gesetz.«

Red musterte Cat. »Du machst dir Sorgen, daß du verlieren könntest und daß sie ins Gefängnis muß.«

»Das Gesetz stand schon immer auf seiten der Ehemänner. Ein Mann kann seiner Frau ungestraft alles mögliche antun. Erinnere dich nur an die Filme aus den dreißiger und vierziger Jahren, in denen die Männer widerspenstigen Frauen den Hintern versohlt haben! Nein, ich muß beweisen, daß Lucys Tat das Ergebnis jahrelanger Mißhandlungen war. Er hat sie so lange geschlagen, bis sie durchgedreht ist.«

Red trommelte mit den Fingern auf den Tisch.

»Zum Glück hat die Staatsanwaltschaft Verständnis und gibt mir soviel Freiraum wie möglich.«

»Woher weißt du das?«

Cat schmunzelte. »Der Fall wurde einer Staatsanwältin zugeteilt, die ich von früher kenne. Anders als die meisten ihrer männlichen Kollegen wird sie nicht versuchen, Lucy als unglaubwürdig darzustellen. Sie wird sich streng an das Gesetz halten.«

»Also siehst du Chancen?«

»Ich bin stinksauer. Je mehr Lucy mir erzählt, desto wütender werde ich. Und die vielen Bücher, die ich seitdem zum Thema Gewalt in der Ehe gelesen habe, tragen das Ihre dazu bei.« Cats Stimme klang eisig.

»Warum verlassen diese Frauen ihre Männer nicht?«

»Weil sie das nicht können, Red. Solange sie nicht alles aufgeben, ihre Kinder aus der gewohnten Umgebung reißen, in eine fremde Stadt ziehen und einen anderen Namen annehmen, schweben sie in Gefahr. Gewalttätige Männer betrachten Frauen als ihren Besitz, und wenn sie verlassen werden, ist ihnen alles zuzutrauen.«

»Was passiert am Anfang der Beziehung?« fragte Red. »Spüren die Frauen denn nicht, daß sie es mit Schlägern zu tun haben?«

»Den Berichten zufolge beginnen diese Beziehungen meist sehr romantisch und sogar zärtlich. Die Frauen mißverstehen die Sexbesessenheit ihrer Männer als Zuneigung. Sämtliche Fachliteratur weist darauf hin, daß Lucy der klassische Fall einer geschlagenen Ehefrau ist. Die prügelnden Ehemänner leugnen alles, streiten ihre Gewalttätigkeit entweder ab oder rechtfertigen sie: Die Frau war untreu und eine Hure, eine schlechte Hausfrau oder was ihnen eben so einfällt. Auf diese Weise bestehen die Täter sogar Lügendetektortests, weil sie sich selbst etwas vormachen. Ihr Gewissen belastet sie nicht weiter, denn sie sind durch die wiederholten Gewalttaten abgestumpft. Vielleicht fühlen sie sich nach dem ersten Übergriff noch schuldig oder haben Mitleid mit dem Opfer, doch je öfter sie es tun, desto mehr verlieren sie die Fähigkeit, etwas für ihre Mitmenschen zu empfinden. Sie sind nur noch daran interessiert, die Tat vor sich selbst zu rechtfertigen. Häufig ergeht es den Frauen sogar noch schlechter als Lucy. Allmählich glaube ich, daß es so etwas wie eine Opferpersönlichkeit gibt.«

Red lächelte, und zum erstenmal seit langem begegneten sich ihre Blicke. »Du hast ganz sicher keine.«

Cat lachte. »Ich denke, das ist offensichtlich.«

Sie sah ihn an und dachte über seine Bemerkung nach. Sie war zwar kein Opfer, aber dennoch unfrei, da sie sich aus Liebe zu ihm in diese ausweglose Situation verstrickt hatte. Sie war absolut ratlos. Vielleicht war es das beste, Jason zu heiraten, ihn noch heute abend anzurufen und ihm anzubieten, sofort nach dem Prozeß mit Matt zu ihm und Cody zu ziehen, eine Familie mit ihm zu gründen. Es gab sicher schlechtere Zukunftsperspektiven.

Aber durfte sie Jason das antun?

Bevor Cat sich schlafen legte, rief sie ihn an. »Ich wollte mich nur einmal melden und dir sagen, daß ich dich vermisse.«

Sie hörte ihm die Freude deutlich an.

»Ich hatte die Hoffnung schon fast aufgegeben. Möchtest du nachmittags vorbeikommen und mit mir ins Heu gehen, um es mal so auszudrücken? Mein Gott, ich vermisse dich so.«

»Morgen würde es mir gut passen.« Cat wünschte sich, die Stunde mit Jason würde die Sehnsucht vertreiben, die sie verzehrte.

DREIUNDVIERZIG

Hey, so warst du ja noch nie!« rief Jason aus. »Du bist eine richtige Wildkatze. Das Warten hat sich anscheinend gelohnt.«

Sie lag neben ihm und starrte an die Decke.

Als er sich von ihr rollte, setzte sie sich auf und tastete auf dem Boden nach ihrem Höschen.

»Mußt du wirklich sofort weg?«

»Dein Sohn kommt jeden Moment von der Schule.«

»Du gibst einem nicht einmal die Zeit, den Augenblick zu genießen!«

Sie lächelte ihn an. »Jetzt übertreib mal nicht.«

Er streckte die Hand nach ihr aus. Doch sie angelte schon ihre Hose und ihren Pullover unter dem Bett hervor.

»Es war sehr schön, Jason«, sagte sie.

Und das stimmte. Während sie zusammen im Bett gewesen waren, hatte sie überhaupt nicht an Red denken müssen. Jasons Küsse waren Jasons Küsse, und sie hatte sie leidenschaftlich erwidert. So wild hatten Jason und sie sich bis jetzt noch nie geliebt.

Vielleicht konnte sie Red nun endlich in die Augen sehen.

»Ich fühle mich großartig«, meinte sie zu Jason. »Du

wirkst wahre Wunder, was meinen Gemütszustand angeht.«
Er lag da und lächelte zu ihr hinauf.
Cat betrachtete ihn. Es war sehr befriedigend gewesen, mit ihm zu schlafen, aber sie liebte ihn nicht. Allerdings war es für sie durchaus vorstellbar, den Rest ihres Lebens mit einem Mann zu verbringen, mit dem sie so gern ins Bett ging. Außerdem war er einer der nettesten Menschen, die sie kannte. Einen Moment spielte sie mit dem Gedanken, ihm zu sagen, daß sie ihn heiraten würde, um alle Probleme mit einem Schlag aus der Welt zu schaffen. Eine Ehe mit Jason würde sicher sehr harmonisch verlaufen. Außerdem hatte er ihr angeboten, Matt den Vater zu ersetzen, und sie hatte Cody sehr gern. Auch weiteren gemeinsamen Kindern stand nichts im Wege. Und am wichtigsten war, daß sie und Jason sich in Cougar Valley heimisch fühlten.
Jason drückte sie an sich und küßte sie. »Ich könnte süchtig danach werden.«
»Es war wirklich schön«, antwortete sie ausweichend, machte sich von ihm los und ging zur Tür.

VIERUNDVIERZIG

»Erzählen Sie uns bitte von den Ereignissen, die dazu führten, daß Sie Ihren Mann getötet haben. Lassen Sie sich ruhig Zeit und beginnen Sie mit dem ersten Zwischenfall, an den Sie sich erinnern können.«

»Das war vor fünf Jahren«, entgegnete Lucy.

Die Staatsanwältin erhob sich. »Euer Ehren, Ereignisse, die bereits fünf Jahre zurückliegen, stehen in keinem Zusammenhang mit einem Verbrechen, das vor fünf Monaten stattfand.«

»Das wird sich herausstellen«, erwiderte der Richter. Er war ein zierlicher, hagerer, glatzköpfiger Mann in den Sechzigern, der immer einen schläfrigen Eindruck machte. Obwohl er nachmittags meist mit geschlossenen Augen im Gerichtssaal saß, war er jedoch offenbar hellwach und verfügte zudem über ein fotografisches Gedächtnis und einen messerscharfen Verstand, denn er konnte die Zeugenaussagen stets wortwörtlich wiederholen.

Die Staatsanwältin nahm wieder Platz. Sie wirkte nicht enttäuscht.

»Erzählen Sie weiter«, forderte Cat die Angeklagte auf.

»Anfangs war er so lieb. Und auch sehr nett zu Ricky. Als wir begannen, miteinander zu gehen, versprach er mir, Ricky wie seinen eigenen Sohn zu behandeln. Gleich nach unserer Hochzeit hat er ihn adoptiert. Früher hat er mir auch häufig Blumen mitgebracht, auch wenn es gar keinen Anlaß dafür gab.«

Der Anflug eines Lächelns huschte über Lucys Gesicht.

»Daß er trank, wußte ich schon vor unserer Hochzeit, aber schließlich taten das alle Männer, die ich kannte. Ich habe mir keine großen Gedanken darüber gemacht. Und dann, als wir ein halbes Jahr verheiratet waren, passierte es. Wir waren in Copperton in einer Bar, er spielte Billard, und ich tanzte. Pete tanzte nicht gern, wahrscheinlich, weil er es nicht sehr gut konnte. Von mir wollte er es sich aber nicht beibringen lassen, denn er mußte immer derjenige sein, der alles besser wußte. Mich störte das nicht weiter. Während er Billard spielte, habe ich getanzt, bis mir die Füße weh taten. Es war ein Typ da, den ich nicht kannte und den ich seitdem nicht wiedergesehen habe. Wir haben fast die ganze Zeit miteinander getanzt. Ich hatte einen Riesenspaß. Auf dem Heimweg war Pete ziemlich schweigsam, aber das ist mir nicht weiter aufgefallen, denn ich war so erschöpft, daß ich eingenickt bin. Als wir zu Hause ankamen und ich ausgestiegen war, baute Pete sich vor mir auf und schaute mich ganz komisch an. Dann holte er aus, und ehe ich mich's versah, verpaßte er mir eine solche Ohrfeige, daß ich hinfiel. Ich lag da und wußte zuerst nicht, was passiert war. Er ging einfach ins Haus. Ich rappelte mich auf. Meine Wange tat höllisch weh. Ich folgte ihm und fragte: ›Was soll denn

das?‹ Doch er antwortete nicht, sondern marschierte schnurstracks in die Küche, holte sich ein Bier aus dem Kühlschrank und machte es mit den Zähnen auf. Ich stand in der Tür und dachte, daß er bestimmt betrunken ist. Aber beim Autofahren hatte ich gar nichts davon bemerkt. Auf einmal sah er mich an, so wütend, daß ich richtig zusammengezuckt bin.
›Wenn du dich noch mal einem fremden Mann an den Hals wirfst, bring ich dich um.‹
Ich war wie erstarrt und konnte es nicht fassen, daß er das so falsch verstanden hatte.
›Ich habe doch bloß getanzt‹, sagte ich. Inzwischen ist mir klar, daß ich den Mund hätte halten sollen.
Er sprang quer durchs Zimmer auf mich zu, packte mich und drehte mir so fest den Arm um, daß ich aufschrie.
›Wer's glaubt, wird selig.‹ Sein Gesicht war ganz nah an meinem. ›Ich weiß, was du bei einem Mann anrichten kannst. Und ich habe euch knutschen gesehen. Du hältst dich wohl für so hübsch, daß du jeden Mann haben kannst. Aber nichts da, Kleine. Du bist mit mir verheiratet, und einen anderen Mann wird's für dich nicht geben. Also zier dich nicht so.‹
Er riß mir das Kleid vom Leibe, mein schönes, neues Kleid, das ich erst einmal zu Jean Louises Hochzeit angehabt hatte. Dann schubste er mich gegen die Wand, stieß mir das Knie zwischen die Beine und sagte: ›Jetzt zeig ich's dir.‹
Aber ich machte mich los und wollte zur Treppe rennen. Da ist er endgültig durchgedreht. Er packte mich

von hinten, daß ich umfiel, ließ mich nicht mehr aufstehen und stellte mir den Fuß auf den Rücken. ›Du warst doch so scharf auf einen Mann, Baby.‹ Er zog die Hose aus, zerrte mir das Höschen weg und drang heftig von hinten in mich ein. Ich habe geschrien wie am Spieß. So brutal war er, daß es sich gar nicht wie Sex anfühlte, sondern eher wie eine Art Strafe. Als ich die Zähne zusammengebissen habe, ist er noch wütender geworden. ›Verdammt, sag endlich, daß es dir weh tut!‹ hat er gebrüllt.
Vor lauter Tränen bekam ich kaum einen Ton heraus. ›Los, sag, daß du es nie mit einem anderen Mann treiben wirst!‹
Ich versprach es ihm.
Als er endlich von mir abließ, war mein Unterrock voller Blut. Ich hatte solche Schmerzen, daß ich kaum gerade stehen konnte. Er ging wortlos nach oben ins Bett. Ich saß unten auf der Treppe und konnte nicht mehr zu weinen aufhören. Später schleppte ich mich ins Bad und wusch mich. In dieser Nacht schlief ich im Wohnzimmer auf dem Sofa.
Am Morgen benahm er sich, als wäre nichts geschehen. Beim Frühstück sagte ich kein Wort. Er grinste mich an und meinte: ›Hast du schlechte Laune?‹
Bevor er zur Arbeit ging, küßte er mich auf die Wange. ›Machst du heut abend Hackbraten, Baby?‹ fragte er.
Ich hatte solche Schmerzen, daß jede Bewegung eine Qual war und daß ich es kaum schaffte, mich um Ricky zu kümmern.
Wir sprachen nie über diesen Vorfall. Ich dachte, es

wäre ein einmaliger Ausrutscher gewesen. Eine Woche später hatte ich es fast vergessen, aber Sie können Gift drauf nehmen, daß ich nie wieder mit einem anderen Mann getanzt habe.

Nach ein paar Monaten kam er spät von der Arbeit nach Hause. Ich hatte das Abendessen pünktlich fertig gehabt und sogar Blumen auf den Tisch gestellt. Doch als Pete endlich auftauchte, war natürlich alles kalt geworden. Ich merkte auf Anhieb, daß er getrunken hatte; also erkundigte ich mich lieber nicht, wo er so lange gewesen war. Zum Glück hatte ich Ricky schon ins Bett geschickt. Aber ich ahnte nicht, daß gleich etwas Schreckliches passieren würde. An Petes Schweigen erkannte ich, daß er sich über etwas geärgert hatte. Deshalb habe ich kein Wort über die Verspätung verloren, sondern ihm nur angeboten, das Abendessen aufzuwärmen.

Er stand in der Küchentür und schwieg weiter, während ich das Essen aus dem Kühlschrank nahm, in Töpfchen füllte und auf den Herd stellte. ›Mit einer Mikrowelle würde es nur ein paar Minuten dauern‹, meinte ich.

Vielleicht hätte sein Schweigen mir eine Warnung sein sollen. Aber ich war so mit dem Gasherd beschäftigt, der beim Anzünden immer Fisimatenten machte. Die drei Töpfchen bestanden aus feuerfestem Glas. Ehe ich mich's versah, packte er mich am Arm, drehte mich zu sich um und starrte mich an, als wolle er mich umbringen. Dann schleuderte er mich gegen den Kühlschrank und prügelte auf mich ein, daß mein Kopf immer wieder an die Kühlschranktür gestoßen wurde. Ich konnte nur noch verschwommen sehen und war so verdattert, daß ich keinen Mucks von mir gab. Als er mich losließ, rutschte ich auf den Boden. Ich hatte Angst, etwas könnte mit meinen Augen nicht stimmen, denn alles drehte sich um mich. Mein Kopf tat so weh, daß ich keinen klaren Gedanken mehr fassen konnte.

Ich hörte, daß das Wasser auf dem Herd kochte, und schleppte mich hin, um das Gas abzudrehen. Doch er packte mich wieder, diesmal an den Haaren, und riß mir den Kopf zurück, daß ich dachte, er würde mir das Genick brechen.

Und dann spürte ich einen schrecklichen Schmerz und merkte, daß er mich biß. Ich schrie wie am Spieß. Ich fühlte, wie mir das Blut herunterlief.

›Du kapierst es wohl nie?‹ zischte er leise. Aber seine Stimme gellte mir trotzdem in den Ohren.

Ich wußte nicht, was ich denn hätte kapieren sollen, doch ich fragte nicht nach, sondern wimmerte nur. Er hielt mich immer noch an den Haaren fest, und es tat so weh, daß ich nicht mehr richtig sehen konnte. ›Bitte, Pete, bitte laß mich los!‹ bettelte ich.

Er riß mich herum. ›Auf die Knie!‹ befahl er.

Und dann schubste er mich, daß ich vor ihm auf den Knien lag.

›Okay‹, sagte er und machte seinen Reißverschluß auf. ›Das ist dein Abendessen.‹

Ich weinte. Er wußte genau, daß ich das eklig finde, richtig abstoßend. Doch er hat mich gezwungen und ist in meinem Mund gekommen. Als er meine Haare

losließ, habe ich das Sperma ausgespuckt, und er höhnte: ›Bist dir wohl zu fein zum Runterschlucken.‹ Und dann hat er gelacht.
›Ich brauch kein Abendessen. Ich hab schon gegessen‹, sagte er und schaltete den Fernseher an. Ich ging ins Bad und erbrach mich. Ich blieb sehr lange drin, wusch mich und nahm ein Aspirin gegen die Kopfschmerzen. Irgendwann rief Pete, was ich denn so lange im Bad machen würde. ›Komm und schau dir mit mir einen Film an, Baby.‹ So, als wäre nichts passiert.
Aber ich ging ins Bett. Ein wenig später kam er nach. Ich war noch wach. Er legte sich neben mich, fing an, mich überall anzufassen, und war sehr zärtlich. Dann schlief er mit mir. Den Vorfall von eben hatte er anscheinend völlig vergessen. Doch obwohl er ganz lieb zu mir war, lag ich einfach nur da und war total verkrampft. Ich wollte nicht von ihm berührt werden. Außerdem hatte ich höllische Kopfschmerzen.
Ein paar Monate lang passierte nichts. Eines Tages kam er nach Hause und sagte: ›Ich habe dir einen Job besorgt.‹
›Einen Job?‹ Ich war überrascht. Nach unserer Hochzeit hatte er von mir verlangt, daß ich meine Arbeit in der Schulcafeteria aufgab.
›Ja, Mister Bollinger braucht jemanden, der nachts die Bank und die Büros putzt. Von acht bis Mitternacht.‹
Gleichzeitig nörgelte er ständig an mir herum, daß ich das Haus nicht richtig sauberhielt. Deshalb wunderte es mich, daß ich jetzt plötzlich die Bank putzen sollte. Außerdem hasse ich Putzen, und das wußte er ganz

genau. Ich war bei der Hausarbeit nur so gründlich, weil ich sonst Schläge bekam. Und ich wollte nachts nicht außer Haus sein, sondern lieber bei Ricky bleiben. Natürlich wagte ich nicht, ihm zu widersprechen. Jeden Abend fuhr Pete mich zur Bank, obwohl es nur ein paar Minuten Fußweg sind. Um Mitternacht holte er mich wieder ab. Es gefiel mir gar nicht, daß er dazu Ricky allein ließ, aber ihm war das egal.

Als ich eines Nachts aus der Bank kam, war Pete nicht da. Also ging ich zu Fuß nach Hause. Ich hatte keine Angst, denn in Cougar ist noch nie jemand überfallen worden. Ich war schon fast zu Hause, als ich den Motor seines Wagens aufheulen hörte. Schon am Geräusch merkte ich, daß er in der Kneipe gewesen war und Rikky alleingelassen hatte. Er beugte sich aus dem Fenster und brüllte so laut, daß die ganze Nachbarschaft es mitkriegte: ›Wie bist du so weit gekommen? Hat dich der Typ schon früher aussteigen lassen, damit ich ihn nicht sehe?‹ Ich ging einfach weiter, er fuhr mir nach und beschimpfte mich. Als ich in unsere Auffahrt einbog, krampfte sich mir der Magen zusammen. Ich wußte, er würde mich schlagen. Am liebsten wäre ich davongelaufen.

Er sprang aus dem Auto und ließ die Autotür offen. Dann zerrte er mich an den Haaren, daß ich glaubte, er würde mir das Genick brechen, und boxte mich dann in den Bauch. Ich kippte um. Doch er riß mich an den Schultern hoch, schüttelte mich und stieß meinen Kopf gegen die Wand, daß ich Sternchen sah. Und dann bückte er sich und biß mich durch das Kleid in die

Brust. Später bemerkte ich Blut auf meinem Kleid. Die Narbe habe ich heute noch.
Er schlug mich immer wieder ins Gesicht, bis ich das Bewußtsein verlor.
Als ich wieder zu mir kam, war er verschwunden. Ich hoffte schon, er wäre weggefahren, aber er lag oben im Bett. Ich schaffte es kaum, mich ins Bad zu schleppen. Im Spiegel sah ich, daß ich grün und blau im Gesicht war. Das Blut war getrocknet, und der BH klebte an meiner Brust fest. Ich hing über der Badewanne und weinte und weinte, bis ich keine Tränen mehr hatte.«
Der Richter ordnete eine Unterbrechung von zehn Minuten an. Ein Geschworener mußte zur Toilette. Cat vermutete, daß ihm übel geworden war.
»Können wir nicht einen Teil überspringen und nur die schlimmsten Übergriffe behandeln?« flüsterte die Staatsanwältin Cat zu. »Wahrscheinlich hat sie noch eine Menge zu erzählen.«
»Allerdings.«
»Waren Sie je beim Arzt?« fragte Cat die Angeklagte nach der Pause.
»Pete hat es nicht erlaubt. Weil ich nicht aufstehen und zur Arbeit gehen konnte, sagte er Mister Bollinger, ich wäre krank und würde die Stelle aufgeben. Sicher wollte er nicht, daß die Leute mich in diesem Zustand sahen. Ich muß irgendwelche inneren Verletzungen gehabt haben, denn ich konnte tagelang kaum einen Fuß vor den anderen setzen, und ich bekam meine Periode nicht mehr. Nach etwa einer Woche fing Pete an, mich zu beschimpfen, weil ich nur noch im Bett lag und ihm

kein Essen kochte. Also schleppte ich mich wieder in die Küche.
Als Pete eines Morgens in der Arbeit war, rief ich meine Tante Thelma an. Sie verständigte Doktor Whitley, er kam vorbei und wollte mich gleich ins Krankenhaus schicken. Und dabei hatte Pete mir sogar verboten, einen Arzt aufzusuchen. Ich sagte ihm, er dürfe mich nicht verbinden, damit Pete nichts merkt.«
Chazz würde später als Zeuge aussagen.
Cat erkannte an den Gesichtern der Geschworenen, daß Lucys Bericht seine Wirkung nicht verfehlte.
Sie bat Lucy zu schildern, was Pete ihr im Laufe der Jahre sonst noch angetan hatte.
»Nach einer Weile bekam er nur noch eine Erektion, wenn er mir Schmerzen zufügte. Er hat mich vergewaltigt, und zwar mit Zucchinis und Karotten. Außerdem hat er mir Gegenstände in den Hintern gerammt, bis ich vor Schmerzen schrie.
Einmal habe ich ihn verlassen und bin zu meiner Mutter nach Idaho geflohen. Aber er ist mir gefolgt. Er sagte, er habe Ricky in seiner Gewalt, und er würde dafür sorgen, daß ich mein Kind nie wiedersehe. Er drohte, ihn zu töten, denn er sei sowieso nur der Sohn einer Hure und unehelich geboren. Einmal hat er ihn mit einer Zigarette verbrannt. Er hat ihm die Hose runtergezogen und die Zigarette auf seinem Hintern ausgedrückt. Ich schäme mich so, denn ich stand einfach nur daneben, während mein Kleiner um Hilfe schrie. Ich weiß nicht, warum ich nicht damals schon etwas unternommen habe, sondern es einfach geschehen ließ.

Aber seit diesem Tag war mir endgültig klar, daß ich es nicht länger ertragen konnte.
Zuerst plante ich, Selbstmord zu begehen, denn ein anderer Ausweg fiel mir einfach nicht ein. Da ich Ricky auf keinen Fall mit Pete allein lassen wollte, habe ich sogar daran gedacht, mein eigenes Kind mit in den Tod zu nehmen. Ich überlegte mir verschiedene Methoden, doch ich schaffte es einfach nicht, Ricky etwas anzutun.
Nachdem Pete mich wieder einmal verprügelt hatte, rief ich den Sheriff an. Ich wäre ja lieber zu ihm ins Büro gegangen, aber ich konnte vor Schmerzen nicht laufen. Jason, der Sheriff, erwirkte eine einstweilige Verfügung gegen Pete und drohte, ihn einzusperren, wenn er Ricky und mir noch einmal zu nahe käme. Pete verbrachte tatsächlich ein paar Tage im Gefängnis. Er war außer sich, weil ich ihn aus seinem eigenen Haus geworfen hatte, und schwor, mich und Ricky zu töten, wenn ich die Anzeige nicht zurückzog. Ich gehorchte.
Dann flüchtete ich mit Ricky nach Pendleton, denn ich hatte gehört, daß es dort ein Frauenhaus gibt. Leider konnten wir nur sechs Wochen bleiben, und danach wußte ich nicht, wohin. Schließlich fand uns Pete und brachte uns nach Hause. Eine Weile war er sehr nett, aber ich ahnte, daß das nicht von Dauer sein würde. Ich versuchte, Ricky zu meiner Mutter schicken, und setzte ihn in den Bus. Pete hat den Bus auf dem Weg nach Boise abgefangen und Ricky zurückgeholt. Dann hat er ihn blutig geschlagen. Mich hat er nicht ange-

rührt. Sicher war ihm klar, daß er mir am meisten weh tun konnte, wenn er mein Kind mißhandelte.
Als ich eines Nachts aufwachte, spürte ich etwas Kaltes an meinem Hals. Pete kauerte auf mir und hielt mir ein Messer an die Kehle. ›Ich habe dich träumen gehört‹, flüsterte er so leise, daß ich ihn kaum verstehen konnte. ›Du hast davon geträumt, dich von mir zu trennen.‹
Dann zog er das Messer ganz leicht über meinen Hals. Beim Sex wurde er immer brutaler. Er befahl mir, mich auf den Bauch zu legen, und machte es von hinten, bis ich blutete. Dabei beschimpfte er mich. Ich weiß zwar nicht, wie es in der Hölle ist, aber viel schlimmer als in meiner Ehe mit Pete kann das auch nicht sein.«
»Erzählen Sie uns von dem Tag, an dem Sie ihn umgebracht haben«, forderte Cat die Angeklagte mit ruhiger Stimme auf.

FÜNFUNDVIERZIG

Cat trieb ein gefährliches Spiel.

Schließlich hatte Lucy ihr gestanden, daß sie geplant hatte, Pete zu töten. Doch wenn Cat es geschickt anstellte, würde die Staatsanwaltschaft nichts davon ahnen und es als Tat im Affekt einstufen. Vielleicht sogar als einen Akt der Notwehr, nicht als vorsätzlichen Mord.

Während Lucy antwortete, blickte sie Cat direkt in die Augen.

»Ich sah seinen Wagen die Straße herunterkommen. Er fuhr Zickzack, und ich kriegte mächtige Angst. Ich wußte, daß er wieder gewalttätig werden würde.«

Cat hatte sie erzählt, sie habe in diesem Moment beschlossen, ihn zu töten, da sie wieder mit Prügel rechnete.

»Er hatte getrunken, lallte zwar nicht, war aber wütend, obwohl es gar keinen Grund dazu gab. Mir war klar, was mir blühte.«

»Waren Sie allein?« fragte Cat.

Lucy berichtete, sie habe Ricky durch die Hintertür zu den Nachbarn geschickt und ihn angewiesen, dort auf sie zu warten. »Als Pete hereinkam, war sonst niemand da. Ich habe Kartoffeln fürs Abendessen geschält.«

Gut, daß sie sich noch daran erinnerte. Außerdem hatte sie Cat berichtet, sie habe sich nach einer Waffe umgeschaut, die Colaflaschen im Kühlschrank entdeckt, eine davon ausgeschüttet, den Hals abgebrochen und die Flasche in Reichweite gestellt. »Falls er mich anfaßte, wollte ich mit der Flasche nach ihm stoßen«, hatte sie Cat erklärt. Cat hielt den Atem an. Lucy durfte das auf keinen Fall im Gerichtssaal wiederholen.

»Fahren Sie fort«, forderte sie ihre Mandantin auf.

»Pete kam in die Küche. Meine Hand zitterte so, daß ich die Kartoffeln kaum schälen konnte.«

»Warum zitterten Sie?«

»Weil mir klar war, daß er mich heute wieder schlagen würde. Und ich wußte, daß ich es nicht mehr ertragen konnte. Ich dachte an die Schmerzen und fragte mich, was er wohl diesmal machen würde.«

Cat nickte. »Und was geschah dann?«

»Er kam also in die Küche und sagte kein Wort, sondern holte sich nur ein Bier aus dem Kühlschrank. Dann stellte er sich neben mich, sah mir beim Kartoffelschälen zu und meinte: ›Krieg ich heute keinen Kuß?‹

›Nein‹, antwortete ich und arbeitete weiter.«

Cat hatte sie erzählt, sie habe darauf gewartet, daß er die zerbrochene Colaflasche bemerkte.

»Pete packte mich an den Haaren – es wundert mich, daß ich überhaupt noch welche habe –, drehte mir mit einem Ruck den Kopf herum und küßte mich brutal auf die Lippen. Dann ging er ins Wohnzimmer und drehte den Fernseher auf volle Lautstärke. Einen Moment hoffte ich, ich hätte es ausgestanden. Ich beschäftigte mich weiter mit dem Abendessen, aber ich ahnte, daß es noch nicht vorbei war.«

»Was meinen Sie damit?«

»Nach all den Jahren hatte ich einen sechsten Sinn dafür entwickelt, wann er wieder zuschlagen würde. Es war die Ruhe vor dem Sturm, ein schreckliches Schweigen, bevor er völlig ausrastete. Ich stand da und dachte, das halte ich nicht mehr aus. Alles in mir sträubte sich gegen die Schmerzen, die Gegenstände, die er in mich hineinrammte, die Schläge auf die Augen und ins Gesicht und die Tritte in den Bauch.«

»Fürchteten Sie um Ihr Leben?«

»Es war eher so, daß ich mich *vor* dem Leben fürchtete.«

Lucy hatte Cat gesagt, sie sei sich in diesem Moment sicher gewesen, daß sie ihn umbringen würde. Vielleicht war dieser Plan in ihr gereift, seit er Ricky aus Boise zurückgeholt hatte.

»Ich spürte, wie er überlegte, was er mir jetzt antun sollte. Und als ich aufblickte, sah ich ihn drohend in der Küchentür stehen. Sein Gesichtsausdruck ...«

»Was für ein Gesichtsausdruck?«

Lucy schwieg eine Weile und starrte ins Leere.

»Wie soll ich das beschreiben? Aber ich kannte diesen Blick und wußte, was mir blühte. Die Colaflasche stand auf der Anrichte ...«

... und wartete nur darauf, benutzt zu werden, dachte Cat. *Doch die Geschworenen dürfen das um Himmels willen nicht erfahren.*

»Ich wußte, daß ich die Flasche benutzen würde, wenn er mich anfaßte.

Er kam auf mich zu, und ich sagte: ›Nein, Pete. Schlag mich nicht wieder.‹

Aber er packte mich an den Haaren, das machte er fast immer. Und dann schleuderte er mich gegen den Kühlschrank, daß mir das Messer aus der Hand fiel. Sonst hätte ich damit zugestoßen. Er trat mich in den Bauch und brüllte etwas. Doch ich hatte solche Schmerzen, daß ich kein Wort verstand.

Ich rappelte mich auf. Er war wieder ins Wohnzimmer gegangen. Ich nahm die Colaflasche und brach den Hals am Waschbecken ab.«

Die zeitliche Reihenfolge stimmt nicht ganz, dachte Cat. *Sie hatte kein schlechtes Gewissen.*

»Ich stand nur da und wartete. Ich schaltete nicht einmal die Gasflamme unter dem Kartoffeltopf ein.«

»Worauf haben Sie gewartet?«

»Darauf, daß er zurückkam. Mir war klar, daß er zurückkommen würde.«

»Befürchteten Sie, er könnte Sie umbringen?«

Lucy schüttelte den Kopf.

»Ich hatte oft Angst davor, und manchmal habe ich mich sogar danach gesehnt. Doch an diesem Abend war es anders. Ich wartete darauf, daß er mir wieder etwas antat, damit ich einen Grund hatte, ihn mit der Flasche zu schlagen.

Und ich brauchte nicht lange zu warten. Ehe ich mich's versah, stürzte er sich auf mich. Ich fühlte, wie mir das Blut aus dem Mund lief. Von dem Tritt tat mir immer noch der Bauch weh. Ich sagte: ›Du Mistkerl, jetzt bist du dran.‹

Als ich ausholte und ihm die Colaflasche in den Hals stieß, starrte er mich entsetzt an. Er kippte um, und das Blut spritzte in alle Richtungen. Ich hatte solche Angst, er könnte noch leben und sich an mir rächen. Also nahm ich das Kartoffelschälmesser und stach auf ihn ein.
Er blutete. Und je stärker er blutete, desto öfter stach ich zu. Der ganze Boden war voller Blut …«
»Ist Ihnen klar, daß Sie zwölfmal auf ihn eingestochen haben?«
»Ich erinnere mich nicht mehr. Ich wollte nur sichergehen, daß er wirklich tot war.«
»Was geschah dann?«
Lucy wirkte verwirrt.
»Ich weiß nicht mehr.«
»Erinnern Sie sich, daß Sie den Sheriff angerufen haben?«
»Ich weiß nicht mehr.«
»Erinnern Sie sich, daß Sheriff Kilpatrick kam und Sie ins Gefängnis brachte?«
Lucy schüttelte den Kopf.
»Woran erinnern Sie sich als nächstes?«
Lucy sah Cat an.
»Daran, daß der Sheriff Ihnen erklärt hat, ich hätte Pete getötet.«
»Und bis zu diesem Zeitpunkt hatten Sie keine Ahnung, was geschehen war? Wie haben Sie sich gefühlt, als Sie es erfuhren?«
Wieder schüttelte Lucy den Kopf.
»Ich konnte nicht fassen, daß ich das wirklich getan

habe, denn ich habe ihn geliebt. Und Frauen, die ihre Männer lieben, bringen sie doch nicht um.«
Cat sah die Geschworenen an. »Wirklich nicht?« fragte sie.

»Ein Farmer ist dabei, der könnte ein Problem werden«, meinte Cat am nächsten Tag beim Frühstück. »Er sitzt hinten links und kaut ständig auf einem Zahnstocher herum.«
»Wie kommst du darauf?« Red verzehrte genüßlich sein Omelett mit Thelmas hausgemachter Tomatensauce.
»Ich habe den Eindruck, er denkt, daß Frauen im Gerichtssaal fehl am Platze sind.«
»Und was hat das mit der Wahrheitsfindung zu tun?«
Achselzuckend trank Cat einen Schluck Tee. Sie hatte nur eine Scheibe Toast hinuntergebracht. »Die Entscheidung der Geschworenen wird durch alle möglichen Faktoren beeinflußt. Ich gebe mir größte Mühe, diplomatisch zu wirken, obwohl ich innerlich vor Wut koche. Wenn ein Mann aggressiv auftritt, gilt das als ein Zeichen von Durchsetzungsvermögen. Bei Frauen wird es eher negativ gewertet. Jedenfalls will ich die Geschworenen nicht gegen mich aufbringen. Keinen einzigen von ihnen. Außerdem wird Lucys Aussage vermutlich genügen, um unseren Standpunkt darzustellen. Ich würde Gift darauf nehmen, daß dieser Farmer seine Frau schlägt.«
Red legte die Gabel weg und starrte sie entsetzt an. »Was macht dich so sicher?«

»Es ist nur ein Gefühl. Entweder wird er auf stur schalten, weil er Gewalt in der Ehe für ein Kavaliersdelikt hält. Oder lernt etwas aus diesem Prozeß und läßt seine Frau in Zukunft in Ruhe.«
»Jetzt mach mal 'nen Punkt, Cat!«
»Warten wir's ab.«
»Wann hältst du dein Schlußplädoyer?«
»Kommt darauf an, wie lange die Staatsanwaltschaft für ihres braucht. Ich hätte gern einen Tag Zeit, um die Gegenrede vorzubereiten, aber ich befürchte, den wird man mir nicht geben. Kannst du den Richter einschätzen?«
»Nein«, erwiderte Red. »Aus den Geschworenen werde ich auch nicht schlau, mit Ausnahme von dem einen, dem bei Lucys Aussage schlecht geworden ist. Wußtest du übrigens, daß Reporter vom *Portland Oregonian* und vom *Seattle Intelligencer* den Prozeß beobachten?«
Cat lächelte. »Ed, der Apotheker, hebt mir die Ausgaben auf. Ich hole sie mir immer auf dem Weg zum Gericht. Die Artikel stehen normalerweise am Ende des ersten Teils.«
»Es ist außergewöhnlich, daß Journalisten aus Portland und Seattle über einen Prozeß in einer Kleinstadt berichten.«
»Schauen Sie mal. Da kommt etwas über Sie im Fernsehen!« rief Thelma.
Cat und Red wechselten einen Blick, erhoben sich und gingen in die Küche. Thelma verzehrte ihr Frühstück vor dem Fernseher, wo gerade Cat im Gespräch mit

einem Reporter zu sehen war. Allerdings war der Bericht im nächsten Moment zu Ende, und eine Meldung über eine Überschwemmungskatastrophe in Indien wurde eingeblendet.
»Das ist ein Sender aus Portland«, sagte Thelma. Nachdem sie das Geschirr gespült hatte, würde sie Lucy abholen und zum Gericht fahren.
Obwohl Miss Jenny den Prozeß gern miterlebt hätte, hatte sie sich erboten, Matt zu beaufsichtigen. »Was tut man nicht alles für seinen Urenkel«, schmunzelte sie.
»Du brauchst wirklich nicht jeden Tag dabeizusein«, meinte Cat zu Red.
Er blickte sie an. »Glaubst du, ich lasse mir diese Gelegenheit entgehen, dich in Aktion zu sehen? Ich wollte dir vorschlagen, zusammen hinzufahren.«
»Vielleicht dauert es heute länger. Es wird sicher langweilig für dich.«
»Das bezweifle ich. Und wenn schon, ein bißchen Langeweile bringt mich nicht um. Außerdem würde mich die Hin- und Rückfahrt mit dir dafür entschädigen.«
Cat lächelte ihm zu. Offenbar ahnte er nicht, was seine Worte für sie bedeuteten. Sie stand auf. »Ich bin in zwanzig Minuten fertig.«
Red wußte anscheinend nicht, welcher Kampf in ihr tobte. Tagsüber mußte sie sich voll und ganz auf den Prozeß konzentrieren, nachts lag sie wach und wehrte sich gegen den Drang, zu ihm in sein Zimmer zu gehen. Sie wollte seine Hände auf ihrer nackten Haut und seine Küsse spüren. Doch sie durfte ihren Gefühlen nicht nachgeben. Er war verheiratet, ihr Schwiegervater

und ein Ehrenmann. Dennoch kostete es sie ungeheure Willenskraft, nicht ständig an ihn zu denken und seine Nähe zu suchen.
Lag Red nachts ebenfalls wach und sehnte sich nach ihr? Hatte er das Bedürfnis, sie zu berühren?

SECHSUNDVIERZIG

Die Geschworenen hatten sich drei Tage und zehn Stunden lang beraten.

Zwar hatten Jasons und Chazz' Aussagen Lucy sehr genutzt, doch das Faktum blieb bestehen, daß sie am Tag der Tat nicht um ihr Leben gefürchtet hatte. Würden die Geschworenen glauben, daß Lucy nach fünf Jahren voller Mißhandlungen schließlich durchgedreht war und ihren Mann in einem Anfall geistiger Unzurechnungsfähigkeit getötet hatte?

Cat hatte die Staatsanwältin richtig eingeschätzt. Carol Matthews hatte sich buchstabengetreu ans Gesetz gehalten, aber der Verteidigung die Arbeit nicht unnötig erschwert. Cat hielt Miss Matthews für eine fähige Kollegin, die sie gern näher kennengelernt hätte, denn sie hatten viele Gemeinsamkeiten.

Natürlich war die Voraussetzung dafür, daß sie, Cat, in Cougar Valley blieb.

Zu Cats Erstaunen hatten nicht nur die großen Zeitungen aus Portland und Seattle Reporter geschickt, sondern auch *CNN* und das *Time Magazine.* »Vielleicht werden wir zum viertenmal erleben, daß eine Frau in den Vereinigten Staaten ihren prügelnden Ehemann tötet und nicht dafür ins Gefängnis muß«, hatte es in

dem Bericht von *CNN* geheißen. Dann folgte ein Loblied auf Cat als fähige Juristin und attraktive und sympathische Frau.
Cat war ehrlich überrascht. Weniger von der Prognose, was Lucys Prozeß anging, sondern von der Bewertung ihrer Person.
»Sympathisch.« Miss Jenny lächelte. »Da haben sie ganz recht.«
»Mit so einem Fall hätte ich in Boston nie diese Medienresonanz bekommen«, meinte Cat.
Lucys Aussage hatte die amerikanische Öffentlichkeit stark beeindruckt. Doch würde die drastische Schilderung der Mißhandlungen und Vergewaltigungen für einen Freispruch genügen?
Als Jason um acht anrief, saß Cat noch beim Frühstück. »Die Geschworenen haben ihre Beratung beendet«, sagte er.
Cat krampfte sich der Magen zusammen.
Red fuhr sie in die Stadt.
Als der Gerichtsdiener Lucy hereinbrachte, griff Cat nach ihrer Hand.
Die Geschworenen betraten den Gerichtssaal. Alle bis auf den Farmer, dem Cat von Anfang an mißtraut hatte, sahen Lucy an – ein vielversprechendes Zeichen, obwohl man nie sicher sein konnte.
Der Sprecher der Geschworenen reichte dem Gerichtsdiener ein Stück Papier, das dieser dem Richter weitergab. Dieser warf einen kurzen Blick darauf und nickte den Geschworenen zu.
»Die Angeklagte möge sich bitte erheben.« Lucy folg-

te der Aufforderung. »Wie lautet Ihr Urteil?« fragte der Richter den Sprecher der Geschworenen, obwohl er die Anwort kannte.

»Wir sind einstimmig zu dem Schluß gelangt, daß die Angeklagte nicht schuldig ist, und zwar aus Gründen der vorübergehenden geistigen Unzurechnungsfähigkeit.«

Die Zuschauer in dem kleinen Gerichtssaal applaudierten.

Der Richter schlug mit dem Hammer auf den Tisch. »Frau Verteidigerin«, wandte er sich an Cat. »Es ist die Ansicht dieses Gerichts, daß Ihre Mandantin therapeutische Hilfe braucht. Ansonsten ist der Gerechtigkeit Genüge getan.«

Der Prozeß war vorbei.

Benommen ließ Lucy Cats Umarmung über sich ergehen. Die Reporter eilten zu den Telefonen.

»Was meint er mit therapeutischer Hilfe? Muß ich in eine psychiatrische Klinik?«

»Um Himmels willen, nein.« Cat konnte sich ein Schmunzeln nicht verkneifen. »Das heißt nur, daß Sie das Trauma besser verarbeiten werden, wenn Sie sich an einen Therapeuten wenden. Wir können später darüber sprechen. Nein, Lucy, Sie sind frei.«

Carol Matthews schüttelte Cat die Hand. »Gratuliere«, sagte sie. »Wir sollten einmal zusammen essen.«

»Sehr gern«, antwortete Cat.

»Bestimmt haben wir eine Menge zu bereden.«

Die beiden Frauen lächelten einander zu. Dann sammelte Carol ihre Papiere ein und steckte sie in den Aktenkoffer.

Als Cat sich umdrehte, sah sie, wie Thelma Lucy unter Tränen in die Arme schloß.
»Das muß gefeiert werden«, verkündete Red. »Ich lade euch alle zum Mittagessen ein.«
»In das nette Restaurant, wo es die guten Hamburger gibt?« fragte Cat.
»Aber heute bestellen wir Steak. Wenn du möchtest, gehe ich mit dir auch ins Top of the Mark.«
»Du würdest zum Mittagessen auch nach San Francisco fliegen?« Cat mußte lachen.
»Also los«, sagte Red. Es war zwar noch nicht zwölf, doch das Restaurant würde bald öffnen. »Aber zuerst müssen wir Ma anrufen, sonst ist sie uns ernstlich böse.«
Auf der Ranch meldete sich niemand.
Als sie aus dem Gerichtsgebäude kamen, wußten sie, warum, denn Miss Jenny und Matt erwarteten sie auf der Straße.
»Habt ihr etwa geglaubt, ich halte die Spannung so lange aus?« meinte Miss Jenny.
»Wir gehen zur Feier des Tages Mittag essen.«
»Du hast gewonnen!« Miss Jenny fiel Cat um den Hals.

Am nächsten Tag flog Red nach Portland, wo er dringende Geschäfte zu erledigen hatte. Er wollte erst am folgenden Tag zurücksein.
Cat verbrachte den ganzen Tag mit Grübeleien. Nun, da der Prozeß vorbei war, mußte sie sich endlich mit ihren Gefühlen auseinandersetzen.
Am Nachmittag fuhr sie mit Matt zu Miss Jenny. Die beiden Frauen hatten sich seit kurz vor Weihnachten

nicht mehr unter vier Augen unterhalten. Im Haus roch es nach Lebkuchen.
»Schön, daß ihr da seid.« Miss Jenny kam aus der Küche und strahlte übers ganze Gesicht.
»Hast du Zeit für einen Kaffee und ein Gespräch? Matt kann ja inzwischen seinen Mittagsschlaf halten.«
»Eine gute Idee. Leg ihn in mein Bett oder aufs Sofa und komm in die Küche. Ich setze gleich den Kaffee auf. Die Lebkuchen sind bald fertig.«
Nachdem Matt, einen angebissenen Lebkuchen in der Hand, auf dem Sofa eingeschlafen war, ging Cat in die Küche. Die Lebkuchen waren auf Wachspapier auf der Anrichte ausgebreitet. »Hast du die nur für dich gebacken?«
»Ich dachte, ich bringe euch ein paar vorbei«, antwortete Miss Jenny. »Wie fühlst du dich? Sicher bist du nach dem Prozeß völlig erledigt.«
»Wahrscheinlich geht es mir ähnlich wie einem Schauspieler nach der letzten Vorstellung. Man fällt irgendwie in ein Loch, ist zwar zufrieden, aber die Aufregung ist mit einemmal weg. Heute brauche ich mir über nichts mehr Gedanken zu machen. Ich bin nicht mehr für das Leben eines anderen Menschen verantwortlich.«
Miss Jenny schenkte Kaffee ein und umarmte Cat, bevor sie ihr die Tasse hinstellte. »Wir alle sind so stolz auf dich.«
Cat seufzte. Am liebsten hätte sie Miss Jenny gestanden, daß sie Red, ihren Schwiegervater, liebte. Aber sie tat es nicht.
Nachdem Cat eine Weile schweigend dagesessen hatte,

wedelte Miss Jenny ihr mit der Hand vor den Augen herum. »Hallo, schläfst du schon?«
Blinzelnd schüttelte Cat den Kopf und sah Miss Jenny an.
»Ich hatte den Eindruck, als wärst du ganz weit weg.« Miss Jenny stützte die Ellbogen auf den Tisch und musterte Cat. »Liegt das am Prozeß, oder hast du in letzter Zeit Sorgen?«
»Ich weiß nicht, was du meinst.«
»Verschone mich mit diesem Unsinn. Du kannst mir ruhig eine ehrliche Antwort geben.«
»Wochenlang habe ich mir den Kopf über den Prozeß zerbrochen und hatte Angst, daß Lucy ins Gefängnis muß ...«
Miss Jenny nickte. »Das ist mir klar. Aber auf mich hat dein Blick eher traurig gewirkt.«
Cat konnte die Tränen nicht mehr zurückhalten. »Der Druck ...«, schluchzte sie.
»Cat, belüge dich meinetwegen selbst, doch mir kannst du nichts vormachen. Es liegt nicht am Prozeß. Du brauchst nicht darüber zu sprechen, wenn du nicht willst. Ich liebe dich, und ich möchte dir sagen, daß ich für alles, was du tust oder empfindest, Verständnis habe.«
Cat schneuzte sich die Nase.
Miss Jenny ergriff Cats Handgelenk. »Hast du mir überhaupt zugehört?«
Cat starrte sie benommen an.
»Mir ist klar, daß du Jason nicht heiraten willst. Weiß er es schon?«

Cat schüttelte den Kopf.
Miss Jenny senkte die Stimme, obwohl niemand da war, der sie hätte belauschen können. »Manchmal muß man gesellschaftliche Konventionen eben in den Wind schlagen und seinem Herzen folgen, anstatt zu tun, was von einem erwartet wird.«
»Was meinst du damit?«
Miss Jenny stöhnte auf. »Du meine Güte, Cat. Wahrscheinlich hätte ich diesen Vortrag lieber meinem Sohn halten sollen.«
»Ach, Miss Jenny ...«
Miss Jenny unterbrach Cat mit einer Handbewegung. »Tut mir leid, daß ich es angesprochen habe. Ich liebe dich, und ich werde immer zu dir stehen.«
Sie erhob sich und holte das nächste Blech mit Lebkuchen aus dem Herd.
»Ich habe mir überlegt, ob ich ausziehen soll.«
Vor lauter Schreck ließ Miss Jenny das Blech fallen, so daß sich die Lebkuchen auf dem Boden verteilten. Sie steckte den Daumen in den Mund. »Mist, jetzt habe ich mich verbrannt!«
Gemeinsam hoben sie das Gebäck auf.
»Verflixt, sie sind alle zerbrochen«, schimpfte Miss Jenny. Sie sah Cat erst wieder an, nachdem sie alles saubergemacht und ihren Finger mit kaltem Wasser gekühlt hatte. Dann drehte sie sich zu Cat um und stemmte die Hände in die Hüften. »Du bist eine Idiotin!«
»Ich habe mir ein paar kleine Häuser angeschaut, die zu verkaufen sind.«

»Und was hoffst du damit zu lösen?«
»Wenn das nichts bringt, ziehe ich eben noch weiter weg.«
»Damit du ihm nicht jeden Tag begegnen mußt? Um Himmels willen, Mädchen, diese Entscheidung kannst du doch nicht allein treffen.«
»Was soll das heißen?«
»Habt ihr beide schon darüber geredet?«
»Natürlich nicht!«
»Catherine McCullough, sieh mich an. Weißt du überhaupt, was er empfindet?«
»Er ist ein Ehrenmann, er …«
»Vor allem hat er es verdient, endlich glücklich zu werden. Sprich mit ihm, bevor du etwas Überstürztes tust. Ihr müßt das miteinander klären.«
»O Miss Jenny …«
»Was ist? Hast du etwa Angst, daß deine Gefühle nicht auf Gegenseitigkeit beruhen?« Miss Jenny legte Cat die Hand auf die Schulter. »Findest du nicht, daß du es dir selbst schuldig bist, das zu erfahren? Wahrscheinlich hat er eine Heidenangst davor, daß du seine Liebe nicht erwidern könntest. Und deshalb haltet ihr beide den Mund und schiebt moralische Gründe vor, obwohl ihr euch eigentlich nur vor Zurückweisung fürchtet.«
Cat starrte Miss Jenny an. »Ein Gespräch würde auch keine Lösung bringen.«
Miss Jenny nahm Cats Hand. »Das bedeutet nur, daß dir allein keine Lösung einfällt. Vielleicht kommt euch ja gemeinsam die zündende Idee.«
Cat umarmte Miss Jenny. Sie hatte einen Kloß im Hals

und brachte kein Wort heraus. Miss Jenny drückte sie an sich und tätschelte ihr beruhigend den Rücken.

Als Cat sich eine halbe Stunde später verabschiedete, meinte Miss Jenny: »Versprich mir, daß du nicht ausziehst und keine Entscheidung fällst, die nicht mehr rückgängig zu machen ist, bevor ihr beide euch nicht ausgesprochen habt. Möglicherweise mußt du wirklich fort, doch du darfst das nicht allein für dich beschließen, Cat. Ich flehe dich an.«

SIEBENUNDVIERZIG

Cat und Sarah verzehrten ihr Abendessen. Sarah summte einen alten Schlager vor sich hin, dessen Text sie leider vergessen hatte. Cat fand ihre Stimme ziemlich hübsch.

Schon vor Monaten hatte Cat Thelma überredet, nach Hause zu gehen, wenn das Abendessen auf dem Tisch stand. Schließlich sollte sie auch noch Zeit für ihren Mann haben. Cat störte es nicht, den Nachtisch zu servieren und die Spülmaschine einzuräumen. Allerdings hätte Thelma nichts dagegen gehabt, wenn nötig auch bis Mitternacht zu bleiben. Sie wäre bereit gewesen, alles für Cat zu tun.

Ein Glas in der Hand, rauschte Sarah nach dem Essen in ihr Zimmer und schloß die Tür hinter sich. Cat legte Matt schlafen und ging dann ins Gewächshaus. Das helle Licht dort versetzte sie wieder in bessere Stimmung. Im letzten Monat hatte sie sich kaum mit ihren Pflanzen beschäftigt.

Sie siebte Erde, mischte sie nach Anleitung und füllte sie in die Blumenkästen, die Red für sie bestellt hatte. Dann säte sie Fleischtomaten, Dill, Basilikum, Estragon, Rosmarin, Kornblumen, Astern, Löwenmaul und Petunien.

Nachdem sie die Kästen beschriftet hatte, machte sie sich daran, alles zu gießen.
Miss Jenny hatte recht. Sie mußte mit Red sprechen. Aber wenn sie ihm die Wahrheit sagte und ihm gestand, daß sie ausziehen mußte, weil sie ihn liebte, würde er sich wahrscheinlich selbst anklagen. Er würde sich vorwerfen, ihr mit dem Kuß falsche Hoffnungen gemacht zu haben. Außerdem würde es ihn gewiß schmerzen, seinen Enkel nicht mehr täglich zu sehen. Und mit den gemeinsamen Abenden, dem Schachspielen und den vertrauten Gesprächen würde es dann ein für allemal vorbei sein. Red würde sich diese Störung des Familienfriedens nie verzeihen, das wußte Cat ganz genau. Und deshalb war es ihre Pflicht, mit ihren Gefühlen hinter dem Berg zu halten und sie zu unterdrücken. Wahrscheinlich war es das beste, wenn sie sich öfter mit Jason traf und dieser Beziehung eine Chance gab, sich zu entwickeln. Sie hoffte, sie würde doch noch lernen, ihn zu lieben, denn er hatte eine Frau verdient, die mit ihm durch dick und dünn ging.
Cat wünschte, jemand hätte ihr einen Rat geben können.

Am nächsten Tag blieb sie bis um drei in ihrer Kanzlei. In den beiden Wochen seit dem Prozeß hatte sich die Anzahl ihrer Mandanten verzehnfacht, und nicht alle von ihnen wohnten in Cougar.
Eine Abgesandte vom Kreisverband der Republikanischen Partei stattete Cat einen Besuch ab, um sich nach ihrer politischen Haltung zu erkundigen. Offensicht-

lich enttäuscht nahm die Frau zur Kenntnis, daß Cat sich lieber unabhängig von einer Parteilinie ihre Meinung bildete und eher liberal eingestellt war.

Seit dem Prozeß hatte Cat zweimal mit Jason geschlafen. Sie besuchte ihn, wenn die Sehnsucht nach Red sie fast um den Verstand brachte, obwohl sie wußte, daß sie Jason damit nur benutzte.

Als sie um halb vier nach Hause fuhr, stand die Sonne noch hoch am Himmel. In einer Woche würden die Uhren auf Sommerzeit umgestellt werden. Cat liebte die lauen Sommerabende, an denen es lange hell blieb. Beim Einbiegen in die Auffahrt stellte sie fest, daß vor der Veranda schon die ersten Tulpen die Köpfe aus dem Boden steckten. Frühlingsboten. Im nächsten Monat würden die Osterglocken folgen.

Neben der Scheune bemerkte sie Reds Jeep, er war schon von seiner Reise nach Portland zurück. Cat wurde klar, daß sie seine Abwesenheit als Erleichterung empfunden hatte. Endlich einmal hatte sie kein Herzklopfen gehabt, wenn sie morgens zum Frühstück herunterkam. Jetzt fing es wieder an.

Als sie ins Haus ging, stürmte Matt freudig auf sie zu. Sie hob ihren Sohn hoch, küßte ihn und bedachte Thelma mit einem Lächeln.

Thelma scharrte mit den Füßen. »Haben Sie einen Moment Zeit, Cat?«

»Wenn der Kaffee schon fertig ist.«

»Selbstverständlich. Dazu gibt es Plätzchen mit saurer Sahne.«

»Ich ziehe mich nur rasch um.« Cat sehnte sich danach,

Kostüm und Stöckelschuhe mit Jeans und einem Sweatshirt zu vertauschen.

Als sie in die Küche trat, stieg ihr Kaffeeduft in die Nase. Thelma weigerte sich immer noch, die Cappuccinomaschine zu benützen.

Die ofenfrischen Plätzchen türmten sich auf einem Teller. Cat setzte sich und nahm Matt auf den Schoß. Der kleine Junge machte sich sofort über das Gebäck her.

Thelma holte ihm eine Tasse Milch.

»Es geht um Lucy«, sagte sie dann. Ihr Tonfall klang, als wolle sie sich entschuldigen.

»Was ist los?«

»Sie möchte ja nicht undankbar sein, unsere Familie steht ewig in Ihrer Schuld, weil Sie so viel für uns getan haben. Aber jetzt braucht Lucy einen festen Job. Fünf Stunden am Tag sind einfach nicht genug. Außerdem möchten Tom und ich endlich wieder allein sein. Lucy muß sich eine eigene Bleibe suchen.«

»Das heißt, daß ich eine andere Babysitterin finden muß.«

»Sind Sie böse?«

»Nicht, solange Sie da sind und darauf achten, daß die neue Kraft Matt auch gut betreut.«

»Vielen Dank.« Thelma atmete erleichtert auf. »Lucy hat sich nicht getraut, es Ihnen zu sagen. Sie möchte nach Boise ziehen, weil es dort mehr Arbeit gibt. Vielleicht bekommt sie etwas bei Hewlett Packard. Jedenfalls will sie in einer Stadt wohnen, wo niemand sie kennt.«

Cat nickte. »Eine gute Idee. Wissen Sie denn eine Babysitterin für uns?«
»Myrna könnte wieder anfangen, wenn sie ihr Kind mitbringen darf. Ich werde mich mal erkundigen. Lucy wird sich morgen in Boise nach einer Wohnung und einem Job umsehen und Ricky bei mir lassen. Ich kann mich um Matt kümmern, bis wir eine Nachfolgerin für sie finden. Sie hatte nur Angst, daß Sie sie für undankbar halten.«
»Sie soll mir nur versprechen, daß sie eine Therapie macht.«
»Therapien kosten Geld.«
»Ich weiß. Dann eben, nachdem sie Arbeit hat.«
»Vielleicht.«
Thelma klang nicht sehr überzeugt. Die meisten Menschen in dieser Gegend waren der Ansicht, daß sie ihre Probleme selbst lösen mußten. Die einzige Ausnahme war Arbeitslosigkeit, wenn Uncle Sam in die Pflicht genommen wurde. Wer einen Psychotherapeuten aufsuchte, wurde in Cougar leicht als verrückt abgestempelt.
Cat fragte sich, ob Lucy es je verarbeiten würde, daß sie Pete getötet hatte. Würde Ricky seine Mutter verurteilen, wenn er von ihrer Tat erfuhr? Und was war, wenn Lucy wieder einen Mann kennenlernte? Würde er um sein Leben fürchten, wenn er von Lucys Vergangenheit hörte? War Lucy zu einem Leben in Einsamkeit verdammt?
»Lucy braucht kein schlechtes Gewissen zu haben«, sagte sie. »Wir finden schon ein neues Kindermädchen

für Matt. Warum gibt es in Cougar eigentlich keinen Kindergarten?«
Thelma lachte. »Der hätte sicherlich nicht viel Zulauf. Hier wohnen kaum Frauen mit kleinen Kindern, die berufstätig sind.«
In diesem Moment ging die Hintertür auf. Red kam herein, und Cat stellte wieder einmal fest, daß sie noch nie einem so gutaussehenden Mann begegnet war. Seine Schläfen waren zwar in den letzten Jahren grauer geworden, doch sein Haar und sein Schnurrbart leuchteten immer noch rot. Seine Augen waren so blau wie ein klarer Sommerhimmel, und seine gewaltige Gestalt füllte fast den Türrahmen aus. Offenbar hatte er sich seit seiner Rückkehr umgezogen, denn er trug ein rot-schwarz kariertes Wollhemd und wie immer Stiefel.
»Riecht köstlich«, sagte er.
Thelma holte Reds Lieblingstasse aus dem Regal und schenkte ihm Kaffee mit Milch ein. »Bitte sehr.« Sie stellte die Tasse auf den Tisch.
Als Red Cat ansah, konnten sie die Blicke nicht voneinander abwenden. Selbst Thelma fiel es auf, und sie hüstelte, um sich bemerkbar zu machen. Wortlos nahm Red Platz.
Zu Cats Erstaunen grinste er sie an. »In Portland und in Pendleton fordern Frauengruppen, daß du ins Repräsentantenhaus einziehst«, verkündete er.
»Wie bitte?«
»Du hast dir einen Namen gemacht, bist jung und unverbraucht, trittst für die Rechte der Frau ein …«

»Wenn ich für die Demokratische Partei kandidiere, würde ich bei den Hinterwäldlern in Cougar keinen Blumentopf gewinnen.«
»Vergiß Al Ullman nicht.«
»Nie von ihm gehört.«
»Das war wahrscheinlich vor deiner Zeit. Nach jahrelanger Amtszeit wurde er in den Achtzigern abgewählt. Ich dachte nicht, daß das schon so lange her ist.«
»Geht mir genauso«, meinte Thelma.
Nach Washington? Cat glaubte zwar nicht, daß sie genügend Stimmen bekommen würde, aber vielleicht war das ja die Lösung ihres Problems mit Red. Fünftausend Kilometer würden zwischen ihnen liegen. »Es war schon immer mein Traum«, sagte sie leise. »Aber ich habe noch viel zuwenig Erfahrung.«
»Diese Gegend ist dünn besiedelt, was es einfacher macht, bekannt zu werden. Eigentlich wollte ich dir nur sagen, daß man in politischen Kreisen von Catherine McCullough begeistert ist.«
»Woher wußten sie, mit welcher Partei ich sympathisiere?«
»Das ist doch offensichtlich, wenn man sich deine Einstellung zur Emanzipation anschaut. Und inzwischen ist allgemein bekannt, wie du zum Thema Frausein denkst.«
»Und wie denke ich zum Thema Frausein?«
Red antwortete nicht darauf. Thelma hob den Deckel des Topfes, in dem ein Rinderbraten vor sich hinschmorte. »Wehe, wenn Sie sich mit den Keksen den Appetit fürs Abendessen verderben.«

Cat stand auf. »Ich gehe mit Matt in die Scheune und zeige ihm die kleinen Kätzchen«, sagte sie.
Auch Red erhob sich, allerdings nicht, um Cat nach draußen zu folgen.

Zum erstenmal seit Anfang Dezember waren Red und Cat wieder miteinander allein. Sarah saß in ihrem Zimmer vor dem Fernseher. Matt schlief schon.
»Ich würde gern mit dir sprechen«, sagte Red.
Cat schnappte nach Luft. Ihr Magen krampfte sich zusammen. Jetzt war der Augenblick gekommen.
Im Arbeitszimmer brannte der Kamin.
Red stand mitten im Raum vor seinem Schreibtisch.
»Cat«, sagte er und wies auf den Lehnsessel vor dem Kamin. »Bitte setz dich. Ich möchte einiges mit dir bereden.«
Sie ertrug es nicht mehr, unter einem Dach mit ihm zu leben, so sehr sehnte sie sich nach ihm.
»Laß mich anfangen«, meinte sie, nachdem sie Platz genommen hatte.
Überrascht sah er sie an und lehnte sich dann mit verschränkten Armen an seinen Schreibtisch.
»Red, ich denke, ich sollte besser ausziehen.«
Sein Adamsapfel zuckte, und er runzelte die Stirn. Dann ließ er sich gegenüber von ihr nieder, so daß sich ihre Knie fast berührten. Er griff nach ihrer Hand.
»Cat, ich wollte dich nicht vertreiben.«
»O Red.« Sie schloß die Augen und genoß es, seine Hand auf ihrer zu spüren. »Das ist nicht der Grund. Eher das Gegenteil.«

»Sieh mich an«, sagte er leise. Der Griff um ihre Hand wurde fester.

Sie schlug die Augen auf.

»Cat, ich liebe dich so sehr, daß ich es kaum noch aushalte. Ich liebe dich so sehr, daß es mir manchmal körperlich weh tut. Ich liebe dich so sehr, wie ich noch nie einen Menschen geliebt habe.«

Was redete er da?

»Zuerst hielt ich mich für pervers«, fuhr er fort. »Meine Schwiegertochter. Die Frau meines Sohnes. Jung genug, um meine Tochter sein zu können. Dein Sohn ist mein Enkel. Ich habe dagegen angekämpft. Gott weiß, wie ich mich gesträubt habe. Doch mit jedem Tag bist du mir noch mehr ans Herz gewachsen. Du gehörst hierher. Und deinem Sohn bin ich inzwischen eher ein Vater als ein Großvater.«

»Ich weiß«, flüsterte sie.

»Cat, ich sehne mich nach dir. Ich will dich täglich in meiner Nähe haben. Ich glaube, du liebst mich auch und hast anfangs ebenso dagegen angekämpft wie ich. Sicher hast du mit Jason geschlafen, um mich zu vergessen. So eitel bin ich nun mal. Nein, laß mich erst ausreden. Bitte. Ich habe eine Lösung gesucht. Cat, ich werde mich von Sarah scheiden lassen.«

Er brachte sie mit einer Handbewegung zum Schweigen. »Sie bekommt sowieso nicht mehr mit, was um sie herum vorgeht, und verläßt ihr Zimmer nur noch, wenn es Essen gibt. Ich werde ihr ein Haus kaufen und eine Pflegekraft und eine Köchin für sie einstellen. Es wird ihr an nichts fehlen. Und ich besorge ihr den größten Fernseher, den man für Geld kriegen kann. Mehr Gesellschaft braucht sie anscheinend nicht. Cat, ich habe mich lange genug von ihr tyrannisieren lassen. Ich muß endlich einen Schlußstrich ziehen, auch wenn es ihr weh tut. Den Rest meines Lebens will ich mit dir verbringen. Ich liebe dich, Cat, und ich bitte dich, meine Frau zu werden.«

Ungläubig starrte Cat ihn an.

»Ich weiß, daß du hier glücklich bist«, fuhr er fort, als müsse er sich selbst überzeugen. »Du hängst an deinem Gewächshaus und am Garten, und du hast ein Händchen fürs Finanzielle. Dank deiner Investitionen hat sich mein Vermögen vervielfacht. In dieser Familie sind es offenbar die Frauen, nämlich du und Ma, die den richtigen Blick für Geldangelegenheiten haben. Ich liebe dich nicht nur, Cat, ich brauche dich. Deinen Verstand, deine Wärme, deine Gegenwart, deine Liebe – und auch deinen Körper.«

»O Red!«

Er stand auf und zog sie an sich. »Sag mir, daß du mich auch liebst.«

Sie schlang die Arme um ihn. »Red, ich liebe dich so sehr, daß ich schon dachte, ich müßte fortgehen, weil ich es nicht aushalte, im selben Raum mit dir zu sein. Ich liebe dich, Red. Ich liebe dich, ich …«

Er preßte die Lippen auf ihre und umarmte sie, daß sie das Pochen seines Herzens hören konnte. Sie schmeckte den Kaffee auf seiner Zunge und roch seinen warmen Atem.

ACHTUNDVIERZIG

»Wir sprechen morgen darüber«, flüsterte sie ihm ins Ohr. Dann legte sie lächelnd den Kopf in den Nacken und blickte zu ihm auf. »Ich dachte, der Kuß wäre nur eine Entgleisung gewesen, und glaubte, ich müßte ausziehen.«

»Zum erstenmal im Leben habe ich die Beherrschung verloren. Aber ich war machtlos dagegen, Cat. Ich liebe dich schon so lange und liege nachts wach, weil ich an dich denken muß. Ich sehe dich, wenn ich zum Mond emporblicke, und ich rieche dein Parfum, schon bevor du ins Zimmer kommst. Ständig träume ich davon, dich zu berühren.«

Wieder küßte er sie leidenschaftlich.

»Kann man diese Tür abschließen?« fragte sie. »Hoffentlich.« Sie knöpfte ihren Pullover auf.

Er drehte den Schlüssel um und sah zu, wie sie aus dem Pullover schlüpfte, ihren Büstenhalter öffnete und ihn zu Boden fallen ließ.

»Mein Gott«, sagte er und kam näher. »Cat, ich begehre dich, wie ich noch nie eine Frau begehrt habe. Ich sehne mich so nach dir.«

Red streifte sein Hemd ab und küßte ihre Brüste. Dann nahm er sie in die Arme, trug sie zum Sofa und half ihr aus der Jeans. Er kniete sich neben das Sofa und küßte und liebkoste sie.

»Komm«, stöhnte sie und öffnete seinen Gürtel. »Ich will dich so sehr. Ich finde dich wunderschön.«

»Männer sind nicht schön.«

Sie grinste. »Für mich bist du der schönste Mann, den ich je gesehen habe.«

»Ich glaube, ich habe mein ganzes Leben lang nur auf dich gewartet.«

»Und jetzt gehöre ich für den Rest deines Lebens nur dir.«

Sie weigerte sich, daran zu denken, wie sie die praktischen Probleme meistern sollten. Die ganze Stadt würde schockiert sein. Doch als er sich zu ihr legte, waren alle Sorgen wie weggeblasen.

»Meine Liebste. Meine allerliebste Catherine.«

Und dann sagte er nichts mehr.

Um drei ging Cat, die Kleider in der Hand, splitternackt nach oben. Red stand am Fuße der Treppe und blickte ihr lächelnd nach.

Überglücklich schlüpfte sie zwischen die Laken. Red liebte sie. Sie hatten miteinander geschlafen, und es war wunderbar gewesen. Sie hatte mit ihm eine Leidenschaft erlebt, die sie weder mit Jason noch mit Scott kennengelernt hatte.

Morgen würden sie sich gemeinsam der Zukunft stellen. Jetzt aber wollte sie sich diese Nacht nicht von den Gedanken daran verderben lassen. Als sie einschlief, spürte sie noch seine Berührungen auf ihrer Haut.

Vier Stunden später wurde Cat von Matts Juchzen geweckt. Trotz wenigen Schlafs fühlte sie sich erfrischt, als sie in ihren Bademantel schlüpfte, um in das Zimmer ihres Sohnes zu gehen.

Eine halbe Stunde später hatte sie Matt gebadet und angezogen und kam, immer noch im Bademantel, nach unten. Sie hörte Thelma in der Küche, und wieder setzte das vertraute Herzklopfen ein. Doch diesmal pochte ihr Herz nicht vor Anspannung, sondern vor Glückseligkeit.

Red sah aus, als hätte er acht Stunden durchgeschlafen. Die Kaffeetasse in der Hand, las er die Zeitung. Als sie hereinkam, blickte er sofort auf, und ein ganz neuer Ausdruck malte sich auf seinem Gesicht. Ach, Liebling, hätte sie so gern gesagt, und es kostete sie Überwindung, ihn nicht zu küssen.

»Guten Morgen«, meinte er und lächelte ihr zu.

»Du bist aber früh auf.«

»Ich habe zu tun.«

Matt kletterte auf den Schoß seines Großvaters. Red bestrich ein Stück Toast mit Marmelade, gab es seinem Enkel und küßte ihn auf den Scheitel.

Cat setzte sich. Es war wunderschön, Red und Matt so zusammen zu sehen.

»Ich dachte, wir könnten heute beide früher zu arbeiten aufhören«, meinte er. »Und ich habe dir einen Vorschlag zu machen, über den sich auch Thelma freuen wird.«

»Schieß los«, antwortete sie lächelnd. Thelma brachte den Orangensaft.

»Ich liebe dich«, flüsterte Red, als die Köchin wieder draußen war.
»Ich dich auch«, erwiderte sie leise. Als Thelma mit Cats Haferbrei zurückkam, sagte Cat: »Lucy verläßt uns nächste Woche.« Sie erklärte Red Lucys Zukunftspläne.
Während Cat sich für die Arbeit anzog und gerade die Kragenschleife ihrer grünen Bluse zuband, sah sie Red in der Schlafzimmertür stehen. Seit Matts Geburt war er nicht mehr in ihrem Zimmer gewesen. Als sich ihre Blicke im Spiegel trafen, kam er herein, nahm sie in die Arme und küßte sie, bis sie leise aufstöhnte.
»Um zwei bin ich spätestens zu Hause.«
»Gut. Ich muß etwas mit dir besprechen.«
Sie küßte seinen Hals. »O Red, ich bin so glücklich. Mir ist es egal, was passiert, solange ich nur weiß, daß du mich liebst …«
»Ich wollte dir noch erzählen, daß ich mein Verhältnis mit Norah vor Weihnachten beendet habe. Seitdem ist nichts mehr zwischen uns gewesen.«
»Weiß sie den Grund?«
»Ja.«
»Haßt sie mich jetzt?«
»Sie hat dich immer noch gern. Ich möchte es auch Ma erzählen.«
Cat nickte.
»Ich glaube, sie wird nicht überrascht sein. Und sie hat sicher nichts dagegen. Was jedoch die Leute in der Stadt angeht …« Er grinste. »Aber ein kleiner Skandal wird Leben in unser schläfriges Nest bringen. Und wir beide

werden es schon überstehen. Außerdem bin ich sicher, daß du ihnen sympathischer bist, als Sarah es jemals war.«

»Ich muß mich schon den ganzen Morgen zwicken, um mich zu vergewissern, daß ich nicht träume.«

Red beugte sich vor und kniff sie in den Hintern. »Warte, ich helfe dir dabei.«

»Wissen Sie was, Mister McCullough? Ich glaube, wir beide werden eine Menge Spaß haben.«

Nach ihrer Ankunft in der Stadt sagte Cat zuerst ihre nachmittägliche Verabredung mit Jason ab. Und die für den Samstagabend auch. Sie mußte einen Weg finden, die Beziehung zu beenden, ohne Jason zu kränken und die Freundschaft zu zerstören.

Die beste Methode war, ihn anderweitig zu verkuppeln, und April kam ihr dabei gerade recht. Cat würde etwas unternehmen, um die beiden zusammenzubringen, und zwar schnell.

Obwohl Cat wußte, daß ihr noch einige Schwierigkeiten bevorstanden, gab es in ihren Augen kein Problem, das sie und Red nicht lösen konnten. Sarah war schon längst nicht mehr zurechnungsfähig und nicht in der Lage, sich ihrem Glück in den Weg zu stellen. Doch wie würde Cougar reagieren, wenn sich einer seiner angesehensten Bürger nach fast dreißig Jahren scheiden ließ, um seine Schwiegertochter zu heiraten? Cat hoffte, daß Red Miss Jenny bald die Wahrheit eröffnen würde. Denn Miss Jennys Rat konnte sie im Augenblick gut gebrauchen.

Und was würde Torie sagen?
Und Jason?
Aber es war zwecklos, jetzt über Fragen nachzugrübeln. Sie würde am Nachmittag mit Red darüber reden. Und sie würden sich küssen und einander umarmen. Cat wußte nur, daß sie überglücklich war. Kurz spielte sie mit dem Gedanken, ihre Liebe vor dem Rest der Stadt zu verheimlichen. Dann konnte sie Tag und Nacht mit Red zusammensein, ohne daß er sich von Sarah scheiden lassen mußte. Sarah würde sie nicht stören. Sie schloß sich sowieso den Großteil der Zeit in ihrem Zimmer ein.
Aber das kam nicht in Frage. Red würde ihr niemals ein solches Leben zumuten.

Vergeblich versuchte Cat, sich auf ihre Arbeit zu konzentrieren. Während sie tagträumend an ihrem Schreibtisch saß, kam Jason herein, um sie zum Mittagessen einzuladen.
Cat schüttelte den Kopf. »Ich habe zur Zeit keine Babysitterin. Thelma paßt auf Matt auf, und ich habe versprochen, zum Mittagessen zu Hause zu sein.«
Das war zwar eine Lüge, aber wahrscheinlich war es ohnehin das beste, wenn sie sofort losfuhr. Sie konnte heute ihre Gedanken einfach nicht ordnen.
Sie traf pünktlich zum Essen zu Hause ein. Red war nicht da, doch sein Jeep stand vor der Scheune. Nachdem Cat Matt zum Mittagsschlaf hingelegt hatte, sah sie aus dem Fenster. Red kam auf seinem Lieblingspferd angeritten.

Sie lief die Treppe hinunter. Anstatt den Weg durch die Küche zu nehmen, eilte sie durch die Vordertür, rannte ums Haus herum und hüpfte mit ausgebreiteten Armen auf Red zu.
Red nahm seinem Pferd gerade den Sattel ab, als Cat in die Scheune gestürmt kam.
»Ich konnte es nicht mehr erwarten«, keuchte sie und küßte ihn dann auf die Lippen.
Er hielt sie fest, als wollte er sie nie wieder loslassen. »Den ganzen Tag lang mußte ich an gestern nacht denken«, meinte er.
»Sag es mir noch einmal.«
Er sah sie an. »Ich liebe dich. Ich werde dich immer lieben. Ich glaube, ich habe dich immer geliebt.«
Sie beobachtete ihn, während er sein Pferd abrieb. »Schlafen wir heute nacht wieder miteinander?«
»Ich weiß nicht, ob ich es noch so lange aushalte.«
Cat rannte in die Gerätekammer und kam mit einer Pferdedecke zurück, die sie über einen Heuhaufen warf. »Ich nehme dich beim Wort.« Sie öffnete ihre Jacke.
»Ich bringe rasch das Pferd nach draußen«, antwortete er strahlend.
In Windeseile schlüpfte Cat aus den Kleidern.
»Du meine Güte!« Kopfschüttelnd stand Red da, aber sie merkte ihm an, daß er sich in Wirklichkeit freute.
»Du hast doch gesagt, daß du es nicht mehr erwarten kannst.« Sie legte sich auf die Decke. »Ich will dir nur eine Freude machen.«
»Ach, das ist also der Grund?« Er sah sie an. »Cat McCullough, du bist die schönste Frau, die ich kenne.«

»Komm.«
Er ließ sich neben ihr nieder. »Für mich ist das eine völlig neue Erfahrung. Du hier im Heu. Als ich das letztemal nackt in einer Scheune war, war ich siebzehn«, lachte er.
Er küßte sie und strich mit der Hand über ihren Bauch. »Hast du dir je ausgemalt, wie es wäre, wenn wir miteinander schlafen?« fragte sie.
Er küßte ihre Brüste. »Ich habe davon geträumt, aber ich hätte nie gedacht, daß es so schön sein könnte.«

NEUNUNDVIERZIG

Als Cat und Red ins Haus zurückkehrten, war Matt schon von seinem Mittagschlaf aufgewacht. Red und sie mußten sich beide ein breites Grinsen verkneifen.

»Ist dir kalt? Ich mache uns einen Kaffee«, schlug Cat vor.

»Setzen wir uns doch ins Wohnzimmer.« Matt spielte gern dort.

»Ich muß mit dir reden«, erwiderte Red. »Ich zünde den Kamin an.«

Matt saß bereits im Wohnzimmer, als Cat mit den Kaffeetassen eintrat. Thelma hatte Zitronenkuchen gebacken.

Ein Stück Kuchen in der Hand, wippte der kleine Junge auf seinem Schaukelpferd hin und her.

»Cat, ich würde Ma gern heute abend von uns erzählen«, meinte Red.

Sie nickte.

»Und ich denke, ich sollte mit einem Psychiater besprechen, wie ich Sarah am besten anderswo unterbringen kann, ohne daß sie allzusehr darunter leidet. Am einfachsten wäre es, ein Haus auf der Ranch für sie herzurichten, aber ich möchte nicht, daß du …«

Als Cat etwas erwidern wollte, unterbrach er sie mit einer Handbewegung. »Das ist meine Entscheidung. Sarah und ich wechseln tagelang kein Wort miteinander. Seit über zwanzig Jahren schlafen wir in getrennten Zimmern. Sie wird immer merkwürdiger und …«

»Das weiß ich, Red. Und mir ist klar, daß du ihr nicht weh tun willst. Mich würde es nicht stören, wenn sie in der Nähe wohnt.«

»Doch die Leute in der Stadt würden es reichlich seltsam finden.«

Red hatte sein ganzes Leben hier verbracht. Selbstverständlich war es ihm wichtig, was man in der Stadt von ihm hielt. »Das soll heißen, daß ich noch nicht genau weiß, wie es ablaufen soll. Aber es wird passieren, und ich werde mir deswegen kein schlechtes Gewissen machen lassen.«

Unvermittelt sah er Cat an. »Du bist jung genug, um meine Tochter zu sein.«

»Das ist uns beiden klar, und dennoch lieben wir uns.«

»Ich werde ein alter Mann sein, wenn du erst …«

»Hör auf damit«, protestierte Cat. »Das wissen wir ebenfalls. Nur die Zeit, die wir zusammen verbringen können, ist von Bedeutung. Letztens hast du erzählt, daß einige Frauengruppen bereit wären, meine Kandidatur für den Kongreß zu unterstützen. Das war immer mein Traum. Mein Ziel. Aber all diese Dinge sind mir auf einmal unwichtig geworden. Ich will hier bei dir bleiben.«

»Bist du …«

»Falls ich meine Meinung ändere, habe ich noch viele Jahre Zeit, um zu kandidieren.«

»Wird es Matt schaden, als Sohn seines Großvaters aufzuwachsen?«

Cat stand auf und betrachtete durch das Fenster die Rinderherden, die auf den grünen Weiden grasten. Dahinter erhoben sich die Berge. Da näherte sich aus der Ferne plötzlich ein Auto.

»Wir bekommen Besuch«, sagte sie. Red trat ans Fenster. Gemeinsam beobachteten sie den Wagen.

»Mein Gott!« rief Red aus. »Das ist doch Torie.«

Das Sonnenlicht spiegelte sich auf dem Wagendach. Es war tatsächlich Tories Auto.

»Mitten in der Woche?« wunderte sich Red. Torie war seit ihrer Abreise Ende August nicht mehr zu Hause gewesen.

Normalerweise legte Torie ein ziemliches Tempo vor. Diesmal jedoch ließ sie sich Zeit und parkte in einigem Abstand zum Haus unter dem großen Baum, nicht wie gewöhnlich vor der Veranda.

Red eilte zur Vordertür, öffnete sie und blieb zögernd stehen, während Torie ausstieg und sich schützend die Hand vor Augen hielt. Dann ging Red mit langen Schritten seiner Tochter entgegen.

Cat war ihm bis zur Tür gefolgt. Wie seltsam, daß Torie an einem Aprilnachmittag mitten in der Woche ihre Eltern besuchte. Sie sah zu, wie Vater und Tochter einander begrüßten. Er küßte sie und drückte sie an sich. Dann schlenderten sie Arm in Arm auf das Haus zu.

Cat küßte ihre Schwägerin zur Begrüßung auf die Wange. »Wo ist Mama?« fragte Torie.
Red schüttelte den Kopf. »In ihrem Zimmer. Wo sonst?«
»Schön, denn ich habe euch etwas zu sagen. Und ich möchte, daß du es zuerst erfährst.«
Cat ahnte, daß etwas im argen lag. »Komm rein. Willst du etwas trinken?«
Torie schüttelte den Kopf. »Moment, ich möchte euch mit jemandem bekannt machen.«
Sie kehrte zurück zum Auto.
»Ich habe niemanden gesehen«, meinte Red und blickte seiner Tochter nach. Sie beobachteten, wie Torie die rückwärtige Wagentür öffnete, ein Bündel herausholte und es auf den Armen zum Haus trug.
»Mein Gott!« rief Cat aus. »Das ist ja ein Baby.«
»Daddy, bitte, sei nicht böse«, flehte Torie. »Wir wußten einfach nicht, wie wir es sonst anstellen sollten.«
Sie blickte ihrem Vater, der wie erstarrt dastand, in die Augen. »Das ist dein Enkel«, sagte sie.
Red sah nicht das Baby, sondern seine Tochter an. »Joseph weiß natürlich davon«, meinte er schließlich.
»Selbstverständlich, Daddy. Wir haben entschieden, daß es eben Pech ist, wenn Joseph nicht Schamane werden und seine Fähigkeiten einsetzen kann. Denn wir halten es ohne einander nicht aus. Wir haben dieses Kind mit Absicht gezeugt, und dann bin ich weggegangen, damit niemand uns aufhalten kann. Joseph hat mich an den Wochenenden besucht. Bei der Geburt des Babys vor zwei Wochen war er dabei. Und jetzt kön-

nen wir seinem Vater sagen, daß es zu spät ist. Wir können endlich heiraten, denn Josephs Kind ist kein reinrassiger Indianer«, sprudelte sie hervor, als hätte sie Angst, ihr Vater würde sie unterbrechen.

Red nahm das Baby auf den Arm. »Liebling, warum hast du mir nichts davon erzählt?«

»Fast hätte ich es getan. Aber nur dir allein.«

»Ich hätte dir geholfen.«

Tränen stiegen Torie in die Augen. »Ach, Daddy, ich wußte, daß du so reagieren würdest. Auf dich kann man sich eben immer verlassen.« Red lächelte das Baby an.

»Joseph und ich wollen es Mister Claypool gemeinsam eröffnen«, fuhr Torie fort. »Wir hoffen, daß er sich erweichen läßt, wenn er sein eigen Fleisch und Blut sieht.«

»Warst du schon bei Joseph?«

Sie schüttelte den Kopf »Wir haben gestern miteinander telefoniert. Ich habe ihm gesagt, daß ich heute ankomme.«

»Schau nur, mein zweites Enkelkind«, meinte Red zu Cat.

»Und mein erster Neffe«, fügte Cat hinzu.

»Wir werden heiraten, nachdem wir es Mister Claypool erzählt haben«, erklärte Torie. »Vielleicht vergibt er uns, wenn wir ihm seinen Enkel zeigen.«

»Komm rein. Sonst erkältet sich der Kleine noch.«

»Ich habe nicht vor, hier zu übernachten«, fuhr Torie fort. »Ich habe mir ein Zimmer im Motel genommen und bin dort mit Joseph verabredet. Als ich heute bei ihm im Büro war, war er gerade unterwegs.«

Das Kind im Arm, ging Red voran ins Haus.

Cat hatte sich von ihrer Überraschung noch nicht erholt und wunderte sich, wie ruhig Red die Neuigkeit aufnahm.
»Also hast du nicht in Kalifornien an einer Schule unterrichtet«, stellte Red fest.
»Ich habe dich ein ganzes Jahr lang angelogen, Daddy, obwohl es mir sehr schwergefallen ist. Aber wir wußten nicht mehr ein noch aus. Joseph und ich fanden, daß wir nach all den Jahren ein Recht darauf haben, endlich zusammenzuleben.«
Als sie in das mollig warme Wohnzimmer kamen, blickte Matt nicht einmal von seinen Spielsachen auf. Red legte das Baby aufs Sofa.
»Mama wird einen Anfall kriegen«, sorgte sich Torie.
»Da kannst du Gift drauf nehmen. Hör einfach nicht hin.«
»Sie wird mir das nie verzeihen.«
»Zerbrech dir nicht den Kopf darüber«, entgegnete Red ernst. »Es ist nicht deine Schuld. Sie lehnt dich seit deiner Geburt ab. Laß nicht zu, daß sie über dein Leben bestimmt.«
»Du hast leicht reden«, murmelte Torie. »Seit ich denken kann, versuche ich, es ihr recht zu machen.«
»Ich weiß. Aber deine Mutter ist nun einmal nicht zufriedenzustellen. Sie hat an allem etwas auszusetzen.«
Torie seufzte auf. »Erinnerst du dich? Als ich Cheerleader war, ist sie zu keinem einzigen Spiel gekommen.«
»Und seit Scotts Tod hat sie sich noch mehr zurückgezogen.«

»Sogar in Kalifornien haben die Zeitungen über dich berichtet«, meinte Torie dann zu Cat. »Du bist die Heldin des Tages.«
Cat grinste. »Ein schönes Gefühl.« Sie legte den Arm um ihre Schwägerin. »Torie, du hättest es schon vor Jahren tun sollen. Ich freue mich für dich. Warum hast du dir nur nicht von uns helfen lassen?«
»Am schlimmsten war für mich das ständige Lügen.«
»Mich hättest du doch nicht anzulügen brauchen«, erklärte Red.
»Natürlich nicht, Daddy. Doch Joseph und ich hatten beschlossen, es niemandem zu erzählen.«
»Bleib bei uns«, drängte Red. »Es spielt keine Rolle, was deine Mutter davon hält.«
»Nein, Daddy. Ich möchte die heutige Nacht und den Rest meines Lebens mit Joseph verbringen. Wir müssen endlich eine Familie werden.«
»Werdet ihr in Cougar wohnen?«
»Wahrscheinlich nicht, Daddy. Joseph hat bei der Forstverwaltung seine Versetzung beantragt und wartet darauf, daß in Steens oder in Grants Pass eine Stelle frei wird.«
Red legte den Arm um sie. »Wenn ich dir irgendwie helfen kann …«
»Danke, Daddy. Ich kann dir gar nicht sagen, wie sehr ich dich liebe.«
In diesem Moment war vom Flur her Sarahs Stimme zu hören.
»Wo seid ihr denn? Ich glaube, es ist Zeit für einen Drink.«

In einem königsblauen Morgenmantel mit fließenden Ärmeln stand sie, ein leeres Glas in der ausgestreckten Hand, auf der Schwelle. »Möchte sonst niemand etwas trinken?« Bei Tories Anblick neigte sie erstaunt den Kopf zur Seite.

»Hallo, Mama.«

»Das nenne ich eine Überraschung. Wann bist du zurückgekommen?«

»Gerade eben.«

Das Baby wachte auf und gab glucksende Geräusche von sich.

Sarah sah in Richtung Sofa und schlug die Hand vor den Mund. Entsetzen malte sich auf ihrem Gesicht. Wie angewurzelt stand sie da und starrte Torie entgeistert an.

»Es ist meins.« Tories Stimme klang trotzig. »Meins und Josephs, Mama.«

Sarah versuchte noch, sich auf die Sofalehne zu stützen, und sank dann zu Boden. »O gütiger Gott im Himmel«, flüsterte sie. »Es ist eine Sünde.«

Sie stieß langgezogene Klagelaute aus, die Cat kalte Schauder über den Rücken jagten, und trommelte in ohnmächtiger Wut mit den Fäusten auf den Teppich.

Red drückte Torie an sich, das Baby begann zu schreien, Matt hielt sich ängstlich die Ohren zu, und Thelma kam aus der Küche hereingestürzt.

Red zog Sarah hoch und schüttelte sie heftig, bis das Kreischen verstummte. Sarah starrte blicklos ins Leere.

»Schluß damit!« Red versetzte seiner Frau eine kräfti-

ge Ohrfeige, die sie wieder in die Wirklichkeit zurückholte.
»Sarah, hör auf. Es ist unser Enkelkind.«
Sarah riß sich von ihm los und betrachtete das schreiende Baby. »Es sieht aus wie dieser Indianer«, stellte sie fest.
Dann wandte sie sich an Torie. »Glaube bloß nicht, daß du heute nacht unter diesem Dach schläfst. Du hast gesündigt, und ich werde das nicht dulden. Gott wird dich dafür bestrafen.«
Torie warf ihrem Vater einen Blick zu. Dieser nahm das Baby in die Arme. »Komm, wir gehen zum Auto. Wahrscheinlich ist es das beste, daß du dir ein Motelzimmer genommen hast. Ruft mich an, nachdem ihr mit Samuel gesprochen habt. Dann fahre ich sofort in die Stadt, Liebling.«
»Setz nie wieder einen Fuß in dieses Haus«, sagte Sarah mit tonloser Stimme.
Red brachte Torie und ihren Sohn zur Tür. »Ich kenne nicht einmal seinen Namen«, meinte er.
Cat verstand die Antwort nicht. Da sie keine Lust hatte, zu Sarah ins Wohnzimmer zurückzukehren, blieb sie in der Tür stehen und blickte Vater und Tochter nach. Matt war die Treppe hinauf geflüchtet.
»Komm runter, Schatz. Oma hat aufgehört zu schreien.«
Matt lief auf seine Mutter zu und ergriff ihre Hand. Gemeinsam warteten sie auf Red und sahen wortlos zu, wie das Auto in der Ferne verschwand.
»Hoffentlich macht Mister Claypool ihnen nicht auch so eine Szene«, meinte Cat schließlich zu Red.

»Ich denke nicht. Zum Glück glaubt er, anders als Sarah, nicht an einen Gott der Rache. Komm, am besten packen wir den Stier gleich bei den Hörnern.« Er ging voraus ins Wohnzimmer.

Cat schickte ihren Sohn zu Thelma in die Küche.

Red ließ sich Sarah gegenüber in einem Sessel nieder. »Sarah, ich möchte, daß du mir jetzt gut zuhörst.«

Sie starrte ihn an. »Das ist die Strafe Gottes.«

Red hatte Mühe, sich seine Gereiztheit nicht anmerken zu lassen. »Ich begreife einfach nicht, warum Eltern sich Vorwürfe machen, wenn ihre Kinder Kinder bekommen. Torie und Joseph sind schon seit vielen Jahren ein Liebespaar. Wir hätten schon vor langer Zeit darüber reden sollen.«

Sarah stand auf und wollte zur Hausbar gehen. Red hielt sie am Handgelenk fest.

»Du kriegst keinen Tropfen, bevor du mich angehört hast.«

»Du hast ja keine Ahnung«, sagte sie, ohne den Blick von den Flaschen zu lösen.

»Sarah, ich verbiete dir, Torie noch einmal so zu behandeln und ihr Schuldgefühle einzuimpfen.«

»Sie wird dieses Haus nie wieder betreten.«

»Du hast schon vor Jahren das Recht verwirkt, irgendwelche Entscheidungen zu treffen, was dieses Haus betrifft. Es ist Tories Elternhaus, und das wird es immer bleiben. Sie ist hier jederzeit willkommen – mit Joseph und mit unserem Enkel.«

Sarah schwieg.

Noch nie hatte Red Sarah gegenüber einen so harten

Ton angeschlagen. Cat, die wortlos in der Tür stand, wußte, daß sie das alles nichts anging.
Auf einmal wirbelte Sarah zu ihr herum und starrte sie mit wildem Blick an. »Verschwinde! Flieh, bevor du auch noch verseucht wirst!«
Dann griff Sarah nach der Whiskeyflasche und rannte damit aus dem Zimmer. Ihre Schritte klapperten auf der Treppe.
Zum Essen kam sie nicht herunter.
»Am liebsten würde ich zu den Claypools fahren und Samuel den Kopf zurechtrücken«, sagte Red. »Doch Torie und Joseph haben mich nicht darum gebeten. Also darf ich mich nicht einmischen. Wenn ich das alles gewußt hätte, hätte ich ihnen schon vor Monaten helfen können.«
»Ich denke, Torie ist das klar.«
»Das genügt mir nicht.«
»Wir wollen zu Miss Jenny fahren und es ihr sagen.«
»Ach, ich hatte Ma völlig vergessen.«
»Verrat ihr das lieber nicht. Ich hole nur noch schnell Matt.« Cat hatte nicht vor, ihren Sohn mit seiner betrunkenen Großmutter alleinzulassen.
Auf der Fahrt den Berg hinauf meinte Red: »Es wird ein schöner Schock für sie sein – Tories Baby, du und ich.«
»Willst du ihr heute auch von uns erzählen?«
»Wir werden sehen.« Er griff nach ihrer Hand. »Ich glaube, das entscheiden wir spontan.«

FÜNFZIG

»Das ist aber eine Überraschung.« Das Strickzeug in der Hand, öffnete Miss Jenny die Tür.

»Wir haben Neuigkeiten für dich, die wir dir lieber persönlich mitteilen wollten.«

Erschrocken schlug Miss Jenny die Hand vor die Brust.

»Keine Angst, niemand ist gestorben«, sagte Red.

»Gott sei Dank.«

»Darf ich Matt in dein Bett legen?« fragte Cat. Der kleine Junge stand, in eine Decke gehüllt, da und konnte sich vor Müdigkeit kaum noch auf den Beinen halten.

Miss Jenny nickte.

Red ließ sich in einem Sessel vor dem Kamin nieder.

Miss Jenny kauerte erwartungsvoll auf der Sofakante. Das Strickzeug hielt sie immer noch in der Hand.

»Warte, bis Cat zurück ist.«

Als Cat hereinkam, nahm sie neben Miss Jenny auf dem Sofa Platz.

»Erstens: Torie ist heute nachmittag nach Hause gekommen«, sagte Red.

»Nach Hause?«

Red nickte. »Mit einem zwei Wochen alten Baby.«

Mit weit aufgerissenen Augen hörte Miss Jenny zu.

»Ach du meine Güte«, rief sie aus, nachdem Red von

Sarahs Reaktion berichtet hatte. »Eltern können so grausam sein. Wenn wir uns nicht so verhalten, wie sie es wollen, verstoßen sie uns.«

»Ich glaube, Sarah hat Torie von Anfang an abgelehnt. Sie wollte kein weiteres Kind.«

Miss Jenny nickte. »Und was tun wir jetzt, um Torie zu helfen?«

»Ich warte auf ihren Anruf. Sie wollte sich nach dem Gespräch mit Samuel bei mir melden.«

»Samuel ist nicht so stur wie Sarah«, sagte Miss Jenny. »Obwohl man ihn auch nicht gerade tolerant nennen kann.« Sie wandte sich an Cat. »Als Joseph und Torie Kinder waren, hatte er nichts gegen ihre Freundschaft einzuwenden. Doch als sie in die Pubertät kamen, hat er versucht, ihnen den Umgang zu verbieten – auch wenn er Joseph erlaubt hat, mit Torie zum Schulabschlußball zu gehen. Ich glaube, er hielt es für eine vorübergehende Schwärmerei. Die beiden würden verschiedene Colleges besuchen und einander aus den Augen verlieren. Ich weiß noch, wie Sarah einen Tobsuchtsanfall bekam, als Torie verkündete, daß Joseph beim Ball ihr Tanzpartner sein würde.«

»Ich erinnere mich gut daran«, ergänzte Red. »Torie ging nach oben, um sich anzuziehen, und plötzlich hörten wir alle einen schrecklichen Schrei: Sarah hatte Tories Abendkleid zerschnitten und die Fetzen über das ganze Bett verteilt.«

»Ach du meine Güte.« Es überstieg Cats Vorstellungskraft, daß eine Mutter ihrer Tochter so etwas antun könnte.

»Sie dachte, Torie wäre nun gezwungen, zu Hause zu bleiben, aber da hatte sie die Rechnung ohne mich gemacht«, fuhr Miss Jenny fort. »Torie und ich tragen die gleiche Größe, und ich hatte noch ein schwarzes Chiffonkleid im Schrank. Die Zeit reichte gerade noch, um es ein Stück zu kürzen und die Ärmel abzutrennen. Joseph hatte ihr einen Strauß roter Rosen geschickt, und wir haben den Halsausschnitt mit den Blüten besetzt. Torie erzählte, sie habe damit auf dem Ball großes Aufsehen erregt.« Miss Jenny lächelte Red zu. »Und Joseph fand, daß sie damit hinreißend aussah. Sarah hat zwei Wochen lang kein Wort mit mir gewechselt. Und Torie weigerte sich, mit ihrer Mutter zu sprechen. Damals ging es ziemlich rund bei uns.«

»Ma.«

Miss Jenny sah ihren Sohn an.

»Wir haben dir noch etwas zu sagen.«

Zögernd warf Red einen Blick auf Cat, erhob sich dann und legte ihr die Hand auf die Schulter. »Ma, Cat und ich haben uns ineinander verliebt.«

Tränen traten Miss Jenny in die Augen, und sie wühlte in ihrer Hosentasche nach einem Taschentuch. »Dir blieb auch gar nichts anderes übrig«, schniefte sie lächelnd.

»Was soll das heißen?«

»Daß ich es mir so fest gewünscht habe. Seit Cat mir erzählt hat, daß sie Jason nicht liebt, war mir klar, daß ihr beide für einander bestimmt seid. Ich habe gebetet, obwohl ich sonst nicht sehr gläubig bin, und sogar mit dem Gedanken gespielt, mir eine Sarah-Puppe zu kaufen und ein bißchen mit Voodoo zu experimentieren.

Ach.« Die Tränen liefen ihr über die Wangen. »Ich kann euch gar nicht sagen, wie sehr ich mich freue. Endlich hat mein Sohn sein Glück gefunden. Nach all den Jahren hat er eine Frau, die ihn liebt.«

Cat legte den Arm um Miss Jenny.

»Als ich dich das erstemal sah, war mir klar, du würdest einmal eine McCullough werden. Sogar bevor Scott wußte, daß er dich liebte.« Miss Jenny nickte. »Wir beide sind zwar nicht mit diesem Namen geboren, doch es ist unser Schicksal, zu dieser Familie zu gehören. Gott sei Dank werden wir dich nicht verlieren.« Sie lächelte. »Und ich hatte Angst, daß ihr beide vor lauter Rücksicht auf die gesellschaftlichen Konventionen nicht zueinander findet.«

»Ich habe mir überlegt, was aus Sarah werden soll«, sagte Red, nachdem er wieder Platz genommen hatte.

»Laß dich einfach von ihr scheiden.«

»Ma, das geht nicht. Sie ist nicht in der Lage, allein zu leben. Vielleicht sollten wir ihr ein hübsches Haus kaufen ...«

»Sie interessiert sich doch sowieso nur für Whiskey und ihren Fernseher«, entgegnete Miss Jenny ärgerlich.

»Ma, ich werde mich bei einem Psychologen erkundigen, was wir tun können, damit sie so wenig wie möglich unter der Umstellung leidet. Es darf ihr an nichts fehlen. Vielleicht können wir sogar ihr neues Schlafzimmer so einrichten wie ihr altes, so daß sie den Umzug kaum bemerkt. Ich weiß nur, daß ich den Rest meines Lebens mit Cat verbringen will.«

»Wahrscheinlich war mir klar, daß du Red liebst, bevor

du selbst es wußtest«, meinte Miss Jenny zu Cat. Sie wies mit dem Kopf auf ihren Sohn. »Ich merkte es an der Art, wie du ihn angesehen hast, und an deiner Stimme.«
»Ich habe dagegen angekämpft«, antwortete Cat. »Das kannst du mir glauben. Aber ich habe noch nie einen Menschen so geliebt wie ihn.«
»Vielleicht seid ihr ebenso füreinander bestimmt wie Torie und Joseph.«
Cat lachte auf. »Und *unser* Schicksal ist wahrscheinlich, miteinander verwandt zu sein.«
»Vom ersten Moment an habe ich gespürt, daß wir beide zusammengehören.« Miss Jenny wandte sich an ihren Sohn. »Red, ich habe mir immer gewünscht, daß du glücklich wirst. Und es ist mir sehr an die Nieren gegangen, wie du in den letzten zwanzig Jahren gelitten hast. Du hast all deine Liebe, die Sarah zurückgewiesen hat, deinen Kindern und der Ranch geschenkt, doch nun hast du endlich dein Glück gefunden. Cat, ich freue mich so für euch beide. Und ich werde alles tun, um euch zu helfen. Euch stehen noch einige Schwierigkeiten bevor.«
Mutter und Sohn wechselten einen Blick.

Als Red und Cat sich zum Gehen anschickten, sagte Miss Jenny: »Ihr braucht Matt nicht zu wecken. Laßt ihn bei mir. Ich bringe ihn morgen vormittag zu euch. Wenn ihr wollt, kann er auch den ganzen Tag hierbleiben. Ihr werdet mit Tories und Sarahs Problemen alle Hände voll zu tun haben.«
Auf der Heimfahrt legte Red den Arm um Cat und zog sie an sich.

»Weißt du was? Ich möchte heute nacht bei dir sein und beim Einschlafen deinen warmen Körper neben mir spüren. Und wenn ich morgen aufwache, will ich dich als erstes küssen.«

»Meine Schlafzimmertür ist abschließbar.«

»Torie hat endlich ihr Glück gefunden. Und auch ich habe ein Geschenk bekommen, von dem ich nie zu träumen gewagt habe. Vielleicht haben die McCulloughs zur Zeit eine Glückssträhne.«

Red parkte den Jeep vor dem Haus. Dann gingen Cat und er Hand in Hand die Stufen hinauf.

Als sie ins Haus kamen, läutete das Telefon.

Es war Jason. »Red, du mußt sofort ins Shumway-Motel kommen.«

»Was ist los?«

»Komm einfach. Aber beeil dich.« Jason legte auf.

»Ich muß sofort ins Motel«, sagte Red zu Cat.

Cat erschrak. »Ins Motel? Ist etwas mit Torie?«

Red ergriff Cats Hand und zog sie hinter sich her, so daß sie rennen mußte, um mit ihm Schritt zu halten.

Zwanzig Minuten später trafen sie im Motel ein. Der Wagen des Sheriffs parkte vor Zimmer drei. Jason erwartete sie in der offenen Tür.

Ohne auf Cat zu warten, sprang Red aus dem Jeep. Cat verstand nicht, was Jason zu ihm sagte. Dann verschwanden die beiden Männer im Zimmer.

Cat eilte ihnen nach und blieb auf der Schwelle stehen. Torie schluchzte in Josephs Armen. Auf dem Bett lag das Baby. Es war tot, das erkannte Cat auf den ersten Blick.

EINUNDFÜNFZIG

»O Daddy!« Torie warf sich ihrem Vater in die Arme.

»Ich muß Chazz anrufen«, sagte Jason. »Aber ich wollte zuerst die Familie verständigen.«

Red strich Torie übers Haar und blickte Joseph fragend an.

»Wir waren bei meinen Eltern«, erklärte dieser.

Torie schluchzte so laut, daß Red ihn kaum verstehen konnte.

»Mein Vater hat es leichter genommen, als ich gedacht hatte. Er schüttelte nur den Kopf, seufzte und meinte schließlich: ›Ich wünsche euch viel Glück, mein Sohn und meine Tochter.‹ Damit war die Sache für ihn erledigt.«

Cat fragte sich, wie Mrs. Claypool reagiert hatte. Wahrscheinlich so, wie es den Wünschen ihres Mannes entsprach. Miriam war eine sehr stille Frau, und Cat konnte sich nicht erinnern, daß sie je ein Wort von sich gegeben hätte.

»Als wir wieder in der Stadt waren, hat Torie das Baby gestillt«, fuhr Joseph fort. »Dann sind wir kurz in Rocky's Café gegangen, um uns ein paar Hamburger zu holen. Wir haben Kissen rund um das Baby aufge-

baut, damit es nicht aus dem Bett fällt, und dachten, es würde höchstens eine Viertelstunde dauern. Aber wir haben auf der Straße so viele Leute getroffen, die Torie unbedingt begrüßen wollten, so daß wir zehn Minuten bis zu Rocky gebraucht haben. Erst eine halbe Stunde später waren wir wieder im Motel. Die Tür stand offen, und dabei bin ich sicher, daß wir sie zugemacht hatten. Als wir reinkamen, lag eines der Kissen, die wir rings um das Baby aufgeschichtet hatten, auf seinem Gesicht. Torie riß das Kissen sofort weg und stieß einen Schrei aus. Unser Kind war tot. Einfach so. Von allein kann das Kissen nicht auf sein Gesicht gerutscht sein.«
Josephs Stimme klang leise und erschöpft.
Jason griff zum Telefon und bestellte Chazz ins Motel. Chazz fungierte auch als Leichenbeschauer und mußte einen Totenschein ausstellen.
»Weiß dein Vater es schon?« fragte Red Joseph.
»Ich habe ihm gesagt, daß das Baby tot ist.«
Samuel kann es nicht gewesen sein, dachte Cat. *So etwas ist ihm nicht zuzutrauen.*
Torie hatte inzwischen zu weinen aufgehört. Sie umklammerte Josephs Hand. Er hatte den Arm um sie gelegt. Die beiden wirkten völlig erschüttert.
»Es war Mord«, stellte Jason fest.
»Wer war es?« stieß Torie heiser hervor. »Wer würde denn ein Baby umbringen?«
Cat fragte sich, ob Red Samuel verdächtigte. Schließlich war er auch ihr zuerst als möglicher Täter eingefallen. *Bitte, laß es nicht Samuel gewesen sein!*

Chazz und Samuel trafen fast gleichzeitig ein.
»Um Gottes willen!« rief Chazz aus und starrte das tote Baby an. »Wie ist das passiert?«
»Das Kind wurde erstickt«, erklärte Jason. »Mit einem Kissen.« Er schilderte, was vorgefallen war.
Während Chazz sich über das Baby beugte, schloß Samuel die Augen und hielt sich am Türrahmen fest. Dann sah er Torie und Joseph an.
»Es ist ganz allein meine Schuld«, stöhnte er dann.
Alle Blickte wandten sich ihm zu.
Samuel holte tief Luft. »Wann ist es geschehen?«
»Etwa zwei Stunden, nachdem wir bei dir waren«, antwortete Joseph mit versteinerter Miene.
»Kann ich es mitnehmen?« fragte Chazz Torie.
Wieder brach Torie in Tränen aus. Red schloß seine Tochter in die Arme.
Joseph nickte Chazz zu.
»Sie behalten es besser noch für sich, Chazz«, sagte Jason. »Bis morgen früh soll es niemand erfahren.«
»Einverstanden.« Chazz hob das kleine Bündel vom Bett auf. Auch er hatte Tränen in den Augen.
Samuel holte tief Luft und sah Red an. »Wir sollten alle nach Big Piney fahren.«
Alle gehorchten. Samuel Claypool hatte es nicht nötig, Erklärungen abzugeben.
Red und Cat bildeten die Spitze der Kolonne. Dahinter folgten Joseph und Torie in ihrem Pick-up, Jason im Polizeiwagen und Samuel in seinem verbeulten Kleinlaster.
Es war fast halb zwölf, als sie auf Big Piney ankamen.

Wie Trauergäste auf einer Beerdigung standen sie um ihre Autos herum.
»Was nun?« wollte Red wissen.
»Hast du etwas dagegen, wenn wir uns ins Wohnzimmer setzen?« fragte Samuel.
Es herrschte eine seltsame Stimmung.
Samuel benahm sich, als wäre er der Gastgeber. Die Anwesenden verteilten sich im Raum vor dem erloschenen Kamin.
»Sarah sollte auch dabeisein«, meinte Samuel schließlich zu Red.
»Sarah? Was soll das bringen? Sie versteht sowieso kein Wort.«
»Bitte.« Samuel ließ sich in Reds Lieblingssessel nieder.
Schweigend warteten sie auf Reds Rückkehr. Es dauerte fast zehn Minuten, bis er, eine sichtlich verwirrte Sarah im Schlepptau, hereinkam. Sie hatte sich ihren blauen Morgenmantel aus Samt übergeworfen. Ihr Haar war zerzaust. Cat vermutete, daß sie ununterbrochen getrunken hatte, seit sie von Tories Baby wußte. Wahrscheinlich hatte sie keine Ahnung, was inzwischen geschehen war. Bei Samuels Anblick schlug sie erschrocken die Hand vor den Mund.
»Setz dich, Sarah«, sagte Samuel.
Nacheinander blickte Samuel Red, Torie, Joseph und Sarah an. Jason und Cat schienen ihn nicht weiter zu interessieren.
»Weißt du, was heute nacht passiert ist, Sarah?« fragte er dann, beugte sich vor und stützte die Ellbogen auf die Knie. Er klang, als spräche er mit einem Kind.

Wortlos starrte sie ihn an.
Im Raum herrschte Totenstille.
Dann drehte Samuel sich zu Red um, der hinter dem Sofa stand. Seine Stimme hörte sich an, als käme sie von ganz weit weg.
»Wir beide kennen uns seit unserer Kindheit und sind Freunde, solange wir denken können«, meinte er zu Red. »Du hast mir beigebracht, Baseball zu spielen.«
Red nickte. »Und ich habe von dir Reiten und Angeln gelernt.« Er wußte nicht, worauf Samuel hinauswollte.
»Es fällt mir schwer, es dir zu sagen«, fuhr Samuel fort, ohne Red aus den Augen zu lassen.
Die anderen schwiegen immer noch.
»Als du mit dem College fertig warst und das hübscheste Mädchen heiratetest, das ich je gesehen hatte, war ich bereits Vater einer Tochter.« Josephs ältere Schwester war seit fünf Jahren verheiratet und lebte in Lander, Wyoming.
»Sarah unterschied sich von allen Frauen, die ich kannte«, fuhr Samuel fort. Sarah schien seinen Worten gebannt zu lauschen und wirkte ausnahmsweise nicht geistesabwesend. »Wir drei haben eine Menge zusammen unternommen. Trotz ihrer Zartheit hatte Sarah eine Menge Energie. Sie war wie eine Prinzessin in dieser Wildnis.«
»Du hast ihr zur Hochzeit eines deiner Pferde geschenkt.«
Samuel nickte. »Ich beobachtete sie, wie sie darauf durch die Wiesen und Berge ritt. Sie ahnte nicht, daß ich ihr folgte. Ich redete mir ein, daß ich sie nur be-

schützen wollte. Schließlich kam sie aus der Stadt und kannte sich hier nicht aus. Und du« – er sah Red an – »warst mein bester Freund. Dann kam Scott auf die Welt, und ich schwöre dir, ich liebte ihn wie Joseph, meinen eigenen Sohn, der drei Monate später geboren wurde. Du, Sarah, Miriam und ich veranstalteten Picknicks mit den Kindern und hatten viel Spaß.«

Red hing seinen Erinnerungen nach.

Niemand begriff, worauf Samuel mit seiner Geschichte hinauswollte.

»Damals bist du für ein Vierteljahr nach Australien gereist, und du hast mich gebeten, ich solle mich um Sarah kümmern. Wenn ich am Nachmittag durch das Tal ritt, konnte ich nur an deine Frau denken. An ihre weiße Haut und ihr schwarzes Haar. Oft fragte ich mich, was sie heute wohl anhatte: vielleicht eines ihrer fließenden, pastellfarbenen Kleider? Und ständig sah ich sie vor mir. So etwas hatte ich noch nie erlebt. Deine Frau wurde für mich zur fixen Idee. Während du am anderen Ende der Welt warst, zeigte ich ihr, wie man Forellen ohne Angelrute fängt. Stundenlang lagen wir im Gras neben dem plätschernden Bach und betrachteten schweigend das Wasser. Nach einer Weile brauchte sie nur noch die Hand auszustrecken, und die Forelle zappelte darin, wie ich es ihr beigebracht hatte.«

Red hatte gar nicht gewußt, daß Sarah über diese Fähigkeit verfügte.

Samuel blickte in die Ferne. »Ich habe ihr auch das

Schießen beigebracht. Wir stellten Flaschen hinter der Jagdhütte auf und zielten darauf. Und ich zeigte ihr, wie man über welkes Laub schleicht, ohne dabei ein Geräusch zu machen. Mit eigener Hand habe ich ihr ein Paar Mokassins genäht. Und als ich sie ihr anzog, habe ich sie zum erstenmal berührt.«

Sarahs Blick war unverwandt auf ihn gerichtet. »Ich kniete vor ihr, hielt ihren Fuß in der Hand, und ich erkannte in ihren Augen dieselbe Sehnsucht, die auch mich zerfraß. Wir haben nicht darüber gesprochen. Doch ich empfand etwas für sie, das ich noch nie für einen anderen Menschen gefühlt hatte.«

Er sah Sarah an. »Und seitdem habe ich es nie wieder gespürt.«

Noch nie hatte Cat ihre Schwiegermutter so aufmerksam erlebt. Fürchtete sie sich oder schwelgte sie in Erinnerungen?

»Es brachte mich fast um, Red. Schließlich war sie die Frau meines besten Freundes, und ich mußte trotzdem ständig an sie denken. Drei Tage lang ging ich ihr aus dem Weg. Ich ritt in die Wildnis und versuchte, mit mir selbst ins reine zu kommen. Als ich am vierten Nachmittag zurückkam, erwartete sie mich. ›Ich wußte, daß du heute wieder dasein würdest‹, sagte sie. Und dann haben wir uns geliebt.«

Red verzog keine Miene.

»Nicht in ihrem Bett, sondern draußen auf einem Hügel unter einer Tanne. Unter uns lag das Tal mit dem sanft dahinplätschernden Bach, über uns erhoben sich die Berge.«

Sarah stöhnte leise auf.
»In den nächsten fünf Wochen trafen wir uns jeden Tag und liebten uns leidenschaftlich. Wir waren machtlos dagegen. Ich habe sie so sehr geliebt.«
»Das hast du mir nie gesagt!« Sarahs Flüstern war kaum zu verstehen.
Sie blickten einander an.
»Wir haben nie über dich gesprochen«, meinte Samuel zu Red. »Erst am Tag vor deiner Ankunft erklärte ich Sarah, daß wir uns nicht mehr wiedersehen dürften. Bis dahin hatte ich kein schlechtes Gewissen gehabt. Doch an diesem Tag kehrte ich wieder in die Wirklichkeit zurück. Seitdem habe ich Schuldgefühle, allerdings haben sie mich nicht so gequält wie Sarah. Schau dir an, was aus ihr geworden ist.«
Alle Blicke wandten sich ihr zu.
»Sie hat mir verheimlicht, daß sie schwanger ist, obwohl sie bei deiner Rückkunft schon in der sechsten Woche gewesen sein muß. Eines Tages hast du mir dann erzählt, daß sie wieder ein Kind erwartet. Und ich wußte, daß es von mir ist.«
Torie schnappte entsetzt nach Luft.
»Sieben Monate und drei Wochen nach deiner Rückkehr aus Australien brachte Sarah Victoria zur Welt. Du dachtest, es wäre eine Frühgeburt, obwohl sie dreieinhalb Kilo wog. Für dich war sie mit ihrem schwarzen Haar und den dunklen Augen das Ebenbild von Sarah, aber ich fand, daß sie mir wie aus dem Gesicht geschnitten war.«
»Und einen Monat später hat deine Frau ebenfalls eine

Tochter geboren. Du hast in dieser Zeit auch mit ihr geschlafen«, sagte Sarah vorwurfsvoll.
Die Anwesenden saßen da wie erstarrt.
Red und Torie wechselten entgeisterte Blicke.
»Ich habe das Vertrauen eines Jugendfreundes mißbraucht, aber ich liebte diese Frau wie noch keine vor ihr.«
»Das hast du mir immer verschwiegen«, sagte Sarah.
»Du hast mich dazu verurteilt, in diesem Haus zu leben und ein Kind großzuziehen, dessen Geburt gegen die Gesetze Gottes verstieß.«
Ein herzzerreißender Schrei gellte durch den Raum.
Tories Augen waren schreckgeweitet. »O mein Gott«, schluchzte sie und starrte Joseph an.
»Ja«, fuhr Samuel fort. »Ihr seid Bruder und Schwester. Es spielt keine Rolle, ob das Blut eines Schamanen vermischt wird. Männer und Frauen, ja sogar Weiße können Schamanen werden. Ich habe das nur als Vorwand benutzt, damit ihr keinen Inzest begeht.«
»Inzest. O mein Gott!« Torie hatte die Fäuste vor die Augen gepreßt und krümmte sich wie unter Schmerzen.
Red schlug sich gegen die Stirn. »Torie ist nicht mein Kind?«
Samuel saß reglos in seinem Sessel. »Sie ist unser Kind. Ihr Blut ist meines, aber ihr Herz ist von dir.«
Joseph war erschrocken zurückgewichen.
Cat fühlte sich wie in einem Horrorfilm, der hoffentlich bald enden würde.
»Warum erzählen Sie uns das alles?« fragte Jason, der

einzige Unbeteiligte an diesem Familiendrama, ruhig.
»Weil mein Enkel tot ist und Sarah ihn vermutlich umgebracht hat.«
Alle Blicke wandten sich Sarah zu.
»Du hast mir nie gestanden, daß du mich liebst. Ich dachte, dir geht es bloß um meinen Körper«, murmelte diese nur. »Als Red nach Hause kam, hast du mich verlassen. Und nun bestraft uns Gott für unsere Sünde.«
»Nachdem Torie und Joseph sich heute abend verabschiedet hatten, stand plötzlich Sarah vor meiner Tür«, fuhr Samuel fort. »Sie trug ihren Morgenmantel. Ihr Haar war zerzaust, und sie hatte einen wilden Blick. Sie behauptete, es sei meine Pflicht, das Kind zu töten. Es dürfe nicht leben, da seine Existenz eine Sünde sei. Wir trügen die Schuld daran, und nun würde unsere Verfehlung von damals auf uns zurückfallen. Sie beschwor mich, wir würden ansonsten in der Hölle schmoren. Für sie seien die letzten zwanzig Jahre bereits die Hölle gewesen. Jetzt bestrafe uns Gott für die Sünde der Fleischeslust. Und unsere Tochter habe unserem Ehebruch nun auch noch Inzest hinzugefügt. Wir werden dafür büßen müssen. Das Baby sei vom Teufel besessen. Da wir schuldig seien, müßten wir es tun.«
Die Anwesenden starrten Sarah verstört an. Sie zupfte Fussel von ihrem Morgenmantel, ohne aufzublicken.
»Als ich entgegnete, man könne Geschehenes nicht mehr rückgängig machen, und als ich sie bat, das Geheimnis zu bewahren, um den Menschen, die wir lieb-

ten, nicht weh zu tun, lief sie in die Nacht hinaus. ›Lügen! Lügen! Lügen!‹ schrie sie.«
Alle schwiegen entsetzt.
»Es tut mir leid«, sagte Samuel zu Red.
Cat schloß die Augen und fragte sich, wie Red diese schreckliche Enthüllung verkraften würde.
»Ich bin mir absolut sicher, daß Sarah unser Enkelkind getötet hat«, stellte Samuel fest.
Sarah summte tonlos vor sich hin und zupfte weiter an ihrem Morgenmantel.
Torie übergab sich auf den Wohnzimmerteppich. Red ging zu ihr hinüber und nahm sie in die Arme. Von Schluchzern erschüttert, schmiegte sie sich an ihn.
Jason legte Sarah die Hand auf die Schulter. Sie reagierte nicht. »Ist das wahr, Sarah?«
Anstelle einer Anwort summte sie weiter.
»Ich weiß nicht, was ich tun soll«, sagte Jason zu Red.

ZWEIUNDFÜNFZIG

»Daddy!« rief Torie aus und warf sich in Reds Arme. Er drückte sie fest an sich. »Nichts kann etwas daran ändern, daß ich dich liebe«, flüsterte er.

»Ich habe diese Schande all die Jahre mit mir herumgetragen«, meinte Samuel.

»Ja«, hörte Cat sich sagen, aber niemand achtete auf sie. Ebenso wie Jason war sie Außenstehende.

Auf einmal blickte Sarah Samuel an, der immer noch in Reds Lieblingssessel saß. »Du hast es mir nie gestanden«, wiederholte sie. »Du hast mir immer verheimlicht, daß du mich liebst.«

»Haben Sie das Baby getötet, Sarah?« fragte Jason noch einmal.

Sarah antwortete nicht und blickte weiter Samuel an.

Torie weinte. Verlegen kam Joseph auf sie zu. Doch sie brachten es nicht über sich, einander zu berühren.

»Mein Sohn«, wandte sich Samuel an ihn. »Ich habe dir einen schlechten Dienst erwiesen.«

»Einen schlechten Dienst?« stieß Joseph heiser hervor. »Du hast unser Leben zerstört!«

»Ich hätte es dir schon vor langer Zeit beichten sollen«, gab Samuel zu.

Torie wich vor Samuel zurück. »Es gibt nur wenige

Menschen, die ich so geachtet habe wie Sie. Wie konnten Sie uns so etwas antun? Wie konnten Sie all die Jahre schweigen? Warum haben Sie es uns nicht erzählt?« schluchzte sie.

»Ich habe mich geschämt«, erwiderte Samuel.

»Und deine eigenen Gefühle waren dir wichtiger als deine Kinder«, stellte Red tonlos fest.

»In all den Jahren haben sich die Menschen an mich gewandt, wenn sie Rat und Hilfe brauchten. Sie haben mich einen weisen Mann genannt und mich verehrt. Glaubst du, ich hätte mich nicht selbst verachtet und mich für einen Scharlatan, einen Heuchler und einen Lügner gehalten?«

»Du hast das Leben anderer Menschen zerstört«, wiederholte Red Tories Worte.

»Ich habe miterlebt, wie es mit Sarah immer mehr bergab ging, und ich weiß, daß es zum Teil meine Schuld war.«

»Zum Teil?« Cat hatte nicht mitbekommen, wer diese Frage gestellt hatte.

»Ich habe Torie angesehen und sie geliebt wie meine eigene Tochter. Und in letzter Zeit habe ich mir überlegt, was denn so schlimm daran wäre, wenn sie und Joseph heiraten, solange niemand Bescheid weiß.«

Joseph wandte sich an seinen Vater. »Ich habe dich respektiert wie sonst niemanden auf der Welt. Nur die Rücksicht auf dich hat mich daran gehindert, Torie zu heiraten. Ich war stolz darauf, dein Sohn zu sein.«

Die beiden Männer starrten einander an.

»Und nun frage ich mich, ob ich dich hasse. Doch ach-

ten kann ich dich ganz sicher nicht mehr. Ich verabscheue dich«, stieß Joseph angewidert hervor.
Torie war auf dem Sofa zusammengesunken. »Mein Baby«, schluchzte sie.
»Mein Liebling«, flüsterte Joseph. »Meine Schwester.«
Sie wechselten einen schmerzerfüllten Blick, doch sie hielten weiter Abstand.
Red setzte sich neben Torie und legte den Arm um sie. Mehr konnte er nicht tun. Er streichelte ihr Haar, während sie sich an seiner Schulter ausweinte.
»Du hast es mir immer verheimlicht«, wiederholte Sarah monoton.
Cat fragte sich, wie Red das alles ertrug. So gern hätte sie ihn getröstet, aber sie wußte, daß sie in diesem Moment nur gestört hätte. Er und Torie brauchten einander. Wie fühlte er sich nun, nachdem er erfahren hatte, daß Torie nicht seine Tochter war?
Samuel griff nach seinem Hut und betrachtete die trauernden Menschen, deren Leben er soeben zerstört hatte. »Es tut mir so leid«, sagte er.
Zu spät. Viel zu spät.
Dann wandte er sich an Sarah. »Du hast das Baby getötet, richtig?«
Sarah blickte flehend zu ihm auf. »Es war eine Sünde. Auf seiner Geburt lasteten die Sünden des Ehebruchs und des Inzests. Es war Teufelswerk.«
Wie Cat vermutete, war das ein Geständnis. In ihrem religiösen Wahn hatte Sarah sich außer Ehebruch und Betrug nun auch noch einen Mord zuschulden kommen lassen.

Und sie wußte, daß Torie und Joseph nicht nur den Verlust ihres Kindes verkraften mußten, sondern auch das Ende all ihrer Hoffnungen.
Den Hut in der Hand, ging Samuel hinaus. Sie hörten, wie die Vordertür hinter ihm ins Schloß fiel.
»Mein Gott, Cat«, flüsterte Jason. »Ich weiß nicht, was ich jetzt tun soll.«
»Ich glaube, da bist du nicht der einzige.«
Er legte ihr den Arm um die Schulter. »Ich muß Sarah festnehmen.«
»Warte doch bis morgen früh. Sieh sie dir nur an.«
Sarah zupfte erneut an ihrem Morgenmantel herum.
Jason schüttelte den Kopf. »Arme Torie, armer Joseph.«
»Komm morgen vormittag wieder, Jason.«
Er sah auf die Uhr. »Es ist bereits nach zwei.«
»Sarah wird schon nicht davonlaufen. Die Familie muß jetzt allein sein, Jason. Bitte.«
Er nickte.
Cat dachte an Miss Jenny oben in der Jagdhütte. Man würde es ihr erzählen müssen.
Sie fragte sich, was nun aus ihnen allen werden sollte. Es war wie in einer griechischen Tragödie, und ihrer aller Leben würde nie mehr so sein wie zuvor.
Nachdem Jason fort war, nahm Cat Sarah am Arm und führte sie nach oben in ihr Zimmer.

Um halb vier schlief Torie ein, doch sie wälzte sich unruhig auf dem Sofa herum. Red und Joseph saßen erschöpft da und starrten sie an. Cat ahnte, daß sie die Tragweite der Enthüllung des heutigen Abends noch gar nicht erfaßt hatten. Joseph und Torie hatten einander für immer verloren.

Und Red hatte nun sicher das Gefühl, daß er das letzte Vierteljahrhundert mit einer Lüge gelebt hatte. Es wäre kein Wunder gewesen, wenn er Sarah und Samuel jetzt haßte.

Schließlich nickte Cat in Reds Arbeitszimmer auf der Couch ein. Ihr letzter Gedanke war, daß Matt zum Glück in der Jagdhütte bei Miss Jenny übernachtete. So würde sie sich morgen früh nicht um ihn kümmern müssen.

Als sie aufwachte, stand Red vor ihr. Bleiches Morgenlicht schimmerte durch die Vorhänge.

»Cat.«

Sie schreckte hoch.

»Sarah ist verschwunden.«

Schlaftrunken setzte Cat sich auf. »Was soll das heißen, ›verschwunden‹?«

»Sie ist nicht in ihrem Zimmer, und die Hintertür steht offen.«

Benommen schüttelte sie den Kopf. »Fehlt ein Auto?«

Er zuckte die Achseln. »Keine Ahnung.«

»Wo sind Torie und Joseph?«

»Sie schlafen noch.«

Cat stand auf und legte den Arm um Red. »Ich sehe in der Scheune nach.«

Sie eilte durch die Küche nach draußen und riß beim Laufen eine Jacke vom Haken. Alle Autos standen an ihrem Platz.

Cat rannte zurück ins Haus. »Sie kann nicht weit sein. Die Autos sind noch da.« Sie sah Red an. »Haßt du sie?«
Er wich ihrem Blick aus. »Die Schuldgefühle haben ihr Leben zerstört. Damals wäre ich mir wie ein gehörnter Ehemann vorgekommen, aber inzwischen ist es mir gleichgültig. Außer Mitleid kann ich nichts mehr für sie empfinden.«
»Es hat auch dein Leben zerstört.«
»Nein«, entgegnete er entschlossen. »Ich habe Torie.«
»Und sie hat jetzt keine Zukunft mehr.«
»Das werden wir sehen.«
»Was passiert, wenn Sarah verschwunden bleibt?«
»Wir müssen sie finden.«
»Sie kommt ins Gefängnis.«
»Das bezweifle ich. Wahrscheinlich wird sie in eine psychiatrische Anstalt eingewiesen.«
»O Red.« Als Cat ihn umarmte, drückte er sie fest an sich.
»Und was wird aus Torie und Joseph?«
»Ich weiß nicht. Machen wir uns auf die Suche.«
»Laß uns zuerst einen Kaffee trinken. Du brauchst etwas Warmes im Magen.«
»Ich glaube nicht, daß ich was runterbringe.«
Doch er trank eine Tasse, bevor er seine Stiefel und die dicke Jacke anzog. »Ich sollte Jason anrufen.«
»Ich denke, das ist das beste.«

Die Suche nach Sarah dauerte den ganzen Tag. Obwohl sie zu Fuß nicht weit gekommen sein konnte, war sie spurlos verschwunden. Red flehte Jason an, nicht die Staatspolizei zu verständigen.

Bis es dunkel wurde, durchkämmten sie mit Schneemobilen und auf Skiern die ganze Umgegend.

Red rief Chazz an und bat ihn, Torie ein Beruhigungsmittel zu verabreichen. Danach beteiligte sich auch der Arzt an der Suche.

»Ruf Ma an und sag ihr, sie soll Matt bei sich behalten«, meinte Red zu Cat. »Erzähl ihr nur, daß Sarah weg ist. Ich erkläre ihr alles später.«

Cat wunderte sich, daß er es überhaupt noch schaffte, zusammenhängend zu denken.

Joseph saß da wie in Trance und starrte auf die schlafende Torie. All ihre Zukunftsträume waren mit einemmal dahin.

»Und wenn Sarah tot ist?« wollte Cat von Red wissen.

Red blickte auf. »Na und?«

DREIUNDFÜNFZIG

Am nächsten Morgen um halb sechs, als es noch dunkel war, rief Samuel an.

Red, der erst vor zwei Stunden auf der Couch im Arbeitszimmer eingeschlafen war, nahm den Hörer ab.

»Red?«

Er erkannte die Stimme sofort.

»Ich glaube, ich weiß, wo sie ist. Ich bin bei Tagesanbruch bei euch.« Samuel legte auf, ohne die Anwort abzuwarten.

Ächzend rieb Red sich die Augen und stand auf. Er hatte einen schlechten Geschmack im Mund. Also ging er ins Bad, putzte sich die Zähne, betrachtete seine blutunterlaufenen Augen im Spiegel und beschloß, das Rasieren heute ausfallen zu lassen.

In zerknitterter Kleidung kam er in die Küche, setzte Kaffee auf und nahm am Küchentisch Platz.

Er fühlte sich wie durch die Mangel gedreht und völlig erschöpft. Inzwischen hatte sein Verstand zwar erfaßt, was in den letzten beiden Tagen geschehen war, doch sein Gefühl konnte damit nicht Schritt halten. Anstatt über Sarahs Rettung nachzudenken, überlegte er, wie er seiner Tochter helfen konnte. Seiner Tochter? Offen gesagt war es ihm herzlich gleichgültig, ob sein Blut

in ihren Adern floß. Torie war seine innig geliebte Tochter, ganz gleich, was auch geschah.
Seine größte Angst war, daß Torie sich etwas antun könnte. *Lieber Gott, gib ihr die Kraft, weiterzumachen.* Er wußte, daß sie im Leben keinen Sinn mehr sah.
Auch Joseph tat ihm unendlich leid.
Er verspürte keinen Zorn auf Samuel und Sarah, weil sie ihn hintergangen hatten. Nur wegen des Leids, das ihre Kinder nun ertragen mußten, machte er ihnen bittere Vorwürfe.
Jetzt schlief Torie oben in einem Gästezimmer, denn Chazz hatte ihr ein starkes Beruhigungsmittel verabreicht. Wo Joseph steckte, wußte er nicht.
Als er eine Hand auf der Schulter spürte, schreckte er hoch.
»Ich konnte auch nicht schlafen.«
Red tätschelte Cats Hand. »Hast du das Telefon gehört?«
»Nein.«
»Samuel ist auf dem Weg hierher. Er glaubt zu wissen, wo sie ist.«
»Ich glaube, ich auch.«
»Wo?«
»Auf dem Hügel.«
»Welchem Hügel?«
Cat zuckte die Achseln. »Keine Ahnung. Ich meine den, wo Torie gezeugt wurde. Natürlich wirst du ihn begleiten.«
»Natürlich.«
»Ich komme mit.«

»Nein.«
»Doch. Ich will dich in dieser Situation nicht allein lassen. Nicht mit Samuel.«
Red stand auf, um Kaffee einzuschenken, und bot Cat eine Tasse an.
»Hast du Angst, ich könnte Samuel umbringen?«
»Aber nein.«
»Warum willst du dann mitkommen? Es ist dunkel und kalt. Wahrscheinlich müssen wir reiten.«
»Trotzdem.«
Er sah sie an und nahm sie dann in die Arme. »Ich liebe dich, Cat. Ich liebe dich mehr als alles andere auf der Welt. Torie liebe ich auch, doch auf eine ganz andere Weise.«
»Ich werde dich nicht verlassen, Red.«
»Vielleicht habe ich Angst davor gehabt. Ich habe befürchtet, daß es dir zuviel wird.«
»Komisch. Und ich hatte Angst, daß du es nicht mehr erträgst.«
»Ich gehe und sattle drei Pferde. Zieh dich warm an. Wir können vor dem Haus auf Samuel warten.«
Sie stellte sich auf die Zehenspitzen, um ihn zu küssen.

Samuel traf vor Sonnenaufgang ein. Red bat ihn herein und bot ihm Kaffee an. Die drei saßen schweigend in der Küche und warteten darauf, daß es hell wurde.
Als sich das erste fahle Morgenlicht über den Berggipfeln zeigte, stand Samuel auf. »Reiten wir los. Wir werden genau eine Stunde brauchen.«

Cat wußte, daß sie Sarah finden würden. Sie fragte sich, ob ihre Schwiegermutter noch am Leben war.
Wortlos stiegen sie auf und folgten Samuel. Cat bildete den Schluß der kleinen Karawane. Red blickte sich kein einziges Mal nach ihr um.
Sie ritten einen schmalen, steilen Bergpfad hinauf, der sich zwischen Bäumen hindurchschlängelte. Hier oben im Wald war es noch ziemlich finster, und Cat wunderte sich, wie Samuel überhaupt den Weg finden konnte. Sie zitterte vor Kälte. Erst wenn die Sonne aufging, würde es wärmer werden, so daß sie die Jacken ausziehen konnten. Sicher war Sarah schon halb erfroren. Hatte sie in ihrem blauen Morgenmantel die Nacht überleben können? Wie hatte sie es nur geschafft, in ihrem Zustand so weit zu Fuß zu gehen?
Der Wald lichtete sich, und die ersten Sonnenstrahlen fielen durch die kahlen Zweige. Nach einer Dreiviertelstunde erreichten sie eine Bergwiese. Cat stellte fest, daß Samuel das nun baumlose Gelände absuchte. Es lag noch immer ein wenig Schnee, der in der Morgensonne grell funkelte.
Langsam ritt Samuel weiter und spähte in jede Felsnische. Vögel sangen. Reds Pferd schnaubte.
Plötzlich drehte sich Samuel im Sattel um und wies geradeaus auf eine Gruppe niedriger Felsen. »Dahinter macht der Weg eine Kurve. Ich bin zwar seit über zwanzig Jahren nicht mehr hier gewesen, aber ich glaube, dort werden wir sie finden.«
Cat wußte, was damals hier passiert war. Und sie fragte sich, welche Erinnerungen es wohl in Samuel wachrief.

Jenseits der Felsen wurde der Pfad schmaler und führte an einem steilen Abhang entlang. Die Aussicht war atemberaubend.
Dahinter begann wieder der Wald. Der Boden wurde moosig. Samuel stieg ab und blickte sich um. Red und Cat blieben auf ihren Pferden sitzen.
Schweigend erkundete Samuel die Umgebung. »Ich hätte geschworen, daß sie hier ist«, sagte er schließlich.
Red half Cat beim Absteigen. »Schauen wir uns ein wenig um.«
»Dort hinten fließt ein Bach.« Samuel arbeitete sich durchs Gestrüpp.
Erwartete er etwa, sie dort zu finden? Glaubte er, daß sie am Abhang saß und über die Vergangenheit nachgrübelte? Anstatt Samuel zu folgen, überlegte Cat, was wohl in Sarah vorgegangen war. Sicher war sie nicht den ganzen Weg hierhergekommen, um im Gebüsch über ihre Sünden nachzudenken. Und plötzlich wußte Cat so sicher, als ob sie eine Schamanin gewesen wäre, wo Sarah steckte.
Sie eilte auf die Felskante zu.
Die Männer liefen ihr nach.
»Da unten!« Cat zeigte in die Tiefe.
Außer Bäumen war nichts zu sehen.
»Meinst du …?« fragte Red.
»Sicher ist sie hier heraufgekommen, um sich in den Abgrund zu stürzen.«
»Natürlich«, sagte Samuel. »Natürlich.«

Die Fallschirmspringer in den Hubschraubern brauchten zwei Tage, um Sarahs zerschmetterte Leiche zu finden. Ihr blauer Morgenmantel war unversehrt.
Niemand in der Stadt erfuhr, daß Torie ein Baby gehabt hatte. Die Leute wußten nur, daß Sarah mitten in der Nacht betrunken das Haus verlassen hatte und vom Weg abgekommen war.
Weder Torie noch die Claypools erschienen zu Sarahs Beerdigung. Doch fast die ganze Stadt nahm an der Trauerfeier teil, obwohl fast niemand Sarahs Tod bedauerte. Alle glaubten, Torie und Joseph könnten nun endlich heiraten, und freuten sich, weil Red jetzt ein freier Mann war. Es war, als ob die Stadt erleichtert aufatmete. Die meisten hatten Sarah ohnehin seit Cats und Scotts Hochzeit nicht mehr gesehen.
»Hast du sie all die Jahre geliebt?« fragte Red Samuel.
Samuel schüttelte den Kopf. »Damals war es Leidenschaft. Doch als ich erlebte, was sie sich selbst und auch dir antat, sind meine Gefühle für sie erloschen. Und was ist mit dir? Hast du sie geliebt?« wollte er dann wissen.
»Nein«, gab Red zu. »Ich habe schon vor langer Zeit aufgehört, sie zu lieben. Es muß mehr als zwanzig Jahre her sein. Also kränkt es mich nicht, daß ihr mich hintergangen habt. Doch was ihr Joseph und Torie angetan habt, kann ich euch nicht verzeihen.«
»Auch dir habe ich Leid zugefügt, das nicht mehr gutzumachen ist«, sagte Samuel. »Und ich selbst konnte deshalb nicht mehr glücklich werden. Mein ganzes Leben lang werde ich keinen Frieden finden.«
Red wußte darauf nichts zu erwidern.

VIERUNDFÜNFZIG

Fünf Tage später brachte Miss Jenny Matt zurück. Torie wohnte wieder in ihrem alten Kinderzimmer und schlief den Großteil des Tages.

Joseph war nur einmal vorbeigekommen und hatte ein langes Gespräch mit ihr geführt. Seitdem hatte er sich nicht mehr blicken lassen. Torie saß da und starrte ins Leere. Red befürchtete, sie könnte so enden wie ihre Mutter. Aber er war machtlos und konnte nichts weiter tun, als ihr zu zeigen, wie sehr er sie liebte.

»Das Leben muß weitergehen«, verkündete Miss Jenny, als sie ins Wohnzimmer marschiert kam.

Niemand widersprach.

Matt war so begeistert, wieder zu Hause zu sein, daß er seiner Mutter und seinem Großvater auf Schritt und Tritt folgte.

»Hat jemand was dagegen, daß ich zum Essen bleibe?« wollte Miss Jenny wissen. Doch eigentlich war mit dieser Frage nur Thelma gemeint.

»Es gibt Hühnerfrikassee mit Sauce und Kartoffelbrei«, antwortete diese.

Cat hatte es schon längst aufgegeben, Thelma die Hausmannskost abzugewöhnen.

»Ich rieche doch *noch* etwas«, meinte Miss Jenny.

»Zitronenbaisers.« Thelma war als einziger im Haus das Lachen nicht vergangen, denn sie wußte nur die Hälfte dessen, was vorgefallen war. Daß Torie und Joseph Geschwister waren, hatte die Familie ihr verschwiegen.

»Vielleicht sollte ich hier übernachten«, sagte Miss Jenny. »Wir müssen uns einmal richtig aussprechen.«

Cat war ganz ihrer Ansicht.

Die Gelegenheit ergab sich erst nach dem Essen, als Thelma nach Hause gegangen war und Matt in seinem Bettchen schlief.

»Komm«, meinte Miss Jenny zu Torie. »Setzen wir uns in Reds Arbeitszimmer. Ich möchte dich ein paar Dinge fragen und habe einige Vorschläge zu machen.«

Torie hatte in den letzten Tagen stark abgenommen. Das Haar hing ihr strähnig ins Gesicht. Und ihr Blick wirkte müde und stumpf.

Red nahm in seinem Lieblingssessel Platz. Torie und Cat setzten sich aufs Sofa.

»Torie, da gibt es noch etwas, das du wissen mußt«, eröffnete Miss Jenny das Gespräch. Sie sah ihren Sohn an. »Red, es ist an der Zeit, daß du es ihr sagst.«

Red betrachtete erst seine Mutter, dann seine Tochter. »Ich werde dich immer lieben.«

»Das habe ich nicht gemeint«, unterbrach Miss Jenny. »Torie, dein Vater und Cat haben sich ineinander verliebt.«

Tories Augen leuchteten auf. »Stimmt das?« fragte sie Cat. »Ich dachte, du und Jason …«

»Hoffentlich bist du jetzt nicht schockiert«, meinte

Cat. Als ob angesichts der jüngsten Ereignisse noch irgend etwas hätte schockieren können.

»Daddy?« Torie musterte ihren Vater.

»Die drei Menschen, die ich auf der Welt am meisten liebe, befinden sich zufällig in diesem Zimmer. Ja, das ist die Wahrheit. Ich liebe euch drei mehr, als ich in Worte fassen kann. Ich habe mich in Cat verliebt, und wenn sie einverstanden ist, werde ich sie heiraten.«

»O Daddy.« Trotz ihrer Trauer freute sich Torie aufrichtig für ihren Vater.

»Wir wußten es schon, bevor deine Mutter starb«, fuhr Red fort. »Ich wollte mich von ihr scheiden lassen.«

Torie legte den Arm um Cat. »Das ist zur Abwechslung mal eine gute Nachricht.« Dann ging sie zu ihrem Vater hinüber und umarmte ihn ebenfalls. »Ach Daddy, endlich hast du dein Glück gefunden.«

Er drückte sie fest an sich.

»Nun zu dir, Torie«, ergriff Miss Jenny wieder das Wort. »Es wird lange dauern, bis die Wunden heilen. Aber du mußt weiterleben, auch wenn du im Augenblick keinen Sinn darin siehst.«

»Ich habe mir etwas überlegt«, antwortete Torie. »Ich werde dem Peace Corps beitreten und so weit weggehen wie möglich.«

»Du solltest in dieser Situation keine Entscheidungen fällen, die dein ganzes Leben verändern«, sagte Red.

»Daddy, ich muß mein Leben verändern, wenn ich weitermachen will. Ich muß fort von hier, wenigstens im Moment. Ich habe keine Ahnung, was die Zukunft bringt, aber ich brauche etwas, wofür ich mich engagieren kann. Ich möchte mich um andere Menschen kümmern, anstatt ständig über mich selbst nachzugrübeln, über Joseph, über das Baby, über ...« Tränen stiegen ihr in die Augen. »Ich weiß nicht, wie ich es ohne Joseph aushalten soll.«

Die anderen schwiegen. Schließlich stand Torie auf, ging zum Fenster und blickte in die Dämmerung hinaus. »Aber mit ihm zusammenzuleben kommt jetzt auch nicht mehr in Frage. Also muß ich weg. Hoffentlich versteht ihr mich.«

Red schloß die Augen. Er verstand es besser, als Torie ahnte.

»Alles, was mir bis jetzt etwas bedeutet hat, gibt es nicht mehr. Nur du, Daddy, und Miss Jenny sind übriggeblieben. Ich weiß nicht, was ich denken oder fühlen soll, und ich bin so durcheinander, daß ich fürchte, verrückt zu werden.« Die Hände auf dem Rücken verschränkt, drehte sie sich um. »Aber ich will nicht den Verstand verlieren und so werden wie Mama. Ich mache weiter.« Sie reckte das Kinn. »Ich trete nicht in die Fußstapfen meiner Mutter. Auf keinen Fall.«

Miss Jenny schüttelte den Kopf. »Es dauert Monate, bis das Peace Corps den Aufnahmeantrag bearbeitet. Was hältst du davon, wenn du und ich in der Zwischenzeit eine kleine Reise unternehmen?«

Torie sah ihre Großmutter erleichtert an.

»Ich finde, Cat und Red brauchen Ruhe, um alles zu regeln«, fuhr Miss Jenny fort. »Und es wäre doch nett, wenn wir beide ein wenig Zeit miteinander verbringen.

Wohin möchtest du denn, während du auf Antwort vom Peace Corps wartest?«
»Auf die griechischen Inseln, in die Türkei und nach Italien«, antwortete Torie wie aus der Pistole geschossen.
»Wie schön.« Miss Jenny legte den Arm um Torie. »Da war ich nämlich auch noch nie, und es würde mich sehr interessieren.«
Torie küßte Miss Jenny auf die Wange.
»Hast du einen Paß?« fragte Miss Jenny.
»Nein.«
»Dann fahren wir morgen früh gleich auf die Post und holen ein Formular. Außerdem müssen wir Visa beantragen. Wie lange brauchst du zum Packen?«
»Können wir nicht abreisen, bevor der Paß kommt?«
»Den Grand Canyon kenne ich auch noch nicht. Oder Monument Valley …«
»Daddy, du könntest uns die Pässe und Visa ja per Kurier nachschicken.« Tories Stimme klang drängend.
»Dein Wunsch ist mir Befehl.«
Torie fiel ihrem Vater um den Hals.
»Ohne euch beide wäre ich schon längst verzweifelt«, sagte sie. »Mir ist klar, daß es seine Zeit dauern wird, und ich weiß nicht, was die Zukunft bringt. Aber ich werde es schaffen, und das habe ich nur dem besten Vater und der besten Großmutter der Welt zu verdanken.« Sie drehte sich zu Cat um. »Und deinetwegen wird mein Vater endlich glücklich werden. So kann ich mir sagen, daß ich nicht alles verloren habe.«
Doch Cat fragte sich, ob der traurige Ausdruck in Tories Augen wohl je verfliegen würde.

»Was hat Joseph vor?« erkundigte sich Miss Jenny.

»Er ist schon fort«, entgegnete Torie gleichmütig. »Er hielt es hier auch nicht mehr aus, denn er möchte seinem Vater nach alldem, was er uns angetan hat, nie mehr begegnen. Aber er weiß noch nicht, was er tun will. Alles hat für ihn den Sinn verloren.«

Cat kämpfte mit den Tränen.

»Morgen nach dem Frühstück fahren wir zu mir«, sagte Miss Jenny zu Torie. »Wir können Landkarten studieren und Pläne schmieden – was nicht heißt, daß wir sie auch einhalten müssen. Ich hätte nichts gegen eine Weltreise einzuwenden. Wir könnten ein Jahr oder länger durch die Weltgeschichte gondeln und unseren Horizont erweitern.«

Torie lächelte schwach. »Du bist großartig, Miss Jenny.«

»Eine Familie ist eben das Wichtigste im Leben.«

Um zehn gingen Torie und Miss Jenny zu Bett.

Als Cat sich anschickte, die herumstehenden Tassen einzusammeln, hielt Red sie am Handgelenk fest. »Ich habe dich sträflich vernachlässigt.«

Sie blieb stehen und sah ihn an. »In den letzten Tagen hast du eine Menge durchgemacht. Ich habe Verständnis.«

»Ich liebe dich«, sagte er, ohne ihre Hand loszulassen.

»Ich liebe dich auch.«

»Ich begehre dich.«

Sie lächelte. »Ich trage nur noch die Sachen in die Küche. Darin stehe ich zur Verfügung.«

»Beeil dich.«

Cat hielt das Geschirr unter fließendes Wasser und stellte es in die Spülmaschine.
Als sie ins Arbeitszimmer zurückkehrte, stand Red neben dem Schreibtisch. Rasch ging er auf sie zu, schloß die Tür, nahm sie in die Arme und küßte sie, so daß ihr schwindelte.
»Weißt du was? Auch auf die Gefahr hin, die ganze Stadt zu schockieren, sollten wir so bald wie möglich heiraten. Am besten, wenn Ma und Torie vom Grand Canyon zurückkommen, um für Europa zu packen, denn sie müssen unbedingt dabeisein. Nur eine kleine Hochzeit, hier auf der Ranch.«
»Wenn du willst, meinetwegen schon morgen. Ich hatte mir nämlich bereits etwas Ähnliches überlegt. Was hältst du von Flitterwochen auf Santorin?«
»Wo ist denn das?«
»Das ist eine griechische Insel. Wir könnten uns dort mit Miss Jenny und Torie treffen. Ich wollte schon immer mal auf die griechischen Inseln.«
»Ach, jetzt erinnere ich mich. Ich habe gehört, da gibt es FKK-Strände.«
»Dann eignet es sich doch prima für eine Hochzeitsreise.«
Er küßte sie wieder.
»Ich habe nachgedacht«, fuhr sie fort. »Offenbar hast du Matt sehr gern.«
»Gern? In seiner Gegenwart fühle ich mich richtig lebendig.«
»Du hast doch mal gesagt, du hättest gern weitere Kinder. Es ist nicht zu spät. Möchtest du noch ein Kind?«

Er zog sie an sich.
»Vielleicht drei?« murmelte sie zwischen Küssen.
Er zog sie zu sich auf die Couch hinunter. »Das würde mich freuen. Es wäre schön, wenn unsere Kinder hier herumtollen. Aber du hättest dann keine Zeit für deine Kanzlei mehr.«
Sie lachte. »Unterschätz mich bloß nicht.«

Barbara Bickmore

Wer den Himmel berührt

Roman

Knaur Taschenbuch Verlag

WIDMUNG

Dr. Jeffrey Beckwith
Ich hatte immer das Glück, wunderbare Freunde zu haben, aber Jeff ist ein Freund von der Sorte, die man wahrhaft selten findet.
Er war oft meine Rettung, hat mir zugehört und viel erzählt – und er berät mich und recherchiert medizinisches Material für all meine Bücher.

Und

dem Reverend Fred McKay,
einer Legende schon zu Lebzeiten, dem außergewöhnlichsten Mann, der mir je begegnet ist.
Er arbeitete Seite an Seite mit John Flynn, dieser bemerkenswerten australischen Persönlichkeit, Begründer des Royal Flying Doctor Service, und später setzte er Johns Werk mehr als zweiundzwanzig Jahre lang fort.
Ich bin in den Genuß seiner hingebungsvollen Freundschaft und Ermutigung gekommen, und er ist mir beim Schreiben dieses Buchs eine unschätzbare Hilfe gewesen.

Und

Nan Young,
einer langjährigen Beraterin des Royal Flying Doctor Service, die eine unvergleichliche Gastgeberin war und mir eine liebe Freundin und eine wunderbare Reisegefährtin geworden ist.

»… die Fliegenden Ärzte sind bereits jetzt eine Legende und vielleicht für sich genommen der größte Faktor in der erfolgreichen … Besiedelung des australischen Buschs.«

Charles und Elsa Chauvel: *Walkabout*, 1959

»Als John Flynn von einem Bereitschaftsdienst Fliegender Ärzte geträumt hat, hat er sich darunter kein romantisches und ruhmreiches Unterfangen vorgestellt, sondern eine alltägliche Organisation von professionellen Medizinern und Freiwilligen, die sich für diejenigen einsetzt, die ihres fachlichen Könnens bedürfen … Er hat den Bereitschaftsdienst als eine praktikable Methode angesehen, den edelsten Zug unserer verworrenen menschlichen Natur nutzbringend einzusetzen: den Impuls, anderen zu helfen, weil auch sie der Menschheit angehören.

Oft wird dieser Bereitschaftsdienst als ein Wunder bezeichnet, aber das Wunder besteht nicht im Funk, in der Luftfahrt und in der Medizin. Das sind Techniken, die von Menschen entwickelt und eingesetzt wurden. Das Wunder ist durch Menschen bewirkt worden, die miteinander auf ein gemeinsames Ziel hinarbeiten. Im großen und ganzen sind es gewöhnliche Menschen, denen normale menschliche Fehler unterlaufen können, und sie sind nicht gegen Irrtümer, Erschöpfung, Gereiztheit und Stolz gefeit, aber der Edelmut ihres Anliegens ermöglicht es ihnen, zumindest vorübergehend den Fesseln solcher Schwächen zu entrinnen und die Freiheit selbstloser Strebens zu finden.«

Michael Page: *The Flying Doctor Story*, 1977

VORWORT

Zwei Millionen Quadratmeilen Mondlandschaft. Trockene, rissige, rote Erde. Staub. Kein Wasser. Endlose Ausblicke. Reptilien und Millionen von Vögeln, die wie Edelsteine funkeln, Beuteltiere und Dingos erfüllen den Kontinent mit Leben. Gelegentlich kreuzen Spuren den Sand, Zeichen von Menschenhand, wie es sie nirgends sonst auf der Welt gibt. Fünfundzwanzigtausend Jahre alte Steinmalereien auf Felsen. Der entlegenste und unfruchtbarste Landstrich, der der Menschheit bekannt ist. Der abschreckendste. Millionen von Jahren unbewohnt und unbewohnbar.

Und dann kamen ganz allmählich um die Mitte des neunzehnten Jahrhunderts ein paar Männer, die sich einen Weg durch die Steinwüsten bahnten, durch die gewaltigen Sandwüsten, dem Horizont entgegen, der niemals näher zu rücken schien. Mit den Männern kamen Schafe und später Rinder. Mit ihnen gingen der Tod einher, die Trostlosigkeit und grenzenlose Einsamkeit.

Es war ein Land für Männer, und nur die allerwenigsten besaßen die Unverfrorenheit, eine Frau zu bitten, ihr Leben so fern von der übrigen Menschheit mit ihnen zu führen. Und doch kam da und dort, Hunderte, manchmal sogar Tausende von Meilen abgelegen, eine Frau mit ihrem Mann und erschuf ihm ein Heim, gebar seine Kinder, die ebenso wie sie dazu verdammt waren, für alle Zeiten einer zivilisierten Gesellschaft entfremdet zu sein … jeder Gesellschaft, ob zivilisiert oder nicht. Manche Menschen trieb das in den Wahnsinn. Man sprach von der Großen Australischen Einsamkeit.

Die Sonne brennt auf diese ausgedörrte Erde herunter, die Jahrtausende lang als nicht bewohnbar für den Menschen galt. Es ist die abgeschiedenste, menschenleerste, unendlichste Weite – und zugleich auch die älteste Landmasse – auf dem Angesicht der Erde. Und die letzte, die von Weißen besiedelt wurde.

Es ist ein Land von grenzenloser Schönheit, beängstigend, leer ... ein Land mit einer unbeschreiblichen Vogelwelt, den unglaublichsten Reptilien und voller mystischem Geisterglauben. Dort findet man sowohl schwarze Eingeborene – vollkommen anders als jedes andere Volk, das dem Menschen bekannt ist – als auch Weiße von europäischer Herkunft, die sich den Herausforderungen dieses unwirtlichen Kontinents gestellt haben.

Es ist ein Land, in dem die biblischen siebenjährigen Dürren an der Tagesordnung sind, und auf der Erde liegen verstreut die ausgebleichten Knochen von Schafen, Rindern und Pferden ... und es gibt viele gebrochene Herzen hier. Es ist ein Land, in dem es ohne jede Vorwarnung zu plötzlichen Überschwemmungen kommt, die Gehöfte ausradieren und Babys ertränken. Flächenbrände, die der Wind ausbreitet, toben uneindämmbar.

Es ist der einzige Fleck auf dem Planeten, wo Menschen in unterirdischen Höhlen hausen, um der Hochofenglut des Sommers zu entgehen, wenn die Temperaturen sich monatelang um fünfzig Grad bewegen und ein Mensch innerhalb von Stunden verdursten kann. Diese zwei Millionen Quadratmeilen lassen sich mit keiner anderen Gegend vergleichen und überschreiten das Vorstellungsvermögen der meisten Menschen.

Daß dieses Land jemals besiedelt wurde und daß auch nur irgendeine Frau bereit war, sich auf einem Gehöft niederzulassen, von dem aus die Entfernung zum nächsten Nachbarn zwischen fünfundsechzig und vollen fünfhundert Meilen beträgt, ist wahrhaft ein Wunder. Und die Tatsache, daß dort Städte gegründet, Farmen, die Rinder- und Schafzucht betreiben, aufgebaut wurden und zu Reichtum, aber auch zu Bankrott und Tod führten, all das ist weitgehend auf die Bemü-

hungen eines einzigen Mannes und auf den Sprechfunk und das Flugzeug zurückzuführen. Diese beiden Erfindungen und dieser Mann, Reverend John Flynn, haben den Weg für den Flying Doctor Service geebnet, eines der selbstlosesten Experimente der Menschheit, und erst das hat die Nutzbarmachung des inneren Australien ermöglicht.
Man nennt es den Busch, das Hinterland, das Ende der Welt.

TEIL 1

Juni 1938–August 1939

1

Sie hatte nie wirklich geglaubt, daß Liebe so sein könnte. Ihr gesamtes Wesen war in Schwingungen versetzt.

In ihren Jahren in Georgetown – in Washington, wo ihr Vater Botschafter war – hatte sie befürchtet, daß es sie von ihrem Weg abbringen könnte, wenn sie sich auf jemanden eingelassen, wenn sie sich verliebt hätte. Sie weigerte sich, das zuzulassen. In der medizinischen Fakultät hatte sie so hart arbeiten müssen, daß sie nie Zeit für Männer hatte.

Dann war sie nach Hause gekommen, zurück nach Melbourne, um in der Notaufnahme des größten Krankenhauses der Stadt zu arbeiten, als die erste Frau, die das tat. Jahrelang war sie gewarnt worden, sie würde Schwierigkeiten damit haben, eine Privatpraxis zu eröffnen, und noch nicht einmal Frauen würden von einer Ärztin behandelt werden wollen, und in diesem Job würde sie Erfahrungen sammeln können und wäre vorerst der Sorge enthoben, wie sie in einem Land, das zwanzig Jahre lang nicht ihr Zuhause gewesen war, ihre eigene Praxis gründen könnte.

Sie hatte den Verdacht, sie hätte es Dr. Norman Castor zu verdanken, dem Chefchirurgen, daß man ihr diesen Job angeboten hatte. Dr. Castor, ein Freund ihres Vaters, der zusammen mit ihm studiert hatte, war zu Besuch gekommen, als ihr Vater Konsul in San Francisco war und in den Botschaften in London und Washington arbeitete. Für sie war er »Onkel Norm« gewesen, seit sie ein kleines Mädchen war.

Sie wußte, daß er stolz auf sie war. Mit Fällen von Traumata kam sie gut zurecht, sie war Notfällen gewachsen, und sie zögerte nicht, einen Chirurgen hinzuzuziehen, wenn sie ihn brauchte, oder sich im Zweifelsfall an einen Spezialisten zu wenden. Sie hatte in Krankenwagen Entbindungen vorgenommen, Schnittwunden genäht und sogar bei einer Frau mit einer Schußwunde im Bauch auf dem Linoleumfußboden einer Wohnung im dritten Stock einen Kaiserschnitt durchgeführt. Einen Abend in der Woche hielt sie in ihrer Freizeit Schwangerenkurse ab und erteilte in einer Klinik kostenlos Informationen zur Geburtenkontrolle.

Eines Nachts, als sie für einen Trauma-Patienten einen Neurochirurgen brauchte, lernte sie in der Notaufnahmestation Dr. Raymond Graham kennen. Sie hatte ihn um halb fünf morgens anrufen und wecken müssen. Eine halbe Stunde später war er da und nickte ihr nur flüchtig zu, während er den Patienten untersuchte. Dann wandte er sich zu ihr um und sagte: »Sie werden mir assistieren müssen. Kommen Sie mit.«

Sie war beeindruckt von seinem Können, und als sie den Patienten wieder zugenäht hatten, drehte er sich zu ihr um und lächelte zum ersten Mal. »Das mindeste, was Sie tun können, nachdem Sie mich mitten in der Nacht aus dem Bett geholt haben, ist, mich zum Frühstück einzuladen.«

In ihren grünen Kitteln mit den Blutflecken setzten sie sich in das Restaurant des Krankenhauses und tranken endlose Mengen Kaffee. Sie war bezaubert von seinen amüsanten Geschichten und von seiner lässigen Art. Er stellte ihr persönliche Fragen und interessierte sich dafür, daß sie vorwiegend in England und Amerika aufgewachsen war.

Am späten Nachmittag des nächsten Tages rief er sie an, da er wußte, daß sie tagsüber würde schlafen müssen. »An welchen Abenden arbeiten Sie diese Woche nicht?«

»Am Dienstag und am Donnerstag.«

»So lange will ich nicht warten. Wie wäre es mit einem Abendessen morgen abend?«

Es war das erste Mal, daß sie zum Abendessen ausging, seit sie in dem Krankenhaus arbeitete – seit fast einem Jahr. Die wenigen Frauen, die sie unabhängig von ihrer Arbeit kennengelernt hatte, konnten nicht verstehen, warum sie lieber Ärztin als Ehefrau sein wollte. Die wenigen Frauen, die sie von

der Arbeit her kannte, waren Krankenschwestern, die es nicht gewohnt waren, mit Ärzten befreundet zu sein.
Cassie merkte plötzlich, daß sie einsam gewesen war. In der Notaufnahme knisterte die Luft ständig vor Dramen, und gewöhnlich schleppte sie sich nach einer Nacht dort nach Hause und war zu müde, um daran zu denken, Freundschaften zu schließen. Aber wenn man an seinem Arbeitsplatz keine Freunde fand, wo dann?
Sie und Dr. Graham aßen in einem kleinen italienischen Restaurant zu Abend, das ihr nie auch nur aufgefallen war, obwohl sie schon ein dutzendmal daran vorbeigelaufen war. Es erinnerte sie an »Mama Leone's« in Georgetown, und trotz der Graupelschauer, die heruntergingen, war ihr warm, und sie fand es sehr behaglich. Zwischen dem Salat und dem Chicken Cacciatore erzählte er ihr, daß er verheiratet war und zwei Kinder hatte, daß er und seine Frau sich jedoch nach achtzehn Ehejahren voneinander getrennt hatten. Sie war nach Toowoomba zu ihren Eltern zurückgegangen und würde dort die Scheidung einreichen.
Sie begannen, an schönen Herbstabenden Spaziergänge am Strand zu unternehmen und die drolligen Pinguine zu beobachten. Sie gingen gemeinsam ins Kino und erkundeten sämtliche Restaurants mit den verschiedensten Landesküchen, die Melbourne zu bieten hatte. Eines Abends streckte er den Arm über den Tisch, legte seine Hand auf ihre und sagte: »Ich habe mich in dich verliebt.«
Zum ersten Mal in fast zehn Jahren, seit sie ihr Studium begonnen hatte, fühlte sie sich bei einem Mann geborgen und stellte fest, daß sie seine Küsse und die Berührungen seiner Hände auf ihren Brüsten genoß. Sämtliche Gefühle, die sie tief in sich begraben hatte, stiegen an die Oberfläche auf, und an dem Abend, an dem er begann, ihre Bluse aufzuknöpfen, hielt sie ihn nicht zurück. Sie wollte seine Küsse auf ihrem Hals und auf ihren Brüsten fühlen, und sie wollte spüren, wie sich sein nackter Körper von Kopf bis Fuß an sie schmiegte.

Er hatte geflüstert: »Mach dir keine Sorgen. Ich passe schon auf, daß du nicht schwanger wirst.«
Sie gab ihm einen Schlüssel zu ihrer Wohnung, und wenn sie nach einer Spätschicht im Morgengrauen nach Hause kam, erwartete er sie dort. Dann überschüttete er sie mit Küssen und Liebesschwüren, und sie öffnete sich ihm, klammerte sich an ihn und zog ihn in sich hinein. Sie konnte kaum noch an etwas anderes denken. Das Krankenhaus wurde zu einem Ort, an dem sie zwischen den Stunden, die sie mit Ray verbrachte, ihre Arbeitszeit einschob. Sie gingen kaum noch zum Abendessen aus, nie mehr ins Kino. Sie landeten immer im Bett. Er brachte ihr Dinge über die Liebe bei, die sie nie gelernt hatte. Er war geduldig und doch fordernd. Er ließ nicht zu, daß sie passiv dalag, sondern zeigte ihr, was ihm Spaß machte.
»Küß mich da. Hab keine Angst. O Gott, ja, genau das habe ich gemeint.«
Er drehte sie auf den Bauch. Sie machten Liebe im Stehen und auf dem Kopf, und sie glaubte, sie müßten es auch seitlich und vielleicht sogar umgekehrt getan haben.
Er sagte ihr, sie hätte die schönsten Brüste und den elektrisierendsten Körper, den er sich je hätte vorstellen können. Sie fing an, stolz auf sich zu sein, sie lief aufrechter, schaute verstohlen in Spiegel und kaufte hautenge Kleider. Sie badete in Duftöl und tupfte sich immer Parfüm hinter die Ohren und in die Kniekehlen.
Nie hatte sie sich so lebendig gefühlt.
Sie war verliebt. Rasend, wahnsinnig und ekstatisch verliebt.
Er sagte ihr, sie würden heiraten, sowie seine Scheidung …
Ja, nun.
Am frühen Morgen des dritten Donnerstags im Juni bestellte er Cassie in sein Büro und sagte: »Cassie, Martha ist nach Hause gekommen. Sie will, daß wir es noch einmal versuchen. Daher fürchte ich, mit dir und mir ist es vorbei.«
Sie saß da und starrte ihn an, sah in Augen, die wie Eis waren, Augen, die sie nie zuvor gesehen hatte.

»Ray?«
Seine Lippen kniffen sich zusammen.
»Mach es nicht noch schwieriger, als es ohnehin schon ist, Cassie.«
»*Schwieriger?*« Eine Träne rann über ihre Wange. Ihre Kehle brannte. »Ray, ich liebe dich.« Es war ein Alptraum, und sie war sicher, daß sie jede Sekunde erwachen würde.
Er trommelte mit den Fingern auf den Schreibtisch. Er sah auf seine Armbanduhr. »Ich muß in fünfzehn Minuten im Operationssaal sein.«
»Du verabschiedest dich von mir, einfach so?«
Er starrte sie an.
Cassie brach in Tränen aus. Ray schob eine Packung Kleenex über seinen Schreibtisch und sagte ungeduldig: »Ich finde, das macht dich nicht gerade attraktiver.«
Cassie riß den Kopf hoch und fragte mit weinerlicher Stimme: »Einfach so? Es ist dein Ernst, daß es vorbei ist?«
»Genau das meine ich. Und ich hielte es für besser, wenn du dir eine Stellung in einem anderen Krankenhaus suchen würdest. Natürlich werde ich dir ein Empfehlungsschreiben geben. Du bist eine gute Ärztin. Ich habe Freunde in Krankenhäusern in Perth und in Charlesville, mit denen ich den Kontakt aufnehmen werde, wenn du willst.« Ihr wurde klar, daß diese beiden Städte so weit wie nur irgend möglich von Melbourne entfernt waren. »Ich habe den Verdacht, unter den gegebenen Umständen wäre es peinlich für dich, wenn du weiterhin hier arbeitetest.«
»Peinlich für *mich*?« Sie fragte sich, ob er den piepsenden Klang ihrer Stimme wahrnahm.
Er senkte die Lider und setzte sich hinter seinen vollgepackten Schreibtisch. »Ich glaube, du würdest dich ziemlich unwohl hier fühlen …« Seine Stimme verklang, als er ihr direkt in die Augen sah. »Cassie, ich will dich nicht feuern. Das wäre nicht fair. Warum unternimmst du nicht selbst die notwendigen Schritte?«

Sie konnte nicht schlafen. Sie konnte nichts essen. Sie hatte Anfälle von Schwindelgefühl. Sie machte Spaziergänge und weinte, während sie durch die Straßen lief. Sie versuchte, sich im Kino einen Film anzusehen, doch sie schluchzte so laut, daß sie aufstand und ging. Sie las dieselbe Seite immer wieder und erfaßte kein einziges Wort. Sie saß am Fenster und schaute in das All hinaus, in die Leere, während sie schluchzte, ächzte und stöhnte.

Sie erschien mit roten Augen und ohne jede Spur von guter Laune zur Arbeit. Sie konnte an nichts anderes als an Dr. Raymond Graham denken und setzte seinen Anweisungen gemäß ihre Kündigung auf.

Nach Ablauf von zwei Wochen war sie beträchtlich dünner geworden. Sie wurde in Dr. Castors Büro bestellt, in dem er hinter einem riesigen Schreibtisch aus Teakholz saß und sie ansah, als sie auf dem Stuhl ihm gegenüber Platz nahm. Er seufzte schwer. »Ich will deine Kündigung nicht annehmen.«

»Ich war lange genug in der Notaufnahme«, murmelte sie, ohne ihn anzusehen.

Er lehnte sich auf seinem Stuhl zurück und musterte sie. »Was hast du vor?«

Wie hätte sie darauf antworten können? Ich werde einen Fuß vor den anderen setzen. Winterschlaf halten. Zu Daddy zurückgehen, nach Washington. Den Himalaja besteigen. Nonne werden.

Als Cassie nichts auf seine Frage erwiderte, sagte Dr. Castor: »Du willst weglaufen.«

Sie sah ihn an. Wußte er es? Er beantwortete ihre unausgesprochene Frage. »Alle wissen Bescheid.«

Tränen bildeten sich in ihren Augenwinkeln. Castor stand auf, kam um seinen Schreibtisch herum, setzte sich vor Cassie auf den Rand der Schreibtischplatte und nahm ihre Hände in seine.

»Ich kann nicht hierbleiben«, flüsterte sie, und die Tränen rannen über ihre Wangen. Sie fragte sich erbittert, ob sie wohl jemals aufhören würde zu weinen.

Dr. Castor lief zu den verschmierten Fensterscheiben, faltete

die Hände auf dem Rücken und schaute hinaus. Als Cassie aufhörte zu schniefen, fragte er: »Was weißt du über die Fliegenden Ärzte?«
Sie sah ihn an. »Sind das die, die zu den Patienten im Busch fliegen?«
Castor nickte. »Dieser Bereitschaftsdienst ist vor einem Jahrzehnt von einem der besten Männer begonnen worden, die mir je begegnet sind, dem Reverend John Flynn. Seine Theorie lautet, daß der große Kern dieses Kontinents nur besiedelt werden kann, wenn Frauen bereit sind, dort zu leben. Er hat gesehen, daß es in all dieser endlosen Weite kaum auch nur ein Gehöft gibt. Keine Frauen, keine Kinder, keine Wärme. Keine Liebe.
Er war sicher, die einzige Möglichkeit, Frauen dazu zu bringen, daß sie Hunderte und sogar Tausende von Meilen von ihren nächsten Nachbarn entfernt leben, bestünde darin, ihnen die Gewißheit zu geben, daß eine medizinische Versorgung gewährleistet sei und daß Möglichkeiten gefunden würden, ihnen die Isolation zu erleichtern. 1928 hat sein Traum begonnen wahr zu werden; der erste Stützpunkt der Fliegenden Ärzte ist in Cloncurry eingerichtet worden.
Im letzten medizinischen Fachblatt habe ich eine Anzeige gelesen, daß ein weiterer Fliegender Arzt gesucht wird. Sie stehen davor, einen fünften Stützpunkt zu eröffnen. Ich bin nicht sicher, wo. Sie zahlen sehr gut, und John Flynn stellt nur die Besten ein, Menschen, die seinen Traum mit ihm teilen und dazu beitragen, das gewaltige Innere unserer Kontinents zu erschließen.«
Er legte eine Pause ein. »Hast du Interesse?«
Sie interessierte sich für nichts. »Es ist weit weg von hier, ganz gleich, wo es auch sein mag, stimmt's?«
Castor nickte, nahm seinen Telefonhörer ab, ohne länger zu warten, und nannte der Vermittlung eine Nummer in Sidney. »John, ich bin froh, daß ich dich erreiche. Hier ist Norm. Nein, ich bin nicht in Sidney. Ich rufe an, weil ich wissen wollte, ob dieser Posten vergeben ist.«

Castor hörte eine Minute lang zu.
»Warte – ehe du irgendwelche Entscheidungen triffst, möchte ich dir einen Kandidaten schicken. Ich wette, etwas Besseres hast du nicht auf Lager. Oder auch nur eine gleichwertige Besetzung. Sie ist … Ja, *sie*. Sie war im letzten Jahr bei uns in der Notaufnahme als Chirurgin tätig.« Er verstummte, da er offensichtlich unterbrochen worden war.
»Warte mal einen Moment, John. Du bist in deiner Denkweise allen anderen weit voraus. Warum willst du nicht einer Frau eine Chance geben? Sprich wenigstens mit ihr, ja? Sie ist ein Glückstreffer, einfach Spitze.« Er zwinkerte Cassie zu.
Castor hörte sich an, was am anderen Ende gesagt wurde, und dann sagte er: »Was glaubst du wohl, wie Frauen zumute ist, wenn sie die Beine hochgelegt und gespreizt haben, während ein Mann sie untersucht?«
Wieder Schweigen. »Ja, von mir aus, dann sieh es eben aus dieser Sicht. Hör mal, John, ich kann sie in den Nachtzug setzen, und sie kann morgen früh in Sydney sein. Was hältst du davon, sie um zehn zu empfangen? Eines Tages wirst du mir dankbar dafür sein. Sie heißt Clarke. Dr. Cassandra Clarke.«
Er legte den Hörer auf und grinste Cassie an. »Also, was ist?«
Sie starrte ihn mit ausdruckslosem Gesicht an. Das alles passierte viel zu schnell. Wie sollte ihr Leben weitergehen? Wohin auch immer es sie führen würde, zumindest würde es sie von Ray Graham fortführen.
»Du brauchst nicht ja zu sagen. Er auch nicht. Die Vorstellung, eine Frau in seiner Organisation zu haben, begeistert ihn keineswegs. Er hat gesagt, er wäre nie auch nur auf den Gedanken gekommen. Mach ihm die Hölle heiß, Cassie. Die da draußen wirst du umhauen.«
Wo da draußen?

2

Augusta Springs war eine staubige kleine Stadt mit einem Ausblick von hundertachtzig Grad. Als Cassies Zug – er fuhr einmal in der Woche – langsam in den Bahnhof tuckerte, flackerte in ihrer Brust das erste Gefühl seit zwei Monaten auf. Furcht.

Was tat sie hier, fast tausend Meilen von der Zivilisation entfernt? Was wußte sie überhaupt über diese Stadt? Es gab dort ein kleines Krankenhaus und zwei ortsansässige Ärzte. Es war ein Umschlagplatz für den Rindertransport vom Norden zu den großen Märkten. Es gab dort eine Schule mit sechs Klassen und vielleicht – über den Daumen gepeilt – zwölfhundert Einwohner.

Diese Stadt hatte mit nichts Ähnlichkeit, was sie je gesehen hatte, noch nicht einmal im amerikanischen Westen. Die Gegend war so flach, daß man endlos weit sehen konnte, abgesehen davon, daß in der sandigen Erde Eukalyptus wucherte. Reverend Flynn hatte sie gewarnt, es könnte ihr Schwierigkeiten bereiten, akzeptiert zu werden. »Aber wenn sie keine andere Wahl haben, werden sie eine Frau akzeptieren müssen.«

Das war kein großer Trost. Er hatte ihr außerdem gesagt, *das* große Problem der australischen Ureinwohner, der Aborigines, seien Geschlechtskrankheiten. »Und es ist ziemlich unwahrscheinlich, daß sie sich von einer Frau untersuchen lassen werden.«

Warum hatte er sie dann für den Posten ausgewählt?

Warum hatte sie ja dazu gesagt? Weil sie weit weg sein wollte, weit weg von Ray Graham. Weil sie weder die Energie noch das Interesse aufbrachte, sich etwas anderes einfallen zu lassen, was sie hätte tun können oder wohin sie hätte gehen können.

Sie fühlte sich allein, so allein, wie sie sich niemals hätte vorstellen können, daß jemandem so zumute war. Sie würde das nächste Jahr ihres Lebens in dieser abgeschiedenen Ortschaft und in der Luft verbringen. Sie hatte noch nie in einem Flugzeug gesessen. Ob ihr wohl übel werden würde? Ich fürchte mich nicht vor dem Sterben, sagte sie sich, aber ausgerechnet Übelkeit?

Sie wappnete sich, nahm vor Entschlossenheit eine steife Haltung ein und starrte aus dem Zugfenster in die grelle Sonne hinaus. »Ich habe nichts mehr zu verlieren«, sagte sie laut vor sich hin. Gleichzeitig war sie sicher, daß es auch nicht viel gab, worauf sie sich hätte freuen können.

Sam Vernon, der Pilot vom Fliegenden Ärztedienst, stand mit einem Grashalm im Mund auf dem Bahnsteig, hatte sich die Baseballmütze auf den Hinterkopf geschoben und schaute sich durch seine dunkle Brille auf dem Bahnhof um. Er wirkte großspurig. Groß und dürr wie eine Bohnenstange, braungebrannt. Ihr fiel auf, wie sein Blick jeder einzelnen jungen Frau folgte. Sie war sicher, daß er sie hinter dieser Sonnenbrille vor seinem geistigen Auge alle auszog. Nicht etwa, daß viele Mädchen ausgestiegen wären. In diesem Ort stiegen überhaupt nicht viele Leute aus.

Cassie nahm ihre kleine Reisetasche, ging auf ihn zu und strich sich das kurze, dichte kastanienbraune Haar aus dem Gesicht.

»Mr. Vernon?«

Er riß den Kopf herum, um sie anzusehen, und dann murmelte er: »Ma'am?«

Sie stellte ihre Tasche ab und sagte: »Ich bin Cassandra Clarke.« Sie hielt ihm die Hand hin.

Er starrte sie einen Moment lang an, ehe er ihre Hand nahm.

»Mein Gepäck ist dort drüben.« Sie deutete auf ihre Gepäckstücke.

Er sah erst ihre Taschen an und dann wieder sie, ehe er auf das Gepäck zuging. »Ja, Ma'am.«
Er schnappte sich ihre Taschen und wies mit einer Kopfbewegung auf seinen staubigen kleinen blauen Lieferwagen. »Da steht der Kombi.« Sie gingen schweigend auf den Wagen zu. Er warf ihre Taschen auf die Ladefläche und hielt ihr die Tür auf. Während er vorn um den Wagen herumlief, auf der Fahrerseite einstieg und den Schlüssel ins Zündschloß steckte, musterte sie ihn.
Der Motor sprang tuckernd an. Sie schaute zum Fenster hinaus. »Es gibt mehr Bäume hier, als ich erwartet hätte. Ich dachte, hier sei alles nur Wüste.«
»Das ist es auch, weiter im Süden. Sie werden eine Menge Züchter und Abos behandeln ...«
»Abos?« Sie drehte sich zu ihm um.
»Aborigines. Ich möchte nicht respektlos wirken«, warf er hastig ein, »es scheint sich nur viel leichter zu sagen. Aber es wird sich sowieso keiner von denen von einer Frau untersuchen lassen, und schon gar nicht die Geschlechtsteile.«
Sie versuchte, durch seine dunklen Brillengläser zu sehen. Er hielt den Blick starr vor sich hin gerichtet, als er weiterredete. »Die werden Sie nicht ohne weiteres akzeptieren.«
»Sie werden sich schon noch an mich gewöhnen.« Danke für den ermutigenden Zuspruch, wollte sie in Wirklichkeit sagen, als sie an Häusern vorbeifuhren, die entweder von Bäumen und gepflegten Gärten umgeben waren oder von Trümmern und verschiedenartigen Ziegen. »Was glauben Sie, warum sich Leute hier niederlassen?« fragte sie, und die Frage war mehr an sich selbst als an ihn gerichtet.
»Pioniergeist.« Offensichtlich schien das keine adäquate Antwort zu sein. Er fuhr fort. »Freiheit. Individualismus. Der Wunsch, reich zu werden. Sein eigener Boß zu sein. Menschen und Vorschriften hinter sich zu lassen.« Er drehte sich grinsend zu ihr um und sah sie an. »Manche Manner fuhlen sich eben am wohlsten, wenn sie sich niemals fein rausputzen müssen.«

»Sie meinen, für eine Frau?« Sie schauten einander in die Augen.
»Ich persönlich bin der Meinung, daß Frauen eines der größten Geschenke Gottes an die Menschheit sind.« Sie hatte jedoch das Gefühl, was sie anging, sei er sich nicht so sicher.
»Warum«, fragte er, »sind Sie hierhergekommen?«
»Ich bin nicht sicher.« In Wirklichkeit wäre sie am liebsten wieder in diesen Zug gestiegen.
Sam schwang die Beine aus dem Wagen. Er setzte seine dunkle Brille ab und warf sie auf das Armaturenbrett. »Die meisten Frauen kommen her, um Liebe zu finden.« Er ging voraus und hielt ihr die Pendeltür auf, als sie »Addie's« erreicht hatten.
»Addie's« grenzte an zwei Straßen, und man konnte es von beiden Seiten betreten. Vor dem ersten Stock verlief ein Balkon. »Sie werden von einer der hiesigen Schullehrerinnen in deren Haus aufgenommen. Ich habe ihr gesagt, daß wir uns hier mit ihr treffen.«
Dichte Rauchschwaden hingen in der Luft, und es roch nach schalem Bier. Männer drängten sich am Tresen und hatten sich um das Dartboard am hinteren Ende des langen Raums versammelt. Sam wandte sich nach rechts und ging in das Restaurant voraus, in dem rotweiß karierte Tischdecken auf den Tischen lagen. Ein einziger Tisch war frei, und Sam ging darauf zu und zog einen Stuhl für Cassie zurück.
»Ich kenne noch nicht viele Leute hier«, sagte er. »Ich bin erst seit einer Woche hier. Falls ich Sie jemandem nicht vorstellen sollte, dann liegt das daran, daß ich mich nicht an die Namen der Leute erinnern kann.«
»Wir werden doch ohnehin medizinisch gesehen nichts mit den Leuten in der Stadt zu tun haben, oder doch?«
»Aber wir werden hier leben«, sagte er. Eine Kellnerin mit schmalen Hüften und einem gewaltigen Busen tauchte auf und lächelte Sam kokett an.
»Du willst 'n Bier, stimmt's?« fragte sie.
Er nickte und zwinkerte ihr zu, und dann sah er Cassie mit einer hochgezogenen Augenbraue an. »Wollen Sie auch eins?«

»Klar, warum nicht?«
»Wie möchten Sie Ihr Steak?« fragte er.
»Medium.«
»Ja«, sagte die Kellnerin, »und ich weiß, daß deins fast noch am Leben sein soll.« Sie brachte ihnen die Biere, und als sie sich über Sam beugte, fragte sich Cassie, ob ihre Brüste wohl jeden Moment aus ihrer Bluse fallen würden. Sam lächelte anerkennend.
Eine Jukebox schmetterte amerikanische Musik. Cassie schenkte sich ein Glas Bier ein, und Sam trank aus der Flasche.
»Ihr Alter wird auch gegen Sie arbeiten.«
Sie nahm eine aufrechtere Haltung ein. *»Auch?«*
Seine Blicke schossen durch das Restaurant. »Mir gefällt es hier, bei ›Addie's‹. In Augusta Springs.«
Die vollbusige Kellnerin brachte ihre Steaks. Mit Pommes frites. Und grünen Bohnen aus der Dose. Tomaten auf einer Unterlage aus welkem Salat. Und Fertigsauce für Steaks.
Cassie sah das Essen an und blickte dann zu ihm auf. »Das soll das beste Essen in der ganzen Stadt sein?«
Sam, der einen dicken Brocken Fleisch kaute, nickte beseligt. »Kosten Sie es. Es geht runter wie Samt.«
In dem Moment bahnte sich eine lachende rothaarige Frau, die etwa in ihrer beider Alter war, einen Weg durch den vollen Raum. Sie blieb häufig stehen und begrüßte die meisten Gäste im Restaurant, doch Cassie konnte ihr ansehen, daß sie den Tisch anpeilte, an dem sie mit Sam saß. Sam winkte ihr zu, und als sie näher kam, stand er auf. Sie sprach mit einer heiseren Stimme. »Das muß die Ärztin sein«, rief sie aus. Sie wartete nicht etwa darauf, vorgestellt zu werden, sondern sagte: »Ich bin Fiona Sullivan.« Dabei hielt sie Cassie eine Hand hin. »Hat Sam Ihnen gesagt, daß Sie bei mir wohnen werden?«
Sam setzte sich wieder und begann, sich über sein Steak herzumachen, während die Frauen einander begutachteten.
Fiona zog von dem Tisch hinter sich einen freien Stuhl rüber, damit sie sich zu ihnen setzen konnte. »So so.« In ihren Augen stand Belustigung. »Ich bin nur auf einen Sprung vorbeige-

kommen, um zu sagen, daß die Haustür offen ist und daß Sie eine Reihe von Zetteln finden werden, die Sie zu Ihrem Schlafzimmer führen. Fühlen Sie sich bitte vollständig zu Hause dort. Wir können dann morgen früh miteinander reden. Ich bin auf dem Weg zu einer Party. Diese Woche finden die Rennen statt, verstehen Sie?«

»Unsere gute Fiona steht in dem Ruf, das gastfreundlichste Haus in Augusta Springs zu haben«, sagte Sam. Er bestellte noch ein Bier und kippte seinen Stuhl zurück.

Cassie schnitt den ersten Bissen von ihrem Steak ab. Es war zart, herrlich zart. »Höre ich bei Ihnen einen leichten irischen Akzent heraus?«

Fiona trank ihren Kaffee, den die Kellnerin auf den Tisch geknallt hatte. »Ich kann niemandem etwas vormachen, obwohl ich schon seit mehr als fünf Jahren hier bin.«

»Nach allem, was man hier in der Stadt zu hören bekommt«, sagte Sam, »ist Fiona die beste Lehrerin in diesem Teil des Landes. Vielleicht sogar im ganzen Land.«

Fiona beugte sich über den Tisch und legte ihre Hand auf seine. »Eine Übertreibung, aber ich höre es trotzdem gern.«

In dem Moment kamen zwei junge Viehzüchter grölend in das Restaurant und an ihren Tisch gestürzt, als sie Fiona sahen.

»Komm schon, Fi«, flehte einer. »Sie haben uns losgeschickt, damit wir dich suchen. Ohne dich kann die Party nicht beginnen.« Jeder von ihnen packte sie an einem Arm, um sie zum Aufstehen zu drängen.

»Ich komme ja schon. Laßt mich los.« Sie beugte sich zu Cassie vor. »Willkommen. Ich freue mich wirklich riesig.«

Wärme hüllte Cassie ein, und sie lächelte zum ersten Mal, seit Ray Graham ihr gesagt hatte, daß er zu Martha zurückkehren würde.

Fiona ging mit den beiden Männern. Sams Blicke folgten ihr. »Morgen«, sagte er und stieß seinen Stuhl zurück, »fahre ich Sie raus zu unserem Stützpunkt, damit Sie Horrie kennenlernen, und dann können wir darüber reden, was wir tun werden und wie wir uns organisieren.«

Er zog eine Zigarette aus seinem Päckchen und warf einen Blick auf Cassie. Dann drehte er die Zigarette zwischen den Fingern und krümelte Tabak über den abgenagten Knochen seines T-Bone-Steaks. Er sah ihr in die Augen, und sie spürte seine Ablehnung.

»Stört es Sie, mit einer Frau zu arbeiten?«

»Ich werde weder kündigen noch sonstwas. Ich bin bereit, es zu probieren.« Seine Stimme klang mißmutig. »Ich war überrascht, als man mir gesagt hat, daß eine Frau als Ärztin herkommt. Ich habe noch nie mit einer Frau zusammengearbeitet.«

»Ist diese Vorstellung so unmöglich?«

Sein Grinsen war schüchtern, das Grinsen eines Jungen. »Tja, ich wüßte Besseres, was man mit Frauen anfangen kann, als ausgerechnet mit ihnen zu arbeiten. Übrigens, wie soll ich Sie eigentlich nennen?«

Als Cassie ihn verständnislos ansah, grinste Sam. »Wie wäre es mit Doc? Sind Sie jemals von jemandem mit Doc angesprochen worden?«

Sie schüttelte den Kopf. »Nein. Nie.« Sie fand es abscheulich.

»Kommen Sie schon, ich bringe Sie zu Fionas Haus, damit Sie sich dort einrichten können. Es ist nicht weit von hier, nur ein paar Straßen. Ich zahle. Heute geht das Essen auf meine Rechnung, Doc.«

Doc. Sie biß die Zähne zusammen.

3

Fionas Haus war das schönste in der ganzen Stadt. Ein farbenfrohes Beet von Löwenmäulchen säumte den Lattenzaun um ihren Vorgarten herum. Die Veranda zog sich im typischen Stil des australischen Buschs um das ganze Haus herum. Fiona hatte Töpfe mit Ringelblumen, Zinnien und Petunien darauf verteilt. Die Korbmöbel auf der Veranda waren leuchtendgelb lackiert, und die bequemen Kissen waren mit weißem Musselin bezogen. Dort, sagte Fiona, lebte sie erst wirklich.

»Ich sollte dich lieber warnen«, sagte Fiona und stützte die Ellbogen auf den Tisch. »Ich bin eine miserable Köchin. Beim Kochen bin ich nicht mit Leib und Seele bei der Sache, obwohl ich weiß Gott liebend gern esse.«

Cassie grinste. »Kochen ist die einzige Hausarbeit, zu der ich halbwegs tauge.«

Fiona stieß ein Freudengeheul aus. »Wir werden gut miteinander zurechtkommen, das weiß ich jetzt schon.«

Cassie fühlte sich wohl in Fionas Gesellschaft.

Fionas Wohnzimmer war ganz in Weiß gehalten, und leuchtendgrüne und -blaue Kissen, die verstreut herumlagen, bildeten Farbtupfer. Es war so ganz anders als die dunklen Roßhaarsofas, die Cassie aus den Städten kannte, der dunkle kratzige Velours mit Sesselschonern auf den Armlehnen.

Auf dem Himmelbett in Cassies Zimmer lag eine gehäkelte Tagesdecke. »Die ist ja einfach toll«, murmelte Cassie und strich darüber. »Ein Erbstück?«

»Ich habe sie vor ein paar Jahren selbst gehäkelt«, hatte Fiona daraufhin gesagt, »als ich mich von einer unglücklichen Affäre erholt habe und Liebeskummer hatte. Ich brauchte etwas, was mich beschäftigte und mir die Zeit vertrieb.«

Soviel Weiß hätte das Zimmer karg wirken lassen können, doch bunte Kissen und ein farbenfrohes impressionistisches Gemälde über dem Bett ließen es hell und luftig wirken, und Türen mit Sprossenglas führten auf die Veranda an der Seite des Hauses.

»Ich finde es wunderschön.«

Fiona trug ein hellblaues Hemdblusenkleid und Sandalen. Ihr leuchtendrotes Haar wirkte so üppig wie ihr Garten. »Mein Schlafzimmer ist auf der anderen Seite des Hauses, damit wir einander nicht auf die Füße zu treten brauchen.«

»Es kann gut sein, daß ich nicht jeden Abend hier bin, um zu kochen, falls ich diese Aufgabe übernehmen soll. Ich weiß noch nicht, wie unser Arbeitstag ablaufen wird.«

»Das geht schon in Ordnung.« Fiona winkte mit einer lässigen Geste ab. »Ich kann jederzeit bei ›Addie's‹ essen. Ich glaube, was du tun wirst, wird schrecklich aufregend werden. Wir können Sally bitten – sie ist die Telefonvermittlung –, jedes andere Gespräch abzubrechen, wenn Horrie anruft.«

Fiona sah sich im Zimmer um. »Hier ist jede Menge Platz, um einen Schreibtisch unterzubringen, wenn du willst. Wir könnten ihn dort unter das Fenster stellen.«

»Das ist schrecklich nett von dir.« Cassie stellte fest, daß sie wie eine Blume aufblühte.

»Überhaupt nicht. Es ist ein rein egoistischer Akt. Ich kann die Mieteinnahmen gut gebrauchen, und ich will Zugang zu den Tonnen von Büchern haben, von denen du sagst, daß sie hierher unterwegs sind. Und außerdem glaube ich, daß wir uns gut miteinander vertragen werden. Ich stelle dich allen vor. Wenn ich heute nachmittag aus der Schule zurückkomme, gehe ich mit dir rüber zu Dr. Adams, dem Krankenhausdirektor, damit du ihn kennenlernst, und ich hoffe, er wird euch eure Medizin dort im Kühlraum unterbringen lassen. Sonst hat hier niemand einen Kühlschrank. Die meisten von uns behelfen sich mit einem Kühlfach. Natürlich ist er so bärbeißig, daß er dir wahrscheinlich Schwierigkeiten machen wird.«

Schwierigkeiten? Das war eine krasse Untertreibung.

Dr. Christopher Adams hatte die aufrechte Haltung eines Offiziers beim Militär. Er war zwar erst Anfang Vierzig, doch sein dunkles Haar wurde an den Schläfen schon grau, und sein gepflegter Schnurrbart war grau meliert. In seinen eisblauen Augen stand keine Spur von Humor oder Wärme.
Er nickte Fiona zu und bedeutete den beiden Frauen, sich auf die Stühle zu setzen, die seinem aufgeräumten Schreibtisch gegenüberstanden.
»Ich habe schon gehört, daß die eine Frau hergeschickt haben.« Er sagte »die«, als sei es der Feind, und »Frau« voller Hohn.
»Ich habe mich gefragt, ob Sie es mir wohl erlauben würden, einen Teil meiner Medizin in Ihrem Kühlraum aufzubewahren«, sagte Cassie.
Adams antwortete nichts darauf, sondern pochte mit seinen Fingern auf den Schreibtisch. »Ich habe mit Ihrem Reverend Flynn und mit Steven Thompson geredet, dem Leiter des Verbands für Rinder- und Schafzüchter. Ihnen ist klar, daß dieses Krankenhaus nicht Ihr Wirkungsbereich ist, nicht wahr? Sie haben hier keine medizinischen Privilegien. Patienten, die Sie hier einliefern, werden entweder von mir oder von Dr. Edwards behandelt. Wir können einen Krankenwagen zum Flugzeug schicken, um einen Patienten abzuholen, falls es erforderlich sein sollte. Sowie Sie das Krankenhaus betreten, wird Ihr Patient jedoch zu unserem Patienten.«
»Ja, ich habe gehört, daß diese Verfahrensweise beim Fliegenden Ärztedienst üblich ist.« Cassie bemühte sich, weiterhin mit ruhiger Stimme zu reden.
»Ich wollte nur sichergehen, daß Sie die Grundregeln kennen.«
»Meines Wissens«, sagte sie in einem Tonfall, der unbeschwert klingen sollte, »wird der FÄD nicht zu Patienten rausfliegen, die für Sie noch halbwegs in Reichweite sind, sondern nur zu denen, die außerhalb des derzeitigen Radius der medizinischen Versorgung erkranken. Ist das richtig?«
Adams zögerte einen Moment und nickte dann. »Genauso ist es gedacht.«
Cassie beugte sich vor und legte die Hände auf den Schreib-

tisch des Arztes. »Lassen Sie sich von mir versichern, Dr. Adams, daß ich nicht den leisesten Wunsch hege, Ihnen Patienten wegzunehmen, falls das Ihre Sorge ist.«
Eine Minute lang sagte er nichts, sondern sah sie nur an, ohne auch nur mit der Wimper zu zucken. »Ich nehme an, ich kann eine der Schwestern ein Regal für Ihre Impfstoffe freiräumen lassen. Das heißt, solange wir uns verstehen.«
»Ich habe den Verdacht, es wird eine ganze Weile dauern, bis wir einander verstehen, Dr. Adams.« Cassie stand auf und hielt ihm die Hand hin. »Für den Moment bedanke ich mich für Ihre Bereitwilligkeit, uns zu helfen.«
Adams schüttelte ihr nicht etwa die Hand, sondern setzte seine randlose Brille ab und säuberte sie mit seiner Krawatte. Dann sagte er, ohne aufzublicken: »Wissen Sie, Sie hätten besser Krankenschwester werden sollen.«
Fiona erhob sich und sagte: »Danke, Chris. Ich wußte, daß Sie uns helfen würden. Cassie wird bei mir wohnen.«
Der Arzt verabschiedete sich nicht von ihnen.
»Der reine Charmeur«, sagte Cassie.
»Er kann wirklich nicht gerade besonders gut mit Patienten umgehen«, räumte Fiona ein. »Trotzdem ist er ein guter Arzt, weit besser als Dr. Edwards. Und er bellt nur und beißt dafür nicht.« Sie öffnete ihre Wagentür, während Cassie auf der anderen Seite einstieg. »Laß uns auf dem Weg anhalten und etwas zu essen kaufen. Ich verhungere gleich.«
»Es ist schon alles fertig. Ich habe eine Kasserolle zubereitet – ich brauche sie nur noch warm zu machen.«
Fiona ließ den Motor an. »Das Abendessen steht bereit? Das ist ja wunderbar.«
»Warum ist er so ein – wie hast du ihn noch einmal genannt? Einen bärbeißigen Kerl?«
»Wer weiß? Ich würde es auf seine derzeitigen Lebensumstände schieben, wenn er nicht schon immer ziemlich unwirsch gewesen wäre.«
»Und wie sehen seine derzeitigen Lebensumstände aus?«
»Seine Frau.«

Fiona hielt vor dem Haus an. »Isabel liegt im Sterben. Sie ist in all den Jahren nicht nur seine Frau gewesen, sondern auch seine Krankenschwester.« Während sie die Haustür öffnete, fuhr sie fort. »Sie sind in ihren mehr als zwanzig Ehejahren ständig zusammengewesen, während der Arbeit und zu Hause.«
Fiona ging zum Kühlfach und holte ein Bier heraus, während Cassie den Ofen anzündete und das Bier, das Fiona ihr anbot, mit einem Kopfschütteln ablehnte.
Fiona wischte sich mit dem Handrücken den Mund ab. »Er ist der Schularzt, und wenn er mit Kindern zusammen ist, setzt er diese Schutzmaske ab und ist ein sanftmütiger, ich würde fast sagen, ein liebevoller Mann.«
»Weshalb setzt du dich für ihn ein?«
Fiona trank einen Schluck aus der Bierflasche. »Wahrscheinlich mein grundsätzlicher Hang, die Schwächeren zu verteidigen. Du bräuchtest nicht lange, um das selbst festzustellen.«
Cassie nickte. »Wie lange ist sie schon krank?«
»Isabel ist seit ein paar Monaten bettlägerig. Mein Gott, riecht das gut.«
Cassie schnitt Grünzeug für einen Salat klein. Fiona lief aus dem Haus, schnitt ein paar Blumen, arrangierte sie kunstvoll in einer Vase und stellte sie mitten auf den Tisch.
»Ich habe die Veranda vor dem Haus gerade erst letzten Monat mit Fliegengittern versehen lassen«, sagte sie. »Im Sommer sind die Fliegen einfach unerträglich.«
Cassie brachte den Salat auf die Veranda. »Wenn es dir nichts ausmacht, für mehr als zwei Leute zu kochen«, sagte Fiona, »können wir deinen gutaussehenden Piloten und diesen Ingenieur gelegentlich mal zum Abendessen einladen.«
Cassie fand, sie würde durch das Fliegen schon mehr als genug Zeit mit Sam verbringen. »Ist Mrs. Adams den ganzen Tag über allein zu Hause?«
»Meine Güte, nein. Es gibt zwei Damen, die ins Haus kommen, um sie zu füttern und zu baden.«
»Vielleicht gehe ich mal rüber, wenn ich eine Stunde Zeit habe, und biete ihr an, ihr etwas vorzulesen.«

Fiona sah Cassie an und grinste. »Woraus auch immer diese Kasserolle bestehen mag, sie ist absolut göttlich.« Sie kaute eine Minute und sagte dann: »Dann willst du Chris also erobern, indem du dich diplomatisch verhältst?«

»Ich bin alles andere als diplomatisch«, sagte Cassie. »Mir wird immer wieder vorgeworfen, ich sei zu direkt.«

»Ist das ein Euphemismus für mangelnden Takt?« fragte Fiona lachend.

»Ganz genau.«

»Wirkt das auf Männer nicht abschreckend?«

Ein Schleier schien sich vor Cassies Augen zu ziehen. »Ich habe keinerlei Interesse an Männern.«

Eine Minute lang herrschte Schweigen, und dann lehnte sich Fiona auf ihrem Stuhl zurück. »Du kannst dir die Männer hier mit keinem Mittel vom Leib halten. Dieses Land hat Schlagseite, was alleinstehende Männer angeht. Die meisten von ihnen wollen einfach nur ihren Spaß haben, und trotzdem kriege ich alle paar Monate einen halbherzigen Heiratsantrag, aber …« Ihre Stimme verklang.

»Aber?«

»Der einzige Mann, den ich je wirklich wollte, wollte mich nicht.«

Cassie wußte nicht, was sie dazu sagen sollte. Hätte nicht jeder Mann Fiona gewollt?

»Ich bin darüber hinweggekommen«, versicherte ihr Fiona. »Nach einer Weile. Ich hätte gern Kinder, aber schließlich bin ich erst sechsundzwanzig. Ich habe Zeit. Im Moment gefällt mir mein Leben genauso, wie es ist.«

»Im Moment«, sagte Cassie, »geht es mir auch so. Trotz Sam und Dr. Adams habe ich das Gefühl, daß mir ein großes Abenteuer bevorsteht.«

Das Abenteuer begann am frühen Morgen des nächsten Tages, als Horrie in seinem Kleinlastwagen angerast kam und laut rief: »Ein Rancher ist ein paar hundert Meilen nördlich von hier von seinem Pferd getreten und übel zugerichtet worden.«

4

»Fürchtest du dich?« fragte Sam, als er im Cockpit neben Cassie auf den Pilotensitz glitt.

Ohne eine Antwort abzuwarten, begann er, Armaturen zu bedienen und jemandem auf dem Boden zuzuwinken, als der Motor auf Touren kam.

Cassie umklammerte die Armlehnen ihres Sitzes ganz ähnlich, wie sie es auf dem Behandlungsstuhl eines Zahnarztes tat, ehe er mit dem Bohren begann. Sie stieß ihre Arzttasche unter den Sitz.

Ein prickelndes Gefühl strich federleicht über ihre Brust, und sie hoffte, ihr würde nicht übel werden. Das Flugzeug begann über die Rollbahn zu gleiten, und die Motorengeräusche waren ohrenbetäubend. Sie beobachtete, wie alles schneller an ihr vorbeizuziehen begann, und sie nahm kaum wahr, daß das Flugzeug gestartet war und abgehoben hatte, ehe der Boden sich zu entfernen begann. Sie konnte einfach nicht glauben, daß sie flog.

Augusta Springs, 1938 bereits ein halbes Jahrhundert alt, sah von hier oben nicht nach viel aus. Bäume, zahlreich, aber noch nicht hoch, säumten die meisten Straßen, die rechtwinklig zueinander angelegt waren. Eine Wüstenoase. Cassie konnte die Endstation der Bahnlinie mühelos sehen, die Schienen, die nach Ostsüdost verliefen. Die Rennbahn. Dichtgedrängte Gebäude in der Stadtmitte. Die beiden größten mußten die Schule und das Krankenhaus sein. Aus dieser Höhe wirkte keines der beiden allzu imposant. Als die Flughöhe zunahm, sah sie nichts anderes mehr als kleine Baumgruppen, die auf der endlosen roten Erde weit verstreut waren.

Allmählich fing Sam das Flugzeug ab und drehte den Kopf

zu Cassie, um über den Motorenlärm zu schreien: »So sieht hier das meiste aus. Meilenweit anscheinend gar nichts. Tausende von Meilen nichts, aber hier gibt es wenigstens noch Bäume und im Süden nicht. Je weiter es nach Norden geht, desto mehr Bäume wachsen dort.«

Wie war es nur möglich, daß diese zerbrechlich wirkenden Flügel das Flugzeug in der Luft halten konnten? Sie umklammerte die Armlehnen ihres Sitzes so fest, daß ihre Knöchel weiß wurden.

»Wahrscheinlich werden wir uns ab und zu verirren«, sagte Sam grinsend. »Es gibt keine Straßenkarten, an die wir uns halten könnten. Wir müssen nach Orientierungspunkten Ausschau halten – Gehöften, Flüssen, einer kleinen Bodenerhebung, die höher ist als andere, Bäumen, die dicht nebeneinanderstehen, einem ausgetrockneten Flußbett. Wir werden uns schon noch daran gewöhnen.«

Für sie sah alles gleich aus. Wie konnte man ein ausgetrocknetes Flußbett erkennen, wenn kein Wasser darin war?

»Was passiert, wenn wir uns tatsächlich verirren?«

Er drehte den Kopf zu ihr um und sah sie an, und sie war froh, als sie sah, daß er verschmitzt zwinkerte. »Damit setzen wir uns auseinander, wenn es dazu kommt. Heute wird es nicht passieren«, versicherte er ihr. »Dort drüben«, sagte er und wies mit einer Kopfbewegung dahin, wo die Tragbahre festgebunden war, »in dieser Kiste, ist eine Thermosflasche mit Kaffee. Schenkst du mir einen Becher ein? Aber jeweils nur einen kleinen Schluck, weil sonst alles überschwappt. Trink auch einen Kaffee, wenn du willst. Milch ist in einer kleinen Dose, und Zucker ist auch da, wenn dir danach ist.«

Es gelang ihr, zwei Becher einzuschenken, ohne den Kaffee zu verschütten, und das, obwohl das Flugzeug in Luftlöcher sank, die, wie Sam ihr erklärte, durch die Thermik entstanden. »Um diese Jahreszeit kein Grund, sich größere Sorgen zu machen. Die Briten und die Amerikaner können einfach nicht glauben, daß wir nie Eis auf den Tragflächen haben und auch nicht gegen Wetter wie das dortige ankämpfen müssen. Für den

größten Teil des Jahres sind die Flugbedingungen hier nahezu perfekt. Außer in der dreimonatigen Regenzeit. Dann werden wir hier unseren Spaß haben. Aber das geht erst im Dezember oder im Januar los. Wenn natürlich eine Dürre herrscht, dann müssen wir gegen die Staubstürme ankämpfen.
Unsere Flughöhe beträgt knapp eintausendsiebenhundert Meter«, sagte er, und sie stellte fest, daß seine Stimme rauh war. Recht angenehm, kratzig wie Schmirgelpapier. Sie nippte an ihrem Kaffee und musterte ihn. Eigentlich war er zu dünn, aber er hatte ein hübsches Gesicht. Und war braungebrannt. Sie vermutete, das würde sie auch bald sein. Ein festes Kinn. Auf seinem Haar, das sie als schmutzigblond bezeichnet hätte, saß immer seine Baseballmütze, die er sogar beim Fliegen trug, wenn er sie dann auch auf seinen Hinterkopf schob. Eine gerade, spitze Nase.
Als sie sich vorbeugte, um aus dem Fenster zu schauen, verstand sie, warum er ihr gesagt hatte, sie sollte niemals ohne eine dunkle Brille fliegen. Die Sonne fiel grell und blendend auf das rote Land unter ihnen und sickerte in große trockene Spalten, die sich zu den Eingeweiden der Erde hin öffneten. Sie folgten einem kaum sichtbaren schmalen Lehmpfad. Immer wieder sprenkelten vereinzelte Farmen mit Viehzucht die Landschaft, Dutzende von Meilen auseinander. Sie fragte sich, was Menschen dazu bringen mochte, so weit entfernt von jedem und allem anderen ihr Zuhause aufzubauen.
Das Flugzeug machte einen Ruck, und Cassie wurde es ziemlich schlecht.
»Dort, wo Eukalyptus und Coolibahs wachsen, fließt in der Regenzeit das Wasser«, schrie Sam ihr zu. »In diesen Spalten dort unten und neben diesem kleinen Gehölz dort, unter dem ebenen Sand, der wie ein trockenes Flußbett wirkt, tja, da, wo jetzt kein Wasser ist, kann es sich meilenweit ausbreiten, wenn die Gegend überschwemmt ist.«
Sie konnte sich nicht vorstellen, daß dieses Land jemals überschwemmt wurde.
»In ein paar Monaten«, fuhr Sam fort, »ehe die Regenzeit be-

ginnt, wird ein großer Teil dieses Landstrichs von der Trockenheit riesige Sprünge bekommen.«
Cassie sah gebannt aus dem Fenster auf die monotone Weite der endlosen Landschaft hinab.
Sam schrieb etwas in ein kleines Notizbuch, das er sich auf den rechten Oberschenkel geschnallt hatte. »Das Flugbuch des Piloten«, erklärte er. »Ich notiere mir auffällige Merkmale der Landschaft, damit ich weiß, wo ich bin, wenn wir das nächste Mal in diese Gegend fliegen. He, sieh dir das an! Eine ganze Herde von Känguruhs.« Als sie aus ihrem Fenster schaute, sah sie Hunderte von hüpfenden Känguruhs. Wie und wo hatten sie in diesem wüsten Landstrich bloß Futter gefunden?
Zwei Stunden später, als sie über einer Rinderfarm kreisten, war Cassie lockerer, obwohl sie sich immer noch an den Armlehnen ihres Sitzes festklammerte. Wilkins, der Name des Ranchers, war in riesigen Lettern auf das Wellblechdach des Gehöfts geschrieben.
»Ich versuche, flachen Lehmboden oder eine glatte Oberfläche für die Landung zu finden«, sagte Sam. Cassie sah einen Mann, der aus dem Haus gerannt kam und wüst mit den Armen wedelte.
Sam sagte: »Okay, los geht's. Halt dich gut fest.«
Sie holperten über Steine, und das Flugzeug wackelte, als es auf dem unebenen Gelände aufsetzte. Als Sam von seinem Sitz aufgestanden war und die Tür geöffnet hatte, erwartete der Mann sie bereits.
Sam streckte eine Hand aus, um ihr beim Aussteigen zu helfen. Sie spürte, daß ihre Knie weich waren.
»Ich hab' einen Landrover, und mit dem können wir zirka zehn Meilen weit fahren«, sagte der Mann, ohne abzuwarten, bis sie sich vorgestellt hatten, »aber von da aus müssen Sie Pferde nehmen. Da kommt beim besten Willen kein Wagen mehr durch.«
»Wie weit ist es insgesamt von hier?«
Der Mann ignorierte sie und sprach weiterhin mit Sam. »Las-

sen Sie Ihre Krankenschwester besser hier bei meiner Frau. In dieser Gegend kommt man nicht gut vorwärts. Das ist nichts für eine Frau.«

»Sie ist der Arzt«, sagte Sam. »Ich bin der Pilot.«

Der Mann drehte sich zu ihr um und sah sie an, und sein Unterkiefer fiel hinunter. Er kratzte sich hinter dem Ohr. »Na, dann machen wir uns doch auf den Weg«, murmelte er. »Der Farmer könnte inzwischen schon tot sein. Es ist mehr als vierundzwanzig Stunden her, seit das Pferd auf ihn gestürzt ist, falls man dem Boten glauben kann, der hergelaufen ist. Natürlich haben diese Eingeborenen kein Zeitgefühl, und deshalb kann ich nur sagen: Wer weiß? Der Bote erwartet Sie auf dem nächsten Gehöft, um Sie hinzuführen. Die Gegend dort draußen ist felsig und von Schluchten durchzogen.«

»Warum ist das Vieh dann überhaupt in eine solche Gegend getrieben worden?« fragte Sam. Er rammte Metallpflöcke in den Boden und band das Flugzeug fest.

»Auf der anderen Seite von diesen Schluchten wächst so ziemlich das beste Gras auf der ganzen Welt.«

Sie brauchten mehr als eine Dreiviertelstunde, um die zehn Meilen auf dem trockenen, rissigen, sandigen roten Boden zum nächsten Gehöft zurückzulegen, nichts weiter als eine Hütte. Und doch war das wahrscheinlich der Stützpunkt, von dem aus Rinder auf Tausende von Morgen Land getrieben wurden. Ein hagerer, schmutziger Viehtreiber kam aus der Hütte geschlendert und deutete auf den Schwarzen, der unter einem der Bäume lag. »Er wird Sie hinführen.« Er ging auf den schlafenden Aborigine zu, um ihn mit einem Tritt zu wecken, und dann sagte er etwas Unverständliches zu ihm. »Ich habe Pferde hier, die Sie benutzen können. Sie sind schon gesattelt und stehen bereit.«

Sam wandte sich an Cassie. »Sie können reiten?«

Sie nickte. Seit John Flynn ihr gesagt hatte, daß sie den Job haben konnte, hatte sie dreimal in der Woche Reitunterricht genommen, aber sie war nie außerhalb einer Reitbahn oder eines Stadtparks geritten. »Es ist nah von hier, nur zwanzig

Meilen, falls man dem da glauben kann.« Er deutete auf den Schwarzen, der dastand und wartete.
»Hat er kein Pferd?« fragte Cassie.
»Er ist Spurenleser. Das kann er zu Fuß besser.«
»Aber zwanzig Meilen?«
»Soweit ist er gestern nacht auch gelaufen«, antwortete der Mann, ohne sich die Mühe zu machen, sie auch nur anzusehen.
Die ersten drei oder vier Meilen des Ritts waren mühelos zu bewältigen, denn sie führten durch eine Akazienlandschaft. Zum Glück gab es keinen Spinifex, diese Dornensträucher, deren Stacheln die Rinderzüchter zur Verzweiflung trieben und ihre Tiere lahmen ließen. Danach kamen die Cañyons, zerklüftete Felsen, die sich schroff gegen den Nachmittagshimmel abhoben. Sam reichte ihr ein belegtes Brot. »Was ist mit unserem Führer?« fragte sie.
Er nickte, griff in die Satteltasche, holte ein Brot heraus, das in Wachspapier gewickelt war, und rief den Mann, der stetig vor ihnen herrannte. Der Spurensucher blieb stehen, drehte sich um, kam zu ihnen zurück, als er sah, daß ihm etwas zu essen angeboten wurde, und streckte die Hand aus. Er lächelte dankbar. Ein paar Minuten später blieb er wieder stehen, hob die Hände und bedeutete ihnen abzusteigen. Er verließ den Weg, kniete sich einige Meter neben dem Weg hin und trank aus einem rieselnden Rinnsal.
»Das hätten wir niemals gefunden«, sagte Sam und folgte dem Mann. Das Wasser war erfrischend. Cassie folgte Sams Beispiel und spritzte es sich ins Gesicht und ins Haar und rieb sich den Hals damit ein.
»Wie kommst du zurecht?« fragte er.
»Alles klar. Wie weit ist es noch?«
»Ich weiß es nicht. Auf dem Boden kann ich Entfernungen nie einschätzen. Ich schätze, es könnten noch zwei bis drei Stunden sein.«
Der Schwarze fiel wieder in seinen gleichmäßigen, rhythmischen Laufschritt. Sie stiegen auf ihre Pferde, und Sam faltete

die Hände zu einer Baumleiter, damit Cassie leichter aufsteigen konnte, ehe er auf sein Pferd sprang. Sie war froh darüber, daß Reverend Flynn ihr vorgeschlagen hatte, sich Herrenhosen zuzulegen, obwohl es die Leute schockierte, daß sie sie trug. Sie war zu R. M. Williams gegangen, der Hemden, Hosen und Stiefel für Schäfer und Viehzüchter herstellte. Cassie hatte sich für letztere entschieden, elastische Stiefel mit höheren Absätzen, nicht für die flacheren Stiefel, die die Schäfer trugen. Im Unterschied zu den Hosen der Schäfer, die ausnahmslos eierschalenfarben waren, hatte sich Cassie zwei Hosen in den Farben gekauft, die die Viehtreiber bevorzugten, und heute hatte sie ihre blaue Hose zurückgelassen und trug eine dunkelgraue Reithose. Keines von Williams' Hemden paßte ihr, da die Schultern viel zu breit für sie waren. Sie trug eine blaßgrüne Seidenbluse, die sich eng an ihren Körper anschmiegte und genau das betonte, was sie zu verbergen bemüht war – ihre Weiblichkeit. Ihr breitkrempiger Stetson war hellgrau, und ihre Augen waren hinter dunklen Brillengläsern verborgen.

Diese Welt hier war vollkommen anders als alles, was sie bisher gekannt hatte. Damals in Georgetown hätte sie im Traum nicht geglaubt, daß sie zweihundert Meilen weit fliegen und durch Cañyons aus rotem Fels reiten würde, um einen Patienten zu behandeln.

Als sie ihr Ziel erreicht hatten, vermutete Cassie, daß sie noch zwei Stunden lang Tageslicht haben würden – und daß sie am nächsten Tag vom Reiten wundgerieben sein würde.

Im Schatten eines kleinen Gehölzes aus hohen Eukalyptusbäumen lag der Mann, für dessen medizinische Versorgung sie so weit angereist waren. Er war von dreien seiner Gefährten umgeben, die ihren Pferden nicht weit von der Stelle, an der sie saßen, Fußfesseln angelegt hatten.

Sam sprang von seinem Pferd und streckte dann die Arme aus, um Cassie beim Absteigen zu helfen. Die Lider des kraftlos daliegenden Mannes öffneten sich flatternd, und Cassie konnte ihm ansehen, wie stark seine Schmerzen waren. Sie

kniete sich neben ihren Patienten und sagte mit sanfter Stimme: »Sagen Sie mir, wo Sie Schmerzen haben.«
Der Mann feuchtete sich mit der Zunge die gesprungenen Lippen an, und sein Kopf bewegte sich kaum, während er etwas murmelte, was sie nicht verstehen konnte.
»Ist es der Bauch?« fragte sie.
Er nickte matt.
»Ich fürchte, ich werde Ihnen noch mehr Schmerzen bereiten müssen. Ich muß Sie abtasten, um zu sehen, ob etwas gebrochen ist.« Sie schnallte seinen Gürtel auf. »Tut das weh?« Sie drückte auf seinen Bauch.
»Jesus Christus!« schrie er und biß die Zähne zusammen, als ihre Hände ihn geschickt abtasteten.
Sie wandte sich an Sam und nahm deutlich wahr, daß sämtliche Männer sie anstarrten. »Zieh ihm die Hose aus. Dann müssen wir ihm die Unterhose runterziehen.«
Sam kniete sich hin, hob mit der linken Hand den Hintern des Mannes vom Boden hoch und zog ihm die Hose mühelos über die Hüften.
»Ich glaube, sein Schambein ist gebrochen. Versuch, ihn so behutsam wie möglich hochzuheben, während ich ihm die Hose ganz herunterziehe.« Cassie wandte sich wieder an den Patienten. »Konnten Sie Wasser lassen?«
»Da soll mich doch ...« hörte sie einen seiner Kumpel sagen.
»Es tut teuflisch weh«, flüsterte der Patient mit gebrochener Stimme.
»Siehst du?« sagte sie zu Sam. »Es ist Blut auf seiner Unterhose.« Sie wandte sich wieder an den Patienten und fragte: »Kommen die Schmerzen schubweise? Schwellen sie an und vergehen dann scheinbar, ohne je gänzlich zu verschwinden?«
Die einzige Reaktion des Mannes darauf bestand in einem Stöhnen. Er konnte sich kaum bewegen, und als ihre Finger ihn wieder berührten, schrie er laut auf.
Sie zog das Stethoskop aus der Tasche und schnürte die Manschette um seinen Oberarm, um ihm den Blutdruck zu mes-

sen. »Der Pulsschlag ist mit hundertfünfzig zu schnell.« *Mein Puls schlägt bestimmt auch zu schnell. Werde ich ihn etwa hier draußen operieren müssen?* »Der Blutdruck ist allerdings normal, hundertvierzig zu achtzig. Können Sie mir genau sagen, wo Sie die größten Schmerzen haben?« Ich fürchte, ich weiß, was es ist, dachte sie. Was werde ich bloß hier draußen in der Wildnis mit ihm anfangen?

Der Patient biß die Zähne noch fester zusammen, hob den linken Arm und deutete auf seinen Unterleib, der geschwollen und überempfindlich war. Cassie berührte ihn nicht noch einmal. »Die Genitalien machen einen ganz normalen Eindruck«, sagte sie. Sam war sich nicht sicher, ob sie mit ihm redete oder mit sich selbst. Die anderen Männer starrten sie an.

»Der Hodensack weist keine Schwellung auf. Ich habe den Verdacht, er könnte einen Bruch im Becken haben, weil sein Unterleib so aufgebläht ist.« Sie deutete auf den betroffenen Bereich und fügte hinzu: »Und da Blut im Urin ist, hat die Blase wahrscheinlich einen Riß.« Was zum Teufel konnte sie hier draußen gegen einen Blasenriß unternehmen? Nun, irgend etwas mußte geschehen, oder es konnte zu einer Entzündung und möglicherweise zu einer tödlichen Blutvergiftung kommen.

Sie hatte nie außerhalb eines sterilen Operationssaals vor einem solchen Problem gestanden. »Als erstes werde ich versuchen«, sagte sie zu Sam, »diesen Katheter einzuführen ...«

»O Gott«, sagte einer der Männer.

»... damit die Ausdehnung der Blase zurückgehen kann.« Sie führte das Röhrchen durch den schlaffen Penis des Mannes ein, doch nur eine kleine Menge Urin und Blut flossen heraus. Sie warf einen Blick auf Sam, der immer noch auf der anderen Seite des Patienten kniete und sie beobachtete. »Der Beckenbruch braucht keine größere Behandlung, da er von selbst heilen wird, aber ein Blasenriß ist ein chirurgischer Notfall.« Sie lehnte sich zurück und hockte sich auf ihre Fersen.

»Du wirst ihn operieren – hier draußen?«

»Es bleibt uns nichts anderes übrig, und in ein paar Stunden ist es dunkel.«
Der einzige Laut, der zu vernehmen war, war das Surren der Fliegen. Cassie erkannte den Knoten der Angst, der sich in ihrem Bauch zusammenschnürte.
Sie stand auf und drehte sich zu den drei Männern um. »Meine Herren, ich wüßte es zu schätzen, wenn Sie ein Feuer machen würden. Ich brauche abgekochtes Wasser.« Sie wandte sich an Sam. »Du wirst mir helfen müssen.«
Er schreckte zurück. »Ich bin Pilot und keine Krankenschwester.«
»Wenn das so ist, habe ich Neuigkeiten für dich«, sagte sie und zog ein Päckchen aus ihrer Arzttasche. »Du bist Pilot *und* Anästhesist. Siehst du das hier?« Sie hielt die Gazemaske hoch.
»Das kann ich nicht machen.« Sams Stimme klang rauh.
»Natürlich kannst du das«, sagte sie. »Ich werde ihm zehn Milligramm Morphium intramuskulär injizieren. Das trägt dazu bei, ihn ruhigzustellen. Dann, wenn er anfängt einzunicken, hältst du die Maske in einer Hand und in der anderen dieses Fläschchen Äther, und alle drei bis fünf Minuten gibst du einen Tropfen Äther auf die Gaze. Paß gut auf, daß es nicht mehr als ein Tropfen ist, denn sonst könntest du ihn töten.«
»Woher weiß ich, wieviel zuviel ist?«
Cassie holte ein Fläschchen und eine Spritze zur subkutanen Injektion heraus. Sie steckte die Nadel in das Fläschchen und zog zehn Milligramm damit auf. Sie schüttelte die Nadel, und ein Tropfen der farblosen Flüssigkeit spritzte in die Luft, ehe sie sich wieder neben ihren Patienten kniete. Mit der linken Hand zog sie einen Wattetupfer aus dem Päckchen, schraubte die Alkoholflasche auf und feuchtete den Baumwolltupfer an. Dann rieb sie mit dem Tupfer über den Oberarm des Patienten und stach die Nadel in sein Fleisch. Einer der Männer, die unter den Bäumen standen, stöhnte laut, und gleichzeitig hörte sie, wie Sam nach Luft schnappte.
Als der Patient sich entspannte und in einen leichten Schlaf fiel, sah Cassie sich nach einer Stelle um, an der sie ihre ste-

rilen Instrumente ausbreiten konnte. Sie sagte: »Es muß sein, oder innerhalb des Zeitraums, den wir bräuchten, um ihn zum Flugzeug zu transportieren, stirbt er uns.«
»Was ist das?« fragte einer der Männer.
»Das sind sterilisierte chirurgische Instrumente«, antwortete sie und zog sich Gummihandschuhe über. Das Päckchen enthielt außerdem Novokain, Operationsbesteck, Gaze, Nahtmaterial und eine Nadel. Sie umgab die Gegenstände mit sterilen Tüchern.
»Und jetzt«, sagte sie zu Sam, »wirst du alle drei bis fünf Minuten einen Tropfen Äther auf dieses Tuch laufen lassen.«
»Woher soll ich wissen, nach wie vielen Minuten ich es tun soll?«
»Wenn er unruhig ist, tust du es in dreiminütigen Abständen. Falls er nichts mitzukriegen scheint, tust du es alle fünf Minuten. Aber paß auf, daß es wirklich nur ein Tropfen ist.« Mit einem alkoholgetränkten Wattebausch reinigte sie einen Bereich des Unterleibs und rieb ihn anschließend mit Jodtinktur ein. Sie holte tief Atem, nahm ein scharfes chirurgisches Messer in die Hand, machte direkt über dem Schambein einen vertikalen Schnitt von fünf Zentimetern Länge und spreizte die Ränder mit dem Daumen und dem Zeigefinger der linken Hand. Das Adrenalin begann zu fließen, wie immer, wenn sie mit einer Operation begann.
»Ich muß durch mehrere Schichten gehen.« Cassie setzte als selbstverständlich voraus, daß Sam sich dafür interessierte, was sie tat, und sie wußte, daß ein Teil der nervlichen Anspannung von ihr abfallen würde, wenn sie laut redete. »Diese zweite schlüpfrige Fettschicht, in der Blut aus den Gefäßen sickert, und dann diese dicke Knorpelschicht.«
Das scharfe reißende Geräusch, das sie erwartete, war zu vernehmen. Alles schien blutüberströmt zu sein.
Sam zuckte zusammen.
»Genauso soll es sein«, versicherte ihm Cassie. »Dann durchschneide ich diese dicke Muskelschicht hier und durchtrenne die Rektalmuskeln.«

Einer der Männer hinter ihr gab einen erstickten Laut von sich, rannte fort und übergab sich in den Sand.

»Das dient als Dränage, damit der Urin aus der Blase fließen kann und alles an Blut und Urin, was sich außerhalb der Blase in der Bauchhöhle gesammelt hat, ablaufen kann. Ich muß auch die Blase leeren. Sowie der Schnitt durch die Muskelschicht geht, da, ah …« Eine Fontäne von Urin und Blut ergoß sich. Es roch gräßlich.

»Ich kann einen kleinen Teil der Blase sehen, kann aber den Riß nicht deutlich erkennen.« Cassie stieß einen Gummikatheter in die Blase und erklärte: »Das dient dazu, die Absonderung von Flüssigkeiten zu erleichtern.« Ihre Hände bewegten sich geschickt, als sie um die Blase herum zwei Gummidränagen einführte, die helfen sollten, das abzusaugen, was an Blut und Urin bereits in die Bauchhöhle vorgedrungen war. Mit einer Hand brachte sie eine Klammer an, damit das Röhrchen des Gummikatheters nicht verrutschen konnte, und dann griff sie in die Blase und schloß die Muskelschicht mit einer Klammer und mit zwei weiteren Klammern den Schnitt in der Haut. Sämtliche Schläuche schauten aus dem unteren Teil des fünf Zentimeter langen Schnitts heraus.

Alles war reibungslos abgelaufen.

»Jetzt brauche ich ihn nur noch zuzunähen.« Der Knoten in ihrem Magen lockerte sich.

Sams Blick löste sich nicht eine Sekunde lang von ihren Fingern.

»Okay, er braucht jetzt keinen Äther mehr.«

Als sie wahrnahm, daß ihr ganzer Körper sich entspannte, stieß sie einen tiefen Seufzer der Erleichterung aus. Die Verkrampfung ihrer Schultern begann sich zu lösen.

Sie lächelte Sam an. »Du hast deine Sache sehr gut gemacht. Danke.«

Er warf die Gazemaske auf die sterilen Tücher und stellte die Ätherflasche in den Sand. Eine Minute lang starrte er sie an, und dann stand er auf und ging, begab sich zu den Pferden, die mit ihren Fußfesseln ein gutes Stück entfernt von ihnen standen.

Als sie sich zu den Kumpeln des Patienten umdrehte, sah sie, daß nur noch einer von ihnen da war. Sie fragte: »Können Sie eine Tragbahre basteln, damit wir ihn zum Flugzeug tragen und ins Krankenhaus bringen können?«

Sie wünschte, sie hätte etwas Erfrischendes oder eine Tasse von Sams Kaffee haben können.

Sie stand auf, um sich zu strecken, und dann schlang sie die Arme um ihren Oberkörper und sah zu, wie sich blutrote Streifen über den dunkler werdenden Himmel zogen.

5

Nachdem sie mit den Männern eine Mahlzeit aus Bohnen und ungesäuertem Brot, das in glühender Asche gebacken worden war, zu sich genommen hatte, wurde die Stille des menschenleeren Landes durch die heiseren Schreie von Tausenden von Kakadus mit rosiger Brust durchbrochen, die den Himmel verfinsterten.

»Sie sind auf dem Weg zu einem Wasserloch irgendwo hier in der Nähe«, sagte Sam. Mehr Vögel, als Cassie in ihrem ganzen Leben gesehen hatte, versammelten sich. Sie ließen sich auf Bäumen nieder, wodurch der Eukalyptus gespenstisch wirkte. Finken und Wellensittiche beschlagnahmten die höheren Äste und fielen in die Rufe der Galahs ein.

In der Ferne waren Rindertränken; Vögel schossen vom Himmel hinab, ließen sich auf den Rücken der Rinder nieder und tranken gemeinsam mit ihnen. Woher waren all diese Rinder plötzlich gekommen?

Es war vollkommen unmöglich, sich über die Schreie dieser Tausende von Vögeln hinweg zu verständigen, bis die Abenddämmerung anbrach und der blasse Lavendelton des Himmels von Violett abgelöst wurde und dann die Farbe von getrocknetem Blut annahm, ehe er sich zu einem üppigen königlichen Purpur verfärbte.

Cassie saß neben ihrem Patienten, während Sam und die drei Viehtreiber dastanden, miteinander redeten und rauchten. Plötzlich trat Stille ein, so tief wie der Tod. Sie sah, daß Sam seine Zigarette austrat und auf sie zukam. Spannung hing in der Luft, und doch war absolut kein Laut zu vernehmen.

Als die Dunkelheit einsetzte, waren nur noch die glimmenden Enden von drei Zigaretten zu sehen.

Als Sam sie erreicht hatte, setzte es ein – das Muhen von anscheinend Tausenden von Rindern. »Komm mit.« Sams Hand legte sich auf ihre Schulter. Er nahm sie an der Hand und zog sie auf die Füße. »Willst du etwas sehen, was du dein Leben lang nicht vergessen wirst?« Er hielt sie weiterhin an der Hand, damit sie in der Dunkelheit nicht stolperte, als er sie unter den Bäumen heraus und durch die liebliche laue Nachtluft führte. Als ihre Augen sich an die Dunkelheit gewöhnt hatten, sah sie Gestalten, die sich durch die Nacht bewegten, Männer auf Pferden, die die Rinder dicht zusammentrieben und sie anspornten, sich hinzulegen.

»Das sind auch Züchter«, sagte Sam mit gesenkter Stimme und ließ ihre Hand los.

Hüte mit einem Fassungsvermögen von zehn Gallonen setzten sich als Silhouetten gegen den funkelnden tropischen Sternenhimmel ab. Sie konnte sehen, wie die Rinder die Köpfe zurückwarfen und innerhalb des Kreises ziellos umherirrten, um den herum ein Dutzend Viehzüchter ritten. Sam blieb stehen, und sie beobachteten die Umrisse in der Nacht.

Die Züchter begannen zu singen, anfangs ganz leise.

»Sie singen den Rindern etwas vor, um sie zu beruhigen«, erklärte Sam. »Damit machen sie ihnen klar, daß Menschen in ihrer Nähe sind, und somit wissen die Rinder, daß sie in Sicherheit sind. Verstehst du, wenn auch nur eines der Tiere in Panik gerät, könnte die ganze Herde innerhalb von Minuten durchgehen, und kein Mensch könnte sie aufhalten. Aber wenn sie den Rindern vorsingen und damit für Ruhe sorgen, dann fürchten sich die Tiere nicht.«

Die Stimmen der Viehzüchter waren hoch und ähnelten keinem Gesang, den Cassie je gehört hatte. Das zufriedene Muhen bildete die Hintergrundmusik. Dann wurde derselbe Rhythmus wiederholt, diesmal einen Ton tiefer, und darauf folgte ein seltsames Geräusch, fast wie ein tiefes Beben, das durch die meilenweite Leere getragen wurde.

Cassies Rückgrat prickelte. Nichts, was sie je erlebt hatte, hatte sie darauf vorbereitet.

Als der Mond aufging, ritten die Sänger vorbei und umkreisten schützend die Herde. Wilde, primitive Rhythmen erfüllten die Nacht.
Cassie und Sam mußten wohl eine Stunde lang zugesehen haben, als er sagte: »Wir legen uns jetzt besser schlafen, weil wir sonst morgen nicht zu gebrauchen sind.«
Cassie wollte neben ihrem Patienten schlafen. Sam lag in der Nähe auf dem Rücken, hatte die Arme unter dem Kopf verschränkt und die Baseballmütze ins Gesicht gezogen und schlief augenblicklich ein. Cassie lag da, starrte die Sterne an und überlegte sich, daß das ein echtes Abenteuer gewesen war. Sie hatte sich in jeder einzelnen Minute lebendig gefühlt. In jeder einzelnen Sekunde. Und sie hatte geglaubt, sie könnte vielleicht nie wieder in der Lage sein, etwas zu fühlen. Zum ersten Mal ging ihr auf, daß dieses Jahr durchaus Spaß machen könnte. Vielleicht war es das Beste gewesen, was ihr hätte zustoßen können, daß sie Melbourne verlassen hatte. Onkel Norm hatte gewußt, was er tat, als er sie hierhergeschickt hatte. Vielleicht konnte sie Ray vergessen. Vielleicht heilte die Zeit tatsächlich alle Wunden.
Die ganze Nacht über wachte sie in Abständen auf, weil sie sich so wenig wie möglich vom Anblick dieses Sternenhimmels entgehen lassen wollte. Gegen Morgen schlief sie tief und fest.
Als sie erwachte, waren sie fort. Tausend Rinder, die Männer mit ihren Hüten, ihre Pferde, die Vögel – alle verschwunden. Nur die flache grasbewachsene Ebene, die jetzt schon unter der Sonne glühte, war geblieben. Leer. Und stumm.
Cassie hörte den Patienten, dessen Stimme kräftiger als am Vortag war, sagen: »Sie hat mir das Leben gerettet, stimmt's?«
Cassie drehte sich zu ihm um, weil sie ihn anschauen wollte, und sah, daß Sam über ihnen stand. Hinter der Sonnenbrille konnte sie seine Augen nicht sehen, als er antwortete. »Ich glaube, genau das hat sie getan. Ihnen das Leben gerettet.«
»Du hast mir dabei geholfen«, sagte sie und zog sich hoch. Ihr Körper war steif, weil sie auf dem harten Boden geschlafen hatte.

Seine Lippen verzogen sich zu einem Lächeln. »Ja, von mir aus. *Wir* haben Ihnen das Leben gerettet.«
Sam war ein seltsamer Kerl. Sie hatte selbst sehen können, wie seine Gereiztheit von mürrischem Respekt abgelöst worden war, während er ihr bei der Operation assistiert hatte. Er hatte nicht versucht, seinen Verdruß darüber zu verhehlen, daß er mit einer Ärztin zusammenarbeiten sollte, sondern seinen Mißmut über diese Vorstellung deutlich zum Ausdruck gebracht, als sie ihm vor drei Tagen im Bahnhof von Augusta Springs zum ersten Mal begegnet war.
Reverend John Flynn hatte zu ihr gesagt: »Im Grunde genommen gibt es im Busch nur zwei Sorten Menschen: diejenigen, die auf ein Abenteuer aus sind, und diejenigen, die vor etwas fortlaufen.« Sie fragte sich, zu welcher Sorte Sam gehörte. Und zu welcher Sorte Mensch sie geworden war.

Als sie nach Augusta Springs zurückkehrten, wartete der Krankenwagen bereits auf sie, und Dr. Adams stand daneben. Er trug eine lange weiße Jacke über seinem Hemd, eine ordentlich gebügelte Hose und normale Schuhe – nicht die Stiefel mit den hohen Absätzen, wie Cassie und die Viehtreiber sie trugen. Adams' schwarzes Haar war frisch geschnitten und gekämmt, und die randlose Brille verlieh ihm eine professionelle Ausstrahlung. Er stand aufrecht da und wirkte kompetent, wenn auch nicht gerade freundlich.
Er streckte die Hand aus, um die Tür des Krankenwagens zu öffnen, als das Flugzeug zum Hangar rollte. Sam drosselte den Motor und wartete eine Minute, ehe er aus dem Cockpit kroch. Er öffnete die Kabinentür und ließ die Treppe hinunter. Adams tauchte in der Tür auf.
»Sie haben einen Notfall hier?« fragte er, und seine Stimme war kühl und schneidig.
»Nein«, erwiderte Cassie, als sie aufstand und zur Tür ging. »Ich mußte gestern abend eine Notoperation vornehmen, aber er braucht stationäre Behandlung.«
»Was war es?«

»Ein Blasenriß«, antwortete sie. »Ich brauche Hilfe dabei, diese Tragbahre hier rauszuschaffen.«

Sowohl Sam als auch Dr. Adams sahen sie an. »Selbstverständlich«, sagte Sam und schob sie sachte aus dem Weg, um ein Ende der Tragbahre zu packen. »Sind Sie bereit, Doc?« fragte er Adams.

Adams nahm das andere Ende, und sie beförderten den Patienten in den Krankenwagen.

Mit ihrer Arzttasche in der Hand wollte Cassie ebenfalls hinten in den Krankenwagen einsteigen.

Dr. Adams legte eine Hand auf ihren Arm, um sie zurückzuhalten. »Wohin wollen Sie?«

»Ich will bei meinem Patienten sein«, antwortete Cassie und blickte zu ihm auf.

»Er ist nicht mehr Ihr Patient«, sagte Adams. »Oder haben Sie das schon vergessen?«

»Aber ich habe ihn gestern abend operiert.«

»Ich habe sehr fähige Krankenschwestern. Und es mag Sie zwar vielleicht erstaunen, aber ich habe selbst schon ein oder zwei Blasenrisse operiert und kann die weitere Behandlung durchaus übernehmen. Sowie ein Patient nach Augusta Springs gebracht wird, fällt er nicht mehr unter die Zuständigkeit der Fliegenden Ärzte. Sie kennen die Spielregeln. Oder zumindest haben Sie behauptet, sie zu kennen.« Er knallte die Tür zu und ging um den Krankenwagen herum. Dann öffnete er die Tür, stieg ein und sagte zu dem Fahrer: »Okay, Ed, fahren Sie los.«

Cassie stand da und starrte ihnen nach, als der Wagen abfuhr. Sam hörte ihren Seufzer.

»Tja, du hast doch gewußt, daß sie nur deine Patienten sind, wenn sie mehr als fünfzig Meilen entfernt sind.«

Cassie nickte. »Adams hätte trotzdem kein solches Arschloch zu sein brauchen.«

Sam musterte sie. Sie kleidete sich nicht nur wie ein Mann, sondern sie redete auch wie ein Mann. »Ich gebe dir ein Bier aus.«

Als sie zu seinem Kombi liefen, grinste er. »Tja, das war doch ein ganz nettes Abenteuer, stimmt's? Nicht gerade die übliche Art, einen neuen Posten anzutreten.«
Cassie stieg in die Fahrerkabine ein, nahm ihren Hut ab und stellte ihre Arzttasche auf den Sitz zwischen Sam und sich. »Ein grandioser Anfang, das muß ich zugeben.« Trotzdem nagte der Ärger über Adams an ihr.
Als sie zu »Addie's« fuhren, sagte sie: »Ich habe vorher gewußt, daß ich keine Patienten im Umkreis von fünfzig Meilen behandeln darf, aber ich schätze, irgendwie habe ich wohl geglaubt ...«
Sam streckte eine Hand aus und legte sie auf ihren Arm. »Du wirst dich daran gewöhnen«, sagte er. »Wahrscheinlich ist Adams nervös. Wir stellen eine Bedrohung für ihn dar. Wir behandeln Patienten umsonst. Wir fliegen überallhin, wo sie in Schwierigkeiten stecken, um sie zu retten. Um uns werden sich Legenden spinnen, Doc –, das spüre ich in den Knochen, und er weiß nicht, wie er dann dasteht.«
Cassie sah ihn an. Vielleicht würde er doch kein Widersacher sein. »Du hast mich gestern abend zum Essen eingeladen. Laß dir heute von mir ein Bier ausgeben.«
Er lachte. »Tja, ich schätze, auch ich muß mich an einiges erst gewöhnen. Ich habe mir noch nie von einer Dame einen Drink ausgeben lassen.«
»Wir müssen uns beide an einiges gewöhnen.« Zu ihrem großen Erstaunen gefiel ihr diese Vorstellung.

6

Am nächsten Morgen fuhr Sam zum Frühstück zu »Addie's«. Vor sich sah er einen zerbeulten alten Kombi zum Bahnhof rasen. Er erkannte weder den Wagen noch den jungen Fahrer wieder. Der junge Mann hielt mit kreischenden Bremsen an, sprang aus dem Lastwagen und rannte auf den Zug zu, der bereits einen warnenden Pfiff ausstieß. Der Junge sprang mit rasender Geschwindigkeit die Stufen eines der stählernen Waggons hinauf, und ehe Sam auch nur vorbeigefahren war, wurden zwei Koffer aus der Zugtür geworfen, der junge Fahrer sprang die Stufen des Waggons hinunter und hielt einen anderen jungen Mann am Kragen gepackt.

Sam grinste. Hatten sie sich wegen eines Mädchens zerstritten? Zwei Brüder, die Krach miteinander gehabt hatten? Als er vorbeifuhr, sah er, wie die beiden jungen Männer sich bückten, um die Koffer aufzuheben, und einer von ihnen klopfte sich den Staub aus den Kleidern. Im Rückspiegel sah er, wie die beiden über den Bahnsteig auf den Wagen zuliefen, während der Zug davonfuhr.

Als er eine Dreiviertelstunde später bei »Addie's« an der Theke sein Frühstück beendete und die dritte Tasse Kaffee trank, hatte er den Zwischenfall fast vergessen. Plötzlich spürte er eine Hand auf seiner Schulter. »Sie gehören zu den Fliegenden Ärzten?« Als er sich umdrehte, sah er den staubigen jungen Mann, der den Lastwagen zum Bahnhof gefahren hatte.

»Ich bin Conway Sellars«, sagte der junge Mann. »Wir brauchen einen Arzt in Kimundra, auf dem Gehöft meines Vaters.«

Sam sah den Jungen an. »Was ist passiert?«

»Meine Schwester bekommt ein Baby. Wir brauchen den Arzt ganz dringend.«

Ah. Dann mußte der junge Kerl, den er aus dem Zug gezerrt hatte, wohl vor der Vaterschaft davongelaufen sein.
»Mein Dad hat gesagt, ich soll einen Arzt holen und auf dem Rückweg nach Kimundra Padre McLeod mitbringen – er ist drüben auf Dexenheimers Gehöft.«
Sam zog die Landkarte aus seiner Gesäßtasche.
»Mein Dad hat gesagt, ich soll Ihnen sagen, daß er gleich neben dem Haus einen Streifen flaches Land hat, der sich gut für die Landung eines Flugzeugs eignet. Und den da müssen wir auch mitnehmen.« Er wies mit einer Kopfbewegung auf den jungen Mann, den er aus dem Zug gezerrt hatte.
Okay. Er, Cassie, der Geistliche und diese beiden jungen Männer. Klar, das würde das Flugzeug schaffen, solange sie kein Gepäck hatten und das Sauerstoffgerät nicht brauchten.
»Wann ist das Baby fällig?« fragte Sam und stieg von dem hohen Barhocker.
»Jede Minute.«
»Okay, dann holen wir den Arzt.« Sam warf einen Schein auf den Tresen und winkte der Kellnerin zu, die hinter der Bar stand.
Als er zu Cassie fuhr und die beiden jungen Männer ihm in ihrem Fahrzeug folgten, lachte Sam in sich hinein. Wie würde es erst werden, wenn sie ihren Dienst offiziell antraten, wenn es jetzt schon so zuging?
Cassie hatte ihren Morgenmantel noch an, zerzaustes Haar und Schlaf in den grauen Augen, als sie die Verandatür mit dem Fliegengitter öffnete. »O Sam«, murmelte sie und zog den Morgenmantel enger um sich. »Wie spät ist es? Ich glaube, ich habe den Schlaf der …«
»Komm schon«, sagte er. »Ein Baby kann jeden Moment auf die Welt kommen, du wirst gebraucht, und es sind zwei Flugstunden von hier aus.«
Fünfzehn Minuten später war sie fertig, und in der Zeit hatte er sich die Freiheit herausgenommen, in Fionas Küche einen Kaffee zu brühen. Er goß ihn – schwarz, stark und dampfend heiß – in die Thermosflasche, die er immer in sei-

nem Wagen hatte, und als sie mit ihrer Arzttasche und der Sonnenbrille aus dem Haus gerannt kam, saß er hinter dem Steuer.

»Kein Hut?« Er zog die Augenbrauen hoch.

Sie warf ihre Tasche auf den Sitz, rannte ins Haus zurück und kam kurz darauf wieder.

»Wer sind diese jungen Männer in dem Wagen hinter uns?«

»Einer von ihnen ist den weiten Weg von einem Gehöft unten im Süden mit dem Wagen gefahren. Er ist in die Stadt gebraust und hat den anderen in dem Moment aus dem Zug gezerrt, als er gerade losfahren wollte. Dann hat er mich in der Kneipe gefunden, und der Fahrer hat gesagt, seine Schwester bekäme ein Baby. Ich habe den Verdacht, der andere wollte vor einer Mußheirat fortlaufen. Oder auch nur davor, daß ein Angehöriger ihm eine Kugel in den Kopf jagt. Der Vater des Mädchens will, daß wir unterwegs haltmachen und Padre McLeod mitbringen.«

»Reverend hat Padre McLeod erwähnt. Er traut Paare ...«

» ... und tauft manchmal am selben Tag ihre Babys.«

Sie warf einen Blick auf ihn.

»Tja, an die meisten Orte kommt er nur alle eineinhalb oder zwei Jahre. Es ist ein weites Land.« Er legte die Betonung auf *weit.* »Manchmal ist er der einzige Mensch, den Leute auf Gehöften im ganzen Jahr zu sehen bekommen. Er nimmt Bestattungen vor, ab und zu sogar die von Leuten, die schon seit einem Jahr, wenn nicht sogar länger, tot sind. Man erzählt sich über ihn, daß er auf der Veranda eines Gehöfts einen Gottesdienst hält und hinterher die Hemdsärmel hochkrempelt und einen Lastwagen repariert oder hilft, eine kaputte Windmühle instand zu setzen. Ich wüßte keinen Ort, an dem er nicht willkommen wäre. Er benimmt sich nicht, als erhöbe er Gott weit über die Menschen. Nach allem, was ich gehört habe, ist er ein feiner Kerl, einer von der ganz seltenen Sorte. Ich vermute, der Vater des Mädchens will, daß sein Enkelkind getauft und seine Tochter getraut wird.«

Sam fuhr am Stützpunkt vorbei, ehe er sich auf den Weg zum

Flughafen machte. Er sprang aus dem Wagen. »Du bleibst hier. Ich gebe Horrie nur Bescheid, wohin wir fliegen.«
Er kam sofort wieder zurück. »Horrie hat nur gelacht. Er hat gesagt, wir sind schon im Geschäft, ob wir es wollten oder nicht.«
Die jungen Männer betrachteten das Flugzeug voller Bewunderung, liefen um es herum und starrten ehrfürchtig zu ihm auf.
Cassie ging auf sie zu, während Sam sich mit Pete besprach. »Erzählen Sie mir mehr über diese Frau, die ein Baby bekommt.«
»Meine Schwester«, sagte Con, dessen blaßblaue Augen immer noch auf das Flugzeug gerichtet waren. Er wies mit einer Kopfbewegung auf den anderen jungen Mann, der sich offensichtlich mehr für das Flugzeug als für seine jeden Moment bevorstehende Vaterschaft interessierte. »Und der da wird mein Schwager.«
»Hatten die Wehen schon eingesetzt?«
»Nein«, erwiderte er und schüttelte den Kopf. »Nicht, als ich vorgestern abend losgefahren bin.«
Sam und Pete begannen, das Flugzeug aus dem Hangar zu rollen. Sam sagte: »Kommt schon, steigt ein«, während er die Treppe herunterließ. »Ich brauche Hilfe. Wir müssen zwei weitere Sitze am Boden festschrauben. Dieses Flugzeug ist für vier Passagiere gebaut, und dafür werden wir es jetzt auch nutzen. Kommt schon, ihr beiden, und geht mir zur Hand.«
Es war ein Morgen, der eines Malerpinsels würdig gewesen wäre. Der Himmel war kobaltblau, und als das Flugzeug sich über den Boden erhob, konnte Sam sehen, daß die rote Erde mit dunkelgrünen Bäumen gesprenkelt war, die weit auseinanderstanden. Er seufzte. Es war schön, am Leben zu sein. Er drehte sich zu Cassie um, um ihr zuzurufen: »Die Landschaft wird sich von der von gestern unterscheiden. Wir fliegen nach Süden, in die Schafzüchterregion. Dort wird es nicht annähernd so viele Bäume geben. Schafe können mit weniger Vegetation leben als Rinder«, erklärte er und setzte es als ge-

geben voraus, daß eine Großstadtpflanze von so etwas keine Ahnung hatte.
Er sah, daß sie sich in einem kleinen Notizbuch Aufzeichnungen machte, während sie zum Fenster hinausschaute. Er lächelte. Auch sie versuchte, auf Orientierungspunkte zu achten. Tja, dann mal viel Spaß, Doc.
Er verrenkte sich den Hals, um einen Blick auf die beiden anderen Passagiere zu werfen. Con und sein zukünftiger Schwager schauten zum Fenster hinaus. Sam hatte Mitgefühl mit dem jungen Mann. Meine Güte, dachte er, das hätte mir genausogut passieren können. Es erschien ihm nicht wirklich gerecht. Ein Mädchen heiraten zu müssen, mit dem er vielleicht lediglich einen Abend lang Spaß gehabt hatte. Den Rest des Lebens mit jemandem gemeinsam verbringen zu müssen, den man kaum kannte, und das nur, weil in jener Nacht dein Sperma zufällig mit ihrem Ei zusammengetroffen ist. Der Junge hätte eben besser aufpassen müssen. Wahrscheinlich konnte man tausend Meilen ab vom Schuß nirgends Kondome kaufen. Und die menschliche Natur läßt sich nicht so leicht unterdrücken. Ich schätze, ich habe wohl nur Glück gehabt, daß mich niemand drangekriegt hat, dachte er. Trotzdem macht man sich so seine Gedanken. Sei stets bereit. Sei ein guter Pfadfinder.
Ah, behalte diesen dünnen Strich im Auge, der ständig zu verschwinden scheint. Das sollte die Straße zu Dexenheimers Gehöft sein. An etlichen Mulgas vorbei, die an einem ausgetrockneten Flußbett wachsen, das eine Haarnadelkurve macht, und dann noch etwa drei Meilen weiter …

Die Gegend war so flach, daß er überall hätte landen können. Ein Trampelpfad im Gras, und als er im Leerlauf ausrollte, kamen eine Frau und ein Mann aus dem nahen Haus mit einem Zaun gelaufen, der dazu gedacht war zu verhindern, daß der Sand ins Haus geweht wurde. Die Frau wischte sich die Hände an einer mehlverschmierten Schürze ab, die sie über einem ausgeblichenen Hauskleid trug. Der Mann war breitschultrig und mittelgroß und trug ein weißes Hemd mit hochgerollten Ärmeln und Stadtschuhe, nicht etwa Stiefel, wie sie alle anderen hier draußen trugen. Sam vermutete, daß er der Padre war. Er war es. Natürlich konnte er mit ihnen nach Kimundra runterfliegen, solange sie ihn zurückfliegen würden, damit er seinen Wagen holen konnte. Er bat sie zu warten, bis er seinen Hut und ein paar weitere Dinge geholt hatte, darunter auch seine Robe, für den Fall, daß er eine Trauung und eine Taufe vornehmen würde.

Seine braunen Augen leuchteten, als er in das Flugzeug stieg. »Ich hätte nie damit gerechnet, daß allein meinetwegen ein Vogel vom Himmel herunterkommt.« Er setzte sich neben Cassie. »Eine Ärztin? Im Ernst?« Aber aus seinem Mund klang das nicht wie eine Beleidigung.

Sam konnte das Gespräch, das die beiden miteinander führten, nur teilweise aufschnappen, als er wieder startete und in den Wind flog.

»Nennen Sie mich Don«, sagte der Padre. »Alle nennen mich so. Hier draußen geht es nicht förmlich zu. Das ist einer der Gründe, aus denen es mir hier gefällt. Hier wird nicht lange gefackelt.«

Ja, dachte Sam, soviel steht fest. Er sah sich die Gegend genauer an. Der einzige Weg, den er sah, waren Furchen, die von den eisernen Rädern von Ochsenkarren in den Sand gegraben worden sein mußten. Meilenweit wellige Sanddünen, die der Wind weitertrieb. Ab und zu ein Gehöft, von Unmengen von Schafen umgeben, die eine Million zu überschreiten schienen.

Er schaute in die Atmosphäre vor sich; es schien, als flögen sie direkt in den Kern der Sonne hinein. Es gab nichts Reineres auf Erden, fand er. Wenn er als Kind zu einem Flugzeug aufgeblickt hatte, das silbern am Himmel aufblitzte, hatte er geglaubt, daß das der Inbegriff von Freiheit war. Die Fesseln der Erde abzuschütteln und über die Zivilisation aufzusteigen, fort von Scheinheiligkeit und Zwang und Verantwortlichkeiten. Aber so war es nicht. Im Moment war er für das Leben von vier weiteren Menschen verantwortlich, die in diesem

Flugzeug saßen. Vielleicht war er außerdem noch für die Mutter und das Baby verantwortlich, das jeden Moment geboren werden konnte. Er schaute auf den Magnetkompaß und nickte. Mehr als eine halbe Stunde sollten sie nicht mehr brauchen. Er lehnte sich auf seinem Sitz zurück, machte es sich gemütlich und versuchte vergeblich, dem Gespräch zu lauschen, das hinter ihm in der Kabine geführt wurde.

Sie trafen vor der Mittagszeit ein und landeten auf dem flachen Streifen Land neben dem Gehöft. Con hatte Sam berichtet, sein Vater versuchte, eine Landebahn zu schaffen, damit der Fliegende Arzt landen konnte, wenn es notwendig war. Sie hatten noch keinen drahtlosen Sender-Empfänger, hofften jedoch, einen zu erwerben, wenn sie das nächste Mal in die Stadt kamen, oder daß Padre McLeod ihnen einen mitbringen würde, wenn er das nächste Mal in die Gegend kam. Am Tor wurden sie von drei Kindern begrüßt, deren Alter wahrscheinlich zwischen acht und zwölf oder dreizehn Jahren lag und die beim Anblick eines Flugzeugs vor ihrem Haus die Augen weit aufrissen. Ihnen folgte ein großer Mann, der auf das Flugzeug zukam, als Sam die Tür öffnete.

Der Mann schaute hinein und sagte zu dem Geistlichen: »Ich bin froh, Sie zu sehen, Padre.« Er schaute den jungen Mann an, dessen Namen Sam noch nicht kannte – und sein Blick löste sich nicht von ihm.

Cassie schnappte ihre Tasche. »Ich bin die Ärztin. Komme ich noch rechtzeitig?«

Der große Mann wollte etwas sagen, überlegte es sich dann jedoch anders. »Meine Frau ist gerade bei ihr und hilft ihr. Das Mädchen hat schlimme Schmerzen.«

Cassie sprang die Stufen hinunter und lief zum Haus, ohne noch länger abzuwarten.

Con und der Padre kamen die Stufen hinunter. Sam folgte ihnen.

»Komm schon, runter mit dir«, sagte der große Mann zu dem Jungen, der dasaß und die Armlehnen seines Sitzes um-

klammerte. »Schließlich ist das dein Baby, das hier geboren wird.«
Sam hoffte, der Junge würde nicht in Tränen ausbrechen. McLeod und Con liefen vor ihm her zum Haus. Plötzlich hörten sie einen Schrei, und als sie die Veranda erreicht hatten, entlockte das leise Wimmern eines Babys dem Padre ein Lächeln. »Ein neues Mitglied in der Herde des Herrn«, sagte er.
Cassie fand noch nicht einmal die Zeit, sich die Hände zu waschen oder ihre Arzttasche zu öffnen.
Der große Mann, der sich mit McLeod unterhalten hatte, drehte sich zu Con um und sagte: »Frag nach, ob sie Kaffee oder Tee haben möchten.«
Sam nickte. »Kaffee wäre schön. Ich glaube, die Ärztin wüßte das auch zu schätzen.« Er wandte sich an den jungen Knaben, der gerade Vater geworden war. »Ich wette, du hättest auch gern einen Kaffee, was?«
Der Junge nickte dankbar. Sam hätte ihm gern den Arm um die Schultern gelegt, hielt sich jedoch zurück. Bis jetzt hatte der Junge kein Wort gesagt.
Eine Frau in den Vierzigern tauchte in der Tür zum Schlafzimmer auf. Ihre müden Augen lächelten. »Es ist ein Junge«, sagte sie und schaute den stummen jungen Mann an. »Du hast einen Sohn. Wenn du willst, kannst du gleich reingehen.«
Er schüttelte den Kopf und schaute auf den Boden.
»Hallo, Maude«, sagte McLeod. »Was dagegen, wenn ich zu ihr gehe?«
»Nein, natürlich nicht, aber warten Sie, bis die Ärztin fertig ist und wir das Bett frisch bezogen haben«, sagte Maude. »Millie freut sich bestimmt.«
»Wie geht es ihr?« fragte Mr. Sellars.
»Sie ist müde. Aber es ist alles gutgegangen. Die Ärztin sieht gerade nach ihr und untersucht das Baby.«
Die Frau machte sich auf den Weg in die Küche.
Der große Mann sagte: »Don, ich will in zehn Minuten eine Hochzeit. Millie kann ruhig im Bett getraut werden. Und dann können Sie das Baby taufen. Hast du gehört, Junge?«

Der junge Mann nickte mit kläglichem Blick. »Ja, Sir.«
»Du solltest dich jetzt besser waschen, damit du einen anständigen Eindruck machst, wenn du meine Tochter heiratest«, sagte der Vater.
Der junge Mann hob eine Hand und zog an Sams Ärmel.
»Würden Sie mein Trauzeuge sein?« fragte er.
»Wie heißt du?« Sam grinste.
»Tyler. Tyler Edison.«
»Klar, Tyler, es ist mir eine Ehre. Natürlich kannst du mich als Trauzeugen haben. Das war ich bisher noch für niemanden.« Er schüttelte dem jungen Mann die Hand.
Als er aufblickte, stand Cassie in der Tür und hielt ein Baby auf dem Arm, das mehr Ähnlichkeit mit einem Eichhörnchen als mit einem menschlichen Wesen aufwies. Cassies Züge waren sanft, so, wie man es von einer Frau erwartete. Für eine Sekunde hatte Sam den Eindruck, daß sein Herz einen Schlag lang aussetzte. Aber nur für eine Sekunde. Ich sollte mich besser auch frisch machen, dachte er, wenn ich die Rolle des Trauzeugen übernehme.

7

Mit sechsundzwanzig Jahren wurde Fiona klar, daß sie kurz davorstand, eine altjüngferliche Lehrerin zu werden. Und doch wußte sie gleichzeitig, daß es ihr so gut ging wie in ihrem ganzen Leben noch nicht.

Vor fünf Jahren, kurz nach ihrer Ankunft hier, war sie bereit gewesen, sich niederzulassen und eine Familie zu gründen. Sie war so rasend und wahnsinnig verliebt gewesen, daß sie nicht klar denken konnte, geblendet von einer Leidenschaft, wie sie sie nie zuvor erlebt hatte und von der sie wußte, daß sie sie auch nie wieder erleben würde.

Klar, heiraten würde sie. Sie wollte Kinder haben, wollte Teil einer Familie sein, aber diese Ehe würde eine Gemeinschaft sein, die sich auf Zuneigung und miteinander teilen begründete, nicht auf eine übermächtige Leidenschaft, die ihr ganzes Wesen beherrschte.

Beim ersten Mal hatte er ihr die Kleider vom Leib gerissen. Es begeisterte sie, seine Haut auf ihrer zu spüren, und sie erschauerte, als sie seine Hand zwischen ihren Beinen spürte, seine Zunge, die mit ihren Brustwarzen spielte. Seine Lust erregte sie, und sie spreizte die Beine weit auseinander, als er in das zarte, empfindliche Fleisch der Innenseite ihres Oberschenkels biß. Ihre Brustwarzen stellten sich auf, als seine Zunge ihren Bauch leckte und seine Finger zwischen ihren Beinen spielten und sie öffneten.

»Mein Gott, du bist so wunderschön«, hatte er geflüstert.

Nach Ablauf von zwei Monaten gab es keinen Bereich ihres Körpers oder ihres Geistes, den er nicht kannte und den er nicht manipulieren konnte, um ihr immense Lust zu verschaffen.

Dann stellte er ganz einfach seine Besuche ein. Wenn sie ihn sah, nickte er ihr freundlich und unpersönlich zu. Schmerz und eine entsetzliche Leere wogten in ihr auf.
In einem rasenden Taumel stürzte sie sich auf sämtliche Aktivitäten in der ganzen Stadt und schwor sich, sich nur noch für ihre Schüler zu engagieren. Mit der Zeit ließ der Schmerz nach, obwohl sie immer noch jeden einzelnen Moment in der Hoffnung zubrachte, er würde unvermutet wieder bei ihr auftauchen. Sie zuckte jedesmal zusammen, wenn sie Schritte auf der Veranda hörte, und sie spürte, daß ihr Herzschlag jedesmal aussetzte, wenn das Telefon läutete. Nach etwa einem Jahr war sie nicht mehr ganz so verspannt und erwartete nicht mehr innerlich verknotet seine Berührungen, seine Stimme, seinen Blick. Sie gelobte sich, nie mehr einem Mann ganz und gar zu gehören.
Statt ihr Herz einem einzigen Mann zu öffnen, öffnete sie es daher jedem, der in ihr Leben trat, und dort drängten sie sich so dicht aufeinander, daß kein Raum mehr für einen einzelnen Menschen war. In den letzten vier Jahren hatte sie kein einziges Mal allein zu Abend gegessen.
Dann hatte Steven Baker sie aus einer Entfernung von dreihundert Meilen angerufen und ihr mitgeteilt, daß er selbst und die Leiter der anderen Viehzuchtbetriebe den Kontakt zu John Flynn vom Fliegenden Ärztedienst aufgenommen hatten, um ihn zu bitten, für dieses riesige Gebiet einen Arzt zur Verfügung zu stellen. Der Arzt würde seinen Hauptsitz in Augusta Springs haben, und Flynn hatte etwas ganz Unglaubliches getan – er hatte eine Ärztin verpflichtet, eine Frau. Als Vertreter der Rancher im Umkreis hatte Steven eingewilligt, der Dame eine Chance zu geben, und jetzt mußten sie eine Unterkunft für sie finden. Obwohl er Fiona nie persönlich begegnet war, hatte ein halbes Dutzend der Rancher vorgeschlagen, sie zu kontaktieren, denn da sie allein lebte, würde sie die neue Ärztin vielleicht bei sich aufnehmen.
Fiona zögerte keinen Moment lang.
»Wenn es nicht gutgeht«, sagte Steven, »können wir eine di-

plomatische Lösung finden und ihr eine andere Unterkunft beschaffen.« Fiona mochte seine Stimme.
»Meine Frau und ich kommen zum monatlichen Treffen des Bereitschaftsdienstes Fliegender Ärzte, sowie die ganze Geschichte angelaufen ist, und ich freue mich schon darauf, Sie kennenzulernen«, sagte er. »Alles, was ich über Sie gehört habe, ist ausnahmslos positiv gewesen.«
»Ich bin Ihrem Sohn ein paarmal auf Tanzveranstaltungen und auf Parties begegnet.«
Steven lachte. »Ich kann mir vorstellen, daß das auf Sie und auf jedes andere gutaussehende Mädchen im Umkreis von fünfhundert Meilen zutrifft.«
Ja, in genau diesem Ruf stand sein Sohn.

Und jetzt war Fiona froh, daß sie auf diese Idee eingegangen war. Seit ihrer Kindheit in Irland hatte sie keine enge Freundin mehr gehabt, jemanden, dem sie ihr Herz ausschütten konnte, jemanden, mit dem sie herumalbern konnte, jemanden, der auf ihrer … ja, der auf ihrer Wellenlänge lag. Und dieses Potential steckte wahrhaft in dieser Cassie.
Sie hatten einen Picknickkorb gepackt und liefen durch die abendliche Kühle dorthin, wo der Bach floß, an ein sandiges Ufer unter gigantischen Eukalyptusbäumen, deren Zweige in der sanften Brise wehten.
»In der Regenzeit ist das manchmal ein tosender Strom«, berichtete Fiona Cassie.
»Ich kann es einfach nicht glauben.«
»Du wirst es ja sehen.« Sie lehnten sich mit Kartoffelsalat und gefüllten Eiern zurück, mit kalter Hühnerbrust, eingelegten Oliven und Gemüsen und Colaflaschen, um einander die Geschichte ihres Lebens zu erzählen.
Es war erstaunlich, kamen sie überein, wie viele Vorstellungen und Auffassungen sie miteinander teilten.
»Als ich hier angekommen bin, war das, was ich am meisten vermißt habe, das Grün. Aber ich habe schon bald gemerkt, daß es mir lieber ist, jeden Tag Sonne zu haben. Ich schätze,

man muß sich entscheiden.« Fiona zupfte einen Grashalm aus, ließ ihn über ihre Wange gleiten und lächelte. »Zwischen Grün unten und Grau oben oder Blau oben und Gold unten.«
»Gold?« Cassie lachte. »Meinst du nicht, man sollte es eher Braun nennen?«
»Das hängt davon ab, ob man es liebt oder nicht, nehme ich an. Ich kann mir nicht vorstellen, irgendwo anders leben zu wollen. Meine Familie schreibt mir und fragt mich, was um alles auf der Welt man in einer Kleinstadt am Ende der Welt anfangen kann, und ich weiß nur, daß ich ununterbrochen beschäftigt bin. Ich langweile mich nie. Sie können sich nicht vorstellen, warum ich so weit weggehen wollte.«
»Und warum wolltest du so weit weggehen?«
»Oh, um der bloßen Herausforderung willen. Weil ich es aufregend finde, einen neuen Ort kennenzulernen. Ich mag keine Städte, und Irland, ach, ich weiß nicht. Es kommt mir wie die reinste Inzucht vor, obwohl die Leute dort weiß Gott so freundlich sind wie hier. Aber es hat diesen Inselcharakter. Es läßt einem keinen Raum, als gäbe es keine Zukunft. Ich habe mich immer von dem grauen Himmel und den steinernen Mauern erdrückt gefühlt. Und hier«, sagte sie mit einer ausholenden Armbewegung, »schränken mich keine Traditionen ein – es ist alles so neu, und es macht solchen Spaß. Ich bin in jedem Haus in der ganzen Stadt willkommen. Ich möchte eines Tages in der Lage sein, hier auch aufs Land rauszukommen, obwohl ich vermute, so nennt man es hier nicht.«
»Vielleicht kannst du mal mit uns rausfliegen, wenn wir an einem Wochenende zu einem Notfall gerufen werden.«
Fionas Augen leuchteten. »Das täte ich zu gern. Ich bin noch nie geflogen, und dabei habe ich es mir schon als Kind gewünscht. Ich vermute, ich mag alles, was neu und anders ist …«
»Und auch ein bißchen gefährlich?« fiel ihr Cassie ins Wort.
»Du hast den Nagel auf den Kopf getroffen.« Sie hockte sich auf ihre Fersen, schlang die Arme um die Knie und schaute Cassie an. »Und was ist mit dir?«

»Zwanzig Jahre lang«, begann Cassie, »habe ich von meinem Heimatland nicht mehr zu sehen bekommen als drei Wochen jeden Sommer, wenn meine Mutter und ich nach Hause gereist sind, um meine Großeltern zu besuchen.«
Ihr Vater hatte sich als Berufskonsul im diplomatischen Korps hochgearbeitet. Seine erste Versetzung, als sie sechs Jahre alt gewesen war, war nach San Francisco gewesen, und dort war sie eingeschult worden. Die anderen Kinder hatten sich über ihren Akzent lustig gemacht. Sie hatte sehr hart daran gearbeitet, wie eine Amerikanerin zu reden. Ihre Eltern liebten San Francisco, wo ihr Vater Konsul war. Sie hatte sich nach Sydney und dem großen viktorianischen Haus ihrer Großeltern gesehnt, mit dem roten Dach und dem Ausblick auf den Hafen, und sie hatte sich auch nach Kindern zurückgesehnt, die so redeten wie sie und die Spiele spielten, die sie kannte. Sechs Jahre später, als sie gerade soweit amerikanisiert war, daß sie sich dort heimisch fühlte und die achtundvierzig Bundesstaaten besser kannte als ihre Mitschüler, als sie gerade begonnen hatte, amerikanische Slangausdrücke flüssiger zu gebrauchen als die australischen, die sie nahezu vergessen hatte, wurde ihr Vater nach London versetzt.
Dort sprachen sie wiederum ein ganz anderes Englisch. Das graue Wetter und die kalten, klammen Winter deprimierten Cassie. Sogar ihre Mutter stöhnte über den Umstand, daß sie von diesem Klima ohne Zentralheizung »Frostbläschen« bekäme. Nach Australien und Amerika fand sie die Briten schrecklich steif. Sie hielten die Tradition hoch, während die beiden anderen Nationen sich gegen jede Autorität auflehnten. Sie fühlte sich in London nie zu Hause, und es war ihr verhaßt, in ein Internat geschickt zu werden und ihre Eltern nur an den Wochenenden zu sehen.
Wenn sie sich darüber beklagte, tätschelte ihre Mutter ihren Kopf und sagte: »Weißt du, mein Liebling, hier drüben hält man es anders mit der Schulbildung. Es gibt keine wirklich guten Schulen, die du täglich besuchen könntest. Hier verläßt man sich ganz auf Internate. Du weißt doch, daß dein Vater

ein Internat besucht hat, weil er im Busch gelebt hat. Es gab keine andere Möglichkeit, eine gute Schulbildung zu erwerben. Die einzig guten Schulen in England, Liebling, sind Internate. Die meisten Kinder fahren noch nicht einmal an den Wochenenden nach Hause.«

Das wußte Cassie. Und sie wußte auch, daß ihre Eltern abends ausgingen, wenn sie zu Hause war. Für das diplomatische Korps bestanden die Abende an den Wochenenden ausschließlich aus gesellschaftlichen Verpflichtungen. Die eine oder andere Botschaft veranstaltete immer eine Party. Ständig wurden ihre Eltern von wichtigen Leuten zum Abendessen eingeladen. Die Sonntage waren jedoch ganz der Familie vorbehalten, es sei denn, ihr Vater mußte dabei behilflich sein, eine Lösung für eine Krisensituation zu finden. Zu dritt unternahmen sie an den Sonntagnachmittagen Ausfahrten und erkundeten die Landstraßen in der näheren Umgebung von London. Und auf dem Heimweg hielten sie immer in einem Dorf an und aßen im Pub. »Nur so lernt man die einfachen Leute kennen«, hatte ihr Vater jedesmal gesagt.

Sie haßte die Fleischpasteten mit Nieren, von denen er schwärmte, aber sie liebte seine Gesellschaft. Er war witzig, geistreich und charmant. Ihre Mutter war sehr schön und im allgemeinen sehr still. Nicht ein einziges Mal hörte Cassie ihre Eltern miteinander streiten; nie hörte sie, daß ihre Mutter ihrem Vater widersprach, und der einzige Vorwurf, den sie ihm machte, war der, er arbeitete zu hart. Oft fragte sich Cassie, wie ihre Mutter es fertigbrachte, den Mund zu halten. Hatte sie denn überhaupt keine eigene Meinung? Ihre Mutter lachte über die Witze ihres Vaters, selbst dann noch, wenn sie sie schon hundertmal gehört hatte.

Die Höhepunkte in Cassies Leben hatten sich auf Schiffen und im Hause ihrer Großeltern abgespielt. Sie liebte den Sommer. Sie liebte die Reisen, die sie und ihre Mutter unternahmen, erst von San Francisco nach Sydney und dann von London aus durch den Suezkanal und den Indischen Ozean. Mehrfach hielt ihr Schiff über Nacht in Bombay und Kalkutta an, und

Cassie und ihre Mutter durchstreiften die Straßen, obwohl man ihnen sagte, das sei gefährlich. Sie aßen in eleganten Hotelrestaurants zu Abend, und ihre Mutter kaufte Stoff für einen Sari, den sie dann in London zu förmlichen Anlässen trug. Ihre Mutter war im Sommer ein anderer Mensch – sie lachte öfter und wirkte jünger. Sie sagte zu Cassie, sie solle anfangen, sich Gedanken über eine spätere Karriere zu machen.

»Laß deinen Horizont nicht durch die Bindung an einen Mann festlegen«, hatte sie gesagt.

»Bist du denn nicht glücklich?«

Ihre Mutter hatte einen schnellen Blick auf sie geworfen, und ihre Augen waren unergründlich gewesen. »Natürlich bin ich glücklich. Aber du gehörst einer neuen Generation an. Du kannst mit deinem Leben mehr anfangen, als es aus zweiter Hand über einen Ehemann und Kinder zu erleben.«

Mit ihren damals vierzehn Jahren war Cassie nicht sicher, wie ihre Mutter das meinte.

Als Cassie sechzehn wurde, bekam ihre Mutter Krebs, und Cassie sah zu, wie sie dahinsiechte; ihre schmerzerfüllten Augen fraßen sich in Cassies Herz. Es gab nichts, was für sie getan werden konnte, und selbst die Schmerzen ließen sich zum großen Teil nicht lindern. Die einzige Hilfe bestand im Morphium.

Eines Tages nahm ihre Mutter Cassies Hand und sagte mit schwacher Stimme: »Was ich am meisten bedaure, ist, dich zu verlassen. Ich werde nicht mehr dasein und deinen Erfolg erleben dürfen. Ich werde nicht dasein, um dich anzuspornen. Ich werde nicht dasein, wenn … o Cassie, ich werde nicht für dich dasein.« Bei diesen Worten brach sie in Tränen aus.

»Weißt du was, Mama? Ich werde Ärztin werden. Ich werde dafür sorgen, daß Menschen nicht mehr solche Schmerzen haben müssen, wie du sie hast, und ich werde Menschen dazu verhelfen, daß sie sich wohler fühlen.«

Die Augen ihrer Mutter leuchteten. »Ärztin? Meine Tochter, eine Ärztin? Oh, es gibt keinen Grund, aus dem du das nicht werden könntest. Du kannst alles werden, was du willst, aber

das ist einfach wunderbar! Ärztin. Das gefällt mir. O ja, das gefällt mir sehr gut.«
Von dem Moment an kamen nie mehr Zweifel in Cassie auf. Und schon gar nicht, nachdem ihre Mutter gestorben war, und noch nicht einmal dann, als ihr Vater versuchte, es ihr auszureden.
Inzwischen war er Botschafter in den Vereinigten Staaten geworden, und gemeinsam hatten sie sich in dem Haus in Georgetown eingerichtet, das viel zu groß für sie war. »Aber darüber brauchen wir uns jetzt nicht zu streiten«, sagte er. »Frauen werden keine Ärzte, Cassie. Krieg das in deinen Dickschädel. Aber geh ruhig ins College – das hatten wir schon immer geplant. Wir werden sehen, ob wir dich in Georgetown im College unterbringen können, damit du bei mir wohnen kannst. Du willst mich doch nicht etwa allein lassen, oder doch?«
Nein, ganz bestimmt nicht. Und zum großen Erstaunen ihres Vaters absolvierte sie das College in Georgetown in Rekordzeit und mit hohen Auszeichnungen. Ihre Mutter hätte das nicht gewundert.
Jeden Sommer fuhr sie allein zurück zu ihren Großeltern. Sie nahm den Zug, der sie innerhalb von fünf Tagen quer durch das Land nach San Francisco brachte, und sie liebte jede einzelne Minute der zehn Tage, die das Schiff brauchte, um Sydney zu erreichen. Jeden Sommer hatte sie eine kurze und glimpfliche Romanze – das war der einzige Zeitpunkt, zu dem sie Männern Zutritt zu ihrem Gefühlsleben gewährte. Sie hatte schon vor langer Zeit beschlossen, daß kein Mann und keine Heirat sie von ihrem Weg abbringen würden. Doch sie gestattete sich Romanzen an Bord, da sie ihren endgültigen Abschluß fanden, wenn das Schiff im Hafen von Sydney einlief. Das riesige viktorianische Haus ihrer Großeltern mit seinen vier Stockwerken und dem Dachgesims, das es wie ein Lebkuchenhaus wirken ließ, war der einzige Ort, an dem sich Cassie je zu Hause gefühlt hatte. Es bildete die einzige Konstante in ihrem Leben. Dort fand sie bedingungslose Liebe,

wenn auch nicht immer Beifall. Das einzige, was ihre Großeltern beide mißbilligten, war ihr Entschluß, Ärztin zu werden.
»Damen stochern nicht in den Körpern von Männern herum«, flüsterte ihre Großmutter mit angewidertem Gesichtsausdruck.
»Und was ist damit, daß Männer in die Körper von Frauen hineinschauen?«
»Das ist etwas anderes.«
Doch sie konnten ihrer Entschlossenheit keinen Dämpfer verpassen. Ihr Großvater forderte sie eines Nachmittags auf, mit ihm in sein Gewächshaus zu kommen, und dort sagte er zu ihr: »Weißt du, was du brauchst? Du solltest nach Hause zurückkommen und zulassen, daß du ein paar nette Männer kennenlernst. Du bist zu lange im Ausland gewesen.« Er arbeitete mit einer Pinzette und versuchte, eine Orchidee durch Fremdbestäubung zu befruchten. Schon seit seiner Pensionierung galt seine Leidenschaft den Orchideen.
»Ich werde nach Hause kommen, Großpapa, aber nicht, um zu heiraten.« Der Anblick ihrer Mutter, die so viele Monate lang Schmerzen gehabt hatte, stand ihr immer noch ständig vor Augen.
Kurz nach ihrem fünfundzwanzigsten Geburtstag machte sie ihr Examen an der Johns-Hopkins-Universität für Medizin. Es waren vier harte Jahre gewesen. Sie hatte sich dem Druck ausgesetzt gefühlt, ihre Sache besser zu machen als die Männer, um den Beweis zu erbringen, daß Frauen als Mediziner ebenso fähig waren wie ihre männlichen Berufskollegen. Sie hatte damit fertig werden müssen, daß ihr obszöne Streiche gespielt wurden. Im Anatomieunterricht war sie die Zielscheibe des Spotts gewesen. Sogar die meisten ihrer Professoren behandelten sie so, als hätte sie dort nichts zu suchen. Aber sie konnten nichts unternehmen, um sie von ihrem Studium abzuhalten. Ihr Examen bestand sie als eine der Besten ihres Jahrgangs, unter den ersten fünf Prozent, doch der Weg dorthin war mühselig. Die Männer, von denen sie dort umgeben gewesen war, waren grausam, unfreundlich und machtgierig. Sie stellten

deutlich klar, daß sie widerrechtlich in eine Domäne eindrang, die sie für eine reine Männerwelt erachteten.

Es gab eine einzige andere Frau in ihrem Jahrgang, und sie freundeten sich miteinander an, weil ihre Ziele und ihre Probleme dieselben waren, doch im übrigen hatten sie keinerlei Ähnlichkeit miteinander. An dem Tag, an dem sie ihren Abschluß machte, teilte Cassie ihrem Vater mit: »Ich gehe zurück nach Australien.« Nach Hause.

Zu dem Zeitpunkt waren ihre Großeltern bereits beide gestorben.

Ihr Vater rief Norm Castor an. Er verbürgte sich für sie, und mit ihren einwandfreien Zeugnissen von der Johns-Hopkins-Universität verbrachte Cassie sechs Monate im Victoria-Entbindungskrankenhaus, entband Frauen von ihren Babys und führte Kaiserschnitte und Ausschabungen durch. Dann deichselte Dr. Castor es so, daß sie in die Notaufnahmestation im Krankenhaus von Melbourne versetzt wurde.

Cassie stellte fest, daß sie sich in ihrem eigenen Land als Fremde empfand. Nach zwanzig Jahren im Ausland sprach sie nicht wie eine Australierin, sie war es nicht gewohnt, auf der Straßenseite zu fahren, die sie als die falsche ansah, und sie dachte noch nicht einmal wie eine Australierin. Sie war weit mehr Amerikanerin als Australierin, und doch war sie nie wirklich als Amerikanerin angesehen worden, weil sie Australierin war. Sie fragte sich, ob sie sich jemals irgendwo dazugehörig fühlen würde …

Sie erzählte Fiona von Ray Graham.

Fionas Bemerkung dazu lautete: »Willkommen in der breiten Masse, Schätzchen. Das passiert jedem mal. Du wirst dich davon erholen.«

Was ihr zeigte, wieviel Fiona wußte.

8

Cassie mochte Horrie vom ersten Augenblick an. Er war ein untersetzter Mann von Anfang Dreißig mit kastanienbraunem Haar, der seiner Arbeit in einer winzigen Hütte mit drei Zimmern und einem Wellblechdach nachging, von der er behauptete, daß »Wasser dort im Sommer ganz von allein zum Kochen gebracht wird. Diese Hütte ist das Nervenzentrum des Fliegenden Ärztedienstes von Augusta Springs«, sagte er, und aus seiner Stimme war Stolz herauszuhören.

Sie saßen vor seiner Funkausrüstung. »Im Moment sind nur sechsunddreißig Gehöfte auf Flugzeuge eingerichtet. Ein paar andere haben schon Funkgeräte und arbeiten noch an ihren Landebahnen. Ich weiß nicht, wie viele andere es noch dort draußen gibt, die bisher noch gar nichts von uns wissen, da ihnen keine Mittel zur Verfügung stehen, Informationen weiterzugeben oder etwas in Erfahrung zu bringen, solange sie nicht in die Stadt kommen oder einen Nachbarn treffen, der unter Umständen ein paar hundert Meilen entfernt lebt. Es wird lange dauern, bis sie sich darauf einrichten. Manche können sich die Arbeitskräfte oder das Material für eine behelfsmäßige Start- und Landebahn nicht leisten.«

Sämtliche Funkrufe würden von ihm aufgefangen werden. Jeder Kontakt mit Menschen im Umkreis von vierhundertfünfzig Meilen, einem Gebiet, das größer als Frankreich war, würde zu seinem kleinen Bungalow hergestellt werden, der in der Sonne röstete. Das Häuschen hatte noch nicht einmal eine Veranda, die sich um alle vier Seiten zog, wie es so typisch für die Häuser im australischen Busch war, sondern nur ein vorspringendes Dach an der Vorderfront. Es lag eineinhalb Meilen nordwestlich von der Stadt, weil es dort nur wenige Kurzwelleninterferenzen gab.

»Wie kontaktieren die Leute uns?« fragte Cassie.

»Früher über das Morsealphabet«, antwortete Horrie, in dessen Mundwinkel eine Zigarette baumelte, »aber zu viele konnten es einfach nicht lernen. Daher hat Alf Traeger – er ist das Genie, das das fußbetriebene Funkgerät erfunden hat – sich eine Schreibmaschine ausgedacht, die regulär geschriebene Briefe ins Morsealphabet übertragen kann – ein brillanter Mann. Jetzt laufen die Kontakte telefonisch ab. Dreimal am Tag steht eine Stunde zur Verfügung – um acht, um elf und dann noch einmal um Viertel vor fünf nachmittags –, und in der Zeit fragen wir bei den Stützpunkten an und erkundigen uns, ob jemand medizinische Soforthilfe oder Rat braucht. Wenn Sie nicht da sind – ich schaue ohnehin vorbei. Wahrscheinlich handelt es sich vorwiegend um Fragen, die Sie mühelos beantworten können, beispielsweise was man gegen eine Erkältung oder Halsschmerzen oder vielleicht eine Messerverletzung unternehmen sollte.« Er lachte. »Ich wette, dazu wird es haufenweise kommen!«

»Was ist, wenn mitten in der Nacht Soforthilfe gebraucht wird?« Cassie schaute die Funkausrüstung an und fragte sich, ob sie sich wohl je auf den Umgang damit verstehen würde.

»Dann müssen die Leute eben warten. Wir müssen beide gleichzeitig auf Empfang sein, damit wir miteinander reden können. Und außerdem ist es unwahrscheinlich, daß ihr Nachtflüge machen werdet. Falls wir glauben, daß ein Notfall über Funk überwacht werden sollte, können wir Abmachungen treffen und jeweils einen Zeitpunkt vereinbaren, zu dem wir wieder miteinander reden. Ich kann sagen: ›Rufen Sie um sieben zurück‹, und dann werde ich hiersein und den Funkruf erwarten.«

»Was ist, wenn wir gerade unsere Routinerundflüge machen oder wenn ich aus irgendwelchen anderen Gründen nicht hier bin?«

»Das Flugzeug ist mit Funkgeräten ausgestattet. Das heißt, daß wir miteinander reden können und daß ich Nachrichten

weiterleiten kann. Sie können sogar mit einer der Krankenschwester vom AIM-Hospital* oder mit einem der Gehöfte selbst reden und gegebenenfalls die notwendigen Anweisungen zur Soforthilfe erteilen. Wenn Sie bereits zu einem Krankenbesuch unterwegs sind, kann ich Sie verständigen, damit Sie Ihre Route ändern.«
Sam lehnte auf seinem zurückgekippten Stuhl an der Wand, die vorderen Stuhlbeine hingen in der Luft, und seine Baseballmütze war auf den Hinterkopf geschoben. »Ich schlage vor, daß wir zweimal wöchentlich routinemäßig Patienten besuchen, bis wir uns einen Überblick verschafft haben und wissen, wie es hier weitergeht.«
Cassie nickte. Sie trug eine schicke hellbraune Gabardinehose, ein rosa Baumwollhemd und die Reitstiefel mit den hohen Absätzen, die die Rinderzüchter bevorzugten. Ihren neuen Stetson hatte sie auf einen Stuhl geworfen.
»Woher werden all diese Menschen dort draußen wissen, wann wir soweit sind, unsere Routinebesuche anzutreten?« fragte sie Horrie.
Sam antwortete. »Wann werden wir Zeit für unsere Routinebesuche haben, wenn wir jetzt schon soviel zu tun hatten, wie es der Fall war, ehe wir unseren Bereitschaftsdienst offiziell auch nur begonnen haben?«
Horrie lachte. »Betty wird in zehn Tagen hier eintreffen, ziemlich genau um die Zeit, zu der wir offiziell mit unserer Arbeit beginnen. Wir werden auf der Stelle heiraten. Im Grunde genommen kenne ich hier überhaupt niemanden, und daher wäre es mir lieb, wenn ihr beide für uns da wärt.«
Cassie freute sich ganz außerordentlich.
»Ich glaube, ich sollte ständig über Funk erreichbar sein. Vielleicht kann ich eine Zeitlang hier wohnen.«
Sie sah sich um, und diese Betty tat ihr jetzt schon leid.
»Betty sagt, sie wird lernen, die Funkgeräte zu bedienen, damit sie zwischendurch für mich einspringen kann.«

* AIM: Australian Inland Mission (Anm. d. Red.)

Sams Stuhlbeine knallten auf den Boden.
Horrie sagte: »Ich werde nachfragen, ob einige der größeren Gehöfte uns die Erlaubnis geben, dort auch die Patienten aus der Umgebung zu behandeln. Wir werden improvisieren. Von Tag zu Tag dazulernen. Alle werden darauf versessen sein. Natürlich werdet ihr routinemäßig die AIM-Hospitale aufsuchen.«
Cassie schlang sich die Arme um den Oberkörper. Trotz der trostlosen Landschaft spürte sie, wie die Aufregung angesichts dieser neuen Herausforderung sie packte.
Horrie schien es keine Schwierigkeiten zu bereiten, sie zu akzeptieren. Ganz im Unterschied zu Sam. Sam wußte, wie er mit den süßen jungen Mädchen umzugehen hatte, die ihm in die dunklen Augen sahen und ihn anlächelten, ihn neckten und ihn herausforderten, sie zu küssen und sie in die Arme zu ziehen. Er wußte bestimmt, was er mit diesen Frauen anfangen sollte, dachte Cassie, aber er wußte nicht so recht, was er mit ihr anfangen sollte. Er benahm sich, als seien ein denkendes menschliches Wesen und eine Frau zwei verschiedene Dinge. Es war nicht etwa so, daß er etwas gesagt oder sich jemals anders als äußerst kooperativ verhalten hätte, und doch herrschte eine Spannung zwischen ihnen. Cassie wußte, daß er es nicht guthieß, wenn Frauen beschlossen, Ärzte zu werden … oder Anwälte, vermutete sie, oder Ingenieure oder Piloten, wenn sie irgendeinen dieser Berufe ergriffen, die als männliche Domäne galten. Andererseits verhielt er sich ausnehmend höflich. Aber warum konnte er nicht so sein wie Horrie? Offen, freundlich und herzlich.
Sam und Dr. Adams. Jetzt schon zwei Pfähle in ihrem Fleisch.

»Das war ja wirklich eine prima Fete«, sagte Cassie, die das Geschirr abtrocknete, das Fiona spülte. Sie hatten gerade für Mitglieder des Komitees des Fliegenden Ärztedienstes, die sich in Augusta Springs getroffen hatten, um Sam und Cassie kennenzulernen und über die Vorgehensweise zu diskutieren, eine Party veranstaltet.
»Wenigstens hat es mir etwas gebracht«, bemerkte Fiona,

während sie sich mit einem Arm die feuchte Stirn abwischte. Ihre Hände waren voller Seifenschaum. »Ich bin jetzt Ehrenmitglied des Komitees.«
»Ja«, sagte Cassie. »Wie kommt es, daß keine Frauen in diesem Rat sitzen?«
Fiona drehte sich zu ihr um, sah sie an und zog eine Augenbraue hoch. »Vielleicht hast du es noch nicht gehört.«
»Du meinst, daß wir in einer Männerwelt leben?« Cassie stellte gerade ein paar Tassen in den Schrank.
»Da wir gerade von Männern sprechen, fang schon an!«
»Womit soll ich anfangen?«
»Über die Männer zu reden, die hier waren. Mein Gott, dieser Steven Thompson ist wirklich eine Wucht. Er mag zwar fünfzig sein, aber, meine Güte!«
Cassie lächelte. »Du hast recht. Und seine Frau hat mir auch gefallen. Sie ist einfach toll.«
»Ihr Sohn auch. Er ist der größte Herzensbrecher, der hier rumläuft. Wie gewonnen, so zerronnen, und doch wüßte ich nicht ein einziges Mädchen, das nicht schon allein für einen Tanz mit ihm Liebeskummer riskieren würde.«
»So gut kann niemand sein!«
Fiona schüttelte das Spülwasser in den Ausguß. »Eines Tages wirst du es selbst sehen. Aber der Papa hat mir wirklich gefallen. Und ich bin deiner Meinung, daß Mrs. Thompson auch ganz schön toll ist. Die Thompsons sind Großgrundbesitzer, die einflußreichsten hier in der Gegend. Soweit ich gehört habe, soll Tookaringa, ihr Gehöft, einfach phantastisch sein. Fünf oder zehn Millionen Morgen Land, etwa in dieser Größenordnung.«
Cassie wußte, daß Fiona übertrieb, aber sie konnte sich trotzdem eine Vorstellung davon machen. »Tja, wenigstens hatte ich den Eindruck, daß sie mich akzeptieren, obwohl sie mich gewarnt haben, ich bekäme Schwierigkeiten mit den Männern dort draußen.«
»Ich habe nie lohnende Beziehungen zwischen Männern und Frauen gekannt, die nicht kompliziert gewesen wären«, sagte

Fiona und schnappte sich ein Geschirrtuch, um Cassie zu helfen. »Ich wette, wir haben heute abend Unmengen von Alkohol vernichtet. Also, du bist wirklich ein Glückspilz, das kann ich dir sagen – mit Typen wie Horrie und Sam zu arbeiten.«

»Horrie und Sam sind für mich nichts weiter als Leute, mit denen ich zusammenarbeite. Ich sehe sie nicht so … so wie du.«

»Also, ich bin jedenfalls sechsundzwanzig, und meine Hormone sind in Aufruhr«, sagte Fiona kichernd. »Ich sehe attraktive Männer nun mal als Männer an. Und Sam und Horrie sind wahrhaft attraktiv – was nicht heißt, daß Horrie so sexy ist wie Sam, aber er ist schrecklich nett.«

»Sam soll sexy sein?« Cassie hängte das Geschirrtuch an einen Haken.

»Jetzt hör bloß auf. Das könnte keiner Frau entgehen. Sieh dir doch nur an, wie er läuft, oder besser gesagt, mit welchen federnden Sprüngen er sich bewegt. Er macht den Eindruck, als würde er dich jeden Moment auf ein Bett werfen, und wenn er mit dir redet, sieht er dir mitten in die Augen, und doch drängt sich dir die Vorstellung auf, daß er dich in Gedanken auszieht. Mit Männern geht er anders um. Sachlich und nüchtern. Er ist das, was ich als einen Mann bezeichnen würde, der sich im Umgang mit anderen Männern wohl fühlt – in ihrer Gesellschaft ist er er selbst, locker und selbstbewußt, aber mit Frauen flirtet er unerhört.«

»Mit mir tut er das nicht.«

»Wahrscheinlich ist er eingeschüchtert. Du bist Ärztin. Ich kann mir vorstellen, daß er drei Meter Abstand von dir hält. Aber sag ihm, daß ich nicht immer im Dienst bin und durchaus ein Privatleben führe, tust du das für mich? Ich glaube, mit dem könnte ich meinen Spaß haben.«

»O Fiona, ich glaube, du hast zuviel getrunken.«

»Also, ich sage ja nicht, daß du gleich loslaufen und mit ihnen schlafen mußt, aber sind dir denn noch keine Männer begegnet, bei denen du dir gedacht hast, es könnte Spaß machen, also, du weißt schon …«

Cassie lächelte. »Don McLeod. Also, das nenne ich einen

Mann. Ein Jammer, daß er bald heiratet. Nächstes Jahr geht er nach Adelaide zurück, um das Mädchen zu heiraten, mit dem er seit drei Jahren verlobt ist. In den letzten eineinhalb Jahren haben die beiden sich nicht ein einziges Mal gesehen.«

»Dann probier dich doch an ihm.«

»Nein«, erwiderte Cassie, als sie ins Wohnzimmer ging und sich auf einen Stuhl plumpsen ließ. »Er ist kein Mann von der Sorte. Und ich habe diese speziellen Bedürfnisse nicht. Aber er ist einer der tollsten Männer, die mir je begegnet sind, ob hier oder anderswo. Er strömt gewissermaßen Liebe aus.«

»Du meinst nicht vielleicht Sex?« Fiona macht sich auf der Couch breit. Morgen würden sie die Aschenbecher ausleeren und die leeren Bierflaschen wegbringen. Es war wirklich eine tolle Party gewesen. Niemand, fand Fiona, konnte bessere Parties feiern als die Australier.

»Vielleicht gehört das auch zu Dons Ausstrahlung. Aber ich glaube, daß er seiner Freundin treu ist. Nein, er scheint einfach nur zu lieben. Die Menschheit, meine ich. Du hast auch einiges davon, das weißt du doch?«

»Und ich vermute, du hast dich bloß um des Geldes willen entschieden, Ärztin zu werden?«

Cassie konnte die Augen kaum noch offenhalten. »Ich schließe mich dir und Don an. Ich wollte auch die Menschheit retten.«

»Gehört dieser Wunsch der Vergangenheit an?«

»Okay, okay, dann glaube ich also immer noch, daß ich die Bevölkerung dieser speziellen geographischen Region retten werde. Aber für mich war es nicht ganz so einfach. Ich mußte zudem noch beweisen, daß ich genauso viel kann wie die Männer.«

»Warum? Ich bin gern eine Frau. Zumindest dann, wenn ich nicht verliebt bin. Die Liebe ist die Hölle.«

Cassie stand auf. »Fiona, meine Liebe, in dem Punkt stimme ich dir zu. Die Liebe ist die Hölle. Und jetzt gehe ich ins Bett.«

Am folgenden Morgen wurden sie von dem beharrlichen Läuten des Telefons geweckt. Fiona sprang als erste aus dem Bett und konnte auf dem Weg zum Telefon kaum etwas sehen.

»Es ist für dich«, rief sie. Ohne abzuwarten, ob Cassie sie auch nur gehört hatte, wankte sie wieder ins Bett.
Es war Steven Thompson.
»Jenny und ich fahren nach Tookaringa zurück, aber vorher wollen wir noch frühstücken, und wir hatten gehofft, Sie würden sich uns anschließen. Können Sie in einer halben Stunde fertig sein?«
Cassie sah mit schlaftrunkenen Augen auf ihre Armbanduhr. Es war gerade erst halb acht.
»Ich denke, schon«, sagte sie, obwohl sie noch nicht wirklich wach war.
Sie duschte sich schnell, fuhr sich mit einer Bürste durch das kurze Haar, zog ein hellblaues Leinenkleid an, das sie besonders gern mochte, trug sorgsam Lippenstift auf und schnappte sich ihre dunkle Brille. Hohe Absätze, beschloß sie und trat sich ihre Schuhe, die eher praktisch wirkten, von den Füßen. Und vielleicht ein breitkrempiger, naturfarbener Strohhut. Unter der sengenden Sonne des australischen Buschs hatte sie es sich angewöhnt, Hüte zu tragen, und dieser war weitaus kleidsamer als ihr Stetson.
Die Thompsons fuhren in einem Halbtonner vor. Sie hatte etwas Luxuriöseres und Schnittigeres erwartet. Aber wenn sie fast vierhundert Meilen durch eine unbewohnte Wüste fuhren, dann brauchten sie natürlich ein Fahrzeug, das diesem Gelände gewachsen war.
»Sie wollen doch nicht etwa den ganzen Heimweg in einem einzigen Tag bewältigen, oder doch?« fragte Cassie, als Steven vor Fionas Haus losfuhr. Jennifer saß zwischen ihnen.
»Nein«, sagte Jennifer, die das forsche Englisch der Oberschicht sprach und dazu neigte, Silben zu verschlucken. »Wir werden über Nacht bei Freunden Station machen. Wir kennen jeden auf der ganzen Strecke. Im Busch ist man immer und überall willkommen. Wir bekommen alle so selten Besuch, daß einem jeder Freude macht, der zufällig vorbeikommt.« Sie lachte. »Jedenfalls fast jeder.«

Steven hielt vor »Addie's« an, sprang aus dem Wagen und lief eilig um ihn herum, um die Beifahrertür zu öffnen.
Cassie folgte Jennifer in die Kneipe. Sie mochte annähernd fünfzig sein, doch sie war schlank und schön, und ihr graumeliertes Haar war elegant frisiert. Wo konnte sie sich bloß das Haar so richten lassen? fragte sich Cassie. Jennifer trug ein weißes Seidenkostüm mit einer smaragdgrünen Bluse und weiße Pumps mit braunen Verzierungen und sehr hohen Absätzen, und sie sah aus, als verbrächte sie ein Wochenende auf einem englischen Landgut. Sie erweckte nicht den Eindruck, als sei sie bei »Addie's« am richtigen Ort, aber gleichzeitig wirkte sie auch nicht so, als fühlte sie sich in dieser Umgebung auch nur im entferntesten gehemmt.
Steven zog erst Jennifer einen Stuhl zurück, dann Cassie. Während die Thompsons die Speisekarte lasen, musterte Cassie Steven. Fiona hatte recht. Er war wirklich eine Wucht. Breite Schultern über einer schmalen Taille und dazu sehr groß – größer als die meisten anderen Männer hier, mehr als einen Meter neunzig, vielleicht sogar über einsfünfundneunzig. In seinem kantigen und braungebrannten Gesicht zeigte sich deutlich, daß er den größten Teil seines Lebens im Freien zugebracht hatte. Er war ein enormer Mann. Große Hände. Große Füße. Ein strahlendes Lächeln. Klare blaue Augen. Er strahlte Macht aus. Groß und mächtig. Das wären die beiden ersten Wörter gewesen, die ihr in den Sinn gekommen wären, um ihn zu schildern.
Am Freitag abend war er zum Vorsitzenden des Rats gewählt worden. Niemand sonst konnte ihm das Wasser reichen, zumindest nicht in dieser Gegend.
Nachdem sie ihre Bestellungen aufgegeben hatten und er ausdrücklich darum gebeten hatte, den Kaffee jetzt gleich zu bringen, vor dem Frühstück, stützte er die Ellbogen auf den Tisch und wandte sich an Cassie. »Es wäre uns lieb, wenn Sie Ihre ersten ambulanten Behandlungen in Tookaringa durchführen würden. Es ist das größte Gehöft im Norden. Kommen Sie am Freitag. Für uns arbeiten viele Aborigines, und eine ganze

Menge von ihnen hat Familie. Wir haben außerdem mehr als hundert andere Arbeiter eingestellt. Jennifer und ich finden, es wäre schön, wenn Sie und Sam am Freitag zu uns fliegen und über das Wochenende bleiben würden. Dann könnten Sie am Freitag nachmittag in Tookaringa Ihre Sprechstunde abhalten und am Samstag in Winnamurra sein, der Abo-Mission. Dort gibt es kein Telefon, aber ich kann einen Reiter rüberschicken, der der Missionarin Bescheid gibt, damit sie Sie erwartet und die Kranken und Gebrechlichen zusammentrommelt. Sie beide können dann für weitere Monate ein Schema ausarbeiten. Ich kann mir gut vorstellen, daß eine ganze Reihe Ihrer Routinebesuche Sie zwingen wird, über Nacht zu bleiben. Sie werden über Funk mit Horrie in Verbindung bleiben können, falls Soforthilfe gebraucht wird, aber sogar auch für Ihre täglichen drei Fragestunden. Jedenfalls werden wir am Samstag abend ein Barbecue veranstalten und Leute einladen, damit sie Sie kennenlernen. Sie können am Montag am frühen Morgen aufbrechen und zum AIM-Hospital in Yancanna fliegen und dort den Kontakt zu den Schwestern aufnehmen.«

»Ich finde, das klingt gut.« Cassie fragte sich, ob der Kaffee wohl gegen ihre Kopfschmerzen helfen würde. Hatte sie gestern abend wirklich so viel getrunken?

»Wir glauben, daß es eine Weile dauern wird, bis diese Leute sich an eine Frau gewöhnen, Doktor«, fuhr Steven fort. »Wir werden tun, was wir können, um Ihnen zu helfen. Wir brauchen dringend einen Arzt hier oben.«

Die Kellnerin brachte den Kaffee. Cassie trank ihn schwarz.

»Ich versichere Ihnen, Sie werden feststellen, daß hier die freundlichsten Menschen auf Erden leben«, sagte Jennifer. »Ich konnte es kaum glauben, als ich damals hierhergekommen bin.«

»Woher kommen Sie?« Cassie wandte sich zu der schönen Frau um und sah sie an.

»Aus Cambridge«, erwiderte sie mit einer klaren und melodischen Stimme. »Das heißt, aus England. Dort habe ich Steven kennengelernt.« Sie sah ihn mit strahlenden Augen an, und Cassie konnte deutlich wahrnehmen, daß die beiden noch ineinander verliebt waren.

»Wie haben Sie einander in England kennengelernt?«

Steven schüttete seinen Kaffee schnell in sich hinein und bedeutete der Kellnerin, Nachschub zu bringen. »Ich habe drüben die Universität besucht. Meine Mutter hat darauf beharrt, daß ich eine anständige Ausbildung bekomme, aber mir war jede einzelne Minute zuwider. Ich wollte hier sein, Rinder zusammentreiben, Herden bewachen und Sonnenuntergänge beobachten und nicht in der Klaustrophobie der Städte eingepfercht sein, von Bäumen und Zäunen eingeengt. Ich bin nur zwei Jahre dort geblieben, gerade lange genug, um Jenny dazu zu überreden, daß sie mit mir hierher zurückging.«

Die Kellnerin brachte ihnen Steaks und Eier und einen Berg von Toast.

Cassie fragte: »Dann kommen Sie also nicht aus England?«

Steven schüttelte den Kopf. Das Essen hinderte ihn nicht am Reden. »Ich bin hier geboren. Meine Mutter ist Mitte der achtziger Jahre des letzten Jahrhunderts aus England hergekommen, als Gouvernante für eine Familie, ein paar hundert Meilen südlich von hier. Einer der jungen Viehtreiber dort hat sie gesehen. Ein Blick hat genügt, und schon war es um ihn geschehen. Daraufhin hat er beschlossen, als Viehtreiber aufzuhören und sich ein Gehöft zuzulegen. Also haben sie sich ein paar Morgen Land oben im Norden gekauft, eine Hütte mit einem Wellblechdach hingestellt und sich ein paar Rinder zugelegt. Ich habe noch Bilder davon. Man hätte nie geglaubt, daß sie das erste Jahr überstehen würden, ganz zu schweigen von mehr als einem halben Jahrhundert.«

Cassie lächelte. Das Essen half gegen ihre Kopfschmerzen, und allmählich fühlte sie sich etwas besser.

Jennifer beugte sich vor. »Wir brauchen hier ganz dringend einen Arzt. Wenn wir vor fünfundzwanzig und vor dreißig Jahren einen Arzt gehabt hätten ...« Tränen stiegen in ihre Au-

gen, flossen jedoch nicht. »Wir haben heute nur noch dieses eine Kind. Blake ist neunundzwanzig ...« Ihre Stimme versagte.
Steven nahm die Hand seiner Frau. »Wir haben fünf Kinder verloren, darunter zwei durch Fehlgeburten.« Cassie gefiel es, daß er »wir« sagte, als er von Fehlgeburten sprach. »Als Jenny zum dritten Mal schwanger war, habe ich sie dann endlich in die Stadt geschickt, damit sie einen Arzt in der Nähe hatte. Und genau das haben wir dann auch die beiden nächsten Male getan.«
»Wenn wir hier oben einen Arzt gehabt hätten, nun, da wir jetzt einen haben, brauchen vielleicht nicht noch mehr Frauen durchzumachen, was wir durchgemacht haben.« Jennifer sah Cassie an. »Ein weiteres Kind ist uns an Masern gestorben, und ein anderes ... ich brauche wirklich nicht in alle Einzelheiten zu gehen, aber es ist reichlich schwierig gewesen. Ich würde es meinem ärgsten Feind nicht ...«
Cassie sah die beiden an. Niemals hätte sie die Tragödie hinter diesen Gesichtern geahnt, in denen sich Glück und Zufriedenheit widerzuspiegeln schienen.
»Wie haben Sie das bloß überstanden?« fragte sie.
Steven lächelte. »Wir hatten einander. Wir haben auch unsere Erfolgserlebnisse und unsere Freuden gehabt. Aber wir haben Sie nicht hergebeten, um über Jenny und mich zu reden. Wir wollen tun, was wir können, um dazu beizutragen, daß die Fliegenden Ärzte ihren Dienst mit einem Höhenflug antreten können, falls Sie mir dieses Wortspiel gestatten. Und wenn wir irgend etwas, ganz gleich, was, und das ist unser Ernst, tun können, um Ihnen zu helfen, dann brauchen Sie uns bloß Bescheid zu geben. Wir werden das Funkgerät ständig eingeschaltet lassen, und ich kann mir vorstellen, daß die meisten Leute, die Funkgeräte haben, es ebenso handhaben werden, und wir werden jede Nachricht empfangen und können auf alles eingehen, was Sie wollen. Die anderen Mitglieder des Rats werden Ihnen genauso hilfreich sein wie wir. Wir alle wissen den Wert eines Arztes hier oben zu schätzen, und wir

alle haben hier viel zu lange ohne einen Arzt gelebt. Wir stehen zu Ihrer Hilfe zur Verfügung.«

In dem Moment streckte Horrie Wallace den Kopf zur Tür herein und schrie schon los, ehe er ihren Tisch erreicht hatte.

»Wir haben draußen in der Wildnis einen Notfall«, rief er. »Sam hat gesagt, er kann in zehn Minuten fertig sein. Ich fahre dich nach Hause, damit du deine Arzttasche holen kannst.«

Cassie stand auf.

»Und damit du dich umziehen kannst«, sagte Horrie grinsend. »In den Schuhen schaffst du es nie.«

Cassie wandte sich an die Thompsons. »Danke. Für das Frühstück und für das Treffen an diesem Wochenende. Für den Spaß, den die Party gestern abend gemacht hat. Einfach für alles. Was mich angeht, so werden wir am Wochenende nach Tookaringa kommen, falls Sie nichts Gegenteiliges von uns hören. Bereiten Sie einen Untersuchungsraum vor, und geben Sie in Winnamurra Bescheid, daß wir am Samstag hinkommen.«

»Wir werden für das Barbecue ein Kalb schlachten«, sagte Steven und stand auf. Er schüttelte ihr die Hand.

Horrie packte sie an der anderen Hand.

»Mach schon«, brüllte er, obwohl er direkt neben ihr stand.

Sie rannten los.

9

Auf diesem, ihrem dritten Flug konnte Cassie sich umsehen und dem Flugzeug selbst mehr Aufmerksamkeit schenken, als sie es bei ihren beiden bisherigen Flügen getan hatte, als die Landschaft unter ihr die größte Faszination auf sie ausstrahlte. Der Motorenlärm war beträchtlich. Man mußte schreien, um gehört zu werden, was jedes müßige Plaudern gewaltig einschränkte.

Sie beugte sich rüber, um Sam zu fragen: »Ist das die Sorte Flugzeug, die du schon immer geflogen hast?«

»Dieses Flugzeug«, sagte er und drehte sich zu ihr um, um sie ansehen zu können, »ist eine Schrottkiste, Doc. Eine ausrangierte Mühle, die wer weiß wie viele Jahre auf dem Buckel hat. Hör dir nur diese Vibrationen an. Es ist so dünn wie Papier und an allen Kanten undicht, und dadurch scheiden große Flughöhen von vornherein aus …«

»Wie hoch sind wir bisher geflogen?«

»Alles von siebenhundertfünfzig bis eintausendachthundert Metern«, sagte er. »Man kann das Ding nur langsam fliegen. Aber versteh mich nicht falsch, es hat auch seine Vorteile. Ich glaube, es ist das erste Flugzeug, das in der Lage ist, sein Eigengewicht in die Luft zu heben, und für den Start und für die Landung braucht man nur eine kurze Rollbahn, was für die Form von Arbeit, die wir betreiben, prima ist. Aber es wird von Heftpflastern zusammengehalten. Ich setze sehr wenig Vertrauen in diese Maschine.«

»Ein tolles Gefühl, das zu wissen«, sagte Cassie.

Sam grinste. »Aber andererseits habe ich grenzenloses Selbstvertrauen. Wir werden uns ein besseres Flugzeug zulegen, sowie wir es uns leisten können. Da wir eine karitative Organisation und von Spenden abhängig sind, hat der FDS* nicht viel Geld für moderne Flugzeuge. Es ist eine unrentable Organisation, die es sich nicht leisten kann, uns«, fügte er hinzu und meinte, QANTAS**, »Geld für die Sorte von Flugzeugen zu geben, die wir wirklich brauchten.«

»Schenkst du mir einen Kaffee ein?« fragte Sam. »Es sind nur noch zwanzig Minuten, falls ich auf dem richtigen Kurs bin.«

Kurz vor ihrer Landung fuchtelte ein stämmiger Mann mit den Armen in der Luft herum, um ihnen den Weg zur Landebahn zu weisen.

Sowie Sam die Tür geöffnet hatte, fragte er: »Wo ist der Patient?«

Der Mann grinste. »Der bin ich. Mir geht es inzwischen wieder gut.«

Cassie und Sam tauschten einen Blick miteinander. Sie packte ihre Arzttasche und stieg die Stufen hinunter. »Ich sollte Sie trotzdem besser untersuchen.«

»Es muß wohl Sodbrennen gewesen sein«, sagte der Mann und streckte seine große Pranke aus, als er sich vorstellte. »Ich bin Leonard Neville. Meine Frau ist zum nächsten Gehöft rübergefahren, etwa hundert Kilometer von hier, um Sie anzurufen, und sie ist noch nicht wieder zurückgekommen. Mir geht es wieder gut.«

Es stellte sich heraus, daß Leonard Neville ein besserer Diagnostiker als Horrie war.

»Du solltest besser mal mit Horrie reden«, riet Sam ihr auf dem Rückflug. »Das hier ist schließlich kein Luftambulanzdienst, verstehst du. Jeder einzelne Start kostet eine ganze Menge Geld.«

»Ja, ich werde ihm sagen, daß er mich selbst mit potentiellen Patienten reden läßt, ehe wir so etwas wieder tun«, sagte Cassie. Ein Flug, den sie umsonst unternommen hatten. Verschwen-

* Flying Doctor Service (Dienst Fliegender Ärzte) (Anm. d. Red.)

** Abk. von »The Queensland and Northern Territory Aerial Services Ltd.«, älteste ununterbrochen fortbestehende Luftlinie der Welt (Anm. d. Red.)

dete Zeit und verschwendetes Geld. Beides war für sie von größter Wichtigkeit.

»Unseren ersten festen Termin für Behandlungen haben wir am Freitag«, sagte sie zu ihm. »Oben bei den Thompsons. Steven hat vorgeschlagen, daß wir über das Wochenende bleiben und am Montag nach Yancanna weiterfliegen. Am Samstag abend wollen sie ein Barbecue veranstalten und uns einigen Leuten vorstellen.«

Sam nickte, ohne sich zu ihr umzudrehen. »Tookaringa ist für seine Gastfreundschaft berühmt. Das höre ich jetzt schon seit Jahren.«

Cassie lehnte sich auf ihrem Sitz zurück und schloß die Augen. Sie fühlte sich von Stunde zu Stunde besser. Ich bin hierhergekommen, um vor etwas fortzulaufen, um mich dem Leben zu entziehen, dachte sie, und nie zuvor habe ich so viel erlebt. Es waren die spannendsten und vollgepacktesten zwei Wochen ihres ganzen Lebens gewesen, ganz anders als ihre Jahre in England und Amerika.

Hier kamen Fremde auf einen zu und begannen ein Gespräch. Sowie sie hörten, daß sie die neue Ärztin war, schienen sie ihr nicht nur ihre Türen zu öffnen, sondern sie auch mit ausgebreiteten Armen zu empfangen. Sie mußte jedoch zugeben, daß es ihr manchmal Schwierigkeiten bereitete, Leute zu verstehen, die schnell sprachen und seltsame Ausdrücke benutzten. Aber niemand machte sich über ihren amerikanischen Akzent lustig. Sie hatte so viele Jahre dafür gebraucht, ihn sich anzueignen; jetzt hätte sie ihn gern abgelegt.

Hier war es nicht so grau wie in London und San Francisco und nicht so schwül wie in Washington. Ihr urbaner Vater wäre hier draußen verloren gewesen, dachte sie, und dann fiel ihr wieder ein, daß er in einer kleinen Stadt im australischen Busch aufgewachsen war, im Westen von Neusüdwales.

Es war ganz ausgeschlossen, und das wußte sie selbst, daß sie, die sich überall, wo sie gelebt hatte, als Fremde gefühlt hatte, nach nicht mehr als zwei Wochen in diesem abgeschiedenen Teil der Erde ein Zugehörigkeitsgefühl verspürte. Das, was sie fühlte, war jedoch angenehm, ganz gleich, was es auch sein mochte.

Sams Frage riß sie aus ihren Träumereien. »Spielst du Tennis?«

»Nein.« Ihre Augen blieben geschlossen.

»Hättest du Interesse daran, es zu lernen?«

Sie öffnete ein Auge. »Nicht wirklich. Tut mir leid.« Sie sah sich nicht als sportlich an. Für sie war es eine große Leistung gewesen, reiten zu lernen. Sie schaute aus dem Fenster auf die Landschaft und den Horizont. Es war nett von ihm, daß er ihr dieses Angebot gemacht hatte. Darin zeigte sich seine Bereitschaft, auf sie zuzugehen. Sie wollte nicht, daß er sich von ihr zurückgewiesen fühlte. »Hast du Lust, Horrie abzuholen und zum Abendessen rüberzukommen? Es gibt allerdings nur die Reste von der Party gestern.«

Sam zog eine Augenbraue hoch, drehte sich zu ihr um und sah sie an. »Ich finde, das klingt gut.«

Fiona würde sich auch darüber freuen, soviel wußte Cassie. Und wie sich herausstellte, konnte Fiona Tennis spielen. Schon bald darauf begannen Sam und sie, die späten Nachmittage auf dem einzigen Tennisplatz der Stadt zu verbringen.

Cassie verbrachte ihre Nachmittage statt dessen damit, laut zu lesen.

Im Alter von zweiundvierzig Jahren war Isabel Adams so dünn, daß sie ausgemergelt wirkte. Sie lag auf einem Sofa und war mit einer Steppdecke zugedeckt, und ihr gewelltes kastanienbraunes Haar fiel auf ein Kissen. Sie begrüßte Cassie mit einem matten Lächeln.

»Wie reizend von Ihnen«, sagte sie, und ihre dünne Stimme hieß Cassie herzlich willkommen. »Irgendwie habe ich nicht damit gerechnet, daß Sie mich besuchen würden. Chris hat mir von Ihnen erzählt. Aber ich erwarte nicht, daß Neuankömmlinge bei mir vorbeischauen.« Isabel wandte sich an die korpulente Frau, die die Tür geöffnet hatte. »Grace, was hältst du davon, wenn wir alle zusammen den Nachmittagstee einneh-

men? Dr. Clarke, das ist Grace Newcomb.« Sie legte eine Hand auf Grace' Arm. »Ich wüßte nicht, was ich ohne sie täte.«
Grace lächelte. »Es ist schon alles vorbereitet. Mögen Sie Gurkenbrote?«
Gurkenbrote waren Cassie ein Greuel. »Für mich nur eine Tasse Tee, bitte«, sagte sie. »Ich habe wirklich keinen Hunger.«
Isabels Arme waren nicht viel dicker als Streichhölzer.
»Ich habe nie Hunger«, sagte Isabel. »Früher hat es mich solche Mühe gekostet, schlank zu bleiben, und schauen Sie mich jetzt an. Aber wir wollen nicht über mich reden. Ein neues Gesicht, wie erfrischend. Neuigkeiten aus der Außenwelt!«
»Ich bin gekommen, um zu sehen, ob ich irgend etwas für Sie tun kann. Zwei große Bücherkisten sind schon eingetroffen, und ich habe Schallplatten ...«
»Das ist schrecklich nett von Ihnen. Aber irgendwie scheint mir die Energie zum Lesen zu fehlen, die Kraft, ein Buch länger in der Hand zu halten.«
»Möchten Sie vielleicht, daß ich Ihnen vorlese? Ich habe ein paar brandneue Bücher da.«
Isabels Augen begannen zu leuchten. «Oh, täten Sie das wirklich? Chris haßt es, laut zu lesen. Es würde mir enorme Freude machen. Das wäre ja so nett von Ihnen. Haben Sie rein zufällig *Vom Winde verweht?*«
Cassie nickte. »Ja, und ich finde es ganz wunderbar.«
»Sie haben es gelesen? Tja, in dem Fall würde es Ihnen bestimmt nicht viel Spaß machen, es noch einmal zu lesen ...«
»Ganz im Gegenteil. Ich hätte große Lust darauf.«
»Und *Rebecca?* Ich habe gehört, das soll auch ein wunderbares Buch sein.«
»Ich besitze beide«, sagte Cassie lächelnd.
Sie konnte Isabel nicht versprechen, ihr täglich vorzulesen, da sie sich über ihren Tagesablauf nicht im klaren sein konnte, doch sie vereinbarten miteinander, daß Cassie am späten Nachmittag ins Haus der Adams kommen würde, nach dem Funkkontakt mit den Patienten um sechzehn Uhr fünfundvierzig, vorausgesetzt, sie wurde dann nicht anderswo gebraucht.

In jener ersten Woche las sie Isabel an drei Nachmittagen vor, und was sie dazu veranlaßt hatte, war ihr selbst nicht klar. Isabel war sichtlich enttäuscht, als Cassie am Donnerstag ankündigte: »Wir fliegen am Wochenende erstmals zu ambulanten Behandlungen in den Busch, und daher werde ich nicht dasein.«

Sie redeten nicht viel miteinander, denn sowie Cassie eintraf, stellte Grace Tee auf den Tisch neben ihr und nahm auf einem Stuhl Platz. Sowohl sie als auch Isabel konnten ihre Ungeduld kaum zügeln. Sie warteten beide nur darauf, daß Cassie mit den Abenteuern derer fortfuhr, die auf Tara und Zwölf Eichen lebten.

Cassie bekam Chris Adams kein einziges Mal zu sehen. Er war nie da, wenn sie gegen sechs Uhr fortging.

Was ihren beruflichen Alltag betraf, bereitete es ihr Schwierigkeiten, sich daran zu gewöhnen, über Funk Diagnosen zu stellen. Dennoch fiel ihr das erheblich leichter als der Versuch, am Telefon eine Behandlung zu verordnen, da sie in ihrem Gesprächspartner am anderen Ende der Leitung oft keine Unterstützung hatte. Sie konnte sich nicht nur nach den Symptomen richten, die ihr geschildert wurden, wenn sie etwas verschreiben wollte, sondern sie mußte mehr über die medizinische Vorgeschichte des Patienten und den Verlauf der Krankheit wissen, was diejenigen am anderen Ende der Leitung häufig erboste. Sie mußte ganz genau wissen, wo der Schmerz saß und welche Symptome auftraten, und im allgemeinen war der Anrufer nicht imstande, ihr genau zu beschreiben, was dem Patienten fehlte. Jeder einzelne dieser Anrufe frustrierte Cassie. Sie hatte den Verdacht, daß die Patienten manchmal anriefen, weil sie sich einsam fühlten, vor allem die Frauen. Symptome, die sie an sich selbst feststellten, faßten sie nicht in klare Worte, und die Symptome ihrer Kinder schilderten sie hysterisch. Sie sehnten sich verzweifelt danach, eine andere Stimme zu hören. Cassie stellte mit der Zeit fest, daß sie sich eine förmlichere Redeweise zulegte – als stünde sie auf einer Bühne – und nicht so sprach, wie sie es gewöhnlich tat.

Einer der Anrufe bedrückte sie tagelang. Er kam von einem Gehöft hoch oben im Norden. Der Besitzer, Ian James, schilderte die Symptome eines Aborigines, der als Fährtensucher für ihn arbeitete. »Mit dem alten Schwarzen geht es schnell bergab. Er ist zum Frühstück nicht erschienen, und ich glaube nicht, daß er sich in dreißig Jahren eine einzige Mahlzeit hat entgehen lassen. Meine Frau hat ihn im Auge behalten, und sie sagt, er sieht furchtbar aus. Er scheint nur noch mit Mühe Luft zu kriegen, und ich fürchte, daß er im Sterben liegt. Können Sie kommen und ihn holen?«

»Schauen Sie zuerst einmal in Ihren Medizinschrank. Dort werden Sie ein Thermometer finden. Ich möchte, daß Sie ihm die Temperatur messen und ihm den Puls fühlen. Zählen Sie die Anzahl der Pulsschläge, die Sie im Handgelenk des Patienten fühlen, fünfzehn Sekunden lang, und multiplizieren Sie die Zahl dann mit vier. Haben Sie mich verstanden?«

Am anderen Ende der Leitung herrschte Schweigen, und dann war eine gereizte Stimme zu vernehmen. »Doktor? Sehen Sie mal, ich kenne diesen Mann seit meiner Kindheit. Ich brauche nicht erst seine Temperatur zu messen und ihm den Puls zu fühlen, um zu wissen, wie krank er ist.«

»Trotzdem kann ich Ihnen ohne die notwendigen Informationen nichts verschreiben.«

»Sie brauchen nichts zu verschreiben. Kommen Sie einfach her, und bringen Sie ihn ins Krankenhaus.«

Cassie wurde ungeduldig. »Es kann ja gut sein, daß Sie recht haben, aber es kostet Sie doch wirklich nur ein paar Minuten, mir die Informationen zu besorgen, die ich haben möchte.«

»Hören Sie«, schrie Mr. James wutentbrannt. »Ich will, daß ein Arzt sich den armen Kerl ansieht, und zwar jetzt!«

»Ich habe größtes Verständnis dafür, aber ich brauche wirklich mehr Informationen, ehe wir einen Flug von etlichen Stunden antreten. Wir sind kein Ambulanzdienst. Es dauert doch nur ein paar Minuten ...«

Die Leitung wurde unterbrochen. Er hatte einfach aufgelegt. Sie wußte, daß Dutzende von anderen Gehöften mithörten.

Selbst wenn sie keine Soforthilfe brauchten und niemand krank war, stellten die Stunden der Funkverständigung den Höhepunkt des Tages dar, denn nur dann konnten die Leute sich die Probleme ihrer Nachbarn anhören und überhaupt andere Stimmen hören, was ihnen das Gefühl gab, weniger einsam zu sein.

In den beiden kommenden Nächten konnte Cassie, wenn sie die Augen schloß, nichts anderes vor sich sehen als einen Schwarzen, der im Sterben lag, während sie genauere Fragen zu den Symptomen stellte. Das war jedoch schnell vergessen, als sie und Sam am Freitag morgen früh nach Tookaringa aufbrachen. Sie hatten die ganze Woche über nur einen einzigen kurzen Flug unternommen, und der hatte dazu gedient, einen Patienten zu einer Blinddarmoperation, die Chris Adams vornahm, ins Krankenhaus zu bringen. Diesmal besaß er den Anstand, ihr mitzuteilen, daß der Patient alles gut überstanden habe, doch sie erhielt diese Information von Isabel, die er gebeten hatte, es ihr auszurichten.

Sam und sie beschlossen, nach der telefonischen Sprechstunde um elf Uhr am Freitag morgen nach Tookaringa aufzubrechen, um rechtzeitig dort einzutreffen, und am Nachmittag ambulant zu behandeln. Sam sagte: »Nach allem, was ich gehört habe, bedeutet eine Einladung zu einem der Barbecues bei den Thompsons, daß wir uns als die beiden glücklichsten Menschen weit und breit ansehen dürfen.«

Cassie schien sämtliche Anrufer um acht und um elf zufriedenstellend beraten zu haben, und sie hatte versprochen, auf dem Weg nach Tookaringa bei einem der Gehöfte haltzumachen, wo sich eine Frau das Bein an einem Stacheldraht übel zerkratzt hatte. »Ich kann ihr zumindest eine Tetanusspritze geben, damit der Wundstarrkrampf nicht einsetzt«, bemerkte Cassie gegenüber Horrie.

Sie flogen nach Nordnordwest und hatten die Sonne direkt über sich. »Mit dieser Masse von Spritzen fliege ich lieber tief«, sagte Sam. »Wir haben keine Eile. Ich schätze, wir brauchen eine Stunde oder so zu … wie heißt sie schnell noch mal?«

Cassie warf einen Blick auf den Notizblock auf ihrem Schoß. »Heather. Heather Martin. Sie hat gesagt, der Landestreifen ist noch nicht fertiggestellt, aber sie arbeiten schon daran. Das Gelände ist ziemlich eben.«
»Ja, ich frage mich schon immer, was die Leute damit meinen. Ihre Vorstellung davon, was flach ist, weicht im allgemeinen gewaltig von meiner Definition ab.«
Im Umkreis von hundert Meilen gab es kein anderes Gehöft, und daher war die Ranch der Martins leicht zu finden. Um einen rechteckigen Streifen Land herum flatterten Dutzende von roten Bändern in der Brise. Cassie hörte Sam lachen. »Wer auf Erden könnte so viele Haarschleifen besitzen?« fragte er, ohne eine Antwort zu erwarten.
Sechs langbeinige Frauen winkten sie heran. Alle trugen Herrenhosen, Buschhemden und die elastischen Stiefel der Viehtreiber mit den hohen Absätzen, die auch Cassie trug. Sie konnte es nicht lassen, auf die Frauen zu deuten, als das Flugzeug auf der Landebahn ausrollte, deren Oberfläche glatter war als die der meisten, auf denen sie bisher gelandet waren.
»Ich verstehe, ich verstehe«, murmelte Sam, der beim besten Willen nicht aufhören konnte zu grinsen.
Als er die Tür öffnete und gegen die Treppe trat, damit sie sich auf den Boden senkte, hatten sich die sechs Frauen aufgereiht wie ein Empfangskomitee. Die älteste war etwa fünfundvierzig und offensichtlich die Mutter der anderen, doch sie alle sahen unglaublich gut aus.
»Ich bin Estelle Martin. Das sind meine Töchter«, sagte die Mutter und kam näher, als die Propeller des Flugzeugs sich langsamer drehten. »Ich stelle sie Ihnen später vor. Miranda ist im Haus – ihr Bein sieht ziemlich übel aus.« Sämtliche Töchter lächelten Sam an, als Cassie an ihnen vorbeilief und ihrer Mutter folgte. Ihr Alter mußte zwischen etwa sechzehn und dreiundzwanzig liegen.
Miranda lag auf dem Sofa. Sie sah aus wie ihre Schwestern, mit ihrer goldenen Haarpracht, die bis auf die Schultern fiel. Ihre braungebrannte Haut unterstrich das leuchtende Blau

ihrer Augen, um die herum sich durch die vielen Jahre, die sie in der Sonne verbracht hatte, kleine Fältchen gebildet hatten. Die Bluse spannte sich eng über ihren üppigen Brüsten, und ihre Hände waren von harter Arbeit zerschrammt und ledrig. Sie lächelte und zeigte dabei gleichmäßige perlweiße Zähne. Miranda trug Shorts, und Cassie hatte den Verdacht, Sam hätte gern einen Pfiff ausgestoßen. Die klaffende rote Wunde an ihrem Bein sah schlimm aus, und daraus, wie sie bereits zu eitern begann, konnte Cassie schließen, daß Miranda Schmerzen haben mußte, obwohl ihr tapferes Lächeln nichts davon erkennen ließ.

»Teuflisch blöd, sich so was einzufangen, stimmt's?« sagte Miranda.

Cassie kniete sich neben sie und wandte sich dann an Estelle. »Kochen Sie mir Wasser ab. Ich will die Wunde auswaschen, und dann werde ich sie aufschneiden müssen, um an die Bakterien ranzukommen. Es ist gut, daß Sie angerufen haben, denn sonst hätte Wundbrand einsetzen können.«

Sam hatte das Zimmer betreten, umringt von dieser Schar von Schönheiten. Er grinste immer noch breit.

Das Zimmer war geräumig und luftig – obwohl sie zu neunt waren, herrschte kein Gedränge. Auf den Böden lagen Teppiche, und die Möbel waren offensichtlich mit Sorgfalt ausgesucht worden. Nirgends war ein Staubkorn zu sehen … und das in einem Land, in dem ständig Sand durch die Luft wehte. Cassie stellte sich vor, daß die Männer außer Haus waren und das taten, was Männer eben auf einer Ranch so alles taten. Von der Luft aus hatte sie eine große Rinderherde gesehen.

Während Cassie die Instrumente und den Alkohol aus ihrer Tasche holte, war die Aufmerksamkeit der Martin-Töchter geteilt. Sie beobachteten einerseits, was sie tat, und andererseits starrten sie Sam unverhohlen an. Vielleicht hatte Fiona recht. Auf gewisse Frauen strahlte Sam Sex-Appeal aus.

»Brauchst du meine Hilfe?« fragte er.

Cassie schüttelte den Kopf. »Nein, danke. Ich werde keine Schwierigkeiten haben.«

Eine der Töchter trat vor, kniete sich neben Cassie und beobachtete jede ihrer Bewegungen.

Cassie sagte zu Miranda: »Ich werde Ihnen eine Spritze geben, damit Sie den Schmerz nicht fühlen, wenn ich schneide. Es wird weh tun.«

»Nein«, sagte Miranda. »Ich werde versuchen, den Schmerz zu ertragen. Ich will nichts gespritzt bekommen.«

»Es ist doch nur etwas, was den Schmerz mildert.«

»Nein«, wiederholte die junge Frau, deren Alter Cassie auf neunzehn oder zwanzig schätzte. »Es wäre mir lieber, wenn Sie das nicht tun. Lassen Sie mich dabei zusehen. Wenn ich den Schmerz nicht aushalte, sage ich es Ihnen.«

Cassie schüttelte den Kopf. Sie hörte die Stimme der Mutter hinter sich. »Wir sind stark. Ich kann mir gut vorstellen, daß sie es aushält.«

Cassie drehte sich zu Estelle um und sah die anderen Töchter, die auf Stühlen saßen oder an der Wand lehnten. Eine von ihnen saß auf dem Teppich, und alle beobachteten die Behandlung gebannt. Sam war unsicher geworden.

Als eine der Töchter das abgekochte Wasser brachte, schlitzte Cassie die nässende rote Wunde auf und sah, wie der Eiter an Mirandas Bein hinunterlief. Sie spürte, wie das Mädchen zusammenzuckte, doch als sie zu ihr aufblickte, nickte Miranda nur mit zusammengebissenen Zähnen. Das nenne ich Mumm, dachte Cassie. Damit hätte ich vielleicht draußen auf der Weide gerechnet, wo Männer unter Beweis stellen wollen, daß sie allem gewachsen sind, aber doch nicht hier. Nicht unter all diesen Frauen.

In zehn Minuten war alles erledigt. »Ich will nicht, daß sie in den nächsten zehn Tagen bis zwei Wochen aufsteht. Und auch dann nur ein paar Minuten täglich.«

Die Mutter nickte, doch eines der Mädchen sagte im Scherz: »Okay, Andy, das hast du also nur getan, um dich vor der Arbeit zu drücken. Weil wir gerade dabei sind, die abgelegensten Weiden einzuzäunen.«

»Jetzt sei bloß still«, sagte Estelle lachend. »Wenn hier jemand gern so weit vom Haus entfernt arbeitet, dann ist das Andy.«

»Das war doch nur ein Scherz, Ma.«

»Ich werde hier vor Platzangst umkommen, und das wißt ihr alle«, sagte Miranda.

»Jetzt reicht es aber«, sagte Estelle. »Ihr Mädchen, seht zu, daß der Kessel dampft. Diese Leute wollen bestimmt eine Tasse Tee, ehe sie aufbrechen.«

Es gab Tee, Obstkuchen, Toast und Himbeermarmelade. »Wonach ich mich manchmal verzehre, das sind Scones«, sagte Estelle.

»Oder Hafergrütze ohne Klumpen«, sagte Cassie.

Sie saßen in der riesigen Küche um einen Tisch herum, an dem ein Dutzend Leute problemlos Platz fand und immer noch Ellbogenfreiheit gehabt hätte.

»Mein Mann ist vor sechs Jahren gestorben«, sagte Estelle. »Seitdem haben meine Töchter nicht mehr viele Männer zu Gesicht bekommen. Deshalb starren sie Sie so an«, entschuldigte sie sich bei Sam.

»Ma'am, soll das heißen, daß dieser Betrieb von Damen geleitet wird, etwa von Ihnen?«

»Ich kann Ihnen nur raten, das zu glauben«, warf eines der Mädchen ein.

»Das ist Alberta«, sagte ihre Mutter. »Ich sollte meine Töchter jetzt wohl wirklich vorstellen, obwohl Sie sich all diese Namen ja doch nicht werden merken können. Fangen wir doch einfach bei der Ältesten an. Das ist Heather, die dort drüben sitzt.«

Heather starrte Sam bewundernd an, ohne mit einer Wimper zu zucken. »Das ist die nächste, Wilhelmina – Billy. Nach ihr kommt Andy, die auf dem Sofa liegt. Das da ist Alberta, Bertie. Da drüben«, sagte sie und deutete hin, »sitzt Louisa – Lou. Und die letzte ist unsere kleine Paulie.« Cassie fiel auf, daß sie mit Ausnahme von Heather alle männliche Spitznamen hatten. »Klar, wir leiten die Ranch. Zweihundertfünfzigtausend Morgen. Mehr als sechshundert Stück Vieh.«

»Brauchen Sie denn keine Männer für die Schwerarbeit, die harte körperliche Arbeit?« fragte Sam.

Estelle schüttelte den Kopf. »Nicht eine Minute. Selbst als Earl noch am Leben war, haben er und die Mädchen und ich alles selbst getan. Sie sind damit aufgewachsen, das zu tun, was als Männerarbeit angesehen wird. Die Arbeiten im Haus langweilen sie.«

»Wir bekommen zweimal im Jahr eine Lieferung von Teakle und Robbins«, sagte Heather. »Ich bin die einzige, die je in der Stadt gewesen ist. Niemand sonst, außer natürlich Ma, hat je die Ranch verlassen.«

»Was ist mit Kleidern und Schuhen und ...« hakte Sam nach.

»Oh, Mr. Teakle hat unsere Maße und schickt uns neue Kleidung, wenn wir darum bitten. Wir brauchen keine Kleider, und Arbeitskleidung für Männer hält sehr lange.«

Cassie lehnte sich auf ihrem Stuhl zurück und lachte. »Das schießt ja wirklich den Vogel ab. Ich habe noch nie von sechs Frauen gehört, die eine Ranch leiten und nie in die Stadt gehen.«

»Ich habe Ihnen das Lesen und das Rechnen beigebracht«, sagte Estelle. »Ich bin in Sydney aufgewachsen und habe dort die Schule abgeschlossen. Dort habe ich Mr. Martin kennengelernt. Earl. Ich war Sekretärin in der Eisenwarenhandlung, in der er gearbeitet hat, und er hat sich nie etwas anderes auf Erden gewünscht als seine eigene Rinderzucht. Wir haben genug Geld für eine Anzahlung zusammengespart, einen alten Dodge gekauft und geheiratet, und dann sind wir hergefahren und nie mehr von hier fortgegangen. Ich habe es nie auch nur eine Minute lang bereut.«

»Aber wir bereuen es, Ma. Uns tut es leid, daß du nie kochen gelernt hast«, sagte Lou.

»Ihr Mädchen seid auch nicht so toll in der Küche. Wir haben es hier alle mehr mit den Arbeiten im Freien.« Und doch war das Haus sauber und ordentlich, und über allem lag ein weiblicher Hauch.

Sam sah Cassie in die Augen, und sie konnte ihm ansehen,

daß es ihn Mühe kostete, nicht laut zu lachen. »Würden Sie denn nicht gern in die Stadt gehen?« fragte er, ohne sich an jemand Bestimmten zu wenden. »Sich einen Film ansehen? Die Auswahl zwischen vielen Kleidungsstücken haben, vielleicht sogar hübschen Kleidern?«

Eines der Mädchen sagte höhnisch: »Wozu sollten wir denn Kleider wollen?«

»Nun«, sagte Sam, »wollen Sie denn nicht sehen, wie andere Menschen leben, mit ihnen reden ...«

»Meine Töchter wissen, wie andere Menschen leben«, sagte Estelle. »Wir schicken jedes Jahr eine Bestellung an Penguin in London und lassen zweiundfünfzig Bücher kommen. Eines für jede Woche des Jahres. Ich wette, meine Familie ist die belesenste in ganz Australien.«

Die Mädchen waren stumm. Dann sagte Billy – oder zumindest diejenige, die Cassie dafür hielt: »Wir sind keine Gefangenen hier. Wenn eine von uns fortgehen will, dann steht uns das jederzeit offen. Aber es gibt dort draußen nichts, was wir hier nicht auch hätten.«

»Einen Mann?« fragte Sam.

»Ja, ich muß schon sagen«, sagte Estelle, »darüber haben wir mehrfach geredet. Falls Sie jemals einen Koch finden sollten, ich meine, einen wirklich *guten* Koch, dann schicken Sie ihn zu uns raus.« Sie sah sich langsam am Tisch um und grinste ihre Töchter an. »Es wäre angenehm, einen Mann hier zu haben, um der Abwechslung willen. Aber wir wären schrecklich wählerisch. Es müßte ein Mann sein, der wirklich gut kochen kann. Und er müßte es mögen, daß abends vorgelesen wird. Sonst gibt es hier nichts zu tun.«

Als sie nach Tookaringa aufbrachen, sagte Sam: »Ich würde meinen, umgeben von all diesen gutaussehenden Frauen wüßte jeder Mann etwas Besseres mit den Abenden anzufangen, als sich etwas vorlesen zu lassen.«

10

Schon aus der Luft unterschied sich Tookaringa von jedem anderen Gehöft. Hunderttausende von Bäumen ... aber kein Wald. Dazu waren die Abstände zwischen ihnen zu groß. Meilenweit Eukalyptus, Rinderherden, die zwischen den Bäumen herumliefen, und andere, die auf offenem Weideland grasten. Ein blauer Fluß, der anfangs nur ein schmales Band war, wurde auf ihrem Flug nach Norden immer breiter, und an seinen Ufern ragten hohe Eukalyptussträucher auf, kleine Gehölze, die dicht zusammengewachsen waren.

»Glaubst du, der trocknet jemals aus?« fragte Sam. »Sieh nur. Vor uns muß das Gehöft liegen. Das ist ja eine Wucht!«

Mindestens ein Dutzend Gebäude verteilte sich zwischen dichten Bäumen auf der Westseite eines Billabong. Als das Eukalyptusdickicht sich auflockerte und die Abstände zwischen den Bäumen wieder größer wurden, wurde ein klar gekennzeichnetes Rechteck, das von flatternden weißen Fahnen umgeben war, eindeutig als Landeplatz sichtbar.

Das Flugzeug zitterte ein wenig, der einzige Hinweis darauf, daß sie auf dem Boden aufgesetzt hatten. Es kam vor einem riesigen scheunenähnlichen Gebäude zum Stehen, dessen Westseite vor ihnen lag. Sie konnten erkennen, daß es sich in Wirklichkeit um eine Garage handelte. Im Gegensatz zu den anderen Gehöften, die sie gesehen hatten, war Tookaringa gepflegt. Werkzeuge hingen an einer Wand der immensen Garage. Traktoren funkelten, statt daß sich Staub auf ihnen sammelte wie auf fast jeder Farm im australischen Busch. Zwei kleine Lieferwagen waren in tadellosem Zustand.

Etwa ein Dutzend Männer, darunter zwei Schwarze, kam näher, als der Staub, der durch die Landung aufwirbelte, wie

in einer Zentrifuge hinter dem Flugzeug kreiste. Sam schaltete den Motor aus. Cassie sah, daß er den näherkommenden Männern, die alle gleichzeitig winkten, ebenfalls zur Begrüßung zuwinkte.
Sam glitt von seinem Sitz, lief zum hinteren Ende der Flugzeugkabine, zog die Tür auf und bückte sich, um die Treppe hinunterzulassen. Dann drehte er sich zu Cassie um, streckte einen Arm aus und forderte sie auf, seine Hand zu nehmen.
»Das schaffe ich auch ohne Hilfe«, sagte sie und griff nach ihrer Arzttasche.
Sam zuckte die Achseln und lief vor ihr die Stufen hinunter. Die Männer liefen um das Flugzeug herum, und auf ihren Gesichtern zeigte sich Interesse, wenn nicht gar Ehrfurcht.
Hinter der Garage kam im Dauerlauf Jennifer heraus, die sich das graumelierte Haar zu einem Knoten zusammengesteckt hatte. Sie trug eine Reithose und eine blaßtürkise Bluse. Sie hatte die Taille und den Gang einer Achtzehnjährigen. Als sie dem Flugzeug näher kam, breitete sie beide Arme aus.
»Willkommen auf Tookaringa.« Sie lächelte Sam strahlend an, als sie sich bei Cassie einhängte und sie mit sich zu ziehen begann. »Wir haben auf der Veranda alles aufgebaut, was unserer Vorstellung davon entspricht, was Sie für Ihre Sprechstunde und für Ihre ambulanten Behandlungen gebrauchen könnten.«
Sie liefen über einen ausgetretenen Pfad und kamen an einstöckigen Häusern vorbei. Jennifer zog Cassie zu dem dritten Haus. »Das hier ist die Schlafbaracke der Männer. Einer unserer Viehhüter ist gestern vom Pferd gefallen, und wir wissen nicht, ob er sich ein Bein gebrochen hat. Sehen Sie sich ihn als ersten an, denn er hat ziemlich schlimme Schmerzen.« Sie lief durch die offenstehende Tür in einen großen Gemeinschaftsraum mit bequemen alten Sesseln, die absolut nicht zusammenpaßten, und einem Sofa. Ein Radio stand da, und Zeitschriften waren im ganzen Raum verstreut. In einem Bücherschrank standen Dutzende von Büchern, von denen die

meisten, nach dem Zustand ihrer Einbände zu urteilen, häufig durchgeblättert worden waren.
»Walt liegt in diesem Gang«, erläuterte Jennifer und ging in einen anderen großen Raum voraus, in dem ein Dutzend Pritschen stand. Auf einer von ihnen lag ein schlafender Mann. »Ich kann mir gut vorstellen, daß seine Kumpel ihm etwas gegeben haben, damit er den Schmerz nicht spürt.« Jennifer lächelte, trat an sein Bett und rüttelte ihn an der Schulter. Er stöhnte, wachte jedoch nicht auf.
Cassie beugte sich vor und sah sich seinen geschwollenen Fuß an. Er erwachte selbst dann nicht, als sie auf seinen Knöchel drückte. »Eine Verstauchung von der übelsten Sorte. Zum Glück hat er sich den Fuß nicht gebrochen, aber es sieht ganz so aus, als sei einer seiner Zehen gebrochen. Der Nagel hat sich violett verfärbt, und der Zeh ist geschwollen. Gegen einen gebrochenen Zeh kann man nichts tun. Das kann nur die Zeit heilen. Ich komme später noch einmal wieder, wenn er wach ist.« Nüchtern wäre das treffendere Wort gewesen. »Ich denke, er wird etwa eine Woche lang nicht laufen können.«
»Gott sei Dank, daß es nichts Schlimmeres ist«, sagte Jennifer. Sie lief durch die großen Räume zurück auf die Veranda, hängte sich wieder bei Cassie ein und führte sie zum Haupthaus des Gehöfts. Auf dem Weg erklärte sie die Funktion der einzelnen Gebäude. »Dort bewahren wir unsere Vorräte auf. Wir bekommen nur zweimal im Jahr Waren geliefert. Wir schicken Bestellungen an Teakle und Robbins, und die liefern uns alles, was wir wollen, aber irgendwo müssen wir die Sachen unterbringen. Wir haben hier praktisch unsere eigene Gemischtwarenhandlung. Ich muß Listen von Dingen anfertigen, von denen wir glauben, daß wir sie in den nächsten sechs Monaten brauchen werden. Und das ist die Schlafbaracke der Mädchen. Sie ist wesentlich gemütlicher als die der Männer. Dieses Gebäude dort drüben, das gleich vor dem Haupthaus steht, ist Stevens Büro – dahinter haben der Buchhalter und der Aufseher ihre Räume. Und das … das, meine Liebe, ist Tookaringa.«

Sie waren vor den anderen Gebäuden stehengeblieben und gelangten jetzt zu einem Hang. Dort stand mit einem Ausblick auf eine ausgedehnte frisch gemähte Rasenfläche und ein Dutzend hohe Palmen, die in regelmäßigen Abständen voneinander gepflanzt worden waren, ein dreistöckiges gelb und weiß gestrichenes viktorianisches Haus – das reinste Lebkuchenhaus, mit allen erdenklichen Schnörkeln und Verzierungen versehen. Es war auf allen Seiten von einer breiten Veranda umgeben.
Es erhob sich majestätisch und wirkte deplaziert in diesem Land mit seinen wenigen Häusern – und selbst diese waren immer möglichst flach gehalten. Am unteren Ende des Rasens, der den Hang überzog, standen hohe Eukalyptussträucher an einem Teich. Schwarze Schwäne und Enten trieben auf dem Wasser.
»Selbst nach dreißig Jahren habe ich mich noch nicht daran satt gesehen«, sagte Jennifer und drückte Cassies Arm.
»Das ist kein Wunder. Es ist zu schön.« Ein schwarz-weißer Vogel mit einem langen Schnabel schwang sich aus einem der Bäume am Wasserrand auf und zeichnete sich als Silhouette gegen den kobaltblauen Himmel ab.
»Ein Jabiru, ein australischer Storch«, sagte Jennifer, die Cassies Blickrichtung gefolgt war. »Früher haben wir unten in der Nähe des Billabong Picknicks veranstaltet, und Steven hat uns in unserem kleinen Boot herumgerudert.« Jennifer war deutlich anzumerken, daß sie diese Zeiten vermißte. »Aber kommen Sie jetzt, und sehen Sie sich an, was wir auf der Veranda aufgebaut haben. Sie müssen uns sagen, was Sie sonst noch alles brauchen werden. Sicher wollen Sie sich vorher frisch machen und etwas Kaltes trinken. Wie wäre es mit einem Sandwich?«
Cassie nahm mehr als ein Dutzend schwarze Frauen und Kinder zur Kenntnis, die vor der Treppe auf dem Rasen saßen.
»Das sind Familien einiger unserer Viehhüter. Sie leben dort drüben, weit hinter den Bäumen, in kleinen Hütten, die mehr Ähnlichkeit mit Zelten haben. Von hier aus können Sie sie

nicht sehen. Wir versorgen sie mit Nahrungsmitteln, und nachdem wir Sie jetzt haben, wollen wir uns auch um ihre medizinische Versorgung kümmern. Als Blake damals eine Gouvernante hatte, habe ich all ihre Kinder herzlich willkommen geheißen, wenn sie unterrichtet werden wollten. Bedauerlicherweise haben nur wenige dieses Angebot genutzt. Wir gehören zwei verschiedenen Kulturen an, und wenn wir auch noch so gern möchten, daß sie unsere Kultur annehmen, dann tun sie es doch nicht bereitwillig.« Sie schüttelte den Kopf. »Wahrscheinlich können sie nicht verstehen, daß wir ihre Kultur nicht übernehmen und warum wir darauf beharren, in Häusern zu leben und so hart zu arbeiten, wie wir es tun.«
Die beiden Frauen hatten das obere Ende der breiten Treppe erreicht. Auf der rechten Seite der Veranda war ein langer Tisch aufgebaut und mit weißen Tüchern bedeckt worden. Auf der linken Hälfte, die mit Fliegengittern versehen war, standen bequeme Gartenmöbel, und von der Decke hing eine hölzerne Schaukel herunter. Cassie hatte noch nie ein so großes Haus gesehen.
»Schauen Sie sich um, und sagen Sie mir Bescheid, falls Sie sonst noch etwas brauchen.«
Das konnte Cassie erst wissen, wenn sie sich ein Bild davon gemacht hatte, von welchen Leiden ihre Patienten befallen waren. »Wie wäre es mit steril abgekochtem Wasser? Ich glaube, alles andere habe ich dabei. Ich hoffe, Sam bringt die Kiste aus dem Flugzeug.« Sie stellte ihre Arzttasche auf dem Tisch ab.
»Möchten Sie vielleicht ein Glas Eistee?«
»Das klingt gut. Sie müssen Ihren eigenen Generator haben.«
Jennifer lächelte. »Steven hat zu mir gesagt, wenn ich England verlasse, wird er dafür sorgen, daß es mir nie an etwas fehlen wird, was ich dort hätte haben können. Er hat sein Wort gehalten. Kürzlich hat er hinter dem Haus einen Swimmingpool angelegt. Alles verglast und von Käfigen mit Papageien, Wellensittichen und Kakadus umgeben. Bringen Sie das nächste Mal Ihren Badeanzug mit.«
»Ich dachte, wir wären hier im ausgedörrten Busch.«

»Die Quellen hier sind nie versiegt, aber dreimal in den dreißig Jahren, die ich hier verbracht habe, hatten die Dürren derart verheerende Auswirkungen auf das Land, daß wir neunzig Prozent unserer Herden verloren haben.«
Cassie starrte sie an.
Jennifer tätschelte ihren Arm. »Oh, es ist keineswegs alles problemlos verlaufen. Aber wie langweilig wäre das andererseits gewesen. Es war ein aufregendes und spannendes Leben. Dort können Sie sich frisch machen, und ich kümmere mich um den Eistee.«
Als Cassie eine halbe Stunde später auf die Veranda kam, um mit ihren ersten Routinebehandlungen zu beginnen, war die Kiste mit ihren Medikamenten da. Sie stand mitten auf dem Tisch, doch von Sam war keine Spur zu sehen.

Als sie an jenem Abend mit Jennifer und Steven zu Abend aßen, sagte Sam: »Ich glaube nicht, daß ich je in meinem Leben eine bessere Mahlzeit zu mir genommen habe.«
»Ruby ist schon seit mehr als zwanzig Jahren bei uns«, sagte Jennifer. »Wenn die Leute Ihnen erzählen, die Aborigines könnten nicht hart arbeiten oder würden immer wieder zu ihren Walkabouts aufbrechen, dann kennen sie die Eingeborenen nicht, die für uns arbeiten.«
»Es mag schon sein«, sagte Steven, »daß unsere Haushilfen und die Viehtreiber nicht regelmäßig ihre Walkabouts unternehmen, aber viele andere tun es.«
Jennifer lächelte. »Ich kann nicht behaupten, keiner von ihnen täte das, aber fest steht, daß wir hier jahrelang zuverlässige und hart arbeitende Hilfskräfte hatten.«
»Was hat es mit diesen Walkabouts auf sich?« fragte Cassie.
Sam beantwortete ihre Frage. »Das hängt ganz davon ab, mit wem man spricht. Die meisten Verwalter von Gehöften, im Grunde genommen fast jeder, den ich kenne, wird erzählen, das sei ganz einfach die Art der Schwarzen, sich zu verdrücken, wenn sie nicht zum Arbeiten aufgelegt sind. Ein Schwarzer wird nie ankündigen, daß er fortgeht, er ver-

schwindet ganz einfach eines Tages sang- und klanglos, und irgendwann erzählt einem dann jemand, er sei zu einem Walkabout aufgebrochen, zu seiner Wanderung. Aber ich glaube, daß das für sie eine spirituelle Bedeutung hat. Es ist eine Reise, die Suche nach etwas, vielleicht nach der Kontaktaufnahme mit den Geistern ihrer Ahnen.«

»Ich bin Ihrer Meinung«, fiel Jennifer ihm ins Wort. »Wir sind aufgebracht, wenn sie unsere Kultur nicht annehmen wollen. Wir …«

»Meine Frau meint die Weißen«, sagte Steven.

»Die Leute, die hergekommen sind, um das Land der Schwarzen zu besetzen«, fuhr Jennifer fort.

»Laß uns nicht ganz so weit gehen.« In Stevens Stimme schlich sich ein streitlustiger Tonfall ein.

»Aber wir wollen doch wirklich, daß sie unsere Kleider tragen, an unseren Gott glauben …«

Sam unterbrach sie wieder. »Das heißt, an den Gott der weißen Christen …«

Jennifer nickte. »… und in Häusern leben wie wir.«

»Das werden sie niemals tun«, sagte Steven.

»In unseren Häusern bekommen sie Klaustrophobie«, erklärte Jennifer. »Sie ziehen es bei weitem vor, sich aus den Ästen von Bäumen Hütten zu bauen, im Freien etwas Provisorisches hinzustellen, um den Kontakt zur Natur nicht zu verlieren und damit sie einfach ausziehen können, wenn sich der Schmutz dort sammelt oder wenn sie kollektiv ihr Walkabout antreten wollen.«

Steven sagte: »Wenn sie in Häusern leben, lassen sie sie verkommen. Sie haben nicht unsere Wertbegriffe …«

»Aber andererseits haben wir auch nicht ihre Wertvorstellungen«, warf Sam ein. »Sie sind dafür mehr … nun, ich glaube, sie sind spiritueller veranlagt als wir. Sie sind mehr mit der Natur im Einklang, und sie ehren ihre Ahnen.«

Jennifer lächelte, weil sie in Sam eine verwandte Seele gefunden hatte. Sie pflichtete ihm bei. »Sie sind ein sanftmütiges unkriegerisches Volk.«

»Jenny ist vernarrt in die Aborigines«, sagte Steven. »Das ist die alte Geschichte mit den edlen Wilden. Sie sieht sie niemals als schmutzig oder träge an. All ihre Bilder stellen sie und ihr Land dar.«

»All ihre Bilder?« fragte Cassie, die sich vorkam, als sei sie in einem fremden Land. Das hier war so ganz anders als das Australien, das sie als Kind in ihren Sommerferien gekannt hatte. Sie hatte in Melbourne etliche Aborigines gesehen, doch ihre Kultur war ihr völlig fremd.

»Jenny malt«, erklärte Steven. »Sie ist grandios gut.«

»Er ist voreingenommen«, sagte seine Frau lächelnd.

»Darf ich mir Ihre Bilder ansehen?« fragte Cassie.

»Ja, selbstverständlich. Im Moment habe ich nicht viele. Ich finde immer wieder Leute, denen ich sie geben kann. Als Hochzeitsgeschenk. Zum Geburtstag. Leute, die hier vorbeikommen und denen eines der Bilder besonders gut gefällt. Ich habe vor Jahren das Malen entdeckt, als Steven wochenlang ununterbrochen unterwegs war, um das Vieh zusammenzutreiben, und manchmal innerhalb von sechs Wochen vielleicht nur einmal nach Hause gekommen ist. Jetzt übernimmt Blake das für ihn. Heutzutage reitet er Gott sei Dank nicht mehr so weit aus. Aber das Malen hat mir dabei geholfen, den Verstand nicht zu verlieren, als ich damals hergekommen bin und glaubte, Alleinsein hieße Einsamkeit.«

Eine dunkelhäutige Eingeborene trug den Nachtisch auf, einen lockeren, großen runden Tortenboden, der mit roten und grünen Früchten und geschlagener Sahne bedeckt war. Das Kleid, in dem ihr üppiger Körper steckte, saß tadellos, und Cassie amüsierte sich darüber, daß das Mädchen keine Schuhe trug, sondern mit nackten Füßen über den Holzboden tappte.

Sam wollte sich eine Zigarette anzünden, sah Cassie an und steckte das Päckchen dann wieder in seine linke Hemdtasche. Die Eingeborene brachte Kaffee.

»Über das ganze Land verteilt haben wir etliche schwangere Frauen«, sagte Jennifer. »Wenn Sie das nächste Mal kommen, könnten wir sehen, ob Sie sie dazu überreden können, sich untersuchen zu lassen. Es könnte einige Zeit kosten, sie dazu zu bringen, daß sie sich Untersuchungen unterziehen. Steven hat sich schon überlegt, womit wir sie bestechen könnten.«

»Wie kommt es, daß Sie so viele Aborigines hier haben?«

»Sie sind großartige Spurenleser«, antwortete Steven. »Und Viehtreiber. Niemand sonst kann so mit Rindern umgehen. Sie gehören einfach auf Pferde. Und sie halten sich etwas darauf zugute. Ich habe noch nie einen faulen Viehtreiber gesehen. Ich glaube, die Aborigines haben dafür einen Instinkt. Und wenn man einen von ihnen einstellt, bringt er automatisch seine Familie mit auf das Land. Wir bezahlen ihnen nicht viel, denn sonst könnten wir es uns niemals leisten, so viele zu beschäftigen, wie es der Fall ist, aber wir ernähren ihre Familien, bieten ihnen Unterricht an, wenn sie Interesse daran haben …«

»… was gewöhnlich nicht der Fall ist«, sagte Jennifer.

»Das ist wahr. Traurig, aber wahr.«

»Warum traurig?« fragte Jennifer. »Was könnten wir ihnen schon zu der Lebensweise beibringen, die sie führen wollen?«

»Wir können ihnen etwas über eine Lebensweise nahebringen, in die sie sich einfügen müssen«, antwortete Steven, doch Cassie hatte den klaren Eindruck, daß sie dieses Thema schon viele Male miteinander abgehandelt hatten. »Morgen werden Sie Ihre ersten Erfahrungen in einer Aboriginemission machen, stimmt's?«

»Yancanna?«

»Nein, das ist ein AIM-Hospital. Das ist am Montag. Morgen sind Sie in Narrabinga. Die Mission wird von einer katholischen Nonne geleitet.«

Die Missionarin trug Shorts. Das war ja schon ein guter Anfang, dachte Cassie. Etwas, was sie hier oben in den Tropen, wo es zu heiß für lange Hosen war, selbst gern getan hätte. Die Männer, die sie gesehen hatte, trugen alle Shorts und Kniestrümpfe. Letzteres erschien ihr ein wenig affig. Wenn diese

Frau Shorts tragen konnte, würde Cassie vielleicht auch so dreist sein, es auszuprobieren. Aber erst nachdem die Leute sich an ihre Herrenhosen gewöhnt hatten. Diese Veränderungen würde sie langsam in Angriff nehmen müssen.
Die Shorts der Missionarin waren ausgebeult und lang. Ihre Weiblichkeit unterstrichen sie jedenfalls gewiß nicht. Sie strahlte keinerlei Reiz aus. Ihr mausgraues Haar machte den Eindruck, als hätte sie sich eine Schüssel aufgesetzt und um den Rand herum geschnitten. Sie trug eine Brille mit einem Schildpattgestell, das auf ihrer Nasenspitze saß.
»Gott sei Dank«, sagte die Frau. »Ich bin Schwester Ina.« Sie drückte Cassie energisch die Hand. »Wir hoffen, daß wir bald ein fußbetriebenes Funkgerät bekommen, aber im Moment haben wir noch keines, und wir haben einen Fall, der dringend ärztliche Behandlung braucht.«
Ohne jede weitere Einführung machte sie auf dem Absatz kehrt und fiel mehr oder weniger in einen Dauerlauf, als sie sich zu dem niedrigen Gebäude mit dem Wellblechdach begab, das im Schatten hoher Palmen stand.
Mit der Arzttasche in der Hand folgte ihr Cassie. Auf dem Lehmboden lag ein Schwarzer ausgestreckt auf dem Bauch. Sein Gesicht war von der Tür abgewandt, doch seine beiden Hände waren in einer Form neben ihm gespreizt, als hätte er sich dort einfach fallen lassen. Zwischen den Schulterblättern ragte ein Speer aus seinem Rücken heraus. Er war fast anderthalb Meter lang.
»Um Himmels willen!« rief Cassie aus.
»Er ist vor weniger als einer Stunde hier angekommen, und wir wissen nicht, wie wir das Ding rauskriegen können.«
Cassie kniete sich neben ihn. »Wie lange ist er schon bewußtlos?« fragte sie.
Der Tonfall der Missionarin war grimmig. »Er ist nicht bewußtlos.« Sie sagte etwas, was Cassie nicht verstand, und der Mann öffnete ein Auge. Er stieß einen ächzenden Laut aus und schloß das Auge wieder. Sie konnte erkennen, daß der Speer nur um Haaresbreite das Rückenmark verfehlt hatte.

Er hatte ganz offensichtlich nicht das Rückgrat splittern lassen, denn das hätte zum sofortigen Tod geführt. Der Winkel, in dem der Speer aus dem Rücken des Mannes ragte, ließ Cassie vermuten, daß er dicht an seinem Herzen saß, aber wenn er die Hauptschlagader durchbohrt hätte, wäre der Mann nicht mehr am Leben. Nichts in ihrem Medizinstudium hatte sie auf eine solche Situation vorbereitet.
In dem Moment kam Sam zur Tür herein.
»Mein Gott«, sagte er.
»Meiner auch«, sagte Schwester Ina. »Wir versuchen dahinterzukommen, wie wir das Ding rauskriegen. Reichlich kritisch, was?«
»Das ist noch untertrieben! Wir brauchen Werkzeug, andere Instrumente als die, die ich bei mir habe.« Cassie stand auf. »Haben Sie Zangen? Oder Schraubenschlüssel?«
»Klar, in der Werkstatt«, sagte die Missionarin. »Folgen Sie mir.«
Cassie warf einen Blick auf Sam. »Ich habe das Gefühl, daß du hier gebraucht wirst. Du hast entschieden kräftigere Muskeln als ich.«
»Dafür werde ich Gott ewig danken«, sagte er grinsend.
Sie lächelte nicht.
In der Werkstatt fanden sie Schraubenschlüssel und Zangen. »Wir können nur hoffen, daß es damit geht.«
Als alles vorbereitet war, sagte Cassie zu der Missionsschwester: »Sie werden ihm die Narkose verabreichen müssen.« Sie holte die Gazemaske und die Ätherflasche aus ihrer Tasche.
»Diesmal nicht ich?« fragte Sam erleichtert.
»Nein, dich brauche ich, damit du dieses verdammte Ding rausziehst.«
Sam sah sie an.
»Du mußt dich vorsehen«, fuhr sie fort, »daß es nicht zu vertebralen Verletzungen kommt.« Der verständnislose Ausdruck in seinen Augen fiel ihr auf. »Die Wirbel – die Knochensegmente, aus denen sich das Rückgrat zusammensetzt. Um nicht zu riskieren, daß du ihm einen Wirbel brichst, mußt

du den Speer gerade herausziehen. Du darfst keine andere Kraft einsetzen, keine willkürliche Hebelwirkung. Du mußt einfach nur daran ziehen und darfst die Richtung nicht ändern.« Sie wandte sich an Ina. »Während Sie ihm den Äther verabreichen und Sam den Speer herauszieht, brauchen wir noch ein paar Leute, die den Patienten festhalten, damit Sam Kraft einsetzen kann. Könnten Sie zwei starke Männer zu Hilfe rufen?«

Ina verschwand.

»Was passiert, wenn ich die Wirbelsäule verletze?« fragte Sam.

Cassie warf einen schnellen Blick auf ihn. Daran hatte sie auch schon gedacht. »Tu es nicht.«

Ina kehrte mit zwei großen Aborigines zurück und erklärte ihnen, sie müßten den Patienten mit aller Kraft auf dem Boden festhalten, damit Sam den Speer herausziehen konnte.

»Er darf sich keinen Zentimeter rühren können«, ordnete Cassie an. Sie nickte Ina zu. »Okay, geben Sie ihm jetzt einen Tropfen Äther nach dem anderen«, sagte sie und erklärte, wie er zu verabreichen war. Sie kniete sich neben den Patienten, preßte die Hände auf die Haut um den Speer herum und schlug Sam vor: »Stell einen Fuß auf den Hintern des Mannes, damit du dir die Hebelwirkung zunutze machen kannst. Er kann es nicht spüren. Und jetzt zieh, behutsam, aber unter Einsatz von Kraft.«

Der Speer rührte sich nicht von der Stelle.

Sam begann zu schwitzen. Es war heiß in der Hütte.

»Okay«, sagte Cassie. »Dann eben immer nur ein kleines Stückchen. Versuch, ihn mit dem Schraubenschlüssel zu drehen.«

Der Speer drehte sich ein wenig, aber wirklich nur ein klein wenig. »Und jetzt zieh vorsichtig daran«, sagte sie. »Versuch, erst zu drehen und dann zu ziehen.« Als er das tat, blieb Haut an dem Speer kleben. »Warte!« rief sie. »Sieh mal, wenn du den Speer herausdrehst, bleibt die Haut daran kleben. Du mußt ihn ein klein wenig herausziehen und ihn dann zurückgleiten lassen, und ich drücke gegen die Haut, damit sie sich von dem Speer löst.«

»Oh, der arme Mann«, stöhnte Ina, die gerade einen Tropfen Äther auf die Gaze tröpfelte.

»Und jetzt zieh vorsichtig daran«, ordnete Cassie an und preßte die Hände auf den Rücken des Mannes, damit die Haut sich nicht um den Speer schlang. »Aber nach jeder dritten oder vierten Drehung mußt du den Speer wieder ein wenig in ihn hineinstoßen. Die Haut darf nicht aufreißen.« Sie erkannte, daß nicht ihr gesamter Schweiß auf die Schwüle zurückzuführen war.

Auch auf Sams Gesicht schimmerte Schweiß. Er machte eine Pause, um sich einen Moment auszuruhen, und Cassie blickte zu ihm auf. Dann drehte er den Speer mit dem Schraubenschlüssel und zog geschickt daran.

»Warte, die Haut wird auch hochgezogen. Dreh ihn langsam, und zieh nicht daran. Ja, jetzt haben wir es. Okay, mach weiter, dreh ihn.«

Es dauerte etwa fünfzehn Minuten, bis Sam seinen Rhythmus gefunden hatte. Dann drehte er den Schraubenschlüssel ein wenig, lockerte den Speer und zog, während Cassie darauf achtete, daß die Haut nicht an dem Speer klebenblieb. Er begann allmählich, sich leichter herausziehen zu lassen.

Es dauerte mehr als eine Stunde, ehe der Speer mit einem saugenden Geräusch herauskam; Blut sprudelte wie eine Fontäne. Cassie preßte die Wunde schnell mit dem Daumen und dem Zeigefinger zusammen und griff nach der Kollodiumkompresse, die sie fest auf das Loch im Rücken des Mannes drückte. Dann schnappte sie sich eine Nadel für eine subkutane Injektion und spritzte Adrenalin.

»Wie ist das passiert?« fragte Cassie, als sie aufstand.

Ina reichte ihr das Ätherfläschchen und die Maske. »Wahrscheinlich hat er gegen ein Gesetz des Stammes verstoßen. Wir werden es nie genau erfahren. Wer auch dazu bestimmt worden sein mag, das Todesurteil zu vollstrecken, es ist ihm nicht gelungen. Wird er wieder gesund werden?« Das konnte

Cassie beim besten Willen nicht wissen. »Sam hat gute Arbeit geleistet.« Ihr fiel auf, daß er verschwunden war. »Ich habe keine Ahnung. Mit etwas Derartigem habe ich bisher noch nie zu tun gehabt. Wenn wir nicht gerade in dem Moment gekommen wären, wäre er schon tot gewesen.«
»Gottes Wege sind unergründlich …« Ina lächelte. »Möchten Sie vielleicht eine Tasse Tee?«
»Eigentlich nicht«, sagte Cassie. »Ich brauche etwas Kaltes.«
Ina schüttelte den Kopf. »Tut mir leid. Das haben wir hier nicht.«
Sam stand unter einer der Palmen und rauchte.

Was Cassie bei ihren ambulanten Behandlungen zu sehen bekam, waren offene Wunden und Narben, die von der Lepra geblieben waren, die inzwischen weitgehend ausgerottet war. Und Frambösie. Alte Verletzungen, die lange Zeit vernachlässigt worden waren. Alles Frauen. Oder Kinder.
Ein junges Mädchen, das nicht älter als zwölf Jahre sein konnte, hatte Streifen auf dem Bauch. »Wenn ich es nicht besser wüßte, würde ich es für Schwangerschaftsstreifen halten«, bemerkte Cassie.
»Genau das ist es«, sagte Ina, die den ganzen Morgen dicht neben ihr gestanden hatte. »Sie kriegen Babys, wenn sie selbst noch Babys sind. Sie müssen das verstehen. Männer mißbrauchen Frauen und kleine Mädchen, wann immer sie es wollen. Sie können einen Weg hinunterlaufen und eine Frau oder ein Mädchen sehen, das sie wollen, und die nehmen sie sich dann an Ort und Stelle. Das hat bei ihnen keinerlei Bedeutung.«
»Und für die Frauen auch nicht?«
Ina zuckte die Achseln. »Wer weiß? Es macht ihnen nicht zu schaffen, wie es uns zu schaffen macht. Ich sage mir, wenn ich mich über ihre Sitten entrüste, dann sollte ich nicht hier sein. Schließlich halte ich mich in ihrem Land auf. Ich versuche allerdings, dafür zu sorgen, daß die Frauen und die Kinder nicht so oft geschlagen werden. Im Grunde genommen sind die Aborigines sanftmütige Menschen. Sie denken nur

ganz einfach nicht so wie wir. Sie leben für den Augenblick, ohne auch nur einen Gedanken auf die Zukunft zu verschwenden. Das, was sie wollen, nehmen sie sich augenblicklich. Die Gesetze des Stammes gelten nicht für Frauen, oder falls sie es doch tun, dann wissen die Frauen es nicht. Frauen ist es nicht erlaubt, bei den Stammesritualen anwesend zu sein oder auch nur die Gesetze zu kennen.«

Cassie starrte Ina an. »Wie halten sie es bloß aus, unter diesen Menschen zu leben? Bringt es Sie nicht um den Verstand?«

Ina lächelte, doch in ihrem Lächeln schwang auch Melancholie mit. »Ich bin nicht sicher, warum ich es tue. Ich dachte, es läge an Gott. Deshalb bin ich hergekommen. Jetzt gefällt es mir hier. Ich könnte nicht nach England zurückgehen. Hier kann ich die Probleme der Leute wenigstens auf ihre Unwissenheit oder auf ihre Unschuld schieben, wie Sie es lieber nennen wollen. Wem kann ich die Schuld an den Problemen der modernen Zivilisation zuschieben? Die Menschen in unserer Welt wissen genau, daß sie nicht tun dürften, was sie tun, aber sie tun es trotzdem.«

Das verbreitetste Problem waren Zahnschmerzen. Cassie zog elf Zähne. Die einzige Zange zum Zähneziehen, die sie hatte, mußte für Zähne im Unterkiefer und im Oberkiefer und für abgebrochene Zahnstümpfe dienen.

»Ihnen wird auffallen«, sagte Schwester Ina, »daß die Frauen das Zähneziehen ausnahmslos stoischer hinnehmen.«

Die Schmerzen brachten sie fast um den Verstand, und sie fürchteten sich vor der Ärztin und den Instrumenten gleichermaßen, doch wenn der Zahn erst einmal draußen war, vollzog sich im Gesicht jedes einzelnen Patienten eine Verwandlung, die deutlich die Erleichterung zeigte. Das Ziehen des Zahns verursachte weniger Schmerzen als die, die der Patient bereits erlitten hatte. Im allgemeinen waren die Patienten erstaunt, wenn sie den Zahn verloren hatten und feststellten, daß der furchtbare Schmerz vergangen war.

Es war drei Uhr nachmittags, ehe sie zum Aufbruch bereit war. Schweiß strömte über ihr Gesicht und rann in ihre Augen, in denen das Salz brannte. Immer wieder wischte sie sich den Schweiß mit einem Taschentuch ab, das schon bald klatschnaß war.

»Heute sind nur die schweren Fälle hergekommen«, sagte Ina zu ihr. »Aber es wird sich herumsprechen, daß Zahnschmerzen enden können und daß Sie einem Mann das Leben gerettet haben. Ich hoffe, vor Ihrem nächsten Besuch hier kann ich einige der schwangeren Frauen dazu überreden, daß sie sich von Ihnen untersuchen lassen, aber versprechen kann ich nichts. Vielleicht werden sie ihre Kinder impfen lassen. Es wird eine Zeitlang dauern. Ihnen ist bisher noch nie ärztliche Versorgung angeboten worden.«

»Wie lange sind Sie schon hier draußen?« fragte Cassie, die derart entkräftet war, daß sie nicht wußte, ob sie noch die Energie aufbringen würde, zum Flugzeug zurückzulaufen. Sie wußte, daß es dort glühend heiß sein würde, nachdem das Flugzeug mehr als sechs Stunden bei dieser hohen Luftfeuchtigkeit in der sengenden Hitze gestanden hatte.

»Sieben Jahre«, erwiderte die Frau, während sie sich den Schweiß von den Schläfen wischte.

Sam stand, nicht weit von dem Flugzeug entfernt, im Schatten einer Palme. Als er Cassie kommen sah, trat er seine Zigarette aus und streckte die Hand aus, um ihr die Arzttasche abzunehmen.

»Ich schaffe es schon«, sagte sie.

»Wir sehen uns dann nächsten Monat wieder«, sagte er zu der Nonne und sprang vor Cassie in das Flugzeug. Er trat zur Seite, als sie einstieg, und dann zog er die Treppe hoch und knallte die Tür zu.

»Hunderttausend Dank«, rief Ina.

Cassie ließ sich auf den Sitz sinken und schloß die Augen. O Gott, wie heiß es doch war.

11

Jennifer warf nur einen einzigen Blick auf Cassie und bestand darauf, daß sie sich vor dem Barbecue am Abend hinlegte. Wenn Jennifer um sieben Uhr nicht leise an ihre Tür geklopft hätte, hätte es gut sein können, daß Cassie erst Stunden später wach geworden wäre.

In einem Umkreis von mehr als hundert Meilen gab es keine anderen Rancher, doch die Thompsons hatten alle eingeladen, die innerhalb von Stunden anreisen konnten. Ihren Aufseher und seine Frau, Stevens Buchhalter, alle, die auf dem Gehöft halfen, die Viehtreiber und Rancharbeiter, die nicht zu weit draußen im Busch waren, den Gärtner und seine Frau, die beiden Mechaniker, den Tierarzt – jeder, der für sie arbeitete, war eingeladen worden, um die neue Ärztin kennenzulernen. Dazu gehörten auch mehr als zwei Dutzend Kinder.

»Mich begeistert das«, sagte Jennifer, als sie auf Cassies Bettkante saß. »Australien ist das egalitärste Land auf Erden. In England würde man niemals seine Arbeiter zu einer Party einladen. Aber natürlich gibt es auch noch alle die, die meilenweit entfernt von hier das Vieh zusammentreiben. Ich wünschte, Blake wäre hier. Er wird Sie mögen.«

»Meines Wissens habe ich nichts Angemessenes gekauft, was ich hier tragen könnte«, sagte Cassie und sah Jennifer in ihrem apricotfarbenen seidigen Kleid an, das sich eng an ihre ausgezeichnete Figur schmiegte.

»Oh, die Hälfte der Frauen, die kommen, besitzen gar nichts, was man als Partykleid bezeichnen könnte. Aber erzählen Sie mir bloß nicht, daß Sie Ihre Reithose tragen wollen.«

»Nein, ich habe durchaus ein Kleid mitgebracht.«

Jennifer sagte ihr, sie fände es sehr hübsch. Als sie gemeinsam die Treppe hinunterkamen, drehten sich sämtliche Köpfe nach ihnen um. Ihr rot-weiß gepunktetes Kleid aus feinem Batist wurde von den Frauen bewundert – so etwas hatten sie noch nicht gesehen. Sie waren an Jennifers Eleganz gewöhnt und nahmen sie als selbstverständlich hin, aber als sie jetzt die neue Ärztin in einem so hübschen Kleid sahen, wirkte sie gleich weniger, nun, wie eine unpersönliche Institution. Weniger furchteinflößend.

»Jeder dieser Männer hier wird mit Ihnen tanzen wollen«, flüsterte Jennifer.

»Ich würde meine Zeit genauso gern damit zubringen, mit den Frauen zu reden«, murmelte Cassie. »Schließlich sind sie diejenigen, die mich am meisten brauchen werden.«

»Nicht unbedingt.« Jennifer ließ ihren Arm los. »Und außerdem können Sie sich jederzeit mit den Frauen unterhalten. Tanzveranstaltungen sind dazu da, daß man mit dem anderen Geschlecht in Berührung kommt.«

Cassie schaute sich um. Sie entdeckte keine potentiellen Ray Grahams unter den Männern, niemanden, der ihr gefährlich hätte werden können. Vielleicht konnte sie es sich erlauben, heute abend ihren Spaß zu haben; mit den Arbeitern, die auf der Ranch halfen, den Pferdeliebhabern, den Mechanikern, den Handlangern und den jungen Gelegenheitsarbeitern, die angelernt werden wollten; sich ein wenig gehenzulassen.

Der Geruch nach Spießbraten hing in der Luft. Den ganzen Tag über war das Rindfleisch über Kohlen geröstet worden. Auf dem Rasen vor dem Haus, der sich in seiner leichten Hanglage bis zum Billabong am unteren Ende erstreckte, waren auf Böcken drei Meter lange Tischplatten ausgebreitet, auf denen riesige Salatschüsseln und Töpfe mit Bohnen standen. Mürbegebäck und Kürbisbrot, riesige rote Tomaten, große Stücke Käse, Krüge mit Milch und Eistee waren ebenfalls in großen Mengen auf den Tischen verteilt.

Steven kam auf sie zu. »Guten Abend, die Damen. Meine Güte, ihr beide seht ganz reizend aus. Kommt gleich mit –

da stehen zwei Tom Collins bereit, die ich persönlich gemixt habe und die nur auf euch warten.«
»Solange es bloß eine große Menge Flüssigkeit und halbwegs kalt ist«, sagte Cassie.
»Ihr Kollege da drüben«, sagte Steven und wies mit einer Kopfbewegung auf Sam, der sich mit etlichen Rancharbeitern unterhielt, »scheint es mehr mit dem Bier zu haben. Haben Sie schon gewußt, daß in Australien mehr Bier getrunken wird als in jedem anderen Land?«
Cassie fragte sich, ob das etwas war, worauf man stolz sein konnte.
»Diese schlaksigen Rancharbeiter werden Sie heute abend gründlich unter die Lupe nehmen«, sagte Steven grinsend. »Im Umgang mit Frauen sind sie so schüchtern, wie eine Horde Männer es nur irgend sein kann, aber sie werden alle mit Ihnen tanzen wollen, obwohl Sie Ärztin sind. Werden Sie bloß nicht nervös, wenn Sie merken, daß Sie von den Männern angestarrt werden. Wir kriegen hier nicht viele Frauen zu sehen, die so aussehen wie Sie.«
»Wir kriegen hier überhaupt nicht viele Frauen zu sehen«, sagte Jennifer. »Im Grunde genommen so gut wie niemanden außer den Mädchen, die hier arbeiten. Den Männern hat es gut gefallen, daß wir eine Gouvernante hatten, als Blake noch jung war. Aber das ist schon lange her.«
»Hier gibt es im weiten Umkreis keine Schulen, stimmt's?«
»Es ist ein Jammer«, sagte Jennifer. »Wir konnten uns immer Gouvernanten leisten, aber natürlich haben sie nach einem Jahr oder so ausnahmslos geheiratet. Eine einzige Frau unter so vielen Männern, da liegt das ja wohl auf der Hand. Aber es gibt Hunderte von Familien draußen im Busch, die sich keine Gouvernante leisten können und nicht gebildet genug sind, um ihren Kindern selbst etwas beizubringen. Manchmal haben die Kinder das Glück, das Alphabet und ein bißchen Rechnen lernen zu können. Das ist einer der großen Nachteile daran, hier eine Familie zu haben. Wenn ein Kind um die zwölf Jahre alt ist, dann müssen wir sie in Internate in den

Städten schicken. Auch das verursacht gewaltige Kosten, und die meisten Leute können es sich nicht leisten. Diejenigen unter uns, die das Geld dafür haben, müssen sich früh von ihren Kindern trennen. Das ist ein hoher Preis dafür, Pionierarbeit zu leisten.«

»Wir sind besser dran als die meisten anderen«, sagte Steven. »Wir konnten uns Gouvernanten und gute Schulen leisten. Blake hat sein Wirtschaftsstudium abgeschlossen, was nicht heißen soll, daß ihm das auch nur das geringste nutzt oder daß er irgend etwas anderes tun möchte, als eine Ranch zu leiten. Aber er hat eine gute Ausbildung bekommen.«

»Na, so was, Doc«, ertönte Sams Stimme hinter Cassie. »Ich hätte dich kaum wiedererkannt.«

Als sie sich umdrehte, stellte sie fest, daß er sie ansah. Befangen hob sie ihr Glas und drehte eine Pirouette. »Wirke ich unprofessionell, nicht wie eine Ärztin?«

»Du siehst äußerst weiblich aus«, sagte er. Dann wandte er sich an Steven und fragte: »Was dagegen, wenn ich mir noch ein Bier hole?«

»Dann sind Sie also diejenige, die meinen Schwarzen auf dem Gewissen hat?«

Steven legte dem Sprecher, einem untersetzten Mann mit grauem Haar, einen Arm um die Schultern. »Ian, du weißt doch gar nicht, wer das ist. Das ist die neue Ärztin.«

»Sie wollte nicht kommen und nach einem meiner Jungen sehen, als ich sie darum gebeten habe, und er ist gestorben.«

Cassies Nackenhaare stellten sich auf. Sie bemerkte, daß Sam kehrtmachte und sich neben sie stellte.

»Ich habe mich lediglich nach seiner Temperatur erkundigt und ...«

»Er ist gestorben.«

Steven mischte sich ein. »Wahrscheinlich hätte ihn niemand retten können.«

Ian James sah Cassie an. Dann machte er auf dem Absatz kehrt und ging. Cassie wäre am liebsten im Erdboden versunken.

»Machen Sie sich nichts daraus«, sagte Steven. »Jeder von uns macht Fehler.«
»Sie wird sich aber etwas daraus machen«, sagte Sam. »Und sie hat keinen Fehler gemacht. Er hat einfach aufgelegt. Ich habe es selbst gehört. Er hat sich unkooperativ verhalten. Es besteht schließlich ein Unterschied zwischen dem FDS und einem Luftrettungsdienst, verstehen Sie. Cassie muß sicher sein, daß ärztliche Soforthilfe erforderlich ist, ehe ich auch nur zulasse, daß das Flugzeug aus dem Hangar geholt wird. Die Kosten sind enorm, und außerdem wäre es Zeitverschwendung.«
O Sam, ich danke dir so sehr, hätte Cassie am liebsten gesagt.
»Um mir auch nur halbwegs ein Bild zu machen, brauche ich die Krankheitsgeschichte und die Symptome des Patienten. Mr. James hat mir beides verweigert.«
Steven tätschelte Cassies Schulter. »Nehmen Sie es, wie es kommt«, riet er ihr.
Innerhalb von einer Minute kamen etliche andere Männer auf sie zu, und das ermöglichte es Steven, sie Cassie vorzustellen. Sam schlenderte zu einer Gruppe von jungen Frauen, um sich mit ihnen zu unterhalten. Nach einer Weile verlor Cassie ihn aus den Augen.
Nachdem sie sich von Ian James' Attacke erholt hatte, merkte sie, daß es Spaß machte, von Männern umzingelt zu sein, aus denen sie sich nichts machte, sich von ihnen bewundernd ansehen zu lassen und sich ihre Anzüglichkeiten anzuhören. Sie stellte fest, daß sie ihr forsches und kühles Auftreten – ihre Rolle als Ärztin – abgelegt hatte, als sie ihr Partykleid angezogen hatte.
Als die Sonne langsam an einem zinnoberroten Himmel versank, kühlte sich die Abendluft allmählich ab, und eine ungezwungene Atmosphäre stellte sich auf der Party ein. Jennifer und Steven sorgten dafür, daß Cassie allen Anwesenden vorgestellt wurde. Sie kam zu dem Schluß, niemals derart freundlichen Menschen begegnet zu sein.
Beim Abendessen stellte sie fest, daß ihre Tischnachbarn Viehzüchter waren und daß sie drei weiteren Viehhütern gegen-

übersaß. Nur einer von ihnen war wirklich gewandt im Gespräch, und Cassie mußte sich krampfhaft Themen einfallen lassen, über die sie miteinander reden konnten, aber trotzdem fühlte sie sich sehr wohl.
Nach dem Abendessen, als Sterne am Himmel zu funkeln begannen, hörte sie von der Veranda die Klänge einer Geige. Kurz darauf wehte das Klagen einer Trompete durch die Nachtluft, und die Töne klangen so weich wie bei Harry James. Dann fielen etliche andere Instrumente ein, und es wurde getanzt. Die Glastüren des Wohnzimmers waren weit geöffnet worden, so daß die geräumige Veranda und das riesige Wohnzimmer zu einem Ballsaal wurden. Teppiche wurden zusammengerollt, und die frisch gewachsten Bodendielen blinkten. Über der Veranda spannten sich Schnüre mit Papierlampions, und die Band spielte schmissige amerikanische Melodien mit langsamen Foxtrott-Einlagen.
Cassie stellte fest, daß sie den ganzen Abend über von einem Mann an den anderen weitergereicht wurde und nie auch nur einen Moment Gelegenheit fand, sich auszuruhen. Sie starb fast vor Durst, als Sam sie abklatschte. Nach ein paar Minuten sagte sie: »Du kannst sehr gut tanzen.« Er blieb stumm, während sie langsam über die Tanzfläche glitten. »Und außerdem finde ich, daß du ein guter Assistenzarzt bist«, fügte sie hinzu.
Er lachte. »Gestern war ich ganz schön beeindruckend, was? Mit diesem Speer.«
Cassies Augen funkelten. »Soll ich all den jungen Mädchen dort drüben erzählen, wie toll du bist?«
Er schüttelte den Kopf und wirbelte sie im Kreis herum. »Die Mühe kannst du dir sparen, aber trotzdem vielen Dank. Sie werden es schon von allein herausfinden.«
Die Band setzte zu einem schnellen amerikanischen Jitterbug an. Die meisten Paare zogen sich von der Tanzfläche zurück.
»Traust du dich, es zu versuchen?« Sam zog die Augenbrauen hoch.
»Glaubst du etwa, ich könnte es nicht?« fragte sie spöttisch.
»Okay, Doc, dann werden wir es denen doch mal zeigen«, sag-

te er und begann, sich von ihr zu lösen, sie im Kreis zu drehen und ihre Hand wieder zu packen, als sie sich ihm nach der Drehung zuwandte. »Meine Güte, ich bin beeindruckt.« Und schon ging es weiter, und Cassie ließ sich von ihm führen.
Die Tanzfläche hatte sich geleert, und alle beobachteten sie und klatschten im Takt zur Musik. Cassies Rock wehte weit um sie, als sie sich um Sam drehte. Er hielt sie nur leicht, aber sicher an der Hand, und sein Gesicht strahlte vor Freude. Er war ein guter Tänzer, und er machte es einem leicht, sich von ihm führen zu lassen. Sie merkte deutlich, daß er zusätzliche Schritte einschob und sie herausforderte, mit ihm mitzuhalten.
Als der Tanz endete, brach Applaus los. Sie grinsten einander an, und Sam machte eine tiefe Verbeugung. Er war ganz offensichtlich ein Angeber. Cassie machte einen Knicks. Sie ließ einem Teil ihrer selbst freien Lauf, den sie lange unterdrückt hatte, das konnte sie deutlich fühlen. Weniger Sam gegenüber, sondern es war mehr ein Sich-Öffnen für den australischen Busch. Gegenüber dem Leben. Alles war neuartig für sie, und sie stellte fest, daß es sie begeisterte.
Als Cassie und Sam am Montagmorgen nach Yancanna aufbrachen, waren sie sich einig darüber, ein großartiges Wochenende verbracht zu haben. Beide waren beeindruckt von der Qualität von Jennifers Gemälden, die die Gesichter der Aborigines einfingen, das weite rote Land, seine Bäume, seine Felsen, seine Endlosigkeit.
Sie hatten viel gelernt, sie hatten sich entspannt, und gestern abend hatten sie Bridge gespielt und viel miteinander gelacht. Cassie hatte das Gefühl, in den Thompsons zwei neue Freunde gefunden zu haben.
Sie und Sam hatten soviel miteinander erlebt. Sie hatten zusammen gearbeitet und miteinander gespielt. Er hatte sie beim Tanzen in seinen Armen gehalten, und doch hatte sie nicht das Gefühl, ihn auch nur etwas besser kennengelernt zu haben.
Vielleicht war das sogar gut.

Yancanna lag direkt unter ihnen, aber aus der Luft konnte man es kaum sehen. Es erweckte nicht den Eindruck, als gäbe es dort so viele Gebäude wie auf Tookaringa. Es gab ein Postamt, das AIM-Hospital und ein Geschäft. Es gab nur fünf Häuser, es sei denn, man zählte das Polizeirevier mit, das dem einzigen Polizisten auch als Wohnung diente. Cassie fragte sich, warum es dort ein Postamt gab, und erfuhr, daß es für eine Region von siebentausend Quadratmeilen zuständig war.

Die beiden Krankenschwestern, Marianne und Brigid, waren Anfang Zwanzig und seit neun Monaten in Yancanna. Brigid war zu einer Entbindung draußen im Busch, und so holten sie nur Marianne und Walt Davis, den Polizisten, der einen Meter fünfundneunzig maß und von allen »Chef« genannt wurde, am Flugzeug ab, als es auf einem freien Feld hinter dem Krankenhaus landete.

Marianne trug die traditionelle weiße Schwesterntracht. Sie war eine gutaussehende junge Frau mit dunklen Augen und dunklem Haar.

»Sie können sich beim besten Willen nicht vorstellen, wie froh wir sind, eine Ärztin hierzuhaben«, sagte sie und schüttelte Cassie die Hand.

Der Chef nahm Cassie die Arzttasche ab. Er war der größte Mann, den sie je gesehen hatte. Er war breitschultrig und braungebrannt und hatte ein scharfkantiges Gesicht, das von den Jahren, die er in der Sonne verbracht hatte, schon zerfurcht war, obwohl er noch in den Zwanzigern sein mußte. Er streckte die Hand aus, um Sam zu begrüßen.

Marianne erklärte, es täte Brigid leid, den ersten Besuch der Ärztin zu verpassen, und dann führte sie sie zum Krankenhaus. Wie andere Krankenhäuser im Busch hatte es zwei Stockwerke und war aus Beton gebaut, um die Termiten abzuwehren. Eine breite Treppe führte zu der Veranda hinauf, deren Flügeltüren sich zu einer geräumigen Eingangshalle hin öffneten. Die Fußböden waren aus geschliffenem Dscharrahholz, und die große Krankenstation und der Lagerraum für die Medikamente waren blitzblank. Dieser Lagerraum, der auch für kleinere Operationen und ambulante Behandlungen benutzt wurde, war ausgezeichnet ausgestattet. Links von der Eingangshalle befand sich eine Station mit drei Betten, die derzeit nicht belegt waren. Auf der anderen Seite der Eingangshalle war rechts ein großes Wohnzimmer eingerichtet, und dahinter befand sich die Küche. Diese beiden Räume waren für Tausende von Quadratmeilen der Versammlungsort schlechthin.

»An Weihnachten kommen aus einem Umkreis von Meilen alle zu uns«, sagte Marianne. Sie sah lächelnd zum Chef auf. »Er hat uns die Weihnachtsgeschichte von Dickens vorgelesen, und es war einfach wunderbar.«

Cassie erkannte deutlich, daß Marianne in den Chef verknallt war. Marianne setzte ihre Führung durch das Krankenhaus fort. Es gab zwei Badezimmer mit Porzellanwannen und Waschbecken aus Porzellan. Oben waren die Schlafzimmer der Schwestern untergebracht, große zweckdienliche Räume mit Türen, die auf eine Veranda im oberen Stockwerk führten. Von dort aus hatten sie einen Ausblick über viele Meilen und konnten die Coolibahs am Flußbett sehen und sogar auf den Fluß blicken, wenn er Wasser führte. Sie konnten sehen, wie der Staub in rötlichen Wolken aufstieg und Rudel von Wildpferden durch die Wüste rasten. Sie konnten Fremde schon aus einer Entfernung von vielen Meilen nahen sehen.

»Wir haben den Leuten Bescheid gesagt, daß Sie um elf Uhr hiersein werden«, sagte Marianne, »aber wir haben im Moment keine Notfälle zu verarzten. Im Grunde genommen übernehmen wir für die Hälfte der Zeit die Arbeit von Ärzten. Wir ziehen Zähne …« Das schien hier draußen, so weitab von jeglicher Zivilisation, das verbreitetste Leiden zu sein, dachte Cassie. »… Und wenn die Frauen es sich nicht leisten können, nach Brisbane rüberzufahren oder runter nach Adelaide oder auch nur rauf nach Augusta Springs, um dort die Geburt ihrer Kinder zu erwarten, dann helfen Brigid und ich auch bei den Entbindungen. Wir sind natürlich immer nervös, weil wir fürchten, jemand könnte einen Kaiserschnitt brauchen, und

dafür sind wir nicht wirklich qualifiziert. Wir haben schon mit Steißgeburten zu tun gehabt, und einige waren recht riskant. Wir bemühen uns, die Frauen ins Krankenhaus zu holen, aber im allgemeinen endet es damit, daß wir zu ihnen rausfahren müssen.«
»Ich bin beeindruckt«, sagte Cassie, der der Entschluß der Krankenschwester, hier zu arbeiten, eine Art Ehrfurcht einflößte. Sie selbst hatte sich freiwillig anerboten, zwei Jahre an einem Ort zu verbringen, den sie für einen abgelegenen Winkel gehalten hatte, – aber Yancanna lag tatsächlich inmitten des Nichts.

Der Chef unterhielt sich mit Sam. »Erst kürzlich ist es hier zu einer Tragödie gekommen. Vor drei Wochen hat dieses Gestrüpp dort«, sagte er und deutete auf die endlosen Meilen von Mulga, »wieder zwei Opfer gefordert. Zwei kleine Jungen, drei und vier Jahre alt, sind schlichtweg verschwunden. Mrs. Benbow hat sie auf der Veranda gelassen, während sie sich auf den Weg gemacht hat, um Lebensmittel zu besorgen, und als sie zurückgekommen ist, waren sie weg. Kein Anzeichen von ihnen war zu sehen. Keine Spuren. Etwa sieben Meilen östlich von hier. Alle im Umkreis von dreißig Meilen sind gekommen, um bei der Suche zu helfen. Sie haben sogar nachts gesucht, sind aber auf keine Spur gestoßen, obwohl die besten Spurenleser unter den Aborigines dabei geholfen haben. Es ist nichts dabei herausgekommen. Die Mutter ist außer sich vor Verzweiflung.«
»Das wäre ich auch«, sagte Cassie und erschauerte bei dem Gedanken.
Marianne nickte zustimmend. »Ich habe gehört, daß sie nachts rausgeht und nach ihnen ruft. Sie kocht jeden Abend das Essen, und wenn sie sich an den Tisch setzt, sagt sie zu ihrem Mann, daß sie warten müssen, bis die Kinder vom Spielen zurückkommen.
Und ich koche uns jetzt einen Tee«, sagte Marianne. »Ich glaube nicht, daß heute viele Leute kommen werden. Wir brau-

chen Sie in erster Linie dafür, daß wir uns bei Ihnen Rat holen können, wenn wir feststellen, daß sich ein Problem für uns als unlösbar erweist oder wenn wir einen Notfall haben. Wir hätten mindestens ein halbes Dutzend Leben retten können, wenn wir einen Arzt zur Hand gehabt hätten, soviel steht für mich fest. Sie machen sich gar keine Vorstellung davon, wie phantastisch wir es finden, zu wissen, daß Sie hier sind. Entschuldigen Sie mich einen Moment.«

Cassie schaute aus dem Fenster. Sie hörte, wie der Chef zu Sam sagte: »Ja, ich bin für eine Region zuständig, die größer als jeder andere Verwaltungsbezirk im ganzen Land ist. Ich wußte nicht, worauf ich mich eingelassen habe, als ich vor fünf Jahren aus England hergekommen bin. Ich bin der einzige Vertreter des Gesetzes in einem Gebiet, das größer als die meisten Länder Europas ist!« Er lachte, und aus seiner Stimme war Stolz herauszuhören. »Ich trage viele Hüte. Ich bin der Beschützer der Aborigines – Menschen, die mir ans Herz gewachsen sind. Sie laden mich zu ihren lauten nächtlichen Korroboris und zu ihren Initiationsriten ein, und ich bin der erste Weiße, der dort geduldet wird. Den Frauen ist natürlich kein Zutritt gestattet. Frauen messen sie keinerlei Bedeutung zu. Aber ich empfinde es als ein Privileg, ihr Vertrauen gewonnen zu haben. Ich mag sie. Mir scheint es, als seien sie integer und geschickt. Sie können Spuren lesen, wie es ein Weißer niemals könnte. Sie haben ihre Stammesgesetze und Traditionen, die ich respektiere. Sie wissen, was sie tun sollten und was nicht. Es ist eine einfache Gesellschaft, die zwischen Recht und Unrecht unterscheiden kann, aber sie geraten in Verwirrung, wenn wir darauf beharren, daß sie sich nach unseren Gesetzen und Bräuchen richten.«

Sam sagte etwas, was Cassie nicht hören konnte, und dann fuhr der Chef fort. »Ich bin der Gerichtsdiener und der Protokollführer, der Hüter des Rechts. Wenn es scheint, als sollte ein Problem an Ort und Stelle rechtskräftig gelöst werden, dann berufe ich eine gerichtliche Sitzung ein, und ich bin der Richter und die Geschworenen zugleich. Das ist den Leuten

lieber, als rumzuhängen und zu warten, bis sich hier irgend etwas tut und eine Entscheidung von außen getroffen wird.«
Cassie trat auf die Veranda und schaute auf die Landschaft hinaus; der Ausblick war überwältigend. »Wird Ihnen das nicht zuviel?«
»Nee.« Er grinste, und seine breiten Schultern wirkten, als könnten sie die Last der Welt tragen. »Ich bin gern Häuptling. Mir gefällt es hier. Je heißer es wird, desto bessere Arbeit leiste ich. Es gibt nicht einen einzigen Menschen hier draußen in der ganzen Gegend, den ich nicht kenne, kein einziges Gehöft, auf dem ich nicht willkommen wäre. Und seit die Schwestern einen Radioapparat haben, können wir abends rumsitzen und rausfinden, was sich weltweit abspielt. Wenn jemand draußen in meinem Zuständigkeitsbereich über Funk mit Ihnen in Augusta Springs redet, kann ich mithören, und wenn ich glaube, daß ich weiterhelfen kann, reite ich eben raus.«
»Sie erledigen alles per Pferd?«
Der Chef schüttelte den Kopf, und das blonde Haar fiel ihm in die Stirn. Geistesabwesend griff er in seine Hemdtasche, zog eine Zahnbürste heraus und begann, sich die Zähne zu putzen. »Wenn Straßen hinführen, nehme ich einen kleinen Lastwagen, aber an den meisten Orten gibt es keine Straßen, die benutzbar sind. Wenn es eine Straße gibt, ist sie nicht immer brauchbar. In der Regenzeit können die Wege ausgehöhlt oder weggeschwemmt werden. Während der Dürren wird Sand darüber geweht, obwohl das mit all den Bäumen hier oben im Norden kein so großes Problem wie weiter unten im Süden ist.«
»Fühlen Sie sich nicht manchmal einsam?« Es kostete Cassie große Mühe, nicht in lautes Gelächter über seine Nummer mit der Zahnbürste auszubrechen.
Der Chef ließ die Zahnbürste wieder in seine Tasche fallen. »Das fragen mich all meine Verwandten in England immer wieder. In den fünf Jahren, seit ich hier bin, habe ich nicht eine einzige einsame Minute verbracht. Ich schaffe es nie, alles zu erledigen, was ich mir vornehme, an keinem einzigen Tag.«

»Wir auch nicht«, sagte Marianne, die ein Teetablett mit vier Tassen brachte.
In dem Moment hörten sie jemanden die Treppe heraufkommen, und durch die offene Tür stürmte eine Frau unbestimmbaren Alters; ihr Gesicht war zerfurcht und ledrig von den Jahren, die sie im Freien verbracht hatte.
»Das ist Hermione«, sagte Marianne. »Sie ist die Postamtsvorsteherin – ihr Mann betreibt das Geschäft und die Kneipe.«
Cassie konnte sich nicht vorstellen, daß einer der beiden über Überarbeitung klagen könnte.
Hermione trug ein unförmiges Kleid, eine weiße und eine gelbe Socke und dreckige Schuhe, von denen einem die Spitze fehlte. Auf dem Kopf trug sie einen zerbeulten alten Strohhut mit einer breiten Krempe. Sie hielt einen Packen Briefe in der Hand. »Ich dachte, die könnten Sie mitnehmen, statt daß sie hier rumliegen und auf Mr. Miner warten, der wahrscheinlich doch frühestens in zehn Tagen kommt.«
Sam nahm ihr die Briefe ab.
Marianne ging, um eine weitere Tasse zu holen.
Cassie fragte sich laut, woher die Briefe wohl kommen mochten, woher die Patienten kamen und woher die Leute kamen. Mehr als ein Dutzend Menschen konnte es in dem Ort nicht geben.
»Ein Teil der Post geht an das Erziehungsministerium oder kommt von ihm«, sagte Hermione, deren Stimme klang, als hätte sie ihr Leben lang geraucht. »So wird den Kindern hier in dieser Gegend Wissen vermittelt. Per Post.«
»Wir liegen an der Route der Viehtreiber«, fügte der Chef hinzu. »Das Krankenhaus ist ein Treffpunkt. Jeder Mann im Umkreis von hundert Meilen findet irgendeinen Grund, um hierherzukommen, und das nur, weil sie alle Brigid und Marianne sehen wollen.« Er lachte, als Marianne errötete. »Sie setzen jedem eine Mahlzeit vor, der hier vorbeischaut.«
»Wir dienen auch als Bücherei«, sagte Marianne. »Jeder, der ein Buch ausgelesen hat, bringt es hierher. Wir haben schon

eine recht gute Sammlung. Wenn allerdings ein Schwung Viehtreiber durch die Stadt kommt und jeder von ihnen sich ein Buch mitnimmt, dann haben wir gewissermaßen Ebbe. Aber wir bekommen ständig Bücher von Leuten. Denken Sie daran, wenn Sie welche übrig haben. Wir können immer Bücher gebrauchen. Ich wette, die Menschen im Busch sind so ziemlich die belesensten Leute auf der ganzen Welt.«

»Wenn man nicht liest, kann man zu leicht verrückt werden«, sagte Hermione.

Da keine Patienten zu behandeln waren, blieben sie nicht lange in Yancanna. Vor ihrem Aufbruch schalteten sie sich in die Elfuhrsprechstunde der Fliegenden Ärzte ein, erkundigten sich bei Horrie, ob irgendwo ärztliche Soforthilfe gebraucht wurde, und Cassie erteilte Ratschläge an zwei Gehöfte, die wegen kleinerer Probleme angerufen hatten.

»Tut ihr mir einen Gefallen, ja?« fragte Horrie. »Kommt hierher zurück, sobald ihr könnt. Betty ist hier, und wir wollen heute abend heiraten. Ihr könnt die Sprechstunde um Viertel vor fünf übernehmen, und wir dachten, dann könnten wir heiraten, und wir könnten anschließend alle miteinander zu Abend essen.«

Als Cassie sich im Flugzeug entspannte und die Augen schloß, überlegte sie sich, daß sie, so gern sie Horrie auch mochte, froh war, nicht an Bettys Stelle zu sein. Die Vorstellung, in dieser kleinen Wellblechhütte leben zu müssen; die Vorstellung, einen Mann genug zu lieben, um sich darauf einzulassen; die Vorstellung, daß das die äußeren Begrenzungen des Lebens sein sollten – diese Gedanken machten Cassie zu schaffen. Und wenn sie Horrie auch noch so gern mochte, so konnte sie sich doch nicht vorstellen, er könnte die Grenzen ihres Innenlebens darstellen.

Sie fragte sich, wie ihr Leben wohl verlaufen wäre, wenn Ray sich nicht entschieden hätte, zu seiner Frau zurückzukehren.

Nun, jetzt wurde ihr Leben durch nichts eingeschränkt. Gab es nur dann Einschränkungen – innere und äußere –, wenn es einen Mann im Leben einer Frau gab? Sie seufzte; darauf hatte sie keine Antwort parat. Vielleicht war sie sogar an den Punkt gelangt, an dem sie froh war, daß Ray Graham die Entscheidung getroffen hatte, die er getroffen hatte. Vielleicht spielten sich gerade hier, so weit von jeder Stadt entfernt, die wirklichen Abenteuer ab. Wo sonst hätte sie einen Speer aus einem Aborigine gezogen? Wo sonst würde sie Hunderte, vielleicht sogar Tausende von Meilen in der Woche fliegen? Wo sonst hätte sie Menschen wie Steven und Jennifer kennengelernt? Wie Fiona? Wie Don McLeod? Wie diese Menschen in Yancanna und Schwester Ina in Narrabinga.

Nirgends sonst, soviel wußte sie. Ein Lächeln glitt über ihr Gesicht, als sie auf dem Sitz neben Sam einschlief.

Horrie und Betty erwarteten sie auf der Rollbahn. Betty war eine lebhafte, lockige Blondine mit dem Gesicht einer Babypuppe, und sie reichte Horrie kaum bis an die Schultern. Sie trug ein Kostüm aus Schantungseide, und ihr kleiner Strohhut hatte einen Schleier und war an den Seiten mit Blumen versehen, die ihr über die Ohren fielen.

Auf dem Weg zur Kirche, während des gesamten Zeremoniells und auch als sie durch den Gang schritten, um die Kirche zu verlassen, hatte sie sich an Horries Arm geklammert.

»Sie ist goldig«, sagte Sam, als er und Cassie den beiden durch den Gang folgten. Horrie hatte ihnen noch nicht einmal die Zeit gelassen, sich umzuziehen.

»Betty Wallace«, sagte Betty gerade. »Ist das nicht ein reizender Name? Ich frage mich, ob ich mich je daran gewöhnen werde.«

Sie machten sich auf den Weg zu »Addie's«, und dort bestellte Sam Champagner, um auf die Frischvermählten anzustoßen.

Betty kicherte. »Ist das nicht einfach das Größte? Überlegt euch nur, wenn ich jemanden zu Hause in Kerrybree geheiratet hätte, dann wäre ich jetzt nichts weiter als Hausfrau. Hier werde ich eine echte Hilfe sein.«

»Das kann man wohl sagen.« Horrie grinste und hielt ihre Hand fest in der seinen. »Aber ich glaube, ich warte bis morgen, ehe ich dir das Morsealphabet beibringe.«

Sie lächelte ihn an. »Ist er nicht der Größte?« fragte sie, ohne sich an jemand Bestimmten zu wenden.
Sam sagte: »Die geht auf mich«, als die Kellnerin die Flasche Champagner brachte. »Und die Steaks auch.« Er hob sein Glas. »Auf euch und darauf, daß ihr ein Leben lang glücklich miteinander sein werdet.«
Horrie warf ihm einen dankbaren Blick zu.
In dem Moment spürte Cassie eine Hand auf ihrer Schulter. Als sie sich umdrehte und aufblickte, sah sie Chris Adams. »Tut mir leid, daß ich Sie stören muß«, sagte er, doch aus seiner Stimme war keine Spur von Bedauern herauszuhören. »Ich versuche schon seit über einer Stunde, Sie ausfindig zu machen.«
Cassie schaute zu ihm auf und hob das Champagnerglas an ihre Lippen. Chris' Hand senkte sich hinab und schloß sich um ihr Glas. »Nein«, sagte er. »Kein Champagner. Ich brauche Sie.«
Er braucht mich?
»Ich muß eine Hand amputieren«, sagte er. »Irgendein Verrückter hat versucht, mit Dynamit zu sprengen, und er ist nicht schnell genug weggelaufen und hat sich die Hand abgesprengt. Alles bis auf die Knochen. Ich muß amputieren, und zwar gleich.«
Cassie stellte ihr Glas auf den Tisch. »Weshalb brauchen Sie mich? Bestimmt kann Dr. Edwards ...«
»Dr. Edwards«, sagte Chris, und seine Stimme war so starr wie eine schnurgerade Linie, »ist arbeitsunfähig.«
Niemand sagte ein Wort.
»Er ist sturzbetrunken, und ich brauche augenblicklich einen Anästhesisten.«
Cassie stand auf. »Selbstverständlich.«
Sie wandte sich an Horrie und Betty. »Es tut mir leid. Vielleicht seid ihr ja noch da, wenn ich fertig bin. Ich werde vorbeischauen und nachsehen. Wenn nicht, können wir ja morgen ...«
Chris machte auf dem Absatz kehrt und lief vor ihr her. Er

hielt ihr noch nicht einmal die Pendeltür auf oder öffnete ihr den Wagenschlag. Er wartete, drehte den Zündschlüssel um und ließ den Wagen an, als sie die Beifahrertür öffnete und einstieg.
Auf der gesamten Fahrt zum Krankenhaus sagte er kein einziges Wort.

12

»Worin besteht das Problem, Mrs. Anderson?« Cassie hatte sich immer noch nicht daran gewöhnt, Ferndiagnosen zu stellen, ohne einen Patienten zu sehen.
»Er hat so einen Druck auf der Brust. Er sagt, es ist ein Gefühl, als stünde jemand darauf.«
Cassie drückte eine Taste. Der große Vorteil, dachte sie, war der, daß keiner den anderen unterbrechen konnte. Sie mußten synchron geschaltet sein. »Verlagert sich der Schmerz?«
»Einen Moment.« Cassie konnte hören, daß die Frau etwas rief. Einen Moment später hörte sie die Stimme eines Mannes über Funk. »Ja, er verlagert sich. Ich spüre, wie er in meinen Nacken und in meine Schultern raufzieht und von dort aus runter, in den linken Arm.«
Angina pectoris.
Seine Stimme fuhr fort. »Ich kann ihn in meinem Ellbogen spüren, aber mir fehlt nichts am Ellbogen. Ich bin nirgends damit angestoßen und auch sonst nichts.«
»Wann kriegen Sie diese Schmerzen?«
»Tja«, ertönte die Stimme knisternd über Funk, »am stärksten habe ich sie am frühen Morgen, wenn ich rumlaufe und Dinge tue. Manchmal tut es so weh, daß ich alles stehen- und liegenlassen muß, was ich gerade tue, und dann muß ich mich hinsetzen, bis der Schmerz vergeht.«
Wieviel sollte sie ihm sagen? »Das sind typische Anzeichen für Herzschmerzen oder Angina pectoris. Sie sollten am besten jede Anstrengung unterlassen, bis wir genauer im Griff haben, was Ihnen wirklich fehlt.«
»Was kann ich dagegen tun?«
»Verhalten Sie sich ruhig. Strengen Sie sich nicht an. Sorgen

Sie dafür, daß jemand anderes Ihre Aufgaben übernimmt. Wir kommen morgen zu Ihnen raus und machen ein EKG und bringen Nitroglyzerintabletten mit.«
»Es gibt niemanden, der mir meine Arbeiten abnehmen würde.«
»Dafür sollten Sie aber sorgen. Hört Ihre Frau mit?«
Eine Frauenstimme ertönte hinter ihm. »Hier bin ich.«
»Okay, Sie haben also alles gehört, was ich gesagt habe. Sorgen Sie dafür, daß er sich im Moment nicht zu sehr anstrengt. Aber die Symptome sind nicht gefährlich. Wenn es schlimmer wird oder wenn neue Symptome hinzukommen, dann geben Sie mir Bescheid. Wir kommen morgen zu Ihnen raus.«
»Ich werde tun, was ich kann. Soll ich ihn ins Bett packen?«
»Das ist nicht notwendig. Sorgen Sie nur dafür, daß er nicht zuviel tut und daß er sich ausruht, wenn er Schmerzen hat.«
Damit war die Funksprechstunde für den heutigen Tag abgeschlossen. Es war halb sechs. Cassie wandte sich an Horrie.
»Du hast gehört, daß ich der Mutter dieses kleinen Mädchens gesagt habe, du würdest dich um sieben noch mal melden, um nachzufragen, ob das Fieber gesunken ist? Soweit ich weiß, werde ich den ganzen Abend über zu Hause sein. Falls ich woanders sein sollte, gebe ich dir Bescheid.«
»Ich dachte, du gehst rüber zu den Adams.«
Cassie grinste. »Diese Kleinstädte. Woher weißt du das schon wieder?« Sie erwartete nicht wirklich eine Antwort. Ja, sie würde auf dem Heimweg dort vorbeischauen und Isabel etwas vorlesen. Sie und Fiona würden Reste essen – aus dem gekochten Huhn, das es gestern zum Abendessen gegeben hatte, einen Geflügelsalat zubereiten. Sie hatte es nicht eilig, nach Hause zu kommen.
Seit sie draußen auf Tookaringa gewesen war, hatte sie Isabel kaum noch vorgelesen, und seit der Amputation vorgestern abend hatte sie kein Wort von Chris gehört. Er hatte sich kaum auch nur bei ihr bedankt.
Sie sah sich um. Innerhalb von nicht mehr als zwei Tagen hatte die Wellblechhütte sich optisch enorm verändert – vor allem

das Zimmer neben der Funkzentrale, der Raum, der Horrie und Betty als Küche und Wohnzimmer diente.

»Horrie hat mir versprochen, daß wir eine Veranda um das ganze Haus herum anbauen können«, sagte Betty, »vor allem auf der Rückseite, damit wir abends draußen sitzen können.« Die Neuregelung ihrer Unterbringung schien sie keineswegs zu entsetzen.

»Sie kann schon fünf Buchstaben«, sagte Horrie und meinte damit das Morsealphabet. »Sie lernt wirklich schnell.«

»Entweder du bist ein guter Lehrer, oder du bist voreingenommen«, sagte Sam. Er mußte Cassie um acht, um elf und um Viertel vor fünf zu den Sprechstunden rausfahren, bis Flynn sich in der Lage sah, ihr einen eigenen Wagen zur Verfügung zu stellen.

»Setz mich bei Dr. Adams ab«, sagte Cassie, als sie in Sams Fahrzeug stieg.

»Vielleicht werdet ihr noch Busenfreunde.«

»Das bezweifle ich. Er hat sich benommen, als sei ihm jede einzelne Sekunde mit mir ein Greuel, als ich ihm vorgestern abend assistiert habe.«

»Er hat sich noch nicht mal bei dir bedankt?« Sam schob sich den Schirm seiner Baseballmütze in den Nacken.

»Kaum. Aber eins muß ich ihm lassen ... er ist ein verdammt guter Chirurg. Ich war beeindruckt.«

Sam sagte nichts, und daher sah Cassie aus dem Fenster. »Wie ist es hier eigentlich im Winter?«

Sam warf einen Blick auf sie. »Versuchst du, das Thema zu wechseln?«

»Nein, eigentlich nicht«, sagte sie und starrte immer noch auf Augusta Springs hinaus. »Aber von meiner Seite aus ist es erschöpfend abgehandelt. Mehr habe ich zu Chris Adams nicht zu sagen.«

»Es ist kalt. In den Winternächten kann es zu Frost kommen. Was den Rest des Jahres angeht, ist es hier, wie du bereits sehen kannst, staubig.« Über allem lag ein rötlicher Schimmer, was auf den ständig aufwirbelnden Staub zurückzuführen war. »Wenn Staubstürme aufziehen, macht man alle Luken dicht, und es kann trotzdem noch sein, daß ein paar Pfund Staub alles überziehen. Mit dem Fliegen ist es dasselbe. Die meiste Zeit über kann ein Flugzeug von allein fliegen, aber in Staubstürmen, Mann! Oder wenn es wirklich heiß wird, das wirst du in wenigen Monaten erleben, dann kommt es haufenweise zu Turbulenzen. Da, wo kaum etwas vom Orilla River zu sehen ist, können wir im März schwimmen gehen. Sieh dir nur an, wie sich der Sand von Osten her einen Weg in die Stadt bahnt. Im März und April werden wir dort Picknicks machen. Vielleicht sogar schon eher.«

»Warum schlagen all diese Aborigines immer mittendrin ihr Lager auf?«

Sam zuckte die Achseln. »Warum nicht? Ihnen gefällt es nicht, in der Stadt zu leben, in Häusern. Wir beide sind direkt nach dem Höhepunkt des ganzen Jahres hergekommen, den Rennen auf dem Fluß.«

»Du meinst Bootsrennen? Wo? Doch bestimmt nicht auf dem Orilla?«

Sam lachte. »Ich sollte abwarten, bis du es nächstes Jahr selbst gesehen hast. Sie haben es vom Henley-on-Todd in Alice Springs abgeguckt. Dort haben sie Boote mit gläsernem Boden, und soweit ich gehört habe, sind die Verzierungen einfach unglaublich. Es ist *das* Ereignis des Jahres.«

Als sie in die Innenstadt fuhren, sah Cassie sich um. In einem langgestreckten, niedrigen Holzhaus war die Gemischtwarenhandlung untergebracht, Teakle und Robbins. Nebenan war der Friseur. Daneben war eine der beiden Metzgereien der Stadt, und dann folgte ein Schuhgeschäft. Der Apotheke war eine Milchbar angeschlossen, die dafür berühmt war, ausgezeichnete Sodas zu servieren. Davor stand die einzige Tanksäule der Stadt. Auf der gegenüberliegenden Straßenseite war der Elektriker, und dann kamen das Obst- und Gemüsegeschäft, das Büro einer Fluglinie, ein Billardsalon und ein Gasthaus – die Zimmer waren vorwiegend von Regierungsbeamten belegt, die hofften, sie würden nicht so lange in Augusta

Springs bleiben, daß es sich lohnte, dort ein Haus zu kaufen. An der nächsten Kreuzung stand »Addie's«, und daneben waren das Kino und der Tierarzt mit seiner Praxis und seinem Labor untergebracht. Dahinter fand man die Praxis von Dr. Adams und Dr. Edwards. Weiter hinten gab es die Sattlerei, die gleichzeitig auch Kleidung und Stiefel für Viehhüter verkaufte. Das letzte Gebäude beherbergte einen Baumarkt, den anderen Metzger, das einzige Kleidergeschäft und ein chinesisches Restaurant. Eine Straße weiter fand man die Schule mit ihren sechs Klassen. Wie die AIM-Hospitäler hatte auch sie zwei Stockwerke, und das Erdgeschoß wurde weitgehend von der Turnhalle eingenommen. Nicht weit davon stand das Gerichtsgebäude mit einer einzigen Gefängniszelle, in der in erster Linie ein paar betrunkene Aborigines in Gewahrsam genommen wurden, die man für die Nacht einsperrte. Daneben stand das Hotel, von außen ein attraktiver Bau, aber innen heruntergekommen; die Tapeten schälten sich von den Wänden. Durchreisende, die bei »Addie's« kein Zimmer fanden, griffen als letzte Ausweichmöglichkeit auf dieses Haus zurück. Das einzige, was es für sich in Anspruch nehmen konnte, war die Gruppe von hohen Königspalmen, von der es seinen Namen bezogen hatte: »The Royal Palms«.

»Wahrhaft majestätisch«, murrte Sam, als sie daran vorbeifuhren.

»Reichlich prätentiös«, stimmte Cassie ihm zu.

»Brauchst du einen Verteidiger?« fragte Sam, als er vor dem Haus der Adams' anhielt.

Cassie schüttelte den Kopf, fand aber, es sei von Sams Seite eine nette Geste. Netter, als sie es von ihm erwartet hätte. »Nein, er ist nie da. Ich werde Isabel eine Stunde lang etwas vorlesen, und wahrscheinlich wird sie mir berichten, Dr. Adams hätte meine Hilfe am Montag zu schätzen gewußt. Er wendet sich nie an mich persönlich.«

»Ich werde mal bei Fiona vorbeischauen und sehen, ob sie mir ein Bier ausgibt«, sagte Sam. »Soll ich ihr ausrichten, daß du später kommst?«

»Sag ihr einfach nur, wo ich bin. Das Abendessen steht im Kühlschrank, falls sie zu hungrig ist und nicht warten will. Alles kalte Sachen. Ich sollte eigentlich spätestens um halb sieben zu Hause sein.« Dann schaute Sam also bei Fiona vorbei, sinnierte Cassie.

Isabel und Grace erwarteten sie schon. Grace hatte Brote mit Wasserkresse vorbereitet, und auf dem Tisch neben dem Stuhl, auf dem Cassie gewöhnlich saß, stand deftiges Früchtebrot. Sie sprang auf, um Tee zu holen, sowie Cassie eintraf. Was Cassie auffiel, waren Isabels Augen, in denen sich die Schmerzen spiegelten. Nahm sie das Morphium denn nicht? Es gab keinen Grund dafür, daß sie derart leiden sollte.

»Oh, wir freuen uns ja so sehr darüber, daß Sie wieder da sind.« Isabel streckte ihre dünnen Arme aus, um sie willkommen zu heißen. »Wir können es kaum erwarten zu erfahren, wie es weitergeht. Es ist uns zwar schwergefallen, aber wir haben nicht weitergeblättert und nachgesehen, ob Ashley Melanie abweist, wenn er erst einmal hört, daß Scarlett ihn liebt.«

Eine halbe Stunde später läutete der kleine Wecker neben Isabel. Sie schüttelte den Kopf, da sie nichts anderes mehr wahrgenommen hatte als den Roman, den Cassie vorlas. »Jetzt ist es Zeit für mich, meine Medizin zu nehmen«, sagte sie.

Grace erhob sich und ging in die Küche. Eine Minute später kehrte sie mit einer subkutanen Spritze zurück. Isabel würde bald einschlafen. Grace setzte sich wieder.

Cassie hatte kaum fünf Minuten lang weitergelesen, als die Haustür aufging und Dr. Adams eintrat. Er wirkte so frisch und gepflegt, als hätte er sich gerade eben erst angezogen. Eines der Päckchen, die er unter dem Arm trug, schien vom Metzger zu sein. Das Papier, in das es eingewickelt war, ließ Cassie darauf schließen. Der Hausherr verschwand in der Küche, kehrte jedoch zurück, ehe sie mit dem Vorlesen aufgehört hatte, blieb in der Tür stehen, die von der Eingangshalle ins Wohnzimmer führte, hielt ein volles Glas mit einem kalten Getränk in der Hand, hörte ihr beim Vorlesen zu und beobachtete sie.

Cassie konnte sehen, daß Isabels Augen dank des Morphiums glasig wurden. Sie schlug das Buch zu.
»Morgen lese ich weiter«, sagte sie, »vorausgesetzt, mir kommt kein Notfall dazwischen.«
Grace' Augen leuchteten. »Das ist für uns die Krönung des Tages.« Sie stand auf und nickte Chris zu. »Guten Abend, Dr. Adams. Ich denke, es ist jetzt an der Zeit, daß ich gehe.« Sie beugte sich vor und tätschelte Isabels Hand. »Bis morgen früh.« Sie nahm ihre Handtasche vom Kaminsims und ging.
Isabel seufzte. »Ich muß ein wenig schlafen«, sagte sie und konnte die Augen kaum noch offenhalten. »Nur ein paar Minuten vor dem Abendessen.« Sie und Chris hatten kein Wort miteinander gewechselt.
Chris stellte sein Glas hin, ging zu ihr rüber, hob sie hoch und trug sie vom Sofa ins Schlafzimmer, und dort legte er sie ins Bett und deckte sie mit einer leichten Decke zu.
»Mach die Tür nicht zu«, bat sie.
»Natürlich nicht«, sagte er. »Ich lasse sie doch immer offen.«
Dann drehte er sich zu Cassie um und fragte: »Was halten Sie von einem kühlen Drink?«
Sie schüttelte den Kopf. »Ich muß jetzt wirklich auch aufbrechen. Ich muß das Abendessen für Fiona richten.«
»Ich mixe den besten Tom Collins weit und breit«, sagte er. »Sie haben doch keinen Nachtdienst, oder?«
Cassie lächelte. Er bemühte sich, nett zu sein. Das war seine Form, ihr zu zeigen, daß er ihre Hilfe zu schätzen wußte. »Tja, vielleicht, aber dann ...«
»Ich habe gerade die zwei besten Steaks in der ganzen Stadt gekauft. Isabel hat nie genug Hunger, um etwas zu essen. Ich hatte gehofft, Sie würden mit mir zu Abend essen. Nicht etwa, daß ich ein besonders guter Koch wäre«, sagte er, »aber ich verstehe mich zumindest darauf, ein lächerliches Steak zu grillen, und meine Pommes frites sind einigermaßen phantastisch.«
»Wie könnte ich ein solches Angebot ausschlagen?« Sie wollte wirklich nach Hause gehen, zu Fiona – aber er unternahm ge-

radezu heldenhafte Anstrengungen. »Lassen Sie mich Fiona anrufen.«
Fiona sagte: »Dein Flieger ist hier. Ich werde ihm deine Portion vorsetzen.«
»Horrie meldet sich um sieben bei einem Patienten. Wenn er mich sprechen will, weißt du, wo ich bin. Ich komme nicht allzu spät nach Hause.«
»Meine Güte. Dann will Chris also einiges wiedergutmachen, was? Er weiß, daß er in dir eine bessere Verbündete hat als in Edwards, diesem Trunkenbold. Gib keinen Millimeter nach. Laß dir von diesem Mistkerl jedes Lächeln mühsam abringen.«
Cassie lachte.
Sie ging in die Küche, in der Chris die Steaks grillte. Grüner Salat, Tomaten und Zwiebeln lagen auf dem Porzellantisch, der mitten im Raum stand.
»Soll ich vielleicht den Salat anrichten?« erbot sich Cassie.
Chris, der über den Grill gebeugt war, nickte. »Ja, gern.«
Sie wünschte, sie hätte grüne Paprikaschoten gehabt. Vielleicht würde sie einen kleinen Gemüsegarten anlegen und auch ein paar Kräuter anpflanzen. Im Geschäft schien es hier wirklich keine große Auswahl zu geben. Sie würde sich verschiedene Samen kommen lassen: Spinat, Radieschen, Paprika, Zwiebeln. Hinter dem Küchenfenster, wo es am späten Nachmittag schattig war, würde sie ihren kleinen Gemüsegarten anlegen.
Chris wendete die Steaks. »Wie mögen Sie Ihres? Sagen Sie bloß nicht, Sie wollen es durchgebraten.«
»Nein, medium, aber nicht blutig.«
Er holte Besteck aus einer Schublade und kam an den Küchentisch. »Ich vermute, wenn ich mich für Ihre Hilfe vorgestern angemessen bedanken müßte, sollte ich mit Ihnen in das beste Restaurant von Sydney fliegen.«
»Es freut mich, daß ich helfen konnte. Es war eine grausige Operation. Ich hatte vorher noch nie bei einer Amputation zugesehen.«
»Mein Gott, Amputationen sind mir verhaßt. Meistens kön-

nen die Patienten sich psychisch nicht damit abfinden. Sie glauben, ihr fehlendes Bein verursacht ihnen Schmerzen, und sie weigern sich, da hinzusehen, wo früher einmal eine Hand war. Sie fühlen sich nie mehr wirklich als ganze Menschen. Aber dieser Kerl, der ist ganz erstaunlich. Er macht jetzt schon Witze darüber. Er sagt, er sei verdammt noch mal selbst schuld daran gewesen und würde sich beim nächsten Mal besser vorsehen.«

Cassie stellte den Salat auf den Tisch.

Chris beugte sich zu dem Grill vor und nahm die beiden Steaks herunter. Ihr fiel auf, daß er aus dem Steak auf seinem Teller das zarte Filetstück herausgeschnitten hatte; er hob es für Isabel auf.

Sie suchte nach etwas, was sie sagen konnte. Er machte es ihr nicht leicht.

»Wie lange sind Sie schon hier draußen?« fragte sie, als sie sich setzte.

Er zuckte die Achseln. »Etwa achtzehn oder neunzehn Jahre, plus minus zwei. Direkt nachdem ich mein Studium abgeschlossen hatte, bin ich hergekommen.«

»Was auf Erden hat Sie dazu gebracht, hierherzugehen?«

Er warf einen Blick auf sie. »Was veranlaßt jeden einzelnen von uns herzukommen, hierher oder an vergleichbare Orte? Ans Ende der Welt. Es klingt surreal, finden Sie nicht auch? Ich kann mir vorstellen, daß jeder, der hier draußen lebt, in jeder der Städte und auf jedem einzelnen der Gehöfte im Busch, ein wenig exzentrisch ist. Manche sind sogar ziemlich weit neben der Spur. Sie werden es ja sehen. Sie werden auf viele solche Menschen stoßen, wenn Sie selbst diesen letzten Hort der Zivilisation verlassen und noch weiter hinausgehen. Izzie und ich dachten uns, wir gingen für ein paar Jahre hierher. Nicht mehr als drei.« Er lachte, aber sein Lachen klang freudlos. »Wir haben uns darunter ein Abenteuer vorgestellt.«

»Und ist es das gewesen?«

»Ich glaube nicht, daß das das richtige Wort dafür ist. Ich habe mich nicht in viele Wagnisse gestürzt. Nach etwa einem Jahr-

zehnt habe ich annonciert, um einen Partner zu finden, und Jon Edwards ist aufgetaucht. Gemeinsam haben wir genug Geld für das Krankenhaus aufgetrieben und uns ein paar Krankenschwestern besorgt. Wir sind gemeinsam mit der Stadt gewachsen. Als wir hier angekommen sind, haben hier nicht mehr als zweihundert Menschen gelebt.«
»Diese Kartoffeln sind einfach großartig. Ihr Tom Collins übrigens auch.«
Er nickte, ohne sie anzusehen.
»Warum sind Sie hiergeblieben?«
Jetzt blickte er auf. »Reine Trägheit.«
Sie lächelte. »Gewiß nicht. Sie erwecken nicht den Eindruck, faul zu sein.«
Er schüttelte den Kopf. »Hier kennt man mich. Ich habe Energie in diese Stadt gesteckt, und diese Form von Energie besitze ich heute nicht mehr.«
Cassie sah ihn an. Er konnte nicht älter als Anfang Vierzig sein. Wo war seine Vitalität geblieben?
»Dann vermute ich, daß Sie auch exzentrisch sind?«
Er hob die Hand, setzte seine Brille ab, rieb die Gläser an seiner Krawatte blank, setzte sie wieder auf und sagte: »Am falschen Platz gelandet, das träfe es besser.«
Das Telefon läutete. Es war Horrie. »Sam ist auf dem Weg, um dich abzuholen. Ich finde, du solltest besser doch mit Mrs. Dennis reden. Das Kind hat hohes Fieber, über vierzigfünf.«
Cassie wandte sich an Chris. »Ich muß jetzt gehen. Aber trotzdem vielen Dank. Ich danke Ihnen ganz herzlich.«
Sie hörten Sams Schritte auf den Stufen zur Veranda. Er stand in der Tür und hatte sich die Baseballmütze auf den Hinterkopf geschoben. »Bist du soweit?« Er bedachte Adams kaum auch nur mit einem Blick.
In dem Moment war Isabels dünne Stimme zu vernehmen. »Chris?«
Chris machte sich auf den Weg zum Schlafzimmer, und Sam wandte sich ab und lief eilig die Stufen hinunter.
»Horrie macht sich Sorgen«, sagte Cassie.

»Ja, aber er hat sich auch schon Sorgen wegen eines Herzinfarkts gemacht, der keiner war.« Sam ließ das Fahrzeug an. In weniger als fünf Minuten erreichten sie die Funkzentrale. Horrie erwartete sie dort. »Ich habe Mrs. Dennis gesagt, daß wir um fünf nach halb acht anrufen. Wartet noch drei Minuten.«

Cassie konnte der Stimme der Frau anhören, daß sie dicht davorstand, hysterisch zu werden. »Rosie wacht einfach nicht mehr auf.« Tränen waren aus ihrer Stimme herauszuhören. »Sie glüht vor Fieber.«

»Haben Sie Eis im Haus?«

»Nein.«

»Feuchten Sie Waschlappen und Handtücher an und bedecken Sie sie damit. Sorgen Sie dafür, daß sie so gut wie möglich abgekühlt wird.« Sie wandte sich an Sam. »Können wir nachts rausfliegen?«

Er legte den Kopf auf die Seite. »Das ist unwahrscheinlich. Warte, laß mich nach den Landemöglichkeiten fragen, obwohl ich noch nicht einmal weiß, wo zum Teufel das überhaupt ist.« Nein, es war keine Landebahn freigeräumt worden. Ja, sie waren von Bäumen umgeben. Sie besaßen nur einen einzigen Wagen, und daher konnten sie nicht mit einer ausreichenden Zahl von Scheinwerfern eine Landebahn beleuchten, obwohl es in einer Entfernung von etwa zwölfhundert Metern vom Haus ein ebenes Feld gab.

Sam reichte Cassie das Mikrofon. »Ausgeschlossen«, sagte er. »Wir könnten vor dem Morgengrauen hier losfliegen, aber zu dem Zeitpunkt, zu dem wir dort ankommen, müßte es hell sein. Ich schätze, es ist etwa eine Flugstunde von hier entfernt.«

Cassie gab Sams Einschätzung an Mrs. Dennis weiter und sagte, sie würden sich um fünf Uhr morgens melden, um zu sehen, ob sie noch gebraucht wurden.

Um fünf, als es noch dunkel war, teilte Mr. Dennis ihnen mit, daß sie immer noch krank vor Sorge waren. Die Temperatur

des Mädchens war auf einundvierzig-eins gestiegen, und das Kind hatte gänzlich das Bewußtsein verloren.
»Laß uns aufbrechen«, sagte Sam.
Cassie hatte vor Sorge kaum geschlafen. Sie hatte schon um halb fünf aufbrechen wollen, als Sam sie abgeholt hatte, um zum Flugplatz zu fahren, aber er wollte eine gründliche Überprüfung des Motors und anschließend eine ebenso gründliche Untersuchung des Cockpits vornehmen und dabei sein Hauptaugenmerk auf die automatisch betriebenen Instrumente richten, und er sagte, sie müßten ohnehin warten, bis es hell genug für eine Landung war. »Wenigstens haben wir für den Start eine beleuchtete Rollbahn«, sagte er.
»Die Fluggeschwindigkeit und die Steiggeschwindigkeit gehen schon von allein in Ordnung, wenn der Steigflug richtig eingestellt ist.« Sam schien mit sich selbst zu reden.
Cassie fand, man käme sich unermeßlich einsam vor, wenn man in die Schwärze hineinflog. Sie stiegen auf eine Höhe von zweitausendvierhundert Metern und schlugen dann die nordöstliche Richtung ein. Cassie fragte sich, woher Sam wußte, ob sie richtig herum oder auf dem Kopf flogen. Sie fühlte sich schwerelos und orientierungslos, und nur der schmale Streifen Dämmerung im Osten gab ihr einen Anhaltspunkt.
Als sie um Punkt sechs Uhr eintrafen, mußten sie erfahren, daß das Mädchen vor fünfzehn Minuten gestorben war.
»Wenn wir eine halbe Stunde eher angekommen wären«, fragte Sam, »hättest du sie dann noch retten können?«
»Wer weiß?« antwortete Cassie und fragte sich, ob man sich wohl jemals an den Tod gewöhnte.

13

»Aber am Samstagabend gehen alle tanzen.«

»Nein, nicht alle«, sagte Cassie. Sie wollte sich von dem geselligen Umgang mit Männern fernhalten. »Ich bin müde. Ich habe eine harte Woche hinter mir. Ich möchte mir die Haare waschen, mit niemandem reden müssen und ein Buch lesen.«

Fiona, die in der Tür stand, schaute auf Cassie, die auf ihrem Bett lag und den Kopf auf die Kissen hatte sinken lassen. »Hast du Probleme?«

»Was soll denn das schon wieder heißen? Kann ich denn nicht einfach das tun, wonach mir zumute ist?«

»Natürlich, klar. Aber die Leute werden enttäuscht sein. Die Männer sind hier derart in der Überzahl. Sie kommen aus einem Umkreis von Meilen in die Stadt, und das nur, um einen Blick auf eine Frau werfen zu können. Manche kostet es ihren gesamten Mut, eine Frau zum Tanzen aufzufordern.«

Cassie sagte: »Ich bin sicher, daß sie auch ohne mich zurechtkommen. Ich brauche Zeit für mich.«

Fiona zuckte die Achseln. »Ich habe das Gefühl, daß mehr dahintersteckt. Aber wie dem auch sei.«

»Jedenfalls kann ich dir etwas vorschlagen, was dir Freude machen sollte. Ich habe Sam gefragt, ob wir am nächsten Wochenende nach Burnham Hill hinausfliegen können. Wir wollten ursprünglich am Mittwoch hinfliegen, aber ich habe mir gedacht, wenn wir am Samstag hinfliegen, könntest du mitkommen. Er war einverstanden. Was ist mit dir?«

»O Cassie!« Fiona kam ins Zimmer und ließ sich auf das Bett plumpsen. »Das ist ja super. Liebend gern!«

»Okay, aber jetzt setz mir nicht mehr wegen heute abend zu.

Und auch an keinem anderen Samstag, an dem ich nicht tanzen gehen möchte, okay?«
»Du kannst aber doch tanzen, das weiß ich genau. Sam hat mir erzählt, du bist eine phantastische Tänzerin.«
»Wahrscheinlich nur, weil er angeben wollte.«
»Versteht ihr beide euch denn nicht? Ich meine …«
»Soweit ich weiß, kommen wir gut miteinander aus. Er macht es einem leicht, mit ihm zu arbeiten, obwohl er es ablehnt, mit einer Frau arbeiten zu müssen.«
»Ich glaube, darüber ist er hinweggekommen. Er respektiert dich.«
»Und genau dabei möchte ich es auch belassen. Ich respektiere ihn ebenfalls.«
Fiona stand auf. »Okay. Dann gehe ich jetzt eben aus und werde meinen Spaß haben, und du bleibst hier und wirst versauern.«
»Ist dir überhaupt klar, was ich in dieser letzten Woche alles getan habe? Abgesehen davon, daß ich wegen Tookaringa und Narrabinga am letzten Wochenende keine Freizeit hatte, habe ich den Montag in Yancanna verbracht, Horrie und Betty miteinander verheiratet, bei einer Amputation assistiert und bin am Mittwoch zu einem Notfall rausgeflogen, und das nur, um bei der Ankunft festzustellen, daß das Mädchen schon gestorben war. Dann hatte ich am Donnerstag Sprechstunde und ambulante Behandlungen, und ich glaube, ich muß allein in dieser einen Woche etwa zwei Dutzend Zähne gezogen haben …«
»Schon gut, schon gut.«
Aber nachdem Fiona gegangen war, lief Cassie unruhig im Haus umher. Sie wusch sich das Haar, konnte sich aber nicht dazu zwingen, lange genug stillzusitzen, um etwas zu lesen. Etwa um elf schlenderte sie in ihrem alten Frotteebademantel auf die Veranda, setzte sich hin und starrte in die Dunkelheit hinaus, bis sie das Laub an den Bäumen am Ende der Straße erkennen konnte. Musik, die von »Addie's« kam, drei Straßen weiter, drang durch die Nachtluft. Das Klagen eines Saxo-

phons erfüllte sie mit einem Gefühl von entsetzlicher Einsamkeit. Vielleicht hätte sie doch mit Fiona ausgehen sollen.
Und doch wußte sie, daß das bloße Zusammensein mit anderen Menschen das Gefühl der Isolation nicht abgeschwächt hätte, das ihr immer wieder zu schaffen machte. Für eine viel zu kurze Zeit hatte sie geglaubt, vielleicht doch endlich zu jemandem zu gehören, das Gefühl gehabt, für jemanden der wichtigste Mensch auf Erden zu sein, vielleicht doch zu jemandem zu passen. Aber Ray Graham hatte ihr gezeigt, daß das nicht stimmte. In Wahrheit war sie doch allein.
Trotz der Freundlichkeit aller, mit denen sie hier oben zu tun hatte, wußte Cassie, daß es nichts weiter als eine Durchgangsstation war. Nach ein oder zwei Jahren würde sie von hier fortgehen, und kurz darauf würde sich niemand mehr an ihren Namen erinnern. »Ach ja, richtig, diese Ärztin.« Niemand würde beklagen, daß sie aus seinem Leben verschwunden war …
Jemand lief über die Straße, mit schnellen und zielstrebigen Schritten. Cassie schaute von ihrem Stuhl aus, den sie günstig plaziert hatte, in die Nacht hinaus. Es war Chris Adams, der forsch ausschritt und weder nach links noch nach rechts schaute.
Als er an ihrem Haus vorbeikam, rief sie ihm zu: »Guten Abend, Chris.«
Er blieb abrupt stehen und schaute in ihre Richtung. »Fi? Bist du das, Fiona?«
»Nein.« Sie stand nicht von dem Stuhl auf. »Ich bin es, Cassie.«
»Oh, guten Abend«, sagte er, und sie schwor, wenn er einen Hut auf dem Kopf gehabt hätte, hätte er ihn vor ihr gezogen – so förmlich war sein Benehmen. »Weshalb sind Sie an einem Samstagabend zu Hause?«
»Machen Sie gerade Ihren abendlichen Verdauungsspaziergang?«
»So könnte man es nennen.« Er blieb einen Moment lang stehen, doch in der Dunkelheit konnte sie sein Gesicht nicht se-

hen. »Ja, also, dann guten Abend.« Er nahm seine schnellen Schritte wieder auf und lief durch die Straße Richtung Stadtrand.

Ein merkwürdiger Mann. Unbeholfen, wenn es um gesellschaftlichen Umgang und Konversation ging. Worum es sich auch handeln mochte, er wich keinen Zentimeter von seinem Standpunkt ab. Sogar seinen Patienten gegenüber trat er schroff und geradezu ein wenig herablassend auf. Der Arzt als Gott. Ein verbreitetes Syndrom. Sie fragte sich, ob Eiswasser in seinen Adern floß.

Sie schlief mit dem Buch in der Hand ein, das sie den ganzen Abend über zu lesen versucht hatte, und als sie am Morgen erwachte, war es auf den Boden gefallen, und ihr Bettzeug war so zerwühlt, als sei eine Armee über ihr Bett marschiert. Ihr Kissen war feucht von Tränen, und sie konnte sich erinnern, woher das kam. Sie hatte von Ray Graham geträumt, seine Lippen auf ihren gespürt und sich daran erinnert, was für ein Gefühl es gewesen war, seine Arme um sich zu spüren. Nie wieder, sagte sie sich. Nie, nie wieder.

In der kommenden Woche flogen sie nur ein einziges Mal aus der Stadt heraus, und zwar zu einem Routinebesuch auf einem der Gehöfte, auf dem die Frau des Besitzers im achten Monat schwanger war. Die drei Kinder, die sie bereits hatten, alle unter fünf Jahren alt, waren nie geimpft worden. Keines von ihnen hatte je auch nur einen Arzt gesehen, da sie mehr als dreihundert Kilometer von der Stadt entfernt lebten. Sie untersuchte außerdem die eingewachsenen Zehennägel des Kochs und den verstauchten Knöchel von einem der jungen Arbeiter, die sich anlernen ließen. Von dort aus flogen sie zu einem benachbarten Gehöft, und dort impfte Cassie nicht nur die Kinder, darunter drei Aborigines, sondern schiente auch das gebrochene Bein eines Hundes. Das Kindermädchen hatte seit drei Tagen Durchfall, und daher beharrte Cassie darauf, sie nach Augusta Springs mitzunehmen. Die arme junge Frau konnte kaum stehen. Sam half ihr im Flugzeug auf die

Tragbahre. Wenn sie sich nicht in der Luft befanden, stand er die meiste Zeit nur herum und redete mit allen Anwesenden. Wo immer er auch war, hörte Cassie Gelächter.

Am Samstag, als Fiona keinen Unterricht hatte, frühstückten die drei bei »Addie's«, ehe sie nach Burnham Hill im Süden flogen, zu einer Farm mit mehr als zwei Millionen Morgen Land. An einem Tisch in ihrer Nähe saßen Heather Martin und eine ihrer Schwestern.

Sam beugte sich über den Tisch und sagte mit gedämpfter Stimme: »Mir ist gestern nacht etwas ganz Verfluchtes zugestoßen, das glaubt ihr gar nicht. Die Martin-Töchter haben bei mir angeklopft und gesagt, sie seien in der Stadt und wüßten nicht, wo sie unterkommen könnten. Ob sie wohl bei mir übernachten könnten?«

Cassie zog die Augenbrauen hoch.

»Nein, nein«, sagte Sam grinsend. »Ich habe ihnen hier, bei ›Addie's‹, ein Zimmer besorgt. Sie sind in ihrem alten Klapperkasten den ganzen weiten Weg in die Stadt gefahren, um mich zu sehen. Ich habe ihnen gesagt, daß wir heute rausfliegen.«

Cassie lachte. »Du kannst nichts dafür, daß sie dich unwiderstehlich finden.«

»Tja, sie sehen wirklich gut aus, aber ich bin nun mal der einzige Mann, den sie je zu sehen bekommen haben, abgesehen von ihrem Vater und den Lieferanten.«

»Sie sind umwerfend.« Fiona hatte die jungen Frauen ausgiebig gemustert.

»Ich habe ihnen gesagt, sie sollen sich an Cully wenden«, sagte Sam. »Er ist ein ausgezeichneter Koch, und sie suchen einen Koch.«

»Es ist höchst unwahrscheinlich, daß er von hier fortgeht, um auf dem Land zu leben«, warf Fiona ein.

»Tja, nun, es gibt noch fünf mehr von der Sorte«, sagte Sam.

Cassie winkte Heather und ihrer Schwester zu, und die Mädchen kamen an den Tisch geeilt.

Nachdem sie einander vorgestellt worden waren, schlug Fiona vor: »Ihr solltet heute abend zum samstäglichen Tanz gehen – dort trefft ihr junge Männer in Hülle und Fülle.«
Heather hatte Sam unentwegt angesehen. »Werden Sie dort sein?«
Er nickte. »Ja, ich habe den Verdacht.«
»Gut, dann gehen wir hin«, sagte Bertie. Oder war es Billie?

Beim Fliegen beobachtete Cassie Fiona, die sich so dicht wie möglich neben Sam auf den Boden des Flugzeugs gekauert hatte und ihm mit gebannter Aufmerksamkeit lauschte.
»Du wirst dich hinknien müssen, damit du aus dem Fenster sehen kannst«, sagte Sam zu Fiona. »Siehst du, das sind Kumuluswolken. Weiße Wolken, die wie Schlösser aussehen oder wie riesige Klumpen Zuckerwatte wirken und immer hoch oben sind … das sind Kumuluswolken. Solange sie hoch oben sind und solange sie sich dahinwälzen und anschwellen, besteht keinerlei Gefahr, aber sie stellen eine Bedrohung dar, wenn sie sich zu einer einzigen riesigen rundlichen Masse auftürmen, die sich dicht über den Erdboden senkt.«
Cassie schaute zum Fenster hinaus und beobachtete das Herabstoßen eines Falken, der sich dann wieder aufschwang, um erneut herabzutauchen und neben dem Flugzeug herzufliegen. Sam begann jetzt mit dem Anflug und verringerte die Flughöhe. Die Ranch mußte größer sein, als Cassie erwartet hatte – Dutzende von Pkws und anderen Lastwagen standen da, mehr, als sie je irgendwo außerhalb von Augusta Springs gesehen hatte.
Sam drehte sich zu ihr um und rief: »Sieh dir bloß an, in welchen Scharen sie erschienen sind! Alle im Umkreis von hundert Meilen müssen krank sein!«
Fiona zog sich vom Fußboden hoch, kroch wieder zu dem Sitz hinter Cassie und schnallte sich an.
»Ich hätte nie geahnt, daß Fliegen derart aufregend sein könnte.«

»Das ist es nicht immer, wenn du einfach nur stundenlang hier rumsitzt.«
Ein Wagen jagte ein Rudel Pferde über den Landeplatz. Sie kreisten und rasten umher, und als der Lastwagen sie verjagte, galoppierten sie in einem noch größeren Kreis. Sam peilte die Landebahn trotzdem an und flog direkt in das Rudel Pferde hinein, das ihm entgegenkam und in einer aufwirbelnden Staubwolke am Flugzeug vorbeiraste. Er hatte wahrhaft gute Nerven.
Das Flugzeug setzte zu einer weichen Landung an, und Cassie konnte sehen, daß Steine vom Boden geräumt worden waren, denn sie waren beidseits der Landebahn aufgeschichtet. Ich gäbe keine allzu gute Pilotin ab, dachte sie. Ich wäre zu vorsichtig. Sam ging Risiken ein, die sie niemals gewagt hätte.
»Ich glaube, dir macht es enormen Spaß, mit der Gefahr zu spielen«, rief sie ihm zu, als das Flugzeug ausrollte.
Grinsend sprang er von seinem Sitz. »Nun, meine Damen, hier wären wir also. Burnham Hill, wahrscheinlich die größte Schafzucht, die ihr je zu sehen bekommen werdet.«
»Auf mich wirkt das wie eine Stadt.«
»Nee.« Er öffnete die Tür und trat gegen die Treppe, bis die Stufen auf dem Boden aufsetzten. Dann sprang er hinunter und streckte eine Hand aus, um Fiona behilflich zu sein. Cassie blieb eine Minute lang in der Tür stehen und schaute auf die Menschenmenge hinunter. Es ging so hektisch zu wie in einem Bienenstock.
Ein großer schlanker Mann, der eine eierschalenfarbene Reithose trug, wie sie die Schafzüchter bevorzugten, drückte Sam die Hand. Cassie stieg die Stufen hinunter.
»Das ist Dan Mason«, sagte Sam, als er sie einander vorstellte. »Ihm gehört Burnham Hill.«
»Woher kommen all diese Menschen?« fragte Cassie.
Mason winkte ab. »Manche von ihnen sind von den Opalfeldern gekommen, fast dreihundert Meilen von hier, und sie haben über Nacht ihr Lager hier aufgeschlagen. Andere kommen von allen benachbarten Höfen in der Umgebung, die bis

zu achtundsiebzig Meilen von hier entfernt sind. Die Schwarzen sind vorwiegend aus den Hügeln gekommen, und die Eisenbahner haben sich alle zusammengetan und sind in diesem Lastwagen dort drüben hergekommen, der wie ein Bus aussieht. Sie leben neben den Strecken, die im Bau befindlich sind. Hier werden Sie den ganzen Tag zu tun haben, Doc.«

Doc. Ausgerechnet das schon wieder.

Cassie wandte sich an Sam. »So viele Menschen haben wir im ganzen ersten Monat insgesamt nicht gesehen.«

»Brauchst du Hilfe?« fragte er.

Sie zuckte die Achseln. »Warum? Willst du mit den hübschen Mädchen flirten? Geh schon. Ich gebe dir Bescheid, falls ich dich brauche.«

Sam sah sie ganz seltsam an und beugte sich vor, um etwas zu Fiona zu sagen, ehe er sich entfernte.

Dan Mason sagte: »Als uns heute am frühen Morgen allmählich klargeworden ist, wie viele Leute hergekommen sind, haben wir dieses Zelt aufgebaut, das wir gewöhnlich nur für Parties benutzen, um uns gegen die Sonne zu schützen. Nancy, meine Frau, kommt gleich. Sie ist noch im Haus und versucht, eine Mahlzeit für all diese Menschen zu richten. Sie sagt, wenn Sie etwas brauchen, sollen Sie ihr Bescheid geben. Zum Beispiel Wasser, oder was immer Sie gebrauchen können. Außerdem haben wir diesen Tisch hier aufgebaut. Was brauchen Sie sonst noch?«

»Das genügt schon«, sagte Cassie.

»Kann ich irgend etwas tun?« fragte Fiona.

»Klar. Ich brauche medizinische Aufzeichnungen zu jedem einzelnen Patienten. Willst du die Angaben schriftlich für mich festhalten?«

»Liebend gern.« Ihre Augen leuchteten, als Cassie ihr ein Notizbuch reichte.

Cassie impfte die Leute und zog noch mehr Zähne. Sie hatte keine Ahnung gehabt, daß so viele Menschen unter Zahnschmerzen litten – es schien das weitaus verbreitetste Leiden im Busch zu sein. Vielleicht sollten sie sich eines Tages Gedanken darüber machen, auf diese Behandlungsreisen einen Zahnarzt mitzunehmen. Sie öffnete ein Geschwür und fragte sich, warum alle Eingeborenenkinder entzündete Augen und laufende Nasen hatten. Fliegen versammelten sich um ihre Augen herum und sorgten dafür, daß sich die bereits infizierten Bereiche noch schlimmer entzündeten.

Ein Fall von eitriger Angina war unter den Patienten, ein gebrochener Knöchel, Bänderrisse, Magenverstimmungen, Prellungen, Verbrennungen, ein gebrochener Arm, der nicht ordentlich geschient worden war, und außerdem drei schwangere Frauen, denen Cassie sagte, sie würde sie in einem der Schlafzimmer untersuchen, falls sich das einrichten ließe.

Um ein Uhr kam Nancy Mason aus dem Haus und wischte sich die mehlbestäubten Hände an einer Schürze ab, die sie sich um ihren üppigen Körper gebunden hatte. »Das Essen ist fertig!« rief sie. »Wir werden es wie ein Büfett aufbauen müssen. Ich habe nicht genügend Tische und Stühle für euch alle.« Genug zu essen hatte sie jedoch.

An einem Ende des langen Tischs, der aus dem Eßzimmer auf die Veranda getragen worden war, lag ein riesiger Schinken. »Stellt euch dort drüben an«, wies Nancy die Leute an. »Dann sollte eigentlich alles reibungslos ablaufen.« Sie wandte sich an Fiona. »Ich kann nur beten, daß genug für alle da ist. Wer hätte schon erwartet, daß vierundvierzig Leute auftauchen?«

Es gab Kartoffelauflauf und große selbstgebackene Brotlaibe, dazu ganze Platten voller scharf eingelegtem Gemüse und einen Berg Kohl, Salat aus Apfelscheiben und geraspelten Karotten, einen Auflauf aus Pastinaken und Karotten, der im Ofen gebacken worden war, Tomatenscheiben und grüne Bohnen mit Mandelsplittern. Auf einem weiteren kleinen Tisch standen fünf Kuchen. Nancy beantwortete Cassies unausgesprochene Frage: »Diese Kuchen sind mitgebracht worden. Ich habe keinen einzigen von ihnen selbst gebacken. Im Grunde genommen habe ich nur den Schinken und die Kartoffeln zubereitet.«

»Das ist wahre Nachbarschaftlichkeit«, sagte Sam. »Das bist du nicht gewohnt, was?«

Nicht aus Washington, London oder auch nur San Francisco. Cassie hörte zu, wie die Frauen Rezepte miteinander austauschten und darüber redeten, gezwungenermaßen Wochen in der Stadt zu verbringen – in Adelaide oder Brisbane und ab und zu auch in Augusta Springs –, während sie die Geburt ihrer Babys erwarteten. Männer, die sich am anderen Ende der Veranda in dichten Trauben drängten, redeten über Schafe und Pferderennen. Cassie schaute auf den schmalen Rasenstreifen hinunter, von dem das frisch gestrichene weiße Haus umgeben war, und sah Sam, der seine allgegenwärtige Baseballmütze in eine Hosentasche gezwängt hatte. Er hatte die Arme um zwei Mädchen gelegt und grinste, während sie lachend zu ihm aufblickten.

Sie würden erst nach Einbruch der Dunkelheit in Augusta Springs eintreffen. »Wir können es schaffen«, sagte Sam. »Es gibt Licht auf dem Flugplatz. Es ist nicht dasselbe, als landeten wir auf einem Gehöft, auf dem die Leute nicht auf nächtliche Flugzeuglandungen eingerichtet sind. Es gibt dort auch einen Leitstrahlsender.«

Aber Nancy und Dan Mason überredeten sie, über Nacht zu bleiben. Sam meldete sich bei Horrie, und es gab keine medizinischen Notfälle. Kein Anruf, der Soforthilfe erfordert hätte.

»Wir können am frühen Morgen aufbrechen, wenn ihr wollt«, sagte er zu Fiona und Cassie.

»Was ist mit den Martin-Töchtern? Sie werden enttäuscht sein.« Es hatte scherzhaft klingen sollen, kam aber absolut nicht so heraus.

Sam kniff die Augen zusammen und sah sie an. »Ich mag es nicht, von einer Frau auserkoren zu werden. Ich ziehe es vor, selbst meine Wahl zu treffen.«

»Dann muß also der Mann immer die Initiative ergreifen?« Ihre Stimme war nicht frei von einer gewissen Härte.

Sam beugte sich vor, pflückte einen Grashalm und steckte ihn zwischen die Lippen. »Klar.«

»Macht das nicht unglaublichen Spaß?« fragte Fiona, als sie sich den beiden anschloß. »Ich danke euch so sehr dafür, daß ihr mich mitgenommen habt. Soviel Spaß habe ich in meinem ganzen Leben noch nicht gehabt. Ich wußte nicht, daß Fliegen so … oh, ich weiß noch nicht einmal, wie ich es sagen soll. So belebend sein kann.« Fiona war kein bißchen müde. »Ich hatte keine Ahnung, daß dein Leben derart voll von … tja, ich kann mir vorstellen, daß du dich niemals einsam fühlst, stimmt's? All diese Menschen, die diese Bereitschaft mitbringen, dich dafür zu lieben, daß du ihnen so sehr hilfst. Von dem Moment an, in dem sie dir das erste Mal begegnen, bist du ein fester Bestandteil ihres Lebens. So fühle ich mich, wenn ich ein Klassenzimmer betrete. Ich werde für alle Zeiten eine Rolle im Leben dieser Kinder spielen, ganz gleich, ob sie sich an meinen Namen erinnern können oder daran, was ich ihnen beibringe, oder auch nur, wie mein Gesicht aussieht.«

Du fühlst dich bestimmt niemals einsam …, dachte Cassie versonnen.

Um sechs Uhr morgens läutete geräuschvoll eine Kuhglocke. Cassie hatte im Bett gelegen und versucht, sich nicht zu rühren, um Fiona nicht zu wecken. Jetzt stieß sie sie mit dem Ellbogen an.

»He, es ist Zeit zum Aufstehen.«

»Mpf«, murmelte ihre Freundin.

Cassie schwang die Beine aus dem Bett und schaute zum Fenster hinaus. War jedes Morgengrauen im Busch eine Pracht? Sie zog die Sachen an, die sie über eine Stuhllehne gehängt hatte. Dann fuhr sie sich mit der Zunge über die Zähne. Sie haßte es, keine Zahnbürste dabeizuhaben. Sie würde eine in ihre Arzttasche packen, damit sie nicht das Gefühl haben mußte, anstelle eines Mundes ein Vogelnest zu haben, wenn sie irgendwo unerwartet übernachten mußten. Sie zog ihre Stiefel an, schaute in den Spiegel über der Kommode, griff nach einem Kamm und zog ihn hastig durchs Haar. Sie mach-

te sich noch nicht einmal die Mühe, Lippenstift aufzutragen, ehe sie aus dem Haus ging, um den Morgen zu begrüßen.
Dan Mason hielt sich schon draußen auf und redete mit seinem Vorarbeiter. Um die Hufe der Pferde herum, die von dreien der jungen Rancharbeiter zusammengetrieben und gesattelt wurden, stieg Staub auf. Cassie lief durch das stachelige Gras zu einem kleinen Hang, der etwa eine Viertelmeile weiter im Osten lag. Sie sah, daß Sam das Flugzeug bereits einer oberflächlichen Prüfung unterzog.
Es war zwar schon hell genug, um klar sehen zu können, doch die Sonne war noch nicht über den Horizont gestiegen. Als Cassie den Kamm des Hügels erreichte und hoffte, von dort aus den Sonnenaufgang sehen zu können, stellte sie zu ihrem Erstaunen fest, daß sich ein Bach zwischen Ufern schlängelte, die mit hohem Eukalyptus bewachsen waren. Hinter der Baumreihe ging die Sonne auf. Nicht so dramatisch, wie sich der Sonnenaufgang gestaltet hätte, wenn Wolken am Himmel gewesen wären oder auch nur eine große Menge Staub aufgewirbelt wäre, aber in dieser Landschaft war es dennoch ein überwältigendes Schauspiel. Cassie konnte in allen Richtungen den Horizont sehen. Das Land war flach, flach, flach. Als der gewaltige orangeglühende Ball aufstieg und seine blendenden Strahlen wie Tentakel über das Land streckte, war die gesamte Landschaft in den goldenen Schimmer gehüllt, der einen weiteren Tag vorhersagte, an dem es kein Entfliehen vor der Hitze gab.
Cassie fragte sich, wie es hier wohl im Sommer sein mußte, wenn es ihr Anfang Oktober drei Minuten nach dem Sonnenaufgang schon so warm sein konnte.
»Ein erhabenes Gefühl, stimmt's?« Sams Stimme ertönte hinter ihr.
Die Kuhglocke läutete wieder.
»Ich vermute, das Frühstück ist fertig. Danach würde ich gern aufbrechen. Schließlich ist heute unser freier Tag, und ich habe einiges vor.« Er sah ihr nach, als sie den Hügel hinunterlief, und dann folgte er ihr kopfschüttelnd.

14

»Sam bringt mir das Fliegen bei«, sagte Fiona aufgeregt. »Ist das nicht wunderbar?«
Cassie, die gerade Gemüse kleinschnitt, blickte auf. »Wie seid ihr darauf gekommen?«
Fiona schenkte sich eine Tasse Tee ein. Sie war gerade vom Tennisspielen mit Sam zurückgekommen und erweckte einen kerngesunden Eindruck. »Ich habe ihm gesagt, daß mir das Fliegen wie eine Romanze erscheint und wie sehr es mich gepackt hat, als wir nach Burnham Hill geflogen sind. Ich bin verliebt in das Fliegen. Weißt du, nachts liege ich im Bett und schließe die Augen, und dann sehe ich mich da oben, wie ich durch die Luft schwebe – wie ein Adler. Er hat gesagt: ›Wenn es dir so geht, dann bringe ich dir das Fliegen bei.‹ Am Samstag bekomme ich meine erste Flugstunde. Ich bin schon ganz aufgeregt.«
Cassie schüttete die Karotten in einen Topf und fragte, ohne Fiona anzusehen: »Ist etwas zwischen dir und Sam?«
»Ja.« Fionas Augen leuchteten. »Und es ist brandneu für mich – eine Freundschaft mit einem Mann. Ich kann mich nicht erinnern, je zuvor einen Mann zum Freund gehabt zu haben. Ich meine, eine *echte* Freundschaft. Wir mögen einander, aber es läuft keine Chemie ab, falls du das meinst. Es ist einfach herrlich mit ihm. Wir reden über alles.«
Cassie drehte sich zu ihr um und sah sie an. »Kann man wirklich eng mit einem Mann befreundet sein? Das bezweifle ich.«
»O Cassie, hör endlich auf, dir selbst und allen Männern heimzuzahlen, daß du zurückgewiesen worden bist. Ich habe auch eine unglückliche Liebe hinter mir. Wer hat das nicht? Es hat mich Jahre gekostet, darüber hinwegzukommen. Aber ich

glaube, das hat uns alle nur bereichert. Was für abscheuliche Wesen wären wir doch, wenn wir das nie erlebt hätten. Wie könnten wir Mitgefühl für andere aufbringen? Ich würde jedem Menschen ein kleines bißchen Unglück und wenigstens eine Ablehnung wünschen. Das lehrt uns Bescheidenheit.«

»Oh, komm mir bloß nicht damit. Ich wäre ein wesentlich besserer Mensch, wenn ich nie so behandelt worden wäre, wie Ray mich behandelt hat.«

»Vielleicht wärst du im Moment glücklicher, aber ich wette, du wirst an dieser Erfahrung wachsen«, wandte Fiona ein. »Ray ist nicht schuld daran, wie du fühlst. Okay, dann war er eben ein Mistkerl. Aber eine Zurückweisung ist nicht das Ende der Welt. Was dich bitter gemacht hat, das sind deine eigenen Reaktionen. Jetzt erlaubst du es dir nicht mehr, auch nur irgendeinem Mann zu vertrauen. Du versagst dir viel, um nicht noch einmal verletzt zu werden. Cassie, du bist die meiste Zeit ein reizender und großartiger Mensch. Mir gegenüber gehst du aus dir heraus, und im Umgang mit anderen Frauen bist du locker. Du hast eine wunderbare Art, mit Kindern umzugehen. Nach allem, was ich gehört habe, kommst du blendend mit Kranken zurecht. Deine Patienten lieben dich. Aber du läufst vor attraktiven Männern weg, die dich in Versuchung führen könnten.«

Fiona streckte eine Hand aus und legte sie auf Cassies Arm. »Die Mauer, die du um dich herum aufbaust, zwischen dir und den Männern, ist beinah sichtbar.«

»He, mir gefällt mein Leben ziemlich gut so, wie es ist.«

Fiona saß auf dem hochlehnigen Stuhl, dem einzigen in der Küche. »Du bist netter zu Horrie als zu Sam. Und du bist nett zu Steven Thompson, weil er alt genug ist, um dein Vater sein zu können. Aber warte nur, bis du seinen Sohn kennenlernst. Blake wird eine Bedrohung für dich darstellen, und zwar eine enorme, und ihm gegenüber wirst du dich noch reservierter verhalten, als du es bei Sam tust. Ist dir eigentlich klar, daß du dich in Gegenwart von Männern, die du attraktiv finden könntest, wie ein Mann benimmst?«

»Du bist auf dem Holzweg. Ich habe guten Grund, mich Männern gegenüber reserviert zu verhalten, und das hat keineswegs alles nur mit Ray Graham zu tun. Ich mußte mich durch mein gesamtes Medizinstudium durchkämpfen. Ist dir klar, daß sie in jeder einzelnen Stunde Anatomieunterricht, die ich je gehabt habe, abfällige Bemerkungen über Frauen gemacht haben, und dabei haben sie mich angeschaut, weil sie sehen wollten, ob ich es verkrafte.« Cassie verkrampfte sich. »Ist dir eigentlich klar, wie sehr sich die Männer von einer Frau bedroht fühlen, die in Bereiche vordringt, die sie als rein männliche Domänen ansehen?«

Fiona pochte mit den Fingerspitzen auf den Tisch. »Weißt du was? Ich bin noch nicht einmal sicher, ob die Geschlechter einander mögen. Ich glaube, wir fühlen uns vom anderen Geschlecht bedroht. Und verunsichert. Aber wir fühlen uns auch dazu hingezogen. Vielleicht ist das so elementar wie der Sex. Vielleicht ist es das Verlangen, das Gefühl zu haben, für einen anderen der wichtigste Mensch auf Erden zu sein, und wenn wir mit jemandem unsere persönliche Ewigkeit verbringen, dann ist das höchstwahrscheinlich ein Mann. Vielleicht kommt das daher, daß wir zwei Teile eines Ganzen sind. Yin und Yang. Und wenn wir einander vielleicht auch nicht mögen, so können wir einander doch lieben, und wir wollen uns in den Augen eines Mannes als schön ansehen. Wir spielen unsere Spielchen mit dem anderen Geschlecht, aber nicht mit unseren guten Freunden. Und doch haben sich über Jahrtausende Männer und Frauen unvollkommen gefühlt, solange sie nicht einen Angehörigen des anderen Geschlechts im Schlepptau hatten.«

Fiona hatte recht. Wenn sie auch noch so genau wußte, daß sie immer dann Mauern um sich herum aufbaute, wenn ein attraktiver Mann auch nur in einem Randbezirk ihres Lebens auftauchte, dann war sich Cassie doch irgendwo nur allzusehr darüber im klaren, daß sie sich in ebendiesen Momenten fragte, wie sie wohl aussah, ob ihr Haar gekämmt war, ob ihr Lippenstift frisch genug aufgetragen war und ob dieser Mann sie ansah.

»Ich verstehe das nicht, Cassie. Ich mag Frauen lieber. Zu meinen Freundinnen hatte ich eine größere Nähe, wenn ich auch mit den meisten von ihnen ganz bestimmt nicht so reden würde. Nur mit dir und Ally ...« Ally war Fionas kleine Schwester, »... kann ich über diese Dinge reden«, fuhr Fiona fort. »Nur zu dir und Ally kann ich sagen: Ja, ich habe mit einem Mann geschlafen, mit dem ich nicht verheiratet war, und, Herr im Himmel, es hat mir Spaß gemacht. Ich fand es einfach toll. Und irgendwo liebe ich den Kerl immer noch, obwohl ich ihn inzwischen nicht mehr besonders gern mag.«

Cassie seufzte. »Fiona, du bist so ziemlich der netteste Mensch, der mir je begegnet ist. Selbst als meine Mutter noch am Leben war, konnte ich nicht so mit ihr reden.«

»O Cassie, wir erzählen unseren Müttern nie, wie wir in Wirklichkeit sind, weil wir viel zu großen Wert auf ihre Anerkennung legen. Meine Mutter hat es kaum verkraftet, wenn ich ›Scheiße‹ gesagt habe. Aber einer guten Freundin gegenüber öffnen wir uns, und das trägt dazu bei, die Freundschaft zu festigen. Wir können offen und aufrichtig sein, und dann suchen wir dasselbe bei einem Mann und hoffen, daß er nicht nur unser Geliebter, sondern auch unser bester Freund sein wird, und dazu kommt es einfach nicht. Wir müssen ihm gefallen. Unseren Freunden brauchen wir nicht zu gefallen. Versteh mich nicht falsch. Für eine Freundschaft müssen wir etwas tun, wir müssen Zeit darauf verwenden, und wir müssen sie hegen und pflegen. Es ist der einzige Bereich im Leben, in dem wir unser wahres Ich zeigen können.«

»Ich glaube, du bist die erste echte Freundin, die ich je gehabt habe«, sagte Cassie.

»Ich habe mein ganzes Leben lang gute Freundinnen gehabt, aber nie jemanden wie dich. Ich hätte nie jemand anderem die Dinge erzählt, die ich dir erzählt habe.«

Cassie ging zu Fiona, streckte eine Hand aus und legte sie ihr auf die Schulter. Dann beugte sie sich herunter und küßte Fiona auf die Wange.

»Ich bin in den Busch gekommen, um vor Dingen wegzulaufen, um zu fliehen. Und statt dessen könnte es passieren, daß ich hier mich selbst finde, und das habe ich zum Teil dir zu verdanken.«

In dem Moment läutete das Telefon, und Fiona sprang vom Stuhl auf. Im nächsten Moment kam sie zurück. »Es ist für dich. Ein Notfall in Tookaringa.«

»Nicht die Funkzentrale?«

»Ein Direktruf. Horrie hat ihnen gesagt, wo du zu finden bist.«

Da die wenigen Telefonleitungen im Busch mit einfachsten Mitteln an Zäunen und Bäumen befestigt waren, funktionierte das Telefonnetz nicht immer.

Jennifers Tonfall war eindringlich. »Cassie, Gott sei Dank. Wir haben hier ein Problem. Steven ist nicht da, aber reden Sie mit meinem Sohn, es ist wirklich eilig.«

Eine ihr unbekannte männliche Stimme ergriff das Wort. »Wir haben gerade Tennis gespielt, als Eva Paul, unser Gast, ihren Schläger hingeworfen hat. Sie hat mit den Händen ihre Kehle umklammert, mit den Füßen auf den Boden gestampft und gespuckt. Eine Hornisse ist ihr in den Mund geflogen und hat sie gestochen. Es ist noch keine fünfzehn Minuten her, seit das passiert ist. Sie hat sie hinten in die Zunge gestochen. Ihre Zunge ist geschwollen, und sie hat Atemnot. Sie ist in heller Panik. Wir flößen ihr kalte Getränke ein und versuchen, mit Eis gegen die Schwellung anzugehen.«

Im Hintergrund konnte Cassie Evas röchelnden Atem hören. »Sie läuft blau an, ihr Gesicht und ihre Lippen sind käsig, und sie schwitzt wie ein angestochenes Schwein.«

Oh, lieber Gott im Himmel, dachte Cassie.

»Wie schnell können Sie herkommen?« fragte Blake Thompson.

»Bis ich dasein könnte, wäre sie längst tot. Sie werden einen Luftröhrenschnitt durchführen müssen.«

»Was?«

»Sie müssen dringend ...«

»Was muß ich tun?«

»Hören Sie mir jetzt ganz genau zu. Eine Schwellung der Epiglottis blockiert den Zugang zur Luftröhre und kann zum Tod durch Ersticken führen. Sie werden direkt unter dem Adamsapfel einen kleinen Schnitt in die Luftröhre machen müssen.«

Am anderen Ende herrschte Stille.

Cassie fuhr fort. »Sorgen Sie dafür, daß, während wir miteinander reden, jemand ein kleines scharfes Messer sterilisiert, und zwar schnell, und ein kleines Stückchen Gummischlauch findet, vielleicht im Geräteschuppen. Vielleicht haben Sie einen Gummischlauch, um Benzin anzusaugen. Beeilen Sie sich!

Hören Sie mir aufmerksam zu, damit Sie mich genau verstehen. Am hinteren Ende der Zunge ist der Schlund, unter dem sich die Kehle in zwei Röhren teilt. Die eine ist dafür da, Nahrung und Flüssigkeit zu schlucken, und die andere ist zum Luftholen da. Das ist die Luftröhre. Sie hat ein Klappventil, das sich schließt, wenn Nahrung geschluckt wird. Eine Schwellung versperrt den Eingang der Luftröhre; wenn nicht schnell etwas unternommen wird, erstickt sie und stirbt. Wenn wir im Krankenhaus wären, könnte ein kleines Röhrchen in die Luftröhre eingeführt werden, aber Sie sind vierhundert Meilen vom nächsten Krankenhaus entfernt.«

»Ich habe nie andere Eingriffe vorgenommen als das Kastrieren von Jungtieren.«

»Entweder Sie tun es, oder sie stirbt, und zwar innerhalb von wenigen Minuten. Bald wird der Sauerstoffmangel sie ins Koma versetzen. Holen Sie Ihre Mutter ans Telefon, und ziehen Sie das Sofa dicht ans Telefon, während ich mit ihr rede. Holen Sie augenblicklich ein paar von Ihren Männern ins Haus. Sie werden starke Männer brauchen, die Ihnen dabei helfen müssen, sie festzuhalten.«

Jennifers Stimme kam durch die Leitung. »In Ordnung, Cassie, er zieht das Sofa gerade rüber, aber ich glaube, Eva wird bewußtlos. O mein Gott! Gott sei Dank haben wir noch zwei andere starke Männer in der Nähe. Was kann ich tun?«

»Sie können sich hinstellen und den Hörer an Blakes Ohr halten oder jedes Wort, das ich sage, an ihn weitergeben. Wenn das Sofa jetzt dicht genug am Telefon steht und er sie operieren und mich gleichzeitig hören kann, dann ziehen Sie ihren Kopf und ihren Hals über die Armlehne des Sofas und holen Sie den kräftigsten Mann im Raum …«

»Das ist Blake.«

»Dann eben den zweitkräftigsten.« Um Himmels willen, kommen Sie mir jetzt bloß nicht mit Haarspaltereien, hätte Cassie gern geschrien. »Bringen Sie den starken Mann dazu, ihren Kopf so fest zwischen seinen Händen zu halten, daß sie sich unmöglich von der Stelle rühren kann, ganz gleich, wie heftig sie auch zucken mag. Sagen Sie ihm, er soll nicht hinsehen, was geschieht, damit er sich ausschließlich darauf konzentrieren kann, ihren Kopf festzuhalten, ohne sich ablenken zu lassen. Das ist absolut entscheidend. Und jetzt sagen Sie Blake, er soll loslaufen, und damit meine ich, er soll rennen, so schnell er kann, sich die Hände waschen und mit einem sterilen Messer wieder ans Telefon kommen.«

Jennifers Stimme war wieder durch die Leitung zu hören. »Cassie, er ist gleich wieder da. Ach, du meine Güte …«

»Sagen Sie es nicht, Jenny.« Sie wandte sich an Fiona, die gekommen war und sich neben sie gestellt hatte. »Holst du mir einen Stuhl, ja? Ich werde noch eine ganze Weile am Telefon sein.«

Blakes Stimme kam wieder aus dem Hörer. »Hier bin ich.«

»Geben Sie Ihrer Mutter das Telefon, und sie wird Ihnen wortwörtlich alles wiederholen, was ich sage. Zögern Sie nicht, denn sonst ist das Mädchen verloren.«

»In Ordnung«, sagte Jennifer.

»Lassen Sie Blake nach dem Adamsapfel tasten und gut einen Zentimeter darunter einen vertikalen Schnitt ansetzen. Der Schnitt sollte knapp vier Zentimeter lang sein.

Sowie er zu schneiden beginnt und sicher ist, daß er die Mitte des Halses erwischt hat, die exakte Mitte, lassen Sie ihn weiterschneiden, bis Luft herausströmt. Machen Sie sich wegen

des Bluts keine Sorgen. Sowie Sie es geschafft haben, daß Luft hineinströmt oder entweicht, wird sich die Blutung abschwächen.«
Im Hintergrund konnte Cassie den schweren Atem des Mädchens hören.
»Sie ist blau angelaufen, und ihre Augen sind verdreht, als sei sie tot. Sie ist bewußtlos.« Jennifers Stimme war von Furcht erfüllt.
Blake sagte zu seiner Mutter: »Ich glaube, es ist aus mit ihr.«
»Sagen Sie ihm, daß er weitermachen soll. Er muß genau in der Mitte ansetzen. Und dort bleiben. Wenn er ganz sicher ist, daß er die richtige Stelle gefunden hat, muß er die Luftröhre durchschneiden, ganz gleich, ob sie tot oder lebendig ist.«
»Sie atmet wieder«, sagte Jennifer.
»Dann ist etwas schrecklich schiefgegangen.« Cassie ertappte sich dabei, daß sie schrie. »Entweder ist er zu weit auf einer Seite, oder der Schnitt ist nicht tief genug. Vergewissern Sie sich, daß er den Schnitt wirklich genau in der Mitte angesetzt hat.«
»Er hat die Luftröhre geöffnet, und Luft strömt ein und aus. O Gott, alles ist voll Blut!«
»Gut so. Stecken Sie jetzt den Schlauch in die Öffnung. Decken Sie den Bereich mit sauberen Tüchern, Taschentüchern oder Servietten ab. Stecken Sie eine große Sicherheitsnadel in einem Winkel von neunzig Grad durch den Teil des Schlauchs, der herausschaut, damit er nicht in ihre Luftröhre rutschen kann. Ist sie bei Bewußtsein?«
»Ja, und das Einführen des Schlauchs bereitet ihr große Schmerzen.«
»Sagen Sie ihm, er soll die Finger auf beide Seiten des Schnitts legen und den Blutfluß so eindämmen, daß die Öffnung trocken bleibt. Es spielt keine Rolle, wohin das Blut fließt oder wieviel Blut sie verliert, solange nichts davon in diese Öffnung zurückfließt!«
Einen Moment lang herrschte Stille, ehe Jennifer sagte: »Das Blut sickert jetzt nur noch heraus.«

»Das ist gut so. Sie werden sich abwechseln müssen, damit die ganze Nacht über jemand bei ihr sitzt, um sicherzugehen, daß der Schlauch nicht verrutscht. Es ist schon fast dunkel, und daher können wir unmöglich rausfliegen. Aber wir werden im Morgengrauen aufbrechen und kurz nach neun dasein. Es sollte eigentlich keine weiteren Komplikationen geben. Geben Sie mir noch einmal den Arzt«, sagte sie mit einem Anflug von Lachen in der Stimme.
Blake meldete sich am anderen Ende. »Hier«, war alles, was er sagte.
»Gute Arbeit.«
»So. Ja.«

Am folgenden Morgen um neun Uhr zweiundzwanzig landeten sie auf Tookaringa. Blake Thompson holte sie mit einem Ranchfahrzeug auf der Landebahn ab. Er lehnte am Wagen, und sein breitkrempiger Stetson ließ sein Gesicht nicht erkennen, als Sam die Flugzeugtür öffnete. Blake kam mit langsamen, aber großen Schritten auf sie zu, und seine Stiefel mit den hohen Absätzen schlurften über den Boden. Er hatte den Gang eines Mannes, der gewohnt ist, ganze Tage im Sattel zu verbringen, und doch ging eine Anmut von ihm aus, fast löwenhaft. Er schüttelte Sam die Hand.
»Blake Thompson.«
Sam nickte, und Cassie nahm an, daß er sich Blake vorstellte, obwohl sie nicht hören konnte, was er sagte, da er ihr den Rücken zugekehrt hatte.
Sie streckte die Hand schon aus, ehe sie die letzten Stufen hinuntergestiegen war. »Dr. Thompson?«
Blake lachte. »Sie haben wahrhaftig gewußt, was Sie tun, als Sie mir Ihre Anweisungen erteilt haben.«
Sie gingen auf den Wagen zu.
»Wie geht es der Patientin?«
»Es scheint alles in Ordnung zu sein. Sie schläft viel. Heute morgen scheint sie keine Schmerzen zu haben.«
Er sah weiß Gott gut aus, sogar noch besser als sein Vater.

Was hatte sie anderes erwartet, wenn sie bedachte, wie gut seine Eltern aussahen? Er war grobknochig und weit größer als sie. Er mußte mindestens zwölf Zentimeter größer sein als Sam. Über einsneunzig, vielleicht sogar einsfünfundneunzig. Breitschultrig.

»Wenn wir eng zusammenrücken, passen wir alle drei auf den Vordersitz«, sagte er. Er hielt Cassie die Tür auf. Sie rutschte zur Mitte durch, während Sam ihre Arzttasche auf die Ladefläche stellte.

»Ich bin froh, daß ich telefonisch erreichbar war«, sagte Cassie. »Noch ein paar Minuten, und sie wäre tot gewesen.«

Blake stieg vor dem Haus auf die Bremse, drehte sich zu ihr um und sah sie an. Seine Augen waren kobaltblau.

Sam sagte: »Geh schon vor. Ich bringe dir die Tasche.«

Cassie rannte die Stufen hinauf und ins Wohnzimmer, wo Jennifer neben der Patientin saß, die schon wieder sitzen konnte. Nach der Untersuchung bemerkte Cassie: »Das hätte ich selbst nicht besser machen können. Die Schwellung ist bereits zurückgegangen, und wenn wir sie ins Krankenhaus gebracht haben, werden wir den Schlauch entfernen. Morgen können wir diese Öffnung schließen. Sie werden den Schnitt kaum sehen«, versicherte sie der jungen Frau.

»Haben Sie schon gefrühstückt?« fragte Jennifer.

»Wir können nicht bleiben«, sagte Cassie. »Wir müssen noch einen Besuch machen, und ich will die junge Dame möglichst bald ins Krankenhaus bringen.«

»Sie ist aus Brisbane zu Besuch gekommen«, sagte Jennifer. »Ich sollte besser ihre Sachen und ihre Tasche holen. Dann kann sie von Augusta Springs aus den Zug oder ein Flugzeug nehmen, wenn sie aus dem Krankenhaus entlassen wird. Das hatte sie ohnehin vor.«

»Ich sollte besser auftanken«, sagte Sam zu Blake. Beide standen nebeneinander in der Tür.

»Folgen Sie mir«, sagte Blake. »Können Sie mit dem Flugzeug zur Tanksäule rollen?«

»Wenn nicht, können wir Kanister füllen und es so auftanken.«
Jennifer sagte: »Ich hole jetzt Evas Sachen und fahre Cassie und sie zur Garage raus, damit wir euch nicht aufhalten.«
Sam nickte, und Blake und er machten sich auf den Weg.

Als Eva im Flugzeug auf ihrem Sitz angeschnallt war, setzte Cassie sich auf den Sitz neben sie. Blake sprang ins Flugzeug und umarmte Eva. »Tut mir leid, daß du derartig Pech haben mußtest.«
Sie lächelte matt. »Danke, daß du mir das Leben gerettet hast.«
Er warf noch einen Blick auf Cassie, ehe er die Stufen hinuntersprang. Sam knallte die Tür zu und begab sich ins Cockpit. Als sie über die Startbahn rollten, musterte Cassie Blake und seine Mutter, die dastanden und das Flugzeug im Auge behielten, bis sie nur noch als kleine Punkte zu sehen waren. Als sie losflogen und die beiden aus ihrer Sichtweite verschwanden, dachte sie: Das also ist Blake Thompson. Himmelblaue Augen.

15

Sie hatten es so arrangiert, daß sie ihre planmäßige Sprechstunde auf Tookaringa zu Silvester abhielten. Cassie hatte gehört, daß zu den berühmten Silvesterparties Menschen aus Sydney und Melbourne nach Tookaringa kamen.
Sie hatte Fiona gedrängt mitzukommen, da die Thompsons sie ebenfalls eingeladen hatten, doch Fiona sagte ab und bat darum, sie zu entschuldigen. Sie führte keine allzu guten Gründe an, wenn man bedachte, wie gern sie Parties mochte.
»Das wird das Galaereignis des Jahres«, hatte Cassie gesagt.
Trotzdem hatte Fiona abgewinkt. »Um so mehr Grund, hierzubleiben und dazu beizutragen, daß bei ›Addie's‹ Stimmung aufkommt.«
»Du hast Tookaringa nie auch nur gesehen.«
Fiona nickte. »Auf meiner Dringlichkeitsliste steht das nicht gerade hoch oben. Jennifer und Steven kann ich immer dann sehen, wenn sie in die Stadt kommen. Niemand wird mich dort vermissen. Setz mir nicht zu damit, Cassie. Ich möchte nicht hingehen.«
»Aber warum nicht?«
Fiona stand auf und ging in die Küche. »Ich habe meine Gründe.«
Fiona hatte Cassie dabei geholfen, ein neues Kleid für die Party zu schneidern. In Augusta Springs konnte sie bestimmt nichts Schickes finden. Jetzt fragte sie sich, ob sie sich zu sehr herausgeputzt hatte.
»Wenn du keine Männer in deinem Leben haben willst, warum trägst du dann ein Kleid wie das, was wir gerade genäht haben?« fragte Fiona.
»Du hinderst dich selbst daran, das Leben zu genießen«, fuhr

Fiona fort. »Nachdem es mir damals passiert ist, wußte ich, daß ich nicht so weiterleben kann, von der Welt abgeschnitten. Die einzigen Menschen, denen ich Raum in meinem Leben und in meinem Herzen zugestanden habe, waren meine Schüler. Aber das war nicht genug. Schließlich habe ich mich dann entschieden, allen Zutritt zu gewähren. Mein Herz ist groß genug für alle. Und als ich damit erst einmal begonnen hatte, war gleich alles viel einfacher.«

»Groß genug für alle, sagst du? Aber du wirst wieder verletzt.«

Fiona zuckte die Achseln. »Das kann schon sein. Aber nicht in dem Maß. Nicht so sehr wie damals, als mein Herz, meine Seele und jeder einzelne meiner Atemzüge einem einzigen Mann gehört haben. Jetzt drängen sich so viele Menschen in meinem Herzen, daß kein einzelner es für sich beanspruchen kann. Und ich schwöre dir, Cassie, das ist gesünder als deine Art, damit umzugehen und überhaupt keinen Mann in deinem Leben zu dulden. Du mußt in einem Umkreis von tausend Meilen die einzige alleinstehende Frau sein, um die sich die Männer nicht reißen. Und wenn du in den Spiegel schaust, sollten die Männer, die einzig und allein nach dem Aussehen gehen, wahrhaft vor unserer Veranda Schlange stehen. Aber du sagst, in den Monaten, die du hier verbracht hast, hat kein einziger Mann auch nur Annäherungsversuche unternommen. Du schüchterst sie ein, Cassie, genau das tust du.«

»Das macht mir nichts aus.« Sie zog sich das neue Kleid aus rosa Chiffon über den Kopf und drehte vor dem hohen Spiegel in ihrer Kleiderschranktür eine Pirouette.

»Sieh dich nur an!« Fionas Stimme war von Bewunderung erfüllt. »Du brauchst dich doch auf gar nichts einzulassen. Behandele sie einfach nur wie normale Menschen. Gib ihnen nicht ständig ein Gefühl von Unterlegenheit. Sei ein bißchen netter zu den Männern, Cassie. Ich habe nicht die Absicht, mich auf etwas einzulassen, zumindest im Moment nicht, aber Flirten macht doch wirklich Spaß.«

»Wie das geht, habe ich noch nie gewußt.«
»Du bist immer so ernst. Versteh mich bloß nicht falsch. Das ist gleichzeitig eine deiner Tugenden. Ich nehme an, ein Arzt sollte ein ernsthafter Mensch sein, damit die Leute Vertrauen zu ihm haben – zu ihr. Aber du brauchst dich nicht immer so zu geben, als seist du Ärztin. Und jetzt mach dich schon auf den Weg nach Tookaringa, und laß dich auf dieser Silvesterparty mal so richtig gehen.«
Vielleicht würde sie das sogar tun. Bisher war sie dort draußen noch auf keinen Mann gestoßen, vor dem sie sich hätte in acht nehmen müssen. Die meisten waren eher so wie Sam und zogen alberne, kichernde Mädchen vor, die voller Anbetung zu ihnen aufblickten. Die sie im Freien hinter den Scheunen küßten, während sie die Patienten ambulant behandelte. Arbeiten konnte man notfalls mit Sam. Nein, es war mehr als das. Mit ihm konnte man gut zusammenarbeiten. Er steuerte das Flugzeug und redete nicht allzuviel mit ihr, es sei denn, er wollte sie auf etwas hinweisen, wovon er glaubte, daß es sie interessieren könnte. Er half ihr klaglos, wenn es sich als nötig erwies. Er war nett zu den Menschen, mit denen sie in Kontakt kamen, mehr als nur nett. Er schien von Anfang an per du mit ihnen zu sein und auf vertrautem Fuß mit ihnen zu stehen. Er erinnerte sich genau daran, wer wie viele Kinder hatte und woher die Familien gekommen waren, ehe sie hier eingetroffen waren. Er wußte, wie lange sie schon auf ihren Höfen lebten. Wenn es Viehtreiber waren, erinnerte er sich daran, für wen sie vorher schon gearbeitet hatten. Er wußte, wie groß jedes einzelne Gehöft war, und er erkannte Orientierungspunkte auf eine ganz persönliche Art wieder. *Dort unten ist die Straße, die Dick Highland mit seinen eigenen Händen gebaut hat.*
Oder: *Siehst du diesen Steinhaufen dort? Der ist schon seit mehr als siebzig Jahren da. Hier führt eine der Routen für den Viehtrieb durch, und vor langer Zeit haben ein paar Treiber Steine aufgehäuft und diesen Hügel aufgetürmt, um anderen zu signalisieren, daß sie dort Wasser finden können.*

Oder: *Matt Warden bringt dieses Jahr sechstausend Rinder auf den Markt.*

Aber er redete nicht viel über sich selbst, und er stellte ihr nicht viele Fragen dazu, wie es gewesen war, außerhalb von Australien aufzuwachsen, und er fragte sie auch nicht nach ihrer Vergangenheit. Abgesehen davon, daß sie wußte, daß er mit Fiona Tennis spielte und ihr an den Wochenenden Flugstunden gab, hatte Cassie keine Ahnung, was Sam mit der Zeit anfing, die sie nicht gemeinsam verbrachten, obwohl sie andere Leute über ihn reden hörte. Die Männer mochten ihn. Er saß abends bei »Addie's« herum, spielte Dart und trank Bier, hörte sich das Garn an, das die Viehtreiber sponnen, und nahm aktiv am Leben in der Stadt teil.

Außerdem sah sie, daß die Mädchen verrückt nach ihm waren. Er bevorzugte jedoch kein bestimmtes Mädchen. »Man sieht ihn jeden Samstagabend mit einem anderen Mädchen«, berichtete Fiona Cassie, nachdem sie vom Tanzen nach Hause gekommen war. »Er macht niemandem etwas vor. Und, Mann, was für ein Tänzer er ist! Wenn ich mit ihm tanze, fühle ich mich so leicht wie eine Feder.«

»Wenn du dich nicht vorsiehst, verliebst du dich doch noch in ihn, obwohl du eure Verbindung für rein platonisch hältst. Es passiert immer dann, wenn du es am allerwenigsten erwartest.«

Fiona dachte einen Moment lang darüber nach. »Das ist ziemlich unwahrscheinlich. Ich weiß Sam als Freund wirklich sehr zu schätzen, Punkt, aus. Aber wenn ich mich verlieben sollte, dann werde ich mich echt und ehrlich verlieben. Ich habe den Verdacht, wenn ich mich nie mehr der Möglichkeit aussetze, wieder von einem anderen Menschen verletzt zu werden, dann versage ich mir damit auch die Möglichkeit zur Ekstase.«

»Du bist nicht konsequent, ist dir das klar?«

»Ich zitiere einen meiner Lieblinge, Ralph Waldo Emerson. Er hat gesagt: ›… die Konsequenz ist das Schreckgespenst der Kleingeistigen‹.« Sie lachte. »Niemand soll je behaupten können, ich sei kleingeistig.«

»Oder du hättest ein zu kleines Herz.« Cassie wünschte, sie wäre Fiona ähnlicher gewesen.

Um vier Uhr, als die ambulanten Behandlungen abgeschlossen waren, sagte Jennifer: »Für den Fall, daß Sie sich eine Weile hinlegen wollen, nachdem Sie den ganzen Tag über gearbeitet haben – es wird eine lange Nacht werden. Sie sehen aus, als könnten Sie es gebrauchen.«

Cassie nickte dankbar.

»Wollen Sie einen Happen essen? Wir werden heute abend erst sehr spät essen. Wie wäre es mit einem Sandwich mit kaltem Lammfleisch?«

Sowie sie gelandet waren, hatte Sam sich schleunigst verdrückt. »Er ist draußen in der Küche«, sagte Jennifer und deutete auf das niedrige Gebäude, das durch die Glaswände zu sehen war, die den Swimmingpool umgaben. »Ich glaube, es ist die neue Köchin. Sie ist einfach zu süß.«

»Ich dachte, Sie hätten einen Mann als Koch.«

»Steven hat ihn gefeuert. Wenn jemand nach einem Jahr noch nicht gelernt hat, ein Steak auf den Punkt so zu grillen, wie er es haben will, besteht keine Hoffnung mehr, sagt Steven. Seit dieses neue Mädchen da ist, kommen alle Jungen in die Küche, sooft sie nur irgend können. Sie kocht nicht nur ganz wunderbar, sondern sie hat auch ein Lächeln, das Licht in ein Verlies brächte.«

Klar, daß das Sam anlockte.

»Sagen Sie mir vorher noch, ob mein Kleid für diese Party vielleicht ein bißchen zu ausgefallen ist.«

»Auf unseren Parties kann man hemmungslos alles tragen. Mary Ellen Fonteyn wird uns alle in den Schatten stellen. Und die übrigen Leute hier aus der Gegend haben keinerlei Gespür für Eleganz. Nichts fällt hier aus dem Rahmen. Ganz gleich, wie Sie auch aussehen, mich wird es begeistern. Sie sehen fast immer umwerfend aus.«

Cassie hatte ein anderes Bild von sich selbst.

»Blake ist über die Feiertage für zwei Wochen aus dem Busch

gekommen. Ich glaube, ihr beide werdet blendend miteinander auskommen.«

»Ich hoffe, nicht zu gut, Jenny. Für einen Mann ist im Moment kein Platz in meinem Leben.«

»Sie brauchen ihn ja nicht gleich zu heiraten«, sagte Jennifer.

Mehr als hundert Menschen erschienen zu der Party. Ein Dutzend von ihnen war in dem großen Haus untergebracht worden, und Cassie war bereits einigen von ihnen begegnet. Ein Orchester spielte draußen auf dem Rasen, und die gesamte Veranda und das große Wohnzimmer waren den Tänzern vorbehalten. Lampions waren aufgehängt worden, und sogar um die Palmen waren weihnachtliche Lichterketten geschlungen worden. Sämtliche Mitglieder des Komitees der Fliegenden Ärzte von Augusta Springs waren mit ihren Ehefrauen erschienen. Sogar Don McLeod hatte es so arrangiert, daß sein Terminkalender es ihm erlaubte, die Party zu besuchen. Cassie war hocherfreut, ihn hier zu sehen. Sie beschloß, Fionas Ratschlag doch besser nicht zu befolgen und sich gehenzulassen. Sie mußte an ihren Ruf denken.

Die Parties auf Tookaringa, die beiden, die sie besucht hatte, waren die ersten Parties, die ihr je wirklich Spaß gemacht hatten. Die Australier waren das netteste, gastfreundlichste und offenste Volk, das sie je kennengelernt hatte. Die Amerikaner standen in dem Ruf, freundlich zu sein, aber im Vergleich zu diesen Buschbewohnern, die einen behandelten, als hätten sie einen schon immer gekannt, und die einen mit offenen Armen in ihrem Leben willkommen hießen, waren sie farblos.

»Wie wäre es mit einem Tanz?« Stevens Stimme ertönte direkt hinter ihr. »Irgend jemand muß die Sache schließlich in Schwung bringen.«

Er nahm sie an die Hand und führte sie über den Rasen, die Stufen zur Veranda hinauf und dort auf den verglasten Teil, der ins Wohnzimmer überging.

»Ein trauriges Lied«, sagte er, »aber tanzbar.«

Cassie erkannte die Melodie augenblicklich wieder … »I'll Never Smile Again«.

Er hielt sie locker umfaßt und summte zur Musik, während er sich geschmeidig über die Tanzfläche bewegte. »Sie sind für diese Gegend eine große Bereicherung, das ist Ihnen doch wohl klar.«

»Ich hoffe es«, sagte Cassie, die sich mühelos von ihm führen ließ. »Mir gefällt es nämlich hier.«

»Selbst diejenigen unter uns, die sich gefragt haben, inwieweit sich eine Frau hier als Ärztin bewähren kann, haben Sie bereits für sich gewonnen.«

»Ach? Sie haben sich nicht gerade für diese Vorstellung begeistert?«

Etliche andere Paare begaben sich auf die Tanzfläche.

»Haben Sie etwa geglaubt, irgend jemand könnte sich dafür begeistern? Es gibt immer noch viele – nur diejenigen, die bisher noch nichts mit Ihnen zu tun hatten –, die den Fähigkeiten einer Frau, die richtigen Diagnosen zu stellen und sachgemäß zu operieren, skeptisch gegenüberstehen. Aber mit der Zeit werden Sie alle für sich einnehmen.«

»Ich hoffe, Sie haben recht. Den Leuten bleibt gar nichts anderes übrig, stimmt's?«

Das Orchester spielte eine schnelle Melodie an. »Was tanzen wir darauf am besten?« fragte Steven. »Einen Jitterbug oder den Big Apple?«

Cassie wollte ihm gerade antworten, als Sam auftauchte. »Tut mir leid, Steven, aber diesen Tanz muß ich haben.« Er packte Cassie an der Hand und begann, sie herumzuwirbeln. Als hier das letzte Mal eine Party veranstaltet worden war, waren sie die Hauptattraktion auf der Tanzfläche gewesen. Auch diesmal fesselten sie ihr Publikum, doch etliche andere junge Paare schlossen sich ihnen an. Sam ließ den Tanz einfach erscheinen, und sie konnte seinen Schritten folgen, ohne dabei auch nur zu denken, ganz gleich, wohin er ihre Füße führte. Als die Melodie endete, sagte Sam: »Komm mit. Laß uns sehen, ob wir einen kühlen Drink finden.«

Aber Cassies Blick war auf Blake Thompson geheftet, der im Türrahmen lehnte. Er stand steif und aufrecht da und starrte sie mit einem belustigten Gesichtsausdruck an.
Sams Augen folgten ihrer Blickrichtung. »Oha«, sagte er.
Als sie hinterher darüber nachdachte, konnte Cassie sich nicht daran erinnern, ob Sam einfach verschwunden war, ob er sich einer anderen jungen Frau zugewandt hatte oder was sonst aus ihm geworden war. Von einem Moment zum anderen existierte er nicht mehr. Ebensowenig wie alle anderen.
Nein, dachte sie. Nein. Bloß das nicht.
Blake bahnte sich einen Weg durch die Tänzer, griff nach ihrer Hand und legte seinen Arm um ihre Taille. Er sagte kein Wort, sondern zog sie nur eng an sich, begann zu tanzen und sah ihr dabei tief in die Augen. Sie konnte seinen Körper an ihrem spüren und den nächsten Schritt ahnen, ehe er ihn machte.
Einen Moment lang wollte sie nichts anderes als fortlaufen, Sam finden und zu ihm sagen: *Laß uns verschwinden. Laß uns heute nacht noch zurückfliegen.* Aber sie spürte Blakes Bein, das sich an ihres schmiegte, spürte, wie seine kräftige Hand sich auf ihr Kreuz preßte.
»Soll ich Ihnen sagen, was ich über Sie weiß?« fragte er, und seine Stimme wirkte auf sie wie glattgeschliffene Steine in einem Teich. »Unter Ihrem sachkundigen Furnier verbirgt sich ein weiches Herz. Sie sind eine Idealistin. Sie haben sich in einer Männerwelt jeden Zentimeter Ihres Weges mühsam erkämpft, und jetzt haben Sie Angst davor, Ihre Weiblichkeit zu zeigen. Aber Sie können sie nicht verstecken. Sie haben den Körper einer Frau, der sich bewegt, wie nur eine Frau es tut, und Sie sind von einem Mann verletzt worden. Sie haben nicht vor, sich jemals wieder von einem Mann ausnutzen zu lassen.«
Sie ließ einen Schritt aus und stolperte fast über seinen Fuß.
»Und ich kann mir vorstellen, daß Sie beim Küssen mit Leib und Seele dabei sind.« Er zog sie enger an sich, bis ihre Körper sich wie ein einziger Körper bewegten.
Laß den Unsinn, sagte sie sich. Reiß dich zusammen. Wage es bloß nicht, dir das von ihm antun zu lassen.

»Und was weiß ich über Sie?« Sie bemühte sich, oberflächlich zu wirken. »Mit der Masche, mit der Sie rangehen, müssen Sie in der ganzen Gegend gebrochene Herzen wie Fußspuren hinterlassen haben.«

Ihr Körper erwachte in Blakes Armen zum Leben.

Als die Musik endete, nahm er seinen Arm von ihrer Taille, ließ ihre Hand jedoch nicht los. Er führte sie von der Veranda und durch die Tür mit dem Fliegengitter. »Und jetzt erzählen Sie mir schon, warum Sie einen amerikanischen Akzent haben und wie es kommt, daß eine so hübsche Frau wie Sie Ärztin ist und nicht Ehefrau und Mutter.«

»Was ist mit *Ihnen*?«

»Das einzige, was Sie im Moment wirklich über mich wissen müssen, ist, daß ich der nächste Mann bin, der Sie küssen wird.«

Sie hatten den langen Tisch erreicht, der als Bar diente. »Was möchten Sie trinken? Eine Limonade?«

Sie lachte. »Wie wäre es mit einem Bier?«

Er schnappte zwei Flaschen vom Tisch. »Ich kann mir vorstellen, daß Sie noch nicht mal ein Glas brauchen, stimmt's?«

»Was bringt Sie auf den Gedanken, ich könnte Sie küssen?«

Sein Gesicht war ernst. »Ich bezweifle, daß einer von uns beiden frei darüber entscheiden kann, was sich in den nächsten vierundzwanzig Stunden abspielt. Vielleicht liegt es hinterher bei uns, obgleich ich mir da keineswegs sicher bin. Ich habe es in dem Moment gewußt, in dem ich Sie gesehen habe. Und Sie haben es auch gewußt. Als Sie mich heute abend gesehen haben, konnte ich Ihnen deutlich ansehen, daß Sie dasselbe empfinden.«

Sie wünschte, das Gefühl würde von ihr abfallen. Das tat es aber nicht. Das Blut floß schneller durch ihre Adern, und in ihrem Hals begann es zu pochen. Sie legte die Hand darauf, damit der Puls nicht mehr flatterte.

Blake strich mit den Fingern über diese Stelle und sagte: »Später werde ich Sie dort küssen.«

16

Wo sie auch war und mit wem sie auch tanzte – er beobachtete sie den ganzen Abend. Um Mitternacht kam er zu ihr zurück und zog sie in seine Arme, als gehörte sie dorthin, und er sagte kein Wort und schmiegte sich so eng an sie, daß sie seinen Herzschlag fühlen konnte. Ihre Beine bewegten sich gemeinsam, und sie schaute auf die Hand hinunter, die ihre hielt, seine linke. Sie war vernarbt.

Als er sah, daß sie auf seine Narben schaute, sagte er: »Verbrennungen. Es ist schon lange her.« Er betrachtete ihren Mund. Er würde sie küssen, hatte er gesagt, noch ehe der Abend vorüber war. Ein Kuß konnte nichts schaden, oder doch? Nur ein einziger Kuß.

Inmitten des Tanzes hielt er inne und nahm sie an der Hand. »Komm. Laß uns zum Billabong runtergehen.«

Die Musik folgte ihnen über die abschüssige Rasenfläche in die Dunkelheit. Blake blieb nicht stehen, sondern hielt Cassie an der Hand und trat sicher auf, als er in die Nacht hineinlief. Er mußte schon viele Male um diese späte Stunde diesen Weg zurückgelegt haben, vielleicht als Junge, der um Mitternacht schwimmen gehen wollte.

Im Schein der Mondsichel zeichneten sich die riesigen Eukalyptussträucher am Wasserrand als Silhouetten ab. Er blieb unter den Bäumen stehen, drehte sich zu ihr um und sah sie an. Sie konnte seine Züge verschwommen erkennen. »My Reverie« trieb durch die Nachtluft, liebliche Orchesterklänge.

Er zog sie an sich und schlang die Arme um sie. Dann schaute er auf sie hinunter und sagte: »Möglicherweise habe ich mein ganzes Leben lang auf dich gewartet.« Seine Lippen legten sich zärtlich und weich auf ihren Mund, bis seine Zunge über ihre Lippen fuhr, sie teilte und sie drängte, sich ihm zu öffnen. Cassie wollte sich ihm gar nicht widersetzen. Ihr Verstand hatte seine Tätigkeit eingestellt, und ihr wurde lediglich allmählich klar, daß sie noch nie so ausgiebig geküßt worden war.

Er küßte ihr Ohr und den Puls an ihrem Hals, und seine Küsse glitten über ihre Wange, bis seine Lippen wieder auf ihre trafen und sie sich stöhnen hörte.

Daraufhin lachte er unerwartet, löste sich aus der Umarmung, nahm wieder ihre Hand und zog sie ans Flußufer.

»Okay, erzähl schon«, sagte er.

»Was soll ich dir erzählen?«

»Alles. Ich will alles über dich wissen.«

Sie konnte seinen Mund noch auf ihren Lippen spüren. »Du fändest mich wirklich uninteressant.«

»Geh diese Beziehung nicht auf einer derart lächerlichen Grundlage ein. Ich weiß es besser, und du weißt es auch besser. Ich will wissen, woher dein amerikanischer Akzent kommt. Was dich dazu gebracht hat, in den australischen Busch zu kommen, warum du nicht verheiratet bist, wer du bist und was du fühlst und denkst. Warum du Ärztin geworden bist. Ich will wissen, welche Männer du geliebt hast, ob du Geschwister hast und in was für einem Verhältnis du zu diesem Piloten stehst. Ich will wissen, ob du reiten kannst und was für ein Gefühl es für dich ist, mehr als tausend Meilen von einer Großstadt entfernt zu leben. Wie du zu Aborigines und zum Neumond stehst. Ob du Hunde magst und, laß mich mal sehen, habe ich vielleicht noch etwas Wichtiges vergessen? Nein, ich glaube nicht.«

»Wie wäre es damit, ob ich an Gott glaube oder nicht?«

Er lachte. »Schau zu diesen Sternen auf.«

Der tropische Himmel war von diamantenen Punkten übersät. »Ich sage mir immer wieder, daß ich eines Nachts draußen unter den Sternen schlafen werde«, sagte sie.

»Eines Nachts werden wir das tun. Ich verbringe einen großen Teil meines Lebens damit, genau das zu tun. Die Sterne sind

Gott. Sieh dir diesen Mond an. Auch er ist Gott. Eine solche Frage brauche ich dir nicht zu stellen.«
Ihr Körper war lebendig. Sie wollte wieder von ihm geküßt werden.
»Ich bin in England und San Francisco aufgewachsen. Mein Vater ist im diplomatischen Korps, derzeit als unser Botschafter in Washington. Meine Mutter war gerade erst gestorben, und ich wollte nicht, daß er allein war, und daher habe ich die Georgetown University besucht und dann die Johns-Hopkins-Medical-School. Ich hatte, seit ich sechs Jahre alt war, nicht mehr in Australien gelebt. Ich bin erst seit gut eineinhalb Jahren zurück.«
»Warum bist du nicht verheiratet?«
»Warum bist du es nicht?«
»Diese Frage ist nur fair.« Er nickte und hielt ihre Hand noch fester. »Ich habe keine Antwort darauf. Bis heute abend ist mir niemand begegnet, bei dem ich auch nur auf den Gedanken gekommen wäre, mein Leben mit ihm zu verbringen oder auch nur mit ihm unter den Sternen zu schlafen. Und jetzt bist du an der Reihe.«
»Der einzige Mann, den ich je zu lieben geglaubt habe, ist zu seiner Frau zurückgegangen.«
Blake blieb stumm.
»Was war sonst noch? Ich habe all deine Fragen vergessen. Ach, ja, mir ist noch nie ein Hund begegnet, den ich nicht mochte, und ich kann reiten.«
»Aborigines?«
»Ich vermute, darauf kann ich keine Antwort geben. Frag mich, ob ich deine Mutter oder Mr. Highland oder bestimmte Personen mag, und ich kann es dir sagen. Aber eine ganze Schar von Menschen? Eine ganze Rasse? Ich muß sie individuell beurteilen.«
Er schwieg einen Moment lang und starrte sie an, während eine Wolke, die über den Himmel zog, sich vor den Mond schob und ihre Gesichter verdunkelte. »Nun, Cassandra, ich glaube, wir beide haben eine Zukunft miteinander.« Er beugte sich vor, und

sein Mund legte sich auf ihre Lippen. Sie spürte seine Zunge und wollte sie auf ihrer Brust fühlen. Sie wollte spüren, wie seine Lippen sich um ihre Brustwarzen legten, spüren, wie er sie zärtlich biß, seine Zunge auf ihrem Körper fühlen.
Sie zog sich zurück. »He, nicht so eilig«, sagte sie und nahm wahr, daß sie zitterte.
»Okay. Wir haben ein Leben lang Zeit.«
Schluß jetzt!
Er griff nach ihrer Hand.
»Woher weißt du soviel über mich?« fragte sie, als sie langsam zu dem hell erleuchteten Haus zurückgingen.
Er lachte. »Du meinst, daß du verletzt worden bist? Du hast diesen Ausdruck im Gesicht. Den einer zornigen jungen Frau. Gleichzeitig verschleierst du deine Augen, als könntest du damit Gefahren abwehren. Und dennoch wirkst du so verletzbar wie … wie ein verwundetes Reh.« Seine Hand schloß sich enger um ihre.
Die Klänge von »Frenesi« zogen sie in das fröhliche Treiben der Partygäste hinein.
»Das Orchester ist wirklich gut«, sagte Cassie.
»Wir lassen es jedes Jahr aus Adelaide kommen«, sagte Blake. Er blieb stehen und drehte sie zu sich um. »Ich habe recht gehabt, stimmt's?«
»Ich kenne dich noch nicht einmal gut genug, um dir wirklich etwas sagen zu können.«
»Verschone mich mit diesem Blödsinn«, sagte er, und seine Augen durchbohrten sie. »Wir kennen einander jetzt schon besser als die meisten anderen Menschen, die uns in unserem Leben begegnet sind. Was jetzt noch fehlt, das sind nur Einzelheiten. Es wird Spaß machen, sie zu entdecken, aber in Wirklichkeit sind sie bedeutungslos.«
Jennifer winkte ihnen vom Rand des Rasens aus zu.
Hatte Fiona sie nicht gewarnt? Hatte sie etwa nicht gesagt: *Heute abend wirst du Blake begegnen, dem Sohn und Erben. Sieh dich vor. Er hat in der ganzen Gegend reihenweise gebrochene Herzen zurückgelassen, vielleicht sogar auf dem ganzen Kontinent.*

Als sie den Tisch erreicht hatten, der immer noch mit Speisen beladen war, schnappte sich Cassie einen Teller und lud sich Schinkenscheiben auf. Wo war Sam nur? Sie sah sich verzweifelt nach ihm um und suchte nach einem Weg, Blake Thompson zu entkommen – und doch wollte sie gleichzeitig nichts anderes, als ihre Augen an ihm zu weiden. Sehen, ob es ihn wirklich gab. Sie drehte sich um, weil sie etwas zu ihm sagen wollte, doch er war nicht da. Sie sah ihn am anderen Ende des Tisches stehen und mit einem Mann reden, den sie nicht kannte, doch dabei starrte er sie an.

»Wollen Sie wissen, was ich über ihn herausgefunden habe?« Don McLeods Stimme ertönte hinter ihr. Mit dem Teller in der Hand kam er auf sie zu. »Ich kann beim besten Willen niemanden finden, der ihn nicht mag.«

»Worüber reden Sie?«

Don grinste sie an und aß ein paar Bissen, ehe er weiterredete. Er wirkte eher wie ein Gelegenheitsarbeiter und weniger wie ein presbyterianischer Geistlicher. »Sogar die Männer, die für ihn arbeiten, glauben, daß er nahezu auf Wasser wandeln kann. Er kann besser schießen als jeder einzelne von ihnen; auf sechzig Meter Entfernung sieht er im hohen Gras einen Büffel und erlegt ihn mit einem einzigen Schuß. Er kann im Ringkampf gegen jeden Mann gewinnen, der ihm über den Weg läuft, und dieser Kerl wird sich sogar darüber freuen. Er kann besser tanzen als jeder andere hier. Er verlangt nie von seinen Männern, daß sie etwas tun, was er nicht selbst täte, und er wird dieselben Aufgaben mit mehr Tapferkeit und Tollkühnheit ausführen, als jeder andere von ihnen es täte, und die anderen stören sich noch nicht einmal daran. Er scheint sich vor nichts zu fürchten. Außerdem hat er Sinn für Humor ...«

»Na, so was«, sagte Cassie, die unwillkürlich lachen mußte. »Wie kommen Sie auf den Gedanken, all das könnte mich interessieren?«

»Hören Sie«, sagte Don, als er seinen leeren Teller auf den Tisch stellte. »Ich habe diese letzte halbe Stunde nicht damit zugebracht, den Spion zu spielen, damit ich all diese Informationen umsonst eingeholt hätte. Werden Sie mir jetzt zuhören oder nicht?«

»Okay«, sagte sie und grinste ihn an, »aber ich wüßte nicht, weshalb.«

»Er kann besser laufen, schießen und Geschichten erzählen als jeder andere. Er arbeitet so hart wie seine bezahlten Arbeitskräfte, und er hat sein Studium an der Universität in Sydney mit Auszeichnung abgeschlossen. Ihm liegt nichts mehr am Herzen als Tookaringa. Er liebt seine Mama und seinen Daddy, aber er hält sich kaum je hier auf. Er scheut nicht vor kühnen Gedanken zurück. Er lebt gern im Freien und unternimmt sechsmonatige Viehtriebe aus reiner Freude daran. Er ist so berühmt für seinen Umgang mit den Frauen wie für den mit Männern und Rindern. Man kann ihm alles anvertrauen, was er in Angriff nimmt, außer Frauen. Und nach allem, was ich gehört habe, hat er mit vielen Frauen zu tun.«

Cassie kniff die Augen zusammen. »Soll das eine Warnung sein?«

Dons Augen waren ernst, und er legte eine Hand auf ihren Arm. »Ich sage Ihnen lediglich, meine Liebe, daß der Kerl etwas Besonderes ist, genau wie seine Eltern. Aber ich sage Ihnen auch, daß Sie sich in acht nehmen sollen.«

»Don«, setzte Cassie an, die sich darüber freute, daß er sich solche Sorgen um sie machte, »ich weiß Ihre Warnung zu schätzen. Es rührt mich sogar regelrecht, daß Sie sich diese Mühe gemacht haben, aber ich bin durchaus in der Lage, auf mich selbst aufzupassen.«

Er nickte. »Ich wußte gleich, daß es mich nichts angeht. Ich brauche Sie nur anzusehen, um zu wissen, daß ich recht hatte.«

»Don, ich habe ihn gerade erst kennengelernt.«

»Und ich habe gewußt, daß nur der richtige Mann auftauchen muß, damit Sie … oh, schon gut, Cassie, vergessen Sie es einfach. Tanzen Sie mit mir? Es kann gut sein, daß ich der einzige Mann hier bin, der heute abend noch nicht das Vergnügen gehabt hat. Wissen Sie, wenn Margaret nicht wäre …«

Cassie beugte sich vor und küßte ihn auf die Wange. »Ja, Don, das weiß ich. Wenn Margaret nicht wäre …« Sie glitt in seine Arme. Sie war viel zu unvorsichtig gewesen. »Ich weiß es wirklich zu schätzen, daß Sie sich um mich sorgen.«

Seit Jahren hatte sie nicht mehr bis halb neun geschlafen. Als sie nach unten kam, stand Blake auf der Veranda und erwartete sie bereits. Der Zehngallonenhut saß fest auf seinem Kopf, als er langsam auf sie zukam und seine Beine sich unter der engen Reithose und den Ziehharmonikagamaschen kräftig und muskulös abzeichneten. Er zog den Hut und warf ihn auf einen Tisch.

»Haben alle anderen schon gefrühstückt?« fragte sie.

»Ich habe auf dich gewartet.« Seine Augen hefteten sich auf sie.

»Ich bin ausgehungert und verzehre mich nach den berühmten Zimtbrötchen von Tookaringa«, sagte sie, als sie sich auf den Weg zum Eßzimmer machte und immer noch versuchte, das Hämmern ihres Herzens zum Schweigen zu bringen. Es gab keine Brötchen mehr, und daher begnügte sie sich mit Rühreiern und Speck und starkem Kaffee, der nach Zichorie schmeckte.

Eine Katze erschien und sprang auf Blakes Schoß. Geistesabwesend streichelte er sie. »Das ist Schicksal, verstehst du.«

Sie sah ihn lange an. »Blake Thompson, du kennst mich überhaupt nicht. Aber laß dir eins von mir sagen. Du hast recht gehabt, was mich angeht. Mir ist weh getan worden. Ich habe ein wirklich unglückliches Erlebnis hinter mir. Es ist letztes Jahr passiert, und vielleicht bin ich noch dabei, mich davon zu erholen. Du gehst für meine Begriffe zu schnell vor. Ich bin nicht soweit, mich auf so etwas einzulassen, darauf, daß du derart rangehst. Ich traue dem Frieden nicht, und daher traue ich auch dir nicht.«

Er streckte einen Arm über den Tisch und legte seine Hand auf ihre. »Der Umstand, daß dir weh getan worden ist, läßt all das nur noch wichtiger werden, stimmt's? Okay, Cassandra, wir

gehen nach deinen Vorstellungen vor, aber du mußt jetzt schon wissen, daß das keine gewöhnliche Geschichte ist.«
Sie erinnerte sich wieder an seine Küsse.
In dem Moment kam Sam hereingeplatzt. »Ich habe gerade mit Horrie geredet. Du solltest besser auch mit ihm sprechen. Er glaubt, daß wir in Bagley Waters einen Notfall haben, der Soforthilfe erfordert.«
»Was ist passiert?«
»Du solltest lieber selbst mit ihm reden. Niemand scheint zu wissen, was es ist.«
Cassie, Blake und Sam rannten zum Flugzeug, und Sam rief Horrie über Funk.
»Ich weiß es selbst nicht«, sagte Horrie. »Die Tochter draußen in Bagley Waters ist schrecklich krank. Sie dachten, es sei Grippe oder Blinddarmentzündung. Ich habe ihnen gesagt, daß du dich in genau fünfzehn Minuten selbst dort meldest. Okay? Ich stelle dich durch. Bleib, wo du bist, und warte.«
Cassie schnappte sich das Mikrofon. »Wo ist Bagley Waters?«
Sam griff in eine Tasche, die mit Wachstuch gefüttert war, und zog seine Landkarte heraus.
»Es liegt etwa fünfhundertfünfzig Meilen südwestlich von hier«, sagte Blake. Er war ihnen zum Flugzeug gefolgt und stand in der Tür. »Bill Miller leitet den Hof. Ein verdammt feiner Kerl. Einer der besten Höfe, die ich kenne.«
Sam empfing Horries Funksignal.
»Okay«, sagte Horrie, aus dessen Stimme Anspannung herauszuhören war. »Ich habe die Verbindung zu den Millers hergestellt.«
Eine Männerstimme drang knisternd über die Ätherwellen. »Dr. Clarke?«
»Mr. Miller? Worin besteht das Problem?«
»Wir wissen es nicht. Meine Tochter Sara hat seit zwei Tagen leichte Übelkeit und ein bißchen Durchfall. Anfangs dachten wir, sie bekäme Grippe, und dann haben wir geglaubt, es hätte vielleicht mit ihrem Blinddarm zu tun. Warten Sie einen Moment, meine Frau möchte selbst mit Ihnen reden.«

»Dr. Clarke? Vielleicht hat sie zu einem ungewöhnlichen Zeitpunkt ihre Periode bekommen? Eine leichte Blutung ist aufgetreten.« Sie wartete auf eine Reaktion von Cassie.
Cassie war verwirrt. Sie wandte sich an Sam. »Wir sollten besser hinfliegen und nachsehen, was ihr fehlt. Es könnte sein, daß wir sie ins Krankenhaus bringen müssen.«
Er nickte. Ein Jammer. Die Köchin und er hatten ein Picknick geplant, nachdem sie für sämtliche Gäste das Mittagessen zubereitet hatte.
»Wir kommen zu Ihnen raus«, sagte Cassie. »Ich gebe Ihnen den Piloten, damit Sie ihm die Landemöglichkeiten schildern können, und er wird Ihnen sagen, wann wir kommen.«
Sie reichte Sam das Mikrofon und blieb neben ihm stehen. Sie hörte ihn sagen: »Sechs Stunden werden wir allerdings brauchen.«
»Passiert das oft?« fragte Blake.
»Nein, das ist das erste Mal.«
»Ihr kommt heute nicht mehr zurück?«
Sam hatte die Verbindung abgebrochen und studierte die Landkarte. »Das ist vollkommen ausgeschlossen.«
»In Bagley Waters könnt ihr auftanken«, versicherte ihnen Blake. »Brauchen Sie Benzin?«
Sam schüttelte den Kopf. »Ich habe gerade aufgetankt, ehe ich mit Horrie gesprochen habe. Das Flugzeug kann nur genug für vierhundert Meilen fassen. Ich werde noch ein paar Kanister einladen, um sicherzugehen.« Er wandte sich an Cassie. »Bist du soweit?«
»Natürlich nicht«, antwortete sie. »Ich muß meine Tasche holen und mich von Jennifer und Steven verabschieden.«
»Sie sind mit ein paar Gästen ausgeritten«, sagte Blake. »Ich werde es ihnen ausrichten.« Er streckte die Hand aus, um Cassie die Stufen hinunterzuhelfen.
»Ich bin gleich wieder da«, sagte sie zu Sam, als sie sich auf den Weg zum Haus machte und Blake neben ihr herlief.
Sowie sie das Haus erreicht hatten, streckte er eine Hand aus, hielt sie zurück und drehte sie zu sich um. Er zog sie an sich,

sah ihr in die Augen und sagte: »Ich möchte, daß du dich daran erinnerst.« Er küßte sie, und Cassie spürte, wie ihr schwindlig wurde, als sie die Leidenschaft verschlang, die er in ihr entfachte.

»Merk dir das gut«, murmelte er.

Dann lief er vor ihr her in ihr Zimmer und wartete, während sie ihre Kleider in einen Koffer warf. Er griff danach, nahm sie an der Hand und lief so schnell los, daß Cassie bis zum Flugzeug rennen mußte, um mit ihm Schritt zu halten.

Als Sam die Treppe auf den Boden gleiten ließ, schüttelte Blake ihm die Hand. »Man sieht sich.«

Sam nickte. »Klar.« Er schlug die Tür zu und ließ sich auf den Pilotensitz gleiten.

Cassie schaute aus dem Fenster, als dieser Mann, der wie ein Wurfgeschoß in ihr Leben gehagelt war, zu einem kleinen Punkt auf dem Boden wurde und dann schließlich unsichtbar war. Sie schloß die Augen, und Blakes Gesicht tanzte vor ihr. Seine elektrisierenden blauen Augen lächelten sie an.

Wir kennen einander bereits besser als die meisten anderen Menschen, die uns je begegnet sind, hatte er gesagt. Sie seufzte, als sie sich an die Berührung seiner Lippen auf ihrem Mund erinnerte.

17

Bagley Waters war zwar nicht ganz so groß wie Tookaringa, aber doch weitläufig genug, um fünf Außenposten zu haben. Im Norden und im Westen grasten Rinder, und im Südwesten gab es zehntausend Schafe. Im Gegensatz zu Tookaringa, wo Bäume und Sträucher vorherrschten, bestand Bagley Waters aus grasbedecktem Hügelland. An den zahlreichen trockenen Wasserläufen entlang, die einander kreuzten, wuchsen Mulga, Eukalyptus und Mitchellgras. Es gehörte zum Channel Country, dessen Flüsse während der Regenfälle im Frühjahr hoch oben im Norden Wasser sammelten, nach Süden rasten und schließlich in den gewöhnlich ausgetrockneten Lake Frome strömten. Da er durch artesische Bohrlöcher blendend bewässert wurde, brachte dieser Boden Weideland hervor, das zu den besten Graslandschaften auf Erden gehörte. Selbst dann, wenn die meisten Flußbetten ausgetrocknet waren, wurde es immer noch von einem Fluß bewässert, der niemals austrocknete. Nur in Jahren mit extremen Dürren von übermäßiger Dauer kam Bagley Waters in Schwierigkeiten. Dort wurde ein Teil der edelsten Merinowolle des Landes und somit der Welt produziert. Ein Zaun aus roten und rosafarbenen Bougainvilleen umgab einen Obstgarten mit Pfirsich- und Zitronenbäumen. Cassie nahm außerdem Weinstöcke und Dattelpalmen wahr, und das Haus selbst war von Gärten mit einer üppigen Blumenpracht umgeben.

Etliche Personenwagen und Laster rasten um ein Rechteck herum, um auf die Landebahn hinzuweisen, die angelegt worden war. Cassie hätte noch nicht einmal sagen können, wann der Punkt erreicht war, an dem das Flugzeug auf dem Boden aufsetzte.

Ein Mann von etwa fünfzig Jahren, der ein rot-weißes Tuch um den Hals trug und einen Stoffhut mit einer schmalen Krempe auf dem Kopf hatte, begrüßte sie. Die ersten Worte, die er sagte, als er Cassie in der Tür des Flugzeugs stehen sah, waren: »Sara ist kränker als Scheiße.«
Er packte Cassies Tasche, rannte auf sein Fahrzeug zu, riß die Beifahrertür weit auf und wartete, bis Cassie ihn eingeholt hatte. Sam sprang auf die Ladefläche. Das Haus war keine fünfhundert Meter weit entfernt.
»Sie hat Bauchschmerzen, und ihr Magen ist nicht in Ordnung. Sie übergibt sich ein wenig, und dann ist ein paar Stunden lang alles in Ordnung. Wir haben keine Ahnung, was ihr fehlt.«
Von den Symptomen her, die sie ihr am Telefon geschildert hatten, konnte sich Cassie ebenfalls kein Bild machen. »Wie alt ist das Mädchen?«
»Sie wird im kommenden März siebzehn«, sagte er. »Sie ist unsere Jüngste.«
Der Horizont im Süden erstreckte sich in die Unendlichkeit, und dort gingen die Erde und der Himmel nahtlos ineinander über, während sich im Osten und im Norden rote Sandhügel erhoben. Das Gehöft, ein monströser Bau, der drei Stockwerke hoch aufragte, schien fehl am Platz zu sein, ein einsamer Wachposten in diesem flachen Land, der schon aus der Ferne störend ins Auge fiel.
Bill Miller trat so fest auf die Bremse, daß Cassie fast gegen die Windschutzscheibe prallte. »Tut mir leid«, entschuldigte er sich und schnappte ihre Tasche. »Sara ist oben.«
»Du willst mich dabeihaben?« fragte Sam, als er seine langen Beine von der Ladefläche schwang.
»Komm mit«, antwortete Cassie und folgte Bill die Treppe hinauf. Sie eilten durch die riesige Eingangshalle mit der hohen Decke und rannten die geschwungene Treppe hinauf. In einem der Schlafzimmer saß Marian, Bills Frau, neben ihrer bewußtlosen Tochter. Sie sprang auf, sowie sie das Zimmer betraten.

Cassie begab sich augenblicklich zu dem Mädchen, das in dem Bett lag.
»Sie hat über schwere Magenschmerzen geklagt«, sagte Marian. »Und vor etwa einer Stunde hat eine starke Blutung eingesetzt.«
Cassie sah schockiert auf das schlafende Mädchen herunter, das bleich war und schwitzte. Sie wandte sich zu den Eltern des Mädchens und zu Sam um und sagte: »Warten Sie bitte im Korridor, solange ich sie untersuche.«
Innerhalb von Minuten konnte Cassie feststellen, daß es sich um eine extrauterine Schwangerschaft handelte.
»Ist es eine Blinddarmentzündung?« fragte die Mutter, als Cassie in den Flur trat.
»Es sieht ganz danach aus«, antwortete Cassie. »Wenn ich sie nicht augenblicklich operiere, wird es zu einer Bauchfellentzündung kommen.«
»Operieren?« Marian schlug sich eine Hand vor den Mund. »Hier?«
»Wir haben keine Zeit mehr, sie ins Krankenhaus zu bringen. Sam, komm mit mir ins Zimmer. Mrs. Miller, kochen Sie Wasser für mich ab. Ich brauche sauberes Bettzeug und einen Raum für die Operation. Was ist mit der Küche? Haben Sie dort einen langen Tisch, oder könnten Sie einen aufstellen? Ich gebe Ihnen eine halbe Stunde Zeit, um alles so gründlich zu säubern, wie es nur menschenmöglich ist, und um Wasser abzukochen.« Diese Notoperationen unter nicht sterilen Bedingungen machten sie jedesmal wieder nervös.
Marian stand da und starrte Cassie an, bis Cassie auf sie zuging und ihren Arm packte. »Haben Sie mich verstanden?«
Marian schüttelte den Kopf und rannte zur Tür hinaus.
»Sam. Ich brauche dich.«
Als er in das Zimmer kam, schloß sie die Tür hinter ihm.
»Das Mädchen ist schwanger«, sagte Cassie, »und ich bin sicher, daß ihre Eltern nichts davon ahnen. Vielleicht ahnt sie es sogar selbst nicht.«
Er warf einen Blick auf das Mädchen, das in dem Bett lag.

»Wahrscheinlich ist sie erst ein paar Wochen fortgeschritten, aber es ist eine ektopische Schwangerschaft.«

»Hm?« Er kratzte sich den Kopf und sah Cassie an.

»Davon spricht man, wenn sich das befruchtete Ei außerhalb der Gebärmutter einnistet … vielleicht im Eileiter oder in der Bauchhöhle oder sogar im Bauchfell.«

»Was heißt das?« Er brachte immer genug Interesse auf, um ihr Fragen zu stellen.

»In der glatten, durchsichtigen, dünnen, wäßrigen Schleimhaut, mit der die Bauchhöhle innen … ach, vergiß es. Jedenfalls ist das kein natürlicher Zustand, und ein sofortiger Eingriff ist erforderlich. Sie steht jetzt unter Schock und wird bald tot sein, wenn ich nicht schnell etwas unternehme. Ich habe ihren Eltern gesagt, daß es sich um eine Blinddarmentzündung handelt. Ich lasse nicht zu, daß sie dieses Mädchen noch mehr bestrafen als mit dem, was sie ohnehin gerade durchmachen muß.«

»Was ist, wenn sie Jahre später eine Blinddarmentzündung bekommt?«

»Ich werde ihr den Blinddarm jetzt rausnehmen«, sagte Cassie. »Ich werde dich als Anästhesisten brauchen.«

»Den Verdacht hatte ich von Anfang an. Ich schätze, ich sollte mir gründlich die Finger waschen.«

»Und hilf ihnen dabei, die Küche in Ordnung zu bringen. Und zwar schnell. Zeit ist hier wirklich von größter Bedeutung.«

Eine Stunde später schnitt Cassie dem Mädchen den Bauch auf, spaltete erst die Haut und dann die Muskelschichten. Als sie in die Bauchhöhle vordrang, sprühte eine Fontäne von Blut auf. »Ich würde gern alles absaugen, aber dazu fehlt mir das Nötigste. Ich werde es auftupfen müssen. Reich mir diese Gazeschwämme.« Als Sam es tat, wischte sie das Blut weg. »Da, sieh mal. Da ist die blutende Wunde – du kannst sie in einem der Eileiter sehen.«

Sam beugte sich vor, um näher hinzuschauen.

»Siehst du diese Stelle, die entzündet und violett ist, die mit dem blutenden Riß und dem geronnenen Blut am Ausgang.«

Während sie diese Erklärungen abgab, bewegten sich ihre Hände geschickt. Sie klemmte den Eileiter beidseits ab, um die Blutung zu stoppen. Sie entfernte die entzündete Stelle und band das Ende des Eileiters ab, das dem Uterus am nächsten war.

Sam blickte zu ihr auf, als er ihren Seufzer der Erleichterung hörte.

»Ist sie außer Gefahr?« fragte er und tröpfelte noch etwas Äther auf die Maske.

»Mehr von diesen Gazeschwämmen«, sagte sie und tupfte das restliche Blut auf. Dann untersuchte sie die andere Seite des Uterus und die Eierstöcke.

»Was tust du jetzt?« fragte Sam, als sie weitertastete.

»Ich greife höher hinein, um die Därme, die Leber und die Milz abzutasten, damit ich sicher sein kann, daß keine anderen Verletzungen oder Probleme im Bauch aufgetreten sind. Aber in dem Moment, in dem ich die Ektopie als solche erkannt und abgeklemmt habe, war ich sicher, daß es nicht zu weiteren Blutverlusten kommen wird. Im Grunde genommen ist sie außer Gefahr, abgesehen von dem Schock. Wir werden sie mit Unmengen von Flüssigkeit vollpumpen müssen. Aber vorher sollte ich besser diesen Blinddarm rausnehmen.«

Sie zog zwei breite Muskelstränge auseinander. »Ich hasse es, bei einer einzigen Operation zwei chirurgische Eingriffe vorzunehmen.« Sie packte den Dickdarm mit einer Spezialzange und zog ihn vor und zurück, bis sie den gesunden Blinddarm sehen konnte. Sie schnitt das Fettgewebe und die Blutgefäße heraus und klemmte sie ab, damit sie nicht bluteten, und dann steckte sie eine Klinge zwischen die Klemmen, um den Blinddarm zu entfernen.

Sie griff nach Silbernitrat, um den Bereich zu sterilisieren, nähte und schloß das Loch.

»Sowie ich damit fertig bin, sie zuzunähen, holst du Wasser, und wir tropfen es ihr mit einem Tuch in den Mund.«

Sam beobachtete jede ihrer Bewegungen, als Cassie langsam die Schichten des Bauchfells, die dicke, holzartige Faszie, die

Muskelschichten, die Fettschichten und die Haut wieder zunähte.
Wie immer nach einer Operation schmerzten ihre Schultern, als die Spannung nachließ.
»Wie kann man woanders schwanger sein als ...«
Cassie zuckte die Achseln, ihre übliche Reaktion, wenn sie auf eine Frage keine Antwort hatte. »Eine der seltsamen Launen der Natur.« Sie zog sich die blutigen Gummihandschuhe von den Händen. »Das Ei wird im Eileiter befruchtet und treibt normalerweise in den Uterus hinunter. Das hier hat es nun mal nicht geschafft, den gesamten Weg zurückzulegen.«
Sie schloß die Augen.
Sam streckte eine Hand aus und schlang sie um ihr Handgelenk.
»Man kann eine ganze Menge an dir aussetzen, Cassie Clarke, aber du bist ein verdammt netter Mensch.«
Sie sah ihn an. »Womit habe ich das verdient?«
»Damit, daß du es ihren Eltern nicht gesagt hast.«
»Ich hoffe, du hast recht«, sagte sie. »Und jetzt werde ich ihnen sagen, daß sie in Ordnung ist und daß sie ihr viel Flüssigkeit einflößen sollen. Wir sollten besser über Nacht hierbleiben. Wenn nicht, dann nehmen wir sie mit ins Krankenhaus.«
»Klar«, sagte er. »Dann kriegen wir wenigstens was zu essen.«

Fiona erwartete sie, als sie am späten Vormittag in Augusta Springs ankamen.
»Warum bist du nicht in der Schule?« Cassie konnte es kaum erwarten, ihr von Blake Thompson zu berichten. Auf dem Rückflug von Bagley Waters hatte sie kaum an etwas anderes gedacht.
Aber Fiona hatte andere Neuigkeiten. »Ich habe ein Telegramm von meiner Mutter bekommen«, sagte sie. »Sie sagen, daß mein Vater noch vier bis sechs Monate zu leben hat.«
»O Fi.« Cassie umarmte die Freundin.
»Ich fahre nach Hause. Ich kann morgen mittag den Zug neh-

men und in drei oder vier Tagen in Sydney sein und von dort aus mit dem Schiff weiterreisen.«

»Aber was ist mit deinem Job?«

Fiona brach in Tränen aus. »Daran darf ich gar nicht denken. Ich schaffe es einfach nicht. Sie werden jemand anderen dafür finden müssen.«

Cassie schlang die Arme um Fiona.

»Ich habe schon mit dem Packen begonnen. Du wirst dich doch um das Haus kümmern, nicht wahr?« Sie wartete gar nicht erst eine Antwort ab. »O Gott, in Irland wird es jetzt schrecklich sein, mitten im Winter. Ich hatte mir geschworen, nie mehr einen Winter in den grauen nördlichen Breiten zu verbringen.«

Sie saßen da und tranken Kaffee, während Fiona in Erinnerungen an ihren Vater schwelgte. Schließlich fragte sie: »Wie war die Party? Du mußt ein tolles Wochenende verbracht haben. Ich hatte dich gestern abend schon zurückerwartet.«

»Wir mußten zu einer Operation nach Bagley Waters fliegen.«

»Soll das heißen, daß du den Tag mit Arbeit zugebracht hast? Und ich dachte schon, du hättest deinen Spaß. Du hast endlich Blake Thompson kennengelernt, stimmt's? Hat er dich aus den Latschen geworfen?«

Cassie fand, das sei nicht der rechte Zeitpunkt, um in die Einzelheiten zu gehen. »Er ist eine ziemlich beeindruckende Gestalt, findest du nicht auch?«

Fiona lachte. »Ich schätze, so kann man es auch sagen. Erzähl mir, war es eine tolle Party?«

Cassie nickte. »Es war einfach wunderbar. Ich kann mich nicht erinnern, jemals mehr Spaß gehabt zu haben.« Oder verblüffter gewesen zu sein, dachte sie.

»Die Leute hier sind einfach super.«

»Zumindest sind sie mit Sicherheit die freundlichsten Leute, die mir je begegnet sind.«

»Was ist mit Blake? Ich hatte so ein Gefühl, in dem Moment, in dem er dich sieht, wird er schwer rangehen. Hat er es getan?«

»Du meinst, er steht in diesem Ruf?« Cassies Herz sank.
»O Schätzchen, ein neues Mädchen kommt in die Stadt – und noch dazu ein gutaussehendes –, und alle setzen es als selbstverständlich voraus, daß Blake sie kriegt, ehe irgend jemand anderes auch nur eine Chance hat.«
»Und was dann?«
Fiona zuckte die Achseln. »Dann kommen der Reihe nach andere Kerle dran, aber nicht, ehe Blake mit ihr fertig ist. Das dauert im allgemeinen nicht allzulange.«
Genau das hatte sie befürchtet. Es ging gar nicht um sie. Es ging ihm um alles Neue, um jedes Mädchen, das er noch nicht ausprobiert hatte. *Ich kann nicht behaupten, ich sei nicht gewarnt worden.*
»Willst du damit sagen, daß man ihm nicht trauen kann?«
Fiona stand auf und spülte ihre Tasse aus. »Ich glaube, er ist einer der am höchsten geachteten Männer in der ganzen Gegend. Zweifellos ist er der beliebteste, und das nicht nur bei den Frauen. Er kann gut mit Menschen umgehen, mit allen Menschen. Ich würde ihm Geld anvertrauen, aber nicht mein Herz.«
Cassie fragte: »Sprichst du aus persönlicher Erfahrung?«
Fiona hatte ihr den Rücken zugewandt. »So dumm bin ich nicht.«
Als sie später im Bett lag, überlegte sich Cassie, wie sehr sie Fiona vermissen würde. Vier bis sechs Monate. Das ist eine lange Zeit, dachte sie.
Sie schloß die Augen und erinnerte sich an Blakes Küsse. Spürte seine Arme, die um sie geschlungen waren. Sie war entrüstet über die Bereitwilligkeit, mit der sie auf ihn eingegangen war, doch selbst jetzt noch, vierundzwanzig Stunden später, schlug ihr Herz schneller, wenn sie an ihn dachte. Falls sie ihn jemals wiedersah, würde sie sich besser in acht nehmen.
Als sie daran dachte, daß Sam ihr gesagt hatte, sie sei ein netter Mensch, schlang sie die Arme um sich. Manchmal schien es, als sähe er das nicht so, als hielte er sie zwar für eine gute

Ärztin, fände aber, sie verstünde nicht viel davon, eine Frau zu sein. Sie lächelte wieder vor sich hin, bis ihr einfiel, daß er außerdem gesagt hatte: »Man kann eine ganze Menge an dir aussetzen, Cassie Clarke …«
Sie setzte sich im Bett auf. Was hatte er damit gemeint, daß *eine Menge* an ihr auszusetzen war?

18

Im Zimmer roch es nach Tod.
Isabels Hände waren zu Fäusten geballt, Fortsätze am Ende ihrer Arme, so dünn wie Zündhölzer.
Cassie schlug *Rebecca* zu. Es war für sie zu einer unerfreulichen Aufgabe geworden, nachmittags herzukommen und vorzulesen.
»Ich bin ja so froh, daß Maxim sie geliebt hat«, sagte Grace. »War Rebecca nicht trotz allem eine scheußliche Frau?«
»Isabel, lassen Sie sich von Grace das Morphium holen«, schlug Cassie vor. »Es gibt keinen Grund dafür, daß Sie so sehr leiden sollten.«
Isabel schlug die Augen auf und schüttelte den Kopf.
»Nein«, sagte Grace. »Sie hat zu mir gesagt, daß sie nichts und niemandem verpflichtet sterben will.«
Cassie wußte nicht, ob sie sie dafür bewundern oder es für eine Dummheit halten sollte. Sie warf einen Blick auf die Frau, die kaum einen Abdruck auf dem Kissen hinterließ, auf dem ihr Kopf lag. Die Haut schien von ihren Armen herunterzuhängen.
Cassie stand auf. »Morgen fliegen wir zu einer Sprechstunde raus, und daher werde ich nicht vorbeikommen, wenn wir nicht außergewöhnlich früh zurück sind, was zu bezweifeln ist. Wenigstens brauchen wir diesmal nicht über Nacht zu bleiben.« In Wirklichkeit genoß sie es, über Nacht auf den Gehöften zu bleiben. Alle waren so gastfreundlich. »Aber wie wäre es mit einer Agatha Christie, wenn ich das nächste Mal komme?«
Grace nickte. »Ich liebe Kriminalromane. Und Izzie mag alles. Es lenkt sie von sich selbst ab, verstehen Sie.«

Isabel hatte den ganzen Nachmittag über kein Wort gesagt; sie lag einfach nur mit geschlossenen Augen auf dem Sofa oder starrte die Decke an.

Cassie klemmte sich das Buch unter den Arm und sprang die drei Stufen hinunter. Die Hitze des Tages hatte bisher kaum nachgelassen, und sie schwitzte auf dem Weg nach Hause, als sie durch die Hauptstraße lief, an den Geschäften und an »Addie's« vorbei ans andere Ende der Stadt. Sie war wütend auf sich.

Ein einziger Abend, ein paar Küsse, ein paar schmeichelnde Worte, und sie hatte angebissen. Sie beschloß, daß sie keinen Charakter hatte, kein Rückgrat. Fiona und Don hatten ihr gesagt, daß Blake nahm, was er kriegen konnte, um die Mädchen dann weinend zurückzulassen. Sie wollte keinen solchen Mann. Sie wollte überhaupt keinen Mann. Was auf Erden brachte sie dazu, so heftig auf ihn zu reagieren? Warum konnte sie ihn sich nicht aus dem Kopf schlagen? Es waren inzwischen zehn Tage vergangen, und sie dachte immer noch an nichts anderes als an Blake.

Sie war sicher, daß sie ihn wiedersehen würde, aber ob sie sich das wünschte oder nicht, hätte sie nicht sagen können. Sein Gesicht schwebte vor ihr, wenn sie nachts die Augen schloß, oder es spiegelte sich im Flugzeugfenster wider, wenn sie über das rote Herz des Kontinents flog.

Sie vermißte Fiona. Es gab niemanden, mit dem sie über die Ereignisse des Tages reden konnte. Niemanden, mit dem sie lachen konnte. Niemanden, für den sie kochen konnte. Das Haus war leer. Ihr war nicht klar gewesen, wieviel ihr Fionas Freundschaft längst bedeutete. Cassie ertappte sich dabei, daß sie wütend auf Fiona war, weil sie sie allein gelassen hatte. Es war nicht nur das Haus, das leer zu stehen schien; ihr gesamtes Leben war ärmer.

Die Behandlungen liefen jetzt in geregelteren Bahnen ab. Dienstags und donnerstags flogen sie zu Sprechstunden hinaus. Einer der beiden Behandlungstage zog sich im allgemeinen so lange hin, daß sie über Nacht blieben, und somit wur-

den der Mittwoch oder der Freitag ebenfalls zu einem Behandlungstag. An den anderen Tagen brauchten sie im allgemeinen nicht hinauszufliegen, da die meisten medizinischen Probleme über Funk gelöst werden konnten. Ein- oder zweimal in der Woche erforderte ein medizinischer Notfall meistens, daß sie hinausflogen, vielleicht nur, um einen Patienten wegen einer Blinddarmentzündung oder dergleichen ins Krankenhaus zu bringen, und dann sprang Chris natürlich ein. Er war umgänglicher geworden und fragte Cassie jetzt ausnahmslos, ob sie ihm assistieren oder die Narkose übernehmen wollte, wenn es sich um einen von ihren Patienten handelte. Außerdem bat er sie um Hilfe, wenn Dr. Edwards immer häufiger »arbeitsuntauglich« war, vor allem, wenn mitten in der Nacht eine Notoperation erforderlich wurde.
Cassie hätte nicht behauptet, sein Verhältnis zu ihr sei mit der Zeit ein freundschaftliches geworden, denn zwischen ihnen herrschte immer eine Spannung, die sie nicht klar definieren konnte. Sie stritten ständig miteinander. Nicht etwa über medizinische Fragen. Das war der einzige Punkt, in dem sie einig miteinander waren, das einzige, was sie miteinander verband. Doch selbst in diesem Bereich widerstrebte Cassie vieles an seiner Haltung. Er brachte immer Mitgefühl mit den Patienten auf, sprang jedoch selten sachte mit ihnen um und schien sie keineswegs dazu zu ermuntern, ihm Dinge anzuvertrauen.
Er konnte niemanden leiden, der nicht war, was auch er war, der nicht Protestant, weiß und von britischer Abstammung war. Aborigines konnte er nicht ausstehen. »Sie stinken zum Himmel. Sie haben keine Arbeitsmoral, keine ethischen Grundsätze, kein Verantwortungsbewußtsein. Sie sind Heiden.«
Auf Leute wie die Thompsons war er auch nicht gerade wild. »Die glauben, ihnen gehört die Welt, weil sie Millionen Morgen Land besitzen und sich kaufen können, was sie wollen.« Eines der Dinge, die ihm daran gefielen, so weit von den Großstädten entfernt zu leben, war, daß es hier keine Juden gab. Cassie fragte ihn, was er gegen sie einzuwenden hatte.

»Sie haben Christus gekreuzigt, oder etwa nicht?« Sie fand das nicht allzu einleuchtend. Er war der Meinung, Hitler ginge zu weit, wenn er die Juden in Konzentrationslager verfrachtete und sie in Gettos isolierte; das fand er nicht richtig, und doch fand er, die Juden seien zu gerissen. Juden, die Medizin studierten, bestanden jeden Kurs nur mit den allerbesten Noten. Sie waren Shylocks und immer nur auf Berufe aus, mit denen man viel Geld verdienen konnte.

Er hieß die Einwanderungspolitik Australiens gut, die nur weiße Immigranten im Land haben wollte.

Aber er war nicht der Meinung, man müsse leiden oder sterben, wenn man sich keine medizinische Hilfe leisten konnte. Er behandelte Patienten, die es sich nicht leisten konnten, für die Behandlung zu bezahlen, wenn auch nur murrend.

Er ging ausnahmslos freundlich mit seiner Frau um, obgleich Cassie nie eine Spur von Wärme zwischen den beiden wahrnahm. Vielleicht versucht man, sich selbst zu schützen, wenn man jemanden sterben sieht, jemanden, den man so lange Jahre geliebt hat, erklärte sie es sich rational. Fest stand, daß er sich ständig um sie kümmerte und ihre Pflege persönlich übernahm, wenn Grace sich an den Samstagnachmittagen und den Sonntagen um ihre eigene Familie kümmerte.

Cassie konnte nicht behaupten, daß sie ihn wirklich mochte, doch sie hatten einen Waffenstillstand miteinander geschlossen. Er konnte nichts an ihren medizinischen Fähigkeiten aussetzen, ob sie nun eine Frau war oder nicht. Das hatte er sogar zugegeben. Nein, »zugegeben« traf es nicht wirklich. Er war kein Mann von der Sorte, die sich jemals eingestanden hätte, sich in irgendeiner Hinsicht geirrt zu haben. Aber er gab ihr zu verstehen, daß er der Meinung war, sie besäße medizinisches Gespür. Er hatte die Resultate von chirurgischen Eingriffen beobachtet, die sie im Busch vornahm, wenn sie Patienten zur Wiederherstellung ins Krankenhaus gebracht hatte.

Sie fragte sich, wo Blake wohl sein mochte. Alles, ganz gleich, worüber sie auch nachdachte, lief immer wieder auf Blake

Thompson hinaus. Sie hatte sich Gedanken über Chris gemacht, und dann war Blake darin aufgetaucht. Sie kam an der Sattlerei vorbei und dachte an Blake, wie er Vieh zusammentrieb und mit Tausenden von Rindern zweitausend Kilometer weit durch Wüsten und Gebirge ritt, fernab von jeder Zivilisation, unter den Sternen schlief und vielleicht die Rinder in den Schlaf sang.

Sie setzte sich auf die Veranda, nachdem sie zu Abend gegessen hatten, trank Eistee und erinnerte sich an seine Küsse. Sie lag nachts im Bett und fragte sich, wie es wohl gewesen wäre, wenn seine Hände ihren Körper liebkost hätten.

Sie zog ihr Nachthemd aus, stand im Dunkeln und schaute zum Fenster hinaus. Chris lief durch die Straße, mit zügigen und entschlossenen Schritten, als sei er wütend, und dabei schaute er weder nach links noch nach rechts. Ihre Hände legten sich auf ihre Brüste, weil sie von Sehnsucht erfüllt war. In der Ferne klang das Pfeifen eines Zuges wie ein Stöhnen.

Während der Funksprechstunde um elf Uhr am Freitagmorgen sagte eine Frauenstimme: »Mein Sohn hat Schmerzen.«

Cassie beugte sich vor, dicht über das Mikrofon. »Erläutern Sie mir die Symptome.«

»Er blutet aus dem Rektum.«

Ihre Stimme war ruhig, ohne jede Spur von Panik.

»Wie alt ist er?«

»Sechs.«

Eine Frau, die nicht viele Worte machte.

»Sind sonst noch andere Symptome aufgetreten?«

»Er hat schlimme Magenschmerzen.«

»Übergibt er sich?«

»Nein.«

»Hat er Durchfall?«

»Nein.«

»Hat er einen Ausschlag?«

»Nein.«

»Hat er Fieber?«

»Wir haben kein Thermometer, aber er fühlt sich nicht heiß an.«
»Wann hat es angefangen?«
»Gestern abend.«
Cassie schüttelte den Kopf. Sie hatte keine Ahnung, was das sein konnte. Sie wandte sich an Sam. »Laß dir lieber Anweisungen geben. Ich glaube, ich sollte nach dem Kind sehen.«
Sam kam ans Mikrofon.
Cassie sagte: »Sag ihr, sie soll einen Koffer packen. Es kann sein, daß der Junge ins Krankenhaus gebracht werden muß. Möglicherweise möchte sie ihn begleiten.«
Sam legte auf. »Wir sollten uns besser auf den Weg machen, wenn wir vor Anbruch der Dunkelheit wieder zurück sein wollen. Kannst du in einer halben Stunde fertig sein?«
»Ich kann in drei Minuten fertig sein«, sagte sie.

Eineinhalb Stunden später erreichten sie die mickrige Hütte, in der der kleine Junge in einem zerwühlten Bett lag. Ein schmächtiger Mann in schmutzigen Jeans und einem alten Hemd kam ihnen in der Nähe des Hauses entgegen. Der Zaun war reparaturbedürftig, und auch das Haus schien Ausbesserungsarbeiten zu benötigen. Es gab nur zwei Räume und die unvermeidliche Veranda, die sich um drei Seiten des Hauses zog. Cassie sah keine Tiere, keinen Garten, nur flaches Land. Noch nicht einmal eine Garage.
»Ich glaube nicht, daß es etwas Schlimmes ist«, sagte der Mann mit weinerlicher Stimme. »Ein bißchen Blut, was macht das schon aus? Aber meine Frau glaubt, der Junge liegt im Sterben.«
»Vielleicht hat sie ja recht«, sagte Cassie. Sie konnte ihn nicht leiden. Vielleicht kam es daher, daß seine Nase spitz war oder daß seine kleinen Augen glänzten. Sie fragte sich, weshalb eine Frau wohl in eine derartige Einöde gehen würde, um ihr Leben mit diesem Mann zu verbringen.
Im Schlafzimmer lag der kleine Junge matt da. Er schaute Cassie teilnahmslos an, doch sowie Sam den Raum betrat, leuch-

tete Panik in seinen Augen auf, und er umklammerte mit beiden Händen die Bettdecke. Die Mutter hatte ihnen den Rücken zugewandt, als sie aufstand. Sie drehte sich nicht zu ihnen um, hob aber die Hand, um sie auf die rechte Wange zu legen. Cassie konnte sie nur von der linken Seite sehen, als sie auf das Bett zuging und sich neben den Jungen setzte. Erst als sie sich gesetzt hatte und aufblickte, sah sie die Mutter. Ihre rechte Gesichtshälfte war violett gefleckt, die Haut um ihr Auge herum schwarz, das Auge selbst blutunterlaufen, die Nase geschwollen.

Sie sagte nichts, sondern forderte den Jungen auf, sich umzudrehen. Er fing an zu weinen. Und sie wußte, was ihm fehlte, obwohl sie mit einem solchen Fall bisher noch nicht in Berührung gekommen war.

»Es wird alles wieder gut werden«, sagte sie zu ihm und wandte sich dann an die Mutter. »Er muß ins Krankenhaus gebracht werden. Haben Sie eine Tasche gepackt? Sie sollten besser mitkommen, weil er sich sonst zu sehr fürchten wird.«

Sie wollte diese Frau hier rausholen.

Der Mann mit der spitzen Nase sagte von der Tür her: »Sie braucht nicht mitzugehen. Sie können den Jungen zurückfliegen, wenn es ihm wieder bessergeht.«

»Nein.« Cassie drehte sich zu ihm um und sah ihn an. »Es kann gut sein, daß der Junge operiert werden muß, und er wird sich weniger fürchten, wenn seine Mutter dabei ist.«

»Operiert? Weshalb operiert? Was wird das kosten?«

»Ich weiß es nicht. Aber die Lage ist sehr ernst. Hier, Sam, hilf Mrs. Higgins mit dem Koffer, und ich trage den Jungen.« Sie wandte sich an den Kleinen und sagte: »Ich werde dir nicht weh tun. Es wird alles wieder gut werden. Schling einfach die Arme um meinen Hals. Weißt du überhaupt, was du jetzt tun wirst? Du wirst in einem Flugzeug fliegen. Hoch oben am Himmel. Ich wette, du hast nie geglaubt, daß du eines Tages einmal fliegen wirst, stimmt's? Du wirst mit den Vögeln oben am Himmel sein ...« Während sie auf ihn einredete, setzte sie sich in Bewegung, lief an dem Vater vorbei, stieg die eine Stufe hinunter und lief vor Sam und der Mutter des Jungen her, durch den Staub. Der Junge legte den Kopf auf ihre Schulter.

»Hast du schlimme Schmerzen?» fragte sie ihn.

»Nicht ganz so schlimm«, antwortete er. »Nicht mehr so schlimm wie letzte Nacht.«

Sowie sie in das Flugzeug gestiegen war, setzte Cassie sich hin und nahm ihn auf den Schoß. »Tut er das oft mit dir?«

Der Junge blieb stumm, und Tränen traten in seine Augen. Dann begann er zu weinen.

Sam half der Frau die Treppe hinauf. Sie hielt sich die Hand auf die rechte Gesichtshälfte.

»Komm bloß bald zurück, Millie, hast du gehört?«

Sie sah sich nicht nach dem Mann um. »Fast hätte er mich nicht anrufen lassen«, sagte sie zu Cassie.

Sam zog die Tür zu. Der kleine Junge ließ Cassie allein und krabbelte auf den Schoß seiner Mutter. Sam schnallte die beiden an.

»Jesus Christus«, flüsterte er Cassie zu, als er sich auf seinen Sitz gleiten ließ und den Motor anließ. »Wie kann ein Mann eine Frau so behandeln? Hast du ihr Gesicht gesehen?«

»Er muß sie schon seit Ewigkeiten schlagen. Ich wette, ihr ganzer Körper ist voller Prellungen und blauer Flecken.«

Sam konzentrierte sich auf den Start. Als die Flughöhe erreicht war und er das Flugzeug abfing, drehte er sich zu ihr um und sagte mit gesenkter Stimme: »Dem Jungen scheint nichts zu fehlen. Glaubst du, sie hat ihn als Vorwand benutzt, um uns herzulocken?«

Cassie zögerte einen Moment. »Ich habe den Verdacht, er hat den Jungen anal mißbraucht, und das schon seit langem. Der Kleine fürchtet sich vor Männern. Er hat Angst gehabt, sich umzudrehen. Ich kann mir gut vorstellen, daß sein Vater das lange Zeit über oft zu ihm gesagt hat.« Sie konnte es regelrecht hören. *Dreh dich um, mein Sohn.*

Als Cassie ihren Patienten an Chris übergab, sagte sie: »Mrs.

Higgins kann nicht zu ihrem Mann zurückgehen. Wir werden etwas anderes für sie finden müssen.«
Chris zog eine Augenbraue hoch. »Ist das nicht ihre Sache?«
»Sie wird nicht zurückgehen wollen. Der Anus des Jungen ist von seinem Vater aufgerissen worden. Und sehen Sie sich diese Frau an. Sie ist oft geschlagen worden. Sie wird nicht zu ihm zurückgehen.«
»Der Junge wird jahrelang traumatisiert sein. Wahrscheinlich wird er niemals zu einer echten Beziehung in der Lage sein. Sexualität wird ihm teuflische Angst einjagen.« Chris setzte seine Brille ab und polierte die Gläser mit seiner Krawatte; Cassie wurde allmählich bewußt, daß er das recht oft tat, vor allem dann, wenn er nicht wußte, was er tun sollte.
»Ist das der erste Fall von mißhandelten Ehefrauen oder Kindesmißbrauch, der Ihnen begegnet ist?«
»Wie meinen Sie das? Ja, selbstverständlich.«
»Sie gehen immer zurück.«
»Immer? Sie meinen, daß … erzählen Sie mir das bloß nicht.«
»Was für eine andere Wahl bleibt den Frauen schon? Wie sollen sie sich selbst und ihre Kinder ernähren? Sie brauchen nur abzuwarten, und Sie werden selbst sehen. Es wird nicht allzulange dauern, bis er hier auftaucht, ganz gleich, was es ihn kostet oder wie weit er von hier weg ist. Und er wird ihr sagen, daß es ihm leid tut. Er wird ihr sagen, daß er sie liebt und daß er es nie wieder tun wird. Warten Sie es ab.«
Cassie wollte es nicht abwarten. Chris irrte sich. Er mußte sich einfach irren.
»Können wir den Kerl nicht verhaften lassen?«
»Falls sie bereit ist, Anklage gegen ihn zu erheben. Aber das wird sie nicht tun.«
»Woher wissen Sie das?« Warum war er bloß so verdammt selbstsicher?
Chris seufzte. »Ich wünschte, Sie hätten recht. Das sind genau die Situationen, in denen ich nicht gerade stolz darauf bin, ein Mann zu sein. Ich habe viel mehr von der Sorte zu sehen bekommen, als ich jemals sehen wollte. Sie werden es auch noch

oft zu sehen bekommen, Doktor. Hier draußen, so fern ab von anderen. Fast immer ist auch Alkoholismus im Spiel. Jedenfalls da, wo Ehefrauen geschlagen werden. Nicht so sehr, wenn es um Inzest geht. Das fällt unter Sadismus. Menschen, die anderen diese Dinge antun, sind krank ... Aspekte des Lebens, über die man uns während des Medizinstudiums nicht unterrichtet. Solche Dinge und die Buchhaltung fallen bei jedem Medizinstudium unter den Tisch.« Cassie begriff, daß er versuchte zu scherzen.

»Sie werden ja sehen«, sagte Cassie noch einmal. »Sie wird nicht zurückgehen. Sie hat uns gerufen, damit sie von dort fortkommt. Sie werden es ja sehen.«

»Finden Sie eine Stellung für sie. Helfen Sie ihr. Ganz gleich, was Sie auch tun, sie wird zurückgehen. Ich kann Ihnen auch sagen, was passiert, wenn sie nicht zu ihm zurückgeht. Sie wird einen anderen Mann finden, der sie schlägt. Vielleicht wird der nächste Mann ihr Kind nicht vergewaltigen, aber er wird sie schlagen. Aus diesem Teufelskreis gibt es kein Entrinnen.«

»O Chris, Sie sind so verdammt zynisch. Setzen Sie denn gar kein Vertrauen in die menschliche Natur?«

Er lächelte, was er nur selten tat, doch ein Hauch von Melancholie schwang darin mit. »Ich wünschte, ich wäre so jung wie Sie und mein Idealismus wäre noch intakt. Das ist eines der Privilegien der Jugend.«

Cassie fand nicht, daß man mit siebenundzwanzig gar so jung war. Sie war froh, daß sie nicht wie Chris in den Vierzigern war, falls es das Alter war, das einen zum Pessimisten machte. Sie sagte Sam, er sollte nicht auf sie warten – sie würde zu Fuß vom Krankenhaus nach Hause laufen. Auf dem Heimweg machte sie halt, um ein Soda zu trinken. Wenn es nicht zu Noteinsätzen kam, würde sie das ganze Wochenende frei haben. Gott sei Dank.

Als sie um die Ecke bog, sah sie einen zerbeulten, schmutzigen Pickup vor Fionas Haus stehen. Er war rot. Aus dem Fenster schaute ein Paar Stiefel heraus, ebenso staubig wie der

Wagen. Als sie näher kam, sah sie, daß ein Mann auf dem Fahrersitz zurückgesunken war und sich den Stetson über das Gesicht gezogen hatte.
Sie beugte sich durch das offene Fenster und zog ihm den Hut vom Gesicht. Er schlug die Augen auf.
»Blake Thompson. Ich muß schon sagen, dich habe ich hier nicht erwartet.«
Er lächelte, ein träges, breites Lächeln. »Und ich dachte tatsächlich, du würdest mich fragen, warum ich nicht eher gekommen bin.« Er streckte den Arm aus und nahm ihre Hand. »Die Fahrt hat zwölf Stunden gedauert, aber ich dachte, ich komme noch rechtzeitig hier an, um zu verhindern, daß du an diesem Samstagabend mit einem anderen Mann tanzen gehst.«
Sie lachte. »Ich bin noch nie samstagabends tanzen gegangen.«
Er setzte sich aufrecht hin, öffnete die Tür und schwang seine langen Beine aus der Fahrerkabine. »Ich habe das Gefühl, du lügst nicht, aber das kann ich kaum glauben.«
»Es ist wahr«, sagte sie und schaute zu ihm auf. Sie fühlte sich unglaublich glücklich.
»Dann laß dir etwas Besonderes bieten«, sagte er. »Komm, laß uns zum Abendessen zu ›Addie's‹ gehen.«
Cassie nickte. »Ich möchte mich vorher noch umziehen. Ich bin den ganzen Tag unterwegs gewesen.«
»Ist Fiona zu Hause?« fragte er, als er ihr zur Tür folgte.
»Sie ist in Irland oder zumindest auf dem Weg dorthin«, erklärte Cassie, während sie die Tür aufschloß. »Möchtest du ein Bier oder lieber Eistee?«
Blake neigte den Kopf auf eine Seite, streckte einen Arm aus, schlang ihn um sie und zog sie an sich. »Ich will einen Kuß«, sagte er und beugte sich vor, um ihre Lippen zart zu berühren. »Und jetzt ein Bier.«
»Läßt du mir genügend Zeit, damit ich mich noch schnell duschen kann?«
»Cassandra, solange wir zusammen sind, hat nichts auf Erden

Eile. Mir ist vollkommen egal, ob wir jemals bei ›Addie's‹ oder irgendwo sonst ankommen.«
»Warum nennst du mich so?«
»Cassandra? Nennt dich denn sonst niemand so?«
»Nein. Nie.«
Er grinste. »Dann liegt es wohl daran. Sieh mal, du weißt doch schon, daß wir einander lieben werden, wie wir nie einen anderen Menschen geliebt haben. Das weißt du doch, oder nicht?«
Cassie wandte sich ab und wollte in die Küche gehen, um ihm ein Bier zu holen.
Als sie ein Bier aus dem Kühlbehälter zog, stand Blake hinter ihr. Sie konnte seine Körperwärme spüren. »Das weißt du doch, oder nicht?«
Sie reichte ihm über die Schulter das Bier, ohne sich zu ihm umzudrehen.
»Cassandra Clarke, dreh dich um, und sieh mich an.«
Sie tat es.
»Du weißt es, nicht wahr? Sag mir, daß du es weißt.«
Sie seufzte. »Ja, ich weiß es.«
»Macht dir das Angst?«
Sie nickte. »Ich bin gelähmt vor Angst.«
Er grinste schief und unwiderstehlich. »Sag dir, daß dein Leben gerade erst anfängt.«
»Ich werde nächsten Monat achtundzwanzig, und mein Leben beginnt gerade erst?« Sie bemühte sich, ihre Worte witzig klingen zu lassen, doch sie schnürten ihr die Kehle zu.
»Wir werden so rasend intensiv miteinander leben, daß du glauben wirst, bis jetzt tot gewesen zu sein.«
O Gott. »Ist das ein Versprechen?« Es kam nicht so leichtfertig heraus, wie es gedacht gewesen war.
»Das liegt zum Teil auch an dir. Und jetzt stell dich unter die Dusche, und ich verspreche dir, daß ich nicht kommen und dir zusehen werde. Bald werden wir gemeinsam duschen. Hast du je mit jemandem zusammen unter der Dusche gestanden?«

Nein. Aber das sagte sie nicht.
»Wir werden es langsam angehen, Cassandra. Uns Zeit lassen. Sei nicht nervös. Alles, was wirklich lohnend ist, alles von dieser Größenordnung, birgt seine Risiken und sollte beängstigend sein. Fürchte dich, wenn es sein muß, aber ich werde dafür sorgen, daß deine Angst dich nicht davon abhält.«

19

»Ich möchte, daß du für eine Woche nach Tookaringa kommst. Wir werden Vieh zusammentreiben. Du kommst mit mir raus, damit du dir ein Bild davon machen kannst, wie Cowboys leben.«

Cassie lächelte. Wahrscheinlich verwandte er die Bezeichnung »Cowboys«, weil er wußte, daß sie dieses Wort verstehen konnte; schließlich war sie in Amerika aufgewachsen. Sie konnte immer noch nicht auseinanderhalten, inwieweit sich die Aufgaben der verschiedenen Mitarbeiter auf einer Ranch, die mit dem Viehtrieb zu tun hatten, voneinander unterschieden. Cowboy war ein umfassender Begriff für all diese Tätigkeiten. »Das klingt ganz so, als würde es Spaß machen. Aber ich kann mir keine Woche freinehmen. Mir steht erst Urlaub zu, wenn ich ein Jahr lang hier bin. Und das ist nicht vor September.«

»Wenn eine ganze Woche sich nicht machen läßt, dann sieh zu, ob du wenigstens drei oder vier Tage freinehmen kannst, ja?«

»Ich wüßte nicht, wie sich das machen ließe.«

»Dann denk dir etwas aus. Wir müssen dringend Zeit miteinander verbringen, und ich möchte, daß du das Leben siehst, das ich liebe.« Er stand auf und griff nach ihrer Hand. »Komm, laß uns tanzen gehen. Das ist die einzige Möglichkeit, die mir einfällt, dich öffentlich in meinen Armen zu halten. Ist es wirklich wahr, daß du nie samstagabends tanzen gegangen bist?«

Abgesehen davon, daß sie Blake nur den halben Abend sah, machte es Spaß. Sie tanzten mit allen Anwesenden. Sam riß vor Erstaunen die Augen auf, als er sie mit Blake eintreten sah. Als die Kapelle zu einer schnellen Melodie ansetzte, wirbelte Sam sie auf die Tanzfläche. »Dann ist der Prophet also zum Berg gekommen?«

»Was soll das heißen?«

Er ließ Cassie eine schnelle Drehung um sich machen, fing sie auf und harmonierte blendend mit ihren Schritten. »Wenn man Interesse an der Strecke mißt, die jemand zurückzulegen bereit ist, um ein Mädchen zu treffen, dann muß er gewaltiges Interesse an dir haben. Und außerdem hat er dich dazu gebracht, mit ihm tanzen zu gehen.«

Sie konzentrierten sich jetzt ganz auf das Tanzen und riefen mit ihrem Jitterbug wie üblich eine Sensation hervor. Nachdem der Tanz beendet war, erwartete Blake sie am Rand der Tanzfläche, nahm Cassie an der Hand und streckte gleichzeitig die Rechte aus, um Sam zu begrüßen. »Schön, dich wiederzusehen.«

Sam grinste. »Mann, du hast Mumm.«

Blake warf einen Blick auf Cassie und drückte ihre Hand.

In dem Moment warf einer der Männer eine Flasche durch den Raum, die an der Wand zerschmetterte. Niemand schien sich daran zu stören. Statt dessen begannen andere, seinem Beispiel zu folgen. Cassie sah Blake an.

»Hier«, sagte er und reichte ihr ein Glas. »Spiel einfach mit.« Er warf, wie schon andere vor ihm, seine Bierflasche an die Wand.

Cassie zögerte einen Moment. »Das ist doch nicht dein Ernst.«

Er grinste. »Es macht Spaß. Probier es doch einfach.« Sie sah ihn eine Minute lang an, und dann lachte sie und warf ihr Glas, so fest sie konnte, an die Wand, und dabei dachte sie sich, daß das wahrhaft eine Männergesellschaft war.

»Laß uns von hier verschwinden«, sagte Blake. »Laß uns irgendwo hingehen, wo ich dich küssen kann.«

Als sie durch die Straßen fuhren, funkelten über ihnen in der samtigen Schwärze Tausende, wenn nicht gar Millionen von Sternen.

Er streckte einen Arm aus und zog sie an sich, und als er weiterfuhr, zog er den Arm nicht zurück. Sie begeisterte sich dafür, seine Nähe zu spüren.

»Das will ich jetzt schon seit zwei Wochen tun«, murmelte er und hielt den Wagen abrupt an. Seine Lippen lagen auf ihren, und jede Faser ihres Seins erwachte zum Leben. Ihre Arme schlangen sich um seinen Hals, und sie spürte die Glut seines Körpers an ihrem, seine Kraft, seine Zunge und seinen Atem.

»Du hast mich verhext«, flüsterte er. Er hauchte die Worte in ihr Ohr. »Ich denke an niemand anderen mehr. Du bist anders als andere Frauen, die ich gekannt habe.«

»Du weißt so gut wie nichts über mich.« Sie küßte seinen Hals.

»Was müßte ich schon wissen, was ich nicht längst weiß? Beim Abendessen haben wir deine Jugend abgehandelt, deine Eltern, deine Großeltern, San Francisco und das Internat in England.«

Sie lagen einander schweigend in den Armen. Dann fragte er: »Wie lange wirst du diese Arztgeschichten betreiben?«

»Ich habe mich für zwei Jahre hier verpflichtet.«

Seine Lippen legten sich wieder auf ihren Mund. Seine Hand berührte ihr Bluse über ihrer Brust.

»Weißt du, was ich jetzt tun werde? Ich bringe dich nach Hause.«

»Es ist gerade erst Mitternacht«, sagte sie.

»Es ist ganz egal, wie spät es ist. Es ist jetzt Zeit, dich nach Hause zu bringen. Ich habe dir geschworen, nichts zu überstürzen, und das werde ich auch nicht tun. Und wenn wir uns weiterhin küssen, tja … ich bringe dich jetzt nach Hause.«

Sie konnte ihn nicht auffordern, über Nacht zu bleiben, noch nicht einmal, wenn er in Fionas Zimmer schlief. Die ganze Stadt hätte darüber geredet. Sie hoffte, daß er gar nicht erst mit dem Gedanken spielte, bei ihr zu bleiben, noch nicht einmal auf dem Sofa. Irgendwie fürchtete sie sich. Wie weit durfte sie ihn gehen lassen? Gewiß nicht so weit, wie sie es sich gewünscht hätte.

Als sie zu Fionas Haus zurückfuhren, sagte er: »Ich habe mir für die Nacht ein Zimmer bei ›Addie's‹ genommen. Aber um sieben hole ich dich zum Frühstück ab.«

»Überlaß das mir«, sagte sie. »Laß dir von mir das Frühstück machen.«

Er brachte sie an die Tür und gab ihr einen Gutenachtkuß. Sie sah ihm nach, als er über den Weg zur Straße lief, und sie wünschte, er wäre mit ihr ins Haus gekommen.

Zehn Minuten nach sieben, als Blake gerade Kaffee trank, während Cassie Pfannkuchen zubereitete, rief Horrie an.

»Cassie, ich glaube, wir haben einen Notfall. Ian James, erinnerst du dich noch an ihn? Das ist der, der so sauer auf dich ist, weil du nicht rausgerast bist, um nach seinem Abo zu sehen, und dann ist dieser Kerl gestorben. Also, seine Frau hat Schwierigkeiten. Ich habe ihm gesagt, daß wir ihn um halb acht zurückrufen. Ich gebe Sam Bescheid, damit er dich abholt.«

»Nein«, sagte Cassie. »Ich kann mich hinfahren lassen. In zehn Minuten bin ich da.«

Blake sah sie an. »Heißt das das, was ich befürchte?«

Er fuhr sie unverzüglich zur Funkzentrale. Horrie und er begrüßten einander, während sie bis halb acht warteten. Dann stellte Horrie die Verbindung her.

»Dr. Clarke, hier ist Ian James.« Eine Sekunde Pause. »Sind Sie da?«

»Ja, Mr. James. Hier spricht Dr. Clarke.«

»Es tut mir leid, daß ich Sie an einem Sonntag störe, aber meiner Frau geht es ziemlich schlecht. Ich mache mir Sorgen um sie.«

»Berichten Sie mir Genaueres.«

»Sie ist, nun, ja, das ist eine ziemlich delikate Angelegenheit.«

Cassie fragte sich, was wohl so delikat sein mochte, daß er es einem Arzt nicht erzählen konnte. »Ja, Mr. James?«

»Sie ist schwanger, etwa im vierten Monat. Letzte Nacht hat sie gegen Morgen Schmerzen bekommen, und die hat sie immer noch, und jetzt ist sie … ah … jetzt kommt Blut.«

Ich kann nur hoffen, daß er sich nicht so benimmt wie beim letzten Mal, dachte sie. »Fühlen Sie ihr den Puls. Wissen Sie, wie man das macht?«
»Im Handgelenk, stimmt's?«
»Ja, suchen Sie den Pulsschlag. Hat Ihre Uhr einen Sekundenzeiger?«
»Klar.«
»Zählen Sie fünfzehn Sekunden lang die Pulsschläge, und multiplizieren Sie die Anzahl mit vier. Ich bleibe solange am Apparat.«
Horrie grinste. »Diesmal erhebt er keine Einwände, was?«
»Hundert», sagte Ian James.
»Messen Sie ihre Temperatur.«
»Das habe ich bereits getan. Sie ist so gut wie normal.«
»Jetzt müssen wir herausfinden, wieviel Blut sie verloren hat.«
»Sie ... sie hat etliche ... Binden durchgeweicht.« Es klang, als bereitete es dem Mann Qualen, diese Worte auszusprechen. »Die Matratze ist schon blutig, und jetzt tropft es auf den Boden. Das scheint mir ein Ernstfall zu sein.«
»Mr. James, das *ist* ein Ernstfall. Wir werden so schnell wir irgend möglich zu Ihnen herausfliegen.«
Blake war zwölf Stunden gefahren, um mit ihr zusammenzusein, und jetzt würde sie von hier aufbrechen müssen. Sie wandte sich an Horrie. »Ruf Sam an und sag ihm, er soll *sofort* herkommen.« Sie sah Blake in der Tür stehen, als sie aufblickte.
»Liege ich richtig mit meiner Vermutung?« fragte er mit Gewitterwolken in den Augen.
Cassie nickte. »Wir müssen sofort rausfliegen.«
Blake sagte eine Minute lang kein Wort. »Wie lange werdet ihr fort sein?«
Cassie zuckte die Achseln. »Ich habe keine Ahnung. Es kann sein, daß wir Mrs. James auf der Stelle ins Krankenhaus bringen, aber möglicherweise kann ich auch dort draußen etwas tun.« Sie hätte gern mit dem Fuß aufgestampft oder geweint

oder sonst etwas getan, alles andere lieber, als zu Ian James' Gehöft hinauszufliegen. »Sie wohnen doch nicht allzu weit von euch entfernt, oder? Für den Hin- und Rückflug brauchen wir etwa fünf bis sechs Stunden. Wenn ich dort einen Eingriff vornehmen muß, dauert es entsprechend länger.«

Blake verließ die Hütte, und kleine Staubwolken wirbelten hinter ihm auf, als er zu seinem Wagen ging.

Horrie sagte: »Sam ist schon auf dem Weg. Er sagt, oben im Norden ist das Wetter miserabel.«

Cassie ging zu Blake. Sie legte eine Hand auf seinen Arm. »Es tut mir leid. Das weißt du doch, oder nicht?«

Er nickte und drehte sich zu ihr um. »Ja, das weiß ich ja. Es wird nicht einfach werden, stimmt's? Daß wir beide Zeit miteinander verbringen können.«

Obwohl Horrie an der Tür stand, schlang Blake die Arme um sie. »Am Dienstag breche ich auf und verbringe einen Monat oder sechs Wochen im Busch. Ich muß alle sieben Außenposten abklappern und nach dem Rechten sehen.«

Fünf oder sechs Wochen? Zwei Wochen waren ihr wie eine Ewigkeit erschienen.

»Du solltest wissen, daß ich dich jede Nacht, jede einzelne gottverdammte Nacht, im Reisegepäck haben, und mit dir in mein Bettzeug kriechen werde. Und das heißt, daß du keine Möglichkeit hast, mich aus deinem Bett zu vertreiben. Ich werde durch deine Träume spuken.«

Sie blickte zu ihm auf. Himmel, wie schön er doch war. Sie sah ihn unglaublich gern an. Er hatte sie gewarnt, sie würden intensiv und im Zeitraffer leben. Sie hatte nie erlebt, daß etwas so schnell geschah. Wenn sie mit ihm zusammen war, versuchte sie noch nicht einmal, dagegen anzukämpfen.

»In zwei Wochen werde ich zu einer Sprechstunde auf Tookaringa sein. Sag deinen Eltern, daß wir wahrscheinlich über Nacht dort bleiben werden.«

»Und ich«, sagte er, »werde einen zweiwöchigen Ritt vom Haus entfernt sein. Das wird wahrhaftig keine einfache Beziehung werden, stimmt's, Cassandra?« Er beugte sich herunter, um sie zu küssen. »An dem Abend, als die Party stattgefunden hat und ich dich mit diesem Fliegerknaben auf der Tanzfläche herumwirbeln sah, wußte ich schon, daß nichts unkompliziert für uns werden wird.«

Wie ein Derwisch aus aufwirbelndem Staub kam Sams Pickup über die Straße gestürmt. Er sprang aus dem Wagen und nickte Blake und Cassie zu, während er in die Funkerhütte sprang.

»Du bist den ganzen Tag lang von Männern umgeben, stimmt's?«

»Fang bloß nicht damit an«, sagte Cassie. »Ich gehe nicht gern fort, verstehst du? Ich habe ein wundervolles Wochenende verbracht. Es schmeichelt mir, daß du meinetwegen diesen weiten Weg zurückgelegt hast.«

Blake warf einen Blick auf seine Armbanduhr. »Gewöhn dich daran. Es ist nicht das letzte Mal, daß ich nach Augusta Springs fahren werde, um mit dir zusammenzusein. Gewöhn dich daran, mich zu sehen, obwohl es nicht so oft sein wird, wie ich es gern hätte.«

Sam kam aus der Funkzentrale und schwenkte seine Landkarte durch die windstille Luft. »Über den Hügeln nördlich vom Magic Creek stößt die Wolkendecke fast auf den Boden. Wir werden einen Umweg machen und uns südlich der Bahnlinie halten müssen, bis wir nach Inawarra kommen. Dort sind wir nie gewesen. Aber wenn wir uns von dort aus nach Nordosten halten«, sagte er und redete im Grunde genommen mit sich selbst, »sollten wir es schaffen, James' Ranch zu finden. Himmel, sie haben dort oben in den letzten zwei Wochen mehr als fünfzehn Zentimeter Niederschläge gehabt. James sagt, er kann seinen Wagen nicht in die höheren Gänge schalten, und er ist ihm trotzdem schon einmal im Schlamm steckengeblieben. Er wagt nicht anzuhalten, wenn er uns auf der Landebahn abholt, weil er sonst steckenbleiben könnte. Verdammt noch mal!« Er sah sie an. »Ich finde, so etwas sollten wir gar nicht erst versuchen, wenn es nicht um Leben oder Tod geht. Wie stehst du dazu?«

»Wir müssen es riskieren«, sagte sie. »Angesichts der Blutmengen, die sie verloren hat, bin ich nicht sicher, ob sie den Tag übersteht.«

»Nun, was wäre ein Sonntag ohne eine Herausforderung?« Blake sah sie an. »Florence Nightingale, die barmherzige Helferin in der Not?«

»Florence Nightingale war Krankenschwester«, sagte Cassie. »Und die Fliegenden Ärzte sind überhaupt nur ins Leben gerufen worden, um anderen aus der Not zu helfen.«

»Das klingt edelmütig, solange es mich nicht um das bringt, was ich will.«

»Jetzt fällt es mir wieder ein. Fahr mich in die Stadt, ja?« Cassie rannte zu der Hütte und rief Horrie zu: »Ruf im Krankenhaus an und gib dort Bescheid, daß ich komme, um fünf Einheiten Trockenplasma zu holen. Ich will keine fünf Minuten dort verbringen.« Sie rannte zu Blake zurück. »Komm schon, und fahr wie der Teufel!«

Als sie ihren Auftrag ausgeführt hatten und wieder auf dem Flugplatz standen, sagte Blake: »Eigentlich könnte ich genausogut hier warten.«

»Ich habe keine Ahnung, wann wir zurückkommen werden.«

»Das Risiko gehe ich ein. Wenn ihr bei Morgengrauen nicht zurück seid, breche ich auf.« Er beugte sich herunter, um ihr einen raschen Kuß zu geben.

Sie rannte zu dem Flugzeug; die offene Tür war eine Aufforderung.

Sie waren noch keine halbe Stunde in der Luft, als die Eisenbahnlinie, der »Eiserne Kompaß«, unter den Wolken verschwand. »Das müssen wir umgehen«, sagte Sam und schlug den Weg nach Westen statt nach Norden ein. »Ich muß tief fliegen, damit ich möglichst viele Orientierungspunkte identifizieren kann.«

Sie flogen dicht über dem Boden, und als Cassie fragte, wie tief sie flogen, antwortete Sam: »Auf neunzig Meter Höhe. Hier unten, unter den Wolken, ist die Sicht glasklar, aber die niedrige Wolkendecke sorgt für lausige Sichtverhältnisse. Ich kann nicht höher aufsteigen, oder es wird der reinste Blindflug.«

Sie flogen weitere vierzig Minuten, ehe Sam sagte: »Da ist der Magic Creek. Wir können seinem Lauf folgen, bis wir ein paar Häuser sehen, die dicht nebeneinanderstehen, und mit etwas Glück fliegen wir von dort aus nach Osten, und nach fünfzig Meilen finden wir angeblich James' Ranch.«

Regen begann gegen die Scheiben zu trommeln. »Das verdammte Flugzeug wird in einer Stunde leck sein wie ein Sieb«, prophezeite Sam.

Eine Dreiviertelstunde später sagte er: »Da wären wir. Jetzt müssen wir entscheiden, wo wir gefahrlos landen können. Er hat ein Feld deutlich markiert, aber, Himmel, es sieht alles nach Schlamm aus. Gott sei Dank haben wir westliche Winde.«

»Was für einen Unterschied macht das?« Cassie war selten nervös, wenn sie sich Sam anvertraute. Er gab ihr keine Antwort – er konzentrierte sich ganz auf den Anflug. Sosehr er dieses Flugzeug auch haßte, war er doch unvergleichlich, wenn es um sichere Landungen ging. Er flog nur wenige Knoten über der kritischen Geschwindigkeit, und nur durch seine Geschicklichkeit blieben sie in der Luft. Er zog das Flugzeug über dem Ende der Landebahn steil hoch, flog zwei Meilen weit, drehte langsam in den Wind und war konzentriert bei der Sache. Er setzte die Geschwindigkeit noch mehr herab, bis das Flugzeug nur wenige Zentimeter über dem Boden war, um sich aus der Nähe zu betrachten, wo sie landen konnten, ohne im Schlamm steckenzubleiben. Sie rollten über grasbewachsenes Land, doch schon im nächsten Moment konnte Cassie spüren, wie das Flugzeug versank, während Sam das Leitwerk hochzog, ehe sie zum Stillstand kamen. Die Maschine sank in den Morast.

»Tja, das hätten wir unbeschadet überstanden«, sagte Sam. »Aber wir werden wahrscheinlich eine ganze Weile bleiben müssen.«

Und Blake wartete auf sie.

Ian James klopfte an die Tür. Sam stieß sie auf. »Sie sitzen ganz schön im Schlamm fest«, sagte James. »Darum kümmern wir uns später. Springen Sie rein.«

Sam und Cassie stiegen in Ians Pickup.
»Es geht schlecht«, sagte er, als er eilig zum Haus fuhr. »Natürlich hätte sie wissen müssen, daß sie aufpassen muß und bloß nicht wieder schwanger werden darf. An unseren beiden anderen ist sie nahezu verblutet. Und die sind fast erwachsen. Sie hätte es wirklich besser wissen müssen.«
Und was ist mit dir? hätte Cassie gern gefragt. Schließlich gehören zwei dazu.
»Sie ist einundvierzig Jahre alt.«
Das Haus war schön geräumig, weiß gestrichen und mit schwarzen Zierleisten versehen. Die übliche Veranda, die sich um alle Seiten zog, war von Blumen und Sträuchern aller Art umgeben, und vor dem Haus war ein Rasen angelegt. Cassie gefiel es gut. Die Nebengebäude wirkten so gut in Schuß wie das Haupthaus und zeugten von Sorgfalt und Liebe zu dem Land.
Die Frau, die im Bett lag, war aschfahl. Cassie streckte eine Hand aus und legte sie auf ihre Stirn, die kalt, wenn auch schweißbedeckt war. Mit besorgtem Blick sah sie Cassie in die Augen. Im Raum hing ein Kupfergeruch, der Geruch nach Blut.
Morgen früh würde sie bereits verblutet sein, wenn nicht bald etwas unternommen wird, dachte Cassie. »Ich würde sie am liebsten ins Krankenhaus in Augusta Springs zurückfliegen.« Sie sah Sam an. »Wie lange dauert es, das Flugzeug aus diesem Morast zu befreien?«
Sam sah Ian James an, der sagte: »Mein Gott, heute wird es ganz bestimmt nichts, soviel steht fest. Jedenfalls ist es ausgeschlossen, daß Sie dann noch vor Einbruch der Dunkelheit nach Augusta Springs zurückkommen.«
Cassie seufzte. »Okay, Sam, wir operieren.«
»Das dachte ich mir schon.«
»Er wird Ihnen helfen?« fragte Ian stirnrunzelnd.
»Er ist mein Anästhesist«, sagte Cassie und klappte ihre Tasche auf. »Ich brauche kochendes Wasser und ...«
»Er wird meine Frau nackt sehen?«

Sam zog die Augenbrauen hoch und sah Cassie fragend an. »Ich versichere Ihnen, Mr. James, wenn wir in der Stadt wären, würde sich ein männlicher Arzt Ihrer Frau annehmen. Ich glaube, wegen Sam brauchen Sie keine Bedenken zu haben. Und außerdem brauchen wir sie nicht vollständig zu entkleiden. Und jetzt besorgen Sie mir kochendes Wasser und saubere Handtücher.«
Sam sagte: »Und kochen Sie Kaffee.«
Ian James nickte.
»Ich wasch' mich jetzt«, sagte Sam.

Während sie operierte, stieß Cassie auf eine Masse von Gewebe in der Uterusöffnung. »Ganz so, wie ich es vermutet habe«, sagte sie zu Sam, der den Äther verabreichte.
»Was auch getan werden muß, ich weiß, daß du es schaffst.«
Sie warf einen Blick auf ihn. »Derart uneingeschränktes Vertrauen hat mir noch niemand entgegengebracht.«
Er grinste. »Es arbeitet auch niemand sonst Tag für Tag mit dir zusammen.«
»Ich kann das Gröbste entfernen und dann eine Ausschabung vornehmen.«
»Heißt das, daß sie das Baby verliert?«
»Wie ich sehe, lernst du dazu. Ja. Und wahrscheinlich ist das auch gut so. Ihr Leben ist in Gefahr, vor allem in ihrem Alter.«
Cassie weitete die Öffnung des Gebärmutterhalses und kratzte die Innenwand des Uterus mit einer Kürette aus. »Sie wird noch ein paar Tage lang eine leichte Blutung haben, und es wird zu Schmerzen im Becken und im Rücken kommen.«
»Okay, du kannst den Äther jetzt wegpacken und Mr. James sagen, daß seine Frau wieder gesund wird. Wenn er will, kann er reinkommen und sie sehen, aber sie ist noch nicht bei Bewußtsein.«
Sie wischte das Blut weg und packte ihre Instrumente zusammen. Sam kam nach wenigen Minuten wieder. »Er sagt, er kommt, wenn sie wieder bei sich ist. Im Moment versuchen er und ich, ein paar seiner Männer zusammenzutrommeln,

weil wir versuchen wollen, das Flugzeug von der Stelle zu bewegen und es auf höheren Boden zu ziehen. Er hat einen Traktor und einen Landrover, und wir werden alle Männer zu Hilfe holen, die zur Verfügung stehen. Wahrscheinlich werden wir über Nacht bleiben müssen.«

»Das war mir klar«, sagte Cassie laut. Zu sich selbst sagte sie: So ein Mist.

20

Innerhalb der nächsten fünf Wochen erhielt Cassie einmal wöchentlich Nachricht. Eine davon wurde ihr von einem einsamen Reiter überbracht. Ein anderes Mal war es der reguläre Postbote Mr. Broome. Dann wieder landete ein einmotoriges Flugzeug, das noch nicht einmal den Motor ausschaltete. Der Pilot sprang aus dem Cockpit, um dem Fluglotsen das verknitterte Blatt Papier zuzuwerfen, der es dann zur Funkzentrale brachte.

In einer Woche lauteten die wenigen Worte: »*Verdammt noch mal. Ich kann an nichts anderes als an dich denken.*« Sie waren mit einem schwungvollen »B« unterschrieben.

In der kommenden Woche wurde ihr mitgeteilt, daß er unter den Sternen lag und an sie dachte und daß ihm das Zusammentreiben des Viehs erstmals als eine lästige Aufgabe und nicht als die reine Freude erschien, weil es ihn von ihr fernhielt. Er teilte ihr mit, er hätte nicht vor, sie ein Leben lang in Geborgenheit zu wiegen, sie sollte daher »vorbereitet« sein.

In der dritten Woche schrieb er: »*Hast du mich nachts neben dir in deinem Bett wahrgenommen? Hast du meine Küsse beim Erwachen gefühlt? Du hast die ganze Woche über mit mir in meinem Schlafsack gelegen. Ich will dich riechen, dich in meinen Armen halten, dich einatmen. Ich will mit dir unter den Sternen liegen, und ich will dir das Land zeigen, das ich liebe. Während ich umherreite, will ich all das mit dir teilen, und daher laß dir um Gottes willen etwas einfallen, wie du wenigstens das letzte Wochenende dieses Monats in Tookaringa verbringen kannst. Erzähl mir bloß nicht, es ginge nicht. Finde eine Möglichkeit.*«

»Ich möchte ein Wochenende auf Tookaringa verbringen«, sagte sie zu Sam.

Er riß den Kopf hoch und grinste. »Aha. Darf ich wohl zu glauben wagen, daß den guten Doc die Liebe ereilt hat?«
»Soweit würde ich nicht gehen.« Aber wenn es das nicht war, dann wußte sie nicht, was es sonst war.
Zeitweilig glaubte Cassie, sie und Sam seien auf dem besten Wege, sich miteinander anzufreunden, aber dann tat oder sagte er etwas, was sie glauben ließ, daß er sie nicht besonders mochte. Einmal hatte er von ihr als seiner »Chefin« gesprochen. Ein anderes Mal hatte sie ihn zu einem Ranchverwalter sagen hören: »Frauen, die sich für Männer halten.« Sie war nicht bereit, sich daran zu stören.

Blake war noch nicht nach Hause zurückgekehrt, als Cassie und Sam auf Tookaringa eintrafen. Sie behandelte die Patienten, und dann tranken sie und Jennifer auf der Veranda Tee. Es war ein später Freitagnachmittag, und die Eingeborenen, die in dem großen Haus arbeiteten, reihten sich auf, um ihren Lohn in Empfang zu nehmen.
»Ich zahle ihnen«, sagte Jennifer zu Cassie, »einen geringen Lohn, und ich kleide sie ein. Ich bestehe darauf, daß sie jeden Morgen gewaschen und in sauberen Kleidern hier erscheinen. Ich erlaube ihnen niemals, mit den Lebensmitteln in Berührung zu kommen, niemandem mit Ausnahme von Ruby. Nur die wenigsten weißen Frauen lassen das zu, denn die Eingeborenen haben einfach nicht unsere Vorstellungen von Hygiene, aber sie machen die Betten und fegen die Böden und waschen die Wäsche, und all das mit einem gesunden Sinn für Humor. Sie lachen und plaudern viel miteinander.«
»Komisch, aber ich stelle mir nie vor, daß du ›arbeiten‹ könntest«, sagte Cassie. »Du wirkst immer so elegant und ausgeglichen.«
Jennifer sagte: »Wenn ich dich nicht ganz so gern hätte, wäre ich jetzt sauer. Ich habe das Gefühl, genausoviel Verantwortung zu tragen wie Steven und Blake. Ich muß den Bedarf für den Haushalt bestellen und die Vorräte im Auge behalten, ich muß täglich in die Vorratskammern und die Lagerräume ge-

hen und dort alles holen, was gebraucht wird, und ich muß mir einen Überblick verschaffen, was wir auf Lager haben, darunter auch Medikamente. Ruby und ich planen gemeinsam die Mahlzeiten. Jeden Morgen um elf betreibe ich eine Art Apotheke. Sämtliche Aborigines, denen etwas fehlt, kommen, und ich teile Dutzende von Aspirintabletten am Tag aus. Ich muß entscheiden, ob ich ihnen etwas gegen Magenschmerzen verordnen kann, ob wir dich rufen sollten oder ob Beschwerden bis zu deiner nächsten Sprechstunde hier warten können und vorher nicht behandelt zu werden brauchen. Wie viele Wunden habe ich behandelt, bei wie vielen Entbindungen habe ich geholfen, und welche Geduld habe ich mir angeeignet. Ich habe gelernt, mit ihnen zu lachen und mit ihnen um ihre Kinder zu weinen, ich habe gelernt, welche Knochenbrüche und Verstauchungen ich über Funk melden sollte, aber ich werde diese Menschen niemals verstehen. Weißt du, diese Gelassenheit und diese Naturverbundenheit kann ich noch nicht einmal annähernd mit ihnen teilen. Ich kann mich nicht in ihre Spiritualität oder ihr Gefühl des Einsseins miteinander und mit dem Land einfühlen. Sie leben und denken so, wie sie es schon vor fünfundzwanzigtausend Jahren getan haben. So viele unter den Weißen sehen sie als von Natur aus faul, träge und schmutzig an. Sie sind schmutzig, weil Wasser einen solchen Seltenheitswert hat, daß sie sich einfach nicht vorstellen können, es dazu zu benutzen, sich zu waschen. Sie brauchen keine sauberen Hände, um Mahlzeiten zuzubereiten, weil sie von Maden und allem anderen leben können, was sie von selbst finden. Wir verlangen von ihnen, daß sie so denken wie wir, und das können sie ebensowenig, wie wir ihre Denkweise annehmen können.«

»Malst du sie deshalb – weil du sie liebst?«

»Das bezweifle ich«, sagte Jennifer, und in ihrem Gesichtsausdruck zeigte sich etwas wie Melancholie. »Sie faszinieren mich. Ich glaube nicht, daß ich sie liebe. Ich habe sogar den Versuch aufgegeben, sie verstehen zu wollen.«

»Kannst du sie nicht lieben, ohne sie zu verstehen?«

»Vielleicht können manche Menschen andere lieben, ohne sie zu verstehen. Ich kann es nicht. Ich bin der Meinung, daß Liebe etwas mit Gemeinsamkeit zu tun hat. Gemeinsame Erfahrungen. Gemeinsame Hoffnungen. Träume, die man miteinander teilt … Küsse. Gemeinsam erlebte Sonnenuntergänge. Für mich muß Liebe auf Gegenseitigkeit beruhen.«
»Das kaufe ich dir sofort ab.« Blakes Stimme eilte ihm voraus, ehe er in staubiger Kleidung mit dem Stetson auf dem Hinterkopf um die Hausecke bog. Als er Cassie sah, breitete sich ein Grinsen auf seinem Gesicht aus. »Da soll mich doch der Teufel holen. Du hast es wirklich geschafft.«
Cassie fühlte sich plötzlich schüchtern wie auf Tanzveranstaltungen in ihrer frühen Jugend.
Jennifer stand auf und lief ihm entgegen, als er die Stufen hinaufkam. Sie legte die Hände auf seine Schultern und streckte sich, um ihm einen Kuß zu geben.
»Komm mir nicht zu nah«, sagte er und streifte ihre Stirn mit seinen Lippen. »Ich brauche dringend ein Bad.«
Er hatte Cassie nicht aus den Augen gelassen. »Wie lange hast du Zeit? Wie viele Tage bleibst du hier?«
»Nur bis zum Sonntagnachmittag.«
Er verschwand im Haus, und Jennifer wandte sich Cassie wieder zu. »Diese Wendung der Ereignisse freut mich enorm – ich hoffe, das weißt du. Von dem Moment an, in dem ich dir das erste Mal begegnet bin, habe ich mir das erhofft.« Sie schaute zum Horizont hinaus, über die niedrigen Bäume hinweg, die das Land bedeckten. Dann sagte sie: »Hier draußen kann die Isolation zu einer Krankheit werden.«
»Hast du dich derart einsam gefühlt?«
»Oh, in der ersten Zeit hier habe ich geglaubt, ich würde es nicht lange schaffen. Steven war wochenlang ununterbrochen unterwegs, um das Vieh zusammenzutreiben, und ich hatte niemanden, mit dem ich reden konnte. Ich hatte rasende Angst vor all diesen Schwarzen, und ich war sicher, sie würden mich vergewaltigen, mich im Schlaf ermorden oder sonst etwas Gräßliches. Und ich fand die Stille unerträglich. Die

Einsamkeit war so gewaltig, so tiefgreifend, daß ich meinen eigenen Herzschlag hören konnte. Und dann habe ich begonnen, all die Laute zu schätzen. Da gibt es die wunderbaren Vögel und den Wind in den Bäumen, das Muhen der Rinder, das Surren der Moskitos, die Dingos, die in der Nacht heulen. Ich bin mir darüber bewußt, daß das Leben im Busch für viele Frauen zum Alptraum wird. Abgesehen von der Leere und der Einsamkeit kommt es zu Unfällen, und man kann absolut keinen Arzt erreichen, und bisher konnte auch kein Arzt zu uns gelangen, nicht ehe du hergekommen bist. Es gibt hier Frauen, die ihre Babys selbst entbinden, und es gibt Fieber, die den Tod bedeuten. Manche Menschen gewöhnen sich nie ein hier. Sie finden, es sieht überall gleich aus.«

»Dir geht es offensichtlich nicht so.«

Jennifer warf den Kopf zurück und fuhr sich mit einer Hand durch das Haar. »Ich bin jetzt Australierin. Ich denke und handele wie sie. Ich habe fast dreißig Jahre hier verbracht, auf diesem einen Flecken Land. Ich bin fünfzig. Wenn ich in England geblieben wäre, wäre ich bleich und gelähmt vor Langeweile. Ich habe mir nie gewünscht, den einfachen Weg zu gehen.«

Cassie sah die ältere Frau voller Bewunderung an. »Geben manche dieser Menschen klein bei? Ich glaube, daß widrige Umstände zwei entgegengesetzte Reaktionen hervorrufen können. Die eine besteht darin zusammenzubrechen. Die andere darin, stärker zu werden.«

»Natürlich reagiert nicht jeder positiv darauf. Hier geschehen Dinge, die einem das Herz brechen können. Siebenjährige Dürren können fast jeden zugrunde richten und ihm den Mut rauben. Alles, was man mit seinem eigenen Schweiß und Blut aufgebaut hat, sämtliche Träume und alles andere, aus und vorbei. Die Kinder tot. Die Liebe auf eine harte Probe gestellt und dabei herausgefunden, daß sie einiges zu wünschen übrigließ. Im Busch herrschen Einsamkeit und Gewalttätigkeit. Dir wird nicht alles gefallen, was du hier zu sehen bekommst.«

»Verschließt du die Augen davor?«

Jennifer schüttelte den Kopf. »Nein, das gehört zum Leben. Natürlich sind die Frauen diejenigen, die am übelsten dran sind. Sie werden allein zurückgelassen, wenn ihre Männer auf einen sechsmonatigen Viehtrieb gehen, und sie bekommen keinen anderen Menschen zu sehen – manchmal über Jahre.« Sie lachte. »In diesem Land herrscht krasser Individualismus, soviel steht fest.«

Steven und Blake betraten gemeinsam die Veranda.

»Die Sonne ist schon weit über den Zenit hinaus«, sagte Steven. »Was trinkst du, Cassie?« Er beugte sich hinunter, um Jennifer auf die Wange zu küssen, und dann blieb er mit einer Hand auf ihrer Schulter stehen.

Blake, der in der Tür stand, sagte: »Wir brechen im Morgengrauen auf.«

»Nur ihr beide?«

»Nur wir beide. Ich reite mit ihr raus, um ihr das Lager der Viehtreiber zu zeigen, damit sie sich eine Vorstellung vom Leben im Busch machen kann. Wir sind zum Abendessen zurück.«

Es war trotz der Hitze ein märchenhafter Morgen. Scharen von Känguruhs sprangen mit Leichtigkeit über Zäune.

Blake wies nach Westen, und dort entdeckte Cassie Dutzende von Emus, die über das Land rannten. »Sie laufen schneller als Pferde«, sagte er, »und Emuväter bilden eine seltsame Ausnahme in der Vogelwelt. Sie sitzen auf den Eiern und brüten die Jungen aus, aber sie sind scheu. Sie fürchten sich vor allem.«

Cassie sagte kein Wort; sie war vollauf damit beschäftigt, sich umzusehen.

»Hast du schon gewußt, daß Australien nicht nur die älteste Landmasse, sondern auch der flachste Kontinent auf Erden ist?«

»Das glaube ich sofort«, sagte Cassie.

Als sie weiterritten, verhielt Blake sich stumm, damit sie die Umgebung in sich aufnehmen konnte. »Ich habe noch nie so viele Vögel gesehen«, sagte Cassie nach einer Weile.

»Du bist noch nie weiter oben im Norden gewesen? In Darwin und Kakadu? Da gibt es die meisten Vögel. Irgendwann werde ich dich dorthin mitnehmen. Kein anderer Ort läßt sich damit vergleichen. Dort jagen wir auch eines Tages Krokodile.«
Cassie lächelte. »Aber ist dir denn nicht klar, daß dieser Ort hier sich mit keinem anderen auf Erden vergleichen läßt?«
»Da ist man doch gleich stolz darauf, Australier zu sein, oder nicht?«
»Mir ist es immer ein bißchen peinlich gewesen, Australierin zu sein, als käme ich aus einem Land, an dem nichts weiter dran ist – ein paar kleine Städte an der Küste und im Landesinnern nichts anderes als Wüste. Und jetzt muß ich feststellen, daß ich mich von Anfang an getäuscht habe. Es gehört zum Großartigsten, was ich je gesehen habe.«
Blake grinste, als er sie ansah. »Und dabei hast du noch fast nichts gesehen. Ich wäre gern derjenige, der es dir zeigt. Den Norden, wie ich schon sagte, die echten Tropen. Bist du in Alice gewesen?«
»In Alice Springs? Nein, und dabei ist es gar nicht weit von hier.«
»Wenn du nicht schon vorher hinkommst, werden wir auf dem Weg nach Darwin dort anhalten. In Darwin ist im Grunde genommen überhaupt nichts los, und so ziemlich die einzigen Menschen, die dort leben, sind Regierungsbeamte. Das Wetter ist fast das ganze Jahr über absolut gräßlich. Die Luftfeuchtigkeit dort könnte ein Schiff versenken, aber man muß den Weg über Darwin nehmen, um nach Arnhem Land und Kakadu zu gelangen.«
»Von diesen Orten habe ich nie auch nur gehört.«
»Es sind Eingeborenenreservate. Fünfundzwanzigtausend Jahre alte Felsmalereien, die für die ältesten Spuren der Zivilisation auf dem Planeten gehalten werden. Die Aborigines könnten durchaus die älteste unberührte Rasse auf Erden sein.«
»Du hast die Zuneigung deiner Mutter zu ihnen geerbt.«
Er schüttelte den Kopf. »Ich weiß nicht, was es ist. Ich habe Freunde unter den Viehhütern, aber wir verstehen einander

nicht, ganz gleich, wieviel Zeit wir auch miteinander verbringen. Ich kann viele Monate lang auf einen Viehtrieb über zweitausendfünfhundert Kilometer gehen und mit den Viehhütern essen und Seite an Seite mit ihnen reiten, aber sie entziehen sich meinem Fassungsvermögen. Ich weiß noch nicht einmal, ob sie mir als Gruppe behagen. Viele von ihnen mag ich als Einzelwesen. Ich vermute, dasselbe könnte man über meinesgleichen sagen. Aber fest steht, daß sie mich faszinieren. Vor allem diejenigen, die noch an ihren Traditionen festhalten, wie die Aborigines oben in Kakadu und in Arnhem Land. Trotzdem kann man nur im Juli oder August dort hingehen. Um diese Jahreszeit ist es verdammt heiß dort, einfach zu heiß. Die Schwüle würde dich umhauen.«

Sie waren von Hunderten und Tausenden von Vögeln umgeben.

»Die apfelgrünen Vögel mit dem leuchtenden Rot auf den Flügeln sind eine Papageienart«, erklärte er ihr. »Diese kleinen leuchtendgrünen mit den gelben Köpfen und den gelben Flügelspitzen sind eine andere kleine Papageienart, die in der Grassteppe lebt.«

»Für mich sehen sie wie Wellensittiche aus.«

»So nennt man sie in den Vereinigten Staaten. Diese grauen mit dem hellgelben Gesicht und der hellgelben Brust sind natürlich Nymphensittiche, aber ich nehme an, das weißt du, da man sie überall sieht, im ganzen Land.«

Cassie nickte.

»Und dieser blaue Vogel dort – siehst du, sein Rücken ist pfauenblau und grün, und die Bauchseite ist bräunlich, das ist ein Eisvogel. Auch ihn gibt es überall im Land, ihn und den Rotrücken-Eisvogel.«

»Und was sind das für Vögel, diese schönen, die grau und rosa sind und solchen Lärm veranstalten?«

»Das sind Galahs, eine Kakaduart.«

Ah, danach war also die Klatschsendung für Frauen im Radio benannt worden, wurde Cassie klar.

Eine Eidechse, die etwa einen Meter achtzig lang war, schlitterte wenige Meter vor ihnen vorbei.

»Igitt, wie häßlich.«
»Das ist ein Leguan. Wahrscheinlich will er zu diesen Bäumen dort hinten. Er wird mit einem Satz hinaufspringen. Sie sind nicht allzu gefährlich. Die einzigen Tiere, die man in diesem Teil der Welt fürchten muß, sind Schlangen, Dingos und ein paar Spinnenarten.«
Nur wenige Bäume waren zu sehen.
»Fürchtest du je, du könntest dich verirren?« fragte Cassie, die sich umsah.
Blake griff seinem Pferd in die Zügel, und auch Cassie hielt an. Er streckte eine Hand aus, legte sie auf ihren Arm und beugte sich herüber, um sie zu küssen.
»Hier draußen nicht. Ich bin nie auf den Gedanken gekommen, ich könnte mich verirren. Aber mein Herz ist dabei, mir abhanden zu kommen.« Er küßte sie noch einmal.
Als sie seufzte, lachte er. »Du bist verdammt noch mal die schönste Frau, die mir je begegnet ist. Ich begehre dich. Allmächtiger Gott, Cassandra Clarke, wie sehr ich dich begehre.«
Er trabte weiter, und Cassie holte ihn ein, als sie in eine Gegend kamen, in der es von Hunderten von kleinen spitzen Erhebungen wimmelte.
»Sieh dich vor den Ameisenhügeln vor«, sagte Blake.
»Ameisenhügel?«
»Es gibt Millionen von Ameisenhügeln im ganzen Land. Jeder Hügel beheimatet etwa zwei Millionen Ameisen.«
Cassies Mund sprang auf.
»Millionen und aber Millionen von Ameisenhügeln. Hier in der Gegend sind sie nur einen guten halben Meter bis einen guten Meter hoch, aber wenn man weiter nach Norden in die Tropen kommt, können sie eine Höhe von zwei Metern und noch mehr erreichen.« Er griff seinem Pferd in die Zügel, um neben Cassie herzureiten. »Jeder dieser Erdhügel ist durch den Verdauungstrakt von Millionen und aber Millionen von Termiten gegangen, die diese Hügel aus Erde und ihren eigenen Körperausscheidungen erbaut haben, bis diese widerstandsfähigen Bauten jeden tropischen Monsun oder einen

Wirbelsturm überstehen können. Sie sind so stabil wie Beton. Stoß nicht dagegen.«

Plötzlich hörte sie das Donnern von Hufen. Blake hob die Hand und signalisierte ihr damit, daß sie anhalten sollten. Vor ihnen, vielleicht nur fünfzehn Meter entfernt, raste mit wehenden Mähnen ein Pferderudel.

»Ungezähmte Brumbies«, erklärte Blake. »Wildpferde. Sie sind vor langer Zeit gezähmt worden, aber einige von ihnen sind fortgelaufen und wieder verwildert und haben sich fortgepflanzt. Jetzt können sie die meisten Reiter mühelos abhängen und sind nicht leicht einzufangen.«

»Warum sollte sie jemand einfangen wollen?«

»Sie stellen inzwischen eine Bedrohung dar. Sie grasen mehr Weideland ab und fressen mehr Viehfutter weg als Rinder.«

Sie ritten noch ein paar Kilometer weiter durch die Ameisenhügel, und dann sah Cassie einen großen Tank. »Was ist das?« fragte sie.

»Dort lagern wir das Wasser aus dem Bohrloch.«

»Bohrloch?«

»Rinder können nur etwa acht Kilometer von einem Wasserbehälter zu ihrem Futter laufen«, erklärte Blake, während sie langsam weiterritten. »Daher graben wir Bohrlöcher, manchmal Tausende von Fuß tief, um Wasser von den artesischen Brunnen zu bekommen und es für die Rinder in großen Behältern zu lagern. Um jeden Tank herum wird der Boden mit der Zeit von Hufen pulverisiert, da sich die Rinder dort in Scharen drängen, um an das Wasser zu kommen. Nachdem sie um die Tanks herum in immer größer werdenden Kreisen sämtliches Futter gefressen haben, müssen die Rinder auf neue Weiden gebracht werden, damit das Land sich regenerieren kann. Wir könnten hier nichts züchten, wenn die Brunnen nicht wären. Dieser ganze Teil von Australien treibt über unendlichen Wasservorräten, aber das Wasser ist so tief unter dem Boden, daß es ein Vermögen kostet, danach zu bohren. Und oft ist es so salzhaltig, daß es die Rinder zwar saufen, es für Menschen aber unbekömmlich ist.«

Er trieb sein Pferd zu einem leichten Galopp an. »Komm schon. Wir sind fast da.« Er ritt bis zum Lager vor ihr her. Cassie sah Rauchfahnen in die Luft aufsteigen. Als sie näher kamen, hielt Blake und wartete, bis sie ihn eingeholt hatte. »Was weißt du über das Brandmarken?«
»Nicht viel«, sagte Cassie. »Ich habe Western gesehen, in denen sie die Rinder mit einem Lasso fangen, sie auf den Boden werfen und ihnen ein Brandeisen auf die Stirn drücken. Es ist gräßlich.«
»Es ist notwendig«, sagte Blake. »Auf diesem weiten, uneingezäunten Land könnte Vieh, das kein Brandzeichen trägt, spurlos verschwinden. Das passiert ohnehin, aber wenigstens hilft es. Es ist nicht lange schmerzhaft für die Tiere.«
»Woher weißt du das?« fragte Cassie. Sie waren jetzt nahe genug herangekommen, um die Rufe der Männer und das Muhen der Rinder zu hören, die in Koppeln eingepfercht waren. »Das Brandmarken erfordert auf jedem unserer Außenposten fünf bis sechs Wochen, bis alle erfaßt sind«, sagte Blake, als sie auf die Gruppe der Viehhüter zu ritten.
»Siehst du diesen Mann dort, der mit dem Kalb ringt? Für das Tier ist es seine erste Begegnung mit einem menschlichen Wesen. Es fürchtet sich. Es weiß nicht, was es von ihm zu erwarten hat.«
Sie blieben auf ihren Pferden sitzen und sahen zu. »Zuerst werden die Kälber, die noch nicht gebrandmarkt sind, von der Herde abgesondert. Gewöhnlich fängt man sie mit dem Lasso ein, genauso, wie du es in Filmen gesehen hast. Dann werden sie in Koppeln eingepfercht, diesen umzäunten Geländen, die du hier überall siehst. Eine Gruppe von Männern – ach, komm doch einfach mit, und wir sehen uns das Ganze aus der Nähe an.« Er sprang von seinem Pferd, ging auf Cassie zu und streckte die Arme aus, um ihr beim Absteigen behilflich zu sein.
Er führte sie dahin, wo die Kälber gebrandmarkt wurden. Zwei Männer hatten ein Kalb auf den Boden geworfen, und einer hielt es an einem Bein fest, und der andere hatte sich

ein Knie um den Nacken gelegt. Mit einem Gerät, das wie ein riesiger Hefter aussah, knipste einer der Männer dem Tier einen Knopf ins Ohr. Sowie er damit fertig war, schnitt ein vierter Mann dem Kalb die Hoden ab. Das Tier brüllte. Er war kaum damit fertig, als ein fünfter Mann begann, dem Tier die Hörner abzusägen, und dabei wurde das Kalb, das zuckte und versuchte, den Kopf zurückzuwerfen, von zwei Männern festgehalten. Ein weiterer Mann griff nach dem Brandeisen, das im Feuer lag und selbst im strahlenden Sonnenschein rot glühte. Er zielte sorgsam, um die hintere Flanke des Kalbs zu erwischen, und Cassie konnte das Brutzeln riechen, während sie das Kalb vor Schmerz und Wut schreien hörte. Die Männer, die es festgehalten hatten, ließen es jetzt los, und das Tier bäumte sich auf, schnaubte, sackte zusammen und trat mit den Füßen um sich.

Blake ließ sie stehen und ging auf einen der Männer zu, um mit ihm zu reden. Hier ging es lautstark zu; Sporen klirrten, Männer riefen einander etwas zu, und Rinder muhten. Es roch nach Schweiß und verbranntem Fell. Über alledem stand die Sonne wie ein Feuerball. Cassie bekam einen Eindruck davon, was damit gemeint war, wenn die Leute davon sprachen, der Busch sei eine reine Männerwelt. Hier draußen war kein Platz für eine Frau.

Sie sahen über eine Stunde zu, ehe Blake sagte: »Komm, laß uns einen Happen essen. Wie ich sehe, hat der Koch das Mittagessen fertig.«

Der Koch und der Mann, der mit den Kälbern rang, ehe sie zu Boden geworfen werden konnten, waren die beiden einzigen Weißen. Alle anderen waren Aborigines, die ihre Arbeit mit Geschick und Ernst betrieben. Zum Mittagessen gab es Rindfleisch, das langsam über Holzscheiten geröstet worden war, dazu heißes Brot aus dem Ofen des Lagers, nicht etwa flaches, ungesäuertes Brot, sondern richtige Brotlaibe. Und Tee. Außerdem gab es den Staub, die Ameisen und die Fliegen, von denen alles bedeckt war.

Cassie sah zu, wie Blake sich am Brandmarken beteiligte. Der

Koch sagte zu ihr: »Nicht ein einziger von denen kann Blake das Wasser reichen.«
Um drei Uhr sagte Blake: »Wir sollten uns jetzt besser auf den Rückweg machen, wenn wir das Abendessen nicht verpassen wollen.«
»Du würdest eigentlich viel lieber hier draußen bei den Männern bleiben, stimmt's?«
Er half ihr aufs Pferd, ehe er selbst aufsprang. »Ganz und gar nicht. Ich bin gerade erst zurückgekommen, nachdem ich all das fast sechs Wochen lang mitgemacht habe. Es macht mir Spaß, das gebe ich gern zu, aber jetzt bin ich für die Annehmlichkeiten der Zivilisation äußerst empfänglich.«
Cassie war müde, da sie soviel Bewegung und Sonne nicht gewöhnt war.
»Sowie wir nach Hause kommen, werden wir schwimmen gehen. Das wird dich wieder munter machen«, sagte Blake.
»Bist du denn gar nicht müde?« fragte sie.
»He, dasselbe tue ich wochenlang hintereinander den ganzen Tag. Ich bin das Leben im Freien gewohnt.«

Jennifer und Steven kamen gerade aus dem Swimmingpool. Cassie verspürte eine ausgeprägte Neigung, sich in ihr Bett fallen zu lassen, doch statt dessen ging sie zum Pool, und Blake hatte recht. Das Schwimmen wirkte aufmunternd und belebend auf sie. Sie tauchte tief unter und hoffte, es würde den Staub einfach aus ihrem Haar spülen. Blake schwamm auf sie zu und nahm ihre Hand. Sein kastanienbraunes Haar lockte sich, wenn es feucht war, und seine blauen Augen leuchteten noch mehr als sonst. »Dir ist doch klar, Cassandra Clarke«, sagte er, gab ihr einen Kuß und zog sie so eng an sich, daß sie durch ihre nassen Badesachen fühlen konnte, wie steif er war, »daß es, wenn wir beide Liebe miteinander machen, so sein wird wie nichts anderes, was einer von uns beiden bisher je erlebt hat?«
»Blake, laß das, bitte …«
»Und wenn dieser Zeitpunkt kommt, wirst du dich nicht fürchten. Nicht vor mir, nicht vor dem Sex und nicht vor der Liebe.«

TEIL II

September 1939–Februar 1942

21

Jetzt verstand Cassie, was mit der nassen Jahreszeit gemeint war. Wenn es regnete, dann regnete es.

Während der Funksprechstunde am Nachmittag meldete sich der Polizeichef von Marriott, einer Stadt, die zweihundertfünfzig Meilen weiter östlich lag.

»Wir haben etwa vierzig Meilen nördlich von hier einen Verletzten«, sagte er. »Einen Mann mit einer Schußwunde in der Brust. Er blutet wie eine angestochene Sau, hat man mir gesagt. Sie können ihn nicht transportieren. Er war noch am Leben, als sie sich gemeldet haben.«

Cassie reichte Sam das Mikro. »Finde heraus, wie wir dort hinkommen können, und wir brechen sofort auf.«

Sam sah auf seine Armbanduhr. »Wahrscheinlich können wir es schaffen, vor Einbruch der Dunkelheit dort anzukommen. Macht es dir etwas aus, wenn wir heute abend nicht zurückfliegen?«

Als Cassie den Kopf schüttelte, ließ er sich eine Wegbeschreibung geben.

»Sie werden den Landeplatz außerhalb der Stadt anfliegen müssen«, sagte der Polizist. »Von dort aus fahren wir Sie hin. Es ist völlig ausgeschlossen, dort draußen in diesem Dickicht zu landen.«

»Seien Sie in zwei bis drei Stunden da«, sagte Sam. Er wandte sich an Cassie. »Bist du soweit?«

Sie nickte und lief schon auf das Flugzeug zu. Sie wußte, daß er es am frühen Nachmittag einer Inspektion unterzogen hatte, nachdem sie um die Mittagszeit von einer Sprechstunde zurückgekehrt waren.

Die Wolken bedeckten den Himmel zwar mit einem bedrohlichen Zinngrau, doch sie waren hoch genug, und daher bereitete es keine Probleme, unter der Wolkendecke zu fliegen. Sam konnte während des gesamten Flugs der Straße nach Marriott folgen. Cassie schlief. Regen prasselte auf das Flugzeug, als sie den kleinen Flugplatz anflogen.

»Der Flugplatz ist in einem erstklassigen Zustand«, sagte Sam. Sie waren bereits zweimal in Marriott gewesen und hatten Polizeichef Lewis kennengelernt. Er war ein großer, stämmiger Mann, der selten lächelte und doch eine sanfte Stimme hatte. Er erwartete sie bereits. »Ich habe etwa eineinhalb Stunden, ehe ich mit Ihnen geredet habe, davon erfahren. Es wird schon dunkel sein, wenn wir dort ankommen.«

Sie stiegen in seinen Wagen. Cassie setzte sich auf den Rücksitz, und er ließ den Motor augenblicklich an. »Ich habe ein paar belegte Brote eingepackt«, sagte er. »Ich hatte befürchtet, es könnte wieder anfangen zu regnen, ehe Sie hier ankämen. So ein verfluchtes Wetter. Im Sommer kann man auf den Steinen Eier braten, und im Frühjahr schwimmt man weg.«

»Was ist passiert?« fragte Sam.

»Wer weiß? Um diese Jahreszeit haben wir immer mehr Mord und Totschlag, mehr geschlagene Ehefrauen und Vergewaltigungen. Vor allem bei Vollmond, selbst dann, wenn der Mond nicht hinter den Wolken hervorkommt.«

Die Straße war voller Schlaglöcher und vom Regen glitschig und aufgeweicht.

»Es ist eins der Gehöfte, auf denen es einen Verwalter gibt, aber keine Familie, keine Frauen. Hier draußen kriegen wir immer viele Anrufe. Diese Viehhüter langweilen sich eben, oder sie werden zappelig und gehen einander auf die Nerven.«

Sie brauchten eindreiviertel Stunden, um durch den Regen, der auf das Dach des Wagens trommelte, die zweiundvierzig Meilen zurückzulegen. Als sie ankamen, war es dunkel. Ein einzelnes Licht wies darauf hin, wo das Haus stand.

Polizeichef Lewis ging voraus auf die Veranda und durch die offene Tür in ein kleines Zimmer, in dem nur eine einzige

Kerosinlampe brannte. Zwei junge Männer standen neben dem Patienten, der in einer Blutlache auf dem Fußboden lag. Cassie kniete sich hin. Es war eine schlimme Verletzung; der junge Mann war blaß und stand unter Schock, und sein Atem ging zu schnell. Sie fühlte ihm den Puls. »Einundvierzig», sagte sie laut.

»Ist das schlimm?« fragte der Polizist.

»Und so, wie es aussieht, wird es noch schlimmer werden«, sagte Cassie. »Er liegt im Koma.« Sie schaute zu den beiden jungen Männern auf, die immer noch dastanden.

»Wie lange ist er schon bewußtlos?«

Sie sahen einander an, und einer von ihnen zuckte die Achseln. »Keine Ahnung. Wir haben ihn angeschrien und gekniffen, aber er hat nicht reagiert.«

Cassie legte einen Knöchel auf sein Brustbein und drückte fest zu.

»Was soll das bewirken?« fragte Polizeichef Lewis.

»Das verursacht Schmerz, falls er überhaupt etwas empfindet, aber er reagiert nicht im geringsten darauf. Wenn wir nichts tun können, ist es um ihn geschehen.«

»Was soll das heißen?« fragte einer der jungen Männer.

Cassie sagte: »Ich muß ihn operieren.«

»Hier?« fragte der Polizist.

»Hier«, sagte Cassie.

»Kommt schon, Leute«, sagte Sam. »Helft mir, hier saubezumachen.«

»Selbst dazu bleibt uns keine Zeit«, sagte Cassie. »Ich muß die Operation sofort vornehmen. Können Sie Wasser für mich abkochen? Ich brauche welches. Gibt es noch eine zweite Lampe?« Sie wandte sich an Sam. »Ich muß es hier auf dem Boden tun. Ich glaube nicht, daß er auch nur hochgehoben werden sollte.«

Sam nickte. »Wasser«, sagte er noch einmal zu den jungen Männern, die sich nicht von der Stelle gerührt hatten.

»Ich muß mir die Hände waschen, ehe ich anfange«, sagte sie, obwohl ihre Gummihandschuhe steril waren. Es trieb sie zur

Verzweiflung, unter solchen Bedingungen operieren zu müssen, und doch konnte sie spüren, wie das Adrenalin bereits zu fließen begann und Energie sie durchströmte.
»Ich weiß nicht, wo noch eine andere Lampe ist«, sagte der junge Mann, der dageblieben war.
»Ich habe eine Taschenlampe im Wagen«, sagte der Polizeichef Lewis.
Das war immerhin besser als nichts.
Sam kniete sich neben sie und flüsterte: »Du bist nervös, stimmt's?«
Sie nickte.
»Du schaffst es, Doc. Ich weiß, daß du es schaffen kannst.«
»Er hat schon soviel Blut verloren.«
»Wenn ihn jemand retten kann, dann bist du es.«
Cassie öffnete ihre Arzttasche und begann mit den Vorbereitungen.
Innerhalb von fünfzehn Minuten war sie dabei, den Eingriff vorzunehmen. Die beiden jungen Männer verließen das Zimmer, aber zu Polizeichef Lewis sagte Cassie: »Ich werde Ihre Hilfe brauchen. Waschen Sie sich die Hände.«
Sie reichte Sam den Äther und eine Gazemaske und sagte: »Du brauchst ihn nicht zu betäuben, nur dann, wenn es scheint, als käme er zu Bewußtsein. Aber du wirst mir bei der Operation helfen müssen.«
Sie machte einen langen Schnitt vom Brustbein bis mitten in die Achselhöhle. »Und jetzt müssen Sie die Knochen zurückziehen, und damit meine ich, daß ihr wirklich fest von beiden Seiten an den Rippen ziehen müßt, damit ich sehen kann, was los ist.«
Die beiden Männer sahen erst sie und dann einander an, ehe sie sich in dem schwachen Lichtschein neben sie auf den Boden knieten. »Macht schon, zieht!«
Sie zogen. »Ich muß versuchen, dort hineinzusehen«, sagte sie, als sie die Haut zur Seite hielten. »Zieht diese Knochen zurück.«
Endlich sah sie, daß eines der großen Blutgefäße, die Aorta,

von der Kugel aufgeschlitzt worden war. »O Gott«, sagte sie. »Da ist eine enorme Blutmenge, die ich absaugen muß. Haltet weiterhin diese Knochen fest. Zieht sie auseinander!« Sie glaubte nicht, jemals zuvor soviel Blut gesehen zu haben.
Als sie soviel wie möglich aufgetupft hatte, nähte sie die Aorta zu. »Okay«, sagte sie zu Sam und Polizeichef Lewis. »Jetzt könnt ihr loslassen. Ich glaube, daß er zuviel Blut verloren hat. Sam, miß ihm den Blutdruck.«
Sam griff nach der Manschette und dem Stethoskop, wickelte die Manschette um den linken Arm des Patienten und pumpte sie auf. »Der Blutdruck sinkt schnell«, sagte er.
Cassie nickte. »Sein Puls rast so sehr, daß er unregelmäßig schlägt.«
Die drei knieten immer noch auf dem Boden und starrten den Patienten an. Schließlich stand der Polizeichef auf. »Meine Knie spielen auf diesem harten Boden nicht mehr mit.«
Als Cassie ihn ansah, stellte sie fest, daß das Herz des Patienten stehengeblieben war. »O Jesus«, flüsterte sie. »Ich muß das Herz massieren.«
»Es massieren?« fragte der Polizist, und seine Stimme klang, als könnte es ihm augenblicklich übel werden.
Cassie legte eine Hand auf das Herz, packte es und quetschte es wie einen Tennisball. »Ich muß achtzigmal in der Minute zudrücken.« Die Anstrengung, die das erforderte, ließ sie jetzt selbst kurzatmig werden. »Sam, in meiner Tasche ist noch ein Gummihandschuh. Zieh ihn an, und lös mich ab. Ich halte es nicht durch.«
Er griff nach dem Handschuh, zog ihn an und beobachtete ihre Handbewegungen. »Okay«, sagte er. »Rück rüber.«
»Vielleicht kriegen wir es wieder in Gang«, sagte sie.
Zwanzig Minuten lang wechselten sie sich ab, und dann sagte sie: »Hör auf, Sam.«
Es herrschte Stille im Raum.
»Wenn wir Blut hätten *und* wenn wir in einem Krankenhaus wären, hätte er vielleicht eine Chance gehabt, aber er hat zuviel Blut verloren.«

»Sie meinen …?« Polizeichef Lewis beendete den Satz nicht.
»Ja«, sagte Sam, »er ist hinüber.«

Polizeichef Lewis bot von sich aus an, sie über Nacht in seinem Haus unterzubringen. »Sie werden auf dem Sofa schlafen müssen«, sagte er zu Sam.
»Das wäre nicht das erste Mal.«
Sie schwiegen auf der Rückfahrt durch den Nieselregen nach Marriott. Cassie schloß die Augen, konnte aber nicht schlafen. Keiner von ihnen aß die belegten Brote, die der Polizeichef mitgebracht hatte.

Am Morgen vor dem Abflug nahm Sam den Funkkontakt zu Horrie auf. »Oh, oh«, sagte er zu Cassie. »Das solltest du dir besser anhören.«
»Ich habe einen Ernstfall gemeldet bekommen« sagte Horrie, und sie konnte ihn durch die atmosphärischen Störungen kaum verstehen. »Das wird euch gar nicht gefallen.«
Sam und Cassie sahen einander an. »Er kommt von Milton Crossing, vier- bis fünfhundert Kilometer nordwestlich von da, wo ihr seid. Ein Kind schwebt in großer Gefahr. Folgende Symptome sind aufgetreten.« Cassie erkannte deutlich, daß er von einem Blatt Papier ablas. »Gestern nachmittag ist es dem Baby noch gutgegangen, und dann haben urplötzlich Übelkeit, Erbrechen, Durchfall und Fieber eingesetzt. Um Mitternacht war es dann krank, schwach und weinerlich. Um drei Uhr morgens hat es noch mehr Kraft verloren und war apathisch, ganz gleich, ob die Mutter es im Arm gehalten hat oder nicht. Heute morgen ist sein Mund gelblich und faltig. Seine Augen sind eingesunken, und die Haut hängt sozusagen an ihm herunter.«
»Mein Gott«, sagte Cassie. »Zwei Tage genügen, um ein Kind zu töten, wenn es nicht mit genügend Flüssigkeit versorgt wird. Zum Glück haben wir immer alles dabei, was wir zur intravenösen Versorgung brauchen.«
»Das Kind behält absolut keine Flüssigkeit bei sich«, sagte

Horrie. »Und ich habe noch schlechtere Nachrichten. Unwetter haben elektrische Leitungen heruntergeholt. Die gesamte Gegend ist überschwemmt. Ich weiß nicht, ob ihr auch nur irgendwo in der Nähe landen könnt. Sam, du weißt doch, wo Milton Crossing ist, nicht wahr?«

»Ja«, sagte Sam. »Vor ein paar Monaten sind wir dort hingeflogen, um eine schwangere Frau ins Krankenhaus zu bringen.«

»Könnt ihr in Marriott genug Benzin bekommen, um dort hinzufliegen?«

»Ganz bestimmt«, sagte Sam. Er sah Cassie an und warf dann einen Blick auf seine Armbanduhr. »Wir brechen augenblicklich auf. Ich nehme in genau vier Stunden die Verbindung zu dir auf. Sag auf dem Gehöft Bescheid, damit sie dann auf derselben Frequenz sind.«

»Sonst noch irgendwelche Notfälle?« fragte Cassie.

Horrie lachte. »Was tätest du, wenn es so wäre?«

Sam legte den Hörer auf, wandte sich zu Cassie um und sah sie an. »Laß uns diese belegten Brote holen, die wir gestern abend nicht gegessen haben, und außerdem noch eine Thermosflasche Kaffee.«

Ein feiner Nieselregen ließ sie während der gesamten drei Stunden tief fliegen, aber von hundertachtzig Metern aufwärts bereitete es Sam keine Schwierigkeiten, den Weg zu finden. Schließlich hörte es dann auf zu regnen, doch sie konnten sehen, daß die Gegend unter ihnen überschwemmt war.

»Ich weiß nicht, wo zum Teufel wir landen sollten«, sagte er. Milton Crossing lag an einem Flußufer, und selbst aus hundertachtzig Metern Höhe konnten sie sehen, daß der Fluß toste und daß die Felder mit braunem Wasser überschwemmt waren.

»Es gibt keine Landemöglichkeit«, sagte Sam, als er das Funkgerät einschaltete und auf die Frequenz der Zentrale ging, auf der Horrie seinen Anruf erwartete.

»Jede Landung hier in der Nähe ist ausgeschlossen«, sagte

Sam. »Die nächste freie Fläche, die nicht überschwemmt ist, muß zehn Meilen weit entfernt sein.«
Horrie sagte, er würde sie mit dem Gehöft verbinden, und dann könnte Sam gemeinsam mit den Leuten entscheiden, was sie am besten tun sollten.
»Zwölf Meilen weiter im Nordwesten ist ein Hügel«, sagte Clive Young, der Besitzer von Milton Crossing. »Er ist oben flach, und Sie sollten dort landen können. Ich habe schon ein paar von meinen eingeborenen Fährtensuchern hingeschickt, damit sie Sie dort erwarten. Sie werden laufen müssen, aber alles andere ist überschwemmt.«
»Zwölf Meilen!« sagte Cassie.
Sam drehte sich zu ihr um und zog eine Augenbraue hoch. »Ich kann es schaffen. Wie es mit dir ist, weiß ich nicht.«
Cassie sagte kein Wort.
»Dort ist der Hügel«, sagte Sam und deutete hin. »Am falschen Flußufer.«
»Wir müssen den Tropf und alles für die intravenöse Versorgung zum Haus tragen.«
»Ausgeschlossen«, sagte Sam.
Cassie wußte, daß er recht hatte. Sie konnte sich nicht vorstellen, daß diese Dinge in einem brauchbaren Zustand im Haus angelangt wären, nachdem sie sie zwölf Meilen weit durch Schlamm und Gestrüpp geschleift hatten.
Die Kuppe machte den Eindruck, als sei sie eigens als Landebahn erschaffen worden. »Die ebene Strecke ist kürzer, als es mir behagt. Halt dich fest. Ich werde abrupt bremsen müssen.« Sam flog die Hügelkuppe an, als sei er es seit langem gewohnt.
Schon ehe er die Tür öffnete, war das Flugzeug von einem Dutzend Schwarzer umgeben, die alle barfuß und klatschnaß waren.
»Wir können unsere Schuhe ebensogut gleich hierlassen«, murmelte Sam, während er sich die Schuhe von den Füßen trat und Cassies Arzttasche schnappte. Sie bückte sich und schnallte ihre Sandalen auf, und dabei war sie froh darüber,

daß sie in diesem Klima nie Strümpfe trug. Sie machten sich auf den Weg und liefen hinter den Aborigines her durch Schlamm und Gestrüpp, bis Cassie nicht nur durchweicht war, sondern zudem noch ihre Arme von Kratzern bedeckt waren. Das Haar klebte ihr am Kopf. Die Aborigines blieben niemals stehen. Nach einer Stunde war Cassie so müde, daß sie sich fragte, ob sie auch nur noch einen Schritt laufen konnte, doch sie forderte die Männer nicht auf, stehenzubleiben oder langsamer zu laufen. Sam, der das Rücklicht bildete, fragte: »Ist alles in Ordnung mit dir?«

Sie nickte, da sie zu erschöpft war, um ihm eine Antwort zu geben. Ihre Füße waren von Zweigen und Wurzeln zerschrammt. Ihr Rock und ihre Bluse klebten an ihrem Körper. Nach Ablauf der zweiten Stunde sagte sie: »Sam, ich muß einfach eine Pause machen. Und wenn es nur ein oder zwei Minuten sind. Ich kann keinen Schritt weiterlaufen.«

»Okay«, sagte er und rief den Fährtensuchern zu: »Bleibt mal einen Moment stehen.«

Aber von hier aus konnten sie den Fluß hören, und daher wußte sie, daß sie es fast geschafft hatten. Sam sagte: »Ich sehe mich mal um. Warte ein paar Minuten hier.«

Nach zehn Minuten kam er zurück. »Der Fluß ist etwa achtzig Meter breit. Normalerweise sind es wahrscheinlich keine zwei Meter. Ich schätze, das Wasser ist etwa einen Meter zwanzig tief. Kannst du schwimmen?«

»In einem Swimmingpool bin ich eine ziemlich gute Schwimmerin.«

Er lachte. »Ich habe einem der Männer die Arzttasche gegeben, damit nicht die geringste Chance besteht, daß sie in den Fluß fällt. Komm schon«, rief er und streckte eine Hand aus, um sie von dem Baumstumpf hochzuziehen, auf dem sie saß.

»Gibt es Krokodile?« fragte Cassie.

»Ich habe einen der Männer danach gefragt. Er hat gesagt: ›Oh, nein, Boß, nicht viele.‹ Doc, wir müssen unsere Kleider ausziehen und sie rübertragen. Jetzt krieg mir bloß keinen Anfall. Kleidungsstücke können uns behindern, falls wir von der

Strömung mitgerissen werden. Dein Rock ist das reinste Hindernis. Niemand wird hinsehen.«
»Woher weißt du das? Wenn niemand hinsieht, woher sollen sie dann wissen, ob mir was passiert?«
»Also gut, niemand wird lüsterne Gedanken hegen, was hältst du davon? Wir sind alle darauf versessen, es auf die andere Seite zu schaffen, und nicht darauf, dich anzusehen.«
Wie kam es bloß, daß sie so viele Patienten ansehen konnte, Männer und Frauen, ohne sie je auch nur einen Moment lang als nackte Menschen zu empfinden, und daß sie doch von einer derartigen Scheu gepackt wurde, wenn es darum ging, vor den Augen anderer ihre eigenen Kleider abzulegen?
»Die Unterwäsche kannst du anbehalten«, sagte Sam grinsend. »Die wird dich schon nicht behindern.«
Cassie schaute auf das Wasser, das so schnell floß, und sie fragte sich, wie jemand dort das Gleichgewicht behalten konnte. Die Hälfte der Aborigines war bereits durch den Fluß gewatet und hatte das andere Ufer erreicht. Sechs von ihnen standen am Ufer und streckten die Hände aus.
»Sie werden eine Kette bilden, und wir werden einander an den Händen halten, bis wir drüben angekommen sind. Sieh mal, Doc, ich bin hier, direkt neben dir. Ich passe schon auf, daß dir nichts passiert.«
»Wie kommst du auf den Gedanken, daß ich mich fürchte?«
»Du wärst verrückt, wenn du dich nicht fürchten würdest.«
»Fürchtest du dich?«
Sam zog sich gerade das Hemd aus. »Ich bin doch nicht verrückt. Ich habe gesunden Respekt vor der Natur. Es sieht ganz so aus, als könnte das Spaß machen, findest du nicht auch? Hast du keinen Spaß an Herausforderungen?«
Sie begann, ihre Bluse aufzuknöpfen. »Doch, vielleicht schon.« Sie nahm tatsächlich wahr, daß ihre Sinne sich verschärften, und sie verspürte sogar eine gewisse Faszination. Vielleicht hatte es seine guten Seiten, gefährlich zu leben.
Sam stieg aus seiner Hose, packte sie in sein Hemd und schnürte es zu einem Bündel. »Mach dir einfach vor, es sei ein Bade-

anzug«, sagte er zu ihr. »Hier, ich kann deinen Rock und deine Bluse in mein Bündel packen. Ich trage die Sachen. Die Strömung ist stark. Halte dich an meiner Hand und an der Hand des schwarzen Kerls fest, der vor dir steht. Er wird dich nicht loslassen, und ich lasse dich auch nicht los.«

Cassie wußte, daß Sam sie trotz seines Versprechens betrachtete. Damit würde sie sich jetzt nicht aufhalten – sie würde an das Baby denken, das vielleicht sterben könnte, wenn sie es nicht erreichte. An die Eltern denken, die rasend vor Sorge ihr Eintreffen erwarteten. Was Sam anging, so sah er ganz genauso aus, wie sie es sich gedacht hatte: viel zu dürr.

Trotzdem empfand sie es als beruhigend, als seine kräftige Hand ihre packte und sie festhielt, und sie streckte die andere Hand nach dem Schwarzen vor sich aus. Auch er umklammerte sie fest. Sie begannen, sich einen Weg durch das schnell strömende Wasser zu bahnen. Der Boden war sandig und glitschig, und sie rang darum, das Gleichgewicht nicht zu verlieren, während sie gegen die Strömung ankämpfte. Sie erschauerte, als ein Stück Treibholz an ihr vorbeischwamm. Es sah aus wie eine Schlange oder ein Krokodil.

Am anderen Ufer stand Clive Young mit einem Schirm und Handtüchern im Regen und erwartete sie. Sowie Cassie aus dem Fluß stieg, hüllte er sie in ein Handtuch und warf Sam ein weiteres zu.

»Das mit dem Wetter tut mir leid«, sagte er.

»Wie geht es Ihrem Kind?« fragte Cassie und preßte das Handtuch, das sie kaum bedeckte, an sich.

»Es lebt«, war alles, was er sagte, als er einem seiner Jungen die Arzttasche abnahm und ihnen zum Haus voranging.

Mrs. Young saß auf einem Schaukelstuhl und schmiegte ihr Baby eng an sich. Sie warf nur einen Blick auf Sam und Cassie und sagte: »Clive, such für die beiden etwas zum Anziehen heraus.«

Der Pullover und die Hose, die er Cassie brachte, waren viel zu groß, doch sie zog die Sachen eilig an und hoffte, sie würde aufhören zu zittern.

Sie wandte sich ihrem Patienten zu. Die Augen des Babys wirkten eingesunken, und die Haut schien vollständig ausgetrocknet zu sein.
»Er behält keinerlei Flüssigkeit bei sich«, sagte Mrs. Young.
»Es ist ein Magen-Darm-Katarrh«, sagte Cassie, nachdem sie das Kind untersucht hatte. »Wir müssen ihm gewaltsam Flüssigkeit einflößen. Wir müssen das Kind zu den intravenösen Vorrichtungen im Flugzeug schaffen. Bis dahin werden wir ihm teelöffelweise Flüssigkeit oral eintrichtern. Wenn es einen Teelöffel nicht erbricht, können wir es mit zwei Teelöffeln versuchen. Aber es muß wirklich an den Tropf gehängt werden.«
Sie schaute Sam an. Er sah ihr in die Augen. Sie wußten beide, daß das bedeutete, durch den Fluß zurückzuwaten, diesmal *mit* dem Baby, und die zwölf Meilen durch Schlamm und Gestrüpp zum Flugzeug zurückzulaufen.
»Es sollte ins Krankenhaus gebracht werden.«
Die Youngs sahen einander an.
»Einer von Ihnen sollte mitkommen«, sagte Cassie.
»Ich hole meine Tasche«, sagte Mrs. Young und legte das Kind auf das Sofa.
»Ich trage es durch den Fluß«, sagte der Vater.
»Sie werden etwas zu essen brauchen.« Mrs. Young sah von einem zum anderen.
Cassie fragte sich, ob sie die geringste Chance hatte, den Rückweg zum Flugzeug zu schaffen, ohne sich zwischendurch auszuruhen.
Sie spürte Sams Hand auf ihrer Schulter, und mit gesenkter Stimme sagte er: »Du schaffst das schon. Ich weiß, daß du es schaffst.«
Sie drehte sich zu ihm um, sah ihn lächelnd an und strich sich das nasse Haar aus den Augen. Clive Youngs Flanellhemd war ein Dreifaches zu groß für Sam, um dessen nackte lange Beine es lose herumflatterte, als er dastand.
»Das ist unfair. Ich habe dich schließlich auch nicht ausgelacht.«

»Das kommt daher, daß du versprochen hast, nicht hinzusehen«, sagte sie.
»Also, um die Wahrheit zu sagen«, sagte er, »ich habe dieses Versprechen gebrochen. Aber mach dir keine Sorgen. Ich werde schon niemandem erzählen, daß du weiblicher bist, als du dich zu geben versuchst.«
Sie wandte sich verlegen von ihm ab.
Clive tauchte mit einem Regenmantel wieder auf.
»Der hilft Ihnen nicht gerade dabei, den Fluß zu durchqueren«, sagte Sam.
»Ich weiß auch nicht, wo ich meinen Kopf habe«, sagte Clive und zog den Regenmantel wieder aus.
Zehn Minuten später sagte Myrna Young: »Ich habe belegte Brote gemacht. Es tut mir leid, daß ich Ihnen nicht mehr anbieten kann.«
»Willst du denn gar nichts essen?« fragte sie ihren Mann.
»Ich mache mir zu große Sorgen, als daß ich etwas essen könnte.«
Sam sagte zu Cassie: »Wir sollten jetzt besser gehen. Es könnte eine ganze Weile dauern, das Flugzeug von diesem Hügel hochzukriegen.«
»Glaubst du, man kann sich seinen Lebensunterhalt auch einfacher verdienen?« fragte Cassie.
Sam erwiderte: »Sag mir eins: Fällt dir irgend etwas ein, was du im Moment lieber tätest? Erzähl mir bloß, dein Leben sei nicht interessanter als das von mindestens neunzig Prozent der Menschheit weltweit.«
Als sie darauf nicht antwortete, fragte er: »Wird dieses Baby überleben?«
»Falls wir es schnell genug mit Flüssigkeit vollpumpen können, ja.«
»Dann sieh es doch einfach so: Wenn du jetzt nicht hier stündest, halbnackt und erschöpft und mit der Aussicht, weitere zwölf Meilen im Regen durch Schlamm und Gestrüpp zu waten, wenn du nicht … ich meine damit, du wirst heute ein Leben retten. Wenn du nicht tätest, was du im Moment ge-

rade tust, dann würde ein Baby sterben. Sieh es doch einfach so.«
»Also, ich sage dir eins, Sam. Es gibt niemanden, den ich lieber als Partner hätte als dich, soviel steht fest. Du bist einfach ein prima Kerl.«
Er schwieg einen Moment lang. »Tja, wenn du meinst.«

Clive Young band sich das Kind in einem Tuch auf den Rücken. »Falls es dazu kommen sollte, daß ich schwimmen muß, ist der Junge wenigstens in Sicherheit«, sagte er.
Sie brachen auf, die vier Erwachsenen in ihrer Unterwäsche, und trugen ihre Schuhe über den Köpfen. Sam hatte Cassies Kleider noch in dem Bündel, das er aus seinem Hemd geschnürt hatte. Es regnete so stark, daß sie kaum einen halben Meter weit sehen konnten und ständig blinzeln mußten, weil ihnen das Wasser in die Augen lief.
»Du gehst zuerst«, wies Sam Cassie an, »und hältst diesen Schwarzen an der Hand. Dann kommt Clive, und Mrs. Young und ich bilden das Rücklicht. Du wirst gegen die Strömung ankämpfen müssen, aber du hast es schon einmal geschafft.«
Cassie konnte kaum etwas sehen. Clive Young hielt ihre Hand fest umklammert, und der Aborigine vor ihr erschien ihr wie ein Felsen, als er sich stetig und langsam gegen die tosenden Fluten vorschob. Als sie das Ufer erreicht hatte, hatte der Schwarze Clive schon an der Hand gepackt und ihn und das Kind sicher an Land gezogen, ehe sie Clive auch nur losgelassen hatte.
Mrs. Young war ausgeglitten, und als Cassie sich umdrehte, sah sie, wie Sam an ihrem Arm zog und versuchte, sie zu sich herüberzuziehen. Dann streckte er die Arme aus, legte sie um sie und hielt sie eng an sich gepreßt, während er durch das Wasser in Sicherheit watete.
Mrs. Young begann zu weinen. »O nein«, sagte sie und rang nach Luft. »Einen Moment lang habe ich tatsächlich gefürchtet …«

»Es ist alles gutgegangen. Wir müssen jetzt loslaufen«, sagte Sam.
»Es jagt mir Todesängste ein, was der Regen anrichten könnte, der auf dieses Kind herunterprasselt«, murmelte Cassie Sam zu.
Er nickte. »Wir haben noch drei Stunden vor uns.«
Wie sie es schafften, hätte keiner von ihnen jemals mit Gewißheit sagen können. Cassie glaubte, der einzige Grund, aus dem sich das Baby keine Lungenentzündung holte, war darin zu suchen, daß es ein warmer Regen war, und als sie das Flugzeug erreichten, hatte der Regen nachgelassen, und es schüttete nicht mehr, sondern nieselte nur noch. Sie trocknete das Baby mit Handtüchern ab und hängte es augenblicklich an den Tropf.
Sam schnürte sein Bündel auf – die Kleider waren so naß, als hätten sie sie in den Fluß getaucht. Er fand zwei Decken, in die er Cassie und Mrs. Young hüllen konnte; er selbst jedoch landete mit nichts weiter als einer Unterhose bekleidet in Augusta Springs. Niemand auf dem Flugplatz konnte verstehen, warum er in Begleitung von zwei Frauen, die in Decken gehüllt waren, in einer Unterhose aus dem Flugzeug stieg.
Auch im Krankenhaus wurde darüber geredet.
Aber sie wußten jetzt, daß das Baby überleben würde.

22

Padre McLeod berichtete Cassie: »Jennifer Thompson hat aufgehört zu malen.«
»Was soll das heißen, aufgehört? Sie kann schließlich nicht ständig malen.«
»Ich meine damit nicht, daß sie gerade eine Pause zwischen zwei Bildern macht. Sie hat aufgehört. Sie will nicht einmal mehr ihr Atelier betreten.«
Cassie schaute ihn über den Tisch hinweg an. Sie saßen in ihrer Küche und tranken Kaffee. Es gab niemanden, den Cassie lieber mochte, außer vielleicht Fiona.
»Hast du eine Ahnung, warum?«
»Ich kann es nicht mit Sicherheit sagen, aber ich habe meine eigenen Schlußfolgerungen gezogen.«
Cassie wartete. Don rührte mehr Zucker in seinen Kaffee. Er lächelte reumütig. »Ich bekomme so selten Zucker, daß ich dann, wenn er da ist, einfach nicht genug davon kriegen kann.«
Sie sagte nichts dazu.
»Du weißt von dem Kunsthändler, der sie entdeckt hat, oder nicht?«
Sie schüttelte den Kopf. »Nein. Ich weiß von gar nichts.«
Er lächelte: »Ich vermute, ich setze als selbstverständlich voraus, daß jeder alles weiß. Ich scheine jedenfalls über alles informiert zu sein.«
»Die Leute erzählen dir eben alles.«
»Irgendein Kunsthändler aus Sydney hat die lange Reise nach Tookaringa unternommen, um ihre Gemälde zu sehen. Er hatte vorher ein paar von ihren Bildern gesehen, Gemälde, die sie Freunden geschenkt hatte. Jedenfalls habe ich diese Geschichte aus zweiter, wenn nicht gar aus dritter Hand, und

daher kann es gut sein, daß nicht alle Fakten, die bei mir angelangt sind, voll und ganz der Wahrheit entsprechen.« Er trank einen Schluck von seinem Kaffee.

»Sprich weiter.«

»Er hat ihr einen Packen Geld für die wenigen Gemälde angeboten, die sie im Haus hatte. Er hat gesagt, er könnte sie berühmt machen.«

»Wie wunderbar, nachdem sie so viele Jahre lang gemalt hat. Also, das ist doch einfach phantastisch!«

»Warum also hat sie aufgehört zu malen?« McLeod schüttelte den Kopf. »Männer sind ja so zart besaitet, wenn es um ihr Selbstwertgefühl geht.«

Cassie sah ihn an und wartete.

Er zog eine Pfeife aus der Tasche. »Ich weiß es nicht mit Sicherheit, aber nach allem, was ich gehört habe, hat Steven angefangen, sie lächerlich zu machen. Zuerst hat er versucht, ihr einzureden, ein Kunsthändler wollte sie übervorteilen. Dann hat er angefangen, ihr zu erzählen, was sie malen soll, und er hat versucht, Einfluß auf sie zu nehmen. Er hat gesagt, sie hätte sich übernommen, und wenn sie ihre Arbeiten verkaufen wollte, dann sollte er das für sie übernehmen. Ich weiß nicht, was er wirklich zu ihr gesagt hat. Jedenfalls hat sie aufgehört zu malen.«

»Ich kann es einfach nicht glauben. Dabei war er doch so stolz auf sie.«

»Klar. Solange sie nur die zweite Geige gespielt hat. Solange sie in allererster Linie Mrs. Steven Thompson war. Solange ihr Talent nichts weiter war als etwas, womit sie sich beschäftigen kann, während er sich um die wahren Dinge im Leben kümmerte.«

Cassie musterte ihren Freund: »Don, das glaube ich einfach nicht. Das täte er ihr niemals an. Er steht selbst gut genug da. Niemand hier in der Gegend besitzt mehr Land als er. Jennifer wird ihn niemals in den Schatten stellen.«

»Was du glaubst und was er empfindet, hat nichts miteinander zu tun.«

»Willst du mir damit etwa sagen, er fürchtet sich vor ihrem Ruhm?«

»Oh, ich glaube nicht, daß er sich dessen bewußt ist. Aber Männer sind seltsame Geschöpfe, Cassie. Nicht annähernd so liebenswürdig wie Frauen. Außerdem sind Frauen weitaus stärker als Männer, verstehst du. Glaubst du etwa, Männer könnten mit Schwangerschaften umgehen?« fuhr McLeod fort. »Es kommt immer wieder zu unerwünschten Schwangerschaften. Also, das bleibt ganz unter uns, Cassie, aber wenn du lange genug hierbleibst, wirst du ohnehin darauf stoßen. Sogar bei einigen der Schwestern in den AIM-Hospitälern. Manche von ihnen bekommen ihre Babys, und sie können nie wieder als Krankenschwester arbeiten – sie sind verfemt. Ihre Familien schämen sich ihrer. Es bleibt ihnen gar nichts anderes übrig, als ihre unehelichen Kinder allein großzuziehen, und sie können nur mit Mühe und Not für sie sorgen. Gebrandmarkte Frauen. Ruiniert fürs Leben. Andere Leute lassen nicht zu, daß ihre Kinder sich mit illegitimen Bälgern einlassen. Und doch entschließen sich einige dieser Frauen, ihre Kinder zu behalten und sie selbst aufzuziehen. Was glaubst du wohl, wie Männer darauf reagieren würden, wenn sie ein solches Leben führen müßten, nachdem sie eine halbe Stunde lang ihren Spaß gehabt haben? Ich kann mir vorstellen, für viele ist das alles, diese eine halbe Stunde. Vielleicht sogar noch weniger.

Und dann gibt es auch noch diejenigen, die sich zu einer illegalen Abtreibung entschließen, damit ihr Leben nicht ruiniert ist, damit sie eine Chance haben, etwas zum Bestand der Welt beizutragen, damit die Welt sie nicht mit Geringschätzung behandelt, damit ihre Kinder nicht benachteiligt aufwachsen müssen, damit sie nicht zu Armut verdammt sind und finanziell und gesellschaftlich am Rande der Existenz dahinvegetieren.

Sie gehen zu Kurpfuschern, vertrauen nicht nur ihren Körper, sondern ihr Leben Scharlatanen an, die an verängstigten und verzweifelten Frauen verdienen. Oder sie versuchen, mit Kleiderbügeln selbst eine Abtreibung vorzunehmen.

Psychologisch gesehen, rein emotional, müssen diese Frauen mit etwas fertig werden, womit Männer niemals fertig werden müssen. Ich glaube nicht, daß Männer das auch nur verstehen können. Wenn ich es nicht so oft zu sehen bekommen hätte, verstünde ich es auch nicht. Und vielleicht verstehe ich es trotzdem immer noch nicht. Diese Frauen leiden alle, und manche sind dem gewachsen, Cassie. Frauen sind soviel stärker als Männer. Vielleicht nicht physisch, aber in den Hinsichten, die zählen, nämlich in bezug auf innere Kraft und Charakterstärke.«
»Charakterstärke? Dann siehst du unehelichen Sex also nicht als unmoralisch an?«
»O Cassie, meine Liebe, man kann die menschliche Natur nicht ignorieren. Wenn wir selbst nicht diese Schwächen hätten, wie könnten wir dann Mitgefühl mit anderen aufbringen? Wo würden wir Mitleid lernen?«
Sie war nicht sicher, was das mit Jennifers Malerei zu tun hatte, aber es war kein Wunder, daß die Leute sich Don McLeod anvertrauten. Wie vielen mußte er schon geholfen haben. Was für ein Quell des Trostes mußte er sein, wenn er die Tausende von Meilen, die sein enormes Gebiet umfaßte, immer wieder durchreiste.
Cassie warf einen Blick auf ihre Armbanduhr. »Don, ich muß dich jetzt allein lassen. Es ist an der Zeit für die Funkrufe um elf in der Funkzentrale.«
Seine Augen funkelten. »Wie ich gehört habe, könnte Blake Thompson endlich doch noch gezähmt werden.«
»Mein Gott«, sagte sie, während sie lächelnd aufstand, «ist denn hier gar nichts privat?«
»Nicht wirklich«, sagte er grinsend. »Denk bloß daran, mich rechtzeitig zu suchen, damit ich die Trauung vornehmen kann.«
»Ist das nicht ein bißchen voreilig?«
»Ich wollte dir nur zu verstehen geben, daß ich gern derjenige wäre, der euch zusammenführt.«
»Don, ich habe ihn noch kein halbes dutzendmal gesehen.«

»Quantität hat nichts mit Qualität zu tun. Ich wußte es in dem Moment, in dem ich ihren Hinterkopf gesehen habe, das schimmernde schwarze Haar zwei Kirchbänke vor mir. Ich wußte schon, ehe sie sich auch nur umgedreht und mich angelächelt hatte, daß Margaret diejenige wäre, die ich heiraten würde.«

»Und wie lange ist das her?«

»Fünf Jahre«, sagte er. »Und wir heiraten nächsten Herbst, wenn sie die Schwesternschule abgeschlossen hat. Dann wird sie sich ihrem Wanderprediger anschließen.«

»Soll das etwa heißen, daß sie ihr Leben damit zubringt, in Schlafsäcken zu schlafen und über offenen Feuerstellen zu kochen?«

»Ihr gefällt diese Vorstellung.«

Cassie stand auf. »Ich habe zwölf Minuten Zeit, um die Zentrale zu erreichen. Magst du mitkommen?«

»Klar«, sagte er. »Ich würde mir gern ansehen, was sich an diesem Ende der Leitung abspielt.«

Cassie hatte mit den meisten Anrufen keine Mühe, aber es war ein Notruf von einer Schafzüchterranch darunter, die mehr als zweihundert Meilen weit im Süden lag, so abgelegen, daß das nächste Gehöft siebzig Meilen entfernt war.

»Hier spricht Gregor Carlton«, sagte eine hochgestochene britische Stimme. »Meine Schwester ist sehr krank. Sie hat seit etwa zwölf Stunden Schmerzen.«

Warum hatte er nicht während der Achtuhrsprechstunde angerufen? fragte sich Cassie.

»Ihr ist übel, und sie hat Fieber. Sie will sich nicht von der Stelle rühren, weil es zu schmerzhaft ist. Der Schmerz ist kaum zu lokalisieren, weil er sich durch ihren ganzen Körper zieht, aber jetzt sagt sie, daß er von unten rechts ausgeht. Meiner Meinung nach klingt das ganz nach einer Blinddarmentzündung.«

»Der Meinung bin ich auch«, sagte Cassie. »Wir sollten besser kommen und sie so schnell wie möglich ins Krankenhaus bringen. Mein Pilot wird sich von Ihnen eine Wegbeschrei-

bung geben lassen«, sagte sie. Sam gegenüber bemerkte sie: »Das ist ein Fall von größter Dringlichkeit. Laß uns gleich aufbrechen.«
»Ich bin bereit«, sagte er grinsend. »Dann bin ich also *dein* Pilot?«
Sie verließen die Funkzentrale und machten sich auf den Weg zu seinem Pickup. »Hast du Lust mitzukommen, Don?« fragte Cassie und ignorierte Sams spöttische Bemerkung.
»Meine Güte«, sagte er, während er neben ihnen hertrabte. »Soll das heißen, daß ihr einfach so von hier aufbrecht?«
»Einfach so«, erwiderte Sam.
»Meine medizinische Grundausstattung befindet sich immer im Flugzeug. Nach jedem Flug ergänze ich sie. Wenn wir nicht so spät nach Hause kommen, daß es schon dunkel ist, sorgen wir dafür, daß das Flugzeug innerhalb von einer Minute startbereit ist, falls wir einen Notruf erhalten. Komm schon«, sagte Cassie. »Sam redet normalerweise beim Fliegen nicht mit mir. Ich döse vor mich hin, oder ich lese. Komm mit, damit ich ein interessantes Gespräch mit dir führen kann.«
»Die Carltons sind so weit ab von allem, daß ich noch nie dort war«, räumte McLeod ein. »Das gibt mir die Gelegenheit, sie kennenzulernen. Ich habe schon von ihnen gehört – Bruder und Schwester, die vor etwa fünf Jahren aus England gekommen sind und einer Frau, deren Mann gerade gestorben war, eine erfolgreiche Schafzucht abgekauft haben. Niemand weiß viel über die beiden.«
»Was könnte jemanden dazu veranlassen, siebzig Meilen von seinen nächsten Nachbarn entfernt zu leben?« fragte Cassie, und das nicht zum ersten Mal.
»Ich glaube, das Gehöft heißt Mattaburra«, sagte McLeod. »Es ist jahrelang für seine erfolgreiche Zucht berühmt gewesen. Ich kann mir gut vorstellen, daß sie eine ganze Menge dafür hingelegt haben, trotz der abgeschiedenen Lage.«
»Ich glaube, heute ist so ein Tag«, sagte Sam zu sich selbst, aber doch so laut, daß seine Passagiere es hören konnten.
»Was für ein Tag?« fragte Cassie.

»Ein Tag für Luftspiegelungen.« Er wies vor sich. Cassie schnallte sich ab und stand auf, um ihm über die Schulter zu sehen. Vor ihnen schimmerte ein gewaltiger See, in dessen Mitte grüne Inseln mit einer moslemischen Moschee und Palmen schwammen.

»Das soll wohl ein Witz sein«, sagte sie. »Das ist keine Luftspiegelung.«

»Sieh genau hin«, sagte er. »Diese Fata Morgana wird vor uns bleiben, ganz gleich, wohin wir uns auch wenden. Wir können nicht über sie hinwegfliegen, und erst wenn wir wieder Bäume erreichen, wird sie verschwinden. Die atmosphärischen Bedingungen müssen genau richtig dafür sein. Und was *genau richtig* ist, weiß niemand. Ich habe noch nie selbst Luftspiegelungen gesehen, aber davon gehört. Jeder Pilot in diesem Teil des Landes hat schon davon gehört.«

McLeod zwängte sich in die Lücke neben Cassie und schaute nach unten. »Da soll mich doch der Teufel holen«, sagte er. »Ich habe auch schon davon gehört. Natürlich habe ich Dutzende von Luftspiegelungen unten auf dem Boden gesehen, aber nie so eine, mit Inseln und einer Moschee.«

Das Land, das die Fata Morgana umgab, war mit roten Steinen und großen Sprüngen in der Erde bedeckt. Nirgendwo war ein Zeichen von Leben zu erkennen. Nach einer Stunde verschwand die Fata Morgana, als verkrüppelte Akazienbäume in Sicht kamen und ihr Blaßblau sich wie ein Meer ausbreitete. Diverse Anzeichen wiesen auf leerstehende Gehöfte hin.

Eine große Schar von Emus rannte unter ihnen durch die Salzmelden.

»Früher einmal«, sagte Don, »haben die Leute geglaubt, daß Salzmelden ein sicheres Zeichen für das Scheitern jeden Unterfangens sind, gleichbedeutend damit, daß es kein Wasser gibt und daß auf diesem Land kein Gras wächst. Aber inzwischen hat man herausgefunden, daß sie großartiges Viehfutter abgeben.« Mehr und mehr Bäume waren zu sehen, von kargem rotem Flachland durchsetzt. Große Schafherden wander-

ten umher und schienen auf einem Boden zu gedeihen, der nicht den Eindruck machte, als könnte er das Lebensnotwendigste hervorbringen.
»Dort ist eine Straße«, sagte Sam. »Und ein Fluß.« Es war eher eine Reihe von Wasserlöchern mit gigantischen Eukalyptusbäumen – Silberbaumgewächsen – am Ufer, die zwölf bis fünfzehn Meter hoch aufragten. »Ah, dort in diesem kleinen Wäldchen steht das Gehöft.«
Hinter dem niedrigen länglichen Haus und dem Garten, der mit hohem Wellblech eingezäunt war, erstreckte sich ein langer Streifen freies Land. »Ich wette, das brauchten sie noch nicht mal einzuebnen«, sagte Sam, als er eine Kehre flog und zur Landung ansetzte.
Cassie fiel auf, daß Don die Armlehnen seines Sitzes umklammerte.
»Du brauchst dir keine Sorgen zu machen«, versicherte sie ihm. »Sam wird so geschmeidig landen, daß du noch nicht einmal weißt, wann das Flugzeug auf dem Boden aufgesetzt hat.«
»Das ist erst mein zweiter Flug«, sagte Don.
Einer der tollsten Männer, die Cassie je gesehen hatte, kam aus dem Haus gerannt und winkte ihnen zu. Als Sam die Tür öffnete, streckte Gregory Carlton eine Hand aus und stellte sich vor. Er war etwa einsfünfundachtzig groß und hatte einen schlanken, muskulösen Körper. Sein Haar und sein dünner Schnurrbart waren von derselben tiefschwarzen Farbe wie seine Augen.
»Alisons Zustand hat sich verschlechtert«, sagte er, nachdem sie einander vorgestellt hatten. »Ich bin krank vor Sorge um sie.«
Cassie packte ihre Tasche, und sie folgten ihm alle durch das Tor. Der Garten war die reinste Blumenpracht; sämtliche Blumen waren in geraden, gleichmäßigen Reihen angepflanzt und farblich geradezu eine Orgie. Es gab auch einen Kräutergarten von der Sorte, wie Cassie gern bei Fiona einen angelegt hätte.

Die kranke Frau lag bleich und schwitzend da. Cassie konnte sich gut vorstellen, daß sie eine ebensolche Schönheit war wie ihr Bruder, doch im Moment lag ihr schwarzes Haar feucht und glanzlos auf dem Kissen, und in ihren dunklen Augen stand Schmerz. Sie und ihr Bruder sahen einander derart ähnlich, daß sie Zwillinge hätten sein können.

Als Cassie ihre Patientin untersuchte, stellte sie fest, daß die Muskeln im rechten unteren Quadranten ihres Bauchs angespannt und fast so hart wie ein Brett waren. Als sie Druck darauf ausübte, zuckte Alison zusammen. Cassie drückte fest auf die rechte Seite des Unterleibs und fühlte, daß dort alles weich war.

»Es *ist* eine Blinddarmentzündung. Wir müssen sie augenblicklich ins Krankenhaus bringen.«

Sam sagte: »Ich tanke auf. Don, hast du vielleicht Lust, mir zu helfen? Ich habe Zweihundertliterkanister. Ohne das Benzin schaffen wir den Rückflug nicht.«

Cassie sagte zu Gregory: »Sie werden sie tragen müssen.«

»Ich komme mit Ihnen.«

Seine Schwester streckte eine Hand aus, und er nahm sie. Mit matter Stimme sagte sie: »Greg, ich komme schon zurecht. Du kannst diese Ranch nicht allein lassen. Bitte, Schatz, spiel gar nicht erst mit dem Gedanken, in die Stadt zu fahren. Genau das hast du doch vor, stimmt's? Tu es nicht. Ich werde schon ohne dich zurechtkommen.«

»Ich bin ganz sicher, daß sie keine Probleme haben wird«, sagte Cassie, »und in etwa zwei Wochen bringen wir sie mit dem Flugzeug hierher zurück. Um diese Zeit haben wir Sprechstunde in Burnham Hill und machen einen Umweg, um sie hier abzuliefern.« Das war, als flöge man nach Melbourne über Perth; nicht ganz so, aber zumindest über Adelaide.

Sie schnallten Alison Carlton auf die Bahre, und Cassie sagte: »Ich werde Ihnen eine Spritze geben, damit Sie sich entspannen. Sind Sie schon einmal geflogen?«

Alison schüttelte den Kopf.

»Wir haben den besten Piloten, den es gibt, und Sie haben

wirklich keinen Grund zur Sorge. Aber diese Spritze wird Ihnen beim Einschlafen helfen und gleichzeitig die Schmerzen lindern.«
Alison schloß die Augen.

Zu ihrem Erstaunen stellte Cassie fest, daß sie nicht von einem Krankenwagen erwartet wurden. Als sie im Krankenhaus anrief, wurde ihr mitgeteilt, Dr. Edwards hielte sich nicht in der Stadt auf, und Dr. Adams sei zu Hause. Sie ordnete an, daß man ihr augenblicklich einen Krankenwagen schickte, und dann rief sie Chris Adams an. Es war fast fünf, und vielleicht leistete er Isabel Gesellschaft; vielleicht hatte Grace eher gehen müssen.
Als er ans Telefon kam, sagte Cassie eindringlich: »Chris, hier ist Cassie. Ich bin gerade eben gelandet. Ich habe eine dringende Blinddarmoperation hier. Kannst du gleich ins Krankenhaus kommen und mich dort treffen?«
Er zögerte einen Moment lang. »Hast du es bei Edwards versucht?«
»Ja, wenn auch nur widerstrebend. Zum Glück ist er nicht ereichbar. Kannst du so schnell wie möglich ins Krankenhaus kommen? Ich werde die Patientin für die Operation vorbereiten, wenn du willst, und ich kann dafür sorgen, daß schon alles bereitsteht.« Sie legte auf.
Hier stimmt etwas nicht. Das sieht Chris gar nicht ähnlich. Er konnte unfreundlich sein, ja, aber das … hätte sie ihn fragen sollen, ob es ihm lieber war, wenn sie die Operation vornahm? Sam konnte die Anästhesie übernehmen. Sie rief Chris zurück.
»Chris, ich kann die Operation auch selbst übernehmen, verstehst du? Du brauchst nicht ins Krankenhaus zu kommen.«
»Ich bin schon auf dem Weg, Doktor.«
Traute er ihr nicht? Oder war er immer noch eifersüchtig genug, um nicht zu wollen, daß sie in seinem Krankenhaus operierte? Sie schüttelte den Kopf. Was für ein seltsamer Mann.
Horrie und Sam trugen die Bahre aus dem Flugzeug. Alison

hatte das Bewußtsein wiedererlangt, war aber immer noch benommen von der Spritze. Hohes Fieber ließ sie schwitzen. Der Krankenwagen traf zehn Minuten später ein.

»Du brauchst nicht mitzukommen«, sagte Cassie zu Sam. »Chris wird im Krankenhaus sein.« Als sie in den Krankenwagen stieg, sagte sie zu Don: »Ich lade dich zu ›Addie's‹ zum Abendessen ein. Ursprünglich wollte ich dich bekochen, aber das wird mir heute etwas zuviel. Warum wartest du nicht bei mir zu Hause auf mich?«

»Warum gehe ich nicht mit ihm zu ›Addie's‹, und wir treffen dich dort?« sagte Sam.

»Okay.« Cassie schaute aus dem Fenster und sah, wie Sam sich eine Zigarette anzündete und etwas zu Horrie sagte, und dann starrte er dem Krankenwagen nach, als sie losfuhren.

23

Chris erwartete sie bereits im Operationssaal. Er war so barsch wie gewohnt, wortkarg und ohne ein Lächeln.
Cassie beauftragte eine Krankenschwester, die Patientin vorzubereiten, und dann zog sie ihren Operationskittel an und wusch sich gründlich.
Als sie den Operationssaal betrat, fragte Chris: »In welchem Stadium ist die Patientin?«
»Der Durchbruch könnte von einem Moment zum nächsten erfolgen.«
Alison wurde hereingerollt.
»Bist du soweit?« fragte Chris, und Cassie begann, die Narkose zu verabreichen, während er die Patientin untersuchte.
»Du hast recht«, sagte er, »aber schließlich hast du immer recht.«
Er machte horizontal zum Schambein einen fünf Zentimeter langen Schnitt rechts unten in ihrem Bauch. Cassie sah zu, wie er die erste Muskelschicht erreichte, zwei dicke Stränge, die durchteilt wurden. Chris zog sie mit Retraktoren auseinander, langen Metallinstrumenten, die sich an den Enden rechtwinklig spreizen ließen. Sie beobachtete, wie die nächste Schicht in Sicht kam, und er teilte die Muskeln und zog sie auseinander, bis er beim Bauchfell angelangt war, das er erst mit einer Klinge und dann mit Scheren aufschnitt. Mit einer Spezialzange packte er den Dickdarm, den er manövrierte, indem er ihn hin und her zog, bis sie beide den Blinddarm sehen konnten, ein zehn Zentimeter langes, mit Eiter gefülltes rotes Gebilde, am Ende des Dickdarms. Er zog den Dickdarm ein wenig heraus, bis der Blinddarm auf der Bauchdecke lag und

er ihn deutlich sehen konnte. Er legte den Blinddarm frei, indem er Fettgewebe und Blutgefäße rausschnitt und die Blutgefäße abklemmte.
Dann brachte Chris am Ende des Blinddarms dicht am Dickdarm zwei Klammern an, fuhr mit einer Klinge zwischen die Klammern und entfernte den Blinddarm. Er ließ die Klammern stecken, bis er den Bereich mit Silbernitrat sterilisiert hatte. Dann band er unter der Klammer ab, schloß die Blinddarmöffnung und stieß den Stumpf des Blinddarms mit einer Arterienklemme in den Dickdarm, während er die Schlaufen der Naht enger zuzog und das Loch über dem Stumpf schloß. Cassie konnte sehen, daß er sich andere Teile des Dickdarms genauer vornahm und die Klemmen dazu benutzte, ihn hin und her zu bewegen, um sich zu vergewissern, daß sonst alles in Ordnung war. Dann schloß er die Schichten des Bauchfells und nähte die Patientin zu.
Sie hatten kein Wort miteinander geredet. Als er fertig war, zog er sich die Handschuhe aus und sagte: »Noch ein paar Stunden, und es wäre zu spät gewesen.«
Cassie nickte. »Ist alles in Ordnung mit dir?« Sie folgte ihm aus dem Operationssaal.
Er fing an, sich die Hände zu waschen. »Isabel ist heute nachmittag um drei gestorben.«
»O Chris! Es tut mir ja so leid.« Sie ging zu ihm und legte eine Hand auf seinen Arm. »Du hättest es mir sagen sollen. Verstehst du, ich hätte das auch allein geschafft.«
»Es hat mir gutgetan, mich davon abzulenken.«
»Kann ich irgend etwas tun?«
Er schüttelte den Kopf und verließ den Raum. Sie blieb stehen und starrte ihm nach. Er mußte außer dem Kummer auch Erleichterung verspüren, dachte sie. Es mußte schwierig für ihn gewesen sein, tatenlos dabeizustehen und zuzusehen, wie ein Mensch, den er liebte, solche Schmerzen erlitt und sterben wollte. Diese Belastung war jetzt von ihm abgefallen, wenn auch der Kummer noch da war. Sie erinnerte sich daran, wie ihr zumute gewesen war, als sie ihre Mutter verloren hatte.

Selbst wenn man damit rechnete, war es nie leicht, einen Menschen zu verlieren, den man liebte.

Bei »Addie's« saßen Sam und Don mit Heather Martin und ihrer Schwester Bertie zusammen an einem Tisch und erwarteten sie. Bertie starrte alles und jeden mit weitaufgerissenen Augen an. Beide Mädchen waren groß, schlank und braungebrannt, und ihr blondes Haar hatte von langen Jahren in der Sonne hellere Strähnen. Trotz ihrer Herrenkleidung preßten sich ihre Brüste gegen die Baumwollhemden, und ihre engen Hosen betonten ihren Po. Diese großen schönen Frauen, die nicht wahrnahmen, daß sie bei »Addie's» eine Sensation hervorriefen, hätten im Zentrum von Sydney den Verkehr zum Stocken gebracht, von Augusta Springs ganz zu schweigen.
»Der da«, sagte Heather und wies mit einer Kopfbewegung auf Sam. »Uns gefällt, wie er aussieht.«
Cassie bemühte sich, ihr Lächeln nicht zu zeigen, während sie beobachtete, wie Sam rot wurde.
»Wir sind gekommen, um uns anzusehen, ob es noch mehr von seiner Sorte gibt«, fiel Bertie ein und warf einen schnellen Blick auf Don, der mit einem breiten Grinsen auf dem rötlichen Gesicht dasaß. »Meine Fresse, in der ganzen Stadt wimmelt es von ihnen.«
»Wo übernachtet ihr? Ich habe ein Zimmer frei, wenn ihr mögt«, bot Cassie an.
»Sie haben ihr Bettzeug draußen«, sagte Sam. »Sie sind mit dem Wagen in die Stadt gefahren.«
»Das müssen ein paar hundert Meilen sein«, sagte Don, der offensichtlich seinen Spaß hatte, und zündete sich seine Pfeife an.
Berties Gabel hielt mitten in der Luft in der Bewegung inne. »Das hier ist das beste Essen, das ich je gekostet habe.« Sie aß den letzten Rest von ihrem Steak und stand auf. »Wo ist die Küche?«
Diese Mädchen waren wirklich einsame Spitze, dachte Cassie, als sie auf die Pendeltür deutete.
Heather wandte sich an Cassie. »Das ist schrecklich nett von

Ihnen. Wir nehmen Ihr Angebot an und bleiben bis Sonntag. Letztes Mal ist er«, sagte sie und wies mit einer Kopfbewegung auf Sam, »nicht zum Tanzen aufgetaucht. Kommst du diesmal hin?«
»Klar.« Sam streckte einen Arm aus und legte ihn Don um die Schultern. »Er kommt auch mit.«
»Spielt ihr etwa mit dem Gedanken, in die Stadt zu ziehen?« fragte Don, dessen Augen vor Belustigung funkelten.
Heather schlug sich auf die Knie und beugte sich vor. Sämtliche Männer im ganzen Raum sahen sie an. »Niemals! Wir dachten uns nur, wir kommen mal her, um uns die Männer anzusehen.«
»Und vielleicht einen Koch zu engagieren.« Bertie kam mit »Addie's« Koch Cully aus der Küche zurück. Sie war einen ganzen Kopf größer als er, aber sie grinste, als sie ihn Heather vorstellte. »Sag ihm, was für ein guter Koch er ist.«
Heather musterte ihn unverhohlen von Kopf bis Fuß. »Echt gut. Dieser Zitronenkuchen ist himmlisch.«
Cully, dessen hageres Gesicht ausdruckslos war, nickte und wischte sich die Hände an seiner weißen Schürze ab. »Ma'am«, war alles, was er sagte, ehe er sich abwandte und ging.
Berties Blicke folgten ihm. »Ist er nicht einfach niedlich?«
Heather sagte: »Zum Fressen süß, aber kaum eine Handvoll.«
»Ja, stimmt, aber kochen kann er wirklich gut.«

»Ich bin müde«, sagte Cassie eine Stunde später. »Das war ein langer Tag. Ich möchte für ein paar Minuten im Krankenhaus vorbeischauen und nachsehen, ob meine Patientin wieder bei Bewußtsein ist. Sie könnte sich fürchten, wenn sie vollkommen allein an einem fremden Ort zu sich kommt.«
»Wir zeigen den Damen, wo du wohnst«, erbot sich Sam, der das Grinsen einfach nicht lassen konnte.
»Bringt sie in etwa einer Stunde zu mir«, sagte Cassie. »Viel länger kann ich heute nicht aufbleiben. Ach, übrigens, Isabel Adams ist gestorben.«

Die beiden Mädchen hielten Cassie mit ihren Fragen wach, ob sie glaubte, Sam könnte jemals glücklich sein, ohne zu fliegen, und ob er sich wohl jemals auf einem Gehöft niederlassen könnte.

Cassie sagte, sie würde am kommenden Tag mit ihnen zu Abend essen, aber sie sei zu müde, um zu reden, und nein, sie glaubte nicht, daß das Leben auf einem Gehöft Sam ausfüllen würde, aber andererseits könnte sie nicht für ihn sprechen.

Am Morgen schaute sie noch einmal im Krankenhaus vorbei und stellte fest, daß Alison Carlton nicht nur schön, sondern auch sehr nett war. Am späten Nachmittag saß Cassie wieder bei ihr und erfuhr, daß Alison und ihr Bruder ganz allein und ohne jede Hilfe dort draußen lebten. Sie besaßen nahezu zehntausend Schafe, und andere Menschen sahen sie nur, wenn im Juni die Scherer kamen und wenn sie zweimal im Jahr nach Augusta Springs fuhren, um Vorräte zu besorgen.

Als Cassie fragte, ob Alison die Einsamkeit nicht unerträglich fände, erwiderte Alison: »Ich fühle mich nicht so einsam wie früher, als ich in Southampton aufgewachsen bin. Mit mir allein oder in Gregs Gesellschaft langweile ich mich nie, und ich habe mich ohnehin nie irgendwo zugehörig gefühlt.«

Cassie sah die wunderschöne Frau an, die sie vor sich hatte, und sie konnte es kaum glauben. »Was ist mit Ihrem Bruder?«

Alison lächelte. »Wir sind beide schon immer Außenseiter gewesen. Hier sind wir beide glücklicher, als wir in einer Großstadt waren, in deren Leben wir uns nie einfügen konnten.«

In dem Moment kam ihr Bruder durch die Tür gestürmt und hielt einen welken Blumenstrauß in der Hand. »Gott sei Dank, daß du am Leben bist!«

Alison streckte die Arme nach den Blumen aus, sah ihn aber finster an. »Du hättest nicht diesen ganzen weiten Weg zurücklegen und die Ranch allein lassen sollen«, aber Cassie merkte ihr an, daß sie sich freute. Schließlich war er der einzige Mensch, den sie auf diesem ganzen Kontinent kannte.

»Du bist mir wichtiger als diese Schafe«, sagte er und beugte sich herunter, um sie auf die Stirn zu küssen, ehe er sich um-

drehte und Cassie eine Hand hinhielt. Sein Händedruck war kräftig.
Er blieb in Augusta Springs, bis es zehn Tage später für Alison an der Zeit war, nach Mattaburra zurückzukehren. Cassie aß jeden Tag mit ihm zu Abend, und zweimal schloß Sam sich ihnen an, doch an den anderen Abenden ging er mit Heather und Bertie essen, die immer von Männern umgeben waren – ihr Gelächter erfüllte allabendlich bei »Addie's« das ganze Lokal. Cassie überlegte sich, daß sie Gregory Carlton bestimmt äußerst reizvoll gefunden hätte, wenn Blake Thompson nicht in ihrem Leben aufgetaucht wäre.
Sam sagte: »Der ist nicht mein Fall. Ständig deklamiert er Gedichte und anderes Zeug aus Büchern. Aber seine Schwester, die ist eine Wucht.«
»Sie deklamiert auch Gedichte.«
»Das ist etwas anderes. Frauen dürfen das.«
»Aber Gedichte werden von Männern geschrieben.«
Sam kratzte sich den Kopf. »Das hatte ich ganz vergessen. Tja, vielleicht schreibt er sogar selbst welche.«
Er ist neidisch, weil Greg so gut aussieht und so kultiviert und belesen ist und doch eigenhändig zehntausend Schafe versorgt, ging es Cassie durch den Kopf. Nun ja, vielleicht nicht ganz auf sich gestellt. Alison verrichtete dieselben Arbeiten wie er.
»Danach sieht sie nicht aus«, sagte Sam zu Greg, als die Sprache darauf kam. »Sie wirkt zerbrechlich. Als sollte sie Marmelade kochen und Stickereien fabrizieren.«
»Das tut sie außerdem«, sagte Greg. »Während ich abends laut lese.«
Sam zog eine Augenbraue hoch.
Offensichtlich faszinierten die Carltons Cassie mehr als Sam. Sie hätte sie vermißt, als sie aufbrachen, wenn nicht eine plötzliche Wendung der Ereignisse eingetreten wäre.
Das Telefon läutete. O Gott, dachte sie, bloß nicht schon wieder ein Notruf.
»Hallo, Prinzessin.«

»Blake?«
»Ich bin gerade nach Hause gekommen«, sagte er. »Ich habe dir einen Vorschlag zu unterbreiten.«
»Vor Männern wie dir bin ich gewarnt worden.«
»Ein Mann wie ich ist dir nie auch nur begegnet«, sagte er. »Sieh mal, ich kann mir drei oder vier Wochen freinehmen, falls du es kannst. Aber ich habe es satt, auf dem trockenen zu sitzen, während du verschwindest, um jemanden zu retten oder Sprechstunde abzuhalten. Du hast mir gesagt, daß du nach einem Jahr Urlaub bekommst. Du bist erst seit elf Monaten dort, das weiß ich selbst, aber nimm dir ein paar Wochen frei, Cassandra. Ganz gleich, wie du das anstellst. Ich möchte dir den Norden zeigen und mit dir nach Kakadu fahren.«
»Ich weiß nicht, wie ich das einrichten soll …«
»Tu es einfach. Ich gebe dir fünf Tage Zeit, damit du es so einrichten kannst, und dann brechen wir beide auf, du und ich. Ich möchte dir einiges zeigen, was du noch nie gesehen hast und nie vergessen wirst.«
»Ich bin nicht sicher …«
»Cassandra, verschone mich damit. Innerhalb von sieben Monaten haben wir nie mehr als einen Tag miteinander verbracht, und selbst diese einzelnen Tage waren selten, und es haben große Abstände dazwischengelegen. Beziehungen erfordern es, daß man einander halbwegs kennenlernt, Mädchen. Komm schon, laß uns sehen, was für uns beide drin ist. Ich werde irgendwann im Laufe des Sonntags kommen. Bereite alles soweit vor, daß wir uns am Dienstag auf den Weg machen können, hörst du?«
Er verabschiedete sich noch nicht einmal von ihr. Cassie saß da, hielt den Hörer in der Hand und grinste. Wie hätte sie Urlaub nehmen können, wenn sie auch noch so genau wußte, daß er ihr zustand?
Ihre Zehen rollten sich zusammen. Oh, schon allein der Klang seiner Stimme. Sie preßte sich den Hörer an den Busen, ehe sie ihn auf die Gabel legte.
Zum Glück stand für den nächsten Tag nur eine Sprechstunde

im AIM-Hospital in Winnamurra an. Keine außergewöhnlichen Vorkommnisse. Auf dem Rückflug fragte sie Sam. »Wie stellen wir das mit dem Urlaub an?«
Er zuckte die Achseln. »QANTAS schickt einen Ersatzpiloten für mich. Wie das mit dir ist, weiß ich nicht.«
»Wenn wir zu Noteinsätzen rausfliegen, geht es meistens doch nur darum, die Patienten ins Krankenhaus zu bringen. Ich dachte, vielleicht würde Chris Schwester Claire dafür freistellen, daß sie mit dir rausfliegt, um Patienten herzuholen. Sie ist so fähig wie die meisten Ärzte.«
»Du spielst mit dem Gedanken, dir freizunehmen, wenn ich das richtig sehe?«
»Wenn es geht, ja.«
»Für wie lange?«
»Für drei Wochen.«
»Was hast du vor? Fliegst du zu deinem Vater?«
Sie schüttelte den Kopf. »Nein. Ich gehe in den Norden, in die Aboriginereservate oben in Kakadu.«
Er sah sie seltsam an, ehe er sich so weit umdrehte, daß sie nur noch sein Profil sehen konnte.
»Vielleicht ist Schwester Claire bereit, in dringenden Fällen mit dir rauszufliegen. Vielleicht würde sie sogar die Sprechstunden mit den ambulanten Behandlungen übernehmen. Dabei scheinen nie Krisen aufzutreten.«
»Was ist, wenn so was passiert wie damals, als ich den Speer aus dem Schwarzen rausgezogen habe?«
»Das war die ganz große Ausnahme. Ich frage mich, ob Chris sie freistellen wird.«
»Du gehst morgen abend zu Isabels Begräbnis?«
»Selbstverständlich«, sagte sie. »Und vielleicht wäre Chris jede Abwechslung willkommen, die ihn von seinem Verlust ablenkt. Vielleicht würde er bei Noteinsätzen sogar selbst einspringen. Ich kann mir vorstellen, daß er noch nie auch nur in einem Flugzeug gesessen hat.«
»Und Edward, diesen Suffkopf, soll er mit dem Krankenhaus allein lassen? Da sehe ich schwarz.«

»Ich werde ihn einfach fragen«, sagte sie. »Vielleicht gibt ihm das die Gelegenheit, sich selbst einmal anzusehen, wie es bei den Fliegenden Ärzten überhaupt zugeht. Nur in den extremsten Notfällen, die Schwester Claire auf sich gestellt nicht behandeln könnte. Er könnte zu bestimmten Einsichten gelangen.«

»Du bist wahrhaft optimistisch. Dr. Adams und Einsichten?«

»Er bellt nur, aber er beißt nicht, Sam. Er hat schwere Zeiten hinter sich.«

»Nach allem, was ich gehört habe, ist er schon immer so gewesen. Kalt wie ein Fisch.«

»Ich werde ihn trotzdem fragen.« Seit Blakes Anruf hatte sie kaum noch an etwas anderes gedacht. Mit Blake unter den Sternen schlafen. Gegenden sehen, die nur wenige Menschen auf Erden je zu Gesicht bekommen hatten. Ein Abenteuer bestehen. Jede Nacht von Blake geküßt werden. Blake zuhören,wenn er ihr Geschichten über das Land erzählte, täglich seine Stimme hören, ihn beim Aufwachen beobachten und sehen, wie der Feuerschein über sein Gesicht tanzte. Sie hatte nie im Freien übernachtet und stellte sich vor, wie es wohl sein würde.

»Weißt du, Schwester Grace ist viel hübscher als Schwester Claire. Warum fragst du ihn nicht nach ihr? Ich habe selbst schon gehört, daß du gesagt hast, sie sei eine gute Krankenschwester.«

»Aber Schwester Claire wird viel eher eigene Entscheidungen treffen, und wenn es darum geht, kleinere Eingriffe vorzunehmen, ist sie unschlagbar. Ich würde ihr eine Blinddarmoperation und erst recht Geburtshilfe zutrauen …« Zu ihrer Erleichterung stellte sie fest, daß niemand, den sie kannte, im nächsten Monat ein Kind erwartete. »Schwester Grace ist viel niedlicher.«

Es schien, als sei die ganze Stadt zu Isabel Adams' Begräbnis erschienen. Chris stand wie eine Statue da und hielt den Arm ausgestreckt, um jedem der Trauergäste die Hand zu schütteln.

Cassie saß in der hintersten Reihe der Kirche. All diese anderen Menschen waren seine Patienten. Sie hatte mit ihnen nur als Freunden und Bekannten zu tun. Freunde. Sie vermutete, daß sie vielleicht in der ganzen Stadt keine wahren Freunde hatte. Das war nicht der Ort, an dem sie Menschen kennenlernte.

Wer waren ihre Freunde?

Horrie? Sie nahm an, daß Horrie ein Freund war, obwohl sie nie über etwas anderes als das Berufliche miteinander redeten. Sie und Sam hatten ein paarmal mit Betty und ihm in der Funkzentrale zu Abend gegessen; die beiden waren immer tatkräftig und freundlich, aber sie waren doch eher Bekannte als Freunde. Dennoch fühlte sich Cassie Horrie verwandt und hatte ihm gegenüber ein Gefühl von Nähe, das sie nicht definieren konnte – vielleicht kam es daher, daß sie soviel mit ihm zu tun hatte.

Mit Sicherheit Don.

Sam. War Sam ein Freund? Wenn sie nicht zusammen gearbeitet hätten, wären sie dann miteinander befreundet gewesen? Fest stand, daß auf keinen anderen Menschen auf Erden in einer Zusammenarbeit mehr Verlaß gewesen wäre als auf ihn – jedenfalls die meiste Zeit. Nie hatte er ihr etwas ausgeschlagen, worum sie ihn gebeten hatte, und dazu gehörten auch die Anästhesie und sogar der Speer, den er aus dem Rücken des Schwarzen gezogen hatte. Bei den wenigen Reibereien, die sie miteinander gehabt hatten, war es um die Wetterverhältnisse gegangen und inwieweit es ratsam war hinauszufliegen. Er versuchte abwechselnd, sie zu beschützen und sich gegen ihre Autorität aufzulehnen. Wahrscheinlich wußte sie deshalb nicht, wie sie zu Sam stand, weil sie nicht wußte, wie er zu ihr stand. Vielleicht wußte er das selbst nicht.

An Chris Adams konnte sie sich schon gar nicht halten. Sie glaubte nicht, daß sie ihn auch nur mochte, obwohl sie mit der Zeit begonnen hatte, großes Vertrauen in seine chirurgischen Fähigkeiten zu setzen. Er behandelte sie nicht mehr herablassend, obwohl es ihm lieber gewesen wäre, wenn sie ein Mann gewesen wäre. Oder wenn sie nicht zu den Fliegenden Ärzten gehört hätte. Chris konnte sie unter gar keinen Umständen als Freund bezeichnen. Sie hatten einen unerklärten Waffenstillstand miteinander geschlossen, und sie konnte sich vorstellen, daß er für ihre Freundlichkeit gegenüber Isabel dankbar war.

Sie sah sich auf den Kirchenbänken der randvollen presbyterianischen Kirche um. Sie kannte fast alle. Die Leute nickten ihr zu, kamen zu ihr, um ihr die Hand zu drücken, oder beugten sich vor, um sie auf die Wange zu küssen. Wenigstens hatte sie eine ganze Menge Bekannte.

Als das Zeremoniell vorbei war und die Leute an dem Sarg vorbeimarschiert waren, um Chris die Hand zu drücken, flüsterte Sam ihr ins Ohr: »Falls wir einander noch kennen sollten, wenn ich sterbe, dann laß nicht zu, daß sie mich in einem offenen Sarg aufbahren, ja?«

Als Cassie auf Chris zuging, nahm er ihre Hand und hielt sie fest umklammert. »Ich habe mich nie angemessen bei dir dafür bedankt …«

»Ich habe es gern getan«, sagte sie.

»Ein paar Freunde kommen noch zum Kaffee mit ins Haus. Kämest du bitte auch? Ich möchte dich gern Romla vorstellen, meiner Schwester.«

Es kostete Cassie Mühe, den Mund nicht vor Erstaunen aufzusperren. »Ja, selbstverständlich.«

Als um elf Uhr die letzten Gäste gingen, sagte Chris: »Geh noch nicht. Ich will nicht allein sein.«

Romla, die Cassie auf Anhieb gefallen hatte, war ins Bett gegangen.

Chris war angetrunken, stellte Cassie fest. Er mußte den ganzen Abend über getrunken haben. Er nuschelte leicht, als er in die Küche ging, sich an den Tisch setzte, sein Hemd am Hals aufriß und seine Krawatte löste.

»Weißt du eigentlich«, sagte er und sah sie an, »hier, setz

dich, bitte. Weißt du eigentlich, daß ich mein Leben lang allein gewesen bin?«

»Du bist nicht allein«, sagte sie und schenkte sich eine Tasse Kaffee ein. »Du bist wichtig für diese Stadt. Und außerdem bin ich sicher, daß du ein guter Ehemann gewesen bist. Das mußt du doch selbst wissen.«

Er lachte schroff. Es war kein fröhliches Lachen. »Ein guter Ehemann? Das soll wohl ein Witz sein. Ich bin so lange kein Ehemann mehr gewesen, daß ich gar nicht mehr weiß, wie es wäre. Weißt du was, Cassie? Nein, woher solltest du es auch wissen. Ich bin nie so allein gewesen wie … ach, schon gut, vergiß es. Weshalb sollte das jetzt noch wichtig sein? Es ist vorbei.«

Cassie beugte sich vor und legte ihm eine Hand auf die Schulter. »Chris, ich glaube, ich sollte jetzt besser gehen. Du sagst Dinge, von denen es dir hinterher leid tun könnte, daß du sie zu mir gesagt hast. Du bist jetzt einsam und verloren. Das ist ein enormer Einschnitt in deinem Leben. Wahrscheinlich bist du ratlos. Ich bin nicht diejenige, die diese Phase gemeinsam mit dir durchmachen wird.«

»Und wer zum Teufel ist für mich da, Cassie? Ich habe achtzehn Jahre lang in dieser Stadt gelebt, und ich habe nicht einen einzigen engen Freund hier.« Er stützte sich mit den Ellbogen auf den Tisch und ließ den Kopf auf seine Hände sinken.

»Du hast jetzt Mitleid mit dir selbst, und das ist vollkommen in Ordnung. Du hast gerade den Menschen verloren, der in deiner Welt der wichtigste war.«

Chris griff nach der Whiskyflasche, goß den letzten Rest in sein Glas und warf es dann an die Wand; Glasscherben flogen durch die Küche. Cassie stand auf, suchte eine Schaufel und einen Besen und kehrte die Splitter auf.

»Gute Nacht, Chris. Falls ich irgend etwas für dich tun kann … möchtest du vielleicht, daß ich morgen nach deinen Patienten sehe?«

Er starrte sie an. Er starrte sie so lange an, daß sie schließlich

ging. Der wilde Blick in seinen blutunterlaufenen Augen verfolgte sie auf dem gesamten Heimweg.
Beim Aufwachen sah sie diesen Blick vor sich, ehe ihr wieder einfiel, daß sie ihn darum bitten würde, für sie einzuspringen, während sie zwei grandiose Wochen mit Blake Thompson in den Tropen verbringen würde. Diese Vorstellung ließ sie vor Spannung leicht zittern, und doch konnte sie den Ausdruck in Chris Adam's Augen nicht vergessen.

24

Seit zwei Tagen hatten sie keine anderen Weißen mehr gesehen, nicht mehr, seit sie aus Darwin aufgebrochen waren, wo sie sich nur lange genug aufgehalten hatten, um Lebensmittel zu kaufen. Heute nacht schlugen sie ihr Lager am Mary River auf; morgen würden sie den Teil des Meeres erreichen, der Timorsee genannt wurde.

Auf Cassie wirkten die Tropen emotional überwältigend. In der weichen Luft entspannte sie sich. Blake sagte: »Wir können nicht im Fluß schwimmen. Dort wimmelt es von Krokodilen.« Aber er ruderte in einem Boot mit ihr hinaus, und sie blieben bis lange nach Einbruch der Dunkelheit auf dem Wasser und beobachteten einen der grandiosesten Sonnenuntergänge, die nur irgend denkbar waren. Lodernde rote Strahlen erhellten den Himmel, und es dauerte mehr als eine halbe Stunde, bis sie zu einem goldenen Schimmer verblichen.

»Und jetzt«, sagte Blake, »werden wir nach Krokodilen Ausschau halten.«

»Können die nicht lebensgefährlich für Menschen sein?«

Er lachte. »Doch, sie sind tödlich. In diesen Flüssen hier oben drängen sie sich regelrecht, aber du hast gesagt, du hättest noch nie ein Krokodil gesehen.«

»Das muß auch nicht sein«, sagte sie.

»O doch, es muß sein.«

Sie paddelten leise durch das träge fließende Gewässer zurück nach Süden, zu ihrem Nachtlager. Blake führte das Boot dicht am Ufer des schmalen Flusses entlang und benutzte seine Taschenlampe, um nach den Urzeitrelikten Ausschau zu halten.

»Okay«, flüsterte er. »Hör auf zu paddeln. Wir lassen uns ein-

fach treiben.« Cassie fragte sich, wie er in der Dunkelheit etwas sehen konnte. Der Mond war noch nicht aufgegangen, und die Millionen von Sternen spendeten kaum Licht.
Nie hatte sie eine derartige Zufriedenheit und doch gleichzeitig eine solche Spannung verspürt. Sie wußte noch nicht einmal, was für einen Namen sie ihren Gefühlen geben sollte, und sie beschloß, es sei mehr als Liebe. Was sie für Ray Graham empfunden hatte, ließ sich nicht an der Tiefe ihres Gefühls für Blake messen. Seine Berührungen elektrisierten sie. Seine Küsse ließen sie entflammen. Wenn sie ihm in die Augen sah, hatte sie das Gefühl, zu ihm zu gehören.
Sie ertappte sich dabei, daß sie ihm Dinge erzählte, die sie bisher nur Fiona erzählt hatte. Er stellte Fragen, und er hörte zu. Er beugte sich unerwartet vor, um sie zu küssen.
Was sie hier erlebte, war mehr als Liebe – vielleicht entdeckte sie aber gleichzeitig auch eine andere Form von Liebe. Eine Liebe zum Land. Zu diesem wunderbaren Land, das von Anfang an ihr Land gewesen war, zu diesem Land, das sie nie gekannt hatte. Meile für Meile dieser Reise hatte sie eine Entdeckung nach der anderen gemacht. Sie war es derart gewohnt, über das Land zu fliegen, daß es aufregend für sie war, nun einmal durch dieses Land zu fahren.
In Alice Springs waren sie über Nacht bei einem alten Freund von Blake geblieben, dem Pfarrer der freien Gemeinde, den er aus seinen Zeiten an der Universität kannte. Auch in Katherine hatte er jemanden gekannt, bei dem sie die Nacht verbrachten. Das Salz der Erde, Menschen, in deren Gegenwart sie sich auf Anhieb wohl fühlte. Sie begegnete niemandem, der Unbehagen in ihr auslöste – Blakes Freunde nahmen sie so herzlich auf, als hätten sie sie schon immer gekannt.
Aber hier oben, im hohen tropischen Norden, waren sie endlich allein miteinander. Blake wies sie auf Orientierungspunkte hin und erzählte ihr viel über die Geschichte und die Geographie der Region, Dinge, die sie faszinierten. Er hatte einen erfrischenden Sinn für Humor und erzählte ihr so manche komische Geschichte. Als sie auf der Schnellstraße nach Norden

rasten, nahm er ihre Hand und hielt sie fest, wenn er nicht gerade in einen anderen Gang schalten mußte oder sie auf etwas Interessantes hinweisen wollte. Sie fuhren meilenweit mit verschlungenen Händen.

Er stellte ihr so viele persönliche Fragen, daß sie am Ende des dritten Tages, nachdem sie Darwin verlassen hatten und nach Osten zum Mary River fuhren, glaubte, es gäbe nichts mehr, was sie ihm noch erzählen könnte. Nie hatte sie erlebt, daß ein Mann sich derart auf sie konzentrierte und sie drängte, ihm alles zu erzählen. Nie hatte sie einen so offenen Mann kennengelernt, einen, den nichts in Verlegenheit zu bringen schien. Der sie ohne jede Hemmung vor seinen Freunden umarmte.

Einmal bremste er so scharf, daß sie fast gegen die Windschutzscheibe flog. Kein anderer Wagen war in Sicht, nichts, was sie gezwungen hätte, zu verlangsamen. Nur eine endlose gerade Straße erstreckte sich vor ihnen. Er schaltete den Motor nicht aus, sondern streckte die Arme nach ihr aus und zog sie an sich. »Ich muß dich dringend küssen«, sagte er und tat es gründlich. Und sowie er es getan hatte, fuhr er weiter. Daran erinnerte sie sich, als sie jetzt im Boot saß, und sie seufzte zufrieden bei dem Gedanken an die vier wunderbaren Tage, die sie bisher miteinander verbracht hatten.

Plötzlich sagte Blake: »Psst« und ließ sich ins Wasser gleiten.

»O mein Gott!« rief sie aus.

»Pssst«, wiederholte er und richtete den Strahl seiner Taschenlampe auf das Schilf am Flußufer.

Er reichte ihr die Taschenlampe. »Richte sie genau auf diesen Punkt. Du darfst sie nicht bewegen.« Er glitt so geschmeidig durch das Wasser, daß es sich kaum kräuselte. Plötzlich nahm Cassie die beiden roten Augen wahr, die sich im Schein der Lampe spiegelten; sie rührten sich nicht und sahen starr vor sich hin. Blake streckte die Hand nach dem kleinen Krokodil aus, packte es am Hals, hob es in die Luft und sagte: »Richte den Strahl weiterhin auf seine Augen. Licht hypnotisiert sie. Es wiegt etwa dreißig Kilo.«

»Könnte es dich beißen?«

Er nickte. »Es könnte einen ziemlich großen Brocken aus mir rausreißen. Und aus dir auch.« Er hielt es ihr hin. Sie erlaubte es sich nicht zurückzuweichen. »Jetzt kannst du nie mehr sagen, du hättest nie ein Krokodil gesehen«, sagte er und machte sich auf den Rückweg zu ihr. Dann warf er es grinsend wieder in den Fluß, während er ins Boot sprang, und Cassie wunderte sich darüber, daß sie nicht kenterten.

Sie verstand beim besten Willen nicht, woher er wußte, wohin sie sich begaben, doch er ruderte sie unbeirrt durch schmale, gewundene Wasserläufe, bis sie ihr Lager erreicht hatten.

Er hatte ein Zelt aufgebaut, obwohl sie letzte Nacht im Freien geschlafen hatten. »Wir werden die Lebensmittel im Zelt aufbewahren«, hatte er gesagt. »Es gibt keine gefährlichen Tiere, die uns angreifen könnten, wenn wir im Freien schlafen. Ich kann mir vorstellen, daß das der einzige Kontinent auf Erden ist, in dem man immer gefahrlos im Freien schlafen kann.«

Er hatte ihre Schlafsäcke nebeneinander ausgebreitet, und sie hatten einander beim Einschlafen an den Händen gehalten.

»Morgen nacht«, sagte er, »werden wir zu einem Korrobori gehen. Wir werden unser Lager morgen woanders aufschlagen, ans Meer fahren. Das wird dir gefallen. Mir gefällt es dort.«

Der Mond war riesig.

Blake sagte: »Wir können nicht nebeneinandersitzen. Du wirst zu den Eingeborenenfrauen rübergehen müssen, und ich schließe mich den Männern an.«

Cassie nickte und machte sich auf den Weg zu den schwarzen Frauen, die vor ihrem eigenen Feuer saßen, das nicht annähernd so groß wie das der Männer war. Blake und sie waren direkt nach Einbruch der Dunkelheit eingetroffen, als der Stamm noch seine Gebete summte ... die Menschen richteten sie an den Regengeist und an die Große Mutter der Fruchtbarkeit. Ihre Stimmen hoben und senkten sich im Einklang, schwangen sich zu einem hohen Falsett auf und erfüllten die Nachtluft.

Durch die Dunkelheit drang das hohle, einsame, tiefe Stöhnen des Didjeridu, eines oboenartigen Instruments. Die Gil-Gil-Stöcke fielen ein, deren schriller Diskant wie Tausende von Grillen klang. Dann setzten leise Stimmen ein, die sich allmählich zu einem außerordentlichen Crescendo steigerten. Oberkörper wiegten sich im Einklang nach dem Rhythmus der Musik. Dieselben Worte wurden zahllose Male wiederholt, und die Kadenz riß nie ab. Hände schlugen einen Trommelwirbel auf schimmernde Schenkel, und in der Ferne konnte man Tomtoms hören, während Yamsstöcke auf die trockene Erde schlugen. Rote Bumerangs, die mit Blut beschmiert worden waren, rasselten, wenn sie klappernd gegeneinanderstießen. Ein alter Mann am äußeren Rand des Kreises schlug zwei Blechdosen aneinander und stieß einen wilden, aufgeregten Schrei aus, der klang, als heulte ein Dingo den Mond an.

Der Trommelrhythmus steigerte sich zur Raserei.

Dann trat plötzlich und unerwartet Stille ein. Kein Laut war zu hören.

Das Echo hallte noch in Cassies Ohren nach. Sie konnte ihren eigenen Atem hören.

Eine einzelne Stimme begann zu singen, ein hoher Tenor, der durch die Nacht klang, der Rhythmus der Musik begann sich wieder zu beschleunigen, und das Pulsieren des Didjeridu war durchdringend.

Da ihre Augen sich inzwischen an die Dunkelheit gewöhnt hatten, sah Cassie Tänzer aus den Bäumen auftauchen, die sich einen Weg in die Mitte des Kreises der Gruppe von Männern bahnten. Blake hatte ihr gesagt, daß sich der Zeitpunkt des Erscheinens der Tänzer nach dem Aufgehen eines bestimmten Sterns richtete.

Der Feuerschein spiegelte sich in den Gesichtern der Tänzer. Sie waren grotesk bemalt, und über den beängstigenden Visagen steckten silbrig weiße Kakadufedern in ihrem Haar, die im Feuerschein schillerten. Zu diesem ausgefallenen Kopfputz kamen noch ockergefärbte Stöcke und Köcher hin-

zu. Die weiße Farbe auf ihren Körpern ließ die Menschen wie Skelette erscheinen, die umherschwebten. Sie stampften im Einklang auf den Boden und erzeugten einen Lärm, der Cassie an das Geräusch von Kreide auf einer Tafel erinnerte.
Die Tänzer stellten sich hintereinander auf und wanden sich wie Schlangen zwischen den Feuern, die außerhalb des Kreises angezündet worden waren, und dabei stampften sie mit den Füßen auf, und das Laub an ihren Knien und Ellbogen raschelte wie Geflüster in der Nacht.
Ein Schauer nach dem anderen lief Cassie bei den kehligen, krächzenden, dumpfen Lauten des Gesangs und der Instrumente über den Rücken. Die Tänzer stampften mit einer solchen Wucht und mit so viel Schwung auf die Erde, daß sie unter ihnen bebte. Die Eingeborenenfrauen, die um Cassie herumsaßen, schlugen sich auf die Schenkel, und die Männer fielen alle in den Gesang ein. Die Tänzer wanden sich um den großen Kreis von Männern herum, kehrten in die Mitte des Kreises zurück und ahmten alltägliche Vorkommnisse nach. Ein Leguan, der panisch vor den Hunden fliehen wollte, die hinter ihm herkläfften, das ekstatische Jubilieren eines Mannes, der in der Wüste Wasser fand, das Gleiten einer Schlange. Dann folgte ein rasender Tanz, eine Jagd, die panischen Sätze der Verfolgten, die Gefangennahme, der Kulminationspunkt im Töten. Laute, die Cassie vollständig fremd waren, zerrissen die Luft.
Der Tanz setzte sich fort und wiederholte sich. Die Stakkatoklänge der Musik und die ewige Wiederholung der Bewegungen und der Laute hämmerten auf Cassies Nerven ein, bis sie sich darin gefangen fühlte, wie in einer Zwangsjacke, emotional nicht imstande zu entkommen. Sie hätte am liebsten geschrien, wäre geflohen und glaubte, es keinen Augenblick mehr auszuhalten, als ein schrilles »Ai-ee« von der Menge ausgestoßen wurde und die Tänzer ein letztes Mal aufstampften, wobei das Trampeln ihrer Füße die Erde unter ihnen wieder erzittern ließ.
Stille. Die Tänzer bildeten eine Kolonne, schlichen sich aus

dem Kreis heraus, rannten zurück in die Wälder und verschwanden in der Nacht.
Cassie war nicht bewußt gewesen, daß sie den Atem angehalten hatte, bis Blake sagte: »Komm.« Er streckte eine Hand aus, um sie hochzuziehen.
Er hielt sie fest an der Hand, während er vor ihr her in die Dunkelheit lief. »Paß auf, daß du nicht über die Wurzeln von Bäumen stolperst«, sagte er zu ihr.
Cassies Körper war spannungsgeladen, von der Musik und dem Tanz elektrisiert, von den Eingeborenenfrauen, die sich auf die Schenkel klatschten, von ihren nackten Brüsten, die im Feuerschein schimmerten, vom Tanz der Männer, die bis auf ihren Kopfschmuck nackt waren und deren Rhythmus ihre Seele verführte.
Als die Laute hinter ihnen verhallten, verlangsamten sie ihre Schritte durch die Palmen, und Blake lief jetzt neben ihr her und nicht mehr voraus.
»Wir haben den Strand fast erreicht«, sagte er und legte einen Arm um ihre Schultern, um sie eng an sich zu ziehen.
Sie kamen unter den Bäumen heraus. Nur Sand erstreckte sich noch vor ihnen, bis in die Unendlichkeit. Es gab keine Wogen, die sich brachen, nur das sanfte Schwappen des Wassers.
Blake blieb stehen und bückte sich, um seine Schuhe auszuziehen. Cassie folgte seinem Beispiel. Der warme Sand gluckste zwischen ihren Zehen.
Sie schlenderten mehr als eine Meile weit über den Sand, ehe sie ihr Zelt unter den Palmen am Rand des Strands erreichten.
»Laß uns schwimmen gehen«, sagte Blake, der sein Hemd auszog, sich umdrehte und sie in seine Arme zog. Sie küßte seine Brust. Seine Hände machten sich an den Knöpfen ihrer Bluse zu schaffen, bis er sie von ihr gleiten ließ. Sie schlang die Arme um seine Brust. Er öffnete ihren Büstenhalter, und sie preßte ihre Brüste an ihn, während ihrer beider Haut einander zum ersten Mal berührte. O Gott, dachte sie und schloß die Augen.
Er ließ sie los, zog den Reißverschluß seiner Hose herunter,

ließ sie auf den Boden fallen und trat sie von seinen Füßen. »Ich will dich sehen«, sagte er. »Genauso will ich dich zum ersten Mal sehen, unter den Himmelslichtern, dich sehen …« Seine Stimme klang belegt.

Sie schlüpfte aus ihrer Hose und dachte sich dabei: Sein Körper ist schön. Alles an ihm war schön.

Er ging auf sie zu und beugte sich, ohne sie zu berühren, herunter, um ihre Brüste zu küssen. »Du bist so schön, wie ich es von Anfang an gewußt habe.«

Er stand da und schaute sie an, und dann wandte er sich von ihr ab, rannte ins Wasser und tauchte unter, und sie konnte ihn nicht mehr sehen. Sie trat ans Ufer und war so spannungsgeladen, daß sie am liebsten geschrien hätte.

Langsam tauchte sie immer tiefer in den Ozean ein. Er war so warm wie Badewasser. Blakes Kopf war weit draußen über der Wasseroberfläche zu sehen. Mit kräftigen, ausholenden, langsamen Stößen schwamm er auf sie zu, und seine Beine teilten geschmeidig das Wasser. Eine Wolke zog vor den Mond, und sie verlor ihn aus den Augen.

»Du fürchtest dich doch nicht, oder?« Seine Stimme ertönte direkt neben ihr.

Nein. Sie schüttelte den Kopf. Nein.

Er griff nach ihrer Hand, zog sie mit sich in das Wasser hinunter, küßte sie und stieß seine Zunge in ihren Mund, als suche er dort nach Antworten. Sie spürte seine Hand zwischen ihren Beinen, wie er sie berührte, sie öffnete.

Mit gespreizten Beinen ließ sie sich in dem warmen Naß auf dem Rücken treiben und spürte seine Küsse auf ihrem Körper, seine Berührungen. Seine Lippen glitten federleicht über ihren Bauch, und er zog ihre Beine um seine Hüften. Sein Mund verschlang sie und küßte ihren Hals, seine Zunge fand ihr Ohr, und sein Atem ging schwer.

Er hob sie hoch und trug sie auf den Sand, kniete sich mit ihr hin und wiegte sie in seinen Armen. Er küßte sie, und sie schlang ihm die Arme um den Hals, während Wasser ihre Füße umspülte.

»Ich will dich«, sagte sie.
»Ich weiß. Und ich will dich schon seit dem Abend, an dem wir das erste Mal miteinander getanzt haben.«
Er legte sich auf sie und stützte sein Gewicht auf seine Ellbogen. Er beugte sich hinunter, um sie wieder zu küssen, und sein Körper verschmolz mit ihrem. Er rollte sich auf den Rücken und zog sie auf sich, und sein Mund fand ihre Brüste und küßte sie, während sie sich an ihn preßte und ihre Körper sich in einem Rhythmus bewegten, der die Raserei des Korrobori aufgriff. Sie bewegten sich auf und ab, aufeinander zu, und seine Hände lagen auf ihren Pobacken, als sie flüsterte: »Ich glaube, ich werde gleich ...«
Er drehte sich wieder um. Als sie den Rücken durchdrückte, um sich ihm entgegenzuwölben, stieß er sich in sie und preßte sie so eng an sich, daß sie glaubte, sie seien eins.
»Oh, laß mich nicht allein«, rief sie aus.
Die Sterne über ihnen loderten wie Feuerwerkskörper; sie spürte den Ozean in sich hinein und über sich hinweg spülen, und sie flüsterte: »Hör nicht auf!«
»O mein Gott«, flüsterte sie. »Ich glaube, ich bin dabei, mich in dich zu verlieben.«
Er drückte den Rücken durch. »Du glaubst es? Du *glaubst* es?« Seine Stimme schnappte über. »Verdammt noch mal«, murmelte er und hielt vollkommen still. »Sag es mir! Sag mir, daß du mich liebst.«
»Ich liebe dich.«
Er stieß ein allerletztes Mal zu, und das Wasser spülte über sie hinweg. Als sie die Augen aufschlug, sah Cassie eine Sternschnuppe über den Himmel fliegen.

25

Von dem riesigen Felsen schaute ein stacheliger Ameisenbär auf sie herunter. In gelblichem Ocker und Weiß war ein Fisch zu sehen, der Cassie an die Fische erinnerte, die sie vor langer Zeit in der ersten Klasse gemalt hatte. Es gab primitive Strichzeichnungen von Krokodilen und dunkle Handabdrücke auf weißem Hintergrund.

»Dieses Land ist mehr als dreiundzwanzigtausend Jahre lang durchgehend bewohnt gewesen«, sagte Blake. »Das hier«, und dabei deutete er auf die Malereien auf dem gewaltigen Felsen, »sind die ältesten bekannten Kunstwerke auf Erden. Es ist die Welt der Traumzeit.«

»Traumzeit?« fragte Cassie, während sie glücklich die Wärme von Blakes Hand fühlte, der ihre Hand umfaßt hielt.

»Die Traumzeit«, sagte Blake und führte Cassie näher zu den Felsen, auf denen diese prähistorischen Gemälde prangten, »ist die Art der Aborigines zu berichten, wie ihnen zu Anbeginn der Zeit, während der Schöpfung, das Land gegeben worden ist.«

»Wie unsere Schöpfungsgeschichte?« fragte Cassie.

Blake lächelte und drückte ihre Hand. »Ziemlich ähnlich, abgesehen davon, daß sie nicht so viel von Zeugung berichten. Sie berichten, wie ihre Vorfahren in tierischer und menschlicher Gestalt aus der Erde hervorgegangen sind und die Erde in ihrer jetzigen Form erschaffen haben. Das Wort Traumzeit hat nichts mit Träumen zu tun, wie wir sie verstehen. Diese Zeichnungen erzählen die Geschichte. Möchtest du mehr darüber hören?«

»Ja, natürlich.« Cassie konnte einfach nicht glauben, daß sie Bilder ansah, die nahezu fünfundzwanzigtausend Jahre

alt waren. Sie ließ ihre Hand über den gewaltigen Felsen gleiten.
»Es war einmal«, sagte Blake lächelnd. »Also, es ist so, daß die Welt, ehe die Zeit begann, keine Form hatte und formbar war. Dann ist die Warramurrungundji aus dem Meer gestiegen. Sie war eine Frau mit einem menschlichen Körper, und sie hat das Land erschaffen und menschliche Wesen geboren. Hier«, sagte er und zeigte Cassie die Stelle, »ist sie als ein weißer Felsen dargestellt. Weitere Geschöpfe kamen mit der Zeit: Marrawuti, der Seeadler – siehst du, dort ist er –, der die Seele eines Menschen an sich reißt, wenn er stirbt. Außerdem hat er Seelilien aus dem Meer gebracht und sie aus seinen Klauen fallen lassen, und so sind sie auf die Flußauen gelangt, wo sie blühen, wenn die Flüsse weit über die Ufer treten. Das Krokodil da steht für Ginga, der dieses ungestalte Äußere angenommen hat, weil er sich in einem Feuer Brandwunden zugezogen hat. Der Laubvogel hier ist Djuway, der Hüter der heiligen Initiationsriten.
Alles, was lebt«, sagte Blake, und Cassie hatte das Gefühl, daß seine Stimme einen ehrfürchtigen Tonfall annahm, »ist Teil eines Ganzen. Baum, Adler, Gras, Erde, Wasser, Mensch. Wir sind alle eins. Als die Schöpfung beendet war, haben die Wesen, von denen die Menschen abstammen, gesagt, sie hätten alles Notwendige erschaffen, und jetzt sei es Sache der Menschen, das Erschaffene für alle Zeiten zu bewahren. Sie sind dazu ermahnt worden, nichts zu verändern, sondern das Land und einander zu ehren und zu schätzen.«
»Dann sind sie also«, sagte Cassie, die von allem, was sie hörte und sah, fasziniert war, »zu den Hütern des Landes gemacht worden.«
Blake beugte sich herunter, um sie auf die Wange zu küssen. »Genau. Aber nicht nur zu den Hütern des Landes, sondern auch einer zum Hüter des anderen. Und zu den Hütern der Tiere. Die Traumzeit ist der Klebstoff, der dazu dienen soll, die Umgebung und den Menschen harmonisch zusammenzuhalten. Das hat sich hier zweitausend Generationen lang

bewährt. Da die Ureinwohner ein Teil des Landes sind, ein Teil der Natur, können sie uns nicht verstehen. Warum, fragen sie sich, wollen wir die Umgebung verändern, sie zerstören.«

Cassie blickte zu ihm auf. »Du hast die Seele eines Dichters, ist dir das klar?«

Blake grinste. »Mich stört es nicht, wenn du mich überschätzt. Aber es ist nicht wahr. Sieh dir doch nur an, was ich tue. Ich lasse Zehntausende von Rindern auf dem Land weiden. Ich trage täglich dazu bei, die Landschaft für alle Zeiten zu verändern.«

»Fortschritt läßt sich nicht vermeiden, ganz gleich, wie reizvoll die Traumzeit auch klingt«, warf Cassie hilfreich ein.

»Fortschritt? Ich bin nicht sicher, daß wir Fortschritte machen. Sieh dir nur an, was Hitler in Europa tut. Ist es ein Fortschritt, Menschen zu vernichten? Ist Völkermord ein Fortschritt? Ist es ein Fortschritt, diejenigen einzusperren und zu töten, die nicht mit uns einig sind? Ist es ein Fortschritt, Kriege um Land zu führen? Ich glaube, je länger die Zivilisation andauert, desto mehr richtet sie an. Jahrhundertelang haben wir Kriege ausgetragen, um andere dazu zu zwingen, an unseren Gott zu glauben. Ich weiß, ich weiß … ich kann den Kalender nicht um Jahrtausende zurückstellen, aber ich bin nicht sicher, ob Fortschritt das richtige Wort ist. Doch was es auch sein mag, ich mache mich dessen so schuldig wie jeder andere auch. Ich lasse das Land gründlich abweiden und zerstöre es damit. Mir liegt es mehr am Herzen, Land und Geld zu erlangen als spirituelle Weiterentwicklung …«

Cassie starrte ihn an. Nie hatte sie jemanden so reden hören.

»Komm«, sagte er und zog sie höher auf die Felsformationen hinauf. »Paß auf, wohin du trittst, aber ich möchte, daß du den Anblick von dort oben siehst«, sagte er und wies auf die Spitze der steilen Böschung. »Ich möchte dich dort oben lieben, wo wir in die Unendlichkeit sehen können, und solange du lebst, wirst du diesen Ausblick und das, was wir dort tun, nicht vergessen.«

Er war zärtlich und sanft und drängend und leidenschaftlich. Er berührte jede Stelle ihres Körpers, die berührbar war. »Ich werde deinen Wein trinken«, sagte er lachend, als er ihren ganzen Körper mit Küssen bedeckte.

»Ich werde dich verschlingen«, murmelte er, als er sie biß.

»Ich werde dich tief einatmen«, sagte er, während seine Zunge über sie glitt.

Sie liebten sich den ganzen Nachmittag auf einem flachen Felsvorsprung mit einem Ausblick über die grünen Ebenen, die sich bis zum Horizont erstreckten. Die Sonne brannte auf ihre nackten Körper herunter, während sie zusammenkamen.

»Wir sind eins«, sagte er. »Wir sind eins mit dem Universum.«

Cassie wußte, daß es eine Liebe wie diese nie gegeben hatte. Sie liebte seine Worte und seine Vorstellungen, und sie liebte es auch, wie er mit ihr schlief. Sie war in seinen Anblick verliebt, insbesondere in seine Hände – sogar in die linke, die er sich vor vielen Jahren verbrannt hatte. Sie liebte sein Wissen über die Geschichte des Landes und seiner Volksstämme. Sie liebte es, daß er überall, wohin sie kamen, Freunde hatte. Sie liebte es, daß er sich ihr öffnete und ihre Zurückhaltung durchbrach. Sie liebte es, wieder Vertrauen zu fassen, und sie liebte es, daß seine Hand um ihre geschlungen war, während sie diese Tausende von Meilen durch den roten Kontinent fuhren. Sie liebte es, wie er schmeckte, und sie liebte es, was seine Hände und seine Zunge mit ihrem Körper taten. Sie liebte das Gefühl, wenn er in ihr kam, und sie liebte es, ihn aufstehen und sich strecken zu sehen. Sie liebte sein Lachen und sein Lächeln, das sich so leicht hervorrufen ließ. Sie liebte die katzenhafte Anmut, mit der er sich bewegte, und sie liebte die Kraft, die er ausströmte.

»Eines Tages«, sagte er zu ihr, »wenn ich meinen Vater erst einmal mürbe gemacht habe, werden wir all unsere Rinder mit Hubschraubern zusammentreiben. Wir werden Lastwagen einsetzen, statt unser Vieh über einen Zeitraum von sechs Monaten zweitausend Kilometer weit zu treiben. Wir werden auf dem Sektor der Rinderzucht ins zwanzigste Jahrhundert übergehen.«

»Deinem Vater gefällt diese Vorstellung nicht?«

»Mein Vater glaubt, dann wäre es ein reines Geschäft. Er engagiert sich voll und ganz dafür, die Dinge so weiterzuführen, wie sie in den letzten hundert Jahren betrieben worden sind. Er sagt, wenn ich ein Geschäft leiten will, soll ich nach Sydney gehen.«

»Aber du liebst es doch, das Vieh zusammenzutreiben und auf Viehtrieb zu gehen. Du liebst das Leben, das du führst.«

Er nickte. »Aber ich werde nicht bis in alle Ewigkeit dasselbe tun.« Er drehte sich lächelnd zu ihr um. »Mach dir eins über mich klar: Ich bin unruhig. Ich will neue Dinge ausprobieren. Ich will anderen voraus sein. Eines Tages werde ich mehr Land und mehr Rinder besitzen als jeder andere in ganz Australien.«

Cassie, die nackt war, setzte sich auf dem heißen Felsen auf. »Was hast du mir gerade über die Harmonie zwischen dem Menschen und der Natur erzählt?«

»Ich weiß. Und daran glaube ich wirklich. Und doch lebe ich in keiner solchen Gesellschaft. Ich lebe in einer, in der man sich entweder vorwärtsbewegen muß oder untergeht. Wenn ich mich vorwärtsbewege, dann mag das dazu führen, daß das Leben meiner Enkelkinder weniger lebenswert ist, aber ich muß mich vorwärtsbewegen oder untergehen. Und ich werde mich weit voranbewegen. Ich werde richtungweisend sein.«

Cassie streckte die Hand nach ihrem BH aus und begann, sich anzuziehen. Blake streckte die Arme nach ihr aus, zog sie zu sich hoch und beugte sich herunter, um sie auf die rechte Brust zu küssen. »Warum ist das so wichtig?« fragte sie.

»Wie sonst werde ich wissen, daß ich erfolgreich war? Sieh dich um, sieh dich nach allen Seiten um.« Er beschrieb mit dem Arm einen Bogen. »Ich will nicht dieses Stück Land besitzen, aber ich werde vergleichbares Land besitzen. Ich werde so viel Land besitzen, über einen so großen Landesteil erstreckt, daß ich keine Rinder verliere, wenn eine Dürre ausbricht. Ich werde in der Lage sein, die Rinder quer durch das Land zu Märkten zu transportieren, auf Land, das mir gehört. Es mag nur ein schmaler Streifen sein, aber ich werde Land besitzen, das sich von hier bis Brisbane oder Adelaide erstreckt. Meine Rinder werden bei den ersten Anzeichen auf eine anhaltende Dürre in andere Gegenden getrieben werden können; sie werden nicht auf hoffnungslos abgegrastem Land festsitzen und nicht aus dieser Falle herauskommen. Es wird einen Pfad von Tookaringa in die Städte geben, der nicht abgegrast sein wird, sondern nur darauf wartet, bis er gebraucht wird, der nur auf meine Rinder wartet.«

»Mein Gott, Blake, willst du damit etwa sagen, daß du Land besitzen willst, das sich über tausend, wenn nicht gar mehr Meilen am Stück hinzieht?« Cassie zog ihre Kleider an und knöpfte ihren Rock zu.

»Ja. Ganz genau. Du wirst es ja sehen.«

Das war eine ganz unerhörte Vorstellung, und doch glaubte sie, daß Blake alles erreichen konnte, was er sich in den Kopf setzte. Sie schlang ihm die Arme um die Taille und lehnte den Kopf an seine Brust. »Ich zweifle nicht einen Moment daran.«

Sein Arm legte sich um ihre Schultern, und er drehte sich so um, daß sie von der steilen Böschung meilenweit über das Land hinausschauten. »Dies, meine Liebe, ist das letzte Neuland auf Erden. Hier können Träume noch wahr werden. Innerhalb des nächsten Jahrzehnts wird eine weitere Dürreperiode hereinbrechen, die Hunderttausende von Tieren töten wird, die Familien zerbrechen und Herzen brechen lassen wird, die die Fleischpreise sprunghaft ansteigen lassen wird. Das Land wird austrocknen, und Rinder und Schafe werden zu weit von Bohrlöchern entfernt sein, die ohnehin ausgetrocknet sein werden, und ihre Kadaver werden den Kontinent bedecken. Die Träume, die Hoffnungen und das Leben von zahllosen Menschen werden zerstört werden. Aber nicht wir, nicht Tookaringa. Bis dahin, Cassie, werde ich auf meinem gesamten Land, das bis zur Küste reicht, Bohrlöcher haben, und meine Rinder werden weiterziehen und noch nicht einmal Gewicht verlieren. Was für viele den Untergang mit sich bringt, wird für uns Einnahmen bedeuten. Nicht etwa, daß ich das herbeisehne. Aber es ist unvermeidlich. Die Geschichte und das Wetter wiederholen sich nach einem absehbaren Schema. Und ich werde darauf vorbereitet sein. Vielleicht noch nicht jetzt, aber ich werde Dad mürbe machen. Oder ich nehme es auf eigene Faust in Angriff.«

Cassie schaute zu ihm auf. Er sah weit in die Ferne, sah – das wußte sie genau – in die Zukunft, die ihm gehörte.

Als sie zu ihrem Lager am Alligator River zurückkehrten, wurden sie von einem Mann mittlerer Größe mit rotblondem Haar, blaßblauen Augen und drei bis vier Tage alten Bartstoppeln erwartet, der im Schneidersitz vor ihrem Zelt saß. Er trug Khakishorts und ein kurzärmeliges Hemd und Stiefel ohne Socken.

Er erhob sich, als sie das Lager erreichten, zog den Hut und sagte: »Ich hoffe, ich habe die Richtigen erwischt. Ich habe gehört, Sie sind Ärztin.« Er streckte die Hand aus. »George Bill. Genannt Buffalo.« Er grinste und zeigte dabei eine Lücke zwischen den Schneidezähnen.

Cassie schüttelte ihm die Hand. »Ja, ich bin Ärztin.«

Buffalo nickte. »Ich habe ein Problem hier in der Nähe. Einer der Schwarzen ist von einem Bumerang verletzt worden. Es steht nicht gerade besonders gut um ihn.«

»Er ist nie geimpft worden?« fragte Blake, der in den Fluß griff und zwei Bier und eine Cola rauszog. Er reichte Buffalo ein Bier und Cassie eine Cola.

»Seine Brust ist ziemlich übel zugerichtet«, sagte Buffalo und entfernte mit den Zähnen den Kronkorken von der Flasche. »Ich habe den Bereich mit den Prellungen abgetastet, und unter meinen Fingern hat es sich nach Knochen angefühlt, die lose in ihm herumfallen. Der alte Kerl hatte eine Menge Schmerzen und Mühe mit dem Atmen. Ich meine, jedesmal wenn er tief Luft geholt hat, war es schmerzhaft, das konnte man ihm deutlich ansehen. Aber er will nicht, daß eine Frau ihn sich ansieht.«

»Und was soll ich jetzt tun?«

»Tja, ich dachte, Sie könnten mir sagen, was ich tun soll«, sagte er und trank einen großen Schluck Bier aus der Flasche.

Cassie setzte sich im Schneidersitz hin, und Buffalo ging mit angezogenen Knien neben ihr in die Hocke und setzte sich auf seine Fersen. Er hatte sich den Hut weit auf den Hinterkopf geschoben. »Ich nehme nicht an, daß Sie Klebeband haben«, sagte sie.

Buffalo antwortete gar nicht erst darauf. Cassie dachte einen Moment lang nach. »Ich glaube, ich habe einen elastischen Verband in meiner Tasche.« Blake hatte gelacht, als sie darauf bestanden hatte, ihre Arzttasche mitzunehmen. »Ohne die fühle ich mich nackt«, hatte sie gesagt. »Ich hole ihn gleich. Er ist dehnbar«, erklärte sie. »Schnüren Sie ihn unter den Armen über die gesamte Brust, wie eine Art Druckverband, wie zum Schienen eines Bruchs, damit seine Brust ruhiggestellt wird und nicht mehr ganz so sehr schmerzt, wenn er sich bewegt. Bringen Sie ihn dazu, ein paar Tage lang stillzuliegen.«

»Was tun Sie hier oben?« fragte Blake. »Leben Sie hier in der Gegend?«

»Ich bin Büffeljäger«, sagte Buffalo, »aber vielleicht konnten Sie sich das ja ohnehin schon zusammenreimen. Diese verdammten Asiaten haben im Lauf des letzten Jahrhunderts Wasserbüffel rübergebracht, und die sind jetzt auf freiem Fuß und haben sich vermehrt und streifen durch die Gegend und fressen Ernten auf und bringen die Leute um den Verstand. Es ist eine Belohnung auf sie ausgesetzt worden. Und ihr Fleisch ist sehr genießbar. Ich habe ein Lager etwa zwei Meilen flußabwärts von hier. Nicht weit von einem der Lager der Schwarzen. Ich gebe ihnen die Tiere, die ich töte, weil ich soviel Fleisch beim besten Willen nicht allein aufessen kann. Kommen Sie heute zum Abendessen rüber, wenn Sie noch nie Büffelfleisch gegessen haben. Sie bringen das Bier mit, und den Rest stelle ich bereit.«

Cassie sah Blake an. »Klar«, sagte er nickend. »Das ist wirklich sehr gastfreundlich.«

Zum Abendessen gab es gebratene Büffelsteaks, Bratkartoffeln, Spiegeleier, ungesäuertes Brot und Bier.
»Eigentlich bin ich Wassersucher«, berichtete ihnen Buffalo, der ihre Gesellschaft sichtlich genoß. »In den letzten sechs Jahren hat die Regierung mich durch ganz Arnhem Land geschickt, damit ich Wasser suche. Sie merken sicher selbst, daß ich nicht viel rede, stimmt's, so, wie ich loslege, wenn mir jemand begegnet. Ich komme nur einmal im Jahr hier raus, für jeweils einen Monat.«
»Das ist das erste Mal, daß ich Büffelsteaks esse«, sagte Blake. »Die sind wirklich nicht schlecht.«
»Was tun Sie hier oben ohne jemanden, mit dem Sie reden können?« fragte Cassie. Sie fand, Büffelsteaks ließen einiges zu wünschen übrig.
»Also, so können Sie das nicht sagen. Ich habe Freunde unter den Eingeborenen. Und wenn ich drüben in Darwin bin, kaufe ich genug Bücher, um jede Woche eines zum Lesen zu haben.«
Das erinnerte Cassie an Heather Martin und ihre Schwestern.
»Sie lesen zweiundfünfzig Bücher im Jahr?« fragte Cassie. Buffalo erweckte nicht den Eindruck, als hätte er je auch nur ein Buch gelesen.
»He«, sagte er grinsend, »ich wette, ich bin einer der gebildetsten Männer in der ganzen Gegend. Ich lese Philosophie- und Geschichtsbücher und Reisebeschreibungen, aber auch Romane. Ich bin an mehr Orten gewesen als die meisten Leute, möchte ich wetten, obwohl ich dieses Stück Erde nie verlassen habe. Einen großen Teil meiner Zeit verbringe ich damit, mir Gedanken zu machen.«
Er kratzte die Moskitostiche auf, mit denen seine Beine bedeckt waren. »Die Aborigines lassen mich bei ihren Riten zusehen, Initiationsriten und dergleichen. Ich wette, ich bin der erste weiße Mann, der das sieht. Natürlich dürfen die Frauen nicht zuschauen, und ich mußte Geheimhaltung schwören.«

Seine Stimme schwoll vor Stolz an.
Er wandte sich an Cassie. »Der Grund, aus dem sich kein Schwarzer von Ihnen verarzten lassen will, ist der, daß sie nicht glauben, Frauen seien echte Menschen und hätten eine Seele.«
Cassie spürte, daß sie sich aufrechter hinsetzte. »Keine Seele? Was sind wir denn dann?«
»Die Aborigines glauben, Frauen sind Gefäße ...«
»Gefäße?«
Blake nahm Cassies Hand. »He, er meint damit nicht dich. Er berichtet dir von Stammesbräuchen und davon, was die Eingeborenen glauben. Du brauchst dich nicht mit ihm zu streiten.«
Buffalo nickte. »Ja. Sie wissen noch nicht einmal, daß Babys eine Folge von Geschlechtsverkehr sind, ich bitte um Verzeihung, Ma'am. Sie halten eine Schwangerschaft für das Resultat des Übernatürlichen. Eine Frau ist ein Gefäß zur Aufbewahrung des Samens des Großen Geistes, der andere Männer-Geister hervorbringt, die in Fleisch und Blut in ihrem Stamm leben. Von einer Frau geboren zu werden entweiht die Traumzeit. Eine Frau ist unrein, und es ist eine Sünde, von einer unreinen Frau geboren zu werden, und daher muß ein Mann durch die Initiationsriten geläutert werden. Männer und Frauen leben getrennt voneinander. Sie dürfen sich nur zu festgesetzten Zeiten näherkommen. Für einen Mann und sogar für einen Jungen, der die sexuellen Tabus übertreten hat, hat das früher den Tod bedeutet, jetzt ist es nicht mehr ganz so schlimm. Aber es steht immer noch der Tod darauf, wenn ein Mann Geheimnisse der Stammesmagie oder der Initiationsriten an eine Frau verrät.«
»Mein Gott«, sagte Cassie.
Buffalo stand auf, ging zum Feuer und bückte sich, um die eiserne Kaffeekanne herauszuholen. Er kam zurück und goß Kaffee in drei Metallbecher. »Die Frauen sind aber glücklich.«
Ja, darauf möchte ich wetten, dachte Cassie.
»Sie brauchen die Hauptarbeit des Jagens nicht zu übernehmen. Männer müssen die Nahrung für den ganzen Stamm be-

reitstellen, gegen die bösen Geister kämpfen und Känguruhs und Krokodile überlisten. Manchmal erfordert die Jagd auf Eßbares Tage. Und böse Geister liegen immer auf der Lauer. Frauen brauchen sich daran nie zu beteiligen, an den harten Seiten des Lebens.«

»Aber was tun sie?« fragte Cassie, die sich sagte, daß Frauen in unserer Zivilisation im allgemeinen auch nicht losziehen und das Lebensnotwendige beschaffen müßten. Sie blieben zu Hause, spülten Geschirr, wuschen Windeln, nahmen sich laufender Nasen an, kochten und putzten täglich das Haus. Vielleicht unterschied es sich gar nicht so sehr.

Buffalo setzte sich wieder und hielt seinen Kaffeebecher in den Händen. »Frauen sammeln Nahrungsmittel – Maden, kleine Reptilien, Insekten. Feuerholz. Man sieht sie so gebeugt wie Maulesel durch die Gegend laufen. Und jede weiße Australierin, die mir je begegnet ist, sieht diese Frauen und hat Mitleid mit ihnen, weil sie nichts anderes sehen als den Schmutz und die harte Arbeit und die primitive Denkweise. Wissen Sie, was die Weißen nicht sehen?«

»Ja«, sagte Blake.

Buffalo sah ihn an.

»Sie sehen die Magie nicht, die Religion, das Einssein mit der Natur, die undurchbrochene Kette der Menschheit, die auf den Anbeginn der Zeit zurückgeht«, erklärte Blake.

Cassie dachte: Blake, ich liebe dich. Blake und Buffalo sahen einander fest in die Augen. Buffalo nickte. »Sie haben recht. Die Weißen sehen auch nicht die Freiheit, die dieses Leben mit sich bringt. Oder die Sicherheit, die es mit sich bringt, genau zu wissen, was von einem erwartet wird, genau zu wissen, welche Rolle einem zugewiesen worden ist.«

»Oh, ich weiß nicht so recht«, warf Cassie ein. »In einer zivilisierten Gesellschaft wissen wir doch recht genau, welche Rollen uns zugewiesen worden sind.«

Blake lachte. »Tja, vielleicht wissen das die meisten Menschen, aber du hast dieses Schema aufgebrochen. Du begnügst dich nicht mit der herkömmlichen Rolle einer Frau.«

»Aber es sind auch nicht alle Stämme so wie dieser hier. In manchen Stämmen tun sich Männer und Frauen tatsächlich zusammen und bilden Familienverbände«, sagte Buffalo.

»Was passiert«, fragte Blake, »wenn Sie eine schwarze Frau wollen?«

Buffalo schnitt eine Grimasse. »Ich doch nicht.«

»Also gut, wenn irgendein weißer Mann eine schwarze Frau haben will?«

»Er nimmt sie sich. Das sind sie gewohnt. Immer wenn ein Mann eine Frau will, nimmt er sie sich einfach. Sie hat dabei nichts mitzureden. Ob dieser Mann nun ein Weißer oder ein Schwarzer ist. Sie glaubt, dazu ist sie da. Um benutzt zu werden. Aber was mich abstößt, ist nicht, daß eine Frau schwarz ist. Es ist die Syphilis. Ich wüßte von keinem Stamm, der nicht von Geschlechtskrankheiten geplagt ist. Ich selbst verbringe einen Monat im Jahr in irgendeiner Stadt, in der es weiße Frauen gibt.« Zu Cassie sagte er: »Ich hoffe, Sie nehmen daran keinen Anstoß, Ma'am.«

Sie hätte gern gesagt: keineswegs. Aber sie brachte es nicht über sich.

26

»Das war ein wunderbarer Urlaub«, sagte Cassie, die die Tür des Wagens noch nicht geöffnet hatte. »Jede einzelne Minute war einfach großartig.«

»Sieh mal«, sagte Blake und schlang seine Finger um ihr Handgelenk, »du redest über all das, als ginge es nur um zwei gemeinsam verbrachte Wochen und tollen Sex. Das ist ein Haufen Unsinn. Du weißt verdammt gut, daß das keine zwei gewöhnlichen Wochen waren. Was wir in dieser Zeit gehabt haben, bekommen viele Menschen in zwei Jahren nicht, wenn überhaupt je. Wie viele Leute kennst du, die eine solche Zeit miteinander verbracht haben? Niemanden, stimmt's? Und wenn du findest, ich ginge ganz schön hart ran, dann ist das eben meine Art. Wenn dich das stört, dann solltest du am besten teuflisch schnell davonlaufen, denn wenn ich etwas will, dann strecke ich die Hand danach aus, packe es und halte es fest. Ich bemühe mich, feinfühlig zu sein, aber der Teufel soll mich holen, wenn ich auf Samtpfoten herumschleiche. Ja, ich will dich. Das solltest du inzwischen deutlich gemerkt haben.« Er beugte sich vor und küßte sie, obwohl vor Cassies Haus Leute über die Straße liefen.

»Wie soll ich bloß wieder auf den Boden kommen?«

Er grinste. »Dein Leben spielt sich nicht auf der Erde ab – du mußt dich in die blauen Weiten erheben. Ich weiß auch nicht, wie ich das anstellen werde. Wir werden von all dem mitgerissen, und das ist nur gut so. Aber jetzt laß uns Möglichkeiten ins Auge fassen. Wenn wir das tun, wird sich alles übrige von selbst erledigen.«

Cassie hatte nie eine derart überschwengliche Freude verspürt. Er hatte deutlich klargestellt, oder so war es ihr zumin-

dest erschienen, daß er nicht von ihr erwartete, sie sollte ihren Beruf weiterhin ausüben; er wollte eine Ehefrau, die sich damit begnügte, Mrs. Blake Thompson zu sein.
Jahrelang hatte sie sich auf nichts anderes konzentriert als darauf, Ärztin zu sein, aber jetzt würde sie all das mit Freuden dafür aufgeben, auf Tookaringa zu leben, Blakes Frau zu sein und seine Kinder zu gebären. Nichts anderes zählte mehr, nur noch dieser Mann an ihrer Seite.
Sie hatte sich für ein weiteres Jahr bei den Fliegenden Ärzten verpflichtet. Solange konnten sie miteinander verlobt sein.
»Sieh mal«, sagte er und fuhr mit einem Finger über ihre Kehle. »Wir haben alle Zeit auf Erden. Laß es uns langsam angehen. Wir werden voneinander getrennt sein, du oben am Himmel und ich draußen auf dem Land, und wir werden daran denken, wie es wäre, miteinander zu schlafen. Jeder von uns beiden wird sich an die Berührungen des anderen erinnern und sich nach ihm sehnen. Wir werden gemeinsam Neuland erkunden, geographisch und emotional.«
»Du kannst mich sogar mit Worten verführen«, sagte Cassie lächelnd.
Er lachte. »Sieh dir nur an, wer hier von Verführung spricht. Wahrscheinlich werde ich auf der zwölfstündigen Rückfahrt nach Tookaringa an nichts anderes als an deinen Körper denken. Gott sei Dank wird kaum Verkehr sein. Ich wünschte, ich hätte jetzt schon einen Hubschrauber. Dann käme ich jede Nacht zu dir geflogen.«
»Ich weiß nicht, ob ich heute nacht überhaupt schlafen kann.«
»Laß dir etwas einfallen, ehe wir uns das nächste Mal sehen, wie wir es anstellen können, daß ich in dein Haus kommen und in deinem Bett schlafen kann, ohne daß die ganze verfluchte Stadt davon erfährt.«
»Ich liebe dich«, sagte sie. »Ich bin rasend in dich verliebt.«
Er beugte sich wieder vor, um sie zu küssen. »Das habe ich wahrscheinlich schon lange vor dir gewußt.« Er öffnete die Tür und streckte die Beine aus dem Lastwagen. Dann lief er um das Fahrzeug herum, öffnete ihr die Tür und schnappte

ihre Koffer von der Ladefläche. Sie folgte ihm die Treppe zur Veranda hinauf.

»Ich komme wieder, sobald ich kann, aber es könnte ein paar Wochen dauern«, sagte er und schob sich seinen Stetson auf den Hinterkopf.

Es sollte sich herausstellen, daß es länger dauern würde. Viel, viel länger.

Horrie rief an. »Gott sei Dank, daß du wieder da bist.«

»Gibt es Probleme?«

»Wann gibt es keine? Dein Freund Doc Adams ist zweimal zu Noteinsätzen mit rausgeflogen. Er ist gar nicht so übel, wie ich es erwartet hätte. Und Schwester Claire ist ein Goldstück gewesen. Trotzdem danke ich Gott dafür, daß du wieder da bist. Draußen in Yancanna ist Kinderlähmung ausgebrochen, und Schwester Brigid will, daß du am besten gestern kommst.«

»Polio?« Cassies Stimme überschlug sich. »Ist sie ganz sicher?«

»Ziemlich sicher. Die Epidemie ist in dem Eingeborenendorf auf dem Hügel ausgebrochen, und jetzt fürchtet sie, sie könnte sich in der ganzen Gegend ausbreiten. Komm zur Fünfuhrsprechstunde her, damit du selbst mit ihr reden kannst.«

Statt dessen meldete sich Schwester Marianne und stattete Cassie ihren Bericht ab. »Wir haben hier einen elfjährigen Jungen mit Restlähmungen. Oben im Dorf auf dem Hügel sind sechs Schwarze, die nicht in die Stadt runterkommen wollen.« Trotz ihrer Sorge lächelte Cassie bei der Vorstellung, daß Yancanna sich als Stadt ansah. »Letzte Nacht ist ein junger Mann in seinen Zwanzigern, der Verwalter eines Gehöfts, das fast hundert Meilen von hier entfernt ist, hergebracht worden. Er ist ein kräftiger strammer Kerl, aber er hat ernstliche Atemnot.«

Die Atemnot war eines der Hauptprobleme bei Polio, und dazu kamen die Schluckbeschwerden. Cassie fragte sich, wo wohl die nächste eiserne Lunge aufzutreiben war. Gewiß konnten sie die Patienten nicht nach Yancanna schaffen, aber sie konnten sie aus Yancanna nach Augusta Springs fliegen.

»Kann er schlafen?«

»Nein. Und über Funk haben wir gerade die Mitteilung erhalten, daß ein weiterer Patient, ein Viehtreiber, der lange auf den Weiden war, gerade hergebracht wird. Wir haben nicht einmal mehr Platz für einen weiteren Patienten. Was sollen wir bloß tun?«
»Heute abend kann ich nicht mehr rauskommen, aber wir werden morgen früh sofort rausfliegen. Ich bin gerade erst aus dem Urlaub zurückgekommen und habe noch nicht mit Sam gesprochen. Feuchte, heiße Packungen. Bettruhe. Ich nehme an, das wissen Sie alles schon.«
Sie konnte regelrecht vor sich sehen, wie Marianne nickte.
»Ich werde sehen, ob ich eine eiserne Lunge auftreiben kann, um sie, für den Fall, daß wir sie brauchen, hier im Krankenhaus zu installieren.«
»Okay.« Die Krankenschwester unterbrach die Verbindung.
Cassie wandte sich an Horrie. »Wo ist Sam?«
»Er ist mit Schwester Claire zu einer Sprechstunde rausgeflogen. Sie sollten vor Einbruch der Dunkelheit zurück sein.«
»Ich gehe jetzt zu Dr. Adams, um herauszufinden, ob er weiß, woher wir eine eiserne Lunge bekommen könnten.«

Cassie rief im Krankenhaus an. Ja, Dr. Adams war noch da. Sie legte den gesamten Weg rennend zurück.
Als sie das Krankenhaus erreichte, war sie außer Atem, und Schweiß strömte ihr über das Gesicht. Die Oberschwester grinste sie an. »Er ist in seinem Büro«, sagte sie, ohne Cassies Frage abzuwarten. »Haben Sie einen schönen Urlaub verbracht?«
»Ja, einfach wunderbar.« Cassie sauste durch den Korridor zu Chris' Büro und stürmte hinein, ohne vorher anzuklopfen. Er saß an seinem Schreibtisch, schrieb etwas und blickte bei ihrem Eintreten auf.
»Chris, hast du eine Ahnung, woher wir eine eiserne Lunge bekommen können?«
»Ich habe eine in Adelaide bestellt«, sagte er. »Dort werden sie fabriziert.«

Sie blieb stehen und zog die Augenbrauen hoch. »Du hast sie schon bestellt?«

»Ich weiß, was in Yancanna los ist«, sagte er. »Ich konnte nicht von hier fortgehen, Cassie. Falls es eine Epidemie ist, wird derjenige, der hinfliegt, tagelang dort bleiben müssen. Ich kann das Krankenhaus nicht allein lassen.«

»Das hätte ich auch nicht von dir erwartet. Dazu sind die Fliegenden Ärzte schließlich da.«

»Horrie hat mich gebeten rauszufliegen, aber ich kann es nicht tun. Ich wußte, daß sie dort mindestens drei Fälle von Kinderlähmung haben, und daher habe ich rumtelefoniert, und Adelaide hat die Lunge gestern abend rausgeschickt. Per Luftfracht sollte sie heute abend oder morgen hier eintreffen.«

Cassie setzte sich. »Ich danke dir.«

»Du wirst Patienten mit Atembeschwerden mit dem Flugzeug hertransportieren müssen. Ich telefoniere rum, um herauszufinden, wo wir eine zweite eiserne Lunge beschaffen können, falls wir sie brauchen. Es kann gut sein, daß wir mehrere brauchen. Wir werden beide viel zu tun haben, du dort draußen, und ich werde alle, die du herschickst, hier erwarten. Ich habe bereits drei Zimmer als Quarantänestation vorgesehen. Ich habe zwei Krankenschwestern kontaktiert, die geheiratet haben und in den Busch gezogen sind, und falls es sich zu einer regelrechten Epidemie ausweiten sollte, werden sie ihre Arbeit wiederaufnehmen.«

Cassies Mund sprang auf.

Dann lächelte Chris. Cassie wurde klar, daß sie ihn zum ersten Mal wirklich lächeln sah.

»Es hat mir Spaß gemacht, diese beiden Male rauszufliegen. Ich bin vorher noch nie geflogen. Das war ein echtes Erlebnis. In all den Jahren, seit ich praktiziere, habe ich nie eine Blinddarmoperation auf einem Küchentisch vorgenommen.«

War das derselbe Mann, den sie jetzt schon seit einem Jahr kannte? »Ich kann dir gar nicht genug danken.«

»Jedenfalls bin ich froh, daß du nicht länger Urlaub hattest. Es hätte mich reichlich in die Enge getrieben, hier den Betrieb am laufen zu halten und gleichzeitig eine Polioepidemie am Hals zu haben.«

»Hast du je mit Fällen von Kinderlähmung zu tun gehabt?« fragte sie, da sie selbst nie damit konfrontiert gewesen war.

»Ab und zu mit Einzelfällen. Ein paar junge Leute mit Lähmungen, ein paar Kinder, die gestorben sind, etliche Leute, die ohne jede Nachwirkungen wieder gesund geworden sind. Aber nicht dieses plötzliche Auftreten wie jetzt in Yancanna.«

»Ich fliege morgen früh gleich raus.«

Chris nickte. »Das habe ich als selbstverständlich vorausgesetzt.«

»Nach allem, was ich bisher gehört habe, bin ich sicher, daß einer der Patienten morgen abend hierher ins Krankenhaus gebracht werden muß.«

»Ich habe meine Termine so umgelegt, daß ich mit dir rausfliegen kann, wenn du möchtest. Ich kann den Patienten oder auch mehrere Patienten zurückbringen. Mehr als einen Tag kann ich jedoch nicht erübrigen.«

Cassie nickte und war immer noch benommen von allem, was er bisher gesagt hatte. Nie hatte sie ihn so redselig oder so hilfreich erlebt. Er hatte die Dinge in die Hand genommen, ihre Erfordernisse vorhergesehen und war in einem Maß entgegenkommend, wie sie es ihm nie zugetraut hätte.

»Chris, ich weiß nicht, wie ich dir für all das danken soll. Für deine Bereitschaft, dich der Notfälle anzunehmen, und jetzt auch noch all das …«

»Wie kann ich dir je für das danken, was du für Isabel getan hast?«

»Das war doch nicht der Rede wert.«

»Genauso empfinde ich das auch. Schließlich bin ich doch auch für diese Leute zuständig, Cassie. Bei ihrer Ankunft hier werden sie zu meinen Patienten. Oder zumindest«, sagte er, und Cassie hätte schwören können, daß seine Gesichtszüge sanfter wurden, »unsere.«

Cassie sprang von ihrem Stuhl auf, lief um seinen Schreibtisch herum, beugte sich herunter und umarmte ihn. »Chris, das ist eine Seite von dir, die ich vorher nie gesehen habe. Ich muß zugeben, daß ich im Traum nicht geglaubt hätte, wir könnten so gut zusammenarbeiten.«

Als er sich zu ihr umdrehte, um etwas zu sagen, streiften ihre Lippen seine Wange. Sie hoffte nur, sie hatte keine Grenze überschritten, die ihn veranlaßte, sich wieder in sich selbst zurückzuziehen. Es wäre so wunderbar, mit einem anderen Arzt zusammenzuarbeiten, statt das Gefühl zu haben, sich für alles, was sie tat, verteidigen zu müssen.

Er saß da und rieb mit seiner Krawatte seine Brillengläser blank. »Ich bin nie in Yancanna gewesen«, sagte er. »Ich habe fast achtzehn Jahre hier gelebt, und ich habe nie gewußt, wie es im Busch wirklich zugeht. Ich dachte, Augusta Springs sei der echte Busch.« Seine Stimme verhallte, als spräche er mit sich selbst. »Aus der Luft sieht alles gleich ganz anders aus, nicht wahr? Und dieser Sam, mein Gott, er ist als Krankenschwester eingesprungen. Ich brauchte ihm noch nicht einmal zu erklären, wie er dem Patienten eine Narkose verabreicht. Ich hatte keine Ahnung, was ihr alles tut. Ich war froh um diese Gelegenheit, einmal zu sehen, wie ihr vorgeht. Schwester Claire hat es auch Spaß gemacht. Ich glaube, sie und dein Pilot waren gern miteinander unterwegs. Es würde mich nicht wundern ...«

Dann hatte Sam also doch nichts an Schwester Claire auszusetzen gehabt. Cassie lächelte vor sich hin. Das wird ihn lehren, daß die äußere Erscheinung nicht alles ist. Gegen Schwester Claires Aussehen war absolut nichts einzuwenden; sie war nur einfach nicht so niedlich wie die anderen Krankenschwestern, aber sie war unglaublich kompetent. Vielleicht wurde Sam langsam erwachsen.

Nach Einbruch der Dunkelheit kam Sam zu ihr gefahren. »Hattest du deinen Spaß?« fragte er, während er mit einem Grashalm zwischen den Zähnen die Stufen zur Veranda hochsprang.

Cassie nickte. »Du auch, wie ich gehört habe.«

»In dieser Stadt hat man aber auch wirklich kein Privatleben, stimmt's?« Dabei grinste er.
»Wir müssen morgen nach Yancanna rausfliegen. Nach der Funksprechstunde um acht, in Ordnung?«
»Ja«, sagte er und setzte sich auf einen der Stühle, die um den runden Tisch herumstanden. »Hast du einen Kaffee für mich?«
»Klar.« Cassie ging in die Küche, um den übriggebliebenen Kaffee aufzuwärmen, und dann kam sie wieder zurück. »Es kann gut sein, daß ich ein paar Tage dort bleiben muß. Dr. Adams hat von sich aus angeboten, uns zu begleiten – es klingt so, als müßte ein Patient hierher ins Krankenhaus gebracht werden. Übrigens war er beeindruckt von dir.«
»Wir werden mehr Sprechstunden absagen müssen?«
Cassie nickte. »Es muß sein. Vielleicht kann Schwester Claire«, sagte sie und sah Sam spöttisch an, »in Notfällen mit dir rausfliegen. Falls Chris – Dr. Adams – nicht selbst gerade einen Notfall hat, fliegt er vielleicht mit raus, wenn etwas wirklich dringend zu sein scheint. Aber ich werde in Yancanna gebraucht. Es könnte der Beginn einer Epidemie sein.«
»Allzuviel weiß ich nicht über Polio.«
Cassie ging einen Moment lang in die Küche, drehte das Gas unter dem Kaffee ab, schenkte ihn ein und brachte Sam eine Tasse.
»Ist diese Krankheit immer tödlich oder führt zu Lähmungen?«
Cassie zog die Augenbrauen hoch und schürzte die Lippen. »Nein, aber doch oft genug, um so gefürchtet wie die Pest zu sein. Das ärgerliche ist, daß man bisher immer noch keine spezifische Behandlungsweise dafür kennt. Es gibt Fälle ohne Lähmungen, und ich vermute, viele Erkrankungen, die glimpflich verlaufen, werden gar nicht diagnostiziert. Aber während einer Epidemie kann jeder, vor allem Kinder, die einen rauhen Hals, einen steifen Nacken oder Rückenschmerzen haben – und Probleme mit den Achillessehnen – infiziert sein. Es gibt drei Formen, falls ich mich recht erinnere: den

harmlosen Fall ohne Lähmungen, den Fall mit Lähmungen und schließlich den lebensgefährlichen Fall. Innerhalb der allerersten Tage kann man unmöglich sagen, welcher dieser Fälle daraus werden wird. Sämtliche Patienten werden als ansteckend angesehen und sollten unter Quarantäne gestellt werden. Chris hat drei Zimmer dafür vorgesehen und zwei Krankenschwestern für den Notfall in Bereitschaft. Er erweist sich als prachtvoll kooperativ.«

»Es war gar nicht schlecht mit ihm. Nicht so, wie ich es mir vorgestellt habe«, berichtete Sam. »Er geht nicht gerade toll mit den Patienten um, aber er ist nicht das Ekel, mit dem ich, nach allem, was ich gehört habe, gerechnet hätte.«

»Ich kann mich noch erinnern, daß Fiona mir gesagt hat, er bellt, aber er beißt nicht. Vielleicht muß man ihn nur erst etwas besser kennenlernen. Ich habe den Verdacht, all das hat ihn auch von Isabels Tod abgelenkt. Er wird uns zwischen Viertel vor neun und neun auf dem Flugplatz treffen.«

»Willst du, daß ich dich um sieben abhole, damit wir bei ›Addie's‹ frühstücken können und ich dir berichten kann, was hier passiert ist, während du deine Romanze hattest?«

Cassie lächelte ihn an. »Das klingt gut. Und es war einfach wunderbar. Ich habe einen Teil Australiens gesehen, von dem ich noch nicht einmal wußte, daß es ihn gibt.«

»Das obere Ende? Ja, da wollte ich auch schon immer mal hin. Na ja, eines Tages.« Sam stand auf, setzte seine Baseballmütze auf und öffnete die Verandatür mit dem Fliegengitter. »Wir sehen uns dann morgen früh.«

In Yancanna herrschte Trubel wie in einem Bienenstock. »Dem Himmel sei Dank«, sagte Brigid, die aus dem Krankenhaus gerannt war, als sie die Flugzeugmotoren gehört hatte. »Wir haben nicht genügend Betten für alle. Der Mann, der vor zwei Tagen hergebracht worden ist – ich glaube nicht, daß er noch eine Chance hat. Die Lähmung hat um sich gegriffen, und seine Atmung ist enorm beeinträchtigt. Aber er ist unglaublich reizend und klagt nicht.«

Cassie wies mit einer Kopfbewegung auf Chris. »Das ist Dr. Adams, der Direktor des Krankenhauses von Augusta Springs. Er ist mitgekommen, um uns zu helfen und Patienten zurückzubringen, die eine eiserne Lunge oder mehr ärztliche Versorgung brauchen, als es hier in diesem Rahmen möglich ist.«
Brigid hielt Chris die Hand hin. »Das ist nett von Ihnen. Wir wissen es zu schätzen.«
»Wie viele Patienten haben Sie?« fragte Chris, als sie auf das Krankenhaus zugingen.
»Denjenigen, den ich bereits erwähnt habe. Einen kleinen Jungen, von dem ich fürchte, daß er teilweise gelähmt bleiben wird, aber andererseits kann ich es nicht mit Sicherheit sagen. Ich habe Fälle von Polio vorher nie auch nur zu sehen bekommen. Ein weiterer Mann ist gestern nacht gebracht worden, und es geht ihm entsetzlich schlecht. Zwei Babys sind heute am frühen Morgen eingeliefert worden. Und drüben in den Hügeln …«
Chris sah sich um, doch so weit das Auge reichte, war alles um ihn herum flach.
»… Sie sind knapp fünfzehn Meilen von hier entfernt, und selbst aus der Nähe sind sie nicht viel höher als Ameisenhügel. Jedenfalls haben die Schwarzen dort draußen sechs oder sieben Kranke. Ein Bote ist gekommen, aber wir hatten noch keine Zeit, zu ihnen rauszufahren, weil wir uns um die Leute kümmern mußten, die bereits hier im Krankenhaus sind. Marianne ist vor dem Morgengrauen aufgebrochen, als ein Reiter gekommen ist, um sie zu einer Entbindung draußen bei den Collers zu holen, etwa sieben Meilen südlich von hier.«
Sie stiegen die Stufen zum Krankenhaus hinauf, und Sam bildete das Schlußlicht. Wie immer begab er sich sofort in die Küche, um sich Kaffee zu holen, mit dem er dann auf die Veranda zurückkam, sich hinsetzte und in die Landschaft hinausstarrte. Vereinzelt wuchsen grüne Bäume aus der roten Erde, und am azurblauen Himmel kreisten Vögel. Das Wiehern eines Pferdes war zu hören. Fliegen surrten. Ein Baby schrie.

Nachdem Cassie und Chris die Patienten untersucht hatten, einigten sie sich darauf, daß die beiden Männer nach Augusta Springs zurückgeflogen werden sollten. Chris hoffte, daß inzwischen eine eiserne Lunge eingetroffen war. »Ich sollte besser anrufen und gleich noch mehr davon besorgen. Es sieht so aus, als würden wir sie brauchen«, sagte er.
Cassie wandte sich an Sam. »Sag Horrie, er soll um sieben auf die Frequenz gehen. Dann melde ich mich, um mich zu erkundigen, wie ihr dort zurechtkommt, und ich sage dir Bescheid, ob du morgen wieder herkommen mußt. Wenn nicht, dann bist du für andere Noteinsätze frei. Sag ganz einfach alle regulären Sprechstunden ab, bis wir wissen, wie es hier weitergeht.«
Als sie am Abend mit Sam sprach, berichtete er ihr, daß bereits eine eiserne Lunge eingetroffen war. »Sie sieht aus wie ein Sarg. Es ist eine große luftdichte Kiste, und wir stecken einen der Patienten hinein. Sein Kopf schaut raus, durch eine Schaumgummischicht. Das ist alles, was rausschaut, sein Kopf. Der Rest steckt in der Kiste. Zwei Blasebälge aus Känguruhleder werden von einem Elektromotor angetrieben, damit der Druck in der Kiste so gleichmäßig wie der Rhythmus einer Brust ist, und das hilft dem Patienten beim Atmen.«
Ja, das wußte Cassie. Wenn die Lähmung auf die motorischen Nerven der Atemwege übergriff, konnte ein Patient nur atmen, wenn er in einer eisernen Lunge lag. Andernfalls starb er innerhalb von kurzer Zeit.
»Doc Adams hat in Adelaide angerufen, und sie schicken uns schleunigst zwei weitere eiserne Lungen. Sie versichern uns, daß sie per Luftfracht mit einer Sonderlieferung morgen eintreffen.«
»Wir haben heute noch einen Patienten eingeliefert bekommen, und ich hoffe, daß ich es morgen schaffe, in das Dorf der Schwarzen zu kommen und mir anzusehen, was sich dort abspielt. Gibt es sonst noch etwas, was ich wissen sollte?«
Er zögerte einen Moment lang. »Ja«, sagte er dann. »England hat Deutschland heute den Krieg erklärt.«

27

Acht Tage später stieg Cassie mit einer schwangeren Patientin in das Flugzeug. Sie war erschöpft, ebenso wie Marianne und Brigid. Sie bezweifelte, daß sie durchgehalten hätten, wenn der Chef sie nicht alle über Wasser gehalten hätte. Er kochte die Mahlzeiten für sie, sagte ihnen, sie sollten entspannende Bäder nehmen, und löste sie mitten in der Nacht ab, wenn sie bei Patienten saßen. Und all seine anderen Arbeiten erledigte er außerdem.

Sam war dreimal rausgeflogen, um weitere Patienten zu holen; nur einer von ihnen brauchte ein Beatmungsgerät. Einer der beiden ersten Patienten, die nach Augusta Springs geflogen worden waren, war gestorben, und in Yancanna hatten sie ein erkranktes Baby verloren. Cassie hatte das Gefühl, daß zwei weitere verkrüppelt bleiben würden. Fünf Zimmer im Krankenhaus von Augusta Springs waren den Poliopatienten überlassen worden. Bisher breitete sich die Epidemie nicht auf andere Regionen aus.

Am Vortag war ein junger Mann in einem zerbeulten Pick-up in einer Wolke von Staub beim AIM-Hospital vorgefahren. Er war ins Krankenhaus gestürmt und hatte gerufen: »Meine Frau ist krank. Ich fürchte, sie liegt im Sterben.«

Marianne hatte schnell erkannt, daß es sich um einen weiteren Fall von Polio handelte und die junge Frau zudem noch schwanger war. »Siebeneinhalb Monate«, sagte ihr Mann.

Cassie warf nur einen einzigen Blick auf sie und wußte, daß sie sie in eine eiserne Lunge stecken mußten. Als sie am Abend mit Horrie sprach, sagte sie: »Gib Chris Bescheid, daß ich morgen mit ihr zurückkomme. Er muß einfach ein Sauerstoffgerät bereithalten.«s

Aber es stand keines zur Verfügung. Jede einzelne der vier eisernen Lungen, die sie inzwischen hatten, war in Gebrauch.
»Sag Sam, daß er etwas unternehmen soll«, sagte Cassie. »Hier ist es für sie zu heiß zum Atmen. Wir sollten sie nach Adelaide bringen, weil es dort kühler ist. Und sie muß dringend in eine eiserne Lunge gesteckt werden.«
Am Morgen flog Sam nach Yancanna, und er und der Chef trugen Rosie Peters, die junge Frau, in das Flugzeug. »Ich hatte Schwierigkeiten mit dem Gesundheitsministerium, aber ich habe denen gesagt, daß du die volle Verantwortung übernimmst und mit ihr nach Adelaide fliegst.«
Cassie sah ihn an. »Tausend Dank«, sagte sie sarkastisch. Sie war nicht sicher, ob sie einen langen Flug verkraften würde. »Warum ausgerechnet das Gesundheitsministerium?«
»Tja, du wirst mit einem kommerziellen Transportflugzeug fliegen müssen. Trans Australia Airways schickt es, und es sollte um die Mittagszeit in Augusta Springs sein. Dann fliegen sie dich runter nach Adelaide. Da es sich um eine ansteckende Krankheit handelt, stellte sich das Gesundheitsministerium an. Doc Adams hat das Krankenhaus in Adelaide kontaktiert, und dort erwarten sie dich und halten eine eiserne Lunge bereit. Aber damit die Patientin von einem Bundesstaat in einen anderen transportiert werden kann, besteht das Gesundheitsministerium darauf, daß du sie begleitest. Du kannst morgen abend oder spätestens übermorgen früh wieder zurück sein.«
»Langsam vergesse ich, wie es bei mir zu Hause aussieht«, sagte Cassie. Abgesehen von einer einzigen Nacht zwischen ihrem Urlaub und der Epidemie war sie seit fünfeinhalb Wochen nicht mehr dort gewesen.
Gegen die Mittagszeit erreichten sie Augusta Springs, und zu ihrem Erstaunen war das Transportflugzeug von Trans Australia Airlines bereits da. Der Pilot und Sam beförderten die Patientin auf der Tragbahre.
»Sam, ich habe noch nicht einmal Geld bei mir. Ich werde in

einem Hotel übernachten und etwas essen müssen. Und mein Gott, sieh dir nur an, was ich anhabe.«

»Komm schon, Doc, wen kennst du denn dort? Du siehst okay aus. Geh nur nicht gerade in die schicksten Restaurants«, sagte er grinsend. »Du hast keine Zeit, um dich umzuziehen. Hier. Hier hast du einen Fünfziger. Das sollte genügen. Gib ihn mir irgendwann zurück.«

Cassie setzte sich neben ihre Patientin, deren Atem immer schwerer ging, auf den Boden des Transportflugzeugs. Panik trat in Rosies Augen. »Werde ich sterben? Wird mein Baby sterben?«

»Nicht, wenn ich etwas dagegen tun kann«, sagte Cassie und nahm die Hand ihrer Patientin. »Ich werde Ihnen etwas geben, was Sie entspannen wird.« Sie wandte sich an den Piloten. »Sie dürfen eine Flughöhe von hundertfünfzig Metern nicht überschreiten. Nicht mit einer Patientin in dieser Verfassung.«

Er nickte. »Ich weiß. Das heißt, daß wir länger brauchen werden, um dort anzukommen.«

In einer Kabine ohne Druckausgleich hatten sie keine andere Wahl.

»Was ist mit dem Krieg?« fragte Cassie, nachdem sie gestartet waren.

Der Pilot drehte sich zu ihr um und sah sie an. »Das ist mein letzter Flug, ehe ich fortgehe.«

»Fort?« fragte sie. »Wohin?«

Er sah sie an, als sei sie geistig zurückgeblieben. »Nach England natürlich. Dort brauchen sie Piloten. Ich schätze, es gibt nichts, was sie dort nicht brauchen.«

»Hier werden auch Leute gebraucht.«

»Nicht so wie dort. Alle melden sich freiwillig.«

»Wer ist alle?« fragte sie. »Ich melde mich nicht freiwillig.«

»Ich schätze, es hat wohl doch sein Gutes, daß es Frauen unter den Ärzten gibt. Ich kann mir vorstellen, daß alle männlichen Ärzte rübergehen.«

Rüber? Das war der Große Krieg. Der Weltkrieg.

Der Pilot fuhr fort. »Ich wette, daß alle Männer unter Vierzig sich freiwillig melden. Wir gehen alle hin, aber wahrscheinlich werden wir Weihnachten wieder hiersein. Das will sich doch keiner entgehen lassen.«

Niemand will sich einen Krieg entgehen lassen? fragte sich Cassie verwundert. Sie schloß die Augen. Sie wußte noch nicht einmal, was für einen Wochentag sie hatten. Den Monat, ja. September. Das Jahr war 1939. Vor genau einem Jahr war sie nach Augusta Springs gekommen.

Im Zwielicht der Abenddämmerung flogen sie über den Cooper River, nichts weiter als ein Band aus grünen Bäumen in der Landschaft mit der rissigen Erde, die so aussah, wie es auf dem Mond aussehen mußte. Der Pilot deutete auf die enorme sandige Leere. »Das ist der Eyresee«, sagte er grinsend.

»Ein See?«

»Es heißt, daß er nur zweimal im Jahrhundert Wasser hat. Der Cooper und der Diamantina ergießen sich im Frühjahr in ihn, wenn sie überflutet sind, aber dabei bleibt es nicht lange. Eigentlich ist es eher eine trockene Salzpfanne.«

Kurz darauf sagte er: »Sehen Sie diese Lichter dort unten? Das ist Maree. Links davon kommen gleich die Kohlelager vom Leigh Creek in Sicht, und darauf folgt, aber vielleicht wird es schon zu dunkel, um es sehen zu können, so ziemlich das beste Ackerland auf dem ganzen Kontinent.«

Auf dem Flughafen von Adelaide wurden sie von einem Arzt, einer Krankenschwester und einem Pritschenwagen erwartet. »Wir haben ein Sauerstoffgerät auf der Ladefläche. Wir dachten, es ist das beste, wenn wir sie gleich in eine eiserne Lunge stecken«, sagte die Krankenschwester. Sie gingen schnell und umsichtig vor und stießen mit dem Lastwagen zurück, bis sie vor der Frachtklappe des Flugzeugs standen.

»Wir haben einen Geburtshelfer in Bereitschaft«, sagte der Arzt, »für den Fall, daß wir ihn heute nacht noch brauchen sollten. Kommen Sie, steigen Sie auf. Wir werden uns zu der Patientin setzen.«

Cassie brauchte die fünfzig Dollar von Sam nicht für ein Hotel auszugeben. Sie schlief in dem Zimmer des diensttuenden Arztes im Krankenhaus und wachte erst auf, als sie um fünf Uhr dreißig geholt wurde, weil ein Flugzeug nach Alice Springs flog. Dort erwischte sie eine weitere Maschine, die sie nach Augusta Springs brachte. Sie brauchte den ganzen Tag, um nach Hause zu gelangen.

Sie wünschte, Blake wäre dagewesen. Seit ihrem Aufbruch in Yancanna hatte sie wenig Zeit gehabt, auch nur an ihn zu denken. Sie würde ihn anrufen, sowie sie in Augusta Springs ankam. Wahrscheinlich hatte er versucht, sie zu erreichen, und er mußte sich schon gefragt haben, wo sie wohl steckte, wenn er sich nicht über Funk bei Horrie nach ihr erkundigt hatte. Aber als sie nach Hause kam, fand sie eine Nachricht vor, die an ihre Tür geheftet war. »*Ich bin gekommen, um mich zu verabschieden, und du warst nicht da. Horrie hat mir erzählt, daß du wegen einer Polioepidemie draußen in Yancanna bist. Ich kann nicht bleiben. Ich melde mich freiwillig zur Royal Australian Air Force und hoffe, ich kann ein paar Nazis aus der Luft runterschießen. Erst das Erhabene (unser Urlaub), dann der Krieg, womit ich nicht etwa sagen will, dieser Krieg sei lächerlich. Ich trage dich mit mir (in meiner linken Hemdtasche). Die Erinnerung an deine Küsse wird mir eine Hilfe sein.*« Dann ein großes kühnes schwarzes »B.«

Blake war bereits im Krieg?

Keine »Liebe«. Kein echter Abschied. Keine Küsse mehr von Blake. Keine Gespräche mehr mit Blake. Nicht nur zwei Wochen, sondern Monate, bis sie wieder in seinen Armen liegen würde, in das Blau seiner Augen sehen würde, seine Lippen auf ihren spüren würde. Monate? Vielleicht sogar Jahre? Jahre, ehe sie Blakes nackten Körper fühlen würde, wie er sich an ihren schmiegte.

Er konnte das Land unmöglich schon verlassen haben. Schließlich war der Krieg erst vor kaum mehr als zwei Wochen erklärt worden. Er mußte noch in Sydney sein. In Melbourne. Irgendwo im Land.

Sie würde zu ihm fliegen. Jetzt konnten noch keine Truppentransporter bereitstehen, um ihn über das Wasser zu tragen. Er konnte noch nicht fort sein. Er konnte noch nicht aufgebrochen sein. Er würde das Land nicht verlassen wollen, ohne sie wiedergesehen zu haben. Oh, warum hatte Horrie ihr bloß nichts davon gesagt? Warum hatte Blake ihn nicht gebeten, eine Funkverbindung zu ihr herzustellen? Sie wäre zurückgeflogen, damit sie eine letzte Nacht miteinander verbringen konnten.

Sie versuchte, in Tookaringa anzurufen, doch sie bekam nichts anderes als atmosphärische Störungen.

Sie legte auf und starrte ins Leere. Nach einer Minute fing sie an zu weinen. »Blake«, flüsterte sie vor sich hin. »Komm zu mir zurück.«

Sie hatten sich noch nicht einmal voneinander verabschiedet. Warum das eine so große Rolle spielte, wußte sie selbst nicht.

Um halb sieben nahm sie mit rotgeweinten Augen den Telefonhörer ab, nachdem das Läuten sie geweckt hatte.

»Cassie. Hier ist Chris. Edwards, dieser Trunkenbold, hat sich freiwillig gemeldet. Er ist gestern abend fortgegangen. Ich habe heute morgen zwei Operationen. Kannst du mir assistieren?«

»Laß mich zur morgendlichen Funksprechstunde gehen, damit ich weiß, ob irgendwelche Notfälle gemeldet werden.«

»Wäre es irgendwie möglich, daß du eine der Operationen vorher einschiebst? Innerhalb der nächsten halben Stunde?«

»Ich bin noch nicht mal angezogen. Du hast mich geweckt.«

Sie konnte fast sehen, wie er nickte. »Deshalb rufe ich ja so früh an. Damit ich dich erwische, ehe mir dich jemand wegschnappt. Es geht um eine Blinddarmoperation, die nicht warten kann. Im anderen Fall sind es nur die Mandeln, und das hat Zeit, bis du zur Verfügung stehst, wann auch immer das sein mag.«

Nach allem, was er für sie getan hatte, konnte sie ihm das unmöglich abschlagen.

»Klar. In einer halben Stunde bin ich fertig.«

»Sieh zu, ob du es nicht in fünfzehn Minuten schaffst. Ich schicke jemanden rüber, der dich abholt.«
O Gott, dachte sie auf dem Weg ins Badezimmer. Noch nicht einmal Zeit für ihren Kummer blieb ihr. Sie nahm ihre Zahnbürste in die Hand, übergab sich aber in die Toilette, statt sich die Zähne zu putzen.

»Wahrscheinlich bin ich zu alt«, sagte Chris, als sie sich nach der Operation die Hände wuschen. »Aber andererseits vermute ich, bei Ärzten spielt das Alter keine Rolle.«
»Zu alt wofür?« Cassie warf ihre Gummihandschuhe in einen Korb.
»Für den Krieg natürlich.«
»Glaubst du etwa, die Leute hier bräuchten keine Ärzte? Was sollen wir tun, wenn sämtliche Ärzte das Land verlassen, um am Krieg teilzunehmen?«
Er nickte. »Ich weiß. Diese Frage stelle ich mir jetzt schon die ganze Woche. Wo kann ich am meisten nützen?«
»Meinst du nicht, du solltest dir Zeit zugestehen, um dich von Isabels Tod zu erholen, ehe du weitreichende Entscheidungen triffst?« Sie zog ihre grüne Haube ab und warf sie ebenfalls in den Korb.
Chris sah sie scharf an. »Vielleicht täte mir ein vollständiger Kulissenwechsel gut.«
»He, ich habe mehr als ein Jahr gebraucht, um gut mit dir arbeiten zu können. Muß ich mit jemand anderem noch einmal ganz von vorn anfangen?«
Er starrte sie an. »Vielleicht wäre es leichter, mit einem anderen Arzt zu arbeiten.«
»Vielleicht könnte ein anderer Arzt besser mit seinen Patienten umgehen, aber kein anderer wäre ein besserer Chirurg.«
Er drehte den Wasserhahn zu. »Ich vermute, das war als Kompliment gedacht, aber ich bin mir nicht ganz sicher, weil mir auch eine gewisse Kritik nicht entgangen ist.«
»Ich hatte gehofft, daß du das hörst und wenigstens darüber nachdenken mußt, wie du mit deinen Patienten redest. Ich ver-

mute, wie ich darüber denke, ändert nichts – es muß aus dir selbst kommen. Aber ich glaube wirklich, daß du hier gebraucht wirst, Chris. Mir persönlich graut davor, daß du fortgehen könntest.« Sie verließ den Raum und rief Sam an, um ihm zu sagen, daß sie ihn vor dem Krankenhaus erwarten würde und daß er sie auf dem Weg zur Zentrale dort abholen sollte. Während sie die Funkrufe entgegennahm, redeten Sam und Horrie mit gesenkten Stimmen miteinander. Es waren keine Notrufe darunter, in Yancanna waren keine neuen Fälle von Polio bekannt, und sie konnte die Probleme aller Anrufer fernmündlich klären. Sie wandte sich an Horrie. »Ich glaube, in zwei Tagen können wir die regelmäßigen Behandlungsreisen wiederaufnehmen«, sagte sie. »Laß mir ein oder zwei Tage Zeit, damit ich mich erholen kann.«

Sowohl Horrie als auch Sam sahen sie seltsam an. Sam nahm sie am Arm und führte sie aus der Hütte. »Doc, ich muß dir was sagen.«

Sie blickte zu ihm auf.

»Ich habe mich freiwillig gemeldet«, sagte er.

28

»Das kannst du nicht tun«, rief Cassie aus, und Zorn machte sich in ihrer Brust breit.
»He, Doc, wenn wir nicht losziehen und gegen Hitler kämpfen, kann es gut sein, daß uns hinterher hier nichts mehr bleibt, was der Mühe wert wäre.«
Cassie starrte Sam einfach nur an.
»Und was sollen die Leute hier anfangen? Alle lassen uns im Stich.« Erst Blake. Jetzt Sam. Und Chris spielte mit dem Gedanken. Es kostete sie Mühe, nicht zu weinen.
»Niemand läßt die Leute hier im Stich. QANTAS schickt einen anderen Piloten raus, einen Mann mit Familie, der zu alt ist für den Krieg.«
»Zu alt? Und was soll er mir dann nützen?«
»Um Himmels willen, Cassie.« Sie nahm vage zur Kenntnis, daß er sie nicht *Doc* genannt hatte. »Du wirst weiterhin tun, was du bisher getan hast und was notwendig ist. Überleg dir nur, wie gut es ist, daß es Frauen unter den Ärzten gibt, die das heimische Herdfeuer hüten …«
»Wag es bloß nicht, etwas derart Banales zu sagen!« Sie ballte die Hand zur Faust und schlug sie ihm auf die Schulter.
Erstaunen zog über sein Gesicht. »He, Doc …«
»Verschone mich bloß mit deinem *He, Doc.* Ich hasse es, Doc genannt zu werden. Ich hasse es! Ihr Männer glaubt alle, es ist wer weiß wie toll, in den Krieg zu ziehen, und so heroisch. Vielleicht ist es genauso heroisch, hierzubleiben und den eintönigen Alltagskram zu erledigen, die Dinge zu tun, die gewöhnliche Menschen brauchen, aber nein, das ist wohl nicht heldenhaft genug, stimmt's?«
Sam packte sie an den Schultern und schüttelte sie. »Du stei-

gerst dich in eine Hysterie hinein«, sagte er. »Sieh mal, Doc ... Cassie. Gegen diesen Mist in Europa muß etwas unternommen werden. Wir führen Krieg gegen Deutschland. Wir müssen kämpfen. Es gibt keinen einzigen Mann in der ganzen Gegend, der sich selbst noch in die Augen sehen könnte, wenn er es nicht wenigstens versucht hätte ...«

»Was habt ihr vor, das Land ganz und gar den Frauen zu überlassen?«

»Wenn sie so sind wie du, dann sind sie dem gewachsen. Doc ... Cassie, du bist allem gewachsen. Überleg dir doch nur, was ich mit dir schon alles erlebt habe. Ich habe geglaubt, eine dümmere Idee als die, eine Frau als Ärztin einzustellen, hätten die Fliegenden Ärzte gar nicht haben können. Ich habe geglaubt, Männer würden sich nicht von dir untersuchen lassen und du würdest wie ein Bleigewicht untergehen. Aber du hast mir gezeigt, daß ich mich getäuscht habe. Ich glaube nicht, daß es hier draußen viele Leute gibt, die dich überhaupt als Frau ansehen. Sie behandeln dich wie einen Mann. Du hast es geschafft. Ich bin stolz darauf, mit dir gearbeitet zu haben.« Er tätschelte ihren Arm. »Du wirst einen anderen Piloten bekommen, der absolut in Ordnung ist, und du wirst genauso weitermachen wie bisher. Niemand läßt die Leute hier draußen oder dich im Stich.«

Cassie brach in Tränen aus. Sam legte die Arme um sie. Sie fühlte sich gleich wesentlich wohler und verspürte in seinen Armen Geborgenheit, obwohl er ihr gerade jedes Gefühl von Sicherheit genommen hatte. »O Sam, was auf Erden soll ich bloß ohne dich tun?«

»Ich habe dir doch gerade gesagt, daß ein anderer Pilot herkommen wird, und QANTAS würde ihn nicht einstellen, wenn er nicht Spitze wäre ...«

»Das meine ich nicht«, jammerte sie und schmiegte ihren Kopf an seine Brust. »Was fange ich ohne *dich* an? Ich meine, du bist meine Krankenschwester und mein Anästhesist gewesen, und immer, wenn ich mich einer Situation nicht gewachsen fühle oder wenn du spürst, daß ich mich fürchte, sagst du mir: *Du kannst es schaffen. Ich weiß, daß du es schaffen kannst.*«

»So, sage ich das?« Sam lächelte und hielt Cassie immer noch eng an sich geschmiegt. »Schließlich schaffst du ja auch alles.« Geistesabwesend preßte er die Lippen auf ihr Haar. »Du bist ein echter Kumpel, Doc. An deinem ersten Tag hier, als du aus dem Zug gestiegen bist, hätte ich im Traum nicht geglaubt, daß es jemals so werden könnte. Du bist ein bißchen leicht aufzubringen, aber ich kann mir niemanden vorstellen, mit dem ich lieber zusammenarbeiten würde. Schließ mir diesen neuen Piloten bloß nicht zu sehr ins Herz, Doc, denn, bei Gott, ich komme zurück. Wir werden wieder zusammen fliegen. Warte nur ab, und du wirst es selbst sehen.«

»Sam, wenn du es fertigbringst, dich töten zu lassen, werde ich dir das niemals verzeihen.«

Er lachte und zog sie noch enger an sich. »Das kommt gar nicht in Frage.« Sam trat einen Schritt zurück und legte ihr die Hände auf die Schultern. »Du wirst allerdings zwischendurch wirklich ohne einen Piloten dastehen. Ich gehe in zwei Wochen, und QANTAS kann diesen Mann erst etwa eine Woche später längerfristig herschicken. Es wird schon alles gutgehen, Doc.«

»Woher zum Teufel willst du das wissen?«

Er grinste. »Weißt du, was das Netteste an dir ist? Du nimmst keine falsche Rücksicht. Und du nimmst kein Blatt vor den Mund. Du siehst zwar süß aus, aber du denkst gar nicht daran, das Püppchen rauszukehren, um die Leute für dich einzunehmen. Du sagst, was du denkst, und du bist geradlinig, wie ein Mann.«

Cassie fand in ihrer Hosentasche ein Taschentuch und wischte sich die Augen ab. In den letzten zwanzig Stunden hatte sie mehr geweint als … seit Ray Graham. Und jetzt erschien ihr Ray im Vergleich zu dem, was sie durchmachte, hohl. Blake. Um Himmels willen, Ray konnte noch nicht einmal Sam Vernon das Wasser reichen. Sie vermutete, daß Sam und Blake ihr mehr fehlen würden, als sie Ray Graham je vermißt hatte.

Männer waren eigentlich gar nicht übel, nur dieser eine Neurochirurg in Melbourne. Und als sie gerade diese Feststellung gemacht hatte, wurden ihr die beiden nettesten Männer in ihrem Leben gewaltsam entrissen.
»Scheiße«, sagte sie.
»Siehst du, genau das meine ich. So habe ich nie eine andere Frau reden gehört.«
»Und warum ist es in Ordnung, wenn Männer das sagen, und warum sollen Frauen es bleibenlassen?«
Er grinste. »So was, Doc, und ich habe geglaubt, du wüßtest, daß Frauen unberührt und süß zu sein haben.«
»Ist das nicht ein bißchen stumpfsinnig?« fragte sie. »Warum finden Männer Jungfrauen so reizvoll? Die wissen doch noch nicht mal, was sie zu *tun* haben. Männer haben wirklich perverse Vorstellungen, wenn es um Frauen geht.«
Sam starrte sie an, und sie konnte sehen, daß Röte in seine Wangen aufstieg. Sie wandte sich ab, weil es ihr peinlich war, ihn in Verlegenheit gebracht zu haben. Was hatte sie bloß dazu gebracht, so etwas zu sagen? Das waren Dinge von der Sorte, die sie sich für Fiona hätte aufheben sollen.
O Fiona, wo bist du? Ihre beste Freundin und ihr Geliebter, alle fort. Sie begann sofort wieder zu weinen. Ihr Gefühlsüberschwang bewirkte, daß ihr übel wurde. Sie wollte ins Bett, wünschte sich nichts anderes, als im Dunkeln dazuliegen, mit heruntergezogenen Jalousien und einem Eisbeutel auf dem Kopf. Nur nicht denken. Einfach die Augen schließen und nichts mehr vor sich sehen, nichts, worüber sie nachdenken mußte, nichts, womit sie sich auseinandersetzen mußte.
»Also«, sagte Sam, »wenn wir nur noch eine Woche zusammen haben, was hältst du dann davon, daß wir möglichst viele Sprechstunden abhalten – vorausgesetzt, es gehen keine Notrufe ein.«
Sie ahnte, daß ihr Leben von nun an nie mehr so sein würde wie früher. Das gesamte Gefüge ihres Lebens würde sich verändern. Etwas war unwiderruflich im Wandel, und nichts würde jemals wieder so sein, wie es bis zu diesem Augenblick

gewesen war. Selbst dann, wenn Blake, Fiona und Sam zurückkamen, würde etwas anders sein. Das wußte sie genau. Und das, was sie vorausahnte, gefiel ihr nicht. Von diesem Zeitpunkt an würde die Welt nie mehr wie früher sein, die ganze Welt, nicht nur ihre Welt. Das wußte sie mit derselben Sicherheit zu sagen, mit der sie wußte, daß sie sich jeden Moment übergeben würde, da, wo sie stand, auf den Boden vor Sams Füßen. Während Horrie in der Tür der Funkerhütte stand und zusah und dabei seinen Arm um Betty gelegt hatte, der die Schwangerschaft bereits deutlich anzusehen war.
Die Schwangerschaft? O nein! Konnte es etwa sein, daß sie sich so oft übergab, weil sie schwanger war?
Sie starrte Sam an.
»Ich muß nach Hause gehen«, sagte sie. »Ich fühle mich nicht gut.«
»Laß das, Doc«, sagte er, und ein Anflug von Gereiztheit war aus seiner Stimme herauszuhören. »Tu dir das nicht an. Du hast keinen Einfluß darauf. Finde dich einfach damit ab. Es sieht dir gar nicht ähnlich, dich derart gehenzulassen.«
Du verfluchter Kerl, Sam. Du gottverdammter Kerl. Ich lasse mich nicht gehen.
Sie legte ihm eine Hand auf den Arm. »Ich werde schon wieder. Laß mir ein wenig Zeit. Ich glaube, diese letzten zehn Tage haben mich ermüdet.« Sie wollte sich nicht ausgerechnet hier übergeben. Sie fühlte sich schwindlig und benommen. Der grelle Sonnenschein ließ ihre Augen schmerzen.
»Okay, ich fahre dich nach Hause.« Er ging auf den Wagen zu und öffnete im Vorbeigehen die Beifahrertür, wartete aber nicht neben der Tür, bis sie eingestiegen war.
Sie legten die Fahrt schweigend zurück, und Cassie schloß die Augen. Blake und sie hatten noch nicht einmal über die Möglichkeit einer Schwangerschaft gesprochen. Sie vermutete, sie hatten sich beide gedacht, daß sie dann einfach heiraten könnten, obwohl sie nie auch nur über eine Heirat gesprochen hatten. Und wie konnte sie jetzt Kontakt mit ihm aufnehmen? Es ihm sagen? Selbst wenn sie gewußt hätte, wie sie sich mit

ihm hätte in Verbindung setzen können, wäre es völlig ausgeschlossen gewesen, daß er sich freinehmen konnte, um nach Australien zurückzukommen, diesen weiten Weg zurückzulegen, um zu heiraten. Völlig ausgeschlossen.

Vielleicht war sie ja gar nicht schwanger. Vielleicht war es ja nur die Erschöpfung, eine Folge der Polioepidemie, des Flugs nach Adelaide und zurück, und noch dazu das Wissen, daß sowohl Blake als auch Sam ihr gewaltsam entrissen worden waren und daß ihr ganzes Leben dabei war, auf den Kopf gestellt zu werden. Schließlich gab es neben einer Schwangerschaft auch noch andere Gründe dafür, daß einem übel wurde, daß man sich übergab, daß man sich einfach nur noch hinlegen wollte.

Sie spürte Sams Hand auf ihrer und drehte sich zu ihm um. Er lächelte. »Doc, das Arbeiten mit dir macht diesen Job zu einem der besten auf Erden. Außer dem Krieg wüßte ich keinen anderen Grund, aus dem ich jemals aussteigen würde. Verstehst du, wenn ich mich nicht freiwillig melden würde, kämen sie ohnehin, um mich zu holen. Ausgebildete Piloten sind enorm gefragt. Blake ist auch fortgegangen. Das weiß ich. Es tut mir leid, Cassie. Liebst du den Kerl?«

Sie nickte.

»Hast du vor, ihn zu heiraten?«

Sie nickte. »Wir haben zwar noch nicht darüber geredet, aber trotzdem, ja.«

»Komm her«, sagte er und zog sie näher zu sich, damit er ihr einen Arm um die Schultern legen konnte. Sie ließ den Kopf auf seine Schulter sinken, und wieder traten ihr Tränen in die Augen. Er hielt sie fester. »Ich habe den Verdacht, für die Frauen wird es schwerer werden«, sagte er. »Es ist immer schwerer, warten zu müssen.«

»Ich habe es noch nicht einmal geschafft, mich von ihm zu verabschieden.« Jetzt fing sie wirklich wieder an zu weinen.

Sam sagte kein Wort mehr, bis sie vor ihrem Haus anhielten.

»Morgen fliegen wir zu unserer regulären Sprechstunde raus, abgemacht? Gleich nach deiner Funksprechstunde am Morgen.«

Am nächsten Morgen ging es Cassie gut. Dann war sie also wahrscheinlich doch nicht schwanger.

An jenem Tag bewältigten sie zwei Sprechstunden mit ambulanten Behandlungen und hatten immer noch Zeit übrig.

»Laß uns auf dem Heimweg in Yancanna haltmachen«, sagte sie. »Es liegt nicht weit vom Weg ab, und wir könnten dort nachsehen, wie Brigid und Marianne zurechtkommen.«

Sie nahmen einen der Poliopatienten nach Augusta Springs mit. Cassie redete den ganzen Tag über kaum ein Wort mit Sam. Sie war wütend auf ihn, weil er sie im Stich ließ. Sie wußte, daß das unfair war, aber sie kam einfach nicht dagegen an.

»Ich sage Horrie, daß er jeden Tag Sprechstunden für uns vereinbaren soll, solange ich noch hier bin. Geht das in Ordnung?«

»Tu doch, was du willst«, fauchte sie.

Er musterte sie lange von der Seite, doch sie nahm nichts davon wahr.

Drei Tage später kam sie kaum aus dem Bett. Ihr war so schwindlig, daß sie auf den Boden fiel und auf allen vieren ins Bad kriechen mußte, um sich dort zu übergeben.

Verdammt noch mal.

Sie konnte nicht schwanger sein. Es durfte einfach nicht sein.

Als Sam sie abholte, fühlte sie sich besser. Wenigstens war ihr nicht mehr schwindlig. Er sagte: »Du siehst nicht gut aus.«

»Mir fehlt aber nichts.« Ihre Stimme war barsch.

Doch auf dem ganzen langen Flug nach Kypunda saß sie mit geschlossenen Augen und geballten Fäusten auf ihrem Sitz und fragte sich, was sie bloß tun sollte.

Welche Alternativen hatte sie? Das Baby zu bekommen, ihren Job zu verlieren, von jeder Gemeinde, in der zu leben sie beschloß, verfemt zu werden. Augusta Springs verlassen zu müssen. Wie konnte sie ein Baby ernähren – würde sich auch nur irgend jemand von einer Ärztin behandeln lassen, die gleichzeitig als unzüchtig galt? Mit ihrem eigenen Leben und ihren Möglichkeiten, anderen Menschen Gutes zu tun, war es damit aus und vorbei. Ihr Vater würde vor Entsetzen außer sich sein. Es würde einen Skandal geben. Und sie würde für die nächsten zwanzig Jahre, wenn nicht mehr, durch dieses Baby angebunden sein, seinetwegen in ihren Handlungsmöglichkeiten eingeschränkt sein, angebunden sein, ohne jemanden zu haben, der ihr half, und ohne jede Aussicht, ein anständiges Einkommen zu verdienen. Sie wußte, daß es keinen Ort auf der Welt gab, an dem sie als Ärztin praktizieren konnte, ohne damit rechnen zu müssen, daß die Leute sich gegen sie erhoben und sie fortjagten, sowie sie es herausfanden. O Gott, was konnte sie bloß tun?

Versuchen, Blake zu verständigen? Was hätte das schon genützt? Sie konnte nicht an die Front fliegen, um ihn zu heiraten. Und vielleicht würde er sie gar nicht heiraten wollen. Nein, sie wußte, daß das nicht wahr war. Natürlich würde er sie heiraten wollen.

Nachdem er jetzt im Krieg war, gab es keine Möglichkeit mehr, Blake zu heiraten. Nicht nur keine Möglichkeit, ihn zu heiraten, sondern auch keine Möglichkeit, ihn auch nur zu sehen, ehe das Baby geboren wurde, es sei denn, der Krieg fand ein schnelles Ende. O Gott, welche Ungerechtigkeit. Für zwei Wochen Ekstase würde sie damit büßen, daß sie dieses Kreuz für alle Zeiten tragen mußte, und der Mann kam ungeschoren davon, ohne auch nur zu wissen, daß sie seinen Samen in sich trug.

Sie aß nichts zum Mittagessen.

Sie konnte nicht schlafen. Sie dachte an nichts anderes mehr. In ihrem ganzen Leben hatte sie sich noch nicht so sehr gefürchtet. Und es gab niemanden, an den sie sich wenden konnte. *O Fiona, wo bist du?* Sie konnte es ihrem Vater nicht sagen; er würde sich ihrer schämen. Jemand anderen gab es nicht.

Alles, was sie zu essen versuchte, kam wieder hoch. Sie gewöhnte es sich an, den Wecker auf vier Uhr morgens zu stellen, damit bis zu der Zeit, zu der Sam sie zu den Flügen abholte, ihre morgendliche Übelkeit vergehen konnte. Er bemerkte, sie sähe kränklich aus.

Kränklich, das konnte man wohl sagen. Wenn er ein Baby im Bauch herumgetragen hätte, hätte er auch kränklich ausgesehen.
Sie wünschte sich jemanden, mit dem sie reden konnte. Was war mit einer Abtreibung? Es gab Möglichkeiten, sie vornehmen zu lassen, obwohl sie ungesetzlich waren. Aber sie wußte nicht, wo. In ihrer Phantasie malte sie sich dunkle Gassen aus, einen Quacksalber mit schmutzigen Fingernägeln und Bauchfellentzündung als Todesursache. Blutvergiftung. Oder sie würde verbluten und sterben. Sie dachte an Frauen, die versucht hatten, mit Stricknadeln selbst eine Abtreibung vorzunehmen, und die sich damit jede Chance ruiniert hatten, noch einmal schwanger zu werden, oder die als Folge von unhygienischen Bedingungen oder durch die Stümperei anderer gestorben waren.
Wie konnte sie einen zuverlässigen Arzt finden, der eine Abtreibung vorgenommen hätte?
Und in dem Moment, in dem sie ihn mehr denn je brauchte, kam Don McLeod in die Stadt.
»Du siehst furchtbar aus, Cassie«, sagte er. Als sie nach der letzten Funksprechstunde nach Hause kam, stand er vor ihrer Tür. »Ist etwas mit Blake? Ist das der Grund?«
Sie brach in Tränen aus.
»Komm, mach mir eine Tasse Tee, und wein dich dann an meiner Schulter aus. Dann hast du dich also verliebt, was?«
Während sie das Wasser kochte, sagte sie sich, Don dürfte keinesfalls erfahren, daß sie schwanger war. Er hätte doch nur jeglichen Respekt vor ihr verloren, er wäre desillusioniert gewesen, er hätte ihr gesagt, daß sie sich nicht dazu eignete, als …
»Ich bin schwanger, Don.«
Stille.
Dann: »Bist du ganz sicher?«
»Nein«, schluchzte sie und konnte die Tränen beim besten Willen nicht zurückhalten. »Aber alle Symptome weisen darauf hin.«

Sie setzte sich hin, stützte die Ellbogen auf den Tisch und legte den Kopf in ihre Hände. Don stand auf, schaltete das Gas aus, fand den Tee und überbrühte ihn.
»Und du hast keine Möglichkeit, Blake zu verständigen?«
»Richtig.« Sie putzte sich die Nase und wischte sich die Tränen aus dem Gesicht. »Ich kann das Baby nicht bekommen, Don. Es geht einfach nicht. Du weißt, daß mein Leben damit ruiniert wäre. Ich könnte meine Arbeit hier nicht weiterführen ...«
Er schenkte den Tee ein und stellte eine Tasse vor sie hin. Sie schaute ihn an, als er sich ihr gegenübersetzte.
»Verabscheust du mich jetzt?«
Er legte eine Hand auf ihre. »Schlag dir diesen Unsinn aus dem Kopf, meine Liebe. Ich sollte entrüstet darüber sein, daß du menschlich bist? Es tut mir leid, aber ich bin nicht entrüstet, Cassie. Von Abscheu kann gar nicht die Rede sein.«
»Ich hätte intelligenter sein müssen; schließlich bin ich Ärztin.«
Schweigend tranken sie den Tee.
»Ich weiß nicht, an wen ich mich wenden kann. Ich weiß von niemandem, der Abtreibungen vornimmt.«
»Bist du sicher, daß du das willst?«
»Sag es mir«, forderte sie ihn heraus. »Was bleibt mir denn anderes übrig? Ich meine, eine Alternative, die nicht mein Leben ruiniert.«
Nach einer Weile sagte Don: »Ich schlage vor, daß du mit Chris Adams sprichst. Er muß mit diesem Problem konfrontiert worden sein, Patientinnen, die keine Kinder wollen ...«
»Chris? Ich soll mit Chris Adams reden? Er ist der letzte Mensch ...«
Don nickte. »Er ist kein Menschenfresser, Cassie. Ich habe das Gefühl, daß er dir helfen kann. In all den Jahren, die er hier draußen verbracht hat, muß er mit vielen unerwünschten Schwangerschaften in Berührung gekommen sein. Vielleicht würde er die Abtreibung sogar vornehmen. Einen klaren, sauberen und medizinisch ungefährlichen Eingriff.«

Zwei Nächte vor Sams Abreise machte sie sich in der Abenddämmerung auf den Weg zu Chris' Haus. Sie hatte das Gefühl, etwas Gefährliches zu wagen. Von allen Menschen auf Erden, zu denen sie hätte gehen können, erschien ihr Chris als der fernliegendste. Und doch hatte Don sie dazu ermutigt, und sie wußte nicht, wohin oder an wen sie sich hätte wenden können. Chris saß auf seiner Veranda, rauchte eine Zigarette und trank Kaffee. Ihr wurde klar, daß sie ihn nie ohne Jackett gesehen hatte, wenn er nicht gerade seinen Operationskittel trug. Jetzt saß er mit hochgerollten Ärmeln und offenem Hemdkragen da.

Als er sie auf den Weg zu seinem Haus einbiegen sah, stand er auf. »Das ist aber eine Überraschung.«

»Ich hoffe, ich störe nicht.«

»Ich habe gerade zu Abend gegessen. Möchtest du vielleicht einen Kaffee?«

Cassie schüttelte den Kopf. »Nein, danke. Aber ich würde mich gern mit dir unterhalten.«

Er wies auf einen Stuhl und setzte sich dann wieder.

Er schwieg.

»Es sieht so aus, als sei die Epidemie in Yancanna ausgestanden«, sagte sie.

Er nickte.

»Ich danke dir für all deine Hilfe.«

Er nickte wieder und blieb stumm.

»Und dafür, daß du in Notfällen rausgeflogen bist, als ich oben im Norden war.«

»Es hat mir Spaß gemacht. Ich hatte ganz vergessen, daß die praktische Ausübung des Arztberufes so spannend sein kann.«

Wieder Schweigen. Er drückte seine Zigarette im Aschenbecher aus.

Cassie seufzte. »Sam hat sich freiwillig gemeldet.«

»Wie alle jungen Männer,« sagte Chris.

»Jemand muß sich doch auch der Menschen annehmen, die zu Hause bleiben.«

Moskitos surrten vor den Fliegengittern.
»Ich möchte gern über etwas Vertrauliches mit dir reden.«
Chris zog die Augenbrauen hoch, griff nach seinen Zigaretten und zog langsam eine aus dem Päckchen und wartete.
»Du mußt mit Frauen zu tun gehabt haben, die schwanger waren, obwohl sie es nicht wollten.«
Der einzige Laut, der zu vernehmen war, war der, mit dem das Streichholz an der Zündfläche gerieben wurde. Chris inhalierte den Rauch, als er sich die Zigarette anzündete.
Cassie sah ihn an, doch er schaute durch das Fliegengitter in die Bäume hinaus. Schließlich sah er ihr in die Augen und fragte: »Soll ich das als eine Frage verstehen – ob ich Abtreibungen vornehme?«
Nach einer Weile fragte sie: »Tust du es?«
Er musterte sie gründlich. »Ich täte es gern, Cassie. Ich habe so viele Frauen mit gebrochenem Herzen gesehen, die für alle Zeiten verdammt sind, weil sie uneheliche Kinder austragen müssen, und ich habe mir gewünscht, ich hätte den Mut, ein Gesetz zu brechen, das ich als unmoralisch ansehe, aber ich bin ein Feigling. Ich bin nicht bereit, meine Praxis zu gefährden – mir die Zulassung entziehen zu lassen –, um ihnen zu helfen. Das Äußerste, was ich für diese Frauen tun kann, ist, Adoptionen zu arrangieren. Oft schicke ich sie nach Townsville rüber, zu meiner Schwester, die sich um sie kümmert, bis sie ihre Babys bekommen haben. Aber zu mehr fehlt mir der Mut. Ich bin sicher, daß Romla auch deiner Patientin helfen würde.«
Sein Stuhl quietschte, als er darauf schaukelte.
»Es geht nicht um eine meiner Patientinnen, Chris. Es geht um mich.«
Sie konnte sich vorstellen, was er jetzt tun würde. Sie über den Rand seiner Brille ansehen, sie mit einem tadelnden Blick bedenken, die Lippen zu einem dünnen Strich zusammenkneifen und sie anstarren.
Doch er tat nichts von alledem. Als er nicht darauf einging, sagte sie: »Ich weiß nicht, was ich tun soll.«
»Du willst einen Rat von mir? Ist es das?«

»Ich weiß es nicht«, sagte sie. »Ich wüßte nicht, mit wem ich sonst darüber reden könnte.«
»Warum ich?«
Sie zuckte die Achseln. »Du bist Arzt. Ich habe gelernt, mich auf dein medizinisches Urteil zu verlassen.«
»Ich bin kein Experte für moralische Dilemmas.«
»Das ist es also, worin ich mich befinde?« fragte sie. »Vielleicht nehme ich doch eine Tasse Kaffee. Oder Tee, falls du welchen hast.«
Chris stand auf und ging ins Haus. Cassie saß fast zehn Minuten lang allein da und lauschte Hühnern in der Nähe, Hähnen, die bei Sonnenuntergang krähten. Sie hörte Zikaden in den Bäumen und die Geräusche von Kindern, die ein paar Häuser weiter auf der Straße spielten.
Als Chris zurückkam, brachte er zwei Tassen mit und stellte eine davon vor sie hin.
»Was soll ich bloß tun?« Sie trank den heißen Tee und verbrannte sich die Zunge daran.
»Was willst du tun?«
»Ich weiß es nicht«, antwortete sie. »Wenn ich ein Baby bekomme, bedeutet das, daß mein Leben ruiniert ist. Hier spricht sich alles schnell herum, und wenn es gar um eine Ärztin geht … Wenn ich ein Baby bekomme, gibt es einen Skandal.«
»Für jemanden, der es besser wissen müßte, warst du allerdings wirklich unvorsichtig.« Chris' Stimme war kalt und schroff.
»Das ist mir nur zu klar. Aber wir haben keinen Krieg vorhergesehen.«
»Die Chance einer Heirat besteht nicht?«
Cassie schüttelte wieder den Kopf. »Nicht im Moment.«
»Weiß er etwas davon?«
»Nein.«
»Ah«, sagte Chris in einem Tonfall, der Verständnis ausdrückte. »Dann ist er also im Krieg. Es ist dieser Thompson, mit dem du im Norden warst, stimmt's?«

Cassie nickte und fragte sich, ob ihr je elender zumute gewesen war. Sie saßen da, und sie wartete, ohne selbst zu wissen, worauf.

»Es schmeichelt mir, daß du zu mir gekommen bist, Cassie. Ich fühle mich wirklich geschmeichelt. Aber ich werde es nicht tun, obwohl ich es unvertretbar finde, daß Frauen Kinder bekommen müssen, die sie nicht haben wollen, und daß sie im Fall von unzulässigem Sex die Hauptlast tragen müssen.«

Unzulässig. »Lehnst du mich jetzt ab?«

Er dachte einen Moment lang nach und lächelte dann verkniffen. »An dem Tag, an dem ich dich das erste Mal gesehen habe, habe ich dich mehr abgelehnt als heute. Wer bin ich, daß es mir zusteht, Menschen und ihr Handeln zu billigen oder zu mißbilligen? Derjenige, der frei von Sünde ist, soll den ersten Stein werfen.«

»Ich will nicht gesellschaftlich ausgestoßen werden, Chris. Ich will mir mein Leben nicht dadurch ruinieren lassen, daß ich ein Kind ohne einen Ehemann zur Welt bringe, und ich bin nicht soweit, daß ich ein Baby haben möchte.«

»Würdest du dasselbe empfinden, wenn dieser Thompson dich heiraten könnte?«

Tränen traten in ihre Augen. »Vermutlich nicht. Aber er ist nicht hier, und ich kann ihn nicht heiraten. Und ich habe nicht vor, die Fliegenden Ärzte aufzugeben.«

»Bist du sicher, daß du schwanger bist?«

Sie nickte. »Ziemlich sicher.«

»Laß dich morgen von mir untersuchen und dir eine Urinprobe abnehmen, damit wir einen Kaninchentest machen können.«

»Aber das heißt, daß wir noch eine Woche warten müssen, ehe wir es mit Sicherheit wissen.«

»So lange kannst du doch bestimmt warten. Dann wäre es noch nicht zu spät, falls du dich zu einer Abtreibung entschließt. Ich habe einen Freund in Townsville. Er ist der festen Überzeugung, daß eine Frau das Recht hat, über ihr Schicksal

mitzubestimmen, und daher nimmt er Abtreibungen vor. Er ist bereit, seine berufliche Laufbahn für seine Überzeugungen aufs Spiel zu setzen. Du wärst nicht die erste Patientin, die ich zu ihm schicke. Es wäre eine gefahrlose und saubere Angelegenheit. Absolut gefahrlos.«
»Empfiehlst du mir eine Abtreibung?«
Er sah sie an, und in seinen Augen stand ein Lächeln. »Bin ich etwa plötzlich dein Arzt geworden?«
Sie nickte. »Vermutlich schon, falls du mich als Patientin annimmst.«
»Wenn du sicher bist, daß es das ist, was du willst, werde ich ihn anrufen.«

Als Sam zwei Tage später aufbrach, wartete sie bereits auf das Ergebnis. Ob das Kaninchen wohl sterben würde? Sterben? Vielleicht würde Sam im Krieg sterben. Vielleicht würde sie irgendwo in einem schmutzigen Hinterzimmer sterben …
»He, Doc … Cassie, heul nicht so. Schließlich komme ich zurück. Wir werden wieder zusammenarbeiten.«
»O Sam«, schluchzte sie und konnte durch den Tränenschleier absolut nichts sehen. Sie schlang die Arme um ihn. »Ich weiß nicht, wie ich ohne dich zurechtkommen soll.«
»Du wirst das schon alles schaffen«, flüsterte er. »Du hast noch immer alles geschafft.«
Du hast ja keine Ahnung, klagte sie stumm. *Du weißt ja nicht, wovon du sprichst.*
»Komm schon, Doc. Lächle für mich. So möchte ich dich nicht in Erinnerung behalten. Nur ein klein wenig. Nur für mich.«
Aber sie konnte es nicht. Ihr war kein Lächeln mehr geblieben. Was jetzt noch in ihr war, das war ein unerwünschtes Baby, in der urzeitlichen Landschaft von Kakadu gezeugt.

29

Eineinhalb Tage lang, während der Bus durch die Gegend holperte – was zu ihrer ohnehin vorhandenen Übelkeit nur noch beitrug –, dachte Cassie an Blake. Sie fragte sich, was er empfinden würde, wenn er aus dem Krieg zurückkam und sie ihm berichtete, daß sie sein Kind abgetrieben hatte. Im Moment verspürte sie keinen Groll auf ihn. Es war ebensosehr ihre Schuld. Sie war nicht nur eine intelligente Frau, sondern noch dazu Ärztin, und sie hätte es wirklich besser wissen müssen. Sie hätten wenigstens darüber reden müssen. Aber das hätte eine Einbuße an Spontaneität bedeutet, an Erregung ... an Romantik.
Sie hatte vorher den Verdacht gehabt, daß sie dort miteinander schlafen würden. Warum hatte sie kein Diaphragma mitgenommen? Ihren Patientinnen verordnete sie sie. Sie hatten nie auch nur ein einziges Mal erwähnt, was die Folgen ihrer Liebesakte sein könnten. Es lag daran, daß sie im Traum nicht geahnt hatten, wie dicht eine Trennung bevorstand, soviel wußte sie; sie hatten gewußt, daß sie heiraten würden, falls es zu einer Schwangerschaft kommen sollte. Und jetzt war sie auf sich allein gestellt und mußte die gesamte Verantwortung tragen. Sie war nicht soweit, daß sie ein Kind haben wollte. Und schon gar nicht ein uneheliches. Sie war auch nicht bereit, sich unmoralischen Betragens beschuldigen zu lassen.
Sie wußte, daß sie tun mußte, was sie tat. Und sie wußte auch, daß sie es Blake sagen mußte, wenn er nach Hause kam. Würde er es verstehen? Oh, warum war Fiona nicht hier? Mit ihr hätte sie all das eingehend bereden können. Vielleicht hätte Fiona sie auf dieser Fahrt begleitet, um ihre Hand zu halten und ihr Trost zuzusprechen. O Gott, wie sehr sie Fiona doch vermißte.

Ihre Gedanken kehrten wieder zu Blake zurück. *O Blake, komm nach Hause.* Sie wußte, daß sie ihre berufliche Laufbahn, ihr Leben, alles für ihn aufgegeben hätte. Und glücklich gewesen wäre, Mrs. Blake Thompson zu sein. Cassandra Thompson.

Sie würden andere Kinder haben. Drei, vier, ein Dutzend. So viele, wie er nur irgend haben wollte.

Townsville war ein verschlafenes tropisches Städtchen, dessen weiche, milde Luft Cassie umgab. Der Duft von Blumen erfüllte die Luft, während die Farbenpracht ihre Sinne bestürmte. Bougainvillea, Hibiskus, Federnelken und Jasmin blühten überall. Königspalmen ragten hoch in die Luft auf, und ihre Wedel wankten in der Brise, die vom Meer kam.

Die Stadt selbst zeugte vom Kolonialstil – ein erfreulicher Anblick, dachte Cassie, als sie im Busbahnhof ausstieg und sich umsah. Eine Frau von mittlerer Größe mit glattem, schulterlangem braunem Haar winkte ihr zu und rief: »Juhu.« Unter ihren leuchtendgrünen Augen, die vor Leben sprühten, verblaßte der knallrote Lippenstift. Sie ging auf Cassie zu, streckte die Hand aus und begrüßte sie mit einem festen Händedruck. Sie sah gut aus, ohne wirklich hübsch zu sein. Ihre überschwengliche Art war ansteckend. Cassie war nicht sicher, ob sie sie erkannt hätte.

»Erinnerst du dich noch an mich? Ich bin Romla Peters«, sagte sie und packte Cassies Arm. »Komm, der Wagen wartet vor der Tür auf uns.« Sie führte Cassie mit schnellen Schritten dahin, wo sie den Wagen in der zweiten Reihe abgestellt hatte. Sie wurden schon von einem Hupkonzert begrüßt.

»Ich bin froh, daß du dich noch an mich erinnerst.« Cassie setzte sich auf den Beifahrersitz des Dodge.

Romla scherte in den Verkehr ein und fuhr gut, wenn auch schnell. Viele der Holzhäuser standen auf Pfählen, und Romla wies sie darauf hin. »Das macht man, um durch die Höhe die Brise vom Meer spüren zu können, und außerdem kann die Luft so auch unter den Häusern zirkulieren.«

»Wie malerisch«, sagte Cassie, die nie zuvor eine maritime tropische Stadt gesehen hatte.
»Malerisch ist das treffende Wort«, sagte Romla, als sie vor einem kleinen quadratischen Haus, das sich kaum von den Häusern unterschied, die es umgaben, in die Auffahrt fuhr. »Das reinste Provinzkaff.«
»Sehnst du dich nach einer Großstadt?«
Romla schüttelte den Kopf und öffnete die Tür. »Nicht unbedingt. Aber mir wäre es lieber, wenn etwas mehr los wäre. Ich würde gern mehr unternehmen.« Sie warf den Kopf zurück. »Aber das muß aus einem selbst kommen, stimmt's? Man muß selbst dahinterkommen, was man braucht.«
Wie schon Sam, sagte auch Romla: »Du siehst ein wenig kränklich aus.« Sie hob Cassies Tasche aus dem Kofferraum. »Möchtest du das Abendessen vielleicht lieber im Bett zu dir nehmen?«
»Meine Güte, nein. Nachmittags und abends geht es mir besser als den ganzen übrigen Tag.«
»Du hast morgen früh um neun einen Termin bei Dr. Hatfield. Ist dir das zu früh?«
»Nein, das ist mir sehr recht.«
»Er ist einfach wunderbar. Ich gehe zu den jährlichen Vorsorgeuntersuchungen zu ihm, und er hat mich von Terry entbunden. Pamela ist schon geboren worden, ehe wir hierhergezogen sind.« Romla steckte den Schlüssel ins Schloß, und sie betraten ein kleines Zimmer, das in hellen Pastelltönen und Weiß gehalten war. Der Raum war so klein, daß er bedrückend hätte wirken können, aber Romla hatte ihm Charakter und Fröhlichkeit verliehen.
»In etwa einer Stunde gibt es Tee und belegte Brote. Dann kommt Roger von der Arbeit nach Hause, und Terry und Pam werden aus der Schule zurück sein. Terry ist erst sechs, bereite dich also auf Lärm vor. Pam ist mit ihren elf Jahren die ruhigere. Ich kann mir vorstellen, daß du nach einer so langen Busfahrt gern ein Bad nehmen möchtest. Hier, das ist das Bad, und dein Zimmer ist gleich daneben. Unser Zimmer ist auf

der anderen Seite des Ganges. Wie du an all diesem Spielzeug leicht erkennen kannst, ist das Terrys Zimmer, aber er ist schon ganz aufgeregt, weil er auf dem Sofa schlafen darf.«
»Ich möchte euch keine Umstände machen.«
Romla schüttelte den Kopf. »Unsinn. Hier«, sagte sie und warf Cassies Tasche auf das schmale Bett. »Laß dir Zeit. Wenn du fertig bist – Limonade steht im Kühlfach.« Sie verließ das Zimmer, und dann streckte sie den Kopf noch einmal zur Tür herein. »Mein Mann glaubt, daß du hier bist, um wegen eines gynäkologischen Problems den Arzt aufzusuchen. Es braucht dir also nicht peinlich zu sein.«
»Das ist ja auch wahr.« Cassie packte ihre Sachen aus und lief durch den Gang zum Bad. Sie blieb in der Wanne liegen, bis sie eine männliche Stimme hörte und annahm, das müsse Romlas Mann sein. Polizist, hatte Chris gesagt, der jetzt auch für die zivile Verteidigung zuständig war. Townsville würde bestimmt niemand angreifen. Wie sehr die Menschen in Kriegszeiten doch außer sich gerieten. Wer hätte schon Australien angegriffen? Sie nahm an, wenn der wahre Krieg mehr als zehntausend Meilen entfernt ausgetragen wurde, dann fühlte man sich von den schaurigen Ereignissen auch zu Hause betroffen.
Nachdem sie einen marineblauen Leinenrock und eine hellblaue Baumwollbluse angezogen hatte, lief sie durch den Gang ins Wohnzimmer. Auf einem der zu prall gefüllten Polstersessel saß Roger Peters, trank Bier aus einer Flasche und hatte die Füße auf einen Polsterschemel gelegt. Er stand bei ihrem Eintreten nicht auf, doch Cassie nahm wahr, daß er umwerfend gut aussah, ein großer, kräftiger Mann mit dunklem Haar und einem gepflegten Schnurrbart. Seine dunklen Augen lächelten sie an, als er ihr zunickte. »Ich habe gehört, Sie sind eine Patientin von Chris. Wie geht es dem alten Knaben, seit Izzie gestorben ist?«
Cassie setzte sich auf das Sofa. »Er scheint sich gut zu halten. Ich kann mir vorstellen, daß es ihn härter getroffen hat, als er nach außen hin zeigt.«

»Man weiß nie, was in Chris vorgeht«, sagte Romla, die in der Küchentür stand. »Er ist nie einer von der Sorte gewesen, die darüber redet, was in einem selbst vorgeht.« Sie warf einen Blick auf ihren Mann. »Aber andererseits scheinen Männer das nie zu tun. Chris ist nur noch zurückhaltender als die meisten anderen.«

»Er scheint alles in sich zu verschließen.«

Romla lachte. »Das liegt in der Natur des Mannes. Manchmal muß ich mich schon fragen, ob überhaupt etwas in euch drinsteckt. Sag, magst du eine Limonade?«

»Ja, sicher.« Cassie erwärmte sich schnell für Chris' Schwester. Sie folgte Romla in die Küche.

»Ich bewundere Leute wie dich«, sagte Romla. »Eine Frau, die ihren eigenen Platz im Leben findet und sich durchsetzt, statt nur das zu sein, was von jeder Frau erwartet wird, nämlich Hausfrau und Mutter. Mir hängt mein Leben, das von diesen vier Wänden eingeschränkt wird, derart zum Hals heraus, daß es mich krank macht, und das einzige, was ich zu hören bekomme, ist, wie Rogers Arbeitstag verlaufen ist. Ich wünschte, ich hätte den Mut, das Leben an den Hörnern zu packen und mich aufzubäumen, zu bocken, meine Unruhe zu zeigen und selbständig etwas zu unternehmen. Jemand anderer zu sein als nur Mrs. Romla Peters. Oder ist das eine romantische Verklärung deiner Arbeit?«

»Ich habe das Gefühl, ich habe Glück gehabt«, sagte Cassie und nahm die Limonade entgegen. »Aber trotzdem werde ich eines Tages natürlich heiraten und Kinder kriegen.«

»Und deinen Beruf aufgeben?«

»Nun, die Liebe weckt schließlich Nestbauinstinkte in uns, oder etwa nicht?« Cassie dachte dabei daran, wie ihre Gefühle sich in der letzten Zeit verändert hatten und was Blake bei ihr auslöste.

»Ich nehme an, das stimmt«, sagte Romla und öffnete die Backofentür, um hineinzuschauen. »Aber wenn man sich erst einmal zurücklehnt und der romantische Aspekt seine Blüte überschritten hat und wenn man nichts anderes mehr tut als kochen und putzen, und dann kommt ein Mann nach Hause, der nicht gerade viel redet, und wenn er redet, dann nur über seine Arbeit und über Pferderennen, dann fängt man doch an, sich zu fragen, ob das alles ist, was das Leben einem zu bieten hat.«

Es klang nicht so, als wollte Romla sich beklagen. Sie schien erst beim Reden zu denken und sich selbst laut Fragen zu stellen. »Also, so was sollte ich ja nicht gerade zur Begrüßung zu dir sagen. Alles, was ich damit wirklich sagen wollte, ist, daß ich dich für das bewundere, was du tust.«

»Danke«, sagte Cassie. »Und außerdem vielen Dank für deine Hilfe.«

»In der Hinsicht helfe ich Chris schon seit Jahren aus. Wir haben es immer so eingerichtet, daß weder Roger noch Izzie etwas davon erfahren. Die beiden würden das nicht gutheißen. Aber Chris und ich sind schon immer auf derselben Wellenlänge gewesen, obwohl er soviel älter ist als ich, daß er eigentlich nicht in der Nähe war, als ich aufgewachsen bin.«

Cassie war überrascht. Sie hätte geglaubt, daß der Chris Adams, den sie kannte, und seine Schwester nichts miteinander gemeinsam hatten. Romla drehte sich zu Cassie um und sah sie an. »Als ich klein war, war er der sanftmütigste und geduldigste Mensch auf Erden. Als ich aufgewachsen bin, war er für mich ein Gott. Ich war am Boden zerstört, als er Izzie geheiratet hat und weit weggezogen ist. Aber wir haben einander jeden Monat geschrieben.«

War das der Chris, den Cassie kannte?

»Früher habe ich mich immer wieder gefragt, warum sie so weit draußen leben, so weit von jeder Zivilisation entfernt, so weit weg von … von mir. Aber ihm gefällt es, ein großer Fisch in einem kleinen Teich zu sein. Er hat dieses Krankenhaus aufgebaut, verstehst du? Das Geld dafür hat er ganz allein aufgetrieben. Es hat ihn fünf Jahre gekostet. Natürlich war Isabel immer verstimmt darüber, dort draußen leben zu müssen. Ich bin nur ein paarmal dort gewesen. Aber vielleicht komme ich jetzt wieder zu Besuch.«

»Ihr habt euch nicht miteinander verstanden, du und Isabel?« Cassie wußte, daß es sie nichts anging.
»Nein.« Romlas Stimme war schroff. »Absolut nicht.« Sie öffnete die Backofentür und zog Scones heraus. Sie dufteten einfach wunderbar. »Hier«, sagte sie und drückte Cassie einen Schneebesen in die Hand. »Schlag die Sahne in der Schüssel dort, ja? Erdbeeren gibt es auch. Klingt das nicht so, als sei es das wert, fast tausend Meilen dafür zurückzulegen?«
»O doch.«
Romla bewegte sich geschickt durch die kleine Küche. In ihren Bewegungen und Handgriffen drückten sich die Präzision und die Nüchternheit aus, die auch in ihrer klaren Stimme lagen. Die Wärme dagegen, die sie ausstrahlte, spiegelte sich nicht darin wider. Cassies Zuneigung zu dieser Frau wuchs in jedem Augenblick.
»Du kochst ganz offensichtlich gern«, sagte Cassie, während sie die Sahne schlug.
Romla lachte. »Ich hasse es. Ich täte viel lieber etwas Spannendes, als mir den ganzen Nachmittag über Mühe zu machen, die meine Familie dann innerhalb von fünfzehn Minuten zunichte macht. Ich wünschte, ich könnte in irgendeiner Form einer ausfüllenden und lohnenden Beschäftigung außerhalb des Hauses nachgehen.« Romla schaute aus dem kleinen Fenster über der Spüle. »Terry sollte jetzt jeden Moment kommen. Pam könnte ein bißchen später dran sein. Sie ist im Fußballteam für Mädchen. Wenn wir auf sie warten, ärgert sich Roger darüber, daß sein Abendbrot nicht fertig ist. Entweder ich habe seinen Abendbrot rechtzeitig fertig, oder er geht auf dem Heimweg in eine Kneipe und bleibt dort, bis sie um sechs Uhr schließt, und wenn er dann nach Hause kommt, ist ihm vollkommen egal, ob er noch etwas ißt oder nicht. Daher versuche ich, mich mit dem Abendessen zeitlich nach ihm zu richten. Er geht dann zwar später aus dem Haus, wahrscheinlich zum Dartspielen. Ich weiß nicht, was er tut.«
Cassie fand nicht, daß das nach einer idealen Ehe klang. So

würde Blake sich nie verhalten, das wußte sie genau. Steven war auch nicht so. Ihr Vater war nicht so gewesen.
Terry, Romlas flachsblonder Sechsjähriger, kam zur Tür hereingestürmt, die Kniebundhose mit Schlamm bespritzt und ein schiefes Grinsen auf dem sommersprossigen Gesicht. Romla beugte sich herunter und umarmte ihn, ohne auch nur ein Wort über seine schmutzigen Kleider zu verlieren. Sie küßte ihn aufs Ohr, während er ihr die Arme um den Hals schlang. Dann richtete sie sich auf, lächelte sanft und sagte: »Wasch dir die Hände, Liebling.«
Sie deckte den Küchentisch und ging zur Wohnzimmertür. »Roger. Das Abendessen ist fertig.«
Es gab belegte Brote und einen Krug Milch, die Scones und Beeren, die bereitstanden, um mit geschlagener Sahne serviert zu werden. »Roger kommt mittags zu einer richtigen Mahlzeit nach Hause«, erklärte Romla. »Die Kinder auch. Ich hoffe, dir genügt das, was wir haben.«
Cassie hatte seit zehn Tagen keine komplette Mahlzeit mehr ansehen können. Beim Anblick des gedeckten Tischs wurde ihr übel. Sie schlug sich eine Hand vor den Mund. »Entschuldigung«, sagte sie und lief ins Bad.
Eine Minute später kam Romla. »Warum legst du dich nicht einfach ins Bett? Ich bringe dir dann später eine Tasse Tee.«
Als sie dann eine Stunde später mit Tee und einem Scone ohne Beeren und Schlagsahne kam, setzte sie sich auf das Fußende des Bettes und sagte: »Das kann keinen Spaß machen, was?«
Dann, als Cassie dankbar den Tee trank, fuhr Romla fort. »Wie ist dir bei der ganzen Geschichte zumute? Ich meine, ein Kind wegmachen zu lassen.«
Cassie dachte einen Moment lang darüber nach. »Für mich ist es kein Kind. Es ist ein Mißgeschick, das sich zu einer Tragödie ausweiten könnte. Für mich ist es kein menschliches Wesen, solange es nicht geboren ist. Es könnte ebensogut ein Tumor sein. Ich fühle mich frei von jedem Schuldbewußtsein, falls es das ist, was du wissen willst.«
Romla rollte sich auf dem Fußende des Bettes behaglich zu-

sammen. »Ich weiß selbst nicht, was ich wissen will. Vielleicht frage ich dich auch, wie du zu dem Kerl stehst, der dich in diese Situation gebracht hat.«

»Es ist auch meine Schuld. Aber ich vermute, ich nehme ihm irgendwie übel, daß er fort ist und noch nicht einmal weiß, was ich hier durchmache und daß ich die Dumme bin. Natürlich ist es nicht seine Schuld, daß er so weit weg ist.«

»Würdest du ihn heiraten wollen?«

»Mein Gott, ja. Ich liebe ihn.«

»Warum dann das Ganze? Natürlich geht es mich nichts an. Ich frage aus reiner Neugier. Er liebt dich nicht?«

»Der Krieg ist schuld. Er ist zum Militär gegangen, ehe ich wußte, daß ich schwanger bin. Er würde mich jederzeit heiraten. Wir lieben uns. Aber irgendwie ist es so gekommen, daß er gegangen ist, ehe wir irgendwelche Pläne schmieden konnten.«

»Dann bist du deshalb so traurig und nicht, weil du schwanger bist?«

»Wirke ich traurig? Ich bin verzweifelt darüber, daß er fortgegangen ist. Wir konnten uns noch nicht einmal voneinander verabschieden. Aber ich habe keinerlei Bedenken, was die Abtreibung angeht.« Sie dachte an die Ausschabung, die sie bei dem Mädchen aus Bagley Waters vorgenommen hatte, dessen Eltern nie auch nur erfahren hatten, daß ihre Tochter schwanger war. Irgendwann einmal würde sie mit dem Mädchen reden müssen. Sie warnen, damit sie es nicht wieder darauf ankommen ließ. Über Vorsichtsmaßnahmen mit ihr reden. »Vielleicht hätte ich unterbewußt gar nichts dagegen, etwas zu haben, was uns noch mehr aneinander bindet. Ich bekäme lie bend gern ein Kind von ihm. Ich möchte viele Kinder von ihm haben. Aber nicht jetzt. Nicht allein. Nicht unverheiratet. Nicht …« Ihre Stimme verklang.

»Ich hatte letztes Jahr eine Abtreibung«, sagte Romla. »Noch nicht einmal Chris weiß etwas davon. Und Roger hat nicht die leiseste Ahnung. Ich wollte einfach nicht noch ein Kind. Es ist mir unerträglich, derart angebunden zu sein, wenn ich Terry und Pam auch noch so entzückend finde. Ich denke mir

immer wieder, daß das Leben mehr als nur Putzen und Kochen für mich bereithält, und ich wollte einfach nicht … Ich verspüre keinerlei Schuldbewußtsein. Das einzige, was ich empfunden habe, war die Erleichterung darüber, nicht schwanger zu sein. Ich dachte, ich hätte aufgepaßt. Ich weiß nicht, wie es passieren konnte.
Manche der jungen Frauen, die Chris mir schickt, sind von Schuldgefühlen gepeinigt. Ihre Eltern haben ihnen gewaltsam eingetrichtert, daß Sex ohne Heirat die größte Sünde ist, die eine Frau begehen kann. Solange sie hier sind, weinen sie die ganze Zeit über. Roger kann das nie verstehen. Aber andererseits ist er von Natur aus nicht neugierig.«
Sie saßen schweigend da, während Cassie ihren Tee austrank und Gebäck dazu aß.
»Bist du eng mit meinem Bruder befreundet?«
Cassie sah sie an. »Das würde ich nicht sagen. Im Grunde genommen hätte ich es sogar für äußerst unwahrscheinlich gehalten, daß ich mich ausgerechnet ihm anvertraue. Aber meine beste Freundin ist in Irland. Mein Pilot, der ein guter Freund ist, ist beim Militär, und außerdem glaube ich, wenn er es wüßte, wäre er desillusioniert. Und der Vater des Babys … ich wußte einfach nicht, an wen ich mich hätte wenden können. Wir haben einander schon öfter ausgeholfen, dein Bruder und ich, aber eng befreundet sind wir nicht miteinander, nein, das könnte ich nicht behaupten.«
»Wir hatten verkorkste Eltern«, sagte Romla. »Ich weiß nicht, wie wir es geschafft haben, uns trotzdem prachtvoll zu entwickeln. Und dann hat natürlich Izzie ein schrecklich strenges Regiment geführt. Es wundert mich, daß sie all diese Jahre dort draußen verbracht haben, da ich weiß, wieviel sie dagegen einzuwenden hatte. Wahrscheinlich ist das das einzige, was er je getan hat, um sie vorsätzlich zu provozieren.«
»Alle, die ich kenne, scheinen begeistert von ihr gewesen zu sein.«
Romla warf Cassie einen haßerfüllten Blick zu. »Ich ganz bestimmt nicht.«

30

Cassie beschloß, jeder Arzt sollte die Erfahrung gemacht haben, selbst einmal Patient zu sein, bei dem ein chirurgischer Eingriff vorgenommen wurde. Da sie jedoch wußte, wie einfach eine Ausschabung war, war sie nicht nervös. Dr. Hatfields Benehmen war förmlich gewesen, hatte aber doch offenkundiges Mitgefühl ausgedrückt. Romla hatte sie als Mary Stewart angemeldet. Hatfield stellte ihr keine persönlichen Fragen und erkundigte sich nicht nach den Gründen. Dagegen fragte er: »Sind Sie ganz sicher, daß das der Weg ist, den Sie einschlagen wollen?«

Sie zögerte keinen Moment lang. »Ich möchte in diesem Stadium meines Lebens kein Baby haben.«

Er sagte: »Wir werden eine Untersuchung vornehmen, um zu bestimmen, wie weit die Schwangerschaft schon fortgeschritten ist.«

»Es sind genau dreieinhalb bis fünf Wochen«, sagte sie.

Er zog eine Augenbraue hoch. »Sind Sie sicher?«

»Ich bin ganz sicher.« Das Kaninchen war gestorben.

»Lassen Sie mich Ihnen jetzt erklären, was wir tun werden.«

Sie hätte gern gesagt: *Ich weiß es ohnehin. Ich habe selbst schon Ausschabungen vorgenommen,* aus den verschiedensten Gründen, aber nie um einer Abtreibung willen. Doch statt dessen tat sie so, als sei ihr das alles neu. Sie hörte ihm zu. Es gefiel ihr, wie er es ihr erklärte. Vielleicht sollte sie den Patienten genauer erklären, was sie tat – vielleicht konnte sie ihnen damit einen Teil ihrer Ängste nehmen.

Nachdem er ihr alles erklärt hatte, sagte er: »Darf ich Ihnen ein Diaphragma verschreiben? Eine Abtreibung ist bestimmt nichts, was Sie noch einmal erleben möchten.«

Sie hatte Dutzende von Diaphragmen für den Bedarfsfall in Augusta Springs, doch sie sagte: »Ja, gern. Ich danke Ihnen. Ich weiß, daß man das kein zweites Mal durchmachen will.« Sie war nie mit Äther betäubt worden. Sie bemühte sich, so lange wie möglich bei Bewußtsein zu bleiben, weil sie sich an alles genau erinnern wollte, damit sie sich besser in ihre Patienten hineinversetzen konnte. Doch das einzige, woran sie sich später noch erinnern konnte, war, daß sie wütend auf Blake gewesen war, als sie das Bewußtsein verloren hatte. Er mochte zwar weit weg sein und in einem Krieg kämpfen, aber dennoch war sie diejenige, die den Preis für das bezahlte, was sie gemeinsam erlebt hatten. Und sie wußte, daß es in der gesamten Geschichte der Menschheit immer so gewesen war. Laut sagte sie: »Diese verfluchten Männer.« Das nächste, was sie bewußt wahrnahm, war eine Uhr an der Wand, und obwohl sie sich nach Kräften bemühte, die Zeit abzulesen, konnte sie die Zeiger einfach nicht erkennen. Eine leise Stimme sagte: »Sie werden sich ein paar Stunden lang benebelt fühlen. Bleiben Sie einfach still liegen. Ihre Freundin wird etwa um vier Uhr kommen, um Sie abzuholen.«
Kurz vor vier kam der Arzt zurück. »Romla ist hier. Bleiben Sie für den Fall, daß Blutungen auftreten, noch zwei Tage im Bett. Verständigen Sie mich, falls es zu einer Blutung kommt. Wenn Sie innerhalb von vierundzwanzig Stunden keine Beschwerden haben, können Sie gefahrlos nach Hause zurückfahren.«
»Ich kann Ihnen gar nicht genug danken.« Wenigstens war ihre Übelkeit verflogen.
»Für mich wäre es das Schlimmste, wenn einem meiner Kinder etwas Übles zustieße. Das Zweitschlimmste ist, ein ungewolltes und ungeliebtes Kind auf die Welt zu bringen. Das Drittschlimmste ist, eine Frau für eine flüchtige Leidenschaft ein Leben lang büßen zu lassen. Ich bin froh, daß ich Ihnen helfen konnte. Sehen Sie sich in Zukunft besser vor. In dieser Schachtel ist ein Diaphragma. Verwenden Sie es.« Er lächelte freundlich. »Und grüßen Sie Dr. Adams von mir. Er ist ein feiner Kerl.«

Romla erwartete sie schon. »Komm, ich packe dich jetzt ins Bett. Ein gutes Buch habe ich auch für dich. Im Handumdrehen wird es dir wieder gutgehen. Wie fühlst du dich?«
»Ein bißchen wacklig auf den Beinen. Ansonsten okay. Keine Schmerzen. Und die Übelkeit ist verflogen.« Es war wirklich problemlos verlaufen.

Am Morgen fühlte sich Cassie fast wieder normal. Sie stand sogar zum Frühstück auf. Roger war zur Arbeit gegangen, doch Romla erwartete sie mit Tee und Haferbrei und frisch gepreßtem Orangensaft. Pam und Terry waren bereits zur Schule gegangen. Cassie hatte Pamela überhaupt nicht zu sehen bekommen; möglicherweise hatte Romla das bewußt vermieden. Während Cassie frühstückte, setzte sich ihre Gastgeberin zu ihr an den Tisch, trank Kaffee und sprang zwischendurch auf, um Spielzeug oder andere Gegenstände aufzuheben, die verstreut dalagen. »Ich hätte schrecklich gern ein großes Haus. In größeren Räumen fällt Unordnung nicht so sehr auf.«
»Hast du daran gedacht, dir Arbeit zu suchen, damit ihr euch ein größeres Haus leisten könnt?« fragte Cassie. »Ich weiß, daß das Gehalt eines Polizisten nicht allzu üppig sein kann.«
»Einen Job?« Romla schien verblüfft zu sein. »Was könnte ich schon tun? Außerdem bekäme Roger einen Anfall.«
»Warum das? Ist es ihm lieber, daß du rumsitzt, hinter deiner Familie herräumst und unzufrieden bist?«
Romla lachte. »Er bekäme einen Anfall«, wiederholte sie. »Und außerdem kann ich nichts.«
Cassie sah sie an. »Mach dir Gedanken darüber.«
»Dann würden die Fetzen fliegen«, sagte Romla. »Und eher gebe ich nach, als daß ich meine Ehe gefährde.«
»Ich fand es schon immer unfair, Männern vorzuwerfen, daß sie nicht mehr verdienen, wenn eine Frau doch selbst durchaus in der Lage ist, aus dem Haus zu gehen und ein bißchen Geld dazuzuverdienen, damit sie sich die Dinge leisten kann, die sie gern haben möchte. Er ist nun mal Polizist. Und er will Polizist sein. Wenn er sich schuldbewußt fühlt, weil er nicht

mehr verdient, dann wird er dir vorwerfen, daß du ihm das Gefühl gibst, er sollte sich einen anderen Job suchen.«

Romla sah Cassie lange Zeit an. Dann stand sie auf, ging zum Couchtisch, um ihn abzuräumen. »Weißt du überhaupt, wie langweilig es ist, nichts anderes zu tun, als abzustauben, zu waschen und zu spülen und Mahlzeiten zuzubereiten? Ich höre meinen Kindern zu, und ich höre mir an, was mein Mann zu berichten hat, und das ist mein Leben.«

»Und wer hört dir zu?«

Romla lächelte. »Du.«

»Du füllst deinen Tag mit Kleinigkeiten aus, aber mir erscheinst du wie jemand, der Herausforderungen braucht und seinen Verstand ständig beschäftigen muß.«

»Mein Gott.« Romla setzte sich wieder und nahm einen Moment lang Cassies Hand. »Wir kennen einander erst seit rund vierundzwanzig Stunden, und schon jetzt bist du der erste Mensch, der je in mich hineingeschaut und gesehen hat, was dort ist.« Sie legte sich die Hand auf die Brust.

Eine Minute lang herrschte Schweigen. »Manchmal verzehre ich mich regelrecht«, sagte Romla. »Ich frage mich, was mit mir nicht stimmt und warum ich nicht glücklicher bin. Ich habe zwei Kinder, die ich liebe. Einen Mann, der sich nicht rumtreibt. Ich bin dazu erzogen worden zu glauben, daß die Ehe und die Mutterschaft mir alles geben, was ich für mein Glück brauche, aber ich habe dieses schreckliche Verlangen. Ich glaube nicht, daß es dabei nur um Geld geht, obwohl das auch dazugehört. Ich will etwas erreichen, obwohl ich selbst nicht weiß, was. Und ich stelle fest, daß ein Mann nicht die Antwort auf alles ist.«

»Hm«, bemerkte Cassie, als sie den letzten Schluck von ihrem Tee trank. »Zumindest nicht *dein* Mann.«

Romla riß den Kopf hoch.

Cassie biß sich auf die Lippen. »O Romla, es tut mir ja so leid. Ich habe es absolut nicht so gemeint. Was ich meine, ist … oh …« Cassie stellte fest, daß sie vor Verlegenheit errötete, weil sie zu jemandem, den sie kaum kannte, etwas Derartiges gesagt hatte.

»Es ist schon gut«, sagte Romla. »Du sprichst Dinge laut aus, die ich aus meinen Gedanken zu verdrängen versucht habe. Ja. Er kommt nach Hause und sitzt einfach da, oder er geht aus und spielt mit einem Nachbarn Ringewerfen oder ... nun ja, wir reden nie über etwas anderes als über die Kinder oder ... nie auch nur ein Wort über unsere wahren Gefühle. Weißt du, in was ich mich verliebt habe? In seine Uniform. Ich war damals siebzehn, und er war dreiundzwanzig, und ich habe ihn auf einer Straßenkreuzung stehen sehen, wie er als Polizist den Verkehr geregelt hat, und ich habe mir gedacht, so was Gutaussehendes habe ich noch nie gesehen, und dann habe ich alles drangesetzt, damit er auf mich aufmerksam würde. Damals habe ich nicht gewußt, daß sich nichts hinter dieser Uniform verbirgt. Himmel, jetzt habe ich Gewissensbisse, weil ich das gesagt habe. Ich habe mir bisher nie erlaubt, es auch nur zu denken.«

»Du solltest dir aber Gedanken darüber machen«, riet ihr Cassie.

In dem Moment läutete das Telefon.

Romla kam aus dem Wohnzimmer zurück, nachdem sie sich ein paar Minuten lang angeregt unterhalten hatte. »Chris möchte dich sprechen.«

Seine Stimme, die einen förmlichen Anstrich hatte, wurde von dem Rauschen atmosphärischer Störungen begleitet. »Ich dachte mir, ich erkundige mich mal, um zu sehen, ob bei dir alles in Ordnung ist.«

»Mir geht es gut. Wahrscheinlich werde ich übermorgen den Bus nehmen und wieder nach Hause fahren.«

»Gut. Ich wollte mich nur vergewissern, daß es nicht zu Komplikationen gekommen ist.«

»Ich rechne dir hoch an, was du alles für mich getan hast, Chris. Und deine Schwester ist einfach wunderbar.«

»Ich dachte mir gleich, daß du dich gut mit Romla verstehen wirst.«

Die Leitung wurde unterbrochen.

Als Cassie ins Eßzimmer zurückkam, sagte Romla: »Es würde

nichts schaden, wenn du den Tag im Bett verbringst. Die Kinder kommen erst im Lauf des Nachmittags nach Hause. Ich habe Einkäufe zu erledigen. Du bist vollkommen ungestört und kannst deine Ruhe haben, wenn du willst.«

Cassie war ihr dankbar dafür.

Als Romla ihre Einkaufstasche schon in der Hand hatte und aus dem Haus gehen wollte, warf sie den Kopf zurück, wobei ihr die Haare ins Gesicht fielen, und sagte: »Ich nehme kaum an, du und Chris ...«

Cassie hob eine Hand. »Tu das nicht, Romla. Ich kenne deinen Bruder kaum. Wir sind Berufskollegen, das ist alles. Und außerdem liebe ich einen anderen Mann.«

»Dann war das meinerseits wohl Wunschdenken«, sagte Romla und schloß die Tür laut hinter sich.

Die Vorstellung, Chris Adams zum Geliebten zu haben, ließ Cassie eine Grimasse schneiden. Der alte Miesepeter. Er wurde zwar umgänglicher, aber Chris Adams war kein Mann, von dem sie sich hätte vorstellen können, ihn irgend jemandem zuzumuten, den sie kannte. Kalt. Leidenschaftslos. Sie konnte sich nicht vorstellen, daß Chris Adams eine Frau auch nur im entferntesten liebevoll hätte berühren können. Isabel hatte ihr leid getan, und sie hatte sich gefragt, wie sie es wohl hatte ertragen können, so viele Jahre mit Chris zusammenzuleben. Und doch, erkannte sie, war er nie etwas anderes als rücksichtsvoll, geduldig und hingebungsvoll gewesen, wenn sie ihn mit Isabel zu Hause gesehen hatte. Er hatte für Isabel gesorgt und ihr jeden Wunsch erfüllt, während sie nur noch dagelegen hatte und dahingesiecht war.

Zwei Tage später stieg Cassie in den Bus nach Augusta Springs. Sie hoffte, bei ihrer Rückkehr würde sie ein Brief von Blake erwarten. Nach einer Weile verlor die Landschaft jeden Reiz. Die Städte, in denen sie kurz anhielten, um eine Kleinigkeit zu essen, waren uninteressant. Die Fahrt führte nur durch wenige Städte, die weit voneinander entfernt lagen, und weiter westlich und in Richtung Süden fuhren sie über Hunderte von Meilen nur noch durch Städte, die diesen Namen nicht verdienten. Wie Yancanna. Eine Handvoll Häuser und nichts weiter. Manchmal eine Schule. Ein Gemischtwarenladen, fast immer eine Filiale von Teakles and Robbins.

Sie haben recht, wenn sie vom Ende der Welt sprechen, dachte sie. Wir sind hier wirklich ab vom Schuß, obwohl es mir zu Hause so erscheint, als seien wir der Nabel der Welt. Zum ersten Mal seit ihrer Ankunft vor rund einem Jahr erkannte sie, wie abgeschieden vom Rest der Welt sie war.

Im Lauf der Nacht döste sie vor sich hin und kam zwischendurch immer wieder zu sich. Wo war Blake? Er hatte keine Ahnung, daß sie in einem Bus saß, der durch das Nichts fuhr, auf dem Heimweg, nachdem sie sein Kind abgetrieben hatte. Wenn er an sie dachte, würde er sich ausmalen, daß sie zu ihren Patienten hinausflog, bei »Addie's« zu Abend aß oder auf Tookaringa eine Sprechstunde abhielt. Er wäre im Traum nicht darauf gekommen, daß sie tun könnte, was sie gerade tat.

Wahrscheinlich war er noch in der Ausbildung. Auf irgendeinem Flugplatz in Schottland oder Irland … Irland, Fiona. Ob Fiona jetzt wohl in Irland festsaß? Würde sie etwa nicht zurückkommen? O Gott – Blake, Sam, Fiona … alle fort? Würde ihr niemand mehr bleiben? Klar, sie hatte immer noch Horrie und Chris. Vielleicht konnte sie sich enger mit Betty anfreunden. Und mit den Krankenschwestern, vor allem mit Claire, falls sie und Sam eines Tages vielleicht doch heiraten sollten. Sie brauchte keine Männer. Sie trug Blake in ihrem Herzen.

Dachte er in diesem Moment an sie? Vielleicht schrieb er ihr in seiner Kaserne gerade einen Brief. Oder war er ausgegangen, trank mit seinen Kumpanen und lachte mit ihnen vor dem Kampf? Nein, er wurde bestimmt noch nicht als Flieger eingesetzt. Er war erst vor gut einem Monat fortgegangen. Warum war er nicht in Australien ausgebildet und dann erst nach England geschickt worden, damit er von dort aus losflog und die Deutschen bombardierte? Vielleicht war er gar nicht in England. O Gott, sie liebte diesen Mann mehr als alles an-

dere auf der Welt, und sie hatte keine Ahnung, wo er wohl sein mochte. Sie wußte noch nicht einmal, wohin sie ihm hätte schreiben können.
Wenn sie zu Hause ankam, würde sie damit beginnen, jeden Abend ein paar Zeilen an ihn zu schreiben, und wenn sie dann erfuhr, wie sie ihn erreichen konnte, würde sie alles auf einmal losschicken. Danach würde sie ihm allabendlich schreiben und es einmal in der Woche an ihn abschicken. *Blake, ich warte auf dich. Ich werde auf dich warten, ganz gleich, wie lange es auch dauern mag. Ich liebe dich. Es gibt nichts, was ich tue, ohne dich dabei in meinem Herzen zu tragen, tief in meinem Innern. Du bist zu einem Teil von mir geworden.* Es ist wahr. Sie fragte sich, wie sie überhaupt ohne ihn zurechtkam. Sie glaubte, nie wirklich gelebt zu haben, ehe er in ihr Leben getreten war.
Mit geschlossenen Augen erinnerte sie sich an seine Hände auf ihrem Körper, seine Lippen auf ihrem Mund. Sie malte sich aus, wie ihre Körper einander berührten, wie sie nackt nebeneinander lagen, wie ihre Hand über seinen Arm glitt und Muster beschrieb und wie seine Lippen ihren Nacken küßten. Sie erinnerte sich an die Worte, die er ihr ins Ohr geflüstert hatte, verliebte Worte ... sie setzte sich aufrecht hin und schlug die Augen auf. Hatte er je zu ihr gesagt: »Ich liebe dich?« Sie konnte sich nicht erinnern, diese Worte je von ihm gehört zu haben. Aber er mußte es zu ihr gesagt haben. All die Worte, die er benutzt hatte, alles, was er getan hatte, jede seiner Berührungen ... und wie er sie angesehen hatte. Niemand hatte sie je so angesehen, als sei ihm jeder ihrer Gedanken vertraut, als tauche er in ihre Seele ein. Wenn er in ihr war, waren sie eins. Das war nicht nur eine romantische Verklärung; es entsprach der Wahrheit. Sie waren vereint. Sie waren etwas, was niemand sonst im ganzen Universum sein konnte. Er empfand es genauso. Es war die reinste Magie.
Sie schloß die Augen wieder.
Natürlich hatte er ihr gesagt, daß er sie liebte.
Aber selbst wenn sie sich noch so sehr bemühte, konnte sie sich nicht daran erinnern, diese Worte je von ihm gehört zu

haben. Aber das spielte keine Rolle. Schließlich hatte er ihr deutlich genug gezeigt, was er empfand.

Dennoch wäre es ihr lieb gewesen, wenn sie diese Worte in sich getragen hätte. Wenn es ihr möglich gewesen wäre, sich an diesen Worten festzuhalten.

Am Morgen, als sie in Augusta Springs eintrafen, konnte sie sich nicht entscheiden, ob ihre Depressionen den körperlichen Strapazen entsprangen, die sie durchgemacht hatte, oder ob sie daher kamen, daß sie sich nicht erinnern konnte, je von Blake gehört zu haben, daß er sie liebte.

31

Der neue Pilot und ein Brief von Fiona erwarteten sie bereits. Warren Plummer war eine Woche früher eingetroffen als geplant. Er war Mitte Vierzig und machte einen netten Eindruck, wirkte jedoch keinesfalls distinguiert. Er hatte braune Augen, braunes Haar und helle Haut. Er lächelte oft und rauchte viel zu viele Zigaretten, ohne sie je zu fragen, ob sein Rauchen sie störte. Er war dünn, und seine Schultern waren schon jetzt ein wenig gebeugt.

Er und seine Mary hatten Sams Unterkunft übernommen. Mary, eine attraktive Frau, die ebenfalls braunes Haar, braune Augen und helle Haut hatte, sagte: »Ich weiß nicht, wie wir die Kinder unterbringen sollen, wenn sie in den Ferien nach Hause kommen.« Sie hatten drei Teenager, die alle weit entfernt zur Schule gingen. »Sie leben bei meiner Familie in Melbourne«, sagte sie.

Die beiden hinterließen auf Anhieb keinen allzu starken Eindruck bei Cassie, und sie stellte sich vor, es könnte durchaus an ihrer Bereitschaft liegen, jeden abzulehnen, der versuchte, Sams Platz einzunehmen.

»Wenn morgen früh in der Funksprechstunde keine Notrufe eingehen, werden wir zu Routinebehandlungen nach Witham Downs rausfliegen. Das ist ein AIM-Hospital in der Schafzüchtergegend unten im Süden.«

Er nickte. »Ich werde es mir auf der Landkarte ansehen.«

Cassie wartete, bis sie allein war, ehe sie Fionas Brief las. Sie spürte, wie sich ihre Kehle zuschnürte, als sie den ersten Satz las.

Mein Vater ist letzten Monat gestorben, Cassie. Wenn wir ihn auch noch so sehr vermissen, dann ist es doch eine Erleichterung. In den letzten Wochen hat er Qualen ausgestanden. Meine Mutter hält sich tapfer. Es kann gut sein, daß ich mich schon auf den Heimweg gemacht habe, wenn du diesen Brief erhältst. Wegen des Kriegs und der Bombenangriffe möchte meine Mutter, daß ich fortgehe. Ich habe sie angefleht mitzukommen, aber sie sagt, daß das hier ihr Zuhause sei. Sie hat den Rest der Familie und unzählige Freunde um sich. Sie weiß, daß ich mein eigenes Leben leben muß, und mein Leben spielt sich dort draußen ab.

Ach ja, ich habe Neuigkeiten. Ich habe Blake Thompson getroffen. Er ist außerhalb von Dublin auf dem dortigen Luftwaffenstützpunkt stationiert. Es war ein reiner Zufall, daß wir einander über den Weg gelaufen sind. Ich war in Dublin, denn dort rolle ich jede Woche einmal Verbände für das Rote Kreuz auf, und dort gibt es einen Treffpunkt für Soldaten, die fern der Heimat sind; sie bekommen belegte Brote und Kaffee serviert, und eines Tages kam ein vertrautes Gesicht aus der Heimat hereinspaziert. Er war ebenso überrascht wie ich. Das hat uns beiden das Gefühl gegeben, ach, ich weiß auch nicht, was es war, aber jedenfalls war es ein schönes Gefühl. Schließlich sind wir dann am selben Abend miteinander essen gegangen, und ein paar Tage später sind wir mit drei Kumpeln von ihm im Kino gewesen und hinterher tanzen gegangen. Irgendwie macht es Spaß, die einzige Frau unter vier Männern zu sein. In einer Uniform sieht er noch besser aus denn je, und er und seine Kumpel benehmen sich, als seien sie diejenigen, die den Krieg gewinnen werden. Es war großartig, ein vertrautes Gesicht zu sehen, und ich werde mich vor meiner Abreise noch einmal mit ihm treffen

Jedenfalls, meine liebste Cassie, komme ich bald nach Hause … und ich muß Dir sagen, wie sehr ich mich darauf freue. Mir scheint es Ewigkeiten her zu sein, seit wir das letzte Mal bis in die frühen Morgenstunden dagesessen und geredet haben.

Cassie blickte von dem Brief auf und nahm wahr, daß ihre Gefühle im Aufruhr waren. Fiona kam nach Hause. Gott sei Dank. Blake war in Irland, lachte, ging ins Kino und tanzte? Blake hatte mit Kumpeln gezecht, während sie eine Abtreibung über sich hatte ergehen lassen?

Wie kam es, daß sie einen Brief von Fiona bekommen hatte, aber nicht von ihm? Warum hatte er ihr nicht längst geschrieben?

Die Tage vergingen, und es kam immer noch kein Brief von Blake. Dann vergingen Wochen. Cassies Leben verlief wieder in geregelten Bahnen, aber das Fliegen mit Warren machte nicht annähernd soviel Freude wie mit Sam.
Er war sicherlich ein fähiger Pilot. Er lernte, Gehöfte und selbst die abgelegenste Ranch zu finden. Er assistierte ihr bereitwillig in Notsituationen, doch ihm fehlte Sams – Sams was? Sams draufgängerische Haltung? Sams Begabung, den meisten Dingen einen komischen Aspekt abzugewinnen? Die ermutigenden Blicke, die Sam ihr immer zugeworfen hatte, oder die tröstliche Hand, die er ihr auf die Schulter oder auch nur auf den Arm legte?
Warren war ein vorsichtigerer Pilot als Sam. Nein, das war nicht fair gegenüber Sam, der ein großartiger Flieger war. Vielleicht lag es daran, daß Sam bereit war, Risiken einzugehen, die Warren nicht einzugehen bereit war. Sam konnte auf einer Briefmarke landen. Sam konnte eine Flughöhe von hundertfünfzig Metern unter den Wolken halten, ohne daß es ihn die geringste Anstrengung zu kosten schien. Sam sah einen Sturm heranziehen und liebte die Herausforderung, die es darstellte, ihn zu umgehen oder gegen ihn zu siegen. Sam ging nie ein unvertretbares Risiko ein, aber Warren ging überhaupt keine Risiken ein.
Es dauerte Wochen, bis Cassie dahinterkam, was es war. Warren und Mary waren so … abgestumpft. Mary war früher Krankenschwester gewesen und jederzeit bereit, im Krankenhaus auszuhelfen, und sie flog sogar zu Sprechstunden mit ihnen hinaus. Cassie hatte den Eindruck, daß es Mary Spaß machte, doch sie verlieh ihrer Freude nie Ausdruck. Sie und Warren waren einander ähnlich. Beide waren durch und durch sachlich und nüchtern. Sie taten ihre Arbeit, redeten monoton und sprachen nicht viel. Sie wägten alles sorgsam ab.

Cassie gefiel der Umstand, daß sie bei den Patienten nicht zwischen Aborigines und Weißen zu unterscheiden schienen, und sie begann, Mary immer häufiger aufzufordern, sie zu Behandlungen zu begleiten. Sie ließ Mary Zähne ziehen und Impfungen vornehmen, während sie sich der weniger alltäglichen Fälle annahm. Damit konnten sie einen doppelt so großen Einzugsbereich bewältigen, da sie nur halb soviel Zeit brauchten. Mary begleitete sie nicht auf Noteinsätzen, weil sie nicht genug Platz für Patienten und Sauerstoff und einen zusätzlichen Passagier hatten, aber schon bald wurde es zur Regel, daß sie zu Sprechstunden mitflog.

Es gab nichts mehr in Cassies Leben, worüber sie sich freuen konnte. Sam war nicht da, um seine Tage mit ihr zu verbringen und ihre Sorgen und ihre Erfolge mit ihr zu teilen. Er war nicht da, um Probleme mit ihr zu besprechen. Und Blake … Allmählich stellte sich Schlaflosigkeit bei ihr ein. Sie hatte immer noch nichts von ihm gehört.

Draußen auf Tookaringa hatten sie nur einen einzigen Brief von ihm erhalten, in dem er seine Postanschrift mitteilte.

Sie hatte das Gefühl, mit der Zeit würde sie wie Mary werden, dem Leben sachlich und nüchtern begegnen, es bewältigen, aber niemandem Freude bereiten und keine Freude daraus schöpfen. Vielleicht brachten Kriegszeiten das automatisch mit sich.

Statt sich Sorgen um Blake zu machen, bekam sie allmählich Wut auf ihn. Oh, komm endlich nach Hause, Fi. Ich muß dringend mit dir reden. Und vielleicht würde Fiona ihr einen Brief von Blake mitbringen. Sie würde lächeln, ihn hinter ihren Rücken halten und in einem scherzhaften Tonfall zu ihr sagen: »Rate mal, was ich für dich habe.«

Eines Abends war Cassie gerade erst eingeschlafen, als um kurz nach zehn das Telefon läutete. Im Busch hatten so wenige Leute ein Telefon, daß Cassie immer wieder erschrak, wenn es läutete.

Es war Steven Thompson. In dem Moment, in dem er »Cas-

sie?« sagte, konnte sie die Panik schon aus seiner Stimme heraushören.
»Es geht um Jennifer. Himmel, Cassie. Sie hat den Kerosinkühlschrank reguliert, und er ist explodiert!«
Cassie war sofort hellwach. »O mein Gott.«
»Sie kann nichts sehen. Sie ist blind. Ihr Kopf blutet und hat Schnittwunden. Cassie!«
Es war absolut ausgeschlossen, um diese Tageszeit rauszufliegen. Sie mußten bis kurz vor dem Morgengrauen warten. Wenn Sam dagewesen wäre – er kannte die Strecke so gut, aber … o Gott, die beiden hatten Kinder verloren, weil sie so weitab von jeder medizinischen Versorgung lebten. Und jetzt auch noch Jennifer?
»Steven, wir werden hier aufbrechen, ehe es hell wird. Ich sage dir jetzt, was du tun mußt, bis ich bei euch sein kann.«
»Mein Gott, Cassie, sie darf nicht sterben.«
»Nein, natürlich nicht.«
Sie konnte nicht wieder einschlafen. Sie konnte an nichts anderes als an Jennifer denken. Blind. Blutend. Mit Brandverletzungen.
Um halb fünf rief sie Warren an. »Wir müssen augenblicklich aufbrechen«, sagte sie zu ihm. Wenn sie eine Stunde in der Luft waren, würde das Morgengrauen nahen.
Von der Funkstation aus rief sie Chris an, obwohl sie wußte, daß sie ihn mit ihrem Anruf wecken würde. Trotzdem ging er beim ersten Läuten dran und wirkte kein bißchen verschlafen.
»Chris, es tut mir leid, daß ich dich so früh störe. Jennifer Thompson hat sich üble Verbrennungen zugezogen.« Sie berichtete ihm, was Steven gesagt hatte. »Ich fliege jetzt gleich raus. Wenn es so schlimm um sie steht, wie Steven sagt, dann können wir sie nicht hier behandeln, stimmt's? Nicht, wenn sie Verbrennungen dritten Grades hat.«
Sie konnte fast vor sich sehen, wie er den Kopf schüttelte. »Auf Verbrennungen ist Adelaide am besten eingerichtet.«
»Genau das hatte ich gefürchtet. Falls ich glaube, daß es zu

schlecht um sie steht, machen wir uns sofort auf den Weg dorthin, obwohl uns der Flug weiß Gott acht bis zehn Stunden kosten wird. Könntest du dort anrufen und sie vorwarnen, daß wir unter Umständen eine Patientin bringen?«
»Selbstverständlich.« Er zögerte nur eine Sekunde lang. »Willst du, daß ich mitkomme?«
»Das ist wirklich nicht nötig. Was könnten zwei Ärzte schon tun, was einer nicht allein könnte?«
»Moralische Unterstützung leisten. Ich weiß, daß du diese Frau sehr gern hast.«
Mein Gott, Chris wurde immer menschlicher. Wollte sie ihn an ihrer Seite haben? »Wir brechen in zehn Minuten auf.«
»Gib mir fünfzehn, und ich werde dasein.«
Ihr wurde klar, daß Sonntag war und er seinen freien Tag hatte.

Warren war schon einmal nach Tookaringa geflogen, vor einem Monat, und daher war er mit dem Landeplatz vertraut. Ein halbes Dutzend Männer lotste ihn auf die Landebahn. Cassie sprang praktisch durch die offene Tür hinaus, packte ihre Arzttasche und rannte auf das Haus zu. Chris war dicht hinter ihr. Er war noch nie in Tookaringa gewesen.
Jennifer lag im Bett und atmete rasselnd, und ihr Gesicht war derart entstellt, daß Cassie sie kaum erkennen konnte. Steven saß mit blutunterlaufenen Augen neben ihr und hielt ihre Hand.
»Sie ist nicht bei Bewußtsein«, sagte er, und seine Stimme war ebensowenig wiederzuerkennen wie Jennifers Gesicht.
Gott sei Dank, daß sie das Bewußtsein verloren hat, dachte Cassie und beugte sich über ihre Freundin.
Chris ging um das Bett herum, blieb auf der anderen Seite stehen und beugte sich ebenfalls über die Patientin. »Mein Gott«, flüsterte er.
Was auch geschehen mag, dachte Cassie, sie wird nie wieder schön werden. Aber das war zweitrangig. Würde sie jemals wieder sehen können? Würde sie den Unfall überleben?

Jennifer zitterte; Gänsehaut überzog ihre Arme. »Lungenentzündung«, sagte Chris.
Ja, ich weiß, dachte Cassie. Sie sah Chris an. »Adelaide?«
»Ja.«
Dafür hätte sie ihn nicht gebraucht. Er konnte das rasende Pochen ihres Herzens nicht eindämmen, nichts dagegen unternehmen, daß ihr flau in der Magengrube war. Sie wandte sich an Steven. »Wir werden sie augenblicklich in die Spezialklinik für Verbrennungen nach Adelaide fliegen.« O Gott, würde Jennifer auch nur den Flug überleben? »Ich werde ihr eine Spritze geben, damit sie schläft und nichts davon merkt. Aber Zeit ist im Moment der wesentlichste Faktor.«
Steven sah Chris an, der zustimmend nickte.
»Ich komme mit«, sagte Steven.
»Selbstverständlich«, sagte Cassie und legte ihm eine Hand auf den Arm.
Er drehte sich um, schlang die Arme um sie und brach in Tränen aus. »Cassie, ich kann nicht ohne sie leben.«
»Laß uns gehen«, sagte Chris.
Verdammt noch mal, dachte Cassie. Er kann nicht mit den Verwandten von Patienten umgehen. Er kann nicht mit Patienten umgehen, die im Sterben liegen. Warum habe ich ihn bloß mitgenommen?
Aber Chris hatte Jennifer bereits hochgehoben und trug sie zur Tür hinaus, die Stufen der Veranda hinunter und zum Flugzeug. Er trug sie, als wöge sie nichts, als stänke die verkohlte ledrige Haut nicht widerlich, als sei die entstellte Gestalt, die er auf den Armen trug, nicht abstoßend. Vielleicht war es doch gut, daß er mitgekommen war. Weder sie noch Steven konnten sich jetzt von ihren Gefühlen distanzieren.
Warren füllte den Tank gerade auf. Sie würden mindestens zwei Zwischenlandungen machen müssen, um Benzin nachzufüllen, ehe sie Adelaide erreicht hatten. Oh, lieber Gott, betete Cassie stumm, laß das Wetter gut sein.
Das Wetter war gut. Sowie sie gestartet waren und die Flughöhe erreicht hatten, holte Cassie Verbände aus ihrer Arztta-

sche. »Gib her«, sagte Chris, »das mache ich schon.« Sachte wickelte er die Verbände um Jennifers Gesicht und um ihre Arme, damit ihre Haut geschützt war. Es war eine Wohltat, die gräßlichen Verbrennungen nicht mehr sehen zu müssen, obwohl sie sie noch riechen konnten.

Warum, fragte sich Cassie, mußte es bloß so heiß sein? Die Temperaturen mußten um vierzig Grad liegen. Jennifer war abwechselnd von Gänsehaut und Schweiß bedeckt, und je weiter sie nach Süden flogen, desto schwerer ging ihr Atem.

Es waren die längsten sieben Stunden, die Cassie je verbracht hatte. Steven sagte während des gesamten Flugs kein einziges Wort. Er saß neben Jennifers Tragbahre, berührte sie mit einer Hand und bewegte unablässig stumm die Lippen.

Als sie über den Eyresee flogen, fast vierhundert Meilen nördlich von Adelaide, bekam Jennifer immer mehr Atemnot, und ihre Brust hob und senkte sich gewaltig. Aus ihrem halboffenen Mund kam ein gurgelndes Rasseln.

Mit Panik in den Augen sah Steven Cassie an, die ihrerseits versuchte, einen Blick von Chris aufzufangen. Er schüttelte den Kopf. Cassie stand auf, ging zu Steven, schlang ihm die Arme um die Schultern und beugte sich zu ihm herunter, während sie beide Jennifer ansahen.

Es war das Rasseln des Todes.

Zu ihrem Erstaunen stellte sie fest, daß Chris Steven anstarrte und vollkommen außerstande war, den Blick von dem gepeinigten Mann loszureißen.

Das Ringen um Atem und das erstickte, keuchende Schluchzen endeten. Jennifers Brust hob und senkte sich nicht mehr. Steven warf sich auf die Tragbahre, umklammerte Jennifers Hände und schrie: »Nein, nein, nein.«

32

Steven war untröstlich. Sowie er zu Hause angekommen war, zog er sich von der Welt zurück. Er schied aus dem Komitee der Fliegenden Ärzte aus. Er fertigte Don McLeod schroff ab. Er ließ sich nicht blicken, als Cassie auf Tookaringa ihre reguläre monatliche Sprechstunde abhielt. Cassie hatte vorgehabt, wie üblich über Nacht zu bleiben und mit ihm zu Abend zu essen, weil sie hoffte, ihn von seinem Kummer ablenken zu können. Doch er ließ sich nicht blicken, und sie, Warren und Mary flogen noch am selben Abend nach Augusta Springs zurück.

Als Cassie das zweite Mal ihre Sprechstunde dort abhielt, erwartete er sie und drückte ihr einen Brief von Blake in die Hand. Nachdem sie den Brief gelesen hatte, nahm er ihn wieder an sich und ging in sein Arbeitszimmer, und sie bekam ihn nicht mehr zu sehen. Der Brief drückte seine Trauer über den Tod seiner Mutter aus und war voller Erinnerungen an sie. Er drückte Mitgefühl für seinen Vater aus, aber er berichtete mit keinem Wort über sich selbst oder über den Krieg, und auch Cassie erwähnte er mit keinem Wort.

Von Fiona hörte sie drei Monate lang nichts, aber dafür bekam Cassie einen Brief von Sam.

Lieber Doc,

jetzt staunst Du aber, was? Ich wette, Du hast nicht damit gerechnet, etwas von mir zu hören.

Täglich frage ich mich, was bei Euch wohl vorgeht, wer ein Baby bekommen hat oder operiert werden mußte, wer gestorben ist oder was sich Neues tut. Ich hoffe, der Pilot ist gut (wenn er bei QANTAS ist, muß er gut sein, soviel weiß ich), aber nicht zu gut. Ich werde,

wie ich Dir bereits gesagt habe, zu diesem Job, in diese Stadt und zum FDS zurückkehren.
Da, wo ich bin, ist es kalt und grau; da, wo ich bin, wünscht sich jeder, den ich kenne, die Gelegenheit herbei, über den Kanal zu fliegen und so viele Deutsche zu töten, wie es nur irgend möglich ist, ganz gleich, ob es sich dabei um Frauen, Kinder oder alte Menschen handelt und ob sie unschuldig sind oder nicht. Nun, ich vermute, unschuldig können sie nicht sein, wenn sie bereit sind, den napoleonischen Traum dieses Irren zu akzeptieren.
Den größten Teil meiner Zeit verbringe ich damit, andere zu unterrichten. Es gibt so wenige ausgebildete Piloten, daß wir unsere Zeit damit zubringen, andere auszubilden, wenn wir doch viel lieber dort draußen sein und am Geschehen teilnehmen möchten. Ja, ich will ein Held sein. Ich will die ganze Brust voller Orden haben. Ich will nach Hause kommen, und wenn Du mich dann ansiehst, sollst Du mich für einen Helden halten. Ich will einen Heckschützen, der mit Maschinengewehren die Messerschmitts der Nazis aus der Luft holt, bis keine mehr übrig sind.
Schon gut, das ist das Kind in mir. Der Mann in mir glaubt, daß dieser Krieg so schnell nicht enden wird. Er könnte noch jahrelang weitergehen. Die Geräusche von Sirenen, die vor Luftangriffen warnen, hängen wie eine bedrohliche Dunstglocke über England. Mit der Zeit gewöhnt man sich daran, und in den Luftschutzkellern tief unter der Erde herrscht ein kameradschaftlicher Geist. Freundschaften entwickeln sich, und wir bekommen schneller als irgendwo sonst, wo ich je gewesen bin, einen direkten Draht zu anderen. Man begegnet in einem Luftschutzkeller einem hübschen Mädchen, und ehe der Abend vorüber ist, küßt man sie, ohne auch nur ihren Namen zu wissen. In normalen Zeiten hätte es dazu niemals kommen können.
Sieh es als Deine patriotische Pflicht an, einem einsamen Flieger zu schreiben und ihn aufzuheitern, damit er die Verbindung zur Heimat nicht verliert. Ich denke an Euch alle und verzehre mich danach, über alles und jeden das Neueste zu hören.
~~Mit den besten WünschenHochachtungsvoll~~
Mit den liebsten Grüßen
SAM

Als sie Sams Brief erhielt, war er sieben Monate fort, Blake acht Monate. Sie hatte einen Packen Notizen, die sie aufgehoben hatte, Dinge, die sie an Blake schicken wollte. Briefe, die sie an ihren einsamen Abenden geschrieben hatte. Sie sah sie alle durch, warf sämtliche Bezüge auf Liebe raus, packte sie in einen großen Umschlag und schickte sie an Sam.

Bertie Martin und ihre Schwester Andy kamen in die Stadt gefahren. Sie trafen am Samstag um die Mittagszeit ein, parkten ihren zerbeulten Pick-up vor Cassies Haus, schlenderten über die Veranda ins Wohnzimmer und riefen Cassie bei ihrem Namen. Sie hörte die beiden von der Küche aus.

Bertie umarmte Cassie und wies mit einer Kopfbewegung auf Andy. Die beiden waren einander in ihrer Gestalt und in ihrer Blondheit derart ähnlich, daß sie geklont hätten sein können. Ihren üppigen großgewachsenen Körpern entströmte Kraft, und sie bewegten sich wie Wildkatzen. Und doch waren sie beide in eine Aura von Süße und Unschuld gehüllt und strahlten eine Lebensfreude aus, die unwiderstehlich war.

»Ich habe Andy mitgebracht, damit sie sieht, wie das Leben in der Stadt ist.«

Cassie hieß die beiden willkommen. »Ich vermute, ihr habt es so eingerichtet, daß ihr heute abend tanzen gehen könnt.«

Bertie nickte.

»Ich fürchte, ihr werdet enttäuscht sein. Es sind nur noch ganz wenige Männer übrig.«

Bertie räkelte sich auf dem Sofa und wischte sich mit ihrem Halstuch Staub aus dem Gesicht. »Wie kommt das?«

»Sie sind alle im Krieg.«

Bertie und Andy sahen einander an. »Ist das auch kein Witz?« fragte Andy. »Sämtliche Männer?«

»Nun, nicht alle, aber die meisten. Die Tanzveranstaltung findet heute abend trotzdem statt, aber es wird nicht so sein wie beim letzten Mal, als du hier warst.«

Bertie sagte: »Ist dieser Koch noch da, oder ist der auch weggegangen?«

»Cully? Der ist noch hier. Ich glaube, er hat Plattfüße oder so was. Aus irgendeinem Grund konnte er nicht Soldat werden, habe ich gehört.«
»Wahrscheinlich ist er zu mickrig«, sagte Bertie. »Aber kochen kann er göttlich.«
Zwei Tage später brachen sie wieder auf und waren enttäuscht darüber, daß die Stadt nicht mehr so war, wie Bertie sie in Erinnerung gehabt hatte. »Ich habe Cully eine Stellung angeboten«, sagte Bertie. »Aber er hat kein Interesse daran, so weit außerhalb der Stadt zu wohnen. Viel redet der ja nicht gerade, stimmt's?«

In der nächsten Woche kamen Padre McLeod und seine Margaret in die Stadt. Margaret war ein hübsches Mädchen mit pechschwarzem Haar, das sie zu einem Knoten aufgesteckt hatte, und blauen Augen, die wie Rotkehlcheneier leuchteten. Cassie lud Don und Margaret ein, bei ihr zu wohnen und in Fionas Zimmer zu schlafen, solange sie in der Stadt waren. Sie lud Horrie und Betty und ihr neugeborenes Baby zum Abendessen zu sich ein, und dabei wurde ihr klar, daß sie zum ersten Mal Leute zum Essen zu sich nach Hause einlud, abgesehen von der Party, die sie und Fiona vor nahezu zwei Jahren in ihrer zweiten Woche in der Stadt veranstaltet hatten. Vielleicht sollte sie gleich eine echte Party geben. Warren und Mary einladen. Vielleicht auch Chris. Sie hatte das Gefühl, daß sie ihm eine ganze Menge zu verdanken hatte. Und sie wußte auch, daß er einsam sein mußte, seit Isabel gestorben war. Sie sah ihn nur, wenn sie einander assistierten oder sich im Krankenhaus begegneten. Die unausgesprochene Abmachung, zu der sie gelangt waren, gefiel ihr außerordentlich. Dadurch gestaltete sich ihre Arbeit wesentlich interessanter. Ohne Dr. Edwards hatte Chris viel zuviel zu tun, um auch noch die FDS-Patienten zu behandeln, und daher gestattete er es ihr, die Operationen an ihren Patienten selbst vorzunehmen. Das versetzte sie in die Lage, auch die postoperative Behandlung zu übernehmen, und daher lernte sie die Leute aus dem Busch wesentlich besser kennen, als es ihr vorher möglich gewesen war. Chris war zwar immer noch der engstirnige, mit Vorurteilen behaftete Mann, doch inzwischen war es eine reine Freude, mit ihm zu arbeiten. Es mochte zwar sein, daß sie außerhalb des Krankenhauses nicht miteinander harmonierten, doch sie verließen sich inzwischen aufeinander, wenn es darum ging, eine zweite Meinung einzuholen, oder wenn einer von ihnen bei einer komplizierten Operation einen Assistenten brauchte. Er hatte Schwester Claire als Anästhesistin ausgebildet, aber jetzt ging sie fort, um sich dem Militär anzuschließen.

Cassie plante ihre Esseneinladung für einen Samstagabend, da sie wußte, daß sie den ganzen Tag in der Küche würde zubringen müssen. Das war ihr eine willkommene Abwechslung.

Willkommene Ablenkungen konnte sie gebrauchen. Sie verbrachte fünfzehn bis zwanzig Stunden wöchentlich in der Luft und dachte währenddessen mit geschlossenen Augen an Blake. Bitterkeit wuchs in ihrem Herzen. Er hatte ihr Herz für sich gewonnen und ihre sorgsam aufgebauten Abwehrmechanismen durchbrochen, und er hatte sie verführt – nun, das war nicht ganz zutreffend. Zweieinhalb Wochen lang hatte er mit ihr geschlafen – wild und leidenschaftlich mit ihr geschlafen. Er hatte sie nicht nur körperlich verführt, sondern auch ihr Herz und ihre Seele. Er hatte ihr eine Wildheit gezeigt, von deren Existenz sie nichts gewußt hatte, und ihr naturhafter Rhythmus hatte sich der Wildheit dieses Landes angeglichen. Sie hatte sich in ihm verloren. Ein Teil von ihr war immer noch nicht zu ihr selbst zurückgekehrt. War es ihr Herz? Sie trauerte ebensosehr um ihn wie um Jennifer. Ein Gefühl von Unbehagen wollte nicht von ihr weichen. Hatten diese Wochen in Kakadu ihm denn so wenig bedeutet? Hatte er so schnell die Magie vergessen, die sie miteinander erlebt hatten?

In ihrem Herzen konnte sie nicht glauben, daß er sie vergessen hatte. Sie wartete nach wie vor täglich darauf, von ihm zu hören. Sie dachte an diesen einen Brief, den er an seine Familie geschrieben hatte – seine Reaktion auf den Verlust, den sein Vater erlitten hatte. Kein Wort darüber, was er trieb. Vielleicht war es ihm schlichtweg verhaßt, Briefe zu schreiben. Vielleicht trug er die Erinnerung an sie tatsächlich in seiner linken Hemdtasche, wie er es gesagt hatte.

Sie war so wütend, daß sie sich in den Finger schnitt, als sie für den Salat Tomaten in Scheiben schnitt.

In dem Moment ertönte eine Hupe, und als sie aus dem Fenster schaute, sah sie eines der drei Taxis der Stadt um die Ecke biegen und vor dem Haus anhalten. Eine elegant gekleidete Frau stieg aus. Der Taxifahrer begann, Koffer auszuladen.

Cassie schlug sich die Hände auf die Brust. Tränen brannten in ihren Augen. Sie stand da und starrte, bis sie schließlich schlagartig aus der Küche raste und mit ausgebreiteten Armen und einem glücklichen Schluchzen die Stufen hinuntersprang.

Fionas Gesicht verzog sich zu einem Weinen, als sie Cassie die Arme entgegenstreckte. Sie umklammerten einander, und jede von beiden murmelte immer wieder den Namen der anderen.

»Du bist nach Hause gekommen, oh, du bist endlich zurück«, rief Cassie aus. »Du hast mir ja so sehr gefehlt!«

Dann begannen sie zu lachen, und sie lösten sich voneinander, damit sie sich gegenseitig ansehen und auf die Wangen küssen konnten. Cassie glaubte, ihr würde vor Glück das Herz zerspringen. Oh, Fiona war wieder zu Hause. Endlich konnte sie sich von ihrer Last befreien und Fiona alles erzählen, was passiert war, seit sie fortgegangen war. Fiona wußte noch nicht einmal, daß sie sich verliebt hatte, und noch viel weniger wußte sie von allem, was danach erfolgt war. Sie hatten einander ja soviel zu erzählen. Es würde ganz wunderbar sein, Fiona endlich alles zu berichten.

»Als allererstes«, sagte Fiona, »muß ich mich in Tookaringa melden.«

»Warum, was ist passiert?« Cassie stellte sich vor, daß Fiona unmöglich schon von Jennifers Tod erfahren haben konnte.

Fiona lachte und strahlte über das ganze Gesicht. »Nichts. Ich muß ihnen die Neuigkeiten berichten.«
»Welche Neuigkeiten?« *War alles in Ordnung mit Blake?*
»Daß sie eine Schwiegertochter haben.« Sie sah Cassie in die Augen und grinste. »Ich bin die neue Mrs. Blake Thompson.« Sie hob die Hand, damit Cassie ihren breiten goldenen Ehering sehen konnte.

Cassie hieb mit den Fäusten auf ihr Kissen ein, das bereits tränenfeucht war. Sie bemühte sich, ihr Schluchzen zu ersticken – keuchende, stöhnende Laute, gegen die sie machtlos war. Schmerz schoß im Zickzack durch ihre Brust und ihre Rippen. Sie zitterte unkontrollierbar.
Blake und Fiona.
Ein weiterer Klagelaut entrang sich ihr.
Es waren die härtesten dreißig Stunden ihres Lebens gewesen. Sie hatte keine Zeit gehabt, um zu trauern. Keine Zeit zum Nachdenken.
Erst als Don und Margaret die Stadt verlassen hatten, hatten sie und Fiona Zeit allein miteinander gefunden, und sie hatte nicht gewußt, ob sie dem gewachsen sein würde. Fiona wollte ihr alles über ihre Heirat erzählen, und Cassie wollte kein Wort darüber hören.
»Erinnerst du dich noch, daß ich dir gesagt habe, ich hätte eine fehlgeschlagene Liebesgeschichte hinter mir? Und daß ich deine Bettdecke gehäkelt habe, während ich mich davon erholt habe? Nun, ich vermute, ich bin nie darüber hinweggekommen. Und als ich ihn in Irland wiedergesehen habe, habe ich dasselbe unvermindert wieder gefühlt. Ich wußte, daß ich nie von ihm losgekommen war. Ich wußte auch, daß es eine Dummheit von mir ist, mich wieder mit ihm einzulassen, aber ich konnte nichts dagegen tun. Und als er mich zum ersten Mal seit mehr als vier Jahren geküßt hat, habe ich mir gesagt, es würde ja doch nicht mehr dabei herauskommen als beim ersten Mal, und doch konnte ich nicht nein sagen. Zwei Tage, nachdem ich Reservierungen für die Rück-

reise hierher gemacht hatte, ist seine Einheit abkommandiert worden. Ich weiß nicht, wohin. Und er hat gesagt: ›Liebling, wer weiß, ob ich das lebend durchstehe oder ob wir einander je wiedersehen, aber ich möchte mir gern vorstellen, daß du auf mich wartest. Ich möchte mir gern vorstellen, zu dir nach Hause zurückzukehren. Ich möchte hoffen können, daß du vielleicht bereits ein Kind von mir in dir trägst. Laß uns heiraten.‹ Und das haben wir dann auch getan. O Cassie, in all diesen Jahren, in denen ich von ihm geträumt habe, nachdem er sich nie wirklich von mir verabschiedet hatte, hätte ich mir niemals ausgemalt, daß er mich je wieder ansehen könnte. Wir sind zwar nicht zusammen, und ich mache mir große Sorgen, was ihm zustoßen könnte, wenn er über Deutschland fliegt, aber trotz all dieser schrecklichen Ungewißheiten bin ich so glücklich, daß ich vor Glück zerspringen könnte.«

Blake und Fiona? *Er* war derjenige, den sie in all der Zeit geliebt hatte? Derjenige, der ihr vor Jahren das Herz gebrochen hatte?

Oh, stöhnte Cassie laut und trommelte mit den Fäusten auf ihr Kissen. Sie setzte sich auf, preßte es an sich und weinte, als würde jeden Moment die Welt untergehen.

Fiona war schon immer in Blake verliebt gewesen. Sogar während ich mit ihm geschlafen habe, hat Fiona ihn in ihrem Herzen getragen. Und jetzt, nachdem Fiona mit ihm verheiratet ist, trage ich ihn immer noch in meinem Herzen.

Sie sagte sich, daß sie nicht in ihn verliebt war, nicht in den echten Blake. Sie war in ein Gebilde ihrer Phantasie verliebt gewesen, in jemanden, für den sie ihn gehalten hatte.

Ihr fiel wieder ein, daß er ihr nie gesagt hatte, er liebte sie. Aber als sie seine Hände auf ihren Brüsten gespürt hatte, als ihre nackten Körper miteinander verschmolzen waren, als er in ihr gekommen war und ihren Namen gerufen hatte, war sie sicher gewesen, daß er empfand, was sie empfand: ewige Liebe. Dieser verfluchte Kerl! Alles, was er empfunden hatte, war wahrscheinlich gewesen, daß ein Druck von ihm genommen worden war. Zählte für ihn überhaupt, wer es war? Dieser verdammte Kerl, dieser gottverdammte Kerl!

»Nie wieder!« schrie sie in ihr Kissen. Nie wieder würde sie sich von einem Mann antun lassen, was Blake Thompson und Ray Graham ihr angetan hatten. Nie wieder würde sie sich verlieben. Das nächste Mal, falls es ein nächstes Mal geben sollte, würde sie die Zügel in der Hand halten. Niemals wieder würde sie das Opfer sein. Nie wieder das Opfer der Liebe. Nie!

33

Gott sei Dank war Fiona nach Tookaringa rausgefahren, um Zeit mit Steven zu verbringen. »Ich werde eine Woche oder zehn Tage dort bleiben«, sagte sie zu Cassie und gab ihr einen Abschiedskuß, als sie aufbrach.

Es kostete Cassie große Mühe, nett zu Fiona zu sein, obwohl sie wußte, daß es nicht Fionas Schuld war. Fiona hatte keine Ahnung, daß Cassie sich in Blake verliebt hatte. Sie hatte nicht den leisesten Verdacht, daß er Cassie geschwängert hatte und daß ihr seinetwegen das Herz brach.

Ein dutzendmal am Tag mußte Cassie sich diese Fakten ins Gedächtnis zurückrufen.

In dem Gebrauchtwagen, den der Fliegende Ärztedienst ihr endlich bereitgestellt hatte, fuhr sie zur Funkstation hinaus. Sie wußte nicht, wie Betty, Horrie und das kleine Baby in derart beengten räumlichen Verhältnissen leben konnten. Die Veranda, die Horrie Betty schon vor der Hochzeit versprochen hatte, hatte bisher immer noch keine Gestalt angenommen, und sie lebten in zwei winzigen Räumen, in denen es im Sommer so heiß wie in einem Hochofen war. Und doch war Betty unablässig fröhlich. Sie löste Horrie ab und zu beim Funken ab; sie hatte eine nette und wohltuende Art, mit den Leuten aus dem Busch umzugehen. Sie redete mit ihnen, wie auch Horrie es tat, als seien sie Freunde, die einander schon seit langem kannten.

Es gab keine Notrufe, die einen Soforteinsatz erforderten, aber andere Anrufe ließen sie ihre Pläne ändern und die Sprechstunde absagen, die heute in Medumcook im Norden ursprünglich hätte abgehalten werden sollen. In Stockton Wells und Mt. Everett hatte man gehört, daß sie hoch oben im Norden Behandlungen vornehmen würde, und man bat sie, ihre Route auch dorthin auszuweiten.

»Ich vermute, wir könnten zwei Übernachtungen unterwegs einschieben«, sagte sie am Telefon zu Warren. »Hätte Mary Interesse mitzukommen? Wir werden auf Dutzende von Kindern stoßen, die geimpft werden müssen, und wahrscheinlich müssen auch reichlich viele Zähne gezogen werden. Ich könnte ihre Hilfe gut gebrauchen.«

Marys Dienstleistungen fanden auf einer ausnahmslos freiwilligen Basis statt, und doch sagte sie nie nein. Cassie fragte sich, warum sie sich Warren und seiner Frau nicht näher fühlte. Die beiden waren wirklich nette Menschen. Und immer hilfsbereit. Vielleicht lag es daran, daß sie immer gleich waren. Nichts schien sie aus der Fassung zu bringen. Nichts schien ihnen Freude zu bereiten. Sie reagierten auf alles gleich – nämlich mit Pflichtbewußtsein.

Kurz nach halb elf flogen sie zu dritt los. Mary brachte die Zeitung mit, und nachdem sie gelesen hatte, wandte sie sich ihrem Strickzeug zu. Sie redete auf diesen Flügen kaum ein Wort. Cassie musterte sie eine Zeitlang und schaute dann zum Fenster hinaus. Sie schloß die Augen und malte sich aus, wie Fiona in Tookaringa eintraf, sah, wie Steven sie mit ausgebreiteten Armen aufnahm und vielleicht zum ersten Mal seit Jennifers Tod einen Funken Leben in sich verspürte. Sie hörte Fiona sagen: »Hallo, Dad«, und sie sah allzu deutlich vor sich, wie Fiona sich auf Tookaringa umschaute und dabei dachte: »Eines Tages werde ich hier leben und die Herrin von Tookaringa sein.« Dann dachte Cassie: Fionas Kinder werden Tookaringa erben.

Vielleicht würde Fiona aus der Stadt hinausziehen, um Steven Gesellschaft zu leisten. Dorthin ziehen, wo sie jetzt hingehörte. In ein Haus, das jetzt ihres war. Ob es wohl gut wäre, fragte sich Cassie, wenn Fiona ihr aus den Augen und aus dem Sinn war? O Gott, und dabei hatte sie sich doch so sehr auf die Rückkehr ihrer Freundin gefreut … so sehr darauf gewartet, ihre Freundschaft mit Fiona wiederaufnehmen

und ihr alles berichten zu können, was sie auf dem Herzen hatte.
Sie schaute zum Fenster hinaus auf die Landschaft unter sich, die zunehmend grüner wurde, auf die tropischen Gewächse ... die Bananenbäume, die Palmen, die Zuckerrohrfelder, und dabei stellte sie sich vor, wie Blakes Hände Fiona berührten, wie Blake sich vorbeugte, um Fiona zu küssen, wie Blake zu Fiona sagte: »Ich liebe dich«, und sie ballte die Hände auf dem Schoß zu Fäusten. Wie Blake nie wieder an sie dachte, an Cassie. Wie Blake die Leidenschaft vergaß, die sie in Kakadu erlebt hatten. Wie Blake sich vielleicht nicht einmal mehr daran erinnerte, wie sie aussah.
Der einzige Mensch, der geahnt hatte, was sich in Cassies Innerem möglicherweise abspielte, war seltsamerweise Chris. Kurz nach Fionas Rückkehr war er eines Morgens aufgetaucht und hatte an die Haustür geklopft. Cassie hatte ihm im Morgenmantel die Tür geöffnet. Obwohl sie ganz sicher war, daß er es nicht getan hatte, hätte sie schwören können, daß er sich aus der Taille heraus vor ihr verbeugt hatte. Seine Förmlichkeit muß tief in ihm verwurzelt sein, dachte sie. Er wacht morgens schon so auf.
»Ich bin so früh gekommen, weil ich dich zum Frühstück einladen wollte«, sagte er.
»Zum Frühstück?« Sie strich sich das Haar aus den Augen.
Er sah sich um, als wollte er nachsehen, ob auch niemand in Hörweite war. »Ja«, sagte er dann. »Mir ist aufgegangen, daß du vielleicht jemanden gebrauchen könntest, mit dem du reden kannst.«
Natürlich hatte er gewußt, daß Fiona bei ihrer Heimkehr mit dem Mann verheiratet gewesen war, den Cassie liebte.
Wenn es auch noch so nett von ihm war, dann war Chris doch gewiß nicht derjenige, dem gegenüber sie ihrer Seele Luft gemacht hätte. Falls sie das jemals tun sollte, dann brauchte sie Mitgefühl, und Chris Adams war kein Mensch, der ihr das hätte geben können. Dennoch wurde Cassie warm ums Herz, und genauso war es ihr schon damals ergangen, als er sie nach

Townsville geschickt hatte. Sie konnte sich nicht vorstellen, je in Gegenwart von Chris zu weinen und auf Verständnis zu stoßen. Wahrscheinlich hatte er großen Kummer nie auch nur erlebt, bis Isabel gestorben war. In all den Jahren war er mit derselben Frau verheiratet gewesen. Er hatte nie eine Zurückweisung erlebt. Er konnte nicht wissen, was unerwiderte Liebe dem Herzen eines Menschen antat. Er konnte nicht wissen, was Verrat bedeutete. Er würde emotionales Leid nicht verstehen können, Abgründe, die so tief wie die Seele waren.

Als sie ihn um sieben Uhr morgens auf der anderen Seite des Fliegengitters hatte stehen sehen, war sie sich mit einer Hand durch das zerzauste Haar gefahren. Mein Gott, ich muß furchtbar aussehen, war ihr klargeworden.

»Mit jemandem reden?« wiederholte sie. »Worüber?« Nein, sie wollte keine Antwort von ihm haben. »Ich weiß nicht, wie du das meinst.«

Er starrte sie eine Minute lang an und erweckte den Eindruck, als wüßte er nicht so recht, was er tun sollte. »Wenn das so ist, dann liege ich wohl daneben. Ich hatte gleich gefürchtet, es könnte so sein.« Er wandte sich ab und stieg die Stufen hinunter, und Cassie, die sich ihrer Schroffheit schämte, sagte: »Wenn du einen Moment wartest, frühstücke ich liebend gern mit dir. Das ist die erfreulichste Einladung, die ich seit langer Zeit bekommen habe.«

»Das möchte ich bezweifeln«, murmelte Chris.

»Komm rein und setz dich, solange ich mir etwas überziehe. Es wird keine zehn Minuten dauern.«

Er hatte Blake zwar nicht erwähnt, und sie hatte das Leid nicht eingestanden, das sie marterte, doch es war ihnen gelungen, ein angenehmes Frühstück daraus zu machen. Sie hatten eine Auseinandersetzung gehabt, und das lenkte sie von Blake ab. Aber andererseits fanden sie und Chris immer etwas, worüber sie verschiedener Meinung sein konnten. Diesmal war es um Aborigines gegangen. Seine Behauptung, daß ihre Gehirnmasse kleiner sei als die der Weißen und daß sie gerade erst mit Mühe und Not eine primitive Daseinsform ablegten, versetzte sie in Wut. Er sah in ihnen keine wirklichen Menschen. »Sieh dir doch nur ihren vorspringenden Kiefer an. Sie sehen eher wie Affen und nicht wie Menschen aus«, hatte er gesagt. »Sieh dir ihre Praktiken an, die immer noch der Steinzeit entsprechen. Sieh dir nur ihre Unfähigkeit an, die Hygienemaßstäbe der Weißen zu übernehmen, deren Arbeitsmoral und deren Glauben an Gott.«

Schließlich schüttelte Cassie den Kopf und beschloß, es sei es nicht wert, darüber zu streiten. Chris' Einstellung besagte mehr über ihn selbst als über ihren Gesprächsgegenstand. Aber wenn seine Einstellung auch noch so aufreizend und unverständlich war, dann war sie ihm doch dankbar dafür, daß er ihr einen Schritt entgegengekommen war. Vor zwei Jahren hätte sie sich niemals vorstellen können, daß er so etwas tun könnte. Aber andererseits waren vor zwei Jahren Sam und Fiona ihre Freunde gewesen, und die Zukunft hatte Blake bereitgehalten. Sie hätte niemals geglaubt, welche tiefen Gefühle Blake in ihr wachrufen würde, und sie hätte sich niemals vorstellen können, eine Abtreibung vornehmen zu lassen. Sie hätte niemals irgend etwas von dem vorhersagen können, was ihr inzwischen zugestoßen war.

Als sie jetzt im Flugzeug saß, seufzte sie, und Mary beugte sich zu ihr hinüber. »Fehlt dir etwas?«

Cassie sah sie verständnislos an.

»Du hast gestöhnt, als trügest du die Probleme der Welt auf deinen Schultern.«

Cassie schüttelte den Kopf. »Ich habe gar nichts davon gemerkt.«

Mary nickte und wandte sich wieder ihrem Strickzeug zu.

Das Flugzeug setzte zur Landung an, und Cassie schaute zum Fenster hinaus. Sie waren im Anflug auf Medumcook; Cassie war bisher dreimal dort gewesen. Das Flugzeug mußte zwei Meilen außerhalb landen, weil die Stadt von Palmen umgeben war und der Medumcook River träge mitten hindurchfloß. Sie war nie während der Regenzeit dort gewesen, wenn der Fluß eine reißende Strömung hatte und mehr als ein Dutzend Meilen breit und mehrere Meter tief war. Jetzt sah sie neben einem schmalen Rinnsal ein paar Wasserlöcher. Hölzerne Whiskyfässer wurden als Trittsteine von einem Ufer ans andere benutzt.

In der Stadt gab es eine Kneipe am Flußufer. Der Besitzer berichtete ihr, sie müßte alljährlich nach den Überschwemmungen wieder aufgebaut werden. Warren übergab dem Barkeeper, der zugleich Postmeister war, Briefe. Acht Menschen lebten in Medumcook. Ein Polizist, der allein für mehr als sechshundert Quadratmeilen zuständig war. Dem Besitzer der Kneipe gehörte auch das Geschäft im Ort, das an die Bar mit dem Wellblechdach angegliedert war. Eine Meile außerhalb der Stadt gab es eine Rinderzucht, die auf dem Weg war, eine der größten auf Erden zu werden, und jetzt schon jedes Jahr fünfzehntausend Stück erstklassiger Santa-Gertrudis-Rinder auf den Markt brachte.

Fred, der bärtige Barkeeper, berichtete ihnen, es kämen sehr viele Menschen in die Stadt. Sie würden bis kurz vor der Dunkelheit warten, weil sich um diese Jahreszeit in der glühenden Hitze des Tages niemand von der Stelle rührte, noch nicht einmal die Schlangen.

Sie tranken Tee auf der Veranda des Lokals, dessen Wellblechdach vom Summen der Insekten vibrierte.

Etwa um fünf Uhr begannen die ersten Menschen einzutreffen. Eine Familie kam aus einer Entfernung von fünfundsiebzig Meilen mit einem Lastwagen angefahren. Die Frau war wieder schwanger, und die drei kleinen Kinder hatten tränende Augen, um die die Fliegen herumschwirrten. Eines der beiden kleinen Mädchen hatte eine klaffende, eiternde Wunde am Bein, eine Verletzung, die sich übel entzündet hatte.

Sechs Männer kamen aus der Ebene hereingeritten. Zwei hatten entsetzliche Zahnschmerzen, einer ein Furunkel. Die anderen waren mitgekommen, um eine Nacht lang unter den Sternen zu trinken.

Drei Männer kamen aus einem Lager zwanzig Meilen weiter östlich geritten, und einer von ihnen hatte einen so schlimmen Husten, daß Cassie vorschlug, er solle mit ihnen zurückfliegen und sich auf Tuberkuloseverdacht röntgen lassen. Nein, davon wollte er nichts hören. Sie blieben, um zu trinken und sich mit Männern zu unterhalten, denen sie noch nie begegnet waren oder die sie seit Jahren nicht mehr gesehen hatten.

Vier Männer kamen mit ihren Reisebündeln angeritten. Sie hatten Zäune geflickt, und als einer von ihnen über Zahnschmerzen klagte, hatten sie beschlossen, alle in die Stadt zu reiten, um einen Abend in der Kneipe zu verbringen. Um zehn Uhr standen wohl mehr als hundert Männer um den Tresen herum.

Fred sagte zu Cassie: »Ich wette, nicht ein einziger von denen hat in den letzten dreißig Jahren in einem Bett geschlafen.«

»Vielleicht könnten Sie ein gutes Geschäft machen«, sagte Mary, »wenn Sie ein Hotel eröffnen.«

Fred schüttelte den Kopf. »Nee. Keiner von denen will jemals wieder in einem Bett schlafen. Denen gefällt das Leben, für das sie sich entschieden haben. Betten stehen für die Gesellschaft, und um der zu entkommen, sind sie hier.«

»Was ist mit Ihnen?« fragte Cassie, die zu ihrer großen Freude feststellte, daß sie ihren Spaß haben konnte.

»Mit mir? Ich wüßte nicht, was ich in einer Stadt anfangen sollte. Da würde mir die Regenzeit fehlen, und das ist das, was mir am besten gefällt. Die Überschwemmungen – das ist etwas, was ich nicht missen möchte. Die Regenfälle weiter oben im Norden lassen diesen kleinen Fluß hier anschwellen, eine kleine Weile schlängelt er sich von einem Wasserloch zum anderen, tröpfelt vor sich hin und wird mit der Zeit immer breiter. Aus allen Richtungen kommen Bäche, in denen das Regenwasser tost, werden zu Strömen und wälzen sich weiter, bis es so aussieht und so klingt, als sei das Wasser wütend. Es reißt Tiere mit sich, ob tot oder lebendig. An abgebrochenen Ästen bleibt alles hängen, was sie berühren. Dieses Toben und Rasen! Wir haben tatsächlich eine Nacht gehabt, in der der Wasserspiegel des Flusses zwischen der Abend-

dämmerung und dem Morgengrauen um elf Meter angestiegen ist! Mann, das war eine Nacht!«
Es war schon nach Mitternacht, als die ersten Männer aufbrachen. Einige ritten in die Nacht hinaus, und andere warfen ihre Bündel irgendwo unter das dichte tropische Laub und rollten ihr Bettzeug auseinander. Fred sagte: »Ich werde heute draußen schlafen. Ich habe mein Bett frisch bezogen, und es gibt ein Sofa. Ihr drei könnt in meinem Haus schlafen.«
Sein Haus war eine Hütte mit einem Wellblechdach und so heiß wie ein Backofen. Cassie warf sich die ganze Nacht lang herum und wälzte sich von einer Seite auf die andere. Aber am Morgen setzte Fred ihnen Pfannkuchen und die größten Lammkoteletts vor, die Cassie je gesehen hatte, und dazu gab es Kaffee, von dem sich ihnen die Haare hätten senkrecht aufstellen müssen.
»Die Abos treffen gleich ein. Sie kommen von überall am ganzen Flußlauf.«
Cassie schaute hinaus und sah vier oder fünf Schwarze, die sie bereits erwarteten.

Erst am frühen Nachmittag brachen sie nach Stockton Wells auf, einer wesentlich größeren Stadt, die bereits ein Krankenhaus mit fünf Betten hatte. Cassie verbrachte den Nachmittag damit, mit Schwester Maureen, der Krankenschwester, über monatliche Besuche zu diskutieren, und dann behandelte sie einen Mann mit gebrochenen Rippen, ein Baby, das eine Kolik hatte, ein Kind mit Keuchhusten und eine schwangere Frau, die Diabetes hatte. Sie schlug der werdenden Mutter vor, für die letzten drei Monate ihrer Schwangerschaft in die Stadt zu kommen, damit sie in der Nähe des Krankenhauses von Augusta Springs war, »nur für alle Fälle«.
Abgesehen davon gab es ein Dutzend ambulanter Patienten, die zu untersuchen die Krankenschwester sie bat.
Als sie damit fertig waren, brach die Dämmerung herein. Maureen bestand darauf, daß sie über Nacht in ihrem Haus blieben; sie würde im Krankenhaus nächtigen. Bis kurz vor

Mitternacht saßen sie da, tranken Bier und redeten miteinander.
Cassie war gerade erst eingeschlafen, als ein Pochen an ihrer Tür sie so sehr erschreckte, daß sie sich aufrecht ins Bett setzte. Eine Stimme rief wiederholt: »Doktor?«
Sie schnappte sich ihren Morgenmantel und öffnete die Tür. Vor ihr stand ein großer, gutaussehender Mann, dessen Gesichtsausdruck Bestürzung verriet.
»Es ist ein Notfall.«
»Warten Sie, bis ich mich angezogen habe.« Cassies Augen waren so schwer vor Müdigkeit, daß sie kaum etwas sehen konnte.
Als sie angezogen war und ihre Arzttasche in der Hand hielt, kehrte sie zur Tür zurück, und der Mann packte ihre andere Hand und rannte mit ihr zum Hotel, das nur drei Türen weit entfernt war. »Sie liegt hinter dem Haus«, sagte er, ohne im Laufen innezuhalten.
»Ich fürchte, sie wird verbluten. Das darf nicht passieren. Es darf einfach nicht dazu kommen.« Sie fragte sich, ob der Mann jeden Moment weinen würde.
Auf dem Gelände hinter dem Hotel standen Ställe, und in einem der Ställe lag ein riesiges Pferd auf der Seite und blutete schrecklich heftig. Es hatte zwei große klaffende Wunden in der Brust. Drei Männer standen um die Stute herum. Einer tätschelte sie und redete beschwichtigend auf sie ein, während die beiden anderen darauf achteten, daß sie liegen blieb, obgleich das Tier keine Anstalten unternahm, sich von der Stelle zu rühren. Die Blutlache wurde größer.
Cassie stand erstarrt da. »Ich bin keine Tierärztin.«
Der Mann, der sie immer noch an der Hand hielt, sah flehentlich zu ihr auf. »Doc, Sie müssen Cleo retten. Sie ist meine einzige Chance für das Rennen.«
Die vier Männer sahen sie flehentlich an. Cassie seufzte und ging langsam auf die verletzte Stute zu.
»Ich habe etwa um Mitternacht Schüsse gehört. Ich glaube nicht, daß jemand versucht hat, auf sie zu schießen, nein, wohl

kaum, wahrscheinlich war es ein Känguruhjäger. Aber sie muß sich erschreckt haben, und sie hat sich aufgebäumt und ist in den Stacheldrahtzaun gerast. Doc, Sie müssen sie zunähen. Sie müssen es einfach tun.«
Cassie kniete sich neben das Pferd, in dessen Augen sich die Panik widerspiegelte, die es verspürte.
»Ich brauche Lampen.«
Fünf Minuten später baumelten vier Lampen in den Händen der Männer. »Stellen Sie zwei davon auf diesen Dachbalken«, schlug Cassie vor, »und zwei von Ihnen knien sich zu mir und halten sich bereit, das Pferd festzuhalten. Ich habe ihm eine Spritze gegeben.« Sie fragte sich, ob die Schmerzmittelmenge, die sie verabreicht hatte, für dieses große Tier ausreichte.
Innerhalb von zehn Minuten wurde Cleo schläfrig; die Medizin begann zu wirken. Cassie klemmte die Blutgefäße ab und nähte das Tier zusammen. Es dauerte mehr als eine Stunde.
»Sie müssen dafür sorgen, daß sich die Stute ein paar Tage lang nicht bewegt, und sie darf auch nicht transportiert werden. Dann erst können Sie sie nach Hause bringen, möglichst mit einem Lastwagen, und sorgen Sie dafür, daß sie gründlich genesen kann. Es wird mindestens einen Monat dauern, wenn nicht länger, ehe Sie das Tier wieder reiten können. Und dann müssen Sie es schonend daran gewöhnen.« Sie wußte nicht, warum sie all das sagte. Sie verstand nicht das geringste von Pferden. Trotzdem klang es logisch.
Um zwei Uhr lag sie wieder im Bett.

Im Lauf des Vormittags kamen sie nach Mt. Everest, einer staubigen kleinen Stadt direkt südlich des Grüns der Tropen und bereits auf dem Rückweg nach Augusta Springs. Staub färbte die Luft rötlich. Während sie im Hinterzimmer des Lokals – einem der drei Gebäude der Stadt – ambulante Patienten versorgten, teilte der Besitzer des Lokals ihnen mit, das Gehöft Templeton hoffte, der Arzt könnte dort Station machen und ei-

nen Kranken untersuchen. Es lag nur vierzig Meilen weiter südwestlich.
Um kurz nach zwei brachen sie auf. Der Dunst in der Luft war so dicht, daß Warren kaum etwas sehen konnte. Er rief die Funkstation, um sich nach dem Wetter zu erkundigen, und dann sagte er: »Eine Kaltfront zieht von Nordosten heran.« Cassie wußte nicht, was das zu bedeuten hatte.
Sie schaute zum Fenster hinaus und konnte den Boden kaum sehen. Sie waren erst dreißig Minuten in der Luft und von einem derart dichten Staub umgeben, daß die Sicht stark eingeschränkt war, obwohl sie so tief flogen, daß Cassie Bäume und eine Herde Känguruhs durch den Staub erkennen konnte.
»Wollen Sie umkehren?« rief sie Warren zu.
Er schüttelte den Kopf. »Das Gehöft sollte direkt vor uns liegen. Was dort unten auch sein mag, es ist so flach, daß man überall gefahrlos landen können sollte.« Bei diesen Worten verzog sich der Staub. Sie waren auf die andere Seite des Staubsturms gelangt, und direkt vor ihnen, ein klein wenig weiter links, lag Templeton. Purpurne Bougainvilleen leuchteten strahlend in der Nachmittagssonne.
Warren gelang trotz der böigen Seitenwinde eine saubere Landung.
Cassie stellte fest, daß bei der Frau, deretwegen sie hergeflogen waren, eine Blinddarmoperation vorgenommen werden mußte, und daher luden sie sie auf eine Tragbahre und brachten sie ins Flugzeug.
»Warum setzt du dich nicht vorn hin?« wandte sich Cassie an Mary und deutete auf den Sitz hinter Warren, auf dem sie gewöhnlich saß. »Ich setze mich nach hinten, damit ich nah bei der Patientin bin.«
Mary nickte und schnallte sich an.
Warren schwenkte auf die Landebahn ein. Er gab Vollgas, löste die Bremsen und hielt mit dem rechten Querruder gegen den Seitenwind. Langsam hob sich das hintere Ende des Flugzeugs, als er ein paar hundert Meter über die Rollbahn

fuhr. Er zog den Steuerknüppel zurück, und das Flugzeug drehte schwerfällig nach links ab. Er war offensichtlich nicht in der Lage, den abrupten Schwenker nach links schnell genug abzufangen, um sie wieder auf die Rollbahn zu bringen. Er nahm das Gas zurück und brachte das Flugzeug schlagartig zum Stehen.

Dann wendete er und kehrte zum Anfang der Rollbahn zurück. Er drehte den Kopf zur Kabine um und bedeutete Cassie, nach vorn zu kommen. »Dieser starke Abwind hat uns quergestellt, ehe ich genug Tempo draufkriegen konnte. Das Flugzeug scheint hecklastig zu sein. Würdest du dich in die Tür zum Cockpit stellen, und kannst du diese Bahre ganz nach vorn rollen? Wenn wir erst einmal oben sind, kannst du dich dann wieder ganz normal hinsetzen.«

Cassie konnte die Bahre problemlos nach vorn rollen. Mary und sie banden sie am Vordersitz fest, damit sie nicht fortrollen würde, und Warren nickte. »Gut so.«

Er gab Vollgas, und das Flugzeug begann wieder zu rollen. Das hintere Ende hob zwar immer noch auffallend langsam ab, doch das Flugzeug verhielt sich ruhig, als es vom Boden aufstieg.

Cassie bückte sich, um nach vorn zu schauen, und direkt vor ihnen sah sie reihenweise Bäume. Das Flugzeug hatte die Höhe der Baumwipfel noch nicht erreicht, und sie warf einen schnellen Blick auf Warrens Hinterkopf. Sein Nacken war starr. »Das Flugzeug schafft den Steigflug nicht so, wie es soll«, sagte er, als spräche er mit sich selbst. »Dieses Miststück kommt einfach nicht hoch.«

Vor ihnen lag, als sie es mit Mühe und Not über die Baumkronen schafften, meilenweit nichts anderes als Gestrüpp.

Warrens Stimme war normal, als er zu Cassie aufblickte und sagte: »Ich glaube, ich fliege eine komplette Platzrunde, um an Höhe zu gewinnen, ehe wir auf Kurs gehen.« Er setzte zu einer Spitzkehre nach Backbord an und drehte dabei leicht nach links ab.

Cassie fragte: »Hoffst du auf Rückenwind, um die Eigengeschwindigkeit zu erhöhen?«
Er antwortete nicht darauf. Cassie sah auf den Höhenmesser. Sie war lange genug mit Sam geflogen, um zu wissen, wie sie einige der Instrumente selbst ablesen konnte. Sie flogen auf einer Höhe von weniger als neunzig Metern.
Schockiert nahm sie zur Kenntnis, daß Warrens Knöchel von dem Druck, den er auf die Gasknüppel ausübte, weiß waren. Mein Gott, dachte sie, wir verlieren selbst bei Vollgas immer noch an Geschwindigkeit.
»Steigen wir nicht auf?«
Warren schüttelte den Kopf. »Bei dieser Kehre haben wir an Höhe verloren.« Er drehte sich um und sah Cassie fest in die Augen.
»Mein Gott«, sagte sie laut, als ihr die Wahrheit nur allzu deutlich bewußt wurde.
Wir stecken in Schwierigkeiten.
»Jetzt ist die Kanzel zu schwer. Geh wieder nach hinten«, sagte er eindringlich.
Cassie vergeudete keine Sekunde, sondern zwängte sich zwischen der Bahre und Marys Sitz durch und eilte nach hinten, setzte sich auf den Boden und warf sich gegen das hintere Ende des Flugzeugs.
Sie konnte trotzdem noch aus dem Fenster schauen und erkannte, daß die Nase des Flugzeugs im Sturzflug dem Boden näher kam.
Die Maschine begann zu trudeln. Sie klammerte sich an den Beinen des Rücksitzes fest, als sie auf den Boden auftrafen, ehe alles in Schwärze versank.

34

Cassie blickte in das Gesicht eines Mannes. »Alles in Ordnung?« fragte er.

Sie wußte es nicht. Ich muß eine Gehirnerschütterung haben, dachte sie verwirrt. Der Mann streckte eine Hand aus, um sie vom Boden dessen hochzuziehen, was noch von dem Flugzeug übrig war. Er legte ihr einen Arm um die Schultern und führte sie an den Rand des Flugzeugs, dessen Seitenwand fehlte. Jemand anderes streckte die Arme aus, um sie aufzufangen.

O Gott, was war bloß passiert? Sie blickte zu dem Flugzeug auf; innen war noch alles intakt. Gott sei Dank. *Das hieß, daß Warren, Mary und ihrer Patientin nichts zugestoßen war. Wie nur hatte die gesamte Seitenwand des Flugzeugs herausbrechen können?* Sie stand zwischen den Trümmern.

Neben der verbogenen Masse, die früher einmal das Fenster gewesen war, lag Mary regungslos auf dem Rücken. Cassie rannte zu ihr. Sie hatte nirgends auch nur eine Schramme, doch ihre Bluse war zerrissen und ihre rechte Brust freigelegt. Cassie beugte sich hinunter und bedeckte sie mit dem zerrissenen Stoff. Als sie sich hinkniete, um Mary zu trösten, fiel ihr der ausdruckslose Blick in ihren Augen auf, die geradewegs in die blendende Sonne starrten.

O mein Gott.

Als sie sich besorgt im Flugzeug umsah, weil sie unbedingt an Warrens Seite sein und ihm helfen wollte, wenn er seine Frau so vorfand, sah sie, wie zwei Männer ihn aus dem Cockpit zerrten, in dem er eingekeilt war, und sie wußte auf den ersten Blick, daß er im Moment des Aufpralls zerquetscht worden sein mußte.

Blut strömte aus seiner Nase, seinem Mund und sogar aus seinen Ohren. Er konnte nur schwer und unter großen Schmerzen atmen.
»Bringen Sie ihn in den Schatten«, ordnete Cassie an und legte sich die Hand auf den Hinterkopf, der plötzlich schrecklich schmerzte. Die beiden Männer hoben Warren hoch und brachten ihn in den Schatten der rechten Tragfläche. Cassie kniete sich neben ihn. Einen Moment lang konnte sie ihn nicht sehen, da sie von ihren eigenen Schmerzen stark beeinträchtigt wurde. Schon allein sein Anblick sagte ihr, daß er so gut wie tot war. Es gab nichts, was sie noch für ihn hätte tun können.
Sie stand auf und sah sich nach ihrer Patientin um, und zu ihrem Entsetzen stellte sie fest, daß ihr Körper sich um die Bahre herumgeschlungen hatte und Teile der Bahre sie durchbohrt hatten.
Da sie sich nutzlos fühlte und verzweifelt war, kehrte Cassie zu Warren zurück, setzte sich hin und hielt seine Hand, bis er eine halbe Stunde später aufhörte zu atmen.
Sie legte den Kopf auf seine Brust und weinte.
Fast ein Dutzend Leute hatten sich am Ort der Bruchlandung versammelt.
Ein Mann, den Cassie noch nie gesehen hatte, kam auf sie zu. »Ich habe Ihre Funkstation benachrichtigt«, sagte er und legte eine Hand auf ihre Schulter. »Sie schicken jemanden von Highcastle mit einem Krankenwagen. Das ist etwa hundert Meilen von hier, und daher wird es drei bis vier Stunden dauern, ehe Hilfe kommt.«
Cassie drehte sich zu ihm um, doch sie konnte lediglich verschwommene Umrisse erkennen. Die Geräusche der Menschen, die sich um sie scharten, verklangen, und das einzige, was sie noch sehen konnte, waren die blendenden Strahlen der Sonne. Ich werde auch sterben, dachte sie, als der Schmerz in ihrem Hinterkopf ihr den Schädel zu spalten schien.

Es kostete zuviel Anstrengung, die Augen aufzuschlagen, doch sie hörte leise Geräusche – Schuhe mit Gummisohlen auf den Bodenfliesen, das leise Rascheln von gestärkten Schwesterntrachten, und dazu kam der unverwechselbare Krankenhausgeruch. Sie versank wieder in Bewußtlosigkeit.

Als sie das nächste Mal aufwachte, fühlte sie eine Hand, die ihre hielt. Sie versuchte, die Augen zu öffnen, doch ihre Lider flatterten nur.

Eine vertraute ausdruckslose Stimme sagte: »Du hast eine Gehirnerschütterung. Etwas hat dich direkt über dem Haaransatz getroffen und deinen Schädel verletzt. Der Spalt ist keine drei Zentimeter lang, aber wahrscheinlich wirst du ein paar Tage lang verwirrt sein.«

Sie zwang sich, die Augen zu öffnen. Chris Adams saß neben dem Bett und hielt ihre Hand.

»Ein spitzer Gegenstand hat deinen linken Arm fast ganz durchdrungen.« Sorge zeichnete sich auf seinem Gesicht ab. Direkt über dem linken Ellbogen. Zum Glück hat dieser Gegenstand die Nerven verfehlt. Es wird ein paar Wochen dauern, bis du wieder gesund bist.« Er drückte fest ihre Hand.

»Bin ich zu Hause?« fragte Cassie.

»Nein, du bist im Krankenhaus von Highcastle. Du bist seit fast zwanzig Stunden hier.«

Und weshalb bist du dann hier? hätte Cassie gern gefragt, doch sie brachte die Energie für diese Worte nicht auf.

Als sie das nächste Mal erwachte, stand Chris am Fenster und schaute in die Dämmerung hinaus.

»Was geschieht mit deinen Patienten?« fragte sie. Kein *Hallo*, kein *Schön, dich zu sehen*, kein …

»Ich bin gerade bei einer meiner Patientinnen.«

»Augusta Springs hat keinen Arzt?«

»Im Moment hat Augusta Springs keinen Arzt.« Dieser Umstand schien ihn nicht zu stören.

»Warren? Mary?«

Sie mußte die Worte aus seinem Mund hören.

»Sie sind beide tot. Ihre Leichen sind bereits nach Augusta Springs zurückgebracht worden.«

Cassie schloß die Augen wieder. Sie durfte gar nicht daran denken. Drei Menschen waren tot, und sie war am Leben. Warum nur?

»Tu dir das jetzt bloß nicht an.« Chris' Stimme drang in ihr Bewußtsein vor.

Sie schlug die Augen wieder auf. »Was?«

»Dich schuldbewußt zu fühlen. Überleg dir jetzt bloß nicht, du hättest statt dessen tot sein sollen. Das ist reiner Unsinn.« Er hatte einen Arm an die Wand gelehnt, die Beine übereinandergeschlagen und starrte sie vom anderen Ende des Raumes an.

»Das habe ich doch gar nicht gedacht.«

»Nein, aber du könntest es dir ohne weiteres denken. Das ist nur allzu verbreitet. Es steckt weder Sinn noch Verstand dahinter, Cassie, warum es den einen trifft und den anderen nicht.«

Ihr Seufzen füllte den Raum aus, und in ihren Augen standen Tränen.

»Jetzt ist alles aus.«

Chris kam zu ihr herüber und setzte sich auf den hochlehnigen Stuhl neben ihrem Bett.

Sie sah ihn an. »So muß dir zumute gewesen sein, als Isabel gestorben ist.«

»Nein, nicht einen einzigen Moment lang«, sagte er, und seine Augen wirkten so hart wie Feuerstein. »Und dein Leben ist nicht vorbei.«

Oh, das Reden kostete ja solche Anstrengung. »Ich meinte nicht mein Leben. Ich meinte die Fliegenden Ärzte. Wir haben kein Flugzeug und keinen Piloten mehr. Wo wir zu Kriegszeiten eines von beiden herkriegen sollen …«

Einen Moment lang herrschte Stille. »Du kannst immer noch in Augusta Springs bleiben. Ich brauche einen Partner, und du bist weiß Gott wesentlich besser, als Edwards es war.«

Eine Fliege surrte vor dem Fliegengitter.

»Du kannst aber auch eine eigene Praxis eröffnen, wenn du

mich nicht als Partner haben willst, und wir können einander im Krankenhaus assistieren.«
Cassie wollte nichts lieber, als einfach nur wieder einzuschlafen, doch sie hörte Chris' Stimme, die schwächer wurde. »Ich bleibe hier, bis du dich soweit erholt hast, daß du nach Hause gebracht werden kannst.«

Zwei Tage später wurde sie aus dem Krankenhaus entlassen und Chris' Obhut unterstellt. Er legte sie auf den Rücksitz seines Wagens und brachte eineinhalb Tage damit zu, sie nach Augusta Springs zurückzufahren. Auf der Fahrt sprach er kaum ein Wort mit ihr.
Cassie schaute auf seinen Hinterkopf und fragte sich, ob sie sich in ihm geirrt hatte. Er war so rücksichtsvoll und sanft mit ihr umgegangen. Er erwies sich wahrhaft als ein Freund. Er wußte Dinge über sie, die niemand sonst auf Erden wußte. Komisch, aber sie hätte sich niemals vorstellen können, Chris Adams könnte ihr Vertrauter werden, Chris und nicht etwa Fiona oder Sam. Sie mochte Fiona schrecklich gern … war das überhaupt noch der Fall? Fionas Platz im Leben war der, den Cassie für den ihren gehalten hatte. Töteten der Neid und die Eifersucht, die sie zerfraßen, die Zuneigung, die sie früher einmal zu ihrer Freundin verspürt hatte? Das Wissen, daß Fiona das Bett mit Blake geteilt hatte, daß er mit ihr geschlafen hatte … Ein Messer drehte sich in ihrem Herzen. Sie schluchzte.
Chris drehte den Kopf zu ihr um. »Ist alles in Ordnung mit dir?«
Cassie nickte, während eine Träne über ihre Wange rann. Nie mehr Blakes Liebe zu erleben, nie mehr seine Küsse zu spüren, nie mehr von ihm berührt zu werden, nie mehr … sie fing an zu weinen und konnte beim besten Willen nicht mehr aufhören.

Als sie Augusta Springs erreichten, war es fast fünf. Chris half ihr aus dem Wagen, doch Cassie bestand darauf, die Stufen allein hochzusteigen. »Du wirst ein paar Tage lang verwirrt und

matt sein«, sagte er. »Ich sollte am besten jemanden finden, der solange zu dir zieht.«
»Nein«, sagte sie. »Ich will keine Fremden um mich haben. Ich werde im Bett bleiben, wirklich. Ich werde nur aufstehen, um mir einen Tee, einen Toast oder dergleichen zu machen.«
Als er abgewartete hatte, bis sie sicher in ihrem Schlafzimmer angekommen war, sagte er: »Ich laufe rüber in den Laden und kaufe Brot, Eier, Milch und das Nötigste.«
Eine halbe Stunde später, nachdem sie ihr Nachthemd angezogen und sich zugedeckt hatte, kam er zurück.
Er blieb mit der Einkaufstüte im Arm in der Tür zu ihrem Schlafzimmer stehen. »Meine Rühreier sind recht gut«, sagte er. »Was hältst du von Eiern mit Speck und Toast? Und Tee?«
Seine Brille war verrutscht, und eine Haarsträhne fiel ihm in die Stirn. Er wirkte auf eine seltsame Art knabenhaft, und Cassie lächelte ihn an. »Nur, wenn du hierbleibst und mit mir zu Abend ißt. Du könntest an meinem Schreibtisch sitzen, und wir könnten beide etwas essen.«
Mit einem seltenen ausgewachsenen Lächeln sagte er: »Ich bin gleich wieder da.«
Als er mit einem Tablett zurückkam, brachte er nicht nur das Essen, sondern auch ein Wasserglas mit Gänseblümchen. »Das waren die einzigen Blumen, die ich finden konnte«, sagte er grinsend.
»Das ist reizend von dir, Chris, wirklich ganz reizend.«
Er brachte seinen eigenen Teller und Kaffee, stellte alles auf den Schreibtisch und setzte sich seitlich hin, um ihr nicht den Rücken zuzukehren.
»Ich werde Horrie anrufen und ihm sagen, daß du wieder da bist.«
»Vielleicht hat er eine Idee, wie wir weitermachen können. Ich werde mich mit Reverend Flynn und vielleicht mit Don McLeod in Verbindung setzen müssen. In dieser Gegend hier werden die Fliegenden Ärzte gebraucht.«

»Du bist wunderschön«, sagte Chris plötzlich, als hätte er die Worte aus der Luft gegriffen, und Cassie war überrascht. Sie starrte ihn an.
»Wenn das Licht der Lampe so auf dein Haar fällt.« Er trank seinen Kaffee, ließ sie jedoch keinen Moment aus den Augen. Ich kann ihn niemals lieben, dachte sie. Er ist bigott und voreingenommen und arrogant und kalt.
Während sie ihren Tee trank und er den Blick immer noch nicht abwandte, fühlte sie, wie sich tief in ihr etwas regte. Er sah ansprechend aus – das mußte sie ihm lassen. Ansprechend auf eine aristokratische, hochstehende, blutleere Art. Wie Sam war auch er zu dünn, zu knochig. Sein Kinn war schlaff, aber das war nicht seine Schuld, sondern genetisch bedingt. Sie schaute auf seine Lippen und nahm sie zum ersten Mal bewußt wahr. Sie waren breit und sinnlich. Zum Küssen geschaffen. Sie fragte sich, wie es wohl sein mochte, von ihm geküßt zu werden.
Seine Hände, die er um die Tasse gelegt hatte, waren kräftig. Mit langen, schmalen Fingern. Die Hände eines Chirurgen. Was für ein Gefühl es wohl sein mochte, von seinen Händen berührt zu werden? Was für ein Gefühl mußte es sein, von seinem Körper bedeckt zu werden, ihn nackt neben sich liegen zu haben?
Er stand auf und kam ans Bett, beugte sich herunter, um das Tablett hochzuheben,und verließ dann damit das Zimmer. Sie hörte, wie er in der Küche das Geschirr spülte, und sie lächelte und war über ihre eigenen Gedanken erstaunt.
Er wäre schockiert gewesen, wenn er etwas davon gewußt hätte. Aber irgendwie fühlte sie sich bei ihm geborgen. Sie konnte ihn niemals lieben, aber sie brauchte jemanden, der sie begehrte, und sei es auch nur für diese eine Nacht.
Als er zurückkam und in der Tür stehenblieb, sagte er mit verschleiertem Blick: »Ich bin den ganzen Abend zu Hause, falls du mich brauchst. Eigentlich dürfte nichts passieren. Nur für alle Fälle …«
»Geh noch nicht«, sagte sie. »Bitte.«

Er wirkte unschlüssig.
»In dem Hängeschrank über dem Herd steht Wein. Warum schenkst du nicht jedem von uns ein Glas ein?«
»Cassie ...«
Als er sich nicht von der Stelle rührte, sagte sie: »Bitte.«
Er ging und kehrte mit zwei kleinen Geleegläsern zurück, die mit Rotwein gefüllt waren. Als er ihr eines der beiden Gläser brachte, rutschte sie zur Bettmitte rüber und klopfte auf die Matratze neben sich. »Setz dich hierher«, sagte sie. »Ich will nicht allein sein.«
Er setzte sich unbeholfen, und Cassie bemerkte, daß sein Gesicht sich gerötet hatte.
»Ich weiß nicht, wie ich dir für alles danken soll, was du getan hast. Und dafür, daß du dich um mich gekümmert hast.«
Er trank das Glas auf einen Zug aus und stellte es auf den Nachttisch.
Sie beugte sich vor und nahm seine Hand. Er wandte den Blick nicht ab. »Was fängst du jetzt, nachdem Isabel gestorben ist, in puncto Liebe an?«
Er sah sie an. Dann brach es aus ihm heraus: »O Gott, Cassie ...«
Sie beugte sich vor, zog ihn an sich und fand seine Lippen. Er befreite sich aus ihrer Umarmung und stand mit einem seltsamen Gesichtsausdruck auf. »Ich gehe jetzt.«
Doch selbst nachdem er gegangen war, als es still und dunkel im Haus und nur das Kläffen von Hunden in der Ferne zu vernehmen war, wußte Cassie, daß er sie begehrte.

Als sie am nächsten Morgen erwachte, wollte Cassie mit einem Satz aus dem Bett springen. Die Sonne schien zum Fenster herein, und sie glaubte, sie müßte zu spät zur morgendlichen Funksprechstunde kommen. Sie zog sich auf einen Ellbogen.
Dann brach alles wieder über sie herein. Die Bruchlandung, Warren, Mary, ihr Krankenhausaufenthalt, die Rückfahrt nach Augusta Springs. Chris.

Den größten Teil des Tages verbrachte sie im Bett, oder sie saß träge auf der Veranda. Am frühen Nachmittag rief sie dann wirklich John Flynn an und teilte ihm mit, daß es in Augusta Springs keinen Piloten und kein Flugzeug mehr gab. Das Telefongespräch hatte damit geendet, daß Flynn gesagt hatte: »Ich werde sehen, was sich machen läßt. Geben Sie die Hoffnung nicht auf. Aber es wird eine Weile dauern, bis sich etwas tut. Es könnte einfacher sein, ein Flugzeug zu bekommen als einen Piloten zu finden, da alle Flieger im Krieg sind. Bewahren Sie nur die Ruhe, und ich werde sehen, was ich tun kann. Ich weiß, daß QANTAS es schwer hat, da die meisten ihrer Piloten das Land verlassen haben. Es könnte gut sein, daß wir uns selbst bemühen müssen, einen Piloten zu finden.«
Beide wußten, daß das nicht leicht werden würde. Alle wollten gegen die Nazis kämpfen, und die Nachfrage nach Piloten war groß.
Horrie und Betty kamen am späten Nachmittag vorbei. »Doc Adams hat angerufen, um Bescheid zu sagen, daß du dich schonen mußt«, sagte Betty. Sie war wieder schwanger. »Ich habe dir eine Kasserolle mitgebracht.«
Cassie bedankte sich bei ihr.
Horrie zündete sich eine Zigarette an. »Ich habe Fiona verständigt und erzählt, was passiert ist. Sie kommt augenblicklich zurück. Ich wünschte, ich könnte etwas basteln, damit du von hier aus mit Patienten reden kannst und nicht in die Funkstation kommen mußt.«
»Ich nehme an, in ein paar Tagen werde ich mich wieder kräftig genug fühlen, um die Funksprechstunden aufzunehmen. Da ich jetzt selbst einen Wagen habe, kann ich problemlos rauskommen, ohne mich von jemandem abhängig machen zu müssen. Laß es mich doch morgen früh gleich probieren.«
»Der Doc sagt, wir dürfen dich nicht drängen.«
»Ich bin auch Arzt.« Cassie war gerührt darüber, daß Chris versuchte, sie zu beschützen. »Okay, dann sagen wir eben übermorgen. Wenn wir schon nicht rausfliegen können, dann

können wir doch wenigstens Ratschläge erteilen. Reverend Flynn sagt, er wird sehen, was er tun kann, aber es wird eine Weile dauern.«

»Was tun wir in Notfällen?« Horrie kratzte sich den Kopf.

»Nichts. Wir haben keine Möglichkeit, zu jemandem rauszufliegen. Die einzigen Flugzeuge, die Benzin bekommen, sind die Postflugzeuge. Vielleicht können wir Mr. Brock runterholen, wenn wir einen Notfall haben. Mehr kann ich dazu auch nicht sagen.«

»Da du jetzt plötzlich soviel Zeit zu deiner freien Verfügung hast«, sagte Betty und sah ihren Mann mit Schalk in den Augen an, »kannst du vielleicht ein Zimmer an das Haus anbauen und hinter dem Haus eine Veranda, damit wir draußen sitzen können und frische Luft bekommen.«

Er zog eine Augenbraue hoch. »Ich verspreche dir nichts, aber das klingt gar nicht unvernünftig.«

»Mit einem Hammer kann ich ziemlich gut umgehen«, erbot sich Cassie.

»Das ist keine Arbeit für Frauen«, sagte Horrie und stand auf. »Komm, Schatz. Wir wollen Cassie nicht ermüden.«

Sie waren gerade erst gegangen, als Chris mit einer Einkaufstüte voller Lebensmittel im Arm auftauchte. Er kam den Pfad herauf, ohne Cassie ins Gesicht zu sehen. »Ich dachte, ein Steak könnte dir guttun. Und eine gebackene Kartoffel.«

Cassie wurde klar, daß sie sich den ganzen Tag über nicht angezogen, sondern im Morgenmantel herumgesessen hatte. Plötzlich fühlte sie sich gehemmt. Ihr Haar mußte ebenfalls schlimm aussehen. Sie fuhr sich mit der Hand hindurch.

»Ich vermute, ein Abendessen könnte mir nicht schaden, oder zumindest keine so leichte Mahlzeit«, sagte sie. »Muß ich allein essen?«

Er sah sie an, und sie konnte nicht ergründen, was in seinen Augen stand. »Ich wußte nicht, ob dir meine Gesellschaft erwünscht ist.« Röte schlich sich von seinem Kragen hoch, über seine Wangen bis in seine Stirn hinauf. Er hielt ihr die Tüte hin. Sie stand auf und nahm sie ihm ab. »Findest du nicht,

es wäre nett von dir, wenn du mir zur Begrüßung einen Kuß gäbest?«
Ein verblüffter Ausdruck zuckte über sein Gesicht, und dann beugte er sich vor und küßte sie unbeholfen auf die Wange.
»Möchtest du uns vielleicht einen Drink mixen? Ich habe Wein, den wir zu den Steaks trinken können, aber laß uns vorher etwas anderes trinken. Für mich bitte einen kleinen Scotch mit viel Wasser. Die Getränke stehen in dem Schrank über dem Herd«, sagte sie, als sie ihm in die Küche vorausging.
»Die gebackenen Kartoffeln werden eine Stunde brauchen, und das heißt, daß wir bis dahin miteinander plaudern können.«
Chris griff in den Getränkeschrank, fand eine Flasche, sah sich nach Gläsern um und begann, die Drinks zu mixen. »Morgen abend findet die Beerdigung von Mary und Warren statt«, sagte er. »Ich habe die beiden natürlich nicht gut gekannt, aber wenn du es möchtest, begleite ich dich.«
Cassie schrubbte die Kartoffeln, zündete den Ofen an und nahm den Drink entgegen, den Chris ihr reichte. Sie lehnte sich gegen die Anrichte, sah in die bernsteinfarbene Flüssigkeit und sagte: »Das wäre sehr nett, Chris. Danke. Aber weißt du, was? Mit mir stimmt etwas nicht.«
Er legte den Kopf auf die Seite und wartete.
»Ich empfinde nichts. Ich habe nicht um die beiden getrauert. Ich habe nicht gelitten. Ich bin nicht niedergeschlagen, und mir macht nur Sorgen, wie es mit den Fliegenden Ärzten weitergehen soll. Was bin ich bloß für ein Mensch?«
»Oh«, sagte er, und seine Stimme klang erleichtert. »Das ist Verweigerung, Cassie. Das ist vollkommen normal. Dein Verstand hat die Bruchlandung und die Todesfälle nicht akzeptiert. Wenn du es emotional akzeptierst, machst du dich wahrscheinlich selbst kaputt. Es ist nur gut, daß du im Moment nicht arbeiten kannst, verstehst du, daß es kein Flugzeug und keinen Piloten gibt. Du wirst Zeit brauchen, um darüber hinwegzukommen. Macht dich die Vorstellung nervös, wieder zu fliegen?«

Sie schüttelte den Kopf. »Nicht im geringsten. Ich bin unruhig wegen all dieser Menschen, die meine Hilfe brauchen, und ich bin nicht da, um diese Hilfe zu leisten. Ich will in ein Flugzeug steigen und rausfliegen.«
»Dir ist nicht klar, was du emotional durchmachst. Wenn du all das auf einer anderen Ebene als der rein zerebralen begreifen kannst, kann ich mir vorstellen, daß du in einen Abgrund stürzt, so wie ich dich kenne.«
Sie ging auf ihn zu und nahm seine Hand. »Kennst du mich denn, Chris?«
Seine Hand schlang sich um ihre und hielt sie fest. »Ich weiß es nicht, Cassie. Ich weiß nicht, wie gut ich jemals einen anderen Menschen gekannt habe, mich selbst inbegriffen. Ich möchte dich kennenlernen. Ich wünsche mir schon lange, dich besser kennenzulernen.«
Sie starrten einander an.
Sie streckte sich und küßte ihn auf die Wange. »Laß mich schnell etwas Ordentliches anziehen und mein Haar kämmen, ja? Ich war nicht auf Herrenbesuch eingerichtet.«
»Du hättest es wissen müssen.« Ein angedeutetes Lächeln lag auf seinem Gesicht.
»Mag sein. Aber ich war nicht auf diese Veränderung in dir vorbereitet.«
»Ich habe mich nicht verändert. Die Situation hat sich verändert.«
»Das kann sein.« Sie lächelte ihn an. »Aber jetzt laß mich versuchen, mich etwas reizvoller zurechtzumachen.«
»Das ist völlig unmöglich.« Er setzte sich auf den zu prall gepolsterten Sessel. »Aber ich werde geduldig sein. Schließlich warte ich schon seit – wie lange ist es jetzt, sind es zwei Jahre? Kämm dir das Haar, wenn es sein muß, obwohl es gerade ungekämmt sehr attraktiv und ausschweifend wirkt.« Ihr gefiel, wie er sie anlächelte. Zum ersten Mal entdeckte sie an ihm einen Sinn für Humor.
Sie fuhr sich mit einem Kamm durchs Haar, putzte sich die Zähne und zog sich eine bequeme Hose und eine beige Sei-

denbluse über. Doch sie zog keine Schuhe an. Er würde sie barfuß akzeptieren müssen oder es bleibenlassen.
»So, ist das nicht gleich viel besser?« fragte sie. Sie flirtete mit ihm, und sie wußte es. Sie hatte nie sexuelle Spielchen betrieben. Für sie war es immer ernst gewesen. Jetzt würde sie das tun, was die Mädchen um sie herum jahrelang getan hatten.
Chris sah ihr in die Augen, ehe er den Blick niederschlug und seinen Drink ansah, ihn austrank und aufstand. Er trat auf die Veranda, und Cassie sah ihn in das dichter werdende Dunkel schauen.
Als er ins Zimmer zurückkam, blieb er im Schatten stehen. Dann trat er ins Licht, setzte seine Brille ab und sah sie eindringlich an. »Du machst mir angst, Cassie.«
Wie köstlich. Sie machte ihm angst. »Warum, Chris?«
»Ich bin fast fünfundvierzig Jahre alt, und ich habe bisher nie gewußt, was es heißt, verliebt zu sein.«

35

Also, da soll mich doch gleich der Teufel holen, dachte Cassie. Ausgerechnet er, von all den Leuten in Augusta Springs … auf der ganzen Welt, wenn sie es sich genauer überlegte. Selbst nach Fionas Heimkehr kam Chris zwei- oder dreimal in der Woche zum Abendessen und brachte eine Flasche Wein oder einen Blumenstrauß mit.

Beide Frauen hingen in der Luft. Fionas Stelle war längst mit einer jungen Frau aus Charters Towers besetzt worden. Und John Flynn sagte zu Cassie: »Ich glaube, wir können ein altes Flugzeug bekommen, aber wir werden es für unsere speziellen Zwecke umbauen lassen müssen. Andererseits kann ich im ganzen Land keinen Piloten finden, der nicht im Kriegseinsatz oder von einer Fluggesellschaft gebraucht wird.«

Cassie hielt weiterhin ihre drei Funksprechstunden täglich ab, konnte aber weder zu Routinesprechstunden oder ambulanten Behandlungen noch zu Notfällen rausfliegen. Sie assistierte Chris bei Operationen und übernahm Patienten, wenn er überlastet war, doch die Zeit verging langsam für sie. Fiona hatte auch den ganzen Tag über nichts Konstruktives zu tun. »Hast du eine Romanze mit dem guten Doktor?« fragte sie.

Cassie schüttelte den Kopf. Sie konnte Fiona ihre tiefsten Gefühle nicht mehr preisgeben. »So würde ich es nicht nennen. Ich glaube, ohne Isabel fühlt er sich einsam. Wir haben ein gemeinsames Interesse an medizinischen Dingen, und ich glaube, er hat inzwischen begriffen, daß die Fliegenden Ärzte keine Bedrohung für ihn darstellen. Er war sehr nett und hat Noteinsätze für mich übernommen, als … als ich nicht hier war. Und als es zu der Bruchlandung gekommen ist, ist er die ganze weite Strecke gefahren, um sich um mich zu kümmern. Wir reden viel über Medizin miteinander.«

»Ich glaube, er ist bis über beide Ohren in dich verliebt. Er wirkt anders, nicht mehr so steif. Nicht mehr wie eine angespannte Feder.«

»Wenn du damit meinst, daß er nicht mehr so schroff und abweisend ist, dann bin ich deiner Meinung. Mir fällt auf, daß er nicht nur sein Verhalten uns gegenüber geändert hat, sondern auch gegenüber seinen Patienten. Vielleicht wird er mit dem Älterwerden freundlicher.«

»Seit Isabels Tod sieht er jünger aus.«

»Ich habe den Verdacht, mit ansehen zu müssen, wie die Frau, die er geliebt hat, so unendlich langsam gestorben ist, hat ihn altern lassen. Und jetzt ist dieser entsetzliche Druck von ihm genommen.«

»Mir kommt es nicht so vor, als würdet ihr beide allzuviel miteinander reden, wenn er zum Abendessen kommt. Ihr wirkt wie flüchtige Bekannte, die nach einem Gesprächsstoff suchen. Ich frage mich, ob ihr beide euch überhaupt miteinander unterhalten würdet, wenn ich nicht hier wäre. Die ganze Stadt bezeichnet euch beide als ein seltsames Paar.«

Cassie warf den Kopf zurück. »Wir sind kein Paar.«

»Das mag ja sein, aber falls ihr es doch seid, dann seid ihr wirklich ein seltsames Gespann.« Sie las Cassie Stellen aus den Briefen vor, die Blake ihr schrieb. Es waren nicht viele, doch immer, wenn sie einen Brief von ihm bekam, war Fiona tagelang überglücklich und las das Geschriebene so oft, daß das Papier kaum noch zusammenhielt.

»Er wird jetzt zu Bombenangriffen eingesetzt«, verkündete Fiona mit lodernden Augen und verängstigter Stimme. »Er fliegt über den Kanal.«

Cassie sagte nichts dazu.

»O Gott, wie sehr ich doch wünschte, er hätte mich geschwängert. Wie sehr ich doch wünschte, ich bekäme ein Kind von ihm.«

Eines Abends berichtete Chris den beiden, er hätte eine Patientin, die eine Augenoperation brauchte und es sich nicht leisten konnte, nach Adelaide zu fliegen oder den Zug dorthin zu nehmen. Er hatte ihr vorgeschlagen, selbst mit dem Wagen hinzufahren. Die Frau konnte jedoch nicht fahren. Sie konnten es sich nicht leisten, ihre drei kleinen Kinder mitzunehmen, und Chris fragte sich, ob Cassie und Fiona vielleicht ins Auge fassen würden, eine Woche auf dem Gehöft zu verbringen, damit der Mann seine Frau währenddessen nach Adelaide fahren konnte. Fiona war den Umgang mit kleinen Kindern gewohnt, und vielleicht hätten die beiden Lust, Urlaub auf dem Land zu machen und etwas anderes zu sehen. Es könnte ihnen sogar guttun, sich nützlich zu fühlen, da sie jetzt schon seit drei Wochen herumsaßen und nichts taten. Er erbot sich, Cassies Funksprechstunde dreimal am Tag zu übernehmen.

»Sie leben etwa fünfundvierzig Meilen südöstlich von hier. Ihr müßtet die Kuh melken, aber es ist ein kleines Anwesen, auf dem ihr sonst nichts tun müßtet, außer auf die Kinder aufzupassen.«

Cassie und Fiona sahen einander an. »Also, ich brauche es, gebraucht zu werden«, sagte Fiona. »Das könnte doch Spaß machen.«

»Ich kann euch am Sonntag rausfahren«, sagte Chris, »und am Sonntag darauf kann ich kommen und euch abholen. Es führt keine richtige Straße dorthin, eher eine Art Lehmweg. Es gibt keine anderen Gehöfte in der Nähe.«

»Pionierfrauen«, sagte Cassie und überlegte sich, daß ihr dieser Aufenthalt Einblicke in ihre Patienten und deren Leben vermitteln könnte. »Klar, ich bin dafür zu haben.«

»Ich dachte mir gleich, ihr beide könntet bereit dazu sein. Ich danke euch herzlich.« Er stand auf, um zu gehen. Cassie begleitete ihn ans Tor.

Er nahm sie an den Händen. »Ich kann nachts nicht schlafen, weil ich ständig an dich denke.«

Sie schlang ihm die Arme um die Taille und küßte ihn. Es

herrschte keine elektrische Spannung zwischen ihnen, aber es war angenehm.

Fiona kam aus dem Stall, lachte und hob einen Korb mit braunen Eiern hoch. Sie hatte Laurie und Phil bei sich, die beiden ältesten Kinder. »Das riecht ja wunderbar«, sagte sie zu Cassie, die Speck briet.

Cassie war gerade damit fertig geworden, das Baby zu füttern, und der hohe Kinderstuhl war mit Essen bespritzt. Sie wußte nicht, ob sie längerfristig an dieser Aufgabe Gefallen gefunden hätte, aber eine Woche lang machte es Spaß. Die Kinder waren niedlich, vor allem Phil, der Älteste. Er stand in der Tür und deutete nach Osten.

»Schau dir das Licht dort drüben an«, sagte er.

Fiona, die gerade ins Haus gekommen war, schaute noch einmal hinaus. Sie ging an die Tür. »He, Cass, komm her und sieh dir das an.«

Da auf dem flachen Land nur niedrige, verkrüppelte Bäume wuchsen, konnte man über die Ödnis endlos weit zum Horizont sehen, an dem sich ein blendendes silbernes Licht abzeichnete. Es schimmerte in riesiger Breite, preßte sich dicht auf den Boden und raste näher.

»Mein Gott, das ist ein Feuer«, sagte Cassie. »Es muß dreißig Meilen breit sein.«

»Wir können unmöglich davor fortlaufen«, sagte Fiona.

»Nein, natürlich nicht. Nicht ohne ein Fahrzeug.« Cassie spürte einen Druck auf der Brust. Sie sah sich um. »Es ist noch weit genug weg. Laß uns frühstücken.«

»Frühstücken?« Fionas Stimme überschlug sich.

»Selbstverständlich. Es wird ein langer Tag werden.« Das Herz begann in ihrer Brust zu hämmern, während Cassie den brutzelnden Speck umdrehte und die Hand nach den Eiern ausstreckte, da Fiona den Korb immer noch in der Hand hielt. »Komm schon, benimm dich normal. Als würden wir unseren Spaß haben.«

Fiona starrte sie an und wandte sich dann an die Kinder. »Seht euch bloß dieses Frühstück an! Laßt uns jetzt essen.« Sie ließ Laurie auf den Stuhl neben sich plumpsen und klopfte auf die Sitzfläche des Stuhls auf ihrer anderen Seite, damit Phil sich hinsetzte.

Cassie setzte sich ebenfalls hin und fragte sich, was um Himmels willen sie bloß tun könnten. Sie fragte Phil: »Wie viele Schafe habt ihr?«

»Neun. Mein Dad hat sie gerade erst gekauft. Er hat lange Zeit dafür gespart. Sie heißen …«

»Nein«, sagte Cassie nachdenklich.

»Woran denkst du?« fragte Fiona. Sie zwang sich, das Frühstück zu essen, das vor ihr stand.

»Weißt du, was? Auf verbrannter Erde wird sich ein Feuer nicht ausweiten. Wenn wir unser eigenes Feuer in Gang setzen und dem Brand entgegentreiben könnten, müßte das Feuer, das auf uns zukommt, kehrtmachen und somit sich selbst löschen. Oder zumindest würde es die versengte Erde umgehen, mit der wir uns von allen Seiten umgeben. Verstehst du, wir werden Feuer mit Feuer bekämpfen.«

»Wie können wir das anstellen?« Fionas Stimme zitterte vor Furcht.

»Ich weiß es nicht. Laß mich ein paar Minuten nachdenken. Du spülst das Geschirr und läßt dir dabei von Phil und Laurie helfen. Ich werde die Lage auskundschaften und sehen, ob mich das auf eine Idee bringt.«

Als sie das Haus verließ, sprang ihr der Hund entgegen und leckte ihre Hand. Sie wünschte, sie hätte ihm eine Scheibe Speck mitgebracht. Er rannte im Kreis um sie herum. Ein Knoten schnürte sich in ihrem Bauch zusammen. Die Schafe standen in einer Koppel dicht neben dem Haus und grasten zufrieden. Sie wußte, daß Schafe ihrem Leithammel folgten und ihm alles nachmachten. Sie wären sogar von steilen Klippen in den Tod gesprungen, wenn das Leittier es getan hätte. Würde sie die Kontrolle über diese Tiere behalten können? Eine Idee begann, in ihrer Vorstellung Gestalt anzunehmen.

Sie pumpte Wasser in den Eimer und trug ihn unter Einsatz ihrer gesamten Kraft zu der Koppel, in der die Schafe eingepfercht waren. Sie kamen angerannt, als sie das Wasser in einen Trog schüttete, und innerhalb von Sekunden hatten sie es ausgetrunken. Sie stand da und beobachtete sie, und dabei versuchte sie, den lachhaften Gedanken zu verwerfen, der in ihrer Phantasie Gestalt annahm. Dann ging sie zur Wasserpumpe zurück. Nachdem sie den Weg dreimal zurückgelegt hatte, sagte sie laut vor sich hin: »Okay, meine Lieben, das war's. Und jetzt ruht euch ein Weilchen aus, denn ihr werdet den ganzen Tag arbeiten müssen.«

Der Horizont leuchtete grell. Das Feuer schien nicht näher gekommen zu sein, aber sie wußte, daß es eine Meile nach der anderen verschlang. Es ließ sich beim besten Willen nicht beurteilen, aber sie glaubte, daß es noch Stunden dauern würde, bis es nah genug kam, um Schaden anzurichten. Sie fragte sich, wie lange, wie qualvoll lange, es wohl dauerte, lebendigen Leibes zu verbrennen.

Sollten sie versuchen fortzulaufen? Vielleicht sogar zur Seite hin zu entkommen, statt vor dem Feuer herzulaufen? Konnten sie heute fünfzehn Meilen weit laufen, vielleicht sogar noch mehr? Nein, natürlich nicht. Nicht mit drei kleinen Kindern. Den Wagen hatten die Besitzer mitgenommen, und es gab noch nicht einmal einen Traktor.

Als sie zum Haus zurückkehrte, fand sie Fiona vor, die in der Tür stand und das Baby in den Armen hielt. »Hat dich dein Rundgang auf eine brillante Idee gebracht?«

»Ich weiß nicht, wie brillant meine Idee ist, aber solange du keine bessere hast ...

»Ich habe überhaupt keine Idee. Ich will wegrennen, aber ich weiß, daß es vergeblich wäre. Wir können niemals vor einem Feuer davonlaufen, und schon gar nicht mit Kindern.« Dann war Fiona also zu derselben Schlußfolgerung gelangt.

Cassie holte tief Atem und zögerte. »Was ich mir überlegt habe, ist, daß wir die Schafe holen, möglichst alle neun, und in einem immer größer werdenden Kreis mit ihnen um das

Haus herumlaufen. Ich werde außen um den Kreis herumlaufen, und du kannst mit den Kindern hinter uns herlaufen, und wir können nur hoffen, daß wir das Gras mit unseren Schritten niedertrampeln, bis es so flach auf dem Boden liegt …«

»Das Gras niedertrampeln?« Fiona sah Cassie an, als hätte ihre Freundin den Verstand verloren. »Siehst du, wie dicht dieses Gras ist?«

»Ja, allerdings.« Einen Moment lang wollte Cassie aufgeben und wegrennen und einfach nur hoffen, daß sie vor dem Feuer davonlaufen konnten. »Wir werden also immer wieder um das Haus herumlaufen müssen, bis wir das Gras plattgetreten haben. Mehr als sechs Meilen können wir nicht zurücklegen, weil Schafe auf dem Viehtrieb nicht mehr als sechs Meilen am Tag schaffen. Das ist ihre absolute Grenze.«

»Du hast wirklich eine ganze Menge gelernt.«

Cassie strich sich mit dem Handrücken das Haar aus den Augen. »Wie wenig ich doch wußte, daß mir das eines Tages einmal nützlich sein könnte. Also, was meinst du dazu?«

»Ich meine, daß ich mich zu Tode fürchte.« Fiona ging ins Haus und legte das Baby in sein Kinderbettchen. »Aber wenn wir nichts tun, haben wir überhaupt keine Chance. Was ist, wenn die Schafe weglaufen?«

»Ich weiß es nicht. Glaubst du, es würde etwas nützen, wenn wir sie aneinanderbinden?«

»Und du hältst sie dann fest? Glaubst du wirklich, wenn sie anfangen zu rennen, kannst du neun Schafe festhalten, von denen jedes weit über einen Zentner wiegt?«

»Nun …« Cassie lachte trotz der Furcht, die sie erschauern ließ. »Sehen wird doch einfach, was wir tun können. Du und die Kinder – du erklärst es ihnen, du hast mehr Erfahrung mit Kindern als ich –, ihr helft mir, die Schafe zusammenzutreiben. Vielleicht weiß der Hund, was er zu tun hat. Ihr behaltet den Hund bei euch und folgt mir und den Schafen, damit er die Rolle des Hirtenhundes übernehmen kann …«

Die Schafe ließen sich mühelos zusammentreiben, und als Cassie sich erst einmal in Bewegung gesetzt hatte und im Kreis um das kleine Haus herumlief, liefen sie neben ihr her wie auf einem Viehtrieb. Das Gras beugte sich kaum unter ihren Hufen. Eine Stunde lang liefen sie immer wieder im selben Kreis, bis Laurie anfing zu weinen. Cassie dachte: Ich sollte sie besser ein Weilchen ausruhen lassen, aber sie muß mithelfen. Wir brauchen jedes einzelne Paar Füße.

»Ich werde jetzt die Schafe tränken«, sagte sie zu Fiona. »Besorg etwas zu trinken für die Kinder. Und für dich und mich.«

Sie konnte spüren, wie sich an ihrer Ferse eine Blase bildete.

Fiona versorgte das Baby, und Laurie sagte: »Das macht keinen Spaß. Ich bin müde.«

Cassie sah Fiona an.

»Wir werden singen. Ich werde euch jetzt ein paar Lieder beibringen, ein paar Wanderlieder.« Fiona lächelte, doch Cassie konnte ihr anmerken, wie wenig ihr danach zumute war. »Sehen wir doch mal, ob wir nicht ein Stück Schnur finden. Die könnten wir einem Schaf umbinden, und das führt dich dann im Kreis. Das macht doch bestimmt Spaß, meinst du nicht auch?«

Die zweite Stunde ging vorüber wie die erste, abgesehen davon, daß Cassies Blase aufplatzte und ihr jeder Schritt, den sie machte, weh tat. Sie wußte, daß die Kinder in einer noch schlimmeren Verfassung sein mußten, doch Phil sagte immer wieder: »Ich bin ein Mann, und Männer klagen nicht.« Während er das sagte, biß er die Zähne zusammen.

Am Nachmittag, nachdem Fiona belegte Brote zubereitet hatte, fragte sie: »Können die Kinder nicht einen Mittagsschlaf halten?«

»Ich will sie derart ermüden, daß ihnen gar nichts anderes übrigbleibt, als heute nacht zu schlafen.« Cassie schaute zum Horizont. Das gleißende Zinngrau war jetzt einem bleichen Orangeton gewichen und nahm mit dem Näherkommen an Größe zu. »Es ist immer noch meilenweit entfernt«, sagte sie in der Hoffnung, Fiona würde ihr zustimmen.

Fiona sagte kein Wort.
Sie liefen den ganzen Tag über, erlaubten den Kindern jedoch, sich häufig auszuruhen. Der Hund, der hinter den Schafen herlief, schien niemals zu ermüden. Cassie sorgte dafür, daß alle Tiere häufig Wasser bekamen. Schließlich schmerzten ihre Blasen so sehr, daß sie die Stiefel auszog und barfuß durch die Furchen lief.
Um sechs Uhr waren die Schafe fix und fertig. »Richte etwas zum Essen her«, sagte Cassie zu Fiona. »Ganz gleich, was. Sieh nach, ob es noch Kaffee gibt, ja? Ich könnte wirklich eine Tasse gebrauchen.« Jetzt roch sie das Feuer, das wahrscheinlich keine fünfzehn Meilen mehr entfernt war. Beißender Rauch erfüllte die Luft.
»Bring den Hund und die Schafe ins Haus«, sagte Cassie zu Phil.
»Die Schafe?« Er kicherte.
»Dein Vater will sie als Grundlage, um seine zukünftige Herde zu züchten, stimmt's? Bring sie in die Küche.«
»Ich rieche es. Ich kann das Feuer riechen.« Fiona legte einen Arm um Laurie.
»Hör nur«, sagte Phil, der dem Hund die Anweisung gab, die Schafe ins Haus zu führen. »Es knistert.«
Laurie brach in Tränen aus. »Wir werden verbrennen«, jammerte sie.
»Sei ruhig«, fauchte Cassie. Sie wußte, daß die Kinder, falls sie genauso müde waren wie sie selbst, einschlafen würden, sowie sie volle Bäuche hatten. Sie dankte Gott für Fiona, denn ohne sie hätten sich die Kinder zu Tode gefürchtet.
Laurie schlief am Tisch ein.
»Ich bin so müde, daß ich das Gefühl habe, ich könnte vor Müdigkeit sterben«, sagte Fiona. »Glaubst du, daß wir sterben werden?« Sie hob Laurie hoch und trug sie ins Schlafzimmer. Das Baby schlief bereits tief und fest. Phil saß auf seinem Bett und schmuste mit dem Hund, der bisher noch nie ins Haus hatte kommen dürfen. Die Pfoten des armen Tieres waren blutig, und es winselte, während es sie leckte. Die Schafe waren

in der Küche eingesperrt und mampften das Heu, das Cassie aus der Scheune geholt hatte.

»Fürchtest du dich?« fragte Cassie, als die beiden Frauen allein miteinander waren.

»Du dich etwa nicht?«

»Ich könnte mir vor Angst in die Hose machen.«

»Ich denke an Blake, und ich bedaure, daß wir nie wirklich zusammen waren. Ich habe den ganzen Tag an ihn gedacht.«

Blake.

Cassie stand auf und lief barfuß zur Tür. »Sieh es dir an«, flüsterte sie. »Man könnte es niemandem beschreiben. Hör dir dieses Zischen an, obwohl es noch meilenweit entfernt ist.«

»Wie viele Meilen?« Fiona stellte sich neben Cassie und legte einen Arm um sie.

Cassie zuckte die Achseln. »Nicht genügend. Ich fühle mich so nutzlos, als sei alles, was wir tun, vergeblich.«

»Du hast alles getan, was du tun kannst. Ich bin einfach nur hinterhergelaufen. Ich bin hier diejenige, die sich nutzlos fühlt.«

»Vielleicht sind wir es beide. Es gibt jetzt absolut nichts mehr, was wir noch gegen dieses Feuer unternehmen könnten.«

»Oh, doch«, sagte Fiona. »Wir können unser eigenes Feuer anzünden. Darauf sollte doch alles hinauslaufen, was wir den ganzen Tag getan haben, oder etwa nicht?«

Cassie drehte sich zu ihrer Freundin um und sah sie an. »Wenn uns das Feuer nicht umbringt, könnte ich vor Erschöpfung sterben.« Fiona nickte zustimmend. »Was ist, wenn es nicht klappt?«

Fiona nahm Cassie an der Hand und beugte sich vor, um sie auf die Wange zu küssen. »Cassie, ich setze Vertrauen in dich. Aber wenn es nicht klappt und wenn ich jetzt sterben muß, dann nehme ich an, ich möchte lieber mit dir zusammen sterben als mit irgend jemand anderem, der mir im Moment einfiele.«

»Mir geht es genauso.« Cassie schlang die Arme um Fiona.

»Aber ich habe entsetzliche Angst. Ich bin noch nicht bereit zu sterben. Ich will nicht, daß diese drei Kinder sterben.«
»Auf dich ist Verlaß, Cassie. So ruhig hätte ich mit niemand anderem bleiben können. Immer wieder denke ich mir, daß du uns hier rausholen wirst. Ich weiß es. Wir werden nicht sterben, wir haben nur einfach Angst, und das aus gutem Grund. Du gehst jetzt raus und zündest dieses Feuer an, und ich schenke uns währenddessen einen Kaffee ein.«
Cassie öffnete die Tür, vor der ein Huhn kauerte. Sie hob es hoch, warf es ins Haus, nahm die Streichhölzer, die Fiona ihr reichte, und ging zur Tür hinaus und auf das Feuer zu, das jetzt schnell näher kam. Sie konnte das schwirrende Geräusch von verdrängter Luft hören, als das Feuer über die Baumwipfel toste und von einem Baum zum anderen übersprang. Es zischte, und es war so grell, daß sie sich geblendet fühlte.
Als sie über das niedergetretene Gras lief, fragte sich Cassie, ob der heranstürmende Drache sie erschlagen würde. Sie konnte das Feuer in vereinzelten Windstößen riechen. Es war zwar immer noch weit mehr als eine Meile entfernt, doch sie spürte das Brennen und schaute an sich herunter, um sich zu bestätigen, daß sie nicht in Flammen stand.
Sie blieb am Rand des Bereichs stehen, auf dem das Gras jetzt flach auf dem Boden lag, nachdem sie den ganzen Tag damit zugebracht hatten, es platt zu treten, und dann kniete sie sich hin und zündete ein Streichholz an. Die Windstöße, die das nahende Feuer vor sich hertrieb, bliesen das Streichholz aus. Sie hielt die Hände um das nächste Streichholz, hütete sorgsam den Funken und blies behutsam hinein, und dabei überlegte sie sich, welch eine Ironie des Schicksals es doch war, daß sie versuchte, ein Feuer zu entfachen, während ein Brand, der den ganzen Himmel ausfüllte, auf sie zugerast kam. Der Funke wurde zur Flamme, die sich schnell ausbreitete, und sie rannte an eine andere Stelle, an der sie ein weiteres Feuer entfachte. Sie gestattete sich nicht, darüber nachzudenken, ob es der nahenden Katastrophe entgegeneilen würde, die to-

send auf das Haus zukam, oder ob es umkehren und auf dem Bereich wüten würde, auf dem sie eine Bresche getrampelt hatten.

Kurze heftige Explosionen sengend heißer Luft und ein tosendes Knistern gewannen jetzt die Oberhand. Cassies Feuer breitete sich nach außen aus, eilte dem rasenden Inferno entgegen.

»Mehr kann ich nicht tun«, sagte sie laut. Sie drehte sich um und ging zum Haus zurück, und dabei nahm sie wahr, daß ihre Hände zitterten.

Fiona stand in der Tür und schaute hinaus. »Der Kaffee steht auf dem Herd«, sagte sie. »Er ist sehr heiß.«

»Was ist hier nicht heiß?« fragte Cassie, deren Magen sich vor Angst zusammenschnürte.

Sie setzten sich einander gegenüber an den Tisch, und jede von ihnen hielt eine Tasse in den Händen.

Fiona streckte eine Hand aus und legte sie auf Cassies Arm. »Wir werden eine Insel in einer sengenden See sein.«

»Ich wünschte, ich hätte deine Zuversicht.«

Fionas Hand blieb auf Cassies Arm liegen. »Weißt du, was ich mir in der letzten Zeit überlegt habe? Keine von uns beiden tut etwas Nützliches, weil jemand anderes meinen Job hat und weil dir ein Pilot fehlt. Erinnerst du dich noch, daß Sam mir das Fliegen beigebracht hat? Daß er mich fast soweit hatte, daß ich allein hätte fliegen können, als ich nach Irland zurückgehen mußte? Was hältst du davon, wenn ich nach Adelaide gehe und dort Flugstunden nehme? Was hältst du von mir als deinem Piloten? Wir könnten zusammenarbeiten.«

Cassie starrte sie mit halboffenem Mund an.

Fiona drückte Cassies Arm. »Ich hatte Angst, es zu erwähnen, Angst, die Vorstellung könnte dir ein Greuel sein. Ich wollte nicht, daß du mir eine Abfuhr erteilst. Aber ich glaube wirklich, Cass, daß ich eine ziemlich gute Pilotin werden könnte, und sieh es mal so: Entweder du nimmst mich, oder die Fliegenden Ärzte können nicht aus Augusta Springs rausfliegen.«

Cassie sprang auf, lief um den Tisch herum und schlang Fiona die Arme um den Hals. »Das ist ja wunderbar. Ich finde diese Idee einfach großartig. Ich wüßte nichts, was mir lieber wäre.«
Außer Mrs. Blake Thompson zu sein.
Das Knistern des Feuers wurde so laut, daß nicht einmal mehr das Bellen des Hundes zu hören war.

36

Am Morgen, als ein erster Streifen der perlgrauen Dämmerung am Horizont im Osten aufzog, war dort, wo das Feuer hergekommen war, nichts anderes zu sehen als verbrannte Erde und verkohlte Bäume. Von dem versengten, glimmenden Boden stieg Rauch in die Luft auf, und alles war totenstill. Kein Vogel sang, und kein Wind wehte.

Cassie und Fiona hatten die ganze Nacht nicht geschlafen. Sie öffneten die Küchentür, um die Schafe aus dem Haus zu lassen, doch die Tiere drängten sich in einer Ecke zusammen und wollten nicht einmal in die Nähe der Tür. Cassie trat ins Freie, weil sie hoffte, sie würden ihr folgen, doch der verbrannte Boden war noch zu heiß, und sie sprang schnell wieder ins Haus zurück. Kein Lebenszeichen war zu erkennen.

Sie blieb in der Tür stehen und drehte sich mit einem matten Lächeln zu Fiona um. »Ich glaube, wir haben es überlebt.« Sie fragte sich, warum sie nicht optimistischer gestimmt war. »Ich werde jetzt das Baby füttern. Du kümmerst dich um die älteren Kinder, einverstanden?«

»Weißt du, was? Ich zittere«, sagte Fiona überrascht. Sie streckte die Hände aus. »Sieh dir das nur an, jetzt, nachdem alles vorüber ist. Man sollte meinen, das hätte ich gestern tun sollen und nicht ausgerechnet jetzt, wo wir in Sicherheit sind.«

»Keineswegs«, erwiderte Cassie, »Menschen wachsen in Notlagen oft über sich hinaus und stehen sie ziemlich heroisch durch, aber wenn das Trauma vorüber ist, brechen sie zusammen und sind manchmal vollkommen funktionsunfähig.«

»So schlimm ist es nun auch wieder nicht. Ich zittere nur ein wenig.« Fiona ging ins Kinderzimmer, in dem das Baby in seinem Kinderbettchen stand, sabberte und vor Freude strahlte, als es sie sah. Phil hatte sich mit dem Hund im Arm zusammengerollt, der jetzt seinen Ellbogen leckte. Laurie hatte im Schlaf einen Schluckauf.

Cassie setzte Wasser für den Kaffee auf und fragte sich, wie sie alle über die Erde, die immer noch glühte, nach draußen zur Toilette laufen sollten. Sie würde eine Art Notlösung herrichten müssen.

Heute bekamen sie keine Eier von den Hühnern. Würden sie ohne den Vorratsschuppen überhaupt genug zu essen haben, um sich bis zum Ende der Woche zu ernähren? Mußten sie nur noch vier Tage durchstehen? Nein, drei. Das konnten sie zur Not schaffen, dachte sie. Aber würde die Erde sich bis zum Sonntag genügend abkühlen, so daß ein Wagen darüber fahren konnte? Wohin sie auch sah, stiegen Rauchschwaden von dem versengten Land auf.

Zwei Tage später schaffte es jedoch ein alter Halbtonner über die fünfzehn Meilen verbrannter Erde, als Steven Thompson und Chris Adams den Weg zurücklegten, der vorher schon kaum als Straße erkennbar gewesen war.

Steven schlang die Arme um Fiona, während Chris Cassie einfach nur ansah. »Himmel«, sagte er, »sowie ich von dem Feuer gehört habe, habe ich versucht herzukommen, aber es war völlig ausgeschlossen. Seit gestern warten wir darauf, daß die Erde weit genug abkühlt und uns die Reifen nicht verbrennen. Steven und ich haben einander immer wieder eingeredet, daß euch nichts fehlt, aber ...«

Steven fiel ihm ins Wort. »Ich glaube nicht, daß einer von uns beiden daran geglaubt hat. Wißt ihr überhaupt, was für ein Gefühl es war zu sehen, daß das Haus noch dastand, und zu sehen, wie sich jemand davor bewegte? Ich habe Chris gesagt, wenn es überhaupt zwei Frauen gibt, die das überleben, dann seid ihr beide es.« Er ließ Fiona los, ging auf Cassie zu und drückte sie kräftig. »Allmächtiger Gott, ich bin in meinem

ganzen Leben noch nicht so froh gewesen, zwei andere Menschen zu sehen.« Tränen traten in seine Augen.
»Wie habt ihr das geschafft?« fragte Chris. »Wie ist dieser Flecken Erde nur verschont geblieben? Er wirkt wie eine Insel inmitten der Hölle.«
Er überraschte Cassie damit, daß er ihr die Arme um die Schultern legte und sie an sich zog. »Himmel, ich dachte, mein Leben sei zu Ende«, sagte er leise. Er hielt sie fest und wollte sie nicht mehr loslassen.

Sowie sie in Augusta Springs angekommen waren, begab sich Cassie direkt ins Bett. Sie lag in ihrem dunklen Zimmer, hatte die Rolläden heruntergezogen und zitterte unkontrolliert. Ihre Zähne klapperten. Fiona fütterte die Kinder und brachte sie ins Bett.
Steven sagte: »Ich werde auf dem Sofa schlafen. Ich lasse euch zwei Mädchen nicht allein.«
Auch Chris blieb und streckte alle fünfzehn bis zwanzig Minuten den Kopf zu Cassies Tür herein. Immer wieder kam er, setzte sich auf die Bettkante und strich ihr mit der Hand über die Stirn. Aber sie stieß seine Hand von sich und sagte: »Laß mich einfach nur in Ruhe. Ich komme schon allein zurecht.«
Als er gegangen war, brach sie in Tränen aus und konnte nicht aufhören zu schluchzen. Fiona, Steven und Chris gingen zu ihr. Cassie wollte lediglich, daß sie verschwanden, wollte allein sein. Sie wußte noch nicht einmal, warum sie weinte. Schließlich schlief sie ein.
Am Morgen wurde sie von den Schreien der Kinder geweckt, die lachten, im Haus herumliefen und Steven weckten. Als Cassie in die Küche kam, hatte Steven bereits Kaffee aufgesetzt und bereitete gerade Rühreier vor.
»Ich wußte gar nicht, daß du diese verborgenen Talente besitzt«, sagte sie und bemühte sich, ihn anzulächeln, und doch hätte sie nichts lieber getan, als sich einfach wieder ins Bett zu legen. Aber sie konnte Fiona nicht mit den drei Kindern

allein lassen. Und außerdem konnte ihnen jetzt nichts mehr passieren. Warum fühlte sie sich bloß so elend, und warum war ihr so kalt und so schwindlig?
Als Steven ihr Kaffee einschenkte und ihr die Tasse reichte, wurde sie ohnmächtig.
Als sie wieder zu sich kam, war Chris über sie gebeugt. »Wir bringen dich von hier fort, fort von dem Lärm und den Kindern. Ihr Vater kommt heute nachmittag in die Stadt, und Fiona kümmert sich um die Kinder. Ich bringe dich solange in mein Haus rüber. Du brauchst Ruhe und Frieden.«
Cassie war zu schwach, um Einwände zu erheben. Er trug sie zu seinem Wagen. »Deine Kleider können wir später rüberbringen lassen«, sagte er.
Sie ließ sich dankbar auf den Sitz sinken.

Er packte sie in sein Bett und zog die Vorhänge zu. »Ich muß jetzt ins Krankenhaus gehen, aber um die Mittagszeit komme ich zurück und mache dir etwas zu essen. Jetzt gebe ich dir erst mal etwas, was dir dabei hilft, dich zu entspannen und zu schlafen.«
Sie wachte erst wieder auf, als es schon fast dunkel war, und sie roch, daß Essen gekocht wurde. Sie fand, sie sollte aufstehen und ins Wohnzimmer gehen, um Chris zu zeigen, daß er ihr das Essen nicht ans Bett bringen mußte, doch sie konnte sich einfach nicht dazu zwingen, sich von der Stelle zu rühren.
Als Chris reinkam, schaltete er das Licht an und sagte: »Kannst du aufstehen, um zur Toilette zu gehen? Du bist den ganzen Tag nicht auf der Toilette gewesen.«
Cassie nickte. Natürlich konnte sie das. Aber als sie versuchte, sich zu bewegen, konnte sie noch nicht einmal die Decke zurückschlagen. Chris beugte sich zu ihr, hob sie hoch und trug sie ins Bad. »Ich warte draußen«, sagte er, »aber hab keine falsche Scheu, falls du mich brauchst. Schließlich sind wir Ärzte.«
Als er sie wieder ins Bett gepackt hatte, sagte er: »Ich habe Hüh-

nerbrühe zubereitet.« Er hatte ihr zwei Kissen in den Nacken geschoben.

»Es muß dir zum Hals heraushängen, ständig kranke Frauen zu pflegen, stimmt's?«

Er nahm ihr Handgelenk und drückte fest zu. »Sag so etwas nie mehr. Das ist nicht dasselbe. Du bist nicht Isabel.« Aus seiner Stimme war Wut herauszuhören.

Sie fing an zu zittern, und es wurde immer schlimmer, bis ihre Zähne klapperten. Chris saß neben ihr, hatte die Arme um sie geschlungen, schmiegte sie an sich, fuhr mit der Hand durch ihr Haar und flüsterte: »Aber, aber. Es ist doch alles gut. Es ist doch alles wieder gut.« Die Wärme seines Körpers wirkte sich mit der Zeit beruhigend auf sie aus, und sie schlief neben ihm ein. Er saß die ganze Nacht da, hielt sie in den Armen und schlief zwischendurch im Sitzen.

Er gab ihr wieder eine Spritze, ehe er am nächsten Morgen zur Arbeit ging, doch sie wachte auf, ehe er nach Hause zurückkam. Sie lag starr im Bett und glaubte, mit den Ereignissen nicht mehr fertig zu werden. Warum sind Warren und Mary gestorben und nicht ich? Warum bin ich am Leben? Warum wollte Blake mich nicht heiraten? Warum hat er sich für meine beste Freundin entschieden? Er hat sich zwischen uns gestellt, und jetzt kann ich mir bei ihr nicht mehr Luft machen. Wir können einander nicht mehr so nah sein wie früher. Warum ist Jennifer gestorben? Diese schöne Frau, die in der Blüte ihres Lebens stand. Bis zur Unkenntlichkeit verbrannt.

Sie weinte, stumme Tränen, die über ihre Wangen rannen.

Als Chris nach Hause kam, fand er Cassie zusammengerollt wie einen Embryo vor. Ihr Gesicht war von Tränen überströmt, und sie starrte mit weit offenen Augen ins Leere. Sie wollte nicht mit ihm reden oder auch nur seine Anwesenheit zur Kenntnis nehmen. Als Steven später vorbeikam, starrte Cassie ihn ausdruckslos an, und beide Männer wußten, daß sie sie nicht sah.

»Sie steht unter Schock«, sagte Chris zu Steven. »Ich glaube,

es ist ihr alles zuviel geworden, und sie kann es nicht mehr verkraften. Der Krieg – das Fortgehen ihrer Freunde, Jennifers Tod und dann der Flugzeugabsturz. Das Feuer war nur der Katalysator. Ein apathisches Starren wird oft dadurch hervorgerufen, daß die betreffende Person die Realität nicht akzeptieren will. Es ist eine Form von Flucht.«
Steven trat an ihr Bett und strich ihr mit der Hand über die Stirn. »Ich dachte, sie würde meine Schwiegertochter«, sagte er mit gesenkter Stimme. »Ich hatte bereits begonnen, sie als meine Schwiegertochter ins Herz zu schließen.« Dann wandte er sich an Chris. »Was kann für sie getan werden?«
Chris schüttelte den Kopf. »Zeit. Bettruhe.«
»Die Kinder werden morgen fort sein«, sagte Steven. »Dann kann Fiona sich um sie kümmern.«
»Nein. Das übernehme ich.«
Steven sah ihn an. »Geben Sie mir Bescheid, wenn ich in irgendeiner Form behilflich sein kann. Ich bleibe drüben bei Fiona.«
Cassie hörte all das wie durch einen Tunnel, gedämpft und wie aus weiter Ferne. Dann hatte Steven also auch geglaubt, sie würde Blake heiraten. Aber es kamen weder Tränen noch irgendeine andere Reaktion.

Als Cassie drei Tage später die Augen aufschlug und ihre Umgebung bewußt wahrnahm, saß Chris auf einem Stuhl neben ihrem Bett und las. Er schloß das Buch augenblicklich, stand auf und setzte sich zu ihr.
»Ich habe Suppe gekocht. Möchtest du vielleicht einen Teller?«
»Ich hätte gern einen Orangensaft«, sagte sie und setzte sich auf. »Und eine Zahnbürste. Mein Mund fühlt sich an wie ein Vogelnest. Wie lange bin ich schon hier?«
»Fünf Tage.« Er stand auf und ging zur Tür. »Ich bin sofort wieder da.«
Cassie stand auf, ging durch den Korridor ins Badezimmer und ließ Wasser einlaufen, um ein Bad zu nehmen. Als Chris

zurückkam, klopfte er an die Tür, und als er sie öffnete, stand er grinsend mit einer neuen Zahnbürste in der Hand da.
Cassie sah lächelnd zu ihm auf. Was für ein netter Mann er doch geworden war. »Ich möchte keine Suppe. Ich möchte gern ein weichgekochtes Ei und Toast und Tee.«
Als er ihr das Tablett ans Bett brachte, auf dem außerdem noch eine Rose stand, sagte er: »Es tut mir leid, daß es dir wieder bessergeht.«
Sie zog eine Augenbraue hoch und sah ihn an.
»Ich meine, jetzt gehst du bald wieder.«
Sie streckte eine Hand aus und legte sie auf seinen Arm. »Nun, ich hoffe, du magst mich etwas lebendiger, als ich es in der letzten Zeit gewesen bin. Mein ganzer Körper kommt mir vor, als hätte ich zwanzig Jahre lang in ein und derselben Haltung geschlafen.«
»Du warst ziemlich verkrampft. Soll ich dich massieren?«
So nett war er noch nie gewesen. »Warte, bis ich aufgegessen habe. Dann nehme ich dein Angebot gern an.«
Er saß da und sah ihr zu, wie sie ihr Abendessen zu sich nahm. Dann drehte sie sich auf den Bauch.
»Ich bin kein Experte darin.«
»Das ist schon in Ordnung.« Sie legte sich die Hände unter den Kopf.
»Du hast einen wunderschönen Körper«, sagte er.
»Und dabei hast du ihn noch nie gesehen.« Und dann: »Fester, massier fester. Es ist ein wunderbares Gefühl.«
Nach einer Minute fragte er: »Liebst du Blake Thompson immer noch?«
Ihr Herz blieb stehen. Ein tiefer Seufzer entrang sich ihr. Es dauerte ein paar Minuten, bis sie antwortete. Sie lag da, während seine Hände die festen Knoten in ihren Schultern massierten. Trotz seiner Frage spürte sie, daß sie sich entspannte.
»Ich weiß es nicht. Gib mir eine Definition für Liebe.«
Sein Lachen klang bitter, und seine Finger gruben sich in ihre Oberarme. »Ich bin kein Experte in diesen Angelegenheiten.«

»Jetzt hör bloß auf«, sagte sie und drehte den Kopf auf die Seite, damit sie ihn besser sehen konnte. »Du bist mehr als zwanzig Jahre mit Isabel verheiratet gewesen.«

Er blieb stumm. Seine Hände hielten nicht still, doch sie fühlte, wie sie sich anspannten. Plötzlich küßte er sie zwischen die Schulterblätter.

»Du kannst dich unmöglich für Isabel und mich interessieren.«

Cassie nahm etwas Undefinierbares in seiner Stimme wahr, etwas, das sie nicht verstand. Er streichelte ihre Beine und rieb ihre Oberschenkel so, daß die Anspannung aus ihr wich.

»Hmm, das tut gut«, murmelte sie. Er sorgte dafür, daß ihr Körper sich entspannte, und gleichzeitig stachelte er ihre Neugier an.

»Dreh dich um«, sagte er.

Sie rollte sich auf den Rücken und sah eine Zärtlichkeit in seinen Augen, die sie vorher nie dort gesehen hatte.

Er streichelte ihre Arme, um die Muskeln zu lockern. Er löste den Knoten, der sich vor fünf Tagen in ihrem Bauch zugeschnürt hatte. Seine Hände bewegten sich ihre Beine hinunter und lösten die Anspannung in ihren Schenkeln. Sie schloß die Augen und entspannte sich vollständig unter seinen Berührungen.

Er rieb die Innenseiten ihrer Oberschenkel, und als er damit aufhörte, war sie von einem tiefen Sehnen erfüllt. Sie schlug die Augen auf, sah ihn dastehen und auf sie herunterschauen und wußte, daß sie mit ihm schlafen wollte.

Er sah sie lange an und sagte dann: »Warte.« Als er zurück kam, hielt er zwei gefüllte Weingläser in den Händen.

Cassie setzte sich auf. Als er die Hand ausstreckte, um ihr das Glas zu reichen, hielt sie sie fest, drehte seine Handfläche nach oben und küßte sie.

Sie hörte, wie er nach Luft schnappte.

»Lieb mich, Chris.«

Er starrte sie an, und dann kniete er sich neben das Bett. Sie hielt immer noch seine Hand, und jetzt legte sie sie auf ihre

Brust und spürte, wie ihre Brustwarze sich aufstellte. »Jetzt. Hier.«

Er wandte den Blick keinen Moment lang von ihr ab, bis er sich vorbeugte, um sie zu küssen. Seine Lippen verschlangen gierig ihren Mund, und sie schlang ihm die Arme um den Hals und flüsterte: »Komm zu mir, Chris.«

Er stand auf, löste seine Krawatte, knöpfte sein Hemd auf ... bis er nackt vor ihr stand. Sein Körper war so muskulös und sehnig, genauso, wie der Körper eines Mannes ihres Erachtens aussehen sollte, und sie warf die Bettdecke zurück und breitete die Arme aus.

Sie liebten einander rasend und wild. Er lotete ihre Tiefen aus, und als sie glaubte, er würde sich zurückzuziehen, rief sie unabsichtlich aus: »Nein, nicht«, aber er hatte ohnehin nicht die Absicht, es zu tun. Er neckte und lockte sie, bis es das einzig Wichtige auf Erden für sie war, daß er sich immer wieder in sie stieß. Ihre Hüften hoben sich ihm entgegen, und gemeinsam bewegten sie sich mit einer Wildheit ... einer zügellosen Kraft.

Nur ihr Stöhnen war zu vernehmen – ein ekstatisches Ächzen, das aus ihrem tiefsten Innern aufstieg. Ihr Körper bebte unter ihm, hob sich wieder und immer wieder seinen Stößen entgegen und wollte ihn ganz in sich hineinziehen. Ihre Muskeln spannten sich um ihn herum an, und sie hörte ihn schluchzen, hörte ihn ausrufen: »Jesus. O Jesus Christus!«

Ihr Atem ging schnell und abgehackt, als er sich aus ihr zurückzog und sich auf die Seite drehte, sich auf einen Ellbogen zog, um sie anzusehen. Sein Atem ging schwer. »Ich hatte ganz vergessen, wie schön es sein kann.«

Er legte sich die Hände unter den Kopf, ließ den Kopf auf das Kissen sinken und starrte die Decke an, doch Cassie ahnte, daß er etwas ganz anderes vor sich sah. Schließlich sagte er dann: »Ich habe oft daran gedacht. O Gott, wie oft ich mir das vorgestellt habe, seit ich dir das erste Mal begegnet bin.«

»Seit du mir das erste Mal begegnet bist?«

Er nickte. »Seit ich dich kenne, will ich dich bewußtlos vögeln.«
Sie hatte nie jemanden so reden hören. »Und ich dachte damals, du könntest mich nicht ausstehen.«
»Das konnte ich auch nicht. Aber ich wollte dich. Ich habe alles mögliche angestellt, um dich und deinen Körper nicht ständig in meiner Phantasie vor mir zu sehen. Ich dachte, es würde nie dazu kommen.«
Sie streckte eine Hand aus und ließ sie über seinen Bauch gleiten. »Ich habe nie auch nur daran gedacht.«
»Ich weiß.« Dann lächelte er. »Mach weiter, das tut gut.«
Sie beugte sich vor, küßte seine Brust und ließ ihre Zunge über seine Brustwarzen gleiten. Sie spürte, wie er zitterte, als sie zart hineinbiß, und dann packte er sie und sah ihr in die Augen, ehe er sie an sich zog und noch einmal ganz von vorn anfing.

»Erzähl mir von dir und Isabel«, sagte sie, als sie nebeneinanderlagen.
»Du willst doch gar nichts über Isabel und mich wissen.«
»Doch, das will ich«, flüsterte sie und schmiegte sich an ihn.
Er seufzte. »Laß mich die Weingläser füllen«, sagte er und stand auf, um in seine Küche zu gehen. Als er zurückkam, sagte Cassie: »Du hast auch einen wunderschönen Körper.«
Chris schaute an sich hinunter und lachte. »Der Meinung ist bisher noch niemand gewesen.«
Er stieg ins Bett und lehnte ein Kissen an das Kopfende. »Du willst es wirklich hören?«
Als Cassie nickte, sagte er: »Ich habe nie mit einem anderen Menschen über Isabel und mich gesprochen.«

»Isabel war das hübscheste Mädchen, das ich je gesehen hatte. Ich habe sie während meines letzten Studienjahrs kennengelernt. Ich hatte vorher nie einen richtigen Schatz. Ich habe sie bei einer Gemeindeveranstaltung kennengelernt, und sie war das schüchternste Mädchen von allen und hat abseits geses-

sen, während alle anderen geflirtet und getanzt haben. Das hat mich angesprochen. Wir haben angefangen, uns miteinander zu treffen und das Übliche zu tun: Wir sind ins Kino gegangen, Schlittschuh gelaufen, an den Strand gefahren. Ihre Familie hat mich sonntags nachmittags zum Kaffee eingeladen. Ihre Eltern waren noch steifer, als ich es mit der Zeit geworden bin, und sie haben selten gelächelt, aber ihrem Vater hat die Vorstellung gefallen, daß ich später einmal Arzt würde.
Isabel hat mir gesagt, daß sie Städte haßt, daß ihr vor ihnen graust. Sie hat gesagt, daß sie Kinder liebt, und ich wollte natürlich Kinder haben. Ich war rasend vor Verlangen nach ihr. Aber wir haben einander kaum angerührt. Also, ich meine, sie hat mich überhaupt nicht angerührt und sich nur selten von mir anfassen lassen, aber das war mir recht. Ich fand, sie sei liebreizend und jungfräulich, und ich habe geglaubt, sie wollte ihre Jungfräulichkeit für die Ehe bewahren, du weißt schon, dieser alte Hut. Ich hatte Schwierigkeiten, nachts einzuschlafen, weil ich sie rasend begehrt habe.
Wie so viele Menschen in diesem Alter oder vielleicht in jedem Alter habe ich meine Gefühle mit meinen Drüsen verwechselt. Ich glaube, das ist der Grund, aus dem so viele heiraten. Und genau das haben wir dann auch getan. An dem Tag, nachdem ich mein Medizinstudium abgeschlossen hatte, haben wir geheiratet, anschließend habe ich ein Jahr lang meine Klinikausbildung absolviert, und dann sind wir nach Augusta Springs gegangen, und zu dem Zeitpunkt wußte ich bereits, daß ich einen gigantischen Fehler gemacht hatte.«
Cassie starrte ihn an.
»Cassie, ich habe Isabel nie geliebt. Von Anfang an nicht. Ich habe sie geheiratet, weil ich mit ihr ins Bett gehen wollte, und ihr war im Bett jede einzelne Sekunde ein Greuel. Wenn ich versucht habe, sie zu küssen, ist sie zurückgewichen und hat gesagt: ›Ich kann diese gräßlichen nassen Küsse nicht ausstehen. Es ist einfach widerlich.‹ Wenn ich zaghaft versucht habe, sie zu berühren, hat sie meine Hand weggestoßen und gesagt: ›Laß das sein. Ich kann das nicht ausstehen.‹ Sie hat starr und

regungslos im Bett gelegen. ›Um Himmels willen, bring es schon hinter dich‹, hat sie ausgerufen. Mit dieser Haltung konnte ich natürlich nichts anfangen.
Wochen und Monate sind vergangen, in denen wir einander nie auch nur angerührt haben, noch nicht einmal im Bett. Wir haben so weit wie möglich voneinander entfernt geschlafen, bis ich von rasendem Verlangen getrieben war, nicht unbedingt nach ihr, sondern eher nach irgendeiner Frau, irgend jemandem. Und eines Nachts habe ich Isabel dann genommen und ihr weh getan, und es war mir vollkommen egal. Meine Güte, wir waren fast ein Jahr verheiratet.«
Seine Stimme bebte so sehr, daß Cassie glaubte, er würde gleich weinen. Sie nahm seine Hand.
»Sie hat mich mit einem Ausdruck angesehen, den ich nur als Haß beschreiben kann, und sie hat gesagt: ›Das möchte ich nie wieder durchmachen!‹ Wir haben nie mehr miteinander geschlafen. Wir sind nie wieder zusammengekommen, in zweiundzwanzig Jahren nicht.«
Cassie saß mit offenem Mund aufrecht im Bett. »Nie mehr? In all den Jahren nie mehr wieder?«
Er schüttelte den Kopf. »Nie mehr. Tätest du das? Würdest du jemanden wollen, der sich dir gegenüber so verhält? Aber weißt du, was? Sie hat sich benommen, als stürzte ich mich auf jede Frau, die mir über den Weg lief. Sie war eine unglaublich eifersüchtige Person. Mehrmals im Jahr hat sie mich angeschrien wie eine alte Hexe, und sie hat Dinge nach mir geworfen und mir Affären unterstellt.«
»Chris, willst du mir damit sagen, daß du seitdem nie mehr mit jemandem geschlafen hast, seit du zwei- oder dreiundzwanzig warst?«
»So neurotisch bin ich nun auch wieder nicht. Klar, wenn ich zu einer Konferenz in eine Stadt gefahren bin, habe ich mir jemanden gesucht. Prostituierte. Meinem Selbstbewußtsein hat das nicht allzu gut getan, das muß ich schon zugeben. Jemanden dafür zu bezahlen, mit mir zu schlafen, weil meine Ehefrau es nicht zuläßt.«

»Warum hast du eine solche Situation so lange hingenommen?«
Er zuckte die Achseln. »Mangelnder Mumm. Weil Scheidungen mißbilligt werden. Nette Ärzte lassen sich nicht scheiden. Weil ich geglaubt habe, es müßte auch meine Schuld sein. Mein Gott, wie sehr ich mich bemüht habe. Jahrelang habe ich mich bemüht, bis ich glaubte, ich hätte nichts mehr zu geben, Cassie.«
»O Chris ...«
»Und als du dann ... Jesus Christus, Cassie, du weißt nicht, was mir an dem Tag zugestoßen ist, an dem Fiona dich in mein Büro gebracht hat. Ich habe weder von dir noch von den Fliegenden Ärzten etwas gehalten. Ich fand, es sei nicht ihr Recht, eine Ärztin herzuschicken. Aber weißt du, was mir passiert ist? Ihr habt mein Büro verlassen, du und Fiona, und ich habe angefangen zu zittern. Ich mußte mich hinsetzen, weil ich zu wacklig auf den Füßen war. Ich habe mir angewöhnt, nächtliche Spaziergänge zu machen, weil ich versuchen wollte, dich aus meinen Gedanken zu verbannen, aber immer wieder habe ich mich dabei ertappt, daß ich an deinem Haus vorbeigelaufen bin und gehofft habe, du würdest ›Guten Abend‹ sagen, und ich habe mir ausgemalt, du würdest mich auffordern, zu dir ins Haus zu kommen, du könntest mir über den Arm streicheln.«
»Wirklich? Ich hätte mir nie vorgestellt ...«
»Natürlich nicht. Aber Isabel hat es gewußt. Ich bin abends nach Hause gekommen, nachdem du ihr vorgelesen hattest, und sie hat gesagt: ›Genau das hast du dir erträumt, stimmt's? Eine schöne junge Frau, die dieselben Interessen hat wie du, und an die willst du dich ranmachen. Aber weißt du, was? Sie wird dich genausowenig ranlassen, wie ich dich rangelassen habe. Sie ist eine Dame, und Damen tun so was nicht. Sie kommt zu mir und liest mir vor, und ich kann dir versichern, daß sie dich nicht wollen wird, dich und deine ekelhaften männlichen Annäherungsversuche. Du wirst es ja sehen. Ich werde sterben, und du wirst versuchen, sie zu krie-

gen, und sie wird dich auslachen. Damen mögen das nicht, denk an meine Worte, und sie ist eine Dame. Sie wird dich nicht an sich ranlassen, auch nicht nach meinem Tod.‹«

»Mein Gott, du bist lange genug Arzt gewesen, um zu wissen, daß das nicht wahr ist. Warum hast du das so lange mitgemacht?«

Chris zuckte die Achseln. »Diese Frage habe ich mir selbst immer wieder gestellt.«

Cassie lächelte ihn an. »Du bist sehr gut im Bett. Ich will, daß du das weißt.« Sie legte den Kopf auf ihr Kissen und betrachtete ihn. »Armer Chris. Isabel hat sich geirrt. Ich will, daß du oft mit mir schläfst. Mir gefällt, was wir gerade getan haben.«

»Jesus, Cassie …«

Sie lachte und sagte: »Kein Wunder, daß du ein so verkniffener Kerl gewesen bist.«

Im ersten Moment benahm er sich, als wüßte er nicht, wie er diese Bemerkung auffassen sollte, und dann brach auch er in Gelächter aus.

»Du bringst mich öfter zum Lachen, als ich in dreiundzwanzig Jahren gelacht habe.«

»Das ist nicht alles, was du mit mir tun wirst«, sagte sie und legte sich auf ihn.

»Ich glaube, ich muß gestorben und in den Himmel gekommen sein«, sagte er und hob die Hände, um sie auf ihre Brüste zu legen.

»Unsinn«, murmelte sie und schaute auf ihn herunter. »Du fängst dein Leben gerade erst an.«

37

Die eineinhalb Jahre seit Fionas Rückkehr waren schnell vergangen. Fiona würde nie ein so guter Pilot wie Sam werden – wie Warren war sie viel zu vorsichtig, um etwas zu riskieren –, aber Cassie und sie konnten gut zusammenarbeiten. Das einzige Haar in der Suppe war immer noch Blake, und das trotz Cassies fortgesetzter Affäre mit Chris. Es war Cassie unerträglich, wenn Fiona ihr Abschnitte aus Blakes Briefen vorlas. Sie legten ihre Sprechstunden auf Tookaringa so, daß sie über das Wochenende bleiben konnten, und Cassie verspürte Neid, wenn Fiona und Steven unverhohlen die Zuneigung eines Schwiegervaters zu der Frau seines geliebten Sohnes auslebten. Fiona beugte sich im Vorbeigehen zu ihm hinunter und küßte sein Haar, und er nahm ihre Hand und hielt sie fest. Sie redeten endlos über Blake. Blake. Blake. Blake.

Dann stand Cassie auf, entfernte sich vom Tisch und lief über den Rasen zum Billabong hinunter. Dort starrte sie die Schwäne an und beobachtete Jabirus, eine australische Storchenart, und Löffelenten, Fledermäuse, die mit dem Kopf nach unten in einem der Bäume hingen. Sieh mal, sagte sie sich, dieser Teil deines Lebens ist vorbei. Blake gehört deiner Vergangenheit an.

Warum konnte dann Chris die Gedanken an Blake nicht auslöschen?

Er mischte sich jetzt nie mehr ein, wenn es um ihre Patienten ging. Sie gehörten ihr ganz allein, und sie wußte diese Veränderung an ihm zu schätzen. Bei Chris fühlte sie sich geborgen, obwohl sie immer noch häufig miteinander stritten, nicht nur über das altbewährte Thema, die Aborigines, sondern auch über Religion, Politik, das Verhältnis zwischen Arzt und Patient und die Rolle der Frau. Cassie fand, es sollte keine

Frauenrolle geben; Frauen sollten sich für ihre Lebensgestaltung selbst entscheiden. Chris fand, eines der Probleme in der heutigen Zeit bestünde darin, daß Frauen sich nicht mehr damit begnügten, Ehefrauen und Mütter zu sein, und das brächte das gesellschaftliche Gleichgewicht ins Wanken.

Na und? fragte Cassie. *Bisher hat das Pendel immer zugunsten der Männer ausgeschlagen.*

Wenige Monate nachdem Fiona ihren Pilotenschein bekommen hatte, fand Cassie ein Haus für sich. Sie sagte Fiona, sie und Chris bräuchten ihre Privatsphäre, was stimmte. Er konnte sich unmöglich in ihr Schlafzimmer schleichen, solange sie mit Fiona zusammenlebte. In der Stadt war allgemein bekannt, daß die beiden einander häufig trafen und das waren, was als ein »festes Paar« angesehen wurde. Man fragte sich, warum sie nicht heirateten, aber es war unmöglich, daß sie sich öffentlich zu ihrer körperlichen Beziehung bekannten.

Chris konnte Cassie zwar weit mehr bieten als nur Sex, und das wußte sie, doch es bestand keinerlei Gefahr, daß sie sich in ihn hätte verlieben können. Als sie in ihr eigenes Haus eingezogen war, fünf Straßen von Fionas Haus entfernt, hatte er zu ihr gesagt: »Ich weiß, daß du dich niemals in mich verlieben kannst, aber laß mich bei dir sein, bis dir der Richtige über den Weg läuft.«

Er faßte sie gern an, und wenn sie allein miteinander waren, zog er sie oft an sich und hielt sie in den Armen. Er schlief mit dem Arm um sie und sagte zu ihr: »Isabel hat mich nie berührt. Ich liebe es, wenn du mit den Fingern über meinen Arm streichst. Du weißt noch nicht einmal, daß du das tust, stimmt's? Für dich ist das ganz natürlich. Du bist dir gar nicht bewußt darüber, wenn du dich vorbeugst und eine Hand auf meine legst.«

Im Krankenhaus war sein Umgang mit ihr förmlich, und er nannte sie »Doktor« und gab sich so steif wie früher auch schon. Aber alle im Krankenhaus und alle in der ganzen Stadt wußten, daß sie sich privat miteinander trafen, und daher war seine Förmlichkeit lachhaft. Trotzdem bereitete es ihm Schwierigkeiten, die Schranken einzureißen, die er im Lauf der Jahre um sich herum aufgebaut hatte.

Da Fiona und sie einander täglich sahen, beklagte Fiona Cassies Umzug nicht. Statt dessen adoptierte sie zwei Mädchen aus Mundoora, Aborigines, die sie zu sich ins Haus holte und in dem Zimmer einquartierte, in dem Cassie gewohnt hatte. Die Mutter war gestorben, und der Vater war auf ein Walkabout gegangen. Sie baute an der Rückseite des Hauses noch ein Schlafzimmer an und stellte eine Haushälterin ein, die gleichzeitig die Rolle des Kindermädchens übernahm. Anna, das ältere Mädchen, schickte sie zur Schule, und ihre Freizeit verwandte sie darauf, Marian auf die Schule und die Umgangsformen der Weißen vorzubereiten.

»Ich will nicht, daß sie ihr Erbe aufgeben«, sagte sie zu Cassie und Chris, als sie zusammen zu Abend aßen, wie sie es mehrfach wöchentlich taten. »Aber ich will, daß sie in der Lage sind, sich in unsere Kultur einzufügen, damit sie nicht am Rand der Gesellschaft leben müssen. Sie können zu ihrem Stamm und zu ihren alten Bräuchen zurückkehren, wenn sie wollen, aber ich gebe ihnen eine reelle Chance.«

Ihr war nicht klar, daß dazu keine Möglichkeit bestand. Die Kinder in der Schule machten sich über sie lustig, ließen sie nicht mitspielen und schlossen keine Freundschaften mit ihnen. Daher ging Anna ganz in Büchern auf und brachte es fertig, bessere Noten als die meisten anderen zu bekommen. Fiona verbrachte ihre gesamte Freizeit damit, mit den Mädchen zu spielen, sie zu unterrichten und zu bemuttern.

»Fiona, du bist die geborene Mutter. Du könntest jedes Kind adoptieren, das du siehst«, sagte Cassie.

»Hättest du denn nicht auch gern Kinder?« erwiderte Fiona darauf. »Ich denke ständig daran, Kinder zu bekommen – natürlich Blakes Kinder.« Sie wandte sich zu Cassie um und sah sie an. »Warum heiratet ihr nicht, du und Chris, und bekommt Kinder?«

»Ich liebe ihn nicht.«
»Jedenfalls verbringt ihr mehr Zeit miteinander als die meisten Ehepaare. Er ist eindeutig verrückt nach dir.«
Wie schon Blake hatte auch Chris ihr nie gesagt, daß er sie liebte. »Ich will weder ihn noch sonst jemanden heiraten. Bei Chris fühle ich mich geborgen, und ich bin gern mit ihm zusammen, und er ist gut im Bett.«
»Was kannst du noch mehr verlangen?«
»Fiona, was du gerade sagst, glaubst du doch wohl selbst nicht. Du warst derart in Blake verliebt, obwohl ich es damals nicht gewußt habe, daß du dich trotz deiner gegenteiligen Beteuerungen keinem anderen Mann öffnen konntest. Du weißt nur zu gut, daß es nicht allzu klug ist, eine reine Bettehe einzugehen.«
Fiona lächelte. »Ich habe den Verdacht, die meisten Ehen werden aus Gründen geschlossen, die rein auf Drüsenfunktionen beruhen. Und außerdem liebst du keinen anderen.«
Cassie sagte kein Wort.
»O mein Gott«, sagte Fiona und sah ihrer Freundin in die Augen. »Es ist Sam, stimmt's? Du bist in Sam verliebt.«
Cassie schüttelte den Kopf und fuhr sich mit der Hand durch das Haar, um es sich aus den Augen zu streichen. »Nein, absolut nicht.«
»Doch, natürlich! Mir brauchst du doch nichts vorzumachen. Und er schreibt dir diese netten, allzu brüderlichen Briefe. Du willst nicht, daß er es erfährt, ist es das? O Cassie, ich hatte ja keine Ahnung.« Sie stand auf und schlang die Arme um Cassie. »Was wirst du mit Chris anfangen, wenn Sam zurück kommt?«
O Fiona, du liegst ja so weit daneben. »Vielleicht werde ich gar nichts tun müssen.«
»Du wirst ihm schrecklich weh tun.«
»Chris weiß, daß ich ihn nicht liebe.«
»Du wirst ihm das Herz brechen, wenn Sam nach Hause kommt.«
»Sam hat nichts damit zu tun.« *Komm schon von dieser Schiene*

runter, Fiona. Du bist derart auf dem Holzweg, daß ich am liebsten lachen würde, wenn es nicht ganz so weh täte. Du weißt nicht, daß dein Mann mich geschwängert hat. Ich bin hier diejenige, die nicht über ihn hinwegkommt. Du hast den Platz im Leben, den ich für meinen gehalten habe. Du hast den Schwiegervater, den ich für meinen gehalten habe.

»Jedenfalls hat Chris einem Zweck gedient. Du gehst viel netter mit Männern im allgemeinen um. Du bist weicher geworden, und es ist schön, das zu sehen.«

Weil ich weiß, daß er mir nicht weh tun kann. Ich mache mir nicht genug aus ihm. Wenn er heute seine Sachen packen und verschwinden würde, dann würde ich nur den Sex vermissen. Und sonst gar nichts.

Aber sie wußte, daß das in Wirklichkeit nicht alles war. Sie genoß seine Gesellschaft, die Gespräche mit ihm über medizinische Probleme und mit anzusehen, wie er lockerer und freundlicher wurde, sanfter und offener. Nicht nur ihr gegenüber, sondern auch gegenüber seinen Patienten.

Am 19. Februar 1942 zerstörte die japanische Luftwaffe Darwin fast gänzlich. Hunderte flohen vor Entsetzen über die nahezu vollständige Verwüstung und ließen brennende Zigaretten, unerledigte Arbeiten und Mahlzeiten zurück, die auf dem Ofen kochten.

Nach Pearl Harbor hatten die meisten Frauen und Kinder Darwin verlassen. Die Japaner waren zu nah. An jenem verhängnisvollen Tag, an dem mehr als zweihundertfünfzig Menschen starben, waren nur noch knapp zweitausend Menschen in der Stadt. Bomben versenkten Schiffe, legten Flugzeuge lahm und nahmen Häuser unter Bordwaffenbeschuß; amerikanische und britische sowie australische Schiffe – Kreuzer und Zerstörer, die im Hafen lagen – wurden dezimiert. Britische Tankflugzeuge explodierten, Flugzeuge der amerikanischen und australischen Luftwaffe gingen in lodernden Flammen auf, Tankschiffe wurden zerstört, Munitionsschiffe wurden zur Detonation gebracht. Andere Flugzeu-

ge wurden in der Luft abgeschossen. Da die Fernmeldenetze zerstört waren, brach Panik aus.
Menschen flohen auf Fahrrädern, mit offenen Lastwagen, Planierraupen und Eiscremewägelchen; sie setzten alles ein, was sich bewegte.
Innerhalb einer halben Stunde, das Ganze schon vor halb elf Uhr vormittags, war das Vernichtungswerk vollbracht, und die japanischen Flugzeuge wandten sich wieder nach Norden und kehrten zu den Flugzeugträgern zurück, die sie erwarteten. Sie ließen die Trümmer der nördlichsten Großstadt Australiens zurück, einst eine träge tropische Stadt mit Bougainvilleen und saftigem tropischem Grün, Palmen und Bananenbäumen, eine Gemeinschaft, die für ihre Aufsässigkeit und ihre Trinkfreudigkeit berüchtigt war, für ihren Abscheu vor jeglicher Autorität.
Um die Mittagszeit kehrten japanische Flugzeuge zurück, um über den Stützpunkt der R.A.A.F.* zu fliegen und ihn mit Bomben in Grund und Boden zu stampfen und den Flughafen und andere Gebäude dem Erdboden gleichzumachen. Dumpfer Donner hallte durch die von Rauchschwaden durchsetzte Luft; rote und gelbe Flammen loderten zum Himmel auf.
Einen Monat zuvor war in Darwin das neueste und mit Abstand am besten ausgestattete Krankenhaus der Nation eröffnet worden. Innerhalb eines Zeitraums von zwölf Minuten fielen sechs Bomben, die das Krankenhaus zwar nicht direkt trafen, aber doch beträchtlichen Schaden anrichteten. Mauerwerk zerschmetterte das Dach, Glasscherben verteilten sich über Betten und in Operationssalen, ganze Stationen wurden verwüstet. Alle Patienten bis auf einen, der sich nicht rühren konnte, rannten aus der Isolierstation für Aborigines fort.
Fernmeldesysteme wurden zerstört, und der Rest von Australien erfuhr erst Stunden später von den Verheerungen. In den nächsten dreieinhalb Jahren rechnete man auf dem Kontinent damit, wieder von den Japanern angegriffen zu werden, und

* R.A.A.F.: Royal Australian Air Force (Anm. d. Red.)

die Nordküste wurde auch tatsächlich im Lauf der Jahre 1942 und 1943 noch weitere dreiundsechzig Male bombardiert. Diese Bombardierungen beschränkten sich jedoch auf den tropischen Zipfel Australiens. Nie wieder wurde ein so großer Schaden angerichtet wie bei diesem ersten Angriff, und kein weiterer kostete so viele Menschenleben.

Nahezu alle jungen Männer Australiens waren in Europa und Nordafrika, und dort blieben sie Jahr um Jahr.

Drei Tage nach der Bombardierung von Darwin erhielt der Bereitschaftsdienst der Fliegenden Ärzte in Augusta Springs während der morgendlichen Funksprechstunde einen Notruf von Heather Martin.

»Auf Cully ist geschossen worden«, sagte sie.

»Ist er tot?«

»Nein. Es hat sein Bein erwischt. Es blutet stark. Die Blutung scheint sich einfach nicht stillen zu lassen.«

»Was ist passiert?«

Am anderen Ende der Leitung herrschte Schweigen. Cassie wartete, und als keine Antwort kam, erklärte sie, er müsse flach liegen und sein Bein müsse hochgelegt werden, um den Blutverlust zu verringern. »Drück auf die Oberschenkelarterie, um die Blutung zu stoppen. Wie bitte? Ach so, ja. Also, du stellst dich vor den Patienten, und auf halber Strecke zwischen der Stelle, an der der Beckenknochen vorsteht, und dem Schambein – das ist der Schritt – also, auf einer Linie, die diese beiden Knochen miteinander verbindet, tastest du nach dieser Arterie, etwa in der Mitte zwischen den beiden Knochen, und drückst zu. Wir brechen sofort auf und kommen so schnell wie möglich raus.«

»Was um alles in der Welt könnte dort passiert sein?« fragte Fiona, als sie auf das Flugzeug zuliefen.

Cassie zuckte die Achseln. »Das weiß ich genausowenig wie du. Glaubst du, eines der Mädchen hat auf ihn geschossen?«

Fiona zog die Bremsklötze vom Flugzeug fort. »Glaubst du, er hat eine von ihnen tätlich angegriffen?«

»Cully? Wer weiß? Es scheint mir jedoch unwahrscheinlich,

und man sollte meinen, jede dieser Martin-Töchter könnte auf sich aufpassen.«

Sie stiegen ins Flugzeug, und Fiona brachte die Motoren auf Touren. »Ich glaube, wir haben sie das letzte Mal gesehen, als wir Cully zu ihnen rausgeflogen haben.«

»Sie haben lange genug gebraucht, um ihn dazu zu überreden, daß er zu ihnen rauskam. Seitdem ist ›Addie's‹ nicht mehr so gut wie früher. Cully sieht zwar vielleicht nicht gut aus, aber gut kochen konnte er wahrhaft.«

»Bertie schien es schon immer auf ihn abgesehen zu haben, ob er nun kochen konnte oder nicht. Ich habe gehört, wie Estelle nach einer dieser Funksprechstunden, kurz nachdem wir ihn rausgeflogen haben, gesagt hat, wie begeistert sie alle wären und daß die Mädchen es tatsächlich schafften, bloß wegen des Essens zum Haus zurückzureiten, während sie Zäune ausbesserten oder Vieh zusammentrieben. Du weißt ja, wie wenig anziehend sein Äußeres war, dürr und noch nicht einmal so groß wie diese hochaufgeschossenen Mädchen.«

»Mich hat gewundert, daß sie Don nicht haben kommen lassen, damit er eine von ihnen verheiratet. Ich war sicher, in den sechs Monaten, die er inzwischen draußen ist, würde eine von ihnen ihn für sich einnehmen.«

Weniger als eine Stunde später kreiste Fiona über dem Gehöft der Martins und setzte zur Landung auf dem immer säuberlich geebneten und geräumten Lehmboden an. »Wenn doch nur alle Landebahnen in einem derart guten Zustand wären«, bemerkte sie.

Niemand kam ihnen entgegen, um sie abzuholen. Cassie schnappte ihre Arzttasche und begann, am Lattenzaun entlang über die Steinfliesen zur Veranda zu laufen.

Als sie den knappen halben Kilometer zurückgelegt hatte, standen sämtliche Mädchen auf der Veranda vor dem Haus.

»Ma ist bei Cully«, sagte Bertie. »Die Blutung ist zum Stillstand gekommen.«

Cassie nickte den Mädchen zu. Keine von ihnen rührte sich vom Fleck.

Billy sagte mit ausdrucksloser Stimme: »Sie sind in Mas Zimmer.«

Fiona blieb auf der Veranda stehen, als Cassie die Tür mit dem Fliegengitter hinter sich zuschlug und sich auf den Weg zu Estelles Schlafzimmer machte, dem einzigen Schlafzimmer im Erdgeschoß.

Die Vorhänge waren zugezogen, und Cully lag auf dem Bett. Er war mit einem Laken zugedeckt, und sein Bein lag offensichtlich auf mehreren Kissen. Ein kühler Waschlappen bedeckte seine Stirn. Estelle saß auf einem Stuhl neben dem Bett.

»Cassie, Gott sei Dank.« Sie stand auf und breitete die Arme aus. Cassie umarmte sie und schaute auf Cully hinunter. Seine Augen waren geschlossen.

»Er hat starke Schmerzen, aber die Kugel ist draußen. Es war ein glatter Durchschuß«, sagte Estelle und deutete auf das blutgetränkte Bettzeug.

»Ich brauche Licht«, sagte Cassie.

Estelle zog die Jalousien hoch, die Sonne strömte in das Zimmer.

»Es ist eine saubere Wunde«, sagte Cassie erleichtert. Sie griff in ihre Arzttasche. »Cully, ich werde dir jetzt etwas geben, damit du schmerzfrei schlafen kannst. Wenn du wach wirst, haben wir dich wieder zusammengeflickt, und du wirst dich eine Zeitlang schonen müssen. Und jetzt werde ich dich auf den Bauch drehen und … oh, er hat ja gar keine Hose an.« Sie stieß ihm die Nadel in den Po und wandte sich an Estelle. »Was ist denn eigentlich passiert?«

»Mein Gott, Cassie, ich weiß selbst nicht, ob ich lachen oder weinen soll. Alle meine Töchter waren in ihn verknallt, von der ersten Mahlzeit an, die er hier gekocht hat, von dem Moment an, in dem er zur Tür hereingekommen ist. Er ist zwar nicht gerade besonders gesprächig, aber wir haben uns alle in ihn verliebt. Ich glaube, alle Mädchen haben abgewartet, welcher von ihnen er sich zuwenden würde. Jede hat auf ihre eigene Art um ihn geworben – mit kleinen Gesten, verstehst du.

Aber dann ist das Unglaubliche passiert. Er und ich. Ich bin rund siebzehn Jahre älter als er, aber so war es nun mal. Monatelang hat er sich jede Nacht in mein Bett geschlichen. Ich wollte nicht, daß die Mädchen etwas davon erfahren. Ich dachte mir, sie sind bestimmt enttäuscht von mir, wenn ich mit einem Mann ins Bett gehe, der ihnen altersmäßig nähersteht. Verdammt, er ist erst neunundzwanzig. Und sieh mich an … ich bin sechsundvierzig. Und ich dachte, daß sie wütend auf mich wären, weil ich mir den einzigen Mann schnappe, dem sie je begegnet sind. Sie wären damit fertig geworden, wenn er sich für eine von ihnen entschieden hätte, aber ausgerechnet ihre Mama!«
Cassie hatte sterile Gummihandschuhe, Antiseptikum, Nadel, Faden und Klemmen ausgepackt und beugte sich über ihren Patienten, während Estelle mit ihr redete.
»Also, Cully ist früh aufgewacht und hat sich über mich gebeugt, weil er mich wachküssen wollte. Am Morgen mag er Sex am liebsten, und wir waren gerade dabei, als Bertie reingeplatzt ist und uns als ein verworrenes Knäuel in dem zerwühlten Bettzeug vorgefunden hat. Cullys nackter Arsch hat rausgeschaut, und sie hat geglaubt, er würde mich vergewaltigen. Daher ist sie rausgerannt, hat eines der Gewehre geholt und auf sein Bein gezielt. Sie kann so gut schießen, daß sie ihn hätte treffen können, wo sie will. Sie wollte ihn nicht töten, sondern ihn nur verwunden, damit er ins Gefängnis gesperrt werden sollte. Ich kann dir versichern, daß die junge Dame reichlich überrascht war, als sie herausgefunden hat, wie sehr sie sich geirrt hat. Ich vermute, jetzt sind sie alle schockiert von der Vorstellung, daß Cully und ich es lange Zeit direkt vor ihren Augen miteinander getrieben haben.«
Cassie, die den Kopf über ihren Patienten gebeugt hatte, lächelte vor sich hin. Das Leben war wirklich unberechenbar.
Estelle legte Cassie eine Hand auf die Schulter. »Ich will nicht, daß sie böse auf mich sind. Such ein paar Männer, ja, und schick sie zu uns raus.«
»Es sind keine Männer mehr in der Stadt. Sie sind alle fort,

alle im Krieg«, sagte Cassie, die die frische Naht betrachtete und mit dem Ergebnis zufrieden war.

»Dann denk eben an uns, wenn du von Männern hörst. Wenn der Krieg aus ist. Schick sie einzeln oder gemeinsam zu uns raus. Achte darauf, daß sie nett sind, wenn es sich irgend machen läßt. Wenn der Krieg aus ist, werden viele nach Hause kommen und keine Arbeit mehr haben. Wir können sie alle beschäftigen.«

»Ja, nicht zuletzt im Bett«, sagte Cassie, ohne vorher nachzudenken. Dann sah sie verlegen zu Estelle auf.

Estelle lächelte. »Das ist schon in Ordnung, Cassie. Es ist nur natürlich. Ich war so lange ohne einen Mann, daß ich ganz vergessen hatte, was für ein wichtiger Bestandteil des Lebens das ist. Wenn ich guten Sex gehabt habe, fühle ich mich den ganzen Tag großartig. Und so gesund.« Jetzt war Estelle an der Reihe, reumütig zu schauen. »Oh, das hatte ich ganz vergessen. Du kennst das ja alles noch gar nicht. Du solltest heiraten, Cassie. Wenn die Jungen nach Hause kommen, dann such dir einen und heirate ihn. Oder heirate Sam. Das wäre ein tolles Leben. Wo ihr beide doch zusammenarbeitet.«

Höchst unwahrscheinlich, hätte Cassie gern gesagt. Nicht Sam. Und sie war nicht sicher, ob Sex all das Leid wert war, das er mit sich brachte. Zumindest hatte der Sex sie mit Ray und mit Blake ins Unglück gestürzt. Kurze, intensive sexuelle Streifzüge führten zu bleibendem bodenlosem Kummer. Sie glaubte, vielleicht könnte sie von jetzt an ohne jeden Sex auskommen. Ohne jede Liebe auskommen.

Erst als sie und Fiona nach Augusta Springs zurückflogen, kam Cassie auf den Gedanken, sich zu fragen, ob Sex und Liebe immer untrennbar miteinander verknüpft waren.

TEIL III

Juli 1944–Januar 1947

38

»Heirate mich«, sagte Chris etwa zum hundertsten Mal innerhalb von vier Jahren.
»Gefällt es dir denn nicht so, wie es ist?« fragte Cassie, die an ihrem Hühnersandwich knabberte. Es war ein früher Sonntagabend, und sie aßen auf Fionas Veranda. Fiona verbrachte das Wochenende mit ihrem Schwiegervater auf Tookaringa, und Cassie hatte angeboten, bei Marian und Anna zu bleiben. Sie hatte den Kindern schon eher das Abendessen vorgesetzt, und jetzt spielten sie draußen hinter dem Haus auf der Schaukel, die Steven an dem großen Silbereukalyptus angebracht hatte.
»Doch, es gefällt mir so, wie es ist, abgesehen davon, daß ich ständig unruhig bin, als hätte ich Angst, dich zu verlieren. Ich finde in unserer Beziehung keinen Frieden.«
»Glaubst du«, fragte Cassie und ließ ihre Finger über seine Hand gleiten, »ein Stück Papier macht einen so großen Unterschied?«
»Ja«, sagte er und nickte. »Das glaube ich.«
»Was willst du, was du jetzt nicht hast?«
»Ich will mich nicht vor dem Morgengrauen aus dem Haus schleichen müssen. Ich will jede einzelne Nacht der Woche neben dir schlafen können. Ich will in ein Haus heimkommen, das uns gehört.«
»Du hättest gern Kinder, stimmt's?«
Er schüttelte den Kopf. »Ich glaube, ich bin zu alt, um noch Geduld mit Kindern zu haben. Ich will nur einfach dich. Falls du allerdings Kinder haben willst, Cassie«, sagte er zärtlich und beugte sich über den Tisch, »dann würde mich das sehr freuen.«

Cassie stand auf und sah ihn an. »Magst du noch einen Eistee?«
»Nein.«
»Ich aber.« Sie verschwand in der Küche.
Sie wünschte, sie könnte ihn lieben. Sie wünschte, sie hätte ihm sagen können, daß sie ihn aufregend fand, aber es war nicht so. Nun, im Bett ab und zu doch. Sie schlief gern mit ihm. Er übte nicht die Faszination auf sie aus, die Blake auf sie ausgeübt hatte, aber er hatte die Dinge gelernt, die sie erregten und begeisterten. Trotzdem fehlte etwas – etwas, wofür sie noch nicht einmal Worte fand. Die meiste Zeit war sie gern mit ihm zusammen, aber sie wollte nicht ein ganzes Leben mit ihm verbringen. In manchen Nächten war sie erleichtert, wenn er ging, und sie genoß es, Zeit für sich allein zu haben. Manchmal überkam sie sogar dann, wenn sie mit ihm zusammen war, ein entsetzliches Gefühl von Einsamkeit, und sie fragte sich, was mit ihr nicht stimmte.
Sie kam auf die Veranda zurück, blieb in der Tür stehen und sah Chris an. »Du bist ein sehr netter Mensch«, sagte sie.
»Ich weiß nicht, womit ich das verdient habe«, sagte er, und in seinen Augen hinter den Brillengläsern lag ein Lächeln. »Es ist weitgehend dir zuzuschreiben. Ich bin in diesen letzten vier Jahren glücklicher gewesen als je zuvor in meinem ganzen Leben.«
»Sieh bloß zu, daß es dir nicht zu Kopf steigt«, sagte sie grinsend. »Du hast trotzdem noch deine Fehler.«
Sie schaute durch das Fliegengitter und sah einen großen, mageren Mann in einer Uniform über die Straße laufen. Er humpelte beim Gehen, und seine linke Schulter hing tiefer herunter als die rechte. Sie hatte ihn bisher noch nie in der Stadt gesehen.
»Wer ist das? Weißt du es?« fragte sie Chris und wies mit einer Kopfbewegung auf den Mann, der langsam näher kam.
Chris sah sich um, schaute hin und kniff die Augen gegen die Sonne zusammen. Er stand auf und beugte sich vor. »Allmächtiger Gott!«

»Was ist?« Sie konnte das Gesicht des Mannes nicht sehen, war aber sicher, nie jemanden gesehen zu haben, der die Haltung dieses Soldaten hatte.
Chris drehte sich zu ihr um. »Es ist Blake Thompson«, sagte er, und seine Stimme überschlug sich.
Cassie schaute noch einmal hin, als der Soldat auf dem Bürgersteig auf das Haus zukam. Es konnte nicht sein. Er war zu dünn. Zu asymmetrisch. Zu … o Gott. Sie erstarrte. Es *war* Blake.
»Fiona?« rief Blake, der nicht durch das Fliegengitter sehen konnte.
Cassie brachte kein Wort über die Lippen. Sie versuchte es, doch kein Laut kam heraus.
Chris legte ihr eine Hand auf die Schulter und ging dann zur Tür und öffnete sie. »Sie ist nicht hier, aber trotzdem willkommen zu Hause.«
Blake sah ihn an und erkannte ihn nicht gleich. »Dr. Adams, stimmt's?« fragte er nach einer Minute und hielt ihm die Hand hin.
»Ich bin mit Cassie hier«, sagte Chris und wies mit einer Kopfbewegung auf sie.
Blake kam die Stufen herauf und blieb eingerahmt in der Tür stehen. Cassie erkannte ihn kaum wieder. Er grinste sie an, wenngleich seine Augen auch nicht lächelten, als er sagte: »Keine Umarmung für den heimkehrenden Helden?«
Sie ging ihm entgegen, und er legte seinen rechten Arm um sie und zog sie an sich. Sie schlang die Arme um ihn und erkannte voller Entsetzen, daß sein linker Ärmel teilweise leer war. Sie wich zurück und starrte den Ärmel an.
Blake nahm eine aufrechte Haltung ein und sagte: »Ich vermute, an diese Reaktion werde ich mich wohl gewöhnen müssen.«
»Blake, dir fehlt …«
»Vom Ellbogen abwärts, ja. Das läßt sich nicht beheben, aber mein Bein wird wieder heilen. Man hat mir gesagt, das Humpeln würde ich mit der Zeit ablegen.«

Die Augen eines Fremden blickten sie an.
»Kommen Sie rein, kommen Sie schon rein.« Chris zog Blake auf die vergitterte Veranda und deutete auf einen Stuhl. »Wir essen gerade zu Abend. Essen Sie etwas mit?«
Blake sah sich um. »Fiona. Wo ist Fiona?«
Cassie konnte kaum Worte finden. »Sie verbringt das Wochenende draußen auf Tookaringa.« Ihr Herz schlug so schnell, daß sie glaubte, sie könnte ohnmächtig werden.
Blake setzte sich. »Wann kommt sie zurück?«
Kein: *Hallo, Cassie. Schön, dich zu sehen.* Nichts außer: *Wo ist Fiona.*
»Vor Einbruch der Dunkelheit, da bin ich ganz sicher. Es sollte nicht viel länger als eine Stunde dauern.«
»Wie wäre es mit einem Drink?« fragte Chris.
Blake nickte. »Ja, gern, das klingt gut.«
»Was hätten Sie gern?«
Blakes Augen waren leer. »Das australische Bier hat mir gefehlt. Habt ihr welches?«
»Klar«, sagte Cassie. »Und ein Sandwich?«
Blake nickte. »Ja, gern.«
Cassies Hände waren klamm. Das Schlucken fiel ihr schwer. Sie schaffte es nur in die Küche, indem sie unter größten Anstrengungen einen Fuß vor den anderen setzte.
Wie in Trance schnitt sie das Huhn in Scheiben, klatschte Mayonnaise und Salat auf das Brot und fühlte dann Arme um sich und hörte, wie Chris ihr ins Ohr flüsterte: »Ist alles in Ordnung mit dir?«
Nein, nichts war in Ordnung mit ihr. Sie war alles andere als in Ordnung. Aber statt sich gegen die Anrichte sinken zu lassen, drückte sie steif den Rücken durch, drehte sich zu Chris um, lächelte ihn an und küßte ihn auf die Wange.
»Selbstverständlich. Alles, was zwischen uns gewesen ist, hat schon vor langer Zeit geendet.«
»Ich wünschte, ich könnte es glauben«, flüsterte Chris, als spräche er mit sich selbst.
»Hol ihm ein Bier. Du weißt ja, wo es ist.« Cassies Stimme

klang unpersönlich und kühl, sogar für ihre eigenen Ohren. Oscars, dachte sie. Werden für schauspielerische Leistungen wie die, die ich gerade biete, Oscars verliehen? Und wie ich sie weiterhin bieten werde, wenn ich Fiona in seinen Armen sehe?

Sie wartete, bis Chris die Bierflasche geöffnet hatte, da sie nicht mit Blake allein sein wollte. Ihre Knie wurden weich, und sie rang um Selbstbeherrschung. Sie flehte die unsichtbaren Götter an, sie nicht weinen zu lassen. Sie blinzelte heftig.

Chris folgte ihr, als sie auf die Veranda zurückkehrte und Blake immer noch in derselben Haltung auf seinem Stuhl vorfand.

»Fiona hat geschrieben, du hättest jetzt dein eigenes Haus«, sagte Blake.

Er betrieb Konversation.

Cassie stellte den Teller mit dem Sandwich vor ihn hin, nahm Chris die Bierflasche aus der Hand und stellte sie ebenfalls auf den Tisch. Sie schaute auf den leeren linken Ärmel und fragte: »Hat sie deshalb so lange nichts von dir gehört?«

»Ja.« Er biß in sein Sandwich, packte dann die Flasche, schüttete das Bier in sich hinein und stöhnte leise. »Ich hatte ganz vergessen, wie gut Bier schmecken kann.«

»Ich vermute, Sie sind endgültig nach Hause zurückgekommen«, sagte Chris und streckte die Beine aus, als er sich auf den Stuhl neben Cassie setzte. Sein Blick war auf sie gerichtet, während er mit Blake sprach.

»Ja, das kann man wohl sagen«, sagte Blake, und die Bitterkeit seiner Stimme konnte sich mit der Stumpfheit seiner Augen messen. Er trank wieder einen großen Schluck. »Verdammt, schmeckt das gut.«

Cassie rang um Atem. Sie holte bewußt tief Luft.

Blake sah sie an und sagte: »Du bist eine wahre Augenweide, Cassie.«

Sie fürchtete, ihre Stimme könnte sich überschlagen, doch sie sagte: »Wie ist es passiert?«

Blake sah auf seinen linken Ärmel. »Du meinst, wie ich den Arm verloren habe? Das Flugzeug ist über Düsseldorf unter Beschuß geraten, aber ich habe es doch noch zurück zum Flugplatz geschafft. Ich habe einen Granatsplitter abgekriegt, aber der Heckschütze und der Navigator sind nicht durchgekommen.«
Cassie starrte ihn an.
Chris sagte: »Fiona wird die glücklichste Frau auf Erden sein.«
Blake schwieg einen Moment lang. »Mit einem Mann, der nicht vollwertig ist? Das steht zu bezweifeln.«
Deshalb also hatte er nicht geschrieben. Er wußte noch nicht einmal, ob Fiona ihn überhaupt noch wollte. Oh, dieser Idiot. Was hat ein Arm mit Liebe zu tun? Cassie hätte ihm gern die Arme um den Hals geschlungen und ihn getröstet. »Fiona wird dich auch so lieben.«
Blake lachte. Ein seltsamer barscher Laut. »Sie hat sich also auch den Fliegenden Ärzten angeschlossen, was? Das muß man sich mal vorstellen.«
»Du wirst stolz auf sie sein. Sie ist wunderbar gewesen. Wir haben großartige Zeiten miteinander verbracht.«
Jetzt sah Blake Cassie zum ersten Mal direkt in die Augen. Keiner von beiden sagte etwas.
»Ich kann sie mir nicht als Pilotin eines Flugzeugs vorstellen«, sagte er.
Cassie blinzelte und starrte durch das Fliegengitter. »Sie ist nicht nur Pilotin, sondern auch Anästhesistin, sie hat Zähne gezogen, sie hat zwei Eingeborenenmädchen adoptiert ...«
In dem Moment kamen Anna und Marian um die Hausecke gerannt, und Marian weinte und hielt eine Hand hoch. »Anna hat mich gebissen«, rief sie, und Tränen strömten über ihr staubiges Gesicht.
»Ich wollte es nicht«, sagte Anna mit einem schuldbewußten Gesichtsausdruck. »Wir haben nur gespielt.«
Marian rannte auf Cassie zu, blieb aber abrupt stehen, als sie den Fremden sah.
»Entschuldigt mich«, sagte Cassie, als sie aufstand und Ma-

rian an der Hand nahm. »Ich sollte das besser auswaschen und verbinden.«
Marians Augen wurden rund vor Angst. »Brennt das?«
Cassie hob sie hoch und schmiegte sie an sich. »Ja, ein wenig schon, aber nur eine Sekunde lang. Komm mit. Ich gebe dir einen Kuß darauf. Anna, du kommst auch mit.«
Sie beschäftigte sich so lange mit den kleinen Mädchen, wie es nur irgend ging. Als sie damit fertig war, eine Verletzung zu verbinden, die nichts weiter als ein harmloser Kratzer war, gab sie den Mädchen Milch und Plätzchen und ließ sie in der Küche miteinander plaudern. Sie ging wieder ins Bad und setzte sich auf den Rand der Wanne. Oh, der arme Blake. Er fühlte sich nicht mehr vollwertig, weil er einen Arm verloren hatte. Der arme Blake ... dünn und verwundet. Der Ausdruck in seinen Augen, kaum noch lebendig. Seine Gefährten tot in dem Flugzeug, das er über den Ärmelkanal zurückgesteuert hatte. Und er sah sie an, als hätten sie einander nie so gekannt, wie sie sich früher einmal gekannt hatten. Als wüßte er ihren Namen, und das sei alles. Sie hätte irgend jemand sein können. Mitleid wurde von Wut abgelöst, von ihrem eigenen Schmerz. Ihren eigenen Wunden.
Sie holte dreimal tief Atem und ging wieder auf die Veranda hinaus. »Ohne den Arm werde ich Dad nicht viel nutzen«, sagte Blake gerade. »Ich weiß nicht, was ich tun werde.«
In dem Moment kam Fionas kleiner grüner Roadster um die Ecke gebogen. Sie hatte schon oft genug gesagt, das erste, was sie tun würde, wenn der Krieg vorüber war, sei, sich einen neuen Wagen zu kaufen, einen ohne Beulen und Kratzer, dessen Gänge sich schalten ließen wie geschmiert und den man nicht schon eine Kreuzung vorher kommen hörte.
Blake erkannte den alten Wagen wieder. Er stand auf und ging zur Tür. Cassie fand, sie und Chris sollten verschwinden und Blake und Fiona in diesem Augenblick allein lassen, doch sie konnte sich nicht von der Stelle rühren, und sie bemerkte, daß auch Chris keine Anstalten unternahm fortzugehen.
Es herrschte Zwielicht; Schatten verbargen die Veranda, doch

Fionas Gesicht war hell und klar zu sehen. Mit beschwingten Schritten kam sie über den Pfad und trug ihren kleinen Koffer in der Hand. »Juhu«, rief sie, und ihre Stimme war von Vorfreude erfüllt, »wo sind denn meine kleinen Mädchen?«

Und dann blieb sie stehen. Sie ließ ihre Tasche fallen, stand eine Minute da und starrte auf die Tür, in der ihr Mann stand. Ihr Gesicht verzog sich, ihre Lippen zitterten, und sie schlug sich eine Hand auf die Kehle. »Oh ...« Tränen rannen über ihre Wangen, und sie fing an zu laufen, mit ausgebreiteten Armen. Sie rannte in den Arm, der sie erwartete, und einen Moment lang begrub sie ihr Gesicht an Blakes Brust, ehe sie zu ihm hochblickte; Liebe, Freude und Begeisterung drückten sich in ihrem tränenüberströmten Gesicht aus.

Sie schlang die Arme um ihn, und ihre Lippen trafen sich. Cassie mußte sich abwenden. Als sie das tat, fiel ihr auf, daß Chris nicht etwa das Schauspiel da draußen betrachtete, sondern sie ansah.

»Wir sollten nicht hiersein«, sagte er mit leiser Stimme.

Nein, das sollten wir nicht, stimmte sie ihm wortlos zu.

»O mein Gott.« Fionas Stimme war ein Frohlocken, und ihr Haar wippte ausgelassen. »Das ist der wunderbarste – o Darling, dein Arm ... ach, das macht nichts. O Geliebter ...« In dem Moment sah sie Chris und Cassie, während sie Blake umklammerte. »Ist das nicht das Wunderbarste auf der ganzen Welt?« Sie küßte ihn wieder und lachte und weinte gleichzeitig.

Er hatte kein Wort gesagt, doch mit seinem rechten Arm zog er sie eng an sich und ließ sie nicht los.

Ein Eiszapfen bohrte sich durch Cassies Herz.

Sie nahm Chris an der Hand und sagte: »Wir gehen jetzt.«

Fiona und Blake hörten sie noch nicht einmal fortgehen.

Durch den dunkler werdenden Abend liefen sie zu Cassies Haus. Als sie dort ankamen, fragte Chris: »Möchtest du allein sein?«

Cassie spürte, daß sie am ganzen Körper zitterte, und sie fragte sich, was sie eigentlich wollte. Sie dachte an Blake, der Fio-

na eng an sich schmiegte. Sie schloß die Augen und erinnerte sich daran, wie sie einander geküßt hatten.
»Nein«, sagte sie. »Und noch etwas, Chris. Das geht mir nicht so nahe, wie du glaubst.« Lügnerin. »Es sind fast fünf Jahre vergangen, seit ich ihn das letzte Mal gesehen habe. Komm mit rein. Laß uns etwas trinken.«
Er machte sich auf den Weg zur Küche. »Was möchtest du?«
»Einen Scotch. Einen doppelten.«
»Cassie …«
»Wage es nicht zu gehen, Chris Adams. Verschwende keinen Gedanken daran. Bleib hier. Bleib die ganze Nacht. Mir ist es vollkommen egal, wenn die ganze Stadt dich morgen früh aus meinem Haus kommen sieht. Um Gottes willen, laß mich nicht allein.« Sie drehte sich um und sah ihn mit lodernden Blicken an. »Mir ist egal, was du denkst. Mir ist sogar egal, was du heute nacht empfindest. Laß mich nur nicht allein.«
Er streckte die Hand nach ihr aus und berührte zart ihr Haar. »Cassie, ich will dich nie allein lassen.«
Sie stieß seine Hand zur Seite.
Während sie darauf wartete, daß er mit ihrem Scotch zurückkehrte, pochte sie mit den Nägeln auf den Couchtisch und wippte mit dem Fuß.
Sie trank den Scotch mit drei Zügen aus und wandte sich dann an Chris. »Schlaf mit mir.«
Er seufzte und sah sie an. »Komm her«, sagte er und streckte die Hand aus, um ihre Schulter zu berühren.
Sie ging fast wütend auf ihn los. »Nein. Komm ins Bett.« Sie stand auf und ging ins Schlafzimmer.
Er sah ihr kopfschüttelnd nach und murmelte: »Mein armer Liebling.« Aber er folgte ihr, und bereits auf dem Weg ins Schlafzimmer löste er seine Krawatte und knöpfte sein Hemd auf.
Ihre Kleider lagen auf einem Haufen auf dem Boden, und sie erwartete ihn bereits, zeichnete sich im Schein der Straßenlaterne als Silhouette ab, ihr Körper geschmeidig und zum Zer-

reißen angespannt. Sie stand da, während er sich auszog, und beobachtete ihn im Halbdunkel.
Er legte sich aufs Bett und sah sie quer durch das Zimmer an. Dann rannte sie los, sprang auf das Bett, kletterte auf ihn, preßte sich an ihn und küßte ihn heftig.
»Tu mir weh, Chris. Lieb mich so wild, daß nichts anderes auf Erden mehr zählt.«
»Dir weh tun? O Gott, Cassie …«
Ihre Nägel gruben sich in seine Schultern, als sie sich fest gegen ihn stieß. Sie kniete über ihm, ließ ihre Brüste über seinen Mund streifen und sagte: »Beiß mich, Chris.«
Er tat es, wenn auch zart, und seine Hände griffen um sie herum, um ihren Po zu streicheln. Sie schwankte über ihm, ließ ihren Körper gegen seinen klatschen, rutschte an seinem Körper hinunter, küßte seine Brustwarzen und ließ ihre Zunge über seinen Bauch gleiten, tiefer und immer tiefer hinunter … über die Innenseiten seiner Oberschenkel. Sie kroch ans Fußende des Bettes und nahm einen nach dem anderen jeden seiner Zehen einzeln in den Mund. Sie küßte den Spann beider Füße und tastete sich mit den Lippen an jedem Bein hinauf, ehe sie ihn in den Mund nahm und ihn stöhnen hörte.
»Himmel, Cassie, sei nicht so grob.«
Sie rollte sich von ihm herunter und zog ihn auf sich, und ihre Körper wogten, als sie sich schneller und immer schneller bewegte, sich gegen ihn stieß, bis ihr Rhythmus zur Raserei wurde, ihre Körper sich wanden und sie gemeinsam ihre Hüften kreisen ließen.
»Jetzt«, beharrte sie und hob ihm ihren Körper entgegen, damit er leicht eindringen konnte und sich in sie stieß, bis nichts anderes mehr existierte. Es war nicht Liebe, das wußte selbst Chris. Er wußte genau, was es war.
Cassies Beine schlangen sich um ihn, hielten ihn in ihr fest und bewegten sich mit ihm. Sie wölbte sich ihm entgegen und stieß zu, ihre Nägel wüteten auf seinem Rücken, und ihr Atem ging ruckhaft und schwer. Sie wollte, daß er die Erinnerung an Blake auslöschte. Ihn aus ihrem Herzen und aus ihrer Seele

tilgte. Sie wollte, daß Chris sie verschlang. Daß er sie vergessen ließ. Sie niemand anderen als ihn mehr wollen ließ. Und sie rief seinen Namen, als die wundervollen warmen Wogen wieder und immer wieder über sie hinwegspülten. »Hör nicht auf! Bitte, hör nicht auf!«

Er hatte nicht die Absicht aufzuhören. Er brachte sie immer wieder zum Höhepunkt. Als er einfach nicht mehr konnte, peitschte seine Zunge sie zu neuerlicher Ekstase an.

Sie ließ ihn die ganze Nacht nicht schlafen. Kurz vor dem Morgengrauen stand er auf und zog sich an. Er durfte nicht gesehen werden, wenn er ihr Haus um diese Tageszeit verließ.

Sie verabschiedete sich nicht von ihm.

Als er gegangen war, schlief sie. Traumlos.

Er nicht. Er lief durch sein Haus, duschte, putzte sich die Zähne und ging rüber zum Krankenhaus, wo ihm eine der Krankenschwestern heißen Tee einschenkte.

Nicht schlecht für einen Mann in meinem Alter, dachte er. Laut sagte er: »Verflucht. Verflucht. Verflucht.«

39

Cassie wurde vom Läuten des Telefons geweckt. Es war Fiona.
»Cassie, läßt es sich irgendwie machen, daß wir die Behandlungen heute absagen?«
»Ich weiß es nicht«, sagte sie und fragte sich, ob das der Wahrheit entsprach.
»Sag Horrie, er soll Bescheid geben, daß wir nicht kommen. Wenn nicht gerade ein Notruf eingeht, bei dem ein Menschenleben auf dem Spiel steht, bringt mich nichts auf der Welt dazu, Blake heute allein zu lassen.«
Cassie legte auf, ohne sich auch nur zu verabschieden, und dann lag sie da und starrte den Vorhang an, der sich in der Brise bauschte. Im nächsten Monat war es fünf Jahre her, seit sie und Blake sich auf den Weg nach Kakadu gemacht hatten. In zweieinhalb Monaten waren fünf Jahre vergangen, seit sie in Townsville gewesen war, um sein Kind abzutreiben. O Gott, wie froh sie doch darüber war, daß sie das getan hatte. Wie hätte ihr Leben jetzt ausgesehen, wenn sie das damals nicht getan hätte? Daran wollte sie noch nicht einmal denken.
Sie stand auf, ging ins Bad und drehte die Dusche auf, damit das Wasser warm wurde, während sie sich die Zähne putzte. Sie starrte sich im Spiegel an. Ihr gefiel nicht, was sie sah. Sie vermutete, daß es Blake auch nicht gefiel.
Sie wusch sich das Haar unter der Dusche und schrubbte sich, und dann drehte sie das heiße Wasser ab und ließ sich von eiskaltem Wasser Nadelstiche versetzen. Fünf Jahre, dachte sie, als sie sich mit dem Handtuch abtrocknete. War es nicht an der Zeit, über Blake hinwegzukommen und ihr eigenes Leben weiterzuführen? Fünf Jahre, in denen sie emotional auf

der Stelle stehengeblieben war. War es nicht endlich an der Zeit, ihr Privatleben in die Hand zu nehmen?

Sie stand nackt da, als sie Horrie anrief. »Gib in Winnamurra Bescheid«, sagte sie zu ihm, »und sag die Sprechstunde für heute ab. Blake ist gestern abend nach Hause gekommen, und Fiona will heute nicht fliegen. Ich komme zur Morgensprechstunde raus.« Ohne eine Reaktion abzuwarten, sah sie in ihren Kleiderschrank und zog ein gelbes Hemdblusenkleid heraus. Dann suchte sie ihre hochhackigen weißen Schuhe und zog Seidenstrümpfe an. In der Aufmachung wird mich um diese Tageszeit kein Mensch in der ganzen Stadt erkennen.

Sie rief Chris an, doch er nahm nicht ab. Er mußte bereits im Krankenhaus sein.

Sie warf einen Blick auf ihre Armbanduhr. Noch eine halbe Stunde Zeit, ehe sie die Funkrufe entgegennehmen mußte. Sie würde ihn überraschen und im Krankenhaus vorbeischauen.

Zehn Minuten später betrat sie das Krankenhaus und lief zu seinem Büro. Er saß da und trank seine dritte Tasse Tee, und als sie durch die Tür hereingestürmt kam, hellte sich sein Gesicht auf. »Das ist aber eine erfreuliche Überraschung.« Er stand auf und schüttete dabei fast seinen Tee um.

Sie ging zu ihm und küßte ihn. Er zog die Augenbrauen hoch.

»Falls ich rausfinden kann, wo Don McLeod ist, fliegst du dann mit mir zu ihm raus, damit er uns traut?«

Chris starrte sie stumm an.

»Was? Brauchst du nach all den Jahren, in denen du mir Heiratsanträge gemacht hast, jetzt noch Zeit, um darüber nachzudenken?« Ihr Tonfall war scharf.

Er schüttelte den Kopf. »Nein, das ist es nicht. Natürlich werde ich dich heiraten, jederzeit und überall.«

»Ich sag Horrie, daß er ihn ausfindig machen soll.« Sie wandte sich ab und verließ sein Büro, lief durch den Gang zurück und über den Parkplatz des Krankenhauses zu ihrem Wagen. Sie fuhr zur Funkstation hinaus und empfand nichts. Sie war weder glücklich noch wütend oder traurig oder sonst etwas. Sie glaubte, vielleicht sei sie tot.

Sie wußte, daß sie Chris gegenüber nicht fair handelte. Laut gelobte sie sich: »Ich werde ihn nie bereuen lassen, daß ich ihm das angetan habe. Ich schwöre es.« Ihre Knöchel auf dem Lenkrad waren weiß.

Während der Funksprechstunde fragte sie, ob jemand wüßte, wo Pater McLeod sich aufhielt. Zufällig befand er sich in Yancanna. Brigid und Marianne arbeiteten schon lange nicht mehr da; ihre erforderlichen zwei Jahre waren abgelaufen, und nach ihnen waren drei andere Schwesternpaare dort gewesen. Aber Marianne hatte den Chef geheiratet und war dort geblieben, sprang in Notfällen im Krankenhaus ein und zog ihre beiden Söhne groß.

Cassie wollte nicht, daß die ganze Gegend von ihren Plänen erfuhr; sie ließ dem Pater einfach ausrichten, sie käme innerhalb der nächsten Tage rausgeflogen, und er solle nicht abreisen, ohne ihr Bescheid zu geben.

»Was steht an?« fragte Horrie.

»Hand aufs Herz, daß du es nicht weitersagst?«

Er grinste. »Noch nicht mal Betty?«

»Laß dir von ihr auch schwören, daß sie es für sich behält. Ich werde heiraten, und ich will, daß Don die Trauung vornimmt.«

»Cassie! Dann wirst du Doc Adams also zu einem ehrbaren Mann machen?«

Sie nickte und spürte, wie ihre Brust sich zuschnürte. Nun, warum nicht? Er war gut im Bett, er liebte sie, er war viel netter geworden, und er bat sie schon seit Jahren, ihn zu heiraten. Er war jemand, mit dem man etwas unternehmen konnte, mit dem man ins Kino gehen und reden konnte – zumindest über Medizin. Sie neigten dazu, sich zu streiten, wenn sie über irgend etwas anderes redeten, was von Bedeutung war. Aber schließlich brauchte sie nicht über entscheidende Dinge mit ihm zu reden. Der Klatsch der Stadt genügte.

Sie fuhr wieder zum Krankenhaus und wartete, bis Chris sei-

ne Visite abgeschlossen hatte. »Don ist in Yancanna. Magst du rausfliegen?«
Chris machte nicht etwa einen glücklichen Eindruck, sondern in seinen Augen stand Schmerz. »Romla wird mir nie verzeihen, wenn ich ihr nicht die Zeit für die Anreise lasse. Ich muß es tun, Cassie. Abgesehen von dir ist sie der einzige andere Mensch, den ich wirklich liebe.«
Konnte denn nicht zur Abwechslung einmal etwas reibungslos klappen? »Ruf sie gleich an.«
Chris schüttelte den Kopf und wirkte frustriert. »Okay.« Er setzte sich an seinen Schreibtisch und rief die Vermittlung an. Als Romla ans Telefon kam, erklärte er ihr augenblicklich den Grund seines Anrufs. »Wie schnell kannst du herkommen?« fragte er.
Sie redeten ein paar Minuten miteinander, und er sah auf seine Armbanduhr. »Also gut, morgen nachmittag. Ich hole dich vom Bus ab.«
Er legte auf und sah Cassie an, die sagte: »Abgesehen von den Funksprechstunden werde ich den ganzen Tag zu Hause sein, vorausgesetzt, es geht kein Notruf ein. Kommst du zum Abendessen?«
Sie schaute bei Fiona vorbei, weil sie ihr sagen wollte, sie würde sie alle morgen abend nach Yancanna fliegen müssen.
Fiona rief aus: »Ihr heiratet? O Cassie, wie wunderbar! Kommt das nicht sehr plötzlich?«
»Was im Leben kommt nicht plötzlich?« Den ganzen Tag über hatte sie eine Härte in ihrer eigenen Stimme wahrgenommen, die ihr verhaßt war.
Am späten Vormittag war Blake immer noch im Schlafanzug und saß am Küchentisch. Cassie würdigte ihn kaum eines Blickes.
»Laß mich dir einen Tee holen«, sagte Fiona.
»Nein, danke.«
»Ich glaube, du solltest dich besser setzen. Möchtest du lieber Kaffee? Ich habe auch Neuigkeiten.«
Cassie fragte sich, warum sie es nicht vorher gewußt hatte.

»Du gehst fort.« Jetzt war ihre Stimme dumpf. Selbstverständlich. Sie hätte es von Anfang an wissen müssen.
»Blake will mit mir auf Tookaringa leben.«
»Da gehört sie hin«, sagte Blake. »Statt quer durchs Land zu fliegen.«
Natürlich. Fiona würde die Hausherrin der größten Ranch für Rinderzucht in diesem Teil der Welt werden. Als Blakes Frau war das ihre Rolle.
Cassie setzte sich. »Wie werde ich einen anderen Piloten finden?«
»Ich weiß, daran habe ich auch schon gedacht. Aber, Cassie, meine Süße, du verstehst das doch, oder nicht?«
»Ja, natürlich.« Doch ihre Gedanken drehten sich schon weiter, und sie fragte sich, ob das bis nach dem Krieg das Ende der Fliegenden Ärzte war. »Ich hätte es ahnen müssen. Nein, ich brauche keinen Kaffee.«
»Wann heiratet ihr?«
»Chris will warten, bis Romla morgen am späten Nachmittag hier ankommt, und ich will, daß Don uns traut, und daher hoffe ich, daß du uns nach Yancanna rausfliegen wirst.«
Fiona und Blake tauschten Blicke miteinander aus. »Mein Vater kommt morgen«, sagte Blake.
»Schließlich werden wir nur ein paar Stunden unterwegs sein«, sagte Cassie.
Fiona sagte: »Steven hat dich so gern, daß ich sicher bin, er käme auch gern zu deiner Hochzeit. Aber wir passen unmöglich alle in das Flugzeug.«
Wir alle? Cassie hatte sich nicht vorgestellt, Blake könnte dabeisein.
»Nein. Ich hatte eigentlich nicht geplant, daß alle mitkommen. Nur Romla. Und vielleicht du. Ich will nicht alle dahaben.«
Fiona lachte und schlang die Arme um Cassie. »Glaubst du wirklich, damit würde die Stadt dich davonkommen lassen? So viele Leute lieben dich und Chris, und es würde sie zutiefst verletzen, nicht zu eurer Hochzeit eingeladen zu werden. Sie wären wirklich beleidigt, Cassie.«

»Oh, Mist.« Sie hätte diesen Vorschlag doch gar nicht erst gemacht, wenn sie gewußt hätte, daß er all das nach sich ziehen würde. Sie wollte einfach nur fortlaufen und heiraten. Fortlaufen. Das also tat sie, oder nicht?
Fionas Arm lag noch um ihre Schultern. »Sieh mal, Blake und ich können rausfliegen und Don holen und ihn für die Trauung herbringen. Wenn du keinen großen Rummel in der Kirche willst, dann werden wir das Zeremoniell eben hier abhalten, im Garten. Und hinterher einen Empfang. Romla kann bei den Vorbereitungen mithelfen, wenn sie morgen abend herkommt. Komm schon, Cassie. Du kannst nicht einfach ohne Gäste im kleinen Kreis heiraten. Das würde die Stadt dir nie verzeihen.«
Cassie fing an zu weinen.
Blake starrte sie die ganze Zeit über an.
»Du brauchst dich um nichts zu kümmern«, sagte Fiona. »Ich mache das schon alles.«
»Nein, du solltest dir jetzt Zeit für Blake nehmen.«
»Wir werden doch zusammensein. Er kann mit mir nach Yancanna fliegen, um Don zu holen. Cassie, du mußt dir darüber klarwerden, daß du hier eine Prominente bist, eine Persönlichkeit des öffentlichen Lebens. Dasselbe gilt für Chris. Ihr müßt während der Funkstunde, wenn euch alle zuhören, jedem sagen, daß ihr heiraten werdet, für den Fall, daß die Leute in die Stadt fahren wollen.«
Wieso hatte sie all das bloß in Gang gesetzt? »Ich will keinen Wirbel. Ich will einfach nur in aller Stille heiraten. Ich will es schnell hinter mich bringen, und zwar ohne jedes Aufsehen und ...«
Fiona lachte und schüttelte den Kopf. »Das wird für alle in der ganzen Gegend ein so großes Ereignis sein wie die Woche der Rennen. Na ja, vielleicht nicht ganz so wichtig, aber ...«
Die gute Fiona. Cassie fand abscheulich, daß sie all das für sie tat – sie gab ihre Flitterwochen mit Blake dafür her.
»Und wir erwarten dich und Chris heute zum Abendessen. Wir werden Pläne schmieden«, fuhr Fiona fort.

»Chris interessiert das alles nicht. Er will einfach nur heiraten.«
»Ich glaube, Chris wird sich für eine große Feier begeistern.«
Cassie schüttelte den Kopf. »Er ist nicht gerade gesellig, das weißt du doch.«
»Warte es nur ab. Chris ist bestimmt ganz hingerissen darüber, daß so viele Gäste kommen. Ihr beide zusammen kennt doch jeden im Umkreis von zweihundertfünfzigtausend Quadratmeilen.«
Blake hatte kaum ein Wort gesagt. Jetzt stand er auf und verließ den Raum.
Cassie blickte zu Fiona auf. »Ich hatte nicht vor, dich um dein Glück zu bringen.«
Fiona lachte. »Mich um mein Glück zu bringen? Mein Glück beginnt gerade erst. Ich könnte vor Glück zerspringen. Ich wußte gar nicht, daß ein Mensch so glücklich sein kann. O Cassie, es ist einfach wunderbar, daß ihr heiratet. Ich habe wirklich geglaubt, du wartest auf Sam.«
Cassie stand auf. »Ihr beide kommt zum Abendessen rüber zu mir. Ich bin die bessere Köchin. Und außerdem willst du bestimmt nicht am ersten Tag nach Blakes Heimkehr den ganzen Nachmittag in der Küche verbringen.«
»Einverstanden.« Fiona beugte sich vor, um Cassie auf die Wange zu küssen. »Ich freue mich so sehr für dich, mein Liebling. Und ich weiß, daß du dich genauso sehr für mich freust.«
Als sie nach Hause fuhr, dachte Cassie: *Ich freue mich für sie. Ich freue mich wirklich für sie. Ihr Glück liegt mir am Herzen. Ganz im Ernst.*

Sie hatte sich in Chris getäuscht. Er war begeistert von Fionas Plänen. »Romla wird liebend gern bei den Vorbereitungen mithelfen, falls du verhindern kannst, daß sie alles an sich reißt. Das ist etwas, was ihr wirklich liegt.«
»Ich finde es großartig, wenn sie alles an sich reißt«, sagte Fiona, »aber wenn wir wirklich eine ganz tolle Party schmeißen wollen, dann sollten wir besser bis zum Samstagabend war-

ten. Den Leuten eine Chance geben, daß sie in die Stadt kommen können. Alle werden von sich aus anbieten, Kuchen zu backen und etwas mitzubringen. Schließlich wird das die Hochzeit des Jahres werden.«
Genau das, was Cassie nicht gewollt hatte.
Blake sagte den ganzen Abend über fast überhaupt nichts. Fiona und er gingen früh nach Hause.
Als sie gegangen waren und Cassie dastand und das Geschirr spülte, während Chris abtrocknete, sagte er: »Wo willst du wohnen? In deinem Haus oder in meinem?«
»Ich möchte nicht über all diese Dinge nachdenken.«
Chris küßte sie auf den Hals. »Das sind nur Kleinigkeiten. Aber ich vermute, ich möchte unsere Ehe nicht in diesem Haus beginnen, in dem ich so viele unglückliche Jahre mit Isabel verbracht habe.«
Cassie spülte das letzte Geschirrstück. »Warum bist du so lange in diesem Haus geblieben?«
Er zuckte die Achseln. »Ich vermute, ich bin nie auf den Gedanken gekommen auszuziehen.«
»Ich bin auch nicht gerade wild auf dieses Haus hier.«
»Möchtest du vielleicht Fionas Haus kaufen? Du hast es immer gern gemocht, und sie wird ausziehen.«
»Chris, das ist eine wunderbare Idee.« Sie drehte sich lächelnd zu ihm um, und zum ersten Mal, seit Blake über den Pfad zu Fionas Haus gekommen war, war ihr nach einem Lächeln zumute. »Ich habe mich in keinem anderen Haus jemals wohler gefühlt. Ja, laß uns mit ihr darüber reden. Oh, diese Idee gefällt mir wirklich.«
Sowie er mit dem Abtrocknen fertig war, sagte Chris: »Ich gehe jetzt nach Hause.«
»Du gehst nach Hause? Warum? Niemand wird jetzt auch nur noch im geringsten schockiert sein, wenn du am frühen Morgen das Haus verläßt.«
Er beugte sich vor und küßte sie zart. »Nein, ich möchte, daß wir die Nächte getrennt verbringen, bis wir verheiratet sind. Schließlich sind es nur noch fünf Nächte, Darling.«

So hatte er sie noch nie genannt.
»In all der Zeit, seit wir zusammen sind, haben wir noch nie fünf Nächte voneinander getrennt verbracht.«
Er lächelte. »Das wird uns die Nacht auf den Sonntag nur um so mehr versüßen.«
»Willst du damit etwa sagen, die letzte Nacht sei nicht die tollste gewesen, die wir je miteinander erlebt haben?«
»Die Nacht auf den Sonntag wird süßer werden.«

Romla übernahm wirklich sämtliche Vorbereitungen. Sie trieb genügend Platten auf, damit die Leute tanzen konnten, denn es stand kein Orchester zur Verfügung. Sie sagte Cassie, es begeistere sie, daß sie jetzt Schwestern würden, und sie sei außer sich vor Freude für ihren Bruder. Genau das hätte sie sich schon gewünscht, seit Cassie vor so langer Zeit nach Townsville gekommen war. »Ich habe dich vom allerersten Augenblick an ins Herz geschlossen«, bekundete Romla.
Die Hochzeit war das Ereignis des Winters 1944. Leute fuhren zehn bis zwölf Stunden, um sie mitzuerleben. Sämtliche schäbigen Zimmer des Hotels, alle Zimmer bei »Addie's« und nahezu jedes Gästezimmer in der ganzen Stadt waren belegt. Es war vollkommen ausgeschlossen, entweder die Hochzeit oder den Empfang bei Fiona zu veranstalten. Die Trauung sollte in der presbyterianischen Kirche stattfinden, der Empfang in der Turnhalle der Schule.
Steven hatte sich am Tag vor der Hochzeit an sie gewandt. »Cassie, du brauchst jemanden, der dich dem Bräutigam übergibt. Es wäre mir eine Ehre, wenn du mir das gestatten würdest.«
Welche Ironie des Schicksals.
Don und Margaret übernachteten in Cassies Gästezimmer, und Don behauptete, sich gewaltig darüber zu freuen, daß sie Fiona den weiten Weg nach Yancanna hatte fliegen lassen, um ihn zu holen. Er erzählte ihr, Margaret bekäme ein Baby, und er würde den Posten auf der Kanzel der Kirche von Alice Springs übernehmen, damit er sie und das Kind nicht allein

lassen mußte. »Ich werde in Zukunft nicht mehr als Pater durch das Land ziehen, sondern seßhaft werden und mich damit begnügen, nichts mehr weiter als der Reverend zu sein.« Er lächelte.

»Wie wird dir das gefallen?« fragte Cassie. »So viele Menschen werden dich vermissen.«

»Und ich werde sie auch vermissen. Aber es muß sein. Ich habe jedoch nicht vor, den Kontakt zu den Leuten zu verlieren.« Er legte Cassie die Hände auf die Schultern. »Wirst du glücklich werden, meine Liebe?«

»Was ist Glück?« fragte sie.

»Ich glaube zu wissen, warum du das tust, aber Chris Adams ist ein guter Mann. Seit ihr beide zusammen seid, ist er sogar ein noch besserer Kerl geworden. Er hat eine unglückliche Ehe geführt, hat er dir das erzählt? Ich habe es die ganze Zeit über gewußt. Mach ihn nicht noch einmal unglücklich, Cassie.«

Cassie fühlte sich verletzt. »Für was für eine Frau hältst du mich bloß? Ich dachte, du magst mich.«

»Dich mögen? Cassie, wenn es nur das wäre. Neben meiner Marg bist du die Frau auf Erden, die ich mir mehr als jede andere zur Ehefrau wünschen würde. Das weißt du doch. Ich kann mir gut vorstellen, daß du es schon immer gewußt hast. Aber das heißt doch nicht, daß ich dich für vollkommen halten muß.«

»Du weißt nur zu gut, daß ich nicht vollkommen bin.«

Er schüttelte den Kopf. »Das habe ich damit überhaupt nicht gemeint. Ich rede von der Reinheit der Motive. Es mag gut sein, daß du diesen Schritt nicht aus den richtigen Gründen unternimmst, aber was sind schon die richtigen Gründe für eine Eheschließung? Ich will damit nur eines sagen, und das ist: Ich hoffe, du bist die Frau, für die ich dich halte, und du wirst Chris Adams nicht unglücklich machen, und das nur in dem Bestreben, Blake Thompson zu beweisen, daß er dir nicht wichtig ist.«

Sie starrte Don in die Augen und flüsterte: »Tue ich das?«

»Den Verdacht habe ich.« Don schlang die Arme um sie.

»Aber das heißt nicht, daß du keine gute Ehe führen kannst. Du mußt dich mit der Tatsache abfinden, daß Blake Fiona gehört und daß du ihn niemals haben kannst. Ich glaube, verstandesmäßig weißt du das schon lange, aber nachdem du es jetzt mit eigenen Augen gesehen hast, mußt du es als eine Tatsache hinnehmen und dein eigenes Leben führen.«
»O Don, genau das habe ich mir selbst gesagt. Ich muß etwas aus meinem Leben machen.«
»Nun, Cassie, dann wollen wir doch hoffen, daß du das Richtige daraus machst.«
Am nächsten Tag sagte er: »Hast du je einen Hang zum Fliegen gehabt?«
»Wie meinst du das? Ich verbringe mein halbes Leben im Flugzeug.«
»Nein, ich meine, einen Hang dazu, Pilotin zu werden.«
»Um Himmels willen, nein.«
»Tja, ich dachte mir, ich könnte John Flynn mal fragen, was er davon hielte, wenn du das Fliegen lernst. Es steht kein anderer Pilot zur Verfügung, und du willst doch nicht, daß es jetzt Schluß ist mit dem FDS, oder?«
Cassie neigte den Kopf zur Seite. »Ich kenne die Vorschriften. Ärzten ist es nicht gestattet, Flugzeuge zu steuern.«
Don nickte. »Ja, aber Cassie, als diese Vorschriften aufgestellt worden sind, sind Kriegszeiten nicht berücksichtigt worden. Entweder du lernst das Fliegen, oder der FDS ist außer Gefecht gesetzt, bis der Krieg vorüber ist.«
»Laß mich darüber nachdenken. Ich glaube nicht, daß ich das schaffe.«
Don lächelte. »Cassie, mir fällt nichts ein, was du nicht schaffen könntest, wenn du es dir in den Kopf setzt.«
Sie lächelte ihn an. »Glaubst du das wirklich, Don?«
»Du liebst die Herausforderung. Du blühst unter Streß auf. So gut kenne ich dich. Ich habe gesehen, daß du jedes Hindernis bewältigt hast, das sich dir in den Weg gestellt hat. Vielleicht ist es genau das, was du brauchst, meine Liebe. Ich würde sagen, du brauchst neue Hürden, die du nehmen kannst.«

Die ganze Stadt und mehr als hundert Leute aus dem Busch kamen zur Hochzeit. Noch nicht einmal die Hälfte von ihnen fand in der Kirche Platz, und daher war die Straße von Menschen gesäumt.
Die Party hinterher dauerte bis gegen drei Uhr morgens, doch Chris wurde um neun Uhr zu einer Patientin gerufen, die in den Wehen lag. Es war nach Mitternacht, als Don und Margaret die Braut nach Hause begleiteten.
Cassie blieb auf und wartete auf ihren Mann. Da sie unruhig war, verbrachte sie ihre Hochzeitsnacht schließlich damit, einen Brief an Sam zu schreiben und ihm von den jüngsten Entwicklungen zu berichten.
Als Chris um halb sechs morgens nach Hause kam, war er erschöpft, da er einen Kaiserschnitt hatte durchführen müssen.
Er fiel aufs Bett und war innerhalb von weniger als einer Minute eingeschlafen.
Cassie legte sich neben ihn, lauschte dem Krähen der Hähne, hörte Hunde bellen und fragte sich, ob Fiona und Blake wohl schliefen. Ob sie wohl bald aufwachen würden und ob Blake sich dann an sie schmiegen und sie wieder lieben würde. Und immer wieder.

40

»Nervös?« fragte der Fluglehrer.
Cassie stieg auf den Pilotensitz und machte sich für ihren ersten Flug bereit, bei dem sie selbst am Steuer saß. Der Fluglehrer setzte sich auf den Sitz rechts neben sie.
»Es ist nicht nötig vorzupumpen«, sagte er. Rob Wright war ein großer, schlanker Mann, ein Kettenraucher von Ende Vierzig. »Es ist ein warmer Tag. Wenn der Motor kalt wäre, könntest du ein paar Spritzer Kraftstoff vorpumpen und dann den Schalter umlegen und den Motor anlassen und ihn eine Zeitlang leer laufen lassen. Aber heute ist es warm.«
Warum war es nicht so wie bei den tausend anderen Malen, die sie in einem Flugzeug gesessen hatte?
»Die Cessna ist so konstruiert, daß sie ein Spornrad am Heck braucht. Das heißt, die Motorhaube ist vorn und versperrt dir die Sicht auf das, was rechts von dir liegt. Wir werden deshalb beim Rollen S-Kurven einsetzen. Du wirst auf der Rollbahn ein S beschreiben. Das ist wichtig für den Fall, daß noch andere Flugzeuge dort geparkt sind, wenn du von der Rampe wegrollst. Wenn du das S nach rechts beschreibst, kannst du nach links sehen. Okay, und jetzt laß uns zum Ende der Startbahn rollen.«
Sie hatte hart gearbeitet und wußte genau, wovon er sprach. Sie hatten zwei Wochen lang theoretischen Unterricht betrieben.
»Und jetzt«, sagte Rob grinsend, »geht es ans Eingemachte. Zeig mal, was du kannst.«
Cassie drehte sich zu ihm um und sah ihn an.
»Du mußt dich absichern, ob mit dem Flugzeug alles in Ordnung ist. Zuerst einmal überprüfst du die Steuerung. Diese

Cessna hat ein Steuerhorn und keinen Steuerknüppel, und das wirst du jetzt zurückziehen und nach vorn drücken, um zu sehen, ob die Höhenruder funktionieren, und mit den Füßen wirst du die Seitenruder treten. Beweg das Steuer leicht nach links und nach rechts und sichere dich ab, daß die Querruder funktionieren.«
Er wartete, während sie es tat.
»Jetzt kommen wir zu den Instrumenten. Diese Cessna 140 hat nicht viele Instrumente, aber wir haben den Kompaß, die Öltemperaturanzeige und den Öldruckmesser, und dann ist da noch der Drehzahlmesser, und wir überprüfen, ob der Höhenmesser ordnungsgemäß eingestellt ist. Das richtet sich nach dem Luftdruck. Wenn wir keine diesbezüglichen Informationen von einer Wetterstation bekommen können, dann muß man selbst wissen, wie hoch der Flugplatz über dem Meeresspiegel liegt. Sagen wir mal, hier sind es siebenhundertfünfzig Meter. Stell den Höhenmesser dementsprechend ein. Das ist von allergrößter Wichtigkcit.«
Cassie nickte und hoffte nur, sie würde sich all das merken können.
»Okay«, fuhr Rob fort. »Als nächstes schauen wir nach dem Treibstoff. Erinnerst du dich noch, als wir uns die Cessna auf der Rampe angesehen haben und ich dich diese kleine Leiter habe hinaufsteigen und den Tankdeckel abschrauben und einen Finger hineinstecken lassen, damit du siehst, ob du auch reichlich Treibstoff hast? Vergiß nicht, daß das auf beiden Seiten vorgenommen werden muß, da an jeder Tragfläche ein Tank ist.« Er sprach weiter und erklärte jetzt den Drehzahlmesser. »Wenn du den Motor auf Touren bringst, dann schau auf den Drehzahlmesser. Geh auf etwa fünfzehnhundert Umdrehungen rauf. Das Flugzeug hat zwei Sätze Zündkerzen, was heißt, daß du nicht die komplette Leistung verlierst, wenn ein Satz dich im Stich läßt. Außerdem hast du zwei Magnetnadeln, die ähnlich wie der Verteiler eines Wagens funktionieren, aber sie sind wesentlich zuverlässiger und leistungsfähiger.« Jetzt erklärte

er die Verzwicktheiten, die sie bereits theoretisch gelernt hatte.

»Okay«, sagte er, als er sich vorbeugte, um ihr auf die Schulter zu klopfen. »Bist du bereit zum Start? Ich übernehme den Start, und dann steuerst du das Flugzeug gemeinsam mit mir. Jetzt hältst du das Steuer auf deiner Seite und stellst die Füße leicht auf die Seitenruderpedale. Dieses Flugzeug ist heimtückisch, was den Gebrauch der Bremsen angeht. Wenn du die rechte und die linke gleichzeitig betätigst, bleibt das Flugzeug stehen.«

Sie schauten sich sorgsam nach allen Richtungen um und rollten auf die Startbahn. Das Gasgeben ging leicht und schnell, ein kurzer Druck, und sie rollten über die Bahn. »Drück das Steuer eine Winzigkeit nach vorn, bis wir spüren, daß das Heck sich in die Luft hebt, und halte es dann genauso fest. Sorg mit den Seitenrudern dafür, daß die Maschine in einer geraden Linie über die Startbahn rollt, und wenn wir dann eine Geschwindigkeit von neunzig bis hundert Stundenkilometern erreicht haben, dann nimmst du das Steuer leicht zurück – ah, das war es, gut gemacht.« Er sagte ihr, sie solle das Heck ein klein wenig mehr nach unten neigen, und die Kanzel hob sich. Das Flugzeug begann zu steigen. »Wir werden auf Vollgas bleiben, bis wir eine Höhe von etwa einhundertzwanzig Metern und eine gute Fluggeschwindigkeit erreicht haben, vielleicht hundertfünfzig Stundenkilometer, und dabei belassen wir es dann. Hier, sieh dir an, was ich tue.«

Er flog eine Kehre nach rechts. »Jetzt werden wir auf eine Höhe aufsteigen, auf der wir Manöver vornehmen werden. Wenn wir keinen Strand wie den dort unten hätten, müßten wir eine gerade Linie finden, Eisenbahnschienen oder eine Straße mit geradem Streckenverlauf. Eines der ersten Manöver wird darin bestehen, in gleichbleibender Höhe eine gerade Strecke zu fliegen. Ich werde dir jetzt vorführen, wie sich das machen läßt, denn bei starken Böen ist das kein einfaches Manöver.«

Er flog auf eine Höhe von siebenhundertfünfzig Metern und

sagte dann zu Cassie: »Okay, jetzt kannst du übernehmen und dabei spüren, was mit den Rudern und dem Steuer geschieht. Schau raus auf den Horizont, der in einer bestimmten Position zur Motorhaube sein muß, als würdest du über die Motorhaube eines Wagens hinausschauen. Sieh dir den Winkel des Horizonts zur Motorhaube beim Steigflug, beim Sinkflug und beim Wenden an. Nachdem du das jetzt gut im Griff hast, werden wir eine leichte Schräglage in der Kurve ausprobieren. Querneigungen und Kurven. Wenn du mit einem Flugzeug eine Kurve fliegst, gehst du, ähnlich wie auf einer Rennbahn, in eine leichte Schräglage. Die Steuer müssen koordiniert sein, um eine gewisse Höhe zu halten oder zu verhindern, daß das Flugzeug abrutscht und an Geschwindigkeit verliert.«

Obwohl sie schon so viele Tausende von Meilen geflogen war, war das eine vollständig neue Erfahrung für Cassie. Sie hatte ihren Bezug zur Erde nie so klar wahrgenommen, war sich nie so deutlich über die Kurven bewußt gewesen, die ein Flugzeug beschrieb, über das, was unter ihr lag. Sie übten Schräglagen und Kurven.

»Und jetzt«, sagte der Pilot, »werden wir die Abrutschgrenze testen und mit der kritischen Geschwindigkeit experimentieren, wobei das Flugzeug nicht mehr weiterfliegt und doch nicht abstürzt, es sei denn, durch eine außerordentliche Dummheit weist die Kanzel direkt nach unten. Das Flugzeug wird in einem Verhältnis von zehn zu eins im Gleitflug fliegen. Das heißt mit anderen Worten, wenn du eine Meile über dem Boden bist, könntest du so noch zehn Meilen weit fliegen. So, und jetzt gehen wir an die Abrutschgrenze, nehmen das Gas ein wenig zurück und verlangsamen die Fluggeschwindigkeit. Zieh die Steuer zurück, und zieh so lange daran, bis sie sich nicht noch weiter zurückziehen lassen. Dann wird die Nase des Flugzeugs nach unten sinken.«

Cassie schlug das Herz in der Kehle. Nie hatte sie Sams und Fionas Können derart zu würdigen gewußt. »Es wird sinken wie ein Blatt, aber es wird nicht senkrecht nach unten fallen. Laß das Horn ganz hinten und benutze die Ruder, damit das

Flugzeug nur einfach immer weiter sinkt und an Fluggeschwindigkeit verliert.« Und genau das tat es auch. Cassies Kehle schnürte sich zu, und sie glaubte nicht, Luft holen zu können.

Rob sah sie an und lachte. »Wir kommen ganz einfach aus diesem Sinkflug heraus, indem wir das Steuer nach vorn drücken. Mach niemals abrupte Bewegungen, sondern laß die Nase geschmeidig nach unten sinken. Wenn du das Horn nach vorn drückst, senkt sich die Nase, und das Flugzeug gewinnt an Geschwindigkeit und fliegt wieder weiter.«

Cassie warf einen Blick auf ihn und holte tief Luft.

Sie verbrachte einen Monat in Brisbane, und als sie draußen in Tookaringa ihre Sprechstunde wieder abhielt, war Fiona schwanger.

»Warum wirkst du nicht glücklicher auf mich?« fragte Cassie. »Ich dachte, das sei genau das, was du wolltest.«

»Ich bin außer mir vor Freude darüber. Steven auch.«

Es herrschte Stille. »Und was ist mit Blake?«

Tränen traten in Fionas Augen. »Der begeistert sich für nichts. Er macht kaum auch nur den Mund auf. Er bleibt die meiste Zeit in unserem Zimmer und liest oder starrt aus dem Fenster.«

»Männern, die den Krieg miterlebt haben, schreckliche Dinge gesehen haben und dabei waren, als ihre Freunde gestorben sind, kann das oft passieren. Vielleicht fragt er sich, warum er überlebt hat und die anderen gestorben sind.«

Fiona nickte. »Ich bin sicher, daß das auch eine Rolle spielt, aber er glaubt, daß er zu nichts in der Lage ist und daß sein Leben vorüber ist.«

Cassie trank ihren Tee aus. »Du meinst, wegen seines Arms?«

Fiona nickte. »Ja. Er hält sich nicht mehr für vollwertig. Er kann nicht reiten und fragt sich, wozu er hier draußen eigentlich gut ist, wenn er sich nicht auf ein Pferd setzen kann. Er kann keine Rinder brandmarken. Er kann kein Vieh zusammentreiben. Er kann nichts von den Dingen mehr tun, die er

sein ganzes Leben lang getan hat. Er schafft es noch nicht mal selbst auf ein Pferd.«
Darauf hatte Cassie keine Antwort parat. »Aber er kann Vater und Ehemann sein.«
»Er hat geglaubt, ich wollte noch nicht einmal mehr in einem Bett mit ihm schlafen, nachdem er jetzt den Arm verloren hat. Er hat geglaubt, dieser Anblick bewirkt, daß ich ihn nicht mehr begehre. O Cassie.« Tränen rannen jetzt über Fionas Wangen. »Ich mußte alles tun, was mir nur irgend eingefallen ist ... um ihn zu verführen! Ich weiß noch nicht einmal, ob er es wollte.«
»Mein Gott, Fi, er ist doch immer noch ein Mann.«
»Das scheint er nicht zu glauben. Nichts, was Steven und ich tun, scheint ihn aus seiner Lethargie aufzurütteln. Er interessiert sich für nichts. Als wir festgestellt haben, daß ich schwanger bin, hat eine Sekunde lang ein Funken Leben in seinen Augen aufgeleuchtet, und er hat gesagt: ›So Gott will, wird es ein Mädchen werden.‹ Ich glaube, er hat damit gemeint, Mädchen ziehen nicht in den Krieg.«
»Er kann doch nicht den Rest seines Lebens damit verbringen, Selbstmitleid zu haben.« Als sie das sagte, erkannte Cassie, daß sie einen beträchtlichen Teil der letzten fünf Jahre damit zugebracht hatte, sich selbst zu bemitleiden, weil Blake sie verlassen hatte. Vielleicht war man nicht Herr über seine Gefühle. Vielleicht konnte niemand Blake aus seiner finsteren Stimmung herausholen. Er würde es mit der Zeit selbst schaffen müssen. »Die einzige Weisheit, die ich mit dem Älterwerden erlangt habe, ist die, daß auch das vorübergehen wird. Alles geht irgendwann vorüber.«
Fiona rang sich zu einem Lächeln durch. »Wenn ich wirklich glücklich bin, sehe ich das auch so. Wenn ich aber in einen Abgrund gerate, bin ich felsenfest davon überzeugt, daß ich bis in alle Ewigkeit hoffnungslos unglücklich sein werde.«
»Du mußt immer daran denken, daß es vorbeigeht.«
Fiona legte einen Arm um Cassies Schultern. »Du hast ja recht. Das überlege ich mir jede Nacht. Aber ich wünschte, es gäbe

etwas, was ich bis dahin tun kann, um ihm zu helfen. Es ist mir unerträglich, ihn so zu sehen. Er war ein Gigant, Cassie. Und jetzt …«

»Blake Thompson wird eines Tages wieder ein Gigant sein, du wirst es ja sehen. Wir werden uns etwas einfallen lassen. Zum Teil liegt es an dieser verdammten Schwüle. Die kann jeden lahmlegen. Ehe ich aufbreche, muß ich mich wegen der Funkrufe mit Horrie in Verbindung setzen. Ich rufe ihn von deinem Apparat aus an, einverstanden?«

Horrie verband sie mit der Frau von Ian James, die ihr Symptome schilderte, von denen Cassie mit Sicherheit glaubte, daß es sich um eine Lungenentzündung handelte.

»Ich fliege gleich rüber«, sagte Cassie. Da ansonsten keine Notfälle gemeldet worden waren, griff sie nach ihrer Tasche und sagte zu Fiona: »Wir sehen uns in ein paar Wochen wieder. Ich fliege jetzt zu den James.«

Fiona begleitete sie zum Flugzeug. »Es versteht sich doch wohl von selbst, daß ich damit rechne, dich bei der Geburt an meiner Seite zu haben.«

»Ja, das versteht sich von selbst.« Cassie gab ihrer Freundin einen Abschiedskuß.

Vierzig Minuten später traf sie bei den James ein. Ian James lag im Bett und rang in der stickigen Schwüle um Atem. Cassie setzte sich neben ihn und zählte, daß er vierzigmal in der Minute keuchend Luft holte. Er sog sie ein, doch das verschaffte ihm offensichtlich keine Linderung; seine Lunge mußte mit Flüssigkeit und Eiter vollgesogen sein und kaum offene Atemwege haben.

»Hat er viel gehustet?«

Mrs. James nickte mit angsterfüllten Augen. »Und dabei ist gelblichgrüner Schleim mit Blutspuren rausgekommen.«

Cassie fühlte ihm den Puls.

»Warum ist er so blau angelaufen?« fragte seine Frau.

»Weil der Sauerstoffanteil im Blut nicht ausreichend ist.«

»Hat er Lungenentzündung?«

Cassie nickte. Er brauchte dringend eine Sauerstoffzufuhr,

und er mußte ins Krankenhaus gebracht werden. Er schwitzte, und seine Muskeln waren angespannt. Sie fand, bei seinem Ringen um Atem sähe er vor Anstrengung fast aus wie ein Preisboxer.

»Ich werde ihn ins Krankenhaus bringen müssen. Ich werde Ihnen heute abend von Augusta Springs aus Bescheid geben. Ich habe eine Sauerstoffmaske im Flugzeug, aber wenn wir ihn nicht schnell ins Krankenhaus bringen, nun ...«

Sie sah sich um. »Ich habe eine Tragbahre im Flugzeug. Können Sie einen der Männer finden, die für Sie arbeiten, damit er mir tragen hilft?«

»Ich helfe Ihnen.«

Gemeinsam hoben sie Ian James auf die Bahre und gurteten sie im Flugzeug fest. Cassie beugte sich über ihren Patienten und rückte die Sauerstoffmaske zurecht. Sein Puls schlug schon jetzt noch langsamer; sein Blutdruck sank stetig. Er schnaufte weniger oft und verlor offensichtlich immer mehr Kraft, wie ein Schwimmer, der sich im Wasser abmüht.

Sie brachte den Motor auf Touren und flog los. Es war das fünfte Mal, daß sie allein flog. Sie mußte sich auf das Fliegen konzentrieren, auf den Gegenwind, der plötzlich aufkam und die Leitwerke flattern ließ, aber ein großer Teil ihres Bewußtseins weilte hinter ihr, dort, wo sie nicht hinsehen konnte. Sie kämpfte gegen den Wind an und fragte sich, ob das hieß, daß ein tropischer Sturm auf sie zukam. Sie betete, sie möge Augusta Springs erreichen, ehe das Unwetter losbrach.

Als sie nach Süden flog, hatte sie keinen Gegenwind mehr und flog durch einen ruhigen Himmel. Sie wollte dringend bei ihrem Patienten sein und sehen, was für ihn getan werden konnte. Saß die Sauerstoffmaske noch an der richtigen Stelle, oder war sie verrutscht? Atmete der Mann noch? Sie verrenkte sich auf ihrem Sitz und schaute in die Kabine hinter sich, und als sie ein Rasseln hörte, wußte sie, daß die Luft sich einen Weg an der Flüssigkeit im Brustkorb vorbeibahnte und gurgelnde Laute erzeugte.

Sie hatte die gräßliche Vorahnung, daß sie es nicht mehr rechtzeitig schaffen würden. Wenn sie dort hinten bei ihrem Patienten gesessen hätte, hätte sie vielleicht etwas tun können. Sie verstand, warum John Flynn es zur Vorschrift erhoben hatte, daß Fliegende Ärzte nicht ihre eigenen Flugzeuge steuern durften. Im Moment konnte sie nicht mehr für ihn tun, als wenn er zu Hause in seinem Bett gelegen hätte. Wahrscheinlich wäre er lieber dort gestorben als auf dem Weg nach Augusta Springs.

Und auf diesem Weg starb er dann auch. Fünfzehn Minuten ehe Cassie landete, schnaufte Ian James einmal tief und stöhnte dann verhalten. Danach war kein Laut mehr zu vernehmen.

Als Cassie zu Hause eintraf, hatte Chris schon einen Scotch für sie eingeschenkt. Sie trank ihn auf einen Zug und berichtete ihm, was passiert war, erzählte ihm sowohl von Ian als auch von Fionas Schwangerschaft.

»Was soll dieser ganze Quatsch, daß wir uns angeblich an den Tod gewöhnen?« fragte Cassie.

»Ich nehme an, das dient dazu, daß wir nicht mehr ganz so sehr darunter leiden.«

»Setzt es dir immer noch zu?«

»Nicht mehr so sehr, wenn ich den Patienten nicht kenne. Aber immer noch genauso sehr, wenn es jemand ist, den ich lange Zeit gekannt habe. Oder ein Baby.«

»Es der Familie zu sagen. Das ist das Schlimmste von allem. Es seiner Frau über Funk mitzuteilen. Das ist mir so unpersönlich erschienen.«

Chris sagte nichts dazu.

»Ich werde jetzt duschen«, sagte Cassie. Sie stand auf und ging in ihr Zimmer – das Zimmer, in dem sie gleich nach ihrer Ankunft in der Stadt gewohnt hatte.

Als sie aus der Dusche kam, sagte Chris: »Du bist doch bestimmt nicht dazu aufgelegt, daß wir uns etwas kochen. Hast du Lust, zu ›Addie's‹ zu gehen?«

»Klar.« Sie schüttelte den Kopf, als sie in den Spiegel schaute. »Chris, was würdest du davon halten, wenn ich mir das Haar wachsen lasse?«

Er stellte sich hinter sie und sah ihr Spiegelbild an. »Das hätte ich dir schon immer gern vorgeschlagen. Ich glaube, das würde mir gut gefallen.«
»Und warum hast du es mir dann nie gesagt?«
»O Cassie, ich besitze nicht die Tollkühnheit, dir Vorschläge zu machen. Wenn ich gesagt hätte, es würde mich freuen, wenn du dir das Haar wachsen ließest, dann hättest du es niemals getan. Du gehst nie auf Vorschläge ein. Du scheinst sie als Befehle aufzufassen, und wenn es etwas gibt, was dir verhaßt ist, dann ist das Autorität.«
Sie schaute ihn im Spiegel an. »Du stellst mich hin, als sei ich ziemlich abscheulich.«
Er lächelte sie an. »In gewissen Momenten bist du das auch.«
War sie es wirklich? Das war ein Teil ihrer selbst, den sie sich nie eingestand.

41

An dem Tag, an dem die Vereinigten Staaten die Atombombe abwarfen, die das Kriegsende herbeiführte, entband Cassie Fiona von einer Tochter, die acht Pfund und zweihundert Gramm wog. Sie wurde Jenny genannt. Fiona hatte nicht ins Krankenhaus kommen wollen, sondern hätte es vorgezogen, das Baby zu Hause zu bekommen. Davon wollte Steven nichts hören. Er hatte zu viele Kinder dadurch verloren, daß ein Krankenhaus zu weit entfernt gewesen war.

Cassie schlug vor, Fiona solle drei Wochen ehe das Baby erwartet wurde, in die Stadt kommen und bei ihnen wohnen, in ihrem alten Zimmer. »Blake würde es auch nichts schaden, wenn er mitkäme. Wir haben genug Platz.«

Als sie Chris erzählte, daß sie die beiden eingeladen hatte, fragte er: »Wie ist dir dabei zumute, Blake hier zu haben, in unserem Haus?«

»Ich wünschte, du würdest mich mit diesem alten Hut verschonen. Ich habe ein gutes Gefühl dabei. Fiona ist meine engste Freundin, und ich will, daß sämtliche Vorsichtsmaßnahmen getroffen werden. Es ist eine Fahrt von zwölf Stunden, falls die Wehen vorzeitig einsetzen sollten. Ich erteile all meinen werdenden Müttern den Rat, schon einige Wochen vorher in die Stadt zu kommen.«

»Das weiß ich«, sagte er, »aber wenn man bedenkt, was du damals mit Blakes Baby getan hast …«

Cassies Augen loderten auf. »Kannst du das denn nicht vergessen? Ja, ich habe es getan. Das Klügste, was ich je getan habe. Ich empfinde nichts mehr für Blake. Im Ernst. Aber Fiona liegt mir sehr am Herzen. Um Himmels willen, Blake ist ein Versager. Seit er nach Hause zurückgekommen ist, sitzt

er doch nur noch rum wie ein Fossil, rührt keinen Finger mehr, redet kaum noch ein Wort und sorgt dafür, daß die Stimmung auf Tookaringa gedämpft ist. Glaubst du im Ernst, ich hätte lieber ihn als dich?«
»Das kommt nur daher, daß du manchmal so weit weg zu sein scheinst.«
»Das kommt davon, daß man eine Frau heiratet, die selbst berufstätig ist. Ich bin nicht jede Sekunde nur für dich da! Mein Gott, ich habe Probleme und Sorgen, und ich mache mir Gedanken über meine Patienten und auch über meinen Job, das mußt du doch einsehen. Ich dachte, das wüßtest du.«
Er nickte. »Ja, sicher. Schon gut. Es tut mir leid, daß ich davon angefangen habe. Solange du damit umgehen kannst, daß Blake hier ist, kann ich es vermutlich auch.«
»Das möchte ich dir geraten haben. Schließlich hast *du* mich in deinem Bett.«
»Meine Güte, Cassie, das ist doch nicht alles, was eine Beziehung ausmacht!«
»Ach, nein?« Sie wandte sich von ihm ab und schaute zum Fenster hinaus. »Ich dachte, genau das sei es gewesen, was deine Ehe mit Isabel so unerträglich gemacht hat.«
Chris seufzte. »Manchmal bin ich sicher, daß wir beide einander niemals verstehen werden.«
Sie schnauzte ihn an. »Und was jetzt? Mir scheint, wir verstehen einander sehr gut. Ich nehme deine engstirnige Bigotterie hin, deine steife Förmlichkeit, deine reaktionäre Gesinnung. Du sagst mir, daß ich Verwerfliches getan habe. Wie gräßlich, nie unmoralisch gehandelt zu haben. So bleiben wir wenigstens bescheiden, meinst du nicht auch? Du weißt von meiner anrüchigen Vergangenheit, und ich habe geglaubt, du hättest sie mir verziehen. Aber das ist offensichtlich nicht der Fall, denn sonst würdest du mir nicht immer wieder an den Kopf werfen, daß ich ...«
Chris riß die Hände in die Luft. »O Cassie, darum geht es doch überhaupt nicht. Ich weiß, daß du mich nicht so liebst, wie du Blake geliebt hast. Das verlange ich noch nicht einmal. Ich

bin dankbar für das, was wir miteinander haben, obwohl ich weiß, daß du nicht das für mich empfindest, was ich für dich empfinde …«

Cassies Stimme war jetzt laut und durchdringend. »Ich mache mir soviel aus dir, wie es mir nur irgend möglich ist. Ich habe gelobt, dich zu lieben und zu ehren, und, zum Teufel noch mal, ich bin der Meinung, genau das zu tun. Zumindest bemühe ich mich. Ich bemühe mich nach Kräften, mein Bestes zu tun, um dich glücklich zu machen.«

»Das weiß ich doch, mein Liebes, das ist mir doch klar.« Er ging zu ihr und legte ihr die Hände auf die Schultern. »Was mich betrübt, ist nur, daß es dich solche Anstrengung kostet.«

Sie blickte zu ihm auf und streckte die Arme aus, um sie ihm um den Hals zu schlingen. Sie küßte ihn und ließ die Zunge über seine Lippen gleiten. Dann zog sie seinen Kopf zu sich herunter und ließ ihre Zunge in sein Ohr gleiten. »Bist du nicht glücklich? Hast du denn nicht genau das, was du haben wolltest?«

Er zog sie eng an sich. »Ich habe mehr, als ich es mir je erhofft hätte.«

»Dann hör von Blake auf und laß uns unseren Spaß aneinander haben. Du redest wenigstens mit mir. Er redet sowohl mit Fiona als auch mit Steven so gut wie gar nicht.«

Einen Monat später kam exakt um die Mittagszeit Jennifer Stephanie Thompson zur Welt.

Eine Stunde später wurde Cassie zu einem Unfall gerufen, in den ein junger Rancharbeiter verwickelt war, der mit einem Lasso eine Kuh eingefangen hatte. Daraufhin war das Tier mit ihm fortgelaufen und durch einen Stacheldrahtzaun gerannt, hatte den armen Mann hinter sich hergezogen, ihn gegen einen Baumstamm prallen lassen und seinen Arm zermalmt.

Als Cassie eintraf, waren die bruchstückhaften Überreste des Arms gelblichgrau verfärbt, und der Mann konnte den Arm nicht bewegen. Seine Kumpel hatten ihn mit Whisky vollgepumpt, doch er hatte immer noch schauderhafte Schmerzen.

Knochen schauten aus dem Arm heraus, und der abgestorbene Teil stand in einem unnatürlichen Winkel von seinem Körper ab.
Der Mann war durch den Blutverlust bleich, obwohl seine Kumpel ihm eine Aderpresse über den Ellbogen gebunden hatten, um die Blutung zu stoppen.
Cassie blickte zu dem Vorarbeiter auf. »Ich werde an Ort und Stelle amputieren müssen«, sagte sie. Amputationen waren etwas, woran sich kein Arzt je gewöhnen konnte. »Der größte Teil des Arms ist ohnehin zerschmettert.«
Sie kramte in ihrer Arzttasche herum und reichte einem der Rancharbeiter ein Messer. »Sterilisieren Sie das mit Feuer oder mit kochendem Wasser. Aber schnell!«
Als das Messer einsatzbereit war, durchschnitt Cassie, was an Muskeln und Haut noch übrig war. Dann band sie das große Blutgefäß ab, befestigte am Ende eine Klemme, zog es ein wenig heraus und schloß das Ende mit Schlaufen, die sie mit vier oder fünf Knoten schloß. Dabei zog sie fest an dem Faden, damit es nicht zu weiteren Blutungen kommen konnte.
In ihrem Versuch, gegen Bakterien anzugehen, wusch sie den Stumpf mit abgekochtem Wasser, schmierte ihn dann mit einer antibiotischen Salbe ein und verband die Verletzung.
»Tragen Sie ihn zum Flugzeug. Ich werde ihn zur Weiterbehandlung ins Krankenhaus mitnehmen.«
Als sie nach Augusta Springs zurückflog, fielen purpurne Spiegelungen der Wolken auf die rissige Erde. Mein Gott, dachte sie, wie lange ist es her, seit es geregnet hat?
Der bewußtlose Mann hinter ihr stöhnte leise, und sie dachte an Blake ohne seinen Arm und daran, was für ein Gefühl es sein mußte, einen Teil seiner selbst für immer verloren zu haben.

»Du hast recht«, sagte Chris, nachdem Fiona, Blake und das Baby nach Tookaringa zurückgekehrt waren. »Blake gibt kaum ein Wort von sich. Und wenn er doch etwas sagt, dann ist er einsilbig. Er hat verdammt viel Selbstmitleid.«

Cassie strich Himbeermarmelade auf ihren Toast. Es war keiner der Tage, an denen sie Sprechstunden außerhalb abhielt, und daher hatte sie frei, falls kein Notruf über Funk einging. In ihr war eine Idee herangereift, während sie beobachtet hatte, wie Blake die Kommunikation mit allen verweigerte.
»Ich habe den Verdacht, es liegt nicht nur daran, daß er seinen Arm eingebüßt hat. Es kommt daher, daß er seine frühere Lebensform eingebüßt hat. Es wäre etwas anderes, wenn er Dinge *tun* könnte, ein Pferd reiten, einen Wagen fahren, alles Dinge, die er als Selbstverständlichkeiten hingenommen hat.«
»Ich weiß, daß du eine Idee hast. Ich merke es dir an«, sagte Chris und lehnte sich auf seinem Stuhl zurück, während er seinen letzten Kaffee trank, ehe er sich auf den Weg ins Krankenhaus machte.
»Hast du im letzten medizinischen Fachblatt diesen Artikel über all die Neuerungen gelesen, die sie sich für verwundete Soldaten einfallen lassen? Man hat so viele wunderbare Hilfsmittel erfunden. Hast du den Bericht über den elektronischen Arm gesehen?«
Chris schüttelte den Kopf. »Bei dem bin ich bisher noch nicht angelangt. Mich hat der Artikel über Malaria fasziniert. Hast du gewußt, daß dieses Fieber das herausragendste medizinische Problem des Krieges war?«
Cassie hörte ihm kaum zu. »Ich werde Norm Castor anrufen und ihn fragen, was er mir dazu erzählen kann oder zu wem er den Kontakt für mich herstellen kann.«

Als sie das nächste Mal nach Tookaringa rausflog, richtete sie es so ein, daß sie über Nacht bleiben konnte, um Gelegenheit zu haben, mit Blake, Fiona und Steven zu Abend zu essen. Sie wartete, bis sie beim Hauptgang angelangt waren, ehe sie sagte: »Blake, ich möchte gern, daß du nach Melbourne fliegst, um einen guten Freund von mir aufzusuchen. Genaugenommen ist er ein Freund meines Vaters. Dr. Norman Castor. Er hat in seinem Ärztestab einen Mitarbeiter, der phantastische Dinge

bei Kriegsversehrten bewerkstelligt, die einen Arm oder ein Bein verloren haben.«
Man hätte eine Stecknadel auf den Boden fallen hören können. Seit seiner Rückkehr hatte kein Mensch Blakes Gebrechen jemals wieder angesprochen. Man tat so, als sei es gar nicht vorhanden. Fiona und Steven schauten beide Blake an und warteten auf einen Wink von seiner Seite.
»Was würde das nützen? Ich will kein Stück Holz mit einer Kralle am Ende.«
Cassie redete unverdrossen weiter. »So sieht das heute nicht mehr aus. Es werden Arme und Hände hergestellt, die echt aussehen, mit nachgeformten Fingernägeln, leicht erhabenen Sehnen und sogar blauen Strichen anstelle von Adern. Man würde niemals merken, daß es keine echten Gliedmaßen sind.«
Wieder Stille. »Aber ich wüßte es.«
»Tja, ich wünschte, du würdest es ausprobieren. Schließlich kann es nichts schaden. Es würde dich lediglich ein paar Wochen deines Lebens kosten. Und mir scheint, du hast schon weit mehr Zeit vergeudet.«
»Was soll das heißen?«
Fiona streckte einen Arm über den Tisch und nahm seine Hand. »Oh, Cassie will damit gar nichts sagen …«
»O doch, das will ich.«
Wieder Schweigen. Doch diesmal sahen alle drei sie an.
»Du ergehst dich derart in Selbstmitleid, daß du nicht siehst oder dich nicht daran störst, was du deiner Frau und deinem Vater antust«, sagte Cassie. »Du brichst ihnen täglich von neuem das Herz. Du *tust* nichts. Du sitzt auf der Veranda und starrst ins Leere. Ich wette, du machst dir noch nicht einmal Gedanken, es sei denn, du denkst an dich selbst und daran, daß du kein Mann mehr bist, weil du im Krieg einen Arm verloren hast. Was ist mit den Menschen, die ihr Leben gelassen haben? So schlecht bist du gar nicht dran. Bloß weil du nicht reiten, das Vieh zusammentreiben oder schießen kannst, hast du das Gefühl, dein ganzes Leben sei vorüber.

Was glaubst du wohl, was all die Millionen von Menschen tun, die nicht im australischen Busch leben? Du könntest dein Leben gestalten und einen Platz für dich finden. Du weigerst dich lediglich. Du bringst deine Frau dazu, auf Zehenspitzen herumzuschleichen, du zeigst so gut wie kein Interesse an deinem neugeborenen Baby, und dein Vater ist nur noch mit dem Versuch beschäftigt, dir alles recht zu machen.«
Sie unterbrach sich schwer atmend und fragte sich, ob sie sich wohl alle drei zu Feinden gemacht hatte.
»Natürlich ist das deren Schuld«, fuhr sie fort, als niemand etwas sagte. »Sie lassen ihr Leben von dir bestimmen, statt ihr eigenes Leben weiterzuführen, statt Befriedigung aus all den wunderbaren Dingen zu schöpfen, die das Leben bietet, und sie lassen zu, daß du auch ihnen jeden Spaß nimmst und daß sie alles in sich hineinfressen müssen.«
Fiona schlug sich die Hand auf die Brust. »Cassie!«
»Es ist wahr, Fiona, und irgendwo in deinem Innern weißt du es. Wenn Blake auch nur eine Spur von Liebe für dich und Steven aufbrächte und wenn er sich nur so weit öffnen würde, sein Kind zu lieben, dann ginge er nach Melbourne, damit man dort Maß für einen Arm nehmen kann. Dr. Castor sagt mir, daß damit der Gleichgewichtssinn wiederhergestellt wird – er glaubt, du könntest sogar wieder reiten. Du kannst alles tun, was du früher getan hast, außer vielleicht einen Schnürsenkel zubinden, und ich habe dich nie mit Schuhen gesehen, die Schnürsenkel brauchen!«
Steven fragte: »Ist das wahr, Cassie?«
»Es erfordert Zeit und Willenskraft. Und auch Selbstdisziplin. Aber Dr. Castor sagt, daß ganz erstaunliche Erfolge erzielt werden. Du bist nicht der einzige Mensch auf der Welt, der einen Arm verloren hat, Blake. Denk an Menschen, die das Augenlicht verloren haben. Denk an diejenigen, die sich nie mehr bewegen können. Mit dem Verlust deines Armes hast du nicht zugleich deine Männlichkeit eingebüßt. Du hast sie weggeworfen. Hier hast du die Gelegenheit, sie wiederzuerlangen, etwas aus deinem Leben zu machen und der Mensch

zu sein, den dein Vater und Fiona geliebt haben.« Sie betonte die Vergangenheitsform.

Fiona fing an zu weinen und stand vom Tisch auf.

Cassie hoffte, daß sie es sich nicht für alle Zeiten mit ihr verdorben hatte. Sie hatte das Gefühl gehabt, zu extremen Mitteln greifen zu müssen, um zu Blake vorzustoßen. Sie hatte sich damit auseinandergesetzt, ob sie nicht versuchen sollte, ihn allein zu erwischen, dann jedoch beschlossen, wenn sie in Gegenwart seiner Familie mit ihm redete, könnten ihre Worte mehr Gewicht haben.

In dem knappen Jahr, seit er wieder zu Hause war, hatte sie insgesamt weniger mit ihm geredet als während dieser einen Mahlzeit. Er hatte so getan, als sei sie unsichtbar, aber andererseits benahm er sich seinem Vater gegenüber und oft auch gegenüber Fiona ganz genauso. Und allen anderen in seiner Umgebung auch.

Später kam Fiona in Cassies Zimmer. »Ich möchte nicht, daß du glaubst, ich sei dir böse. Es war nur so, daß, o Cassie, daß du all die Dinge gesagt hast, die ich so gern gesagt hätte. Manchmal ertrage ich es einfach nicht. Ich habe das Gefühl, mit einer leeren Hülle zusammenzuleben. Steven geht es genauso. Jegliche Freude ist vollständig aus unser beider Leben geschwunden, und keiner von uns beiden hat den Mumm aufgebracht, es auszusprechen. Was nicht heißt, daß es etwas nützen würde, es zu sagen. Cassie, ich bin so schrecklich unglücklich, und dabei sollte ich so froh darüber sein, daß mein Mann wieder zu Hause ist – und daß ich ein Baby habe.«

Cassie nahm ihre Freundin in die Arme. »Wenn ihr in der Stadt leben würdet, würde ich vorschlagen, einen Psychiater aufzusuchen, einen, der auf die Behandlung von Kriegsfolgen spezialisiert ist. Das könnte trotzdem keine schlechte Idee sein. Aber, Fi, ich muß dir sagen, diese neuen Arme und Beine sind wirklich reine Wunder. Ich habe sie selbst noch nicht gesehen, mir aber sagen lassen, wie toll sie sind.«

»Er wird es niemals tun, verstehst du? Er wird keine Hilfe

annehmen. Er glaubt, er muß alles selbst fertigbringen, weil er sonst mittelmäßig ist. Trotzdem danke ich dir für den Versuch. Du solltest nur wissen, daß mein Weinen nicht bedeutet hat, daß ich dir böse gewesen wäre.«
»Gott sei Dank. In dem Punkt habe ich mir eine Zeitlang Sorgen gemacht, aber ich hatte das Gefühl, diese Dinge einfach sagen zu müssen.«
Am nächsten Morgen erwartete Blake sie allein am Frühstückstisch. »Vereinbarst du einen Termin für mich?« fragte er. »Ich will nach Melbourne fliegen, um diesen Arzt aufzusuchen, von dem du gesprochen hast.«

Nachdem sie auf dem Landeplatz aus dem Flugzeug ausgestiegen war, fuhr sie zur Funkstation rüber. Sie würde gerade noch rechtzeitig zur Funksprechstunde um vier Uhr vierzig kommen. Wie sonst auch fragte sie sich, wann Horrie wohl je eine Veranda für Betty bauen würde. Während die drei Kinder gekommen waren, hatten sie mit der Zeit zwei kleine Zimmer an die Hütte mit dem Wellblechdach angebaut. Cassie wunderte es immer wieder, daß sie Betty nie anders als fröhlich erlebt hatte, und doch hatte Betty seit nunmehr fast sechs Jahren mindestens einmal im Monat wegen der Veranda an Horrie herumgenörgelt. »Damit man irgendwo im Schatten sitzen kann«, sagte sie dann jedesmal.
Vor der Hütte stand ein neues Fahrzeug, ein blinkender blauer Holden. Es kam so gut wie nie jemand hierher, und daher fragte sie sich unwillkürlich, wer wohl bei Horrie und Betty zu Besuch war.
Sie lief durch den Staub zur Tür, öffnete sie und winkte Horrie zu, der bereits seinen Posten vor den Funkgeräten eingenommen hatte. Als sie die Tür schloß, hielt ihr jemand von hinten die Augen zu.
Horries Stimme war überschwenglich. »Rate mal, wer das ist?«
Sie blieb einen Moment lang still stehen, und dann wußte sie es mit glasklarer Sicherheit. Ehe sie auch nur seinen Namen

aussprechen konnte, brannten schon Tränen in ihren Augen.
»Sam? Bist du es, Sam?«
Die Hände wurden von ihren Augen gezogen, legten sich auf ihre Schultern und drehten sie zu Sam um, auf dessen Gesicht ein Grinsen stand. Sie schlang die Arme um ihn und sprach durch einen Tränenschleier immer wieder seinen Namen aus. Sie glaubte nicht, je in ihrem Leben derart froh gewesen zu sein, jemanden zu sehen. Und doch war sie nicht sicher, ob sie ihn nach so vielen Jahren noch erkannt hätte.
Er war nicht mehr dünn; er war stämmig. Er hatte sich einen buschigen Schnurrbart wachsen lassen, und er hatte Falten um die Augen, kleine Krähenfüße. Unter dem schmalkrempigen Hut, der seine Baseballmütze abgelöst hatte, war er blaß, doch in seinen Augen funkelte noch sein früherer Sinn für Spaß.
»Warum hast du uns nicht Bescheid gegeben?« fragte sie.
»Um die Überraschung zu verderben?«
»Wann bist du angekommen?«
»Wir waren etwa um die Mittagszeit hier.« Sam legte ihr die Hände auf die Schultern, trat einen Schritt zurück und sah sie an. »Du siehst wirklich gut aus. Dein Haar gefällt mir.«
Verlegen fuhr sie sich mit der Hand durch die schulterlangen Locken. »Es ist so wunderbar, dich zu sehen.«
»Ich bin in dem festen Glauben nach Hause gekommen, du bräuchtest einen Piloten. Das letzte Mal hast du geschrieben, daß du jetzt selbst fliegst. Ich konnte einfach nicht aufhören zu lachen. Ich habe mir gesagt, es gibt nichts, was du nicht schaffst, – aber ich hoffe immer noch, daß du einen Piloten brauchst.«
»Meine Güte, ob ich einen Piloten gebrauchen kann? Und wie! Ich kann schließlich nicht zwei Posten gleichzeitig ausfüllen.«
Es war ein so schönes Gefühl, ihn wiederzusehen, in diese lachenden Augen zu schauen und sich daran zu erinnern, wie es gewesen war, mit ihm rauszufliegen.
»Wo wohnst du?«
»Das wissen nur die Götter. Bei ›Addie's‹ ist alles besetzt, und

das Hotel ist ein Dreckloch. Ich habe mit Horrie und Betty gefrühstückt. He …«, sagte er, lief zu der Tür, die den Funkraum mit Bettys Küche verband, und öffnete sie. »Süße, komm, damit ich dir die beste Ärztin auf Erden vorstellen kann.«

In der Tür tauchte eine hellblonde, sehr hübsche junge Frau auf, die lächelte. Nach Cassies Schätzung war sie etwa im fünften oder sechsten Monat schwanger.

»Liv, das ist der Doc, über den du schon soviel gehört hast. Cassie, das ist meine Frau Olivia.«

Seine Frau?

Ehe ihr klar war, was sie sagte, hatte sie bereits gesagt: »Natürlich könnt ihr bei uns bleiben, bis ihr eine Unterkunft gefunden habt. Ich wohne jetzt wieder in Fionas Haus – wir haben es ihr abgekauft. Und ihr könnt ihr früheres Zimmer haben.«

Sam setzte den Hut ab und hielt ihn in der Hand. »Ich kann einfach nicht glauben, daß du Mrs. Chris Adams bist. Dieser Brief hat mich reichlich schockiert.«

Warum schockierte es sie derart, daß Sam mit diesem blonden Mädchen verheiratet war? Viel mehr als das war Olivia nicht. Allerdings von genau der Sorte, die sie vorhergesagt hätte. Wahrscheinlich neigte Olivia zum Kichern, überlegte sie sich.

»Ja, wir werden eben alle erwachsen«, fuhr Sam fort.

Ich schätze, das war aber auch an der Zeit, dachte Cassie. Wir sind erwachsen und tragen Verantwortung für Dinge, die nicht immer denen entsprechen, die wir uns selbst ausgesucht hätten.

42

»Ich kann es einfach nicht glauben«, sagte Cassie entrüstet zu Chris. »Sie ist so hohlköpfig, daß ich mir beim besten Willen nicht vorstellen kann, was Sam an ihr findet!«
»Du hast es wohl vergessen«, sagte Chris und nahm seine Kaffeetasse in die Hand. »Sam hat sich schon immer nur für die hübschesten Mädchen interessiert, und es hat nicht die geringste Rolle gespielt, ob sie auch nur einen Funken Verstand besaßen. Ich glaube sogar tatsächlich, es war ihm lieber, wenn sie strohdumm waren.«
Cassie schüttelte den Kopf. »Ehe er fortgegangen ist, schien es, als würde er sich für Schwester Claire interessieren, und die war gescheit.«
»Das war vor fünf Jahren.«
»Vermutlich schon. Aber Olivia scheint – also, mich wundert einfach nur, daß Sam mit jemandem wie ihr glücklich sein kann.«
»Sie ist so hübsch, daß er stolz auf sie sein kann, aber doch nicht so schön, daß er sich Sorgen um sie machen muß. Hast du gesehen, wie sie zu ihm aufgeblickt hat?«
Cassie faltete kopfschüttelnd ihre Serviette zusammen. »Mit dem affektierten Lächeln eines kleinen Mädchens. Als sei alles, was Sam tut und denkt, der Inbegriff an Vollkommenheit.«
Chris lachte. »Weißt du, das hat auch seinen Reiz.«
Cassies Augen funkelten vor Zorn. »Ich kann mir nicht vorstellen, daß dir eine Frau gefallen würde, die allem zustimmt, was du denkst und tust, die dich mit Kuhaugen anschaut …«
»Eine erfrischende Abwechslung wäre das schon. Aber nein, meine Liebe.« Er beugte sich vor und griff nach ihrer Hand.

»Das würde mich zu Tode langweilen. Bei mir sollen Frauen lebhaft und aufbrausend sein …«

»Das ist auch verdammt gut so.« Cassie beruhigte sich wieder und lächelte ihn an.

»Du bist froh, daß die beiden so schnell ein Haus gefunden haben, stimmt's?«

»Mein Gott, zehn Tage sind fast über die Grenzen dessen gegangen, was ich aushalten kann, wenn ich mir ansehen muß, wie sie über alles kichert, was Sam sagt, und er grinst und sonnt sich in all dieser Anbetung.«

Chris stand auf. »Vergiß Sam und Olivia. Vergiß Romla …«

»Was heißt: Vergiß Romla? Ich habe seit Ewigkeiten nicht mehr an Romla gedacht.«

Er schüttelte den Kopf. »Das habe ich ganz vergessen. Sie hat gestern angerufen. Sie kommt am Donnerstag mit der ganzen Familie. Warum, erzähle ich dir später. Es ist eine verrückte Idee. Aber vergiß sie für einen Moment.«

»Nein«, sagte Cassie und zog an seinem Arm. »Erzähl es mir.«

»Roger findet es langweilig, Polizist in Townsville zu sein. Und obwohl sie es nicht zugegeben hat, glaube ich, daß Romla das Leben langweilt, das sie führen.«

»Als ich da war, war das mit Sicherheit der Fall.«

»Roger ist bereit zu einer Kursänderung, und Romla wünscht sich eine Herausforderung. Sie hat auf eine Anzeige geantwortet, in der ein Hotelmanager gesucht wurde, und rate mal, wo? Hier im ›Royal Palms‹.«

»Im ›Royal Palms‹? Sam sagt, das ist ein Dreckloch, nicht der Rede wert.«

Chris nickte. »Ich weiß, ich weiß. Trotzdem glauben sie und Roger, daß sie gern etwas Neues ausprobieren würden, und als sie gehört hat, daß das Hotel hier ist, hat sie es so eingerichtet, daß sie herkommen und es sich ansehen, und dann wird sich herausstellen, ob sie glaubt, daß Möglichkeiten darin stecken. Sie war reichlich angetan von dir, verstehst du?«

»Ich von ihr auch.«

»Jedenfalls kommen sie alle am Donnerstag hier an.«

»Das sollte Spaß machen. Ich freue mich schon darauf, sie wiederzusehen. Du hast sie auch nicht mehr gesehen, wenn man von dem einen Mal absieht, als du zu einer Konferenz in Brisbane warst und ihr auf dem Weg einen Besuch abgestattet hast. Natürlich fand ich Roger gräßlich langweilig.« Sie begann, sich zu fragen, ob sie eine private Pension führten.
»Gräßlich«, stimmte Chris ihr zu.

Beim nächsten Mal flog Sam zum ersten Mal seit seiner Rückkehr aus dem Krieg zu einer der regelmäßigen Sprechstunden. Als sie nach Tookaringa hinausflogen, bemerkte er: »Mann, alles ist ausgedörrt, und das in der Regenzeit.«
Cassie hatte die Männer seit einem Jahr von einer Dürre reden hören, aber bisher war noch niemandem das Wasser ausgegangen, und sie hatte noch nichts von Tieren gehört, die verdurstet waren.
»Wenn es nicht bald regnet, wird es hier übel aussehen. Hast du je eine Dürre erlebt?«
»Nein, das könnte ich nicht sagen«, sagte sie, und als sie aus dem Fenster schaute, nahm sie wahr, wie staubig das Land unter ihr wirkte. Aber andererseits war sie derart daran gewöhnt, an die großen Risse, die bis in die Eingeweide der Erde zu reichen schienen, daß ihr der Unterschied nicht allzu groß erschien.
»Eine Dürre kann hier draußen alles zerstören, wofür man gearbeitet hat. Ich kann mich erinnern, wie vor etwa achtzehn Jahren die Fluten kamen und eine fünfjährige Trockenzeit beendet haben, die Familien ruiniert und sämtliche Tiere getötet hat. Menschen sind verhungert, haben Gehöfte verlassen, um in die Städte zu gehen, und haben ihre Träume aufgegeben.«
Cassie warf einen Blick auf ihn. »Sam, es ist so schön, dich wieder hierzuhaben. Du hast ja keine Ahnung, welche Erleichterung es für mich bedeutet, nicht mehr zwei Jobs zugleich ausüben zu müssen.«

»Ich hatte gefürchtet, du hättest vielleicht für das Fliegen den Arztberuf aufgegeben.«

Cassie schüttelte den Kopf. »Das Fliegen selbst hat mir nie wirklich Spaß gemacht. Ich habe nicht wie du den sechsten Sinn dafür, was sich oben in der Luft machen läßt und was nicht.«

Er erzählte ihr nie von seinen Heldentaten im Krieg, und sie hätte nie etwas davon erfahren – wahrscheinlich hätte auch sonst niemand in der ganzen Stadt davon erfahren –, wenn Olivia ihr nicht den Artikel gezeigt hätte, in dem er als »ein Spitzenflieger, eine Legende schon zu Lebzeiten, ein Mann, der mehr deutsche Flugzeuge abgeschossen hat als jeder andere australische Pilot« bezeichnet wurde. In dem Artikel stand, daß er tiefer und schneller als andere Piloten flog und anscheinend das Maschinengewehrfeuer der Bodentruppe herauszufordern schien.

Eine Ruhelosigkeit hatte von ihm Besitz ergriffen. Es bereitete ihm Schwierigkeiten, in Gesellschaft stillzusitzen, und Cassie fiel auf, daß seine Augen sich oft verschleierten und er ins Leere starrte, wenn Leute mit ihm sprachen. Er wollte keine Zeit ungenützt verstreichen lassen, sondern sich so schnell wie möglich wieder in sein Leben eingewöhnen, und er war versessen darauf, seine Arbeit wiederaufzunehmen.

Sam drehte sich zu ihr um und sah sie an. »Ich bin echt erstaunt darüber, daß du dich mit Chris zusammengetan hast. Ich dachte, du und Blake … na, jedenfalls, ich war einfach total platt.«

Cassie schaute zum Fenster hinaus und sah auf das trockene, staubige Land hinunter, das mit Hunderten von Eukalyptussträuchern gesprenkelt war. Eine Herde Känguruhs sprang zwischen den Bäumen herum. »Das ist schon lange vorbei.«

»Alles hier scheint schon lange vorbei zu sein. Ich frage mich, ob irgend etwas jemals wieder so werden wird wie früher. Ich habe oft davon geträumt, zu all dem zurückzukehren, was ich gekannt habe und was mir lieb war. Jetzt bin ich wieder da, und nichts scheint mehr dasselbe zu sein.«

»Hat sich soviel verändert?«
»Es hat sich alles verändert«, sagte Sam. »Die ganze Welt ist heute anders.«
»Hat dich jemand vorgewarnt? Blake hat einen Arm verloren.«
Sam nickte. »Ja, du hast es mir geschrieben.«
»Er ist vor ein paar Wochen nach Melbourne runtergeflogen und ist jetzt wieder zurück. Er hat einen elektrischen Arm. Ich bin gespannt darauf, wie so etwas aussieht. Er hatte psychische Probleme. Aber angeblich kann er mit seinem neuen Arm alles tun, was er vorher tun konnte.«
»Bis auf das fehlende Gefühl«, sagte Sam. Er deutete vor sich. »Schau, Tookaringa! Ich habe immer noch nichts Vergleichbares gesehen. Mir kommt die Vorstellung komisch vor, daß Fiona jetzt hier draußen ist. Mann, ich freue mich schon darauf, sie zu sehen.«

Fiona und Sam umarmten einander, und Fionas Augen leuchteten. »Cassie, die ganze Welt hat sich verändert! Warte nur, bis du ihn siehst. Wie kann ich dir je danken?« Zu Sam sagte sie: »Es könnte gut sein, daß unsere gemeinsame gute Freundin mir im letzten Moment den Verstand gerettet hat. Und den meines Mannes. Die Sprechstunde fängt erst in einer Stunde an, und ich habe eine Kleinigkeit vorbereitet – Kaffee, Kuchen und feine Leckereien. Jetzt wird gefeiert. Blake lächelt sogar.«
»Das ist wahr«, hörte sie ihn sagen. »Ich lächle tatsächlich. Sam, willkommen zu Hause. Schön, dich zu sehen. Es ist lange her.«
Sam drückte ihm die Hand und schaute auf Blakes anderen Arm, als der ihn hochhob. »Ich bin immer noch reichlich unbeholfen«, sagte er, aber aus seiner Stimme war Lebhaftigkeit herauszuhören. Er streckte Cassie seinen Arm hin. »Faß ihn mal an.«
Unsicher streckte sie die Hand aus, und alles, was sie fühlte, war totes Plastik.
Blake war wie ein Kind mit einem neuen Spielzeug. »Innen

drin sind Stromkreise verborgen – Hebel, Zahnräder und ein Schalter gleich unten am Daumen. Ich kann die Hand anstellen und abschalten. Ich kann etwas tragen, es mit der Hand festhalten und den Schalter abschalten. Die verdammte Hand läßt die Finger geschlossen und hält dieses Ding für alle Zeiten fest. Ist das nicht erstaunlich?«

Was erstaunlich war, war die Wandlung, die sich an Blake vollzogen hatte.

»Schaut mal! Die haben mir gesagt, ich soll Eier in die Hand nehmen und mich damit selbst auf die Probe stellen. Tja, also …«

»Er hat gerade schon ein paar Dutzend Eier zerbrochen«, sagte Fiona, die Kaffee, Kuchen und Tee auf die Veranda brachte.

»Seht ihr? Es ist batteriebetrieben.« Er zog seinen Ärmel hoch. »Das ärgerliche ist, daß es nach seinem eigenen Tempo arbeitet und nicht so schnell wie Gehirnströme. Trotzdem, Cassie, weißt du, nächste Woche werde ich mich wieder auf ein Pferd setzen, zum ersten Mal nach – mein Gott, können das sechs Jahre sein?«

Zum ersten Mal in all diesen Jahren sah er Cassie direkt in die Augen, und seine Stimme wurde zärtlicher. »Wie kann ich dir je dafür danken? Du hast mir und meiner Familie einen enormen Gefallen getan, Cassie. Es war an der Zeit, daß jemand böse auf mich wurde.«

Sam und er saßen auf der Veranda, während Cassie die Sprechstunde abhielt – sie konnte Gesprächsfetzen der Unterhaltung hören, vorwiegend Blakes enthusiastische Stimme. Er erzählte Sam etwas darüber, »Land aufzukaufen, einen schmalen Streifen bis hin zur Küste, mehr als tausend Meilen weit«.

»Du wirst mehr als tausend Meilen Land besitzen?« fragte Sam ungläubig.

Blake lachte. »Das klingt nach mehr, als es sein wird. Wenn diese Dürre sich fortsetzt wie bisher, werden immer mehr Leute ihr Land verkaufen wollen, und ich kann es billig erwerben. Nicht, daß ich andere ausnutzen möchte, aber durch diese Situation wird Land verfügbar sein, das jetzt nicht zum Verkauf steht. Und ich werde meine Rinder vor der Dürre herschicken. Hier wird es losgehen, nicht weit vom Mittelpunkt der Strecke. Ich werde die Herden zur Küste treiben und dabei Land unabgegrast belassen, Land, das nur auf Rinder wartet, die es durchqueren müssen. Diese Strecke kann ich jedes Jahr mit den Rindern zurücklegen, damit sie fett bleiben. Aber in Trockenzeiten kann ich sie von hier fortschaffen, ehe sie verhungern oder zu sehr abmagern, um noch in irgendeiner Form von Nutzen zu sein. Ich werde sie auf den Markt bringen, wenn die Preise hoch sind …«

Fiona lächelte Blake an. »Er ist der einzige Mensch, den ich kenne, dessen Träume immer wahr werden.«

»Das kommt daher«, sagte Cassie, »daß er aktiv dafür sorgt, sie wahr werden zu lassen.«

»Mit beträchtlicher Hilfe von seiten der Frauen in meinem Leben.« Blake hob seinen Plastikarm und salutierte nicht nur vor Fiona, sondern auch vor Cassie. »Wenn sie nicht wäre«, hörte Cassie ihn zu Sam sagen, »läge ich immer noch rum und würde mich selbst bemitleiden. Sie ist eine strenge Zuchtmeisterin.« Dann fügte Blake hinzu: »Wann lernen wir eigentlich deine Frau kennen?«

Fiona sah Cassie in die Augen; glaubte sie immer noch, Cassie sei in Sam verliebt?

Sie redeten nicht über den Krieg. Es war ganz so, als hätten diese Jahre sich in Luft aufgelöst, als hätte sich das Leben überhaupt nicht verändert. Und zwischen Blake und Sam schien ein neuer Kameradschaftsgeist zu herrschen.

Auf dem Rückflug am Nachmittag streckte Sam eine Hand aus und legte sie ihr auf den Arm. »Tut mir leid, Doc. Du hast mich zum Narren gehalten.«

»Was tut dir leid?« fragte Cassie überrascht.

»Du schwärmst für ihn. Vielleicht kann er es nicht sehen, und vielleicht kann Fiona es nicht sehen, aber ich kann es ganz deutlich erkennen.«

Cassie setzte sich aufrecht hin. »Du irrst dich, Sam. Du liegst absolut daneben.«
»Es würde mich freuen, wenn es so wäre. Bei Gott, ich schwöre dir, ich möchte mich irren. Und wenn du das sagst, dann halte ich mich daran. Aber falls du jemals eine Schulter brauchst …«
»Scher dich zum Teufel, Sam.«
Er lachte. »Ah, das sieht der Cassie von früher ähnlich. Ich dachte schon, mit dir stimmt etwas nicht, und du wirst liebenswürdiger.«
»Liebenswürdig? Ich? Vergiß es.«
Er nahm ihre Hand und drückte zu. »Es ist schön, wieder mit dir zusammenzuarbeiten, Doc. Du hast mir wirklich gefehlt.«
Es war ein wunderschönes Gefühl, von ihm die Hand gedrückt zu bekommen. Oh, wie schön, daß er wieder zurück war. Sie hatte das Gefühl, daß sie einander in der Zeit, in der er fort gewesen war, irgendwie nähergekommen waren. Vielleicht lag das an all den Briefen, die sie einander geschrieben hatten. Sie fand, es sei gut, daß Sam verheiratet war. Sie wünschte nur, sie hätte sich mit der Frau, die er liebte, besser verstehen können.

Der erste Notruf nach Sams Rückkehr kam aus Mattaburra. Die gepeinigte Stimme eines Mannes übertönte das Funkrauschen. »Hier spricht Gregory Carlton …« Seine Stimme überschlug sich. »Auf meine Schwester ist geschossen worden!«
Horrie erstarrte. »Geschossen?«
»Ist sie tot?« fragte Cassie.
»Beinah … kommen Sie her … o Gott!«
Schweigen.
Cassie sah Horrie an. »Ruf Sam an und bestell ihn hierher. Sag die Sprechstunde ab.«
Sie holte die Sonnenbrille aus ihrer Tasche und putzte die Gläser, während Horrie die Vermittlung anrief.
Fünf Minuten später kam Sam in die Funkstation geschlendert.

»Auf Alison Carlton ist geschossen worden. Komm schnell«, sagte Cassie.
Während sie zum Flugplatz rasten, berichtete sie Sam: »Die einzige Hilfe, die sie dort draußen gehabt hat, während Greg im Krieg war, waren ein alter Aborigine und seine Frau. Alison hat die Farm allein geleitet. Die wenigen Male, die sie in der Stadt gewesen ist, hat sie in meinem Gästezimmer übernachtet. Mein Gott, wie gräßlich.«
War Greg schlichtweg aus Europa zurückgekehrt und hatte Alison verwundet vorgefunden? Wie lange hatte sie wohl dagelegen? Cassie konnte sich nicht ausmalen, was passiert sein konnte.
Innerhalb von zehn Minuten waren sie in der Luft und nach eineinhalb Stunden in Mattaburra. Während sie über dem Gehöft kreisten, kam Greg aus dem Haus gerannt und fuchtelte mit den Armen durch die Luft. Sam setzte auf dem Feld auf, das immer bereitgehalten wurde. Als er den Motor ausschaltete und die Tür öffnete, ließ ein zerbeulter Kleinlaster Staubstrudel aufwirbeln, während er um die Hausecke bog.
Cassie hätte Greg niemals wiedererkannt. Seine Augen waren blutunterlaufen und schauten ins Leere, sein Haar war wirr, und er wirkte – wie ein Irrer; eine andere Bezeichnung fiel ihr nicht dafür ein. Nach mehr als fünf Jahren begrüßte er sie und Sam noch nicht einmal. Wäre nicht der Umstand gewesen, daß er den Lastwagen fuhr, hätte Cassie geglaubt, er befände sich in einem komatösen Zustand. Er wendete den Laster, fuhr auf das Haus zu und murmelte dabei immer wieder vor sich hin: »Es ist alles meine Schuld. O Gott!«
»Ist Alison noch am Leben?« fragte Cassie.
Eine Minute lang glaubte sie, er hätte sie nicht gehört, doch schließlich nickte er. »Mit Mühe und Not.«
Greg blieb selbst dann noch hinter dem Steuer sitzen, als er schon vor dem Haus angehalten hatte. Cassie griff nach ihrer Tasche und sprang aus dem Lastwagen. Er folgte ihr nicht, als sie die drei Stufen hochsprang, über die Veranda lief und das Fliegengitter aufstieß, das in die Küche führte.

Auf den sonst so sauberen gelben Wänden war Blut verspritzt. In der klebrigen, leuchtendroten Flüssigkeit waren Fleischbröckchen zu sehen. Auf dem Boden lag in sich zusammengesackt ein Frauenkörper, der kleiner und zarter gebaut war als Alisons Körper, mit durchschossener Brust. Eine Blutlache verfärbte den Holzboden.

Greg hatte gesagt, auf Alison sei geschossen worden. Er hatte keine weitere Frau erwähnt. Cassie lief auf Alisons Schlafzimmer zu, während Sam die Küche betrat! »Himmel!«

Alison lag auf dem Bett. Dort, wo ihre linke Brust gewesen war, klaffte ein Loch, und auf ihrer Bluse waren Blutflecken zu sehen. An der Brust, die sich noch ein wenig hob und senkte, konnte Cassie erkennen, daß sie noch atmete. Ihre Hand hielt eine Pistole umklammert. Cassie hörte Schritte hinter sich, und ehe sie sich auch nur umdrehen konnte, stürzte Greg ins Zimmer und warf sich auf seine Schwester. Dann nahm er ihren Kopf in beide Hände und rief aus: »Ich hätte es besser wissen müssen. Ich dachte, damit ließe sich alles lösen. O Gott, was habe ich getan?«

Cassie trat zu ihm und beugte sich herunter, um ihm eine Hand auf die Schulter zu legen. »Sie haben es nicht getan. *Sie* hält die Waffe in der Hand.«

Er blickte sie aus rotgeränderten Augen an. »Ich habe es getan! Ich könnte nicht schuldiger sein, wenn ich selbst den Schuß abgegeben hätte! O Gott im Himmel!« schluchzte er.

»Lassen Sie mich Alison untersuchen«, sagte Cassie, obwohl sie wußte, daß der Frau nur noch Minuten blieben.

Greg glitt von seiner Schwester hinunter. Er weinte und hatte sich die Hände vors Gesicht geschlagen.

»Wer ist die andere Frau?« fragte Cassie.

Greg blickte zu ihr auf, und seine Augen schienen tiefer in die Augenhöhlen zurückzuweichen. »Meine Frau«, sagte er, und seine Stimme klang erstickt.

O mein Gott, dachte Cassie, als sie Alison untersuchte. »Ich kann nichts mehr für sie tun. Niemand kann jetzt noch etwas für sie tun.«

Sie schlang Greg die Arme um die Schultern. Was hier passiert war, war offenkundig. Alison konnte den Umstand nicht akzeptieren, daß ihr Bruder verheiratet zurückgekehrt war. Das hatte für sie bedeutet, daß hier kein Platz mehr für sie war.
Sam stand in der Tür.
»Himmel, wir waren noch keine Stunde im Haus«, sagte Greg und begann wieder zu weinen. »Ich hätte schreiben sollen. Ich hätte sie vorwarnen sollen.«
Ja, dachte Cassie, das hätte er tun sollen. Sam und sie sahen einander an. »Die Polizei wird rauskommen und Fragen stellen müssen.« Sie beobachtete, wie Alison ihre letzten schwachen Atemzüge machte, und das hielt sie für weit besser für sie, als wenn sie die gerichtliche Untersuchung, die Verhandlung und die Gefängnisstrafe hätte überstehen müssen. Sam würde jetzt erst einmal Leichensäcke aus dem Flugzeug holen müssen, und sie würden hier saubermachen. Greg war gewiß nicht in der richtigen Verfassung, um ihnen dabei zu helfen.
»Möchten Sie mir erzählen, wie es passiert ist?« Sie sagte sich, die Polizei würde die Information zu schätzen wissen.
Er schwieg so lange, daß Cassie in die Küche ging, über die Leiche von Gregs Frau stieg und einen Kessel Wasser aufsetzte. In der Speisekammer fand sie Lappen und begann, die Wände zu säubern. Hautfetzen blieben an dem feuchten Tuch kleben. Sie spürte Übelkeit in sich aufsteigen. Er hatte es wirklich nicht wissen können, sagte sich Cassie. Es war nicht seine Schuld. Alison mußte gewußt haben, daß eines Tages ... schließlich war Gregory selbst jetzt noch nicht viel älter als Anfang Dreißig. Alison hätte wissen müssen, daß er sich eines Tages eine Frau wünschen würde, eine Familie.
In einem Wandschrank im Flur fand Cassie eine Decke, mit der sie die Leiche der Ehefrau zudeckte. Das Wasser auf dem Herd kochte. Sie fand Tee, brühte ihn über und brachte Gregory eine Tasse, der immer noch neben der Leiche seiner Schwester saß und in ihre blicklosen Augen starrte. Er winkte mit einer Hand ab, um ihr zu bedeuten, daß er keinen Tee wollte.

»Sie werden den Tee trinken, ob Sie wollen oder nicht.«
Er blickte zu Cassie auf und nahm ihr dann die Tasse aus der Hand, als sie sich neben ihn setzte, um selbst eine Tasse Tee zu trinken.
»Ich habe von Anfang an gewußt, daß ich Susan gegenüber unfair war«, sagte er mit bebender Stimme und zitternden Händen. »Aber ich habe geglaubt, damit wären unsere Probleme gelöst und den Lügen ein Ende bereitet, die wir unser ganzes Leben lang gelebt haben.«
Das wollte sie nicht hören. Sam kam zu ihr, stellte sich neben sie und legte ihr eine Hand auf die Schulter, während sie aufrecht auf dem hochlehnigen Stuhl saß, Greg ansah und vor dem Fenster einen Vogel zwitschern hörte. Eine leichte Brise ließ den zarten Baumwollvorhang rascheln. Cassie fürchtete zu wissen, was jetzt kam.
Greg sah sie an. »Ich dachte, wenn Susan mit mir herkäme, wenn sie und Alison sich anfreunden könnten, dann könnten wir alle … o Himmel! Ich habe es doch besser gewußt. In meinem tiefsten Innern habe ich es besser gewußt. Ich wollte nur einfach den Kreis aufbrechen, den Teufelskreis, in dem Alison und ich gelebt haben. Ich habe Susan nicht geliebt. Ich habe niemals eine andere Frau als Alison geliebt.« Er ließ seine Tasse auf den Boden fallen, beugte sich vor, um sich die Hände vors Gesicht zu schlagen, und weinte so erbärmlich, daß sich sein Schluchzen in Cassies Herz schnitt.
Gleichzeitig verspürte sie eine leichte Übelkeit.
»Ich dachte«, sagte er weinend, »ich könnte uns davor bewahren, in die Hölle zu kommen.«
Cassie stand auf, trat ans Fenster und nahm den Vorhang, der sich bauschte, zwischen die Fingerspitzen. In der Ferne sah sie eine schwarzweiß gefleckte Kuh aus einem Trog fressen.
»Erzählen Sie es mir nicht«, flüsterte sie.
Er schien sie nicht zu hören. »Wir sind nach dem Tod unserer Eltern hierhergekommen, weil wir gehofft hatten, der scharfen Kritik und den Einengungen der Gesellschaft ent-

gehen zu können, in der Hoffnung, wir könnten einen Ort finden, an dem die Menschen in ihren Vorstellungen davon, was Gut und Böse ist, nicht ganz so kompromißlos erstarrt wären.«

Stille trat ein, und Cassie schaute aus dem Fenster, als sie Sam sagen hörte: »Aber Sie konnten nicht vor sich selbst davonlaufen?«

Sie konnte Gregs Stimme kaum hören. »Wir haben versucht, einen Riegel vorzuschieben, schon vor Jahren. Alison ist fast ein Jahr lang durch Europa gereist, und wir hatten gehofft, jeder von uns würde jemand anderem begegnen. Aber die Trennung hat uns fast um den Verstand gebracht. Seit der Zeit, als wir dreizehn und vierzehn Jahre alt waren, haben wir Mittel und Wege gefunden, der Aufsicht unserer Eltern zu entkommen. Wir haben einen Raum auf dem Dachboden gefunden, den niemand außer uns betreten hat, noch nicht einmal das Personal, und dort oben haben wir Stunden verbracht, unter den Dachbalken, und Dinge getan, von denen wir wußten, daß sie falsch waren, daß sie böse waren, Dinge, die uns in die Hölle bringen würden, doch wir konnten es nicht lassen. Wir haben einander so sehr geliebt, daß nichts anderes gezählt hat.«

Cassie fragte sich, ob sie sich möglicherweise würde übergeben müssen. Gleichzeitig empfand sie enormes Mitgefühl mit Greg.

Er stand auf, stellte sich hinter sie und deutete auf einen Baum dicht am Zaun. »Unter diesem Baum haben wir unser Kind begraben«, sagte er. »Ich habe sie selbst von dem Baby entbunden, und wir haben es gemeinsam erstickt, um unsere Sünden nicht noch zu vermehren. Selbst danach konnten wir es nicht lassen. Ich dachte, wenn ich heirate und mit meiner Frau nach Hause zurückkomme, könnten Alison und ich diese Form von Leben nicht weiterführen. Ich wußte – Herr im Himmel, in meinem Herzen habe ich es gewußt –, daß diese Hoffnung vergeblich war. Ich wußte, daß es Susan gegenüber unfair war, daß ich sie dafür benutzt habe, die Dämonen aus meinem Innern und aus Alison auszutreiben. Ich wußte, daß ich nicht fair gehandelt habe, aber ich wollte niemals, daß sie stürbe.«

Cassie war nicht in der Lage, sich umzudrehen und ihm ins Gesicht zu sehen.

»Ich habe sie ebenso direkt auf dem Gewissen, wie ich unseren Sohn getötet habe. Ich hätte Alison ebensogut selbst töten können. Ich habe sie alle drei ermordet«, sagte er. Dann fügte er mit einem bitteren Lachen hinzu: »Und mir hat es Schwierigkeiten bereitet, einen deutschen Soldaten zu töten, dem ich in Nordafrika begegnet bin!«

Wenn wir von hier fortgehen, bringt er sich um, sagte sich Cassie, die wußte, daß sie der Polizei niemals berichten würde, was er ihr gerade erzählt hatte. Sie würde sagen, Alison hätte die Ehefrau aus Eifersucht getötet, und das war alles.

Sie drehte sich um und schlang die Arme um ihn, ließ ihn sich an ihrer Schulter ausweinen, während sein Körper schluchzend bebte, als er dastand und sich an ihr festhielt. Sams Augen waren auf sie gerichtet, und er schüttelte langsam den Kopf.

Er verschwand, und als er zurückkam, brachte er die beiden Leichensäcke mit.

Zu Greg sagte sie: »Kommen Sie, fliegen Sie mit uns zurück. Sie werden mit der Polizei reden müssen. Es wird einfacher sein, wenn wir es jetzt tun.«

»Nein.« Er schüttelte mit starrer Körperhaltung den Kopf.

Sam legte eine Hand auf ihren Arm. »Tu das nicht«, sagte er. »Laß ihn in Frieden.«

Sie sah ihn an und wußte, daß er wußte, was Greg tun würde. Er will mir damit sagen, ich soll Greg nicht davon zurückhalten. Wahrscheinlich ist es das beste so. Wieder glaubte sie, sich möglicherweise übergeben zu müssen.

»Ich werde die Polizei morgen rausschicken.«

Greg nickte. »Ja.«

Im Flugzeug waren die einzigen Worte, die Cassie und Sam

miteinander wechselten, als sie ihn fragte: »Du weißt, was er tun wird, stimmt's?«
»Selbstverständlich«, erwiderte Sam mit dumpfer Stimme.
Und als die Polizei am späten Vormittag des nächsten Tages eintraf, fand sie genau das vor, was Cassie und Sam erwartet hatten.

43

»Also, ich finde das wirklich schrecklich spannend«, sagte Romla, die gerade in den Spiegel schaute und einen ihrer Ohrringe zurechtrückte.

»Es ist einfach gräßlich«, sagte Cassie und zog sich ihr Kleid über den Kopf. »Ich bin vorher nie auch nur in dem Hotel gewesen. Die Zustände sind haarsträubend. Die Tapeten blättern von den Wänden ab. Die Zimmer sind das reinste Schlachtfeld, die Matratzen sind durchgelegen. In der Bar stinkt es – es ist ja alles derart heruntergekommen.«

»Ganz genau«, stimmte Romla ihr mit einem strahlenden Lächeln zu. »Stell dir diese Herausforderung vor. Augusta Springs wächst weiter, Cassie, und außer ›Addie's‹, und das ist – seien wir doch ehrlich – furchtbar proletarisch, gibt es kein anständiges Hotel in der Stadt.«

»Also, das ›Royal Palms‹ kann ›Addie's‹ bestimmt keine Konkurrenz machen. Zieh mir mal den Reißverschluß zu, ja?«

»Oh, doch, es ist genau richtig«, beharrte Romla, während sie den Reißverschluß von Cassies grünem Moirékleid hochzog. »Du siehst einfach toll aus. Ich kann regelrecht vor mir sehen, was sich aus diesem Hotel machen ließe.«

»Romla, niemand in der ganzen Stadt wird auch nur einen Blick hineinwerfen, und so viele Durchreisende gibt es hier nicht.«

»Nenne mir ein wirklich gutes Restaurant in dieser Stadt.«

Cassie nickte und fuhr sich mit einem Kamm durchs Haar. »›Addie's‹ ist das einzige Lokal, in dem man etwas Anständiges zu essen bekommt.«

»Und es hat viel Atmosphäre, stimmt's? Was ist mit Eleganz? Romantik? Und Cocktails? Ich meine Martini, Gin Fizz und

Whisky sour? Hier weiß man noch nicht mal, wie man die mixt. Was ist mit Tanzmöglichkeiten?«
»Meinst du Veranstaltungen wie heute abend, oder sprichst du von ›Addie's‹?«
»Denen geht doch jede Spur von Atmosphäre ab. Denk nur an heute abend. Eine Tanzveranstaltung in der Turnhalle! Sehnst du dich denn nicht nach etwas Stilvollerem?«
»Ich habe vergessen, was Stil ist. Und was das Tanzen angeht, so ist das in all den Jahren, seit dein Bruder und ich zusammen sind, das erste Mal, daß er sich bereit erklärt, tanzen zu gehen. Und das liegt nur daran, daß du hier bist und er dir die Stadt zeigen will.«
»O Cassie, ich könnte das gesellschaftliche Leben dieser Stadt verändern!«
Cassie sah Romla an, ihr leuchtendrotes Kleid und ihre strahlenden grünen Augen. Man sah leicht darüber hinweg, daß Romla keine Schönheit war – ihre Begeisterungsfähigkeit sprang auf Cassie über. Dennoch wußte Cassie, daß kein Mensch auf Erden das gesellschaftliche Leben von Augusta Springs verändern konnte. Es war eine staubige Rancherstadt, ein Kopfbahnhof. Es stimmte schon, mehr Menschen waren hergezogen, und es herrschte Wohnungsnot, doch sie konnte sich nicht vorstellen, Augusta Springs könnte jemals zu einem Touristenzentrum oder zu einem Ort werden, an den die Leute in Scharen strömten, weil sie dort leben wollten. Es wuchs jedoch wirklich. Steven hatte gerade eine größere Summe für den Anbau eines neuen Flügels an das Krankenhaus gespendet, und Chris führte Einstellungsgespräche mit Ärzten, um den Mitarbeiterstab zu vergrößern. Vor dem Krieg hatte er es mehr oder weniger allein betrieben; jetzt war er ständig überarbeitet und müde und sah ein, daß er einen Partner brauchte. Er hatte gesagt, er würde es noch nicht einmal als Konkurrenz ansehen, wenn ein neuer Arzt in die Stadt käme. Er brauchte einen weiteren Chirurgen, und er konnte einen Kinderarzt gebrauchen.
»Wie wäre es mit einem Psychiater?« fragte Cassie.

»Dafür besteht hier draußen nicht genug Bedarf«, hatte er geantwortet.
Aber würde das ›Royal Palms‹ Romla und ihre Familie ernähren können?
»Roger könnte die Bar übernehmen, und ich würde das Restaurant führen und mich um die Zimmer kümmern. Die Leute, die es kaufen möchten, sind bereit, einen Haufen Geld reinzustecken, um es in Gang zu bringen. Sie bekommen es spottbillig.«
»Wie steht Roger dazu, hierherzuziehen?«
»Oh, er sagt, er ist bereit, überall zu leben, wo ich leben möchte. Er ist auch soweit, daß ihm eine Veränderung sehr recht ist. Ihm wäre es lieber, wenn ich nach Sydney oder Brisbane ginge, aber er ist auch bereit, das hier zu probieren. Natürlich besucht Pamela ohnehin eine Schule weit von hier, und Terry könnte nur noch zwei Jahre lang hier die Schule besuchen, aber das wäre sogar in Townsville der Fall. Im Moment begeistert er sich für die Vorstellung, in den Busch zu ziehen. Vielleicht haben wir bis dahin sogar eine Schule, die über die achte Klasse hinausgeht. – Natürlich werden Chris und Roger niemals miteinander auskommen, aber du und Chris, ihr seid der Grund dafür, daß ich so scharf auf diese Idee bin. Ich habe seit viel zu vielen Jahren keinen längeren Zeitraum mehr mit meinem Bruder verbracht. Und daß er dich geheiratet hat, ist das Beste, was ihm je hätte passieren können.« Sie umarmte Cassie.
»Mir würde es natürlich großen Spaß machen, dich hierzuhaben.«
»Okay, dann wäre das also geregelt.« Romla fuhr sich mit ihrem Lippenstift über den Mund. »Laß uns gehen. Ich bin fertig.«
Die Turnhalle der Schule war mit weißem und hellblauem Kreppapier drapiert; ein Punktscheinwerfer hing mitten an der Decke, drehte sich im Kreis und warf Muster aus Licht und Schatten auf die Tanzenden. Da ein Verbot für alkoholische Getränke bestand, war draußen eine Bar aufgebaut worden, doch

Limonade und Sodas wurden an einem langen Tisch in der Ecke verkauft. Es war die erste Veranstaltung, deren Erlös wohltätigen Zwecken zukam, bei der die Fliegenden Ärzte die Sponsoren waren; beabsichtigt war, von den Einnahmen neue Geräte zu erwerben. Aus einem Umkreis von Meilen waren Leute in die Stadt gekommen, und niemand hatte mehr ein freies Gästezimmer. »Addie's« und sogar das Hotel waren vollständig belegt. Morgen früh würde unten bei den hohen Eukalyptusbäumen am Fluß, der jetzt nur noch ein Rinnsal war, ein Frühstück im Freien veranstaltet werden.
»Roger wird den ganzen Abend draußen an der Bar verbringen«, sagte Romla. »Ich könnte ihn selbst dann nicht zum Tanzen bewegen, wenn sein Leben davon abhinge.«
In der Halle herrschte, wie in diesem ganzen Teil des Kontinents, ein enormer Überschuß an Männern. Und Romla stand trotz ihrer dreiunddreißig Jahre, wo auch immer sie auftauchte, im Mittelpunkt der Aufmerksamkeit.
Romla hatte recht. Roger steckte nicht ein einziges Mal auch nur die Nase in die Turnhalle und zog es vor, im Freien herumzustehen, sich mit anderen zu unterhalten und zu trinken. Blake und Fiona waren zwar nicht in die Stadt gekommen, doch Steven war da, und sowie er Cassie sah, bahnte er sich einen Weg zu ihr. »Schenkst du einem alten Mann den ersten Tanz?«
»Ich kann nirgends einen alten Mann sehen«, sagte Cassie und tat so, als schaue sie sich um.
»Mit Komplimenten bringt man es weit«, sagte er und streckte die Arme nach ihr aus, als die Kapelle »I'll Never Smile Again« zu spielen begann.
»Und ich habe geglaubt, so würde es mir ergehen«, sagte Steven, als er seine Arme um sie legte.
»Wie, hast du geglaubt, würde es dir ergehen?« Cassie hatte vergessen, wieviel Spaß das Tanzen machen konnte.
»Ich habe geglaubt, ich würde nie wieder lächeln. Ich vermisse Jenny an jedem einzelnen Tag meines Lebens, aber manche Dinge machen mir jetzt doch wieder Freude.«

»Die Zeit heilt alle Wunden«, murmelte Cassie. Ja, jetzt schnitt sich nicht mehr jedes einzelne Mal, wenn sie Blake sah, ein Messer durch ihre Brust.

»Wie zum Beispiel, mit dir zu tanzen.« Er zog sie enger an sich, und sie bewegten sich anmutig über die Tanzfläche, die sich allmählich füllte.

»Du bist ein guter Tänzer, Steven.«

»Und du wirst immer schöner. Du gefällst mir mit langem Haar.«

»Danke«, sagte sie. »Und dir merke ich an, daß du Freude daran hast, Großvater zu sein.«

Steven lachte. »Ich finde es unglaublich schön, Großvater zu sein. Fiona und die kleine Jenny sind das Beste, was uns widerfahren ist, seit … Jenny hätte Fiona und ihre Enkelin geliebt. Sie hat immer geglaubt, Blake und du, ihr beide würdet ein Paar. Ich habe es auch geglaubt. Vielleicht war das von unserer Seite aus Wunschdenken. Jedenfalls hätte ich nie geahnt, daß du und Chris …«

Aus dem Augenwinkel sah Cassie Sam und Olivia im Eingang stehen. Olivia sah aus, als würde sie jeden Augenblick ihr Kind bekommen. Sie klammerte sich an Sams Arm und sah sich im Raum um. Cassie hätte nicht sagen können, ob sie sich mit Furcht oder mit Vorfreude umschaute.

Sam sah sie und winkte ihr zu.

Steven drehte sich um und schaute in Cassies Blickrichtung. »Ein hübsches Dingelchen, findest du nicht auch?«

Dingelchen? Vielleicht traf dieser Begriff auf Olivia zu. Cassie konnte sich immer noch nicht für sie erwärmen. Chris und sie luden Sam und Livvie gelegentlich zum Abendessen ein, und das Gespräch drehte sich um die Lästigkeiten und Beschwerden der Schwangerschaft, darum, wie trocken und braun Australien nach Suffolk wirkte und wie heiß es in Augusta Springs war. Außerdem hatte sie auch nicht erwartet, daß Sam bei ambulanten Behandlungen außerhalb über Nacht fortbleiben und daß er so oft ohne jede Vorwarnung seine Sachen packen und aus dem Haus stürmen würde.

Cassie tanzte mit etlichen Männern, die zu diesem Anlaß in die Stadt gekommen waren, und dann wandte sie sich an Chris. »Muß ich dich zum Tanzen auffordern?«
»Meine Liebe, ich habe seit fünfundzwanzig Jahren nicht mehr getanzt.«
»Das hättest du mir sagen sollen – ich hätte es dir beibringen können. Komm, tritt einfach nur von einem Fuß auf den anderen.« Sie nahm ihn an der Hand und führte ihn auf die Tanzfläche. »What a Difference a Day Makes …« begann sie zu summen, während die Kapelle die Melodie spielte. »He, du machst das gar nicht schlecht. Du unterschätzt dich«, murmelte sie. Er hielt sie fester.
Sie sah, wie Sam auf den Kapellmeister zuging und mit ihm redete, und dann wandte er sich ab, um nach ihr Ausschau zu halten. Er wartete, bis der Tanz geendet hatte, ehe er über die Tanzfläche auf sie zukam.
»Jetzt bin ich dran, Chris«, sagte er und streckte die Arme nach ihr aus. »Jetzt werden sie unsere Sorte Musik spielen«, flüsterte er ihr zu. »Alles klar?«
»Ich habe keinen Jitterbug mehr getanzt, seit wir beide das letzte Mal zusammen getanzt haben.«
Der Bandleader fing an zu singen: »Pardon me, boy, is this the Chattanooga Choo Choo …«, als Sam sie herumzuwirbeln begann und sie einen Rhythmus wiederfand, von dem sie glaubte, ihn vergessen zu haben. Ihre Füße legten Schritte hin, die sie seit sechs Jahren nicht mehr gemacht hatte. Der leichte Druck seiner Hand auf ihrem Rücken sagte ihr ganz genau, was er als nächstes tun wollte, und sie ging ganz in der Musik und der Freude des Augenblicks auf.
»Sam«, sagte sie, als sie einander gerade nah waren, »es ist ja *so* schön, daß du wieder zu Hause bist.«
»Du hast dich verändert, Doc«, sagte er, »aber Gott sei Dank tanzt du noch genauso wie früher.«
»Verändert? Zum Guten oder zum Schlechten?«
»Mir gefällt es«, sagte er mit einem Grinsen und wirbelte sie wieder herum. »Du bist weicher geworden. Nicht mehr ganz

so streitsüchtig, aber immer noch leicht aufbrausend. Zum Teufel, ich fände überhaupt nicht gut, wenn du das ablegst. Ich bin auch froh darüber, wieder mit dir zusammenzuarbeiten, Doc. Und froh darüber, wieder mit dir zu tanzen. Froh darüber, daß die Welt wieder in Ordnung ist.«
Als jedoch wieder langsame Musik gespielt wurde, lächelte Sam sie an, verbeugte sich kurz und machte sich auf den Rückweg zu Olivia, die auf einem hochlehnigen Stuhl an der Wand saß.
Cassie fiel auf, daß Romla neben der Punschschale stand und sich mit Peter Teakle unterhielt, und ihr fiel auf, daß sie die beiden im Lauf des Abends mehrfach miteinander hatte tanzen sehen. Er brachte den größten Teil seiner Zeit damit zu, von einem kleinen Städtchen im Busch zum anderen zu reisen und die Interessen seiner Familie zu wahren.
Später, als Romla Cassie nach ihm ausfragte, sagte Cassie: »Ihnen gehört *der* Laden in all diesen kleinen Städten, in denen es nicht mehr als ein Geschäft und eine Tankstelle gibt. Der gesamte Busch ersteht seine Waren bei Teakles und Robbins. Dort bestellen die Leute ein neues Bett oder eine Kinderwiege, einen Herd und sämtliche Lebensmittelvorräte. Zwei- oder dreimal im Jahr zieht eine Karawane – früher waren es Pferde, aber jetzt sind es Lastwagen – von einem der Gehöfte zum nächsten und liefert Waren aller Art. Ich glaube, für all das ist Peter zuständig, und das ist wahrscheinlich der Grund dafür, daß ich ihn nie zu sehen bekomme. Natürlich ist er im Krieg gewesen, und ich glaube, er ist erst vor kurzem zurückgekehrt. Ich habe ihn seit Jahren nicht mehr gesehen. Vor dem Krieg hat jedes heiratsfähige Mädchen versucht, sich Peter zu angeln, aber er hat sich nie an jemanden gebunden, obwohl er sehr regen gesellschaftlichen Umgang hatte, wenn ich mich recht erinnere. Aber er reist meistens durch die Gegend und ist nur selten in der Stadt. Er hat heute abend Jagd auf dich gemacht, stimmt's?«
Romla nickte. »Ich weiß, und es hat großen Spaß gemacht. Ich habe ihm erzählt, daß ich verheiratet bin, aber das schien

ihn nicht im geringsten zu stören. Er war einfach nur nett. Ich habe ihn Roger vorgestellt, als wir ins Freie gegangen sind, und als ich ihm erzählt habe, daß wir hierherziehen, hat er gesagt, er fände, wir seien eine erfreuliche Bereicherung für die Stadt.«

»Ach, dann hast du dich also entschieden? Das, was dich reizt, ist die Herausforderung, stimmt's?«

Romla legte einen Arm um Cassie. »Ja, das und die Gelegenheit, dich und Chris in der Nähe zu haben. Ich brauche mehr in meinem Leben als nur Roger. Ich muß etwas erreichen, und ich muß mit Menschen zusammensein, die ich liebe. Ich will wirklich herkommen, und ich habe den ganzen Tag damit zugebracht, mir Gedanken darüber zu machen, was ich aus dem ›Royal Palms‹ machen und was ich für Augusta Springs tun kann. Ich werde diese Stadt wachrütteln, Cassie.«

44

»Ich kann überhaupt nur versuchen zu landen, wenn Sie irgendeine Möglichkeit finden, den Landestreifen zu beleuchten«, sagte Sam, nachdem er das Mikrofon gepackt hatte. Horrie hatte durchgerufen, um ihnen zu sagen, daß sie einen Notfall hätten. Sam und Cassie waren gleichzeitig in der Funkstation eingetroffen – Cassie war ein wenig zerzaust, weil Horrie sie geweckt hatte. Es war zwar erst zehn Uhr am Abend, doch sie hatte schon fast eine Stunde geschlafen.

»Sie werden Wagen und Laster mit eingeschalteten Scheinwerfern so aufstellen müssen, daß ich den Streifen sehen kann, und sie müssen am Rand des Feldes Laternen aufstellen. Ich kann nicht landen, wenn ich nicht sehen kann, worauf ich lande.«

Nicht ganz hundertfünfzig Meilen weiter westlich war es zu einem Unfall gekommen, in den ein Personenwagen und ein Lastwagen voller Rinder verwickelt waren. Der Lastwagenfahrer und die drei Insassen des Wagens waren ausnahmslos schwerverletzt.

»Wir haben Angst, auch nur einen von ihnen von der Stelle zu transportieren«, hatte der Anrufer Cassie berichtet. Sie hatte Sam angesehen, und er hatte ihr das Mikrofon aus der Hand genommen.

»Ich kenne die Gegend, und ich glaube, daß ich bei Dunkelheit dort hinkommen kann, aber ob wir landen können, hängt davon ab, wie gut die Landebahn beleuchtet ist.«

Er nickte, während er dem Anrufer zuhörte, und vor dem Auflegen sagte er: »Erwarten Sie uns in etwa eineinhalb Stunden.« Dann wandte er sich an Cassie und sagte: »Bist du zu einem Nachtflug bereit?«

»Uns bleibt keine andere Wahl.«
»Laß mich Liv anrufen«, sagte Sam und griff nach dem Telefon. Das Baby der beiden war überfällig. »Das wäre typisch, daß es ausgerechnet heute nacht geboren wird.«
»Chris ist zu Hause.«
Sam legte gleich wieder auf. »Okay, Liv glaubt nicht, daß das Baby heute nacht kommen wird, und sie hat die Telefonnummer von Chris auswendig gelernt. Trotzdem, verdammt noch mal, Cassie, wünschte ich, du wärst diejenige, die mein Baby zur Welt brächte.«
Chris hätte es ihr sofort überlassen, das wußte sie, aber sie hatte das Thema ihm gegenüber noch nicht angesprochen. Es hatte keine Diskussion darüber gegeben, wer Fiona von ihrem Baby entbinden würde, obwohl sie für die Geburt ins Krankenhaus gegangen war. Cassie konnte sich gut vorstellen, daß Olivia Chris vorzog. Sie hatte sie einmal sagen hören, als ihr nicht klar gewesen war, daß Cassie sich in Hörweite aufhielt: »Frauen sollten nicht als Ärzte arbeiten. Ich will nicht, daß eine Frau ihre Finger in mich reinsteckt.«
Das Silber des Mondscheins spiegelte sich auf dem Flugzeug. Die tintige Schwärze war mit Sternen besät, doch unter ihnen war nirgends Licht zu sehen. Als sie angeschnallt auf ihrem Sitz saß, spürte Cassie die Erleichterung darüber, daß sie diese Reise nicht allein unternehmen mußte. Sie schloß die Augen, schlief ein und erwachte erst wieder, als Sam ihr zurief: »Da ist es. Sie haben das Feld gut ausgeleuchtet. Ein Glück für sie.«
Als sie sich vorbeugte, um aus dem Fenster zu schauen, sah sie etwa hundertfünfzig Meter unter ihnen ein klar erkennbares Feld. »Ich werde ein paarmal drüberfliegen, um mir ein genaueres Bild zu machen«, sagte Sam, als spräche er mit sich selbst. Sie sah ihn an und bemerkte, daß er keine Kopfbedeckung trug. Seinen neuen Hut mochte sie wirklich wesentlich lieber als die Baseballmütze. Sein Schnurrbart gefiel ihr auch.
»Halt dich fest«, rief er.

Er holperte über die Landebahn, aber an den Umständen gemessen fand Cassie die Landung nahezu perfekt. Drei Männer standen vor dem Flugzeug, und einer von ihnen streckte die Hand aus, um Sam zu begrüßen. »Ich bin Bob Mason – derjenige, der angerufen hat. Ich fürchte, Sie werden sich in meinen kleinen Laster zwängen müssen. Es sind knapp zwanzig Meilen, aber zwischen hier und da ist kein Stück Boden eben.«

Innerhalb von einer halben Stunde erreichten sie die Unfallstelle. Rinder hatten sich aus dem Lastwagen befreit, streiften durch die Gegend und blockierten die Straße. Der riesige Laster lag auf der Seite, und Cassie lief zuerst auf ihn zu. Der Fahrer saß gekrümmt auf seinem Sitz und war tot.

Sie wandte ihre Aufmerksamkeit dem Wagen zu. Die Windschutzscheibe und die Seitenfenster waren zerschmettert, und die vordere Hälfte des Wagens war gestaucht wie ein Akkordeon. Die Frau, die auf dem Beifahrersitz gesessen hatte, war aus dem Wagen geschleudert worden und lag regungslos da. Auf ihrem Kopf gerann das Blut. Sie sah aus wie ein Strichmännchen. Schon bevor sie sich hinunterbeugte, um der Frau den Puls zu fühlen, wußte Cassie, daß sie tot war. Hinter dem Lenkrad saß eingezwängt und mit gebrochenem Genick der Fahrer.

Auf dem Boden lag ein wimmerndes Mädchen von vielleicht zwölf Jahren. Cassie kniete sich neben das bewußtlose Kind und stellte fest, daß der Pulsschlag auf sechzig gesunken war. Das Mädchen lag im Koma, und der Atem war von den normalen zwanzig auf dreißig Züge beschleunigt.

Cassie sagte: »Ich brauche einen Neurochirurgen. Das kann ich nicht behandeln.«

Sams Hand fand ihre Schulter. »Natürlich kannst du das. Wir müssen uns nur genau überlegen, was zu tun ist.«

»Sie muß dringend ins Krankenhaus gebracht werden, aber ich wage nicht, sie zu transportieren.«

»Was für eine Alternative gibt es?« fragte Sam, der sich neben sie kniete und eher sie als das Kind ansah.

»Rat von einem Neurochirurgen einzuholen. Ich habe den Verdacht, daß es sich um ein Hämatom handelt.«
Sie schwiegen. Wie sollten sie das anstellen, derart weit ab vom Schuß, mehr als tausend Meilen entfernt von einem Neurochirurgen?
»Ich habe ein fußbetriebenes Funkgerät in meinem Wagen«, sagte Bob.
»Was nützt uns das, wenn am anderen Ende niemand bereit ist dranzugehen?« fragte Sam.
Bob kratzte sich den Kopf. »Ich könnte nach Hause fahren und ein Krankenhaus anrufen – dort Bescheid geben, auf welcher Frequenz wir sind, damit ein Arzt Ihren Anruf erwartet.«
Sam zog eine Augenbraue hoch und sah Cassie an. »Was hältst du davon?«
»Wir haben nichts zu verlieren«, sagte sie.
Sam wandte sich an Bob. »Haben Sie zu Hause auch ein fußbetriebenes Funkgerät?«
Bob nickte.
»Okay, der Doc wird Ihnen jetzt sagen, wen Sie anrufen sollen. Nachdem Sie denjenigen telefonisch erreicht haben, werden Sie den Funkkontakt herstellen, und wir werden hier auf der entsprechenden Frequenz sein. Sie hören mit, für den Fall, daß Sie uns Dinge mitbringen müssen, okay?«
Bob nickte.
»Und jetzt«, sagte Sam zu Cassie, »sag uns, welches Krankenhaus wegen eines Arztes kontaktiert werden soll.«
Der einzige Neurochirurg, den Cassie kannte, war Ray Graham. Sie nannte Bob seinen Namen und den Namen des Krankenhauses, das ihn verständigen konnte.
Es dauerte eine Stunde, ehe der Kontakt hergestellt werden konnte, eine Stunde, in der Cassie dasaß, dem kleinen Mädchen die Hand hielt und immer wieder den Puls und die Atemzüge kontrollierte.
»Was ist ein Hämatom?« fragte Sam.
»Wenn man es ganz simpel ausdrückt, ist es eine Schwellung, die Blut enthält.«

»Okay, und wie lautet die nicht ganz so einfache Erklärung?« Cassie lächelte im Dunkeln. Diese Begriffe sagten Sam nichts. Sie fragte sich, warum er sich auch nur die Mühe machte, sie zu fragen, doch der Umstand, daß er sie trotzdem danach fragte, gab ihr das Gefühl, etwas gemeinsam mit ihm zu tun.

»Ich habe den Verdacht, daß es sich hierbei um ein subdurales Hämatom handelt, in Verbindung mit einer zerebralen Verfransung. Ein Sturz, etwas bohrt sich in den Kopf. Die Behandlung besteht darin, den Blutklumpen zu entfernen.«

Sam nickte. Sie redeten über nichts Bestimmtes, bis er sagte: »Als ich in England war, habe ich die ganze Zeit über an dich und an Augusta Springs gedacht. Das allerschlimmste war, nichts zu tun zu haben, morgens aufzuwachen und nichts zu tun zu haben, wenn wir nicht gerade einen Luftangriff hatten. Einfach dazusitzen, den ganzen Tag lang, und Karten zu spielen, von zu Hause zu reden, in den Nebel hinauszustarren und auf Befehle zu warten.

Olivia war das erste Mädchen, das ich kennengelernt habe, nachdem ich deinen Brief bekommen habe, in dem stand, du hättest Chris geheiratet. Sie war als Freiwillige beim Roten Kreuz, und sie hat mir diesen Brief ausgehändigt. Ein solcher Schock. Ich brauchte ein paar Tage … Liv war hübsch, und sie hat diese langen Wimpern heruntergeschlagen, mir ständig nachgeschaut. Sie hat mir ein Päckchen Kaugummi gegeben und lächelnd gesagt: ›Aber, Captain, Sie sehen wirklich aus, als hätten Sie nur auf mich gewartet.‹ Ich mußte mich echt zusammenreißen, um sie mir nicht an Ort und Stelle zu schnappen.«

Er schwieg eine Zeitlang. In der Ferne heulte ein Dingo. »Die nächsten drei Wochen hat sie mich durchgefüttert, und dann haben wir geheiratet.«

Cassie zog die Augenbrauen hoch. »Du hast sie nur drei Wochen gekannt?«

Er nickte. »Das war, als ich in Dorset war und andere Piloten ausgebildet habe, wie gleich am Anfang, nachdem ich rüber-

gegangen bin. Inzwischen hat mir das nichts mehr ausgemacht.«
Nach einem weiteren Schweigen fragte er: »Liebst du ihn, Doc?«
In dem Moment hörten sie das Rauschen des Funkgeräts, das Sam und Bob aus dem Lastwagen geschleppt hatten. Sam nahm es in Betrieb und war froh über die Taschenlampe, die Bob ihnen dagelassen hatte. Überall um sich herum konnten sie Kühe hören, sie aber nicht sehen.
Dann kam Bobs Stimme über Funk. »Ich habe Dr. Graham. Er ist am Telefon, und ich werde es hier an den Sender halten und hoffen, daß Sie es hören können.«
»Dr. Graham, hier ist Dr. Cassandra Clarke aus Augusta Springs.« Sie wartete darauf, daß ihr Name seine Wirkung zeitigte. Es mußte ihn erstaunen, nach all den Jahren von ihr zu hören, dachte sie, und noch dazu mitten in der Nacht.
»Ja, Doktor?« Seine Stimme klang verschlafen.
»Ich bin draußen im Busch«, sagte sie, und dann schilderte sie ihm den Unfall und die Verfassung des jungen Mädchens.
»Das klingt nach einem subduralen Hämatom«, sagte Graham.
»Genau das dachte ich mir, aber ich bin nicht ganz sicher, was ich tun soll.«
»Sie werden ihr ein Loch in den Schädel bohren müssen, damit der Druck nachläßt und die Flüssigkeit abfließen kann.«
»Ich habe hier nicht die erforderlichen medizinischen Geräte.«
Einen Moment lang trat eine Pause ein, und dann raste Grahams Stimme von Melbourne aus durch die Leitungen. »Jemand dort oben muß doch einen Bohrer haben. Besorgen Sie sich einfach einen Bohrer aus einer Garage, aus einem Schuppen. Sterilisieren Sie ihn in kochendem Wasser. Natürlich keinen zu großen.«
»Das wird eine Weile dauern.«
Es herrschte lange Schweigen, und dann war Bobs Stimme zu vernehmen. »Ich bringe einen Bohrer mit, aber es wird eine

halbe Stunde dauern, bis ich ankomme. Meine Frau wird Dr. Graham wieder anrufen und das Telefon an das Funkgerät halten. Ich fahre gleich los.«

Cassie wandte sich an Sam. »Ein ganz normaler Bohrer?« Ein Schauer durchzuckte sie. Ein Loch in den Schädel des Mädchens bohren?

»O Sam, so etwas habe ich noch nie getan.« Sie sah das Mädchen an, dessen Gesicht im Mondschein bleich war und dessen Atem immer schneller und flacher ging. »Wahrscheinlich ist sie tot, ehe Bob zurückkommt. Dann werden seit unserer Ankunft hier zwei Stunden vergangen sein.«

Er beugte sich vor und sagte: »Du kannst nicht mehr als dein Bestes tun. Mehr läßt sich nicht machen.«

Sie saßen schweigend da, bis Bob mit zwei sterilisierten Bohrern in verschiedenen Größen eintraf.

Über das Funkgerät, dessen Fußbedienung Bob übernahm, während Cassie redete, stellten sie den Kontakt zu Ray Graham wieder her.

»Subdurale Hämatome sind gewöhnlich beidseitig«, sagte Graham.

»Ich weiß«, erwiderte Cassie, »aber ich weiß nicht, auf welcher Seite ich es probieren soll.«

Die fast vergessene Stimme Ray Grahams überquerte die Meilen.

»Das spielt keine Rolle. Sie wird ohnehin sterben, wenn Sie nichts unternehmen. Versuchen Sie es auf der einen Seite, und wenn kein Blut rauskommt, probieren Sie die andere.«

Cassie schaute zu Sam auf, der die Taschenlampe eingeklemmt hatte, um beide Hände frei zu haben und ihr helfen zu können. »Halte ihren Kopf ganz fest«, sagte Cassie. Sie holte tief Atem und hörte zu, während Ray Graham ihr Anweisungen zu der Operation gab.

»Machen Sie einen kleinen Schnitt in die Haut.«

Sie tat es.

»Haben Sie irgendwelche Retraktoren bei sich?«

»Ja.«
»Dann ziehen Sie die Haut auseinander, bis Sie den Knochen sehen können. Er sollte weiß schimmern.«
Das tat er, sogar in der nächtlichen Dunkelheit. Die Taschenlampe schien direkt darauf.
»Okay, und jetzt setzen Sie den Bohrer an, und durchbohren Sie langsam einen guten Zentimeter Knochen.«
Sams Kehle entrang sich ein leiser Laut.
Grahams Stimme war weiterhin über Funk zu hören. »Anstelle von Holzspänen am Ende Ihres Bohrers werden Sie Knochenspäne und weißes, wäßriges Zeug vorfinden, das wie dicker Pudding aussieht.«
»Genau das kommt raus«, murmelte Cassie. »Du mußt ihren Kopf weiterhin ganz ruhig halten, Sam.«
Sam hielt den Kopf des Mädchens fest, sah jedoch Cassie ins Gesicht.
Dann rief Cassie aus: »Ich bin auf einen Blutbeutel getroffen, und es ist, als sei ich auf Öl gestoßen!« Plötzlich sprudelte blutiges Wasser heraus.
»Sie haben das Große Los gezogen«, sagte Graham. »Der Druck wird jetzt nachlassen, und in ein paar Minuten sollten sich der Atem und der Puls verändern. Dann können Sie sie transportieren und in ein Krankenhaus fliegen.«
»Danke, Doktor«, sagte Cassie, während die Flüssigkeit weiterhin aus dem Kopfraum sprudelte.
»Es war mir ein Vergnügen«, sagte er. »Falls Sie jemals nach Melbourne kommen, schauen Sie doch einfach vorbei. Gut gemacht, Doktor.«
Er hatte sie nicht erkannt. Ihr Name hatte ihm nichts gesagt.
»Sie können die Verbindung abbrechen«, sagte Cassie zu Bob. »Wir können sie jetzt transportieren und sie nach Hause fliegen.«
»Und was ist mit den anderen, mit den Leichen?« fragte Bob.
»Die nehmen wir auch mit«, sagte Sam und stand auf. »Irgendwelche Personalien? Wissen wir, wen wir verständigen sollen?«

Bob hielt ihm einen Packen Papiere hin. »Die haben wir beim Fahrer des Lastwagens gefunden, die anderen beim Fahrer des Personenwagens. Wahrscheinlich sind die beiden die Eltern des Mädchens. Die arme Kleine.«
Sam nahm die Papiere und wandte sich zu Cassie um. Sie nickte. Er kniete sich hin, hob das Mädchen behutsam hoch und legte es auf Decken auf die Ladefläche des Lastwagens. Cassie stieg auf und zog den Kopf des Mädchens auf ihren Schoß.
»Ich frage mich, ob sie noch Verwandte hat. Kannst du dir vorstellen, wie gräßlich es für sie sein wird, wenn sie zu sich kommt und feststellt, daß ihre Eltern tot sind? Sieh dir die Papiere an und stell fest, woher die Familie stammt.«
Sam warf einen Blick auf den Führerschein. »Aus Alice Springs«, sagte er. »Wir werden die Polizei dort verständigen müssen. Constable Melby soll das übernehmen.«
Als Sam über das Funkgerät des Flugzeugs Horrie anrief, damit er einen Krankenwagen anforderte, sagte Horrie: »Olivia ist ins Krankenhaus gegangen. Doc Adams auch.«
»Vielleicht sollte ich besser das Flugzeug steuern«, sagte Cassie im Scherz zu Sam. »Du wirst ein nervliches Wrack sein.«
Aber Sam flog pfeilgerade und bewerkstelligte eine weiche Landung auf der hell erleuchteten asphaltierten Rollbahn. Der Himmel im Osten war blaßrosa gefärbt.
»Ich fahre in meinem Wagen hinter dem Krankenwagen her«, sagte Sam, doch statt dessen kam er eher an.
Cassie wartete, bis ihre Patientin untergebracht worden war, ehe sie sich ins Wartezimmer begab, in dem Sam auf und ab lief. »Ich dachte mir, du hättest vielleicht gern Gesellschaft.«
»Kannst du reingehen und nachsehen, wie es um sie steht? Herausfinden, was sich da drinnen abspielt?«
Cassie lief durch den Gang und durch die Türen und schließlich durch den Flur zum Operationssaal. Als sie einen Blick durch die kleinen Fenster warf, sah sie, wie eine lächelnde Schwester Frances ein Baby im Arm hielt. Sie hüllte es gerade in eine Decke und legte es Olivia in den Arm.

Cassie machte sich auf den Rückweg zum Wartezimmer. »Es sieht so aus, als ginge es Olivia gut und als hättest du ein Kind – ob es ein Junge oder ein Mädchen ist, weiß ich nicht.« Sam stieß einen lauten Schrei aus, hob Cassie hoch und wirbelte sie im Kreis herum. »Ich bin Vater!« schrie er.

Das Mädchen erholte sich körperlich gut, emotional jedoch nicht. Als sie vom Tod ihrer Eltern hörte, stellte sie das Essen ein und mußte nach vier Tagen intravenös ernährt werden. Sie redete kein Wort, sondern starrte blicklos ins Leere.
Ihre Tante und ihr Onkel wohnten in Tennant Creek, und als das Mädchen körperlich in der Verfassung war, entlassen zu werden, fuhr der Onkel – eine Bohnenstange von einem Mann – nach Augusta Springs und sah das stumme Kind an. »Ich habe acht eigene«, sagte er mit einem Zahnstocher im Mund. »Ich weiß nicht, wie ich noch ein weiteres durchfüttern soll.« Aber er beugte sich herunter und drückte dem Kind einen Kuß auf die Stirn. Das Mädchen lächelte matt und flüsterte: »Hallo, Onkel Jack.«
Er hob sie auf seine Arme und trug sie zu seinem Wagen, und dort packte Cassie sie in eine Decke und klemmte ihr ein Kissen unter den Kopf.
Mit Tränen in den Augen sah sie dem Wagen nach.
Sam, der sich von seinem Sohn losgerissen hatte, sah Cassie auf den Stufen vor dem Krankenhaus stehen und sich die Augen wischen. Er ging hinaus, um einen Arm um sie zu legen, doch als er die Tür erreichte, war Cassie bereits verschwunden.
Eine Woche später erhielt sie in der Funkzentrale der Fliegenden Ärzte einen Brief.

Als ich an dem Morgen, nachdem ich Dich durch diese mitternächtliche Aktion geführt hatte, wach geworden bin, habe ich vor mich hin gesagt: »Cassandra Clarke. Die kenne ich doch.« Es kann keine zwei Ärztinnen in Australien mit einem solchen Namen geben. Und die Erinnerungen sind zurückgekehrt. Es ist lange her, Doktor, aber ich

hoffe, Du nimmst meine Entschuldigung an. Ich bin nicht stolz darauf, wie ich Dich behandelt habe. Ich hatte Angst, Du würdest eine Szene machen, und ich weiß nie, wie ich mit solchen Dingen umgehen soll.
Meine Frau und ich haben uns schließlich doch scheiden lassen, und ich bin wieder verheiratet. Ich habe einen zweijährigen Sohn, die Freude meiner mittleren Jahre, im selben Alter wie meine Enkelin.
Im Lauf der Jahre habe ich mich immer wieder gefragt, was wohl aus Dir geworden sein mag.
Jetzt weiß ich zumindest, was Du beruflich tust. In dieser Nacht hast Du gute Arbeit geleistet, Doktor. Ich gratuliere Dir. Du hattest schon immer die Anlagen zu einer wirklich guten Ärztin.
Falls Du jemals nach Melbourne kommst, schau vorbei. Dann trinken wir einen zusammen.
Dr. Raymond J. Graham

45

»Ich habe das Gefühl«, sagte Fiona, »als würde mir niemals etwas anderes beschieden sein als das übliche Los einer Frau.«
»Und was ist dagegen einzuwenden? Du hast drei Kinder ... schöne Kinder, könnte ich noch dazusagen.«
»Cassie, meine Liebe, du bist positiv voreingenommen. Und ich bin hingerissen von den Kindern. Ich bin mit dem einzigen Mann verheiratet, den ich je geliebt habe, und ich bin außerordentlich glücklich. Aber ist das alles? Soll ich mein ganzes Leben stellvertretend leben, aus zweiter Hand durch meinen Mann und meine Kinder?«
Cassie musterte ihre Freundin, mit der sie auf der Veranda von Tookaringa Eistee trank. Die Behandlungen waren abgeschlossen, und Sam und sie würden in einer halben Stunde zurückfliegen. Sie blieben bei Sprechstunden nicht über Nacht, wenn es nicht absolut notwendig war, weil Olivia Sam nachts bei sich zu Hause haben wollte. Cassie hatte den Verdacht, daß sie eine heftige Auseinandersetzung darüber gehabt hatten, und Sam hatte sich mehr oder weniger entschuldigt, als er sie darum gebeten hatte, möglichst selten über Nacht zu bleiben.
»Du mußt doch ständig beschäftigt sein, mit deinen Kindern und Blake ...«
»... und Steven auch, verstehst du. Blake ist die Hälfte der Zeit unterwegs, kauft Land und Vieh, überwacht das Geschehen auf seinen Außenposten und erfüllt sich seinen Traum. Seit er diesen Hubschrauber gekauft hat, bekomme ich ihn nicht mehr zu sehen. Jetzt spricht er auch noch davon, sich eine Cessna zuzulegen. Es ist nicht etwa so, daß ich einsam wäre – ich habe mehr als genug zu tun. Versteh mich nicht

falsch, Cassie. Mir macht das alles riesigen Spaß. Ich liebe mein Leben. Und doch habe ich das Gefühl, einen Teil meiner selbst verloren zu haben. Ich tue nichts mehr einfach nur für *mich*. Es sieht so aus, als würde ich ständig anderen Freude bereiten, Dinge für andere tun.«

»Ich glaube«, sagte Cassie lächelnd, »das nennt man Umsorgen, und du bist schon immer ein Mensch gewesen, der dazu geneigt hat, andere zu umsorgen, Fi, selbst damals, als du unterrichtet hast.«

»Ich wünschte, das könnte ich wieder tun. Es hat mir solchen Spaß gemacht. Oder fliegen, obwohl es für mich nie gleichwertig mit dem Unterrichten war. Ich meine, es hat mir derart enormes Vergnügen bereitet zu sehen, wie die Augen eines Kindes aufleuchten, wenn ein neuer Gedanke oder eine neue Frage auftauchen. Danach sehne ich mich zurück. Und ich wünsche mir so sehr, den Aborigines zu helfen. Ich habe nicht die Zeit und nicht die Energie, aber wie sehr ich mir doch wünsche, in diesen Missionen Schulen zu gründen. Das ist mein Traum.«

»Sieh dir andererseits an, was aus Marian und Anna geworden ist«, sagte Cassie. »Du hast ihnen eine Schulbildung verschafft, du hast ihnen in die Hand gegeben, was sie brauchen, um sich in die Welt der Weißen einzugliedern,und was haben sie getan, nachdem sie ihren Studienabschluß hatten? Sie sind zu ihrem Stamm zurückgegangen. Ich sehe sie ein paarmal im Jahr in zerrissenen Kleidern herumsitzen, und sie machen einen äußerst zufriedenen Eindruck.«

Fiona seufzte. »Ich weiß. Ich habe den Verdacht, es liegt daran, daß man ihnen in der Welt der Weißen das Gefühl gegeben hat, nichtswürdig zu sein.«

»Nicht nur das«, wandte Cassie ein und schenkte sich aus dem Krug auf dem Tisch neben sich noch einen Tee ein. »Sie haben tief verwurzelte Vorstellungen. Es ist ihnen verhaßt, in den Häusern zu leben, die wir für sie bauen. Sie lassen sie verkommen. Sie nehmen es nicht, so wie wir, ernst, etwas zu besitzen, sondern sie ziehen es vor, unter Gebilden aus Ästen zu leben, im Freien, als Teil des Universums. Sie können nicht verstehen, warum wir uns in kleinen Einfriedungen einpferchen ...«

»Und wir können nicht verstehen, warum sie unseren Komfort nicht wollen.«

»Außerdem sind ihnen nicht die Freiheiten gestattet, die wir haben. Es ist schließlich illegal, Alkohol an sie zu verkaufen.«

»Bist du dagegen?« fragte Fiona und fuhr sich mit einer Hand durchs Haar, das sie jetzt kurz trug.

»Im Grunde genommen bin ich nicht sicher, wie ich zu Alkohol stehe. Aber ich trinke ihn, und ich glaube an das Recht eines jeden, selbst zu entscheiden, selbst wenn es um die Zerstörung der eigenen Person geht. Wir behandeln die Aborigines wie leicht zurückgebliebene Kinder, die nicht für sich selbst verantwortlich sind. Bloß weil einige von ihnen genetisch den Hang zu haben scheinen, sich in die Bewußtlosigkeit zu trinken, heißt das noch lange nicht, daß wir es ihnen verbieten sollten. Viele Weiße tun das auch. Ich persönlich bin der Meinung, daß das eher eine physische als eine psychische Frage ist. Ich will damit nicht sagen, daß Menschen nicht trinken, wenn sie deprimiert sind, was alles nur noch verschlimmert, und ich bin gegen die Schäden, die Alkohol anrichtet. Und doch bin ich für die Entscheidungsfreiheit des einzelnen. Ich würde dafür stimmen, daß sie das Recht haben, Alkohol zu trinken, wenn sie es wollen.«

»Trotzdem bleibt die Frage, warum Aborigines freiwillig in unsere Städte kommen sollten, um dort abgelehnt, verspottet und verhöhnt zu werden?«

»Warum willst du ihnen dann Bildung verschaffen?«

»Um Einfluß auf die Richtung zu nehmen, in die die Gesellschaft sich weiterentwickelt. Eines Tages, Cassie, werden einige von ihnen den Zweiflern zeigen, daß sie Verstand besitzen, daß sie dasselbe wie wir erreichen können.«

»Aber wollen sie das denn?«

»Wenn wir es auch noch so sehr ablehnen mögen, und sie auch, dann müssen sie sich doch weiterentwickeln oder untergehen. Und ich möchte ihnen bei der Weiterentwicklung helfen.«

Cassie stand auf. »Du bist die geborene Lehrerin, Fiona. Du glaubst, die Welt sei durch Bildung zu retten.«

Fiona lächelte. »Ich wünschte, ich würde dich öfter sehen. Zweimal im Monat genügt mir nicht. Du fehlst mir in meinem Leben, und ich beneide deine neue Freundin Romla. Nicht nur dafür, daß ihr beide einander ständig zu sehen bekommt, sondern auch, weil sie so ist wie du und auf sich gestellt etwas tut, was sie erfüllt.«

»Ihr Mann hilft ihr dabei. Es ist ein gemeinschaftliches Unterfangen.«

»Wem willst du hier etwas vormachen? Es ist ihr Werk. Ich war in der Stadt, und ich habe selbst gesehen, was sie getan hat. Dieses Hotel ist regelrecht elegant. Und blanchierte Kalbsbrust mit Dill! Also wirklich, ich muß schon sagen! Etwas dergleichen habe ich hier in der Gegend noch nie gesehen.«

»Ich kann mir nicht vorstellen, daß ein solches Projekt in Augusta Springs erfolgreich sein könnte.«

»Dann nutze es, solange du es hast.«

»Sie hat einen Koch aus San Francisco eingestellt«, sagte Cassie. »Kannst du dir das vorstellen? Und sie hat jedes Zimmer individuell eingerichtet. Roger und sie haben ein Zimmer in einem Flügel, und gegenüber gibt es zwei Schlafzimmer für die Kinder. Romla ist ganz begeistert und sagt, sie wird nie mehr in ihrem ganzen Leben eine einzige Mahlzeit selbst kochen. Das meiste Geld ist natürlich an der Bar zu machen.«

»Das ist immer so. Aber das ist auch schon alles, was ihr Mann tut, in der Bar bedienen. Und so, wie es aussieht, wird er jeden Profit, den sie machen könnten, selbst vertrinken.«

»Davon würde ich ihm abraten. Das Hotel gehört ihnen nicht. Sie leiten es nur.«

»Jedenfalls ist es Romlas Projekt, und nur ihres allein, und darum beneide ich sie. Ihren Mann dagegen beneide ich nicht. Ihr Sohn ist allerdings unwiderstehlich.«

Cassie genoß ihre Besuche bei Fiona mehr, wenn Blake nicht da war, wenn sie ihn nicht sehen mußte. Fiona hatte sie mehrfach angerufen, wenn er kurz davor gestanden hatte, sich wieder von seinem Plastikarm zu trennen, und dann war sie hinausgeflogen und hatte heftig mit ihm gestritten. Aber das war jetzt alles vorbei. Dennoch hing ihr die Härte dieser Auseinandersetzungen noch nach.
Fiona und sie hängten sich beieinander ein und stiegen die Stufen der Veranda hinunter. Sie machten sich auf den Weg zum Flugzeug auf dem Feld hinter den Nebengebäuden. Cassie trug ihre übliche Buschkleidung – eine maßgeschneiderte Gabardinehose, ein Baumwollhemd mit einem Halstuch, das sie umband, damit es den Schweiß auffing, Stiefel mit hohen Absätzen und ihren Stetson.
Fiona hatte ebenfalls eine Hose an, trug dazu aber eine enganliegende Seidenbluse und Sandalen. Selbst in ihrer kostspieligen maßgeschneiderten Hose wirkte sie auffallend feminin.
»Keine andere Frau im ganzen Busch sieht so aus, wie du es immer tust«, sagte Cassie zu ihr.
»Blake gefällt es, wenn ich so herumlaufe. Ich habe mir angewöhnt, mich auch dann so zu kleiden, wenn er nicht hier ist. Und ich habe mir auch angewöhnt, nicht immer ein Kleid zum Abendessen anzuziehen, wenn er fort ist.«
Cassie glaubte, es gäbe noch einen anderen Grund dafür, daß Fiona immer so aussehen konnte: Sie hatte zwei Kindermädchen, die sich um die Kleinen kümmerten. Fiona hatte nach der Geburt immer schnell wieder ihre frühere Figur, und Cassie konnte verstehen, warum Blake stolz auf sie war.
Sam kam ihnen entgegen. »Ich habe gerade mit Horrie gesprochen«, rief er. »Wir haben einen Notruf.«
»Ich bin bereit.« Cassie beugte sich vor, um Fiona auf die Wange zu küssen.
»Ambrose Pulham ist getötet worden.«
Cassie erinnerte sich gut daran, mehr als einmal Sylvia Pul-

hams blaues Auge gesehen zu haben, wenn sie auf einer Runde kurzer Sprechstunden einen Zwischenhalt eingelegt hatten, weil Sylvia schwanger war. Sämtliche fünf Kinder wirkten wie erstarrt vor Angst, wenn ihr Vater in der Nähe war. Das letzte Mal waren sie nicht wegen Sylvias Schwangerschaft gerufen worden, sondern weil der Kleinste von seinem hohen Kinderstuhl gefallen war und eine gebrochene Nase und eine Gehirnerschütterung hatte. Sie hatten ihn ins Krankenhaus fliegen müssen, und die Kinder hatten alle geschrien, als ihre Mutter mit dem acht Monate alten Baby ins Flugzeug gestiegen war. Cassie hatte nie an den Sturz von dem Kinderstuhl geglaubt.

Als sie mit Chris darüber gesprochen hatte, hatte er, wie schon vor Jahren einmal, gesagt: »Es gibt nichts, was wir dagegen tun können, Cassie. Wir können uns nicht in Familienangelegenheiten einmischen.« Aber er fügte hinzu: »Himmel, hier in der Gegend wird soviel getötet wie im Krieg.« Als Cassie versucht hatte, mit Sylvia zu reden, hatte sie nur wieder und immer wieder erzählt, das Baby sei gestürzt. Nein, ihr blaues Auge käme daher, daß sie im Dunkeln in der Scheune gegen eine Tür gelaufen wäre – war das nicht zu dumm? –, und dann wäre sie gestolpert und hingefallen. Wie ungeschickt sie doch war. Nein, die Kinder fürchteten sich nicht vor ihrem Vater, es läge alles nur daran, daß sie Fremde so gar nicht gewohnt und in Cassies Anwesenheit eingeschüchtert wären.

Und jetzt hatte Dan, der Älteste, seinen Vater getötet.

Das Zwielicht war rosa und violett, als sie bei den Pulhams landeten und über den steinigen Boden holperten. Pulham hielt die Landebahn nie in gutem Zustand. Kein Wagen fuhr zu ihnen hinaus, um sie zu begrüßen, und Sam trug Cassies Arzttasche, als sie die halbe Meile zum Haus zu Fuß zurücklegten.

»Hier sieht es immer gleich aus, und es klingt immer gleich«, sagte Cassie und lauschte dem Muhen der Rinder und dem

Zwitschern der Vögel im Geäst, die sich gerade für die Nacht auf den Zweigen niederließen.

»Hast du erwartet, daß alles tot ist?«

»Vermutlich ja.« Cassie mußte rennen, um mit Sams federndem Gang schrittzuhalten.

Sylvia erwartete sie auf der Veranda. Sie stand da und hatte einen Arm um einen Pfosten geschlungen. Sie trug eine saubere Schürze über ihrem Kleid und preßte sich ein blutiges rohes Steak auf ein Auge. Sie öffnete die Gittertür und wies mit einer ruckhaften Kopfbewegung auf das andere Ende des Wohnzimmers. »Er ist dort drin.« Sie folgte ihnen nicht ins Schlafzimmer.

Ambrose Pulham war mitten durch den Kopf geschossen worden – ein Schuß aus einer Flinte aus nächster Nähe hatte ihm den Kopf weggesprengt. Sein Körper lag auf dem Bett, und sein Schädel klebte in Fetzen an der Kopfstütze.

Seine Frau stand in der Küche vor dem Herd. Ihre linke Wange war geschwollen und verfärbte sich violett. Sie briet Speck und Kartoffeln. »Die Kinder sind draußen und sammeln Eier. Sie werden jeden Moment zurückkommen. Bleiben Sie zum Abendessen?«

Sam setzte sich auf einen Stuhl, doch Cassie blieb in der Tür stehen, da Sylvias Verhalten sie beunruhigte.

Sylvia sah Sam an, griff nach einer Tasse und goß Tee ein. »Zucker?«

»Nein, danke.«

Sie knallte die Tasse vor ihn auf den Tisch. »Ich werde für zwei Leute mehr decken.«

»Was ist passiert?« Cassie zwang sich, diese Frage zu stellen, da sie das Gefühl hatte, das könnte alles nur ein Traum sein.

»Das werde ich Ihnen erzählen«, sagte Dan, der durch die Hintertür hereinkam. Er trug einen Korb voller Eier, und die jungeren Kinder folgten ihm. Niemand schien außer sich zu sein.

»Ich habe ihn getötet.«

Er reichte seiner Mutter den Korb, drehte sich zu Sam um und sah ihn an.
»Wascht euch die Hände«, sagte seine Mutter. Die Kinder drängten sich um das Spülbecken herum.
»Magst du uns mehr darüber erzählen?« fragte Sam. »Wir werden es der Polizei in Augusta Springs berichten müssen.«
»Papa hat zu mir gesagt, ich soll die Flinte reinigen, die Schrotflinte drüben im Schlafzimmer, und dann hat er zu mir gesagt, ich soll sie laden. Ein Schuß ist losgegangen, während ich …« Seine Augen wurden ausdruckslos, und Sylvia warf einen Blick auf ihren Sohn.
»… während er sie geladen hat. Er hat sich nicht mit dem Abzug ausgekannt.«
Sam warf einen Blick auf Cassie. Ein vierzehnjähriger Junge im Busch, der sich nicht mit dem Abzug auskannte?
Sam lehnte sich auf seinem Stuhl zurück und kippte ihn, bis die vorderen Beine in der Luft schwebten. »Dann üben wir doch mal Selbstverteidigung.«
Der Löffel, den Sylvia in der Hand hielt, fiel klappernd auf den Boden. »Lassen Sie mich erst den Kindern das Essen vorsetzen, und dann gehen wir ins Wohnzimmer, während sie essen.«
Dan sagte: »Ich auch, Mama.«
Sie nickte. Ihr geschwollenes Auge begann sich violett zu verfärben.
Als sie zu viert im Wohnzimmer saßen, fragte Sylvia: »Dann meinen Sie also nicht, daß die Polizei das glauben wird?«
»Keine Sekunde«, sagte Sam.
Cassie saß auf der Sofakante und hätte am liebsten ihre Arme um die Mutter und den Sohn gelegt. Sylvia wandte sich an sie. »Sie haben es gewußt, stimmt's? Als wir das Baby ins Krankenhaus bringen mußten? Sie haben gewußt, daß es nicht von seinem Stuhl gefallen ist.«
Cassie nickte. »Den Verdacht hatte ich, ja. Aber dazu kam Ihr blaues Auge, wenn ich Sie im Lauf der Jahre gesehen habe.«

Sylvia sagte zu Dan: »Zieh dein Hemd aus, Sohn. Zeig ihnen deinen Rücken.«
Sein Rücken war von erhabenen weißen Striemen bedeckt, darunter Narben, die Jahre alt waren. Aus einer Strieme sickerte noch Blut.
»O mein Gott«, flüsterte Cassie. »Hier, lassen Sie mich den Rücken mit einem antiseptischen Mittel einreiben.«
»Das hat er nur getan, wenn er getrunken hat.« Sylvia schien sich für ihren Mann entschuldigen zu wollen. »Wir haben den Schnaps vor ihm versteckt, und wir haben ihn in den Ausguß geschüttet. Dann ist er wütend geworden, hat uns aber nicht geschlagen. Er hat es nur getan, wenn er betrunken war.«
»Wie lange ist das so gegangen?« fragte Cassie.
Sylvia zuckte die Achseln. »Sowie er Alkohol im Leib gehabt hat.«
»Er hat Mama geschlagen, bis sie geblutet hat«, sagte Dan, und seine Stimme wurde brüchig. »Und dann hat er sie vergewaltigt.«
Sylvia warf einen Blick auf ihn. »Woher weißt du überhaupt, was dieses Wort bedeutet?«
»Ich bin doch nicht dumm, Mama. Ich habe gewußt, was er dir angetan hat, wenn du geweint und geschrien hast. Ich habe am Morgen das Blut auf dem Laken gesehen. Ich habe dich wie einen Welpen wimmern hören. In diesen Nächten konnte ich nicht im Haus bleiben. Ich bin dann rausgegangen und habe in der Scheune geschlafen.«
Sylvia stand vom Sofa auf, ging zu ihrem Sohn, kniete sich vor ihn und zog seinen Kopf an sich. »O mein Sohn, ich dachte, du wüßtest nichts davon.« Er zog seinen Kopf zurück. »Mama, du hast ihn nie zurückgehalten, selbst dann nicht, wenn er mich geschlagen hat. Noch nicht einmal heute, als er auf Susie losgegangen ist. Du hast ihn nicht ein einziges Mal zurückgehalten.«
Sylvia fing an zu weinen.
Dan wandte sich an Sam. »Sie hat direkt nach dem Mittagessen angefangen zu schreien, und ich habe mir gedacht, das

lasse ich ihn nicht noch einmal tun. Das lasse ich einfach nicht zu. Letzte Nacht habe ich sie die ganze Nacht weinen hören, und sie hat geschrien: ›Laß das, um Gottes willen, laß das sein.‹ Ich bin in die Scheune gegangen, um dort zu schlafen, aber ich habe derart gezittert, daß ich nicht schlafen konnte, und ich habe mir gelobt, daß ich das nicht noch einmal vorkommen lasse. Und als ich sie dann schreien hörte, habe ich die Schrotflinte von der Wand genommen und die Schlafzimmertür aufgemacht und gesehen, daß es nicht Mama war, die er mit einem Gürtel geschlagen hat, sondern Susie.«
Susie war gerade erst sechs.
»Mir ist vollkommen egal, was sie mit mir machen werden, aber ich habe ihn erschossen, und ich bin froh darüber.«
Sylvia begann jetzt unbeherrscht zu schluchzen. »Ich bin auch froh darüber.« Dann sagte sie zu Sam: »Man wird ihn doch nicht ins Gefängnis schicken, oder? Er ist noch keine sechzehn. Man wird ihn doch nicht ins Gefängnis schicken, oder?«
»Nicht, wenn ich etwas dagegen tun kann«, sagte Sam. »Aber ich glaube, mein Junge, wir sollten diese Geschichte besser noch einmal von Anfang an durchgehen. Laß uns sagen, daß dein Vater die Waffe gereinigt hat. Wenn Sie sämtliche Kinder dazu bringen, daß sie das beschwören, dann ist es der Polizei völlig unmöglich, das Gegenteil zu beweisen. Die Polizei wird noch nicht einmal beweisen wollen, daß diese Aussagen nicht stimmen. Wenn wir in die Stadt zurückkommen, werde ich der Polizei berichten, daß er sich beim Reinigen seiner Waffe selbst erschossen hat. So was kommt laufend vor. Ich hole einen Leichensack, und wir nehmen ihn mit, und vielleicht wird gar niemand rauskommen und weitere Fragen stellen.« Er sah Cassie an. »Bist du damit einverstanden?«
»Selbstverständlich.« Sam, du bist einfach wunderbar, dachte sie liebevoll.
»Die können einen Jungen doch nicht ins Gefängnis stecken, oder?« fragte Sylvia noch einmal. »Ich brauche seine Hilfe hier. Er ist der einzige Mann, den ich jetzt noch habe.«

Er war kein Mann, dachte Cassie. Wirklich nur ein Junge. Er war ein Junge, der diese Narben für alle Zeiten mit sich tragen würde, und zwar nicht nur die Narben auf seinem Rücken.
Sam holte den Leichensack, und sie zogen den Reißverschluß um Ambrose Pulham zu.
»Wollen Sie, daß ich jemanden rausschicke, der ein paar Tage bei Ihnen bleibt?« fragte Cassie.
Sylvia schüttelte den Kopf. »Nein, wir brauchen niemanden.«
Sam nahm Cassie zur Seite. »Willst du über Nacht bleiben oder lieber zurückfliegen? Vergiß nicht, daß wir auf dem Flugplatz jetzt Beleuchtung haben.«
»Lassen wir ihnen ihre Ruhe.«
Sam hob die Überreste des Mannes in das Flugzeug. Es war dunkel. Sterne funkelten an dem samtigen Himmel.
»Ist es kalt, oder bin ich das?«
»Es ist ziemlich kühl«, antwortete er. Er wollte gerade ins Flugzeug steigen, schaute sich aber noch einmal um und sah, daß sie dastand und zum Himmel aufblickte. Daraufhin kam er zurück.
Zu ihrem Erstaunen hörte Cassie sich weinen, leise, kleine Schluchzlaute. Sam legte seine Arme um sie und zog sie fest an seine Brust. »Was soll jetzt bloß aus ihnen werden?« Sam roch gut.
»Vielleicht fangen sie jetzt erst richtig an zu leben«, schlug er vor, zog ein Taschentuch aus seiner Tasche und reichte es ihr.

TEIL IV

1948–1950

46

1948 entband Cassie vier der Martin-Töchter von Söhnen. Gemeinsam mit den beiden Töchtern, die sie im vergangenen Jahr bekommen hatten, machte das sämtliche Martin-Töchter zu Müttern.

Die Dürre war jetzt in ihrem vierten Jahr angelangt.

Zahlreiche Rancher hatten ihr gesamtes Vieh verloren und ihre Gehöfte verlassen. Sie waren in die Kleinstädte und in die Großstädte gezogen und hatten Arbeit jeder Art angenommen, solange sie damit nur ihre Familien durchfüttern und unterbringen konnten, bis sie auf ihr Land zurückkehren konnten.

Chris entband Olivia von ihrem zweiten Kind, einer Tochter. Und Cassie entband Fiona von ihrem vierten Kind in vier Jahren, ihrer zweiten Tochter. Sie wußte nicht, daß Sam vorgeschlagen hatte, seine Tochter nach ihr zu benennen. Er hatte zu Olivia gesagt: »Wir nennen sie Sandy.«

»Nur über meine Leiche«, hatte Olivia dazu gesagt.

»Wir könnten sie Sandra nennen«, schlug Fiona Blake vor.

»Okay«, sagte er.

Daher wurde Sams Tochter Samantha genannt, und Fionas Tochter wurde auf den Namen Cassandra getauft.

Augusta Springs hatte inzwischen mehr als dreitausend Einwohner und seit neuestem eine Methodistenkirche, zwei weitere Lehrer und ein gesellschaftliches Leben, dessen Ton, was die Etikette betraf, Romla angab. Sie regte zu Teegesellschaften an, damenhaften Zusammenkünften mit Gurkenbrötchen und einem Streichquartett. Frauen trafen sich zum Mittagessen in einem eleganten Restaurant des »Royal Palms«. Und während »Addie's« so stark wie eh und je die Kundschaft anlockte, wurde Romlas Restaurant berühmt für Candlelightdinners, zu denen Kalbsschnitzel, Hähnchen-Cordon-Bleu, Lammcurry und Bœuf Stroganoff serviert wurden. Das Restaurant war teuer und elegant. Die Kellnerinnen trugen unnahbar wirkende perlgraue Livrees, die dennoch über den Brüsten spannten und den Spalt dazwischen zeigten – und alle hatten reichlich Brustumfang – und über den Hüften eng anlagen.

»Jede einzelne deiner Kellnerinnen sieht aus wie vom Film«, sagte Cassie zu Romla. »Wo findest du sie bloß?«

Daraufhin lächelte Romla nur.

Sie hatte einen Konditor ins Land geholt, der nur für die köstlichsten Desserts zuständig war. Romla weigerte sich, gegrillte Speisen zu servieren. Sie war intelligent genug, trotzdem ein Steak auf die Speisekarte zu setzen, und ihre Mahlzeiten waren nicht nur gastronomisch, sondern auch ästhetisch ein Genuß.

Das Restaurant mit dem dunkelgrünen Teppich war in dunklen und Pastelltönen gehalten, die Glühbirnen waren rosa, und der gesamte Saal schmeichelte jedem, der dort zu Abend aß. Selbst beim Frühstück, wenn keine Beleuchtung eingeschaltet war, schienen die Menschen besser auszusehen als draußen in der grellen Sonne des australischen Buschs.

Romla veranstaltete Parties. Während der Woche, in der die Rennen stattfanden, räumte sie das Hotelfoyer aus und lud dort zu einem Ball, und für Dutzende von Parties lieferte sie das Büfett. Sie trieb Spenden für die Fliegenden Ärzte auf, die ständig in Geldnot waren, indem sie Gymkhanas und Kostümbälle organisierte, Picknicks und Kamelritte, aber auch Ritte in die Hügel zu einem Essen bei Mondschein. Sie sorgte dafür, daß in Augusta Springs ein fröhliches Treiben herrschte, sie gab der Stadt ein Nachtleben, und sie weckte in den Damen der Stadt ein gesellschaftliches Bewußtsein.

Aber dennoch hatte sie einen Dorn im Fleisch.

Ihren Ehemann.

Er klagte über die mangelnde Unterhaltung in Augusta

Springs und führte seine Vorstellungen von Amüsement daher selbst ein. Es gab keinen einzigen Abend, an dem in dem Raum hinter der Bar des »Royal Palms« nicht ernsthaft Poker gespielt wurde, und an drei oder vier Abenden in der Woche konnte man dort die wohlhabendsten Männer der Stadt finden. Der Richter gesellte sich jedesmal, wenn er in der Stadt war, dazu; Männer wie James Teakles Vater und Old Man Stanley, dessen Ranch eine der größten war, brachten es fertig, mindestens zweimal in der Woche in die Stadt zu kommen, um an dem immerwährenden Spiel teilzunehmen. Die Einsätze überstiegen den Geldbeutel der meisten Männer, und diejenigen, die sich das Pokerspiel nicht leisten konnten, spielten Dart bei »Addie's«. Die Männer, die in die Bar des »Royal Palms« kamen, tranken und prellten dann nicht etwa die Zeche – sie waren ernsthafte Trinker, die sich ihr Laster leisten konnten. Aber sieben Nächte in der Woche war der einzige Spieler, der keine Runde ausließ, Roger, der einzige, der sich die hohen Einsätze nicht leisten konnte.

»Einnahmen«, sagte Romla zu Cassie, »machen wir nur in der Bar. Es wird etwa zwei Jahre dauern, bis der Rest sich amortisiert hat, hat man mir gesagt. Die Bar ist unsere einzige Absicherung. Aber damit machen wir Gott sei Dank Geld, und wir brauchen keinen Penny für Unterkunft und Essen auszugeben. Das ist in unserem Lohn enthalten.«

Cassie sagte zu Chris: »Das leuchtet mir nicht ein. Das Hotel ist ständig ausgebucht. Im Restaurant ist immer etwas los.«

»Vielleicht vertrinkt Roger die Gewinne«, sagte Chris. »Ich weiß, daß er nie betrunken wirkt, aber dort wird nicht nur um Geld gespielt, sondern auch gewaltig getrunken.«

Cassie und Chris aßen mehrfach wöchentlich in dem Hotel, nicht nur weil sie das Essen göttlich fanden, sondern auch weil ihnen das die Gelegenheit gab, mit Romla und Terry zusammenzusein. Die meiste Zeit wollte Roger nicht aus der Bar herauskommen, und daher verbrachten Cassie und Chris ihre Abende genüßlich mit Romla. An den Montagabenden, wenn im Restaurant nicht viel los war und Romla die Leitung dem

Oberkellner überließ, kamen sie und Terry zu Cassie und Chris zum Abendessen. Und an den Samstagnachmittagen ging Cassie, wenn kein Notruf dazwischenkam, mit Terry ins Kino, spielte Domino mit ihm oder machte Spaziergänge mit ihm an dem ausgetrockneten Flußbett.

Terry verbrachte seine Samstage jedoch zunehmend häufiger mit Jim Teakle. Jim gelang es, öfter als früher in der Stadt zu sein, und er und Chris freundeten sich miteinander an, was Cassie überraschte und Chris begeisterte, der das Skeetschießen wiederaufnahm, um den Samstagvormittag mit Jim zu verbringen. Sie begannen, Terry mitzunehmen, und sie brachten ihm das Spiel bei. Dann beschloß Jim, alle Jungen sollten lernen, im Freien ihr Lager aufzuschlagen. Er kaufte Terry seine eigene Ausrüstung, und an den Wochenenden draußen im Busch brachte er ihm bei, wie man in glühender Asche flaches, ungesäuertes Brot buk, starken Kaffee kochte und Spuren im Sand las. Oft begleitete Chris Jim und die Jungen.

»Er ist ein großartiger Kerl«, sagte Chris zu Cassie. »Ich kann mich nicht erinnern, wann ich jemals vorher einen echten Freund gehabt hätte. Seit der Schulzeit bestimmt nicht mehr, soviel steht fest.«

Jim Teakle war nicht nur ein ausgezeichneter Freund, sondern Romla fand, er sei ein Gentleman. »Etwas, was ich schon seit langer Zeit nicht mehr gesehen habe«, sinnierte sie.

Er begann, sich ebenfalls zu den Abendessen am Montag einzufinden, ganz gleich, ob Roger kam oder nicht, und im allgemeinen befand Roger, er könnte die Bar nicht im Stich lassen. Es war deutlich zu sehen, daß Romla Druck auf ihn ausgeübt hatte, damit er zu diesen Abendessen mitkam; wenn er tatsächlich erschien, aß er etwas und eilte dann ins Hotel zurück, und er machte sich gar nicht erst die Mühe, seine Ungeduld und seinen Unwillen über die Gespräche und das Gelächter zu verbergen, von dem er bei Cassie umgeben war.

Cassie merkte deutlich, daß Romla mit der Zeit immer weniger Druck auf ihn ausübte, denn er gewöhnte es sich ganz

ab, zu ihnen zu kommen, und so ergab es sich, daß Chris und sie, Romla und Jim Teakle sich montagabends regelmäßig miteinander trafen. Jim gewöhnte es sich sogar an, in Cassies Küche das Abendessen zuzubereiten, wenn sie von einer Sprechstunde später zurückkam oder zu einem Notfall rausgerufen wurde. Terry betete Jim an, der mit dem Jungen redete, als sei er ein Erwachsener, ihm Fragen stellte und seine Antworten abwartete, als seien sie von größter Bedeutung.
»Es ist schön für ihn, ein männliches Vorbild zu haben«, sagte Romla eines Montags, als sie auf einem Hocker saß und Cassie zusah, die Kartoffeln schälte. »Roger scheint seine Vaterrolle aufgegeben zu haben. Er redet kaum noch mit Pam, wenn sie in den Ferien zu Hause ist. Er ignoriert die Kinder so gut wie ganz.«
»Nur die Kinder?« fragte Cassie und schüttete Salz ins Kartoffelwasser.
Romla schwieg eine Minute, und dann bildeten sich Tränen in ihren Augenwinkeln. »Nein. Mich auch. Er tut noch nicht einmal so, als gäbe es mich überhaupt noch. Wir nehmen nie eine Mahlzeit gemeinsam ein. Abends bleibt er immer zu lange auf, um morgens mit mir zu frühstücken. Cassie, ich glaube, er hat jeden Tag einen Kater. Und doch wirkt er nie betrunken. Alles, wofür er lebt und atmet, ist diese verdammte Bar.«
»Tut es dir leid, daß du diesen Job angenommen hast?«
Romla kämpfte mit den Tränen und wischte sie weg, ehe sie fielen. »Nein. Vielleicht war unsere Ehe schon kaputt, ehe wir hierhergekommen sind, und ich versuche einfach nur, es auf die Bar zu schieben. Auf das Trinken. Auf alles andere als auf uns beide. Weißt du, daß wir weniger Geld haben, als wir es in Townsville vom Gehalt eines Polizisten hatten?« Romla brach in Tränen aus. »Wir bekommen jeder einen Lohnscheck vom Hotelmanagement – Roger für die Bar, ich für das Hotel und für das Restaurant. Ich habe meinen immer auf der Rückseite unterschrieben und ihn Roger gegeben, damit er ihn zur Bank bringen sollte, und, Cassie, o Cassie, ich bin gerade da-

hintergekommen, daß wir *nichts* auf der Bank haben – nicht einen Cent.«
»Gütiger Himmel, was ist aus dem ganzen Geld geworden?«
Romla wischte sich die Tränen weg. »Er hat es vertrunken und verspielt.«
»Hast du schon einmal an eine Trennung gedacht?«
Romla riß ruckartig den Kopf hoch, starrte Cassie an, und dann brach sie in Tränen aus. »O Cassie, ich denke ständig daran. Heute abend habe ich ihm ein Ultimatum gestellt: Hör auf mit dem Spielen und dem Trinken, oder es ist aus.«
Cassie, die jetzt begonnen hatte, Erbsen zu enthülsen, ließ Romla weinen. Nach ein paar Minuten sagte sie: »Du fürchtest dich, stimmt's? Wovor?«
»Niemand in unserer Familie hat sich je scheiden lassen«, schluchzte sie und suchte ein Kleenex, das sie auf dem Kühlschrank fand. »Wir beide haben seit Jahren nicht einmal mehr miteinander geredet. Es ist mindestens ein Jahr her, seit wir das letzte Mal zur selben Zeit ins Bett gegangen sind. Das heißt nicht, daß ich von ihm berührt werden möchte, aber meines Erachtens steht das symbolisch für das, was aus unserer Ehe geworden ist. Holt er sich das woanders, was meinst du?«
»Wenn er trinkt, dann ließe sich damit viel erklären. Aus welchen Gründen auch immer, aber mit deiner Ehe stimmt etwas nicht.«
»Mit unserer Ehe«, schniefte Romla, »hat von Anfang an etwas nicht gestimmt. Aber wenn ich mich scheiden lasse, wird sich Chris meiner schämen, und was ist mit den Kindern? Kinder sollten nicht in einem kaputten Heim aufwachsen.«
»Kaputt? Und was ist es jetzt? Er ist überhaupt nicht für sie da. Alles, was ihn interessiert, was auch immer das sein mag, findet er in der Bar des ›Royal Palms‹.«
»Ehe wir hergekommen sind, ist er von der Arbeit nach Hause gekommen, hat die Füße auf einen Hocker gelegt und sich auf der Couch zurückgelehnt. Wir haben niemals etwas unternommen. Es ist die langweiligste Ehe gewesen, die ich mir

nur irgend vorstellen kann, aber man läßt sich nicht aus Langeweile scheiden.«
»Wie lange bist du jetzt verheiratet?« Cassie warf die Erbsen in einen Topf mit kochendem Wasser und holte grünen Salat, Tomaten und grüne Paprikaschoten aus dem Kühlschrank.
»Achtzehn Jahre.« Romla hatte aufgehört zu weinen.
»Achtzehn Jahre Langeweile? Und jetzt ist alles weg, wofür du gearbeitet hast. Du kannst nichts für deine Anstrengungen vorzeigen, überhaupt kein Geld?«
Romla schüttelte den Kopf. »Nicht einen Cent.«
»Ich glaube, das ist es, was dieser Schriftsteller gemeint hat, wie er auch heißen mag, als er gesagt hat, das Leben der meisten Menschen sei ein Leben in stummer Verzweiflung. Wie alt bist du?«
»Sechsunddreißig.« Romla machte eine Pause und sah Cassie an. »Zum Teil fürchte ich mich auch, weil ich glaube, daß ich in Jim verliebt bin. Er ist meinen Kindern ein Vater von der Sorte, wie Roger es ihnen nie gewesen ist. Wenn Pam zu Hause ist, schenkt Jim ihr mehr Aufmerksamkeit, als es ihr eigener Vater tut. Und doch hat er nie Annäherungsversuche unternommen, mich nie geküßt, mich nie berührt, außer beim Tanzen …«
»Du weißt ganz genau, daß Jim es schafft, jedesmal in die Stadt zu kommen, wenn eine Tanzveranstaltung stattfindet, und dann tanzt er mit niemand anderem als dir. Nun ja, ein paar Tänze aus Anstand zwischendurch, aber …«
»Ich weiß.« Romla lächelte nahezu durch ihre Tränen. »Und ich habe mich gefragt, ob ich mir das alles nur einbilde oder ob es wahr ist. Er sagt nie etwas wirklich Persönliches, und er zieht mich nie eng an sich … aber er ist so nett, Cassie! Er ist rücksichtsvoll, und Terry betet ihn an.«
»Mit Chris hat er sich auch eng angefreundet.«
»Ich denke jede Nacht darüber nach. Jede einzelne Nacht, und ich denke mir, selbst wenn ich mich scheiden ließe, könnte es gut sein, daß er absolut nichts unternimmt.«
»Laß dich bloß nicht wegen eines anderen Mannes scheiden«,

riet ihr Cassie, die den Salat anmachte und Zwiebeln und Öl dazugab. »Laß dich um deinetwillen scheiden. Und um der Kinder willen. Und falls sich dann etwas mit Jim tut, um so besser.«

Romla stand von dem Hocker auf und lief in der Küche auf und ab. Aus dem Wohnzimmer war Gelächter zu hören. »Ich bin in dem Glauben aufgewachsen, daß man sich fürs Leben zusammentut. Wenn Chris mich für unmoralisch hielte, wenn ich mich scheiden ließe, dann wäre mir das unerträglich.«

Cassie ging zu Romla und legte einen Arm um sie. Sie blieb eine Minute lang still stehen. »Niemand will je wirklich eine Scheidung. Aber in einer solchen Verzweiflung zu leben – dazu kann das Leben nicht gedacht sein. Außerdem sollte dich nicht interessieren, was Chris davon hält. Er wird dich deshalb nicht weniger lieben, und er wird dich nicht geringschätzen. Es wird ihm leid tun, aber er wird sich hinter dich stellen. Roger und er konnten schließlich nie etwas miteinander anfangen.«

»Komisch, daß keiner von uns beiden den Partner des anderen ausstehen konnte.«

»Wenn Chris den Mut aufgebracht hätte, sich von Isabel scheiden zu lassen, dann hätte er sich nicht einen so großen Teil seines Lebens unglücklich gefühlt. Du solltest wirklich darüber nachdenken. Ich finde es gräßlich, mit anzusehen, daß du so unglücklich bist, wie Chris es mit Isabel war.«

»Oh, ich habe es gewußt! Ich habe immer gewußt, daß er unglücklich mit ihr war. Und er hat es mir nie gesagt.«

Cassie drückte Romla das Besteck in die Hand und sagte: »Deck den Tisch, und sag allen, in zehn Minuten ist das Essen fertig.«

Am späteren Abend, als sie sich auszogen, fragte Cassie Chris: »Wärst du entsetzt, wenn Romla Roger verließe und sich scheiden ließe?«

Chris bedachte sie mit einem scharfen Blick. »Handelt es sich dabei um Wunschdenken deinerseits?«

»Sie ist furchtbar unglücklich, und zwar schon seit langem. Jetzt ist sie dahintergekommen, daß er das gesamte Geld der beiden verspielt hat. Oder vertrunken.«

»Dieser Mistkerl – im Grunde hab' ich mir das schon gedacht.« Er zog sich den Schlafanzug an.

»Du hast meine Frage nicht beantwortet.«

»Ich wäre begeistert. Falls sie meinen Beistand braucht, kann sie darauf zählen.«

»Sag ihr das«, sagte Cassie, als sie auf das Bett zugingen. Chris beugte sich vor und legte eine Hand auf ihre Brust. »Und küß mich dort, genau da, wo deine Hand liegt.«

Als er es tat, murmelte Cassie: »O Gott, Chris, tu es noch einmal. Hör nie mehr damit auf.« Es war ein so gutes Gefühl.

Ehe sie einschliefen, flüsterte sie: »Ich wünschte, das Leben bliebe immer so, wie es jetzt ist. Denk daran, den Wecker zu stellen.«

Chris streckte die Hand nach der Uhr aus. »Nichts bleibt je so, wie es ist«, sagte er.

Am Morgen berichtete Romla Cassie: »Roger ist fort. Er hat seine Sachen gepackt und ist mit dem Achtuhrbus weggefahren. Ich habe das Gefühl, er schuldet den Männern, mit denen er pokert, eine Menge Geld.«

»Was machst du jetzt?«

»Zuallererst bezahle ich seine Schulden, bis auf den letzten Cent, damit ich mit hocherhobenem Kopf durch die Stadt laufen kann.«

Als sie im Lauf des Nachmittags von einer Sprechstunde unten im Süden zurückflogen, fragte Sam: »Hat der Krieg dein Leben verändert?«

Sie dachte über seine Frage nach. Wenn der Krieg nicht ausgebrochen wäre, wäre Blake nicht fortgegangen. Für sie hätte keine Notwendigkeit bestanden, eine Abtreibung vornehmen zu lassen. Dann wäre sie jetzt Mrs. Blake Thompson. Sie hätte Romla nie kennengelernt. Sie würde ihr Bett nicht mit Chris teilen.

»Selbstverständlich«, antwortete sie und beobachtete eine große Schafherde auf dem roten Land unter ihnen.
»Nichts ist so gekommen, wie ich es mir vorgestellt habe«, sagte er. »Ich dachte, du würdest Blake heiraten. Ich meine, ehe ich fortgegangen bin, wart ihr beide ein paar Wochen lang miteinander oben im Norden.«
»Ich habe geglaubt, du würdest Schwester Claire heiraten.«
»Das hätte ich vielleicht auch getan«, sagte er. »Wenn du Blake geheiratet hättest.«
Sie fragte sich, was das eine mit dem anderen zu tun hatte. Das Schweigen erstreckte sich über Minuten. In der Ferne schimmerte ein silberner Punkt in der Sonne. Ein anderes Flugzeug.
»Fühlst du dich je einsam, Doc?«
Sie wußte, daß zwischen ihm und Olivia nicht alles reibungslos lief. Sie hatte gehört, wie sich Liv über die Hitze und die Fliegen beklagte, über die Trockenzeit und über die Regenzeit … wieder und immer wieder. Sie mochte die Tanzveranstaltungen, auf denen jeder verfügbare Mann mit der zerbrechlich wirkenden Blondine tanzen wollte, dem Mädchen, das so aussah, wie Mädchen aussehen sollten, in Pastelltöne und Rüschen gekleidet, und das sie mit diesen großen blauen Augen anlächelte und so tat, als interessierte sie sich für alles, was sie sagten. Und das war auch der Fall, denn sie sagten ihr, wie hübsch sie war und wie glücklich sich Sam doch schätzen konnte, und Mann, konnte sie gut tanzen!
»Helfen dir Harry und Samantha nicht dagegen?«
»Doch, klar. Ich würde mein Leben für sie an den Nagel hängen. Mein Herz schlägt ein klein wenig schneller, wenn sie kommen und sich auf meinen Schoß setzen oder wenn ich sie hochhebe und auf den Arm nehme, wenn ich ihnen vor dem Einschlafen Geschichten vorlese oder ihre Fragen beantworte. Ich schaue die beiden an und habe das Gefühl, mir könnte das Herz zerspringen. Ich fühle mich unsterblich und so, als sei vielleicht nichts anderes von Bedeutung.«
Es herrschte wieder Schweigen, und dann fuhr Sam fort: »Was

ich versuche, ist vielleicht, mir ein Bild davon zu machen, was Glück ist. Du scheinst nicht unglücklich zu sein. Hast du ein Geheimnis?«

Sie dachte einen Moment lang nach. »Ich bin auch nicht sicher, was Glück ist, aber du hast recht. Ich bin nicht unglücklich.«

»Aber fühlst du dich denn nie einsam?«

»Einsam? Ich habe nicht genug Zeit, um darüber nachzudenken. Früher habe ich mich einsam gefühlt, aber heute, nein, ich glaube nicht, daß ich mich einsam fühle.« Komisch, früher hatte sie geglaubt, sie trüge die Einsamkeit mit sich herum.

»Einsamkeit hat nichts damit zu tun, ob man von Menschen umgeben ist oder nicht – das habe ich herausgefunden.«

Sie drehte sich zu ihm um, als er fortfuhr: »Weißt du, vor dem Krieg hat alles Spaß gemacht. Aber jetzt ...«

Cassie spürte, wie sich ihr vor Furcht die Brust zusammenschnürte. »Du willst fortgehen? Fort von hier? Von den Fliegenden Ärzten?«

»Nein«, fauchte er. »Das ist es nicht. Es geht darum, daß ... ach, vergiß es, Doc. Es tut mir leid, daß ich überhaupt davon angefangen habe. Komm schon, laß uns über etwas anderes reden.«

Cassie fühlte sich überfordert. Sie hätte gern etwas Tröstliches gesagt, war aber nicht sicher, wovon er sprach. Ihr war danach zumute, die Hand auszustrecken und sie ihm auf den Arm zu legen.

Sam sagte: »Was hältst du von Blakes und Fionas neuem Haus? Hast du so etwas je zuvor gesehen?«

»Nein, nie. Zehn Schlafzimmer, und jedes mit einem eigenen Bad. Weitläufig, alles auf einer Ebene. Fiona hat gesagt, sowie die gesamte Einrichtung eintrifft, geben sie eine Party. Sie glaubt, vielleicht an Silvester.« Sie hatte Blake auf einer Silvesterparty auf Tookaringa kennengelernt. Am Silvesterabend 1939. Vor fast zehn Jahren.

»Steven wird sich einsam fühlen, wenn diese Brut ein paar Meilen weit wegzieht. Ich frage mich, warum Blake das Haus

wohl gebaut hat. In dem großen Haus war doch bestimmt Platz genug für alle.«
Cassie zuckte die Achseln. »Eine neue Herausforderung. Das gibt ihm Auftrieb. Er ist in diesem Haus geboren und aufgewachsen, und vielleicht wollte er etwas Neues.«
»Aber zwanzig Zimmer! Wer braucht soviel?«
»Es geht nicht darum, was er braucht«, sagte Cassie. »Es geht nur darum, was er will, nämlich etwas zum Vorzeigen.«

»Vielleicht heiratet Steven wieder, weil er jetzt alleine ist.«
»Nach Jennifer hat es jede andere Frau schwer.«
»Es sind fast sieben Jahre vergangen, seit sie gestorben ist.«
Als sie wieder in Augusta Springs eintrafen, erwartete Horrie sie auf dem Flugplatz. Das war bisher noch nie passiert.
In dem Moment, in dem Cassie aus dem Flugzeug stieg, nahm Horrie ihren Arm. Sein Gesicht war verzerrt. »Cassie, es hat einen Unfall gegeben. Mach dich augenblicklich auf den Weg ins Krankenhaus.«
»Können sich Chris oder Mel nicht darum kümmern?« Mel Delano war Chris' neuer Partner.
Horries Gesicht war weiß.
»Es geht um Chris.«
Sie sah ihn an und spürte Sams Hand unter ihrem Ellbogen.
»Was soll das heißen, es geht um Chris?«
»Er ist schwer verletzt, Cassie. Romla hat angerufen. Ein Autounfall. Sie will, daß du augenblicklich rüberkommst. Mein Wagen wartet.«
Chris? Ein Autounfall? Sie zitterte, als sie in Horries Wagen stieg.
Sam beugte sich zum Fenster herein. »Ich fahre hinter euch her.«
Horrie redete auf sie ein, während er eilig losfuhr. »Er war draußen auf dem alten Gehöft der Curtins. Da fährt höchstens mal ein Wagen in der Woche hin, und ein großer Öltankwagen ist vorbeigezischt und hat ihn abgedrängt. Sein Wagen hat sich überschlagen …«

»Um Gottes willen, Horrie, warum hast du uns nicht im Flugzeug Bescheid gegeben?«
»Es ist noch keine zwei Stunden her, Cassie. Ihr wart ohnehin schon auf dem Rückflug. Ihr hättet nicht schneller herkommen können. Ich habe es für besser gehalten, wenn du es von mir persönlich hörst und nicht über Funk.«
»Ja, natürlich.«
»Dr. Delano und ein Krankenwagen sind sofort rausgefahren, als sie davon gehört haben.«
»Ich frage mich, wie lange er wohl dort gelegen hat, ehe ihn jemand gefunden hat.« Sie erfaßte die Situation nicht. Es ging um einen Patienten unter vielen, nicht um ihren Mann.
»Der Fahrer des Tankwagens hat angerufen, sowie er in der nächsten Stadt angekommen ist. Er ist zu der Unfallstelle zurückgefahren und hat gewartet, bis der Krankenwagen dort eingetroffen ist.«
»Weißt du, wie schlimm es um ihn steht?«
Horrie schüttelte den Kopf. »Romla hat nur ›schlimm‹ gesagt.«
Fünf Minuten später bogen sie auf den Parkplatz des Krankenhauses ein, und Cassie rannte die Stufen hinauf. Romla stand im Flur.
»Er ist bewußtlos, Cassie, von der Anästhesie. Dr. Delano … da ist er.«
Dr. Delano, ein kleiner dünner Ire, der etwas Engelhaftes an sich hatte, kam auf sie zu. Im selben Moment sah Cassie, daß Chris im Sterben lag. Delano schüttelte den Kopf und legte einen Arm um Cassie. »Sie können zu ihm gehen, aber viel Zeit bleibt ihm nicht mehr. Es tut mir leid, Cassie.«
Romla brach in Tränen aus. »O Chris.«
»Komm mit«, sagte Cassie.
Sie betraten das Krankenzimmer, in dem es stark nach Desinfektionsmitteln roch. Chris hatte die Augen geschlossen, aber Cassie konnte an dem kaum wahrnehmbaren Heben und Senken seiner Brust seinen Atem sehen. Seine Brust war von Verbänden bedeckt, und von seinem linken Ohr aus zog sich

eine klaffende Wunde, die von getrocknetem Blut umgeben war, über seine Wange. Cassie nahm seine eiskalte Hand.

Seine Lider öffneten sich flatternd. »Dem Himmel sei Dank«, murmelte er so leise, daß sie sich dicht über ihn beugen mußte, um ihn verstehen zu können. »Ich wollte dich hierhaben. Ich habe gewartet, bis du herkommst.«

Sie beugte sich vor und küßte ihn.

»Mit dir habe ich die glücklichsten Jahre meines Lebens verbracht«, sagte er.

Cassie nickte und spürte, wie eine Hand nach ihrem Herzen griff. »Ich auch«, sagte sie.

»Fühle dich niemals schuldbewußt«, fuhr Chris fort, obwohl sie spüren konnte, wie das Blut aus ihm floß. Sie glaubte, es buchstäblich aus seiner Hand entweichen zu spüren. »Ich weiß, warum du mich geheiratet hast. Ich weiß, daß du mich nie geliebt hast …«

»Das ist nicht wahr!«

»… wie ich dich liebe, aber fühle dich deswegen niemals schuldbewußt. Du hast mich glücklicher gemacht, als ich es je gewesen bin. Liebe zu fühlen, wie ich sie für dich empfunden habe, ist das ganze Leben wert. Es ist viel wichtiger zu lieben, als geliebt zu werden.«

Auf der anderen Seite des Bettes nahm Romla seine andere Hand, und seine Augen schienen sich zu bewegen, weil er sehen wollte, wer es war. »Chris, Liebling, natürlich liebt dich Cassie, und ich liebe dich auch. Du bist der bezauberndste, der wunderbarste … O mein Schatz, ich habe dich mit Ausnahme meiner Kinder mehr als jeden Menschen auf Erden geliebt.«

Ein mattes Lächeln huschte über Chris' Gesicht. »Ihr beide«, murmelte er, und seine Stimme war nur noch ein Flüstern, »seid verantwortlich für alles Glück gewesen, das ich je gekannt habe.« Seine Augen schlossen sich, und es war aus. Sein Körper lag auf dem kalten weißen Bettzeug, und seine linke Hand umklammerte den Rand der Bettdecke, aber es kam kein Atemzug mehr, und es gab keinen Chris Adams mehr.

Cassie sah ihn an und dachte daran, daß sie nie wieder sehen würde, wie er seine Brillengläser mit seiner Krawatte putzte, daß sie nie wieder eine Auseinandersetzung mit ihm haben würde, nie … nie mehr mit ihm zu tun haben würde. Sie hörte Romla schlucken und wandte sich ihrer Schwägerin zu, schlang die Arme um sie, drückte sie an sich, schaute ihr über die Schulter und sah Sam in der Tür stehen, der sie ansah, als sie mit trockenen Augen die einzige Frau in den Armen hielt, die Chris jemals wirklich geliebt hatte.

47

Was in den Monaten nach Chris' Tod Schuldgefühle bei Cassie auslöste, war der Umstand, daß sich so wenig änderte. Ihr Leben drehte sich um ihre Arbeit, wie früher auch schon immer. Sie aß immer noch mehrere Male in der Woche im Hotel mit Romla zu Abend, und Romla, Terry und Jim erschienen wie bisher zu den zwanglosen Essen an den Montagabenden in ihrem Haus. Romla und sie waren einander noch nähergekommen. Romla reichte die Scheidung ein, und es war, als sei ihr eine schwere Last von den Schultern genommen worden.

»Weißt du«, sagte Romla, »jeder einzelne dieser Männer – der Richter, Jims Vater und der alte Stanley –, alle haben sie geleugnet, daß Rog ihnen etwas schuldet. Ich weiß, daß sie das aus reiner Freundlichkeit mir gegenüber getan haben, und ich weiß, daß sie mich belogen haben. Ich finde jeden einzelnen von ihnen einfach großartig. Sie werden nie mehr einen einzigen Drink in dem Hotel bezahlen, nicht, solange ich da bin.«

Terry kam an den Samstagabenden zu Cassie, wenn Romla im Hotel viel zu tun hatte, und gemeinsam gingen sie nach einem Abendessen bei »Addie's« ins Kino. Da er die Förmlichkeit beim Abendessen im Royal Palms kannte, fand Terry »Addie's« spannend. Gewöhnlich blieb er über Nacht, und nach dem Brunch am Sonntagmorgen kam Jim, um ihn zur Kirche abzuholen.

Cassie aß so gut wie nie allein. Sie brauchte noch nicht einmal ein leeres Haus zu betreten, denn zwei Wochen nach Chris' Beerdigung schenkte ihr Sam einen Welpen, ein schwarzweißes Fellknäuel, das auf der Stelle Cassies Herz eroberte.

Sie brachte Stunden damit zu, mit dem Hund zu spielen, und jedesmal wenn sie in die Auffahrt einbog, konnte man Brees Bellen bis zur nächsten Kreuzung hören, und er wedelte vor Begeisterung mit dem Schwanz. Nach Ablauf der dritten Woche schlief er bei ihr, und sie erzog sich dazu, nachts zweimal aufzustehen, um ihn rauszulassen. Mit zwölf Wochen war er stubenrein. Das Tier ließ Cassie besser mit dem Alleinsein zurechtkommen, dennoch vermißte sie den warmen menschlichen Körper, an den sie sich mit der Zeit gewöhnt hatte.

Eines Sonntagmorgens tauchte Sam mit einer Rolle Maschendraht auf, und als er eintrat, ohne anzuklopfen, rief er: »Wo finde ich eine Tasse Kaffee?«

Cassie und Terry hatten gerade gefrühstückt.

»Ich bin gekommen, um einen Zaun für Bree hochzuziehen«, sagte Sam. »Kein Hund sollte während all der langen Stunden, die du fort bist, in einem Haus eingesperrt sein. Daher habe ich letzte Woche eine Hundehütte gebaut, und jetzt werde ich sie mit einem Zaun umgeben.«

In dem Moment tauchte Jim auf, in einem dunklen Anzug mit einer leuchtendroten Paisley-Krawatte. Als er hörte, was Sam vorhatte, sah er Terry an und sagte: »Dieser Zaun macht einen ziemlich sperrigen Eindruck. Ich denke, dieses eine Mal können wir die Kirche ausfallen lassen und Sam helfen, was hältst du davon?« Als Terry eifrig nickte, fügte Jim hinzu: »Wartet, bis ich mich umgezogen habe.«

Sam grinste erfreut. »Echt nett von euch beiden. Ich lasse mich von Cassie unterhalten, solange wir auf euch warten.«

»Darf ich Bree ausführen?« fragte Terry. Er kannte die Antwort bereits und hatte die Leine und das Halsband schon von dem Nagel an der Innenseite der Küchentür geholt.

Cassie fiel auf, daß Sam sie in der letzten Zeit bei ihrem Namen nannte.

Als sie ihm seinen Kaffee einschenkte und er sich auf dem Küchenstuhl zurücklehnte, sagte sie: »Du scheinst der Nachfolger von Chris zu sein, was Jims Zuneigung betrifft.«

»Ein netter Kerl«, sagte Sam, während er seinen Kaffee trank. »Ich frage mich, wann er und Romla sich zusammentun.«

»Ich weiß wirklich zu würdigen, wie nett du zu mir bist, Sam. Alles, was du für mich tust, seit Chris …«

»Ich täte mehr für dich, wenn ich könnte, Cassie. Aber die ganze Stadt scheint auf deine Gesellschaft erpicht zu sein. Ich wette, du hast nicht eine einzige Mahlzeit allein zu dir genommen, seit … na ja, seit …«

Das stimmte. An den Abenden, an denen sie nicht im Hotel aß, wurde sie fast immer von jemandem eingeladen, mit ihm essen zu gehen. Und wenn sie von einem Notruf oder von einer übermäßig langen Sprechstunde zurückgeflogen kamen, hatte Betty etwas bereitstehen. Es gab kein Wochenende, an dem ihr nicht ein Kuchen oder eine Pastete vor die Tür gestellt wurde.

Don McLeod war aus Alice Springs hergeflogen, um bei dem Begräbnis den Gottesdienst zu halten, und es gelang ihm, Cassie liebevolle und hilfreiche Briefe zu schreiben – einen pro Woche, jeweils mit einem Nachsatz von Margaret versehen, die mit ihrem zweiten Kind schwanger war.

»Gehst du zu der Thompson-Fete?« fragte Sam.

»Ich frage mich, ob ich das tun sollte. Du weißt schon, so kurz nach …«

»Blake hat gefragt, ob wir von Mittwoch bis Sonntag kommen. Er hat vorgeschlagen, wir könnten die reguläre Sprechstunde am Mittwoch abhalten, und durch die vielen Rennen ist wahrscheinlich mit Unfällen zu rechnen – und wenn derart gefeiert wird, kommt es wahrscheinlich zu einigen Schlägereien. Er findet, wir könnten es rechtfertigen, ein paar Tage dazubleiben. Da Liv nirgendwo ohne die Kinder hingeht, hat Fiona uns gesagt, wir sollten sie mitbringen, und dort könnten sie dann mit ihren Kindern spielen. Ganze Familien werden dort sein.«

»Nun, wenn es so hingestellt wird, wenn ich dort als Ärztin benötigt werde …«

»Es gibt keine Vorschrift, die besagt, du könntest nicht auch tanzen und deinen Spaß haben.«
»Was werden die Leute denken?«
»He, Doc, es geht hier weniger darum, was die Leute denken werden, als darum, was du tun willst. Es hat keinen Zweck, daß in einer Familie zwei Leute sterben.«
Cassie streckte einen Arm aus und legte ihre Hand auf seine. »Sam, du bist eine Wucht. Ich danke dir dafür, daß du mir so ein guter Freund bist. Warum gewöhnst du dir nicht an, mit Liv an den Montagabenden rüberzukommen, wenn Romla und Jim da sind? Es macht immer großen Spaß.«
Er schüttelte den Kopf. »Liv hätte keinen Spaß daran, Cassie. Sie findet, ich verbrächte ohnehin schon viel zuviel Zeit mit dir. Ich habe gewartet, bis sie in die Kirche gegangen ist, ehe ich rübergekommen bin, um diesen Zaun zu bauen.«
Liv mußte eine Frau von der Sorte sein, die andere Frauen als Bedrohung empfand, überlegte sich Cassie. Zwischen Sam und ihr bestand doch wahrhaftig nichts anderes als eine großartige Partnerschaft. Er hatte sie nie auch nur geküßt, sie nie auch nur so angesehen, als sei sie eine Frau. Sie hatte ihm nie andere Gefühle als Respekt und Bewunderung entgegengebracht. Im Lauf der allerletzten Jahre, seit seiner Rückkehr aus dem Krieg, hatte sich ihre Freundschaft gefestigt und gehörte jetzt zu den Stützen ihres Lebens.
»Was? Komisch, das war mir gar nicht klar.«
»Was?« fragte Sam und stand auf, um sich noch eine Tasse Kaffee einzuschenken.
»Nichts, schon gut.«

Aus der Luft sah es aus, als sei eine ganze Stadt über Nacht entstanden. Hunderte von Zelten waren auf dem Tafelland sechs Meilen nördlich von Blakes neuem Haus aufgebaut worden, im Mittelpunkt von Tookaringa – oder zumindest im Mittelpunkt dessen, was das eigentliche Gehöft war. Blake besaß einen Streifen Land, der sich von Tookaringa bis runter nach

Adelaide erstreckte, zwar nicht kerzengerade, aber doch zumindest so geschnitten, daß Rinder den Weg von einem Ende zum anderen zurücklegen konnten, ohne je das Land eines anderen zu betreten. Cassie hatte gerüchteweise gehört, damit sei er zu einem der größten Landbesitzer Australiens geworden. Während der Trockenzeit hatte er billig Land kaufen können, genauso, wie er es vorhergesagt hatte.

Blake hatte beschlossen, nicht nur eine Einweihungsfeier zu veranstalten, sondern zudem etwas einzuführen, wovon er sich erhoffte, es würde zu einem alljährlichen Ereignis werden: Bälle, Picknicks und Rennen, die Pferdebesitzer aus dem ganzen Land anlocken würden. Die Siegerprämie war hoch genug, um die Anreise lohnend zu machen, ganz gleich, woher. Von jedem Gehöft im Umkreis von mindestens sechshundert Meilen waren Menschen gekommen und hatten sich ihr eigenes kleines Zeltdorf errichtet.

»Das wird eine größere Angelegenheit«, sagte Sam und deutete auf die Zeltstadt unter ihnen. »Schau mal, diese Rennbahn mit den Tribünen, die sie angelegt haben, das kann kein billiges Vergnügen gewesen sein, darauf wette ich.«

»Und all das Geld haben sie für etwas ausgegeben, was nur einmal im Jahr benutzt wird?« fragte sich Olivia auf dem Rücksitz laut.

»Die Schafzüchter tun doch auch nichts anderes, wenn sie Schuppen zum Scheren bauen«, erwiderte Sam, als wollte er diese Verschwendung rechtfertigen. »Und Schlafbaracken für die Scherer stellen sie zusätzlich hin. Öfter als einmal im Jahr wird der Kram doch auch nicht benutzt.«

Diese Dinge waren jedoch Notwendigkeiten für die Schafzucht. Das hier dagegen wirkte, als sei es ausschließlich erschaffen worden, um auf die Pauke zu hauen.

»Ich hoffe nur, daß es zu keinen echten Notfällen kommt, die uns von hier fortrufen«, sagte Sam, als er glatt auf der Bahn aufsetzte. »Es sieht mir ganz danach aus, als sei das genau das, was ich brauche.«

Seinen Spaß, dachte Cassie. Das ist es, was Sam braucht.

»Ich hoffe, ich habe das Richtige zum Anziehen mitgebracht«, ertönte Olivias Stimme hinter Cassie.
»Du siehst immer reizend aus«, sagte Cassie. Das wußte Olivia selbst.
»Aber ich bin noch nie auf einer der Parties im Busch gewesen.«
»Ein solches Fest hat bisher noch niemand besucht«, sagte Cassie und griff nach ihrer Arzttasche und ihrem Koffer. Sie fragte sich, ob man sie wohl im alten Haus bei Steven unterbringen oder ob man ihnen Schlafzimmer in dem neuen Haus zuweisen würde. Zwei so enorme Häuser auf ein und demselben Grundstück, und das noch nicht einmal nah beieinander!
Vier andere Flugzeuge waren bereits gelandet, alles einmotorige Cessnas, und außerdem zwei Hubschrauber. Immer mehr Gehöfte im Busch legten sich Flugzeuge zu. Die Welt wurde kleiner.
Cassie und Sam hatten fast ein Jahr lang beobachtet, wie das neue Haus Gestalt annahm, doch in den beiden letzten Monaten hatte Fiona sie nicht mehr ins Haus gelassen. »Nicht, ehe es fertig eingerichtet ist. Ich möchte, daß ihr überwältigt seid«, hatte sie gesagt.
Überwältigt war nicht ganz das treffende Wort.
Auf einem niedrigen Hügel mit weitläufigen, sachte abfallenden Rasenflächen, die sich bis zu dem schmalen Fluß hin erstreckten, der niemals austrocknete, war das neue Haus nicht etwa in die Höhe gebaut, sondern flächig angelegt. Junge Palmen mit dünnen Stämmen waren über den Rasen verteilt und noch an Pflöcken festgebunden, damit der Wind sie nicht ausriß. Gänse und Schwäne schwammen auf einem Teich, den der gestaute Fluß bildete, und zwei Hunde tollten im Gras herum. Ihnen folgte ein Ponykarren, in dem sechs Kinder saßen. Eine junge Frau lief neben dem Wagen her – zweifellos das Kindermädchen, oder vielleicht doch eher die neue Gouvernante, da die beiden Ältesten jetzt das Alter erreicht hatten, in dem sie unterrichtet wurden.

Gelächter erfüllte die Luft, und Cassie fiel auf, daß Olivias Augen zu leuchten begannen. »Meine Güte, ich wußte gar nicht, daß es Leute gibt, die wirklich so leben«, sagte sie, und ihre Stimme war von Bewunderung erfüllt.

»Ich wüßte nicht, daß jemand vorher so etwas aufgezogen hat«, sagte Sam, der Samantha hochhob und auf seine Schultern setzte, als sie auf das Haus zugingen. »Kommt. Ich hole die Taschen später.«

Fiona kam in einer marineblauen Leinenhose und einer weißen Seidenbluse die Stufen der Veranda heruntergerannt. »Ich habe euch schon erwartet.« Sie umarmte Cassie und drückte sie eng an sich. »Ich kann es kaum erwarten, euch alles zu zeigen. Es wird ein phantastisches Wochenende werden.« Sie streckte sich, um Sam auf die Wange zu küssen, und dann wandte sie sich an Olivia, um sie zu begrüßen. Sie legte ihr einen Arm um die Schultern und lächelte die Kinder an. »Livvy, es freut mich ja so sehr, daß du dich entschlossen hast herzukommen. Wir haben jede Menge Hilfe und brauchen uns nicht selbst um die Kinder zu kümmern. Du kannst also einfach nur deinen Spaß haben. Wir brauchen uns nicht die geringsten Sorgen zu machen.«

Sie führte sie zum Haus. »Ihr seid alle im Westflügel untergebracht, am anderen Ende des Hauses.« Zu Sam und Olivia sagte sie: »Ihr und die Kinder habt Zimmer, die aneinandergrenzen, aber Linda kann sich um die Kinder kümmern. Sie wird ihnen das Abendessen vorsetzen und mit ihnen spielen, dafür sorgen, daß sie rechtzeitig ins Bett gehen, sie baden und alles übrige.«

»Meine Güte«, sagte Olivia voller Erstaunen.

Sam grinste. »Siehst du? Ich habe es dir doch gesagt.«

»Es ist einfach wunderbar«, sagte Olivia mit leuchtenden Augen. Cassie hoffte, daß das Verhältnis zwischen den beiden nicht so kompliziert war, wie sie geargwöhnt hatte. Im Moment schien Olivia glücklich zu sein.

Fiona ging zu Cassie und hängte sich bei ihr ein. »Laß dich von mir durch das Haus führen«, sagte sie.

»Es ist umwerfend«, sagte Cassie, fand aber, es sei eigentlich zu modern für ihren Geschmack.
Das Wohnzimmer mußte hundertfünfzig Quadratmeter haben, wenn nicht mehr. Überall lagen Perserteppiche herum, und die weich gepolsterten Sitzgelegenheiten waren weiß bezogen. Es sah aus wie eine Werbung aus einer Architekturzeitschrift, fand Cassie. Alles stimmte hundertprozentig, sogar die Kissen, die scheinbar achtlos verteilt worden waren. Sie konnte sich nicht vorstellen, daß Fiona und die Kinder in einem solchen Raum leben konnten. Nichts von Fionas Wärme spiegelte sich in ihrem Wohnzimmer wider, von dem Cassie fand, es wirkte zu steril für die Thompsons. Natürlich war die gesamte Einrichtung des anderen Hauses von Jennifer ausgesucht worden. Und doch war Fionas früheres Haus nach wie vor das reizvollste, in dem Cassie je gelebt hatte, und sie hatte schon immer den Umstand beklagt, daß sie nicht Fionas Gespür für diese Dinge besaß. Cassie wußte jedoch, daß Blake Innenarchitekten aus Sydney hatte kommen lassen.
Die erstaunliche Küche war so modern und besaß soviel Hotelcharakter wie das Wohnzimmer, und doch strahlte sie eine gewisse Wärme aus. Blinkende Kupfertöpfe hingen an Messingketten von breiten dunklen Holzbalken, die sich unter der Decke entlangzogen. Die Arbeitsfläche bot Raum genug für ein halbes Dutzend Personen, und vom Holztisch und den Stühlen am Ende der langen Anrichte hatte man einen Ausblick auf ein Atrium, in dem nicht nur Feigen- und Orangenbäume standen, sondern in dem auch Vögel sangen. In dem fischförmigen Teich trieben immense rosafarbene und gelbe Lotusblüten. Ein dünnes Gitter war über das Atrium gespannt, damit die Vögel nicht fortfliegen konnten.
»Sehr beeindruckend«, murmelte Cassie.
»Ja, findest du nicht auch?« Fiona preßte ihren Arm enger an sich. »Cassie, ich hätte im Traum nicht geglaubt, daß ich je in einem solchen Haus leben würde.«
»Ich würde das alte Haus vermissen.«
»So wird es mir auch gehen, das weiß ich ganz genau, aber

das hier ist Blakes Traum. Um Steven mache ich mir allerdings echte Sorgen. Er wird sich umstellen müssen, von einem vollen Haus, in dem immer viel los war, auf Einsamkeit.«
»Er wird sich dort doch nicht einsam fühlen, oder? Ich meine, die Schlafbaracken stehen immer noch vor dem alten Haus, das Büro der Buchhalter …«
»Du weißt schon, was ich meine. Es wird ihm an den Abenden an Wärme fehlen. Niemand, mit dem er reden kann. Ich liebe diesen Mann. Es wäre mir unerträglich, mit ihm verheiratet zu sein – er muß immer so maskulin sein, und für ihn ist Macht so notwendig –, aber als Schwiegervater und Freund liebe ich ihn. Von ihm bekomme ich mehr zu sehen als von meinem eigenen Mann.«
»Vielleicht sind zeitweilige Trennungen das, was eine Ehe frisch erhält.«
Fiona lachte. »Also, wenn das so ist, dann finde ich mich gern damit ab. Wenn etwas klappt, scheint sich Blake niemals damit zufriedenzugeben. Er braucht ständig neue Welten, die er erobern kann. Ich glaube, er ist mit einer ruhelosen Seele geboren worden.«
Fiona führte Cassie gerade durch einen der Korridore zu den Schlafzimmern. »In jedem Flügel gibt es fünf Schlafzimmer. Natürlich haben wir unseren eigenen Flügel vollständig belegt. Hier, das ist dein Zimmer.«
Es war doppelt so groß wie ihr eigenes Schlafzimmer und ganz in dramatischen Smaragdtönen und in Weiß gehalten. Fiona wandte sich an Cassie. »Ich weiß nicht, ob Blake böse auf mich ist. Letzte Nacht habe ich ihm gesagt, daß ich nicht noch mehr Kinder haben möchte. Drei sind genug. Es gibt noch ein paar andere Dinge, die ich mit meinem Leben anfangen will.«
Cassie sah sie an. Wie sollte sie darauf reagieren?
»Ich will dafür sorgen, daß die Kinder der Aborigines die Chance bekommen, eine gewisse Schulbildung zu erlangen«, fuhr Fiona fort. »Und ich will, daß all diese Hunderte von Kindern im Busch damit in Berührung kommen und mehr lernen,

als ihre Eltern ihnen beibringen können. Sicher, meinen Kindern fehlt es an nichts; sie haben eine Lehrerin zur Mutter, eine Mutter, die außerdem noch eine Million anderer Dinge zu tun hat. Mich begeistert die Vorstellung nicht gerade, daß meine Kinder nichts anderes lernen als das, was ihre Gouvernante ihnen beibringen kann, obwohl sie in manchen Bereichen sehr gut ist, aber eben nicht auf allen Gebieten. Und es gibt keinen gemeinsamen Nenner, was den Lehrstoff angeht. Alles hängt nur davon ab, was die Hauslehrerin weiß und wie begabt sie als Lehrerin ist und … ich habe eine Idee im Hinterkopf. Ich werde später noch mit dir darüber reden. Ich habe von neuen und spannenden Dingen gehört, die sich drüben in Alice abspielen.« Sie drückte Cassies Hand. »Geht es dir gut? Du machst den Eindruck, aber was ich wissen will – geht es dir wirklich gut?«

»Mir geht es gut«, sagte Cassie. »Besser, als es mir gehen dürfte. Ich fühle mich ein wenig schuldbewußt, weil ich nicht niedergeschlagener bin. Schließlich mochte ich ihn wirklich sehr gern, verstehst du.« Selbst in ihren eigenen Ohren klang das nicht gerade nach viel. *Den eigenen Ehemann sehr gern haben.*

»Du bist so tapfer, meine Liebe, und so stark. Und jetzt werde ich Henry zum Flugzeug rausschicken, damit er eure Taschen holt. Du kannst die Sprechstunde hinter dem Haus abhalten. Ich habe alles für dich vorbereitet, unter der Platane. Ich nehme an, bei anderen Gelegenheiten wird es praktischer sein, die Patienten drüben auf der Veranda des alten Hauses zu behandeln, aber diesmal?«

»Sicher«, sagte Cassie. »Mir macht das nichts aus.«

»Warte nur, bis du alles gesehen hast«, fuhr Fiona fort. »Dort oben, wo die Rennbahn angelegt worden ist, hat Blake einen Speisesaal errichten lassen, und die Köche werden diese Woche in drei Schichten wechseln. Er glaubt, daß manche Besucher überhaupt nicht schlafen werden! Die Bar ist mit mehr als sechstausend Flaschen Bier bestückt, mit Champagner und Rum – mit allem, was du willst.«

»Sechstausend Flaschen? Das wird ja die reinste Alkoholorgie.«
»Schließlich muß es für viereinhalb Tage reichen, und es werden weit mehr als tausend Leute kommen. Die ersten sind schon am Dienstag gekommen, haben Zelte errichtet, Spiele organisiert, den Dieselgenerator angeschlossen und dafür gesorgt, daß genug Holz und Wasser da ist. Es ist wirklich ziemlich aufregend, daß all diese Leute von so weit her zu einer Party kommen, die eine Woche dauert.«
»Du weißt doch, daß Australier vor keiner Mühe zurückscheuen, wenn es um Rennen geht. Ich fang gleich an – je eher ich meine Arbeit hinter mir habe, desto eher kann ich mich entspannen und meinen Spaß haben.«

Die Sprechstunde lief routinemäßig ab, von einer zersplitterten Hand abgesehen. Eine Aborigine-Frau, die offensichtlich Schmerzen hatte, sie jedoch stoisch hinnahm, legte ihre Hand auf den Tisch und sah Cassie an.
»Wie ist denn das passiert?« fragte Cassie, während sie sich die Finger genauer ansah.
Die Schwarze sagte kein Wort.
»Ein Kampf mit Eichenknütteln?« fragte Cassie. Bei solchen Kämpfen waren schlimme Verletzungen üblich. Im Lauf der Jahre war sie vielleicht ein dutzendmal darauf gestoßen.
Die Frau nickte.
Die beiden letzten Glieder des Zeigefingers waren böse zerschmettert. Cassie sah sie sich genau an und wandte sich dann an die Schwarze. »Ich werde den Finger abschneiden müssen.«
Aus dem ausdruckslosen Blick in den Augen der Frau schloß Cassie, daß sie sie nicht verstanden hatte. »Sehen Sie, dieses zweite Glied hier ist so übel zersplittert, daß es nicht mehr zu gebrauchen ist und Ihnen nur Schmerzen bereiten wird. Der Finger wird schlaff herunterhängen und Ihnen nur im Weg sein. Es ist besser, wenn ich ihn abschneide.«

Die Frau nickte wieder.
»Warten Sie einen Moment«, sagte Cassie zu ihr. Sie mußte Sam holen, damit er den Äther verabreichte.
Er war noch im Haus und saß mit Olivia und Fiona vor einem Drink.
»Wußte ich doch gleich, daß ich mich hätte verdrücken sollen«, sagte er grinsend. »Ich hätte rüber in die Zeltstadt gehen sollen. He, Schatz«, sagte er an Olivia gewandt, »willst du mitkommen und zusehen? Du fragst mich doch immer, was wir eigentlich tun.«
»Kommst du auch mit?« fragte sie Fiona.
»Ich habe das schon ein halbes dutzendmal gesehen«, sagte Fiona. »Mir reicht es. Ich finde Amputationen nicht besonders spannend.«
»Wird mir übel davon?« fragte Olivia Sam.
Er zuckte die Achseln. »Mir ist beim ersten Mal beinah übel geworden.«
»Wenn das so ist, nein, danke. Ich bleibe lieber hier.«
»Er wird nicht lange fort sein«, versicherte ihr Cassie.
Als sie mit Sam auf den Rasen hinter dem Haus zurückkehrte, auf dem sie ihre Sprechstunde abhielt, saß die Frau immer noch mit der Hand auf dem Tisch da.
»Wir wollen sie auf diese Pritsche legen, und dann kannst du den Äther verabreichen, aber nur eine kleine Dosis. Es wird nicht lange dauern. Ich würde Novokain nehmen, aber ich glaube, es ist besser, wenn sie bewußtlos ist.«
Er nickte.
Cassie schnitt den Finger hinter dem zweiten Gelenk ab und ließ einen Lappen der kräftigen Haut auf der Innenseite am letzten Fingerglied. Diesen Lappen zog sie über den Stumpf und nähte ihn fest.
»Saubere Arbeit«, sagte Sam.
»Ja, meinst du nicht auch?« Sie sah die Frau an und stellte fest, daß sie jeden Augenblick wieder zu Bewußtsein kommen würde. »Du kannst jetzt wieder zu deiner Frau gehen«, sagte sie. »Es dauert nicht lange, dann komme ich nach.«

»Ich warte auf dich«, sagte Sam. »Fiona hat gesagt, daß Blake und Steven zum Abendessen da sind. Zur Rennbahn gehen wir erst morgen.«

Als sie ins Haus zurückkamen, waren Blake und Steven eingetroffen. Blake legte Sam einen Arm um die Schultern und sagte etwas zu ihm, was Cassie nicht hören konnte. Sie ging auf Steven zu und küßte ihn auf die Wange, während er die Arme um sie schlang und sie an sich zog.
»Cassie, du wirst von Mal zu Mal hübscher«, sagte Steven und küßte sie ebenfalls auf die Wange.
»Ja, nicht wahr?« ertönte Blakes Stimme neben ihr. Er legte einen Arm um sie und sagte mit gesenkter Stimme: »Geht es dir gut? Ich meine, geht es dir wirklich gut?«
Sie nahm seine Hand auf ihrer Taille nur zu bewußt wahr, als sie sagte: »Mir geht es gut.« Im Lauf der Jahre hatte sie sich dazu erzogen, ihn wie einen Freund zu begrüßen. Sie gestattete es ihrem Herzen nicht mehr, einen Schlag lang auszusetzen, wenn sie ihn sah oder seine Stimme hörte. Aber sie mußte sich konzentrieren, und es kostete sie Willenskraft. »Ich kann mir vorstellen, daß du nach Ablauf dieser Woche einer der berühmtesten Männer im ganzen Land bist«, sagte sie, »mit diesem ehrfurchtgebietenden Haus und den Rennen, die du veranstaltest. Ich habe gehört, daß Leute mit ihren Pferden tausend Meilen weit gekommen sind.«
Er stand grinsend da und überragte alle im ganzen Raum mit Ausnahme seines Vaters. »Genau das habe ich mir erhofft. Wir haben eine Siegerprämie ausgesetzt, die sich als unwiderstehlich erwiesen hat. Aber komm jetzt. Hat Fiona dich schon durch das Haus geführt?«
»Allerdings, und ich bin wahrhaft geblendet.«
»Dann laß uns jetzt die Bar eröffnen und endlich unseren Spaß haben. Wir warten bis morgen, ehe wir rübergehen und uns den Menschenmassen anschließen. Die Rennen beginnen am Nachmittag, und am Abend findet ein Tanz statt, was heißt,

daß wir auch zum Abendessen bleiben werden. Es wird sich über den ganzen Tag hinziehen.«
»Was sollte ich zu diesem Anlaß tragen?« fragte Olivia.
Darauf antwortete Fiona: »Morgen abend einfach nur ein hübsches Kleid. Am Samstagabend werden sich alle in ihre schönsten Ballkleider werfen, und es werden zwei Parties stattfinden, eine davon hier.«

Das erste Rennen wurde am Donnerstag um dreizehn Uhr dreißig veranstaltet. Buchmacher nannten ihre Quoten unter farbenfrohen Schirmen, die ihnen Schutz gegen die Sonne boten. Eine beträchtliche Anzahl von Frauen war zu den Festlichkeiten erschienen, und viele von ihnen trugen wie die Männer Freizeithosen oder Jeans und Stetsons. Der Krieg hatte vieles geändert.
Die Tribüne war brechend voll, und die Menschenmenge veranstaltete mehr Lärm als jede andere, die Cassie je gesehen hatte. Zuerst kam das Rennen der Rinder- und Schafzüchter, bei dem jeder mitreiten konnte. Ringer, die glaubten, gute Pferde zu besitzen, ritten in Scharen bei diesem Rennen mit. Das letzte Rennen des Tages war das der Aborigines, die auf einer Ranch arbeiteten, und es war spannender als jedes andere Rennen. Sie schienen ihre eigene Sicherheit zu mißachten, und sie nahmen die Kurven knapp und gefährlich. Es herrschte ein enormer Tumult.
Am späten Nachmittag wurde der neu ins Leben gerufene Tookaringa Cup unter wildem Jubel verliehen.
Der Speisesaal, ein gewaltiger Raum von neun auf achtzehn Meter mit einer Küche an einem Ende war rund um die Uhr geöffnet. Fiona und Blake hatten neben die anderen Zelte, die in säuberlichen Reihen aufgebaut waren und die jedes Gehöft mitgebracht hatte, ein Garderobenzelt gestellt. Cassie hatte den Eindruck, an jenem Abend mit der Hälfte aller Gäste zu tanzen, aber sie tanzte nicht mit Blake, und selbst Sam kam nicht auf sie zugestürzt, als ein paar schnelle Nummern gespielt wurden, die dieser Tage seltener und immer seltener

gespielt zu werden schienen. Der Jitterbug war auf dem besten Wege, aus der Mode zu kommen. Um so besser, dachte sie. Schließlich bin ich auch nicht mehr so wendig, wie ich es früher einmal war.

Während des Tanzes wurde Cassie einmal herausgerufen, damit sie sich um zwei Ringer kümmerte, die zuviel getrunken und miteinander gerauft hatten. Einer von ihnen mußte genäht werden. Ein anderes Mal mußte sie einen Mann versorgen, der ebenfalls in eine Schlägerei verwickelt gewesen war und sich das Bein schlimm verletzt hatte.

»Er muß ins Krankenhaus gebracht werden«, sagte sie. »Das nächste von hier ist Yancanna. Holt Sam.«

»Tja«, sagte Sam, als er den Motor vor dem Start anließ. »Wenigstens brauchst du dich jetzt nicht mehr schuldbewußt zu fühlen, weil du hier bist und deinen Spaß hast. Siehst du, ich wußte doch gleich, daß es mit Arbeit verbunden ist.«

Sie flogen nach Yancanna und waren zurück, ehe der Tanz endete. Als sie landeten, ging direkt über dem Ende der hell erleuchteten Landebahn der Vollmond auf.

»Weißt du, was?« sagte Sam, als sie noch eine Minute lang sitzen blieben und den Mond ansahen. »Vielleicht sind wir die glücklichsten Menschen auf Erden.«

»Ich hatte geglaubt, Anzeichen von Unzufriedenheit an dir wahrzunehmen.« Oder sogar von Unglück, dachte Cassie.

»Nicht in diesem Augenblick«, sagte Sam mit zärtlicher Stimme. »In diesem Augenblick habe ich alles, was ich mir nur wünschen könnte.«

Er wandte sich zu ihr um und sah sie an.

48

Am nächsten Tag drängten sich auf den Viehhöfen Unmengen von Pferden und Ochsen. Zuerst fanden Wettkämpfe statt, in denen es darum ging, Tiere aus ihrer Herde auszusondern, dann Stierreiten.

All das bereitete enormen Spaß.

Sie hatten gerade zu Abend gegessen und sich für den Tanz am Freitagabend umgezogen. Die Decke des Speisesaals war mit Girlanden aus Kreppapier geschmückt. Ein Ende des Raumes war zu einer Bühne umgestaltet worden, auf der eine Kapelle ihre Instrumente stimmte.

Cassie sagte zu Sam: »Wir kennen fast jeden im ganzen Saal.«

Sam sah sich um und nickte. »Das heißt, daß wir so gut wie jeden in einem Radius von fünfhundert Meilen kennen.«

Sie lachte. »Das klingt doch reichlich beeindruckend, findest du nicht auch?«

Sie standen vor dem Zelt und warteten, bis Fiona und Olivia fertig mit dem Umziehen waren.

»Olivia scheint ihren Spaß zu haben«, sagte Cassie.

»Gott sei Dank. Ja, sie läßt es sich gutgehen. Ich nehme an, ich habe ihr in Augusta Springs nicht gerade viel geboten. Ihr wäre ein Leben in der Stadt lieber gewesen.«

»Ich vermute, es geht ihr ähnlich wie Romlas Mann. Manche Leute finden den Busch langweilig. Ist das Olivias Problem?«

»Cassie, ich weiß nicht, was sie mag. Sie vermißt grüne Wälder und Wiesen, ihre Familie und die Anregungen, die eine Stadt bietet … aber vielleicht ist es auch einfach nur England. Sie möchte gern, daß wir dorthin zurückgehen.« Als er den Ausdruck der Bestürzung in Cassies Augen sah, fuhr er fort. »Wir gehen nicht fort von hier, Doc. Ich jedenfalls nicht. Aber ihr wäre es lieb. Oder ein Mann mit festen Arbeitszeiten, der am Wochenende zu Hause ist und jeden Abend zum Essen kommt.«

Cassie wollte eine Hand auf seinen Arm legen, doch ihre Hände streiften einander. Einen Moment lang hielt er ihre Hand, bis Fiona aus dem Zelt auftauchte, mit Olivia im Schlepptau. Sam ließ die Hand sinken.

»Hat jemand Blake gesehen?« fragte Fiona.

»Ich habe ihn und Steven vor ein paar Minuten gesehen, und jeder ist in eine andere Richtung gelaufen«, antwortete Sam.

Heute abend waren keine Stiefel, Stetsons oder Jeans vertreten. Die Männer trugen Hosen mit Bügelfalten und Hemden mit offenem Kragenknopf, und die Frauen waren in Röcken und hochhackigen Schuhen erschienen. Keine Abendkleidung – das hob man sich für den morgigen Abend auf –, aber feine Sonntagskleider mit Ohrringen aus Perlen oder Bergkristall.

Der Klang einer Fiedel erfüllte die Luft, als die Menschenmengen sich langsam wieder zum Speisesaal in Bewegung setzten.

»Seht euch bloß all diese Sterne an«, sagte Fiona. »Ich nehme sie nie als selbstverständlich hin.«

»Du nimmst nie irgend etwas als selbstverständlich hin, Fiona«, sagte Sam. »Du findest alles immer noch so spannend wie ein Kind.«

»Das fasse ich als Kompliment auf«, sagte sie und lächelte ihn an.

»Genauso war es auch gemeint«, erwiderte er. Sam kostete es aus, von drei der bestaussehenden Frauen umgeben zu sein.

Blake erwartete sie alle am Eingang des Ballsaals. Er sah besser denn je aus, fand Cassie, in einem blauen Hemd, das zu seinen Augen paßte, die rotblonden Locken kurz geschnitten und sein ausgeprägtes Gesicht mit den markanten Zügen von langen Jahren in der Sonne zerklüftet und ledrig. Seine linke Hand wäre einem kaum aufgefallen, dachte sie.

Er lächelte auf Cassie herunter. »Der erste Tanz gehört mir«, sagte er. Sie hatte seit Jahren nicht mehr mit ihm getanzt. Nicht seit dem Herbst 1939, als er zu den Tanzveranstaltungen am Samstagabend mehrfach zwölf Stunden lang nach Augusta Springs gefahren war. Sie hatte seit gut neun Jahren nicht mehr mit ihm getanzt.
Die Kapelle begann mit einer alten Schnulze, »Stardust«. Er streckte die rechte Hand aus, nahm ihre Hand und zog sie an sich. Sie spürte, wie sich sein Körper an sie schmiegte, als er sie noch enger an sich zog.
»Ich erinnere mich noch gut daran, wie wir das erste Mal miteinander getanzt haben«, murmelte er in ihr Haar.
»Am Silvesterabend 1938.«
»Dann erinnerst du dich also auch noch?« Er zog den Kopf zurück, um ihr in die Augen sehen zu können.
»Natürlich. Es scheint eine Ewigkeit her zu sein.«
»Das ist es auch. Das war, ehe sich die Welt verändert hat, ehe wir unsere Unschuld verloren haben, ehe wir gewußt haben, wie hart das Leben sein kann. Ich habe diese Wochen niemals vergessen, die wir gemeinsam verbracht haben, Cassie. Denkst du noch manchmal daran?«
»Nein«, sagte sie. »Nie.«
Er zog sie enger an sich. »Du lügst. Ich war ein Feigling, Cassie. Du hast mir teuflische Angst eingejagt. Niemand hatte vorher je mit mir getan, was du mit mir getan hast. Ich habe mich davor gefürchtet, dir Briefe zu schicken, obwohl ich ein Dutzend Briefe an dich geschrieben haben muß. Ich habe sie immer zerrissen.«
Sie schaute zu ihm auf. »Warum erzählst du mir das jetzt?«
»Weil ich dich gestern abend angesehen habe, wie schon so oft im Laufe dieser Jahre, und weil ich wollte, daß du es weißt. Ich bin vor dir davongelaufen, Cassie. Ich weiß nicht, was passiert wäre, wenn der Krieg nicht dazwischengekommen wäre.«
Cassie hörte auf zu tanzen. »Blake, du hast nicht so mit mir zu reden. Hör auf damit.« Sie wand sich aus seinen Armen

und verließ die Tanzfläche. Ihr Herzschlag ging ungleichmäßig. Was zum Teufel hatte er vor?
Mac Hamilton nahm sie an der Hand. »Komm schon, Cass. Gestern abend hatte ich keine Gelegenheit. Heute nacht lasse ich es mir nicht entgehen, mit dir zu tanzen.«
Eine Stunde später kam Steven auf sie zu. »Ich hatte gehofft, du würdest nicht verschwinden, ehe ich eine Chance habe, mit dir zu tanzen.«
Sie lächelte ihn an. »Gestern abend hast du kein einziges Mal mit mir getanzt.«
Er grinste. »Aber, aber, Dr. Clarke, ich könnte schwören, daß Sie mit mir flirten.«
Als sie sich über die Tanzfläche bewegten, fragte sie: »Wie kommst du damit zurecht, daß du jetzt allein lebst?«
»Es ist still geworden. Entsetzlich still.« Er summte die Melodie mit.

Am nächsten Abend, dem Samstagabend, während Hunderte von anderen in förmlicher Abendkleidung zu einem Zwanzigmannorchester im Speisesaal tanzten, dinierten sechzig auserwählte Gäste, die Besitzer und Verwalter von Gehöften und andere enge Freunde, im neuen Haus. Eine Kombo war aus Sydney eingeflogen worden, und Tische waren unter japanischen Lampions aufgestellt, die zwischen den Palmen hingen. Das riesige Wohnzimmer war für diesen Abend in einen Ballsaal verwandelt worden. Jede der dort anwesenden Frauen hatte Wochen damit zugebracht, Ausschau nach einem Kleid zu halten, das sie zu dem vornehmsten Fest tragen konnte, das in diesem Teil der Welt je veranstaltet worden war.
Niemand hätte sich auch nur annähernd mit Fiona messen können. Sie und Blake waren nach Sydney geflogen, und Blake hatte einem Modeschöpfer dort ganz genau erklärt, was er wollte, mit Schuhen, die genau passend eingefärbt werden sollten. Sie trug ein scharlachrotes Satinkleid von schlichter Eleganz, so tief ausgeschnitten, daß Cassie fand, es sollte ihr schon peinlich sein. An ihren Ohren funkelten Diamanten,

und sie hatte eine Diamantkette um den Hals. Mit Sicherheit hatte niemand von den Gehöften im Busch je etwas Derartiges zu sehen bekommen.

Als Cassie sich entschlossen hatte, die Party zu besuchen, hatte sie einen indischen Sari gefunden, den sie tief unten in einem Kleiderschrank verstaut hatte, aus hauchdünner smaragdgrüner Seide mit Goldsprenkeln. Sie hatte ihn noch nie getragen. So etwas trug niemand in ganz Australien, dachte sie und lächelte vor sich hin, als sie sich ausmalte, welchen Eindruck sie damit machen würde. Und so war es auch tatsächlich, aber daran, welche Wirkung Fiona erzielte, ließ es sich nicht messen.

»Du und Fiona, ihr beide ruft eine Sensation hervor«, sagte Steven zu ihr, als er beim Abendessen zu ihrer Rechten saß. »Du hast dich verändert, Cassie.«

»Wie meinst du das?«

»Oh, als du hergekommen bist, warst du knochenhart. Forsch, vernünftig, sachlich.«

»Und jetzt?« Ihr Lächeln betörte ihn.

»Nun, vielleicht liegt es daran, daß du niemandem mehr etwas beweisen mußt. Wir wissen alle, was für eine gute Ärztin du bist. Und die Ehe hat dich weicher werden lassen. Deine weibliche Seite zeigt sich deutlicher. Du hast Chris gutgetan. Er ist zu einem neuen Mann geworden. Du hast ihm das Leben noch einmal geschenkt, und ich kann mir vorstellen, daß du auf jeden Mann so wirken würdest.«

»Steven, es ist wohltuend, das zu hören. Ich bin gern eine Frau.«

Das Trio hatte zu spielen begonnen, und die Musik drang über den Rasen zu ihnen herüber.

»Komm, laß uns das Tanzbein schwingen«, sagte er. Er stand auf und hielt ihr die Hand hin. Sie nahm seine Hand, und gemeinsam liefen sie zum Haus.

Sie hatten gerade erst zu tanzen begonnen, als sie auch schon abgeklatscht wurde. Cassie tanzte mit einem Dutzend Männern, ehe Blake plötzlich an ihrer Seite auftauchte. »Jetzt bin ich an der Reihe. Wenn ich mich nicht vordränge, bekomme ich nie eine Chance. Oder du wirst zum nächsten Notfall gerufen.«

Er legte den Arm um sie, und sie empfand wieder, was sie am Abend zuvor empfunden hatte. Als hätte sie sich in all diesen Jahren etwas vorgemacht – wenn sie mit Chris geschlafen hatte, hatte das auf sie nicht die Wirkung gehabt, die Blake auf sie hatte. Er hatte ihr im Bett nicht geben können, was allein Blakes Berührung bei ihr anrichtete.

»Du siehst wunderschön aus«, murmelte er.

»Diese indische Aufmachung soll eher dazu dienen, exotisch zu wirken«, sagte sie und wünschte sich inbrünstig, er möge unpersönlich bleiben, und doch verzehrte sie sich nach seiner Nähe.

Ein paar Minuten lang tanzten sie schweigend miteinander, und dann sagte er: »Erinnerst du dich noch an Kakadu?«

Ihr Herzschlag stockte – sie rang nach Atem –, und dann schlug ihr Herz wieder. Aber es war nicht ihr Herz. Was sie gegen ihre rechte Brust schlagen spürte, war sein Herz.

»Das ist schon lange her. Vergiß es.«

»Kannst *du* es?«

Sie hörte auf zu tanzen, sah ihn an und ging. Sie hatte sich kaum einen Meter von ihm entfernt, als Sam sie an der Hand nahm. »He, ich glaube, wenn es nicht gerade ein Jitterbug war, habe ich noch nie mit dir getanzt. Komm, Doc, wir wollen uns an einem echten Tanz probieren.«

Mir ist alles recht, dachte sie, wenn ich bloß von Blake wegkomme.

Er zog sie nicht eng an sich, wie Blake es getan hatte. In seinen Armen war ihr behaglich zumute, und sie glitten über die Tanzfläche. »Mit keinem Menschen auf Erden läßt es sich leichter tanzen, Sam. Es ist die reinste Freude.«

»Das beruht auf Gegenseitigkeit, Doc, auf vollkommener Gegenseitigkeit.«

»In dieser Aufmachung bist du einfach eine Wucht«, sagte er und zog sie enger an sich.

Sie brauchte sich noch nicht einmal auf ihre Schritte zu konzentrieren, wenn sie mit Sam tanzte. Es war, als wüßte ihr Körper schon bevor er etwas tat, was er als nächstes tun würde.
Ehe die Melodie endete, kam Steven dazwischen und verkündete: »Du bist schon zu lange aus meinem Leben verschwunden.«
Als das Trio jedoch nach einer Pause wieder zu spielen begann, war Blake erneut an ihrer Seite. »Jetzt bin ich dran, Dad. Du kannst sie nicht ausschließlich für dich beschlagnahmen.«
Sowie sie in seinen Armen lag, sagte Blake: »Wenn du mir entkommen willst, Cassandra, dann mußt du harte Arbeit leisten. Du erinnerst dich also noch an Kakadu? Das frage ich mich schon lange.«
»Blake, was hast du vor?«
»Ich hänge lediglich Erinnerungen nach«, flüsterte seine Stimme in ihr Haar. »Erinnerungen an eines der glanzvollsten Erlebnisse meines ganzen Lebens. Erinnerungen daran, wie es war … unter den Sternen zu liegen, dich zu lieben. Erinnerst du dich noch an das Tanzen der Aborigines? Mein Gott, das muß die erotisch geladenste Nacht meines Lebens gewesen sein.« Er zog den Kopf zurück und schaute auf sie herunter. »Für dich auch, stimmt's?«
Alles verblaßte. Niemand sonst war noch im Saal. Es gab nur noch Blakes Arme, die um sie geschlungen waren, seine Worte. »O Blake, ich habe dich so sehr geliebt. Ich habe geglaubt, ich sterbe, als du weggegangen bist.«
Er zog sie enger an sich, ganz dicht. »Du hast Chris nicht geliebt, stimmt's? Nach allem, was wir miteinander hatten, kannst du ihn nicht geliebt haben, nicht nach dieser Nähe.«
Cassie riß sich mit einem Ruck los. Früher einmal hätte sie ihm zugestimmt, aber mit der Zeit hatte ihr Chris weit mehr bedeutet.
»Du hast vor mir geheiratet, oder weißt du das nicht mehr?

Laß uns all das vergessen. Wir wollen es hinter uns zurücklassen.«
»Ich kann es nicht vergessen.«
»Stell dich nicht so blöd an«, fauchte sie. »Wie könnte irgend jemand das vergessen? Laß es auf sich beruhen, ja?«
Er legte die Arme um sie. »Ich denke oft an dich«, sagte er, als sie begannen, sich nach dem Rhythmus der Musik zu bewegen.
»Was auch immer du tust, tu es nicht«, sagte sie mit steifer Körperhaltung. »Fiona ist meine engste Freundin.«
»Meine auch«, sagte er mit gesenkter Stimme. »Das hat nichts mit unseren Erinnerungen zu tun.«
»Pack sie in eine Kiste, laß sie drin, und bewahre diese Kiste irgendwo auf«, sagte sie. »Du hast mir einmal das Herz gebrochen, und ich habe nicht die Absicht, das noch ein zweites Mal durchzumachen.«
Er blieb mitten auf der Tanzfläche stehen und starrte sie an. »Ich habe *was*?« Dann fing er wieder an, mit ihr zu tanzen, weil er sah, daß die Blicke anderer auf sie gerichtet waren.
»Laß das sein, Blake. Laß es einfach bleiben. Bitte, laß mich los. Ich will nicht mit dir tanzen.«
»Cassie, ich …«
Doch sie entfernte sich und zwang sich, jeden anzulächeln, als sie sich einen Weg über die Tanzfläche bahnte und durch das Fliegengitter auf den Rasen lief, wo unter den baumelnden Lampions immer noch Menschen an Tischen saßen. Sie lief an ihnen vorbei, über die weite Rasenfläche mit den Bäumen zum Teich hinunter.
Sie lehnte sich an einen der hohen Eukalyptusbäume, deren Zweige über den Fluß hingen, und bemühte sich bewußt, langsam und ruhig zu atmen.
»Dann sind wir jetzt also schon zu dritt«, sagte Sams Stimme aus der Dunkelheit.
Als sie unter dem Baum herauskam, konnte sie ihn nur als Silhouette erkennen. *»Zu dritt?«*
Sam lehnte an einem hohen Baum und steckte die Hände in

die Taschen. Sein Gesicht war im Schatten. »Ja. Blake, der alte Mann und ich.« Dann wandte er sich ab, lief zwischen den Bäumen hindurch und verschwand in der Dunkelheit.

Cassie schaute in die Ferne, doch Sam war fort. Er konnte unmöglich gesagt haben, was sie gehört zu haben glaubte.

Blake, der alte Mann und … und ich?

49

Die Trockenzeit hatte so lange gedauert, daß die Menschen begannen, den australischen Busch »die Staubschüssel« zu nennen.
Sam klagte täglich über Sandstürme.
Cassie und er waren zu einer zweitägigen Behandlungsreise nach Kypunda und noch weiter darüber hinaus unterwegs. Sie waren über Nacht in Burnham Downs geblieben und dann – gleich nach dem Frühstück – zu dem Gehöft Lagoon der Olivers etwa fünfunddreißig Meilen weiter westlich aufgebrochen.
»Unbegrenzte Sicht«, sagte Sam hocherfreut. »Der Staub muß sich auf den Boden gesenkt haben – ich sehe keine einzige Staubkrume. Das wird ein Kinderspiel heute.«
Cassie schaute zum Fenster hinaus. Es war Monate her, seit sie einen derart klaren blauen Himmel gesehen hatten. Die silbernen Tragflächen des Flugzeugs blinkten in der grellen Sonne und blendeten sie. Durch die großen Risse in der ausgetrockneten Erde unter ihnen zogen sich tiefe Spalten. Finanziell ging es allen schlecht. Manche Gehöfte waren verlassen. Auf anderen gab es kein Vieh mehr. Die Kadaver und die ausgebleichten Knochen von Millionen von Schafen und Tausenden von Rindern lagen in der Landschaft verstreut. Die Rinder traf es nicht so schlimm wie die Schafe, da sie höher oben im Norden gezüchtet wurden, in den Tropen, und dort war die Dürre nicht so kraß wie im Inneren des Kontinents.
Auf dem Gehöft Lagoon untersuchte Cassie Mrs. Oliver, die im siebten Monat schwanger war, und ihren beiden kleinen Kindern gab sie Wiederholungsimpfungen. Sam und sie setzten sich mit

den Olivers zusammen und aßen genüßlich die Doughnuts, die die Köchin gerade gebacken hatte.
Dann fragte Sam: »Bist du soweit?«
Die Olivers gingen mit ihnen zu ihrem Landrover; Fred fuhr Cassie und Sam die Meile zum Landeplatz hinaus. Cassie saß auf dem Rücksitz, und Sam, der vorn neben Fred saß, stand während der Fahrt von seinem Sitz auf und schaute nach Westen. Cassie drehte sich um, weil sie sehen wollte, wonach er Ausschau hielt. Eine gigantische dunkle Wolke zeichnete sich bedrohlich am Himmel ab.
»Mist«, sagte Sam, »das ist eine brodelnde Staubwolke.« Er setzte sich wieder und sagte zu Fred: »Ich brauche eine Axt und Seile. Wir müssen dieses Flugzeug auf dem Boden festschnüren.«
Fred warf einen Blick auf ihn, riß das Steuer des Wagens herum und raste zur Scheune. Sam und er stürzten hinein, kamen nach wenigen Minuten wieder heraus und warfen das Seil und Werkzeug, Matten und alte Decken auf den Sitz neben Cassie, ehe sie wieder zur Landebahn fuhren.
»Doc, du wärst uns doch nur im Weg. Bleib einfach sitzen.«
Sie sah zu, während Sam und Fred wie die Irren arbeiteten, Pfähle in den Boden rammten und das Flugzeug daran festbanden, bis sie das gesamte Seil aufgebraucht hatten. Sie hörte Sam rufen: »Wir müssen die Luftansaugrohre abdecken, oder der Staub wird sie für alle Zeiten verstopfen.«
Sie konnte Freds Gesichtsausdruck deutlich ansehen, daß er keine Ahnung hatte, wo die Luftansaugrohre waren. Sam packte die Matten, die Decken und alles übrige und rammte sie in die Öffnungen. Dann trat er zurück und sah das Flugzeug an, als der erste heftige Stoß kam. Sam rannte zu Cassie und sagte: »Steig ins Flugzeug. Fred auch.«
Er sprang in den Landrover, fuhr ihn vor die Kanzel des Flugzeugs, zog die Handbremse an, rannte zum Flugzeug und knallte die Tür hinter sich zu.
»Das soll dazu dienen, die Wucht des Windes abzubremsen«,

erklärte er atemlos. »Ich weiß nicht, was ich sonst noch tun könnte.«

Um elf Uhr morgens wurde ihre Welt schwarz, so finster wie um Mitternacht. Sie konnten den Wind draußen zischen hören, hörten und spürten seine Stärke. In der Dunkelheit sagte Fred besorgt: »Himmel, ich hoffe nur, die Kinder sind im Haus.«

Es dauerte eineinhalb Stunden, bis eine Art Zwielicht anbrach, doch das Flugzeug schaukelte immer noch von einer Seite auf die andere. Als sie durch die vordere Scheibe schaute, stellte Cassie zu ihrem Erstaunen fest, daß der Landrover nicht umgefallen war.

Endlich legte sich der Sturm. Sam sagte: »Mein Gott, seht euch nur all diesen Sand an.«

Das Flugzeug steckte in regelrechten Sanddünen.

Fred sagte: »Ich komme zurück und helfe mit, aber vorher muß ich nachsehen, ob Laura und den Kindern nichts passiert ist.«

»Klar«, stimmte Sam ihm zu. Er öffnete die Tür und wollte gerade auf den Boden springen, als er lachen mußte. »Seht nur, es ist ein Sandrutsch. Wir können uns einfach runterrollen lassen.« Genau das tat er auch, und dabei lachte und jauchzte er so ausgelassen wie ein kleiner Junge. »Fred, wenn du zurückkommst, bring ein paar Schaufeln mit, ja?«

Fred streckte die Hand aus, um Cassie beim Aussteigen zu helfen. »Kommen Sie, Sie können ebensogut ins Haus kommen und dort warten, bis Sam und ich das Flugzeug und den Landrover ausgegraben haben.«

Laura fehlte nichts, und sie weinte vor Erleichterung, als sie sah, wie Fred und Cassie sich durch den Sand vorkämpften. »O Gott sei Dank«, rief sie aus. »Ich habe mich schon gefragt, ob ihr wohl weggeweht worden seid.«

Alles war von knirschenden Sandkörnern bedeckt – Stühle, kleine Läufer auf dem Boden, der Herd, der Kühlschrank, der Kaminsims, Fensterbretter, Bilderrahmen, sogar das Bettzeug. Zwei Stunden später, nachdem sie das Flugzeug und den Rover freigelegt und die Landebahn für den Start geglättet hatten, rief Sam Horrie an. »Fliegt zurück nach Burnham Downs«, wies Horrie ihn an. »Dort ist es durch den Sturm zu einem Unfall gekommen. Hier hatten wir überhaupt keinen Sturm.«

Es war schon fast dunkel, als sie Burnham Downs erreichten. Dort hatte sich der Vorarbeiter das linke Bein und den linken Arm gebrochen, als der Sturm ihn gegen einen Baum geschmettert hatte. Er war ins Haus getragen worden, und Cassie konnte sich ausmalen, daß er vor Schmerzen geschrien haben mußte. Er lag mit aschfahlem Gesicht mitten im Wohnzimmer auf dem Fußboden. Sein Bein und sein Arm standen in einem so unnatürlichen Winkel von seinem Körper ab, daß einem davon hätte übel werden können.

Cassie kniete sich hin, griff nach seinem Handgelenk und fühlte ihm den Puls. »Haben Sie noch Gefühl in den Fingern?« fragte sie.

Homer, der Vorarbeiter, schüttelte den Kopf, und seine Augen waren von Leid durchdrungen. Cassie nickte. »Es wird weh tun, aber ich muß diesen Arm gerade biegen.« Bei diesen Worten zog sie mit einem solchen Ruck an seinem Arm, daß er sich gerade bog. Homer stieß einen Schmerzenslaut aus und verstummte dann. »Tut mir leid«, sagte sie leise. »Und jetzt muß ich mit Ihrem Bein dasselbe tun, aber das wird nicht ganz so schnell gehen.« Sie blickte zu Sam auf. »Ich hätte es gleich wissen müssen. Gib mir meine Tasche, bitte, ja?«

Sie holte eine Flasche mit einer durchsichtigen Flüssigkeit und eine Spritze heraus. »Kochen Sie sie fünf Minuten lang«, sagte sie zu Dan Elliot. Sie schaute auf Homer herunter. »Nur noch ein paar Minuten, und dann werden Sie keine Schmerzen mehr haben«, versprach sie ihm. Sie strich ihm mit ihrer kühlen Hand über die Stirn.

Später, als Homer noch bewußtlos war, nachdem sie sein Bein gerade gebogen hatte, fand Dan ein paar Bretter, die Sam und er nach den Maßen zusägten, die Cassie verlangte. »Sie werden ihm als Schienen dienen müssen, bis wir ihn ins Kran-

kenhaus gebracht haben«, sagte sie. Sie brachte sie beidseits von seinem Arm an und umwickelte sie dann mit Klebeband. Dasselbe tat sie mit seinem Bein.
»Er sieht aus wie ein Sandwich«, sagte Dan, der ein Lächeln beim besten Willen nicht unterdrücken konnte.
Nancy kam rein, um anzukündigen, sie hätte das Abendessen fertig. Sie ging davon aus, daß die beiden über Nacht blieben. Sie hatten kaum eine andere Wahl.

Als Sam Horrie am nächsten Morgen anrief, sagte Horrie: »Es kommt aber auch immer alles auf einmal.«
»Was liegt an?« fragte Sam.
»Ein Flugzeug, das in Oodnadatta gestartet ist, wird vermißt. Sie wollen alle Hilfe haben, die sie kriegen können.«
»Mein Gott, das ist reichlich weit von hier.«
»Es sind keine Notrufe eingegangen, und alle Flugzeuge im Umkreis von fünfhundert Meilen sind um Hilfe bei der Suche gebeten worden. Erinnert ihr euch noch an die Kookaburra? Flugzeuge sind aus dem ganzen Land gekommen, um danach zu suchen.«
»Das ist fast zwanzig Jahre her, und sie haben sie immer noch nicht gefunden.«
»Ich weiß. Aber du kannst nicht behaupten, es läge daran, daß niemand danach gesucht hat.«
»Okay. Welche Frequenz sollen wir einstellen?«
Horrie sagte es ihm.
Als Sam Cassie erklärte, worin ihre Aufgabe des heutigen Tages bestehen würde, galt ihr erster Gedanke Homer, doch Sam sagte: »Du kannst ihn mit Dämpfern ruhigstellen. Außer Bettruhe kann im Krankenhaus auch nichts für ihn getan werden, stimmt's? Du hast ihn doch gut wieder hingekriegt.«
»Wenn ihm nichts mehr passieren kann, warum lassen Sie ihn dann nicht hier, und ich pflege ihn, während Sie runter nach Oodna fliegen?« fragte Nancy.
»Mir wäre wohler zumute, wenn er im Krankenhaus wäre

und ich nachsehen könnte, ob es zu Komplikationen kommt und dergleichen.«
»Wenn Sie jetzt nach Süden fliegen, dann könnten Sie ihn wenigstens hierlassen und ihn auf dem Rückweg mitnehmen. Irgendwo werden Sie auftanken müssen. Das können Sie ebensogut hier tun.«
Cassie und Sam sahen einander an, und sie nickte.
»Okay«, sagte Sam. »Danke, Nance.«
Als sie das Gebiet außerhalb von Oodnadatta erreichten, das durchsucht werden sollte, sagte der Funker zu Sam: »Ihnen ist ein gewisser Luftraum zugeteilt worden. Sie sollen Etappen von dreißig Meilen mit einer Meile Abstand zurücklegen. Haben Sie jemanden mit einem Fernglas bei sich?«
Sam reichte es Cassie und sagte dann mit gereizter Stimme zu ihr: »Die gehen von der Voraussetzung aus, daß eine winzige Cessna über ihr Ziel hinausgeschossen ist. Das ist bei diesem Gegenwind unmöglich. Wenn überhaupt, dann ist sie zur Seite abgetrieben worden.«
Dennoch befolgte er zwei Stunden lang die Anweisungen und nahm dann den Funkkontakt wieder auf. »Ich bitte um Erlaubnis, unsere Suche auf Etappen von einer Meile auszuweiten, um schneller ein größeres Gebiet absuchen zu können.«
Der Funker antwortete darauf: »Lassen Sie mich bei demjenigen nachfragen, der die Suchorganisation leitet.«
Nach ein paar Minuten meldete er sich aus einer Entfernung von sechshundert Meilen wieder über Funk: »Genehmigung nicht erteilt.«
»Mist«, knurrte Sam. »So, wie die das betreiben, ist es die reinste Zeit- und Spritvergeudung.«
Sie drehten weiterhin ihre Runden, flogen hin und her, und dabei starrte Cassie in das grelle Licht der Sonne. Das Land war überall nur braun, braun, braun mit Sprüngen, die sich im Zickzack durch den Boden zogen. Nirgendwo war ein Lebenszeichen zu entdecken, und von einem Flugzeug war erst recht keine Spur zu sehen.
Um fünf Uhr wurde über Funk verkündet, die Suche sei ab-

gebrochen worden. Die Cessna war zweihundert Meilen östlich von der Gegend gefunden worden, die Sam und Cassie durchsucht hatten. Weder dem Piloten noch dem Passagier war etwas zugestoßen, obwohl das Flugzeug zerschmettert war.

»Wir müssen auftanken. Wir haben nicht genug, um nach Burnham Downs zurückzufliegen. Ich werde landen und unsere Kanister benutzen müssen.«

Die Gegend schien flach genug zu sein, um überall ohne Schwierigkeiten eine Landung zuzulassen. Als er auf der harten roten Erde aufsetzte, sagte Sam: »Was hältst du davon, etwas zu essen?«

Nancy Elliot hatte ihnen Brote mit kaltem Roastbeef eingepackt. »Die Gute«, sagte Cassie, als sie sie aus der Papiertüte zog. »Wir haben sogar Kartoffelsalat und Gurken.«

Sam tankte aus den Zweihundertliterkanistern das Flugzeug auf und streckte sich. Es war wohltuend, im Freien zu sein. Der Himmel verfärbte sich im Westen lavendelfarben, während die untergehende Sonne von goldenen Strahlen umgeben war.

»In Burnham Downs können wir bei Dunkelheit nicht landen«, sagte Cassie.

Sam nickte und biß in das Rindfleisch. »Ich werde Horrie Bescheid geben. Wir können entweder den weiten Weg zu dem beleuchteten Flugplatz von Augusta Springs zurückfliegen, dort landen und morgen früh rausfliegen, um unseren Patienten in Burnham Downs abzuholen, oder wir können über Nacht hierbleiben, Benzin sparen und unter den Sternen schlafen.«

Eine Minute lang schwiegen sie und mampften ihre belegten Brote. Cassie sah den ersten Stern des Abends am Horizont im Osten. Sie fühlte sich mit der Welt im Einklang.

»Also, was ist?« fragte Sam und warf einen Blick auf sie.

»Ganz, wie du willst.«

»Wie *ich* will?« Er lachte.

»Mir ist es gleich.«

»Haben wir genug Kaffee zum Frühstück?« fragte er.
»Wenn wir heute abend nur Wasser trinken.«
Sie aßen schweigend ihre Brote. Nach einer Weile stand Sam auf. »Ich rufe Horrie an. Wahrscheinlich fragt er sich schon, wo wir stecken.«
Cassie saß in der dichter werdenden Dunkelheit, während sich der Himmel im Westen purpurn färbte und Blutrot in Schwarz überging. Kein Laut war zu vernehmen.
Seit der Nacht der Party hatten Sam und sie kein persönliches Wort mehr miteinander gewechselt. Keiner von beiden war je wieder auf den Satz zurückgekommen: *Dann sind wir jetzt also schon zu dritt.*
Sie hatte sich davor gefürchtet, auch nur darüber nachzudenken, was er damit gemeint hatte. Jahrelang hatte sie sich in Sams Gegenwart sicher gefühlt. Aber er war verheiratet. Und er war ihr Freund, ihr Partner. Sie wollte nicht, daß ihre Arbeit – oder ihr Leben – in Unordnung geriet.
Er blieb lange Zeit im Flugzeug. Als er herauskam, hatte er Decken unter dem Arm und breitete sie neben dem Flugzeug aus. »Würdest du dich sicherer fühlen, wenn wir im Flugzeug schlafen?«
Sie lächelte, obwohl es so dunkel war, daß er es nicht sehen konnte. »Sicherer vielleicht, aber es wäre nicht annähernd so spannend. Es ist Jahre her, seit ich unter den Sternen geschlafen habe.«
»Erinnerst du dich noch daran, daß wir es auf unserem ersten Flug getan haben? Dieser Kerl mit dem Blasenriß? Du hast ihn dort draußen im Busch operiert.«
»Ich habe geglaubt, ich sei mitten im Nichts. Das war die erste Nacht, in der ich gehört habe, wie sie die Rinder in den Schlaf gesungen haben. Für mich gehört das immer noch zu den faszinierendsten Dingen, die ich je erlebt habe, obwohl ich es inzwischen ein halbes dutzendmal gehört habe.«
Er setzte sich neben sie und lehnte sich mit dem Rücken an den Reifen des Flugzeugs. »Damals hätten wir im Traum nicht ge-

glaubt, stimmt's, daß wir in zehn Jahren immer noch zusammenarbeiten würden.«
Sie lachte. »Ich dachte, du lehnst mich ab. Ich dachte, das wird ein harter Kampf.«
»Das habe ich auch geglaubt. Du warst knochenhart. Mehr Mann als Frau. Du hast Herrenhosen getragen, du hast Schimpfwörter benutzt und geflucht, du warst nüchtern und sachlich, und ich dachte, du bist so kalt wie ein Fisch.«
»Ich trage immer noch Hosen.«
»Ja, und du fluchst und schimpfst immer noch. Aber du bist kein harter Brocken mehr.«
»Nein?«
»Nee.«
Die Kühle der Nachtluft ließ Cassie frösteln.
»Damals habe ich dich noch nicht einmal als eine Frau angesehen.«
»O doch, das hast du getan«, widersprach sie ihm. »Du fandest, eine Frau hätte nicht das Recht, Arzt zu werden. Du warst dagegen.«
»Mag sein«, sagte er und starrte in die tintige Nacht. Die Sterne schienen so nah zu sein, als könnte man sie berühren.
Nach einer Weile fragte er: »Vermißt du Chris?«
Cassie schlang die Arme um ihren Oberkörper, um sich zu wärmen. »Manchmal.«
Nach einer Minute Schweigen fragte Sam: »Ich habe mir diese Frage oft gestellt, und ich weiß, daß es mich nichts angeht. Du brauchst mir keine Antwort zu geben. Hast du ihn geliebt, Doc?«
Cassie starrte in die Dunkelheit. Der Himmel schien bis zum Horizont mit Sternen besät zu sein. »Währenddessen habe ich geglaubt, daß ich ihn nicht liebe, aber vielleicht habe ich ihn doch geliebt. Verliebt war ich nicht in ihn, niemals. Es war frei von jedem Zauber, von jeder prickelnden Elektrizität. Und es hat vieles gegeben, was ich nie an ihm gemocht habe. Aber trotzdem, ich glaube, mit der Zeit habe ich gelernt, ihn zu lieben.«

Sam sagte nichts.
»Ich habe nicht gewußt, was ich an ihm hatte. Vielleicht habe ich ihn als zu selbstverständlich hingenommen. Die Dinge an ihm, die ich nicht mochte – seine starre Haltung und seine Bigotterie – haben mich geärgert. Aber er war ein sehr guter Ehemann. Ich glaube, er hat sogar die Aborigine-Mädchen mit der Zeit ins Herz geschlossen, die Fiona bei sich aufgenommen hat. Vielleicht hat er an ihnen etwas gelernt. Er hat begriffen, daß Anna intelligent ist. Weißt du, was? Vor ein paar Wochen hat sie sich mit Fiona in Verbindung gesetzt, weil sie nach all den Jahren doch wieder zur Schule gehen will.«
»Wirklich?«
Das Bellen eines Dingos hallte in der Ferne, während der Mondschein heller wurde und die Landschaft in Silber tauchte.
»Ich habe erst nach seinem Tod begriffen, daß ich Chris geliebt habe. Das ist das Traurige daran.«
Nach einer Weile sagte Sam: »Es gibt soviel, was wir erst zu spät lernen. Wenigstens hast du Chris glücklich gemacht. Er war ein anderer Mann als der, den ich vor dem Krieg gekannt habe.«
Sie schwiegen lange Zeit. Dann stand Sam auf und breitete ihr Bettzeug mit einem Abstand von knapp einem Meter zwischen ihnen aus. Er legte sich auf seine Decke. »Du hättest mich mit einer Feder umwerfen können, als ich deinen Brief gelesen habe, in dem du mir geschrieben hast, du hättest ihn geheiratet. Ich hatte geglaubt, wenn ihr die beiden einzigen Menschen auf einer einsamen Insel wärt, hättet ihr euch nicht zusammengetan. Ich war sicher, du würdest dich mit Blake zusammentun.«
Cassie sagte: »Ich wäre keine Wette mit dir eingegangen. Ich hätte dir zugestimmt.« Sie kroch in ihren Schlafsack und genoß die Wärme. Dann legte sie die Hände unter den Kopf und schaute auf. »Es ist das reinste Wunder, findest du nicht auch?«

Sam rollte sich herum, zog sich auf einen Ellbogen, stützte das Kinn auf die Hände und schaute sie an. »Was?«
»Der Himmel. Die Nacht. Die Wüste. Hier zu sein.«
Sie unterdrückte den Drang, einen Arm auszustrecken und nach seiner Hand zu greifen. Sie wollte hier draußen, so weit entfernt vom Rest der Welt, einschlafen und dabei die Wärme und die Sicherheit spüren, die Sam ihr geben konnte. Schließlich schlief sie ein und träumte, daß er sie fragte: »Wenn du nicht verliebt warst, warum hast du ihn dann geheiratet?«
Und daß sie darauf antwortete: »Wer weiß? Weißt du denn, warum du geheiratet hast?«
Aus weiter Ferne sagte er mit einer Stimme, die sie kaum hören konnte: »Weil du Chris geheiratet hast.«
Als sie vor dem Morgengrauen wach wurde und Sam betrachtete, der noch schlief, lag sie da und fragte sich, ob es wirklich ein Traum gewesen war.

50

»Seit ich damals mit dir durch die Gegend geflogen bin und all diese kleinen Kinder gesehen habe, die dringend etwas lernen müßten, bin ich von dieser Vorstellung besessen«, sagte Fiona. »Und jetzt bin ich entschlossen, mir die Zeit dafür zu nehmen. Ich habe Jahre damit zugebracht, mich zu fragen, was im Rahmen des Möglichen läge, um diesen Kindern aus dem Busch eine Schulbildung zu vermitteln, und jetzt glaube ich, daß ich einen Weg gefunden habe, aber die Fliegenden Ärzte müssen kooperieren. In Alice tun sie es.«
»Sie tun was?« fragte Cassie.
Fiona war in ihrer Cessna in die Stadt geflogen – es war das erste Mal, daß sie das tat. »Schulbildung über Funk«, sagte Fiona, in deren leuchtenden Augen sich zeigte, wie begeistert sie war. »Ich war in Alice und habe mit den Leuten dort geredet. Es ist einfach umwerfend, wie engagiert sie sind. O Cassie, es ist einfach unglaublich. Sie bringen die Welt auf diese abgelegenen Gehöfte im australischen Busch, zu Kindern, die nichts kennen, was außerhalb des Zaunes liegt. Ein Lehrer kann Geschichten erzählen, Bücher vorlesen, ihnen Arithmetik beibringen, ihre Phantasie anregen! Für diese Kinder kann sich eine ganz neue Welt eröffnen. Meine Kinder natürlich inbegriffen!«
Cassie lächelte ihre Freundin an. So hatte sie sie schon allzu lange nicht mehr gesehen.
»Ich dachte, schriftlicher Fernunterricht sei Pflicht.«
»Ja, natürlich«, stimmte Fiona ihr zu und fuhr mit der Hand durch die Luft, »und ich will diese Methode nicht abschaffen, aber sie läßt viel zu wünschen übrig, wenn das alles ist. Ein Kind macht seine Arbeit allein, es sei denn, die Mutter hilft

ihm, und manchmal hat sie nicht das nötige Wissen oder nicht die notwendige Zeit dafür. Das Kind versucht, lesen, zusammenzählen und abziehen zu lernen, und es füllt Formulare aus und schickt sie an irgendein unpersönliches Wesen, das die eingesandten Papiere korrigiert und sie zurückschickt. Aber auf diese Art, über Funk – o Cassie, sie hätten den direkten Kontakt zu einem Lehrer und zu anderen Kindern. Ihr Leben würde so abwechslungsreich und vielfältig wie ihre Phantasie. Sie hätten Kontakt zu anderen Kindern, würden andere Geschichten hören, andere Stimmen.«

Cassie beugte sich vor. »Ich habe mich schon gefragt, wie Schüler, die in Fernkursen Fragen haben, Antworten bekommen, die für sie von Bedeutung sind?«

Fiona schlug die Hände zusammen. »Genau das ist es! Ich habe mit Graham Pitt gesprochen, dem Leiter des FDS drüben in Alice, und er ist ein ganz phantastischer Funktechniker. Er hat mir gesagt, daß sich das über eine längere Sendung machen läßt. Ihr bräuchtet neue Geräte, aber vielleicht kann Romla sich eine Veranstaltung einfallen lassen, um das Geld aufzutreiben. Darin ist sie doch so gut.«

»Wenn du fertig bist, erzähle ich dir das Neueste über sie.«

Es war, als hätte Fiona sie überhaupt nicht gehört. »Natürlich bedeutet das für viele Lehrer eine vollkommen neue Technik«, fuhr sie fort.

»Ich würde sagen, das ist eine echte Herausforderung«, sagte Cassie, die aufstand und in die Küche ging, um mehr Tee zu holen. Sie hatte auf den Regalen von Teakle and Robbins gerade eine neue Sorte gefunden, Brombeertee. Fiona begeisterte sich dafür.

»Willst du versuchen, den Unterricht zu übernehmen?« fragte Cassie.

»Ich täte es ja liebend gern, aber ich kann es nicht tun. Blake ist dagegen. Ich mußte ihm versprechen, daß es sich nicht auf unser Familienleben auswirken wird, auf die Kinder und auf gemeinsame Mahlzeiten, wenn ich mich mit dieser ganzen Geschichte befasse. Versteh mich nicht falsch, er findet die

Vorstellung auch sehr aufregend, daß ich eine, wenn auch noch so kleine Rolle dabei spielen könnte, das Bildungsniveau in diesem Land anzuheben. Aber das einzige, was ich mir erhoffen kann, ist, daß ich die Angelegenheit ins Rollen bringe. Drüben in Alice nennen sie es die Schule der Luft. Cassie, ich glaube, solche Funkschulen können auf jedem einzelnen Stützpunkt der Fliegenden Ärzte ins Leben gerufen werden. Ist dir überhaupt nicht klar, was für einen Unterschied das für diese Kinder bedeuten wird?«

»Du willst also von mir, daß ich in Erfahrung bringe, ob die Abteilung in Augusta Springs dieses Projekt sponsern wird?«

»Nicht direkt. Das kann ich selbst tun. Aber ich möchte sichergehen, daß ich bei der nächsten Zusammenkunft des Rats zu Wort komme, und du suchst diese Treffen immer auf.«

»Ich kann eine Zusammenkunft einberufen. Wir können aber auch Steven dazu bringen, daß er ein Treffen einberuft. Nach einer Pause von acht Jahren ist er jetzt wieder Vorsitzender des Rats.«

Fiona nickte. »Ich bin froh darüber, daß er sich nun endlich auf Dinge einläßt. Die Kinder hatten ihn wieder zum Leben erweckt, und da er jetzt ganz allein ist, wendet er sich Gott sei Dank nach außen. Was ich ihm wünschte, das ist eine gute Frau.« Dann lachte Fiona. »Also, wenn schon nicht gut, dann wenigstens spannend. Mit irgendeiner Frau wäre ihm nicht gedient. Er steckt selbst voller Energien, und Jennifer konnte mit ihm mithalten, glaube ich, obwohl ich ihr nur zweimal begegnet bin. Blake und er haben ihre Meinungsverschiedenheiten, und Blake kann sich nicht immer gegen ihn durchsetzen.«

Cassie hatte den Tee ziehen lassen und schenkte Fiona jetzt eine Tasse ein. »Wie stellst du dir den Ablauf vor?«

Fiona stand auf, lief auf und ab und gestikulierte beim Reden. »Also, ich denke mir, wir könnten eine Lehrerin aussuchen und dann nach Alice rüberfliegen, um dort mit den Leuten zu reden. Eine Frau namens Adelaide Miethke hat diese Idee ursprünglich gehabt und sie genauer ausgearbeitet. Ich wür-

de gern nach Adelaide runterfliegen – ja, ist das nicht komisch, Adelaide aus Adelaide? – und mit ihr reden, aber vielleicht käme sie auch nach Alice rauf oder sogar zu uns. Weißt du, Cassie, nachts, wenn Blake schon eingeschlafen ist, liege ich noch lange im Bett und mache mir Gedanken darüber. Es müßte in verschiedene Phasen unterteilt werden: Kindergeschichten und Kinderlieder und dann für diejenigen, die etwas älter sind, Zahlen und Sprache und Buchstabieren und für die älteren Kinder Gesellschaftskunde, Staatsbürgerkunde über unser eigenes Land – und später dann die Welt.«
»Musik. Könnt ihr Musik senden?«
»Mr. Pitt sagt, ja. Die Schüler können gemeinsam singen und Musik hören und miteinander darüber reden. Es wird ganz wunderbar werden!«
Cassie fand, es sei bereits wunderbar, wenn sie sah, wie sich diese Pläne auf Fiona auswirkten. Nicht etwa, daß Fiona ihr je anders als glücklich vorgekommen wäre, seit sie mit Blake verheiratet war, aber jetzt erschien sie Cassie irgendwie wie eine Wüstenblume, die in Blüte stand. Ihr Enthusiasmus war ansteckend und riß Cassie mit.
»Okay«, sagte Fiona lachend, »ich schätze, jetzt steige ich mal von meiner Seifenkiste runter, aber ich bin in die Stadt gekommen, weil ich deine Reaktion darauf sehen wollte.«
»Ich finde es ganz phantastisch. Wir werden tun, was wir können, um dabei zu helfen. Ich bin sicher, daß sich Horrie ebenfalls dazu bereit erklären wird.«
»Das ist gut, denn ihn werden wir brauchen. Wir werden einen Raum an die Funkerhütte anbauen müssen.«
»Und das ist auch gut so. Für das, was wir haben, werden wir allmählich zu groß. Wir brauchen raffiniertere Geräte und mehr Leute, die auf dem Stützpunkt arbeiten. Horrie schafft das alles nicht mehr allein, da wir jetzt vierundzwanzig Stunden am Tag erreichbar sind. Wir haben die Plauderstunden, und er muß Telegramme verschicken. Es gibt viel zuviel zu tun für eine einzelne Person, obwohl Betty ihn ablöst. Aber sie ist mit den Kindern beschäftigt. Und weißt du,

was?« Cassie lachte. »Sie hat die Dinge endlich selbst in die Hand genommen, und ich sage dir, sie baut eine Veranda an diese Hütte an, sie ganz allein! Sie sagt, sie hätte es satt, im Sommer dort zu schmoren, und sie hätte nicht genug Platz, und jetzt baut sie die ganze Veranda von Anfang bis Ende selbst an!«
Fiona kicherte. »Sie hat wohl nur gewartet, was? Fast neun Jahre hat sie ihm Zeit gelassen, um dieses Versprechen zu halten.«
»Sie ist klug. Statt wütend auf ihn zu werden, weil er nie dazu gekommen ist, hat sie beschlossen, daß seine Prioritäten und ihre nicht dieselben sind, und wenn sie die Veranda haben will, dann muß sie eben selbst sehen, wie sie dazu kommt.«
»Daraus könnten wir eine Lektion lernen. Aber sag, was wolltest du mir vorhin über Romla erzählen?«
Cassie beugte sich vor. »Jim Teakle hat ihr endlich einen Heiratsantrag gemacht!«
»Das wurde aber auch Zeit.«
»Weißt du, was? Aber das darfst du natürlich niemandem erzählen. Bis zu diesem Jahr hat er sie nie auch nur geküßt! Nach all den Jahren, in denen er sie zu Tanzveranstaltungen begleitet hat, mit ihr und den Kindern Picknicks veranstaltet hat, nach all diesen Montagabenden in unserem Haus ... Ich hatte es als selbstverständlich vorausgesetzt, daß sie wenigstens *so weit* miteinander gekommen wären. Er hat eine Pfadfindertruppe gegründet, und das nur, damit Terry sich ihr anschließen kann. Natürlich besucht Terry jetzt ein Internat in Adelaide, aber in den Ferien benimmt sich Jim, als gehörte Terry ihm – er nimmt ihn auf die Jagd mit und verbringt viel Zeit mit ihm, wie man es von Vätern erwarten sollte.«
»Was ist mit Roger? Hört sie noch manchmal etwas von ihm?«
Cassie schüttelte den Kopf. »Nicht oft. Er schickt den Kindern Geburtstagsgeschenke und Weihnachtsgeschenke, aber er macht sich nie die Mühe, sie persönlich zu sehen. Er ist drüben in Brisbane, und die Kinder sind in Adelaide, Pam be-

sucht inzwischen die Universität und studiert ausgerechnet Ingenieurswesen.«
Fiona setzte sich. »Wann ist der große Tag?«
Cassie zuckte die Achseln. »Ich denke, schon bald. Romla sagt, es würde *die* Hochzeit des Jahres. Ihre erste hat nur im kleinsten Kreis stattgefunden, und sie sagt, das jetzt würde der absolute Hammer. Sie ist der Meinung, daß eine Frau nicht ohne Aussteuertruhe heiraten kann. Sie ist außer sich, weil sie keine schicke Wäsche findet.«
»Du meinst wohl, sexy.«
»Richtig. Daher hat sie beschlossen, in Augusta Springs ein Geschäft für Damenwäsche zu eröffnen, wenn du dir das vorstellen kannst!«
»Wenn das ihr einziges Unternehmen wäre, würde sie daran pleite gehen. Die Frauen hier in der Gegend haben kein Geld für solche Dinge. Und außerdem, kannst du dir vorstellen, daß auch nur eine einzige der Frauen draußen auf diesen Gehöften sich etwas Exotisches anzieht, ehe sie ins Bett geht? Romla wird damit Pleite machen.«
»Ich weiß«, stimmte ihr Cassie zu. »Aber ich vermute, sie kann es sich leisten. Sie hat dem ›Royal Palms‹ zu einem solchen Erfolg verholfen, daß die Besitzer sie aufgefordert haben, als Partnerin einzusteigen, ohne jede finanzielle Beteiligung. Sie werden sogar anbauen.«
»Dann kommt das zwanzigste Jahrhundert also tatsächlich auch in unseren Teil der Welt. Aber wird sie denn jetzt, wenn sie heiratet, nicht aufhören, im Hotel zu arbeiten?«
Cassie musterte Fiona. »Warum? Sie liebt diese Arbeit.«
Fiona klang resigniert, als sie sagte: »Ach, es ist nur einfach so, daß die Arbeit und die Ehe …«
»Aber, Fi, sie findet ihre Arbeit spannend. Willst du etwa vorschlagen, sie sollte sie aufgeben und sich damit begnügen, das Haus zu putzen und zu kochen?«
Fiona schien einen Moment lang verwirrt zu sein. »Das haben wir doch schon immer getan.«
Cassie lächelte. »Sieh dir doch nur dich selbst mit deiner neu-

en Idee an. So aufgeregt habe ich dich nie erlebt, wenn es um die Haushaltsführung und das Wechseln von Windeln gegangen ist.«
»Das sind Arbeiten von der Sorte, die man aus Liebe und nicht zum Vergnügen tut.«
»Wo steht geschrieben, daß Frauen keinen Lustgewinn aus ihrer Arbeit schöpfen sollten?«
Fiona wirkte bestürzt. »Es ist doch – o Cassie, wenn ich darauf bestünde, für diese Schule der Luft zu lehren, bekäme Blake einen Anfall. Er würde es mir niemals erlauben.«
»Es dir nicht *erlauben*?« Cassies Stimme schnappte fast über. »Fiona, du bist doch nicht sein Kind!«
»Ich weiß, ich weiß. Aber schließlich ist es *mein* Job, unseren Haushalt zu führen.«
»Das ist ja auch in Ordnung«, sagte Cassie, »wenn du es so haben willst. Aber Romla ist an einen anderen Punkt in ihrem Leben gelangt. Können wir denn nicht alle verschieden voneinander sein?«
»Du kannst das leicht sagen. Du bist nicht verheiratet und für einen Mann und Kinder oder für ein großes Haus und Hausangestellte verantwortlich. Ach, du meine Güte, es tut mir leid. Ich wollte nicht … du weißt schon.«
Cassie winkte ab. »Ich vermute, manchmal beneidest du mich, und manchmal beneide ich dich. Aber laß uns auf diese Idee zurückkommen, die du dem FDS vorlegen willst. Der Bereitschaftsdienst hat sich inzwischen so sehr ausgeweitet, daß wir acht Stützpunkte im ganzen Land haben und zwölf Ärzte beschäftigen. Nächste Woche findet in Sydney ein Treffen aller statt, und ich fliege hin. Steven fliegt auch hin, und ich werde mit ihm über deine Schule der Luft reden, wobei ich allerdings finde, du könntest auch dein Scherflein dazu beitragen.«
»Das habe ich bereits getan. Steven ist hier nicht derjenige, den ich überzeugen muß, sondern die anderen Vorsitzenden.«
»Ich kann mir vorstellen, daß alles vom Geld abhängt. Ich werde Romla den Köder vorwerfen, aber sie könnte zu sehr von ihren Hochzeitsplänen in Anspruch genommen sein.«

»Erwähne es ihr gegenüber doch einfach, und dann warte, bis sie aus den Flitterwochen zurückgekommen ist, ehe du ihr damit zusetzt, Gelder aufzutreiben. Wir müssen das Fundament schaffen, und wahrscheinlich wird es noch ein Jahr dauern, bis wir soweit sind.«

»Fi, warum kommst du nicht öfter in die Stadt? Ich freue mich immer so sehr, wenn nur wir beide allein miteinander sind.«

»Da ich jetzt an diesem Projekt zu arbeiten habe, kann ich vielleicht mehrmals im Monat rüberfliegen. Das ist ein echter Luxus, da wir jetzt zwei Flugzeuge haben, wenn du den Hubschrauber mitzählst. Trotzdem glaube ich, ich kann nur dann weg sein, wenn Blake auch fort ist. Er hat mich gern um sich, wenn er zu Hause ist.«

Fiona lehnte sich auf ihrem Stuhl zurück und sah Cassie an. »Hast du dir je Gedanken darüber gemacht, wieder zu heiraten? Du hast noch dein ganzes Leben vor dir. Du bist gerade erst siebenunddreißig. Du bist noch jung.«

»Ich fühle mich nicht übermäßig alt, aber eine Ehe? Ich glaube nicht.«

»Ich habe das Gefühl, im besten Alter zu sein, in meiner Blüte zu stehen. Du bist es auch, Cassie. Teile deine Zeit mit einem wunderbaren Mann. Willst du denn keine Kinder haben?«

»Wenn ich wüßte, daß sie so wunderschön wären und sich so gut benehmen würden wie deine.« Cassie fragte sich unwillkürlich, ob Kinder von ihr und Blake so wie Fionas Kinder ausgesehen hätten.

»Du bist noch nicht zu alt, um Kinder zu bekommen, wenn du es willst. Ich wünsche mir immer wieder, über das Alter hinauszukommen, in dem ich noch Kinder kriegen kann. Ich will keine weiteren Kinder haben. Drei genügen. Sieh dich um, Cassie. Ich wette, du kannst jeden Mann haben, den du willst. Laß uns einen Ehemann für dich finden, einen Vater für deine bislang noch ungeborenen Babys.«

»Tu mir das bloß nicht an, Fi.« Cassie schüttelte den Kopf. »Und außerdem kenne ich alle Männer in der ganzen Gegend. Es ist nicht ein einziger darunter.«

»Kein einziger?«
»Nun, jedenfalls keiner, der zu haben ist.«
Vielleicht sollte sie umziehen, woanders hingehen. Eine Privatpraxis eröffnen. Neue Leute kennenlernen. Ein neues Leben beginnen. Schließlich hatte sie schon ein ganzes Jahrzehnt in Augusta Springs verbracht.
Nächste Woche würde sie sich in Sydney umsehen.

51

»Darauf habe ich mich schon gefreut«, sagte Steven, als er sich neben Cassie setzte. »Ich bekomme nie genug von dir zu sehen.«
Auch Cassie gefiel diese Vorstellung.
»Wie lange ist es her«, fragte er, als er sich anschnallte, »seit du das letzte Mal aus Augusta Springs rausgekommen bist?«
In den fast elf Jahren, die sie hier verbracht hatte, war sie nur wenige Male wirklich aus der Stadt herausgekommen. Sie war mit Blake in Kakadu gewesen. Hatte einen Monat in Adelaide verbracht, um das Fliegen zu lernen. War vor drei Jahren zum Begräbnis ihres Vaters in Sydney gewesen.
»Das war vor drei Jahren.«
»Für mich ist es noch länger her. Blake fliegt durch das ganze Land, aber ich verspüre kein Verlangen, etwas anderes als Tookaringa zu sehen. Oder wenigstens nichts, was weiter entfernt ist als Augusta Springs.«
Die Stewardeß fragte, ob es ihm nicht vielleicht lieb wäre, wenn sie seinen Stetson verstaute. Er grinste. »Ich komme mir jetzt schon vor, als hätte ich Urlaub. Ehe ich es vergesse, Fiona hat gesagt, ich soll unbedingt daran denken, es dir zu erzählen. Letzte Woche ist etwas ganz Unglaubliches passiert.«
Cassie sah sich um. Ein großes Linienflugzeug war so ganz anders als alles, was sie gewohnt war.
»Als ich das erste Mal nach Augusta Springs gekommen bin«, sagte sie, »hat mich die Reise dreieinhalb Tage gekostet. Jetzt sind es nur noch ein paar Stunden.«
Steven nickte und wollte ihr ganz offensichtlich seine Geschichte erzählen. »Fiona und ich haben letzten Mittwoch auf der Veranda gesessen. Oder war es am Donnerstag? Das spielt

keine Rolle. Wir haben vor meinem Haus gesessen und Limonade getrunken. Es war etwa vier Uhr nachmittags, und auf der Straße haben wir eine Frau mit einem langen Kleid und einer Teppichtasche auf uns zukommen sehen. Wir haben weitergeredet, aber dabei haben wir beide diese Gestalt angesehen, die immer näher gekommen ist, und wir haben uns gefragt, ob es sich um eine Fata Morgana handelt. Hitzewellen sind flimmernd aus der Erde aufgestiegen, du weißt ja, wie das ist, und wir mußten uns fragen, ob diese Gestalt wirklich da ist. Niemand kommt zu Fuß zu uns. Schon bald darauf haben wir aufgehört, miteinander zu reden, und wir haben einfach nur das angestarrt, was eine Erscheinung zu sein schien, ein Geist. Die Frau trug viktorianische Kleider und hielt einen Sonnenschirm in der Hand, der die Farbe ihres Kleides hatte, grau. Sie hatte eine hochgeschlossene weiße Rüschenbluse an und einen riesengroßen Hut auf, von der Sorte, wie man sie in den neunziger Jahren des letzten Jahrhunderts getragen haben muß. Er war unter dem Kinn zugebunden, und ich dachte, gleich schmettert sie ein Liedlein.« Er lachte. »Vielleicht wie Betty Grable in einem ihrer Filme.«

Da sie jetzt in der Luft waren, kam die Stewardeß auf sie zu und nahm ihre Bestellungen für Getränke entgegen.

»Als wir ganz sicher waren, daß sie auf uns zukam, auf die Veranda zuging, haben wir einander angesehen, und dann sind wir beide aufgestanden, sind zu den Stufen gelaufen und ihr entgegengegangen. Sie hatte blondes Haar, das sie unter ihrem Hut hochgesteckt hatte, und die blauesten Augen, die ich je gesehen habe, aber dort draußen im Busch hat sie in Kleidern, die vor mehr als fünfzig Jahren in Mode gewesen sein müssen, wahrhaft seltsam gewirkt.«

Cassie fragte sich, ob er das alles frei erfand, aber er war derart begeistert und malte ein so lebhaftes Bild, daß sie ihm glauben mußte. »Wie alt war sie?«

Steven zog die Augenbrauen hoch. »Ich schätze, Mitte Vierzig. Sie hat uns zugenickt und ein Taschentuch aus der Manschette ihres Ärmels gezogen, aus dieser langärmeligen Jacke, und

damit hat sie sich den Schweiß von der Stirn gewischt. Sie hat Fiona gefragt, ob sie Mrs. Thompson sei. Fiona hat ja gesagt und sie gefragt, ob sie vielleicht ein Glas Limonade trinken möchte. Sie hat gesagt, das klänge einfach wunderbar, und nachdem ich ihr die Tasche abgenommen hatte, ist sie uns auf die Veranda gefolgt. Wir haben dagesessen, als tränken wir Tee in einem viktorianischen Roman. Sie hatte eine so zarte und sanfte Stimme, daß man sich anstrengen mußte, um sie zu verstehen, und sie hat sich als Lucy Martin vorgestellt, gerade erst aus England eingetroffen.
Eine ganz ungeheuerliche Geschichte, Cassie. Sie hat gesagt, sie hätte die Landkarten studiert und nachgesehen, wo die Dörfer der Aborigines liegen, und drei von diesen Ansiedlungen befinden sich auf dem nördlichen Teil unseres Landes. Sie sind schon immer dort gewesen, etwa zwanzig Meilen voneinander entfernt, eine Art Dreieck. Sie wollte von uns die Erlaubnis haben, dort ein Zelt aufzubauen, weil sie dort leben will. Ihr Ziel ist es, den Aborigines etwas beizubringen, sie weiterzubilden. Kannst du dir das vorstellen?«
»Das versucht Fiona doch schon seit Jahren«, sagte Cassie.
Steven stimmte ihr zu. »Sie hatte Gott weiß wo gehört, daß Fiona sich dafür interessiert, und das war einer ihrer Gründe dafür, sich ausgerechnet unser Land auszuwählen. Sie hat gesagt, während ihres Archäologiestudiums an der Universität sei ihr Interesse an den Aborigines erwacht, die eine große Faszination auf sie ausübten. Sie hätte in all den Jahren gearbeitet und Geld gespart und unterrichtet, damit sie herkommen, unter den Eingeborenen – so nennt sie sie – leben und ihre Bräuche studieren könnte. Ist das zu fassen? Sie arbeitet schon auf dieses Ziel hin, hat sie gesagt, seit sie neunzehn Jahre alt war, doch sie hätte einen Umweg über die Ehe gemacht. Ihr Mann ist vor zwei Jahren gestorben.«
»Wie ist sie bei euch angelangt?«
»Sie hat gesagt, sie hätte den Bus genommen. Du weißt doch, er fährt jetzt etwa sieben bis acht Meilen vom Haus entfernt auf der Hauptstraße vorbei. Von dort aus ist sie gelaufen.«

Die Stewardeß brachte die Getränke. »Und? Was hat Fiona dazu gesagt?«
»Du kennst doch Fi. Sie ist einfach aufgestanden und hat die Frau umarmt. Ich habe gesagt, Fiona sollte sie im Landrover hinfahren, aber Fiona hat beschlossen, es sei vernünftiger, sie im Hubschrauber hinzubringen. Natürlich habe ich mich immer noch nicht wirklich mit diesen Wundern der Neuzeit angefreundet. Und ich mußte ihr praktische Fragen stellen wie die, woher sie ihre Vorräte beziehen will. Wie sie sich das mit dem Essen vorstellt. Sie hat gesagt, sie würde essen wie die ›Eingeborenen‹, dann, wenn sie es tun, und das, was sie zu sich nehmen, und ihr Zelt hätte sie in der Nähe der Bushaltestelle hinter einem Baum liegenlassen, weil es zu schwer und zu unhandlich sei, um es den weiten Weg zum Haus zu tragen.«
»Was ist mit ihrer Kleidung? Hat sie dafür eine Erklärung gehabt?«
Er lachte. »Fi hat sie danach gefragt. Sie hat gesagt: ›Ich habe beschlossen, wenn ich schon ein neues Leben beginne, dann sollte es mir möglich sein, mich so zu kleiden, wie ich will, und ich habe schon immer eine Affinität zum viktorianischen Zeitalter verspürt. Daher habe ich mir von einer Schneiderin zwei Kostüme anfertigen lassen, und ich fühle mich sehr wohl darin, danke für die Nachfrage, obwohl es ein wenig warm ist.‹ Fiona hat natürlich in Shorts auf der Veranda gesessen.«
Cassie lachte. »Was glaubst du wohl, was die Aborigines in ihr sehen werden?«
Steven schob die Lippen vor und verdrehte die Augen. »Wer weiß? Sie wollte unsere Hilfe nicht – sie wollte ihr neues Leben so beginnen, wie sie es sich erträumt hat. Wir haben sie allerdings dazu überreden können, zwei Tage bei uns zu bleiben, und Fiona hat ihr ein paar Bücher gegeben, ehe sie sie zu unserem nordwestlichen Quadranten gefahren hat, der, abgesehen von den Aborigines, unbewohnt ist. Etwa alle zwei bis drei Jahre lassen wir dort oben Rinder weiden, aber nicht öfter.«

»War sie dir sympathisch?«
»Sie ist exzentrisch, aber ist es nicht gerade das, was unseren Teil der Welt so interessant macht? Wie viele nette normale, angepaßte Menschen kennst du hier in der Gegend?«
Cassie nickte. »Das ist wahr. Hier ist so ziemlich jeder leicht daneben; andernfalls wären sie in den Städten oder sonst irgendwo, wo es sich leichter leben läßt, soviel steht fest. John Flynn hat einmal zu mir gesagt, er glaubte, im Busch wimmelte es von zwei Sorten von Menschen, denen, die vor etwas davonlaufen, und denen, die auf der Suche nach etwas sind.«
»Das kann gut sein.« Steven lehnte sich auf seinem Sitz zurück. »Ich hoffe, du läßt dich auf unserem großen Abenteuer in der Stadt von mir ausführen und bewirten. Darauf habe ich mich fest verlassen. Bis dahin sehe ich zu, daß ich ein Nickerchen mache.« Er schloß die Augen und schlief augenblicklich ein, einfach so.
Cassie sah zum Fenster hinaus und lächelte über die Geschichte, die er ihr gerade erzählt hatte. Eine Frau, die inmitten dieses weiten, nahezu unbevölkerten Kontinents wie eine Luftspiegelung auftauchte, in Kleidern, die seit mehr als fünfzig Jahren aus der Mode gekommen waren.

Abgesehen von dem erfreulichsten Erlebnis – dem, die Geistesverwandtschaft mit John Flynn aufzufrischen – brachte dieses dreitägige Treffen Cassie zahlreiche Anregungen. Jeder der Stützpunkte war durch einen Arzt und einen Berater vertreten, und sie unterhielten sich über die Möglichkeiten, wie sie an Geld kommen konnten, und über neue Techniken, die das Leistungsvermögen steigerten. Außerdem diskutierten sie über landesweite Vorgehensweisen, die dennoch jeder Abteilung die Autonomie ließen.
Cassie und die Beraterin aus Südaustralien waren die beiden einzigen anwesenden Frauen. Im Unterschied zu ihren lange zurückliegenden Erfahrungen während des Medizinstudiums und ihrer Ausbildung im Krankenhaus wurde Cassie nun jedoch von ihren Kollegen mit Respekt behandelt. Sie

stand schon länger als jeder andere Arzt im Dienst der Fliegenden Ärzte, mit Ausnahme von Allan Vickers, der bereits zu einer Legende geworden war.
Sie freute sich darüber, Don McLeod dort zu treffen. Er erklärte: »John hat mich gebeten mitzumischen. Ich bin zwar kein Wanderprediger mehr, kein Padre, der durch die Lande zieht, aber es gelingt mir dennoch, ab und zu auf Stützpunkten vorbeizuschauen und den drei anderen Padres draußen im Busch Informationen zu liefern. Der Stützpunkt in Alice ist natürlich zentral gelegen, obwohl er tausend Meilen weit vom Nichts umgeben ist. Außerdem ist er im Moment der einzige im nördlichen Territorium. Darwin hat seinen eigenen Ambulanzdienst. Ich weiß natürlich, daß ihr für Noteinsätze ab und zu in die Gegend rausfliegt. Es scheint nicht so, als würde unsere Bevölkerung jemals groß genug, um einen Staat zu gründen.«
»Das kann ich einfach nicht glauben. Sieh dir doch nur an, wie die Leute in Südaustralien und in Queensland in den Busch ziehen. Ich glaube, die Gegend wird sich langsam füllen. In zwanzig Jahren ist das Territorium bestimmt so weit bevölkert, daß es ein eigener Staat wird.«
Don schüttelte den Kopf. »Der Wassermangel wird zweifellos eine Bevölkerungszunahme verhindern. Außerdem kann die Schwüle oben in Darwin, Kakadu und Arnhem Land monatelang im Jahr unerträglich sein. Während der Regenzeit kann sie die Bewohner dieser Gegenden von Januar bis März durchgehend in einen komaähnlichen Zustand versetzen.«
»Das habe ich schon gehört. Jedenfalls begeistert es mich, daß du immer noch bei uns mitmachst. Das hast du in deinen Briefen nie erwähnt. Wie geht es deiner größer werdenden Familie?« Er schrieb jetzt nicht mehr wöchentlich, brachte es aber immer noch fertig, wenigstens einmal im Monat eine kurze Nachricht zu verfassen, wenngleich er darin auch nicht mehr über die Einzelheiten seines eigenen Lebens berichtete.
»Sie wird sogar noch größer werden«, sagte er grinsend. »Nummer vier ist unterwegs.«

»Meine Güte, du gibst mir das Gefühl, alt zu sein.«
Don legte einen Arm um sie und küßte sie auf die Wange. »Möchtest du, daß ich einen Ehemann für dich finde?« fragte er, und es war nur zum Teil ein Scherz.
»Nein, danke. Ich bin wirklich glücklich mit dem, was ich habe.« Aber sie war sich einer inneren Unruhe bewußt und rief sich ins Gedächtnis zurück, daß sie sich in Sydney umschauen und sehen wollte, ob es ihr dort gut genug gefiel, um aus Augusta Springs fortzugehen.
Es gefiel ihr. Tatsächlich verliebte sie sich noch einmal ganz von neuem in Sydney, und ihr fiel wieder ein, daß sie, wo immer sie auch gelebt hatte – in San Francisco, London, Washington –, das Haus ihrer Großeltern in Sydney als ihre eigentliche Heimat angesehen hatte. Das alte Haus bot einen Ausblick auf den Hafen flußaufwärts von Sydney, und sie sagte Steven, daß sie es ansehen wollte.
Sie sahen sich das alte Haus nicht nur an, das frisch gestrichen und so reizvoll anzusehen war, wie Cassie es in Erinnerung hatte, sondern sie klopften auch an die Tür. Cassie erklärte den Besitzern, sie hätte einen großen Teil ihrer Jugend hier verbracht, und sie fragte, ob sie sich noch einmal in dem Haus umsehen dürfe. Die Besitzer des Hauses luden sie und Steven zum Tee ein.
Steven, Don und Cassie nahmen die Fähre durch den Hafen und verbrachten einen Nachmittag im Zoo. Am Tag nachdem die Konferenz beendet war, nahmen Steven und sie noch einmal die Fähre, diesmal nach Manly rüber, um dort eine Stunde am Strand spazierenzugehen.
»Laßt uns etwas anstellen«, sagte Steven, und Cassie schlug vor, einen Nachtklub in King's Cross zu besuchen, und dort fragte sie: »Glaubt ihr wirklich, das sind Prostituierte?« Zwei junge Frauen in kurzen, engen Röcken lehnten an einem Laternenpfahl und lächelten die Männer an, die vorübergingen.
»Ich glaube, ja«, sagte Steven. »Ich wußte nicht, daß anständige junge Frauen über solche Dinge Bescheid wissen.«
Sie sah ihn an. »Ich hoffe, das soll ein Witz sein. Glaubst du,

bloß weil wir Frauen sind, wissen wir nichts über die Kehrseite des Lebens?«
Der Nachtklub war keineswegs verrucht, doch dort ging es lauter zu, und ihnen bot sich ein farbenprächtiges Bild, da sie dort mehr Menschen sahen, die sich unglaublich zurechtgemacht hatten, als man es in Augusta Springs je zu sehen bekommen hatte. Cassie und Steven tanzten zu einer Kapelle, die so laut spielte, daß sie sich beim Tanzen nicht miteinander unterhalten konnten, und sie tranken Scotch mit Eis und lachten viel.
In ihrem Hotelzimmer schlug Steven vor: »Treffen wir uns zum Frühstück, ehe das Flugzeug losfliegt. Um sieben Uhr unten im Restaurant.«
Als Cassie am nächsten Morgen erschien, sagte er: »Ich kann mich nicht erinnern, wann ich je größeren Spaß an etwas gehabt hätte. Ich habe letzte Nacht kein Auge zugemacht, Cassie. Warum heiratest du mich nicht? Wir könnten gemeinsam ein wunderbares Leben führen. Ich glaube, im Lauf der Jahre habe ich mich stückchenweise immer mehr in dich verliebt. Du gibst mir so sehr das Gefühl, lebendig zu sein. Zieh zu mir nach Tookaringa.«
Cassie war entgeistert. »Steven, laß uns nicht eine rundum wunderbare Freundschaft kaputtmachen. Ich habe dich schrecklich gern. Du bist einer meiner liebsten Freunde, jemand, auf den ich mich verlassen kann und aus dem ich mir eine ganze Menge mache. Aber ich bin nicht in dich verliebt. Trotzdem möchte ich dich in meinem Leben haben. Ich kann mir ein Leben ohne Steven Thompson nicht vorstellen.«
»Das hatte ich gefürchtet. Ich weiß, ich weiß, ich bin fünfundzwanzig Jahre älter als du. Ich dachte nur … nachdem Chris jetzt, also, du könntest vielleicht …«
»Es würde mich auch nicht zufriedenstellen, auf Tookaringa zu leben, Steven. Ich würde mich dort eingesperrt fühlen, und du könntest es nicht ertragen, eine Frau zu haben, die weiterhin arbeiten will, die ohne jede Vorwarnung losfliegen will,

die nicht das geringste Interesse daran hat, einen Haushalt zu führen …«

In seinem Lächeln drückte sich eine Spur von Bedauern aus. »Schon gut, du hast ja recht. Ich dachte nur, inzwischen wärst du vielleicht soweit, zur Ruhe zu kommen.«

»Ich kann mir nicht vorstellen, daß ich jemals an diesen Punkt kommen werde.« Sie erinnerte sich wieder daran, daß Jennifer aufgehört hatte zu malen, als die Gefahr bestanden hatte, sie könnte berühmter werden als er.

Als das Flugzeug zur Landung in Augusta Springs ansetzte, erkannte Cassie, daß sie ganz vergessen hatte, sich genauer damit zu befassen, ob sie vielleicht nach Sydney ziehen wollte oder nicht.

Sie vermutete, das allein sei schon Antwort genug.

52

»Wie er mich in der letzten Woche angeschrien hat! Er hat sich benommen, als würde er mich nicht erkennen, und die Suppe, die ich ihm gekocht habe, hat er quer durchs Zimmer geschleudert! Das mache ich wirklich nicht länger mit, und ich denke auch gar nicht daran, mich von seinem Zittern davon abhalten zu lassen, dieses Flugzeug zu erwischen«, sagte Olivia.

»Er hat Malaria, Liv«, sagte Cassie. »Malariapatienten benehmen sich nun mal bizarr.«

»Das kann man wohl sagen! Er wirkt, als sei er betrunken. Er singt Bruchstücke von Liedern und bricht dann in Tränen aus. Er flucht – Worte, die ich absolut noch nie aus seinem Mund gehört habe.«

Cassie nickte. »Das ist typisch. Menschen, die Malaria haben, sind stundenlang total in Ordnung, und dann bekommen sie Schweißausbrüche und Schüttelfrost. Sie delirieren, sie haben Halluzinationen …«

»Ja, er hat immer wieder Dinge gesehen, die gar nicht da waren.«

»Oft setzen sie sich gegen diejenigen zur Wehr, die sie pflegen wollen.«

»Aber nicht gegen mich!«

Von Koffern umgeben, zog Olivia ihre weißen Handschuhe an und nickte ihren beiden Kindern zu. »Ich gehe dahin zurück, wo Leute sich Handschuhe anziehen, wenn sie etwas Angenehmes vorhaben und aus dem Haus gehen. Ich gehe dahin, wo es jede Menge Gras und Bäume gibt, die im Winter ihr Laub verlieren, wo sich Nebelschwaden über die Heide wälzen …« Ihre Stimme war schrill. »An Malaria stirbt man doch nicht, oder?«

»Im allgemeinen nicht.«
»Ich weiß nicht, warum er sich das gerade jetzt zuziehen mußte. Bloß, damit ich hierbleibe? Man sollte meinen, das sei ihm egal. Ihr seid ständig in eurem verdammten Flugzeug unterwegs. Vorher war es schon schlimm genug, aber seit es mit QANTAS aus und vorbei ist und Sam direkt beim FDS eingestellt ist, könnte man meinen, es sei *sein* Flugzeug.«
»Das ist es doch auch.«
Es war ein wunderschöner Mark, ein dreimotoriger Drover, der, verglichen mit dem, was sie vorher gehabt hatten, trotz seiner Mängel traumhaft flog. Er kam dem perfekten Flugzeug für die Fliegenden Ärzte so nahe wie nur irgend möglich: Er hatte einen Funkkompaß, der die Funkgeräte von Gehöften in einer Entfernung von Hunderten von Meilen auffangen konnte; sie bekamen automatisch mitgeteilt, wie sich das Gehöft geographisch zu dem Ziel verhielt, das sie gerade anflogen; und er ließ sich unter der kritischen Geschwindigkeit wunderbar kontrollieren. Dagegen fehlte es ihm an Stabilität, und wenn man nicht aufpaßte, trieb er allzu gern nach allen Richtungen ab. Man konnte keine Zeitung lesen oder viel Bürokram erledigen, weil man fürchten mußte, daß das Flugzeug einfach umkehrte und wieder nach Hause flog. Es war zu schwer für die kleinen Motoren, aber zumindest verschlangen sie nicht viel Treibstoff.
Aber abgesehen davon, daß man es ständig im Auge behalten mußte, bereitete es Sam und Cassie viel Freude, vor allem nachdem sie sich so lange mit dem alten Flugzeug hatten begnügen müssen.
»Dir ist das doch alles nur so wichtig, weil du nichts anderes hast. Keinen Mann, keine Kinder, niemanden. Sam dagegen hat eine Familie. Ich habe ihm gesagt, er soll wieder zu QANTAS gehen und lange Überseestrecken fliegen, denn dann könnten wir in einem Vorort von Sydney leben und Konzerte besuchen und ins Kino gehen, und die Kinder wären etwas anderem ausgesetzt als nur Pferden und Sand und dieser gräßlichen Provinzialität.«

Im Lauf der Jahre hatte Cassie etliche andere Menschen – ausnahmslos Frauen – so reden hören. Sie fand das komisch ... sie war in drei der kultiviertesten Städte auf Erden aufgewachsen, und doch spielte sich für sie das eigentliche Leben hier ab. In einer Kleinstadt mochte zwar jeder zu gut über den anderen Bescheid wissen, aber die Leute waren nett. Das hier war nicht nur der Mittelpunkt des Kontinents, es war auch der Mittelpunkt ihres Lebens.

Olivia, die auf und ab gelaufen war, blieb jetzt stehen und sah Cassie an. »Erzähl mir mehr über Malaria.« Sie warf einen Blick auf ihre Armbanduhr.

»Sie wird durch winzig kleine, einzellige Parasiten hervorgerufen, die durch die Fiebermücke von einem Menschen auf den anderen übertragen werden.«

Olivia machte einen ungeduldigen Eindruck. »Würdest du das vielleicht in klare Worte fassen?«

»Nun, es war die größte aller medizinischen Plagen des Krieges. Männer, die keine Immunkräfte aufgebaut hatten, sind in tropische Gebiete gekommen, und Tausende von ihnen haben sich mit Malaria infiziert.«

»Und wie hat Sam sie sich geholt?«

»Ich habe keine Ahnung, aber wir fliegen oft in tropische Gegenden. Unter den Aborigines ist Malaria weit verbreitet. Sie überstehen ihren Alltag anscheinend ohne alle Schwierigkeiten, und das, obwohl eine große Anzahl von Parasiten in ihrem Blut umgeht. Sie haben nicht viel Energie, aber sie verbringen ihr ganzes Leben so, ohne sich je darüber bewußt zu werden, daß sie infiziert sind. Manchmal handelt es sich bei dem, was wir für Faulheit halten, nur um die Auswirkungen der Malaria. Da die Weißen jedoch keine Immunkräfte besitzen, können sie ernstlich erkranken, wenn sie nur sehr wenige Parasiten in ihrem Blutkreislauf haben.«

Olivia verzog das Gesicht. »Diese kleinen Dinger kriechen in Sams Blut herum? Ist das ansteckend?«

»Nein. Man kann sie nur durch einen Moskitostich bekommen. Und anfangs zeigen sich keinerlei Symptome. Weißt du noch, als Sam ständig über Kopfschmerzen geklagt hat? Nun, eine Woche bis einen Monat vorher könnte ihn ein Moskito gestochen haben. Was wir jetzt sehen, ist die typische manische Phase, die dann folgt. Krämpfe, plötzlicher Schüttelfrost, gefolgt von hohem Fieber und schnellem Atem, dann Schweißausbrüche, die von sinkender Temperatur begleitet werden, Halluzinationen …«

»Und dann ist es vorbei?«

»Nicht zwangsläufig. Er kann dieselben Symptome wieder bekommen, wenn im Abstand von jeweils zwei bis drei Tagen weitere Plasmodien in den Blutkreislauf freigesetzt werden. Ich werde ihn ins Krankenhaus bringen, damit er rund um die Uhr Pflege hat. Er wird schwitzen, und daher werden die Krankenschwestern mehrfach täglich sein Bett frisch beziehen müssen. Wahrscheinlich müssen wir ihn in seiner körperlichen Bewegungsfreiheit einschränken, damit er sich nicht selbst verletzen kann.«

»Warum ausgerechnet Sam? Und warum ausgerechnet jetzt?« Cassie starrte Sams Frau ungläubig an.

Liv zündete sich eine Zigarette an und blies Cassie Rauch ins Gesicht. »Wo bleibt bloß dieses Taxi? Kinder – stellt euch auf die Veranda und ruft, wenn ihr ein Taxi um die Ecke kommen seht. Das sieht Sam ähnlich – krank zu werden, damit ich ein Taxi nehmen muß.«

Cassie war darauf vorbereitet gewesen, ihr mehr über die Krankheit zu erzählen, die in ihrem Mann wütete, aber Liv interessierte sich offenkundig nicht dafür.

»Dann ist es also wahrscheinlich, daß es zu wiederholten Anfällen kommen wird«, sagte Liv. »Soll das etwa heißen, *sein ganzes Leben lang*?«

»Wenn man sich einen besonders gefährlichen Typus zuzieht – es gibt vier Malaria-Typen , die den Menschen befallen –, dann werden sämtliche Organismen gleichzeitig von der Leber freigesetzt, und die Krankheit beschränkt sich auf einen einzigen Ausbruch, aber der ist außerordentlich schlimm.«

»Und woher weiß man, welche Sorte welche ist?«

Cassie hatte das Gefühl, daß Liv ihr noch nicht einmal zuhörte. »Wir wissen es nicht. Aber wenn man einen Fall von Malaria nicht behandelt, kann es über Jahre und Jahre immer wieder zu Anfällen kommen. Natürlich baut der Patient langsam Widerstandskräfte auf, und es wird immer weniger häufig zu Anfällen kommen, aber sie können bis zu einem Zeitraum von vierzig Jahren immer wieder auftreten, jeweils für zwei bis drei Tage.«

»Na, das ist ja prima.«

Für dich oder für Sam? hätte Cassie gern gefragt.

»Und was kann man dagegen tun?«

Cassie zuckte die Achseln. »Chinin, und ich bin noch nicht einmal sicher, ob das viel hilft. Vielleicht vorübergehend, aber nicht langfristig gesehen. Bei Kindern wirkt sich hohes Fieber manchmal schädlich auf das Gehirn aus und führt zu Ohnmachtsanfällen oder Krämpfen. Forscher arbeiten an wirksameren Methoden, aber bisher gibt es nichts Besseres als Chinin oder Atebrin. Wir können von Glück sagen, daß Sam das Stadium der Schweißausbrüche erreicht hat. Das heißt, daß er sowohl den Schüttelfrost als auch das hohe Fieber hinter sich gebracht hat und auf dem Weg der Besserung ist.«

»Also, die beiden letzten Tage waren nicht gerade besonders erfreulich. Dieses ewige Gestöhne, während ich versucht habe zu packen!«

Die Kinder schrien: »Ma, das Taxi ist da!«

In Windeseile begannen Liv und die Kinder, Gepäckstücke auf die Veranda zu zerren. Der Taxifahrer öffnete das Fliegengitter und sagte: »He, überlassen Sie das ruhig mir.«

Olivia ging noch nicht einmal ins Schlafzimmer, um sich von Sam zu verabschieden.

Als Cassie hinging, um nach ihm zu sehen, lag er mit geschlossenen Augen und Schweißperlen auf der Stirn da. Sie setzte sich auf seine Bettkante, und er schlug die Augen auf.

»Ich werde dich ins Krankenhaus bringen, Sam.«

»Muß das sein?« Sie konnte ihn kaum hören.

Sie nickte. »Du brauchst ein paar Tage lang ständige Pflege.«

In den nächsten drei Wochen wechselten sich bei Sam in Abständen von achtundvierzig Stunden Schweißausbrüche mit Schüttelfrost und einem Schwächegefühl ab, das weitere achtundvierzig Stunden anhielt. Die Anfälle kamen so regelmäßig, daß man die Uhr danach hätte stellen können, und sie führten dazu, daß er gut fünfzehn Kilo abnahm. Cassie saß jeden Abend bei ihm.

Als die Anfälle vorübergingen, war er so schwach, daß er sich kaum auf den Beinen halten konnte, doch er fragte: »Wann kannst du mich hier rausholen?«

»Ich würde dich jetzt rauslassen, wenn Liv zu Hause wäre und sich um dich kümmern könnte.«

Er sah sie an.

»Okay«, sagte Cassie lächelnd. »Glaubst du, man wird in der ganzen Stadt über uns reden? Ich hole dich zu mir nach Hause, aber du mußt mir versprechen, nichts zu tun und nirgends hinzugehen, wenn ich mit dem Flugzeug unterwegs bin.«

Er grinste matt. »Das ist wahrscheinlich das beste Angebot, das ich bekommen kann. Ich würde es dir hoch anrechnen, Doc. Hier drehe ich noch durch. Und außerdem bist du eine bessere Köchin, als Liv es je war.«

»Ich werde mir etwas einfallen lassen müssen, damit du wieder Fleisch auf die Rippen kriegst. Du wirkst so knochig wie damals, als ich dich kennengelernt habe.«

»Also, ich fand dich damals auch nicht gerade toll.«

Cassie hatte Sams Gesellschaft bei den Sprechstunden vermißt; zum Glück war kein einziger Notfall aufgetreten, mit dem sie nicht allein zurechtgekommen wäre. Und sie stellte fest, daß sie rundum zufrieden war und sich den ganzen Tag lang darauf freute, am Abend nach Hause zurückzukommen. Zum ersten Mal seit dem Tod von Chris machte es ihr Spaß, Mahlzeiten zu planen und gelegentlich auf Kochbücher zurückzugreifen, um etwas ganz Besonderes zuzubereiten.

Sam interessierte sich bis in alle Einzelheiten für ihren Arbeitsalltag. Er wollte alles über die Krankheiten wissen, die sie behandelt hatte, er wollte hören, wie es auf jedem einzelnen der Gehöfte stand, und er genoß es, daß man sich allgemein so sehr um ihn sorgte. Er erinnerte sie daran, das Flugzeug täglich zu überprüfen, obwohl sie jetzt einen Wartungsmechaniker hatten; der Pilot brauchte nichts anderes mehr zu tun, nur noch zu fliegen.

An den Nachmittagen lag er auf dem Liegestuhl auf Cassies Veranda und hielt hof; es schien, als suchte ihn die gesamte Bevölkerung von Augusta Springs irgendwann im Lauf der Woche auf. Manchmal brauchte Cassie überhaupt nicht zu kochen und stellte fest, daß sie enttäuscht war, wenn sie die Suppentöpfe und Kasserollen, die Pasteten, die Kuchen und die Blumensträuße vorfand, die für Sam abgegeben worden waren.

»Ich fühle mich majestätisch«, sagte er fröhlich.

Allmählich gewann er sein Gewicht und seine Energie wieder zurück, aber es war ein langsamer Prozeß. Selbst als es schon so schien, als sei er vollständig genesen, mußte er immer noch feststellen, daß er nicht die Energie aufbrachte, auch nur die Hälfte dessen zu tun, was er vorher getan hatte.

Beide genossen die langen Abende, an denen sie auf der Veranda saßen. Erst nach neun Uhr, wenn die Besucher gegangen waren, begannen sie, über Dinge zu reden, von denen sie in all ihren gemeinsamen Jahren nie geredet hatten.

»Weißt du, was mich an diesem ganzen Krieg am meisten überrascht hat?« fragte Sam eines Abends.

Cassie, die den Kopf an ein Kissen gelehnt und die Augen geschlossen hatte, schüttelte den Kopf. »Nein, natürlich nicht.«

»Du.«

Sie schlug die Augen auf und warf im Dunkeln einen Blick auf seine Silhouette. »Was hatte ich denn mit dem Krieg zu tun?«

»Ich habe mich dabei ertappt, daß ich an dich dachte, und darauf war ich nicht gefaßt. Zum Teufel, in der Zeit habe ich in dir noch nicht einmal eine Frau gesehen, und trotzdem hast du mir gefehlt.«

»Oh«, sagte sie und merkte, daß sie sich freute. »Was du vermißt hast, war unser Arbeitsalltag. Wir haben das immer so gut miteinander hingekriegt. Ich habe in dir auch nie einen Mann gesehen. Ich meine, nicht in der Form jedenfalls. Du weißt schon, was ich meine.« Warum empfand sie ihn dann heute anders, fragte sie sich.

Sam schwieg.

Er stand auf und ging ins Freie. Er setzte sich auf die Stufen und blickte zu den Sternen auf. »Komm raus. Diese Sterne mußt du gesehen haben. Das Kreuz des Südens ist klarer zu erkennen, als ich es je gesehen habe.«

Cassie rührte sich nicht vom Fleck. Sie hatte die Vorahnung, daß eine krasse Veränderung jeden Moment bevorstand, und sie wollte nicht, daß sich zwischen Sam und ihr etwas änderte. »Sam, du bist eine der wenigen Konstanten in meinem Leben.«

Er schaute immer noch zum Himmel auf. »Soll das heißen, du kannst nicht rauskommen und dir die Sterne ansehen?«

»Du bist einfach nur einsam, weil Liv fort ist.«

Er seufzte. »Cassie, in meinem Zusammenleben mit Liv bin ich einsamer gewesen, als ich es allein je war.«

»Warum hast du sie dann geheiratet?«

»Aus einem ganz dummen Grund. Ich habe es dir schon einmal gesagt. Sie war das erste Mädchen, das mir unter die Augen gekommen ist, nachdem ich deinen Brief erhalten habe, in dem stand, daß du Chris geheiratet hast.«

»Als du fortgegangen bist, hast du geglaubt, ich würde Blake heiraten.«

»Das ist wahr.« Er schwieg eine Zeitlang. »Und damals hat mir das nichts ausgemacht. Es hat erst angefangen, mich zu stören, als ich in England war, aber ich habe es akzeptiert. Ich war ein Idiot, weil mir nicht eher klargeworden ist, was ich für dich empfinde, aber deine verdammte Selbständigkeit, dein Können, dein vorlautes Mundwerk und deine nüchterne

Art haben mich abgeschreckt. Erst als ich im Krieg war, habe ich begonnen, hinter all das zu schauen. Ich habe mir selbst einen Arschtritt gegeben, aber dann habe ich mir ausgerechnet, daß ich gegen jemanden wie Blake Thompson ohnehin nie eine Chance gehabt hätte. Damals war ich noch nicht soweit für jemanden wie dich. Ich war jung, und ich habe geglaubt, an einem Mädchen sei nur wichtig, wie hübsch es ist und wie weich es sich anfühlt. Du hast gut ausgesehen, aber weich warst du wahrhaftig nicht. Aber als ich deinen Brief bekommen habe, in dem stand, du hättest nicht etwa Blake, sondern Chris geheiratet – weißt du, was ich daraufhin getan habe?« Er lachte. »Ich habe es dir nie gesagt, oder doch? Ich habe mit der Faust voll durch eine Fensterscheibe geschlagen. Das Glas ist zersplittert, und die Hand hätte ich mir auch fast gebrochen. Das war eine ganz schöne Sauerei.«

Cassie starrte den dunklen Schatten an, der Sam war. »Nein«, sagte sie, und ihre Stimme war kaum mehr als ein Flüstern. »Das hast du mir nie erzählt.«

»Es ist schon in Ordnung. Das gehört der Vergangenheit an. Damals war ich ohnehin noch nicht soweit. Ich fand immer noch, Frauen sollten zu Hause bleiben und kochen und Babys bekommen und in jedem Punkt meiner Meinung sein.«

»Hast du nicht all das bei Liv gehabt?«

»Doch, allerdings. Nur hat sie zu diesem Land nicht ja gesagt, das ich liebe. Und ich mußte feststellen, daß ich mich fast zu Tode gelangweilt habe. Natürlich interessiert sie sich nicht im geringsten für all die Leute, die wir draußen im Busch sehen. Ihr ist vollkommen egal, was wir den ganzen Tag über tun. Sie bringt kein Mitgefühl für die Notlagen auf, sorgt sich nicht um die Dinge, die wir beide, du und ich, so aufregend und so lohnend finden. Nein, Cassie, ich bin nicht einsam, weil Liv nicht hier ist. Was mir fehlt, ist etwas ganz anderes.«

Cassie stand auf und verließ den vergitterten Bereich der Veranda, um sich neben Sam zu setzen. Sie nahm seine Hand. »Es tut mir leid, Sam. Ich weiß, daß auch das, was du gerade körperlich durchgemacht hast, Niedergeschlagenheit hervorruft. Weißt du, es gibt niemanden, dessen Glück mir mehr am Herzen liegt. Du bist mein bester Freund geworden.«

Er drückte ihre Hand. »Komisch, findest du nicht auch? Die Wege, die unser Leben schlägt. Wenn du dein Leben noch einmal von vorn leben müßtest, was würdest du ändern?«

Cassie seufzte. Sie dachte einen Moment lang nach. »Ich wäre nicht vor all diesen Jahren mit Blake nach Kakadu gefahren.«

»Ah, dann hast du also doch unter einem gebrochenen Herzen gelitten. Ich habe mich in all den Jahren immer wieder gefragt, wer von euch sich von wem verabschiedet hat.«

»Niemand hat sich verabschiedet, mit keinem Wort.«

»Dann war es ein Schock für dich, daß er sich mit Fiona zusammengetan hat, was?«

Sie nickte. »Fiona hat nie gewußt, daß sie den Mann geheiratet hat, den ich geliebt habe.«

»Ist es denn jetzt Vergangenheit?«

»Meinst du nicht, Liebe sollte gegenseitig sein, weil sie sonst zum reinsten Masochismus wird? Blake und ich haben so viele Jahre nichts mehr miteinander unternommen, was uns verbindet, daß ich mich manchmal frage, wie ich überhaupt noch mit ihm reden kann.«

Plötzlich wandte sich Sam zu ihr um, und sie konnte in der Dunkelheit das Weiß seiner Augäpfel sehen. »Das ist es also?« Er schlug sich mit der flachen Hand vor die Stirn. »Und ich habe in all der Zeit geglaubt ... Cassie, du hast Chris geheiratet, als du herausgefunden hast, daß Fiona Blake geheiratet hat. Das stimmt doch, oder nicht?«

»Es schien mir das einzig Richtige zu sein.«

»O Cassie, meine gute Cassie, und ich habe noch nicht einmal gewußt, wie sehr du gelitten hast.« Er streckte einen Arm aus, legte ihn um ihre Schultern und zog sie eng an sich. »Dann hast du also auch nie die wirkliche Erfüllung erlebt?«

»Mein Gott, das klingt wirklich, als seien wir tragische Gestalten, stimmt's? Aber ich bin nicht unglücklich, Sam.«

»Ich wünschte, ich könnte von mir dasselbe sagen. Ich habe das Gefühl, in der Falle zu sitzen. Ich weiß genau, was ich will, aber ich kann die Hände nicht danach ausstrecken. Glaubst du an diese alten Hüte? Pflichtbewußtsein. Ehre.«

»Ich weiß selbst nicht, woran ich glaube. Ich finde, man sollte niemandem weh tun, wenn es sich verhindern läßt, und doch ist es auch nicht richtig, sich für das Glück eines anderen zu opfern. Du denkst an Liv, stimmt's? Und an die Kinder.«

»Ja, selbstverständlich.«

Sie saßen da und starrten in die Dunkelheit hinaus. Sams Arm lag immer noch um ihre Schultern. Schließlich sagte sie: »Jetzt, in diesem Augenblick, bin ich glücklich, Sam.«

»Ich bin es auch. Aber jetzt sage ich dir eins. Ich glaube, ich gehe jetzt nach Hause.«

Sie setzte sich mit einem Ruck aufrecht hin. »Um diese Tageszeit? Sam, es ist kurz vor Mitternacht. Warte doch wenigstens noch bis morgen.«

Er stand auf. »Nee. Ich gehe jetzt, jetzt sofort. Ich gehe zu Fuß – ich will nicht von dir heimgefahren werden. Laß mir drei Tage Zeit für mich allein, und dann kann ich hoffentlich wieder rausfliegen. Ich werde immer unruhiger.«

»Das ist einfach albern«, sagte sie.

»Niemand kann behaupten, ich hätte nicht eine ganze Menge Dummheiten in meinem Leben begangen. Das Abendessen hat gut geschmeckt, Cassie. Ich könnte mich daran gewöhnen, von dir bekocht zu werden. Und ich rechne dir deine Gastfreundschaft hoch an, aber jetzt ist es an der Zeit zu gehen.«

Als sie ihm nachsah, wie er über den Weg lief und in der Nacht verschwand, fiel ihr auf, daß er sie den ganzen Abend über kein einziges Mal Doc genannt hatte. Sie stand auf den Stufen und schlang die Arme um sich, da ihr die Nacht plötzlich kühl erschien. Sie starrte noch lange, nachdem Sam schon verschwunden war, in die Dunkelheit hinaus. Zum ersten Mal seit langer Zeit fühlte sie sich sehr einsam. Zu ihrem Erstaunen stellte sie fest, daß eine Träne über ihre Wange rann.

53

Sie konnte nicht schlafen. Nun, das stimmte nicht ganz. Sie schlief ohne größere Schwierigkeiten ein, wurde aber um zwei Uhr wach und wälzte sich bis nach vier unruhig herum. Sam. Cassie hatte Sam in all den Jahren, die sie ihn jetzt schon kannte, als eine Selbstverständlichkeit hingenommen. Wie lange war es jetzt schon, zehn Jahre? Nein, elf. Sechs davon war er fort gewesen, aber seit vier Jahren war er wieder da, und seitdem hatte sie ihn an so ziemlich jedem einzelnen Tag ihres Lebens gesehen.

In ihrer Arbeit waren sie phantastisch aufeinander eingespielt. Jeder von beiden brauchte den anderen nur anzusehen und wußte, was er als nächstes tun würde und was gebraucht wurde. Da sie inzwischen selbst Flugzeuge gesteuert hatte, brauchte Cassie nur einen Blick auf das Wetter zu werfen, auf das Terrain unter ihnen oder auf die Wolken am Horizont, und schon wußte sie, was Sam tun würde. Nicht etwa, daß sie je dasselbe getan hätte, aber sie wußte, was Sam tun würde.

Sam brachte sie zum Lachen. Sam tröstete sie. Sam sorgte dafür, daß sie mit den Leuten in Verbindung blieb. Während sie Wunden verband oder Untersuchungen durchführte, stand er mit einer Gruppe von Leuten zusammen und fand heraus, was sich abspielte. Er war derjenige, der ihr berichtete, was für ein großer Erfolg die Schule der Luft war, und er war derjenige, der die Post abholte und neue Lektionen in den Busch brachte, und manchmal redete er mit den Kindern über den Unterrichtsstoff. Oft versammelte er scharenweise Menschen um sich, und Cassie konnte hören, wie er ihnen mit lebhaften Gesten den letzten Film erzählte, den er sich angesehen hatte. Vor einem Jahr hatte er sich eine alte Gitarre gekauft und sich das Spielen selbst beigebracht. Er bewahrte die Gitarre im Flugzeug auf, und wenn sich eine Horde Kinder um ihn drängte, holte er sie heraus, sang ihnen Lieder vor und brachte ihnen den Text bei. Nach ein paar Monaten sangen die Kinder mit, wenn er spielte, und sie erwarteten ihn schon, wenn das Flugzeug zu Sprechstunden eintraf. »Liv kann es nicht ausstehen, wenn ich singe«, hatte er zu Cassie gesagt. »Daher bin ich auf ein gebanntes Publikum andernorts angewiesen.« Er würde es zwar nie schaffen, in einem Nachtklub aufzutreten, doch Cassie fand, er hätte eine gute Stimme, und sie hörte ihm gern zu, wenn er sang. Sie stellte fest, daß sie sich schon entspannte, wenn er die Gitarre nur stimmte und vor sich hinsummte.

Er hatte Cassie gebeten, ihm beizubringen, wie man Impfungen machte, und diese Pflicht nahm er ihr ab, während sie sich um Fälle kümmerte, die niemand sonst behandeln konnte. Er war ständig auf der Suche nach Hilfskräften, von denen er wußte, daß sie auf ganz bestimmten Gehöften gebraucht wurden: Hauslehrerinnen, jungen Viehtreibern, Köchen, Buchhaltern und in der letzten Zeit auch Piloten, obwohl die meisten Verwalter und Besitzer von Gehöften es lernten, ihre einmotorigen Flugzeuge oder ihre Hubschrauber selbst zu steuern. Diese Revolution hatte Blake in jenem Landesteil begonnen.

Sam gehörte so selbstverständlich zu Cassies Alltag wie das Atmen. Aber um zwei Uhr morgens fiel ihr auf, daß sie ihn nie richtig betrachtet hatte. Sie war nie mit ihm ins Kino gegangen. Sie hatte nie mit seiner Frau und ihm zu Abend gegessen. Zwar hatte sie vor dem Krieg viele Mahlzeiten mit Sam gemeinsam eingenommen, doch sie konnte sich nicht erinnern, je mit Liv und ihm zu Abend gegessen zu haben, wenn man das große Einweihungsfest draußen auf Tookaringa nicht mitrechnete.

Er hatte zu ihr gesagt: »Ich habe sie geheiratet, weil du Chris geheiratet hast.« Aber es hatte nie die Möglichkeit bestanden, daß sich zwischen ihnen etwas entwickeln könnte, und schon gar nicht damals, 1939. Aber jetzt natürlich … natürlich was? Nun, er war verheiratet. Dann kam noch der Umstand hinzu, daß es so wohltuend war, mit ihm zusammenzusein, daß er so sehr zu dem Gewebe gehörte, aus dem ihr Leben gesponnen war, und daher würde keine prickelnde Spannung aufkommen. Aber – zwischen Chris und ihr hatte auch kaum prickelnde Spannung geherrscht, und trotzdem hatte die Beziehung gut geklappt. Wenn es auch nicht gerade wunderbar gewesen war, so war es doch eine brauchbare Ehe gewesen.

Worüber machte sie sich überhaupt Gedanken? Plötzlich war Sam allein, und er hatte fast einen Monat in ihrem Gästeschlafzimmer verbracht. Sie hatten viele Abende gemeinsam verbracht, ganz offen miteinander geredet. Aber sie hatten schon vorher jahrelang den ganzen Tag miteinander verbracht, und das hatte auch nichts zwischen ihnen geändert.

Oder doch? War das nicht ein Teil dessen, was ihr das Leben und die Arbeit versüßte? War sie jemals so glücklich gewesen, als sie mit Warren oder mit Fiona geflogen war? Auf ihren Alleinflügen ganz gewiß nicht. Nein, es lag an Sam. Sam änderte alles.

Um halb sieben schleppte sie sich aus dem Bett. Sie hatte gerade erst geduscht, als das Telefon läutete. Es war Sam.

»Hör mal, ich möchte heute rausfliegen. Wenn ich zu müde werde, kannst du übernehmen. Ich sitze schon zu lange auf dem Boden fest.«

Als sie neben ihm im Cockpit saß, bemerkte sie, daß ihr der Puls nie aufgefallen war, der in seiner Schläfe pochte. Und sie hatte nie seine langen, schmalen Hände betrachtet, die so fähig wirkten, wenn sie auf dem Steuer lagen.

»Was schaust du an?« fragte er lächelnd.

»Dich.«

Er lachte. »Das tust du schon seit Jahren jeden Tag.«

Sie schüttelte den Kopf. »Nein, ich glaube nicht.«

»Doch, klar.«

»Jedenfalls siehst du anders aus.«
»Wie das?«
Cassie schloß die Augen und fragte sich, ob Schnurrbärte kitzelten.
Sie trugen beide Shorts, und sie überlegte sich, wie angenehm seine Beine doch anzusehen waren. Wie kam es bloß, daß sie sie vorher nie wahrgenommen hatte? Sie hörte ihn summen und drehte sich zu ihm um.
»Du bist froh darüber, wieder in der Luft zu sein.«
»Und wie! Ich habe das Gefühl, ich könnte ohne dieses Flugzeug fliegen. So wohl habe ich mich schon seit langem nicht mehr gefühlt. Vielleicht seit Jahren.« Dann schmetterte er: »Some Enchanted Feeling«. Cassie lachte wider Willen.
Die Herausforderung des Tages stellte ein riesengroßer Schwarzer mit Zahnschmerzen dar. Cassie lehnte ihn an einen Baumstamm und zog an dem entzündeten Zahn. Aber jedesmal wenn sie daran zog, kam ihr der Kopf des Mannes gemeinsam mit dem Zahn entgegen. Sie konnte tun, was sie wollte, aber mit der Hebelwirkung klappte es einfach nicht. Sam holte drei andere Männer, und zu viert setzten sie sich auf den riesigen Kerl, während Cassie den Zahn zog. Später konnte sie darüber lachen.
Sie waren darüber unterrichtet worden, daß das kleine Städtchen Armbruster im Norden, in dem sie erst seit kurzem regelmäßige Sprechstunden abhielten, jetzt eine Zahnhygienikerin hatte. Es war eine winzige Ortschaft, die sie bisher nur zweimal aufgesucht hatten. Dort gab es eine Schule bis zur sechsten Klasse, obwohl sie nur siebzehn Schüler hatte. Falls sie die notwendigen Instrumente bringen könnten, würde die Zahnpflegerin die Schüler und jeden anderen behandeln, der Zahnprobleme hatte. Aus diesem Grund machten sie einen Umweg von zweihundert Meilen.
Armbruster lag an den Ufern eines träge dahinfließenden Flusses, über den das Geäst von hohen Bäumen wuchs. Cassie fand, sie hätte in diesem Teil der Welt noch keinen idyllischeren Weiler gesehen. Die Felsen am Flußufer waren geriffelt

und farbenfroh; Kinder planschten im Wasser, und Frauen wuschen auf den Steinen ihre Kleider. Es gab nur einen Lehmweg, der in die Ortschaft führte, doch es gab zwei Dutzend Häuser. Sie sahen alle gleich aus und unterschieden sich nur dadurch, daß in jedem Garten andere Blumen wuchsen. Bananenbäume, Papayas, Mangos und Grapefruits waren in den Hinterhöfen gepflanzt, und auf den Feldern hinter den Häusern wurde Baumwolle angebaut. Es gab eine Gemischtwarenhandlung, die von einem zahnlosen Mann geführt wurde. Das Geschäft gehörte zwar nicht zu der Ladenkette von Teakle and Robbins, doch er sagte, daß er die meisten seiner Waren von Jim Teakle erwerbe. Ein anderer Mann war der Besitzer der Tankstelle, die nichts weiter als eine einzige Zapfsäule auf dem Platz neben dem Laden war. Gegenüber befand sich der allgegenwärtige Pub, ohne den keine Ortschaft in ganz Australien denkbar war.

»Sie wird um die Mittagszeit kommen«, sagte Terrence Quirk, der Besitzer des Pubs, als sie nach der Zahnpflegerin fragten. »Sie kommt in die Stadt geritten, und sie wohnt fast zwölf Meilen außerhalb.«

Er lud sie ein, auf »einen Schluck Tee« in den Pub zu kommen, solange sie warteten. Der Tee war ihnen gerade erst serviert worden, als Cassie aufblickte und in der Tür die schönste Frau stehen sah, die ihr je begegnet war. Sie war winzig, hatte langes schwarzes Haar und trug Jeans, ein weites Herrenhemd, einen Stetson und Stiefel mit hohen Absätzen, mit deren Hilfe sie es auf gut einen Meter fünfundfünfzig brachte. Sie hatte olivfarbene Haut und mandelförmig geschnittene Augen.

»Das ist sie«, sagte Quirk.

Die orientalische Schönheit kam auf Sam und Cassie zu und hielt ihnen die Hand hin. »Ich bin Tina O'Keefe.« Sie lächelte, und ihre Zähne setzten sich blendend weiß gegen die goldene Haut ab.

Sie setzte sich und bestellte Kaffee. »Es ist sehr nett von Ihnen, nur wegen dieser Instrumente einen so weiten Umweg zu ma-

chen.« Sie nahm die Kiste mit den zahnärztlichen Instrumenten und warf einen Blick hinein. Ihr Englisch war tadellos. Cassie wußte nicht, was sie erwartet hatte.
»Sind Sie neu hier in der Gegend?« fragte Sam.
»Ja, sozusagen«, sagte sie. »Ich bin in Darwin aufgewachsen.« Als sie das Erstaunen auf Cassies Gesicht sah, lachte sie und sagte: »Ja, ich weiß. Sie vergessen, daß es dort viele Chinesen gibt, nicht wahr? Mein Urgroßvater ist während des Goldrauschs Mitte der achtziger Jahre hergekommen, und daher bin ich Australierin der vierten Generation.«
»Tina? Das ist kein orientalischer Name, oder doch?«
»Nein«, sagte sie und trank von ihrem Kaffee. »Aber meinem Mann hat es Schwierigkeiten bereitet, meinen chinesischen Namen auszusprechen. Daher haben wir einen Kompromiß geschlossen und uns auf Tina geeinigt.«
»O'Keefe«, sagte Sam. »Sie sind mit dem Iren O'Keefe verheiratet?«
»Seit knapp einem Jahr«, sagte Tina. »Sie kennen ihn?«
»Ich bin während des Kriegs zusammen mit ihm geflogen. Ich heiße Sam Vernon.«
Tina strahlte über das ganze Gesicht. »Über Sie weiß ich Bescheid. Ihr beide habt gemeinsam den Krieg gewonnen!«
»Genau das sind wir«, sagte Sam grinsend. »Ein derart verwegener Mann ist mir kein zweites Mal begegnet.«
»Dasselbe sagt er über Sie. Zu schade, daß er nicht zu Hause ist, denn sonst würde ich Sie zum Abendessen mitnehmen.«
»Wo ist er?«
»Tja, wir schlagen uns eben mühsam durch«, sagte Tina. »Er ist Viehtreiber, aber im Moment ist er drüben bei den Kimberleys. Er nimmt jeden Job an, den er bekommen kann. Er ist jetzt seit knapp einem Monat dort, und wahrscheinlich wird er erst in drei bis vier Wochen wieder nach Hause kommen.«
»Und er läßt Sie ganz allein?« fragte Cassie.
»Wenn er das nicht täte, müßten wir den Betrieb aufgeben, den wir zu gründen versuchen, obwohl es scheint, als hätte

der Marktwert von Rindern seinen Tiefstand erreicht. Er hat eine richtige Firma aufgezogen. Er besitzt einen eigenen Hubschrauber, und außerdem sind noch zwei andere Piloten mitsamt ihren Hubschraubern eingestellt, drei Bullenfänger …«

»Was ist ein Bullenfänger?« fiel ihr Cassie ins Wort.

Tina sah sie an. »Ihr beide habt keine Ahnung vom Viehtrieb mit Flugzeugen?«

Sam sagte: »Ich habe schon davon gehört.«

»Dann werde ich euch jetzt erzählen, wie das geht«, sagte Tina, deren dunkle Augen leuchteten. Aus ihrer Stimme war die Begeisterung herauszuhören. »Der Ire ist der beste Mann in dieser Branche.«

»Er war weiß Gott der beste Pilot, mit dem ich je geflogen bin«, stimmte Sam ihr zu.

»Jede große Ranch hat viele vagabundierende Rinder …«

»Das sind die echten Ausreißer, die ohne Brandzeichen frei herumlaufen«, erklärte Sam Cassie.

Tina fuhr fort. »Um eine große Ranch ordentlich neu zu bestücken, muß man all diese Ausreißer aus den Canyons und Schluchten zusammentreiben und dafür sorgen, daß sie nicht mehr frei umherstreifen. Diese Rinder wollen keinen Menschen in ihre Nähe lassen, und daher fliegt der Ire seine Männer ein … er hat zwei Piloten und drei Bullenfänger mit der entsprechenden Ausrüstung, eine Handvoll Treiber und einen Koch und für den Fall, daß etwas kaputtgeht, wozu es fast immer kommt, außerdem noch einen Mechaniker.«

»Das sind aber ziemlich viele Männer und Maschinen.«

Sie nickte. »Wem sagen Sie das. Die Bullenfänger fahren Lastwagen mit Überrollbügeln – das sind große Stoßstangen, die einen Bullen in eine andere Richtung treiben und ihm überallhin folgen können. Die Bullen können ihnen nicht entkommen. Jedenfalls kundschaften sie das Gelände von der Luft her aus, damit sie sehen, wo sich enorme Herden von Rindern scharen, und dann rechnet man sich aus, wohin sie wohl unterwegs sind, zum Beispiel zur nächsten Wasserstelle, und

dann schickt der Ire seine Treiber und seine Laster in das Gebiet, und die Piloten treiben das Vieh zu ihnen. Man braucht gut einen Tag, bis man einen transportablen Viehhof aufgebaut hat. Er ist ziemlich groß, sieht aus wie ein regulärer Viehhof und hat Koppeln und Bahnen, um die Rinder auf Lastwagen zu verladen. Die Männer ziehen hohe Bahnen Juteleinen auf, auf zwei Seiten von etwa achthundert auf sechshundert Meter Länge, und dort werden die Rinder hineingetrieben. Das Juteleinen ist nicht sehr kräftig, und es schwankt im Wind; wenn sie sich wirklich dagegenwerfen würden, könnten die Rinder mühelos ausbrechen. Aber aus irgendwelchen Gründen versuchen sie das nie.
Jedenfalls ist es eine Kunst, diese Rinder von überall her in diesen Schacht zu treiben. Man muß dabei behutsam vorgehen, um sie nicht zu sehr zu erschrecken. Manchmal muß ein Treiber aus einem Hubschrauber springen, einen Bullen am Schwanz packen, ihn auf den Rücken rollen und ihm die Hinterbeine zusammenbinden.«
Obwohl sie seit mehr als einem Jahrzehnt im Busch lebte, hatte Cassie nie eine solche Schilderung des Viehtriebs gehört. »Das klingt gefährlich.«
Tina grinste. »Männer lieben diese Arbeit. Zumindest die Männer, die sich zu dieser Form von Leben hingezogen fühlen. Sie würden sich keinen anderen Job auf Erden wünschen. Ihre Arbeitstage sind lang und hart, aber die Bezahlung ist gut. All das läßt sich in etwa einem Sechstel der Zeit bewerkstelligen, die man früher gebraucht hat, um das Vieh ohne Flugzeuge und Hubschrauber zusammenzutreiben. Und es werden auch weniger Männer benötigt.«
»Was werden all die Aborigines tun, wenn sie ihre Arbeit als Treiber verlieren?«
»Wenn man Maschinen dafür einsetzt, die Arbeiten zu verrichten, die früher von Menschen verrichtet worden sind, dann kostet das weniger Geld, aber Menschen werden überflüssig«, sagte Sam. »Der sogenannte Fortschritt bringt nicht immer für alle einen höheren Lebensstandard mit sich.«

»Dann bleiben Sie also zu Hause, während Ihr Mann unterwegs ist und arbeitet?« fragte Cassie.
»Erst in der letzten Zeit«, sagte Tina lächelnd. »Ich war die chinesische Köchin, die der Ire eingestellt hat. Er wußte nicht, daß ich mich auch als Frau erweisen würde. Zwei Jahre lang war ich mit den Treibern unterwegs. Wir haben jedoch nach sechs Wochen schon geheiratet, und dann war es ›unser‹ Unternehmen, und ich habe nicht mehr nur gekocht, sondern auch beim Viehtrieb mitgeholfen. Aber unser Ziel ist es gewesen, unser eigenes Land zu haben und unsere eigenen Rinder zu züchten. Wir haben genug Geld gespart, um Land zu kaufen, aber der Ire muß bisher noch weiterarbeiten, damit wir die Rinder bezahlen können, die wir haben wollen – und die Unterhaltskosten. Ich bleibe jetzt zu Hause und züchte Rinder und baue unser Anwesen aus. Er ist nur das halbe Jahr unterwegs.«
»Sie leben die Hälfte des Jahres allein?«
»Deshalb habe ich mir die Instrumente von Ihnen bringen lassen«, sagte Tina. »Ich habe oben in Darwin eine Ausbildung als Zahnhygienikerin gemacht und fast ein Jahr lang in dem Beruf gearbeitet – das war langweilig, und ich wußte schon bald, daß ich ein aufregenderes Leben brauche. Aber hier habe ich mir dann gedacht, ich brauche Leute um mich, solange ich auf den Iren warte, und daher habe ich mir überlegt, daß ich mich der Zahnprobleme der Menschen in dieser Gegend annehmen könnte. Die Schulkinder werde ich umsonst behandeln – ich sage mir, das ist mein Beitrag für die Gesellschaft. Aber wenn ich jemand anderem einen Zahn ziehe oder plombiere, dann kann ich mir damit ein wenig Geld dazuverdienen, meine Ausbildung nutzbringend einsetzen und vielleicht alle hier in der Gegend kennenlernen.«
»Ein Freund von uns betreibt den Viehtrieb von seinem Hubschrauber aus«, sagte Cassie. »Ich frage mich, ob er von Ihren Methoden weiß.«
»Wer?« fragte Tina.
»Blake Thompson.«

Sam sah Cassie aus zusammengekniffenen Augen an.
»Oh, den Vertrag für Tookaringa haben wir in der Tasche«, sagte Tina. »Jedenfalls den für die beiden nördlichen Quadranten. Die beiden anderen übernimmt Blake selbst – der Ire hat ihm beigebracht, wie das geht. Wir fliegen immer liebend gern hin. Manchmal verbringe ich dort drei bis vier Wochen in jedem Quadranten. Fiona kommt mindestens einmal raus, und dann veranstalten wir ein großes Barbecue. Ich finde diese Frau einfach toll.«
»Wer nicht?« stimmte Sam ihr zu.
Sie redeten bis weit in den Nachmittag hinein mit Tina. Als sie abflogen, sagte Cassie: »Das ist jemand, den ich gern näher kennenlernen würde.«
Als Sam den Motor anließ, sagte er: »Du solltest ihren Mann kennenlernen. Der Ire ist ein Mann von der Sorte, wie man ihn unter einer Million Menschen nur einmal findet.«
Cassie schloß die Augen. Sie schlief im allgemeinen, wenn sie am späten Nachmittag zurückflogen. Aber Sam fragte: »Hast du Lust, dir heute abend einen Film anzusehen?«
Sie schlug die Augen auf und warf einen Blick auf ihn. Er grinste. »Was hast du dagegen einzuwenden, mit einem verheirateten Mann ins Kino zu gehen?«
»So, wie du das sagst, klingt es fast ein bißchen gefährlich.«
Er ließ die Hände auf dem Steuer, sah ihr aber in die Augen. »Doc, in das gefährliche Stadium sind wir schon vor einer ganzen Weile eingetreten, und das weißt du genausogut wie ich.«

54

Cassie konnte sich nicht erinnern, so glücklich gewesen zu sein, seit sie vor mehr als zehn Jahren mit Blake in Kakadu gewesen war. Es war, als hätte sie ihre Gefühle in all den Jahren sorgsam unter Verschluß gehalten, und sie begriff, daß sie es vorsätzlich getan hatte. Sie hatte sich selbst gelobt, sich nie mehr dem Leid zu öffnen, das unweigerlich auf Freude zu folgen schien.

Aber das hier war etwas anderes. Sie hatte jetzt nur noch wenige Illusionen, was das Leben anging. Sam war verheiratet. Die Beziehung zwischen ihnen konnte zu nichts führen. Und doch erwachte sie täglich mit einem Gefühl von Freude. Jeden Tag von neuem konnte sie es kaum erwarten, die Funkzentrale zu betreten, die jetzt fünf Räume hatte, alle zur geschäftlichen Nutzung, während Betty und die Kinder jetzt nebenan ihr eigenes Haus samt Veranda hatten. Die Stadt wuchs, und neben der einst abgelegenen Funkstation hatte Betty jetzt Nachbarn, die sie zu Fuß erreichen konnte.

Ihr geschärftes Wahrnehmungsvermögen im Alltag rührte von dem subtilen Wandel in ihrer Beziehung zu Sam her. Keiner von beiden sprach darüber, aber wenn ihre Blicke sich trafen, sahen sie einander länger in die Augen.

An den Montagabenden, wenn Romla und Jim zum Abendessen kamen, begann sich jetzt auch Sam einzustellen, ungeladen, aber äußerst willkommen. Nach dem Essen spielten sie Karten oder gingen ins Kino. Wenn Sam und Cassie im Dunkeln nebeneinandersaßen, berührten sich ihre Arme. Eines Abends nahm Sam ihre Hand und hielt sie für den Rest des Films fest. Cassie konnte sich nicht erinnern, worum es in dem Film gegangen war, aber noch Tage hinter-

her spürte sie die Wärme, die Sams Berührung hinterlassen hatte.
Zum ersten Mal seit mehr als einem Jahrzehnt ließ sie Blake Thompson vollständig hinter sich. Nicht etwa, daß sie mit Sam eine Zukunft hätte haben können, doch es gab immerhin die Gegenwart, und dafür war sie dankbar. Sie bezweifelte, daß er es je fertigbringen würde, sie derart zu erregen, wie Blake es getan hatte, als sie jung gewesen waren, doch sie kostete jeden einzelnen Augenblick genüßlich aus.
Sogar die Farben der Tage veränderten sich. Der Himmel war blauer, die Blumen besaßen mehr Leuchtkraft, die Erde war roter.
Romla sagte: »Endlich bist du über den Tod von Chris hinweggekommen. Ich habe mich geradezu schuldbewußt gefühlt, weil ich so glücklich war, wie ich es bin, während ich wußte, wie es in dir aussah.«
Dann berichtete sie Cassie, daß sie schwanger sei. Ihre Augen leuchteten vor Freude, als sie ausrief: »Und das in meinem Alter!«
»Dann wirst du dich also wieder ganz den häuslichen Angelegenheiten widmen.«
Romla lachte. »Du kennst mich doch. Weshalb sollte ich die Dinge aufgeben, an denen ich hänge? Wir können weiterhin in unserer Wohnung im Hotel leben. All diese alten, verknöcherten Kerle, die über mein Wäschegeschäft gelacht haben, kriechen jetzt zu Kreuze. Allein von den Einnahmen aus diesem Laden könnte ich leben, und zwar gut. Ich wette, neunzig Prozent meiner Kunden sind Männer, ist dir das eigentlich klar? Na ja, vielleicht nicht ganz so viele. Sie sind ganz schüchtern und unbeholfen, wenn sie reinkommen. Aber jetzt ist über den Busch mehr kostspielige und enthüllende Wäsche verteilt, als du es je glauben könntest. Oft frage ich mich, ob die Ehefrauen dieser Männer das Zeug überhaupt tragen. Ich weiß nur, daß ich einen Haufen damit einnehme. Und nachdem sich sein Vater jetzt zur Ruhe gesetzt hat, ist Jim der Geschäftsführer von Teakle and Robbins. Cassie, Jim

und ich besitzen ein Imperium, und wir schmieden immer noch Pläne. Ich habe nicht die Absicht, auch nur irgend etwas aufzugeben. Ich kann das alles schaffen – und noch dazu ein Baby haben.«

Eines Tages im September flogen Sam und Cassie nach Kypunda, um eine Hauslehrerin für eine Operation an der Gallenblase ins Krankenhaus zu holen. Es war schon nach zehn, als Cassie das Krankenhaus endlich verlassen konnte, und als sie in die Frühlingsnacht hinaustrat, wurde sie von Sam erwartet.
»Ich wußte, daß du deinen Wagen nicht dabeihast, und mir gefällt die Vorstellung nicht, daß du allein durch die Nacht nach Hause läufst.«
Sie lachte. »Das habe ich doch jahrelang getan.«
»Ich weiß«, sagte er. »Du hast vieles jahrelang allein getan.«
»Es gefällt mir, daß du mich abholst«, sagte sie und hängte sich bei ihm ein.
»Ich habe meinen Wagen nicht mitgebracht, weil ich zu Fuß gehen wollte«, gestand er. »Sollen wir auf einen Schlummertrunk zu ›Addie's‹ gehen?«
»Ein Bier klingt gut.«
»Ja, das finde ich auch.«
Am späten Abend war es bei »Addie's« immer voll, und im vorderen Raum drängten sich Teams, die Dart spielten. Sam und Cassie suchten sich einen kleinen Tisch in der Ecke aus, in der es dunkel war.
Als die Kellnerin ihnen das Bier brachte, sagte Cassie: »Nach einer Operation tut mir der Rücken immer weh. Das muß die Anspannung sein. Man sollte meinen, daß ich mich daran gewöhne.«
»Man sollte auch meinen, daß ich mich an dich gewöhne, und doch bist du für mich jeden Tag wieder neu«, sagte er, ohne sie anzusehen. Er schaute über ihren Kopf hinweg den Dartspielern zu.
Nicht zum ersten Mal fragte sich Cassie, ob ein Schnurrbart wohl kitzelte.

Sam sah Cassie in die Augen. »Ich will nicht, daß Liv wieder nach Hause kommt.«

Cassie seufzte. »Ich will es auch nicht, aber das sind doch nur gedankliche Spielereien. Was ist mit Harry und Samantha? Du könntest nicht ohne sie leben.«

Sam antwortete nicht darauf, sondern leerte auf einen Zug sein Bier. »Komm. Das war wohl doch keine so gute Idee. Laß uns von hier verschwinden.«

Als sie von der Hauptstraße abgebogen waren und auf Cassies Haus zugingen, nahm Sam ihre Hand. Sie redeten kein Wort miteinander, bis sie ihr Haus erreicht hatten.

»Wenn wir etwas anfangen, was wir nicht zu Ende führen können, dann werden wir nicht weiterhin zusammenarbeiten können, das ist dir doch klar, oder nicht?«

Cassie lehnte sich an das Fliegengitter und blickte zu ihm auf. »Ich weiß nur, daß ich in der letzten Zeit glücklicher gewesen bin, als ich mich erinnern kann, es je gewesen zu sein.«

Sam schmiegte seinen Körper an sie. Er nahm sie in die Arme, und sein Mund bemächtigte sich ihrer Lippen. Sie schlang die Arme um ihn, fühlte seine Gier und wußte, daß es lange her war, seit sie sich das letzte Mal derart lebendig gefühlt hatte. Sie spürte es in jedem einzelnen Nerv ihres Körpers.

»Worüber lachst du?« murmelte er an ihrem Hals.

»Über die Tatsache, daß Schnurrbärte nicht kitzeln.« Sie hoffte, er würde nicht aufhören, sie zu küssen.

Aber er zog den Kopf zurück, umarmte sie jedoch noch fester und preßte ihren Körper an seinen. »Ich muß ein paar Brücken hinter mir abbrechen, ehe ich tun kann, was ich tun möchte, Cassie.«

Er pfiff, als er über den Pfad lief, und sie stand noch lange, nachdem er schon verschwunden war, da und starrte in das Dunkel hinaus. Sie fragte sich, ob sie jemals glücklicher gewesen war.

Zwei Tage später auf dem Flug zur Sprechstunde in Stockton Wells grinste er und sagte: »Ich muß dir etwas erzählen.«

Sie sah ihn erwartungsvoll an.
»Nee.« Er schüttelte den Kopf. »Heute abend. Was hältst du davon, im Hotel zu Abend zu essen?«
»Das muß ja wirklich wichtig sein«, sagte sie. »Du willst noch nicht mal zu ›Addie's‹ gehen?«
»Es ist wichtig. Und ich möchte nicht, daß du es auf die leichte Schulter nimmst. Ich möchte, daß du dich für einen wichtigen Anlaß herausputzt.«
Sie lachte. »Werde ich wissen, wie ich mich zu benehmen habe? Soll ich mich von meiner besten Seite zeigen?«
»Das möchte ich nicht hoffen.«
In dem Moment meldete sich Horrie über Funk. »Wir haben einen Notfall draußen auf Tookaringa«, sagte er. »Verschiebt eure Sprechstunde und fliegt so schnell wie möglich hin. Fiona ist von einem Pferd abgeworfen worden.«
Es war kurz nach zehn.
Sam nahm Cassies Hand.
In den beiden folgenden Stunden schlug ihr Herz wie toll.
Sowie sie auf Tookaringa eingetroffen waren und Sam die Tür des Flugzeugs geöffnet hatte, rannte Cassie auf das Haus zu. Blake saß neben einer bleichen Fiona, die in dem riesigen Bett der beiden lag.
»Himmel, Cassie«, sagte er und stand auf, als sie in das Zimmer eilte. »Ihr ist keine Spur anzusehen, aber sie verliert immer wieder das Bewußtsein. Der Gurt hat sich gelöst, und als der Sattel begonnen hat zu verrutschen, hat sich das Pferd aufgebäumt. Fiona ist heruntergefallen, und das Tier ist direkt auf sie gestürzt.«
Cassie setzte sich neben Fiona, deren Lider sich flatternd öffneten. Innere Blutungen, soviel stand fest. Fionas Stimme war kaum hörbar. »Cassie, meine liebe Cassie.«
Cassie küßte sie auf die Stirn. Nach einer fünfminütigen Untersuchung ahnte sie, daß Fiona nur noch kurze Zeit zu leben hatte.
»Sag mir, daß du etwas tun kannst«, beschwor Blake sie.
Sie sah ihn an und fühlte sich hilflos. »Ich weiß es nicht, Blake.

Ich habe kein Röntgengerät …« Und selbst wenn sie es gehabt hätte, hätte sich wahrscheinlich nichts mehr machen lassen. Cassie setzte sich wieder neben Fiona, die noch einmal die Augen aufschlug und so leise flüsterte, daß Cassie sich herunterbeugen mußte, um sie hören zu können. Sie griff nach Cassies Hand. »Cassie, mein Schatz. Meine geliebte Freundin. Weißt du, was mir die größte Sorge bereitet? Die Kinder zurückzulassen. Wer wird sich um sie kümmern? Wer wird ihnen die Liebe geben, die jedes Kind braucht?« Cassie sah die drei deutlich vor sich, im Alter von sechs, fünf und drei Jahren. »Wirst du dich um sie kümmern? Und ihnen eine Mutter sein?« Ein eindringliches Flehen trat in ihre Augen. »Und kümmerst du dich auch um Blake? Er weiß es nicht, aber er braucht jemanden, der für ihn sorgt. Er weiß noch nicht einmal, wo seine Socken sind. Bitte, Cassie. Ich kann nur in Frieden sterben, wenn du mir versprichst …«

»Psst, Fi, du wirst nicht sterben«, log Cassie. Sie hoffte nur, sie würde nicht anfangen zu weinen.

»Und wenn ich doch sterbe, dann versprich es mir. Bitte, Cassie, versprich mir, daß du dich um sie alle kümmern wirst …«

»Natürlich, Fi. Natürlich werde ich mich um sie kümmern.«

»Du wirst nicht sterben, Fiona.« Blakes Stimme klang eindringlich. »Du weißt doch, daß ich ohne dich nicht leben kann.«

Fiona mühte sich damit ab, ihren Kopf nach links zu drehen, damit sie Blake sehen konnte. »Denk daran, den Kindern jeden Abend einen Gutenachtkuß zu geben«, sagte sie. »Und laß sie nicht von einer Gouvernante großziehen. Tu es selbst. Du und Cassie. Hol Cassie in dein Leben. Sie wird unsere Kinder aufziehen, wie sie ihre eigenen Kinder aufgezogen hätte, wenn sie …« Das Ende des Satzes hing in der Luft, denn er sollte niemals beendet werden. Fiona seufzte, holte noch einmal Luft und stellte dann das Atmen ein.

Cassie wandte sich mit bestürztem Gesichtsausdruck zu Blake um, der auf die Knie fiel, in Tränen ausbrach und die Arme über seine tote Frau breitete. Cassie stand auf und ging

um das Bett herum. Sie kniete sich neben Blake, legte die Arme um ihn und durchweichte den Rücken seines Hemds mit ihren Tränen.
Sam stand in der Tür und beobachtete all das.

Sam und sie bemühten sich für den Rest des Tages, Blake und die Kinder zu trösten. Blake entschied sich für eine Feuerbestattung, und Sam willigte ein, die Leiche mitzunehmen und sie in das Bestattungsinstitut in Augusta Springs zu bringen, in dem dann in einer Woche ein Gedenkgottesdienst abgehalten werden sollte. Damit gaben sie allen in der Nachbarschaft die Gelegenheit, in die Stadt zu kommen. Steven regelte alles, da Blake zu sehr von seinem Kummer überwältigt war, um klar denken zu können.
»Ich bleibe hier«, sagte Steven zu Cassie. »Ich werde ihn nicht allein lassen.« Auch in seinen Augen standen Tränen. »Ich habe sie wie eine Tochter geliebt«, sagte er immer wieder.
Cassie hatte das Gefühl, ein Teil ihrer selbst sei aus ihr herausgerissen worden, aber erst kurz vor Einbruch der Abenddämmerung, als Sam und sie mit Fionas Leiche in die Stadt zurückflogen, gestattete sie es sich, endlich zu weinen. Ein lautes, tiefes Schluchzen. Nie mehr mit Fiona zusammenzusein. Nie mehr ihr Gelächter zu hören, nie mehr ihre Umarmungen zu spüren, nie mehr … nie mehr. Niemals mehr.
Der Leichenwagen erwartete sie auf dem Flugplatz, und Fionas Leiche wurde schon abgeholt, ehe sie auch nur aus dem Flugzeug ausgestiegen waren.
Sam legte einen Arm um Cassie. Beide hatten ihre Wagen auf dem Flugplatz stehen, doch er sagte: »Komm, ich fahre dich nach Hause.«
»Nein.« Sie schüttelte seine Hand ab, die auf ihrer Schulter lag. »Ich möchte allein sein.«
Als sie in ihren Wagen stieg, fiel ihr wieder ein, daß Sam sie zum Abendessen eingeladen hatte. »Du wolltest mir etwas erzählen?«

»Das kann warten.« Er beugte sich vor und schloß die Tür.

Zu Hause ging sie ins Bett, nachdem sie zwei Gläser unverdünnten Scotch getrunken hatte, und beim Einschlafen hörte sie Fionas Flüstern: *Sei meinen Kindern eine Mutter, Cassie.*

55

Am nächsten Morgen sagte Cassie Blake während der Funksprechstunde, wenn er Lust hätte, nach Augusta Springs zu fliegen und sie zu holen, käme sie mit ihm hinaus, bliebe das Wochenende über auf Tookaringa und würde sich um die Kinder kümmern und ganz für ihn und Steven dasein.

Blake nahm das Angebot an.

Sam sagte den ganzen Tag über kaum ein Wort. Sie hatten keine Sprechstunde angesetzt, und Cassie konnte die Notfälle am Telefon klären. Sie lief wie ein Zombie herum und bekam kaum mit, wenn man etwas zu ihr sagte. Romla versuchte, sie mit einer Essenseinladung zu trösten. Aber Cassie konnte nur noch weinen. *Keine Fiona mehr.*

Fiona und Jennifer, zwei Leben, die durch überflüssige Unfälle in Windeseile ausgelöscht worden waren. Es war schwer für die Hinterbliebenen, mit dem plötzlichen Schock und der Endgültigkeit all dessen fertig zu werden.

»Was werden diese Kinder jetzt tun?« fragte Cassie.

Romla schüttelte den Kopf. »Ich weiß es nicht, mein Liebes. Was tun andere Kinder, die einen Elternteil verlieren? Blake hat alles Geld auf Erden, um gute Kindermädchen und Gouvernanten einzustellen. Bestimmt wird besser für sie gesorgt werden als für die Kinder der meisten Leute in solchen Zeiten.«

»Männer wissen nicht, was sie mit einem aufgeschrammten Knie oder mit Halsschmerzen anfangen sollen …«

»Ich kann mir gut vorstellen, daß Blake wieder heiraten wird. Wie alt ist er, gerade erst vierzig?«

»Neununddreißig.«

Romla legte einen Arm um Cassie und lächelte. »Vielleicht dich. Du bist sowohl …«
Cassie hob den Kopf und funkelte sie wutentbrannt an. »Wie kannst du in einem solchen Moment so mit mir reden?«
»Ziemlich taktlos, was?« sagte Romla zerknirscht. »Es tut mir leid. Der Gedanke ist mir nur durch den Kopf geschossen.«
Und Cassie erkannte, daß sie mit demselben Gedanken erwacht war. *Sei meinen Kindern eine Mutter, Cassie.*

Wenn schon keine Mutter, dann wenigstens eine innig geliebte Tante. Die beiden kleineren Kinder hatten den Umstand noch nicht verdaut, daß sie ihre Mutter nie wiedersehen würden, aber alle drei waren ungenießbar, und Cassie hatte alle Hände voll mit ihnen zu tun.
Blake trat die Verantwortung für sie ab und ritt auf seinem Pferd allein aus. Er brach am Samstag bei Morgengrauen auf und kehrte erst um die Abendessenszeit zurück. Steven blieb in Blakes Haus. »Ich erinnere mich noch daran, wie mir zumute war, als Jenny gestorben ist. Ich dachte, ich könnte nicht weiterleben. Und es ist nie mehr so gewesen wie vorher. Aber es ist ihm jetzt keine Hilfe, wenn ich ihm sage, daß der Schmerz mit der Zeit nachläßt.«
»Nein«, stimmte Cassie ihm zu. »Laß ihn um sie trauern. Aber was werdet ihr tun, wenn ich am Sonntagabend zurückfliegen muß?«
»Wir werden es schon schaffen«, sagte Steven.
Am Sonntag saß Blake auf der Veranda und starrte ins Leere – in die Weite, in die man in diesem Teil des Landes überall hinausblicken konnte. Aber um vier, als Cassie sagte, sie müsse jetzt wirklich gehen, stand er auf und ging zu seiner Cessna, und auf dem gesamten Rückflug nach Augusta Springs redeten sie über Fiona.
»Du warst einfach toll, Cassandra«, sagte er. »Ich kann dir gar nicht sagen, wie hoch ich dir anrechne, daß du da warst … hier. Sie hat dich mehr geliebt als eine Schwester, verstehst du.«

»Ja. Das weiß ich.«

In Augusta Springs verließ Blake nur das Flugzeug, um nachzutanken. Es würde dunkel sein, wenn er nach Tookaringa zurückkam, aber sie hatten jetzt das Umfeld der Landebahn gründlich ausgeleuchtet.

»Wirst du mich anrufen, wenn ich irgend etwas tun kann?«

Er nickte. In drei Tagen würden sie alle zum Begräbnis in die Stadt kommen.

»Richtet euch darauf ein, bei mir zu wohnen, ihr alle.«

»Du hast keinen Platz für uns alle.«

»Vielleicht kann Steven bei Sam unterkommen. Steven und die kleine Jenny. Sam hat drei Schlafzimmer. Ich frage ihn.«

Als sie ihn fragte, sagte Sam: »Klar«, doch in seinen Augen stand ein seltsamer Ausdruck. Als hätte sich irgendwie alles geändert.

Nach dem Gedenkgottesdienst wünschte sich Cassie nichts mehr, als wieder nach Tookaringa zu fliegen und sich um die beiden Männer und die Kinder zu kümmern. Aber man konnte beim besten Willen nicht auf sie verzichten. Der Gottesdienst war kaum vorbei, als Sam und sie in den äußersten Südwesten ihres Gebiets gerufen wurden, in eine Gegend, in der sie nie gewesen waren, weil es dort keine Gehöfte gab.

Einer der Treiber einer Kamelkarawane hatte schwere Verletzungen erlitten. Sein Sohn war fünfzig Meilen in die nächste Stadt geritten, kaum ein Punkt auf der Landkarte, an dem sich ein Funkgerät fand. Er wollte sie in der Stadt erwarten und konnte ihnen beim besten Willen nicht erklären, wie die Kamelkarawane aus der Luft zu finden war.

Die Gegend, die sie überflogen, war flach. So weit das Auge reichte, war nichts außer flacher roter Erde zu sehen. Es gab nicht einen einzigen Baum, ja nicht einmal Risse in der Erde, nur flachen Sand.

Die Sonne knallte auf die einzige Straße der Stadt herunter, die mehr als zweihundertfünfzig Meilen von jeder anderen menschlichen Ansiedlung entfernt war. Nicht eine Menschenseele war zu sehen, als das Flugzeug landete, aber als Sam die Tür öffnete, tauchte ein Afghane in einer langen Pluderhose auf, und ein heißer Windstoß schlug ihnen mit voller Macht entgegen.

Dann entdeckte Cassie etliche Afghanen, die sich vor ihren Hütten sonnten, während ein anderer eine Ziegenherde um das Dorf führte. Auf einer Sanddüne spielten ein paar kleine Kinder. Aber im Ort selbst, in dem ein halbes Dutzend Häuser stand, rührte sich nichts. Ein Wagen war vor einem Gebäude geparkt, das sich als Hotel ausgab, doch man fragte sich, wie das Fahrzeug wohl hierhergekommen war und wohin es von hier aus fahren könnte. Es gab keine Straßen, oder wenn doch, dann waren sie vom Sand verweht. In einem kleinen Viehhof stöhnten eingepferchte Rinder. Die einsame Windmühle, die der Stromerzeugung dienen sollte, rührte ihre Flügel nicht.

»Mein Vater ist krank«, sagte der bärtige junge Mann, dessen Kopfbedeckung und dessen Pluderhose nichts ähnelten, was Cassie je gesehen hatte. Sie hatte kaum etwas von diesen Menschen gehört, die vor so vielen Jahren aus Asien hergebracht worden waren. Sie hatte geglaubt, Kamelkarawanen gäbe es nur weiter südlich. Der junge Mann, der vor ihr stand, war wahrscheinlich ein Kameltreiber der dritten Generation. Sie konnte verstehen, warum man sie in dieser menschenleeren Gegend brauchte, in der es keine erkennbaren Straßen und keine Eisenbahnen gab. Er erklärte, sein Vater sei krank geworden und könnte nicht weiterlaufen. Sie hatten ihn unter die Bäume gelegt, und der Sohn war in die Stadt zurückgeritten, und dort hatte der Wachtmeister die Fliegenden Ärzte angerufen.

Hinter einer der Hütten kam ein Junge heraus, der drei Kamele führte. Sam und Cassie schauten einander an. Sam grinste. »Bist du je auf einem Kamel geritten?«

»Ich habe noch nie auch nur eines gesehen.«

Die Kamele kamen näher, und die Quasten an ihren verzierten Sätteln klimperten fröhlich. Ihre Hinterbeine wirkten zu schmal, um ihre schweren Körper im Gleichgewicht halten zu können. Sie traten leichtfüßig und rhythmisch mit den Fußballen auf und trabten mit einer lässigen Anmut, als tanzten sie, und dabei wiegten sie sich von einer Seite auf die andere.

Cassie schaute zum Horizont und sah nichts. »Ist es nicht einfacher, wenn wir fliegen?«

»Komm schon«, sagte Sam, »freu dich auf ein Abenteuer.«

Cassie neigte den Kopf zur Seite. »Laß mich meine Arzttasche holen.«

Sie zogen durch endlose Meilen von schimmernden Geröllwüsten. In den beiden ersten Stunden war von einem Horizont zum anderen kein einziges Unterscheidungsmerkmal in der Landschaft zu finden. Woran der junge Mann, der ihnen den Weg wies, die Richtung erkannte, war Cassie unbegreiflich. Die Sonne neigte sich nach Westen und bot den einzigen Hinweis auf die Himmelsrichtung. Es gab kein Gras, nur ausgetrocknete Flußbetten, in denen selbst dann, wenn sie angefüllt waren, nicht mehr als ein Rinnsal fließen konnte.

»Die ganze Gegend wirkt steril und tot«, murmelte Cassie nach einer Stunde vor sich hin.

Sam rief ihr zu: »Sieh dir das an! Gibt dir das nicht das Gefühl, unbeschreiblich klein zu sein? Aus der Luft müssen wir aussehen wie Ameisen.«

»Warum begeistert dich das?«

»Mein Gott, sieh dir doch nur diese Farben an. Rottöne, Gelbtöne – sieh nur, wie die Sonne sie strahlen läßt. Und sieh dir diese graugrünen Salzmelden da drüben an.« Sie umrundeten einen niedrigen Hügel. »Wie kannst du bloß von *tot* sprechen? Siehst du diesen olivgrünen Akazienbaum, der sich dort drüben ausbreitet?«

Die Landschaft spielte ihnen Streiche. Ferne Gegenstände, von denen es nur wenige gab, setzten sich im Hochrelief ab. Am Horizont tanzten wasserblaue Luftspiegelungen. Im Norden waren in der Ferne Sandsteinhügel zu sehen, die im klaren Licht der hellen Sonne rubinrot und bronzefarben schimmerten. Ein Sandhügel sah aus wie ein ferner Berg, da in dem grellen Funkeln der Geröllbrocken Realität und Halluzination miteinander verschmolzen. War etwas eine Meile entfernt, oder waren es zehn Meilen bis dahin? Die Welt wurde zweidimensional; nichts durchbrach das Gesichtsfeld, nichts betonte es. Nur die flache, grenzenlose, unermeßliche Wüste. Das Schweigen, das sie umgab, überschritt jede Stille, die Cassie bisher gekannt hatte. Alles, was ihr durch den Kopf ging, wurde schon bedeutungslos, ehe sie es auch nur aussprechen konnte.

Sie ritten drei Stunden lang; Cassie fürchtete ständig, sie würde von dem schwankenden Kamel fallen. In der Ferne tauchten drei Männer und eine Kamelkarawane auf und mit ihnen eine weitere Fata Morgana, diesmal Palmen. Ihr junger Führer wies darauf, und Cassie hätte nicht sagen können, ob das Grüppchen fünf oder fünfzehn Meilen vor ihnen war. Sie schienen kaum näherzukommen, bis sie plötzlich da waren. Es war keine Fata Morgana. Dort stand tatsächlich ein Hain von Dattelpalmen.

»Ich komme mir vor, als sei ich in Marokko«, sagte sie.

Sam lächelte sie an. »Bist du je in Marokko gewesen?«

Sie mußte lachen.

Es erwartete sie der nahezu bewußtlose Patient, der von drei Freunden umgeben war, die alle dieselbe Kleidung trugen wie der junge Mann, der sie durch die Wüste geführt hatte.

Keiner von ihnen wollte es einer Frau gestatten, den Patienten zu untersuchen. Der Patient flüsterte mit einem der Männer, der Cassie ansah und die Botschaft übermittelte. »Er würde lieber sterben, als seinen Körper von einer Frau berühren zu lassen.«

Cassie und Sam sahen einander an.

»Von den Symptomen her«, sagte Cassie, »habe ich das Gefühl, daß es sich um einen Nierenstein handelt. Ich vermute, du wirst für meine Hände einspringen müssen.« Sie sagte Sam, wie er ihn abtasten und wonach er fühlen sollte.

Die Afghanen wollten sie noch nicht einmal zusehen lassen, während Sam neben dem Patienten kniete. Cassie wandte den

Männern den Rücken zu und sprach mit Sam. »Er hat krampfartige, kolikähnliche Schmerzen, die wogenförmig auftreten. Wahrscheinlich spürt er den Stein seitlich unter den Rippen und etwas weiter hinten, und er strahlt aus, um den Bauch herum, in die Leistengegend hinunter und sogar bis in die Hoden. Sieh nach, ob das stimmt.«

»Ich soll seine Eier anfassen?« fragte Sam.

Cassie mußte lächeln, was keiner der Männer sah. Sie nickte. »Übermittle das einfach in irgendeiner Form. Wahrscheinlich erlauben sie mir noch nicht einmal, das Wort in ihrer Gegenwart auszusprechen.«

Sie verstanden alle Englisch, und daher wußten die Männer, was Cassie sagte. Der Patient stöhnte.

»Wenn es das ist, wofür ich es halte, dann hat er wirklich furchtbare Schmerzen, ähnlich wie Wehen, und Blut im Urin würde auch dazugehören. Sieh zu, ob du das herausfinden kannst.«

So war es.

Cassie seufzte. »Die Schmerzen lassen sich nur dadurch lindern, daß man Morphium spritzt, wahrscheinlich ziemlich häufig. Erlauben Sie mir, ihm eine Spritze zu geben?«

Sam und die Männer tuschelten miteinander. »Nein.«

»Du hast das schließlich schon getan. Der Schmerz vergeht nur, wenn der Nierenstein aus dem Ureter in die Blase fällt.«

»Was ist das?« fragte Sam.

»Der Harnleiter, der von der Niere zur Blase führt. Wenn der Stein aus dem Ureter fällt, wird der Schmerz, der auf Muskelkrämpfe zurückgeht, plötzlich vergehen. Später wird er dann einen kleinen Stein urinieren, der wie ein winziger Felssplitter aussehen sollte.«

»Und was ist, wenn das nicht passiert?«

»Dann wird er weiterhin unerträgliche Schmerzen haben, und ein operativer Eingriff ist erforderlich.« Während sie mit Sam redete, kniete sich Cassie hin und holte ein Röhrchen Morphium und eine Spritze aus ihrer Arzttasche. Sie nickte Sam zu. »Such dir einen Wattebausch und den Alkohol heraus.

Reib die Stelle damit ab, an der du ihm die Injektion gibst.«
Sie brauchte ihm nicht zu sagen, wie das ging; er hatte im Lauf der Jahre schon Hunderte von Spritzen gegeben.
Die Sonne begann, über den Horizont zu sinken, und ihre karmesinroten Strahlen richteten sich mitten in den Himmel.
»Und was jetzt?« fragte Sam, als sie sich außer Hörweite befanden.
»Ich vermute, wir werden über Nacht hierbleiben. Zum Flugzeug können wir jedenfalls bestimmt nicht zurückreiten. Du kannst im Morgengrauen mit dem Jungen aufbrechen und das Flugzeug holen. Du kommst doch dahinter, wie du wieder hierherfliegen kannst, oder nicht?«
Sam grinste, steckte eine Hand in die Hosentasche und zog einen Kompaß heraus. »Ob ich das kann? Was für eine Frage!«
Cassie sah sich um. »Hier ist es doch gewiß überall flach genug für eine Landung, oder nicht?«
»Du spielst mit dem Gedanken, ihn ins Krankenhaus mitzunehmen?«
»Ja, wenn er den Nierenstein heute nacht nicht verliert.«
»Sie werden dir nicht erlauben, ihm Morphium zu spritzen, solange ich weg bin. Sie werden dich nicht in seine Nähe lassen.«
»Das werden wir ja sehen. Wenn er morgen immer noch diese schlimmen Schmerzen hat, dann wird er wissen, welche Linderung ihm das Morphium verschaffen kann, und er wird darum betteln.«
»Bist du bereit, es zu riskieren, daß wir mit ihnen essen?«
Cassie verzog das Gesicht. »Warum nicht?«
Sie sollten es nicht bereuen. Es gab Favabohnen, Couscous, Tabbouleh und Joghurt aus Ziegenmilch. Die Gerichte waren exotisch und äußerst schmackhaft.
»Ihr werdet drei Stunden brauchen, um zum Flugzeug zurückzureiten«, sagte Cassie, »und was glaubst du, wie lange du für den Flug brauchst?«
»Etwas mehr als eine halbe Stunde.«

Sowie die Sonne verschwunden war, sank die Temperatur, und Cassie fror. Einer der Kameltreiber brachte eine Decke.
»Wir haben nur eine. Es tut mir leid«, sagte er.
»Das verspricht gemütlich zu werden«, sagte Sam.
Sie saßen dicht nebeneinander, in die Decke gehüllt, die nach Kamel roch, und sahen zu den Sternen auf, von denen der Himmel bedeckt war.
»Ist Fiona einer von diesen Sternen, was meinst du?«
Sam antwortete nichts darauf.
»Was wolltest du mir letzte Woche erzählen, an dem Tag, als Fiona gestorben ist?«
»Das spielt im Moment keine Rolle.«
»Sag mir trotzdem, was es war. Es schien dir in dem Moment wichtig zu sein.«
»Liv und ich haben uns auf eine Scheidung geeinigt.«
Der Satz hing zwischen ihnen. Er war so weit wie der Himmel.
»O Sam.« Und dann: »Was ist mit den Kindern? Wie kannst du ohne sie leben?«
»Die Einzelheiten müssen wir noch klären, aber sie wird in England bleiben. Ich nehme an, ich werde sie während der Schulferien bei mir haben. Das ist besser, als sie mit so großen Spannungen in der Familie aufwachsen zu lassen.«
»Was hat das bei dir ausgelöst?« Sie konnte seine Augen nicht sehen.
»Ich habe es selbst vorgeschlagen.«
»Und wie hat sie darauf reagiert?«
»Sie hatte mir denselben Vorschlag machen wollen. Was hältst du davon?« fragte er.
»Warum hast du gesagt, daß das jetzt keine Rolle mehr spielt?«
Er zögerte. »Die Dinge scheinen jetzt anders zu liegen als noch vor einer Woche.«
Sie wußte, was er meinte. *Sei meinen Kindern eine Mutter, Cassie.*
Er fragte noch einmal: »Also, was ist, was hältst du davon?«

»Ich weiß es nicht«, sagte sie. »Es kommt so überraschend.«
»Wirklich, Cassie? Kommt es wirklich so überraschend?«
Sie kroch unter die Decke und schloß die Augen.
Kam es wirklich überraschend?

56

Etwas veränderte sich.

Als Cassie sich darüber klar wurde, konnte sie nicht augenblicklich den Finger darauf legen und genau sagen, wann es sich geändert hatte oder warum.

Die Zufriedenheit, die sie in den letzten Monaten vor Fionas Tod verspürt hatte, war geschwunden. Aber sie war zu sehr damit beschäftigt, sich um die Menschen auf Tookaringa zu kümmern, um wahrzunehmen, daß das Glück sie verlassen hatte. Als sie es dann erkannte, setzte sie im ersten Moment als selbstverständlich voraus, es käme daher, daß Fiona tot sei.

Und dann erkannte sie, daß das Geplänkel zwischen ihr und Sam, das sie immer gewohnt gewesen war, nicht mehr existierte. Er war jetzt schweigsam, wenn sie beruflich rausflogen. Er war so hilfsbereit wie schon immer; sein Umgang mit den Leuten, die auf den verschiedenen Gehöften arbeiteten, war unverändert, und es wurde immer viel gelacht. Er leistete Cassie medizinisch Beistand und witterte, wenn sie Hilfe brauchte – sie mußte ihn nie darum bitten. Er stand neben ihr bereit und war immer da, wenn sie ihn brauchte, nie aber wenn er im Weg hätte stehen können. Er las immer in ihr wie in einem Buch. Aber seine Lebensfreude war geschwunden. Und die Intimität, die sich zwischen ihnen herauszubilden begonnen hatte, gehörte der Vergangenheit an.

Jeden Freitag flog sie am späten Nachmittag mit Blakes Hubschrauber nach Tookaringa und meldete sich am Samstagmorgen bei Horrie. Das Funkgerät auf Tookaringa blieb ständig eingeschaltet und war auf der richtigen Frequenz, um Notrufe aufzufangen. Cassie machte Spiele mit den Kindern, führte belanglose Gespräche mit Steven und Blake, ritt mit ihnen aus und bemühte sich, sie alle zum Lachen zu bringen. Viel gab es nicht, womit sie das erreichte. Keiner von ihnen fand, daß man in einem Leben ohne Fiona viel zu lachen hatte. Blake flog sie an den Sonntagnachmittagen in die Stadt zurück. Steven war derjenige, der immer sagte: »Ich weiß nicht, was wir ohne dich täten, Cassie.«

Da sie die Woche über durcharbeitete und sich an den Wochenenden emotional erschöpfte, war Cassie nicht dazu aufgelegt, für die üblichen Treffen am Montagabend zu kochen. Romla sagte, das verstünde sie, und sie lud Cassie ein, im Hotel zu Abend zu essen, doch Cassie wollte nur einen Happen zu sich nehmen und früh ins Bett gehen. Eines Montags wurde das Treffen gegen Ende der Sprechstunde abgesagt. Sam sagte: »Möchtest du, daß ich uns ein paar Hamburger hole?«

Cassie schüttelte den Kopf. »Ich will mich einfach nur ins Bett legen.« Sie war schon vor neun eingeschlafen.

Während Cassie ihre Wochenenden im Norden verbrachte, wurde Sams und ihre Beziehung förmlicher, als sie es vor elf Jahren gewesen war. Wenn sie die Zeit dazu fand, fragte sie sich nach den Gründen. Eines Freitags um die Mittagszeit, als sie von einem Noteinsatz im AIM-Hospital in Birdsville zurückflogen, nachdem sie dort genächtigt hatten, sagte Sam: »Du fliegst heute abend zu den Thompsons rauf?«

»Mhm.« Cassie schien es, als sei sie noch nie so müde gewesen wie in den beiden letzten Monaten seit Fionas Tod.

Sam nickte und kniff die Lippen zu einem schmalen Strich zusammen.

»Was ist?«

»Ach, nichts weiter. Seit Fionas Tod hast du kein einziges Wochenende mehr in der Stadt verbracht.«

»Diese Kinder brauchen mich.«

»Ja. Klar.«

»Und was soll dieser Tonfall bedeuten?«

»Nichts.«

Da sie ihm glauben wollte, tat sie es. »Es wäre schön, wenn ich ab und zu mal etwas Zeit für mich selbst hätte. Ich habe so viel zu tun, daß ich keine Zeit für mich habe. Dienstags muß ich mir die Haare waschen. Mittwochs wasche ich die Wäsche. Donnerstags …«

Er hob die Hand, als wollte er ihre Klagen damit ausräumen. »Du tust nur, was du tun willst.«

»Ich habe Fiona versprochen …«

»Verteidige dich bloß nicht mir gegenüber.«

»Tue ich das?« fragte sie. Und dann wandte sie sich von den Wolken vor ihnen ab und sah ihn an. »Du glaubst, ich fliege raus, um mit Blake zusammenzusein?«

Er sah starr vor sich hin, nickte und zog eine Augenbraue hoch. »Ins Schwarze getroffen.«

Sie reagierte nicht darauf, da sie beschloß, sich nicht ausgerechnet an einem Freitagnachmittag auf ein solches Gespräch einzulassen, wenn Blake sie zwei Stunden später abholen würde, damit sie mit ihm nach Tookaringa flog.

Blake. In all der Zeit hatte sie sich eingeredet, daß sie nur das tat, worum Fiona sie gebeten hatte, nämlich den Kindern ihrer besten Freundin eine Mutter zu sein – die außerdem auch Blakes Kinder waren. Sie hatte ihr Herz nicht geöffnet, wenn sie oben in Tookaringa war, und schon gar nicht dann, wenn sie daran dachte, an den Wochenenden dort hinzugehen. Es war zuwenig Zeit seit dem Verlust vergangen, den er erlitten hatte. In seinem Herzen war noch kein Platz für eine andere Frau.

War es das, was sie sich erhoffte? Vielleicht war es an der Zeit, sich ihre Motive einmal genauer zu betrachten.

»Der Koch ist derart beeindruckt von dir«, sagte Blake, als sie sich Tookaringa näherten, »daß er angekündigt hat, für dich etwas ganz Besonderes zuzubereiten.«

Cassie lachte. »Ich wette, ich weiß, was es ist. Er hat mir gesagt, als er als Küchenchef in diesem Restaurant in Perth gearbeitet hat, war seine Spezialität Ente mit Orangen.«

»Mein Gott«, sagte Blake und lächelte zum ersten Mal seit langer Zeit.
»Es ist schön, dich lächeln zu sehen.«
»Also, ich glaube, ich werde es schaffen. Ich habe das Gefühl, wieder am Leben teilzuhaben.«

Es gab tatsächlich Ente mit Orangen. Und sie schmeckte ganz ausgezeichnet.
Als sie mit dem Abendessen fertig waren, war es neun.
Cassie brachte die Kinder ins Bett, gab jedem von ihnen einen Gutenachtkuß und versprach ihnen für den nächsten Tag ein Picknick.
»Weißt du, was ich tun werde?« sagte Steven. »Ich gehe nach Hause. Es ist nicht etwa so, Cassie, als sei es nicht das Glanzlicht meiner Woche, deine Gesellschaft zu genießen, aber ich bin schon lange nicht mehr zu Hause gewesen. Ich komme morgen abend zum Essen wieder, und hinterher spielen wir eine spannende Partie Cribbage. Aber ich glaube, heute will ich in meinem eigenen Bett schlafen.«
Cassie und Blake blieben in der sanften Nachtluft allein. In der Ferne heulte ein Dingo. Sie saßen eine Zeitlang stumm da, und dann sagte Blake: »Ich habe gerade an unsere gemeinsame Zeit in Kakadu gedacht.«
»Das ist lange her.« Und doch erinnerte sie sich noch an jede einzelne Minute.
»Niemand hat mich je derart aus dem Gleichgewicht gebracht. Ich konnte an nichts anderes mehr denken als an dich.«
Aber was ist dann passiert? hätte Cassie gern gefragt. Doch sie wußte selbst, was geschehen war. Der Krieg war ausgebrochen.
Blake stand auf und kam zu dem kleinen Zweiersofa aus Rattangeflecht, auf dem Cassie saß. Er nahm ihre Hand. »Du hast mir Angst eingejagt.«
»Dir Angst eingejagt?«
»Ich hatte mich selbst nicht mehr unter Kontrolle. Ich glaube,

ich war froh, daß der Krieg dazwischengekommen ist, daß ich vor meinen Gefühlen fortlaufen konnte. Daß ich mich von dir distanzieren konnte.«

»Das scheint dir blendend gelungen zu sein.«

»Es ist mir nie gelungen. Es war ein reiner Akt der Willenskraft, mich von dir fernzuhalten. Jedesmal wenn du einen Raum betreten hast, jedesmal ...«

»Hör auf damit! Tu das der Erinnerung an Fiona nicht an!«

Blake schien bestürzt zu sein. »Das hat nichts mit der Erinnerung an Fiona zu tun. Ich habe eine glückliche Ehe geführt. Fiona war eine wunderbare Ehefrau. Aber das hat mich nicht davon abgehalten, dich in all den Jahren zu begehren. Daß du jemanden wie diesen zimperlichen Chris geheiratet hast ... das hat mir das Herz gebrochen, Cassie.«

»*Das* hat *dir* das Herz gebrochen?« Sie stand auf, trat an den Rand der Veranda und starrte in die Nacht hinaus.

»Cassie, ich habe niemals aufgehört, dich zu begehren.« Sie hörte seine Schritte und spürte, daß er hinter ihr stand, so dicht hinter ihr, daß ihre Körper einander berührten.

Elf Jahre lang hatte sie sich gewünscht, diese Worte zu hören. Seine Hand legte sich auf ihre Schulter, und er drehte sie zu sich um. »Sag mir, daß du dasselbe gefühlt hast. Sag mir, daß du in all diesen Jahren niemals jene Wochen vergessen hast, die wir gemeinsam verbracht haben, daß ...« Sein Mund preßte sich auf ihren, während seine Arme sie umschlangen und sie näher zogen.

Sein Mund war so, wie sie ihn in Erinnerung hatte, und seine Umarmung bewirkte, daß Erinnerungen wieder über sie hereinbrachen. Mit federleichten Küssen bedeckte er ihre Lider, ihre Wangen, ihre Kehle.

Sie stieß ihn von sich. »Darauf bin ich nicht vorbereitet«, sagte sie schwer atmend.

»Nicht vorbereitet? Es sind jetzt elf Jahre! Und du bist nicht bereit? Sollen wir unser Leben etwa damit zubringen, abzuwarten, bis wir bereit sind? Cassie, meine Kinder sind bereit für dich. Steven ist bereit für dich. Ich bin bereit für dich.«

Was sollte das heißen? »Ich brauche Zeit. Ich kann mich nicht derartig schnell umstellen, von einer Freundin der Familie …«

»Darauf, Ehefrau und Mutter zu sein? Genau darum bitte ich dich nämlich. Um Gottes willen, hast du etwa geglaubt …«

»Nein«, sagte sie und stieß seine Hände fort. »Ich habe überhaupt nichts geglaubt. Ich bin nur einfach nicht darauf vorbereitet!« Sie stand unter Schock.

Blake griff nach ihrer Hand und hielt sie eng umfaßt. »Okay«, sagte er und lächelte sie an. »Dann fang damit an, dich darauf vorzubereiten. Ich nehme an, es ist zuwenig Zeit vergangen, seit Fiona … aber wir brauchen dich, Cassie. Die Kinder brauchen dich. Steven braucht dich. Ich brauche dich. Wir vegetieren vom Sonntagabend bis zum späten Freitagnachmittag vor uns hin, bis du wieder in unser aller Leben trittst. Du hilfst uns dabei, uns wieder als ganze Menschen zu fühlen.«

Das hatte sie geahnt. Weshalb sonst hätte sie ihre Zeit geopfert, um jedes Wochenende rauszufliegen? Sie wurde gebraucht, das wußte sie.

Mehr als ein Jahrzehnt hatte sie Blake Thompson aus der Ferne angehimmelt. Warum war sie nun nicht glücklicher? Warum durchlief sie kein Schauer? Warum …

»Laß mir etwas Zeit«, sagte sie und wandte sich ab.

Blake legte eine Hand auf ihren Arm und zog sie an sich. Er beugte sich herunter und küßte sie wieder, und diesmal war es ein ausgedehnter und behutsamer Kuß. »Himmel«, flüsterte er, »ich habe seit mehr als zwei Monaten keine Frau mehr gehabt!«

Sie riß sich von ihm los.

»Wir sehen uns dann morgen früh«, sagte sie und lief mit forschen Schritten über die Veranda und durch das riesige Wohnzimmer, ehe sie in den Korridor einbog, der in den Westflügel führte, zu ihrem Schlafzimmer.

Sie wußte nicht, warum ihr so zumute war. Sie wußte nicht, was sie überhaupt empfand.

War sie in der Hoffnung, es würde dazu kommen, jedes Wochenende seit Fionas Tod hiergewesen? Warum hatte Blakes Vorgehen sie schockiert und nicht erfreut?

Sie wälzte sich im Bett herum. Er hatte sie gerade aufgefordert, die zweite Mrs. Thompson zu werden, oder etwa nicht? Seinen Kindern eine Mutter zu sein. Die Herrin von Tookaringa zu werden.

Kein Wort von Liebe. Aber andererseits war dafür zuwenig Zeit seit Fionas Tod vergangen. Er wollte sie. Er hatte gesagt, daß er sie immer begehrt hatte. Sie war sicher, daß das hieß, er begehrte ihren Körper. *Ich habe seit mehr als zwei Monaten keine Frau mehr gehabt!* Der arme Kerl. Sie hatte seit Jahren keinen Mann mehr gehabt.

Das hätte ein vollkommen anderes Leben bedeutet. Vielleicht war sie jetzt soweit. Sie hatte mehr als ein Jahrzehnt zu den Fliegenden Ärzten gehört. Vielleicht würde eine Veränderung ihr guttun. Eine Zeitlang hatte sie mit dem Gedanken gespielt, nach Sydney zu ziehen. Aber der Grund dafür war nicht gewesen, daß sie ihren Job nicht mochte, daß sie die Patienten nicht liebte, die zu einem Teil ihres Lebens geworden waren, sich in das Gefüge ihres Lebens eingegliedert hatten. In den letzten elf Jahren hatte sie jedem einzelnen Baby auf die Welt geholfen, das in ihrem Bezirk geboren worden war. Sie kannte so viele Patienten. In einem Gebiet, das größer als die meisten europäischen Länder war, war sie in jedem Haus willkommen – in den meisten dieser Haushalte fühlte sie sich sogar geliebt. Es würde nicht leicht sein, das aufzugeben. Und doch wußte sie, daß Blake darauf bestehen würde. Er wollte eine Herrin für Tookaringa haben, jemanden, der seine Kinder bemutterte. Er wollte, daß der Haushalt reibungslos ablief. Er wollte, daß jemand da war, der mit Steven redete und ihm Gesellschaft leistete, wenn er, Blake, auf einer seiner Geschäftsreisen oder draußen beim Viehtrieb war. Er wollte, daß jemand da war, mit dem er immer schlafen konnte, wenn er wollte. Er hatte seit Fionas Tod mit keiner Frau geschlafen, und er wollte einen weiblichen Körper.

Und dann war Cassie da. Vor zehn Jahren hatten sie zwei Wochen lang rasend und leidenschaftlich miteinander geschlafen, und er glaubte, das wieder einfangen zu können. Wahrscheinlich glaubte er, sie hätte ihre Karrierepläne zur Neige ausgelebt und würde nur allzu bereitwillig in eine traditionelle Rolle schlüpfen. Nun, sie mußte zugeben, daß sie sich in der letzten Zeit überlegt hatte, es wäre schön – sogar ganz wunderbar –, eine Familie zu haben. Wenn Romla im Alter von vierzig ein Baby bekam, warum konnte sie dann nicht auch noch ein oder zwei Kinder haben? Romla betrieb nicht nur weiterhin das Hotel, sondern Jim und sie zahlten noch dazu ihre Partner aus. Allein schon Romlas Wäschegeschäft hätte die beiden ernähren können. Gemeinsam bauten Jim und Romla ein Handelsimperium auf, und Romla dachte gar nicht daran, das aufzugeben. Cassie war nicht sicher, ob sie den Arztberuf für immer aufgeben wollte. Was vielleicht angenehm gewesen wäre – nachdem jetzt hier in der Gegend soviel los war –, wäre, wenn es einen weiteren Fliegenden Arzt gegeben hätte, damit beide abwechselnd rausfliegen konnten. Der eine konnte Noteinsätze übernehmen, während der andere die Sprechstunde abhielt. Sie hätten sich abwechseln können, damit immer nur einer von ihnen in der Luft und außerhalb der Stadt war. Dann könnte sie Zeit zu Hause mit ihrer Familie verbringen. Eine Familie? Sie hatte nie Kinder von Chris haben wollen. Warum nicht?

Chris hatte ihr nicht genug bedeutet, um sie glücklich zu machen – das hatte sie immer gewußt, und auch er hatte es gewußt. Sie brauchte ihre Arbeit, um sich ausgefüllt zu fühlen. Nein, Chris hätte sie niemals zufriedenstellen können. Genügte Blake, um sie zufriedenzustellen? Sie liebte seine Kinder. Sie liebte seinen Vater. Und sie hatte in all den Jahren geglaubt, daß sie ihn liebte.

Warum hatte sie dann nicht mehr empfunden, als er sie heute abend in seine Arme gezogen und geküßt hatte? Warum rauschte das Blut nicht in ihren Adern, und warum hatte ihr Herz nicht gehämmert? Vielleicht konnte das heute kein

Mann mehr erreichen. Möglicherweise war diese Form von Schauer ausschließlich jungen Menschen vorbehalten.
Da sie absolut nicht schlafen konnte, stand sie auf und setzte sich ans Fenster, stützte die Arme auf die Fensterbank und starrte in den hellen Mondschein hinaus.
Sie fragte sich, was zwischen Sam und ihr passiert war. Warum war er in der letzten Zeit so zurückhaltend gewesen, geradezu in sich gekehrt? Seit wann eigentlich – seit Fionas Tod, oder nicht? Sie versuchte, sich darüber klar zu werden. Warum redeten sie nicht mehr offen miteinander? Hatte es mit etwas zu tun, was zwischen Olivia und ihm passiert war? Kam Liv etwa doch zu ihm zurück? Oder lag es daran, daß sie jedes einzelne ihrer Wochenenden auf Tookaringa verbracht hatte?
Warum hatte sie ständig Sam vor Augen, wenn Blake ihr gerade einen Heiratsantrag gemacht hatte? Warum war sie nicht glücklicher? Warum dachte sie statt dessen an Sam? Warum zögerte sie auch nur, Blakes Antrag anzunehmen?
Komisch, dachte sie, wir glauben, uns selbst so gut zu kennen, aber oft kennen wir uns selbst überhaupt nicht.

Sie erwachte kurz vor dem Morgengrauen. Als sie aus dem Fenster schaute, sah sie einen schmalen Streifen Blaßrosa am Horizont, doch der Himmel darüber war noch dunkel.
»Ich weiß, warum«, sagte sie laut vor sich hin. »Blake und ich haben uns auseinandergelebt, und Sam und ich sind immer enger zusammengewachsen.«
Direkt vor Fionas Tod hatte sie ein paar Wochen lang geglaubt, Sam und sie seien auf dem besten Weg, sich ineinander zu verlieben. Dann hatte er sich von ihr abgewandt, und sie war ganz in Tookaringa aufgegangen. Oder war es umgekehrt gewesen?
Seine Zurückhaltung, soviel wurde ihr plötzlich klar, kam daher, daß er glaubte, sie und Blake …
Blake wollte, daß sie ihr Leben aufgab und mit ihm, mit seinen Kindern und mit seinem Vater ein neues Leben begann. Und

wenn sie ihr alle auch noch so lieb waren, dann erkannte sie doch, daß sie ihr eigenes Leben nicht aufgeben wollte, das Leben, das sie mit einer solchen Zufriedenheit erfüllte.
Aber sie hätte dieses Leben gern mit einem anderen Menschen geteilt und nicht nur ihren Arbeitsalltag, sondern ihr ganzes Leben mit Sam verbracht.
Wie stand er dazu? Wagte sie es, ihn zu fragen?

57

Es wurde laut angeklopft. Blake öffnete die Tür und streckte den Kopf herein. »Ein Anruf für dich. Ein Noteinsatz.«
Cassie zog noch nicht einmal ihren Morgenmantel über, sondern eilte zum Funkgerät in Blakes Zimmer, wie sie war. Horrie sagte: »Sam ist bereits abgeflogen. Es wird nicht lange dauern, bis er kommt, um dich zu holen. In Witham Hill kommt ein Baby zur Welt.«
»Das ist doch erst in einem Monat fällig.«
»Sag das dem Baby«, sagte Horrie.
»Ich bin fertig, wenn er ankommt.«
»Noch nicht einmal der Sonntag ist heilig?« fragte Blake.
»Kein Zeitpunkt ist heilig«, sagte Cassie. »Aber vielleicht ist auch jeder einzelne Moment heilig.«
Blake grinste. »Du siehst unwiderstehlich aus. Wachst du jeden Morgen so auf?« Er war bereits angekleidet und bereit, den Tag in Angriff zu nehmen.
»Ich habe gerade noch die Zeit, mich anzuziehen und einen Happen zu essen.«
»Das Frühstück ist fertig.« Er beugte sich vor, um ihr einen zarten Kuß zu geben. »Fang an, für dich selbst zu leben und nicht für all deine Patienten. Es ist höchste Zeit.«
Stimmte das?
Als sie die Flugzeugmotoren hörten, schnappte Cassie ihre Arzttasche und ihr kleines Köfferchen und wandte sich an Blake.
»Nächsten Freitag um dieselbe Zeit?« fragte er.
Sie liefen in einem forschen Dauerlauf zur Landebahn.
»Wir können einen angemessenen Zeitraum verstreichen lassen, sechs Monate, wenn du willst, ehe wir die Formalitäten

in Angriff nehmen. Damit geben wir den Fliegenden Ärzten reichlich Zeit, einen Ersatz für dich zu finden. Aber du kannst weiterhin an den Wochenenden rauskommen.«
War sie ein »Ersatz« für Fiona? Jemand, der einsprang und ihren Posten übernahm? Damit alles reibungslos ablief? Nahtlos ineinander überging? Konnte sie durch jeden kompetenten Arzt ersetzt werden, durch jeden beliebigen Menschen, der Medizin studiert hatte? Sie konnte nicht sagen, worüber sie sich ärgerte, ob es Blakes Worte oder ihre eigenen Gefühle waren. Er schien zu glauben, ihre Antwort sei eine ausgemachte Sache. Jedenfalls erwartete er gar keine Antwort.
Mehr als alles andere wollte sie im Moment mit Sam reden und versuchen dahinterzukommen, wie er fühlte. Sie glaubte, ihn so gut zu kennen, und doch hatte sie nicht die leiseste Ahnung, was er sich in diesem letzten Monat gedacht hatte.
Sam hatte die Motoren nicht ausgeschaltet, sondern stand in der Tür, auf den Stufen zum Flugzeug. Er kam die Stufen herunter und streckte seine Hand aus. Blake schüttelte sie.
»Cassie hat mir erzählt«, rief Blake über das Dröhnen der Motoren, »daß ihr euch getrennt habt, Olivia und du. Es tut mir leid, das zu hören.«
»Ja. Klar.« Sam folgte Cassie die Stufen hinauf und schloß die Tür.
»War es schön?« fragte er, als er im Cockpit neben ihr auf den Pilotensitz glitt.
Sie nickte und lächelte, ein Lächeln, das er nicht sehen konnte, da er sich ganz auf den Start konzentrierte.
»George hat gesagt, Henny ginge es schlecht. Das ist natürlich ein paar Stunden her, und möglicherweise hat sie das Baby inzwischen schon bekommen«, sagte er.
»Laß uns dort anrufen und nachfragen«, schlug Cassie vor.
Aber Henny hatte das Baby noch nicht bekommen. Tatsächlich stand ihr Mann kurz vor der Hysterie. »Mein Gott, Doc«, sagte George mit sich überschlagender Stimme, »es ist das dritte, und ich habe geglaubt, es würde von Mal zu Mal leichter. Aber es

scheint gar nichts zu passieren, und sie hat fürchterliche Schmerzen.«
Cassie sagte zu Sam: »Ich wette um jeden Preis, daß es eine Steißgeburt ist – das Baby hat sich noch nicht mit dem Kopf nach unten gedreht. Du hättest mich anrufen sollen. Blake hätte mich hinfliegen können – oder wenigstens nach Augusta Springs, damit wir uns dort treffen.«
»Magst du mir einen Kaffee einschenken? Ich habe mein Soll noch nicht erreicht, und es ist schon fast zehn.«
Nachdem sie Sam die Tasse gereicht hatte, schenkte sich Cassie selbst eine Tasse ein. »Ich freue mich immer so sehr bei der Vorstellung, ein Baby auf die Welt zu bringen.« Dann tat ihr leid, daß sie das gesagt hatte. Diese Worte konnten Sam leicht an seine eigenen Kinder erinnern, die am anderen Ende der Welt aufwachsen würden.
»Hast du dir nie eigene Kinder gewünscht?« fragte er.
»In der letzten Zeit habe ich angefangen, mir zu überlegen, daß das eigentlich schön wäre.«
»Du und Chris … damals wolltest du nie Kinder haben?«
Cassie schüttelte den Kopf. »Ich vermute, ich war noch nicht soweit. Oder Chris war nicht derjenige, mit dem ich Kinder hätte haben wollen. Es ist eine teuflische Verantwortung.« Dann sah sie ihn an und fragte: »Wie wirst du damit zurechtkommen, Harry und Samantha nicht zu sehen? Nicht bei ihnen zu sein, während sie heranwachsen?«
Sam blieb stumm, trank seinen Kaffee und schrieb etwas in das Fahrtenbuch, das er sich an den Oberschenkel geschnallt hatte. Sie hörte ihn seufzen. »Glaubst du, dieser Gedanke hätte mir im Lauf der Jahre keine schlaflosen Nächte bereitet? Doc, ich habe keine Antwort auf diese Frage. Ich liebe meine Kinder mehr als das Leben. Soll ich eine miserable Ehe weiterführen, um mit ihnen zusammenzusein, und ständig in Wut geraten, weil ich so verdammt unglücklich bin? Wie wirkt es sich auf die Kinder aus, wenn sie mit soviel Spannungen und Wutausbrüchen aufwachsen? Von etwas muß ich mich trennen. Schließlich habe ich mir dann gesagt, daß ich

nicht weiterhin so unglücklich sein kann, daß ich die Zeit, die mir bleibt, nicht so jämmerlich verbringen kann.«
Cassie schaute zum Fenster hinaus. Nirgends war eine Wolke zu sehen. Nie hatte sie Sam so emotional erlebt. »Ich kann mir vorstellen, daß die meisten Eltern, die sich scheiden lassen, sich mit diesem Problem auseinandersetzen müssen, meinst du nicht auch?«
Sam zuckte die Achseln.
Cassie beugte sich zu ihm herüber und legte ihm eine Hand auf den Arm. Er zog eine Augenbraue hoch und sah sie an. »Womit habe ich das verdient?«
»Ich habe einen Teil des Wochenendes damit verbracht, über dich nachzudenken. Wir haben in der letzten Zeit nicht gerade viel miteinander geredet.«
»Das ist nicht meine Schuld«, sagte Sam.
»Teilweise doch. Aber zum Teil kommt es auch daher, daß ich dich noch nicht einmal danach gefragt habe, was sich mit Olivia und dir tut. Du bist so still gewesen. Ich hätte versuchen müssen, das zu durchbrechen.«
Er legte seine linke Hand auf ihre, die immer noch auf seinem Arm lag. »Ich habe auch einen großen Teil des Wochenendes damit verbracht, über dich nachzudenken. Meine Scheidung wird in drei Monaten rechtskräftig sein. Es ist an der Zeit, daß wir miteinander reden, Cassie.«
»Der Meinung bin ich auch.«
»Aber laß uns damit warten, bis dieses Baby geboren ist, damit wir nicht unterbrochen werden.«
Nach einer Minute sagte sie: »Blake hat mich gebeten, ihn zu heiraten.«
Sie saßen schweigend da. Sam drehte sich nicht zu ihr um, um sie anzusehen. Er sagte kein Wort, sondern sah starr vor sich hin. Schließlich fragte er: »Du wirst den FDS aufgeben? Nach Tookaringa rausziehen?«
»Du setzt hier einiges als abgemacht voraus.«
Er sah sie immer noch nicht an. »Zum Beispiel?«
»Zum Beispiel, daß ich eingewilligt habe.«

Jetzt drehte er sich mit einem eindringlichen Blick zu ihr um. »Du hast seinen Antrag nicht angenommen?«

»Ich will meinen Job nicht aufgeben. Ich bin für all diese Menschen wichtig, und sie sind mir wichtig. Ich will alles. Ich will meinen Job. Ich will eine Familie …«

»Wirklich?«

»Ich will alles, was das Leben zu bieten hat. Weißt du, das einzige Mal, daß ich je geglaubt habe, Liebe zu erleben – eine Liebe, die mich hat glauben lassen, daß nichts anderes auf der Welt mehr existierte –, war drei Wochen lang vor mehr als zehn Jahren. Für achtunddreißig Jahre ist das nicht gerade viel, meinst du nicht auch? Und jetzt ist mir plötzlich klargeworden, daß ich auch das haben will. Ich will kein Ersatz für einen anderen Menschen sein. Ich will das haben, was ich jetzt habe, und alles andere noch dazu.«

»Dann sagst du also nein, weil …«

»Ich habe nicht nein gesagt.«

Der Glanz verschwand aus Sams Augen.

»Aber ich habe auch nicht ja gesagt.«

»Was zum Teufel tust du, Doc?«

»Ich bin heute morgen mit dem Wissen wach geworden, daß ich mit dir reden muß, Sam. Aber nicht, während wir rausfliegen. Ich möchte mit dir an einem Ort sein, an dem wir uns auf nichts anderes zu konzentrieren brauchen als …«

»Doc, du hast's erfaßt!« Er legte seine Hand auf ihre. »Komisch, aber als ich mich gestern abend schlafen gelegt habe, wußte ich genau, daß wir beide miteinander reden müssen. Ich habe beschlossen, daß ich mir das keinen Moment länger tatenlos ansehe …«

Er hielt auf dem gesamten Flug nach Witham Downs ihre Hand. Außer als sie ihm die nächste Tasse Kaffee einschenkte.

Das Problem stellte sich genauso, wie Cassie es vorausgesehen hatte – Henny Poulsons Baby war in der falschen Lage, mit den Füßen voraus, und konnte sich nicht von der Stelle rühren. Die

arme Frau lag seit mehr als acht Stunden in den Wehen und hatte entsetzliche Schmerzen.
»Lassen Sie sie bloß nicht sterben, Doc«, flehte ihr Mann.
»Sie wird nicht sterben«, sagte Cassie, nachdem sie die Frau untersucht hatte. »Ich wasche mir jetzt die Hände, und dann verschwindet ihr alle von hier.«
»Brauchst du mich?« fragte Sam.
»Ja. Sorg dafür, daß George Unterhaltung hat. Trink Kaffee mit ihm, und tu, was du kannst, um ihn abzulenken. Das Baby wird im Handumdrehen dasein. Gott sei Dank, daß wir nicht noch später angekommen sind.«
Sie wandte sich an George. »Haben Sie Decken und sauberes Bettzeug? Es wird eine ziemliche Schweinerei werden, und es wäre gut, wenn wir die Matratze soweit wie möglich schonen können.«
Nachdem sie sich die Hände gewaschen hatte, kehrte sie in das Schlafzimmer zurück, und George und sie hoben die leidende Henny hoch und breiteten Decken und Bettzeug unter ihr aus. »Okay. Und jetzt verschwinden Sie«, ordnete Cassie an.
George kam ihrer Anweisung nur zu gern nach.
»Es wird schmerzhaft sein«, warnte Cassie ihre Patientin. »Ich muß das Baby umdrehen, damit es rauskommen kann. Es liegt falsch herum und kann sich nicht von der Stelle rühren. Die Beine und Arme müssen in einer geraden Linie ausgerichtet werden, damit das Baby nicht damit um sich schlagen und treten kann oder Sie aufreißt. Ich muß es umdrehen. Ich habe Ihnen etwas gegeben, was Sie entspannen wird, aber ich brauche Ihre Hilfe.«
»Ich kann die Schmerzen ertragen, solange ich weiß, daß sie bald vorübergehen. Und wenn ich weiß, daß dem Baby nichts passiert.«
»Das Baby ist in guter Verfassung«, sagte Cassie. »Es hat einen kräftigen Herzschlag, aber darüber, wo es jetzt ist, ist es genauso unglücklich wie Sie.«
Sie sagte nicht laut, daß bei einer Steißgeburt immer die Ge-

fahr bestand, daß das Kind einen geistigen Schaden behalten könnte. Sie stieß ihren rechten Arm mit dem Gummihandschuh tief in Henny hinein. Wenn sie in einem Krankenhaus gewesen wären, hätte sie einen Kaiserschnitt vorgenommen. Den konnte man unter Anästhesie vornehmen; es wäre weniger schmerzhaft für die Mutter und weniger gefährlich für das Baby gewesen. So konnte sie das Baby versehentlich ebenfalls betäuben, wenn sie Henny zu sehr ruhigstellte.

Einer der Füße des Babys steckte in der Vagina. Cassie mußte die Beine geradebiegen, damit sie gemeinsam rauskamen. Sie griff hinein und zog die Ellbogen dicht an den Körper, damit die Hände das Hinausgleiten nicht behindern konnten. Als sie sachte daran zog, schmiegten sich die Hand und der Unterarm an den Körper des Babys. Okay, jetzt kamen die Füße dran.

Als die Füße in die Welt hinausschauten, zog Cassie sie in einem Winkel hoch, ließ sachte den Körper hinausgleiten und zog die Beine steil in Richtung Decke. Sie konnte die Nase und den Mund noch in der Scheidenöffnung sehen.

Mit der freien Hand griff sie nach der Zange, die neben Henny lag, und setzte sie um den Kopf des Babys herum an. Sie hielt seine Füße in einer Hand und zog den Kopf unter dem Schambein heraus.

Ehe die Nachgeburt folgte, legte Cassie die Zange zur Seite und sog am Mund des Babys. Das verschwitzte Baby stieß einen kläglichen Schrei aus.

Die Nachgeburt glitt hinaus, von einer Woge von Blut begleitet. Cassie seufzte vor Erleichterung. Es war alles vorüber. Sie schnitt die Nabelschnur durch und legte Henny das Baby in den Arm. Henny schaute das Baby an und war zu erschöpft, um auch nur ein Wort zu sagen.

»Es ist ein Mädchen«, sagte Cassie, während sie saubermachte. »Ein gesundes kleines Mädchen.«

Sam streckte den Kopf zur Tür herein. »Haben wir hier Lebenszeichen gehört?«

Cassie grinste. »Ja, allerdings. Eine entzückende Tochter. Ich brauche Handtücher und Wasser. Sauberes Bettzeug könntest du auch besorgen.«
»Darf George reinkommen?«
»Laß ihn lieber noch warten, bis es hier ordentlicher aussieht. Sag ihm, daß alles in Ordnung ist, und gebt mir noch fünf Minuten Zeit.«

Die Abenddämmerung war schon angebrochen, als Cassie das Gefühl hatte, unbesorgt von Witham Downs aufbrechen zu können. Sie waren zum Abendessen geblieben, und sie hatte gespült und in der Küche aufgeräumt. Sie hatte gehofft, Sam würde nach Augusta Springs zurückkehren und nicht über Nacht bleiben wollen. Das Wetter schien perfekt zu sein, absolut wolkenlos. Da die Landebahn jetzt beleuchtet werden konnte, konnten sie gefahrlos nachts nach Hause zurückkehren. Vielleicht würde Sam noch zu ihr kommen, und dann konnten sie miteinander reden. Ein Glas guten Wein trinken und …
Sie warf einen Blick auf ihn. Den ganzen Tag über, seit dem Aufbruch aus Tookaringa, hatte sie seine Gegenwart deutlich wahrgenommen. Sie war all diese Jahre mit ihm geflogen und hatte ihn als selbstverständlich hingenommen. Jetzt, elf Jahre nach ihrer ersten Begegnung, und fünf Wochen, nachdem er sie geküßt hatte, nahm sie ihn in jedem einzelnen Moment bewußt wahr. Wenn er einen Raum betrat oder wenn er den Kopf in die Küche streckte und fragte: »Brauchst du Hilfe?« Oder als sie vor dem Abendessen dagesessen und ein Bier getrunken hatten. Alles an ihm sprang ihr ins Auge: Wie seine Finger sich um die Bierdose legten; die Fältchen um seine Augen herum, wenn er lächelte; der Klang seines Lachens. Sie mochte seinen Schnurrbart und auch, wie sich sein Adamsapfel beim Schlucken bewegte. Wie er den Stuhl immer zurückkippte.
Sie mochte es, daß er so gelassen wirkte und doch immer bereit war, in jeder Notlage einzuspringen, immer auf die Be-

dürfnisse anderer Menschen einging. Sie wollte wieder von ihm geküßt werden.
Gestern abend hatten Blakes Küsse nicht die Gefühle entfacht, die sie in Erinnerung gehabt hatte. Sie hatte nicht so auf ihn reagiert wie damals, als seine Lippen vor so vielen Jahren ihren Mund berührt hatten.
Vielleicht würde sie auch bei Sam keine elektrische Spannung durchzucken, aber wenn Sam sie wollte ... sie konnte sich auch mit etwas weniger Feuergefährlichem begnügen. Keiner von ihnen hätte etwas Unehrenhaftes getan. Wenn er seine Ehe wirklich weiterhin aufrechterhalten hätte, wären ihnen die Hände gebunden gewesen.
Sie spürte seine Hand auf ihrer Schulter und hörte seine Stimme an ihrem Ohr. »Bist du bereit?«
»Wofür?« fragte sie und drehte sich lächelnd zu ihm um.
Sie sahen einander in die Augen. Ein Lächeln spielte auf seinem Gesicht. »Für was auch immer.«
»Ja, ich glaube, schon.«
»Es ist aber auch an der Zeit.«
»Das kann man wohl sagen.«

Sie hatten noch eine Stunde, bis es vollkommen dunkel sein würde. Sam summte beim Start.
Sie flogen los, ohne miteinander zu reden. Als Karmesinrot und Rosé den dunkler werdenden Himmel im Westen mit Streifen durchzogen, sagte Sam: »In einer Stunde können wir zu Hause sein. Aber ich habe eine bessere Idee.«
»Was es auch sein mag, solange wir bloß miteinander allein sind und reden können und ...«
»Und?«
»Morgen ist Sonntag. Wir brauchen uns an keinem bestimmten Ort einzufinden.«
Sie konnte spüren, wie das Flugzeug sich langsamer voranzubewegen begann, und sie wußte, daß er sich zur Landung bereitmachte, daß sie inmitten dessen landen würden, was von der Welt als Niemandsland angesehen wurde. Er griff

nach dem Funkgerät, meldete sich bei Horrie und sagte ihm, sie kämen erst am Vormittag zurück.
Sam landete das Flugzeug, als die letzten Sonnenstrahlen ihm noch genügend Licht gaben. »Komm«, sagte er und nahm sie an der Hand. Während sie durch das Flugzeug liefen, griff er nach einer Decke und klemmte sie sich unter den Arm. »Laß uns draußen unter den Sternen miteinander reden.«
Doch als Cassie die Stufen hinunterstieg, streckte er die Arme nach ihr aus und legte sie um sie. »Ehe du etwas sagst«, begann Sam, »sollst du wissen, daß ich dich liebe. Ich liebe dich nicht nur, sondern ich bin noch dazu verliebt in dich. Ich konnte nicht nur deshalb mit Olivia nicht glücklich werden, weil wir so verschieden voneinander sind, sondern auch, weil sie nicht du ist. Und in den letzten fünf Jahren habe ich mich bemüht, kein Wort von alledem zu sagen.« Sein Mund senkte sich auf ihre Lippen, und sie wußte, daß ihr ganzes Leben von Anfang an nur darauf hinausgelaufen war, daß sie endlich angekommen war.
Er schaute auf sie herunter, und sie konnte sein Gesicht sehen, obwohl nur eine schmale Mondsichel aufging. »Du kannst Blake nicht heiraten. Du magst ihn vielleicht vor dem Krieg geliebt haben, aber jetzt bist du in mich verliebt. Das weiß ich, auch dann, wenn du es selbst nicht weißt.«
»Aber ich weiß es doch«, sagte sie und schmiegte sich an ihn. »Vor Fionas Tod, als du nach deiner Krankheit in meinem Haus wieder zu Kräften gekommen bist, habe ich geglaubt, ich sei dabei, mich in dich zu verlieben. Es waren ja so glückliche Zeiten. Aber in diesem letzten Monat schienst du dann so weit weg zu sein …«
»Ich weiß. Und zum Teil ist es wirklich meine Schuld, weil ich geglaubt habe, du hättest dich wieder mit Blake zusammengetan. Aber letzte Nacht habe ich mir überlegt, daß ich nicht kampflos aufgebe.«
»Wolltest du um mich kämpfen?« Sie streckte sich, um ihn noch einmal zu küssen.

»Mit jeder Faser meines Seins.« Er nahm sie an der Hand und führte sie zu einem Wäldchen, an das er sich von früher erinnern konnte. »Komm her, Frau.«
Sie tat es und setzte sich neben ihn. Er zog sie eng an sich.
»Ich habe lange gebraucht, um es zu begreifen«, sagte sie. »Ich habe geglaubt, wir verstünden uns zu gut miteinander. Vor dem Krieg war das zwar bestimmt nicht der Fall …«
»Doch, für mich schon. Es war mir nur nicht klar. Als ich es dann begriffen habe, am anderen Ende der Welt, war es zu spät. Es hat nicht eine einzige Nacht gegeben, Doc, in der ich nicht direkt vor dem Einschlafen an dich gedacht habe. An jedem einzelnen dieser Tage, die ich fort war, habe ich an dich gedacht. Bald werde ich frei sein, Cassie. Frei, dich zu bitten …«
Sie lachte. »In mancher Hinsicht bist du wirklich prüde, stimmt's? Du wirst warten, bis du endgültig geschieden bist, ehe du mich bittest, dich zu heiraten?«
»Ich? Prüde? Das kommt nur daher, daß …« Er streckte die Arme aus, zog sie an sich und streichelte mit einer Hand ihre Brüste.
»Daß?« Sie lachte, als sein Mund sich auf ihre Lippen legte. Dann flüsterte sie: »Hör nicht auf. Das tut gut.«
Als er wieder reden konnte, sagte er: »Weil ich dich nicht kompromittieren wollte.« Seine Hand glitt über ihren Rücken und zog sie näher.
»Wie stehst du dazu, mit einem verheirateten Mann zu schlafen?«
»Warum finden wir das nicht heraus?« murmelte sie, während seine Zunge über ihre Lippen glitt.
Er zögerte einen Moment lang. »Ich habe nichts dabei. Was ist, wenn du schwanger wirst?«
»Das wäre nicht das erste Sechsmonatsbaby. Warte mal einen Moment.« Sie zog sich die Bluse aus, während seine Hände über sie glitten. »O Gott, tut das gut. Ich glaube nicht, daß mir je etwas anderes derart gut getan hat.«
»Ich will dich«, sagte er und riß sich das Hemd vom Leib.

Sie stand auf und trat einen Schritt zurück, um ihre Shorts auszuziehen.

»Rühr dich nicht von der Stelle«, sagte er, als der Mondschein auf ihren Körper fiel. »Himmel«, flüsterte er, »das habe ich mir erträumt. Ich will dich schon so lange, schon seit so vielen Jahren.«

Er stand auf und ging auf sie zu, streckte die Arme aus, um sie an sich zu ziehen, und küßte sie, während er sie hochhob und sie auf die Decke legte. Ihre nackten Körper berührten einander.

Inmitten dessen, was viele die Große Australische Einsamkeit nennen, waren Cassies Schreie der einzige Laut in der Nacht. In der Ferne zuckte Wetterleuchten über den Horizont. Ein einziger Donnerschlag folgte darauf.

»Was zum Teufel gibt es in einem solchen Augenblick zu lachen?«

»Ich habe geglaubt, zwischen uns könnte keine elektrisch geladene Spannung herrschen.«

Jetzt lachte er auch.

NACHWORT

Im Sommer 1988 habe ich mich während meiner Nachforschungen für mein erstes Buch über Australien, *The Moon Below,* in einen Kontinent verliebt – in Land und Leute. Als ich mich dort aufhielt, stießen mir zwei besondere Glücksfälle zu, die, obwohl mir das damals nicht klar war, mein weiteres Leben beeinflussen und für eine Menge zusätzlicher Aufregungen sorgen sollten.

In Alice Springs – wo ich bei diesem ersten Aufenthalt nur dreißig Stunden verbrachte (zwei Jahre später sollte ich für zehn Tage dort zu Besuch sein) – spazierte ich in den Stützpunkt der Royal Flying Doctors hinein. In einem Teil der Gebäude ist ein historisches Museum untergebracht, das mich faszinierte. Ich sah mir ein Video an, das die Geschichte des Bereitschaftsdienstes aufzeigt und die gegenwärtige Rolle dieser einzigartigen Gruppe heldenhafter Menschen darlegt. Edelmut und gute Taten sind mir schon immer unter die Haut gegangen, und seit ich durch Darwin und den Kakadu-Nationalpark nach Norden reiste, anschließend mit einem Bus den halben Kontinent durchquerte und mein Weg mich mitten durch den Busch führte, ließ mich der Gedanke an die Fliegenden Ärzte einfach nicht mehr los.

Der zweite reine Glücksfall, der weitreichende Konsequenzen haben sollte: In der Nähe von Cairns an der großartigen Nordostküste nahm ich mit meinen beiden Töchtern Debra und Lisa einen Touristenzug nach Kuranda. Uns gegenüber saß ein reizendes Paar, das Ferien machte. Der Mann, zwanglos und lässig in Jeans und einer Baseballmütze, schloß sich einer meiner Töchter an, und beide lehnten sich gemeinsam aus dem Zugfenster und machten Fotos. Es endete damit, daß wir einen großen Teil des Tages gemeinsam verbrachten. Als wir uns voneinander verabschiedeten, gab er mir seine Karte, der ich entnahm, daß es sich bei den beiden um Marshal Ray Funnell, Chief der Royal Australian Air Force, und seine Frau Suzanne handelte.

Sie ließen sich ein Exemplar meines ersten Buchs, *East of the Sun*, aus den Staaten kommen, das gerade erst veröffentlicht worden war, und dann schrieben sie mir einen schmeichelhaften Brief. Damit begann ein Briefwechsel, der zu einer ergiebigen Freundschaft führte.

Als ich ein Jahr später noch immer nicht von dem Gedanken an die Fliegenden Ärzte loskam, obwohl ich wußte, daß es zwei weitere Jahre dauern würde, ehe ich mit einem Buch darüber beginnen konnte, fragte ich bei Marshal Funnell nach einer Möglichkeit für mich an, das Team des RFDS bei seinen Krankenbesuchen zu begleiten, falls ich wieder nach Australien käme. Er öffnete Türen für mich, von deren Existenz ich nie auch nur etwas geahnt hatte. Als ich dann das Land wieder besuchte, im Sommer 1990 (dem dortigen Winter), kam ich in den Genuß einer Gastfreundschaft, von der ich mir vorgestellt hatte, sie sei Königen vorbehalten. Die Funnells nahmen mich mit großer Herzlichkeit und Freundschaft auf, und Tony Charlton aus Melbourne arrangierte alles für meinen unvergeßlichen Besuch.

Die Zeit, die ich dort verbrachte, entsprach der Reise eines ganzen Lebens. Ich flog Tausende von Meilen und viele Stunden zu Sprechstunden und Noteinsätzen über und in den australischen Busch. Ich war in Flugzeugen der verschiedensten Größen mit und ohne Druckausgleich und in einem Hubschrauber unterwegs. Ich ritt auf einem Kamel und legte in einer Nacht die berühmte Ghan-Eisenbahnstrecke nach Alice Springs zurück, ins Herz des Kontinents. Ich war zu Gast bei den liebenswürdigen und gastfreundlichen Litchfields, Lois und Lisle, auf ihrem bekannten Gehöft Mundowdna, einer Schafzucht von unendlicher Ausdehnung bei Maree in Südaustralien, wo man mich beim Zusammentreiben der

Schafe während der Vorbereitungen zum Scheren mitmachen ließ. Ich verbrachte eine Nacht in Oodnadatta, das jetzt eine Stadt der Aborigines ist. Ich kam nicht nur in den Genuß unglaublicher Gastfreundschaft, sondern hatte auch an dem Leben teil, wie es sich im Busch abspielt.

Während dieses Unterfangens begegnete ich vielen interessanten und wunderbaren Menschen und traf einen der bemerkenswertesten Männer, die mir je begegneten. 1935 begann Reverend McKay, Tausende von Meilen durch den Busch zurückzulegen. Er tat das auf Drängen von Reverend John Flynn, dem Begründer des Bereitschaftsdienstes der Fliegenden Ärzte. Diese beiden Männer haben das Leben auf dem Kontinent verändert. 1951, als er im Sterben lag, bat Flynn Fred McKay, sein Nachfolger zu werden. McKay stellte sein gesamtes Arbeitsleben in den Dienst der Fliegenden Ärzte und war gleichzeitig als Vorsitzender aller Presbyterianer in Australien tätig und trug so dazu bei, die Uniting Church zu gründen.

Ich hatte das große Glück, Fred McKay zu begegnen und seine Geschichten aufzeichnen zu dürfen. Er erbot sich großzügig, mir Zugang zu den Archiven der Fliegenden Ärzte in Canberra zu verschaffen. Seine Frau Meg und er brachten mir eine unbeschreibliche Gastfreundschaft entgegen, woraus eine Freundschaft entstand, die ich sehr zu schätzen weiß. Mir wurde das Privileg zuteil, beim Schreiben dieses Buchs Fred McKays Unterstützung und seine Begeisterung auf meiner Seite zu haben. Er ermutigte mich bei jeder einzelnen Wendung. Viel von dem, was ich geschrieben habe, hätte ich nicht ohne seine Geschichten schreiben können, seine Offenheit und seine Freundschaft. Anfangs hatte ich mich in einen Kontinent verliebt – und dann in einen Mann. Ich bin nur eine von vielen, die Fred McKay lieben, einen Menschen, der viel geleistet hat und dem in seinem Land größter Respekt entgegengebracht wird. In vieler Hinsicht hat er ein einzigartiges Leben geführt, das ihm innere Größe zuteil werden ließ. Er ist einer der unschätzbarsten Werte Australiens.

Es gibt noch andere Menschen, die ich einzeln hervorheben möchte, um ihnen für ihre Kooperationsbereitschaft und ihre Hilfe zu danken:
Chris Roff, Chef der Abteilung Victoria des RFDS;
Peter Dossett, Chef der Abteilung Südaustralien des RFDS;
Tony Wade, verantwortlich für den Stützpunkt Port Augusta des
RFDS;
Dr. Ashleigh Thomas vom RFDS Port Augusta;
Steve Byrnes, verantwortlich für den Stützpunkt Alice Springs des
RFDS.

Ich möchte mich bei Brigid Belano, Mary Ann Miller und Dorothy Butler dafür bedanken, daß sie den Text schon zu lesen begannen und mir mit Rat und Tat zur Seite standen, als er noch gar nicht beendet war.
Und nicht zuletzt möchte ich meiner Lektorin Ann LaFarge danken, die mich ermutigt, unterstützt und konstruktive Kritik leistet und damit mehr Freude in mein Leben und in mein Schreiben bringt.
Die Geschichte des Royal Flying Doctor Service und die Geschichte von QANTAS sind eng miteinander verknüpft. QANTAS ist die älteste ununterbrochen fortbestehende Luftlinie der Welt. Sie hat es geschafft, sich finanziell zu stabilisieren, indem sie dem gerade erst Fuß fassenden FDS sein erstes Flugzeug und seinen ersten Piloten zur Verfügung stellte. Die finanziellen Mittel, die aus diesem Vertrag erwuchsen, versorgten QANTAS mit der notwendigen Deckung, die sie zu dem Giganten werden ließ, der sie heute ist. Umgekehrt ermöglichten dieses Flugzeug von QANTAS und erprobte Piloten (viele Jahre lang hat QANTAS sowohl das Flugzeug als auch den Piloten gestellt) es dem FDS, seinen Dienst aufzunehmen.
Sämtliche medizinische Vorfälle basieren auf wahren Begebenheiten, die der RFDS im Lauf der Jahre behandelte. Der

Flugzeugabsturz, bei dem ein Pilot und seine Frau sterben, gründet auf einem ähnlichen Unfall, bei dem der Pilot und Timothy O'Learys Frau ums Leben kamen.
Der Royal Flying Doctor Service wird immer noch weitgehend von privaten Spenden getragen. Niemand in ganz Australien lebt zu weit entfernt oder ist zu arm, um von diesem Bereitschaftsdienst versorgt zu werden. Niemand auf dem Inselkontinent ist heute mehr als vier Flugstunden von der Versorgung durch medizinische Experten entfernt.
In Dutzenden von Büchern über Australien fand ich wertvolle Anregungen für meine Darstellung der Anfänge des Royal Flying Doctor Service.

Ajijic, Mexiko März 1993

Barbara Bickmore

Im Jahr des Elefanten

Roman

Die junge Courtney ist Ärztin und hat es sich zur Lebensaufgabe gemacht, den Menschen in Afrika zu helfen. In der kleinen Urwaldklinik, die sie zusammen mit ihrem Vater und ihrer Freundin betreibt, taucht eines Tages Coop auf, ein Mann, der ihr Leben von Grund auf verändern wird. Er bietet ihr an, die Leitung eines Krankenhauses für Flüchtlinge an der Grenze des Landes zu übernehmen. Courtney verliebt sich Hals über Kopf in den verheirateten Coop – und lässt sich auf das Abenteuer ihres Lebens ein …

Knaur Taschenbuch Verlag

